KB230649

토끼 잠들다

RABBIT AT REST
by John UPDIKE

Copyright ⓒ John Updike, 1990
All rights reserved.

Korean translation copyright ⓒ Munhakdongne Publishing Corp., 2025
This Korean edition was published by arrangement through The Wylie Agency.

이 책의 한국어판 저작권은 The Wylie Agency와
독점 계약한 ㈜문학동네에 있습니다.
저작권법에 의해 한국 내에서 보호를 받는 저작물이므로
무단 전재 및 무단 복제를 금합니다.

세계문학전집

267

John Updike : Rabbit at Rest

토끼 잠들다

존 업다이크 장편소설

김승욱 옮김

문학동네

일러두기

1. 번역 대본으로는 *Rabbit at Rest*(John Updike, Ballantine Books, 1996)를 사용했다.
2. 주석은 모두 옮긴이주다.
3. 본문 중 고딕체는 원서에서 이탤릭체로, 볼드체는 대문자로 강조한 부분이다.

차례 ∎

래빗은 기억 속의 그 세상에서 위로 올라와 부자가 돼서
편안히 쉬며 햇볕을 쬐고 있다.
—『토끼는 부자다』

게으른 자에게 음식은 자양분이 아니라 독이다.
—『프레더릭 더글러스의 삶과 시대』

I. FL[*]

　사우스웨스트 플로리다 지역공항에서 크리스마스 직후의 들뜬 기분에 아직 잠겨 있는 구릿빛 피부의 사람들 속에 서 있는 래빗 앵스트롬은 자신이 이곳에 만나러 온 사람, 지금 눈에 보이지 않는 공중에 떠서 막 착륙할 참인 그 사람들이 자기 아들 넬슨과 며느리 프루와 두 손주 녀석이 아니라 그보다 더 불길하고 친밀한 것, 어렴풋이 비행기의 모양을 한 자기 자신의 죽음인 것 같다는 이상한 기분에 갑자기 사로잡힌다. 이 느낌에 그는 공항 에어컨의 한도를 뛰어넘어 오싹해진다. 하지만 생각해보면 넬슨과 얼굴을 맞대는 것은 삼십 년 전부터 내내 그에게 불편한 일이었다.

이 공항은 비교적 최근에 지어진 곳이다. 길이 갈라져 있는 주간州間 고속도로 75번을 타고 5킬로미터쯤 달리다가 21번 출구로 나오면 된다. 비쩍 마른 야자수들이 고속도로변에 줄지어 서 있고 지나치게 초록색이 짙고 이파리가 납작한 잔디밭이 잘 다듬어져 있는데도 그 도로는 그 어디에도 닿지 않을 것처럼 보인다. 광고판도 없고, 길가의 사업체들이 스스로를 광고하려고 내건 판들도 없고, 이곳에 대량으로 지어진 차가운 흰색 타일 지붕의 나지막한 집들도 없다. 길을 잘못 든 것 같은 느낌이 든다. 빨간색 카마로 컨버터블이 안달하면서 밀어붙이는 모습이 백미러에 비친다.

"해리, 속도를 안 내도 돼. 안 그래도 일찍 도착할 텐데."

래빗의 아내인 재니스가 도로로 접어들 때 이렇게 말했다. 신경에 거슬린 것은 재니스가 최근 들어 쓰기 시작한 관대하고 조심스러운 말투였다. 마치 때 이르게 노망이 난 사람을 대하는 것 같다. 래빗은 시선을 돌려 고집스럽게 바람에 펄럭이는 반백의 머리카락을 햇볕에 단련된 작은 갈색 열매 같은 얼굴에서 떼어내려고 애쓰는 재니스의 모습을 지켜보았다. "여보, 뒤차가 바짝 쫓아오잖아." 래빗은 이렇게 설명하고는 오른편 차선으로 조심스레 옮겨가 속도계 바늘이 다시 100킬로미터 밑에서 부들거리게 했다. 카마로 컨버터블이 휙 하고 지나갔다. 회색 펠트로 만든 스튜어디스 모자를 쓴 코코아 색깔의 흑인 아가씨가 운전대를 잡고 있었다. 그녀는 턱과 입술을 앞으로 내민 채 그에게는 곁눈질 한 번 하지 않았다. 이것도 신경에 거슬렸다. 뒤에서 트렁크와 범퍼의 디자인을 보면 카마로에 입이 달린 것 같다. 두툼한 금속 입술이 기분 나쁜 소리를 내려고 막 벌어진 것 같은 모습이다. 어쩌면 해리가 겁을 먹은 것은 그때부터였는지도 모른다.

마침내 모습을 드러낸 공항은 햇빛을 받아 반짝이는 병원 건물을 크게 늘려놓은 것 같은 길고 나지막한 흰색 건물이다. 노인들에게 헌정된 이 주의 대로에 늘어선 치과, 척추지압원, 관절염 전문병원, 심장 전문병원, 법률사무소, 의료법사무소 같은 것들이 생각난다. 사람들은 갈색 유리로 된 문에서 몇 걸음밖에 떨어져 있지 않은 주차장에 차를 세운다. 이 주 전체가 사람들을 아기처럼 대하고 있다. 안으로 들어가서 비행기들을 맞이하는 이층으로 올라가자 길고 나지막한 공간에 조금 전의 건방진 스튜어디스 모자처럼 멋진 회색 펠트 천이 죽 깔려 있고, 음악이 가득하다. 엘리베이터가 멈췄을 때나 치과의사가 드릴을 멈췄을 때만 귀에 들어오는 그런 음악이다. 목소리는 없고 현을 뜯는 소리만 있는 음악은 사람들에게 무시당하는 데 익숙하다. 그 음악은 허공에 깔린 카펫처럼 사람들에게 어쩌면 죽음을 상기시킬지도 모르는 침묵을 덮어서 가려버린다. 이 길고 나지막하고 멋진 공간, 고속도로처럼 광고가 거의 없는 이 공간을 보니 래빗은 생각나는 것이 있다. 먼저 에어컨 송풍관이 떠오르더니, 곧 납골당이 생각난다. 영화에서 카메라 트릭으로 우주선이 속도를 높여 우주공간으로 도약해서 한 별에서 다른 별로 가는 것처럼 보이게 할 때 등장하는 사각형 터널들처럼 이곳도 미래의 느낌이 풍기는 공간이다. 2001년이라. 그때 그가 살아 있을까? 그는 옆에 있는 재니스를 건드린다. 갑자기 죽음이 다가온 것 같은 느낌에서 벗어나려고 땀에 젖은 흰색 면 테니스복의 허리를 건드린다. 재니스의 허리는 예전보다 굵어져서 쏙 들어간 느낌이 덜하다. 재니스가 중년 말기에 이른 여자들 특유의, 드럼통 체형으로 변해가고 있기 때문이다. 그런 여자들은 다리는 점점 앙상해지고, 팔은 익은 닭고기 살이 뼈에서 떨어져나올 때처럼 점점 늘어진다. 재니스는 땀에 젖은 테니스복 위에 올을 성기게 짠 노란색 카디건을 걸치고 있다. 공항 에어컨의 차가운 바람 때문에 단추를 잠그지 않고 어깨에만 걸치고 있는 것이다. 래빗은 그 옷차림과 구릿빛 피부, 심지어 선글라스 때문에 둥글게 하얀 자국이 남은 눈가까지도 재니스가 항상 햇빛이 비치고 영원한 젊음을 구가하는 이 땅에 살 수 있을 만큼 여유가 있는 미국 할머니처럼 보이게 해준다는 사실에 순진한 자부심을 느낀다.

"A5 게이트야." 재니스가 말한다. 그가 자기 허리를 건드린 것이 무슨 질문이기라도 한 것처럼. "클리블랜드에서 뉴어크를 경유해서 오는 거야." 중년에 접어들면서 재니스가 쓰기 시작한, 능력 있는 직장 여성 같은 말투다. 특히 칠 년 전 장모가 돌아가시면서 재니스에게 스프링어 모터스와 그 자산을 남겨줬을 때부터 그 말투를 쓰기 시작했다. 스프링어 모터스는 펜실베이니아주 브루어 일대에 딱 두 곳밖에 없는 도요타 대리점 중 한 곳이다. 식구들은 모두 지금도 그곳을 '부지'라고 부른다. 프레드 스프링어, 그러니까 지금은 세상을 떠난 프레드 스프링어가 자기 소유인 그 땅에 중고차판매점을 차린 것이 시작이었기 때문이다. 그의 미망인인 베시와 딸인 재니스는 그가 넬슨으로 환생했다는 환상을 품고 있다. 두 사람 모두 몸집은 작아도 강단이 있으며, 다소 정직하지 못한 측면이 있기 때문이다. 해리와 재니스가 일 년의 절반을 플로리다에서 보내는 이유가 바로 그것이다. 넬슨이 부지를 마음대로 운영할 수 있게 해주려는 것. 프레드 스프링어 밑에서 십 년이 넘게 수석 판매원을 지낸 해리, 그리고 그와 더불어 모든 일을 맡아 처리하던 찰리 스태브로스는 장모의 유언장에 아예 언급되지도 않았다. 조지프 스트리트의 그 우울하고 커다란 장모 집에 오랫동안 살면서 프레드가 성인군자였다는 식의 허튼소리와 발목이 부어서 아프다는 투정을 들어주었는데도 말이다. 모든 유산은 재니스의 것이었다. 마치 그는 스프링어 왕조에서 차마 입에 담을 수 없는 사고 같은 존재가 된 것 같았다. 조지프 스트리트의 그 집, 넬슨의 가족들이 유지비와 세금만 내는 조건으로 살게 된 그 집만 해도 지금은 여피들이 브루어 북동부에서 산을 넘어 마운트저지로 몰려오고 있으니 틀림없이 30만 달러는 나갈 것이다. 숲속 오두막조차 가격이 천정부지로 치솟은 포코노스의 별장은 말할 것도 없다. 게다가 강 서편의 111번 도로를 따라 4에이커 규모인 부지만 해도 지난 십 년 동안 기술은 있지만 우울증에 빠진 노동력과 옛날처럼 싼 생활비와 빈 공장들을 노리고 브루어로 들어온 첨단기술회사들에게 100만 달러 가까운 돈을 받아낼 수 있을지 모른다. 재니스는 부자다. 래빗은 갑자기 오싹해진 기분, 하늘에 떠 있는 비행기의 그림자 같은 것을 재니스에게 털어놓고 싶지만, 재니스 주위에 점점 자라난 껍질 같은 것이 그를 밀어낸다. 그가 만진 재니스의 허리 부위 옷은 두껍고 아무런 반응이 없었다. 그저 축축한 가죽 같았다. 그는 혼자서 외로이 예감을 느끼고 있다.

로널드 레이건의 임기 마지막 해인 올해 크리스마스가 지나고 목요일을 맞아 환영객들이 공항에 모여 있다. 유대인들에게서 자주 볼 수 있듯이 허리가 구부정하고 어색할 만큼 잽싸게 움직이는 자그마한 남자가 사람들을 살짝 피하면서 뒤편의 아내에게 소리를 지른다. 앵스트롬 부부는 그 자리에 없는 사람으로 취급하는 것 같다. "얼른 와, 그레이스!"

그레이스라. 해리는 생각한다. 유대인 여자에게는 흔치 않은 이름이다. 아니, 그게 아닐 수도 있다. 성경에 나오는 레이첼이나 에스더 같은 이름이 흔하기는 해도 항상 그런 이름만 붙이는 것은 아니다. 바브라나 베티도 있으니까. 래빗은 이 일대의 유대인들에게 아직 익숙해지는 중이다. 그들에 대해 배우면서, 그들에게 그토록 세상을 장악할 힘을 준 철학을 흡수하려고 애쓰고 있다. 분홍색 체크무늬 셔츠와 립스틱처럼 새빨간 바지를 입은 그 구부정하고 나이 많은 남자는 지금 들어오는 비행기가 바르샤바를 떠나는 마지막 기차라도 되는 것처럼 서두르고 있다. 해리와 재니스가 이곳으로 이주할 계획을 세울 때 플로리다의 조언자들, 그러니까 주로 찰리 스태브로스와 웹 머킷이었지만, 어쨌든 그들은 걸프 쪽이 기독교 지역이라면 대서양 쪽은 유대인 지역이라고 말해주었다. 하지만 해리는 그 사실을 아직 그다지 인식하지 못하고 있다. 그가 아는 사람들을 따진다면, 플로리다는 뉴욕이나 할리우드나 텔아비브 못지않은 유대인 구역이다. 사실 그와 재니스는 지금 살고 있는 아파트에서 일종의 애완동물 같은 존재, 이교도 같은 존재다. 사람들은 두 사람을 귀엽게 보는 것 같다. 적어도 일흔 살은 된 것 같은 그 자그마한 남자가 도착 게이트에 누구보다 빨리 도착하겠다는 듯이 두툼한 패딩을 넣은 의자들 사이를 요리조리 피하며 갑자기 뛰기 시작한다. 그 모습을 지켜보며 해리는 자기 몸에 유감을 느낀다. 아주 친절한 저울에 따르면 104킬로그램인 그의 몸은 쉰다섯 살 때 수십 년 동안 쌓인 담요를 하나씩 둘러쓴 것처럼 변해버렸다. 이곳 플로리다의 의사는 그에게 간단한 안주와 함께 맥주를 마시는 것을 줄이라고 계속 말하고 있다. 그도 매일 밤 이를 닦은 뒤에는 반드시 그러겠다고 다짐하지만 다음날 해가 뜨면 다시 배가 고파져서 짭짤하고 씹기 쉬운 음식을 찾게 된다. 옛날 농구팀 코치였던 마티 토세로가 말년에 뭐라고 했더라? 나이를 먹으면 아무리 먹고 먹어도 제대로 먹은 것 같지 않다고 했던가? 가끔 래빗은 이 몸을 끌고 돌아다니느라 기절할 것 같은 기분이 든다. 살짝 쥐어짜는 것 같은 통증이 갈비뼈를 괴롭히다가 왼쪽 팔 위쪽까지 손을 뻗는다. 숨이 차거나 이상하게 가슴이 꽉 찬 것 같은 느낌이 들 때도 있다. 자신의 가슴을 압박하는 물질이 속에 가득 든 것 같다. 어려서 성장통을 겪을 때 그가 걱정하면 주위의 어른들은 그를 대신해서 그냥 웃어넘기곤 했다. 이제 그는 확실한 어른이 되었으므로 자기 몫의 걱정을 웃어넘겨야 한다.

구석에 화려한 색의 팔각형 모양으로 들어선 상점에서 신문, 잡지, 사탕, 산호 기념품, 우스꽝스러운 파스텔색 바탕에 플로리다 남서부가 얼마나 행복한 곳인지 모른다는 말이 적힌 티셔츠 등을 팔고 있다. 그 상점이 공항의 엄격한 회색 공간에 훼방을 놓는다. 재니스가 걸음을 멈추고 말한다. "저기 〈엘르〉 최신호가 있는지 보고 올 테니까 잠깐만 여기서 기다려. 어쩌면 아직 시간이 있을 때 되돌아가서 화장실에도 들러야 할지 모르겠어. 오늘 날씨가 워낙 해변에 나가기 좋으니까 돌아가는 길에 차가 지독히 막힐지도 몰라."

"그걸 이제야 생각한 거야?" 래빗이 말한다. "어차피 갈 거라면 지금 갔다 와." 재니스가 지금도 고수하고 있는 메이미 아이젠하워 스타일의 앞머리가 세월 때문에 빈약해지고, 습기와 짠 바닷물 때문에 구불구불해져서 재니스가 아이 같고, 고집스럽고, 귀여워 보인다. 햇볕 때문에 생긴 주름살들이 있는데도.

"아직 적어도 십 분은 남았잖아. 아까 그 인간은 왜 그렇게 서두른 건지 모르겠어."

"그냥 삶을 사랑하는 거야." 해리는 이렇게 말하고는 얌전히 아내를 기다린다. 재니스가 화장실에 간 동안 그는 유혹을 이기지 못하고 상점에 들어가 군것질거리를 산다. 플랜터스의 땅콩바가 45센트다. 포장지에는 플랜터스 오리지널 땅콩바라고 적혀 있다. 운반되는 도중에 그렇게 된 건지 둘로 쪼개져 있었는데, 래빗은 반쪽을 남겨뒀다가 나중에 집에 가는 차 안에 식구들이 모두 모여 있을 때 손주들에게 줘야겠다고 생각한다. 이 물건이 조금은 인기를 끌 것이다. 하지만 반쪽을 먹고 나니 너무 맛있어서 그는 나머지 반쪽도 먹어버리고는 심지어 포장지에 남아 있는 달콤한 부스러기조차 손바닥에 쏟아서 개미핥기처럼 혀로 핥아먹는다. 그러고는 다시 가게로 돌아가 손주들 몫으로 하나를 더 사서 나중에 차 안에서 나눠 먹을 생각을 한다. "할아버지가 맛있는 걸 사왔지!" 차가 주간 고속도로 75번으로 접어들 때 그는 이렇게 말할 것이다. 하지만 그는 자신이 그것마저 먹어치우지 않을 거라고 장담할 수 없어서 그냥 제자리에 서서 창밖을 바라본다. 공항에는 활주로를 내다볼 수 있는 커다란 창문들이 있기 때문에 만약 추락 사고라도 벌어진다면 다들 눈으로 성찬을 즐길 수 있다. 솟아오르는 불길, 천천히 미끄러지며 빙글 도는 비행기 동체, 떨어져나오는 날개. 그는 끈적거리는 땅콩바의 잔해, 그러니까 캐러멜이 된 설탕과 옥수수시럽을 닦아내려고 혀로 이를 문지른다. 정말 감사하게도 그는 아직도 자기 이를 모두 가지고 있다. 게다가 앞니에는 크라운을 씌우지도 않았다. 래빗은 혀를 움직이며 유리창을 통해 널찍하고 텅 빈 오후 풍경을 물끄러미 바라본다. 활주로가 점점 가늘어져서 삼각형이 되고, 플로리다의 평평한 땅은 관개시설이 닿는 곳까지는 초록색이다가 그 너머부터는 지푸라기 같은 갈색으로 변한다. 겨울의 그림자가 이곳에 내려앉기는 했지만, 아직 겨울이 오지는 않았다. 매일 기온은 30도 언저리를 오간다. 플로리다에서 네 번 겨울을 난 그는 일찍부터 골프를 시작하면 첫번째 티샷을 날릴 때 걸프에서 불어오는 바람이 몸을 파고든다는 것, 해가 정오를 향해 올라갈 때에야 비로소 스웨터를 벗을 수 있다는 것을 알고 있다. 하지만 올 12월에는 중순경에 한 번 추위가 몰려온 것을 빼면 마치 펜실베이니아의 9월 초 같은 날씨가 이어지고 있다. 덥다는 뜻이다. 색이 변하고 있는 마로니에, 공기 중에서 느껴지는 지친 듯한 건조함, 매미들이 맴맴거리는 소리만이 이제 여름이 끝났다고 말하는 듯하다.

달콤한 땅콩바가 위장 속에서 자리를 잡자 죽음이 다가올 것 같은 느낌이 그의 심장 주위에서 다시 발톱을 세운다. 다이아몬드 한 알을 단단히 붙들고 있는 집게 같다. 최근 신문에는 죽음을 알리는 소식이 아주 많았다. 이 나라 최초이자 유일한 전국 방송 흑인 앵커인 맥스 로빈슨, 항상 검은 옷에 검은 선글라스를 끼고 여자처럼 높이 올라가는 목소리로 〈귀여운 여인〉을 부르던 로이 오비슨. 그러더니 크리스마스 전에는 팬암 103기가 스코틀랜드 상공 8킬로미터 높이에서 썩은 멜론처럼 벌어져 사람들과 불덩어리가 된 잔해들을 글로커모라* 같은 작은

---

* 〈피니언의 무지개〉라는 뮤지컬 속 노래에 등장하는 아일랜드의 가상 마을.

마을의 골프장과 거리들에 쏟아놓았다. 이 마을의 실제 이름은 로커비였다. 가만히 자리에 앉아서 커다란 롤스로이스의 엔진소리 같은 비행기 엔진소리에 멍하니 마음을 놓은 채 스튜어디스들이 끌고 온 음료수 카트에서 나는 챙그랑챙그랑 소리를 들으며 이제 비행기를 탔으니 아무것도 하지 말고 그냥 마음 턱 놓고 있으면 된다고 생각하다가 갑자기 벼락같은 소리와 거대한 것이 찢어지는 소리와 사방에서 들려오는 비명과 함께 이 아늑한 세계가 깨져나가면서 발밑에는 검은 허공 외에 아무것도 남지 않게 되고 숨도 쉴 수 없을 만큼 끔찍하게 차가운 공기에 가슴을 쥐어짜는 사람의 심정을 생각해보라. 그렇게 차가운 공기가 정말로 그곳에 존재한다는 사실을 믿기 힘들지만 왠지 기압을 조절해놓지 않은 화물칸에 보관된 여행가방 속에 짐과 함께 그것이 들어 있다는 느낌이 들 때가 가끔 있다. 그래서 옷가지와 더러운 속옷과 비치타월을 가방에서 꺼낼 때 외계에서 날아온 그 무자비하고 차가운 죽음의 기운이 여전히 그것들 안에 깃들어 있는 것 같다. 바로 어제만 해도 로체스터에서 애틀랜타로 향하던 어떤 제트기가 9킬로미터 상공에서 찢어져버렸다. 신문에 따르면 지름 35센티미터 크기의 구멍이 난 상태로 웨스트버지니아에 착륙한 것이 행운이라고 했다. 모든 것이 떨어지고 있다. 비행기도, 다리도, 레이건 치하에서 아무도 상점 같은 것에 신경 안 쓰고 아무것도 없는 데서 돈을 만들어내고 빚을 쌓아가며 하느님을 믿던 팔 년 세월 때문에.

해리는 지금까지 자동차 딜러 회의를 위해 비행기를 타고 여기저기 돌아다녀봤고, 구 년 전에는 다른 두 부부와 함께 카리브해로 날아가서 끝내주는 시간을 보내기도 했지만 플로리다로 올 때는 재니스와 함께 언제나 운전을 한다. 그래야 여기서도 차를 쓸 수 있기 때문이다. 차가 한 대뿐이라서 십중팔구 넬슨이 불평을 늘어놓을 것이다. 여섯 명이 타도 편안한 캠리 스테이션왜건인데도 역시 마찬가지다. 넬슨은 자기만의 일을 하는 걸 좋아해서 정체를 알 수 없는 일을 위해 몇 시간씩 나가 있곤 한다. 넬슨. 정말 골칫덩이다. 해리는 혀가 따끔거리기 시작하자 송곳니 뒤쪽에 깔쭉깔쭉하게 붙어 있는 달콤한 옥수수시럽 조각을 떼어내려고 애쓰던 것을 그만둔다.

오늘 아침 포트마이어스의 〈뉴스 프레스〉에는 어제 포트로더데일에서 어떤 임신부가 미수로 끝난 강도사건에 휘말려 총을 맞았다는 기사가 실렸다. 틀림없이 흑인이었겠지만 신문에는 그런 소리가 없었다. 그들은 모르는 것이다. 여자는 죽었지만, 아이는 제왕절개수술로 구해냈다. 신문 1면에는 또한 열두 살짜리 여자아이를 데려다가 마약을 하게 하고 강간한 다음에 산 채로 불태워 죽여놓고는 이제 사형수 감방에서 바퀴벌레와 쥐에 대해 불평하고 있는 남자와의 인터뷰도 실려 있었다. 그 남자는 기자에게 이렇게 말했다. "항상 최선을 다하려고 애쓰기는 했지만, 나는 천사가 아니에요. 살인자도 아니고요." 해리는 그가 이 말을 했다는 사실에 웃음을 터뜨렸다. 왠지 익숙한 느낌이 드는 말이었다. 천사는 아니지만, 그렇다고 살인자도 아니다. 이 인간과 달리 수십 개 주에서 수십 명의 여자들을 죽인 번디는 여기 탤러해시에서 십 년 동안 이런저런 핑계로 사형을 지연시키고 있다. 히로히토도 시간을 끌기는 마찬가지다. 해리는 히로히토가 바로 히틀러, 무솔리니와 함께 전쟁 선전물에 등장했던 것을 기억하고 있다.

이번 6월이면 꼭 삼십 년 전이 되는 그때 자신의 갓난 딸 레베카 준이 물에 빠져 죽었고, 그가 혼자 아파트로 돌아갔을 때 아이를 죽인 그 미지근한 회색 물이 여전히 욕조에 차 있던 것 또한 결코 잊지 못했다. 하느님은 욕조의 배수구 마개를 빼주지 않았다. 하느님에게는 정말 쉬운 일이었을 텐데. 별들을 지금의 자리에 놓을 만큼 능력이 있으니까. 그 일이 일어나지 않게 해줄 수 있었을 텐데. 아니면 스코틀랜드 상공에서 팬암 747기를 폭발시킨 것이 뭔지는 몰라도 하여튼 그것을 이 우주에서 지워버릴 수 있었을 텐데. 심장이 펄떡펄떡 뛰고 있는 사람들의 몸이 어둠 속에서 마구 쏟아지다니. 그렇게 추락하던 그들은 사실을 얼마나 알고 있었을까? 미지근한 물처럼 저항이 심하고, 이 공항처럼 미지근한 회색이던 그 허공을 떨어지면서. 사람들이 송풍관 속의 먼지처럼 항로를 휙 날아가버리는 이 공항에서 우리는 모두 컴퓨터 속의 숫자들일 뿐인데 한 명쯤 줄어들든 늘어나든 그런 것을 누가 신경 쓰겠는가? 스크린에서 점이 깜박이다가 사라졌을 뿐이다. 허공에서 쏟아지던 그 사람들은 축축한 멜론 씨앗과 같았다.

한낮의 하늘에 별이 한 개 나타났다. 줄무늬처럼 떠 있는 솜털구름 아래의 파란 하늘에서 반짝이는 비행기 한 대가 고도를 낮추며 그들을 향해 곧장 다가오고 있다. 저 반짝이는 것이 그의 것들을 소중히 품고 있다는 생각이 든다. 그의 아들 넬슨, 테레사라는 이름으로 세례를 받았지만 프루라고 불리는 왼손잡이 며느리, 여덟 살짜리 손녀 주디, 네 살짜리 손자 로이. 이 녀석은 해리와 재니스가 일 년의 절반을 플로리다에서 보내기 시작한 그 가을에 태어났다. 아기의 원래 이름은 양쪽 아버지들의 이름을 딴 해럴드 로이였지만 다들 녀석을 로이라고 부른다. 어쩌면 해리가 화를 낼 수도 있는 일이다. 로이 루벨은 성질이 급하고 직장에서도 쫓겨난 애크런의 보일러 수리공으로, 심지어 결혼식에도 오지 않았을 뿐만 아니라 자기 자식 일곱 명이 굶주리는데도 거들떠보지도 않은 인간이었기 때문이다. 프루는 지금도 배가 고픈 사람처럼 보여서 해리는 그녀에게서 자신을 떠올린다. 하늘에 나타난 별이 점점 커지더니 이제 여러 군데가 반짝거리는 접시 모양으로 변했다. 날개 달린 알루미늄 기계가 하늘을 미끄러지며, 관목들이 자라는 음침하고 평평한 땅과 야자수들이 듬성듬성한 지평선 위에서 점점 커진다. 해리는 비행기가 땅에 닿으면서 폭발해 그 반짝이는 불빛 중 하나 때문에 불이 붙어서 텔레비전에서 항상 볼 수 있는 장면처럼 검은 그림자가 진 붉은 불덩어리로 변하는 모습을 상상한다. 그러다가 이런 것을 상상하는 자신의 마음속에 감정은 별로 없고 그저 어떤 사건의 목격자가 되었다는 차가운 흥분, 화학약품들의 무서운 분노에 대한 냉혹한 경이, 자신이 그 비행기 대신 이 유리창 안에 안전하게 있다는 안도감, 죽음이 미뤄졌다는 희미한 감각만이 있는 것을 깨닫고 충격을 받는다.

재니스가 다시 그의 옆에 돌아와 있다. 잔뜩 들떠서 숨을 몰아쉬고 있다. "해리, 서둘러." 그녀가 말한다. "애들이 여기 도착했어. 십 분 일찍. 뉴어크에서 뒷바람이 불었나봐. 내가 화장실에서 나와서 게이트까지 갔는데 당신이 거기 없잖아. 어디 있었던 거야?"

"아무데도. 그냥 여기 창가에 서 있었어." 그가 마음속으로 폭발시킨 비행기는 결국 아이들이 탄 비행기가 아니었다.

심장이 쿵쿵거리고 짜증스러울 만큼 가쁘게 숨을 몰아쉬면서 그는 자그마한 아내의 뒤를 따라 널찍한 회색 카펫 위를 성큼성큼 걸어간다. 주름이 들어간 테니스복 치마가 갈색으로 그을린 재니스의 허벅지 뒤편에 찰랑찰랑 부딪히고, 바닥이 여러 층으로 이루어져 있다는 흰색 나이키 운동화는 앙상한 재니스의 다리에 비해 터무니없이 커 보인다. 방처럼 커다란 신발을 신은 미니마우스 같지만, 재니스의 옷차림은 여기에 몰려든 많은 마중객들에 비해 특별히 터무니없는 것이 아니다. 남자들은 흰머리를 은행원처럼 깔끔하게 자르고, 은행원처럼 속을 알 수 없는 진지한 표정을 하고, 형광색으로 반짝이는 노란색과 초록색이 섞인 바탕에 코럴포인트나 캡티바섬이라고 적힌 탱크톱에 토마토처럼 새빨간 사이클용 반바지나 달걀프라이 같은 것이 그려진 짧은 반바지를 입었고, 머리는 파마를 하고 몸은 가운데가 두툼한 그들의 여자들은 분홍색이나 파란색으로 된 긴 내복 같은 모양이지만 위아래가 하나로 붙어 있는 우스꽝스러운 운동복을 입었다. 큐피 인형 같은 유아 체형 몸에 아기들이나 입는 색깔이라니. 그들의 의상은 요즘 스키선수나 테니스선수나 골프선수가 걸어다니는 광고판처럼 갖가지 로고를 잔뜩 매달고 텔레비전에 나오듯이 그들이 직접 여기서 찾아낸 영원한 젊음을 광고하고 있다. 아까 그렇게 서두르던 그 구부정한 유대인 남자는 사랑하는 사람을 이미 만났다. 환하게 웃고 있는 키 큰 여자인데, 이름이 아마도 레이철이나 에스더일 그 여자는 머리를 뽀글뽀글하게 볶았으며, 옆얼굴이 크고 창백하다. 한 팔에는 뉴어크에서 입고 있던 파카를 걸쳤고, 옆에는 뚱뚱하고 땅딸막한 그 여자의 어머니가 서 있다. 아까 그레이스라고 불린 여자. 남자가 화난 표정으로 뭔가를 내려치는 듯한 손짓을 하며 여자들에게 장광설을 늘어놓는 동안, 여자들은 그의 강력한 주장에 건성으로 귀를 기울일 뿐이다. 래빗은 이미 어른이 된

이 딸, 부모보다 머리 하나는 더 큰 이 딸이 짝 없이 나타난 것에 호기심을 느낀다. 키가 큰 흑인 남자, 회색 양복을 조끼까지 말끔하게 갖춰 입었지만 전혀 멋쟁이처럼 보이지 않는 그가 앵글로색슨계의 백인 사업가처럼 자신의 외모에 무심한 표정을 지으며 멋진 여행자들이 사용하는 헐렁하게 늘어지는 커다란 가방, 비행기의 좌석 머리 위 짐칸을 온통 게걸스럽게 차지해버리는 그 가방을 끌고 부자연스러울 정도로 뒤에 가까이 붙어 있다. 하지만 그가 저 사람들과 관계가 있을 리 없다. 틀림없이 그냥 지나가는 사람일 것이다. 75번 도로에서 빨간 카마로를 몰던 그 흑인 아가씨처럼. 모두들 앞차에 바짝 붙어서 차를 몬다. 그것이 요즘 우리가 움직이는 방식이다.

해리와 재니스는 A5 게이트에 도착한다. 사람들이 비행기에서 무더기로 나온다. 자기가 엄청 중요한 사람이라도 되는 것처럼 시끄럽게 떠들어대는 사람이 가방 세 개를 들고 나오고, 지팡이를 짚은 노부인이 휘청거리며 걷는 바람에 그 뒤의 사람들이 한 덩어리로 뭉쳐 있다. 우리가 몸이 불편한 사람들을 너무 생각해주는 것이 아닌가 하는 생각이 들 것 같다. "저기 있네." 마침내 재니스가 선언하듯 말한다. 그리고 목소리를 죽여서 해리에게 재빨리 덧붙인다. "넬슨이 녹초가 된 것 같아."

녹초는 무슨. 래빗은 속으로 생각한다. 그냥 믿을 수 없는 녀석처럼 보이는 거지. 그의 아들은 왼팔에 제 아들을 안고 있다. 넬슨의 오른쪽 눈이 가늘어지면서 눈꺼풀이 가볍게 떨리는 것처럼 보인다. 무방비 상태인 오른쪽에서 누가 주먹이라도 날린 것 같다. 로이는 비행기 안에서 잠이 들었는지 베개를 찾듯 제 아버지의 목에 머리를 기대고 있다. 아이답게 촉촉한 검은 눈은 떠져 있지만, 통통한 입술은 깜짝 놀라서 침으로 번들거릴 뿐 아무런 소리도 내지 않는다. 해리는 아들에게서 손자를 받아 안을 수 있는 위치에 아들이 이르자마자 앞으로 나서지만, 넬슨은 아들을 보내고 싶지 않은 것 같다. 아이 할아버지를 무슨 유괴범으로 생각하는 건지. 로이도 제 아버지에게 달라붙는다. 해리는 화가 나서 어깨를 으쓱하며 포기하고는 몸을 기울여 로이의 부드러운 뺨에 입을 맞춘다. 벨벳보다 더 고운 그 뺨은 잠기운 때문에 아직 열기가 남아 있다. 그러고 나서 해리는 작고 축축한 아들의 손을 잡고 악수한다. 몇 년 전부터 넬슨은 콧수염을 기르고 있다. 코의 폭보다 그리 넓지 않은 갈색 털 얼룩 같다. 그 밑의 섬세한 입술은 결코 미소를 짓는 법이 없는 듯하다. 해리는 자신의 푸른 눈이 조금이라도 흔적을 남겼는지 찾아보려고 그 무서운 갈색 눈의 얼굴을 들여다보지만 소용이 없다. 넬슨은 재니스의 딱딱하고 깔끔한 이목구비를 물려받았다. 말을 피하거나 혼란에 잠긴 것처럼 흐릿한 눈도 마찬가지다. 그 어리둥절한 표정은 남자보다 여자에게 어울린다. 그보다 더 심각한 것은 재니스의 넓은 이마와 가늘고 숱이 적은 머리가 넬슨에게서는 확실히 점점 넓어져가는 대머리로 변했다는 점이다. 점점 뒤로 물러나고 있는 관자놀이 사이에 속이 들여다보이는 삼각형 모양의 머리카락이 남아서 곧 섬이 될 것처럼 보인다. 그리고 넬슨이 제 어머니에게 입을 맞추려고 고개를 돌렸을 때 드러난 뒤통수에도 낫으로 머리카락을 베어낸 것처럼 피부가 드러난 부분이 점점 넓어지고 있다. 넬슨은 비행기에서 빳빳하게 다린 멋진 셔츠에 낡은 파란색 데님 재킷을 골라 입었지만, 셔츠 몸통에는 분홍색 줄무늬가 있고, 깃과 소맷단은 흰색이라서 결혼한 록스타나 주말에 부업으로 조직폭력배 활동을 하는 사람처럼 뭘 반쯤 하다 만 사람 같다. 한쪽 귓불에는 자그마한 금귀고리를 하고 있다.

"음-쭈!" 재니스가 반갑다고 입을 맞추며 소리를 곁들인다. 그런 소리를 내는 법은 남쪽으로 내려온 뒤 지나치게 표현이 풍부한 유대인 여자들에게서 배웠다.

해리는 주디스와 프루에게 조심스레 인사를 건넨다. 아홉 살까지 이제 한 달도 남지 않은 말라깽이 소녀는 여자의 스케치 같은 모습이다. 아직 몸이 다 크지도, 채워지지도 않았다. 머리는 제 엄마처럼 빨간색이다. 주근깨가 있는 장밋빛 뺨이 사랑스럽고, 얼굴의 세세한 부분들, 그러니까 속눈썹, 눈썹, 귀, 콧방울, 금방 벌어지면서 이를 드러내는 입술은 무서울 정도로 완벽하다. 너무 쉽게 후려칠 수 있을 것 같다. 해리는 아이에게 입을 맞추려고 허리를 기울이면서 아이의 귀 앞쪽에서 어린애다운 솜털이 반짝이는 것을 발견한다. 아이는 프루의 깨끗한 초록색 눈과 당근색 머리카락을 닮았지만, 그 약하고 꼿꼿한 몸매나 약간 긴 듯한 차분한 얼굴에는 프루가 살아오면서 얻게 된 뒤틀림이 아직 나타나지 않았다. 그 뒤틀림 때문에 프루의 아름다운 얼굴은 스물네 살 때에도 조금 어색하게 보였다. 말하자면 절룩거리는 것처럼 보였다고나 할까. 넬슨과 구 년 동안 결혼생활을 하면서 그 표정은 더 뒤틀리고 성가신 것이 되어 있다. 프루는 해리를 좋아하고 해리도 프루를 좋아하지만 두 사람은 아직 주위의 다른 사람들을 모두 피해서 호감을 표현할 방법을 찾지 못했다. "정말 아름다운 한 쌍이로구나." 해리가 프루와 주디스 모녀를 보며 말한다.

어린 주디가 콧잔등에 주름을 잡으며 말한다. "할아버지가 또 단것을 드셨나봐, 창피하게. 냄새가 나요, 땅콩도 들어 있었을 거예요, 틀림없어. 이 사이에 조각이 끼어 있기까지 해요. 창피하게."

해리는 이 공격에 웃을 수밖에 없었다. 정확한 말이니까. 아이가 펜실베이니아의 네덜란드계 사람들처럼 "창피하게"라는 말을 한 것도 그랬다. 지역적인 사투리는 점차 사라지고 있지만, 아이들은 천천히 아주 정확하게 어른들을 흉내낸다. 주디는 틀림없이 집에서 넬슨과 프루의 대화를 들었을 것이고, 어쩌면 재니스가 해리의 몸무게와 형편없는 식습관에 대해 말하는 것도 들었을지 모른다. 만약 식구들이 해리의 건강 얘기를 했다면, 그의 건강 문제가 생각보다 심각한 것일 수도 있다. 틀림없이 형편없는 몰골일 것이다.

"젠장." 그가 약간 당황해서 말한다. "이젠 시치미도 못 떼겠군. 프루, 요즘은 살기가 좀 어떠니?"

그의 며느리는 그가 성실하게 뺨에 입을 맞추려고 몸을 기울였을 때 입술에 왈칵 뽀뽀를 해서 그를 놀라게 한다. 프루의 입술은 뭔가가 유감스럽거나 수줍다는 듯 아래쪽으로 일그러져 있지만, 따뜻하고, 따뜻하고, 부드럽다. 그리고 그의 안에 남아 있는 뽀뽀의 여운은 쿠션만큼 크다. 오래전 여름에 어두운 장모의 집에서 프루를 처음 만났을 때, 호리호리한 몸을 구부정하게 기울이고 그들의 삶 한가운데로 불쑥 뛰어든 그녀는 오하이오 출신으로 넬슨의 아이를 임신했으며, 가톨릭을 믿는 넬슨의 여자친구였다. 테레사 루벨이라는 이름으로 켄트주립대학에서 비서로 근무하던 그녀가 갑자기 해리의 유전자를 이어줄 사람이 된 것이다. 프루는 기름진 펜실베이니아식으로 뚱뚱해지지 않았지만, 몸의 부피는 커졌다. 눈에 보이지 않는 쇠지레가 그녀의 뼈들을 살짝 벌린 사이 그 틈에 칼슘이 끼어들어가고, 살도 거기에 맞춰 조금 늘어나기라도 한 것처럼 이제는 풍채가 좀 난다. 전에는 주디처럼 갸름했던 얼굴이 이제는 가끔 납작해진 가면처럼 보일 때가 있다. 언제나 키가 홀쭉한 그녀는 오랜 세월 동안 주부이자 안방마님으로 점점 단련되면서 길고 곧던 머리를 짧게 잘라 스핑크스와 조금 비슷하게 양쪽으로 날개처럼 삐죽 튀어나오게 다듬었다. 엉덩이와 어깨도 어지러운 무늬의 옷 속에서 조금 넓어져 있다. 프루는 비행기에서 입을 옷으로 갈색, 흰색, 검은색의 사각형과 다이아몬드 모양이 3차원 이미지처럼 배열된 체크무늬 정장을 골랐는데, 세 시간 동안 좌석에 앉아 아기를 돌본 탓에 가벼운 정장에 주름이 졌다. 속이 꽉 찬 파란색 숄더백이 한쪽 어깨에 걸려 있고, 양팔과 손은 회색 모직으로 된 가벼운 외투, 두 아이의 재킷, 텔레비전 아침 프로그램을 기반으로 반들반들하게 만든 어린이책 여러 권, 흑같이 생긴 베이지색 얼굴의 양배추 인형, 바람을 넣어 부풀린 공룡 풍선 등을 꼭 움켜쥐고 있다. 프루는 손이 큼직하고, 분홍색 손마디는 굵게 갈라져 있다. 해리의 어머니 손도 그런 모양이었다. 빨래와 설거지 때문이었다. 가정용품이 발달한 지금 시대에 프루의 손은 왜 저렇게 된 걸까? 해리는 프루의 입맞춤 때문에 0.5초 동안 멍한 표정으로 프루를 바라보며 서 있다. 처자식이 생긴 것에 그는 금방 시들해지고 말았지만, 며느리가 생겼다는 사실에는 지금도 계속 마음이 들뜬다.

프루가 처음 만났을 때의 어색함을 덮으려고 조금 저속한 말투로 말한다. "좋아 보이세요, 아버님. 남부의 햇볕이 아버님한테 잘 맞나 봐요."

아까 그 키스의 의미는 뭐였을까? 조금 다급해 보였는데. 뭔가 슬픈 메시지가 들어 있었던 건가. 프루와 넬슨은 처음부터 서로 잘 맞지 않았다.

"너 말고는 아무도 그런 소리 안 해." 해리는 이렇게 말하고서 프루의 숄더백을 잡는다. "내가 짐을 좀 들어주마, 이 가방을 들게." 그가 가방을 잡아당기기 시작한다.

프루는 외투와 장난감들을 다른 손으로 옮겨 쥐고 팔을 뻗어 해리가 가방을 가져가게 하면서 동시에 그에게 말한다. "안 그러셔도 돼요."

해리가 묻는다. "왜 다들 나를 하느님도 포기한 환자처럼 대하는 거냐?" 하지만 허공에 대고 묻는 것 같다. 프루와 재니스는 억지로 반가운 척하며 기운차게 서로를 끌어안고 있고, 넬슨은 어깨에 머리를 기대고 다시 잠든 로이를 안은 채 긴 회색 복도를 먼저 터벅터벅 걸어가고 있다. 해리는 넬슨이 겨우 며칠 전에 세심하게 머리를 자른 것 같은데도 이발사가 꼬랑지 하나를 그냥 남겨둔 것을 보고 짜증이 난다. 쥐꼬리 같은 머리카락이 대머리가 점점 영역을 넓히고 있는 지점 아래쪽의 옷깃 위로 늘어져 있다. 저 녀석은 제가 몇 살인 줄 아는 거야? 열일곱 살? 어린 주디가 제 아버지 뒤를 따라가고 있지만, 넬슨은 아이를 기다려주지도, 뒤를 돌아보지도 않는다. 아이는 비행기용으로 옷을 예쁘게 차려입었기 때문에 품위를 내던지고 뛰어가 아버지를 따라잡으면 안 된다는 것을 딱 눈치챌 정도의 나이가 되었다. 주디는 분홍색 여름 원피스 위에 군청색 겨울 외투를 입고 있다. 외투 아래로 분홍색 치맛자락이 보이고, 그 밑에 아이의 맨다리가 있다. 다리가 길어 보인다. 11월 초에 보았을 때보다 더 길다. 하지만 정작 해리를 미치게 만드는 것은 주디의 뒤통수다. 반짝이는 당근색 머리카락을 돼지꼬리처럼 땋아서 화려하고 빳빳한 흰색 리본으로 묶어놓았다. 아이 엄마가 어려서 가톨릭 교육을 받고 자란 것이 그 리본 속에 드러나 있다. 성모인지 아기예수인지 하여튼 퍼레이드를 위해, 하늘로 올라가는 길을 위해 치장해놓은 것 같은 느낌. 주디의 매끄러운 뒤통수, 그리고 주디가 뛰지 않으려고 애쓰는 동안 거기서 통통 튀어오르는 돼지꼬리. 제 어머니가 묶어준 화려한 리본을 아이가 아무 생각 없이 얌전히 매고 있는 모습에 해리는 빙긋 웃는다. 그리고 걸음을 빨리해서 아이를 따라잡고는 손을 아래로 뻗으며 말한다. "어이, 예쁜 아가씨." 그리고 그는 아이답게 반사적으로 어른의 손을 향해 위로 올라온 주디의 손을 잡는다. 주디의 손은 깜짝 놀랄 만큼 축축하다. 제 어머니의 입술이 따뜻한 것도 놀라웠는데. 새하얀 가르마가 있는 아이의 머리가 해리의 허리보다 더 위에 있다. 재니스한테 듣기로, 주디는 3학년 여학생들 중 제 키가 가장 크다고 엄마한테 불평한다고 한다. 못된 남자아이들이 주디를 놀린다는 것이다.

"학교는 어떠니?" 해리가 묻는다.

"싫어요." 주디가 말한다. "자기가 엄청난 사람인 줄 아는 애들밖에 없어요. 여자애들은 완전 최악이에요."

"넌 네가 엄청난 사람이라는 생각 안 해?"

주디가 잠시 생각에 잠긴다. "항상 제 뒤를 쫓아다니는 남자애들이 있지만, 저는 그냥 꺼지라고 해요."

해리가 혀를 찬다. "3학년생이 그렇게 거친 말을 쓰면 되나."

"아니에요." 주디가 말한다. "선생님들도 화가 나면 가끔 '젠장' 같은 말을 하는데요."

"너희가 어쩌길래 선생님이 화를 내?"

주디가 위를 올려다보며 빙긋 웃는다. 제 엄마처럼 재빨리 입술이 크게 벌어지는 미소다. 주름이 없다는 점이 다를 뿐이다. "우리가 입술을 안 움직이고 그냥 입을 다문 채로 웅웅거리기만 할 때가 있어요. 이 주쯤 전에 선생님이 우리한테 크리스마스캐럴을 부르게 하려고 했는데, 자기가 엄청난 사람인 줄 아는 남자애 한 명이 그게 자기네 부모의 종교에 안 맞는다고 말했어요. 자기 아버지가 변호사라서 모든 사람한테 소송을 걸 거래요."

"그거 아주 싸가지 없는 녀석 같구나." 래빗이 말한다.

"할아버지, 그런 말은 쓰지 마세요."

"이런 건 욕이 아냐. 아, 그렇지, 네가 아까 냄새가 난다고 말한 땅콩바를 산 가게가 바로 여기다. 너도 사줄까?"

"먼저 엄마한테 물어보셔야 할걸요."

해리는 몸을 돌리고 서서, 엉덩이가 서로 부딪칠 만큼 가까이 걸으면서 고개를 주억거려가며 뭔가 의논하고 있는 두 엄마가 다가오기를 기다린다. "프루." 해리가 말한다. "내가 주디한테 초코바를 사주면 아이 이가 썩을까?"

프루는 생각이 다른 곳에 가 있는 표정으로 시선을 들지만, 해리에게 미소를 짓는 걸 잊지 않는다. "한 번쯤 먹는다고 어떻게 되지는 않겠죠. 하지만 넬슨이랑 저는 아이들한테 아무거나 함부로 먹이지 않으려고 해요."

"애한테 뭘 사주려면, 로이한테도 똑같은 걸 사줘야 돼, 해리." 재니스가 말을 덧붙인다.

"로이는 자잖아. 몸집도 애 절반밖에 안 되고."

"그래도 눈치챌 거예요." 프루가 말했다. "어른들이 한 아이만 귀여워하면요. 이제야 제 누나의 그림자에서 빠져나오는 중인데요."

어린 주디가 그림자를 드리운다고? 해리도 전에 밈에게 그림자를 드리웠던가? 밈이 다이아몬드 카운티를 떠나 멀리까지 가버린 것이 일종의 의사표시였던 건지도 모른다. 라스베이거스로 휑하니 떠나서 돌아오지 않은 것이.

"계속 이러고 있을 거야?" 재니스가 해리에게 말한다. "나한테 열쇠나 줘. 그래야 우리가 차에 타지. 뉴어크에서 화물로 부친 가방이 두개 더 있대. 아마 넬슨이 벌써 짐을 찾으러 내려가 있을 거야."

"그래? 그 녀석은 무슨 생각으로 그렇게 혼자 척척 가버린 건데? 누가 보기 싫어서 그런 거야?"

"아마 저일 거예요." 프루가 말한다. "저는 이제 그 사람이 그러는 이유를 알아내는 걸 포기했어요."

해리는 격자무늬의 골프바지 주머니 한쪽을 뒤져보지만 나오는 거라고는 골프티 몇 개와 발할라 빌리지를 뜻하는 파란색 V자 두 개가 그려진 플라스틱 볼마커뿐이다. 다른 쪽 주머니에 손을 넣자 울퉁불퉁한 열쇠들이 걸려 있는 고리가 만져진다. 그는 "조심해"라고 말하면서 열쇠를 재니스에게 던져준다. 재니스가 여자들 특유의 동작으로 양손을 한데 모아 펄쩍 뛰듯이 위로 올리지만, 열쇠는 그 옆을 유유히 지나서 재니스의 배에 부딪힌다. 이렇게 조금 움직인 것만으로도, 그러니까 주머니를 뒤져서 열쇠를 찾아내 던진 것만으로도 그는 피곤해진다.

위로 들어올린 팔이 물에 흠뻑 젖은 빨래라도 되는 것 같다. 자진해서 손녀에게 맛있는 것을 사주겠다고 생각하면서 느꼈던 즐거움이 사라져버렸다. 주디는 그가 상상했던 것처럼 플랜터스 땅콩바를 고르지 않고, 대신 스카이바를 고른다. 그가 보기에는 정말로 치아에 안 좋을 것 같은 물건이다. 다섯 개의 혹이 일렬로 늘어선 것 같은 모양의 순수한 초콜릿 사이에 다섯 가지 끈적거리는 물질을 채워넣은 모습이라니. 해리는 바지의 엉덩이 주머니를 뒤진다. 바지가 어찌나 낡았는지 격자무늬가 햇빛에 바랬고, 주머니 가장자리는 오랫동안 그의 손에서 묻은 땀 때문에 거무스름해졌다. 그는 지갑을 꺼낸 뒤 초코바 진열대에서 한동안 어른거린다. 견과류를 직사각형으로 한데 뭉친 단것을 또하나 사먹어도 될지 잘 모르겠다. 이번에는 운이 좋으면 포장지 안에서 부러지지 않은 초코바가 걸릴지도 모르겠다는 생각도 들지만, 결국 사지 않기로 결정한다. 자신이 너무 많이 먹는다는 생각 때문이다. 그는 프루의 말처럼, 그리고 여기 플로리다의 주치의인 모리스 박사의 말처럼 아무 음식이나 함부로 너무 많이 먹는다. 하지만 일 초도 안 되는 최후의 짧은 한순간에, 팔각형 모양 상점 안의 카운터에 서 있는 흑인 여자가 벌써 스카이바값으로 그가 내민 1달러의 거스름돈을 세는 모습을 보면서, 그는 결국 땅콩바를 사기로 한다. 딱히 그것을 씹어서 삼키는 느낌이 좋다기보다는, 그것이 입가에 처음 닿을 때의 거칠거칠한 느낌이 좋다. 처음에는 직각이던 땅콩바 조각이 서서히 녹아가는 것이 좋다. 그는 이제 1달러의 거스름돈을 받을 수 없을 뿐만 아니라 오히려 카운터의 흑인 여자에게 돈을 더 주어야 한다는 사실에 놀라움과 분노를 느낀다. 미국에서는 자주 보기 힘든, 광택도 없고 전혀 희석되지 않은 피부색이 석판처럼 무디게 보인다. 틀림없이 아이티나 도미니카에서 왔을 것이다. 플로리다에는 이런 보트피플이 가득하다. 여자가 세금으로 5센트를 더 내라고 한다. 공항 판매점의 가격이라니. 경쟁업체가 없으니 어쩔 수가 없다. 경쟁이 없으면 사회주의가 돼서 모두들 공짜를 원하게 되고, 경제는 쿠바나 아이티처럼 된다. 해리는 진열대의 잡지들을 흘깃 바라본다. 맨 윗줄에 비닐포장이 된 누드잡지들이 걸려 있다. 입을 살짝 벌린 여자들의 자세한 모습은 그 속에 감춰져 있다. 여자들은 손에 생생하게 느껴지는 자신의 자산에 깜짝 놀란 사람처럼 입을 벌리고 있다. 〈허슬러〉, 〈갤러리〉, 〈클럽〉, 〈펜트하우스〉, 〈위〉, 〈라이브〉, 〈폭스〉. 해리는 아이티 여자의 못마땅한 표정에 용감히 맞서서 그런 잡지를 한 권 사는 상상을 한다. 이런 카리브해 여자들은 죄다 복음 근본주의자들이라서 양철지붕을 인 교회에서 지금 바로 세상이 망하게 해달라고 외쳐댄다. 해리는 잡지를 집까지 몰래 가져가 재니스가 자거나 요리를 하거나 아니면 항상 몰려다니는 사람들과 함께 외출한 사이에 그 커다란 사진들과 분홍색의 은밀한 곳과 크게 키운 가슴과 털을 깎은 보지가 보이게 뒤에서 쳐든 엉덩이를 질리도록 보는 상상을 한다. 마치 먹는 굴처럼 보이는 그곳. 하지만 그런 것을 보아도 충분히 흥분되지 않을 거라는 슬픈 예감이 든다. 그가 주로 느끼는 것은 지루함일 것이고, 그런 것에 돈을 썼다는 사실이 민망해질 것이다. 요즘은 그런 잡짓값이 4달러 25센트다. '사우나의 섹시한 사이렌들'이니, '뜨겁게 달아오른 카라 롯'이니 '오럴섹스: 미식가의 안내서' 같은 선전 문구가 달려 있다. 생각해보면 우리는 얼마나 역겨운 존재인가. 일회용 고깃덩이 주제에 욕망을 만족시켜보겠다고 난리다.

"얼른 가요, 할아버지. 왜 이렇게 오래 걸려요?"

두 사람은 서둘러 다른 식구들의 뒤를 쫓는다. 다른 식구들은 이미 사라져버렸다. 리본으로 장식된 주디의 반짝이는 머리가 그를 불안하게 만든다. 그의 오른편에서 불쑥 튀어나왔다가 금방 왼편에서 불쑥 튀어나오는 모습을 보니, 자동차 열쇠를 금방 찾아내지 못했던 것이 생각난다. 재니스는 그에게 비틀거리는 노인네라고 말한다. 자기는 열쇠를 잡지도 못하면서, 서투른 명청이 같으니. 만약 손녀가 그의 옆에 있다가 납치라도 당한다면, 재니스는 정말로 그를 노인네로 취급할 것이다. "천천히 해라." 그는 에스컬레이터 꼭대기에서 주디에게 말한다. "계단을 한 칸 골라서 그냥 그대로 서 있는 거야. 틈새에 걸리면 안된다." 끝까지 다 내려온 뒤에는 또 이렇게 말한다. "됐다, 이제 발을 떼, 하지만 너무 서두르면 안 된다, 겁먹지 말고, 자연스럽게 될 거야, 그렇지, 잘했다."

"쇼핑몰에 가면 에스컬레이터를 항상 타요." 주디가 이렇게 말하면서 그를 비난하듯이 녹은 초콜릿 방울이 가장자리에 묻어 있는 입을 조금 뾰로통하게 내민다.

"다들 도대체 어디로 간 거냐?" 해리가 주디에게 묻는다. 햇볕에 그을린 모습으로 시끄럽게 떠들어대는 사람들이 아래층에서 잔뜩 북적거리고 있다. 사우스웨스트 플로리다 지역공항의 일층은 천장이 높고, 송풍관이나 납골당 같은 느낌은 덜하지만 그래도 무정한 파멸의 느낌이 억제된 소리로 울리는 것 같아서 그는 속이 아파온다. 그가 아는 사람은 하나도 없고, 마치 지옥으로 내려오기라도 한 것처럼 생면부지의 사람들뿐이다.

"길을 잃은 거예요, 할아버지?"

"그럴 리가 있니?" 그가 말한다.

갑자기 사소한 곤경에 처한 그는 아이의 소중함을 새삼 느낀다. 보석을 세공한 것 같은 아이의 눈과 속눈썹, 귀 앞쪽에서 은은히 빛나는 솜털, 한 가닥 한 가닥이 모두 반짝이는 풍성한 머리카락. 단단히 잡아당겨 굵은 돼지꼬리처럼 땋아 늘인 머리카락은 비현실적인 느낌이 들 만큼 빳빳한 흰색 리본으로 장식돼 있다. 해리는 주디가 리본 외에도 양쪽에 똑같이 나비 모양의 머리핀을 꽂고 있다는 사실을 처음으로 알아차린다. 주디가 그의 얼굴을 올려다보더니, 그 막연한 표정에 울음이 나오는 것을 억지로 참는다. "외투가 너무 더워요." 아이가 투덜거린다.

"내가 들어줄게." 해리가 말한다. 그는 묵직한 외투를 접어서 팔에 걸친다. 이제는 아이 자신이 분홍색 원피스를 입은 나비가 된 것 같다. 사람들로 북적거리는 이 정신없는 회색 공항에서 주디의 초록색 눈이 휘둥그렇게 커져 있다. 붉은색이 섞인 갈색 눈썹 중 한쪽에는, 주근깨가 난 작고 납작한 코 근처에서 소가 핥기라도 한 것처럼 눈썹털이 이상한 방향으로 자라는 곳이 있다. 넬슨에게도 그것이 있는데, 해리에게서 물려받은 것이다. 해리는 예전 고등학교 시절에 학교 화장실 거울을 보며 중지에 침을 묻혀 그것을 매끈하게 만들려고 애쓰곤 했다. 놀라운 일이다. 그렇게 사소한 특징이 유전될 수 있다는 것은. 어쩌면 우리가 얻을 수 있는 불멸성은 그것뿐인지 모른다. 자그마한 유전적인 변덕이 매달 은행에서 날아오는 계좌 내역서의 전산처리된 숫자처럼 계속 이어지는 것. 유령같이 공허한 형체들, 그가 모르는 사람들이 두 사람을 밀치며 물결처럼 계속 흘러간다. 두 사람은 우스갯소리와 시끄러운 뉴스와 포옹에 에워싸인 섬이다. 플로리다에서 몇 달을 보내야만 얻을 수 있는, 짙은 마호가니색으로 피부를 태운 사람들이 벽지를 바를 때 쓰는 풀처럼 희멀건 피부로 이제 막 도착한 사람들을 포옹한다. 해리는 할아버지가 그냥 멍하니 서 있기만 하는 것이 아니라 뭔가 말하고 있다는 것을 주디에게 보여주려고 이렇게 말한다. "식구들은 틀림없이 짐 찾는 곳에 있을 거야."

그가 시선을 들자 머리 위에 **짐 찾는 곳**이라고 적힌 표지판이 보여서 그는 아이의 축축하고 작은 손을 잡고 짐 찾는 컨베이어벨트 주위에 몰려 있는 사람들 쪽으로 아이를 잡아끈다. 벨트는 벌써 움직이고 있다. 하지만 프루도 재니스도 넬슨도 로이도 거기에 없다. 적어도 두 사람의 눈으로 볼 수 있는 한도 내에서는 그렇다. 아무리 사람들 얼굴을 둘러봐도 아는 얼굴의 형태가 나타나지 않는다. 언제나 시력이 좋았던 그의 눈이 이제는 인공조명이 켜진 곳에서는 그를 애먹인다. 프루가 그에게 대신 들게 한 파란 숄더백은 생각했던 것보다 무겁다. 틀림없이 가방 속에 벽돌을 싸온 모양이다. 그의 어깨와 눈이 타는 듯하다.

"내 생각에는 말이다……" 그는 용감히 의견을 내놓지만, 가능성은 별로 없어 보인다. "식구들이 벌써 차에 탄 것 같구나." 그는 열쇠꾸러미를 찾아보려고 주머니를 툭툭 두드리지만 열쇠가 만져지지 않자 당황하기 시작하다가 자신이 재니스에게 열쇠꾸러미를 던져준 것을 기억해낸다. 그렇지. 이제 그는 자신 있게 갈색 유리로 된 출구로 다가가지만 그의 몸이 전자 눈에 신호를 보내는 순간 엉뚱한 문이 펑 하는 소리를 내며 열린다. 엉뚱하다는 것은 어디까지나 그의 관점에서 하는 말이다. 주디는 아까부터 그를 올바른 방향으로 잡아당기고 있었다. 그쪽에서 느껴지는 바깥의 뜨거운 공기 조각이 급속히 커지고 있다. 태양은 우윳빛 솜털구름을 뚫고 나와 있다. 햇빛이 그의 무릎 밑에서 꽃을 피우고 있는 이름 없는 열대 식물들의 밀랍 같은 이파리에 부딪혀 튀어오른다. 한 덩어리가 되어 움직이는 차들에서도 햇빛이 윙크하며 눈을 멀게 만든다. 차들은 사나운 강물처럼 인도 바로 뒤의 도로를 따라 쏜살같이 움직인다. 그는 주디의 손을 더욱 세게 잡는다. 혹시라도 아이가 인도에서 풀쩍 뛰어내릴까봐서다. 사람들은 모두 정신 나간 충동으로 가득차 있으니까. 두 사람은 은은하게 반짝이는 자동차들의 호수를 향해 길을 건넌다. 그가 차를 세워둔 주차장이다. 그런데 정확히 어디더라? 그는 위치를 잊어버렸음을 깨닫는다. 차의 위치가 완전히 백지가 되었다.

캠리 딜럭스 왜건, 진줏빛이 섞인 회색, 강력한 24밸브 2.5리터 V-6 엔진. 그는 빨간 카마로가 꼬리에 바짝 붙었던 일과 재니스가 자신의 운전 습관을 비난했던 일 때문에 계속 속이 상해서 차를 주차시킨 위치를 기억하는 데 전혀 주의를 기울이지 않았다. 그는 얼룩말무늬의 횡단보도를 기억한다. 중앙분리대의 작은 화단에서 햇볕에 굶주린 대학생이 배낭을 베개 삼아 베고서 햇볕을 듬뿍 빨아들이던 것도, 어떤 소란스러운 노인네가 무슨 책임자라도 되는 것처럼 사람들에게 손짓을 해대며 출구가 어디고 주차비를 내는 곳이 어디인지 가르쳐주면서 아까 공항에서 아내 그레이스를 붙들고 늘어지던 남편처럼 지나치게 극성을 떨던 것도 기억한다. 마치 분별력이라고는 전혀 없는 사람을 대하듯이 아내를 다루던 그 남자는 머리가 뽀글뽀글하고 웃을 때 긴

이가 드러나고 두 부부보다 키가 더 큰 유대인 아가씨를 만났다. 해리는 그런 것들을 기억하면서도 자기 차를 어떤 줄에 세웠는지는 기억하지 못한다. 까맣게 뇌세포가 죽어버린 구역에 차를 세운 모양이었다. 이 우주가 진정으로 정교하고 놀라운 모종의 방법을 지어내지 않는 한 우리가 죽으면 우리의 뇌는 모두 그렇게 변해버릴 것이다. 재니스가 가끔 윈딕시에서 사오는 〈내셔널 인콰이어러〉는 사람들의 임사체험에 대해 계속 보도하고 있지만, 해리에게 그런 경험들은 UFO에 탄 외계인과 아주 흡사한 존재다. 그런 경험이 사실이라 해도 그다지 위안이 되지는 않는다. 그가 주차장 가장자리의 좁은 잔디밭에 서서 당황하고 있는데 주디의 손이 그의 손에서 스르르 빠져나간다. 여기 남쪽에서는 어디서나 볼 수 있고 스프링클러로 물을 주는, 이파리가 널찍한 이 풀들을 여기 사람들은 세인트오거스틴이라고 부른다. 그가 보기에는 진짜 풀 같지 않다. 너무 광택이 없고, 이파리가 너무 널찍하고, 발로 밟으면 바삭거리는 소리가 난다. 가슴이 아파온다. 음흉하고 널찍한 통증의 띠, 피부 밑에 밴드 같은 것이 단단히 바느질되어 있는 것 같다.

주디의 목소리가 가느다란 구명줄처럼 그를 향해 올라온다. "자동차 색깔이 뭐예요, 할아버지?"

"아, 너도 알잖니." 그가 말한다. 통증을 부추기지 않으려고 계속 짧은 문장만 말하고 있다. "연한 회색이야. 금속 느낌이 나고. 이 세상 차들 중 절반은 그런 색깔일걸. 하지만 겁내지 마라. 내가 차를 어디 세웠는지 생각날 거야."

가엾은 아이는 울지 않으려는 싸움에서 점점 지고 있다. "아빠가 그냥 가버릴 거예요!" 아이가 불쑥 말한다.

"너랑 나를 놔두고? 아빠가 왜 그러겠어? 네 아빠는 안 그럴 거다, 주디."

"아빠는 가끔 진짜 화를 낸단 말이에요, 괜히."

"뭔가 화낼 이유가 있는데 너한테 말을 안 하는 거겠지. 그럼 넌 어떠니? 넌 화낼 때 없어?"

"아빠처럼은 아니에요. 엄마는 아빠가 병원에 가봐야 한대요."

"그거야 누구나 그럴걸, 가끔은 말이야." 종말이 임박했다는 느낌이 차가운 물처럼 래빗의 뱃속에서 똑똑 떨어지고 있다. 의사라. 그의 주치의는 자기 아들과 함께 일하고 있다. 그러니까 그가 어느 날 죽어버리면 아들이 병원을 이어받을 것이고, 메디케어* 양식을 작성하는 일도 빼먹지 않을 것이다. 사람들은 한동안 한 자리를 메우다가 빠져나간다. 그것이 점잖은 일이다. 남에게 자리를 만들어주는 것. 해리는 저마다 자리를 차지하고 줄지어 서서 반짝이는 자동차들을 훑어보며 눈에 익은 회색을 찾는다. 혹시 자기가 색깔을 잘못 기억하고 있는 게 아닌가 하는 생각이 든다. 그가 평생 몰았던 차가 워낙 많고, 판매한 차는 그보다 훨씬 더 많다. 그가 선언하듯 말한다. "내 생각에는 차를 왼쪽에 세워둔 것 같구나. 아마 세번째 줄쯤일 거야. 어떻게 된 거냐면 말이다, 주디, 이것저것 지시를 내리면서 사람들한테 손짓으로 방향을 가르쳐주던 늙은이가 있었는데, 그 망할 노인네 때문에 내가 정신이 어지러워진 거야. 너도 그렇게 무슨 두목이라도 된 것처럼 구는 사람들이 싫지? 뭐든지 너보다 더 잘 아는 사람들 말이다."

---

* 미국의 노인의료보험제도.

아이의 반짝이는 빨간 머리가 그의 옆구리에서 소리 없이 끄덕거린다. 너무 걱정스러워서 말도 할 수 없는 모양이다.

래빗은 계속 떠들어댄다, 구름을 몰아내려고. "누가 나더러 이렇게 저렇게 하라고 지시를 내릴 때마다 내 본능은 반대로 가라고 말하지. 그래서 곤란해진 적이 아주 많지만, 재미있을 때도 많았어. 그 잘난 척하던 노인네가 한쪽을 가리키길래 난 반대쪽으로 가서 자리를 찾았다." 순간적으로 그의 가슴을 가로지르고 점점 단단하게 조여오는 두 개의 통증 띠 사이에 일종의 창문 같은 것이 생기면서 그 자리가 눈앞에 나타난다. 크림색 승합차 옆이다. 물에 푼 것 같은 파란색 미네소타 번호판을 붙인 그 포드 비부액이 단정치 못하게 하얀 선을 밟고 비스듬히 주차되어 있어서 그는 또 짜증이 났었다. 그 차 때문에 그는 재니스가 문을 열고 내릴 공간을 확보하고, 왼편의 밤색 갤럭시를 긁지 않으려고 차를 아주 조심스레 세워야 했다. 이제 아지랑이가 피어오르는 것 같은 플로리다의 열기 속에서 저멀리 금속성 자동차 지붕들 위로 솟아오른 크림색 띠가 눈에 들어온다. 세번째 줄, 쐐기꼴 근처. 그가 의기양양하게 말한다. "주디, 찾았다. 가자." 그리고 아이의 손을 다시 잡는다. 작고 완벽한 아이가 빈자리를 찾아 주차된 차들 사이를 돌아다니는 자동차에 치이면 안 되니까. 몸집이 작고 나이 많은 사람이 커다란 하얀색 캐딜락이나 올즈모빌을 몰 때는 앞유리창 뒤의 엔진덮개 너머가 잘 안 보일 때가 있다. 골다공증 때문에 몸이 완전히 쪼그라들고 굽은 채 그저 운전대에만 매달려 있기 때문이다. 아직 그는 그렇게 되지 않았다. 자신이 아는 한 여전히 키가 190센티미터다. 적어도 바짓자락이 바닥에 끌리지는 않는다. 하지만 재니스가 가끔 그런 이야기를 하고, 텔레비전에도 심심찮게 나온다. 두 여자가 기차를 타고 가는 광고 말이다. 그 병은 남자보다 여자에게 더 영향을 미친다. 뼈가 작으니까. 재니스는 아침식사 때 오렌지주스와 함께 온갖 비타민제와 칼슘제를 나란히 놓고 먹는다. 세상에, 얼마나 건강해 보이는지. 재니스는 순전히 그에게 심술을 부리기 위해서라도 영원히 살 것이다.

그와 어린 주디는 위험하고 뜨거운 아스팔트길을 건너 진줏빛이 섞인 회색 캠리에 도착한다. 재니스의 테니스라켓과 커버가 뒷좌석에 따로따로 던져져 있는 것을 보니 확실히 그의 차다. 멍청이 같으니. 라켓을 넣지도 않을 거면서 커버는 왜 가지고 다녀? 하지만 차 안에는 아무도 없고 차문도 닫혀 있는데 해리는 열쇠를 재니스에게 주어버렸다. 아이가 울기 시작한다. 다행히 색바랜 체크무늬 골프바지 뒷주머니에 손수건이 있다. 해리는 벽돌이 든 것 같은 프루의 파란색 가방을 아스팔트 위에 내려놓고 줄곧 들고 다니던 작은 겨울 외투를 자동차 지붕에 놓는다. 마치 이건 내 차라고 주장하려는 듯이. 그러고는 무릎을 구부리고 앉아서 주디의 입가에 녹아 있는 스카이바 자국을 닦아내고 뺨의 눈물도 닦아낸다. 그도 햇볕에 직격당한 자동차의 금속 옆구리 옆에 쪼그리고 앉아 한바탕 울고 싶다. 설상가상으로 그의 무릎도 불평을 해대고, 겁에 질린 아이의 뜨거운 숨결이 더위에 더해진다. 상심한 아이의 주근깨 깔린 코에서 콧물이 흐르고, 입술은 딱딱하게 굳어졌다. 윗입술이 뻣뻣해진 것을 보며 해리는 넬슨이 겁이 나거나 화가 났을 때의 모습을 떠올린다.

"그냥 여기서 식구들이 우리를 찾아낼 때까지 기다려도 되고……" 해리는 손녀에게 차근차근 설명한다. "아니면 다시 안으로 들어가서 식구들을 찾아봐도 된다. 너무 피곤하고 날도 더우니까 그냥 여기 있는 게 나을지도 모르지. 자동차 번호판들을 보면서 몇 개 주나 찾아낼 수 있는지 내기해볼까?"

이 말에 코를 훌쩍이던 아이가 울음기 섞인 웃음을 작게 터뜨린다. "그랬다가 또 길을 잃을 거예요." 눈물을 비비느라 눈꺼풀이 빨갛게 변했고, 초록색 눈동자에서 반짝이는 자그마한 빛의 조각들은 메탈 페인트에 반짝이는 느낌을 주는 미세한 커팅 면 같다.

"봐라," 해리가 아이에게 말한다. "이건 미네소타 차구나. 작은 소나무숲이 있지? 만 개의 호수라고 써 있는 걸. 할아버지가 1점 땄다."

이번에는 주디가 그냥 빙긋 웃기만 할 뿐 그에게 웃음을 선사해주지 않는다. 아이는 할아버지가 다른 식구들을 잃어버린 실수에 대해 용서받으려고 애쓰고 있다는 걸 알고 있다.

"길을 잃은 건 우리가 아니야. 우린 여기가 어딘지 알고 있으니까." 해리가 말한다. "다른 식구들이 길을 잃은 거지." 그는 아이 옆에 쪼그리고 앉아 있는 걸 그만두기로 한다. 어린 녀석이 거들먹거리기는. 그는 삐걱거리는 무릎도 펴고, 가슴이 답답한 느낌도 좀 줄여보려고 일어선다.

그때 식구들이 보인다. 얼룩말무늬 횡단보도를 막 건너서 여행가방들을 힘들게 끌고 이쪽으로 오고 있다. 로이를 어깨에 앉혀서 머리가 두 개인 괴물처럼 보이는 넬슨이 먼저 보이고, 그다음에는 빨간 머리카락을 스핑크스처럼 부풀린 프루의 머리가 보이고, 재니스의 하얀 테니스복이 보인다. 자동차 지붕들 위로 가슴까지 나와 있는 해리가 무인도에 떨어진 사람처럼 팔을 앞뒤로 흔든다. 재니스가 마주 손을 흔든다. 하지만 자기들이 지금 이야기하고 있는 주제와 그는 아주 동떨어진 존재라는 듯 그냥 손을 한 번 까딱하고 말 뿐이다.

식구들이 모두 한자리에 다시 모였을 때 넬슨이 불같이 화를 낸다. 얼굴이 창백하고, 윗입술은 뻣뻣하게 굳어 있다. "정말 미치겠네, 도대체 어디로 사라지셨던 거예요? 아버지가 짐 찾는 곳에 나타나지 않아서 우리가 이층의 그 웃기는 사탕가게까지 가봤잖아요."

"우린 거기 있었어. 그렇지, 주디?" 해리가 말한다. 점점 영역을 넓히고 있는 아들의 대머리가 점점 가늘어지는 머리카락 사이로 무자비하게 내리쬐는 플로리다의 햇빛에 노출된 모습이 놀랍고, 가구 밑에 먼지가 뭉쳐서 생겨나는 덩어리처럼 흐릿하게 흐트러져 있는 쥐색 콧수염이 놀랍다. 몇 년 전부터 이런 변화를 눈치채기는 했지만, 그래도 여전히 놀랍다. 아들의 눈가에 생긴 잔주름도 마찬가지다. 세월이 그의 자식의 뺨에 새겨놓은 모진 주름들이 햇빛 속에서 날카롭게 도드라진다. "우리가 사탕가게에 있었던 건 기껏해야 일 분 정도야. 그러고는 곧바로 에스컬레이터를 타고 짐 찾는 곳으로 내려갔어." 래빗이 말한다. 이렇게 기억이 정확하다는 사실, 두 개의 초코바 모습이 정확히 떠오른다는 사실이 기쁘다. 그가 카운터의 흑인 여자가 내민, 은으로 광을 낸 것 같은 손바닥에 추가로 놓아줄 5센트 동전을 찾아냈던 것도, 입을 벌린 여자들의 사진이 실려 있던 야한 잡지도, 에스컬레이터의 계단 홈이 맞물리는 곳에 주디의 발이 낄까봐 걱정했던 것도 기억난다. "아마 사람이 많아서 서로 모르고 지나쳤을 거다." 해리가 식구들의 이해를 돕고 자신이 악의가 없음을 보여주기 위해 말을 덧붙인다. 그는 아들이 무섭다.

재니스가 캠리의 문을 열쇠로 연다. 자동차 안의 뜨거운 공기가 유령처럼 풀려나와 그들의 얼굴을 스치고 지나간다. 그들은 여행가방을 뒤쪽 빈 공간에 넣는다. 프루는 넬슨의 어깨에 늘어져 있는 아들을 들어서 뒷자리 그늘 속에 눕힌다. 로이는 엄지를 입에 넣은 채로 비몽사몽중에 검은 눈을 잠시 떴다가 감는다. 마침내 손이 자유로워진 넬슨이 캠리의 지붕을 후려치며 짜증스러워 미치겠다는 듯이 소리친다. "아유, 젠장, 아버지, 우리가 얼마나 정신없이 찾아다녔는지 알아요? 아버지 때문이라고요! 아버지가 주디를 잃어버린 줄 알았어요!" 넬슨이 화가 나거나 겁이 나면 짓는 표정이 있다. 해리는 항상 '아가미가 하얗게 되는 표정'이라고 생각했다. 아이의 얼굴이 하얗게 질리고 눈동자가 뒤로 넘어가는 표정. 제 엄마에게서 물려받은 표정이다. 그리고 재니스는 또 그것을 자기 어머니에게서 물려받았다. 어둡고 뚱뚱하고 늙은 베시. 장모는 성질이 뜨거운 커너 집안 사람이라고 즐겨 말하곤 했다.

"우린 계속 붙어 있었다." 래빗이 차분하게 말한다. "그러니까 내 망할 차 우그러뜨리지 마. 네가 지금까지 망가뜨린 차만으로도 충분하니까."

"그래요, 그러는 아버지는 지금까지 여러 사람 인생을 망가뜨렸죠. 그런데 이젠 내 딸까지 유괴하려고 해요!"

"무슨 말도 안 되는 소리야." 해리가 입을 연다. 통증이 차가운 화살처럼 겨드랑이를 통해 그의 왼팔을 타고 갑자기 아래로 내려간다. 그는 놀라서 눈을 깜빡인다. 그가 간신히 머릿속을 정리해서 꺼낸 말은 "앤 내 손녀"가 고작이다.

재니스가 그의 얼굴을 보며 묻는다. "왜 그래, 해리?"

"아무것도 아냐." 그가 재니스에게 날카롭게 쏘아붙인다. "이 정신 나간 자식 때문이야. 뭔가 계속 속이 상한 모양인데 그게 나 때문일 줄 이야." 뭔가 묘한 가스처럼 묵직한 것이 그의 머리와 가슴을 감싸더니 조금 전의 그 갑작스러운 화살의 궤적을 따라 내려갔다. 그는 운전석에 늘어지듯 앉는다. 여기가 어딘지 조금 어리둥절하지만 그래도 운전을 하겠다고 마음을 다잡는다. 은퇴한 뒤에는 자기만의 정해진 일상이 생기게 되고, 다른 사람들은 아무리 사랑하는 상대라 해도 스트레스거리가 된다. 새로 늘어난 이 가족 전체가 그의 뒷자리에 올라탄다. 프루는 3차원 체크무늬 옷을 입은 멋지고 널찍한 엉덩이를 흔들어 자고 있는 로이 옆의 뒷좌석에 올라앉고, 넬슨은 반대편 문으로 들어와 해리 바로 뒤에 앉는다. 그래서 해리의 목덜미에 아들의 숨결이 느껴진다. 그는 최대한 고개를 돌려 곁눈질로 넬슨을 보며 말한다. "아비한테 '유괴'가 뭐냐?"

"화내고 싶으면 내세요. 난 그렇게 느꼈으니까. 옆에 있던 아버지가 순식간에 사라져버렸다고요."

레이더에서 갑자기 사라져버린 팬암 103기 같다. "우린 길을 잃지 않았어, 그렇지, 주디?" 해리가 뒤를 향해 소리친다. 아이는 제 부모와 동생의 몸을 타넘어 짐을 놓아둔 의자 뒤쪽으로 들어가 있다. 머리를 하나로 묶어서 각진 리본을 맨 아이의 머리 실루엣이 백미러에 비친다.

"저는 어디가 어딘지 몰랐지만, 할아버지는 아셨잖아요." 아이가 가느다란 실 같은 목소리로 앞쪽을 향해 의리 있게 대답한다.

넬슨은 사과하려고 시도한다. "그렇게까지 화를 낼 생각은 아니었어요. 하지만 애 둘을 키우는 게 얼마나 힘든지 몰라요. 애들을 데리고 하루종일 여행을 했는데, 아버지가 두 놈 중 하나를 훔쳐가질 않나⋯⋯"

"훔치긴 뭘 훔쳤다고 그래." 해리가 말한다. "애한테 스카이바를 사준 것뿐이야." 심장이 마구 질주하는 것이 느껴진다. 말이 한쪽 다리에 유난히 더 힘을 주면서 질주하는 것 같다. 그는 캠리의 시동을 걸고 기어를 주행으로 넣었다가 차가 덜컹하며 앞으로 튀어나가자 브레이크를 밟고 기어를 후진으로 놓는다. 그리고 주차했던 자리를 천천히 빠져나오며 미네소타 비부액의 옆구리와 툭 튀어나와 있는 사이드미러와 세 가지 종류의 갈색으로 된 줄무늬를 긁지 않으려고 애쓴다.

"해리, 내가 운전할까?" 재니스가 묻는다.

"아니." 그가 말한다. "왜?"

재니스는 머뭇거린다. 눈을 돌려 보지 않아도 재니스가 그렇게 머뭇거리며 혀를 뾰족하게 만들어 윗입술을 핥고 있는 것이 보이는 듯하다. 재니스가 생각을 하려고 애쓸 때는 항상 그렇게 하기 때문이다. 그는 재니스를 그토록 잘 알고 있다. 너무 잘 알기 때문에 재니스와 대화를 나누는 것이 마치 자기 자신과 씨름하는 것 같은 기분이 들 정도다. "조금 전에 표정이 좀 이상해서." 재니스가 말한다. "표정이⋯⋯"

"아가미가 하얘진 표정이겠지." 그가 대신 말해준다.

"비슷해."

자기가 이곳의 대장인 줄 아는 그 늙은이가 아스팔트 위에 요금 계산소를 향해 그려진 화살표를 따라가라고 지시한다. 해리의 차 앞에 줄을 서 있는 것은 **가든 스테이트**라는 뉴저지 번호판을 단 황갈색 혼다 어코드다. 그 차에 탄 사람의 뒤통수가 친숙하게 보인다. 아까 대합실에서 의자들 사이로 펄쩍펄쩍 뛰듯이 지나가던 그 작은 남자다. 그레이스가 그의 옆에 충실하게 붙어 있고, 뒷자리에는 머리가 뽀글뽀글한 딸과 또다른 사람이 타고 있다. 키는 딸보다 더 크고, 머리도 훨씬더 뽀글거린다. 해리가 저 사람들과는 아무 상관 없는 사람일 거라고생각했던, 앵글로색슨계 백인 사업가 같은 양복을 입은 그 흑인 남자다. 앞자리의 노인은 손짓을 하면서 수다를 떨고 있고, 흑인은 예전에해리가 프레드 스프링어에게 그랬던 것처럼 고개를 끄덕이고 있다. 장인의 피부색이 자기와 같을 때도 힘든 법인데. 해리는 그 사람들에게정신이 팔린 나머지 하마터면 그 차의 뒤를 부드럽게 박을 뻔한다. "여보, 브레이크." 재니스가 말한다. 시야의 가장자리에 흐릿하게 들어온재니스의 하얀 테니스복에서 재니스가 주차비로 내민 50센트가 뻗어나온다. 워크맨 귀덮개 때문에 완전히 귀가 안 들리는 동양 아이가 자기만 들을 수 있는 박자에 따라 펄쩍펄쩍 뛰는 손으로 25센트 동전 두개를 받아들자 줄무늬가 그려진 가로대가 위로 올라가고 그들은 이제자유로이 집에 갈 수 있게 된다.

"아이고." 해리가 짧고 이상한 고속도로로 다시 올라온 뒤 말한다. "한바탕 난리가 난 것 같네. 아들한테서 유괴범이라는 소리를 듣다니. 그리고 애 둘을 키우는 게 힘들다는 말 말인데, 하나를 키우는 것보다힘들어봤자지. 하나든 둘이든 자유는 없으니까."

넬슨이 알고 그랬는지 모르고 그랬는지는 모르지만, 넬슨의 말은 사실 아픈 곳을 찔렀다. 해리와 재니스는 정말로 아이를 두 명 낳았기 때문이다. 죽은 아이는 죄책감과 수치심이라는 침묵의 아교가 되어 두사람 곁에 계속 살아 있다. 가슴속 맨 밑바닥에 도저히 몰아낼 수 없는 아픈 구석이 되어 있는 것이다. 그리고 래빗은 자신에게 사생아 딸이 있는 것 같다는 생각도 하고 있다. 루스라는 여자가 낳은, 넬슨보다 세 살 어린 딸이다. 하지만 루스는 해리와 만났을 때 그 사실을 인정하려 하지 않았다.

넬슨은 이미 단단하게 자리잡은 분노에 사로잡혀 저항하지 못하고 계속 말을 잇는다. "아버지는 주디랑 친한 척 가버리느라고 로이한테는 까꿍도 한마디 안 해줬어요."

"까꿍? 그랬다간 애가 깼을걸. 계속 자고 있었잖아. 무슨 약이라도 먹은 애처럼. 게다가 저애가 엄지손가락 빼는 걸 언제까지 그냥 둘 거냐? 지금쯤이면 그만둬야 하는 것 아냐?"

"애가 엄지손가락을 빨든 말든 아버지가 무슨 상관이에요? 아버지가 무슨 피해 입는 거라도 있어요?"

"뻐드렁니가 날 거야."

"아버지, 그런 건 옛날 아줌마들이나 하는 얘기죠. 프루가 소아과의 사한테 물어봤는데, 이로 손가락을 빼는 게 아니라고 하더래요."

프루가 조용히 말한다. "그리고 애가 곧 손가락 빼는 걸 그만둘 거라고 했어요."

"왜 뭐든지 그렇게 나쁘게만 보세요, 아버지?" 넬슨이 우는소리를 낸다. 달리 공격할 거리를 찾아내지 못한 모양이다. 저 아이는 지금 몸이 근질거려 미칠 지경이라 목소리로 긁어대는 걸 멈추지 못한다. "옛날에는 상당히 느긋한 성격이었잖아요. 그런데 지금은 항상 부정적인 말만 하다니."

래빗은 아이를 계속 부추겨서 아이가 여자들 앞에서 자기 꼴을 얼마나 우습게 만들 수 있는지 보고 싶다. "완고해진 거야." 그가 빙긋 웃으며 맞장구를 친다. "나이를 먹을수록 자기 고집이 늘어나지. 발할라 빌리지에는 손가락을 빼는 사람이 하나도 없다. 어쩌면 그걸 금지하는 규칙 같은 것까지 있는지도 몰라. 수영모를 쓰지 않고 풀장에서 수영하면 안 된다는 규칙도 있으니까. 귀걸이를 한쪽만 하고 수영을 하면 안 된다는 규칙도 있고. 하나 물어보자. 결혼해서 애 둘을 키우는 사람이 한쪽 귀에만 귀걸이를 하는 건 무슨 뜻이냐?"

넬슨은 고상한 표정으로 침묵을 지키며 이 질문을 무시해서 아버지를 우스운 꼴로 만든다.

그들은 진짜 같지 않은 풀이 자라는 양쪽 갓길 사이를 기세좋게 달리고 있다. 야자수들이 전신주처럼 휙휙 지나간다. 프루가 화제를 바꾸려고 뒷자리에서 이렇게 말한다. "플로리다는 너무 평평해서 도무지 적응이 안 돼요."

"구릉지대도 조금 있어." 해리가 말한다. "해안에서 떨어진 곳에는. 농장과 오렌지 과수원이 있는 시골이지. 촌뜨기들이 살고, 멕시코인도 아주 많다. 언제 다 같이 내륙으로 드라이브나 한번 가도 좋지. 진짜 플로리다를 보러."

"주디와 로이는 디즈니월드를 보고 싶어서 죽을 지경이에요." 넬슨이 이성적인 대화를 시도한다.

"너무 멀어." 그의 아버지가 재빨리 대답한다. "브루어에서 피츠버그까지 운전하는 거리만큼은 된다. 여긴 큰 주야. 어딘가에 숙박하려면 미리 예약을 해야 하는데, 이 시기에는 빈방이 없어. 절대 불가능하지."

이 단호한 말에 모두 말문이 막힌다. 에어컨이 쉭쉭 돌아가는 소리와 타이어가 웅웅거리는 소리 속에서 해리는 저 뒤 짐칸에서 들려오는 소리를 듣는다. 삼십 분 만에 벌써 두번째로 그가 손녀를 울린 것이다. 프루가 고개를 돌려 아이에게 뭐라고 중얼거린다. 해리가 뒤쪽을 향해 큰 소리로 외친다. "그것 말고도 할일이 아주 많아. 새러소타의 서커스 박물관에 다시 가도 되고."

"난 서커스박물관 싫어요." 주디의 작은 목소리가 들린다.

"포트마이어스에 있는 에디슨의 집에는 아직 한 번도 안 가봤잖아." 그가 이제 차 안에 가득 앉은 사람들 모두를 향해 가장으로서 선언하듯 말한다. "우리 아파트 사람들 말이 굉장하다더라. 알고 보니 에디슨이 심지어 텔레비전도 발명했대."

"그리고 바닷가도 있어, 아가야." 프루가 부드럽게 덧붙인다. "쇼어에서 너 바닷가를 아주 좋아했잖아." 그러고 나서 조금 덜 엄마 같은 목소리로 프루가 재니스와 해리에게 말한다. "얘가 이제는 수영을 아주 예쁘게 잘해요."

"옛날에 저지쇼어까지 차를 몰고 가는 건 세상에 둘도 없이 지루한 일이었어요." 넬슨이 자기만의 어두운 구름 속에서 빠져나와 가족 모드로 들어오려고 애쓰며 부모에게 말한다. 이제는 기꺼이 다시 아이가 된 듯한 추억 속에 빠질 수 있다.

"운전은 지루한 거야." 래빗이 거들먹거린다. "그래도 해야지. 대부분의 미국인들은 어딘가로 운전을 하면서 살고 있어. 그리고 돌아오는 길에는 자기가 도대체 거기에 왜 갔는지 모르겠다고 생각하지."

"해리." 재니스가 말한다. "또 속도가 너무 빨라. 75번 도로를 탈 거야, 아니면 41번 도로까지 쭉 갈 거야?"

해리가 평생 보았던 모든 도로 중에서도 이 41번 도로, 그러니까 옛 태마이애미 길은 가장 한결같이 우울한 길이다. 아무나 들어갈 수 있는 북부의 상업용 고속도로보다는 폭이 넓지만, 길가에서 경쟁을 벌이고 있는 가게들은 항상 쨍쨍 내리쬐는 햇볕 속에서 더 형편없어 보인다. 결코 썩지 않는 비닐 쓰레기봉투 같다. 윈딕시. 퍼블릭스. 에커드 드럭스. K마트. 월마트. 타코벨. 아크 플라자. 조이 식품점. 스타빙 마빈 식음료할인점. 휘발유와 식료품과 술과 약 등을 파는 체인점들이 이곳 특유의 무법지대 같은 느낌으로 한데 뒤섞여 같은 이름들이 자꾸만 눈에 띄는 가운데, 특히 늙고 병든 사람들을 위한 시설들이 들어 있는, 나지막하고 연한 색 건물들이 보인다. 관절염 재활센터. 너스파인더. 심장병 재활센터. 척추지압원. 법률사무소—메디케어와 의료사고 전문. 보청기와 콘택트렌즈. 웨스트코스트 무릎센터. 유니버설 의수. 전국화장火葬협회. 펜실베이니아에서는 전선에 참새와 찌르레기가 앉아 있지만, 여기에는 고독한 매와 독수리가 앉아 있다. 연기를 쬐어서 까맣게 만든 유리가 끼워진 크고 세련된 건물들에 자리잡은 은행은 그 전선보다 더 높은 곳에 번쩍이는 광고판을 세워 자기들을 광고하고 있다. 퍼스트페더럴. 사우스이스트. 슈퍼 행원이 근무하는 바넷은행. 모든 서비스를 제공하는 C&S. 그들은 사람들이 노쇠한 몸으로 이곳까지 가져오는 수백만, 수십억 달러의 돈에 서비스를 제공한다. 그들이 평생 동안 모은 재산이 나지막한 모래땅에 흘러넘치고, 까만 유리를 끼운 커다란 호화 여객선을 띄운다.

41번 도로를 따라 은행과 상점과 애완용품점과 스프링클러 설치점 등 여러 업체들 사이로 온도를 식혀주는 두툼하고 하얀 타일로 지붕을 올린 나지막한 주택들이 몇 킬로미터나 뻗어 있다. 일산화탄소 매연이 안개처럼 자욱한 고속도로에서 한두 블록쯤 떨어진 곳에는 높은 분홍색 아파트들이 스페인의 성이나 중국의 탑처럼 우뚝 서서 바니안나무처럼 옆으로 퍼져나가고 있다. 해리는 이리로 내려온 뒤 바니안나무에 매혹당했다. 덩굴을 아래로 떨어뜨리면 거기서 뿌리가 자라 나무가 계속 퍼져나가는 방식이라니. 그가 보기에 이 나무는 신발에 붙은 거대한 껌 같다. 이지 드럭스. 뉴뷰. 아메리생명과 건강. 스타라이트모텔. '예수님은 주님이십니다.' 차를 가득 채운 해리의 가족들은 그가 운전하는 동안 점점 멍해지고 잠잠해진다. 해리는 교차로가 나오면 신호등에 따라 간혹 차를 세우기도 한다. 여기서 뻗어나간 갈림길들은 서쪽의 해변, 아직 맹그로브 습지가 남아 있는 곳, 그리고 또 개발을 하겠다고 커다랗게 거죽을 벗겨내고 있는 동쪽의 꾀죄죄한 초원으로 이어진다. 개발이라니! 우리 모두 죽을 때까지 개발당할 판이다. 41번 도로를 빠져나가는 길목들은 모두 누군가의 집으로 이어져 있다. 미로 속에 자리잡은 그들만의 작은 장소, 그들만의 주차공간이 있는, 힘들게 손에 넣은 집들이 햇빛 속에 서 있다. 이제 해가 만 위에 낮게 걸려 있어서 모든 것이 분홍색으로 물들어 있다. 자동차 정지등의 빨간색이 거의 보이지 않을 정도다. 앵스트롬 일가의 집으로 통하는 길목을 빠져나오면 3킬로미터쯤 되는 길이 또 앞에 펼쳐진다. 똑바로 뻗은 구간도 있고, 휘어진 구간도 있는 그 길을 따라 핵가족이 사는 집들이 늘어선 동네를 지나간다. 반쯤 죽어 있는 집 앞 잔디밭들은 건조한 연말 기후 속에서 꽃 피우는 일을 멈추고 휴가중인 덤불들과 팜파스그래스로 장식되어 있다. 재니스와 해리는 처음에 열대의 덤불과 오렌지나무 뒤에 숨어 있는 이 창백한 일층짜리 주택들 중 한 곳을 살까 하고 생각했었다. 자동문이 달린 차고 뒤편에 풀장이 비밀스레 숨어 있는, 서늘하고 어두운 동굴 같은 집. 하지만 이런 집들은 두 사람이 서로를 데면데면하게 대하면서 불행하게 살았던 펜빌라스의 집, 나중에 화재가 나서 절반이 불타버린 그 집을 생각나게 했다. 그래서 두 사람은 허공에 높이, 그러니까 사층에 있는, 침실 두 개짜리 아파트를 선택했다. 노퍽소나무의 가장 높은 가지들이 커튼처럼 앞을 가려주는 좁은 발코니에서 골프장이 내려다보이는 집이다. 해리가 지금까지 살았던 모든 집들의 주소 중에서, 그러니까 잭슨 로드 303번지, 텍사스주 포트라슨 66 야전포병대대 A포대, 윌버 스트리트 447번지 아파트 5호, 번지는 알 수 없지만 오래전 봄에 그가 루스 레너드와 함께 둥지를 틀었던 서머 스트리트의 집, 비스타 크레센트 26번지, 장모 덕분에 십 년 동안 살았던 조지프 스트리트 89번지, 프랭클린 드라이브 14½번지 등 지금까지 살았던 주소 중에서 지금 집의 번지수가 가장 크다. 핀도팜 불러바드 59600번지 B동 413호. 그는 13을 공연히 꺼리는 사람이 아니었지만 사실 건축업자들이 건물에 그 숫자를 붙이지 않았을 거라고 생각했다. 하지만 요즘 사람들은 옛날보다 미신을 덜 믿는 모양이다. 그가 어렸을 때는 사람들이 온갖 것을 걱정하고 무서워했다. 장난으로 그런 척하는 것이 아니었다. 검은 고양이, 소금을 쏟는 것, 집안에서 우산을 펴는 것, 양동이를 발로 차는 것, 사다리 밑을 걷는 것. 당시 사람들은 공기 중에도 눈과 귀가 있기 때문에 잘 달래주어야 한다고 생각했다.

발할라 빌리지. 회반죽으로 만든 커다란 간판에 진짜 황동으로 만든 황금색 고리를 둘러싸고 이 두 단어가 둥글게 휘어지듯 적혀 있다. 도둑이 이 간판을 파괴해버리지 못하게 상감으로 글자를 새겨넣고 그 위에 에폭시수지를 부었다. 여기서 경비초소 앞으로 꺾여져 들어가 경비원에게 확인을 받고 자기 아파트 호수가 아스팔트 위에 새겨져 있는 두 개의 주차공간 중 한 곳에 차를 세운 뒤 열쇠로 B동 외곽의 문을 열고 들어가 암호를 입력해서 안쪽 문을 열고 엘리베이터로 올라가면 된다. 엘리베이터에서 내린 뒤 왼쪽으로 꺾어지면 복숭아색 카펫이 깔리고, 플로리다의 모든 폐쇄 공간 속으로 스멀스멀 기어드는 곰팡내를 가리기 위해 뿌린 방향제 냄새가 나는 복도가 나온다. 직원들이 일주일에 세 번씩 와서 진공청소기를 돌리고, 한 달에 한 번씩 카펫을 비누로 빨고 벽을 청소한다. 집집마다 문 옆에는 농구 골대처럼 생긴 작은 받침대에 플라스틱 조화가 꽂혀 있고, 엘리베이터 맞은편에는 거울이 있으며, 대리석으로 만든 반달 모양의 탁자 위에는 초록색과 황금색이 흐르는 물처럼 섞여 있는 커다란 꽃병도 하나 놓여 있다. 그래도 여전히 이 공간에서 오래 머뭇거리고 싶은 생각은 들지 않는다.

은색과 분홍색이 섞여 있는 벽에 여행가방들이 쿵쿵 부딪히고, 재니스와 프루는 여전히 싸움닭처럼 열렬히 수다를 떨어대고, 마침내 잠에서 깬 어린 로이는 어른들이 억지로 걷게 만들자 걸음마다 울음을 터뜨리고 있어서 해리는 자기들이 영안실의 고요를 깨뜨리고 있는 것 같다는 기분이 든다. 하지만 사실 이 건물에 살고 있는 사람들은 대부분 골프장이든 테니스장이든 미용실이든 에버글레이즈습지를 둘러보는 버스투어든 오후에 할일을 만들어내서 밖에 나가 있을 것이다. 여기 사람들은 자기 아파트가 홈베이스에 지나지 않는 것처럼, 햇볕이 쨍쨍한 야외라는 저택으로 나가기 전에 잠시 머무르는, 에어컨이 있는 곁방에 불과한 것처럼 살고 있다. 집안에만 있다보면 몸에 곰팡이가 필지도 모른다. 다섯시 삼십분경이면 많은 사람들이 동시에 낮잠을 자는 바람에 으스스한 침묵이 내려앉지만, 오후 네시는 그러기에는 너무 이른 시각이다.

413호의 문에는 열쇠 두 개로 열어야 하는 이중 잠금장치가 달려 있다. 그중 하나는 아래층의 바깥쪽 문을 여는 기능도 한다. 참을성이 없는 가족들과 짐가방들이 뒤에서 재촉을 해대는 바람에 해리는 조금 허둥거린다. 그의 손은 가슴이 복작거리는 기분이 들 때 그러듯이 움찔거리고, 홈이 파인 열쇠는 자꾸 흔들리는 것처럼 보이는 작은 열쇠구멍을 긁어댄다. 그러다가 마침내 열쇠가 구멍 안으로 들어가자 찰칵하고 문이 활짝 열리고 그는 집으로 들어간다. 이 집은 플로리다와 다른 곳을 오가며 사는 수많은 사람 중 누군가의 집이 될 수도 있었지만, 어쨌든 지금은 그의 집이다. 그와 재니스의 집. 문 안쪽에는 일종의 현관홀 같은 곳이 있고, 왼쪽에는 벽장문, 오른쪽에는 뒤쪽이 훤히 보이는 장식선반들이 있다. 나무에 색을 입혀서 만든 이 선반에 재니스는 여기로 내려온 첫해에 문화강좌를 들을 때 조개껍질로 만든 새와 꽃 등을 올려놓았다. 그때만 해도 재니스는 아직 조개껍질에 열광하고 있었다. 하지만 그 열광은 오래가지 않는다. 도우미 아줌마와 대화를 하겠다며 스페인어를 배우는 것도 마찬가지다. 그것은 플로리다의 풋내기, 초심자가 반드시 거쳐야 하는 단계다. 새끼 가리비의 껍질은 깃털과 꽃잎이 되었고, 침배고둥은 마치 작은 배 같다. 그 밖에 안에 거품이 있는 커다란 초록색 유리알을 포함해서 장모의 잡동사니들도 몇 개놓여 있는 이 선반은 현관홀과 부엌의 경계선 역할을 한다. 부엌 뒤편에는 식당이 있고, 선반 바로 앞쪽에는 거실이 있다. 거실에는 텔레비전과 편안한 고리버들 의자들, 두 사람이 좋아하는 프로그램이 방송될때 자주 저녁 식탁으로 사용하는 나지막한 원형 유리탁자가 있다. 왼편에 있는, 사각형 팔걸이가 달린 아마 빛깔 소파는 접어서 침대로 만들 수 있고, 움푹 들어가 있는 문은 중앙 침실로 통한다. 침실에는 욕실과 다용도실이 딸려 있는데, 재니스는 그곳에 결코 사용하는 법이없는 다림질판과 자신이 뚱뚱해졌다는 느낌이 들면 넬슨이 이미 오래전에 싫증을 내버린 비지스의 낡은 테이프들을 틀어놓고 타는 운동용자전거를 보관해두었다. 손님용 침실은 거실에서 오른편으로 들어가게 되어 있으며, 여기에 따로 딸려 있는 욕실의 수도관은 부엌과 이어져 있다. 전에는 넬슨과 프루가 이 방을 쓰면서 아기용 침상을 하나 더들여놓고 주디는 소파베드에서 자는 식으로 자리 배치가 이루어졌지만 해리는 그런 배치가 지금도 적절한지 판단이 서지 않는다. 아이들이 자랐기 때문이다. 로이의 몸집이 아기용 침상에 눕기에는 너무 커진 듯하다. 또한 부모와 같은 침실을 쓰기가 곤란할 만큼 관찰력도 생겼다. 그리고 주디스는 개인적인 공간을 마땅히 보장해주어야 할 만큼숙녀가 되어가고 있다.

해리가 자신의 계획을 이야기한다. "올해는 다용도실에 침상을 놓고 주디를 거기에 재우는 게 어떨까 싶다. 욕실은 우리 방에 딸린 걸쓰면 되고, 다용도실 문을 닫을 수도 있으니까. 로이는 거실 소파에 재우면 되겠지."

로이가 제 할아버지를 물끄러미 올려다보며 엄지를 슬금슬금 입 쪽으로 움직인다. 래빗은 아이의 통통한 입술이 루벨 집안을 닮은 것이라고 생각하고 있다. 앵스트롬 집안에도 스프링어 집안에도 통통한 열매가 줄줄이 달려 있는 것처럼 그렇게 도톰한 입술은 없다. 하지만 해리가 자동차 딜러 회의 때문에 어차피 클리블랜드에 간 길에 애크런을 찾아가서 단 한 번 만난 테레사의 아버지는 달랐다. 그 두툼한 입술에 항상 매달려 있는 담배와 이틀 동안 깎지 않은 턱수염을 뚫고 원래 입술 모양을 알아볼 수 있는 경우에 그렇다는 말이지만. 프루의 아버지라지만 아무짝에도 쓸모없는 인간인 그가 아이로 변장해서 해리의 식구들을 염탐하려고 온 것 같다. 아이는 모든 것을 관찰하면서 아무 말도 하지 않는다. 해리가 아이를 향해 거칠게 말한다. "그래, 무슨 문제라도 있냐?"

엄지가 안으로 더욱 깊이 들어가고, 넬슨이나 재니스의 눈보다도 까만 아이의 눈이 불신으로 반짝인다. 주디가 나서서 설명하려고 시도한다. "얘는 이 방에 혼자 있는 게 무서워서 그러는 거예요. 아직 아기니까요."

프루도 나선다. "아가야, 엄마랑 아빠가 바로 옆방에 있을 거야. 옛날에 네가 아직 이렇게 크지 않았을 때 자던 방 말이야."

넬슨이 말한다. "우리랑 먼저 의논을 하시지 그랬어요, 아버지. 다짜고짜 모든 걸 바꿔버리기 전에."

"의논이라니, 언제든 너랑 의논하는 게 가능하기는 하고? 내가 부지에 전화할 때마다 네가 자리에 없든지, 아니면 통화중이잖아. 전에는 그래도 제이크나 루디하고 통화할 수 있었는데, 이제는 네가 뽑은 그 목소리 낭랑한 녀석밖에 없어."

"안 그래도 아버지가 라일을 온갖 일로 괴롭힌다는 얘기를 들었어요."

"괴롭히다니, 그냥 관심을 보이려고 하는 것뿐인데. 난 그쪽 일에 아직 관심이 있다. 넌 일 년 중 절반은 네가 그곳을 경영한다고 생각하겠지만."

"일 년 중 절반이라고요! 일 년 내내죠. 엄마 말씀대로라면."

재니스가 끼어든다. "차에 하도 오랫동안 앉아 있어서 난 다리가 아파. 앞으로 닷새 동안 계속 이런 분위기로 갈 거라면 칵테일을 좀 일찍 마셨으면 하는데. 넬슨, 네 아버지가 잠자리 배치 얘기를 꺼낸 건 너희를 위해서야. 나랑 이미 의논했었어. 주디, 넌 소파랑 다리미실 중에 어디가 더 좋니?"

"저는 옛날 방식도 싫지 않았어요." 주디가 말한다.

어린 로이는 이 대화의 흐름을 따라가려고 애쓰면서 엄지를 입에서 빼내고 그 통통한 입술로 뭔가 말을 하지만 래빗은 이해할 수 없다. 아이가 하려는 말이 무엇인지는 몰라도, 아이는 그 말을 생각하는 것만으로도 눈에 눈물이 고이는 모양이다. "이이이." 해리의 귀에 들리는 것은 문장 맨 끝에 나는 이런 소리뿐이다.

프루가 통역해준다. "제 누나가 텔레비전을 보려고 그런다는 거예요."

"쬐끄만 게 고자질이나 하고 있어." 주디가 이렇게 말하고는, 물위를 날아가는 잠자리처럼 재빠르게 카펫 위를 날아가 손바닥으로 동생의 둥근 머리 옆쪽을 찰싹 후려친다. 프루는 아이의 머리를 엎어놓은 보시기 모양으로 잘라놓았다. 수도꼭지를 튼 뒤 약 일 초 동안 공허한 소리가 날 때처럼 아이는 분노 때문에 잠시 말을 잃는다. 하지만 아이의 입은 벌어져 있다. 그러다가 마침내 아이가 있는 힘껏 소리를 지른다. 그 소리를 배경으로 주디가 마치 선심이라도 베푸는 사람처럼 식구들에게 설명한다. "식구들이 전부 잠들었을 때 가끔 자니 카슨 쇼를 보는 것뿐이에요. 딱 한 번 〈새터데이 나이트 라이브〉를 본 적도 있고요."

해리가 주디에게 묻는다. "그러니까 너만의 아늑한 방을 갖는 것보다는 여기서 웃기지도 않는 텔레비전을 보는 편이 더 낫다는 거지?"

"그 방에는 창문이 하나도 없잖아요." 주디가 할아버지에게 상처를 주고 싶지 않아서 소심하게 지적한다.

"그래, 알았다." 해리가 말한다. "누가 어디서 자든 나는 신경도 안 쓸 테니까 알아서들 해." 그러고 나서 그는 자신의 무심함을 증명하듯이 자기 침실로 성큼성큼 들어가, 이리로 이사온 뒤에 산 킹사이즈 침대 옆을 지나간다. 패딩이 들어간 침대 머리판은 누빔 처리한 새틴으로 덮여 있고, 머리판과 같은 옥색의 이불은 호텔 이불처럼 작게 접어서 창문 하나 없는 그 작은 방으로 가져가기가 힘들다. 해리는 침대보와 하늘색 올론* 담요가 깔려 있는 접이식 침대를 들어 무리하게 질질 끌며 문간을 지나 손님용 침실로 간다. 그 바람에 문틀과 고리버들 의자에 침대가 쾅쾅 부딪힌다. 그는 당혹스럽다. 주디가 자라는 속도를 과대평가했고, 아이를 자기만의 공주님으로 감싸안고 싶어했다. 그는 어린 여자아이들을 잘 모른다. 그의 딸은 죽었고, 또다른 딸은 그의 것이 아니다.

---

* 합성섬유 상표명.

재니스가 말한다. "해리, 너무 힘을 쓰면 안 된다고 의사가 말했잖아."

"의사가 말했다고?" 해리가 빈정거린다. "그 인간이 만나는 사람들은 죄다 일흔다섯 살 이상이야. 그 인간은 그 노인들한테 하는 말을 나한테도 했을 뿐이라고."

하지만 그는 힘겹게 숨을 몰아쉬고 있다. 프루가 서둘러 달려와 침대의 다리를 펴는 일을 대신 맡는다. U자 모양의 금속 튜브처럼 생긴 다리가 제대로 펴지지 않아서 침상 밑으로 접혀 있기 때문이다. 프루는 침대보와 담요도 매끈하게 편다. 다시 거실로 돌아온 해리가 넬슨에게 말한다. 넬슨은 다시 로이를 품에 안고 있다. "이제 너랑 그 말썽꾸러기 녀석 둘 다 만족하냐?"

대답 대신 넬슨은 재니스를 바라보며 말한다. "세상에, 엄마, 닷새 동안이나 이런 걸 참을 수 있을지 잘 모르겠어요."

하지만 모두 정리를 끝낸 뒤, 그러니까 짐을 풀어 서랍에 정리하고, 주디와 로이에게 우유와 쿠키를 먹인 뒤 수영복으로 갈아입혀 아이들 엄마와 아이들을 수영장으로 들여보내줄 수 있는 사람인 재니스가 열에 달궈진 발할라 빌리지 수영장으로 데리고 간 뒤, 해리와 넬슨은 각자 맥주를 한 병씩 들고 둥근 유리탁자에 앉아 분위기를 풀어보려고 애쓴다. "그래, 일은 어떠냐?" 해리가 묻는다.

"아버지도 저만큼 잘 아시잖아요." 넬슨이 말한다. "매달 현황표를 보시니까요." 넬슨은 인상을 찌푸리며 어깨를 움츠리는, 신경질적이고 짜증스러운 버릇이 생겼다. 마치 누군가가 뒤에서 자기 머리를 때릴 거라고 생각하는 사람 같다. 넬슨은 담배가 영양분을 전달해주는 튜브라도 되는 것처럼 담배를 피워대고, 재니스의 작품 중에서 빌려온 하얀 조개껍질을 재떨이로 쓰면서 그 가장자리에 떨어진 재의 모양을 계속 손가락으로 만지작거린다.

"89년식 차들은 어때?" 해리가 묻는다. 이제 아들과 단둘이 있게 되었으므로 그는 절대로 이야기를 미룰 생각이 없다. "아직 실제로 차를 보지는 못했고 팸플릿만 봤는데, 팸플릿이 아주 아름답더구나. 그런 팸플릿을 만드느라고 광고대행사에 퍼준 돈이 얼마겠니? 코롤라의 팸플릿을 보면서 그 녀석들이 정말로 그 차를 몰고 산에 올라가봤는지 아니면 그냥 그런 척하는 건지 고민하다가 웃어버렸다. 차가 눈밭에서 포즈를 잡고 있는데, 그 차가 눈 위를 달려온 흔적이 전혀 없었거든! 너도 언제 한번 봐라."

넬슨은 그다지 재미있어하는 표정이 아니다. 그는 담뱃재를 완벽한 원뿔 모양으로 다듬었다가 갑자기 꽁초를 강하게 비벼서 꺼버린다. 젊은 나이답지 않게 손이 떨리고 있다. 넬슨이 맥주를 한 모금 마시자 숱이 많은 콧수염에 거품 자국이 남는다. 그가 아버지를 똑바로 바라보며 말한다. "89년식을 어떻게 생각하느냐고요? 88년식에 대해서 생각했던 것과 똑같아요. 도무지 멋진 구석이 없어요, 아버지. 그냥 상자 같아요. 십 년 전부터 기름이 과잉 공급되고 있는데, 그쪽에서 보내오는 차들은 지금도 기름을 아끼는 수전노처럼 생겼다고요. 미국인들은 멋들어진 장식이 달린 차나 컨버터블이나 리무진 같은 차들을 몰던 시절로 돌아가고 싶어해요. 그런데 이 일본 놈들은 지금도 작고 말쑥한 상자 같은 차들만 팔려고 해요. 게다가 싸지도 않아요. 그게 치명적이죠. 엔화에 비해 달러 가치가 형편없으니까요. 같은 값이면 머스탱이나 베레타 GT나 마쓰다 MX-6를 살 수 있는데, GTS를 1만 7천 달러나 주고 살 사람이 어디 있겠어요?"

"셀리카는 1만 7천 달러나 나가지 않아." 해리가 말한다. "내가 전에 집에서 몰던 차는 1만 5천이 채 안 됐다."

"옵션을 몇 개 붙이면 그렇게 돼요."

"사람들한테 옵션을 밀어붙이지 마라. 시골에서는 자칫 강매를 한다는 평판이 인근에 퍼질 수 있어. 사람들은 아주 간소한 차를 사겠다는 마음으로 차를 보러 오지. 그러니까 차를 팔면서 그 사람들을 구두쇠로 취급하면 안 돼."

"그런 얘기는 캘리포니아에서나 하세요." 넬슨이 말한다. "거기 사람들은 옵션이 잔뜩 붙은 차들을 떼어버리지 못해서 안달이니까. 자동 노치백이니 올트랙 터보니 하는 것들. 기본 모델의 ST나 GT를 구하려면 몇 달을 기다려야 돼요. 이윤을 뽑으려면 고급품을 팔아야 돼요. 저기 도쿄 본사에 이르기까지. 그런데 그쪽에서 보내오는 걸 파는 수밖에 없어요. 그놈들이 만드는 물건 중에 그래도 진짜로 움직이는 건 캠리인데, 그 망할 놈들을 아무리 꼬셔도 차를 충분히 보내주질 않아요. 놈들은 우리를 뭣같이 취급해요, 아버지. 우리를 만만하게 본다고요. 만만하고 게으른 미국인들, 이미 내리막길로 접어든 사람들로 보는 거죠. 십 년쯤 뒤에는 이 나라가 전부 놈들에게 팔렸을걸요. 얼마 전에 텔레비전에서 봤는데, 놈들이 이미 로스앤젤레스와 네바다 절반, 하와이 전부를 소유하고 있대요. 네바다사막을 수천 에이커나 사들이고 있다고요! 그걸 사서 뭘 하려는 걸까요? 일제 원자탄이라도 터뜨리려는 걸까요?"

"일본인들을 그렇게 헐뜯지 마라, 넬슨. 우린 일본인들이랑 같이 잘

해왔잖아."

"같이 잘해왔다고요? 터셀 뒷좌석을 타고 달려온 거랑 같아요. 아버지는 일본인들 얘기를 할 때 항상 굉장히 감탄하는 게 녀석들을 무슨 슈퍼맨으로 생각하시는 모양인데, 놈들은 슈퍼맨이 아니에요. 그놈들 디자인 중에 일부는, 안전하고 믿을 만하고 싼 가족용 소형차라는 점만 빼면, 완전히 재앙이에요. 랜드크루저는 너절하기 짝이 없어서 체로키하고는 아예 상대도 안 되고, 4-러너도 마찬가지예요. 차가 어찌나 힘이 없는지 V-6 엔진을 달았는데, 그게 기름을 꿀꺽꿀꺽 먹어대죠. 리터당 6킬로미터나. 〈컨슈머 리포트〉에서 읽었어요. 게다가 승합차는 또 어떻고요! 웃기지도 않아요. 엔진이 어디 있는지 아세요? 앞좌석 두 개 사이에 있어요. 그래서 뒷좌석에서 앞으로 가려면 아예 밖으로 나가서 다시 차에 타야 돼요. 펜실베이니아의 겨울 날씨에 그런 걸 좋아하는 사람이 어디 있겠어요? 불평하는 손님들이 얼마나 많은데요. 얼마 전에 내가 그냥 어떤지 보려고 그 차를 한번 몰아봤는데요. 내가 무슨 거인처럼 몸이 큰 사람도 아닌데 간신히 끼어 앉은 느낌이었어요. 발을 놓을 공간도 변변찮고, 팔꿈치를 놓을 자리도 없다고요. 게다가 가속은 아예 안 되는 거나 마찬가지죠. 고속도로에 들어갔다가는 다른 차에 들이받힐 거예요. 422번 도로에서 바람에 밀리는 바람에 정신이 하나도 없었다니까요. 게다가 그 망할 놈의 물건은 너무 높아요. 나도 그 차에 올라타기가 힘들 정도예요."

'맞아.' 해리는 속으로 생각한다. '넌 거인이 아냐.' 넬슨은 이상할 정도로 세세한 정보들을 들먹이며 잔뜩 흥분해 있는 것 같다. 만들기는 잘 만들었지만 톱니바퀴에서 이가 하나 빠져 있는 시계라든가 윤활유 중에서 유난히 끈적거리는 부분 같다. 녀석은 계속 코를 킁킁거리며 또 담배에 불을 붙인다. 방금 꺼버린 담배는 별로 맛이 없었던 모양이다. 녀석이 계속 코를 만지작거리는 모습을 보면 마치 콧수염 때문에 그 부위가 아프기라도 한 것 같다. "뭐." 해리가 아들의 흥분을 가라앉히려고 느긋한 말투로 말한다. "승합차는 옛날부터 돈이 되는 물건이 아니었어. 도요타도 자기네 물건 중에 문제 있는 녀석이 있다는 건 알고 있지. 그래서 1991년까지 대대적인 개편을 하는 중이잖아. 새로 나온 크레시다는 어떻든?"

"형편없어요. 저의 보잘것없는 의견을 말씀드린다면. 그 차에 새로운 부분은 하나도 없어요. 아, 좀 커지기는 했죠. 엔진도 2.8에서 3.0으로 바뀌었고, 밸브도 열두 개에서 스물네 개로 늘어나긴 했어요. 그래서 힘이 더 세졌지만, 기본적으로 2만 천 달러나 나가는 물건이라면 당연히 힘이 좀 있어야죠. 세상에. 대시보드는 재앙이에요. 온도조절기 패널은 서랍처럼 움직이게 되어 있는데, 시동이 켜 있지 않으면 꼼짝도 안 해요. 웃기는 일이죠. 또 웃기는 일은 작년 모델하고 똑같이 오디오 조종 버튼이 두 벌이나 있다는 거예요. 안 그래도 비행기 조종실처럼 버튼이 많은데, 거기에 버튼들이 또 추가된 꼴이니. 값도 비싸고, 몰고 다니는 데도 돈이 엄청 들어요. 그런데 내부는 싸구려처럼 보이고, 외부는 가짜 아우디처럼 보이죠. 이제 인정할 건 인정하자고요. 도요타는 스타일에 관한 한 상상력이 게르빌루스쥐 수준이에요. 그놈들 자동차는 아무것도 표현하질 못해요. 좋은 차, 고전적인 차, 그러니까 30년대의 패커드나 긴 후드와 바큇살이 달린 재규어나 지느러미 장식을 달고 다니던 50년대의 차들이나 하다못해 VW 비틀만 해도 뭔가를 표현하면서 자기만의 주장을 내세웠다고요. 그런데 도요타는 아무것도 표현하질 못하고, 그저 안전만 강조하면서 다른 사람들의 아이디어를 훔칠 뿐이에요. 그놈들이 만든 픽업트럭을 보세요. 옛날에 픽업은 한창 잘나가는 물건이었지만, 지금은 포드와 GM이 다시 시장을 먹어들어오고 있어요. MR-2를 보세요. 거저 준다고 해도 안 팔리는 차예요, 그건."

해리가 반박한다. "보험료가 높아서 2인용 자동차를 가진 사람들이 다들 고생하고 있을 뿐이야. 도요타는 튼튼하고 좋은 물건을 내놓고 있다. 다루기 쉽고 오래가지. 사람들도 그걸 아니까 그 점을 존중하는 거야."

넬슨이 그의 말을 자른다. "게다가 그놈들은 완전히 독재자 같아요. 값을 얼마나 받아야 하는지, 진열창에 무엇을 전시해야 하는지, 판매원은 어떤 옷을 입어야 하는지, 놈들 물건에 아부를 떨려면 가게 면적은 얼마나 돼야 하는지 일일이 지시한다고요. 대리점을 인수한 뒤에 내가 얼마나 놀랐는지 아세요? 아버지랑 찰리 아저씨가 그동안 내내 그런 걸 참고 있었다니. 놈들은 우리를 자기들 로봇으로 만들 생각이에요."

이제 래빗은 완전히 화가 났다. "그게 세상이야, 철부지야. 세상에서는 어디든 조직에 속해야 한다고. 도요타는 우리를 잘 대해줬고, 네 할아버지한테도 잘 대해줬다. 그걸 잊으면 안 돼. 네 할아버지는 처음 도요타 대리점을 열었을 때 일 년 내내 크리스마스를 맞은 아이 같은 기분이라고 했어." 이 집안의 여자들은 항상 넬슨이 제 할아버지를 쏙 빼닮았다고 말한다. 그래서 해리는 죽은 프레드 스프링어의 이름을 꺼내며 아들이 조금 얌전해지기를 기대한다. 신성모독이라도 하듯이 도요타에 퍼부어대는 아들의 독설이 불편하다.

하지만 넬슨은 계속 말을 잇는다. "할아버지는 상인이었어요, 아버지. 거래를 좋아하는 분이었다고요. 할아버지가 예전에 하시던 말씀이 있어요. 어느 한쪽에서 거래가 잘 안 풀리면, 다른 쪽에서 거창하게 한탕을 하면 된다고요. 그게 아주 재미있다고. 거기에는 놀이 같은 측면이 조금 있었어요. 창의력을 발휘할 여유가 있었다고요. 이제는 자발적인 창의성을 발휘할 수 있는 일은 보상판매로 들어온 차들을 처분하는 것 정도밖에 없어요. 그런데 도요타는 미국의 못생긴 엉터리 차들을 앞줄에 전시하지 말라고 말해요. 그래서 중고차들을 몰래 팔다시피 해야 한다고요. 그래도 멍청한 손님을 만나면 천 달러쯤 더 받아낼 수 있죠. 하지만 새 차를 파는 건 그저 금전등록기만 돌리면 되는 일이에요. 그건 판매가 아니에요. 그냥 카운터를 지키고 서 있는 거지."

"연봉 4만 5천에 복지 혜택도 받고 있으니 그 정도면 나쁘지 않지." 해리와 재니스는 넬슨의 연봉을 놓고 다투고 있다. 해리는 연봉이 너무 높다고 하고, 재니스는 넬슨에게 부양가족이 있다고 말한다. "내가 네 나이 때는……" 해리가 아들에게 이런 말을 하는 것이 아마 처음은 아닐 것이다. "라이노타이프 식자공으로 일하면서 일 년에 1만 3천 정도를 벌었어. 그리고 매일 밤 더러워진 몸으로 집에 왔지. 그 일을 하느라고 두통이 생기고 눈도 망가졌다. 옛날에는 내 눈이 얼마나 좋았는데."

"그건 그때 얘기죠. 지금은 달라요. 그때만 해도 아직 산업시대였잖아요. 아버지는 블루칼라 노예였고요. 요즘 사람들은 버는 돈을 시급으로 헤아리지 않아요. 그냥 자리만 잘 잡으면 돈은 저절로 따라오니까. 내 주위의 변호사들이나 부동산업계 녀석들은 나보다 나이가 많지도 않고 똑똑하지도 않은데 거래 한 번으로 2, 30만 달러를 벌어요. 여긴 돈을 많이 벌고 은퇴한 사람들이 많죠? 부자가 되기는 쉬워요. 그게 지금 이 나라라고요."

"네가 말한 그 녀석들이 틀림없이 네바다를 일본인들한테 팔아넘기고 있을 거다. 넌 아까 그 일로 화를 냈잖아. 도대체 왜 그렇게 돈을 못 벌어서 안달하는 거냐? 네 어머니가 준 집에 살면서 대출금 갚을 걱정도 없으니 저축도 적잖이 할 텐데. 게다가 중고차로 말하면……"

"아버지, 이런 말을 하기는 정말 싫지만요, 연봉 4만은 그렇게 큰돈이 아니에요. 품격 있게 살고 싶은 사람한테는요."

"세상에, 너랑 프루한테 도대체 품격이 얼마나 필요한데? 집은 공짜로 얻었으니, 너는 그저 난방비랑 세금만……"

"그 헛간 같은 집의 세금이 야금야금 올라서 이젠 4천 달러가 넘어요. 마운트저지의 부동산 가격도 뉴 베이비붐 이후로 한참 올랐고요. 옛날에 아버지가 살던 잭슨 로드 끝의 그 빈민가 같은 곳에 있는 연립주택도 지금은 10만 달러가 넘는다고요. 연방세제개혁도 나 같은 사람들한테는 전혀 도움이 안 됐어요. 세제개혁의 혜택을 얻는 건 부자들뿐이니까. 라일이 스프레드시트로 보여준 게 있는데……"

"그래, 그것도 좀 물어보려고 했다. 밀드레드 크루스트를 내보내고 그 녀석을 데려온 건 누구 생각이냐?"

"아버지, 밀드레드 아줌마가 언제부터 스프링어 모터스에서 일했는지는 기억도 안 날 정도로 오래……"

"그건 나도 알아. 바로 그게 내가 말하려는 거고. 밀드레드는 모든 일을 자면서도 할 수 있는 사람이야."

"아뇨, 못해요. 잠이야 아주 많이 잤지만. 우선, 컴퓨터를 전혀 못 다뤘어요. 아, 뭐, 노력은 했죠. 하지만 프로그램이 조금만 엉키거나 에러 메시지가 뜨면 아줌마는 기계 탓을 하면서 컴퓨터회사에 전화를 걸어 수리공을 보내라고 했어요. 비용이 시간당 120달러인데도요. 문제는 아줌마가 설명서를 제대로 읽지 못해서 엉뚱한 자판을 누르는 바람에 생긴 건데. 아줌마는 완전 구닥다리였어요. 그 아줌마가 정년이 됐을 때 아버지가 내보냈어야 했어요."

아파트 문이 살그머니 열린다. "나야." 재니스가 큰 소리로 말한다. "프루랑 애들은 풀장에 좀더 있겠다고 해서 난 저녁식사를 준비하려고 먼저 왔어. 오늘밤에는 그냥 있는 음식으로 때우면 되겠다 싶어서 말이야. 수프가 좀 남은 게 있나 볼게. 난 신경쓰지 말고 계속 얘기해." 재니스는 두 사람을 방해하지 않는다. 재니스의 발소리가 부엌으로 향한다. 틀림없이 두 사람이 아버지와 아들로서 상처를 치유하는 대화를 나누고 있다고 생각하는 모양이다. 하지만 해리는 지금 마치 컴퓨터를 바라보듯이 넬슨을 바라보고 있다. 이 기계에는 문제가 있다. 정체를 알 수 없는 결함. 넬슨은 말이 너무 많고, 말하는 속도도 너무 빠르다. 옛날에는 뚱한 표정으로 말이 없었는데, 지금은 계속 말을 쏟아내며 누가 묻지도 않은 일들에 대답을 내놓고 있다. 뭔가가 이 아이를 마구 돌아가게 만들고 있다. 뭔가가 잘못되었다. 해리가 말한다. 밀드레드 크루스트에 관한 이야기다. "그렇게까지 나이가 많지는 않았을걸. 안 그래? 예순여덟? 예순아홉?"

"아버지, 그 아줌마는 칠순을 넘어서 계속 늙어가고 있었어요. 라일은 일주일에 이틀이나 사흘만 나오는데도 옛날에 그 아줌마가 하던 일을 전부 해내고 있어요."

"일하는 방식이 완전히 달라졌더구나. 현황표를 보고 알았다. 그것도 너한테 물어보고 싶었지. 11월의 중고차 관련 숫자들 말이다."

무슨 이유에서인지 아들은 다시 아가미가 하얘진 표정을 짓는다. 넬슨은 맥주 캔의 입구 구멍 속으로 피우던 담배를 밀어넣고 한 손으로 캔을 우그러뜨린다. 요즘 캔들은 종이처럼 얇은 알루미늄으로 만드니까 그리 어려운 재주는 아니다. 넬슨이 자리에서 일어나 제 어머니에게 갈 것처럼 몸을 돌린다. 아이 엄마는 아까부터 부엌에서 우당탕쿵쾅 요란한 소리를 내고 있다.

"재니스!" 해리가 소리를 지른다. 살이 쪄서 목이 뻣뻣해진 탓에 고개를 돌리는 데 힘이 든다.

재니스는 물에 젖은 검은색 수영복과 자주색 랩스커트 차림으로 부엌 입구에 서 있다. 엘리베이터를 타기 위해 옷을 갖춰 입은 모양새다. 그런데 조금 낭패한 표정이다. 재니스는 아이들을 데리고 풀장으로 가기 전에 캄파리 한 병을 땄는데, 그걸 한 모금 더 마시려고 서둘러 돌아왔음이 분명하다. 숱이 적은 머리카락이 물에 젖어서 가늘게 뭉쳐 있다. "왜?" 재니스가 해리의 다급한 목소리에 대답한다. 조금 찔리는 구석이 있는 사람 같은 표정이다.

"부지에서 지난번에 보내온 현황표 어딨어? 책상 위에 있지 않았나?"

이 책상은 두 사람이 이리로 이사온 뒤 싸게 구입한 것이다. 집에 하루빨리 가구를 채워야 한다는 생각에 산 것으로, 아마 빛깔 소파베드

양옆에 놓인 작은 탁자들이나 침실에 있는 서랍장과 같은 스타일이다. 나무에 하얀 페인트를 칠하고, 다리에는 대나무 마디를 흉내내기 위해 일정한 간격으로 금색이 칠해져 있는 모양. 세 개밖에 안 되는 얄팍한 서랍은 습기 때문에 빡빡하고, 상판 위의 보관함들 속으로는 청구서와 초대장 등이 사라져간다. 대리석에 유약을 바른 것 같은 모양으로, 석화된 꿀-바닐라아이스크림처럼 보이는 상판에는 대개 답장을 하지 않은 편지들, 계좌 입출금내역서, 주식중개인이 보내온 내역서, 펀드 관련 서류, 골프 점수표, 빌리지 활동위원회가 복사해서 보내온 발표문 등이 쌓여 있다. 빌리지 활동위원회는 줄여서 VAC이라고 불리는데, 이건 이 남쪽지방의 삶이 영원한 휴가 같다는 뜻이기도 하다. 이런 서류들 외에도 재니스가 건강 잡지들, 〈내셔널 인콰이어러〉, 포트마이어스 〈뉴스 프레스〉 등에서 찢어낸 기사들이 있다. 재니스는 자기가 그 기사들을 누구에게 보내려 했는지 잊어버리는 버릇이 있다. 지금 재니스는 겁을 먹은 표정이다.

"그랬나?" 재니스가 묻는다. "혹시 내가 그냥 버렸는지도 모르겠네. 당신은 그냥 모든 걸 쌓아두기만 하니까, 일 년이 지나도 계속 그 꼴이잖아."

"그건 겨우 지난주에 온 거야. 11월 재정보고서라고."

재니스의 입술이 안으로 움츠러들고, 얼굴이 찰칵하고 닫히는 것 같다. 여자들이 흔히 그렇듯이, 무슨 일이 있어도 맹목적으로 붙들고 늘어질 결정을 이미 내린 모양이다. "그게 어디로 갔는지는 나도 몰라. 내가 진짜로 싫은 건 당신의 오래된 골프 점수표들이 사방에 흩어져 있는 거야. 그건 왜 보관해두는 건데?"

"거기다가 유용한 요령들을 적어뒀으니까 그렇지. 라운딩을 하면서 배운 것들. 괜히 화제를 돌리지 마, 재니스. 그 망할 놈의 현황표나 내놔."

넬슨은 부엌 입구에서 제 엄마 옆에 서 있다. 우그러진 캔을 손에 든 채다. 데님 재킷을 벗어버렸기 때문에 셔츠가 훨씬 더 계집애처럼 보인다. 섬세한 분홍색 줄무늬, 흰색 프렌치 커프스, 끝을 둥글린 흰색 칼라. 아들과 재니스는 키가 거의 비슷하고, 작고 긴장된 얼굴에는 구름이 끼어 있다. 둘 다 뭔가를 숨기고 있는 것처럼 보인다. "별일도 아닌데 그러세요, 아버지." 넬슨이 입안이 바짝 마른 것 같은 목소리로 말한다. "두어 주만 지나면 12월 보고서를 받아보실 텐데요." 그가 맥주를 한 캔 더 가져오려고 냉장고를 향해 몸을 돌리자 래빗은 그의 뒤통수를 보며 가슴이 찢어진다. 쥐꼬리 모양으로 세심하게 다듬어놓은 뒷머리, 둥글게 휘어진 귀걸이 조각, 점점 넓어지는 대머리.

프루가 아이들을 데리고 풀장에서 돌아온다. 다들 고무 슬리퍼를 신고, 어깨에 수건을 둘러 자기 몸을 감싸안았으며, 머리카락은 머리통에 납작하게 붙어 있다. 두 아이는 덜덜 떨면서도 즐거워 죽겠다는 표정이고, 입술은 푸르스름하다. 작은 손가락은 물에 불어서 하얗고 쭈글쭈글하다. 해리는 프루를 새삼스러운 눈으로 바라본다. 자신을 상대로 한 음모에서 가장 약한 고리. 공항에서 프루가 부드럽게 입을 맞춰준 것이 생각난다. 허벅지가 깊게 파인 것을 빼면 얌전한 편인 하얀 수영복을 걸치고 있는 프루의 골반은 해가 갈수록 아주 부드럽게 조금씩 벌어지고 있는 것 같다.

이곳으로 이사한 뒤 다섯번째로 맞는 겨울인데도 해리는 여전히 잠에서 깰 때마다 자신이 정말로 멕시코만 옆의 플로리다에서 살고 있다는 사실에 경탄한다. 정확히 말하자면 멕시코만 옆은 아니지만, 그래도 만이 눈에 보이기는 한다. 적어도 장식용 탑과 스페인식 타일 지붕이 있는 육층짜리 아파트들이 새로 들어서서 저멀리 살짝 보이던 수평선을 완전히 막아버리기 전까지는 그랬다. 그와 재니스가 이 집을 산 1984년만 해도 발코니에서 만을 조금 볼 수 있었다. 그리고 지붕들 위의 세상 가장자리에 평탄하게 펼쳐져 있던 수평선 군데군데에는 이제막 새로 세워진 고층건물들이 모르스부호의 점과 선처럼 들어서 있었다. 두 사람은 잔뜩 들떠서 핀도팜 불러바드를 따라 1.5킬로미터 거리에 있는 쇼핑몰의 항해도구 전문점에서 망원경과 삼각대를 샀다. 그 첫해 겨울에 가늘게 떨리는 작은 원형의 망원경 시야를 통해 두 사람은 줄무늬 삼각돛이 불룩하게 부푼 돛단배, 뱃전이 높고 하얀 값비싼 요트가 조용히 파도를 타는 모습, 날개처럼 생긴 작살 발사대가 있는 어선 등을 볼 수 있었다. 저기 아주 멀리로는 그 자체로서 하나의 세상이라 할 수 있는, 녹슨 회색 유조선이 모빌이나 뉴올리언스나 파나마나 베네수엘라를 향해 아무런 움직임도 없이 나아가는 모습도 보였다. 그뒤로 몇 해가 지나는 동안 건물들이 들어서면서 바다를 가려버렸고, 해변에는 호텔 건물들이 높이 솟아올랐다. 오트밀이나 나무딸기크림 같은 색깔의 건물들, 아니면 푸른빛이 도는 초록색 바닷물을 차갑고 순수하게 증류해서 수직으로 세운 것 같은 유리 건물들이었다.

지금은 이렇게 고층건물들이 솟아 있지만 예전에는 모래와 맹그로브 습지와 그물처럼 뻗어 있는 식물 뿌리 사이로 뱀처럼 구불구불한 길을 따라 바닷물이 드나드는 후미와 악어나 물뱀이 스르륵 기어다니던 오목한 곳들밖에 없었다. 그러다가 하얀 집들과 아무 색깔도 칠하지 않은 헛간들이 북쪽을 향해 여기저기 들어섰다. 남부의 분위기를 어렴풋이 흉내낸 그 건물들에 살던 사람들은 면화를 따고, 모래땅에서 소를 조금 길렀으며, 남북전쟁중에는 곧 쇠고기가 될 소떼를 북쪽에서 굶주리고 있는 반란군에게 보냈다. 그다음에는 집들이 좀더 다닥다닥 들어섰다. 벽돌과 철세공으로 지은 집도 있고, 앨라배마 채석장에서 싣고 온 화강암과 석회암으로 지은 집도 있었다. 그러다가 남북전쟁이 끝나고 재건의 시기가 되자 남쪽에 혹처럼 달려 있는 이곳에도 철도가 들어서고, 부자와 병자와 마지막 희망을 품은 부적응자들이 들어왔다. 뜻밖의 방향에서 개척지가 생겨난 셈이었다. 호황 뒤에는 불황이 찾아왔지만, 낙관주의가 계속 흘러들어왔다. 제트기가 날아다니고, 사회보장제도가 있고, 전국의 모든 사람이 햇빛을 숭배하는 지금은 이곳에 건물을 아무리 빨리 지어 올려도 모자란다. 사람들은 1521년에 이 근처인지 아니면 어디 비슷한 곳에서인지 하여튼 반짝이는 검은색 흉갑을 둘렀어도 세미놀족의 독화살에 맞아 목숨을 잃은 스페인 탐험가의 이름을 따서 이 도시를 딜리언Deleon이라고 부른다. 이곳 사람들이 디일리언Deelyun이라고 도시 이름을 발음할 때면, 마치 당신을 거래에 끼워주겠다고 제안하는 것처럼 들린다. 잠에서 깨어날 때 해리의 마음 한구석에서는 이런 과거가 꿈처럼 희미하게 빛난다. 반쯤 은퇴한 삶을 살면서 그는 역사책을 읽는 취미가 생겼다. 그에게 역사는 항상 막연히 관심의 대상이었다. 바닥을 덮어놓은 지푸라기처럼 불길하게 깔려 있는 역사적 사실들 속에서 우리의 하찮은 삶이 자라나 다시 그 지푸라기의 일부가 된다. 그 연약한 갈색의 지푸라기는 예전에 죽어간 생물들이 층층이 쌓여서 썩어가고 있는 곳이다. 그것이 많이 쌓였을 때 강한 압력을 가하면 펜실베이니아에서 그랬던 것처럼 석탄이 만들어진다. 조용한 저녁에 재니스가 소파에 앉아 혼자 술을 마시며 텔레비전에 나오는 얼간이들을 멍하니 보고 있을 때, 해리는 패딩이 들어간 새틴 머리판에 등을 기대고 눕듯이 앉아서 책을 손에 들고 마치 나무 위 높은 곳에 지어놓은 옥색 오두막에 앉아 있을 때처럼 어질어질한 현기증을 느끼며 과거를 뚫어져라 들여다본다.

그의 꿈속으로 뚫고 들어와 꿈을 쫓아버린 것은 골프장에서 잔디를 깎는 기분 나쁜 소리다. 곧이어 그보다 덜 기계적이라고 하기 어려운, 흐느끼는 듯한 갈매기들의 소음이 들려온다. 녀석들은 새로 물을 준 페어웨이로 모여드는 중이다. 지렁이들이 물을 마시려고 페어웨이 지면 위로 올라오고 있기 때문이다. 침대 머리판은 커다란 유리 미닫이문 옆에 있는데, 겨울 아침의 서늘한 공기가 조금 들어올 수 있게 문을 살짝 열어두었다. 이 몇 달 동안은 에어컨이 필수품이 아니다. 금방 물을 뿌린 페어웨이의 신선한 냄새와 소금기가 섞인 서늘한 공기가 얼굴에 닿자 여기가 어딘지 새삼 실감이 난다. 재니스의 재산이 그를 데려다준, 대량생산된 낙원. 재니스는 침대에 없지만, 그가 재니스가 누워 있던 자리까지 쭉 네 활개를 펴자 그녀의 온기가 아직 남아 그의 무릎을 맞이한다. 그의 키가 190센티미터나 되는 것을 감안해서, 두 사람은 마침내 킹사이즈 침대를 샀다. 그래서 생전 처음으로 그의 발이 침대 발치 너머로 불쑥 튀어나가지 않아서 그는 이제 물에 뜬 시체처럼 엎드려서 잘 필요가 없다. 거기에 익숙해지는 데에는 오랜 시간이 걸렸다. 발이 매트리스 밖으로 튀어나가지 않고, 대신 발목을 구부리거나 발을 옆으로 향한 채 자는 자세. 그래서 발에 쥐가 자주 난다. 그는 옆으로 누워서 몸을 살짝 둥글게 말고 자려고 해본다. 그러면 입으로 숨쉴 수 있는 공간이 생기고, 뱃살이 늘어질 공간도 생긴다. 또한 두꺼운 매트리스 위에 얼굴을 대고 자는 것보다는 그의 연약한 심장에도 부담이 덜하다. 하지만 팔을 어디에 둬야 할지 모르겠다. 접어서 머리를 받친 한쪽 손이 팔목에서부터 피가 통하지 않아 마비되는 바람에 그는 잠에서 깬다. 마치 전기가 통한 것처럼 손이 찌릿찌릿하다. 그렇다고 똑바로 누워서 자면, 재니스 말로는 그가 코를 곤다고 한다. 이제는 재니스도 코를 곤다. 두 사람 모두 노인이 되어가고 있으므로. 하지만 그는 그걸로 재니스를 탓하지 않으려고 애쓴다. 가엾은 얼간이 같으니. 재니스도 자기가 잘 때 하는 행동은 어쩔 수 없다. 코를 골 뿐만 아니라 때로는 방귀도 심하게 뀌어서 그는 베개에 코를 묻고 저 여자도 사람이니 어쩔 수 없다고 되뇌어야 한다. 여자들은 가엾다. 하반신에 새는 구멍이 아주 많고, 몸이 너무 복잡하다. 이제 부엌에서 재니스의 목소리가 들린다. 어린애들과 이야기할 때처럼 비현실적으로 높아서 신경을 긁어대는 목소리다.

래빗은 아이들의 엄마가 더 낮고 젊은 목소리로 맞장구를 치는 소리가 나는지 귀를 기울여보지만, 들려오는 것이라고는 머리 근처의 노픽소나무에서 지저귀는 새소리뿐이다. 발코니에 서면 그 소나무의 가지를 손으로 만질 수도 있다. 그는 아직도 노픽소나무에 적응하지 못했다. 크리스마스에 트리용으로 사는 플라스틱 나무 같은 모습이라니. 슬레이트처럼 간격을 두고 늘어선 가지들은 완전히 새의 깃털 같은 모양이고, 나무 전체는 틀림없는 원뿔 모양이다. 새들이 지저귀는 소리가 젖은 나무를 박자에 맞춰 문지를 때 나는 끽끽 소리 같다. 플로리다에서는 자연이 대부분 만들어진 것 같은 분위기를 풍긴다. 벽에서 벽까지 바닥을 가득 덮은 카펫, 시멘트 보도를 카펫처럼 덮은 풀들, 보도와 보도 사이의 공간에서 바삭바삭 밟히는 소리를 내는 세인트오거스틴 풀, 이 모든 것이 모래 위에 억지로 입혀져 있다. 이 남쪽지방에서 골프공을 날릴 때 뗏장이 함께 뜯겨나오면, 때가 묻은 것 같은 회색의 그 모래가 신발 위에 흩뿌려진다.

오늘은 수요일이고, 그는 골프 약속이 있다. 여느 때처럼 넷이서 치기로 했는데, 티오프 시각은 아홉시 사십분이다. 이 생각을 하니 침대에 한없이 누워서 꿈을 기억하려고 애쓰지 말고 일어날 이유가 생긴다. 꿈에서 그는 뭔가를 향해 손을 뻗고 있었는데, 자느라 감긴 눈은 그 뭔가를 그에게 보여주지 않았다. 뭔가 둥글고 어렴풋하고 슬프고 배가 불룩한 그것은 그가 낮 동안 억누르려고 애쓰는 막연한 파멸의 느낌을 지니고 있었다.

침대에서 일어난 래빗은 노픽소나무의 가짜 같은 가지들을 살피며 시끄럽게 울어대던 새를 찾아본다. 그 거만한 노랫소리를 볼 때 앵무새나 아니면 적어도 큰부리새쯤은 되는 것 같다. 30센티미터 길이의 꼬리 깃털을 아래로 늘어뜨린 채 깍깍 울어대는 열대의 새. 하지만 그의 눈에 보이는 것이라고는 펜실베이니아 어디서나 볼 수 있는 딱따구리처럼 작은 갈색 새 한 마리뿐이다. 어쩌면 저 녀석은 정말로 펜실베이니아에서 온 새인지도 모른다. 해리처럼 남쪽으로 내려온 이주민인 지도. 녀석도 추위를 피해 남쪽으로 내려온 것이다.

해리는 욕실로 들어가 이를 닦고 오줌을 싼다. 우습다. 예전에는 오줌이 변기에 부딪혀 목쉰 소리를 내며 철벅거렸는데, 지금은 밖으로 나와도 되는지 불안하다는 듯 인색하게 졸졸 흐를 뿐이다. 그는 밤중에 한 번, 때로는 두 번씩이나 일어나 여자처럼 변기에 앉아 있어야 한다. 포피가 졸린 듯이 덮여 있기 때문에 오줌이 어느 방향으로 나올지 언제나 알 수 없어서 여자처럼 형편없다. 여자들도 오줌의 방향을 조종할 수 없으니까. 그는 면도를 하고 몸무게를 잰다. 450그램쯤 늘었다. 플랜터스 땅콩바 때문이다. 그는 침실을 나가려다가 그럴 수 없음을 깨닫는다. 플로리다에 온 뒤로 그는 속옷 바람으로 잠을 잔다. 잠옷을 입으면 몸에 붙어 엉켜버리기 때문에 새벽 두시경이면 너무 더워서 잠이 깬다. 방광의 압력 외에 또다른 요인이 되는 것이다. 하지만 지금은 프루와 아이들이 와 있어서 속옷 차림으로 부엌에 갈 수 없다. 저 밖에서 프루와 아이들이 쿵쿵 소리를 내며 움직이는 소리가 들린다. 골프바지와 폴로셔츠를 입든지, 아니면 목욕가운이라도 찾아서 걸쳐야 한다. 그는 목욕가운으로 정한다. 회색 칼라가 달린 포도주색 목욕가운이 좀더…… 중세 역사책에 자꾸만 나오던 그 단어가 뭐더라?…… 영주 같은 분위기. 주인 같은 분위기. 할아버지 같은 분위기. 넬슨식으로 말하자면, 그 옷은 하나의 선언이다.

래빗이 방문을 열 때쯤에는 부엌에서 이미 오늘의 첫 싸움이 벌어지고 있다. 귀하고 귀여운 주디가 기분이 좋지 않다. 울음을 참으려고 떨리는 목소리로 애쓰는데도 짠맛이 나는 눈물이 눈 가장자리를 벌겋게 물들였다. "우리 학교 애들 중 절반이 벌써 거길 갔다 왔어요. 두 번씩이나 갔다 온 애들도 있단 말이에요. 플로리다에 할아버지가 있는 애들도 아닌데!" 디즈니월드에 갈 수 없다는 게 문제다.

재니스가 아이에게 설명한다. "거기 갔다 오는 것 자체가 또하나의 여행이야. 올랜도까지 비행기로 날아가야 하거든. 여기서 가려면……"

"피츠버그까지 차를 몰고 가는 거랑 같지." 해리가 재니스 대신 말을 끝맺는다.

"아빠가 약속했단 말이에요!" 아이가 반발한다. 그 목소리가 어찌나 열렬한지 네 살짜리 남동생이 주먹 쥔 손에 스푼을 들었지만 시리얼을 먹지는 않고 곤죽을 만들다가 제 누이 심정을 이해한다는 듯 울먹거린다. 녀석의 늘어진 아랫입술에서 우유 두 방울이 떨어진다.

"운전하기에 지루한 길이기도 해." 해리가 말을 잇는다. "27번 도로를 타고 가는 동안 내내 신호등이 있으니까. 우리가 가끔 그 길을 운전하니까 알지."

프루가 말한다. "아빠 말은 이번에 간다는 뜻이 아니었어. 다음에 시간 여유가 있을 때 가자는 거였지."

"이번이라고 했어요." 아이가 고집스레 말한다. "아빠는 만날 약속을 안 지켜요."

"아빠는 돈을 버시느라고 바빠. 그래야 네가 원하는 걸 모두 사줄 수 있으니까." 프루가 여자 대 여자로서 상대에게 점점 인내심을 잃어가고 있는 사람에게서 볼 수 있는, 딱딱한 말투로 말한다. 프루도 목욕가운 차림이다. 보라색 나팔꽃과 덩굴무늬가 있는 짤막한 누비 가운. 주근깨가 있는 허벅지는 자동차 펜더처럼 널찍하고 덤덤하고 매끈하다. 길고 뼈가 앙상한 발은 발가락 관절 부위는 분홍색이고, 윗부분은 종이처럼 흰색이다. 그 발에 밑창이 코르크로 되고 색은 립스틱처럼 새빨간 실내화를 신고 있다. 발톱에 바른 매니큐어가 갈라져 있는데, 래빗의 눈에는 그것도 상당히 섹시해 보인다.

"오, 예에에." 아이가 대답한다. 분노와 빈정거림으로 가득찬 그 강렬한 말투를 해리는 이해할 수 없다. 가정생활, 아이와의 생활은 그에게 과거의 일이며, 그는 그것을 별로 아쉬워한 적이 없다. 그에게 그런 생활은 제대로 돌보지 않은 뒷마당 구석에서 제멋대로 자라버린 덤불과 같았다. 라일락 관목이나 쥐똥나무 같은 것들이 밑에서부터 침략해 들어오면, 이파리들이 서로 아주 비슷하고 덩굴손들이 단단히 얽혀 있어서 햇볕 속에서 잡초를 골라내려 애쓰는 정원사에게는 골칫거리가 된다. 어쨌든 해리에게는 자식이 기본적으로 넬슨 하나뿐이다. 형편없는 녀석. 그런데 며칠 전 어딘가에서 읽은 내용에 따르면 남자가 만들어내는 정자는 이 지구뿐만 아니라 화성과 금성까지도 사람으로 가득 채울 수 있을 만큼 많다고 한다. 그 두 행성이 생명이 살 수 있는 곳이라면 그렇다는 말이지만. 그런 생각을 하다보면 맥이 빠진다. 너무 이곳에만 묶여 있는 것 같다. 꿈속에서 영영 손이 닿지 않던 그 둥근 물체와 같다. 지상에 그가 존재한 이유가 오로지 넬리 앵스트롬을 만들어내는 것뿐이었다니. 넬리는 이제 주디와 로이를 만들어냈고, 그 아이들이 또 아이를 만들어내는 식의 일들이 태양이 다 타버릴 때까지 계속될 것이다.

이제 소란 때문에 넬슨도 일어나서 부엌으로 이끌려오고 있다. 자기 이름이 오가는 소리를 틀림없이 들었을 것이다. 넬슨은 맨가슴을 드러내고 면도도 하지 않은 채 비싸 보이는 희부연 파란색의 구겨진 잠옷 바지 차림으로 손님용 침실에서 부엌으로 들어온다. 넬슨의 취향이 값비싼 물건임을 이렇게 눈으로 보게 되자 해리의 뱃속으로 불안감이 스며든다. 뭔가 숫자를 기억하려고 애써보지만 도저히 손이 닿지 않는다. 재니스는 아들이 지쳐 보인다고 말했고, 넬슨이 정말로 말라 보이기는 한다. 갈비뼈 사이에 희미한 그림자가 어른거릴 정도다. 맨가슴에서는 살짝 공격적인 느낌, 영역을 주장하는 것 같은 느낌이 난다. 프루의 짧막한 가운과 함께 보니 그렇다. 파자마 게임. 도리스 데이와 또 누구였더라? 존 레잇? 고급 파자마를 입었는데도 넬슨은 초췌하고 추레하고 비열하게 보인다. 깎지 않은 구레나룻과 죽은 프레드 스프링어의 것과 같이 숱 많은 콧수염과 점점 성글어지는 머리카락이 땀에 젖어 삐죽삐죽 솟아 있는 모습이 그렇다. 래빗은 어렸을 때 넬슨이 잠을 아주 깊이 자는 아이였다는 것, 베개 위에 놓인 아이의 머리가 아주 뜨겁고 축축했다는 것을 떠올린다. "약속이니 뭐니 무슨 소리야?" 아들이 주디와 프루 사이의 공간을 노려보면서 성난 목소리로 묻는다. "난 이번 여행에서 올랜도에 가겠다고 약속한 적 없어."

"아빠, 여긴 플로리다에서도 재미없는 데라 할일이 하나도 없어요. 작년에 간 서커스박물관도 진짜 싫었는데. 돌아올 때 차가 너무 막혀서 로이가 켄터키프라이드치킨 주차장에서 토했잖아요!"

"41번 도로가 좀 그렇기는 하지." 해리가 인정한다.

"할일이 없긴 왜 없어?" 넬슨이 말한다. "풀장에 가서 수영을 해도 되고, 셔플보드*를 해도 되잖아." 하지만 넬슨은 이 말을 하자마자 뜨끔해서 당황한 표정으로 제 어머니를 바라본다.

재니스가 주디에게 말한다. "빌리지 안에 테니스장이 있으니까 나랑 같이 가서 공을 쳐도 돼."

"틀림없이 로이도 따라올 텐데, 걔는 항상 뭐든지 망치기만 해요." 아이가 투덜거린다. 테니스장에서 고생할 것을 생각하니 또 눈물이 차오르는 모양이다.

"……그리고 바닷가도……" 재니스가 말을 잇는다.

주디는 지금은 무슨 말이 나오든 반대만 할 뿐이다. "선생님이 그러시는데, 햇빛이 피부에 나쁘대요. 어릴 때 햇빛을 받을수록 나중에 암에 잘 걸린다고 했어요."

"너 자꾸 그렇게 건방지게 굴래?" 넬슨이 아이에게 말한다. "할머니가 좋게 말씀하고 계시잖아."

이 말에 아이의 눈물이 넘쳐흐른다. 둥글게 휘어진 속눈썹을 통과해서 뺨으로, 빗줄기가 유리창에 남기는 은색의 비뚤비뚤한 자국처럼 흘러내린다. "난 그런 게……" 아이가 말을 하려고 애쓴다.

'저 나이에는 이보다 더 행복해야 하는 법인데.' 해리는 속으로 생각한다. "아냐, 그런 거 맞아." 해리가 아이에게 말한다. "그러면 안 될 것도 없지. 친구들을 놔두고 식구들이랑 어딜 가는 건 지루하고 재미없는 일이야. 그런 기분은 우리도 다 기억하고 있다. 옛날에 우리가 네 아빠를 억지로 저지쇼어까지 데려갔다가 나중에 포코노스까지 올라갔는데 그 지독한 검은 소나무숲에서 건초열에 걸렸지 뭐냐. 고문이 따

---

* 긴 막대로 원반을 치는 놀이.

로 없더라! 재미있는 일이랍시고 식구들이 서로에게 하는 일들이라니! 좋다. 나한테 생각이 있는데, 누가 들어볼래?"

아이가 고개를 끄덕인다. 다른 사람들은, 심지어 스푼 뒷면을 이용해서 시리얼을 피라미드처럼 쌓아올리느라 여념이 없던 로이조차도, 마술사를 보듯이 그를 보고 있다. 가정생활의 흐름 속으로 다시 들어가는 것은 그리 어려운 일이 아니다. 그냥 자기 안에서 조금만 밖으로 나오면 된다. 옛날에 농구를 할 때와 똑같다. 처음 이삼 분 동안 사방에서 밀어붙이는 선수들과 고함소리와 몸의 열기와 관중들의 소음을 겪다보면 자기 대신 뛰어줄 사람이 아무도 없으므로 자기 스스로 모든 것을 해내야 한다는 사실을 깨닫게 된다. "오늘 나는 골프를 치러 가야 돼." 해리가 입을 연다.

"끝내주네요." 넬슨이 말한다. "정말 도움이 되겠어요. 설마 주디를 캐디로 쓰겠다는 건 아니죠? 그랬다가는 아이 척추가 휘어져버릴걸요."

"넬리, 너무 지나치게 그러지 마라." 해리가 넬슨에게 말한다. 이 아이는 이십 년 전 질의 그 일 이후로 줄곧 제 아버지에게서 여자들을 지키려고 애쓰고 있다. 그의 아들은 이 세상에서 그를 위험한 인물로 보는 유일한 인간이다. 해리는 오늘 처음으로 가슴이 쑤시듯 아파오는 것을 느낀다. 아이가 불붙은 성냥을 가지고 노는 것처럼 살짝 장난스럽게 타는 듯한 통증이 온다. "내가 말하려는 건 그런 게 아냐. 하지만 언젠가 그러지 못할 것도 없지. 주디가 가벼운 가방을 들면 되니까 말이다. 내가 우드 두 개랑 웨지 하나를 들고, 주디랑 같이 두어 개 홀을 돌면 될 거다. 티오프가 끝난 늦은 오후에. 내가 주디한테 스윙을 보여줄 수도 있지. 하지만 넷이서 골프를 칠 때는 사실 카트를 타니까. 나는 운동을 위해서 걷는 게 좋은데, 다른 놈들이 고집을 부리거든. 사실 다 괜찮은 친구들이야. 다들 손주가 있으니까 주디를 보면 좋아할 거다. 주디가 내 대신 카트에 타도 되고." 해리의 눈앞에 그 모습이 떠오른다. 주디가 날씬하고 어린 공주처럼 카트에 앉아 있는 모습. 버니 드렉셀은 입에 시가를 문 채 전기카트의 운전대를 잡고 있을 것이다.

그를 마술사처럼 바라보던 식구들의 관심이 사라져간다. 그가 머릿속에 떠오르는 생각을 그대로 이야기하고 있기 때문이다. 로이는 스푼을 떨어뜨리고, 프루는 그것을 주우려고 주저앉는다. 짤막한 목욕가운이 한쪽 허벅지 위로 확 펼쳐진다. 새까만 레이스로 된 비키니 같은 팬티가 언뜻 눈에 들어온다. 그 위쪽 높은 곳에는 살짝 번들거리는 달걀 모양의 우두 자국이 있다. 넬슨이 앓는 소리를 낸다. "얼른 말해요, 아버지. 난 화장실에 가야 한단 말이에요." 그가 종이타월에 코를 푼다. 저 녀석은 왜 항상 콧물을 흘리는 걸까? 해리는 어딘가에서 읽은 적이 있다. 록 허드슨의 죽음을 다룬 〈피플〉의 기사였던가. 콧물이 에이즈의 첫번째 증상 중 하나라고 했다.

해리가 말한다. "서커스박물관은 이제 안 간다. 사실 거긴 문을 닫았어. 보수를 하느라고." 일주일쯤 전에 새러소타의 신문에서 관련 기사를 본 적이 있었다. '돌아온 서커스Circus Redux'라는 제목이었다. 그는 그 단어가 아주 싫지만, 요즘은 사방에 그 단어가 있다. 그는 그 단어를 어떻게 발음하는지도 모른다. 아비트라저*나 페레스트로이카 같은 단어들처럼. "내가 생각한 건 이거야. 오늘 난 골프 약속이 있지만,

---

* 차액 매매자.

밤에는 거기 식당에서 빙고 게임이 있다. 그래서 애들, 아니 하다못해 주디만이라도 그 게임을 좋아하지 않을까 싶었어. 모처럼 정식으로 한 끼 식사를 하는 것도 좋고. 내일은 라이어널기차와 조개껍질박물관에 가거나, 조 골드가 그러는데 아주 끝내주는 곳이라더라. 아니면 남쪽에 있는 에디슨의 집에 가면 될 거다. 난 옛날부터 항상 그 집에 가보고 싶었는데, 애들한테는 아직 좀 이른지도 모르겠다. 글쎄다. 지금이야 모든 게 컴퓨터로 돌아가니까 그걸 보면서 자란 애들 눈에는 전화나 축음기 발명 같은 게 그리 신나게 보이지 않을지도 모르지."

"아버지." 넬슨이 코를 훌쩍거리며 특유의 화난 목소리로 말한다. "심지어 내가 듣기에도 신이 안 나요. 41번 도로에는 애들이 비디오게임을 할 수 있는 곳도 없어요? 아니면 미니골프도 좋고요. 아니면 바닷가나 수영장이라도. 세상에. 난 쉬려고 여기에 왔는데, 아버지는 무슨 교육적 시련 같은 걸 생각하고 계시네요. 그만두세요. 다 그만둬요."

래빗은 속이 상한다. "그만두라니, 난 그저 조금 틀을 잡아보려고 했던 것뿐이야."

프루가 끼어들어서 시아버지를 두둔한다. "넬슨, 애들이 하루종일 풀장에만 있을 수는 없어. 그랬다가는 자외선을 너무 많이 받을 거야."

재니스가 말한다. "더운 날씨도 이맘때쯤에는 서늘해지게 돼 있어. 다행이지."

"온실효과가 문제예요." 넬슨이 화장실에 가려고 돌아서면서 말한다. 그 바람에 뒤통수에 달려 있는 그 역겨운 쥐꼬리가 드러나고, 귀걸이가 반짝거린다. 저애는 왜 저렇게 괴상한 꼴을 하고 다니는 거지? "탐욕스러운 소비주의 사회가 오존층을 파괴해서 2000년쯤이면 우리 모두 햇빛에 구워지는 신세가 될 거예요." 넬슨이 말한다. "보세요!" 그가 누군가가 부엌 식탁에 놓아둔 포트마이어스 〈뉴스 프레스〉를 가리킨다. 지면 중앙에 '1988년: 건조기후'라는 헤드라인이 있고, 광기에 물든 것처럼 보이는 노란 태양이 물 한 방울을 얻으려고 구름을 쥐어짜는 그림이 그려져 있다. 틀림없이 재니스가 복도에서 저 신문을 들여왔을 것이다. 관심 있게 보는 건 '라이프스타일' 섹션밖에 없으면서. 누가 누구랑 자고, 누가 누구랑 이혼하는지에 관한 이야기들. 대개 재니스는 침대에 그냥 누워 있기 때문에, 남편인 해리가 복도에서 신문을 가지고 들어와야 한다. '라이프스타일'이 그렇게 하라고 하니까.

프루가 로이에게 스푼을 다시 쥐여주고 곤죽이 된 끔찍한 시리얼 그릇을 치운다. 시리얼은 밤새 놓아둔 개먹이처럼 엉겨 있다. "바나나 줄까?" 프루가 아이를 다정하게 어르는 섹시한 목소리로 말한다. "맛있는 바나나를 엄마가 벗겨서 잘라줄까?"

재니스가 고백한다. "테레사, 집에 바나나가 있는지 잘 모르겠다. 아니, 확실히 없어. 해리는 과일을 먹어야 하는데도 엄청 싫어하고, 나는 어제 너랑 넬슨을 위해서 실컷 장을 볼 생각이었는데 테니스 게임이 세 세트까지 가는 바람에 곧장 공항으로 갔거든." 재니스의 표정이 밝아지고 목소리가 높아진다. 이번에는 자기가 마술사가 되어보려고 애쓰는 중이다. "그래, 할아버지가 골프를 치시는 동안에 우리가 그걸 하면 되겠구나! 다 같이 윈딕시에 가서 잔뜩 장을 보는 거야!"

"난 빼주세요." 넬슨이 욕실에서 소리친다. "하지만 나중에 차는 좀 빌려 써야 할 것 같아요."

차는 어디에 쓰려고, 저 거물께서는?

이제 주디는 눈물을 그치고 살금살금 거실에 가 있다. 〈투데이 쇼〉에서 오늘 뉴스와 날씨를 마지막으로 다시 들려주는 중이다. 알래스카의 놈에서 날씨를 예보하고 있는 윌러드 스콧 때문에 진행자인 제인과 브라이언트가 배꼽을 잡는다.

프루는 찬장을 살피며 로이를 달래고 있다. "슈가팝스는 어때? 할아버지 할머니 집에는 슈가팝스가 아주 많이 있네. 구운 땅콩이랑 캐슈너트도 있어. 아버님, 견과류에 콜레스테롤이 잔뜩 들어 있다는 거 아세요?"

"알지, 사람들이 항상 나한테 말해주는걸. 그런데 내가 어디서 읽었는데 말이다. 몸에는 콜레스테롤이 필요하다더라. 콜레스테롤이 무섭다고 떠들어대는 건 전부 양계업자들의 로비 때문이라던데." 이 동네 여자들이 장을 보러 갈 때 입는 옷차림 그대로 악어가 그려진 분홍색 셔츠와 진한 자주색 바지를 입은 재니스가 〈뉴스 프레스〉와 반으로 가른 베이글과 크림치즈가 든 플라스틱통을 들고 부엌 식탁에 끼어들어 있다. 플로리다 분위기에 젖은 재니스는 베이글을 먹는 습관이 생겼다. 훈제연어도 마찬가지다. 재니스는 신문에서 '라이프스타일' 섹션을 꺼내 가져왔다. 예전에 라이노타이프 식자공으로 일한 덕분에 지금도 어느 방향에서든 활자를 읽을 수 있는 해리는 곁눈질로 기사 제목을 살펴본다('아래로 흐르는' 스타일과 〈USA 투데이〉 스타일의 컬러 그래픽이 많이 사용되고 있다).

가장 많은 것을 가진
남자를 말하다

그리고 맨 꼭대기에는 대문자로 엄청난 손실과 '다른 결혼식 준비'라는 말이 적혀 있다. 해리는 신문을 올바른 방향에서 읽어보려고 고개를 외로 꼰다. 그 덕분에 〈워킹걸〉로 스타가 된 멜러니 그리피스와 아르메니아의 비극에서 살아남은 사람들과 그들의 "독특한 슬픔"이 각 기사의 주제라는 것을 알게 된다. 아내가 신문을 읽고 있을 때는 거기에 실린 모든 기사가 엄청 매혹적으로 보인다는 사실이 우습다. 그러다가 자기가 직접 기사를 읽으면 모든 것이 따분하게 변해버린다. 유리통 속에 미지근한 커피 찌꺼기가 조금 남아 있는 브라운 아로마스터 커피메이커가 조리대 끝에 놓여 있다. 여전히 로이가 먹을 만한 것을 찾고 있는 프루의 뒤편이다. 프루는 해리의 뱃살이 지나갈 수 있게 발끝으로 서서 살짝 끙하는 소리를 내며 조리대 가장자리에 허벅지를 딱 붙인다. 한식구라는 이유로 이렇게 친밀해질 수 있다는 걸 생각하니 마치 모두가 빤히 보는 앞에서 잠도 자고 그 짓도 하는 아프리카의 오두막 같다. 하지만 해리는 속으로 자문한다. 어차피 서양 남자들이 지금까지 그 귀한 사생활을 어떻게 했던가? 역사책의 내용을 바탕으로 판단한다면, 그들은 고작해야 총과 정신분석을 발명했을 뿐이다.

여기 남쪽에서는 개미를 막기 위해 빵과 쿠키를 서랍 속의 커다란 양철통에 보관해야 한다. 사층이어도 마찬가지다. 서랍을 연 뒤 양철통 뚜껑을 여는 일은 어색하지만, 그래도 그는 그렇게 한다. 그런데 쿠키 봉지 두 개가 비어 있다. 하나는 더블스터프 오레오 쿠키 봉지고, 다른 하나는 프루트 뉴턴 봉지다. 손주들이 부스러기 외에는 아무것도 남기지 않고 먹어치운 것이다. 오래된 설탕도넛은 아이들조차 먹을 수 없는 물건이라고 생각했는지 한 개 반이 남아 있다. 래빗은 걸쭉한 커피를 가득 따른 잔과 설탕도넛을 들고 다시 프루 옆을 힘들게 빠져나가며 프루의 짤막한 목욕가운이 자신의 사타구니에 스치는 감각에 정신을 집중한다. 그러다가 못된 충동이 들어서 허벅지 뒤쪽으로 식탁을 살짝 밀어 커피가 가득 든 재니스의 잔이 흔들리며 커피가 찰랑거리다가 식탁 위로 넘치게 만든다. "해리." 재니스가 재빨리 신문을 들면서 말한다. "젠장."

샤워기에서 물이 쏟아지는 소리가 부엌으로 새어들어온다. "넬슨은 왜 저렇게 신경질적인 거야?" 해리가 여자들에게 큰 소리로 묻는다.

프루는 틀림없이 답을 알고 있을 텐데도 말하지 않고, 재니스는 프루가 건네준 종이타월로 식탁을 닦으며 말한다. "스트레스가 많으니까 그렇지. 자동차업계가 십 년 전보다 훨씬 경쟁이 심해진데다가 넬슨은 혼자서 모든 일을 해내고 있잖아. 당신이야 찰리 뒤에 숨을 수라도 있었지만."

"찰리를 계속 남겨둘 수도 있었는데, 녀석이 싫다고 한 거야. 찰리는 파트타임으로라도 기꺼이 일할 생각이었어." 그가 말하지만 아무도 대답하지 않는다. 로이만이 그를 바라보며 말한다. "할아버지가 웃기게 생겼어."

"말을 아주 잘하는구나." 해리가 프루에게 칭찬을 건넨다.

"무슨 뜻인지도 모르고 말하는 거예요. 텔레비전에서 들은 대로 하는 거죠." 프루가 이마에 흘러내린 머리카락을 양손으로 쓸어넘기며 말한다. 애처로워 보이는 그 동작은 프루가 지금 머리 모양과 어울리게 터득한 것이다.

부엌의 실내장식 테마는 물이다. 사 년 전 부엌에 새로 페인트를 칠하면서 그와 재니스가 참고했던 색깔 표에서는 크림처럼 매끄럽고 차가운 물색이 좀더 섬세하게 보였다. 당시 해리는 그 색이 어떻게 보일지 확신하지 못했지만 재니스는 경쾌하고 조금 대담해 보일 것이라고 생각했다. 애당초 두 사람이 이 아파트를 산 것이 그랬던 것처럼. 냉장고와 포마이카 조리대조차 물색이다. 재니스가 현관홀 쪽으로 열려 있는 선반에 잔뜩 얹어놓은 조개껍질 꽃들과 동물 모형들과 함께 이 부엌 풍경을 바라보면 그는 당혹감에 숨이 가빠진다. 물에 빠지는 것이 그에게는 악몽의 주제 중 하나다. 옆집 골드 부부처럼 그냥 소박한 미색을 택했다면 숨이 덜 막혔을 것이다. 그는 도넛 한 개 반과 커피, 그리고 '라이프스타일'을 제외한 〈뉴스 프레스〉를 들고 거실로 가서 둥근 유리탁자 옆의 소파에 자리를 잡는다. 텔레비전과 마주보는 고리버들 안락의자는 이미 주디가 차지하고 있기 때문이다. 신문 1면에는 도널드 트럼프의 사진이 있다(남성들 의견: 올해의 최고 인기남). 찡그린 얼굴로 구름을 쥐어짜는 태양의 그림(강수량이 평년보다 33% 감소, 1927년 이후 가장 건조한 해), 포트마이어스의 윌버 스미스 시장의 사진도 있다. 넬슨보다 더 어린 긴 머리 청년처럼 보이는 시장은 미식축구 스타인 디온 샌더스가 최근 경찰관을 폭행한 혐의로 체포된 일과 관련해서, 그 사건을 구경하려고 몰려든 무질서한 군중도 조금은 책임이 있다는 말을 했다고 인용되어 있다. 정부가 매년 책 한 권 두께로 발표하는 자동차 보고서와 소비자 불만에 관한 기사도 있다. 보고서가 뽑은 최고라는 제목이 붙어 있는 회색 박스기사에는 초소형차, 소형차, 중형차, 미니승합차의 네 가지 범주가 있지만 도요타의 자동차는 어디에도 포함되어 있지 않다. 해리는 뱃속이 조금 쑤시는 것 같은 기분이다.

"해리, 아침을 든든히 먹어야 해." 재니스가 외친다. "점심때까지 줄곧 골프를 칠 거잖아. 모리스 박사가 빈속에 커피를 마시는 건 고혈압에 제일 안 좋은 일이라고 했어."

"내 혈압을 올리는 일이 뭔지 알아?" 해리가 마주 소리친다. "여자들이 항상 이걸 먹어라, 저걸 먹어라 하고 말하는 거야." 그가 오래된 도넛을 한입 베어물자 설탕이 신문 위로 후두두 떨어지고 영주 같은 분위기를 풍기는 그의 목욕가운 칼라에도 흩뿌려진다.

재니스가 프루에게 말을 잇는다. "넬슨의 식단에 대해서 생각해본 적 있니? 음식을 제대로 못 먹는 것처럼 보이던데."

"넬슨은 원래 뭘 많이 먹는 편이 아니에요." 프루가 말한다. "로이가 식성이 까다로운 게 틀림없이 제 아빠를 닮은 것 같아요."

주디는 지상파와 케이블 채널을 모두 뒤져서 래시가 나오는 옛날 영화를 찾아냈다. 해리는 텔레비전을 보려고 소파 끝으로 자리를 옮긴다. 콜리종 개인 래시가 길을 잃고 건초 더미 속에서 잠든 소년을 쿡쿡 찔러서 깨우더니 흙길을 따라 스코틀랜드의 자주색 석양을 향해 걸으며 아이를 집으로 이끈다. 음악이 점점 부풀어오른다. 목구멍의 따끔거리는 통증이 점점 부풀어오를 때처럼. 해리는 눈물을 흘리며 주디를 향해 겸연쩍은 미소를 짓는다. 아까 울음을 터뜨렸던 주디의 눈은 이제 보송보송하다. 래시는 주디의 유년 시절에 포함되어 있지 않다. 영원히 사라져버렸다.

해리는 우느라고 막혔던 목이 뚫리자 주디에게 말한다. "난 이제 골프를 치러 가야겠다, 주디. 이 무례한 식구들하고 하루를 잘 지낼 수 있겠니?"

주디가 진지한 표정으로 그를 유심히 바라본다. 그의 농담을 제대로 알아듣지 못한 모양이다. "그럴걸요."

"다들 좋은 사람들이다." 해리는 이 말을 하면서도 이것이 진실인지 확신하지 못한다. "언제 선피싱하러 갈래?"

"선피싱이 뭔데요?"

"작은 배를 타고 뱃놀이를 하는 거야. 딜리언의 호텔 해변에서 출발하면 돼. 원래는 호텔 손님들만 탈 수 있지만, 그 배를 운영하는 사람을 내가 알거든. 그 녀석 아버지가 나랑 같이 골프를 치니까."

주디는 해리의 얼굴에서 눈을 떼지 않는다. "해보신 적 있어요, 할아버지? 선피싱요."

"당연하지. 두어 번 해봤어." 사실은 한 번이다. 하지만 거기서 그는 생생한 교훈을 배웠다. 사타구니의 털이 밖으로 보이는 검은색 비키니를 입은 신디 머킷과 함께. 검은 끈 같은 비키니 안에서 그녀의 젖가슴이 이리저리 휩쓸렸다. 바람이 돛을 잡아당기고, 물이 철썩이고, 태양은 그들의 피부에 소리 없이 하얀 망치질을 하고, 두 사람은 거의 벌거벗은 상태로 단둘이 있었다.

"괜찮을 것 같네요." 주디가 용감하게 말하며 말을 덧붙인다. "캠프에서 수영을 배울 때 물속에 제일 오래 있어서 상을 받았어요." 주디는 다시 시선을 텔레비전으로 돌리고 리모컨으로 획획 채널을 바꾼다. 애들은 이런 걸 채널 서핑이라고 부른다.

해리는 주디의 맑은 초록색 눈에 보이는 세상을 상상해보려고 애쓴다. 모든 것이 작고 생생하고 선명하고 새롭게 보일 것이다. 새틴으로 된 밸런타인 카드처럼 오로지 자신에 관한 생각만으로 가득차 있겠지. 해리의 시야는 아무리 안경을 바꿔 써봐도 안개가 낀 것처럼 흐릿하다. 독서용 안경이든 근시용 안경이든 상관없다. 그는 영화를 볼 때와 야간운전을 할 때만 근시용 안경을 쓰면서, 이중초점 안경은 거부하고 있다. 한 번에 한 시간 이상 안경을 쓰면 귀가 아프기 때문이다. 게다가 렌즈에는 항상 먼지가 끼어서, 눈에 보이는 모든 것이 피곤해 보인다. 어차피 이미 몇 번이나 본 것들이다. 세상에 일종의 가뭄 같은 것이 찾아와 낡은 컬러사진처럼 세상의 색이 바래가고 있는 것 같다. 서랍 안에 보관해둔 사진들도 예외가 아니다.

하지만 묘하게도 골프장에서 첫 스윙을 하기 전에 처음으로 바라보는 페어웨이만은 예외다. 그 풍경은 언제나 신선하다. 그는 바닥에 스파이크가 있는 커다란 하얀색 운동화와 파란색 양말을 신고 티샷 지점에 서서 긴 강철막대처럼 생긴 링스 프레더터 드라이버를 가방에서 꺼내며 다시 키가 커진 느낌을 받는다. 옛날 농구장에서 처음 몇 분이 지난 뒤 점점 분위기에 동화되어 더욱 멀리 펄쩍펄쩍 뛰어오르며 농구장이 어린이용 물건처럼 작아진 것 같은 느낌을 받았을 때와 똑같다. 처음에 농구장은 테니스장만큼 줄어들었다가, 그다음에는 탁구대만큼 줄어들었다. 그의 다리는 저절로 움직여 그 거리를 앞뒤로 훌쩍훌쩍 뛰어넘었고, 고상한 스커트 같은 망이 달린 골대는 그가 레이업슛을 할 수 있게 아래로 고개를 숙이는 것 같았다. 지금 골프를 칠 때도 자기 안에 있는 마법의 열쇠를 찾아내기만 하면 수백 야드나 되는 거리가 힘들이지 않고 휘두르는 몇 번의 스윙으로 눈 녹듯이 사라져버린다. 그에게 골프는 언제나 완벽함에 도달할 수 있다는 희망을 준다. 무게가 전혀 없는 물건을 휘두르듯이 최고로 편안하게 스윙을 할 수 있다는 희망. 실제로 가끔 그런 일이 벌어진다. 샷을 날릴 때마다 3차원으로. 하지만 그러고 나면 그는 다시 인간이 되어서 억지로 그 느낌을 맛보려고 애쓴다. 10야드를 더 나아가려고, 그 느낌을 끌어오려고. 하지만 그 느낌은 사라져버린다. 그것, 자신이 실제보다 더 훌륭하게 느껴지는 그 느낌을 은총이라고 불러도 될 것이다. 첫번째 티샷 지점에 서면 그 느낌이 온다. 앞으로 살아가는 동안에도 그 느낌을 맛볼 수 있을 것이다. 완벽한 라운딩, 나쁜 점이라고는 하나도 없는 라운딩을 할 수 있다는 한없는 가능성. 60센티미터짜리 퍼팅을 놓치거나, 오른쪽 팔꿈치가 열리거나, 우드를 밀거나, 아이언을 잡아당기는 일은 결코 일어나지 않을 것이다. 첫번째 페어웨이가 앞에 펼쳐져 있다. 왼편에는 야자수가, 오른편에는 그림처럼 잔잔한 물이 있다. 이제 단순하고 순수한 스윙으로 공을 날려 그 그림의 한가운데를 꿰뚫기만 하면 된다. 공은 순식간에 바늘 끝처럼 작아질 것이다. 절대의 공간으로 통하는 작디작은 터널. 바로 그거다.

하지만 연습 스윙을 할 때 가슴이 찌르듯 아파오자 그는 왠지 넬슨이 생각난다. 녀석이 그의 머릿속에서 시끄럽게 군다. 그는 공을 향해 다가서면서 북적거리는 느낌을 받지만 성급하게 서두르다가 공의 바깥쪽을 때린다. 오른손에 너무 힘이 들어간 탓이다. 처음에 공은 잘 날아가는 것 같더니 점점 오른쪽으로 새어나가서 지저분한 것들이 잔뜩 떠 있는 연못에 지나치게 가까운 지점으로 사라져버린다.

"저긴 악어 영역일 것 같은데." 버니가 애석하다는 듯이 말한다. 버니는 오늘 그의 파트너다.

"멀리건*으로 할까?" 해리가 묻는다.

잠시 침묵이 흐르더니 에드 실버스틴이 조 골드에게 묻는다. "자네 생각은 어때?"

조가 해리에게 말한다. "우리가 멀리건을 인정하는 줄은 몰랐는데."

해리가 말한다. "네놈들이 문제가 생길 만큼 공을 멀리 치지 못하니까 그렇지. 우린 첫번째 드라이브에서는 항상 멀리건을 인정해. 그게 우리 전통이라고."

에드가 말한다. "앵스트롬, 우리가 계속 멀리건을 인정하면서 자네를 아기 취급하면 자네는 어떻게 잠재력을 갈고닦을 건데?"

조가 말한다. "저렇게 배가 나온 친구한테 잠재력이 있으면 얼마나 있겠어? 내 생각에 저 친구 잠재력은 전부 배로 간 것 같은데."

그들이 이렇게 그를 놀려대는 동안 래빗은 주머니에서 다른 공을 꺼내 티샷 위치에 놓고, 뻣뻣한 반쪽짜리 스윙으로 공을 때린다. 공은 안전하지만 그리 화려하지는 않게 페어웨이 왼편으로 날아간다. 아니, 그리 안전한 것 같지도 않다. 바닥이 딱딱한 곳에 떨어졌는지 공이 계속 야자수를 향해 통통 튀어간다. "미안하네, 버니." 해리가 말한다. "내가 좀 긴장했나봐."

"그런다고 내가 걱정하겠어?" 버니가 전기카트의 페달에 발을 올려놓으며 말한다. 해리는 즉시 버니 옆자리에 앉는다. "자네의 체력과 내머리가 있으니 저 멍청이들쯤이야 얼마든지 이길 수 있어."

버니 드렉셀, 에드 실버스틴, 조 골드는 해리보다 나이가 많고, 해리

---

* 벌타 없이 주어지는 두번째 샷.

보다 키가 작다. 그래서 그는 보통 그들 덕분에 자부심을 느낀다. 그들과 함께 있으면 그는 덩치 큰 스웨덴 사람 같다. 그들은 그를 앵스트룀이라고 부른다. 낯선 땅에서 온 웃기는 친구, 희멀건 미국 빵 같고 포경수술을 받지 않은 덩치 큰 친구. 한편 해리는 그들의 사고방식을 소중히 여긴다. 자기 자신의 사고방식보다 더 남자답고, 더 애달프고, 더 현명하고, 덜 위태로운 것 같아서. 오랜 세월 세상을 살아오면서 그들은 고통스러운 일들을 주머니에 넣어버리고 성큼성큼 앞으로 나아갔다. 해리가 버니에게 묻는다. 카트는 단단히 다져져서 반짝이는 잔디밭 위를 굴러서 그들의 공이 있는 곳으로 나아가고 있다. "디온 샌더스의 그 소동을 어떻게 생각해? 오늘 아침 신문에서 보니까 심지어 포트마이어스 시장까지도 그 녀석 변명을 해줬던데."

버니는 입에 물고 있던 시가의 위치를 2센티미터쯤 바꾸고 입을 연다. "잔인한 일이야. 이름 없이 묻혀 살던 그런 흑인 애들을 느닷없이 끌어내서 온갖 명성을 안겨주고 백만장자로 만들어주는 것 말이야. 그 녀석들이 돌아버리는 것도 무리가 아니지."

"신문에서는 몰려든 사람들 때문에 경찰이 샌더스한테 접근할 수 없었다고 하던데. 샌더스는 자기더러 귀걸이를 훔쳤다고 말한 판매원한테 벌컥 화를 냈어. 심지어 그 여자를 때리기까지 했잖아."

"난 샌더스에 대해서는 잘 모르지만……" 버니가 말한다. "마약이 문제인 경우가 아주 많지. 코카인 말이야. 그게 사방에 퍼져 있어."

"사람들이 왜 그런 걸 하는지 모르겠어." 래빗이 말한다.

"사람들이 그런 걸 하는 건……" 버니가 카트를 멈춰 세우고 음료수나 맥주 캔을 올려놓는 플라스틱 선반 가장자리에 시가를 내려놓으며 말한다. "즉각적인 행복을 맛볼 수 있기 때문이야." 그는 특유의 끔찍한 자세로 두번째 샷을 위해 다가간다. 양발은 너무 가깝고, 무게중심이 반대 방향으로 옮겨지면서 벗어진 머리가 수그러진다. 그는 4번 아이언으로 공을 친다. 팔과 손목 힘으로만 치는 것이다. 하지만 공은 똑바로 날아가서 두둑이 솟아 있는 그린 앞에 떨어진다. 칩샷으로 쉽게 공을 올릴 수 있는 위치다. "행복에 이르는 길은 두 가지야." 버니가 다시 카트의 운전대를 잡고 말을 잇는다. "자네나 나처럼 매일 열심히 노력하는 길. 아니면 화학약품이 가져다주는 지름길. 요즘 세상이 이 모양이니 애들은 지름길을 택하지. 오래 걸리는 길이 너무 길어 보이거든."

"맞아, 실제로 길기도 하지. 게다가 그 길을 다 간 뒤에도 행복은 안 보이잖아."

"이미 행복을 지나쳐왔거든." 버니가 인정한다.

"샌더스 같은 녀석들한테 내가 흥미를 갖는 건……" 래빗이 말한다. 버니는 햇볕에 달궈진 페어웨이에서 바닥에 떨어진 갈색 이파리와 코코넛 열매를 요리조리 피해가며 카트를 빠르게 몰고 있다. "나도 전에 그런 걸 조금 맛본 적이 있기 때문이야. 운동 말이야. 다들 환호하면서 날 사랑해주지. 자기들도 같이 그 기분을 느끼고 싶어하면서."

"어쩐지, 지금도 그런 가락이 있더라니. 골프클럽을 흔드는 꼴만 봐도 알지. 그런데 자네 공은 아무래도 야자수 있는 데까지 가버린 모양인데. 어쩔 수 없게 됐어." 버니가 카트를 세운다. 해리를 편하게 해주려는 듯이, 공과 조금 가까운 위치다.

"내가 훅샷으로 빼낼 수 있을 거야."

"공연히 애쓰지 마. 그냥 칩샷으로 치라고. 토미 아머가 뭐라고 했는지 알아? 이런 상황에서는 그냥 한 타를 치고, 그린은 다음에 노려라. 기적을 바라지 말라고."

"자네는 이미 보기가 확실하잖아. 난 공을 돌려서 빼볼 거야." 야자수 줄기가 거대한 노끈처럼 보인다. 나뭇잎이 스치는 희미한 소리, 말라빠진 옛날 학교 숙제와 연애편지가 가득한 추억의 다락방 같은 냄새가 섞인 나무의 숨결이 그에게 닿는다. 잘 살펴보면 플로리다에는 죽음이 아주 많다. 야자수가 자라는 것은 아래쪽 가지들이 죽어서 떨어져나가기 때문이다. 뜨거운 태양은 생애주기에 박차를 가해 서두르게 만든다. 해리는 거칠고 깔쭉깔쭉한 나무줄기에 엉덩이가 거의 닿을 만한 위치에서 자세를 잡고, 5번 아이언을 갖다댄 뒤 공이 기적처럼 둥글게 휘어져 날아가는 모습과 버니가 기뻐서 축하한다고 외치는 모습을 상상해본다.

하지만 나무가 너무 가까워서 스윙에 방해가 된다. 카트에 앉아 있는 버니도 방해가 되는 것 같다. 그래서 그는 골프채로 공을 잡아당기듯이 친다. 공은 페어웨이를 따라 날아가며 옆 야자수 꼭대기에 부딪힌 뒤 짤막한 러프로 곧장 떨어진다. 하지만 플로리다의 러프는 북쪽의 러프와 다르다. 페어웨이의 잔디보다 1센티미터쯤 더 긴 연한 색 잔디가 스펀지처럼 펼쳐져 있다. 노인과 몸이 불편한 사람들을 위해 설계된 코스라서 그렇다. 여기 남쪽에서는 사람들을 아기처럼 조심스레 다룬다.

버니가 한숨을 쉰다. "고집쟁이 같으니." 해리가 카트에 오르는 동안 버니는 계속 말을 잇는다. "자네들은 자기가 휘파람을 불면 세상이

녹아내릴 것 같지?" 여기서 '자네들'이란 '외지인'을 점잖게 일컫는 말
이라는 걸 해리는 알고 있다. 그가 틀렸을지도 모른다는 생각, 그가 휘
파람을 불어도 장애물이 녹아내리지 않을 것이라는 생각을 하니 공항
에서 느꼈던 그 둔탁한 종말의 고통이 다시 느껴진다. 8번 아이언을 들
고 세번째 샷을 위해 다가가는 그의 팔을 버니의 말이 짓누르는 바람
에 스윙이 아주 서툴러진다. 공은 10야드 모자란 지점에 떨어진다.

"미안하네, 버니. 칩샷으로 가까이 붙여서 파를 노려봐." 하지만 버
니가 칩샷에서 실수를 저지른다. 이번에도 손목 힘만 사용했고, 스윙
이 너무 빨랐다. 그래서 둘 다 여섯 타를 기록하는 바람에 여느 때처럼
보기를 한 에드 실버스틴에게 이번 홀을 잃는다. 에드는 털리도 출신
으로, 회계사로 일하다가 은퇴했으며 강단 있는 성격이다. 검은 머리
는 꼿꼿이 서 있고, 날씬하지만 앞으로 불쑥 튀어나온 턱 때문에 항상
이제 막 미소를 지을 것처럼 보인다. 그는 공을 지면에서 3미터 이상
띄우는 법이 없는 것 같은데도 계속 홀을 향해 나아간다.

"자네들 이번에 듀카키스 같았어." 그가 의기양양하게 외친다. "게
임을 날려버리는 모습이 말이야."

"듀크를 헐뜯지 마." 조가 말한다. "그래도 그 사람은 정직한 정부를
만들어냈으니까. 보스턴 정치가들은 그것만으로도 그 사람을 용서할
수 없을 거야." 조 골드는 매사추세츠의 프레이밍햄이라는 도시에 주
류판매점을 두 곳 소유하고 있다. 그는 땅딸막하고 머리가 모래 빛깔이
며 아주 두꺼운 안경을 쓰고 있다. 두 눈이 작은 어항에서 탈출하려는
물고기처럼 양옆으로 훌쩍훌쩍 뛰어다니는 것같이 보일 정도다. 그와
그의 아내인 뷰, 뷰는 뷸라를 줄여서 부르는 이름인데, 어쨌든 이 두

사람은 해리의 옆집에 사는 아주 조용한 이웃이다. 하도 조용해서 두 사람이 집안에서 도대체 뭘 하며 시간을 보내는지 궁금해질 지경이다.

에드가 말한다. "듀카키스는 중요한 순간에 겁을 먹고 물러났어. 당당히 서서 '맞습니다, 저는 자유주의자이고, 그 점이 죽도록 자랑스럽습니다'라고 했어야지."

"그래? 그랬으면 남부와 중서부 사람들이 어떻게 받아들였을 것 같아?" 조가 묻는다. "캘리포니아랑 플로리다는 또 어떻고? 만날 '더이상의 세금은 없다'는 말만 듣고 싶어하는 늙은 얼간이들밖에 없잖아."

"형편없지." 에드가 인정한다. "하지만 어차피 듀카키스가 그 사람들 표를 얻는 건 불가능한 일이었어. 그 사람의 유일한 희망은 가난한 사람들의 마음을 움직이는 거였다고. 그 1미터짜리 퍼팅 얼른 해치워, 앵스트롬. 자네 점수를 여섯 타로 이미 적어넣었으니까."

"연습이 필요해서 그래." 해리가 이렇게 말하고는 공을 친 뒤 공이 홀컵의 왼쪽 가장자리를 빙그르르 도는 모습을 지켜본다. 오늘은 운이 없는 날이다. 언제든 그에게 운이 돌아오기는 할까? 쉰다섯 살에 점점 퇴물이 되어가고 있는데? 그의 아들은 그와 한방에 있는 것을 참지 못한다. 예전에 루스는 그를 미스터 죽음이라고 불렀다.

"듀카키스는 레이건 민주당 지지자들*을 노려볼 생각이었어." 조가 설명을 계속한다. "하지만 레이건 민주당 지지자들은 존재하지 않는다

---

* 전통적으로 민주당을 지지했지만 1980년과 1984년 선거에서 공화당의 레이건 후보에게 표를 던진 사람들을 가리키는 미국의 정치용어. 특히 북부의 백인 노동계급 유권자들을 가리키는 말이다.

는 게 문제지. 그냥 틀에 박힌 레드넥*뿐이었어. 이제 나도 이렇게 남쪽에 살다보니 뭐가 어떻게 된 건지 좀 이해가 가. 결국 흑인이 문제야. 링컨 대통령 시절 이후로 130년이 흘렀는데도 공화당은 흑인에 반대하는 사람들의 표를 얻는데 그게 민주당 대통령 후보들이 감당할 수 없을 만큼 덩치가 커. 대규모 대공황이나 워터게이트 수준의 스캔들이라도 터진다면 또 모를까. 올리버 노스**도 표를 깎아내리지 못했지. 레이건이 머리가 빈 멍청이라는 말도 소용이 없었고. 인정할 건 인정하자고. 이 나라에는 아직도 흑인들을 죽도록 무서워하는 사람들이 엄청 많아. 그게 우리의 근본적인 문제야."

이십 년 전 스키터와 함께 있으면서 겪은 일들 때문에 래빗은 흑인들에 대해 줄곧 엇갈린 감정을 갖고 있었다. 그래서 이런 화제가 나올 때마다 그는 어떤 식으로든 자기 속내가 드러날까봐 입을 다물어버리는 경향이 있다. "버니, 자네 생각은 어때?" 에드와 조가 두번째 티샷을 날리는 모습을 지켜보며 해리가 버니에게 묻는다. 이번 홀은 136야드의 파 3홀이며, 지저분한 것들이 떠 있는 그 연못 위로 공을 날려야 한다. 해리는 버니가 셋 중에 가장 현명하다고 생각한다. 가장 침착하며, 함부로 말하지 않는 사람이기도 하다. 그는 몇 년 전에 받은 심장수술에서 아직도 완전히 회복하지 못했다. 그래서 힘들게 움직이며, 폐기종 증세가 있고, 등이 조금 굽었다. 원래 뚱뚱했지만 의사의 권유

---

* 특히 미국 남부에 사는 가난하고 교육수준이 낮은 백인 농부들을 경멸적으로 일컫는 말.
** 1980년대 후반에 터진 이란-콘트라 스캔들에 연루된 중요 인물. 미국이 이란에 몰래 무기를 팔아 레바논에 억류돼 있던 미국인 인질들의 석방을 유도하고, 무기 판매대금은 니카라과의 반군인 콘트라를 지원하는 데 사용한 것이 이란-콘트라 스캔들의 내용이다.

로 체중을 줄인 탓에 피부도 처져 보인다. 안색도 좋지 않다. 옆에서 그를 바라보니, 아랫입술이 느슨하게 늘어져 있다.

"내 생각에는……" 그가 말한다. "듀카키스가 미국인들한테 똑똑한 척 말하는 데 지쳐버린 것 같아. 우리도 그런 말을 받아들일 준비가 안 돼 있고. 부시는 멍텅구리들을 대하듯이 우리한테 말하는데, 우린 그걸 냉큼 받아들였잖아. 생각해봐. 국기에 대한 맹세니, 내 말을 잘 들으라느니, 이 시대에 그게 무슨 헛소리야? 부시의 선거팀은 그를 맥주 광고처럼 만들어버렸어. 산으로 가라*." 버니는 이 마지막 말을 노래하듯이 말한다. 목소리가 조금 떨리고 있지만 진실해서 심금을 울린다. 래빗은 유대인들이 갖고 있는 듯한 이 능력, 노래하고 춤추고 순간에 최선을 다하는 능력에 감탄한다. 유대인들이 유월절에 노래를 부른다는 것을 래빗은 알고 있다. 버니와 펀이 북쪽으로 떠나기 직전인 4월에 그들을 축제에 초대했기 때문이다. 유월절Passover이라. 죽음의 천사가 지나갔다passed over는 뜻인가. 해리는 전에는 이 단어를 도무지 이해할 수 없었다. 이 잔이 내게서 지나가게 하소서. 버니가 결론을 내린다. "내 생각에 부시한테는 두 가지 가능성이 있어. 자기가 하는 말을 진심으로 믿을 가능성, 믿지 않을 가능성. 어느 쪽이 더 무서운 건지는 나도 잘 모르지만 말이야. 부시 같은 사람을 우리는 피셔**라고 해."

"듀카키스는 항상 뭔가 비탄에 잠겨 있는 것처럼 보였어." 래빗이 의견을 내놓는다. 이것은 함께 골프를 치고 있는 네 사람 중에서 오로

---

* 1980년대에 '부시'라는 브랜드의 맥주 광고에서 나온 말. 텔레비전 광고에서 시종일관 '부시 맥주의 산으로 가라'는 가사의 노래가 울려퍼진다.
** 이디시어로 '폿내기 꼬마'라는 뜻.

지 자신만이 부시를 찍었다는 사실을 인정하기 위해 그가 할 수 있는 최선의 말이다.

어쩌면 버니는 짐작하고 있는지도 모른다. 그가 말한다. "레이건이 팔 년이나 집권했으니 그 어느 때보다 비탄에 잠긴 사람들이 많았을 거라고 할 수도 있겠지. 이 나라에서 가난한 사람들을 투표장으로 끌어낼 수만 있다면, 이 나라는 사회주의 국가가 될 거야. 하지만 사람들은 부자처럼 생각하고 싶어하지. 그게 바로 자본주의의 천재적인 면이야. 직접 부자가 되든지, 아니면 부자가 되고 싶어하든지, 아니면 반드시 부자가 되어야 한다고 생각하게 만드니까."

래빗은 레이건을 좋아했다. 그 걸걸한 목소리, 미소, 넓은 어깨, 한참 말을 멈추고 있는 동안 계속 고개를 흔들던 모습, 정부는 사실을 밝히는 것이 전부가 아님을 알고 사실을 슬그머니 피해가던 솜씨, 말로는 앞으로 똑바로 나아가겠다고 하면서도 방향을 바꿔서 베이루트에서 병력을 철수시키고 고르비와 친목을 다지고 국가 부채를 점점 쌓아가던 솜씨도 좋았다. 묘한 것은, 아무 희망이 없는 빈털터리들을 제외하면, 온 세상이 그의 치하에서 더 살기 좋은 곳으로 변했다는 점이다. 니카라과만 빼고 사방에서 공산주의가 무너졌다. 게다가 레이건은 심지어 니카라과에서도 공산주의자들을 수세로 몰았다. 그는 마법의 손을 갖고 있었다. 그는 꿈같은 사람이었다. 해리는 감히 용기를 내서 말한다. "레이건 시절은 마치 마취제에 취한 것 같았어."

"혹시 수술을 받은 적 있어? 진짜 수술 말이야."

"그렇지는 않아. 어렸을 때 편도선수술을 받았고, 군대에서 맹장수술을 받기는 했지만. 혹시 날 한국으로 파병하게 될지 몰라서 미리 맹장을 잘라야 한다고 했어. 하지만 파병되지는 않았지."

"난 삼 년 전에 4중우회술을 받았어."

"나도 알아. 자네가 말해줬잖아. 하지만 지금은 아주 건강해 보여."

"마취에서 깨어나면 얼마나 아픈지 몰라. 그런 고통을 어떻게 견딜 수 있을까 싶지. 의사들이 심장에 손을 대려면 갈비뼈를 전부 갈라서 열어야 하거든. 코코넛처럼 사람 몸을 쪼개는 거야. 그러고는 허벅지에서 최대한 상태가 좋은 혈관을 찾아내서 끌어오지. 그래서 마취에서 깨어나면 가슴뿐만 아니라 사타구니도 죽을 만큼 아파."

"와." 해리는 상황에 맞지 않게 웃음을 터뜨린다. 버니가 카트에서 말하는 동안 에드가 거만하고 시끄러운 성격과는 달리 마치 꽃꽂이를 하듯이 골프채에 손가락을 하나씩 차례로 대더니 홀컵을 대여섯 번이나 바라본 뒤에야 스윙을 했는데 그게 잘못되었기 때문이다. 마치 헐겁게 늘어진 거미줄이나 칼라에 묻은 먼지를 떨어내려는 사람 같은 스윙이었다. 그런데 스윙 도중에 시선을 드는 바람에 위쪽을 맞은 공이 허둥지둥 물 쪽으로 날아가 세 번 통통 튀더니 물속으로 가라앉고 말았다. 물위에는 서로 겹쳐진 세 개의 원이 남아 점점 넓어지고 있다. 공은 악어의 먹이가 될 것이다.

"나는 여섯 시간 동안 수술대에 누워 있었어." 버니가 그의 귓가에서 계속 강렬한 목소리로 말하고 있다. "깨어났을 때는 꼼짝도 할 수 없었지. 심지어 눈도 뜰 수 없었어. 그 수술을 할 때는 몸을 얼려. 그래야 피가 거의 흐르지 않게 되니까. 난 검은 관 속에 갇힌 거나 마찬가지였던 거야. 아니, 내가 바로 관이었지. 그런데 그 암흑 속에서 이상한 목소리가 들렸어. 인도식 말투가 짙게 밴 목소리였는데, 파키스탄 출신의 마취의더군."

조 골드는 파트너의 공이 물속에 빠져버린 탓에 빨리 공을 치려고 서두르고 있다. 빨리 경기를 진행하려는 것이다. 그래서 여느 때처럼 골프채를 두 번 움찔거리며 뒤로 들어올렸다가, 땅딸막한 사람들에게서 자주 볼 수 있는 평평한 스윙으로 골프채를 크게 휘두른다. 그렇게 밀어낸 공이 오른편의 팟벙커에 걸린다.

버니는 톤이 높고 괴상한 파키스탄인의 목소리를 흉내내고 있다. "버어니 씨, 버어니 씨. 이 목소리를 듣고서 솔직히 나는 정말로 하느님의 목소리인지도 모른다고 생각했어. 수우술이 서엉공했어요!"

해리는 이미 들은 이야기지만 그래도 웃음을 터뜨린다. 이건 죽음의 문턱까지 가본 사람이 들려주는, 재미있고 무서운 이야기다.

"버어니 씨, 버어니 씨." 버니가 또 흉내를 낸다. "마치 구름 속에서 아브라함한테 이삭의 목을 그으라고 말하던 목소리 같았어."

해리가 묻는다. "순서는 똑같이 갈까?" 이전 홀에서 자신이 망신을 당한 것 같은 기분이다.

"자네가 먼저 쳐, 앵스트롬. 나중에 치는 게 자네한테 너무 부담이 되는 것 같으니까. 먼저 가라고. 저 멍청이들한테 한 수 가르쳐줘."

래빗이 듣고 싶던 말이 바로 이것이다. 그는 7번 아이언을 골라들고 다섯 가지를 생각한다. 고개를 들지 않는다, 백스윙을 너무 길게 하지 않는다, 골프채가 정상에 있을 때 엉덩이를 움직인다, 다운스윙은 매끄럽게 한다, 클럽헤드로 공을 똑바로 친다. 둥근 공 표면 중에서 시계로 치면 세시 십오분쯤 되는 지점을 때려야 한다. 여전히 고개를 들지 않은 채 그는 공이 휘파람 같은 소리를 내며 마술처럼 날아가 사라지는 모습을 보고 자신이 제대로 공을 맞췄음을 확신한다. 다들 그 검은 점이 하늘로 솟아올라가 유령처럼 허공을 어른거리며 좀더 멀어진 뒤 곧장 그린으로 떨어지는 모습을 지켜본다. 왼편으로 머리카락만큼 살짝 빗나갔지만 그래도 그린에 떨어지긴 한 것 같다. 움푹한 그릇 모양의 그린에서 공이 경사면을 따라 통통 튀듯이 움직인다.

"멋지군." 에드도 인정한다.

"멀리건으로 하는 건 어때?" 조가 묻는다. "이번에는 인정해줄게."

버니가 카트에서 내리며 묻는다. "그거 몇 번 아이언이었어?"

"7번."

"그렇게 칠 거였으면 8번을 써야지."

"공이 홀을 지나친 것 같아?"

"한참 지나쳤어. 뒤쪽 가장자리 쪽에 있다고."

무슨 이런 파트너가 다 있나. 그는 도무지 만족할 줄 모른다. 거의 사십 년 전의 마티 토세로와 같다. 한 경기에서 25점을 넣어도, 마티는 35점을 넣었어야 한다며 그가 놓친 레이업숏을 언급하곤 했다. 해리의 군인 기질, 마조히스트적인 기독교인 기질은 이런 사람들을 존경한다. 여자들이 주는 것 같은, 무비판적이고 맹목적인 사랑은 사람을 무르게 만들고 지치게 만든다.

"나는 막힌 6번으로 해야겠어." 버니가 말한다.

하지만 너무 잘 치려고 애쓰다가 그만 공을 멀리 보내지 못한다. 공이 연못을 넘어가기는 했지만 물가에 떨어지는 바람에 자세를 잡기가 쉽지 않다. "저기서 칩숏을 하려면 힘들겠는데." 해리가 말한다. 살짝 비꼬아주고 싶은 유혹을 이기지 못한 것이다. 그는 아까 훅숏을 시도

할 때 버니가 카트를 너무 가까이 댄 것이 아직도 마음에 들지 않는다.

버니는 그의 비꼬는 말을 받아들인다. "안 그래도 내가 아까 형편없는 칩샷을 쳤는데 말이야, 그렇지?" 그는 수술을 받은 뒤 바람 빠진 풍선처럼 살이 빠지고 등이 굽어버린 늙은 몸으로 카트에 오르며 이렇게 말한다. 해리는 이미 운전석에 앉아 있다. 그런에 공을 올린 사람이 운전할 권리를 얻는 법이다. 해리는 의욕이 점점 솟는 것을 느낀다. 자신과 버니가 저 얼간이들한테 멋지게 이길 것이다. 그는 아치 모양의 나무다리를 통해 연못을 건넌다. 다리의 바닥널 위에는 고무 디딤판이 붙어 있다. "자네 공이 있는 위치에서부터 그린은 내리막길을 이루고 있어. 퍼팅을 너무 세게 하면 공이 홀컵을 한참 지나쳐버릴 거야." 해리와 함께 카트에서 내리면서 버니가 말한다.

공을 물에 빠뜨린 에드는 속이 상하는 모양이다. 가파른 물가에 어색한 자세로 선 버니가 한 번 공을 치는 시늉을 하더니 두번째 스윙에서 공을 잘못 쳐서 옆으로 보내버린다. 버니가 공을 주워든다. 모래 빛깔의 조 골드는 이런 곳이 바로 자신의 홈그라운드라는 듯이 발을 꼼지락거리며 단단히 자리를 잡더니 강력한 샷으로 팟벙커를 탈출한다. 해리는 버니의 충고가 자꾸만 머릿속을 어른거리며 본능을 방해하는 가운데 조심스레 퍼팅을 한다. 공은 홀컵까지 가지 못하고 1미터쯤 떨어진 곳에 멈춘다. 해리가 발할라 빌리지의 표식으로 공의 위치를 표시하는 동안 조는 퍼팅을 두 번 해서 보기를 기록한다. 조가 느긋하게 시간을 끌고 있기 때문에 해리는 1미터짜리 퍼팅에 대해 생각할 시간이 너무 많다. 어떻게 보면 돌파구가 보이는 것 같다가, 다시 보면 보이지 않는다. 지난번 홀에서처럼 공이 홀컵을 돌아 나오는 걸 피하려다가 그는 퍼팅을 놓친다. 쉽게 할 수 있었는데 오른편으로 2센티미터가 모자란다. "이런 망할." 그가 말한다. 분노가 눈을 심하게 압박하고 있어서 이러다 눈물이라도 터지지 않을까 하는 생각이 든다. "단번에 그린에 올렸으면서, 망할 퍼팅만 세 번이라니."

"그럴 때도 있지, 뭐." 에드가 숙련된 회계사답게 꼼꼼한 필체로 4라는 숫자를 적어넣으며 말한다. "동점이야."

"미안하네, 버니." 해리가 다시 카트에 오르며 말한다. 이번에는 조수석이다.

"내가 망친 건데, 뭐." 파트너가 말한다. "그린이 내리막길이니 뭐니 떠들지 말고 잠자코 있을걸." 그는 새 시가를 꺼내고는 페달을 누르며 긴 하루를 대비하듯 등을 기댄다.

오늘 해리는 운이 없다. 플로리다의 태양이 오늘은 머리 위에 한 개의 공처럼 떠 있는 것이 아니라 여러 개의 조명등으로 변해서 그가 어디에 가든 계속 쫓아다니며 하얀빛을 쨍쨍 비쳐대는 것 같다. 야자수 바로 아래에 있어도, 빌리지를 외부와 격리해주는 3.5미터 높이의 소나무 울타리 바로 옆에 있어도 태양은 그를 찾아내서 코끝을 빨갛게 태우고 장갑을 끼지 않은 손등과 팔을 구워놓는다. 안 그래도 각화증 때문에 손등에 이미 작고 하얀 혹들이 점점이 나 있는데. 래빗은 골프가방 안에 15라는 숫자가 적힌 선크림을 가지고 다니며 항상 바르고 있지만, 그래도 자외선은 뚫고 들어와서 그의 편평상피세포들을 구워 피부암을 일으킨다. 함께 골프를 치고 있는 세 남자는 언제나 아무것도 바르지 않아서 아주 편안하게 몸이 그을려 있다. 심지어 대머리가 된 버니의 정수리도 마찬가지다. 버니가 그 특유의 형편없는 자세,

그러니까 무게중심을 엉뚱한 곳에 두고 양발을 붙이는 자세로 샷을 날리려고 고개를 숙이자 타조알처럼 매끄러운 피부에 작은 점이 겨우 몇 개밖에 없는 정수리가 드러난다. 오늘은 버니가 기계처럼 흔들림 없이 반복하는 어리석은 짓들, 그러니까 길이가 짧은 샷이나 엉망이 된 칩 샷 같은 것들이 짐처럼 무겁게 느껴진다. 해리가 버니를 안고 갈 수 없기 때문이다. 버니처럼 고통의 지혜를 발산하는 사람이 골프의 요령을 결코 배우지도 못할뿐더러 심지어 배우려고 노력조차 안 하는 이유가 무엇인지 궁금하다. 아마 버니에게 골프는 그냥 게임에 불과할 것이다. 말년에 햇빛 속에서 시간을 보내는 방법. 버니도 한때는 어린 소년이었고, 젊은 청년이던 시절에는 돈도 벌고 아이도 만들었다(퀸스에서 카펫판매점을 했으며, 두 딸은 건실한 남자들과 결혼했고, 아들은 프린스턴대학과 필라델피아의 워턴 스쿨을 졸업한 뒤 월스트리트에서 적대적 인수합병 전문가가 되었다). 그리고 지금은 인생이라는 무지개의 끝에 다다라 있다. 지금 버니는 평생 삶을 견뎌왔던 것처럼, 젖은 시가의 얼얼한 맛 같은 인생의 맛을 빨아들이며 플로리다에서 은퇴생활의 즐거움을 건디고 있다. 그는 해리가 게임에서 보는 것을 보지 못한다. 무한한 가능성, 무한한 향상의 기회를 보지 못한다. 래빗도 오늘은 그런 기회가 보이지 않는다. 11번 홀, 급커브 모양의 파 5홀인 이곳에서 그는 두번째 샷을 4번 우드로 너무 깎아 치는 바람에 공이 아파트 옆 마당의 플라스틱 쓰레기통과 콘크리트판 사이에 떨어져버린다. 콘크리트판에는 빨랫줄을 매기 위한 강철기둥이 녹슨 채로 박혀 있다(그 기둥에 묶여 있는 독일산 셰퍼드가 그를 향해 짖어대며 달려들자 팽팽해진 줄이 노래를 부른다. 골드와 실버스틴은 카트에서 빈둥거리며 키득거리고, 버니는 뚱한 표정으로 쩝쩝거린다). 해리가 경계선을 넘어가 버린 공 때문에 드롭을 하는 동안 개는 짖고 또 짖어댄다. 그런데 그가 3번 아이언을 너무 세게 휘두르는 바람에 골프채가 뒤쪽으로 10센티 미터 넘게 땅을 파고들면서 그의 신발뿐만 아니라 양말 윗부분에까지 모래가 흩뿌려진다. 그는 다음 아이언샷을 왼쪽으로 보내보지만 12번째 티샷 지점 옆에서 바싹 말라 잎을 떨구고 있는 진달래밭으로 공을 보내버리는 바람에 또 드롭을 해서 칩샷으로 그린을 완전히 넘겨버린다(이제는 세 친구도 너무 놀라서 그를 위해 슬퍼하며 침묵을 지킨다. 아니지, 기쁜 표정을 감추고 있는 건가?). 그다음 모래 구덩이에서 친공은 구덩이 입구에 퉁 하고 부딪혀 다시 구덩이 안으로 흘러내리고, 래빗은 정말 미칠 것 같은 기분으로 공을 주운 뒤 모래갈퀴로 바닥을 고르고 갈퀴를 옆으로 던졌는데 이번에는 심지어 그 갈퀴가 그의 무릎을 때리기까지 한다. 이 홀의 경기를 마치고 나자 이 게임과 오늘 있었던 일들이 그를 집어삼켜 우울한 상태로 몰고 간다. 잔디는 기름에 전 것처럼 보이고, 현실 속의 존재가 아닌 것 같다. 야자수들은 하나 건너 하나씩 가뭄으로 죽어가며 뻣뻣해진 갈색 이파리들을 떨구고 있고, 아파트들은 치장벽토를 바른 높은 헛간처럼 모든 페어웨이 옆에 늘어서 있다. 평소에는 눈을 편안하게 해주는 하늘조차 제트기가 뿜어낸 구름 흔적으로 더러워져 있다. 제트기 구름은 넓게 퍼져서 방황하다가 신이 만든 순수한 구름과 구분할 수 없게 변해버린다.

시간이 점점 쌓여가면서 정오가 왔다가 지나가고, 조명등 같던 태양도 흐릿해지기 시작하지만 열기는 더욱더 강렬해진다. 그들은 세시 십오분 전에 경기를 마친다. 해리와 버니가 20달러를 잃었다. 5달러가 걸린 나소 게임*의 두 사람 성적과 전체 성적, 거기에 두 사람이 패배한 후반 9홀의 성적을 합친 금액이다. "다음에는 우리가 이길 거야." 해리가 파트너에게 장담하지만, 사실 자신도 이 말을 믿지 않는다.

"오늘은 평소와 완전히 다르던데." 버니가 말한다. "무슨 여자 문제라도 생긴 건가?"

밝히기는, 누가 유대인 아니랄까봐. 예전에 할리우드 역사책에서 유대인들의 바람기에 대해 읽은 적이 있다. 해리 콘, 그루초 막스, 워너 형제, 이들은 햇빛과 수영장과 중서부 출신의 비유대인 여자들이 있는 그곳에서 미쳐 날뛰었다. 여자들은 영화배우가 되기 위해서라면 무슨 짓이든 했다. 난잡한 파티에 참석하기도 하고, 영화계 거물이 통화중에 입으로 빨아주기도 했다. 하지만 해리의 골프 파트너들은 모두 한 여자와 사십 년, 오십 년씩 결혼생활을 하고 있다. 염색한 머리를 크게 부풀리고, 두꺼운 뱅글을 차고, 살찐 팔뚝이 갈색으로 그을린 그 여자들은 저녁식사 자리에 한껏 치장을 하고 나타나서 쉬지 않고 떠들어댄다. 버니와 에드와 조는 그들 옆에 아무 말 없이 앉아서 미소만 짓고 있다. 마치 자기 여자들의 이 거침없는 수다가 바로 섹스라고 생각하는 사람들처럼. 아니, 틀림없이 그런 것 같다. 생기와 활력. 어떻게 그럴 수 있을까? 몸에 정확히 들어맞는 기성복을 걸치듯이 인생을 걸치고 살아가다니. "이미 말했던 것 같은데……" 해리가 버니에게 말한다. "우리 아들네 식구들이 와 있어."

"그게 문제로군, 앵스트롬. 우리랑 놀면서 죄책감을 느낀 거야. 사랑

---

* 18홀 매치에서 처음 9홀, 다음 9홀 그리고 전체 라운드에서 각각 성적이 가장 좋은 사람이 승점을 올리는 비공식적인 골프 내기 경기.

하는 식구들을 대접했어야 하는데 말이지."

"그래, 대접했어야지. 겨우 어제 도착했으면서 벌써부터 지루해하고 있어. 우리집이 디즈니월드 바로 옆이었으면 좋겠대."

"정글가든에 데려가. 저 위쪽 새러소타에 있는 것. 링글링박물관에서 41번 도로를 타고 가면 돼. 겨울이면 펀이랑 두세 번씩 거길 가는데 한 번도 지루했던 적이 없어. 홍학들이 자는 모습은 몇 시간을 봐도 안 지겨워. 어떻게 그렇게 자지? 다리 길이가 60센티미터나 되고 굵기는 내 손가락보다도 가는데 한 다리로 균형을 잡고 서잖아." 그가 들어올린 손가락이 굵어 보인다. "이것보다 가늘어." 그가 단언한다.

"글쎄, 어떨지 모르겠네, 버니. 나랑 같이 있을 때 우리 아들은 내 손주들이 나랑 조금이라도 어울리는 게 싫은 사람처럼 굴어. 손자 녀석은 이제 네 살인데 낯설기가 남이나 다름없지. 그래도 손녀랑은 잘 지내. 이제 곧 아홉 살이 될 거야. 심지어 언제 걔를 이리 데려와서 카트를 태워주고, 공을 치게 해줄까 하는 생각도 했을 정도니까. 아니면 선피싱을 하러 갈 수도 있고. 에드, 베이뷰에서 일하는 자네 아들이 나를 손님으로 끼워줄 수 있겠지?"

네 사람은 발할라 빌리지 A동 아래층에 있는 골프용품점 옆의 클럽 나인틴에서 맥주와 함께 공짜 스낵을 먹고 있다. 영국 주점식으로 판벽널과 들보를 어둡게 처리한 이 클럽 안의 어둠이 밖에 보이는 아열대의 밝은 날씨 때문에 더욱 강렬하게 느껴진다. 클럽 밖에는 쿠어스라는 말이 적힌 파라솔들 밑에 흰색의 둥근 탁자들이 놓여 있다. A동과 B동 사이의 풀장에서 물이 철벅거리는 소리, 화장실과 다트판과 비디오 게임기들 너머 벽 뒤편에서 발전기가 웅웅거리는 소리가 들려온다.

밤이면 가끔 해리는 중간에 있는 모든 아파트, 카펫, 에어컨, 사람들의 대화 소리, 매트리스, 복도의 복숭아색 벽지를 뚫고 발전기 소리가 자기 집까지 들려온다고 상상할 때가 있다. 그 소리가 이리저리 휘어지며 방향을 바꿔 벽에 달라붙은 채 그의 방에 있는 커다란 미닫이 창문 안으로 들어온다. 바다의 공기가 들어올 수 있게 살짝 열어둔 창문을 통해서.

"그거야 문제없지." 에드가 점수 합계를 내면서 말한다. "프런트데스크에 가서 그레그 실버스만 찾으면 돼. 우리 애가 거기서 쓰는 이름이 그거거든. 왜냐고는 묻지 마. 어쨌든 직원들이 로비를 지나 아래층으로 내려가서 탈의실까지 데려다줄 거야. 수영복 차림으로 로비에 들어가는 건 별로 안 좋아. 거기 사람들이 반기지 않거든. 날짜를 정했나? 내가 미리 말해놓을게."

해리는 이것이 생각했던 것보다 더 큰 부탁인 것 같다는 인상을 받는다. 실제 가치보다 더 큰 의미가 들어 있는 일이다. "만약 간다면 금요일이야." 그가 말한다. "그레그한테 꼭 날짜를 확실히 말해줘야 하나? 내일은 새러소타 쪽으로 올라가볼까 했는데."

"정글가든에 가." 버니가 고집스레 말한다.

"라이어널기차박물관." 조 골드도 한마디 거든다. "그리고 링글링박물관 바로 맞은편에 '벨름의 옛날 자동차와 음악'이 있어. 아마 그 이름이 맞을 거야. 음악기계가 천 대가 넘는다고, 굉장하지? 1897년에 나온 골동품 자동차도 있어. 난 그 시대에도 차가 있었는 줄은 몰랐어. 자네는 자동차 쪽 일을 하지, 앵스트롬? 아들이랑 같이. 거기 가면 둘 다 좋아서 정신을 못 차릴 거야."

"글쎄." 해리는 넬슨의 주위를 구름처럼 둘러싸고 모든 외출을 망쳐버리는 그 기묘한 분위기를 설명할 방법을 모색하며 입을 연다.

"해리, 이거 재밌네." 에드가 말한다. "자네가 강세를 보였던 11번 홀에서 핸디캡으로 2 오버파에 7점을 주고, 공 두 개를 물속에 빠뜨린 16번 홀에서 특별히 6점을 주면, 그래도 자네 점수가 90점이야. 오늘 자네 성적이 보기만큼 나쁘지 않았다는 얘기야. 드라이브샷과 롱아이언의 낭비를 조금 줄이면 매번 80점대로 칠 수 있을걸."

"그런데 그게 안 돼. 힘을 뺄 수가 없어." 해리가 말한다. "생각을 버릴 수가 없어." 그는 이 현명한 유대인 남자 세 명에게 죽음에 대해 묻고 싶은 것이 있지만 차마 물을 수가 없다. 그래서 이렇게 묻는다. "어이, 그 팬암 제트기 어떻게 생각해?"

잠시 침묵이 흐른다. "틀림없이 폭탄일 거야." 에드가 말한다. "강철이 찢어져서 가죽 여행가방에 박히고 비행기 잔해가 스코틀랜드 땅에서 80킬로미터나 되는 지역에 흩어진 걸 보면 틀림없이 폭탄이야."

버니가 한숨을 내쉰다. "또 그놈들일 거야. 시아파 놈들."

"아랍 놈들." 조 골드가 말한다. 애국적인 환희가 그의 흔들리는 눈에 불을 밝힌다. "일단 증거만 찾으면 F-111기들이 다시 리비아로 날아갈 거야. 거기서 계속 아이란Eye-ran까지 날아가서 아야톨라 늙은이한테 한 방 먹여줘야 돼."

하지만 그들은 지금 평소보다 느린 속도로 말하고 있다. 해리가 그들을 불편하게 만든 것이다. 그렇게까지 정치적인 의미를 담고 던진 질문이 아닌데. 유대인들에게 신문에 난 모든 뉴스는 이스라엘과 연결되어 있다.

"내가 묻고 싶었던 건······" 그가 말한다. "기분이 어떨 것 같아? 폭발하는 비행기 안에 앉아 있는 기분."

"글쎄, 정신이 번쩍 나겠지." 에드가 말한다.

"아무것도 못 느꼈을 거야." 버니가 해리의 개인적인 근심을 눈치채고 신중하게 말한다. "아무것도. 워낙 빨리 끝나버렸으니까."

조가 해리에게 말한다. "이스라엘 사람들이 뭐라고 말하는지 알지, 앵스트롬? 만약 자기들한테 반드시 적이 있어야 하는 거라면, 그게 아랍인이라서 천만다행이라고 해."

해리는 전에 이런 말을 들은 적이 있지만, 그래도 웃으려고 애쓴다. 버니가 말한다. "앵스트롬한테는 새 파트너가 어울릴 것 같아. 나 때문에 자꾸 풀이 죽잖아."

"자네 때문이 아냐, 버니. 원래 올 때부터 우울했어."

클럽 나인틴은 바닷물 같은 파란색의 V자 두 개가 겹쳐진 모양의 발할라 빌리지 로고가 새겨진 자그마한 사기그릇에 아주 훌륭한 주전부리들을 담아 내놓는다. 구운 땅콩이나 아몬드나 개암 같은 것들뿐만 아니라 아주 작은 막대 모양의 프레츨이나 소금간을 한 호박씨나 콘칩처럼 단단히 둘둘 말린 과자 같은 것들도 있다. 그런데 이 과자는 입 안에서 어금니로 바삭하고 깨물기 위해 혀로 옮겨지는 그 황홀한 순간에 콘칩보다 더 순수하고 강렬한 맛을 낸다. 세 친구는 전분과 소금이 들어간 이 주전부리 모둠을 가끔 아주 조금씩 집어먹을 뿐인데도 금방 그릇이 비어버린다. 래빗이 80퍼센트를 먹어치우고 있기 때문이다.

"그건 소금덩어리야." 버니가 그에게 경고한다.

"알아, 하지만 영혼에 좋아." 해리가 말한다. 이건 그가 감히 내놓을 수 있는, 가장 종교적인 발언이다. "누구 맥주 더 마실 사람?" 그가 묻는다. "이번에는 진 사람들이 살게."

　그는 점점 대범해진다. 물에 잉크를 풀었을 때처럼, 알코올이라는 부드러운 용제 속에 그의 우울한 기분이 점점 흐려진다. 그는 손짓으로 웨이터를 불러 맥주 네 병과 주전부리 한 그릇을 더 가져다달라고 말한다. 넬슨보다 더 큰 귀걸이를 하고 양쪽 손목에 황금 사슬을 두른, 목신처럼 생긴 히스패닉 젊은이인 웨이터는 수줍게 고개를 끄덕인다. 그에게는 해리가 아주 거대한 사람으로 보일 것이다. 하얀색과 분홍색이 섞인 피부는 위협적이고, 소금기 섞인 땀에 흠뻑 젖은 사람. 네 사람 모두 그 웨이터에게는 시끄럽고 자칫 제멋대로 굴지도 모르는 사람들, 추하게 늙은 백인들로 보일 것이다. 누가 또 물에 잉크를 푼 것 같다. 해리는 또 기분이 무거워진다. 플로리다에서는 즐거운 시간도 옛날 다이아몬드 카운티의 플라잉이글 클럽에서 늦은 오후에 술을 잔뜩 마시던 때만큼 즐겁지 않다. 하지만 버디 잉글핑거가 그 멀대같이 비쩍 마르고 제정신이 아닌 히피 밸러리와 결혼해 로이어스퍼드로 이사하고, 셀마 해리슨이 루푸스가 심하게 악화돼서 더이상 클럽에 나올 수 없게 되었기 때문에 클럽에서 탈퇴하고, 신디 머킷이 뚱뚱해지고, 웹이 그녀와 이혼했기 때문에 이제는 어느 누구도 다시 만날 수 없게 되었다. 플로리다에서 만난 사람들은 아주 조심스럽다. 맥주를 두 병만 마셔도 넘어져서 엉덩이뼈가 부러질까봐 걱정하는 사람들 같다. 플로리다주 전체가 이렇게 과민하다.

　"자네 아들은 골프 치나?" 조가 그에게 묻는다.

　"그렇지는 않아. 그럴 성질이 못 돼. 제 말로는 시간이 없다지만."

여기에 래빗이 한마디 더 덧붙일 수도 있을 것이다. 자기가 아들한테 골프를 같이 치자고 말해본 적도 없다고.

"그럼 그 녀석은 뭘 하고 놀지?" 에드가 묻는다. 이 사람들이 지금 예의상 이런 질문을 던지고 있다는 것을 해리는 서서히 깨닫는다. 그가 맥주를 더 주문하는 바람에, 19번째 홀에서 편안히 즐기는 듯한 분위기가 편안함의 경계선을 넘어버렸다. 이 남자들의 섹시하고 나이 지긋한 아내들이 기다리고 있다. 새로운 소문들도 들어두어야 한다. 성실하고 잘나가는 자식들한테서 온 편지도 읽어야 한다. 이자도 계산하고, 토라도 공부해야 한다.

"나야 모르지." 해리가 말한다. "브루어 녀석들하고 어울려 다니겠지. 독신으로 살면서 잘 노는 애들. 난 그 녀석이 재미있게 노는 걸 본 적이 없어. 스포츠에 빠져본 적도 없는 녀석이니까."

"자네가 아들 얘기를 하는 걸 들으면 말이야⋯⋯" 버니가 말한다. "그 녀석이 아버지고 자네가 아들 같아."

래빗은 열정적으로 동의한다. 두번째 맥주의 기운 덕분에 거의 선견지명이 생긴 것 같은 기분이다. "맞아, 그것도 불량아들이지. 녀석은 실제로 나를 그렇게 보고 있어. 늙은 불량 청소년으로. 녀석의 아내는 비참한 몰골이고." 이 말은 왜 한 걸까? 이 말이 사실인가? '도와줘, 친구들. 섹스나 죽음을 어떻게 극복했는지 좀 가르쳐줘.' 해리는 말을 잇는다. "아들 녀석 식구들 전체가, 두 손주 녀석까지 포함해서, 모두 곤두서 있는 것 같아. 왜 그러는지 모르겠어."

"자네 안사람은 무슨 일인지 안대?"

그 얼간이가 알기는 뭘. 해리는 이 질문을 무시한다. "어젯밤만 해도 나는 아들 녀석이랑 좋게 이야기하려고 애썼는데, 그 녀석이 도요타 자동차에 대해 불평불만을 늘어놓는 거야. 그 회사가 우리를 먹여 살리고, 그 녀석과 나와 수상한 사기꾼 같은 그 녀석 할아버지까지 부랑자가 되지 않게 구해줬는데, 그 녀석이 하는 거라고는 도요타가 람보르기니가 아니라는 불평밖에 없어! 세상에, 술기운이 빨리 오르네. 고비사막이 물을 빨아들이는 것 같아."

"해리, 이제 맥주는 더 시키지 마."

"집에 가서 벨름스에 대해 이야기해줘야지. B, E, L, L, M, 아포스트로피, S. 내가 철자를 모를 줄 알았지? 상상할 수 있는 옛날 차가 다 있어. 핸들이 발명되기 전, 심지어 기어가 발명되기 전의 자동차까지."

"솔직히 나는 차에 그렇게 미쳐본 적이 없어. 그냥 차를 몰고, 팔 뿐이지. 그러면서도 그 망할 놈의 물건을 도무지 이해할 수가 없어. 내 눈에는 모든 차가 그냥 똑같아 보이는데. 차가 잘 나가면 좋은 거고, 잘 안 나가면 형편없는 거지." 세 친구가 자리에서 일어서고 있다.

"내일 오후에 자네의 귀여운 손녀랑 같이 이리로 나오면 좋겠네. 손녀한테 기초를 가르쳐줘. 고개를 들지 말고, 천천히 스윙을 하라고."

이건 버니의 말이다. 이제는 에드 실버스틴이 말하고 있다.

"백스윙을 짧게 줄여봐, 해리. 어깨 위로 그렇게 높이 올릴 필요가 없어. 겨냥해야 하는 지점은 바로 여기야. 자네의 그 물건 바로 옆. 내가 골프 프로한테서 들은 최고의 조언은, 당신 물건으로 공을 친다고 생각해보라는 말이었어."

그들은 그가 소리 없이 도와달라고, 위로해달라고 외친 것을 감지하고 해리를 위해 더욱더 유대인처럼 굴고 있다. 자리에 앉아 있는 그의 눈에는 그렇게 보인다.

버니는 탁자를 밀치며 일어나 해리 옆에 우뚝 서 있다. 그의 피부는 회색이고, 느슨하게 늘어진 턱살에는 그림자가 가득하다. "우리가 쓰는 말이 있는데……" 그가 아래를 향해 말한다. "추리스*라는 말이야. 내가 보기에는 자네한테 추리스가 좀 있는 것 같아. 아직 완전히 숙성하지는 않아서 게호케스 추리스**가 아니라 그냥 추리스야."

술기운에 기분좋게 알딸딸해진 해리의 가슴이 막연히 따끔거린다. 코끝은 햇볕에 화상을 입은 것 같다. 해리는 주위의 세상이 모두 움직이고 있는데도 움직일 생각이 전혀 없다. 오후 내내 뒤에서 멋진 솜씨로 골프를 치며 해리 일행을 재촉하듯 압박을 가하던 두 대학생이 게임을 끝내고 화장실 옆에서 비디오게임을 하고 있다. 게임기가 재잘재잘, 핑핑, 휘휘, 매애매애 소리를 낸다. 화면에 다양한 색깔의 움직이는 캐릭터들이 나타났다가 사라진다. 그는 손톱의 반달이 커다랗게 자리잡고 있는 자신의 하얀 손을 보며 주전부리 그릇의 바닥을 아무 생각 없이 집적거린다. 마치 겹쳐져 있는 두 개의 V자를 들어올리려는 것 같다. 이 그릇에 담겨 있던 정크푸드는 다 뱃속으로 들어갔다. 그런데 웨이터가 새로 주전부리를 가져다주었는지 잘 기억이 나지 않는다.

머리카락이 모래 빛깔의 갈기처럼 보이는 조 골드가 사각형 안경 속에서 크게 확대된 눈동자를 앞뒤로 휙휙 굴리며 다시 함정에 발을 들여놓는 사람처럼 조금 허리를 숙이고 말한다. "자네한테 유대인 농담 하나 해줄까? 에이브와 이지가 오랜만에 만났어. 에이브가 '자식은 몇

---

* 이디시어로 '근심' '고민거리'라는 뜻.
** 알고 싶지도 않을 만큼 엄청난 걱정거리.

명이나 있어?' 하고 물었더니, 이지가 '하나도 없다'고 대답했지. 그랬더니 에이브가 이러는 거야. '하나도 없다고! 그럼 짜증을 내고 싶을 때는 어떻게 해?'"

친구들이 맥주 광고의 연기자들처럼 빠르게 웃음을 터뜨린다. 부자연스럽게 입을 모아 웃어대는 그들의 가짜 웃음이 해리에게는 경고처럼 느껴진다. 그가 하루를 낭비했으니 서둘러 가서 그동안 놓친 것들을 따라잡아야 한다는 경고. 옛날에 학교에 지각해서 뱃속에서 물이 퍼덕거리는 것 같은 기분으로 뛰어가던 때와 비슷하다. 이 세 남자는 자기들의 탄탄한 가정으로 돌아가면서 작별인사 삼아 즉흥적으로 심지어 그의 목덜미를 꼬집기까지 한다. 정신적으로 마비 상태에 빠져 있는 그를 깨우려는 것 같다. 플로리다에서는 우정조차 얄팍하고 일시적이라는 생각이 든다. 언제든 다른 아파트를 사서 이사갈 수도 있고, 아니면 누가 죽을 수도 있기 때문이다.

골프채는 골프용품점에 맡겨놓는다. 신발도 마찬가지다. 래빗은 모카신을 신고 걷는다. 신발이 닳아서 헐렁해진 탓에 그 안에서 움직이는 발에 가죽이 전혀 닿지 않는 것 같다. 그는 주차장과 줄무늬가 그려진 진입로와 야외 카펫 같은 초록색 잔디로 뒤덮인 단지 내의 작은 교통섬*을 가로질러 B동 입구로 향한다. 입구에서 그는 열쇠를 돌리

---

* 보행자를 보호하기 위해 차선 사이에 만들어놓은 안전지대.

고, 폐쇄회로 텔레비전 두 대가 그를 지켜보고 있는 좁은 공간에서 암호를 입력한 뒤, 문을 잡아당긴다. 이 문은 징 하는 소리를 내며 열리는 게 아니라, 후진하는 소방차처럼 딩딩딩 하는 소리를 낸다. 그는 엘리베이터를 타고 사층으로 올라간다. 고향은 아니지만 이제는 그의 집인 413호에서 재니스와 프루와 아이들이 하트 게임을 하고 있다. 사실 게임을 하는 것은 주디까지 세 명이고, 로이는 카드를 한 주먹 들고 있을 뿐이다. 프루가 로이에게 게임을 어떻게 하는 건지, 어떤 카드를 버려야 하는지 말해준다. 아이는 오후 내내 실망과 짜증뿐이었다는 듯이 얼굴이 퉁퉁 부어 있다. 모두들 죽을 것 같은 지루함 속에서 자기들을 구원해줄 사람을 보듯이 해리를 맞이한다. 하지만 해리는 너무 지쳐서 그냥 가만히 누워 무無 속에 몸을 흠뻑 담그고 싶을 뿐이다. 그가 묻는다. "넬슨은 어디 있어?"

이것은 올바른 질문이 아니다. 적어도 애들 앞에서는 그렇다. 재니스와 프루는 서로를 흘깃 바라본다. 그리고 프루가 자진해서 나선다. "볼일이 좀 있다고 차를 몰고 나갔어요." 이 집에 차는 한 대뿐이다. 캠리. 해리의 셀리카는 펜파크에 남겨두었다. 두 사람에게 필요한 거의 모든 물건, 그러니까 약, 잡지, 미용실, 수영복, 테니스공 등은 여기 발할라 단지 안에서 구할 수 있기 때문에 상관없었다. C동의 작은 매점에서는 공항 가격으로 식료품을 판다. 그래서 재니스는 대개 핀도팜 불러바드를 따라 800미터쯤 떨어진 곳에 있는 윈딕시에서 일주일에 한 번씩 대량으로 장을 본다. 또한 두 사람은 대략 1주일에 한 번씩 딜리언에 있는 은행에도 간다. 해변에서 두 블록 안쪽에 있는 광장에 자리한 그 은행에서는 엘리베이터 같은 데서 나오는 가벼운 음악이 항상 흘러나온다. 은행 안팎이 모두 그렇다. 틀림없이 은행 바깥의 나무들 사이에 스피커를 숨겨둔 모양이다. 한 달에 두 번 정도는 팰머토팜 불러바드를 따라 3킬로미터 거리에 있는 거대한 쇼핑몰의 복합상영관에서 영화를 보는 것 같다. 하지만 한 번에 며칠씩 자동차가 주차장에 그냥 세워진 채 하얀 새똥과 먼지만 뒤집어쓰고 있을 때가 많다.

"무슨 볼일이 있다는 거야?"

"아유, 해리." 재니스가 말한다. "사람들한테는 이것저것 필요한 물건이 있게 마련이야. 넬슨은 당신이 사놓는 맥주를 안 좋아한다고. 치실도 특별히 좋아하는 게 따로 있어. 실 대신에 테이프 모양인 걸로. 게다가 넬슨은 운전을 좋아해. 답답한 걸 싫어하니까."

"누군 답답한 걸 좋아하나?" 해리가 재니스에게 말한다. "그렇다고 모든 사람이 차를 훔쳐서 타고 다니지는 않아."

"많이 지친 것 같은데. 게임에 졌어?"

"그걸 어떻게 알아?"

"당신은 항상 지잖아. 네 시아버지는 유대인 남자 세 명하고 골프를 쳐." 재니스가 며느리에게 설명한다. "그리고 항상 그 사람들한테 20달러를 빼앗기지."

"그건 선입견이야. 말하는 게 당신 어머니랑 똑같네. 그리고 참고삼아 말하는데, 내가 지는 만큼 이기기도 해."

"당신이 언제 이겼는지 들어본 적이 없는걸. 그 사람들은 항상 당신한테 골프를 잘 친다고 말하면서 당신 돈을 빼앗아가잖아."

"멍청한 소리. 오늘 그 셋 중의 한 명은 나랑 같이 20달러를 잃었어. 그 친구는 내 파트너였다고!"

재니스가 차분하게 말한다. 자기 어머니와 똑같이, 딱히 누구에게라고 할 것도 없이 입을 연다. "다른 두 사람이 그 사람한테 그 돈을 돌려줄걸. 다들 한패니까."

재니스가 이렇게 불쾌하고 터무니없는 소리를 하는 것은 넬슨이 뚜렷한 이유도 없이 무례하게 나가버린 것에 그가 신경을 쓰지 못하게 하려는 행동이라는 생각이 든다.

주디가 말한다. "할아버지, 얼른 와서 로이의 카드를 들고 우리랑 같이 놀아요. 로이는 카드를 잡을 줄도 모르면서 난리만 피우고 있어요."

로이는 둥근 유리탁자에 카드를 던져버림으로써 제 누나의 말이 옳다는 것을 친절하게 증명해준다. 오늘 아침에 스푼을 던져버릴 때의 모습과 비슷하다. "난 게임이 싫어." 로이가 말한다. 등에 매달려 있는 줄을 당기면 뭐라고 간단한 말을 하던 구식 인형처럼 묘하게 발음이 정확하다.

주디는 카드를 들고 있지 않은 손으로 재빨리 로이를 때린다. 주먹으로 어깨와 목을 쿵쿵 치자 로이가 고함을 지르고, 주디는 설명하듯 로이에게 말한다. "네가 카드를 던져서 패를 망쳐버리는 바람에 이제 아무도 게임을 할 수 없게 됐어. 이번에는 내가 크게 나는 판이었단 말이야!" 프루가 자신의 카드를 엎어서 부채꼴로 깔끔하게 탁자에 내려놓고, 길고 사랑스러운 뼈와 솜털이 있는 다른 팔로 울부짖는 아이를 당겨 안는다. 주디는 이것을 보고 질투심이 솟았는지 울기 직전의 여자들처럼 눈이 분홍색으로 물들더니 해리와 재니스의 침실 쪽으로 쌩하니 달려가버린다.

프루가 힘없는 미소를 짓는다. 몹시 지친 것 같은 모습이다. "모두 피곤해서 성질을 부리는 거예요." 프루는 주디도 들을 수 있게 로이의 정수리 위에서 마치 노래하듯 말한다.

재니스가 일어나다가 순간적으로 휘청거린다. 그 바람에 정강이가 유리탁자에 부딪히고, 그녀가 놓아둔 하트 카드패 옆에서 캄파리가 반쯤 차 있는 오렌지주스 잔이 부르르 몸을 떤다. 진홍색 반지 같은 그 잔을 보니 에드의 공이 빠졌던 연못이 생각난다. 재니스는 다시 테니스복을 입고 있다. 옆구리와 겨드랑이에 말라붙은 땀자국이 아주 흐릿한 지도 위의 대륙들처럼 보인다. "어쩌면 우리가 애들을 너무 지치게 만든 건지도 몰라." 재니스가 해리에게 설명하듯 말한다. "몰에 가서 엄청나게 장을 봤고, 버거킹에서 점심을 먹은 다음에 집에 돌아와서 프루가 애들을 데리고 두 시간 동안 수영이랑 셔플보드를 했거든. 그 다음에는 내가 주디를 데리고 테니스장에 가서 공을 쳤고."

"주디가 잘 쳤어?" 해리가 묻는다.

재니스는 깜짝 놀란 사람처럼 웃음을 터뜨린다. "엄청 잘하던데, 솔직히. 운동을 아주 좋아할 것 같아, 당신처럼."

래빗은 자기 침실로 들어간다. 이 집에 지금 재니스만 있다면 침대에 누워 감기는 눈을 억지로 뜨고 재니스가 크리스마스 선물로 준 역사책을 몇 쪽 읽다가 노픽소나무에서 메마른 소리로 지저귀는 새들의 소리를 들으며 눈을 감고 존재의 무게에 굴복할 것이다. 하지만 옥색 이불이 덮여 있는 그의 킹사이즈 침대에 주디가 먼저 와 있다. 주디는 몸을 둥글게 말고 얼굴을 숨긴 채 누워 있다. 해리가 침대 가장자리 쪽에 눕자 주디가 그의 등에 무릎을 댄다. 해리는 주디의 머리카락에 감탄한다. 놀라울 정도로 단백질이 풍부한 그 완벽한 모습이라니. 연한 색의 긴 머리카락이 햇빛 속에서는 반짝이는 오렌지색으로 진해진다.

"오늘밤에 빙고 게임을 할 거니까 지금 쉬어두는 게 좋을 거다."

"로이도 갈 거면 저는 안 가요." 주디가 말한다.

"로이를 그렇게 싫어하지 마." 해리가 말한다. "착한 녀석이야."

"안 착해요. 이번에는 제가 크게 나는 판이었다고요. 벌써 스페이드 퀸이 들어와 있었고, 하트 에이스랑 잭이랑 그런 카드들도 있었어요. 그런데 로이가 그걸 다 망쳐버렸단 말이에요. 엄마는 그걸 귀엽다고만 하고. 걔가 태어난 뒤로 다들 걔밖에 몰라요. 순전히 아들이라는 이유 만으로!"

해리도 인정한다. "그래, 힘든 일이지. 나도 네 입장이었던 적이 있다. 남녀가 바뀌긴 했지만. 내 동생은 남동생이 아니라 여동생이었거든."

"동생이 밉지 않았어요?" 주디가 팔에서 얼굴을 들고 열심히 비벼 댄 것처럼 보이는 초록색 눈으로 그를 빤히 올려다본다.

해리는 대답한다. "아니. 솔직히, 오히려 동생을 사랑했던 것 같구 나. 밈을 사랑했어." 이 말이 진실이라는 사실에 그는 충격을 받는다. 그리고 자신이 지금까지 살아오면서 강인한 여동생 밈을 사랑할 때처 럼 냉소 같은 건 전혀 없이 솔직하게 사랑한 사람이 극소수에 불과하 다는 사실을 깨닫는다. 밈의 얼굴은 그의 얼굴을 좀더 좁고 단단하게 바꿔놓은 것 같았다. 윗입술이 짧은 것도 똑같았다. 다만 밈이 여자아 이고, 머리카락이 갈색이라는 점만 다를 뿐이었다. 음정을 상당히 바 꿔놓았지만, 원래 멜로디는 그의 모습을 바탕으로 한 것임을 여전히 알아볼 수 있다고나 할까. 일요일에 어머니와 아버지가 아이들을 데리 고 산책에 나서서 산을 올라 피너클호텔까지 갔다가 채석장 가장자리를 따라 돌아오는 동안 그가 쥐고 있던 밈의 손은 땀에 젖어 끈적거렸다. 밈이 그렇게 매달리는 모습은 그에게 보호욕구를 불러일으켰다. 아마도 밈은 다른 사람들에게도, 다른 여자들에게도 그 방법을 사용했을 것이다. 밈은 그와 피를 나눈 여동생이기 때문에 그에게 그 어떤 여자도 행사할 수 없었던, 자연스러운 권리를 행사할 수 있었다.

"내 여동생이랑 나는 너랑 로이보다 더 나이 차이가 많아. 하지만 여자애들은 사내아이들보다 덜 고약한 편이지. 뭐, 밈은 제 나름대로 고약했던 것 같지만 말이다. 그애가 열여섯 살이 된 뒤로는 우리 부모님의 생활이 지옥으로 변했으니까."

"할아버지, 고약한 게 뭐예요?"

"아, 그건 말이다, 못됐다는 뜻이야. 고집 세고, 반항적이라는 뜻."

"아빠처럼요?"

"네 아빠는 고약하다기보다, 그저, 뭐라고 할까? ……성질이 급한 거지. 사람들이 하는 말에 남들보다 더 영향을 받아. 성격이 예민해서." 겨우 이 정도 대답을 만들어내는 것만으로도 혀가 둔해지고, 머릿속이 흐릿해진다. "주디, 우리 내기할까? 넌 그쪽에 눕고 난 이쪽에 누워서 누가 먼저 잠드는지 보는 거야."

"심판은 누가 하는데요?"

"네 엄마지." 해리는 신고 있던 모카신을 침대 가장자리 너머 바닥으로 떨어뜨리며 말한다. 그리고 포스터의 사진 같은 플로리다의 햇빛 속에서 눈을 감는다. 그의 머릿속 내밀한 곳에 자전거를 타고 잭슨 로드와 포터 애비뉴를 단숨에 내려가던 모습이 떠오른다. 덜컹거리는 낡은 파란색 자전거의 핸들에는 밈이 앉아 있다. 아마 밈이 여섯 살, 그는 열두 살 때였을 것이다. 자전거가 돌멩이나 길에 파인 구멍에 부딪히기라도 한다면 밈과 그가 동시에 공중으로 날고, 밈의 몸 위로 자전거가 떨어지면서 아스팔트에 갈려버린 밈의 예쁜 얼굴이 완전히 망가져버리고 말 것이다. 여자에게 얼굴은 재산인데, 밈은 오빠를 믿기 때문에 노래를 부르고 있다. 무슨 노래인지는 기억나지 않는다. 그저 군데군데 가사의 파편들이 그의 귓가에 닿는다는 감각이 있을 뿐이다. 밈의 길고 검은 머리가 그의 눈과 입을 때리고 있기 때문에 자전거를 타고 내려가는 이 길이 훨씬 더 위험해졌다. 그는 밈을 위험 속으로 끌어들였지만, 또 항상 꺼내주었다. 슈플라이 파이*. 밈이 집 근처를 돌아다닐 때 부르던 노래 중 하나였다. 매일 그 노래를 불러대는 통에 나중에는 온 식구가 돌아버릴 지경이었다. 슈플라이 파이와 사과파이, 눈이 반짝 떠지네, 배에서는 "안녕!"이라고 말하지. 하지만 이 노래를 부르면서 밈이 눈으로 특유의 동작을 하면 온 식구가 웃음을 터뜨리곤 했다.

주디가 옆에서 몸을 움직이는 것이 느껴진다. 아이들 특유의, 과장되게 살금살금 움직이는 태도로 주디가 침대 발치를 돌아 밖으로 나간다. 문에서 찰칵하는 소리가 나더니, 여자들이 속삭이는 소리가 들린다. 그 목소리가 꿈과 뒤섞인다. 국자 모양의 엄청나게 큰 공간, 원형극장, 어찌된 영문인지는 모르겠지만 그의 공연을 지켜보는 청중들이 꿈에 등장한다. 하지만 꿈속에서 실제로 눈에 보이는 사람은 없다. 그냥 사람이 있다는 감각뿐이다. 무서울 정도로 진지하고 당당한 존재감이 메아리친다는 느낌. 그는 겁에 질려 깨어난다. 한쪽 입가에서 침

---

* 사탕수수 당밀로 속을 채운 파이.

이 떨어진다. 자신이 북이고, 방금 누가 그 북을 친 것 같은 기분이다. 꿈에 나왔던 공간이 그의 갈비뼈 속 공간이었음을 그는 이제야 깨닫는다. 마치 자신이 자신의 심장이 된 것 같다. 코트 중앙에서 가쁘게 펄떡거리며 심판의 휘슬과 함께 양편 대표가 높이 뛰어올라 공을 쳐서 경기를 시작하기를 기다리고 있는 사람 같다. 자는 도중에 언제부터인가 가슴이 아파오기 시작했다. 이 진부하고 애잔한 통증을 그는 오늘 오후에 자신이 한심할 정도로 형편없이 골프를 친 것과 연결시킨다. 그는 공을 치는 데 집중하지도 못했고, 긴장을 풀지도 못했다. 얼마나 잔 건지 모르겠다. 포스터의 사진 같던 햇빛과 야자수 꼭대기와 저멀리서 지붕이 연한 빨간색으로 물든 건물들이 미닫이 창문 바깥쪽에 들러붙어 있다가 색이 조금 둔탁해지면서 어둑하게 변했다. 그리고 사람들이 골프를 치는 소리, 의도적으로 딱딱 공을 치는 소리와 강렬한 침묵과 자기도 모르게 나오는 승리의 외침이나 실망의 탄성도 가라앉았다. 창문 밖의 허공에서는 중고차판매점의 전시장 위에서 펄럭이는 금박 장식띠처럼 수많은 종류의 새들이 하루를 마치려고 서로를 외쳐 부르고 있다. 저녁식사까지 한두 시간이 남은 이 무렵, 옛날 같으면 골목길 차고 옆의 농구 골대에서 호스 게임의 마지막 라운드가 진행되면서 경기 분위기가 한층 더 치열해지던 이 시간이 지금은 낮잠 시간이 되었다. 그가 점점 약해지는 근육, 쌓여만 가는 지방과 더불어 서서히 땅을 향해 가라앉고 있기 때문이다. 정말이지 살을 좀 빼야 하는데.

거실에는 주디밖에 없다. 아이는 아무 말 없이 채널만 이리저리 바꾸고 있다. 수많은 얼굴들, 〈제퍼슨 가족〉의 흑인들과 〈패밀리 타이즈〉의 백인들 얼굴이 애원하는 표정으로 획 나타났다가 사라지고 슬로비디오로 찍은 폭포에 맥주 캔들이 풍덩 뛰어드는 장면이 나온다. 조지 부시가 텍사스의 덤불 속에서 힘들게 총을 질질 끌며 지나가고, 플로리다의 농부가 불타버린 자기 밭을 가리키고, 런던 경찰국의 형사가 비행기 화물칸 도면을 펼쳐놓고 짤막한 강연을 한다. "저 사람이 뭐라는 거냐?" 해리가 묻는다. 하지만 그가 묻는 동안 화면은 사라져버리고, 다른 화면이 나타난다. 바다소를 보호하겠다고 나선, 머리를 하나로 묶은 괴짜 같은 남자가 바다소에게 전자추적장치를 심는 장면이다. 아이는 이미지 폭식증과 참을성 없는 분노에 사로잡혀 바다소 장면을 휙 넘겨버린다. "전전 채널로 돌려봐." 해리가 간청한다. "팬암 비행기 얘기가 나오던 곳 말이야."

"그건 폭탄이었어요, 그것도 몰라요?" 주디가 말한다. "폭탄밖에 없잖아요."

아이들은 신문기사 속의 사건들이 항상 남에게만 일어난다고 믿는다. "제발 부탁이니 채널 바꾸는 속도 좀 늦춰봐라. 내가 맥주를 하나 가져올 테니 잠깐만 기다려. 재미있는 카드 게임을 가르쳐주마. 다른 식구들은 다 어디 갔니?"

"할머니는 여자들 모임에 갔고요, 엄마는 로이를 낮잠 재우러 갔어요."

"네 아빠는……?" 말을 하던 중에 이 이야기를 꺼내지 말 걸 그랬다는 생각이 들지만, 이미 말을 뱉은 다음이다.

주디는 어깨를 으쓱하며 할아버지의 말을 받는다. "아직 안 들어왔어요."

알고 보니 주디는 이미 러미를 할 줄 안다. 심지어 그가 같은 종류의 카드 세 장을 모아 바닥에 펼쳐 보일 작정이라는 것까지도 알아차린다. 들켰다. 두 사람의 웃음소리에 프루가 침실에서 나온다. 프루의 넓어진 엉덩이가 작은 하얀색 반바지를 팽팽하게 당겨서 가로주름을 만들어냈다. 얼굴에도 베개 때문에 주름살이 잡혀 있고, 자고 일어난 탓에 얼굴이 조금 부어 보인다. 아니, 어쩌면 울고 난 흔적일 수도 있다. 여자의 몸은 얼마나 많은 것을 암시하는지. 프루의 맨발은 길고, 발톱에 바른 매니큐어는 갈라져 있다. 해리는 며느리에게 묻는다. "무슨 일이냐?"

프루도 어깨를 으쓱한다. "어머님이 돌아오시면 저녁을 먹으러 나갈 것 같아요. 그때까지 로이가 버틸 수 있게 사과소스를 좀 먹이려고요."

그와 주디가 러미를 한 판 더 하는 동안 프루는 부엌에서 부드럽게 달그락거리더니 로이에게 다정하게 말을 건다. 여기 남쪽에서 저녁은 조용히 다가온다. 발코니 너머의 허공이 갑자기 섬세한 안개가 낀 것처럼 회색으로 변하고, 미닫이문으로 바다 내음이 섞인 바람이 들어온다. 새소리와 골프장 소리는 이미 사라져버렸다. 이것이 평화다. 재니스가 돌아오자 해리는 화가 난다. 재니스는 여자들 모임에 다녀오면 으레 그렇듯이, 공격적으로 빛나고 있다. "아, 해리, 남자들은 정말 끔찍해! 우리를 소유물로 생각할 뿐만 아니라, 가부장적인 종교 교리들 때문에 우리가 월경에 대해 죄책감을 느끼게 만들잖아. 우리더러 부정하다면서."

"미안하군." 해리가 말한다. "그것 참 못된 짓을 했네."

"이브가 기본적으로 저지른 죄 때문이라고 여자 교수가 말했어." 재니스가 말을 잇는다. 절반쯤은 프루에게 하는 말이다. "사과가 피와 같은 색깔이라나 뭐라나, 난 잘 이해가 가지 않더라만."

해리가 끼어든다. "두 분 이브 중에 혹시 나처럼 배고파 죽겠는 분이 있습니까?"

"아까 아버님을 위해서 건강에 좋은 주전부리들을 많이 사다놨어 요." 프루가 말한다. "황을 넣지 않고 말린 살구랑 소금을 넣지 않은 바나나칩이에요."

"저기 비닐봉지에 든 게 그거야? 난 중국음식을 만들 때 쓸 건 줄 알 고 손대면 큰일나겠구나 했는데."

"맞다." 재니스가 결정을 내린다. "지금 그냥 저녁을 먹으러 가자. 넬슨한테는 메모를 써놓지, 뭐. 프루, 낡은 원피스라도 있으면 입어. 저녁에는 반바지를 입은 사람이나 재킷을 안 입은 남자들을 식당에서 안 받아주니까."

클럽 나인틴 위쪽의 B동에 있는 미드홀은 식당과 연회장이 합쳐진 곳이다. 한쪽에는 음식 이름과 가격이 적힌 메뉴판이 있고, 종업원들 은 발할라의 금색 테두리 테마에 맞춰 짤막한 황금색 옷을 입었다. 금 색 테두리 테마는 실내장식에도 여기저기 들어가 있다. 실내장식가 가 기억날 때마다 집어넣은 모양이다. 이 식당은 또한 포도주 전문 지 배인까지 갖추고 있는데, 그는 여름용 턱시도 차림으로 목에는 자전 거 자물쇠 같은 것을 걸고 있다. 한편 다른 한쪽에는 이런저런 강의나 강연, 콘서트, 스퀘어댄스, 여행담을 듣는 모임 등 이 일대에서 열리 는 행사들에 관한 각종 공고문과 팸플릿이 가득 붙어 있는 게시판이 있다. 그리고 수요일과 토요일 밤에는 사람들이 식사를 하는 동안 내 내 한편에서 빙고 게임이 진행된다. 별이 떠 있는 하늘처럼 둥글게 디자인된 천장을 떠받치고 있는 거대한 기둥 뒤쪽, 눈에 잘 띄지 않는 곳에 설치된 무대에서 마이크를 든 사회자가 빙고 게임을 이끈다. 천장의 일부는 채광창으로 되어 있다. 그의 꿈에 등장했던, 국자 모양의 기묘하고 의인화된 공간이 사실은 이 식당을 의미하는 것이었을까? 그의 위장이 음식을 원하고 있기 때문에 식당이 꿈에 나타났을 뿐인 건가? 래빗은 메뉴판을 보며 마티 토세로가 된 것 같은 기분이 된다. 스테이크와 송아지고기, 돼지고기와 햄, 새우와 가리비, 케이준식으로 요리한 황새치와 홍합, 버섯, 아티초크 심을 넣은 혀가자미 요리가 적힌 똑같은 메뉴판을 본 것이 벌써 천 번쯤은 되는 것 같다.

널찍한 실내의 벽들 중 두 면을 가린 기둥에는 우중충한 세라믹으로 표현한 거대한 벽화가 있다. 바이킹을 묘사한 이 벽화에는 폭이 넓은 칼과 뿔 달린 투구와 드래건의 머리 형상을 매단 배가 얼룩처럼 보이는 수많은 색깔의 에나멜로 표현된 군중 속에서 불쑥 튀어나와 있다. 하지만 이렇게 불쑥 튀어나온 무기를 휘두르고, 투구를 쓰고, 배를 움직이는 남자들은 정신없이 얽혀 있는 팔과 다리와 번개 속에 파묻혀 있다. 역사를 기념하기 위해 피투성이 풍경을 짜넣은 것 같다. "71번입니다." 기둥 뒤에 숨어 있는 우울한 남자 목소리가 읊조리듯 말한다. 그리고 되풀이한다. "7, 1입니다."

숫자를 부르는 소리가 스피커에서 쾅쾅 울려나오는 곳에서 대화를 이어나가기는 힘들다. 프루는 엄마답게 로이를 돌보고 달래가며 작은 구운 감자 조각과 볶은 새우 한 마리를 먹이고 있다. 재니스는 주디를 설득해서 바닷가재를 주문하게 하더니 껍질을 까서 커다랗게 곡선을 그린 하얀 살을 손가락으로 밀어 물에 삶아진 그 가엾은 생물의 엉덩이 쪽으로 빼내는 법, 작은 꼬리 부분을 아티초크 이파리를 빨듯이 빨 아먹는 법을 가르쳐준다. 홍두깨살스테이크를 주문한 래빗은 차마 그 모습을 참고 볼 수가 없다. 그에게 바닷가재를 먹는 것은, 그러니까 털 달린 그 수많은 다리와 대 끝에 매달린 눈알과 몸의 나머지 부분과 마 찬가지로 빨갛게 익어버린 더듬이를 먹는 것은 악몽 같은 일이다. 초 라한 모습으로 꿈틀거리던 최초의 생명체 수준으로 전락하는 일인 것 이다. 게도 마찬가지고, 굴과 조개도 마찬가지다. 플로리다에서는 차 마 입에 담기도 힘든 이 더럽고 끈적거리는 것들을 입에 쑤셔넣는 노 인들이 사방에 보인다. 그들은 심지어 그것이 몸에 좋다고, 스테이크 와 햄버거보다도 좋다고 말하기까지 한다. 래빗이 주로 주문하는 음식 들이 그것인데. 사실 그는 빵가루를 묻힌 포크춥이나 송아지고기나 둥 근 파인애플을 곁들인 햄 한 조각이나 달 모양으로 잘라서 구운 뒤 말 린 사과도 싫어하지 않는다. 기름기 많은 네덜란드식 튀김을 포커칩더 미처럼 곁들여도 좋다. 펜실베이니아에서는 햄이 그런 식으로 나온다. 여기 남쪽에서는 소시지를 구할 수 없다. 적어도 그가 어렸을 때 먹었 던 알싸한 돼지고기소시지는 없다. 메이플시럽을 듬뿍 묻힌 튀김이나 계핏가루를 충분히 친 사과 파이나 슈플라이 파이도 전혀 구할 수 없 다. 재니스는 몇 해 전 겨울에 영양 관련 강의를 들으러 다니더니 집에 돌아와서 그에게 그가 먹는 기름진 음식과 빵이 그의 동맥을 막고 있 다고 말했다. 그래서 한동안 샐러드와 저칼로리 파스타와 생선과 새고 기 종류가 자주 식탁에 올랐다. 하지만 미드홀에 올 때마다 그는 자신 이 원하는 음식을 주문할 수 있다. 스테이크를 주문할 때는 반드시 바 싹 구워달라고 말해야지, 안 그러면 고무처럼 흐물흐물하거나 거의 생고기나 다름없는 상태로 나온다. 역겹다. 식욕도 만족시켜주고 보기에 아름다운 음식이라 해도 식욕이 없는 사람 눈에는 역겹게 보인다. 그냥 버려도 되는 고기다.

주디의 완벽하고 작은 손이 바닷가재 때문에 번들거린다. 주디가 제 엄마에게 뭔가를 묻자 프루가 입술을 움직여 대답하는 것이 보인다. 하지만 하느님처럼 엄숙하게 "27번, 2, 7"이라고 외쳐대는 목소리가 프루의 목소리를 완전히 막아버린다.

"아가, 뭐라고?" 그는 당혹스러운 기분으로 이렇게 묻는다. 그의 귀가 나빠지고 있는 걸까, 아니면 오늘따라 사람들이 평소와 달리 더 빠르고 낮게 말하는 걸까? 영국인 배우들이 나오는 텔레비전 드라마를 보면 길게 늘어지는 발음이 나온다. 특히 배우들이 하층계급의 말투를 흉내낼 때 그렇다. 그는 그런 말을 단 한 마디도 알아듣지 못한다. 그리고 영화들, 특히 배우들이 십대 관객들에게 자기가 얼마나 멋진 사람인지를 보여주는 애정 장면에서는 말이 그냥 툭툭 내던져진다.

프루가 설명한다. "제 아빠가 아무것도 못 먹는 것 아니냐며 걱정하고 있어요." 그러고는 한쪽 입꼬리만 움직이는 특유의 표정을 짓는다. 저 찡그린 표정은 그에게 뭔가 뜻을 전달하려는 건가? 작은 탄식인가? 자기와 함께 넬슨에게 맞서자는 권유인가?

주디의 반짝이는 초록색 눈이 할아버지를 올려다본다. 마치 할아버지가 뭔가 매정한 말을 할 거라고 예상하는 것 같은 표정이다. 해리는 아이에게 말한다. "걱정 마라, 주디. 여기는 아홉시까지 문을 여니까. 그뒤에라도 클럽 나인틴에 가면 자정까지 샌드위치를 먹을 수 있어. 게다가 41번 도로는 너도 봤지? 플로리다에는 배가 고픈 네 가엾은 아빠가 갈 수 있는 식당이 엄청 많아."

아이의 아랫입술이 파르르 떨리더니 아이가 불쑥 말한다. "아빠한 테 돈이 없을지도 모르잖아요."

"돈이 없긴 왜 없어?"

아이가 설명한다. "아빠는 돈이 없을 때가 아주 많아요. 청구서뿐만 아니라 사람이 직접 집으로 올 때도 있는데, 엄마는 돈을 내놓지 못해 요." 아이는 자기가 말을 너무 많이 했음을 깨닫고 제 엄마의 얼굴로 시선을 돌린다.

프루는 시선을 돌리며 로이의 입가에 묻은 감자 부스러기를 닦아준 다. "요새 조금 쪼들리고 있어요." 프루가 거의 들리지 않는 목소리로 시인한다.

해리는 계속 물어보고 싶다. "정말이냐? 그럴 리가. 녀석 연봉이 5만 달러이고, 거기에 복지 혜택이랑 보너스도 있는데. 옛날에 우리 아버 지는 2천 달러도 안 되는 돈으로 우리 모두를 먹여 살리셨어."

"해리." 재니스가 끼어든다. 자기 어머니와 비슷한 목소리다. 말년 에 그 늙은 미망인이 자기가 곧 법이라는 듯이 말할 때 쓰던 목소리. "요즘 사람들은 당신 아버지 시절보다 필요한 게 더 많아. 그때야 세 상이 소박했지. 나도 기억나. 나도 그 시절을 겪었으니까. 그때 우리가 데이트할 때 한 일이 뭐였어? 75센트를 내고 영화를 보거나, 그보다 더 적은 돈으로 422번 도로에 있던 미니골프장에 갔잖아. 그다음에는 펜슈프림에서 음료수를 마셨지. 그것만으로도 아주 제대로 된 데이트 였어."

그건 제대로 된 데이트 이상이었다. 그도 기억한다. 차 안에서 키스를 하고 맨 젖꼭지를 주무르며 재니스를 달아오르게 해서 그녀의 몸 안으로 들어가는 걸 허락받기만 한다면. 재니스의 몸속은 따뜻하고 촉촉했으며 비단 슬리퍼처럼 부드러우면서도 조금 거칠거칠했다. 재니스는 생리중이거나 얌전을 떨고 싶은 날이면 그의 물건을 손으로 쥐어주었고, 그는 그 상태로 움직여서 사정했다. 바닷가재 살처럼 하얀 것을. 사실 그 하얀색은 충격적이었고, 닦아내기도 힘들었다. 차 안에 재니스와 함께 있을 때 그가 가장 좋아했던 것은, 재니스가 그의 무릎에 앉고 그가 재니스의 엉덩이를 손으로 받치는 자세였다. 그러면 그녀의 젖꼭지가 그의 얼굴에 닿았다. 그리고 재니스는 그가 사정한 것을 깔끔하게 몸에 담은 채 가버렸다. 마치 편지를 부치는 것 같았다.

재니스는 그와는 완전히 방향이 다른 생각을 하며 말을 잇는다. "부지에서 근사한 모습을 보이려면 넬슨한테는 좋은 양복이 있어야 해. 그리고 이제는 애들도 단순히 블록이나 공으로 만족할 나이가 아니지. 비디오게임도 있어야 하고……"

"젠장, 5만 달러면 비디오게임은 얼마든지 살 수 있어. 그 돈을 전부 비디오게임에다 쓴다면 금방 게임장을 차려도 될 정도라고."

"뭐, 농담하고 싶으면 해. 하지만 창고같이 커다란 어머니의 집도 있고, 들어가는 돈이 한도 없어. 안 그러니, 프루?"

멍한 표정으로 예의바르게 미소를 짓고 있던 프루는 재니스의 질문을 듣고 깨어나서 활짝 웃으며 말한다. "그 집이 돈을 잡아먹기는 하죠."

다들 그에게 뭔가 숨기고 있음을 해리는 알 수 있다. 눈에 보이지 않는 남자가 불길한 목소리로 읊조린다. "56번, 5, 6." 그리고 가늘게 떨리는 노인의 목소리가 금방이라도 질식할 것처럼 흥분해서 듣기 싫게 외쳐댄다. "빙고!" F-111기. 조 골드는 이 전투기들을 리비아로 날려 보내야 한다고 말했다.

해리가 말한다. "도대체 뭐가 어떻게 된 건지 모르겠네."

아무도 그의 말에 반박하지 않는다.

로이는 늘어진 아랫입술에 새우 껍질 조각을 묻힌 채 스르르 잠에 빠져들고 있다. 해리는 갑자기 피칸파이를 먹고 싶어 견딜 수 없다는 기분이 든다. 그는 주디를 꾀서 자기와 함께 디저트를 먹게 만들려고 한다. "키라임 파이." 그가 노래하듯이 말한다. "그건 플로리다에서만 먹을 수 있지. 평생 한 번뿐인 기회야."

"그게 왜 그렇게 특별한 건데요?"

그도 사실은 잘 모른다. 그래서 거짓말을 한다. "플로리다의 키스에서만 자라는 작고 부드러운 라임이 들어가거든. 다른 데의 기후는 너무 거칠고, 너무 차갑고, 형편없어."

주디는 먹겠다고 하더니 막상 파이가 나오자 뒤편의 바삭한 부분만 조금 먹고 만다. 그래서 그걸 먹자고 주디에게 말을 꺼낸 해리가 주디 몫까지 먹어야 한다. 자기 몫으로 시킨 피칸파이에 버터피칸아이스크림까지 크게 올려져 있는데 말이다. 식사가 계속될수록 넬슨의 부재가 점점 크게 느껴진다. 재니스와 프루는 디카페인 커피를 마시며 자기들끼리 이야기를 하고 싶은 생각에 여념이 없어서 해리가 주디의 디저트를 해치우는 모습을 그냥 지켜본다. 어떻게 보면 폭식은 스포츠와 같다. 위를 늘리는 운동인 것이다. 배에서는 "안녕!"이라고 말하지. 황금색 주름치마를 입은 종업원이 마침내 계산서를 들고 오자 해리는 서명 대신 자신의 아파트 번호를 적으며 무심하게 번개를 내려보내는 신이 된 것 같은 기분을 느낀다. 오늘의 음식값은 내년에 날아올 월간 내역서에 들어갈 것이다. 그리고 그때쯤이면 세상은 벌써 훌쩍 앞으로 나아가 있을 것이다. 밤공기 속으로 나가는데 얼마나 배가 부른지 모르겠다! 부양가족들의 행렬 속에 그는 당당하게 떠 있다. 해리가 로이를 안는다. 로이는 디저트를 먹는 중에 잠들어버렸다. 재니스와 프루는 주디의 양손을 하나씩 잡는다. 지루하고 긴 식사 시간 동안 주디가 얌전히 굴었기 때문에 두 사람 사이에서 그네를 타게 해주려는 것이다. 어른들은 힘들어서 끙끙거리지만 아이는 웃음을 터뜨린다.

A동과 B동 사이에서 반짝이는 알루미늄 기둥 위에 높게 매달려 있는 나트륨등 여러 개가 어찌된 영문인지 부서져 있다. 범죄자들이 어딘가에서 이쪽을 지켜보며 경비원들이 고개를 끄덕여주기를 기다리고 있는 모양이다. 은퇴자들이 자고 있는 이 요새로 쳐들어오려고. 이렇게 조명이 없어진 틈에 검고 따뜻한 하늘에서 별들이 사람들 머리 위로 불쑥 뛰어내린다. 밤이면 플로리다는 옛날 아열대 본연의 모습을 조금 되찾는다. 사람들이 이 비옥하고 평평한 땅을 길들이기 전의 모습이다. 이곳에 있으면 배의 갑판에 서 있을 때처럼 기분이 짜릿해진다. 공기에서는 소금의 맛, 썩은 야자 지붕의 맛, 습지의 맛이 난다. 이곳에서는 별들도 더 촉촉하고, 더 고상하다. 세인트오거스틴 풀들은 서로 엉켜 있는데도 묘하게 스펀지 같은 느낌이 나며, 풀잎 하나하나는 어두운 금속 같은 느낌이 난다. 잔디밭에는 둥근 스프링클러가 안전하게 숨겨져 있다. 사람들이 자연에 억지로 강요한 겉모습은 너무나 얄팍해서 곳곳에 구멍이 생겨나고, 그 구멍으로 아르마딜로들이 기어나온다. 동틀 무렵에 핀도팜 불러바드 한가운데에 나타난 그 애처롭

고 복잡한 녀석들은 아침을 맞아 처음으로 달려나온 자동차에 납작하게 짜부라져버린다. 녀석들은 심지어 몸을 공처럼 둥글게 말 정도의 분별력도 없어서 그냥 허공으로 곧장 뛰어오른다. 해리의 목에 닿는 로이의 숨결이 촉촉하고, 어깨에는 로이의 머리가 돌처럼 무겁게 얹혀 있다. 해리는 별이 가득한 하늘을 올려다보며 생각한다. '세상에 자비는 없어.' 삭막하고 고상한 별들이 압박감을 주고, 하늘에 펼쳐진 가없는 허공은 순간적으로 그가 거꾸로 매달려 있는 것 같은 기분을 느끼게 한다. B동 입구가 옹색한 노란색 불빛을 매단 채 유혹적인 모습으로 어렴풋이 나타난다. 앵스트롬 일가 다섯 명은 모두 마음을 찔러대는 문제, 즉 넬슨의 부재라는 문제에 나름대로 대처하고 있다. 그들은 보안장치가 된 입구, 엘리베이터, 복숭아색과 은색으로 장식된 복도를 서투르게 통과하며 난감한 기분으로 서로의 눈을 피한다.

주디는 제 엄마가 남동생을 재우는 동안 텔레비전 앞에 자리를 잡고 앉아 〈원더 이어스〉에서 〈나이트 코트〉로, 프랑스 영화로 계속 채널을 바꾼다. 프랑스 영화라면 안 나오는 곳이 없는 저 멍청한 드파르디외가 나오는 영화로, 어떤 마을에 와서 다른 사람 행세를 하며 그의 아내까지 차지해버리는 어떤 남자의 이야기다. 자신이 더러워졌다는 생각과 고독에 시달리던 젊은 과부는 순간적인 결정으로 그 남자를 자기 남편으로 받아들이는데, 해리는 그것을 보며 짜릿한 흥분을 느낀다. 대략 십 년마다 한 번씩 사람들이 신분과 가족을 바꿔야 한다고 법으로 정해두어야 할 것 같다. 하지만 주디는 계속 채널을 바꾸고, 프루가 마침내 아이에게 고함을 지르며 소파에서 잘 준비를 하라고 말한다. 다른 식구들에게도 주디를 위해 거실을 비워달라고 말한다. 하지만 프루는 작은 방을 따로 하나 주겠다는 할아버지와 할머니의 친절한 제의를 주디가 왜 거절했는지 못내 이해할 수 없는 모양이다. 주디가 갑자기 눈물을 터뜨리자 모두들 안도감을 느낀다. 서로 말을 하지는 않았지만 공통적으로 느끼고 있던, 버림받았다는 기분을 분출할 수 있게 되었기 때문이다.

재니스가 해리에게 말한다. "당신은 그만 가서 자. 엄청 피곤해 보여. 나는 커피를 마셨더니 정신이 말똥말똥해. 프루랑 같이 부엌에 있을게."

"디카페인 커피 아니었어?" 해리는 재니스의 작고 단단한 갈색 몸과 함께 침대에 나란히 눕는 것을 고대하고 있었다. 군식구들이 와 있기 때문에 두 사람은 일 초도 단둘이 있을 수가 없다. 조금 전 떠올렸던 기억들이 그를 휘저어놓았다. 쉰두 살이나 된 지금도 재니스의 엉덩이는 탄탄하다. 최근 들어 탄탄함이 사라지고 있는 셀마와는 다르다.

"주문이야 그렇게 했지." 재니스가 말한다. "하지만 그 사람들이 제대로 가져왔는지 믿을 수가 있어야지. 지금 생각해보면, 그냥 우리가 더이상 투덜거리지 못하게 하려고 무조건 디카페인 커피라고 하는 것 같아."

"너무 늦게까지 앉아 있지 마." 해리는 충동적으로 재니스를 안심시키는 말을 덧붙인다. "녀석은 괜찮을 거야. 그냥 술이나 마시면서 좀 놀고 있는 거겠지."

프루가 깜짝 놀란 표정으로 그를 흘깃 바라본다. 마치 그가 잘 알지도 못하는 말을 한다고 생각하는 것 같다.

그는 좀더 부연설명을 해야 할 것 같은 생각이 든다. "잘은 모르겠지만 나랑 도요타 때문에 녀석이 아주 골머리를 앓고 있는 것 같거든."

이번에도 역시 아무도 그의 말을 반박하지 않는다.

미국에 대한 환상이 서로 대단히 모순적인 두 가지 결론을 만들어냈다. 하지만 그 결론들은 결국에는 찬란한 꿈에 경계심을 주입한다는 점에서 똑같았다. 그는 침대에서 책을 읽는다. 재니스가 크리스마스 선물로 준 역사책으로, 여성 역사학자가 미국독립전쟁에서 네덜란드가 어떤 역할을 했는지에 대해 쓴 것이다. 그는 지금까지 네덜란드의 역할이 별로 크지 않았다고 생각했다. 어떤 학파는 미국이 너무 크고 너무 분열되어 있어서 한 나라가 될 수 없고, 통신체계가 너무 방만해서 하나로 결합될 수 없다고 주장했다. 이 문장을 읽기만 해도 그는 자신이 거대하고 방만하게 늘어진 것 같은 기분이 든다. 역사의 좋은 점은 사람이 곧장 잠들 수 있게 해준다는 것이다. 그는 어젯밤에 읽은 재미있는 구절을 찾으려고 앞부분을 뒤진다. 1775년에 네덜란드어로 번역된 프랑스의 베스트셀러 보고서에 따르면, 신세계의 기후는 사람을 게으르고 나태하게 만든다고 했다. 이런 기후 속에서 사람이 행복해질 수는 있어도, 불굴의 의지를 발휘할 수는 없다는 것이다. 이 학자는 미국이 "제국이 아니라 행복을 위해 만들어진 나라"라고 단언했다. 또다른 유럽 학자는 원주민인 인디언들의 "생식기가 작고 성적인 능력이 별로 없다"고 보고했다.

혹시 넬슨의 키가 더 컸다면 지금보다 행복했을지도 모른다. 하지만 몸집이 크다고 해서 사람이 자동적으로 행복해지는 것은 아니다. 해리는 몸집이 꽤 큰 편인데도 지금 어떻게 살고 있는지 보라. 때로 그는 옷가게의 거울이나 두꺼운 유리창에 비친 자신의 모습을 보며 깜짝깜짝 놀란다. 아니, 경악한다. 이 세상에서 그토록 많은 공간을 차지하고 있다니. 그는 몇 페이지를 더 굳건히 읽어나간다. 상업적인 성공에 대한 기대…… 해상전투…… 뒤얽힌 문제…… 긴장 증대…… 중립적인 기저층…… 프랑스의 열성적인…… 각 주들에서 벌어진 논쟁…… 무제한의 호위가 "개전의 이유"로서 에고의 또다른 시험대가 되었다. 그는 이 마지막 문장을 두 번이나 다시 읽은 뒤에야 비로소 이것이 무슨 뜻인지 전혀 이해할 수 없음을 깨닫는다. 그의 뇌는 꿈에서처럼 모든 것을 띄엄띄엄 이해한다. 그는 불을 끈다. 그러자 문 밑으로 생겨난 가느다란 빛의 띠가 소리를 전달하는 인광성 송신기 같다. 재니스와 프루가 웅얼거리는 소리, 유리잔이 부딪히는 소리, 발소리, 그리고 곧이어서 신경에 거슬리는 버저 소리, 서둘러 달려가는 발소리, 스피커의 성능을 믿지 못해서 저절로 목소리가 높아질 때처럼 신경질적이고 높은 여자의 목소리, 그리고 불안하고 방만한 그의 의식의 마지막 자락 속에서 문이 열리는 소리, 여자들의 목소리 가운데에서 묵직하게 들리는 넬슨의 목소리. 하지만 무엇보다도 꿈같은 소리는 웃음소리다. 그들이 모두 웃는 소리.

이를 가는 것 같은 소리. 아이들이 그 크고 못생긴 기계로 잔디를 깎는 소리다. 신이 난 갈매기들이 울고 있다. 노퍽소나무의 가지들은 발코니 난간의 가느다란 금속 난간동자들처럼 일정한 간격으로 늘어서 있다. 놀라운 일이다. 그는 아직도 플로리다에 있고, 아직도 살아 있다. 소금기가 섞인 아침의 서늘한 공기가 5센티미터쯤 살짝 열어둔 미닫이문을 통해 바다에서 방으로 흘러들어온다. 재니스는 그의 옆에서 자고 있다. 그 몸의 온기가 조금 지독한 냄새를 풍긴다. 밤새 흘린 땀 때문에 검게 꿈틀거리는 머리카락이 재니스의 목덜미에 찰싹 달라붙어 있다. 목덜미 즈음의 머리카락 색이 가장 진하다. 그 옛날 비단처럼 매끄럽고 검었던 머리카락의 비밀둥지인 셈이다. 재니스는 그에게 등을 돌린 채 엎드려서 자고 있다. 저녁에 기온이 서늘해지면 재니스는 그가 덮고 있던 이불을 끌어 자기 몸을 덮고, 더워지면 그의 몸 위로 이불을 내던진다. 모두 잠결에 하는 짓이라고 한다. 래빗은 킹사이즈 침대에서 조심스레 내려와 장미 빛깔의 파이버글라스 욕조와 샤워실이 있는 부부 욕실로 들어가 역시 장미 빛깔인 도기 변기에 오줌을 싼다. 변기 앞부분에 오줌이 닿게 하는 편이 더 조용하기 때문에 그는 변기에 앉는다. 그리고 이를 닦지만, 궁금함이 너무 강해서 수염을 깎지는 않는다. 만약 그가 수염을 깎는다고 꾸물거리면 재니스가 지금까지 줄곧 그랬던 것처럼 그에게서 도망쳐 다른 식구들 사이에 숨어버릴지도 모른다. 그는 다시 침대 안으로 미끄러지듯 들어간다. 들키지 않게 조심스러운 동작이지만, 그래도 어쩔 수 없이 나는 이불 스치는 소리와 매트리스의 부드러운 움직임 때문에 재니스가 깨어나기를 바라는 마음도 있다. 하지만 재니스가 깨어나지 않자 그는 재니스의 어깨를 팔꿈치로 슬쩍 찌른다. "재니스?" 그가 속삭인다. "꿈에 멋진 남자라도 나왔어?"

재니스의 목소리가 이불에 막혀서 작게 들린다. "뭐? 가만 좀 놔둬."

"언제 잤어?"

"차마 시계를 못 보겠던데. 한시였을걸."

"넬슨은 어디 갔다 온 거야? 걔가 뭐라고 그래?"

재니스는 아무 말도 하지 않는다. 다시 잠든 척하고 있는 것이다. 해리는 기다린다. 사랑스러운 손길로 재니스의 어깨를 쓰다듬는다. 어젯밤 언뜻 본 그 프랑스 영화는 생면부지의 여자가 사는 집에 그냥 들어가 그 작고 따스한 갈색 몸과 나란히 누워 아내로 삼는다는 생각으로 그의 마음을 휘저어놓았다. 아내는 때로 매춘부만큼 낯선 존재가 될 수 있다. 그것이 남녀관계의 묘미다. 재니스가 여전히 고개를 돌린 채 말한다. "해리, 나한테 한 번만 더 손대면 죽어버릴 거야."

해리는 이 말을 곰곰이 생각해본 뒤 역습을 하기로 결정한다. "넬슨은 도대체 어딜 갔다 온 거야?" 그가 묻는다.

재니스가 포기하고 돌아눕는다. 재니스의 입에서 거슬리는 담배 냄새가 난다. 재니스는 담배를 끊었다고 말하지만, 캐멀을 피우는 넬슨과 폴몰을 피우는 프루가 옆에 있을 때면 다시 담배를 피우곤 한다. "걔도 정확히 모른대. 그냥 차를 몰고 돌아다녀서. 플로리다가 너무 갑갑해서 집에 가만히 있을 수가 없었대."

녀석의 말이 옳다. 이곳 남쪽의 삶은 자신이 걸어다니는 좁은 길들로만 한정되어 있다. 윈딕시, 로우스 복합상영관, 팰머토팜 몰의 가게들, 병원, 골프용품점 등을 오갈 뿐이다. 이 길들 사이에는 어떻게 된 영문인지 아무것도 없다. 똑같이 생긴 야자수와 선인장과 목마른 잔디밭과 공허한 햇빛과 자신이 묵을 일이 없는 호텔과 자신은 들어갈 수 없는 해변과 도무지 갈 일이 없는 내륙지역이 잔뜩 있을 뿐이다. 펜실베이니아에서는, 아니 적어도 다이아몬드 카운티에서는 모든 것이 추억으로 단단히 포장되어 있어서 어딜 가도 이미 전에 한 번 와본 적이 있는 곳이었다.

재니스는 입술을 핥고, 목이 아픈 사람처럼 얼굴을 찡그리면서 말을 잇는다. "41번 도로를 타고 한참 달리다가 이름이 네이플스랑 비슷한 어떤 곳에서 배가 고파져서 차를 멈추고 식당에 들어갔대. 거기서 우리한테 전화를 했는데 아무도 전화를 안 받더라는 거야. 우리가 좀 더 기다렸어야 하는 게 아닌가 싶지만 당신이 배고파 죽겠다고 했으니까……"

"그래, 내 탓이다."

"그런 게 아냐, 여보. 순전히 당신 탓만은 아니었어. 애들도 걱정스러워서 불안해하고 있었잖아. 그래서 어차피 식사는 해야 하니까 저녁을 먹다보면 우리 모두 다른 데 신경을 쏟게 될지도 모른다고 생각했어. 그런데 넬슨은 우리가 막 밖으로 나가던 시간에 집으로 전화를 했다는 거야. 그러고는 맥주를 마시다보니 이럭저럭 계속 마시게 돼서 돌아오는 길에 조금 길을 헤맸대. 핀도팜 나들목을 놓치면 몇 킬로미터를 가도 모든 게 똑같아 보이는 거 당신도 알잖아."

"말도 안 되는 소리." 해리가 말한다. 가슴속에서 분노가 끓어오르는 것이 느껴져서 그 압력을 좀 낮추려고 침대에서 일어나 앉는다. "그놈이 식구들한테 말 한마디 없이 사라져서 돌아다닌 게 몇 시간이지? 여덟 시간인가? 정말 미친 거 아냐? 옛날부터 둔한 놈이긴 했어도, 이런 미친 짓이 어디 있어? 어디 병원에라도 데려가봐야 하는 거 아냐?"

재니스가 말한다. "집에 돌아왔을 때는 완전히 말짱한 정신이었어. 게다가 기념품가게에서 작은 악어 인형까지 몇 마리 샀더라고. 그래서 프루랑 나는 그냥 웃을 수밖에 없었어. 애들한테 각각 줄 인형에다

가, 심지어 당신 몫도 있어. 악어가 두 발로 서서 그 작은 앞발로 골프
채를 들고 있는 모양이야." 재니스는 그의 무릎을 덮은 담요를 휙 젖히
고 열려 있는 파자마 앞섶 속에서 졸고 있는 음경을 만진다. "요즘 이
쪽은 어떠신가? 요즘은 우리가 도통 사랑을 나눈 적이 없는 것 같아."

하지만 이제 그는 그럴 기분이 아니다. 그는 새침하게 재니스의 손
을 찰싹 때리고는 담요를 다시 덮으며 말한다. "바로 얼마 전에 했잖
아. 크리스마스 전에."

"크리스마스 한참 전이지." 재니스가 고개를 전혀 움직이지 않은 채
말한다. 해리는 순간적으로 재니스가 다시 담요를 걷어내고 아주 단순
한 동작으로 재빨리 그의 물건을 입에 물어주지 않을까 하는 터무니없
는 희망을 품는다. 지난 십 년 동안 몰래 만날 때마다 셀마가 거의 맨
먼저 해주는 일이 그거였다. 하지만 입으로 해주는 것은 결코 재니스
의 스타일이 아니다. 재니스가 만취했을 때라면 또 모르지만, 해리는
재니스가 술에 취하는 것을 결코 좋아하지 않는다. 재니스가 술에 취
하면 그녀의 내면에서 일종의 혼돈 같은 것이 차오르고, 그는 그것에
위협을 느낀다. 그것이 세상을 모두 덮어버릴 것만 같다. 재니스가 말
한다. "잘했어, 물건 큰 아저씨." 이건 혹시 나중에 그가 그녀를 원할
경우를 대비해서 그가 그녀를 거부했음을 강조하는 말이다. 재니스는
침대에서 내려간다. 축축하게 젖은 잠옷이 재니스의 허리 위쪽에 찰싹
달라붙어 있다. 재니스가 잠옷자락을 끌어내리기 전에 해리는 갈색 허
벅지 뒤편 위쪽의 탱탱하고 하얀 엉덩이에 감탄한다. 재니스가 욕실
에서 변기 물을 내린 뒤 화난 사람처럼 덜커덩거리는 소리, 샤워기에
서 쏴 하고 물이 떨어지는 소리를 들으며 그는 죄책감을 느낀다. 샤워

를 마치고 나오는 재니스의 모습이 정확히 어떨지 그는 상상해본다. 머리카락은 투명한 샤워캡으로 덮여 있고, 엉덩이는 장밋빛이고, 그녀의 그곳은 이슬이 맺힌 듯 하얗게 보일 것이다. 그와 그의 작고 가무잡잡한 여자, 이 고집 세고 수줍음 많은 스프링어 집안의 얼간이가 대개 상대의 신호를 놓쳐버리곤 한다는 사실에 그는 아쉬움을 느낀다. 여기 남쪽에서 두 사람은 함께 보내는 시간이 지금까지 중 그 어느 때보다 많지만, 서로에게 등을 돌리고 점점 더 무신경해지는 방식으로 대처하고 있다. 그는 일주일에 서너 번씩 골프를 치고, 재니스는 테니스와 여자들 모임과 자기만의 볼일로 돌아다닌다. 타월직으로 된 목욕가운 차림으로 재니스가 욕실에서 나왔을 때, 해리는 여전히 침대에 앉아 책에서 영국이 네덜란드 상선에 간섭했다는 이야기, 프랑스가 네덜란드 배가 운송해준 발트해의 목재로 낡아빠진 함대를 재건할 필요가 있었다는 이야기를 읽고 있다. 혹시라도 재니스가 다시 섹스에 관심을 보일까 싶어서다. 하지만 이제 집안 저편에서 아이들의 소리가 들려온다. 프루가 무거운 짐을 지느라 지쳐버린 어머니의 목소리로 아이들을 조용히 시키는 소리도 들린다.

해리가 재니스에게 말한다. "오늘은 주디랑 로이한테 집중하자고. 애들이 좀 시무룩한 것 같지 않아?"

재니스는 대답하지 않는다. 경계하는 표정이다. 방금 해리가 한 말을 넬슨의 아버지 노릇에 대한 혹평으로 받아들인 것이다. 어쩌면 그것이 맞는 생각일 수도 있다. 넬슨은 아직도 부모의 가르침이 필요한 아이와 같다. 옛날에도 항상 그랬는데, 부모가 아무리 보살펴줘도 부족한 모양이다. 생물학적으로 반드시 필요한 순간에 필요한 것을 충분히 얻지 못하면 죽을 때까지 그것을 추구하게 된다는 얘기를 래빗은 어딘가에서 읽은 적이 있다. 그가 묻는다. "프루랑은 항상 무슨 얘기를 그렇게 하는 거야?"

재니스가 얇게 변한 입술로 대답한다. "아, 여자들 얘기지, 뭐. 당신한테는 재미가 하나도 없는 얘기야." 재니스는 옷을 입을 때면 항상 강하게 찡그린 듯한 웃기는 표정을 짓는다. 윈딕시에 가려고 그냥 바지와 블라우스를 입을 때에도 거울을 향해 비난하는 듯한 시선을 던진다. 누가 나쁜 말을 하면 기세로 눌러버리려는 것 같다.

"그럴 수도 있겠지." 해리는 동의하며 대화를 끝맺는다. 재니스는 대화를 끝내려는 해리의 의도를 눈치채면 거기에 반발해서 계속 대화를 이어가려 할 것이다.

아니나다를까 재니스가 자진해서 입을 연다. "프루는 넬슨을 걱정하고 있어." 그러고는 다음 말을 섣불리 잇지 못하고 멈칫한다. 재니스의 혀끝이 슬그머니 밖으로 나와 윗입술을 누른다. 재니스가 뭔가를 열심히 생각하고 있다는 뜻이다.

하지만 래빗은 무뚝뚝하게 말한다. "당연히 걱정하겠지." 그는 팬티를 입으려고 등을 돌린다. 그는 지금도 자키 팬티를 입는다. 아주 오래전 그날 밤에 루스는 그 팬티를 보고 재미있어했다. 그는 항상 그 일을 생각한다. 오늘은 할아버지 노릇을 하고 싶기 때문에 거기에 걸맞은 옷을 입으려고 한다. 더럽고 낡은 나팔바지 모양의 체크무늬 골프 바지 대신 아랫단을 접은 모양의 달걀껍질색 긴 리넨 바지를 입고, 폴로니트 대신에 순면으로 된 진짜 셔츠를 입는다. 가느다란 파란색 줄무늬가 있는 반팔셔츠다. 그는 재니스의 모습이 떠나간 거울에 자신의 모습을 비춰보고, 그 커다란 몸집에 마음속 깊이 충격을 받는다. 얼굴은 부풀어서 보름달 같고, 작은 코는 햇볕에 탔으며, 눈은 얼음장 같고, 입은 오종종하다. 한가운데에 몰려 있는 이 이목구비 밑에는 턱이 있다. 턱이 귀 앞쪽에까지 두툼하게 올라와 있어서 뼈가 없는 것처럼 보인다. 주디의 귀 앞은 비단처럼 매끄럽게 빛나는데. 그러고 보니 넬슨 이야기를 할 때가 아니다. 해리의 금발은 점점 하얗게 세면서 색이 바래버렸고, 관자놀이에서부터 뒤쪽으로 점점 숱이 줄어들고 있다. 키는 크지만 셔츠 밑으로 비스듬한 경사를 그리고 있는 배는 늘어진 뱃살에 다름 아니다. 그 뱃살만 따져도 굶주린 에티오피아 아이만큼 무게가 나갈 것이다. 이제부터라도 반드시 살을 빼야 한다. 몸을 움직일 때마다 몸무게가 심장을 턱턱 압박하는 것이 느껴진다. 몸속에 아이가 하나 들어앉아서 불을 붙인 성냥을 가지고 장난을 치는 것처럼 타는 듯한 느낌이다.

아침 식탁에 놓여 있는 오늘자 〈뉴스 프레스〉에는 병색이 완연한 한 살짜리 여자아이의 컬러사진이 실려 있다. 간 이식을 받지 못해 어젯밤 숨진 그 아이의 이름은 앰버. 런던 경찰국에 따르면 팬암 103기가 확실히 폭탄에 당했다는 헤드라인도 보인다. 에드 실버스틴과 주디가 말한 그대로다. 금속조각들. 화물칸. 플라스틱폭탄은 어떤 형태로든 만들 수 있다. 셈텍스라고 불리는 고성능 체코 타입 폭탄일 가능성이 높다고 한다. 해리는 차마 그 기사를 읽을 수 없다. 멀쩡히 의식이 살아 있는 그 수많은 사람들이 갑자기 아무것도 없는 허공에서 추위에 떠는 모습이라니. 버어니 씨, 버어니 씨. 로커비는 저 아래쪽에 흐릿한 별들이 흩뿌려진 곳처럼 보이고, 순식간에 모든 것이 뒤집혀 자비라고는 찾아볼 수 없게 되었을 것이다. 한편 포트마이어스의 시장은 경찰이 디온 샌더스를 체포한 것이 적절한 행동이라고 생각한다고 말했다. 오키초비호수 치명적인 독에 오염이라는 헤드라인도 있고, 구름 조금, 최고 기온은 26도에서 30도 내외라는 헤드라인도 있다. "오늘 기대해라." 래빗이 선언한다. "할아버지가 굉장한 곳에 데려가줄 테니까!"

주디와 로이는 의심스럽다는 표정이지만, 전적으로 못 믿는 건 아닌 것 같다.

재니스가 말한다. "해리, 여기 체리대니시빵 하나 더 먹어, 상하기 전에. 애들을 생각하고 샀는데, 얘들 둘 다 빨간 게 질질 흐르는 건 싫대."

"탄수화물로 날 죽일 작정이야?" 그는 이렇게 물으면서도 빵을 먹은 뒤, 손끝으로 달콤한 빵 부스러기를 치운다.

앉아 있는 해리의 위치에서 보면 키가 아주 크고, 엉덩이가 그의 눈높이에 와 있는 프루가 머뭇거리며 묻는다. "혹시 오늘 두 분이서 전적으로 아이를 맡아주실 수 있어요? 넬슨이 어젯밤에 잠이 안 온다면서 저도 거의 못 자게 했거든요. 하루종일 차를 타고 돌아다니는 건 힘들 것 같아요." 프루는 정말로 창백하고 핼쑥해 보인다. 넬슨 녀석이 밤새 징징거리면서 프루를 못 자게 한 모양이다. 징징거리는 것 말고 또 뭘 했는지는 모르겠지만. 심지어 프루의 주근깨조차 창백해 보이고, 공항에서는 그토록 부드럽고 따스했던 입술도 체념한 듯 팽팽히 긴장해서 한쪽으로 일그러져 있다.

재니스가 말한다. "물론 맡을 수 있지. 걱정 말고 좀 자라. 자고 일어나면 넬리랑 같이 뭔가 건강하고 재미있는 걸 할 수 있을 거야. 발할라 풀장에 갈 거면, 넬슨한테 수영 전과 후에 반드시 샤워를 하고, 풀장에서 다이빙을 하면 안 된다고 말해줘야 한다."

주디가 웃으며 끼어든다. "아빠는 배치기 다이빙을 해요."

로이가 말한다. "아빠는 배치기 안 해. 누나가 해."

"얘들아." 해리가 말한다. "벌써부터 싸우지 마라. 아직 차에 타지도 않았는데."

아홉시 삼십분에 그들은 더블스터프 오레오 세 개 한 묶음과 클래식 코크 여섯 개 한 묶음과 함께 차에 올라 긴 하루를 시작한다. 앞으로 오랫동안 이날은 가족들의 즐거운 추억 속에서 '할아버지가 앵무새 모이를 먹은 날'로 불리게 될 것이다. 사실 정확히 말하자면 앵무새 모이는 아니었고, 해리가 그걸 많이 먹지도 않았지만. 그들은 먼저 41번 도로를 따라 움직인다(**패티오랜드**, 키싱 커즌스, 이지 드럭스, **랜드 오브 슬립**). 그렇게 포트마이어스까지 가서 토머스 앨바 에디슨의 겨울 집을 구경한다. 이것만으로도 그들은 거의 지쳐버린다. 그들은 캠리를 세워두고 거대한 바니안나무 밑을 지나간다. (친절한 표지판의 설명에 따르면) 하비 파이어스톤인지 헨리 포드인지 하여튼 당대 재계의 거물이 아직 어린 가지이던 이 나무를 에디슨에게 주었고, 그 가지는 이렇게 자라서 인도를 제외한 전 세계에서 가장 큰 바니안나무가 되었다고 한다. 인도에서는 바니안나무가 워낙 거대하게 자라기 때문에 나무 한 그루 밑에 시장 하나가 통째로 들어갈 정도다. 바니안나무는 뿌리를 아래로 늘어뜨리면 거기서 새로 줄기가 자라나는 식으로 퍼져나간다. 그리고 점점 가지가 뻗어나갈수록 줄기는 Y자 모양의 가랑이처럼 변한다. 아무도 막지 않으면 이 나무들은 이렇게 슬금슬금 기어서 몇 킬로미터나 뻗어나갈 것이다. 해리는 궁금해진다. '얘들은 어떻게 죽지?'

알고 보니 에디슨의 집과 그 주위를 그냥 걸어다닐 수는 없다. 일인당 5달러를 내고 투어에 합류해야 한다. 주디와 로이는 이 이야기를 듣고 기겁한다. 정년퇴직을 한 노인들한테 둘러싸이게 될 거라고 생각하기 때문이다. 버스를 타고 몰려온 그들은 야구모자와 렌즈를 위로 꺾어서 올릴 수 있는 선글라스를 쓰고, 펼치면 다리가 하나뿐인 의자 모양으로 변하는 작은 막대기를 들고 있다. 투어가 시작되기를 기다리는 동안 휠체어를 탄 환자 여러 명이 안 그래도 사람이 점점 늘고 있는 투어에 합류한다. 짧은 분홍색 반바지 덕분에 나이에 어울리지 않게 다리가 길어 보이고, 뺨에 빨간 볼터치를 발라서 재미있는 얼굴이 된 주디가 말한다. "난 재미없는 집 같은 건 보고 싶지 않아요. 그냥 번개를 만드는 기계가 보고 싶을 뿐이에요." 로이는 오레오 초콜릿색으로 작은 입술을 물들인 채 멍한 갈색 눈으로 허공을 빤히 바라본다. 곧 더위에 녹아버릴 것 같은 모습이다.

해리가 주디에게 말한다. "번개를 만드는 기계 같은 건 없을걸. 세계 최초로 발명된 전구가 있을 뿐이지." 그리고 로이를 향해 말을 잇는다. "피곤하면 할아버지가 안아주마."

뭔가 신호가 있었던 모양이지만 해리가 그 신호를 놓치는 바람에 그들은 행렬의 뒤쪽에 붙들린다. 휠체어를 탄 사람들을 포함해서 모든 사람들이 건물에서 흙먼지가 이는 회색 흙바닥으로 나온다. 밖에는 정글처럼 나무가 빽빽하고 칼 모양의 이파리들이 그림자를 드리우고 있다. 가이드는 신경질적이고 나이 많고 머리를 파랗게 물들인 아가씨인데, 챙이 있는 모자를 쓰고 외운 것을 줄줄 이야기하고 있다. 먼저 그녀는 아프리카의 소시지나무인 키겔리아 핀나타를 가리킨다. "이 나무의 열매가 소시지를 닮았다고 해서 그런 이름이 붙었습니다. 열매를 먹을 수는 없지만, 아프리카 원주민들은 약으로 사용합니다. 그리고 원래 미신을 잘 믿기 때문에 이 나무의 치유력을 숭배합니다. 기념 정원 바로 맞은편에는 달걀프라이나무가 있습니다. 꽃이 노른자를 위로 올린 달걀프라이와 아주 흡사하기 때문에 붙은 이름입니다. 혹시 소시지와 함께 달걀을 먹고 싶은 분이 있을지도 모르기 때문에 저 나무를 심어놓았습니다."

사람들은 예의바르게 웃음을 터뜨린다. 나이 많은 사람들 중 일부는 사실 단순히 예의바른 수준 이상으로 웃고 있다. 마치 긴 세월을 살아오면서 이렇게 재미있는 이야기는 들은 적이 없다고 말하는 듯하다. 뇌세포가 뭉텅뭉텅 꺼져가기 시작하는 게 언제부터더라? 해리 자신에게는 그 일이 언제부터 시작될지 궁금하다. 아니, 벌써 시작됐나? 자기가 알지 못하는 일을 알아낼 수는 없다. 안에도 허공, 밖에도 허공이다. 청중의 좋은 반응에 신이 난 가이드는 재미있는 나무들을 몇 개 더 가리킨다. 다이너마이트나무인 후라 크레피탄스는 열매가 익으면 터져버린다. 그리고 아주 희귀한 남아메리카의 케크로피아는 나무늘보나무라고 불리는데, 미국에서 다 자란 케크로피아 팔마타가 있는 곳은 여기뿐이다. 이 나무의 이파리는 부드러운 가죽 같은 질감을 지니고 있으며, 결코 분해되지 않는다. 해리는 궁금해진다. 신은 왜 아마존 정글에서 혼자 이런 온갖 술수들을 부렸을까? "이파리의 한쪽은 초콜릿색이고 다른 한쪽은 하얀색입니다. 이 이파리의 특이한 모양과 썩지 않는 성질 때문에 말린 꽃으로 꽃꽂이를 하는 사람들에게 인기가 높습니다. 저희 선물가게에서도 이 이파리를 팔고 있습니다." 아, 신은 사람들이 선물가게에서 살 수 있는 물건을 마련해주려고 그런 술수를 부린 모양이다.

그다음에는 귀나무라고 불리는 엔테롤로비움 키클로카르품이다. "씨앗주머니가 사람의 귀를 닮았습니다." 가이드가 외운 것을 읊자, 지금껏 신이 만들어놓은 우스꽝스러운 것들을 보며 웃느라 흥이 오른 사람들이 킥킥거리고 가이드는 스스로를 축하하는 미소를 짓는다. 그녀는 이 나무들, 자신이 설명하는 말, 얌전하고 노망난 관광객들을 속속들이 알고 있다.

자그마한 인간의 손이 부드러운 가죽 같은 질감으로 해리의 손을 잡아당긴다. 그는 잔뜩 화장을 한 주디의 예쁜 얼굴과 초록색 눈동자를 향해 허리를 숙인다. 이제 보니 프루가 아이에게 립스틱도 바르게 해준 모양이다. 이 외출을 즐거운 것으로 포장하기 위해서, 이것을 정말 특별한 일처럼 느끼게 하기 위해서. 할아버지, 할머니랑 같이 놀러가다니. 영원히 기억에 남을 거야. 두 분이 세상을 떠난 뒤에. "로이가 궁금하대요." 주디가 최대한 조용하게 말한다. 하지만 불안감 때문에 목소리가 점점 높아진다. "이게 언제 끝나는지."

"이제 막 시작했는걸." 해리가 말한다.

재니스가 아이들과 똑같이 작은 소리로 입을 연다. 재니스도 아이들과 똑같이 한 가지 일에 진득하게 주의를 집중하지 못한다. "저기 길을 건너기 전에 우리끼리 그냥 앞서가면 안 될까?"

"이건 한 방향으로만 진행되는 투어야." 해리가 말한다. "자자, 끝까지 같이 가야지."

그는 어린 로이를 안아든다. 지루함 때문에 아이의 몸무게가 두 배로 늘어난 것 같다. 그들은 모두 길을 건넌다. 아주 오랜 옛날에는 소가 다니던 길이다. 가이드가 물건이 큰 남자친구 이야기를 하듯이 선웃음을 치며 계속 "에디슨 씨"라고 부르는 그 남자는 이 길에 대왕야자수를 가로수로 심자는 생각을 했다. "이 대왕야자수들은 에버글레이즈습지 가장자리에서 거의 100킬로미터 가까이 야생 상태로 자라고 있지만, 1900년에는 황소를 동원해서 사실상 발을 들여놓을 수 없는 플로리다습지를 통해 나무를 끌고 오느니 쿠바에서 커다란 범선으로 운반해오는 편이 훨씬 쉬웠습니다."

그들은 구불구불한 길을 힘들게 걷는다. 휠체어를 피하고, 길 양편에 있는 선인장밭과 꽃밭을 밟지 않으려고 애쓰고, 상처난 레코드처럼 작아졌다 커졌다 하는 가이드의 목소리를 들어보려고 애쓰고, 에디슨이 고무 대용품을 찾으려고 많은 돈을 끌어모아 멀리서 가져온 정체 모를 식물들에 관심을 가져보려고 애쓰면서. 여기 이것은 케이폭나무이고, 저것은 자바자두나무. 트리니다드에서 가져온 대포알나무와 인도에서 온 망고나무, 립스틱나무, 새눈 덤불, 애인 난초, 그런데 이 식물은 많은 사람들의 생각과 달리 다른 식물에 기생하지 않는다. 여주 열매는 중국에서 인기가 높다. 해리는 다리가 아프다. 허리도 아프다. 왼쪽 갈비뼈 뒤의 수상쩍은 부위도 쑤시는 듯이 아프다. 하지만 그는 로이를 내려놓을 수 없다. 아이가 잠들었기 때문이다. 세상의 네 살짜리 아이들 중 로이만큼 많이 자는 아이는 없을 것이다. 재니스와 주디는 함께 공모라도 한 것처럼 사람들에게서 떨어져 먼저 에디슨의 집으로 들어가버렸다. 1886년에 스쿠너 네 척에 실어서 메인주에서부터 이곳으로 운반해온 집이다. 세계 최초의 조립식주택이라고 해도 될 것이다. 그런데 에디슨이 요리할 때 나는 냄새를 싫어했기 때문에 이 집에는 부엌이 없다. 사면에 모두 널찍한 베란다가 있고, 플로리다 최초의 현대식 풀장도 갖춰져 있다. 파란 시멘트를 강철 대신 대나무로 보강한 이 풀장은 지금까지 실금이 가거나 물이 샌 적이 한 번도 없다. 놀랍지 않은가! 그 엄청난 노력, 독창성, 기벽, 용기가 역사 속에 이렇게 압축되어 있다니. 해리는 자신의 뼈를 휘게 만들고, 마음을 녹이고, 두개골에 대고 나사를 돌리는 것처럼 그를 압박하고, 어깨뼈 아래쪽에 환상적인 가려움증을 일으키는 그 무게를 견딜 수가 없다. 파란색 줄무늬가 있는 그의 100퍼센트 순면 셔츠는 그 부위가 땀에 젖었다가 다시 말랐다. 아파서 경련을 일으키는 심장을 안고 재니스를 따라잡아 작은 소리로 간청한다. "긁어줘." 아이가 깨지 않게 작은 소리로 말한다.

"어디를?" 재니스는 프루에게서 빌렸음이 틀림없는 폴몰 담배를 다른 손으로 옮겨 쥐고 그의 등을 긁는다. 위로, 아래로, 오른쪽으로, 왼쪽으로 그의 지시에 따라서. 마침내 가려움증이라는 악마를 쫓아내는 데 성공한 것 같다. 옛날 에디슨이 만들었다는 이 정글 같은 정원은 악마 같은 곳이다. 숨쉬기가 힘들다. 그는 과호흡을 하지 않으려고 열심히 애쓴다. 이 소란에 로이가 깨어나서 졸린 목소리로 선언한다. "오줌 마려워."

"당연히 그렇겠지." 해리가 말한다. "그렇다고 저 덤불 뒤로 가서 오줌을 쌀 수도 없는데. 워낙 희귀한 식물들이라서 말이야."

"이 진홍돔베야왈리치는 인도의 분홍공나무로 알려져 있습니다." 가이드가 비교적 말을 잘 듣는 학생 같은 다른 관광객들을 상대로 노래하듯 경쾌하게 말한다. "향이 아주 강하죠. 에디슨 부인은 새를 좋아해서 항상 카나리아, 잉꼬, 앵무새 등을 길렀습니다. 그 새들은 일 년 내내 여기 야외에서 아주 즐겁게 살고 있습니다."

"새들이 즐거워하는지 저 아줌마가 어떻게 알아요?" 주디가 조부모에게 묻는다. 그런데 그 소리가 좀 커서 점잖은 사람들 여러 명이 이쪽을 바라본다. "저 아줌마는 앵무새가 아니잖아요."

"앵무새가 아니긴." 해리가 속삭인다.

"오줌 마려워요." 로이가 다시 말한다.

"그래, 그래, 그런데 네가 오줌이 마렵다는 게 이 망할 우주의 중심은 아니잖아." 해리가 말한다. 그가 이런 아버지 노릇에서 벗어난 건 벌써 오래전이다. 게다가 옛날에도 아버지 노릇을 그리 잘한 편은 아니었다.

재니스가 나선다. "내가 얘를 데리고 오던 길로 다시 가볼게. 우리가 아까 들어갔던 건물에 화장실이 있었어."

주디는 이 두 사람이 탈출하려는 것을 보고 정신이 번쩍 드는 모양이다. "나도 같이 갈래요!" 주디의 목소리가 너무 커서 가이드가 순간적으로 말을 멈춘다. "나도 오줌이 마려운 것 같아요!"

해리는 주디의 손을 꼭 잡는다. 심지어 가학적으로 손에 힘을 주기까지 한다. "꼭 그런 건 아니지." 그가 말한다. "가자, 끝까지 봐야지. 사람들 흐름을 좀 따라가, 제발. 이러다가는 세상에서 제일 오래된 그 망할 놈의 전구를 못 보게 될지도 몰라."

휠체어를 탄 여자가 무서운 눈으로 이쪽을 노려본다. 그렇게 심한 불구는 아닌지 머리를 오렌지색으로 물들이지도 않았고, 원숭이 엉덩이보다 더 빙글빙글 도는 모양으로 파마를 하지도 않았다. '그만둘 때를 알아야 해.' 해리는 속으로 생각한다. '그런데 그 때를 아는 사람이 아무도 없어.' 가이드가 조금 전보다 목소리를 한 단계 더 높여서 말한다. "이건 아메리카대륙의 열대지방에서 자라는 사포딜라입니다. 이 나무 수액에서 껌을 만들 때 사용하는 치클이 나오죠."

"방금 들었니?" 해리가 주디에게 묻는다. 도무지 끝날 줄 모르는 이 투어에서 사람들 사이에 흐르는 긴장감에 숨이 막히고 아까 주디의 손을 아프게 꼭 쥔 것이 미안하다. "이 나무에서 치클릿이 만들어진다는구나."

"치클릿이 뭔데요?" 주디가 해리를 올려다보며 묻는다. 그 맑은 초록색 눈이 조금 가늘어진 것 같다. 손이 좀 아파서 이제 해리를 경계하고 있는 눈치다. 그가 주디의 순수함에 흠집을 낸 것이다. 이 아이가 정말로 치클릿이라는 말을 한 번도 들어보지 못한 걸까? 치클릿 껌도 무게를 달아 파는 사탕이나 설탕에 푹 담근 것 같은 포스나트 도넛이나 전쟁 때 사용하던 그 작은 빨간색 배급표와 같은 길로 사라진 걸까? 해리에게는 이 모든 것이 어제 일만큼이나 생생하다. 아니, 그보다 더 생생하다.

"에디슨 씨가 이 껌나무를 심은 건 자녀들을 위해서였습니다." 가이드의 말이 계속 이어진다. "에디슨 씨는 자녀들과 손주들을 몹시 사랑해서 많은 시간을 함께 보냈죠. 비록 귀가 멀어서 에디슨 씨가 주로 말을 하는 입장이었지만요." 사람들이 여기저기서 작게 웃는다. 가이드는 목을 쭉 뻗고 입을 꾹 다문 모습으로 우쭐거린다. 이런 반응을 예상하지 못했다는 듯한 표정이지만 실제로는 틀림없이 예상했을 것이다. 이 이야기를 관광객들에게 워낙 자주 들려주고 있으므로 그들의 반응을, 가끔 엉뚱한 곳에서 쿡쿡 웃음을 터뜨리는 사람에 이르기까지 정확히 외우고 있을 것이다. 이제 가이드는 자신의 늙은 양떼를 이끌고 사슴 울타리 쪽으로 간다. 늙은 양떼는 현란한 색깔의 레저웨어 차림으로 엄숙하게 고개를 주억거리며 발을 질질 끄는 것 같은 걸음걸이로 그 뒤를 따른다. 이제 이 5달러짜리 순례 여행의 새로운 단계가 시작된다. 그들은 부자연스러울 정도로 곧게 뻗어 있는 콘크리트색의 야자수들이 늘어선 길을 이제 막 건널 참이다. 이번 세기가 아직 걸음마를 하고 있을 때, 놀라울 정도로 위대한 미국인인 에디슨이 쿠바에서 배로 이 야자수들을 들여왔다. 하지만 가이드는 길을 건너기 전에 또 귀여운 식물을 가리키며 손님들을 놀라게 하는 것을 잊지 않는다. "긴 빨간색 술이 달린 저 관목은 비스마르크제도에서 온 셔닐나무예요. 셔닐은 프랑스어로 송충이라는 뜻인데, 왜 이런 이름이 붙었는지 여러분도 보면 금방 아실 수 있을 겁니다."

"윽, 송충이래요." 주디가 해리에게 말한다. 해리는 이것이 둘 사이에 생겨난 틈을 다시 이으려는 여성적 시도임을 알아차린다. 아까 아이의 손을 아프게 쥔 것에 더욱더 죄책감이 느껴진다. 왜 그런 짓을 했는지, 왜 그렇게 못된 짓을 자주 하는지, 그것도 주로 여자들을 상대로 세상이 이 모양 이 꼴이 된 것이 다 여자들 탓이라는 듯이, 셔닐나무만 가득하고 자비는 없는 곳이 된 것이 다 여자들 탓이라는 듯이 그런 짓을 하는 이유가 무엇인지 잘 모르겠다. 자신이 지독한 인간이 되기 직전인 것 같다. 그의 가슴속에 있는 못된 아이가 지금도 계속 성냥을 가지고 장난을 치고 있다.

가이드가 선언하듯 말한다. "이제 길을 건너서 에디슨 씨가 마지막 실험을 했던 실험실로 갈 겁니다."

그들은 마침내 길을 건넌다. 그리고 통풍이 잘되는 에디슨의 낡은 실험실에서 먼지 낀 비커와 사이펀과 증류기와 커다란 벨트가 달린 검은 기계 사이에서 재니스와 로이가 다시 일행에 합류한다. 가이드는 에디슨이 십 분 동안 쪽잠을 자던 침상을 가리킨다. 그 쪽잠 덕분에 에디슨은 몇 시간 동안이나 계속 앉아서 귀가 들리지 않는 그 커다란 머리로 꿈을 꿀 수 있었다. 가이드는 에디슨의 책상 위에 있는 미역취고무도 가리킨다. 바로 이곳 포트마이어스에서 자라는 미역취로 만든 그 고무는 이렇게 오랜 세월이 흘렀는데도 여전히 유연하다. 마침내 가이드가 사람들을 자유로이 풀어준다. 이제 그들은 여기저기를 돌아다니며 감탄할 수도 있고, 여기서 도망칠 수도 있다. 해리는 북쪽으로 차를 몰면서 함께 있는 세 사람에게 묻는다. "그래, 뭐가 제일 좋았니?"

"오줌 싸러 간 거요." 로이가 말한다.

"멍청이." 주디는 이렇게 말하고 나서, 자신은 멍청이가 아니라는 것을 증명하기 위해 할아버지에게 대답한다. "저는 축음기가 제일 좋았어요. 에디슨이 귀가 안 들려서 소리를 들으려고 축음기의 나무틀에 이를 올려놓았기 때문에 지금도 잇자국이 남아 있잖아요. 그게 재미있었어요."

"나는 말이다……" 해리가 말한다. "에디슨이 축전지를 개발하면서 그렇게 수없이 실패한 것에 관심이 가더라. 그게 그렇게 어려운 일인 줄 몰랐지. 실험이 몇 번이었지?…… 구천 번인가?"

41번 도로 양편으로 창문들이 단조롭게 지나간다. 은행. 식료품을 함께 파는 주유소. 관절염 전문병원. 재니스는 다른 데 정신이 팔린 것 같다. "아," 재니스가 이야기에 끼어들려고 애쓴다. "난 그 낡은 영화 기계가 좋았던 것 같은데. 토스터랑 와플기계도. 에디슨이 그런 것도 발명한 줄은 몰랐어. 그런 물건도 누군가가 발명해야만 하는 거라는 생각은 미처 못하는 법이니까. 에디슨이 태어나지 않았다면 세상이 어떻게 됐을지 궁금해. 그 한 사람이 그렇게 클 줄이야."

해리가 권위적인 목소리로 말한다. 그와 재니스는 앞좌석에 앉아 있다. 보이는 건 머리뿐이고, 뒷좌석에 앉은 두 어린 관객을 위해 연기를 하고 있으니 인형극에 나오는 할아버지, 할머니 인형 같다. "그런 게 아니지. 이미 그런 물건을 만드는 기술은 존재하고 있었어. 누군가 그걸 이용하는 일만 남아 있었다고. 만약 우리가 해내지 않았다면, 스위스나 아니면 다른 나라가 했겠지. 현대적인 발명품 중에서 필연이 아니었던 물건은, 내가 어디서 읽었는데, 지퍼뿐이래."

"지퍼요!" 주디가 소리를 지른다. 할아버지, 할머니와 함께하는 오늘 하루가 도무지 끝날 것처럼 보이지 않기 때문에 그냥 즐거워하기로 마음을 굳힌 것 같다.

"그래, 그건 정말 복잡한 물건이야." 해리가 주디에게 말한다. "그 작은 곡선이랑 경사면하며, 그것들이 딱 맞아떨어지는 것하며. 그건 피라미드랑 똑같이 쐐기꼴, 그러니까 경사면을 기반으로 만들어진 거야." 그는 피라미드라는 무시무시하게 공허한 공간으로 너무 멀리 나아간 것 같다는 느낌에 선언하듯 말한다. "게다가 에디슨한테는 후원자도 있었어. 여기 남쪽에서 에디슨이 어떤 사람들이랑 친구로 사귀었는지 봐라. 포드. 파이어스톤. 진짜 돈 많은 거물들이지. 에디슨은 자기 아이디어를 그 사람들한테 팔았어. 그런데 에디슨이 인류를 사랑했네 어쨌네 하는 소리를 들으면 그저 웃음이 날 뿐이지."

"아, 맞다." 재니스가 말한다. "난 수선화고무 타이어가 달린 옛날 차가 좋았어."

"미역춰야." 해리가 말을 바로잡는다. "수선화가 아니라."

"나도 미역춰라고 하려고 했어."

"저는 수선화가 더 좋아요." 주디가 뒷자리에서 말한다. "할아버지, 가이드 아줌마는 어땠어요? 말투도 끔찍하고, 신 걸 입에 문 사람처럼 표정도 이상했잖아요."

"내가 보기에는 꽤 섹시하던걸." 해리가 말한다.

"섹시요!" 어린 주디가 소리를 지른다.

"배고파요." 로이가 말한다.

"나도 배고프다, 로이." 재니스가 말한다. "그 말을 해줘서 고맙구나."

그들은 맥도널드에서 식사를 한다. 모종의 법적인 이유 때문에(그들이 계산원에게 이유를 묻자 그녀는 별로 미안한 기색도 없이 소송이 무서워서라고 대답한다) 놀이터로 통하는 문이 잠겨 있다. 놀이터에는 나선형 미끄럼틀이 있고, 햄버거 모양의 머리가 에디슨보다 훨씬 더 큰 플라스틱 인간이 사람들을 유혹하고 있는데. 로이는 잠긴 문 앞에서 떼를 쓰며 난동을 피우더니 점심을 먹는 동안 내내 커다란 슬픔의 콧물 방울을 훌쩍거린다. 로이는 통에 든 소금을 수북하게 쏟아놓고는 프렌치프라이를 하나씩 거기에 문지른다. 녀석이 먹은 것은 그 프렌치 프라이와 엄청난 양의 소금밖에 없다. 해리는 녀석 몫으로 나온 빅맥을 다 먹어치운다. 맥도널드가 모든 음식에 뿌리는 그 맛없는 총천연 색 소스를 별로 안 좋아하는데도 어쨌든 먹어치운다. 그 총천연색 소스는 모두 순전히 화학물질이다. 옛날식의 평범한 햄버거는 다 어디로 간 걸까? 어딘지는 몰라도 하여튼 치클릿이 간 곳으로 갔을 것이다. 구석에서 소규모의 빙고 게임이 진행되고 있다. 화장실에 가려면 그곳을 똑바로 통과해야 한다. 칸막이 좌석에 앉아 고개를 숙이고 빙고 카드를 내려다보는 노인들을 향해서 맥도널드의 갈색 제복을 입은 젊은 흑인 아가씨가 콧소리로 숫자들을 부른다. "이쉽칠…… 사쉽힐……"

뜨겁게 달아오른 차 안으로 다시 돌아온 해리는 몰래 손목시계를 본다. 이제 겨우 정오다. 믿을 수가 없다. 오후 네시는 된 것 같은데. 살속 깊숙한 곳의 뼈마디가 아프다. "자, 이제 어디로 갈지 선택해보자." 그가 선언하듯 말하고는 대시보드 도구함에 가지고 다니는 지도를 펼친다. 출발하기 전에 어디로 갈 건지 먼저 결정하라. 이건 그가 오래전에 들은 말이다. "새러소타 쪽으로 올라가면 링글링박물관이 있는데, 지금은 문을 닫았어. '벨름의 옛날 차' 어쩌고 하는 곳도 있지만 옛날 차는 에디슨의 집에서 충분히 본 것 같구나. 그리고 정글가든이라는 데가 있는데, 어제 할아버지랑 같이 골프를 친 친구가 꼭 가보라고 하더라."

주디는 앓는 소리를 내고 어린 로이는 누나를 보고 눈치를 챘다는 듯이 또 아랫입술을 파르르 떨기 시작한다. "제발요, 할아버지." 주디가 거의 엄마 같은 목소리로 말한다. "또 송충이나무를 보는 건 싫어요!"

"거긴 그냥 식물들만 있는 게 아냐. 식물들은 그중에서도 제일 하찮은 거고, 그 밖에 표범이랑 신기한 새들도 있어. 진짜 표범이다, 로이. 자칫하면 놈들이 앞발로 네 눈을 파버릴걸. 한 다리로 서서 잠을 자는 홍학도 있지. 버니, 그러니까 할아버지 친구는 그 녀석들이 자꾸만 생각난다고 하더라. 그 비쩍 마른 다리 하나로 서서 잘 수 있다는 걸 믿을 수가 없대!" 해리는 그것이 얼마나 놀라운 일인지 보여주려고 손가락 하나를 들어올린다. 그런데 그 손가락이 얼마나 이상하고 못생겼는지. 손마디에는 주름이 졌고, 지문은 나선 모양이고, 손톱은 거의 무용지물이다. 뒷자리의 두 아이는 모두 상기된 얼굴이다. 옛날에 넬슨이 감기에 걸렸을 때처럼. 눈에는 숨막혀 죽겠다는 표정이 떠올라 있다. "아니면……" 래빗은 지도를 보며 말한다. "여기 브레이든성 유적이라는 곳이 있구나. 우리 손주들은 유적을 좋아하시나?" 그는 답을 이미 알고 있기 때문에 확실한 반응을 이끌어내기 위해 말을 덧붙인다. "아니면 다 같이 아파트로 돌아가서 낮잠을 자도 되고." 자동차를 팔면서 그도 이 정도의 요령은 터득했다. 손님이 반신반의하는 물건을 더 좋아하게 만들려면 손님이 원하지 않는 물건을 함께 제시하면 된다. 그는 슬그머니 재니스를 바라보지만, 그 무관심한 분위기에 불끈 화가 난다. 재니스는 왜 모든 걸 그에게만 맡겨놓고 있는 걸까? 자기도 이 아이들의 할머니면서.

재니스가 정신을 차리고 입을 연다. "집으로 돌아가기에는 너무 일러…… 애들이 아직 쉬고 있을지도 몰라."

"아니면 다른 걸 하고 있을지도 모르지." 해리가 말한다. 싸움이나 섹스 같은 것. 넬슨과 프루에게는 뭔가 격렬한 재앙이 올 것 같은 분위기가 있어서 다른 식구들을 긴장시킨다. 젊은 부부들은 그런 열기를 내뿜기 마련이다. 그들은 아직 세상의 중심에서 아이들을 만들어내고 있기 때문이다. 그와 재니스 같은 늙은 부부들은 꽃병에서 썩어가는 죽은 꽃대처럼 곰팡내를 풍긴다.

주디가 의견을 내놓는다. "우리 영화 보러 가요."

"응. 영화." 로이가 말한다. 그런데 이 두 단어를 말하는 목소리가 우연이겠지만 어른의 목소리와 아주 흡사하다. 자동차 뒷자리에 히치하이커를 태운 것 같다.

"그럼 이렇게 하자." 해리가 제안한다. "우선 정글가든에 가서 한 바퀴 획 둘러보는 거야. 만약 거기에도 안내인을 따라가는 투어가 있거나 거길 구경해도 기운만 빠질 거라는 생각이 들면 곧장 나와버리면 돼. 까짓것 꼭 볼 필요도 없으니까. 아니면 정글가든을 구경하면서 홍학도 구경한 뒤에 새러소타에서 나오는 신문을 사서 어떤 영화가 있는지 보는 거야. 로이, 이제 너도 컸으니까 영화가 끝날 때까지 앉아 있을 수 있지?" 해리는 시동을 걸고 기어를 넣는다.

주디가 말한다. "지난번에 〈덤보〉*를 볼 때 로이가 하도 울어대서 엄마가 중간에 데리고 나갔어요."

"덤보의 엄마가……" 로이는 변명을 하려다가 그냥 울어버린다.

"그래." 해리가 다시 41번 도로로 접어들면서 분위기를 맞춰 뒤쪽을 향해 말한다. "그게 좀 험하긴 하지. 그 작은 감옥 같은 차라니. 코끼리 코 사건도 기억나지? 하지만 나중에는 다 잘 해결돼. 로이, 끝까지 봤으면 좋았을걸. 끝까지 보지 않으면, 계속 슬픈 기억만 남잖아."

"덤보는 스타가 돼." 주디가 못된 표정으로 동생에게 말한다. "나쁜 광대한테 땅콩도 쏘아 보내. 넌 그걸 다 놓친 거야."

"디즈니는 말이지……" 해리가 말한다. 반은 재니스에게 하는 말이고, 반은 두 어린 청중에게 하는 말이다. "정말 굉장해. 그건 대공황시

---

* 1941년에 나온 월트디즈니의 만화영화. 덤보는 주인공인 코끼리의 이름.

대에 어린 시절을 보낸 사람만이 견딜 수 있지. 너희 아빠인 넬슨도 〈백설공주〉 재방송을 보면서 끝까지 버티질 못했어."

"아빠는 좋아하는 게 하나도 없어요." 주디가 비밀을 털어놓듯이 말한다. "멍청한 친구들만 빼고는."

"친구라니?" 래빗이 주디에게 묻는다.

"저야 이름은 모르죠. 슬림이라나 뭐라나. 엄마는 그 사람들을 싫어해서 이제는 아빠랑 같이 가려고 안 해요."

"아빠랑 같이 안 나간다고?"

"무섭대요."

"무서워? 뭐가?"

"해리." 재니스가 옆에서 중얼거린다. "애들한테 꼬치꼬치 묻지 마."

"슬림이 무서워." 로이가 소리를 시험하듯이 말한다.

주디가 로이를 탁 때린다. "아냐, 아빠는 슬림 아저씨를 무서워하는 게 아냐, 이 멍청아. 다른 아저씨들을 무서워하는 거야."

"다른 아저씨 누구?" 해리가 묻는다.

"해리." 재니스가 말한다.

"내 말은 그냥 못 들은 걸로 해라." 해리가 뒤를 향해 소리친다. 하지만 로이가 주디의 머리카락을 움켜쥐고 놓지 않는 바람에 벌어진 소동 속에서 그의 말은 그냥 사라져버린다. 재니스가 두 아이를 떼어놓으려고 뒤로 손을 뻗다가 블라우스 솔기가 뜯어진다. 대형 트레일러 트럭이 바로 옆을 지나가고 있는데도 실밥이 뜯어지는 소리가 들린다. 부르르 떨고 있는 트럭의 옆구리에는 **이사는 메이플라워로**라는 말이 적혀 있고, 트럭이 지나가면서 일으킨 바람 때문에 차가 빨려들어갈 것 같아서 해리는 캠리의 핸들을 잡고 안간힘을 쓴다. 일본인들은 미국의 상황을 완전히 고려한 차를 만들지는 못한다. 넬슨이 도요타의 승합차에 대해 말했던 것처럼, 트럭이 일으킨 바람에 정신이 하나도 없다. 그래도 사람은 살아가기 위해 물건을 팔아야 한다. 그냥 가만히 앉아서 불평만 할 수는 없다. 모든 사람이 람보르기니를 팔 수 있는 건 아니니까.

정글가든은 기대 이상이다. 재니스가 아파트 선반에 놓아둔 것 같은 촌스러운 물건들과 조개껍질이 가득한 커다란 가게가 소형 정원과 연결되어 있다. 한쪽으로 가면 파충류 쇼와 그리스도 정원이 있고, 반대쪽으로 가면 새 쇼가 있다. 해리 일행은 모두 새 쇼로 방향을 튼다. 그리고 너덜너덜한 몸에 불만스러운 표정을 지은 앵무새가 자전거를 타고, 시소를 타고, 둥근 고리를 뛰어서 통과하는 모습을 지켜본다. 그다음에 둥글게 휘어진 시멘트길이 나오는데, 정글 트레일이라는 그 길이 그들을 이끈다. 사람들은 이끼 낀 뿌리들, 물이 똑똑 떨어지는 바위들 옆을 얌전히 지나간다. 방향을 꺾을 때마다 신선하고 조금은 신기한 것들이 나타난다. 긴 팔에 털이 수북하고 작은 얼굴은 근심스러운 표정을 짓고 있는 거미원숭이 세 마리, 지칠 줄 모르고 계속 돌아가는 복잡한 시계처럼 새장 안을 획획 날아다니며 홰에서 홰로 옮겨다니는 피리새들, 부처가 깨달음을 얻었다는 보리수. 래빗은 달라이라마가 어떻게 지내고 있는지 궁금해진다. 망명한 지 한참 됐는데. 사람들이 그에게 당신이 바로 신이라고 계속 말하는데, 그는 지금도 신을 믿고 있을까?

앵스트롬 일가 네 명은 거울 호수에 다다른다. 벙어리 백조들이 떠 있고, 홍학 석호에는 버니 드렉셀이 장담한 것처럼 홍학떼가 비현실적인 오렌지핑크색 몸으로 서서 자고 있다. 마치 깃털이 달린 커다란 막대사탕 같다. 녀석들의 몸은 공 같고, 놓고 있는 다리와 목과 머리가 연필처럼 가느다란 다리와 이상하게 가죽 같은 느낌이 나는 발 위에서 균형을 잡고 하나로 엮여 있다. 깨어서 움직이며 조심스럽게 걷고 있는 다른 홍학들도 거의 그에 못지않게 신기하다. "저놈들 물 마시는 것 좀 봐라." 해리가 마치 신성한 것을 앞에 둔 사람처럼 목소리를 낮춰서 손주들에게 말한다. "위아래가 뒤집어졌어. 녀석들 부리는 위아래가 뒤집어진 국자 같아." 이 네 명의 인간은 경탄하며 서 있다. 마치 멀고 먼 행성들 사이의 우주공간이 사라져버리기라도 한 것처럼. 이 생물들은 그만큼이나 그들과 달라 보인다. 지구는 많은 행성들로 이루어져 있다. 그리고 그 행성들은 가끔 순간적으로 서로 엇갈리듯 만날 뿐이다. 심지어 이 네 인간 사이에도 다른 점들이 끼어든다. 같은 언어를 말하고, 홍학처럼 깃털이 있지도 않고, 물을 마실 때 입이 뒤집어지지 않는데도.

홍학을 본 다음, 길은 정자 안에 있는 스낵바로 그들을 데려간다. 조개껍질과 나비 전시관, 금붕어 연못, 해리가 로이에게 약속했던 검은 표범 우리가 차례로 나온다. 검은 눈의 로이는 표범들이 소리 없이 서성거리는 모습을 빤히 바라본다. 그를 빨아들이는 소용돌이의 중심부를 바라보듯이. 해리가 어렸을 때 거의 모든 주유소와 식품점에서 땅콩이나 피스타치오를 한 줌씩 뱉어내던 기계와 비슷한 작은 기계가 정자 기둥에 고정돼 있다. 공작새들이 잠시도 가만히 있지 못하고 흙바닥 위에서 그 화려한 깃을 끌며 움직이고 있는 곳 근처다. 여기서 해리는 역사적인 실수를 저지른다. 세 식구가 앞서 걸어가는 동안 그는 주머니에서 10센트 동전을 찾아내 기계에 넣고 갈색의 마른 물건을 한 줌 받아 먹기 시작한다. 땅콩은 아니고, 플로리다의 특산물인 것 같은데 어찌나 건조하고 오래된 느낌이 나는지 맛이 쓰게 느껴질 정도다. 하기야 저 기계들이 저 자리에서 손님을 기다리기 시작한 게 언제부터인지 누가 알겠는가? 하지만 그가 주디에게 그것을 좀 먹어보라고 권하자 주디는 그것을 보고 냄새를 맡더니 정말이지 놀랍기 짝이 없다는 표정으로 그를 빤히 올려다본다. "할아버지!" 주디가 소리친다. "이건 새모이예요! 할머니! 할아버지가 새모이를 먹고 있어요! 토끼똥처럼 생긴 갈색 물건이에요!"

재니스와 로이가 그것을 보려고 모여들고, 해리는 손을 벌려 그 부끄러운 증거를 보여준다. "난 몰랐어." 그가 힘없는 목소리로 말한다. "설명 같은 게 전혀 없었다고." 묘한 느낌이 그를 가득 채운다. 아주 조금 감각이 마비된 것 같고 속이 메스꺼운 것도 같지만, 그 너머에서는, 그의 피부가 둘러싸고 있는 이 따스한 덩치 너머에서는 우주적인 평가절하가 사방을 휩쓴다. 자신의 삶이 어리석은 것이라서 버리는 편이 오히려 마음이 놓일 것 같다는 생각이 번개처럼 스치고 지나간다.

사실 웃고 있는 것은 주디뿐이다. 하지만 그 웃음은 완벽한 치아와 섬세한 이목구비가 있는 그 작은 얼굴에서 억지로 짜내는 웃음으로 바뀐다. 재니스와 로이는 그저 슬픈 표정을 짓고 있을 뿐이다. 조금 당혹스러운 것 같기도 하다.

주디가 말한다. "할아버지, 그렇게 멍청한 짓은 본 적이 없어요!"

그는 미소를 지으며 주디의 머리 위로 크게 부풀어 있는 자신을 향해 고개를 끄덕인다. 숨이 차고, 단단하게 조여진 끈 같은 통증이 맥박처럼 가슴을 가로지른다. 입에서는 신맛이 더욱 강해진다. 그는 손을 돌린다. 각화증이 생긴 퉁퉁한 손. 농구공을 위에서 잡을 수 있을 만큼 손가락이 긴 그 손을 돌려 공작새들이 먹을 수 있는 곳에 둥근 알 같은 모이를 흩어놓는다. 더러운 하얀색 새가 얇은 막 같은 꼬리를 질질 끌며 흙바닥을 걸어와 그 똥 같은 음식을 보지만 부리로 쪼지는 않는다. 어쩌면 저것은 정말로 인간의 음식인지도 모른다. 어쨌든 오늘 그는 타격을 입었다. 다들 길을 따라 걸어가는 동안 주디만이 신이 나서 즐거워한다. 주디가 재잘거리는 소리에 갑작스레 들려온 고통의 외침이 가려져버린다. 뒤에서 공작새들이 내는 소리다.

이제 정글가든에 싫증이 난 그들은 길을 따라 움직인다. 아까와 똑같은 다목적 호수가 또하나 나오고, 스라소니 한 마리가 고독하게 졸고 있는 우리가 나오고, 선인장 정원과 검은 연못이 나온다. 그곳에 수질검사기가 설치돼 있다는 광고가 있지만 그들의 눈에는 아무것도 보이지 않는다. 아마 수질검사기가 뭔지 그들이 모르기 때문일 것이다. 앵무새와 마코앵무새 우리에서는 녀석들의 찬란한 깃털과 화려한 부리가 그들을 짓누르는 것 같다. 생물체로 살아가는 건 지옥 같은 일이다. 우리는 자신 안에 갇혀 있다. 동물 우리보다 더 엄격한 유전자의 지시 속에 갇혀 있다. 마지막 우리에는 털이 듬성듬성하고 키가 큰 에뮤 한 마리와 아메리카타조 한 마리가 슬프고 부드럽게 가죽이 부딪히는 소리를 내며 울타리의 철사들을 향해 부리를 딱딱거리고 있다. 속눈썹이 긴 그들의 커다란 눈은 철사를 마름모꼴로 엮어서 만든 울타리 너머를 빤히 바라본다. 딱, 탁, 딱. 그들의 슬픈 부리가 고집스레 이렇게 외쳐대지만 아무 소용이 없다. 혹시 사람의 눈에는 보이지 않는 벌레를 잡아먹고 있는 건가? 아니면 늙은 주정뱅이처럼 헛것을 보고 있는 건가?

해리는 맥도널드가 햄버거에 치는 노랗고 빨간 소스와 작고 흐물흐물한 초록색 피클과 산성 알갱이의 맛을 다시 느끼며 먹는 걸 멈출 수 있게 해달라고 신에게 빈다. 재니스가 그의 옆으로 와서 손등으로 그의 늘어진 손등을 살짝 친다. "그건 그냥 자연스러운 실수였어." 재니스가 말한다.

"내가 저지르는 실수가 다 그렇지." 그가 말한다. "자연스러운 실수."

"해리, 그렇게 풀죽지 마."

"내가?"

"계속 넬슨 생각을 하고 있잖아." 재니스가 말한다. 지금껏 다른 데 정신을 팔고 있는 것 같더니 넬슨 생각을 한 모양이다. 그는 아니었는데.

"난 에뮤 생각을 하고 있었어." 그가 고백한다.

재니스가 말한다. "기념품가게에 가서 애들이 사고 싶은 게 있다면 사주고, 신문도 사자. 어디든 에어컨이 있는 곳에 가고 싶어 죽겠어." 기념품가게에서 그들은 주디에게 반짝반짝 광이 나는 예쁜 소라를 하나 사주고, 로이에게는 흑백의 대비가 놀라운 뿔고둥을 사준다. 아이는 곧장 뿔고둥의 거칠거칠한 갈래살로 매끄러운 표면들을 긁기 시작한다. 우선 주차장까지 이어진 난간. 만약 해리가 손을 뻗어 그 얼간이 녀석의 뼈가 없는 것 같은 작은 팔을 움켜쥐지 않았다면 캠리도 긁어놓았을 것이다. 해리는 조개를 싫어한다. 조개를 볼 때마다 그 껍질 안에서 무슨 덩어리 같은 모양으로 느릿느릿 움직이며 살고 있는 굶주린 생물을 생각하지 않을 수 없다. 죽음에 반쯤 가까이 다가가 있는 차갑고 어두운 세계, 저 바다 밑에서 녀석들은 심장과 입과 항문과 촉수와 흐릿한 눈으로 살고 있다. 그는 물속을 생각하는 것만으로도 견딜 수가 없다. 그곳에 출몰하면서 서로를 잡아먹는 녀석들. 껍질에 구멍을 뚫어 상대의 질긴 창자를 빨아먹는 녀석들.

그들이 없는 동안 차 안은 석쇠처럼 뜨거워졌다. 플로리다의 태양은 오래된 제트기 흔적 같은 얄팍한 구름을 다 태워버리고 야자수와 스페인식 타일들 위로 순수한 파란색의 불모지 같은 하늘만 남겨놓았다. 더위와 가족의 압박에 아이들도 망연한 표정이다. 그가 식료품점을 겸하는 조이 주유소에 차를 세우고 새러소타의 신문인 〈센티널〉을 살 때도 아이들은 군것질거리를 사달라고 조르지 않는다. 모두가 선택한 영화는 두시 사십오분에 하는 〈워킹걸〉이다. 어딘가의 '공원'에서 영화가 상영된다는데, 알고 보니 거기까지의 거리가 몇 킬로미터나 된다. 아지랑이가 은은히 올라오는 플로리다의 평평한 땅에는 크고 하얗고 감상적이고 파워핸들이 달린 미국 차들이 몇 킬로미터나 가득차 있다. 그 차들을 모는 노인들은 몸이 어찌나 쪼그라들었는지 엔진덮개 너머를 보지 못할 정도다. 여기서는 다른 차와 정면충돌하는 사고를 당하지 않고 목적지에 도착하는 것이 노화를 다루는 의학에 바치는 찬사와 같다. 각성제와 비타민 주사와 피를 맑게 해주는 약들에게 바치는 찬사다.

주디는 로이가 영화관에 간 적이 있다고 강력하게 단언하지만, 로이는 거실에 있을 때처럼 소리 내서 말하면 안 된다는 사실을 도무지 이해하지 못하는 것 같다. 로이는 애처로운 목소리로 계속 묻는다. "저 아줌마는 왜 옷을 벗어?" "저 아줌마는 저 아저씨한테 왜 화를 내는 거야?" 해리는 영화에서 매춘부처럼 속옷만 입은 멜러니 그리피스의 모습이 할리우드의 거식증 환자들과는 달리 정직하게 조금 살이 붙어 있는 것을 보고 기분이 좋아진다. 그녀가 완전히 벌거벗은 여자와 자기 애인이 함께 있는 방에 쳐들어가는 장면도 마음에 든다. 벌거벗은 여자는 멜러니 그리피스처럼 이탈리아계지만 그녀와는 달리 월스트리트에서 권모술수로 출세하려 하는데, 그 여자가 남자의 몸을 말 타듯이 타고 앉았을 때 맨살이 드러난 긴 옆구리가 소라의 살갗처럼 매끈해 보이고, 검은 젖꼭지가 달린 젖가슴이 족히 오 초 동안 화면에 드러난다. 하지만 영화의 줄거리, 그리고 남녀 주인공이 상류층의 결혼식장으로 비집고 들어가는 소극은 사십 년쯤 전에 케리 그랜트 아니면 게리 쿠퍼와 아이린 던 아니면 진 아서가 나온 영화에서 이미 봤던 것 같다. 그래서 로이가 큰 소리로 "왜 지금 가면 안 돼요?" 하고 묻자 그는 재니스와 주디가 편안히 영화를 다 볼 수 있게 기꺼이 로이를 데리고 로비로 나간다.

그와 로이는 팝콘 한 상자를 나눠 먹으며 어나이얼레이션이라는 비디오게임을 해본다. 해리는 자신이 눈과 손을 함께 움직이는 실력이 꽤 좋은 편이라고 항상 생각했지만, 컴퓨터그래픽으로 그린 우주 괴물들이 꿈틀거리면서 지나가는 것을 단 한 마리도 맞히지 못한다. 몸이 너무 작아서 조종간에 손이 닿지 않아 안아 올려줘야 하는 로이도 별반 나을 것이 없다. 꿈틀거리는 아이의 무게 때문에 해리의 어깨에 통증이 스치고 지나간다. "자, 로이." 그는 다시 숨이 돌아오자 결론을 내린다. "모든 게 우리 손에 달렸다면, 외계 괴물들이 이 세상을 차지하겠구나." 아이는 이제 할아버지에게 조금 익숙해져서 가까이에 서

172

있다. 팝콘 때문에 아이의 숨결에서 버터 냄새가 느껴지자 해리는 살짝 속이 뒤집힌다. 아이가 무의식중에 내뱉는 이 가느다란 숨결이 비행기 천장의 환기구에서 흘러나오는 바람을 연상시키기 때문이다.

3관에서 사람들이 몰려나오기 시작하고, 재니스가 선언하듯 말한다. "나도 직업이 필요해. 내가 일하는 여자라면 당신도 나를 더 좋아하지 않겠어, 해리?"

"어느 주에서 일하고 싶은데?"

"펜실베이니아지, 당연히. 플로리다는 휴가지니까."

그는 이것이 마음에 들지 않는다. 뭔가 수상쩍고 불편한 냄새가 난다. 스프링어 모터스의 11월 현황보고서처럼. "무슨 일을 할 건데?"

"글쎄. 부지에서 일하지는 않을 거야. 넬슨은 우리가 자기 일을 방해하는 걸 아주 싫어하니까. 그래도 물건 파는 일을 하지 않을까? 아버지도 물건을 파셨고, 내 아들도 물건을 팔고 있으니, 나도 팔지 말란 법이 없잖아?"

래빗은 뭐라고 대답해야 할지 알 수가 없다. 오랜 세월 동안 마지못해 재니스와 함께 살아왔지만, 자신이 재니스에게 떠나지 말아달라고 간청하는 모습은 상상이 가지 않는다. 하지만 그러고 싶은 충동은 든다. 그는 대화 상대를 바꾼다. "주디, 영화 재미있었니?"

"좋았어요. 결혼식에서 만난 남자가 여주인공 말을 믿어줬고, 여주인공은 창문이 달린 자기 사무실을 갖게 되고, 못된 상사는 다리가 부러지고, 여주인공이랑 같이 좋아하던 남자도 잃어버렸어요."

"불쌍한 여자 같으니." 해리가 말한다. "그 여자는 그냥 고릴라들하고나 놀았어야 돼."* 그는 극장 로비에서 자신이 책임진 작은 무리보다 훨씬 크게 우뚝 서 있다. 극장 안내인들이 초록색 쓰레기봉투와 빨간색 벨벳 금줄을 들고 이리저리 움직이며 다섯시 상영을 준비하고 있다. "자, 이제 뭘 할까? 미니골프는 어떠냐? 아니면 차를 타고 세인트피터즈버그로 가서 그 환상적이고 긴 다리를 건너는 건 어때?"

로이의 아랫입술이 파르르 떨리기 시작한다. 하지만 하고 싶은 말을 제대로 하지 못해서 주디가 대신 통역해준다. "집에 가고 싶대요."

"누군 아니라니?" 재니스가 동의한다. "할아버지가 그냥 너희를 놀리신 거야. 할아버지가 어떤 분인지 아직도 몰라, 로이? 얼마나 짓궂게 남을 잘 놀리시는데."

그런가? 해리는 자신을 그런 식으로 생각해본 적이 한 번도 없었다. 가끔 시험삼아 말을 던져볼 때는 있다. 경기중에 상대를 속이려고 페인트모션을 쓰듯이 조금 숨 돌릴 틈을 만들어보려고.

주디가 다 안다는 듯이 빙긋 웃는다. "할아버지는 일부러 못된 척하시는 거예요."

"그르르." 할아버지가 말한다.

플로리다 남서부에서 러시아워의 도로를 사십 분 동안 달린 끝에 그들은 딜리언 출구로 고속도로를 빠져나와 핀도팜 불러바드로 접어들어 경비원들이 훌륭하게 지키고 있는 발할라 빌리지 입구에 도착한다. 그들의 집인 413호에서 프루와 넬슨은 상큼하게 목욕을 한 것 같은 모습으로 마치 아무 일도 없었다는 듯이 행동하고 있다. 그들은 밖을 돌아다니다 온 식구들의 이야기를 열심히 듣는다. 특히 할아버지가 맛없

* 영화 〈워킹걸〉에서 여주인공의 상사 역할을 맡은 시고니 위버의 전작 〈정글 속의 고릴라〉를 빗댄 말. 이 영화에서 시고니 위버는 고릴라 연구자인 다이앤 포시 역할을 맡았다.

174

는 새모이를 먹었다는 황당한 이야기에 귀를 기울인다. 그리고 나서 프루는 재니스에게 앉아서 좀 쉬시라고 말한 뒤 저녁 준비를 시작하고, 넬슨은 양 무릎에 아이를 하나씩 앉히고 소파에 앉아 저녁 뉴스를 본다. 그 모습을 보니 강렬한 질투심과 세상이 부당하다는 느낌이 해리를 엄습한다. 저 뚱한 녀석은 저 커다란 빨간 머리를 이리저리 굴리며 하루종일 빈둥거리기만 했는데, 해리가 기진맥진하도록 데리고 다닌 저 두 어린 녀석은 넬슨을 무슨 영웅 보듯이 하고 있다.

래빗은 유리탁자를 사이에 두고 소파 맞은편에 있는 의자에 앉아 섬세하게 아들을 쿡쿡 찔러본다. "이제야 밀린 잠을 다 잔 거냐?"

넬슨은 아버지가 자신을 비꼬고 있음을 알아차리고 그 특유의 어둡고 비열한 눈으로 아버지를 무표정하게 바라본다. "어젯밤에 뭘 좀 먹으려고 어딜 들어갔다가 너무 늦게까지 술을 마신 것뿐이에요." 그가 아버지에게 말한다.

"그런 짓을 자주 하냐?"

넬슨은 눈알을 굴려서 자기 얼굴 바로 밑에 있는 아이들의 머리를 가리킨다. 아이들은 텔레비전을 보고 있지만 아마도 두 사람의 말에 귀를 기울이고 있을 것이다. 애들은 귀가 밝은 법이니까. "아뇨." 넬슨이 물러선다. "그냥 스트레스가 쌓일 때 가끔 그런 식으로 풀어주면 좋아요. 프루도 이해하고 있어요. 아무 일도 아니에요."

래빗은 관대한 표정으로 한 손을 들어올린다. "내가 간섭할 일이 아니다 이거지? 넌 성인이니까. 하지만 말이다. 전화라도 한 통 할 수는 있었을 텐데. 생각이 깊은 사람이라면 전화했을 거다. 네가 어디서 뭘 하고 있는지 몰라서 우리 모두 저녁을 맛있게 먹을 수 없었어. 거의 먹지 못했다고."

"저도 전화하려고 했어요, 아버지. 하지만 여기 전화번호를 외우지 못한데다가, 내가 들어간 식당에는 어느 못된 놈이 훔쳐갔는지 전화번호부가 없었다고요."

"오늘밤에는 그 이야기로 밀고 나가시겠다? 아침에 네 엄마한테 듣기로는, 네가 여기에 전화를 걸었는데 우리가 모두 식사를 하러 나가서 전화를 못 받았다고 하던데?"

"그것도 맞아요. 고속도로에서 한 번 전화를 걸었으니까. 식당에는 전화번호부가 없어서 못 걸었고요."

"그 식당이 어딘데? 나도 알 만한 곳이냐?"

"어딘지는 저도 몰라요." 넬슨은 이렇게 말하고 나서 텔레비전 화면을 향해 빙긋 웃는다. "여기까지 다 와서 길을 잃었어요. 여긴 전부 거대한 상업지구 같아요. 플로리다에 좋은 점이 하나 있다면, 펜실베이니아가 훼손되지 않은 아름다움을 간직하고 있는 것처럼 보이게 만든다는 거예요."

텔레비전 화면 속에서는 지역뉴스 담당자가 바다소에 관한 최신 소식을 전하고 있다. "맑은 날씨와 온화한 기온이 계속되면서 바다소떼가 먹이가 있는 따뜻한 지역과 전통적으로 겨울을 보내는 지역을 모두 차지하고 있습니다. 그래서 전체 수로에 경보가 내렸습니다. 배를 모는 분들은 속도를 절반으로 줄여주시기 바랍니다. 주말 내내 플로리다 남서부 일대의 다양한 서식지에서 바다소와 만나게 될 가능성이 높습니다."

"말은 저렇게 하지만 난 한 번도 바다소와 마주친 적이 없어." 래빗이 말한다.

"그거야 물에 나간 적이 없으니까 그렇죠." 넬슨이 말한다. "여기까지 내려와 살면서 아버지처럼 배를 살 생각을 안 하는 건 멍청한 짓이에요."

"쓸 일도 없는 배를 왜 사? 난 물이 싫다."

"지내다보면 물이 좋아질걸요. 만 어디서든 낚시를 할 수 있잖아요. 어차피 아버지는 할일도 없는데."

"조금이라도 교양이 있는 사람이라면 낚시는 절대 안 할 거다. 뇌도 없는 가엾은 녀석들 앞에 죽은 고기 한 점을 대롱대롱 매달아놓고 있다가 고리가 녀석들 입천장을 뚫고 들어가면 휙 잡아당긴다고? 사람들이 하는 일 중에 제일 잔인한 게 낚시야."

금발에 무스를 발라 넘겨서 머리카락이 가발처럼 뻣뻣하게 굳어 있는 뉴스캐스터가 화면 속에서 말한다. "수요일 낮에 새끼를 데리고 있는 어른 바다소 한 마리가 비미니분지에서 약 800미터쯤 떨어진 케이프코럴의 비미니운하를 따라 내륙으로 향하고 있는 것이 보고되었습니다. 바다소가 이렇게 눈에 띈다는 것은, 컬루사해치강의 무리 중 많은 바다소들이 넓은 강과 만 안쪽으로 이동했지만 수로 주위에 아직 몇몇 바다소들이 남아 있음을 의미합니다. 죽거나 부상당한 바다소를 발견하신 분은 1-800-342-1821로 전화 주십시오." 바다소 일가족이 물속에서 느릿느릿 뒹구는 장면을 배경으로 전화번호가 흐르듯이 지나간다. "그리고……" 텔레비전의 진행자들이 광고 시간을 알릴 때으레 그렇듯이, 뉴스캐스터도 낭랑한 목소리로 결론을 짓듯이 말했다. "바다소와 우연히 마주치신 분들은 바다소 핫라인인 332-3092로 전화 주십시오."

래빗은 주디와의 관계를 새로이 다지기 위해 큰 소리로 말한다. "저 어미 바다소처럼 커다란 이빨이 하나만 있다면 넌 어떻겠니?" 하지만 주디는 이 말을 못 들은 것 같다. 아이의 작고 하얀 얼굴은 캘리포니아 건포도들이 흑인 남자처럼 노래하고 춤추는 모습이 나오는 광고에 못 박힌 듯 고정돼 있다. 건포도들은 옛날 마우스키티어*처럼 한 줄로 늘 어서 있다. 그러고 보니 그들은 지금 어떻게 살고 있을까? 중년의 부모 가 되었을 것이다. 지미는 이미 오래전에 죽었다는 얘기를 어디서 읽 은 기억이 난다. 아주 젊은 나이에 죽었다. 흔히 있는 일이다. 로이는 엄지손가락을 빨면서 넬슨의 가슴에서 꾸벅꾸벅 졸고 있다. 넬슨은 비 행기에서 입었던, 칼라가 하얀색이고 몸통에는 분홍색 줄무늬가 있는 셔츠를 여전히 입고 있다. 마치 반팔셔츠처럼 터무니없는 물건은 아예 갖고 있지도 않은 사람 같다.

"내일," 래빗이 큰 소리로 약속한다. 하지만 누구에게 약속하는 건 지 그 자신도 모르겠다. "물로 나갈 거다. 주디랑 같이 선피싱을 하러 갈 거야. 베이뷰호텔에서 일하는 에드 실버스틴의 아들한테 이미 이야 기해뒀어."

"글쎄요," 넬슨이 말한다. "그거 안전한 거예요?"

래빗은 모욕을 당한 기분이다. "그 배들은 장난감이랑 같아, 젠장. 혹시 배가 뒤집히더라도 중앙에 버티고 서 있으면 배가 다시 떠오른다 고. 열 살이나 열한 살밖에 안 된 애들이 만에서 항상 그걸 타고 경주

---

* 월트디즈니가 제작한 텔레비전 예능 프로그램 〈미키마우스 클럽〉의 십대 출연자들.

를 벌여."

"그렇겠죠, 하지만 주디는 아직 아홉 살도 안 됐어요. 이 주는 더 있어야 한다고요. 게다가 아버지 기분을 상하게 할 생각은 없지만, 아버지 나이를 생각하세요. 그리고 지금 말씀하시는 걸 보니 배에 익숙하지도 않으신 것 같은데."

"그래, 그럼 네가 내일 네 아이들을 데리고 뭐든 해봐. 네가 애들을 데리고 즐겁게 놀아보라고. 난 오늘 여덟 시간 넘게 아이들과 같이 있으면서 80달러를 썼으니까."

넬슨이 말한다. "원래 그런 건 아버지가 당연히 하고 싶어서 해야 하는 일 아니에요? 아버지는 애들의 소중한 할아버지잖아요." 그는 목소리를 아주 조금 부드럽게 누그러뜨려서 말을 덧붙인다. "선피싱을 간다는 건 좋은 생각이에요. 다만 주디한테 구명조끼나 확실히 입혀주세요."

"너희도 다 같이 가는 게 어떠냐? 너랑, 프루랑, 거기 잠자는 녀석이랑. 해변이 아주 멋있어. 거기서 깨끗하게 관리하거든."

"가능하면 갈 수 있을지도 모르죠. 그런데 내일 기다려야 되는 전화가 한두 통 있어요."

"부지에서 걸려오는 전화냐? 그 녀석들은 겨우 사나흘 정도도 저희끼리 해내지 못해?"

넬슨은 텔레비전에 정신이 팔린 척하면서 다시 멀어져가고 있다. 도요타 신차 광고가 나오고 있다. 흑인 여자가 자동차 영업사원으로 등장하는 광고다. 그 여자와 손님이 하늘로 뛰어오르는 장면에서 화면이 정지되며 광고가 끝난다. "아뇨." 넬슨이 말한다. 하지만 목소리가 너무 작아서 래빗은 제대로 들을 수가 없다. "여기서 뚫은 거래처 사람이에요."

"거래처? 무슨 거래처?"

넬슨은 로이를 깨우면 안 된다는 듯이 손가락을 입술에 댄다.

래빗은 다시 넬슨을 찔러본다. "그러고 보니 11월 현황표에서 좀 이상하게 보였던 점이 뭔지 생각해내려고 계속 애쓰는 중이다. 중고차 판매 대수가 평소 이맘때에 비해 좀 줄어 있었던 것 같기도 하고. 대개 이맘때쯤에는 신차랑 같이 중고차 판매도 늘어나는데 말이다."

"사람들이 지갑을 닫아서 그래요. 레이건이 물러나니까." 넬슨이 대답한다. 아주 조용한 목소리다. "게다가 라일이 새로운 회계 시스템을 도입했어요. 그러니까 판매량 집계가 다음달로 미뤄져서 12월 현황표에 나올지도 몰라요. 걱정 마세요, 아버지. 어머니랑 플로리다를 즐기시기만 하면 돼요. 평생 열심히 일하셨으니까, 휴식을 취할 자격이 있어요."

그러고 나서 넬슨은 아버지가 비꼬는 말을 하지 못하게 미리 막아버리려는 듯이 매끈하게 반짝이는 주디의 당근색 머리 꼭대기에 입을 맞춘다. 텔레비전에서 나온 푸른빛이 점점 깊어지고 있는 넬슨의 관자놀이 사이에서 머리숱이 줄어들고 있는 삼각형 지점을 꿰뚫는다. 그가 운명의 신에게 맡긴 인질. 자식이 세월과의 싸움에서 패배하는 모습은 자신의 패배보다 훨씬 더 슬퍼 보인다.

"식사 준비 다 됐어요." 프루가 재니스의 물색 부엌에서 소리친다.

재니스의 식사에 비하면, 프루가 준비한 식사는 훨씬 더 생각을 많이 한 티가 난다. 먼저 매콤하고 맑은 미네스트로네 수프가 있고, 별도의 접시에 담긴 샐러드가 있으며, 가스레인지에 딸린 그릴에서 구운 신선한 흰살생선 요리가 있다. 재니스는 그릴을 사용해보겠다고 애쓴 적이 한 번도 없다. 그저 먹다 남은 음식을 전자레인지로 데워 먹을 뿐 이다. 윈딕시에서 작은 은박지 그릇에 담아 파는 냉동 미트로프와 속 을 채운 고추와 해산물 캐서롤도 열심히 사들인다. 은박지 그릇은 나 중에 쓰레기 분쇄기에 그냥 던져넣기만 하면 된다. 재니스는 처음부터 최소한의 주부 역할밖에 하지 않았고, 지금은 기술이 그녀를 돕고 있 다. 프루가 내놓은 채소들, 그러니까 줄풀과 작고 부드러운 완두콩과 꼬마 양파에는 은은하면서도 톡 쏘는 맛이 있어서 해리는 마치 프루가 자신을 겨냥해서 이 음식을 준비한 것 같다는 느낌을 받는다. 함께 식 사하고 있는 다른 식구들은 모르는 개인적인 메시지다. "맛있구나." 그가 프루에게 말한다.

재니스가 해리에게 설명한다. "프루가 에커드 드럭스 뒤에 있는 작 은 생선가게에서 사온 거야. 나는 한 번도 가볼 생각을 안 한 곳인데. 우리 세대는……" 재니스가 프루에게 설명한다. "생선을 잘 안 먹었 어. 우리 아버지가 가끔 당신을 위한 별미로 껍데기를 깐 체서피크 굴 을 사오신 기억이 전부지."

프루는 특별히 개인적으로 그를 겨냥한, 약간 긁히는 듯한 오하이오 의 목소리로 해리에게 말한다. "기름기가 많은 심해 생선, 특히 등푸른 생선에는 EPA가 많아요. 피를 맑게 해주고 중성지방을 줄여주는 성분 이에요."

'프루는 날 잘 보살펴줄 거야.' 해리는 속으로 생각한다. 그리고 즐 거운 듯이 불평을 늘어놓는다. "왜 다들 내 콜레스테롤 수치를 그렇게 항상 걱정하는 거야? 내 꼴이 그렇게 끔찍한가."

"아버님은 몸집이 크세요." 프루의 이 말이 사랑의 화살처럼 그를 찌른다. "사람이 나이를 먹으면 체지방률이 올라가고, LDL, 그러니까 저밀도지방단백질이라고 안 좋은 지방인데요, 그게 올라가고, 좋은 지방인 고밀도지방단백질은 그대로 있으니까 둘 사이의 비율이 높아지고, 아포 B가 동맥에 붙을 위험도 같이 높아져요. 그런데 요즘 사람들은 모두들 농사를 짓던 옛날에 비해 몸을 안 움직이니까 지방을 태우지 못해요."

"테레사, 너 정말 아는 게 많구나." 재니스가 말한다. 자기가 무시당하는 게 싫어서 프루의 세례명을 자그마한 도구로 삼아 프루를 막아보려는 것이다.

프루는 시선을 내리깔고 목소리도 낮춘다. "제가 펜실베이니아주립대학의 브루어사회교육원에서 수업을 들었잖아요. 로이가 학교에 들어가면 저도 뭔가 할일이 있어야 할 것 같아서요. 영양학이나 아니면 식이요법 같은 거라면……"

"나도 일을 하고 싶어." 재니스가 말한다. 해리는 프루가 자신의 기름 낀 뱃속에 관해 얌전히 강의를 하고 있는데 재니스가 자꾸 끼어드는 것이 짜증스럽다. "오늘 오후에 본 영화에 뉴욕의 고층건물에서 일하는 여자들이 잔뜩 나왔는데, 어찌나 부럽던지." 예전에 재니스는 자신을 극적으로 과장하지 않았다. 하지만 장모가 돌아가시고 두 사람이 여기에 아파트를 사서 이사온 뒤, 재니스는 신경에 거슬리는 자신감을 차곡차곡 쌓기 시작했다. 이 세상이 자기의 무대고, 자기가 상당히 괜찮은 공연을 하고 있다고 생각하는 것 같았다. 발할라 빌리지에서 재니스는 여자들 중 젊은 축에 들었고, 여러 위원회에 참여하고 있다. 여기서는 노망이 나지 않았다는 것만으로도 대단한 대접을 받는다. 두 사람이 드렉셀 집안의 유월절 만찬에 갔을 때는 재니스가 그중에 가장 젊었기 때문에 네 가지 질문을 던지는 역할을 맡아야 했다.*

해리가 질투를 느끼며 프루에게 묻는다. "넬슨은 그 영양학 수업의 이득을 보고 있는 거냐?"

프루가 말한다. "넬슨한테는 사실 그런 게 필요 없어요. 거의 먹질 않거든요. 신경질적인 에너지가 넘치기도 하고요. 넬슨은 지방을 좀더 먹는 편이 좋을 거예요. 하지만 애들은…… 요즘은 미국 아이들 대부분이 두 살 이후부터는 콜레스테롤 수치가 너무 높다고들 해요. 한국 전쟁에서 목숨을 잃은 젊은이들을 부검해보니까, 그중 4분의 3이 관상 동맥에 지방이 너무 많더래요."

해리의 가슴이 죄어들면서 아파오기 시작한다. 그의 뱃속이 그에게는 바다와 같다. 어둡고 축축하며 그가 생각하기도 싫은 것들로 가득 차 있다는 점에서.

넬슨은 이 대화에 전혀 끼어들지 않고 가끔 코만 훌쩍거릴 뿐이다. 저 녀석은 항상 콧물을 흘리고 있는 것 같다. 그래서 쥐색 콧수염 위쪽 인중의 맨살이 쓸려서 벗겨진 것처럼 보인다. 넬슨이 반밖에 먹지 않은 생선 접시를 밀고 식탁에서 몸을 떼면서 만족스러운 표정으로 선언한다. "내가 보기에는 한 가지를 조심해도 다른 걸로 목숨을 잃게 돼 있어." 그는 식탁 가장자리에 손바닥을 대고 있지만, 손이 가볍게 떨리

---

* 유월절에 아이가 아버지에게 유월절 음식과 관련된 네 가지 질문을 던지는 풍습이 있다.

고 있다. 신경이 요동치고 있는 것이다.

"우리가 걱정하는 건 죽음의 원인이 아니라 시기야." 해리가 그에게 말한다.

재니스는 긴장한 표정으로 두 사람을 번갈아 바라본다. "재미있는 얘기나 하자." 재니스가 말한다.

프루는 디저트로 얼린 요구르트를 내놓는다. 콜레스테롤이 전혀 없으니 아이스크림보다 훨씬 좋다고 한다. 식사가 끝난 뒤 해리는 부엌 조리대 주위를 어슬렁거리면서 쿠키 서랍을 뒤져 바닐라카메오 세 개와 깨진 프레즐 한 개를 재빨리 입에 쑤셔넣는다. 여기 남쪽에는 브루어만큼 다양한 프레즐이 없지만, 선샤인에 가면 그리 맛이 없지 않은 굵은 프레즐을 살 수 있다. 그는 재니스의 설거지를 도와주고 싶은 충동을 느끼지만 억누른다. 식기세척기에 접시를 넣기만 하면 되는데다가, 재니스가 식사 준비에 기여한 것이 하나도 없지 않은가. 오늘 너무 많이 걸어다닌 탓에 그의 발이 아프다. 오랫동안 구두를 신고 다니면서 비틀어진 발가락이 두 개 있는데, 발톱을 바짝 깎아놓지 않으면 그 두 발가락의 발톱이 서로를 파고든다. 프루와 로이와 넬슨은 자기들 방으로 물러나고, 해리는 한동안 앉아서 텔레비전을 본다. 리모컨을 손에 쥔 주디가 〈코스비 가족〉, 아이스쇼, 외국인들이 미국 기업을 사들이고 있다는 무서운 내용의 다큐멘터리 사이를 펄쩍펄쩍 오가더니 그다음에는 〈치어스〉와 열네 살짜리 여자아이가 제 엄마처럼 매춘부가 되지 않게 구해주는 내용의 드라마 사이를 오간다. 긴급한 상황이 너무 많고, 미리 녹음된 웃음소리가 너무 많고, 배우가 눈물을 흘리는 장면이 너무 많다는 생각이 든다. 행복해지고, 용감해지고, 사랑받기 위해 이렇게 많은 노력을 기울이지만 그게 모두 허사라니. 텔레비전의 지칠 줄 모르는 에너지가 그를 야금야금 좀먹는다. 그는 한숨을 내쉬고는 힘들게 일어선다. 기둥을 중심으로 텐트가 늘어지듯이, 심장 주위의 몸이 늘어진다. 그는 주디에게 말한다. "이제 그만 자는 게 좋겠다. 내일도 일이 많을 거야. 해변에 가서 배를 탈 거니까." 하지만 그의 목소리가 나른하게 들린다. 어쩌면 이것이야말로 세월이 가져오는 가장 슬픈 상실인지도 모른다. 무슨 일에 대해서든 설렘과 흥분이 줄어드는 것. 이 네 명의 손님은 그에게 스트레스를 준다. 그는 그들이 떠나는 토요일, 1988년의 마지막날이 기다려진다.

주디는 계속 화면만 바라보며 리모컨을 분주히 눌러댄다. "〈LA 로〉 앞부분만 보고요." 주디는 이렇게 약속하지만 그 드라마 대신 ABC에서 방송하는 '미국 어린이들의 위험한 식단'이라는 뉴스 스페셜로 채널을 돌린다. 침실에서는 재니스가 〈엘르〉에 실린 사진들을 보고 있다. 초 날씬한 몸의 모델들은 마약에 취한 것 같은 표정을 하고 있다.

"재니스." 해리가 말한다. "당신한테 물어볼 것이 있어."

"뭔데? 괜히 날 건드리지 마. 잠을 자려고 책을 읽고 있는 거니까."

"오늘 사람들이랑 같이 에디슨의 집을 둘러볼 때 말이야. 내가 그 사람들이랑 잘 어울리는 것 같았어?"

재니스는 조금 시간이 흔른 뒤에야 시선을 돌린다. 그러고는 해리가 무엇을 원하는지 알아차린다. "당연히 아니지, 해리. 당신은 다른 남자들보다 훨씬 더 젊어 보였어. 그 사람들은 아버지고, 당신은 아버지를 만나러 온 아들 같았어."

이것은 그가 바랄 수 있는 최대한의 말인 것 같다. "적어도 난 휠체어를 타지는 않았으니까." 그가 재니스의 말에 동의한다. 그리고 역사 책을 몇 쪽 읽는다. 보놈 리처드호와 세라피스호 사이의 전투*를 다룬 책이다. 폭발로 유혈이 낭자한 가운데 보놈 리처드호의 포대장은 "항복할 테니 자비를! 자비를!"이라고 외쳐댔고, 선장인 존 폴 존스는 그에게 권총을 던져 그를 쓰러뜨렸다. 그러나 포대장의 외침을 들은 세라피스호의 지휘관 피어슨은 "자비를 보여달라고 했나?" 하고 소리쳤다. 그리고 전투의 소음과 총성, 포성 속에서 그는 희미하게 들려오는 저 유명한 대답을 들었다. "난 아직 싸움을 시작하지도 않았어!" 미국은 승리를 거뒀으나 배는 심하게 파괴되어 다음날 침몰했다. 존스는 돛대가 잘린 채 나포된 세라피스호를 네덜란드로 몰고 가 그렇지 않아도 분개하고 있던 영국의 화를 더욱 부추겼다. 이 모든 분노와 용맹 또한 헛되이 낭비된 것처럼 보인다. 래빗은 인류가 화려한 색채를 자랑하며 빽빽하게 모여 서서 밀치락달치락 행진하는 퍼레이드 행렬이고, 자신은 절뚝거리며 거기서 뒤로 처지고 있는 것 같은 느낌을 받는다. 그는 책을 협탁에 내려놓고 램프를 끈다. 문 아래로 스며들어오는 불빛 속에 아련한 총성과 고함소리가 섞여 있다. 텔레비전 소리인 것 같다. 요즘은 모든 텔레비전 프로그램이 다 저렇다. 그는 평소와 달리 신속하게 잠에 빠져든다. 베개에서 고개를 한 번 돌릴 틈도 없다. 그의 잠을 방해하기 일쑤인 팔은 담요처럼 얌전히 접혀 있다. 꿈속에서 그는 어떤 문 앞에 다다른다. 윗부분이 둥근 문인데, 그는 그 문을 밀어 연다. 햄버거 머리의 남자가 보이지 않는다는 점만 빼면 맥도널드의 유리문과 같다. 꿈에서 그는 문

---

* 1779년에 미국과 영국 사이에 벌어진 해상전투. 여기서 미국의 보놈 리처드호가 승리함으로써 프랑스는 미국의 독립전쟁에서 미국을 지지한 것에 대해 자신감을 얻게 되었다.

뒤편에 누군가가 있다는 것을 알고 있다. 그가 두려워하는 그 존재는 굶주린 채로 가만히 있다. 해리는 두려워하면서도 문을 밀어 열고, 그가 문에 힘을 주는 만큼 두려움도 커진다. 너무 두려워서 그는 깨어난다. 방광이 빨리 화장실에 가라고 아우성을 치고 있다. 이제 그는 밤새 내처 잠을 자지 못한다. 전립선인지 방광인지가 미역취고무 같은 탄력성을 잃어버리고 있다. 주디와 함께 채널을 이리저리 돌려보는 동안 슐리츠 맥주를 마신 것이 실수다. 다시 잠드는 것은 쉽지 않다. 재니스의 곤한 숨소리가 가끔 귀에 거슬리게 코를 고는 소리로 변한다. 마침 그가 막 긴장을 풀고 뇌가 두서없이 방황하기 시작하던 무렵인데. 문 밑에 있던 빛의 띠는 사라졌지만, 널리 퍼진 옅은 자주색 빛 같은 것, 그러니까 올빼미 같은 밤의 짐승들이 사냥할 때 의지하는 바로 그 빛이 침실의 선들과 큰 물건들을 드러내어 보여준다. 사각형 서랍장에는 넬슨의 고등학교 졸업 사진이 유리처럼 흐릿하게 빛나고 있다. 두툼하고 창백한 의자의 한쪽 팔걸이에는 해리가 벗어던진 리넨 바지가 걸려 있고, 바지에 잡힌 주름들은 눈구멍이 텅 빈 두개골을 껍처럼 잡아늘여놓은 것 같은 모양이다. 닫아놓은 커튼 자락 사이로 발코니에서 들어온 바람이 그의 얼굴을 스친다. 똑바로 누워서 조금 전에 꾸던 꿈을 기억하려고 애쓰는 것도 잠을 부르는 방법 중 하나다. 불편함이 비늘에 덮인 앵무새의 커다란 발처럼 그를 움켜쥐더니 얼굴을 아래로 한 채로 다시 그를 내려놓는다. 그다음으로 기억하는 것은 골프장에서 잔디 깎는 기계가 돌아가는 소리와 동요한 갈매기들이 우는 소리다.

널찍한 밤색 차양 아래에서 리무진 창문처럼 선팅이 된 유리문을 지나 들어선 옴니베이뷰호텔의 로비는 사람을 멍하게 만든다. 탑처럼 높은 공간과 빛, 프리즘 같은 대형 샹들리에와 물이 철썩이는 분수와 딜리언만의 풍경이 넘치도록 가득찬 뒤쪽의 높다란 유리벽 등으로 거의 눈이 멀어버릴 것 같다. 앞쪽의 해변과 초록색이 섞인 파란색으로 반짝이며 수평선에 매달려 있는 커튼 같은 바다가 부자들의 소유인 두 섬 사이에 걸쳐져 있다. "와." 주디가 해리의 옆에서 탄성을 내뱉는다. 뒤에서 따라오는 프루와 로이는 아무 말도 하지 않는다. 하지만 바닥에 끌리던 그들의 샌들 소리가 느려지더니 결국 조용해진다. 그들 네 명은 이곳에 무단침입한 것 같은 기분을 느끼고 있다. 검은 대리석으로 된 프런트데스크의 여자는 이국적인 피부색을 하고 있다. 검둥이와 인도인 아니면 동양인의 색이 섞인 피부가 광대뼈와 코뼈 위에 팽팽하게 펼쳐져 있다. 눈꺼풀에는 금속성의 초록색이 칠해져 있고, 귓불은 줄무늬가 있는 금색 조개껍데기로 덮여 있다.

해리는 너무 압도된 나머지 이곳에 입장할 수 있게 해주는 마법의 이름을 말하면서 실수를 저지른다. "실버스틴."

여자는 그 놀라운 금속성 눈꺼풀을 깜박거리더니 우아하게 말한다. "실버스 씨를 말씀하시는 모양이네요. 오늘 오전 해변 담당자가 그분입니다." 여자는 자비와 오만이 뒤섞인 태도로 그들에게 로비를 가로질러가라고 가르쳐준다. 반지 낀 손으로 길을 가르쳐주는 모습이 발리의 무용수 같다. 그녀는 손에 쥔 날씬한 황금색 펜을 내려놓지 않았다. 해리는 자신의 작은 일행을 이끌고 에어컨이 설치된 광대한 공간으로 들어가 검은 대리석으로 된 바닥을 지나간다. 바닥에 상감돼 있는 황동 줄들이 알루미늄 분수에서부터 햇빛처럼 사방으로 뻗어 있는 것이 파이프오르간을 연상시킨다. 저 높이 천장에는 농부들이 새를 쫓으려고 매달아두는 반짝이 줄 같은 직사각형 금속조각들이 매달려 있다. 아래로 내려가는 계단에 우체국 정면에서나 볼 수 있는 엄숙한 글자로 **풀장과 해변 방면**이라고 새겨져 있다. 해리는 일층의 연한 우윳빛이 섞인 초록색 테라초* 복도에서 길을 잘못 드는 바람에 **직원 전용**이라는 문을 만난 뒤 다시 돌아나와서 호텔 풀장으로 가는 길목에 있는, 유리로 둘러싸이고 바닥에 짚자리가 깔린 공간에서 에드 실버스틴의 아들 그레그를 찾아낸다. 풀장에는 수영장이 세 개 있는데, 지능검사 시험지에 나오는 방울들처럼 서로 맞물려 있다. 하나는 사람이 서서 걸을 수 있는 곳이고, 또하나는 다이빙을 하려는 사람들을 위한 곳이고, 나머지 하나는 레인이 표시된 긴 수영장이다. 그레그는 하루종일 해변을 들락거리는 일을 하느라 아랍인처럼 갈색 피부가 된 곱슬머리 남자다. 유럽 스타일의 탄력성이 있는 검은색 사각 수영복과 옴니의 로고인 오면체가 새겨진 후드티 차림인 그는 제 아버지보다 키가 작고, 아버지에게서 물려받은 회계사다운 날카로운 턱은 어머니의 혈통과 휴가지에 있는 직장 덕분에 조금 부드러워진 모습이다. 그가 미소를 짓자 에드의 것처럼 하얗지만 그보다는 좀더 둥근 모양의 치아가 드러난다. 에드의 이는 너무 뚜렷한 사각형이라 가짜처럼 보이지만, 해리는 에드의 이가 가짜 치아처럼 미끄러져 빠지는 모습을 한 번도 본 적이

---

* 대리석 부스러기를 박은 뒤 윤을 낸 시멘트 바닥.

없다. 그레그가 입을 열자 나이에 비해 지나치게 젊은 목소리가 흘러 나온다. 곱슬머리에는 조금 하얗게 센 부분이 있고, 그가 미소를 지을 때는 햇볕에 탄 얼굴에 주름이 잡힌다. 이렇게 해변에서 놀고 있을 나이가 아닌 것이다.

"아버지한테서 오신다는 말씀을 들었습니다. 이분이 앵스트롬 부인이신가요?" 그는 프루를 가리키고 있다. 재니스가 어제 너무 돌아다녀서 오늘은 그냥 집에 있다가 밀린 볼일을 보고 에어로빅 강좌랑 브리지 모임에 다녀온 뒤 넬슨과 시간을 좀 보내겠다고 했기 때문에 프루가 대신 온 것이다. 해리는 에드의 아들이 이런 실수를 저지른 것에 말문이 막히지만, 다시 생각해보니 그는 꽤 나이가 많은 중년 남자가 젊은 아내와 함께 있는 모습을 항상 볼 것 같다. 게다가 프루도 어차피 이제는 그렇게 젊지 않다. 해리 자신처럼 키가 크고 피부가 하얀 프루가 그의 아내로 보일 수도 있을 것이다.

"칭찬 고맙구먼, 그레그." 해리가 말한다. 그런대로 상당히 매끄러운 대답이다. "하지만 이 아이는 내 며느리 테레사일세." 테레사이자 프루. 프루는 내적인 이름과 외적인 이름, 이렇게 두 개의 이름을 갖고 있다는 점에서도 해리와 비슷하다. "그리고 이 아이들은 내 귀여운 손주들 주디랑 로이고."

그레그가 주디에게 말한다. "선원 아가씨가 되고 싶다는 게 바로 너로구나."

고개를 들어 그레그의 얼굴을 바라보는 주디의 눈이 이곳 풀장의 하늘을 닮은 빛에 푹 잠겨서 초록색이 씻겨나가고 동공이 연필심처럼 아주 작게 보인다. "그런 셈이죠."

에드의 아들은 해리 일행에게 기꺼이 하루를 온전히 다 바칠 수도 있다고 암시하는 것처럼 편안하고 꼼꼼하게 행동하면서 해리 일행을 다시 테라초 복도로 데려가서 그곳 접수대에 있는 청년에게서 사물함 열쇠를 받는다. 접수대의 청년은 흑인인데 요즘 유행하는 식으로 머리를 밀었다. 머리 양옆을 대머리처럼 밀어버리는 보기 싫은 스타일이다. 그레그는 해리 일행을 사물함이 있는 방 앞으로 데려가서 거기서 곧바로 해변으로 나가는 법을 일러주며, 자신이 해변에 기다리고 있다가 선피싱 배를 빌리는 수속을 해주겠다고 말한다. "그럼 비용은 얼마나 되나?" 해리가 묻는다. 해리가 수요일에 골프에서 에드에게 20달러를 잃었으니 그 보상으로 이걸 공짜로 해주지 않을까 하는 기대가 조금은 마음속에 있다.

하지만 그레그는 상냥한 모습을 조금 떨쳐버리고는 이렇게 말한다. "원래 이 배들은 전적으로 호텔 손님들만 쓰게 돼 있는 거라서 숙박비를 계산할 때 비용이 포함됩니다. 하지만 이 경우에는 네 분이 120달러 정도만 내시면 될 것 같네요. 사물함, 해변 사용료, 선피시 배 두 척을 한 시간 동안 빌리는 값으로요."

프루가 입을 연다. "두 대는 필요 없어요. 저는 무서워서 싫어요."

그레그가 프루를 위아래로 훑어보더니 처음과는 달리 조금 강력한 목소리로 말한다. 일을 하면서 여자들을 많이 상대하는 사람답게 상냥함도 잃지 않는다. "무서워하실 필요 없어요. 배가 가라앉는 일은 절대 없을 테고, 구명용품도 법에 따라 반드시 갖춰져 있으니까요. 최악의 경우 배를 조종할 수 없다는 생각이 들면 그냥 돛을 놓아버리세요. 그러면 저희가 다른 배를 타고 구조하러 갈 겁니다."

"고맙지만 저는 괜찮아요." 프루가 말한다. 해리가 보기에는 조금 건방진 말투 같다. 하기야 프루는 그레그와 비슷한 또래다. 베이비붐 세대. 로큰롤, 대마초, 〈비버에게 맡겨둬〉,* 몸 관리를 위한 운동의 세대. 심지어 둘 다 오하이오 출신이라는 것까지 알게 되면 어떻게 될지……

그레그 실버스가 해리에게 시선을 돌리며 말한다. "그럼 90달러면 될 것 같습니다."

이 액수는 자신에게 10달러를 팁으로 달라는 초대장처럼 보이지만, 해리는 아버지의 친구로서 여기에 온 자신이 팁을 주는 것이 오히려 모욕이 되지나 않을지 걱정하며 그레그가 양옆의 머리를 밀어버린 청년에게서 계산서를 받아오기를 기다린다. 사물함에 로이와 단둘이 있게 되었을 때 해리가 아이에게 말한다. "세상에, 로이, 할아버지 지갑이 거의 텅 비어버렸구나!"

로이가 겁에 질린 까만 눈으로 그를 올려다본다. "그럼 우리 감옥에 가는 거예요?" 로이의 목소리가 높고 정확하다. 풍경風磬처럼.

해리는 웃음을 터뜨린다. "갑자기 감옥이라니?"

"아빠는 감옥을 싫어해요."

"누군들 안 그럴까!" 해리는 이렇게 말하면서 이 아이의 머리가 좀 이상한 건 아닌가 하고 생각한다. 로이는 수영복을 입으려면 허리에서 잡아당겨 묶게 되어 있는 끈을 먼저 풀어야 한다는 사실을 이해하지 못한다. 그래서 아이가 서투르게 더듬거리며 옷과 씨름하는 동안 아이

---

* 20세기 중반 미국 교외의 이상적인 가정을 그린 시트콤.

의 작은 고추가 똑바로 튀어나온다. 아직 보잘것없는 길이의 고추가 양송이버섯처럼 귀엽다. 아이는 이미 포경수술을 받았다. 래빗은 자신이 포경수술을 받았다면 인생이 어떻게 달라졌을지 궁금해진다. 신문에서도 가끔 그 이야기가 나온다. 어떤 사람들은 포피가 눈꺼풀 같다고 말한다. 포피가 없으면 항상 밖에 노출되어 있는 귀두가 덜 민감해진다는 것이다. 항상 천에 부딪혀 쓸리다보니 피부가 두꺼워지고 둔감해진다는 얘기였다. 예전에 해리가 피부 전문 잡지에서 읽은 독자 편지 중에 중년에 포경수술을 받은 뒤 성적인 쾌감과 반응이 심하게 감소해서 삶의 낙이 없어진 거나 마찬가지라는 내용이 있었다. 만약 해리가 그런 방면에서 둔감한 편이었다면, 지금보다 더 믿음직한 사람이 되었을지도 모른다. 성기가 발기하면 포피가 기분좋게 당겨지는 느낌이 든다. 옛날 우유를 유리병에 담아 팔던 시절에 차가워진 우유 더껑이가 종이 뚜껑을 밀어올리던 것과 같다. 고추의 감각이 마비된 것 같은 모양을 보니 로이는 아주 건실한 시민이 될 것 같다. 해리는 아이에게 손을 뻗어 해변으로 데리고 나간다.

플로리다에서 살기 시작한 뒤 일이 년 동안 해리와 재니스는 이곳에서 살고 있다는 사실에 신이 난 나머지 망원경을 사서 발코니에 설치하고, 일주일에 서너 번씩 딜리언 해변공원까지 차를 몰고 3킬로미터를 달려가 수영은 하지 않을망정 산책과 저녁 소풍 정도는 즐기곤 했다. 하지만 그뒤로는 그런 외출이 점점 줄어들었다. 그래서 바다와 공기, 산산이 부서져 가늘게 요동치는 파도의 광대함을 다시 보니 전혀 예상치 못했던 신선한 광경처럼 보인다. 이 모든 풍경의 생생한 찬란함이 그의 가슴을 괴롭히는 통증과 근심을 순간적으로 압도해서 망아

忘我의 지경으로 그를 해방시킨다. 이처럼 빛이 찬란하고 광활한 풍경은 펜실베이니아에서는 결코 볼 수 없다. 그곳의 풍경은 숲과 산과 지붕으로 둘러싸여 있고, 수백 년 동안 사용된 땅은 생기가 없다. 황무지와 채석장과 재생림과 공장과 탄광조차 이미 인간의 손에 가공되었다가 버림받은 적이 있는 땅이다. 여기서는 모든 것이 처녀지처럼 느껴진다. 실제로는 이곳에도 모기가 들끓는 해안의 정착지들을 맨발로 돌아다니던 집배원과 인디언과 스페인 정복자의 역사가 존재하는데도 말이다. 수평선 좌우에는 백만장자들이 4월에 타폰을 낚시로 잡으려고 열차의 한 칸을 전세 내서 찾곤 하던 섬들이 있다. 한때는 스페인과 프랑스의 해적들이 그 섬들에 몸을 숨긴 적도 있었다. 그곳의 모래 속에는 지금도 황금이 묻혀 있다. 해리와 로이가 서 있는 해변 담장 위에서는 그 섬들이 아주 멀고 납작하게 보인다. 모든 것이 너무 밝고, 너무 탁 트여 있어서 마치 세상이 인공원소들로 이제 막 새로 창조된 것 같다. 돛단배, 윈드서핑 장비, 물위에서 붕붕거리며 돌아다니는 오토바이, 플라스틱 외륜선, 바람을 넣어 부풀린 고무보트 등이 슈퍼마켓 진열대처럼 번쩍번쩍한 색으로 해변 근처에 점점이 흩어져 있다. 해변을 따라 저멀리 아래쪽 또다른 호텔 앞에서는 누군가가 연을 날리고 있다. 서로 연결돼 있는 상자 모양의 연 두 개가 동시에 아래로 곤두박질쳤다가 다시 솟아오른다. 그 뒤에 반짝이는 오렌지색 리본이 꼬리처럼 매달려 있다. 양편으로 1.5킬로미터쯤 되는 구역에서는 햇볕에 그을린 살갗을 드러내거나 옷을 입은 사람들이 반짝거리며 여기저기 모여 있고, 살아 있는 몸들이 해변의 모래 위에 모래 알갱이처럼 누워 있다.

프루와 주디가 호텔에서 나와 합류하자 일행은 콘크리트계단을 내려간다. 시간은 열시를 넘었지만, 네 사람의 등뒤에서는 십오층 높이의 S자 모양이고 층마다 촘촘한 빨간 빗 같은 발코니가 달려 있는 호텔의 전면이 여전히 그림자 속에 잠겨 있다. 하지만 그림자가 가장 안쪽 수영장까지 쪼그라들어 있기는 하다. 발밑의 모래밭은 방금 갈퀴질을 한 것 같다. 어제의 발자국과 플라스틱컵과 빈 로션병은 치워지고, 나무로 만든 해변 의자도 차곡차곡 쌓여 있다. 일광욕을 즐기러 나온 사람들이 알아서 자리를 잡고, 자기들이 들고 나온 수건과 추리소설(루스도 예전에 그런 소설들을 읽곤 했다. 그녀가 그 소설들에서 무엇을 얻었는지도 역시 추리의 대상이긴 하지만)과 차단 지수에 따라 다양한 색깔로 분류된 선크림 등 장비들도 정리한다. 커플들이 서로의 몸에 기름을 발라주고 있다. 이미 피부가 가죽 같은 색으로 변한 늙은 남자들은 벗어진 머리에 오일을 문질러 바르고, 그들의 가슴에 난 털은 순수한 하얀색이다. 로션 냄새가 허공으로 떠올라 소금 냄새, 죽은 게 냄새, 해초 냄새와 뒤섞인다. 해리는 일행을 이끌고 모래밭을 걸으면서 기분이 좋아져서 선글라스 뒤에서 눈동자를 이리저리 굴린다. 자신이 이렇게 한참 젊은 여자와 어린 두 아이를 데리고 있는 모습을 남들이 보고 있다는 사실에 자부심과 함께 묘한 기분이 느껴진다. 이들은 그의 두번째 가족이다. 아니, 세번째나 네번째인 것 같기도 하다. 인생을 살아가면서 우리는 여러 가족을 차례로 만나기 마련이다.

바다가 철썩이고 쉿쉿거리며 거품을 만들어내고 있는 해변 가장자리에서 도요새들이 쪼르르 움직이다가 멈춰 서서 물거품을 쩔러 뭔가를 한입 집어들고는 또 쪼르르 움직인다. 녀석들의 발과 머리가 어찌나 잽싸게 움직이는지 마치 기계 같다. 로이는 장난감처럼 보이는 녀석들을 잡으려 하지만 잡지 못한다. 해리가 나이키 운동화를 벗자 모래가 뜻밖의 서늘한 감각으로 그의 맨발을 찔러댄다. 모래가 햇볕에 달궈져 있기는 해도 밤새 밀려왔던 바닷물 때문에 속은 아직 차갑다. 그의 발등에 푸른 핏줄들이 벌레처럼 구불구불하게 드러나 있고, 정강이는 잔금이 간 분필 같다. 무릎까지는 노인이 되어버린 것 같은 기분이다. 다리에서 두려움의 떨림이 살아난다. 바다와 태양이 너무나 광활하다. 이 두 개의 우주적 수레바퀴 사이에 끼면 그의 몸이 갈려버릴 것 같다. 그는 지금 불장난을 하고 있다.

그레그가 해변에 골판지 모양의 파이버글라스로 지은 오두막에서 그들을 기다리고 있다. 뿌리가 겉으로 노출된 야자수 몇 그루 근처의 해변에서 조금 안쪽으로 들어온 곳이다. 그는 오두막 안에서 방향타, 센터보드, 검은색 거품고무로 만든 구명조끼 두 개를 꺼내놓았다. 래빗은 그 색깔과 질감이 마음에 들지 않는다. 토머스 에디슨의 케이폭 나무에서 나온 케이폭 섬유로 만든 구식 형광색 구명조끼가 좋다. 그레그가 그에게 묻는다. "전에 이걸 해보신 적이 있나요?"

"물론이지."

하지만 해리의 목소리를 들어보니 그레그는 왠지 자세히 가르쳐줘야 할 것 같은 기분이 든다. "방향타 손잡이를 돛에서 먼 쪽으로 미세요. 바람의 방향을 파악하려면 파도가 어느 쪽으로 기우는지 지켜보시고요. 바람이 뒤에서 불어오면 아딧줄을 느슨하게 하세요."

"그래, 알았네." 해리가 말한다. 하지만 그의 말에 귀를 기울이기보다는 어제 에드 실버스틴이 첫번째 홀에서 보기를 기록한 것을 생각하며 분개하고 있다. 그러고도 그가 이길 수 있었기 때문에 처음부터 게임이 이상하게 꼬여버렸다.

그레그가 프루를 돌아보며 묻는다. "따님은 수영을 할 줄 아나요?"

"물론이죠." 프루가 해리의 나른한 말투를 따라한다. "여름캠프 수영 수업에서 1등을 했어요."

"엄마." 아이가 제발 좀 그만하라는 듯이 말한다. "난 2등이었다니까요."

그레그가 주디를 내려다본다. 그의 등을 비추는 햇빛이 워낙 밝아서 얼굴에 진 그늘이 푸르스름한 빛을 띠고 있다. "2등이면 1등에 가까운 거잖아." 그레그는 아직도 프루에게 할말이 남아 있다. "아드님은 배에 타지 않는 게 좋을 것 같아요. 오늘은 바다에 산들바람이 불고 있거든요. 호텔 근처에 있을 때는 바람을 느낄 수 없지만, 배를 타면 바람 때문에 아주 빠르게 배가 움직일 겁니다. 조종실이 따로 없으니까 배에서 미끄러져 떨어지기가 쉬워요."

프루는 그레그 실버스에게 특유의 비뚤어진 미소를 지어 보이고는 자세를 조금 바꾼다. 자기 또래인 이 남자와 가까이 있다보니 거의 벗은 것이나 다름없는 자신의 옷차림을 의식하고 어색해졌다는 듯이. 프루는 옆이 깊이 파여서 다리가 엉덩이뼈까지 드러나는 하얀색 원피스 수영복 위에 홀치기염색을 한 갈색 다시키*를 입고 있다. 수영복 다리 부분이 그렇게 깊이 파였으니 음부 양옆의 털도 깎아야 했을 것이다. 그러고 보면 여자들도 고생이다. 심지어 영구제모를 할 수 있는 왁스도 있다고 한다. 하지만 수영복 유행이 다시 바뀐다면? 래빗은 하의

---

* 아프리카 민속의상의 일종.

가 배 아래에 걸쳐진 손바닥만한 기저귀 같던, 레이건 시대 이전의 비키니가 더 좋았다. 신디 머킷이 입고서 물속에서 철벅거리던 옷 같은 것. 그래도 이 새로운 유행의 수영복은 그렇지 않아도 긴 프루의 다리를 더 길어 보이게 하고, 차츰 굵어지고 있는 허리가 쏙 들어간 것처럼 보이게 한다. "얘는 나랑 같이 그냥 해변에 있을 거예요." 프루가 그레그 실버스에게 말하고는 자기 말을 강조하듯이 허리를 숙인다. 그래서 프루의 빨간 머리카락이 앞으로 쏟아지면서 다시키를 같이 잡아당기는 바람에 수영복을 여민 끈과 연한 주근깨가 점점이 흩어져 있는 넓고 하얀 어깨가 드러난다.

"배를 탈 수 있는 시간이 얼마나 되나?" 해리는 무시당한 것 같은 기분을 느끼며 에드의 아들에게 묻는다. 저 몸에 꼭 끼는 자그마한 유럽식 사각 수영복은 두둑하게 올라온 중요 부위를 확실하게 보여준다.

"한 시간입니다, 손님." '손님'이라는 말이 무의식중에 그냥 튀어나왔기 때문에 그레그는 편안하고 붙임성 있는 모습으로 돌아가려고 애쓴다. "제시간에 돌아오지 못해도 걱정하실 것 없습니다. 오늘은 바다가 별로 복잡하지 않으니까요. 바람이 많아서 배를 몰고 나가기를 꺼리는 분들이 많거든요. 저쪽 끝의 19번을 타세요."

해리가 자리를 뜨는데 그레그가 프루에게 질문을 던지는 소리가 들린다. "북쪽 어디서 오신 분들이세요?"

"펜실베이니아예요. 사실 나는 오하이오주 애크런 출신이지만요."

"세상에! 나는 어디서 자랐는지 아세요? 털리도예요!"

배들은 마른 모래 위에 줄지어 놓여 있고, 물에서 쓸 수 있는 커다란 장난감들도 함께 있다. 수상오토바이, 각진 외륜선 등. 해리는 뱃머리에 부착된 나일론 밧줄을 잡아당긴다. 배가 생각보다 무겁다. 모래 위에서 배를 10여 미터쯤 끌고 나니 숨이 가빠지고, 그 짜증스러운 가슴 통증이 갈비뼈 왼편에서 오락가락하기 시작한다. 그는 배를 한번 더 끙하고 민 뒤 모래에 앉는다. 그레그가 가져다준 해변용 의자 위에 앉아 있는 프루와 가까운 곳이다. 그레그는 해변을 찾은 다른 손님의 부름을 받고 잠시 자리를 비웠다. "넌 마음에 드니?" 래빗이 숨을 헐떡이며 말한다. "몸 아래의 모래가…… 그러니까 무슨 둥지처럼 느껴지는 게 좋지 않아?"

프루가 말한다. "모래가 수영복 안으로 들어와요. 아무데나 다 들어와요."

이 쓸데없이 덧붙인 말에서 사정을 눈치챈 그는 흥분한다. 당혹스러울 정도로 햇빛이 밝은 백주대낮에. 그는 옛날 고등학교 시절에 여자들이 진주를 만든다는 우스갯소리가 오가던 것을 어렴풋이 기억하고 있다. 여자의 보지가 체서피크 굴과 같다는 내용이었다. 그 음흉한 프레드 녀석 같으니. 그가 주디에게 말한다. "숨 좀 고르게 잠깐 기다려라, 괜찮지? 가서 잠깐 수영을 하고 와. 나중에 바다에 나갔을 때 물에 닿아서 갑자기 깜짝 놀라지 말고. 나도 일 분 뒤에 가마."

프루에게 넬슨에 대해 물어보아야 할 것이다. 뭔가 구린 냄새가 난다. 로이는 재니스가 윈딕시에서 녀석을 생각하고 사둔 플라스틱 삽으로 벌써 모래를 퍼내고 있다. 아이는 인상을 찌푸린 채 가필드를 뒤집어놓은 것 같은 모양의 양동이에 모래를 넣는다. 프루가 먼저 입을 연다. 해리가 말을 꺼내지 못하는 것처럼 보이기 때문이다. "이렇게 신경을 써주시다니 정말 대단하세요. 아까 가격을 듣고 깜짝 놀랐어요."

"뭐⋯⋯" 맨살이 드러난 다리가 모래의 열기를 흡수함에 따라 해리의 몸 상태도 서서히 좋아진다. "할아버지 노릇도 한 번뿐이지. 아니, 내 경우에는 두 번이려나? 너랑 넬슨은 더 낳을 계획이냐?" 너무 앞서 나가는 질문인 것 같지만 모래가 아무데나 다 들어온다는 말에 비하면 아무것도 아니다.

"어머, 아뇨." 프루의 대답이 너무 빠르다. 지금은 파도가 길게 한 번 친 뒤에 또 다음 파도가 밀려오기 전, 고요한 저점이다. 파도가 밀려와 부서지면 마루에 반짝이는 거품이 일어날 것이고 도요새들은 기계적으로 쪼르르 움직일 것이다. "저희는 아이를 더 감당할 준비가 안 돼 있어요."

"준비가 안 됐다고?" 해리가 말한다. 이제 이야기를 어디로 끌고 가야 할지 잘 모르겠다.

프루가 그를 도와준다. 바다를 바라보고 있는 해리의 귀에 프루의 목소리가 닿는다. 해리는 감히 고개를 돌려 프루의 맨발을 보지 못한다. 발가락의 분홍색 관절들과 실금이 간 발톱 매니큐어, 의자 위에 세워져 있는 긴 다리, 그리고 그 덕분에 드러난 사타구니의 하얀 스판덱스 수영복과 아래쪽 부드러운 살의 대비. 이 새로운 유행의 수영복들은 여자의 엉덩이를 제대로 감싸주지 못한다. 프루가 해리에게 고백한다. "지금 있는 애들 둘한테도 제대로 못해주고 있는 것 같은걸요. 넬슨이 저러니까요."

"그래? 저렇다니? 좀 신경질적인 것 같더구나. 마음 절반은 다른 곳에 가 있는 것 같고."

"맞아요." 프루가 지나치게 열렬히 동의한다. 하지만 이 말뿐이다.

또 파도가 밀려와 부서지며 모래를 타고 쏴쏴 올라온다. 프루는 이제 한 걸음 물러나서 해리가 상황을 눈치채주기를 기다리고 있다.

"녀석은 도요타를 싫어하지." 해리가 입을 연다.

"도요타가 아니라 재규어라도 넬슨은 불평을 늘어놓을걸요." 프루가 말한다. "넬슨은 도무지 만족을 몰라요, 지금 저 상태로는."

지금 저 상태라. 이 말 속에 비밀이 숨어 있는 것 같다. 아가미 주위가 하얗게 된 저 가엾은 녀석이 죽을병에라도 걸린 건가? 〈러브 스토리〉의 그 여자가 걸렸던 백혈병 같은 것? 아니면 에이즈? 넬슨이 그런 병에 어떻게 걸렸을지는 차마 생각해보기 싫지만, 새 회계 담당자인 라일도 함께 어울린다는 그 동성애자 같은 슬럼 패거리랑 같이 놀다가 그런 거겠지. 하지만 이 모든 것이 멀게만 느껴진다. 해적들이 황금을 숨겨두었고, 부자들이 타폰을 잡았던 저 섬들과 같다. 여기서 보면 수면 위로 1미터쯤 되는 높이까지 수평선이 두툼해진 것처럼 보일 뿐이다. 해리는 거기에 초점을 맞출 수가 없다. 태양이 머리를 내리쬐고 있기 때문이다. 스웨덴 혈통의 피부를 보호하기 위해 모자를 가져올 걸 그랬다는 생각이 든다. 그는 모자를 쓴 자신의 모습이 멍청해 보인다고 항상 생각했다. 안 그래도 이미 머리가 너무 큰데. 로이는 양동이를 다 채우고는, 네 살이라는 나이에 비해서는 꽤나 신중하게 양동이를 뒤엎은 뒤 다시 들어올린다. 녀석은 모래로 된 가필드 모양이 만들어지기를 기대했지만, 그것이 꽤 까다로운 모양이라서 한쪽 면이 부스러진다. 저렇게 화려한 모양을 만들게 하는 것은 좋지 않다. 그냥 간단한 모래성을 고수하면서 아이들이 상상력을 발휘하게 해주어야 한다. 해리는 프루의 사타구니 쪽으로는 차마 고개를 돌리지 못하고 허공을 바라보며 입을 연다. 프루가 다리를 세우고 있기 때문에 이름조차 알 수 없는 여러 부위들이 조금씩 노출되어 있다. "그 녀석은 어려서부터 그다지 행복해하는 편이 아니었다. 아마 나랑 재니스 탓일 거야."

"넬슨도 대놓고 아버님 탓이라고 해요." 프루가 오하이오 출신 특유의 단조로운 목소리로 말한다. "하지만 아버님이 스스로 자기 탓을 하면서 넬슨을 부추기면 안 될 것 같아요." 지금 프루의 말투는 지난번에 콜레스테롤 이야기를 할 때처럼 그에게 지나치게 구체적으로 들린다. 애완동물의 털을 만져보고는 그것이 생각보다 더 거칠고 따끔거려서 기분이 나쁠 때와 비슷하다. "저라면 제 자식이 저한테 죄책감을 뒤집어씌우려는 걸 내버려두지 않을 거예요." 그녀가 단호하게 말한다.

"글쎄다." 해리는 항변한다. "60년대 말에 녀석이 우리 때문에 상당히 거친 일들을 겪었거든."

"60년대 말은 원래 그런 시대였어요. 거친 일들이 있었다고요." 프루는 이렇게 말하고 나서 반쯤은 의사 같은 거친 말투로 다시 돌아간다. "넬슨이 그렇게 계속 부모님 탓을 하는 걸 두 분이 계속 받아주면서 아기처럼 취급하고 있어요. 서른 살이 넘었으면 누구든 자기 삶에 책임을 져야 하는 것 아닌가요?"

"나도 잘 모르겠다." 해리가 말한다. "내 인생에 누가 책임을 져야 하는지 나도 모르니까." 그러고 나서 해리는 자신의 몸이 모래에 파놓은 따뜻한 구덩이에서 몸을 일으킨다. 하지만 그전에 팽팽하게 당겨진 스판덱스 사타구니로 재빨리 시선을 준다. 스판덱스 수영복 양편의 살은 평소에 햇볕을 받을 일이 없어서 주근깨도 생기지 않았다. 주디는 이미 수영을 마치고 돌아와 있다. 아이의 빨간 머리가 물에 흠뻑 젖어서 머리통에 찰싹 붙어 있고, 군청색 수영복은 핀 머리처럼 작게 솟은 젖꼭지에 달라붙어 있다.

"일 분이라고 하셨잖아요." 주디가 그의 기억을 일깨운다. 물이 주디의 얼굴을 타고 흘러내린다. 속눈썹에도 눈물처럼 물이 맺혀 있다.

"그랬지." 해리가 인정한다. "이제 선피싱을 하러 가자꾸나!" 그는 일어선다. 플로리다의 산들바람이 그의 피부를 사방에서 붙든다. 마치 그가 바람에 날리는 연이 된 것 같다. 높고 푸른 하늘 밑에 서니 키가 커진 느낌이다. 자연이 사방에서 쏟아져나온다. 물, 모래, 공기, 태양의 열기, 이 모든 것들이 엄청난 양으로 쏟아지고 있지만 무한한 공간을 메우기에는 한참 모자란다. 하지만 그의 안에 잠자고 있던 그 옛날의 동물적인 무모함이 다시 깨어난다. 그의 피부, 그의 심장은 무엇을 해도 만족하지 못할 것 같다. "구명조끼를 입어라." 그가 손녀에게 말한다.

"그걸 입으면 뚱뚱해진 것 같아요." 주디가 거부한다. "저는 필요 없어요. 몇 킬로미터라도 수영할 수 있으니까요. 진짜예요. 캠프에서 호수를 건너갔다가 오기도 했어요. 헤엄을 치다가 지치면 그냥 물위에 누워서 둥둥 떠 있으면 돼요. 게다가 소금물에서는 그게 더 쉬워요."

"그래도 입어." 해리가 차분하게 말한다. 자신의 핏줄인 이 아이가 항상 자신을 겁먹게 했던 자연의 한 요소 속에서 편안해지는 법을 터득했다는 것이 기쁘다. 그도 구명조끼를 입고 나자 갑옷을 걸친 것 같은 느낌이 든다. 하지만 여자가 된 것 같기도 하고, 아이의 말처럼 뚱뚱해진 것 같기도 하다. 그의 다리와 팔에는 별로 살이 붙지 않았다. 이상하게 배와 얼굴에만 살이 쪘다. 아침에 면도를 할 때마다 비누거품을 바르는 면적이 몇 에이커는 되는 것 같다. 유리로 둘러싸인 딜리언 시내에서 건물에 비친 자신의 옆모습이 우연히 눈에 들어올 때면 키가 크고 창백한 몸에 쿠션 속이 가득 채워진 것 같은 모습에 깜짝 놀라곤 한다. "우리를 잘 보고 있어라." 그가 프루에게 말한다. 프루는 두 사람의 출발을 엄숙히 축하하기 위해 일어서 있다. 거의 벌거벗은 것이나 다름없는 차림으로 프루는 물이 흥분해서 시끄러운 소리를 내고 있는 곳까지 배를 끄는 일을 도와준다. 활대를 휘두르고 싶다는 듯이 펄럭이는 돛을 프루가 붙들고 있는 동안 해리는 여러 밧줄을 정리한다. 오래전 카리브해에서 검은 비키니를 입은 신디 머킷과 함께 선피싱을 했을 때보다 더 복잡한 것 같다. 그다음에는 방향타를 고정한다. 그는 주디를 안아 배에 태운다. 로이는 누나가 혼자 어디론가 가버리려는 것을 알고 소리를 지르며 파도 속으로 걸어들어오다가 파도에 밀려 쓰러진다. 프루가 아이를 들어올려 엉덩이 근처에 들고 있다. 공기가 하도 맑아서 모든 것이 그림에서 오려낸 것처럼 보인다. 영화에서 가짜 풍경이 등장할 때 나오는 보라색 후광까지 있다. 해리는 물이 허리에 찰 때까지 물살을 헤치며 걸어서 배를 밀고는 끙하는 소리를 내며 배에 오르다가 밧줄걸이에 정강이를 부딪혀 피부가 까진다. 그는 알루미늄 활대와 연결된 밧줄을 붙잡는다. 신디가 이 나일론 밧줄을 뭐라고 불렀더라? 아딧줄. 예쁜 신디. 옛날에는 정말 인형 같았는데. 그는 방향타가 흔들리지 않게 하고 돛을 팽팽하게 잡아당긴다. 배가 기우뚱거리며 파도를 차례로 토닥거리고, 바람 안에서 느낄 수 있는 꿈같은 침묵 속에서 바람이 배를 밀어낸다. 단단한 땅에서, 해변에서, 옆구리가 깊게 파인 하얀 수영복을 입고서 울고 있는 로이를 엉덩이 옆에 들고 있는 프루에게서 먼 곳으로.

주디는 센터보드를 제자리에 밀어넣을 준비를 하고 돛대 이편에 자리를 잡았다. 해리는 다리를 구부린 채 젖은 파이버글라스 위에 어색하게 앉아 있다. 한 손은 뒤로 돌려 방향타 손잡이를 잡았고, 다른 손은 아딧줄을 붙들고 있다. 그의 머리가 방향을 가리키는 화살표들로 이루어진 그림을 조합하기 시작한다. 반짝이는 바람이 잔뜩 부풀어 있는 높은 돛을 밀어댄다. 그의 긴장된 손에서 시작된 비스듬한 기울기가 수평선과 하늘까지 번져나간다. 가위 같아요. 신디는 이렇게 말했다. 눈에 보이지 않는 힘이 해리에게 쏟아져들어오는 것 같은 느낌이 점점 강해진다. "센터보드 내려라." 해리가 명령한다. 겨우 쉰다섯 살에 마침내 선장이 된 것이다. 밧줄걸이에 긁힌 정강이가 따끔거리고, 물에 젖은 얇은 수영복을 입은 엉덩이가 파이버글라스 바닥의 느낌에 화를 낸다. 그의 몸무게가 주디보다 워낙 무겁기 때문에 배 앞쪽이 위로 살짝 들린다. 1980년대가 막 시작될 무렵에 나섰던 카리브해 모험에 대한 그의 과장된 기억에 비해 여기는 파도가 더 세고, 돛을 잡아당기는 바람도 더 무례하고, 초록색 물은 더 더럽다.

그래도 그의 일행은 즐거운 표정이다. 아이의 밝은 얼굴에 바닷물이 튀어서 구슬처럼 매달려 있다. 검은 구명조끼에서 튀어나와 있는 가늘고 작은 팔에는 소름이 돋아 있고, 아이의 몸은 배의 움직임, 새로운 경험, 완전히 다른 환경 속에 푹 잠겨서 부르르 떨고 있다. 래빗은 육지 쪽을 뒤돌아본다. 해변에서 이글거리는 태양을 등진 프루의 실루엣이 보인다. 양다리가 포크처럼 갈라져 있다. 일 분만 더 지나면 모래밭에 뒤엉켜 있는 다른 사람들과 프루를 구분하기가 불가능해질 것이다.

사람들의 실루엣이 겹쳐서 인쇄된 알파벳 같다. 거리가 점점 멀어지면서 호텔조차 죄어들어 이제는 플로리다 해안에서 그의 시야가 미치는 곳까지 한없이 늘어선 수많은 호텔과 아파트 중의 높은 덩어리처럼 보일 뿐이다. 그가 방향을 바꾸기 위해 손에서 찾아낸 힘이 가슴과 배를 짓누른다. 그와 재니스는 차를 몰고 해안도로를 달릴 때나 딜리언 시내의 은행에 갈 때 바다에 떠 있는 작은 삼각돛들을 보았지만, 실제로 바다에 나왔을 때 이렇게 광활한 풍경이 펼쳐질 줄은 몰랐다. 지붕 위나 건축 현장의 비계 위에 서 있는 사람을 보아도 그 높이에서 널빤지 위를 걸으며 무릎이 후들거리는 느낌을 체험할 수 없는 것과 마찬가지다. "자, 주디." 그는 두려움 때문에 굳은 기색이 목소리에 드러나지 않게 애쓰면서도 이 압도적으로 광활한 공간이 그의 말을 빨아들이지 못하게 큰 소리로 말한다. "이 방향으로만 계속 가다보면 나중에는 멕시코까지 가게 될 거야. 그러니까 이제부터 내가 선수라는 걸 돌릴 거다. 내가 '선수 전환'이라고 말하면 너는 고개를 숙이고, 배가 방향을 바꿀 때 미끄러져 떨어지지 않게 조심해야 돼. 준비됐니? 선수 전환."

그는 방향타 손잡이를 단호하게 밀어내지 못한다. 활대가 이미 머리 위로 지나갔는데도 주디는 여전히 곡예사처럼 몸을 둥글게 말고 있는 가운데 두 사람은 어설프게 바람 속으로 들어간다. 정적 속에서 파도가 부딪히는 소리가 한가롭게 들리고, 그는 바람이 배를 뒤로 밀고 있다는 느낌을 받는다. 하지만 그의 소심함에도 꺼지지 않은 관성이 뱃머리를 돌려 바람을 벗어나게 해준 덕분에 성급하게 펄럭이던 돛이 멈추더니 샐쭉한 주름을 잡으며 수평선 쪽으로 볼록하게 부푼다. 주디는 이제 걱정스러운 표정을 풀고 배가 다시 앞으로 밀려가는 것을 느끼며 웃음을 터뜨린다. 배는 속이 들여다보이지 않는 파도 위를 나아간다. 해리가 돛을 잡아당기자 배가 바람과 직각으로 움직여 갖가지 색깔들이 점점이 흩어져 있는 해변과 평행을 이룬다. 순간적으로 움직임이 정지했을 때 주위의 광활함이 두 사람을 사로잡았다. 마치 반짝이는 허공과 바다 사방에서 빈틈없이 화살이 날아오는 것 같았다. 하지만 배가 움직이기 시작하자 두 사람은 그 공간에서 탈출해 공간을 이용할 수 있게 된다. 만, 배, 바람, 노출된 귀끝을 태우고 소름이 돋은 팔에서 꼿꼿이 일어선 창백한 털에 흩뿌려진 물방울들을 말리는 햇볕이 모두 하나로 합해져서 작고 아늑한 느낌을 만들어낸다. 그리고 모든 것이 엄밀하게 들어맞은 이 공간에 해리는 점차 적응한다. 이제는 돛대 꼭대기의 색바랜 풍향포를 바라보려고 눈을 가늘게 뜨지 않아도 바람이 어디서 불어오는지 알 수 있고, 자신이 손으로 조종하고 있는 힘의 방향도 본능적으로 느낄 수 있다. 그 옛날 농구를 할 때 공을 가로채거나 리바운드를 잡은 뒤 속공에 들어가면서 패스의 패턴을 생각하지 않고도 팀 동료들의 움직임을 그려보거나 레이업슛을 하면서 공이 백보드를 미끄러져 골대 안으로 들어가는 모습을 그려보던 것과 똑같다. 점점 자신감이 붙은 그는 다시 방향을 전환해서 꼭대기에 분홍색 집이 서 있는 저멀리의 초록색 섬으로 향한다. 그 집은 십중팔구 저택이겠지만, 이 거리에서는 납작한 오두막처럼 보일 뿐이다. 해리는 돛을 잡아당기면서 배가 기우는데도 눈 하나 깜짝하지 않는다.

훌륭한 할아버지답게 그는 배를 몰면서 주디에게 자신의 행동에 대해 설명해준다. 이론과 실제를 모두. 두 사람 모두 자신감에 감염되었다. 두 사람을 태운 이 장난감 같은 배를 조종해서 각이 진 수로를 따라 움직이면서 장엄하게 반짝이는 물과 바람을 골려주기가 쉽다는 것을 알게 되었기 때문이다.

주디가 선언하듯 말한다. "저도 배를 조종해보고 싶어요."

"배는 조종하는 게 아냐. 자전거의 방향을 바꿀 때처럼 그냥 자기가 가고 싶은 방향으로 틀기만 하면 되는 게 아니거든. 항상 바람을 염두에 두어야 해. 바람의 방향 말이다. 하지만 뭐, 그래, 네 등을 내 쪽으로 하고 앉아서 방향타 손잡이를 잡아봐라. 저기 분홍색 집이 있는 작은 섬 쪽으로 배가 향하게 해야 해. 그래, 옳지. 잘했다. 아냐, 조금 어긋났구나. 배가 왼쪽으로 가게 하려면 손잡이를 네 쪽으로 조금 잡아당겨. 배의 좌측은 좌현이라고 한다. 좌측은 좌현, 우측은 우현. 이제 내가 돛을 조금 풀 건데, 내가 '바람이 불어오는 쪽으로 준비'라고 말하면 방향타 손잡이를 있는 힘껏 내 쪽으로 밀어서 붙들고 있어야 한다. 무서워하지 말고. 원래 반응시간이 일 초쯤 걸리니까. 준비됐니? 준비됐어, 주디? 그래. 바람이 불어오는 쪽으로 준비."

그는 주디가 손잡이를 끝까지 밀 수 있게 도와준다. 주디의 팔이 아직 끝까지 닿지 않기 때문이다. 돛이 느슨해져서 펄럭거린다. 활대가 신경질적으로 앞뒤로 흔들린다. 알루미늄 돛대는 파이버글라스 받침대에 꽂힌 채로 삐걱거린다. 저멀리 수평선에 화물선 한 척이 높은 탁자 위에 놓인 5센트 동전처럼 앉아 있다. 날개가 구부러진 제비갈매기 한 마리가 아무런 움직임도 없이 바람을 타고 허공에 떠서 고개를 한쪽으로 살짝 기울이고 두 사람을 바라본다. 마치 당신들 땅에서 아주 멀리 떨어진 여기까지 뭣하러 나왔느냐고 묻는 것 같다. 이내 돛에 바람이 가득찬다. 해리는 돛을 잡아당긴다. 주디의 작은 손을 감싼 해리의 손이 바람의 상태에 맞게 방향타 손잡이의 각도를 조절한다. 두 사람이 모두 선미에 앉아 있기 때문에 뱃머리가 들리면서 배가 살짝 허우적거린다. 뱃전을 두드리는 파도 소리가 그의 귓가에 자리잡으면서 마치 귀가 들리지 않는 것 같은 느낌이 든다. 주디가 바람에 맞춰서 배의 방향을 몇 번 더 바꿔보더니 그것이 전부라는 것을 깨닫고는 지루한 표정을 짓는다. 아이가 하품을 하자 흠 하나 없는 치아가 꽃처럼 피어난다(요즘 치약에는 치아를 위한 화학물질들이 함유되어 있기 때문에 이 아이들은 그가 치과에서 겪었던 고통을 결코 겪지 않을 것이다). 호화로운 천 같은 혀가 둥글게 구부려져 있다. 언젠가 어떤 녀석이 저 혀를 제 것처럼 이용할 것이다.

"이렇게 나와 있으니 시간 감각이 없어지는구나." 해리가 주디에게 말한다. "하지만 해가 떠 있는 모양을 보니 정오가 다 된 것 같다. 이제 방향을 돌려서 돌아가야겠어. 시간이 좀 걸릴 거다. 맞바람이 불고 있으니까. 그래도 네 엄마를 걱정시키면 안 되지."

"아까 그 아저씨가 우리가 늦으면 배를 보내겠다고 했잖아요."

해리는 웃음을 터뜨린다. 자신이 이 완벽한 여자아이에게 느끼고 있는 애정으로 인한 긴장을 풀어버리기 위해서다. 구릿빛으로 그을린 아이는 아주 밝고, 아직 아무런 흠집도 생기지 않았다. "그거야 응급상황을 말한 거지. 지금 우리한테 응급상황이라고 해봤자 코가 햇볕에 화상을 입고 있다는 것밖에 없잖니. 우리 힘으로 돌아갈 수 있다. 그런 걸 바람을 거슬러 나아간다고 하지. 최대한 바람에 가깝게 붙으면 된다. 자, 내가 돛을 잡아당길 테니까 너는 배가 계속 호텔을 향하게 방향을 잡아봐라. 저기 멀리 오른쪽에 보이는 호텔이 아니라 그 옆의 호텔이야. 피라미드처럼 생긴 것."

바닷가에 한 덩어리로 뭉쳐 있는 사람들이 너무 멀어서 아까 색색의 점처럼 보이던 수영복의 색깔이 구분되지 않는다. 그저 만을 따라 몇 킬로미터나 늘어서서 진동하고 있는 긴 회색 줄처럼 보일 뿐이다. 지금 두 사람이 나와 있는 지점의 물 색깔은 해변에서 볼 때보다 보기 싫다. 칙칙한 초록색이 밑에 가라앉아 있고, 그 위에 연한 초록색이 얹혀 있는 것 같다.

"할아버지, 추우세요?"

"그러고 보니 그런 것 같구나." 해리는 시인한다. "이렇게 멀리 나오니까 기온이 쌀쌀해."

"그러게요."

"그래도 구명조끼가 조금 따뜻하지 않니?"

"그냥 미끌거려서 기분만 나빠요. 벗어버리고 싶어요."

"안 돼."

시간이 흘러가고, 파도가 한가로이 철썩거리고, 조금 전의 그 호기심 많은 제비갈매기는 두 사람을 계속 지켜보지만 해변은 도무지 가까워지는 것 같지 않다. 로이와 프루가 기다리고 있는 지점도 한참 뒤쪽에 있는 것 같다. "방향을 바꾸자." 해리가 말한다. 이번에는 아이가 점점 지루해하고 있는데다가 해리도 빨리 돌아가 이 모험을 끝내고 싶은 마음이 앞서서 바람에 지나치게 가까이 다가간다. 전혀 예상치 못한 방향, 그러니까 해변 쪽이 아니라 해적들이 숨었던 나지막한 섬들 쪽에서 바람이 휙 불어오자 배는 지금까지 줄곧 향하고 있던 방향을 향해 적절한 기울기를 유지하는 대신 계속 기울어지더니 물과 푸른 하늘 속에서 더이상 버티지 못하고 쓰러진다. 햇빛을 받고 있던 돛대가 결정적인 지점을 넘어서자 못된 거인의 손이 밀어대는 것처럼 걷잡을 수 없이 옆으로 쓰러져 물속에 잠긴다. 래빗은 주디의 작고 유연한 몸과 하나가 된 자신의 커다란 몸이 심연 같은 물속으로 발부터 빠져드는 것을 느낀다. 그의 주먹은 겁에 질려서 여전히 밧줄을 죽어라 붙들고 있고, 파이버글라스 가장자리에 정강이 살갗이 또 긁힌다. 밀도가 높고, 차갑고, 살기를 띤 물이 그의 머리를 감싸자 그 어두운 초록색 물속에서 숨을 쉴 수 없게 된 그는 입과 눈을 조개처럼 꾹 다문다. 곧 물 색깔이 연해지면서 그를 공기 중으로, 햇볕을 향해 풀어준다. 모든 것이 정지한 듯 으스스한 침묵이 흐르는 공간으로.

그의 뇌가 방금 일어난 일을 알아차린다. 옛날에 신디가 센터보드 위에 서자 배가 다시 똑바로 서던 것, 돛대가 하늘을 배경으로 작은 물방울들을 흩뿌리며 둥글게 호를 그리고 일어서던 것이 기억난다. 그러니까 걱정할 것 없다. 하지만 뭔가가 아주 잘못된 것 같아서 가슴이 철렁 내려앉는다. 주디. 주디는 어디 있지? "주디?" 그가 외친다. 수평선과 수평선 사이에서 그의 목소리가 그의 것 같지 않게 들린다. 그의 발밑에는 탄탄하게 디딜 수 있는 것이 전혀 없고, 파도는 악의적으로 놀리듯이 그의 얼굴에 철썩거리고, 배는 옆으로 우뚝 서서 가느다란 그림자를 던지고 있고, 줄무늬가 있는 돛은 다채로운 색깔의 더껑이처럼 물위에 납작하게 펼쳐져 있다. "주디!" 이제 그의 목소리는 공허한 공간, 최고조에 이른 두려움에 완전히 잠식되었다. 크게 소리를 지르느라 그는 물을 삼킨다. 몸이 물속에 잠겨 있어서 소리를 지를 때 어딘가에 발을 딛고 힘을 줄 수가 없기 때문이다. 쓴맛이 나는 납 용액 같은 물이 공기 대신에 그의 목으로 쏟아져들어오고, 심장박동은 철썩거리는 바다의 움직임과 동화된다. 기침이 쉴새없이 나오고 눈에는 눈물이 고인다. 주디는 이곳에 없다. 여기에는 더러운 초록색 파도, 사람을 발로 차대는 바닷물이 있을 뿐이다. 칙칙한 초록색 위로 햇볕이 닿는 곳에서는 옥색을 띤 바닷물. 서쪽에 비스듬히 걸려 있는 얇은 구름은 날씨가 곧 변하리라고 예고하고 있다. 그리고 그의 옆에 벙어리처럼 우뚝 서 있는 텅 빈 배. 방광이 그에게 오줌을 싸라고 간청한다. 어쩌면 정말 오줌을 싼 것 같기도 하다.

배 반대편. 주디는 틀림없이 거기 있을 것이다. 그와 배와 돛이 차지한 공간은 겨우 몇 제곱미터 정도지만, 그의 앞에 아주 먼 거리가 펼쳐져 있는 것 같다. 배 아래쪽으로 잠수해서 들어가야 한다. 빨리. 시시각각 모든 것이 가라앉고 있다. 구명조끼는 그의 몸을 띄워주지만 방해가 되기도 한다. 물살은 그를 반대 방향으로 밀어댄다. 그는 선천적으로 수영을 잘하는 편이 아니었다. 공기, 빛, 물, 침묵, 이 모든 것이 그의 머릿속에서 충돌하며 세상의 무자비함을 증명하듯 천둥 같은 소리를 낸다. 머릿속에서 이렇게 농밀한 번개가 치는 순간에도 머리를 물속에 집어넣기 싫다는 그의 동물적 혐오감은 사라지지 않는다. 이렇게 아무것도 하지 않고 일 초만 더 흐르면 모든 것이 기적적으로 잘 해결될지 모른다는 생각도 든다. 아이가 소금물이 묻은 속눈썹을 반짝거리며 웃음 띤 얼굴로 나타날 것이다. 하지만 정오의 태양은 지금이 아니면 안 된다고 말하고, 그의 머릿속에서도 뭔가 거룩한 목소리가 모든 것을 되찾을 수 있다고 고함을 질러대고 있기 때문에 그는 입을 열고 자신을 죄어오는 가슴의 고통을 무릅쓴 채 겁에 질린 숨을 헉 들이 마신 뒤 불투명해서 앞이 보이지도 않고 숨도 쉴 수 없는 반항적인 물속으로 파고들어가려고 애쓴다. 뭔가가 그의 머리를 자꾸만 위로 밀어내려고 하는 것 같은 느낌 속에서 그의 손이 느릿느릿 움직이며 뭔가에 걸린 몸이 없는지 더듬거려보지만 사람의 몸이 걸릴 수 있을 만큼 불쑥 튀어나온 물체조차 손에 잡히지 않는다. 그는 물위로 나가려고 애쓴다. 파이버글라스가 상어가죽처럼 그의 등을 눌러대더니 방향타 손잡이에서 나무를 경첩으로 연결한 부분이 물을 뚝뚝 떨어뜨리며 대롱대롱 매달려 있다가 그의 얼굴을 긁어버린다.

"주디!" 세번째로 주디의 이름을 부르는 그의 입에서 거품이 일고 있다. 태양을 똑바로 바라보고 있는 그의 눈앞에 물방울들이 무지개색 원처럼 나타난다. 지금 이 순간에도 배는 서서히 회전하고 있기 때문에 태양과의 상대적 위치, 물위에 드리워지는 그림자가 계속 변하고 있다.

돛 아래쪽. 주디는 틀림없이 거기 있을 것이다. 물에 펼쳐진 돛이 거대하게 보인다. 대각선 솔기가 있는 긴 나일론 장막. 숫자와 배의 실루엣이 자수로 새겨져 있다. 반드시 해내야 한다. 지독한 죄책감이 그의 애간장을 태운다. 그는 다시 힘을 내서 더러운 초록색 진흙 같은 물속으로 억지로 다시 들어간다. 그곳에서는 그가 입으로 뿜어내는 거품이 보석 같다. 등을 스치는 천을 헤치며 그는 앞으로 나아가려고 애쓴다. 천으로 만들어진 이 터널 속에서 그는 뱀과 마주친다. 유연하고 흐물거리는 몸을 지닌 녀석은 그의 손이 닿자 겁에 질려서 그를 목졸라 더 깊은 곳으로 끌고 내려가려고 한다. 녀석이 그의 귀를 할퀸다. 그의 머리가 돛 속으로 솟아오르자 부자연스러운 하얀 빛이 그의 눈을 쏘아

대고 축축하고 비밀스러운 나일론 냄새가 느껴지지만 숨을 쉴 수 있는 공기는 전혀 없다. 그의 몸은 이 무덤 같은 곳에서 벗어나려고 경련하듯 움직인다. 그가 눈을 꼭 감은 채 허우적거리자 마침내 돛 가장자리가 익사하기 직전인 그의 얼굴을 스치고 지나간다. 그는 이제 주디를 데리고 빛 속에 나와 있다.

물에 젖은 주디의 구릿빛 머리가 눈에서 2센티미터쯤 떨어진 곳에서 반짝인다. 해리의 눈에는 주디의 얼굴이 흐릿한 덩어리처럼 보이지만, 어쨌든 주디는 살아서 꿈틀거리고 있다. 주디는 계속 그를 타고 오르려고 애쓰며 팔로 그의 머리를 붙든다. 미끌거리는 물에 덮인 주디의 몸이 뜨겁다. 검은 물이 끈질기게 그의 눈과 입 안으로 들어온다. 다리가 많은 거미가 계속 그와 태양 사이로 비집고 들어오려는 것 같다. 그는 길고 하얀 팔을 뻗어 알루미늄 돛대를 움켜쥔다. 무게가 더해지자 돛대가 더욱 가파른 각도로 가라앉지만, 돛과 선체 때문에 완전히 가라앉지는 않는다. 해리는 숨을 몰아쉬며 두 번 몸에 힘을 줘서 자신과 주디의 몸을 더 높이 끌어올린다. 돛대가 물에 잠기지 않은 지점이다. 주디가 살았다는 기쁨이 그의 가슴을 가득 채운다. 운동 삼아 손으로 공을 꼭 쥘 때처럼 기쁨이 단단해지면서 리듬에 맞춰 통증이 밀려온다. 그의 몸속 공간이 죄어들어 있기 때문에 그는 배에 매달린 채 고통을 무릅쓰고 가느다란 숨결을 계속 몸안에 밀어넣어야 한다. 주디는 계속 그의 목에 매달려 기침을 하며 물과 두려움을 토해내고 있다. 작은 아이의 몸이 거칠게 움직이며 망연자실했던 그의 부드러운 가슴에 통증을 일으킨다. 가슴속에서 뭔가가 살아 움직이면서 통증을 일으키고 있다. 이렇게 바닷물에 둘러싸여 있으려니 그의 가슴이 바닷물과 함께 흥분한 오징어를 담아둔 비커가 된 것 같다.

두 사람이 물에 빠진 지 아마 일 분쯤은 지났을 것이다. 일 분이 더 지나자 주디도 어느 정도 숨이 돌아와 빙긋 웃는 표정을 시도할 수 있게 된다. 주디의 흰자위가 기침을 하면서 흘린 눈물 때문에 안에서부터 붉어져 있다. 작고 긴 얼굴이 온통 반짝이고 있어서 마치 장식용 금박 조각들을 뿌려놓은 것 같다. 천천히 회전하고 있는 배 때문에 두 사람의 머리가 이내 좁고 끈적끈적한 선체의 그림자 속에 들어간다. 숨도 쉴 수 없을 만큼 겁에 질려 창백해진 주디의 모습은 해리가 보기에 프루보다 넬슨과 더 비슷하다. 섬세한 골격과 아가미 주위가 하얗게 된 모습. 눈 밑에는 잠을 못 자고 하룻밤을 꼬박 새운 사람처럼 거뭇한 그림자가 있다.

통증은 지속되고 있지만 그렇다고 말을 할 수 없는 것은 아니다. "얘야, 세상에. 정확히 뭐가 어떻게 된 거지?"

"저도 몰라요, 할아버지." 주디가 예의바르게 말한다. 이 말을 해놓고 주디는 또 발작처럼 기침을 한다. "위로 올라왔는데 머리 위를 뭔가가 덮고 있어서 수영을 하려고 해도 소용이 없고 물 밖으로 나올 수 없었어요."

주디가 느낀 두려움은 무한한 것이 아니었음을 해리는 깨닫는다. 주디는 이렇게 육지에서 먼 곳까지 나와 있어도 단순히 불편한 것 이상의 극적인 일은 결코 자신에게 일어나지 않을 거라고 생각하고 있다. 주디는 아이답게 자신이 죽을 것이라는 상상을 하지 못하고, 해리는 아이의 그런 생각을 지켜주어야 한다.

"그래도 잘됐으니 다행이다." 해리가 숨을 몰아쉬며 말한다. "우리가 다친 것도 아니니까." 사라지기는커녕 돛대에 매달려 있는 팔을 타고 점점 올라오고 있는 통증 외에도 그는 호흡을 제대로 할 수 없다. 저 아래쪽에서 토기가 올라온다. 어쩌면 뱃멀미인지도 모르겠다. 그리고 그 주위를 무력감이 둘러싼다. 마음속 깊이 쉬고 싶다는 생각뿐이다. "바람의 방향이 바뀌는 바람에 가라앉은 거야." 해리가 주디에게 상황을 설명한다. "이런 배는 너무 쉽게 기울어진단 말이지."

주디는 지금 자신들이 있는 곳이 광활하고 낯선 곳이라는 사실, 그러니까 해변에서 수백 미터나 떨어져 있고 바다 밑바닥까지 깊이가 수십 미터나 된다는 사실이 이제야 실감이 나는 모양이다. 완벽한 간격으로 속눈썹이 나 있는 눈이 커지고, 신경써서 꾹 다물고 있던 얇은 입술이 느슨하게 벌어지며 선이 흐릿해진다. 목소리가 살짝 떨린다. "이걸 어떻게 다시 세우죠?"

"그거야 쉽지." 해리가 말한다. "어떻게 하는지 내가 보여주마." 그가 방법을 기억하고 있던가? 신디는 유리 같은 카리브해의 물에 잠긴 배 아래로 잠수해 들어가서 아주 재빠르게 해냈다. 밧줄, 신디가 밧줄을 잡아당겼음이 분명하다. "내 옆에 붙어 있는 건 맞는데, 이제 그렇게 매달릴 필요는 없다. 얘야. 구명조끼를 입었으니까 몸이 뜰 거야."

"아까는 안 떴어요."

"떴어. 네가 돛 아래에 있었던 게 문제지."

바다 위라서 그런지 두 사람의 목소리가 작게 들린다. 방안에서 말할 때처럼 소리가 허공에 머무르지 않고 너른 공간 속으로 날듯이 사라지기 때문이다. 선혜엄이 그의 숨을 모두 빼앗아간다. 하지만 정신을 잃으면 안 된다. 저 밝은 햇빛이 그의 머리 위에 셔터를 내려버리게 하면 안 된다. 이 곤경에서 벗어나면 단단하고 건조한 풀밭에 누워야겠다는 생각이 든다. 초록색 풀잎, 마운트저지의 운동장에서 그랬던 것처럼 사람들의 발에 밟혀서 흙이 드러난 부분 등이 눈앞에 선하게 그려진다. 그는 풀밭에 누워서 꼼짝도 하지 않을 것이다. 그는 부드럽게 돛대를 놓고 조심스레 노를 젓는 것 같은 동작을 하면서 뭐가 됐든 지금 자신의 가슴속에서 동요하고 있는 것을 건드리지 않으려고 애쓴다. 그리고 물위에 둥둥 떠 있는 두 개의 나일론 밧줄을 잡아 반대편으로 던진다. 그 와중에 그의 얼굴이 물에 잠긴다. 파도가 꽤 거칠기 때문에 주디는 매달리지 말라는 해리의 말에도 불구하고 여전히 그의 어깨에 매달려 있다. 해리가 설명하듯 말한다. "됐다. 이제 우리가 배 위에서 개헤엄을 치면 돼."

"엄마한테 관심이 있던 그 아저씨가 배를 타고 데리러 올지도 몰라요."

"그럴지도 모르지. 하지만 로이 앞에서 그렇게 구조되는 건 좀 창피하지 않겠니?"

주디는 걱정이 큰지 웃지도 않고 뭐라고 대답하지도 않는다. 두 사람은 방향타 손잡이를 지나간다. 그 못생긴 나무막대가 아까 해리의 얼굴에 생채기를 냈다. 제비갈매기는 하늘에서 사라졌지만, 갈색 해초 조각들이 종이로 만든 먼지떨이 광대의 가발 같은 모양으로 물에 둥둥 떠 있는 모습은 내세의 증거 같다. 끈적거리는 얼룩이 묻은 채 물속에 모로 누워 있는 하얀 배가 결코 되살릴 수 없는 시체처럼 보인다. "조금 뒤로 물러나라." 해리가 자신에게 매달린 아이에게 말한다. "배가 어느 쪽으로 움직일지 나도 잘 모르겠으니까."

적어도 물속에 있는 한 몸무게는 부담이 되지 않는다. 하지만 알루미늄 돛대 꼭대기와 연결된 밧줄을 잡고 처음에는 양팔로, 그다음에는 양발로 센터보드에 몸무게를 실으려고 몸부림을 치자 힘없이 늘어진 근육과 지방과 배의 무게 때문에 납작하게 짜부라질 것 같은 기분이 든다. 가슴의 통증이 속에서 빨갛게 타오르는 불꽃처럼 강렬해져서 그는 통증을 가라앉히려고 눈을 꾹 감는다. 그렇게 눈이 안 보이는 상태에서 돛이 쩍 하고 빨리는 듯한 소리를 내며 수면에서 벗어나고 발밑의 센터보드가 수직으로 벌떡 일어서는 것이 느껴진다. 배가 똑바로 일어서면서 그를 뒤로 쓰러뜨리고, 물에 젖어 흐물거리는 돛은 헝클어진 밧줄들을 매달고 채찍처럼 휘두르며 활대를 이리저리 흔들어댄다. 몸속에 공기가 하나도 남지 않은 해리는 물에 굴복하고 싶은 충동을 느낀다. 그를 미워하면서도 원하는 물에.

하지만 함께 있는 아이가 그를 응원한다. "와! 해냈어요! 할아버지, 괜찮으세요?"

"괜찮고말고. 네가 먼저 배에 탈래? 내가 배를 붙들어주마."

주디는 물에서 뛰어오르려고 몇 번이나 시도한 끝에 둥글게 휘어진 갑판에 철썩하고 배를 올리는 데 성공한다. 검푸른색의 엉덩이가 두 개의 호선 모양으로 반짝인다. 주디는 이제 돛대 옆으로 달려가 웅크린 자세를 취한다.

"자." 해리가 선언하듯 말한다. "이제 고래가 납신다." 그러고는 갈비뼈 안에서 박동하며 그를 쥐어짜고 있는 줄무늬 근육덩어리를 머릿속에서 깨끗이 몰아내고 물에서 휙 솟아올라 기울어진 뱃전에 배를 걸친다. 그리고 밧줄걸이를 손으로 잡는다. 알갱이 모양을 흉내낸 파이버글라스 표면이 그의 광대뼈를 눌러댄다. 굶주린 물은 아직도 그의 다리와 발을 빨아들이려고 하지만 그는 물을 발로 차버리고 몸을 조금 떨면서 방향타 손잡이 옆에 다시 자리를 잡는다. 그가 주디에게 말한다. "다 됐습니다, 아가씨."

"괜찮으세요, 할아버지? 목소리가 이상해요."

"숨을 잘 못 쉬어서 그래. 이유는 잘 모르겠다만. 어쩌면 토할지도 모르겠다. 일 분만 쉬자. 그러고 나서 생각을 해봐야지. 이 망할 놈의 배가. 다시 기울어지면 안 되니까." 이제 통증이 양팔과 턱까지 번졌다. 예전에 래빗은 꼬치꼬치 캐묻는 목사에게 이런 말을 한 적이 있다. 이 모든 것의 배후에는 내가 자기를 발견해주기를 바라는 뭔가가 있어요. 그 뭔가가 무엇이든 그것이 먼저 그를 찾아내서 괴롭히고 있다.

"아파요?"

"당연하지. 네가 내 귀를 잡아당겼잖아. 아까 다리도 긁혔고." 해리는 주디가 웃게 만들고 싶지만 별처럼 반짝이는 눈으로 그를 유심히 살펴보는 주디의 표정은 계속 엄숙하기만 하다. 아이들은 참 이상한 존재라는 생각이 든다. 통증이 묘하게 머리를 맑게 해주는 것 같다. 아이들은 몸통이며 다리며 귀며 모든 것이 어른과 비슷하게 생겼는데 다만 크기가 다를 뿐이다. 여기보다 더 나을 뿐만 아니라 더 작기도 한 행성을 위해 만들어진 소형 인간이라고나 할까. 주디가 그의 말을 진짜로 받아들여야 할지 잘 모르겠다는 표정으로 그를 바라본다. 어제 그가 가짜 땅콩을 먹었을 때의 표정과 같다.

"거기 그대로 있어라." 해리가 말한다. "배를 흔들지 말라는 말이 있잖니."

손에 잡은 방향타 손잡이가 이상하게 크게 느껴지고, 나일론 밧줄은 비현실적으로 느껴질 만큼 거칠고 굵다. 그래도 어떻게든 해내야한다. 그가 신경을 쓰지 못하는 동안 배는 멋대로 표류해서 바람 속으로 들어와버렸다. 신디가 이런 걸 뭐라고 했더라? 인 아이언스. 그는 방향타 손잡이를 흔들어댄다. 처음에는 세게, 그다음에는 반대편으로 부드럽게. 바람을 빗겨 맞는 쪽으로 방향을 돌리기 위해서다. 그러고 나서 그는 거인의 손 같은 것이 또 자기들을 밀어서 물에 빠뜨리지나 않을까 걱정하면서 소심하게 돛을 잡아당긴다. 놀랍게도 바다에 다른 선 피시 배가 나와 있다. 제트스키를 타며 파도를 난폭하게 뛰어넘는 두 청년의 모습도 보인다. 하지만 그들이 워낙 멀리 있기 때문에 그들의 고함소리와 제트스키가 물에 찰싹 떨어지는 소리가 뒤늦게야 해리의 귀에 들려온다. 해는 정오의 자리를 벗어나 높이 솟은 호텔들의 전면으로 옮겨가 있다. 이제 창문들이 반짝이고, 머리빗 모양의 발코니들이 도드라져 보이고, 해변에 나와 있는 사람들도 반짝이고, 연을 날리는 사람이 한 명 더 늘어나 있다. 여기와 해변 사이에 이불처럼 펼쳐진 바닷물은 불꽃을 뿌려대는 빛의 주먹에 자꾸만 움푹움푹 흠집이 난다. 피부의 물기가 말라가면서 래빗은 추위를 느낀다. 모공을 통해 독을 뭉클뭉클 내뿜고 싶어하는 회색 불안이 그의 몸을 가득 채우고 있는 것 같다. 그는 양다리를 앞으로 쭉 뻗고 팔꿈치로 몸을 지탱하며 몸을 뒤로 기울여 어색하게나마 누운 자세를 흉내낸다. 이런 장소에서 무사히 돌려줘야 하는 아이와 함께 있는 것만 아니라면 이대로 잠드는 것도 괜찮을 텐데.

그는 통증이 밀려난 뒤 새로운 통증이 또 밀려오기 전에 빠르고 분명한 말투로 말한다. 같은 말을 되풀이하고 싶은 생각은 없다. "주디, 이제 우리는 최대한 조용하게 두 번 방향을 바꿔서 해변으로 갈 거야. 정확히 네 엄마가 있는 곳에 닿지 못할지는 몰라도 어쨌든 육지에 닿아야 하잖니. 내가 지금 많이 피곤하고 아픈데, 혹시 잠이 들거든 네가 좀 깨워주겠니?"

"깨워요?"

"그렇게 걱정하지 않아도 돼. 이건 재미있는 모험이다. 사실 너한테 아주 재미있는 일을 하나 맡길 생각이지."

"무슨 일인데요?" 아이의 목소리가 날카롭다. 전혀 재미있는 일이 아니라는 것을 알아차린 것이다.

"노래를 불러주겠니?" 그가 돛을 더 팽팽하게 잡아당기자 마치 자기 몸속의 뭔가를 팽팽하게 잡아당기는 것 같은 느낌이 든다. 돛을 잡아당긴 팔의 안쪽에서 통증이 팔꿈치까지 순식간에 치닫는다.

"노래요? 저는 노래 같은 거 몰라요, 할아버지."

"그래도 몇 곡은 알 거 아니냐. 먼저 〈저어라, 저어라, 배를 저어라〉부터 부르는 게 어떠니?"

그는 아픈 몸을 안고 동굴로 기어들어가고 싶다는 동물적인 본능에 얌전히 굴복해서 간헐적으로 눈을 감는다. 철썩거리는 파도 소리와 반항적인 돛대가 삐걱거리는 소리 위로 아이의 작은 목소리가 불안하게 흔들리며 가사를 이어나간다. 그가 코듀로이 반바지를 입고 다니던 시절, 마거릿 숄코프의 땋은 머리와 발목까지 단추를 잠그는 신발이 있던 초등학교 2학년 때 부르던 노래다. 그는 마음으로 노래를 따라 부르지만, 성대를 울리기 위해 힘을 쓸 여력이 없다. 물살을 따라 부드럽게,

즐겁게, 즐겁게, 즐겁게…… "인생은 한낱 꿈일 뿐이니." 주디가 노래를 끝맺는다.

"좋구나." 해리가 말한다. "그럼 〈메리한테는 새끼양이 있었네〉는 어떠냐? 요즘도 학교에서 그 노래를 가르치는지 모르겠구나. 도대체 망할 학교에서는 요즘 너희한테 뭘 가르치는 거냐?" 느긋하게 누워 있다보니 혀도 같이 느긋해졌는지 욕을 하고 싶다는 원초적인 욕구와 잠자고 있던 정치적 분노가 고개를 든다. 그는 말을 계속한다. 이러는 편이 손녀의 눈에 덜 무섭게 보일 것 같아서다. 아마 유머러스하고 활기 있게 보일 것이다. "과학 교육에서는 말라붙은 젖꼭지를 빠는 꼴이지. 신문에서 계속 말하더라. 동양인들이 있으니 얼마나 다행인지. 중국인이랑 베트남 난민이 없었다면 우리는 완전히 바보들의 나라가 됐을 거다."

주디는 〈메리한테는 새끼양이 있었네〉와 〈눈먼 생쥐 세 마리〉를 알고 있다. 〈협곡의 농부〉도 농부의 아내가 암소를 갖는 부분까지는 가사를 알고 있다. 하지만 그다음부터는 두 사람 모두 이렇다 할 노래가 생각나지 않는다. "그럼 〈눈먼 생쥐 세 마리〉를 다시 불러봐라." 해리가 지시한다. "생쥐들이 달리는 걸 봐. 생쥐들은 농부의 아내를 따라 달리고 있었지……"

주디가 가사를 이어 부르지 않자 해리의 목소리가 스르르 잦아든다. 지금 두 사람이 잡은 방향은 저멀리 북쪽에 있는 새러소타와 탬파 쪽이다. 예전에 해적들이 숨었던 부자들의 섬도 그 방향에 있다. 하지만 이제 해변에 있는 사람들이 아까처럼 회색 줄로 보이지는 않는다. 수영복의 다채로운 색깔들이 조금 가까이서 반짝거리고, 배구공이 힘겹게 획획 날아다니는 것도 보인다. 가슴 한가운데의 압박감이 아까보다 더 심해졌다. 게다가 속이 메스꺼운 것 외에 한시라도 빨리 대변을 보고 싶은 충동까지 덧붙여졌다. 해리는 자신의 진짜 삶, 그러니까 소박하고 편안하며 별로 힘든 일을 할 필요가 없는 삶, 아까 백사장을 떠나며 저버린 삶을 머릿속으로 그려보며 아파트에 있는 장밋빛 도자기 변기를 무엇보다도 먼저 떠올린다. 변기에는 패딩이 들어간 같은 색의 변좌 깔개가 깔려 있고, 장밋빛 세면대 옆의 하얀 대나무탁자 아래쪽 선반에는 〈컨슈머 리포트〉와 〈타임〉이 몇 권 쌓인 채 그를 기다리고 있다. 탁자 위에는 재니스가 화장품을 놓아두었다. 지금 생각해보니 그곳이 낙원이었던 것 같다.

"할아버지, 이제 더는 노래가 생각나지 않아요." 아이의 초록색 눈, 프루보다 더 진한 초록색을 띤 그 눈이 무서워서 눈물을 글썽이고 있다.

"멈추지 마라." 해리는 모든 것을 억제하려고 애쓰며 힘겹게 말한다. "지금 네 덕분에 배가 움직이고 있어."

"제 덕분이 아니에요." 주디는 간신히 흐릿한 미소를 지어 보인다. "바람 덕분이에요."

"그런데 젠장맞을 방향이 틀렸지." 해리가 말한다.

"틀린 방향이에요?" 주디가 화들짝 놀라며 묻는다.

"아니, 농담이다." 어제 일부러 고통을 주려는 듯이 아이의 손을 꽉 쥐었을 때와 같았다. 이제 이런 짓은 그만해야 한다. 아이를 기르는 사람은 그 일을 잘해내려고 애쓰는 법이다. "문제없어. 이제 선수를 돌리자. 준비됐니? 고개 숙여라." 이제 더이상 선원 같은 말투는 쓸 필요 없다. 그가 방향타 손잡이를 홱 움직이자 배가 휙 방향을 돌리고, 돛이 힘없이 늘어지고, 침묵의 틈새로 들어온 햇볕이 수면을 두드려 불꽃을 만들어낸다. 뱃머리가 눈에 보이지 않는 선을 표류하듯 넘고, 돛은 처음에는 머뭇거리다가 이내 단호하게 바람을 받아 팽팽해지고, 배는 다른 방향으로 향한다. 가장 먼 유리 호텔이 있는 남쪽 방향이다. 네이플스와 부자들의 또다른 섬도 그쪽에 있다. 이 작은 움직임과 일이 잘될지 몰라 걱정하던 마음이 가슴에 몰고 온 통증이 어찌나 심한지 그의 눈에도 눈물이 맺힌다. 그래도 기분은 좋다, 마음속 저 깊은 곳에서는. 하늘의 적이 마침내 그를 찾아냈다는 사실에서 만족감이 느껴진다. 지난 며칠 동안 머리 위에서 종말이 어른거리는 것 같던 느낌이 단단히 응축되어 현실이 되었다. 구름이 응결돼서 사람들에게 꼭 필요한 비로 변하는 것처럼. 비참한 기분과 함께 가벼움과 번개가 찾아온다. 자기가 살아온 삶 중에서 엄청나게 많은 부분이 잘려나가 갑자기 무시해도 좋은 대상이 되어버렸다. 이제 그는 그저 남들의 손에 넘겨질 짐가방 같은 육체에 지나지 않는다. 파이버글라스 갑판에 몸을 쭉 펴고 누운 해리는 현실이라는 바닥에 납작하게 고정돼 있다. 안에서 느껴지던 압박감, 참을 수 없을 만큼 뭔가가 가득차 있는 것 같은 느낌에 이제 리듬이 생겼다. 플라이휠이 피스톤에서 분리되기라도 한 것처럼 기괴하게 불쑥 밀고 들어온다. 이제는 통증을 이기고 고개를 들 수 있다, 아주 조금. 그는 호흡에 더 신경을 쓴다. 공기를 받아들이는 통로가 작은 틈새처럼 좁아져서 아주 소량의 가래만으로도 막힐 것 같은 기분이 든다. 그래도 호흡은 일부러 신경쓰려고 애쓰지 않으면 오히려 편안해지지만, 뱃속의 움직임은 견디기가 더 힘들다. 기름 낀 회색 창자들이 요동치고, 토하고 싶고, 똥을 싸고 싶지만 그러면 안 된다는 생각에 식은땀이 난다. 거기에 급속히 땀을 말려주는 햇빛과 바람이 덧붙여져서 그는 몸이 차가워진다.

"첨벙, 첨벙, 난 목욕을 하고 있었지." 주디가 작은 목소리로 노래를 부른다. 작은 깃털 같은 음악이 훨훨 날아간다. "토요일 밤에……" 주디는 이제 동요에서 텔레비전 광고 음악으로 넘어갔다. 자기가 기억하고 있는 첫 부분만 부를 뿐이지만. "좋은 시간, 좋은 맛, 맥도널드……" "내가 오스카메이어 소시지였으면 좋겠어. 정말로 그렇게 되고 싶어. 내가 오스카메이어 소시지라면 모두들 날 사랑해줄 테니까." 화장지가 사람처럼 부르는 노래도 있다. 그다음에는 캘리포니아 건포도들이 부르는 〈스탠드 바이 미〉, 그리고 레이 찰스가 달에서 부르는 〈맥 더 나이프〉, 그리고 당신이 원하는 물건이라면 우리가 모두 갖고 있다는 광고 노래, "도-요-타…… 이렇게 좋을 수가." 마치 채널을 홱홱 바꾸고 있는 것 같다. 아이의 작은 목소리가 허공으로 떠올라 그의 얼굴에 부딪힌다. 그는 눈을 감고서 뒤집힌 채 마구 날뛰며 자신을 괴롭히는 가슴속 공간을 어둠 속에서 몰래 찾아가본다. 그러고는 다시 눈을 뜬다. 지금의 위치와 돛의 상태를 확인하고, 주디의 목소리가 배를 해변 쪽으로 몰고 가는 힘이 되고 있다는 자신의 굳은 믿음과 푸른 하늘에 대한 환상을 시험하기 위해서다. "코카콜라, 바로 그것." 주디가 노래한다. "세상에서 가장 상쾌한 맛, 코카콜라, 바로 그것, 절대 우리를 실망시키지 않아요. 코카콜라, 바로 그것, 이렇게 굉장한 맛은 어디에도 없어!"

해리는 두 번 더 방향을 바꾼다. 그의 손녀는 이제 자신의 머릿속에서 노래의 보물창고를 찾아낸 모양이다. 지금까지 주디가 몇 번이나 봤고, 래빗은 처음 발표되었을 때 보았던 고전적인 아동용 비디오에 나오는 노래들이다. 그가 그런 영화를 처음 본 곳은 아랍식 실내장식이 돼 있고, 화려한 커튼이 있고, 로비에는 거대한 거울들이 있던 옛날 영화관이었다. 떠나는 노래, 〈우리는 마법사를 보러 떠나네, 위대한 오즈의 마법사〉와 〈허이, 허이, 우리는 일하러 간다〉 그리고 사람들이 대공황에서 생각을 돌리게 만든, 하늘에 관한 슬픈 노래 〈저기 무지개 너머〉와 〈별을 보고 소원을 빌 때〉. 실크해트를 쓰고 우산을 들고 달빛에 잠긴 창턱에 선 지미니 크리켓. 디즈니는 말이지, 정말 굉장해.

"잘했다, 주디." 래빗이 끙하는 소리를 내며 말한다. "훌륭해. 아주 신나게 부르던걸."

"재미있었어요, 할아버지 말씀처럼요. 보세요, 저기 엄마가 있어요!"

해리는 아딧줄과 방향타 손잡이를 놓아버린다. 선피시 요트가 수심이 얕은 곳에서 부서지는 파도와 함께 출렁거리고, 주디는 센터보드를 잡아당긴 뒤 그 반짝이는 엉덩이까지 차오르는 물속으로 풍덩 뛰어들어 바지선처럼 배를 끌며 마지막 몇 미터를 나아간다. 마침내 뱃머리가 모래에 닿는다. "배가 뒤집어졌고, 할아버지는 멀미를 했어요!" 주디가 소리친다.

프루와 로이뿐만 아니라 그레그 실버스도 두 사람을 마중하러 나와 있다. 두 사람이 출발한 지점에서부터 6번 아이언으로 멋지게 공을 날려보낸 것 같은 지점이다. 해리가 쓸모없는 방향타 손잡이 옆에 계속 쭉 뻗어 있는 것을 보고 지나치게 그을린 그레그의 얼굴이 움찔거린다. 그는 또한 해리가 미처 보지 못한 것도 함께 본 모양이다. 혹시 해리의 안색이라도 본 걸까? 그렇게 나빠 보이나? 해리는 자신의 손바닥을 바라본다. 노란색과 파란색 점들로 얼룩덜룩하다. 그레그가 주디에게서 재빨리 밧줄을 받아 쥐고는 해리에게 묻는다. "거기에 좀더 계실래요?"

해리는 통증이 또 한번 지나갈 때까지 기다렸다가 말한다. "죽는 한이 있어도 이 망할 놈의 통에서 나갈 거야."

하지만 일어서서 한쪽으로 살짝 기울어진 배를 조심조심 벗어나 물살을 헤치며 1미터 남짓 걸어간 것이 그의 뒤집어진 속에 아주 나쁜 영향을 미친다. 자신이 단단하게 다져진 모래밭에서 뚜렷이 모습을 드러낸 저항에 맞서 공기를 뚫고 나아가는 것이 느껴진다. 그는 백사장에 있는 프루의 발치에 눕는다. 프루의 긴 맨발. 발톱에 바른 진홍색 매니큐어에는 잔금이 나 있고, 발가락 관절은 설거지를 지나치게 많이 해서 변색된 어머니의 손마디처럼 분홍색이다. 해리는 똑바로 누워서 하얀 스판덱스 수영복을 입은 프루의 사타구니를 올려다본다. 로이는 해리의 모습이 재미있어 보였는지 아장아장 걸어와서 제 할아버지 머리 옆에 서더니 래빗의 귀와 꾹 다문 입과 뜨고 있는 눈에 모래를 떨어뜨린다. 그의 눈이 꽉 감긴다.

아무것도 없이 빨갛게만 보이는 하늘에서 프루의 사실적인 오하이오 목소리가 걱정스럽게 떨어져 내려온다. "배가 뒤집히는 게 여기서도 보였는데, 그레그 씨가 그런 건 항상 일어나는 일이라고 했어요. 그런데 아무래도 시간이 너무 오래 걸리는 것 같아서 그레그 씨가 막 배를 타고 나가려던 참이었어요."

빨간 하늘이 갈비뼈 간격만큼의 리듬으로 몰려오는 통증과 함께 박동한다. 통증과 통증 사이에는 아무것도 없는 것이 다행스럽다. 아주 높은 곳에서 비행기 한 대가 천천히 움직이며 뒤로 늘어진 제 소음을 끌고 간다. "주디가 돛 밑에 빠졌어." 해리의 귀에 자신의 목소리가 들려온다. "그래서 깜짝 놀랐지." 그는 해변으로 밀려와 몸을 부풀린 채 잃어버린 자신의 고향을 향한 그리움으로 부들부들 떠는 해파리처럼 누워 있다. 구조가 복잡하고 손가락이 달린 조금 따뜻한 물건이 그의 손목을 잡고 맥박을 재고 있다. 응급구조도 그레그가 하는 일의 일부인 모양이다. 해리는 그를 도와주려고 자진해서 입을 연다. "한심하게 굴어서 미안하구먼. 바다에 있을 때부터 그저 눕고 싶은 생각뿐이었어."

"계속 누워 계세요, 앵스트롬 씨." 그레그가 말한다. 갑자기 그 목소리가 아주 크고 또렷하고 조금은 지나치게 권위적으로 들린다. 골프장에서 점수를 계산하는 그의 아버지 목소리와 비슷하다. "저희가 병원으로 모셔다드릴게요."

아무것도 보이지 않는 새빨간 세상에 빠져 있는 그는 이 말을 듣고 마음이 놓인 나머지 눈을 뜬다. 주디가 후광 같은 햇빛을 받으며 거대하게 서서 자신을 내려다보고 있는 것이 보인다. 물기가 점점 말라가고 있는 아이의 헝클어진 머리에 무지개 조각들이 혼란스럽게 걸려 있다. 래빗은 아이가 마음을 놓을 수 있게 미소를 지으려고 애쓰며 말한다. "틀림없이 어제 먹은 새모이 때문일 거다."

열한시가 됐어도 넬슨은 여전히 자고 있지만, 재니스는 아들과 대면하는 것을 서두를 생각이 없다. 해리와 프루가 아이들을 데리고 나갔

228

다가 잊고 간 물건이 있다며 두 번이나 들락날락하고도 결국 고무 물갈퀴 두 개와 선크림을 잊어버린 채 그냥 가버린 뒤 재니스는 발코니에 한동안 앉아 있었다. 그러다가 노픽소나무가 시야를 방해하는 곳에서 왼쪽으로 한 걸음 떨어진 곳에 아파트의 장식용 뾰족탑과 스페인식 타일을 붙인 지붕 사이에서 반짝이는 작은 사각형 공간, 그러니까 반짝이는 청록색 바닷물이 보이는 틈새를 찾아냈다. 하지만 물론 거기서 식구들이 타고 나간 요트의 돛을 볼 수는 없는 노릇이었다. 거리가 너무 멀기 때문에, 지난 9월에 샌디에이고 경주에 출전했던 요트 정도는 되어야 할 것이다. 당시 미국 팀은 두 척을 연결한 배를 타고 나와서 크고 아름답지만 구제불능인 배를 가져온 뉴질랜드 팀의 의표를 찔렀다. 발코니에서 풍경을 바라보다보면 재니스는 항상 조금 슬퍼진다. 마음속에 묻어둔 뭔가가 되살아나기 때문이다. 다른 곳도 아닌 마운트저지의 순수하고 분주했던 경사길들 중 윌버 스트리트의 아파트 창문에서 바라다보이던 풍경. 지금처럼 그때도 해리는 집에 없었고, 집에는 재니스와 넬슨 둘뿐이었다.

마침내 그 값비싼 흐릿한 파란색 잠옷 차림으로 방에서 나온 넬슨은 발코니에 앉아 있는 재니스를 보고 놀라움과 짜증을 느끼지만 내색하지 않으려고 애쓴다. "다른 식구들이랑 같이 나가신 줄 알았어요. 나가면서 진짜 야단법석을 떨던데."

"난 안 갔어." 재니스가 아들에게 말한다. "햇볕은 충분히 쬐고 있으니까 네가 서둘러 돌아가기 전에 너랑 시간을 좀 보내려고."

"그거 좋네요." 넬슨은 이렇게 말하고서 자기 방으로 들어갔다가 일 분쯤 뒤에 목욕가운을 걸치고 나온다. 아마도 어머니 앞에서 예의를 지키려는 모양이라고 재니스는 짐작한다. 엄마들은 자식을 볼 때마다 기저귀를 갈아주고 목욕을 시키던 시절을 생각하지만 어느 날 갑자기 자식의 마음속에서 밀려난다. 넬슨이 입은 것은 여름용으로, 연보라색 페이즐리무늬가 있어서 재니스는 젊었을 때 본 영화에서 부자들이 입던 옷을 떠올린다. 목욕가운, 벨벳 재킷, 실크해트, 하얀 타이, 그리고 만약 진저 로저스라면 턱까지 가려주는 흐르는 듯한 하얀 드레스. 거기에 장식된 것이 타조 깃털이었던가, 하얀 여우털이었던가? 요즘 젊은이들은 그런 기준에 맞추려고 애쓸 필요가 없다. 록스타들은 그저 더러운 청바지를 입고 다닐 뿐이고 야구선수들은, 재니스가 해리의 어깨 너머로 텔레비전을 보다가 알아챈 바에 따르면, 심지어 면도에도 신경을 쓰지 않아서 아랍의 테러리스트들 같다. 재니스가 젊었을 때는 아무도 부자가 아니었지만 다들 꿈이 있었다.

재니스는 넬슨에게 예전에 그가 가장 좋아하던 아침 메뉴인 프렌치토스트를 해주겠다고 제의한다. 갖가지 문제가 생기기 전, 비스타 크레센트에 살 때 재니스는 일요일 아침이면 넬슨이 주일학교에 가기 전에 반드시 프렌치토스트를 해주려고 법석을 떨곤 했다. 넬슨은 정말이지 어른들 말을 잘 듣고 작은 일에도 기뻐하는 아이였으며, 재니스와 해리 사이에서 불안한 표정을 하고 소가 핥은 것처럼 소용돌이치는 눈썹과 갈색 눈으로 두 사람을 번갈아 바라보곤 했다.

넬슨이 말한다. "괜찮아요, 엄마. 그냥 커피만 좀 마시면 되니까 음식 갖고 귀찮게 하지 마세요. 빵을 기름에 튀겨서 시럽을 듬뿍 묻힌 음식은 생각만 해도 토할 것 같아요."

"요즘 정말로 식욕이 없는 모양이구나."

"그럼 내가 돼지같이 뚱뚱해지면 좋겠어요? 아버지처럼? 아버지는 살을 20킬로그램 정도는 빼야 돼요. 안 그러면 돌아가실지도 몰라요."

"군것질을 너무 좋아해서 말이야. 그래서 살이 찌는 거야. 짠 걸 먹으면 물을 마시게 되잖니."

커피메이커에 걸쭉해진 찌꺼기 같은 커피가 조금 남아 있다. 반 잔 정도 되는 양이다. 재니스는 해리와 처음 이리로 이사왔을 때 41번 도로에 있는 K마트에서 그 여과식 커피메이커를 산 것을 기억하고 있다. 재니스는 크룹스의 열 잔짜리 브루마스터에 마음이 끌렸지만 해리는 여전히 〈컨슈머 리포트〉의 말을 잘 믿는 편이라 브라운의 열두 잔짜리 아로마스터가 더 낫다는 기사를 봤다고 말했다. 넬슨은 어렸을 때 간유肝油를 먹을 때 같은 표정을 짓더니 열한 잔 반째의 커피를 싱크대에 쏟아버린다. 그리고 한참 동안 코를 훌쩍거리다가 건너편이 훤히 내다보이는 창문 밑의 조리대에서 〈뉴스 프레스〉를 집어든다. 그가 소리 내어 신문을 읽는다. "미식축구선수에게 부과된 벌금 감면. 오키초비호수의 치료약은 입에 너무 쓸 듯." 하지만 두 사람이 진지하게 이야기를 나눠야 한다는 사실은 두 사람 모두 분명히 알고 있다.

재니스가 말한다. "거실에 앉아서 신문 좀 읽고 있어라. 내가 커피를 새로 끓일 테니까. 어제 산 빵이 좀 남아 있는데 같이 먹을래? 네가 안 먹으면 아버지가 먹어버릴 거야."

"아뇨, 엄마. 방금 말했잖아요. 몸에 나쁜 음식은 먹기 싫어요."

커피메이커 안의 물이 끓어오르기 시작할 무렵, 넬슨이 거실에서 혼자 웃음을 터뜨린다. "들어보세요." 그러고는 그가 큰 소리로 신문을 읽는다. "그동안 커다란 찬사를 받았던 케이프코럴경찰서의 마약반장이 조사 결과 새니벌경찰국에서 빌려온 거의 천 달러 상당의 코카인을 제대로 관리하지 못한 것으로 밝혀져 파면될 예정이다. 경찰에 따르면, 문제의 코카인은 사라지고 그 대신 베이킹소다가 상자 안에 들어 있었다고 한다." 넬슨은 어머니가 너무 멍청해서 이게 무슨 소리인지 이해하지 못할 거라고 생각하는 사람처럼 말을 덧붙인다. "여기서는 다들 마약을 킁킁거리면서 도둑질을 하고 있네요. 심지어 마약반장까지도."

"그럼 너는?" 재니스가 묻는다.

넬슨은 재니스가 커피를 마시겠냐고 묻는 줄 알고 "당연하죠"라고 말하고는 신문에서 눈을 떼지 않은 채 잔을 내민다. "어제 플로리다 남서부가 전국에서 가장 더웠대요."

재니스는 커피메이커를 가져와 유리탁자에 열이 직접 닿지 않게 신문을 접어놓은 뒤 그 위에 놓는다. 재니스는 열 때문에 유리가 깨질 거라는, 거의 미신에 가까운 두려움을 갖고 있지만, 해리는 그녀를 비웃으며 용접용 토치로도 유리를 깨뜨릴 수 없다고 말하곤 한다. 남자들은 이런 문제나 전기 문제에 대해 가볍게 웃어넘기지만, 항상 모든 걸 알고 있는 것은 아니다. 실제로 나쁜 일들이 일어나는데도 남자들은 그런 일이 없었던 것처럼, 또는 누군가 다른 사람의 잘못 때문인 것처럼 군다. 재니스는 넬슨이 앉아 있는 고리버들 안락의자 옆의 접이식 소파에 단단히 자리를 잡고 앉아서 허벅지와 무릎을 벌린다. 그녀의 어머니가 뭔가 단호하게 마음을 먹었을 때 자주 취하던 자세다. 재니스가 넬슨에게 말한다. "아니, 난 너랑 코카인에 대해 물은 거야. 어떻게 된 거니?"

자신을 바라보는 넬슨의 표정에서 재니스는 그가 열두 살 때 여름 내내 짓고 있던, 두려움과 의뭉스러움이 뒤섞인 표정을 떠올린다. 그녀가 자신을 결코 용서할 수 없는 일 중 하나를 꼽는다면, 넬슨이 자전거를 타고 아이젠하워 애비뉴까지 와서 다른 남자와 도망친 엄마를 한번 보겠다고 찰리의 집 앞에 서 있던 일이다. 넬슨이 묻는다. "그런 문제가 있다고 누가 그래요?"

"네 안사람이 그러더라, 넬슨. 네가 중독이 돼서 돈도 없는 주제에 엄청난 돈을 날리고 있다고."

"그 미친 거짓말쟁이가. 그 여자가 극적인 효과를 위해서라면 무슨 말이든 할 사람이라는 걸 엄마도 아시잖아요. 언제 엄마한테 그런 헛소리를 지껄인 거예요?"

"그렇게 예의 없는 말은 쓰지 마라. 뭔가 문제가 있다는 건 그냥 보기만 해도 알아. 그저께 밤에 네가 자정 넘어서까지 집에 안 들어왔을 때 테레사가 아주 조금 이야기를 비쳤다. 그리고 어제 좀더 이야기를 나눴지. 네 아버지가 애들을 데리고 앞서 걸어가는 동안에."

"그러게요, 아버지는 도대체 뭘 하시고 싶은 거예요? 우리 애들한테 왜 그렇게 사랑이 넘치는 할아버지 행세를 하시는 건데요? 나한테는 한 번도 그런 적이 없었잖아요."

"계속 화제를 바꾸지 마. 네 아버지는 너한테 저질렀던 실수를 만회하려고 애쓰는 건지도 모르잖니. 어쨌든 지금 내가 걱정하는 건 네 아버지가 아니다. 젊었을 때 네 아버지는 자유를 포기하지 못하고 힘든 시절을 겪었지만 지금은 잘 지내는 것 같아. 하지만 너는 아닌 것 같구나. 신경질적이고, 무례하고, 마음은 가족과는 전혀 상관없는 다른 일에 가 있어. 언제나 다른 생각을 하고 있단 말이다. 책이나 텔레비전을 보고 내가 내린 결론은 마약이다. 프루도 코카인이라고 하더라. 지금은 크랙으로 옮겨갔을 가능성이 크다고. 네가 그동안 헤로인은 멀리했다고 프루가 말하더라만, 그 두 가지를 섞는 스피드볼이라는 것도 있으니까."

"그런 건 주사기를 써야 돼요, 엄마. 그런데 나는 주사기 근처에도 가기 싫어요. 그건 믿어도 좋아요. 젠장, 자칫하다간 에이즈에 걸린단 말이에요."

"그래, 에이즈가 있지. 요즘은 다들 그걸 걱정해야지." 재니스는 눈을 감고, 섹스로 인해 벌어진 온갖 비참한 일들을 말없이 생각한다. 그 보상으로 주어지는 쾌락은 보잘것없는데. 넬슨에게도 이런저런 결점이 있겠지만, 재니스가 느끼기에 그는 제 아버지처럼 섹스에 미친 적이 한 번도 없었다. 넬슨의 세대는 일찍부터 섹스를 충분히 접했기 때문에 그 마술적인 힘이 시들어버린 것이다. 하지만 가엾은 해리는 매일 밤 굉장한 것을 기대하고 침대에 뛰어들곤 하다가 나중에 조금씩 진정하기 시작했다. 어쩌면 재니스 자신도 살면서 한 번 정도는 바보 같은 짓을 했다고 할 수 있다. 그때 그녀는 자신이 무덤 근처까지 가 있던 찰리를 섹스의 힘으로 되찾아왔다고 생각했다. 순수한 사랑의 힘으로 그렇게 했다고. 여자에게는 그것이 힘이었다. 아주 최근까지 여자에게 허락된 힘은 그것뿐이었다.

넬슨은 재니스의 침묵을 기회로 삼아 공격을 시작한다. "사실 내가 주말에 코카인을 좀 한다 해도 뭐 어때요? 엄마가 홀짝홀짝 술을 마시는 거랑 뭐가 달라요? 내가 기억하는 한 엄마는 부엌이든 어디든 항상 옆에 잔을 두고 있었어요. 엄마도 아시죠? 술이 결국은 사람 목숨을 빼앗는다는 걸. 술보다 코카인이 몸에 훨씬 덜 해롭다는 과학적인 연구도 있어요."

"뭐……" 재니스는 짧막한 카키색 치마를 허벅지 위에서 끌어내리며 말한다. "몸에 덜 해로울지는 몰라도, 값은 훨씬 더 비싼 것 같던데."

"그거야 법이 멍청해서 그걸 불법으로 만들었으니까 그렇죠."

"그래, 그렇지. 네가 술에 대해 아무리 험담을 늘어놓아도, 어쨌든 술은 합법적이야. 네 할아버지가 젊었을 때는 그렇지 않았기 때문에 할아버지는 끝내 술에 맛을 들이지 못하셨지. 안 그랬으면 할아버지가 그렇게 많은 걸 이루시지도 못했을 거고, 우리 모두가 그 과실을 즐길 수도 없었을 거야." 넬슨이 끼어들려고 입을 여는 것을 보고 재니스는 목소리를 높여 말을 잇는다. "넌 아주 많은 점에서 할아버지를 많이 닮았다, 넬슨. 신경질적이면서 에너지가 넘치는 것도 똑같고, 항상 뭔가 궁리를 하지 않으면 견디지 못하는 것도 똑같아. 그런데 네가 그 에너지를 이렇게 자기파괴적인 일에 낭비하는 꼴은 보기 싫다." 넬슨이 또 끼어들려는 것을 보고 재니스는 자기 말에 결론을 내린다. "자, 이제 코카인 이야기를 해봐, 넬슨. 이 늙은 할머니도 이해할 수 있게 말해봐라. 그걸 하는 이유가 뭐냐? 프루 말로는 대금을 지불하지 못한 청구서가 계속 쌓이고 있다던데, 그게 그렇게까지 가치 있는 일인 거니?"

넬슨은 화가 나서 철썩하는 소리가 나도록 다시 의자에 몸을 묻는다. 그 바람에 고리버들 의자에서 삐걱거리는 소리가 나고, 재니스의 귀에 뭔가가 뚝 부러지는 소리가 들린다. "엄마, 내 사생활 이야기는 하고 싶지 않아요. 나도 이제 서른두 살이라고요, 젠장."

"네가 여든두 살이 돼도, 넌 내 아들이야." 재니스가 말한다.

"자꾸 외할머니처럼 행동하려고 하시는데, 엄마가 외할머니만큼 날카롭지도 않고 강하지도 않다는 건 엄마도 알고 나도 알아요." 하지만 이 말을 하면서 강한 죄책감이 느껴졌기 때문에 넬슨은 발코니 너머의 플로리다 풍경으로 시선을 피한다. 산들바람이 불어오는 밝은 날씨 속에서 새들이 짹짹거리고, 사람들이 골프를 치는 소리가 아련하게 들려오고, 점점 정오가 가까워지면서 기온이 30도 안팎으로 오른다. 지금 이곳은 전국에서 가장 따뜻한 곳이다. 넬슨의 어머니는 그에게서 눈을 떼지 않는다. 밝은 햇빛 속에서 넬슨의 피부가 투명하게 보인다. 건강하지 못한 생활, 부자연스러운 에너지 낭비로 얇게 닳아버린 것 같은 모습이다. 넬슨은 당혹스러워하면서 귀걸이도 만져보고, 진흙 색깔의 작은 턱수염 양쪽을 집게손가락으로 매끈하게 다듬기도 한다. "그걸 하면 마음이 편해져요." 마침내 그가 어머니에게 말한다.

재니스는 말이 더 이어지기를 기다리다가 재촉한다. "넌 그렇게 편해 보이지 않는데." 그리고 말을 덧붙인다. "넌 어렸을 때도 긴장을 잘했다, 넬슨. 모든 걸 아주 진지하게 받아들였어."

넬슨이 재빨리 말한다. "그럼 어떻게 받아들여야 하는 건데요? 아버지처럼 굉장한 농담으로 받아들일까요? 이 망할 놈의 세상을 나한테 날아온 연애편지처럼 취급할까요?"

"아버지 얘기 말고, 네 얘기를 해야지. 네 말처럼 난 단순한 여자다. 날카롭지도 않고 강하지도 않아. 모르는 것도 아주 많고. 그런데 지금 가장 간단한 문제는, 거기에 드는 비용과 그로 인한 손해가 얼마나 되느냐는 거야. 네가 그걸 어떻게 하는지, 그러니까 코로 빨아들이는지

236

담배처럼 피우는지 어쩌는지 난 그것도 몰라. 내가 코카인에 대해 아는 거라고는 드라마 〈마이애미 바이스〉랑 토크쇼에서 본 것뿐이다. 그런데 거기서 하는 설명은 자세하지 않아. 게다가 그것이 내 인생에 영향을 미칠 거라고는 생각해본 적도 없었어."

그가 점점 더 당황하는 것이 느껴진다. 그가 여섯 살 때 몸이 아프다고 해서 재니스가 속이 꾸룩거리느냐고 물었을 때와 같다. 열네 살 때 침대보에 묻은 얼룩에 대해 물었을 때도 마찬가지였다. 하지만 넬슨이 지금 이 일에 대해 자세히 이야기하고 싶어한다는 것, 이제 성인 남자가 돼서 얻은 지식을 자랑하고 싶어한다는 것을 재니스는 알 수 있다. 넬슨은 항복한다는 듯이 한숨을 내쉬더니 눈을 감고 입을 연다. "설명하기가 힘들어요. 주정뱅이들이 하는 말 알죠? 아픈 게 전혀 느껴지지 않는다는 말. 그걸 하고 나면 나도 아픈 게 전혀 느껴지지 않아요. 거꾸로 생각하면, 다른 때는 항상 통증이 느껴진다는 뜻이겠죠. 모든 게 흑백이다가 컬러로 바뀌어요. 모든 게 훨씬 더 강렬하고 희망적으로 변해요. 세상은 마땅히 이래야 한다는 생각이 들고, 내가 아주 힘이 세진 것 같아요." 이 마지막 말은 아주 내밀한 비밀 같아서 넬슨은 여자애처럼 긴 속눈썹을 깜박거리더니 얼굴을 붉힌다.

재니스는 조금 속이 불편해진다. 아들의 성적인 본성 중에 뭔가 중성적이고 아직 확실히 결정되지 않은 것, 아들이 무서워하던 것을 이토록 가까이서 보게 되다니. 재니스가 다리를 소파 위로 올려 책상다리를 하자 치마가 무릎 위로 쑥 올라간다. 쉰두 살인데도 재니스의 다리는 아직도 탄탄하고 날씬하다. 젊었을 때도 다리는 그녀의 가장 커다란 장점이었다. 머리카락은 옛날부터 항상 숱이 적었고, 가슴도 작고, 얼굴도 평범했기 때문이다. 재니스는 특히 플로리다로 내려온 뒤 자신의 다리를 더 좋아하게 되었다. 갈색으로 그을린 다리가 다른 여자들에 비해 아주 좋아 보였다. 그들은 몸매가 망가지는 걸 방치했거나 애당초 몸매라는 게 없었던 여자들이니까. 유대인 여자들은 대개 다리가 피아노 다리처럼 굵고 못생겼으며, 엉덩이도 낮게 처져 있다. 재니스는 아들이 엄마의 무지를 즐거워하게 내버려둔 채 이렇게 묻는다. "그 밝은 색깔을 보려면 한 번에 몇 번씩이나 쿵쿵거려야 하는 거야?"

넬슨이 우월감을 느끼며 웃음을 터뜨린다. "그건 라인이라고 하는 거예요, 엄마. 코로 흡입할 때는 그렇게 불러요. 대개 거울 위에서 면도날로 코카인 가루를 톡톡 갈라서 몇 줄로 만들어요. 폭은 0.3센티미터쯤 되고, 길이는 3~5센티미터쯤 돼요. 거기에 빨대나 유리대롱을 대고 코로 빨아들이는데, 브루어의 다리 근처에 가면 그런 걸 파는 데가 있어요. 어떤 사람들은 지폐를 돌돌 말아서 쓰기도 해요. 그걸 100달러로 하면, 다들 멋있다고 생각해요." 넬슨은 그 선명하고 반짝이는 작업을 떠올리며 미소를 짓는다. 마운트저지와 등을 맞댄 브루어의 북동부 고지대에 있는 친구들의 아파트에서 친구들과 함께 그걸 할 때의 기분이라니.

그의 어머니가 묻는다. "프루도 너랑 같이 그걸 하는 거냐?"

넬슨의 얼굴이 어두워진다. "전에는 그랬지만, 로이를 임신한 뒤에는 그만뒀어요. 그러고는 다시 시작하지 않았죠. 요새는 사람이 아주 딱딱해졌어요. 그게 사람을 망가뜨린다나요."

"정말로 그래?"

"그런 사람도 있기는 하지만 꼭 그런 건 아니에요. 그런 사람들이야 어차피 무엇에든 걸려들었을걸요. 이미 말했지만, 술보다 몸에 좋아요. 직장에서도 화장실에 가서 재빨리 라인을 한 번 할 수 있어요. 아무도 눈치를 못 채니까요. 그냥 나 자신만 슈퍼맨이 된 기분을 느낄 뿐이지. 차도 슈퍼맨처럼 팔 수 있어요. 자신에게 거부할 수 없는 매력이 있다고 느끼는 사람을 보면 남들도 그렇게 느껴요." 넬슨이 다시 웃음을 터뜨리자 재니스처럼 작고 회색빛이 도는 이가 드러난다. 넬슨의 작은 얼굴도 재니스를 닮았다. 세파에 망가질 수 있는 그곳에 너무 많은 걸 올려놓고 싶지 않은 것 같다. 반면 해리는 중년이 되면서 몸이 부풀더니, 얼굴도 그 부푼 몸 위의 달덩이가 되었다. 여기 남쪽 사람들, 그러니까 머리 좋은 유대인들은 함께 골프를 치는 그 세 친구처럼 그를 놀리며 이용해먹곤 한다.

재니스는 혀로 윗입술을 핥는다. 이제 이야기를 어디로 끌고 가야 할지 알 수가 없다. 가까운 시일 안에 넬슨의 마음을 다시 이렇게까지 여는 일은 불가능하다는 것을 그녀도 알고 있다. 넬슨은 내일 오후면 비행기를 타고 돌아가서 신년맞이 파티에 참석할 것이다. 재니스가 묻는다. "그럼 크랙도 하니?"

넬슨의 얼굴에 경계심이 떠오른다. 그는 캐멀 담배에 불을 붙이고는 고개를 뒤로 젖혀 마지막 남은 커피를 마신다. 관자놀이의 투명한 회색 피부 밑에서 신경이 움찔거리고 있다. "크랙은 순화한 코카인일 뿐이에요. 작은 자갈 모양이라 사람들은 돌멩이라고 불러요. 대개는 파이프 같은 걸로 피우죠." 그가 손짓을 하자 담배연기가 둥글게 그의 얼굴을 에워싼다. "아주 빨리 기분이 좋아져요. 코로 흡입하는 것보다 더 빨라요. 하지만 그만큼 빨리 약효가 사라지죠. 그래서 더 많이 피우고 싶어지고, 끊임없이 찾아다니게 돼요."

"그러니까 너도 하는구나. 크랙."

"경험해본 적은 있어요. 그게 어때서요? 그게 더 편하고, 한 이 년 전부터 사방에 깔려 있는데요. 갱들 사이에 경쟁이 심해서 값도 엄청 싸요. 돌멩이 하나에 15달러, 아니 10달러일 때도 있어요. 사람들은 그걸 사탕이라고 불러요. 엄마, 그건 아무것도 아니에요. 엄마 세대의 사람들은 마약에 대해서 미신 같은 걸 갖고 있지만, 그건 그냥 긴장을 풀고 자극을 좀 즐기는 방법일 뿐이에요. 사람들은 동굴에 살던 원시시대부터 자극적인 걸 좋아했잖아요. 아편, 맥주, 헤로인, 마리화나, 전부 옛날 옛적부터 있던 것들이에요. 코카인은 그중에서도 가장 깨끗해요. 그걸 하는 사람들도 대개는 사회적으로 성공한 사람들이고요. 사실 그것 덕분에 계속 성공할 수 있는 거예요. 사람을 예리하게 만들어주니까."

재니스의 손은 소파 쿠션 위의 맨발에 놓여 있다. 그녀는 자신의 발가락을 한 번 꼭 쥔 뒤 발가락 사이로 공기가 들어가게 발을 쫙 편다. "내가 정말 멍청했구나." 재니스가 말한다. "그런 건 전부 빈민가에서 나오는 거고, 신문에 실리는 범죄에도 그게 얽혀 있는 줄 알았어."

"신문들이 과장하는 거예요. 신문을 팔려고 뭐든지 과장하잖아요. 정부도 마찬가지죠. 자기들이 얼마나 멍청한지 우리가 눈치채지 못하게 하려고 모든 걸 과장해요."

재니스는 멍하니 고개를 끄덕인다. 아버지는 사람들이 정부를 비난하는 걸 싫어하셨다. 재니스는 먼저 한쪽 다리를 펴서 둥근 유리탁자

위에 발꿈치를 놓은 뒤 다른 다리도 평행으로 편다. 그래서 맨살이 드러난 종아리가 서로 닿는다. 재니스는 찬사를 기다리는 사람처럼, 탄탄한 갈색 발등을 아치형으로 구부린다. 다리는 아직도 젊어 보이지만, 얼굴은 그랬던 적이 없다. 재니스는 다리를 구부려 양발을 융단 위에 내려놓는다. 이제 다시 진지해질 때다. "커피를 좀 데워야겠다. 어제 사온 빵을 나랑 나눠 먹지 않겠니? 네 아버지가 못 먹게 하기 위해서라도?"

"엄마 혼자 다 드세요." 넬슨이 말한다. "프루는 내가 그렇게 건강에 안 좋은 음식을 먹는 걸 가만 놔두지 않아요." 재니스는 이것이 참 무례한 말이라는 생각이 든다. 그녀는 넬슨의 엄마다. 프루가 아니다. 그녀가 부엌에서 커피가 데워지기를 기다리고 있는데, 넬슨이 또다른 화제를 찾아냈는지 편안한 목소리로 그녀를 부른다. "소방서 부서장이 비번 때 사이렌을 켜고 달리다가 오토바이랑 부딪쳤대요. 아마 약에 취했을걸요. 새해 첫날에 비가 올지도 모른다고 하네요."

"비가 필요하긴 하지." 재니스는 반으로 잘라 접시에 담은 빵과 아로마스터를 들고 거실로 돌아가며 말한다. "따뜻한 날씨가 좋기는 하지만, 올해 12월은 좀 이상해."

"부엌에 있을 때 시계 보셨어요?"

"열두시가 거의 다 됐는데, 왜?"

"이 집에 차가 한 대밖에 없는 게 진짜 불편하네요. 괜찮다면, 식구들이 돌아온 뒤에 볼일을 보러 좀 나갔다 올게요."

"무슨 볼일인데?"

"약국에 좀 다녀오려고요. 소미넥스*가 좀 필요해요. 로이는 염소가 가득한 수영장에 들어갔다 나온 뒤에도 젖은 수영복을 그대로 입고 있어서 발진이 생겼고요. 거기 바를 만한 연고 같은 거 없어요?"

"설마 그저께 밤에 그 식당에서 같이 있었던 사람들을 또 만나려는 건 아니지? 라인인지 돌멩이인지, 하여튼 그런 걸 파는 사람들 말이야."

"에이, 엄마, 이젠 탐정 흉내까지 내는 거예요? 이젠 야단쳐도 소용없어요. 난 이미 어른이니까. 엄마한테 그렇게 전부 털어놓지 말걸 그랬네요."

"내가 정말로 알고 싶은 건 아직 듣지 못했어. 거기에 돈이 얼마나 드는지 말이야."

"얼마 안 돼요, 솔직히. 그거 알아요? 실제로 값이 내려가고 있는 건 컴퓨터랑 코카인밖에 없어요. 옛날에는 진짜 거액이 들었죠. 그래서 대중가수들을 빼고는 아무도 그 비용을 감당할 수 없었지만, 지금은 겨우 75달러만 주면 1그램을 살 수 있어요. 물론 품질이 어떤지는 알수 없죠. 하지만 시간이 좀 흐르면 믿을 만한 중개상을 만나는 법을 알게 돼요."

"오늘 아침에도 그걸 한 거니? 나랑 이야기를 하려고 침실에서 나오기 전에?"

"에이, 왜 이래요. 난 지금 솔직하게 이야기하고 있는 건데, 쓸데없는 짓인 것 같네요."

"오늘 아침에도 한 것 같구나." 재니스가 고집스럽게 말한다.

넬슨이 이 말조차 부정하지 않는 것을 보고 재니스는 낙담한다. 아

---

* 수면제 상표명.

이들은 왜 어른을 무서워하는가? "봉투에 남아 있던 걸 한 번 했을 수도 있겠죠. 아침이니까 기운을 좀 차리려고. 아버지가 주디를 데리고 작은 돛단배를 타고 나간다는 게 싫었거든요. 아버지는 배를 모는 법이라고는 쥐뿔도 모르잖아요. 게다가 요새는 안 그래도 항상 맹하게 보이는데. 아버지는 우울해하는 것 같아요. 엄마도 눈치챘어요?"

"내가 한꺼번에 모든 걸 알아차릴 수는 없어. 하지만 너에 대해서는 알아차린 게 있지. 네가 평소와 다르다는 것. 넌 지금 네 외할머니가 이상한 상태라고 말하던 그 모습이야. 네가 그토록 믿는다는 그 중개상 말인데, 그 사람한테 줘야 하는 돈이 얼마나 되는 거니? 얼마야?"

"엄마, 엄마가 간섭할 일이 아니잖아요."

넬슨은 지금 상황을 즐기고 있다. 재니스는 이것을 알아차리고 슬픈 기분이 든다. 넬슨은 자신의 문제에서 도망쳐 그 당혹스러운 짐을 어머니에게 떠넘기며 즐거워하고 있다. 목소리가 느슨해지는 것, 그 화려한 페이즐리무늬의 목욕가운을 걸친 어깨에서 힘이 빠지는 것에서 넬슨의 안도감이 드러난다. 재니스가 말한다. "네 돈은 부지에서 나오는 거고, 부지는 아직 네 것이 아냐. 내 것이지. 나랑 네 아버지 것이야."

"하, 퍽이나 아버지 것이겠네요."

"빚진 돈이 얼마니, 넬슨?"

"돈을 빌릴 데가 있으니까 걱정 마세요."

"그럼 왜 생활비가 모자라는 건데? 연봉이 4만 5천 달러고, 게다가 집도 있잖아."

"엄마가 보기에는 그게 엄청 많은 돈 같겠지만, 그건 인플레이션 이전의 얘기죠."

"그 코카인이라는 게 1그램에 75달러이고, 돌맹이 하나 값은 10달러라며. 그럼 하루에 네가 사용하는 양이 몇 그램이야? 돌맹이로는 몇 개고? 제발 말해봐라. 널 돕고 싶어서 이러는 거야."

"돕는다고요? 어떻게 도울 건데요?"

"네가 지금 어떤 곤경에 처해 있는지 알기 전에는 확실히 말할 수 없어."

넬슨은 망설이다가 입을 연다. "빚이 아마 1만 2천 달러쯤 될 거예요."

"아이고, 세상에." 재니스는 발밑에 깊은 구덩이가 생겨난 것 같은 기분이다. 그녀는 아들과 대화를 나누다보면 아들이 모든 걸 고백하고 참회할 것이고, 마지막에 자신이 저축한 돈 천, 2천 달러를 너그럽게 내놓으면 될 것이라고 생각했다. 그런데 아들이 그보다 훨씬 더 큰 액수를 쉽사리 입에 담는 것을 보니 문제의 차원이 자신의 생각과는 완전히 다른 것 같다. "어떻게 그럴 수가 있니, 넬슨?" 재니스는 힘없이 어설픈 질문을 던진다. 베시 스프링어가 그랬던 것처럼 자신이 정의라고 믿고 엄하게 아들을 다그치던 태도는 모두 사라져버렸다.

재니스가 얼마나 충격을 받았는지 알아차린 넬슨의 창백하고 작은 얼굴이 당황해서 분홍색으로 달아오르기 시작한다. "그게 무슨 큰일이라고 그래요? 1만 2천은 옵션을 하나도 붙이지 않은 캠리 값도 안 되는 돈이에요. 엄마가 일 년 동안 마시는 술값은 얼마나 될 것 같아요?"

"아무리 해도 그런 액수까지 되지는 않아. 게다가 네 아버지는 평생 술을 좋아한 적이 없고. 옛날 머킷 부부랑 어울릴 때 마셔보려고 하긴 했지만."

"머킷 부부랑 어울릴 때라…… 아버지가 그 두 사람한테서 뭘 봤는지 엄마도 알죠? 신디 머킷의 팬티 속으로 들어가는 것, 아버지가 원한 건 그것뿐이었어요."

재니스는 아들을 빤히 바라보며 하마터면 웃음을 터뜨릴 뻔한다. 이 아이는 얼마나 어린가. 그건 정말 오래전 일이고, 지금 넬슨이 생각하는 것과는 달랐다. 가슴속에서 공허한 느낌이 점점 번져간다. 재니스는 술을 좀 마실 수 있으면 좋겠다는 생각이 든다. 작은 오렌지주스 잔에 따른, 피처럼 붉은 캄파리. 여기 남쪽 여자들은 점심식사 때나 풀장에서 포도주에 소다수를 섞어서 마시는 걸 좋아하지만, 재니스는 그렇게 술을 희석시키고 싶지 않다. 체리가 들어간 빵 반쪽이 뱃속에서 무겁게 느껴지고, 재니스는 이제 불안한 나머지 넬슨 몫으로 놓아둔 나머지 빵 반쪽에서 하얗게 굳은 설탕 장식을 뜯어먹는 걸 멈출 수 없다. 넬슨이 빵을 먹지 않겠다고 한 것, 그녀와 해리가 몸에 좋지 않은 줄 알면서도 좋아하는 음식에 대해 그토록 잘난 척하며 우월감을 드러낸 것이 무엇보다도 신경에 거슬린다. 재니스는 딱딱한 목소리로 넬슨에게 말한다. "생활비가 얼마나 들든, 우리는 그 돈을 감당할 수 있어. 그만한 돈이 있으니까." 재니스는 아들을 향해 한 손을 내밀고 손가락 두 개를 비빈다. "담배 한 개비 주겠니?"

"엄마는 담배 안 피우잖아요." 아들이 말한다.

"그렇지, 하지만 너랑 네 안사람이 옆에 있을 때는 예외야." 넬슨은 어깨를 으쓱하고는 탁자 위에 놓아둔 캐멀 담뱃갑을 들어 재니스에게 던져준다. 이제 두 사람은 완벽한 공범이다. 이 가벼운 느낌, 그러니까 담배 자체의 가벼움과 콧구멍으로 연기를 내뿜을 때의 건조하고 따끔거리는 느낌 덕분에 지금 이 상황을 그녀가 감당할 수 있을 것 같은 생각이 든다. 재니스가 묻는다. "그 중개상이라는 사람들은 돈을 갚지 않는 사람을 어떻게 하니?" 입술을 깨물고 싶은 기분이 든다. 재니스는 이미 아들의 영역으로 넘어갔고, 그곳에서 아들은 무고한 피해자다.

"아." 넬슨은 무심하고 용감한 척하는 것을 즐기고 있다. 그가 재떨이 대용으로 사용하고 있는 예쁜 마코마 조개껍질 가장자리에서 담뱃재를 만져 모양을 만든다. "대개는 대화로 해결해요. 다리를 부러뜨리겠다거나, 애들을 납치하겠다고 말하는 식이죠. 그래서 내가 주디랑 로이한테 그렇게 신경을 곤두세우는 건지도 몰라요. 협박을 자주 하다 보면, 그쪽도 결국 행동에 옮길 수밖에 없을 테니까요. 하지만 그쪽 입장에서는 좋은 고객을 잃고 싶지 않겠죠. 은행이랑 같아요. 빚을 많이 진 사람이 망하기를 바라지 않는다는 점에서요."

재니스가 말한다. "넬슨, 만약 내가 그 1만 2천 달러를 내준다면, 영원히 마약을 끊겠다고 맹세할래?" 재니스는 아들과 시선을 마주치려고 애쓴다.

그녀는 아들이 적어도 어머니의 선물을 확실히 손에 넣기 위해 열렬히 맹세해줄 것이라고 기대하지만, 아들은 뻔뻔하고 몰염치하게 가만히 앉아 어머니를 향해 시선 한 번 주지 않고 이렇게 말한다. "노력은 해보겠지만, 솔직히 약속할 수는 없어요. 전에도 끊으려고 한 적이 있기는 해요. 프루를 위해서. 하지만 난 코카인이 좋아요, 엄마. 코카인도 날 좋아하고요. 뭐라고 설명해야 할지 모르겠지만, 하여튼 그건 나한테 딱 맞아요. 모든 게 제대로 된 것 같은 기분을 느끼게 해주니까요. 다른 어떤 것과도 달라요. 은행이랑 같아요. 빚을 많이 진 사람이 망하기를 바라지 않는다는 점에서요."

재니스는 자기도 모르게 울고 있다. 흐느끼는 소리는 나지 않는다. 그저 목이 마른 지푸라기처럼 아프고 뺨이 젖어 있을 뿐이다. 마치 남편이 방금 다른 여자를 사랑한다고 차분히 고백하기라도 한 것 같다. 간신히 목소리를 수습해서 말을 할 수 있게 된 재니스는 분명하게 말한다. "그렇다면 내가 돈을 주는 건 네가 스스로를 망가뜨리는 걸 도와주는 바보짓이 되겠구나."

넬슨이 고개를 돌려 어머니의 얼굴을 정면으로 바라본다. "아뇨, 그걸 끊을 거예요. 확실히. 조금 전에는 그냥 머릿속에 떠오른 생각을 큰소리로 말했을 뿐이에요."

"정말로 끊을 수 있겠니?"

"그거야 쉬운 일이죠. 약을 한 번도 안 하고 며칠씩 보낼 때도 많으니까. 금단증상이 전혀 없어요. 그게 좋은 점 중 하나죠. 속이 메스껍지도 않고, 헛것이 보이지도 않아요. 그러니까 그냥 결심만 하면 돼요."

"하지만 넌 결심을 하지 않았잖아. 그런 느낌이 들지 않으니까."

"결심이야 당연히 했죠. 엄마 말대로, 난 경제적으로 그걸 감당할 능력이 없으니까. 부지의 주인은 엄마와 아버지이고, 나는 임금을 받으며 일하는 노예잖아요."

"그렇게 표현할 수도 있겠지. 아니면 우리가 간섭하지 않아도 네가 책임 있는 자리에서 사람들을 이끌며 일할 수 있게 만들어주려고 우리가 무진 애를 썼다고 표현할 수도 있고. 네 아버지는 여기서 굉장히 지루해하신다. 심지어 나도 조금 지루해."

넬슨이 갑자기 화제를 바꾼다. "프루는 전혀 도움이 되지 않아요."

"그래?"

"프루는 내가 비겁한 약골이라고 생각해요. 옛날부터 그랬어요. 나는 그저 애크런을 벗어나기 위한 수단이었을 뿐이죠. 이제는 그곳을 벗어났으니, 프루는 아내로서 남편에게 해줘야 하는 일을 하나도 하지 않아요."

"아내가 해줘야 하는 일이 뭔데?" 재니스는 진심으로 흥미가 인다. 남자가 이 주제에 관해 분명히 이야기하는 걸 한 번도 들어본 적이 없기 때문이다.

넬슨은 조금 짜증스러운 얼굴로 대답을 피하려 한다. "아시잖아요. 순진한 척하지 마세요. 격려, 애정, 위대하지 않은 남자라도 위대한 사람처럼 생각하게 해주는 것."

"내가 순진해서 그런지는 모르겠다만, 넬슨, 그런 건 자기 자신밖에 할 수 없는 일 아니니? 여자들도 보호해야 할 자아가 있고, 자기만의 문제가 있어." 재니스가 여기 내려와서 매주 여자들만의 토론 모임에 참석한 보람이 있다. 그녀는 분노와 독립심을 함께 느끼고 있다. 당장 일어서서 부엌으로 진군하듯 걸어가 수납장 문을 열고 캄파리 병과 오렌지주스 잔을 꺼낼 만큼. 스토브 위에 걸어둔 물빛 에나멜 시계에는 12:25라는 숫자가 떠 있다. 재니스 바로 옆의 벽에 걸린 전화가 울리는 바람에 그녀가 화들짝 놀라자, 손에 쥐고 있던 술병이 덩달아 급하게 움직이면서 술이 조금 쏟아져 포마이카 조리대 위에 붉은 흔적을 남긴다. 묽게 희석된 피 같다.

"그래…… 그래…… 세상에……" 넬슨은 고리버들 의자에 앉아서 앞으로의 계획을 짜며 1만 2천 달러보다 액수를 더 부풀릴 걸 그랬나 하는 생각을 하고 있다. 사실 그가 빚진 돈은 그보다 훨씬 더 많다. 어머니가 잔뜩 긴장해서 숨도 제대로 못 쉬는 것 같은 목소리로 전화를 받는 소리가 들린다. 전화를 끊고 서둘러 달려오는 어머니의 얼굴을 보니 상황이 바뀌었다는 것을 알 수 있다. 새로운 질서가 싹을 틔운 것이다. 플로리다에서 갈색으로 태운 어머니의 피부에서 색이 달아나고, 안색이 푸르죽죽한 회색으로 변했다. "넬슨." 재니스가 뉴스캐스터처럼 또박또박한 말투로 말한다. "프루의 전화였는데, 네 아버지가 심장발작을 일으켰다는구나. 병원으로 실려갔대. 내가 차를 써야 하니까 곧장 집으로 오겠다고 하더라. 너는 병원에 갈 필요 없다. 나 말고는 문병이 허락되지 않는다니까. 그것도 한 시간에 겨우 오 분뿐이야. 집중치료실에 계시단다."

딜리언커뮤니티종합병원은 1930년대까지 거슬러올라가는 황갈색 중심부에 현대적인 하얀색 건물을 나지막하게 덧붙인 형태다. 지붕은 스페인식 타일로 장식돼 있고, 창문에는 둥근 곡선으로 이루어진 창살이 달려 있다. 병원 건물은 북쪽으로 1.5킬로미터 정도 핀도팜 불러바드와 평행을 이루고 있는 타마린드 애비뉴 남쪽의 두 블록을 온통 다 차지하고 있다. 재니스는 어제 대부분의 시간을 이곳에서 보냈기 때문에 주차장으로 들어가는 길이 어디인지, 차를 세운 뒤 주차장에서 나가려면 바닥에 그려진 화살표 중 어떤 것을 따라가야 하는지 알고 있다. 유리로 둘러싸인 이층 육교는 주차장 계산소와 널찍하고 분주한 아스팔트길과 육각형 타일로 장식된 안뜰 위를 지나간다. 협죽도 산울타리가 있는 안뜰에는 반짝이는 강철 휠체어를 탄 환자들이 보인다. 육교에서 반층 높이의 계단을 내려가면 로비가 나온다. 다양한 인종의 노숙자들이 자신의 모든 소지품이 담긴 쓰레기봉투와 깔끔하게 끈으로 묶은 꾸러미 옆에서 꾸벅꾸벅 졸고 있다. 그들 중에는 백인도 있지만 그들 역시 길에서 많은 시간을 보내는 탓에 손과 얼굴이 갈색으로 변해 있다. 로비에서는 협죽도와 소변과 방향제 냄새가 난다.

연한 연어색 바탕에 연한 파란색 소매가 달린 상의와 줄무늬 바지로 이루어진 운동복 차림의 재니스가 앞장을 서고, 넬슨, 로이, 프루, 주디가 모두 비행기용 옷차림으로 서둘러 그 뒤를 따른다. 겨우 하루 만에 재니스는 미망인처럼 씩씩해져서, 속도를 지정해줄 남자가 없는 여자의 속도로 걷고 있다. 하지만 오래된 옛사랑의 흔적도 조금 보인다. 동물적으로 서로에게 끌리던 옛날의 그 감정이 그녀가 래빗 앵스트롬을 처음 의식하게 되었던 고등학교 시절의 복도와 그리 다르지 않은 이 혼잡한 병원에서 되살아난 것이다. 그 옛날 래빗은 키가 큰 금발의 유명한 상급생이었고, 재니스는 가무잡잡하고 평범하며 보잘것없는 9학년생이었다. 그때의 그 감정이 그녀를 자신의 남자에게로 이끈다. 그가 하나의 생물로서 연약해진 모습을 보며 그의 몸을 새로이 의식하게 되었기 때문이다. 그의 몸과 자신의 몸. 그가 쓰러진 뒤로 그녀는 건강하고 유연한 자신의 몸을 자랑스럽게 끊임없이 의식하고 있다. 도전적으로 꼿꼿이 세우고 있는 그녀의 몸은 고집스러운 기적과 같다.

아이들은 겁에 질려 있다. 로이와 주디는 오늘 이곳에서 무엇을 보게 될지 몰라서 불안해하고 있다. 어쩌면 할아버지가 괴물처럼 변해버린 건지도 모른다. 동화 속에서 사악한 마녀가 사람을 두꺼비나 김이 오르는 물웅덩이로 바꿔버리지 않던가. 아니, 어쩌면 할아버지는 처음부터 괴물이었던 건지도 모른다. 그 상냥하고 친절한 태도와 달래는 듯한 높은 목소리는 빨간 모자의 소녀를 잡아먹으려고 할머니 옷으로 변장한 늑대와 같은 것이었는지도 모른다. 단내가 섞인 방부제 냄새, 수많은 엘리베이터와 닫힌 문과 방향을 알려주는 화살표와 하얀 가운에 하얀 스타킹과 신발을 신고 플라스틱 배지를 단 사람들, 그리고 그들의 발이 어찌나 반짝반짝 닦아놨는지 물처럼 잔물결이 이는 듯 보이는 리놀륨 바닥에 닿으면서 만들어내는 단호하고 공허한 소리, 이 모든 것이 아이들의 불길한 느낌을 더욱 부추긴다. 이곳은 도망칠 길이 없는 미로 같다. 반짝반짝 윤이 나는 이 값비싼 함정 속의 문과 밸브는 모두 한 방향으로만 열린다. 어른들이 스스로를 위해 구축한 이 세계가 어찌나 현란하게 번쩍이는지 애당초 악의가 이 건물을 짓는 바탕이 되었던 것 같다. 병원에 들어서면 다른 세상은 존재하지 않는 것 같은 기분이 든다. 야자수와 비행기가 남기고 간 구름과 축 늘어진 전선과 파란 하늘이 창문을 통해 보이지만, 그것들 역시 유리창의 일부, 함정의 일부 같다.

천장이 둥근 로비에는 벽화가 두 개 있다. 한쪽 끝에 있는 벽화에서는 다양한 피부색의 행복한 사람들이 오렌지 과수원에서 일하고 있고, 그 위에 떠 있는 태양도 둥근 오렌지처럼 보인다. 그리고 반대편 끝에 있는 벽화에서는 갑옷을 입고 턱수염을 기른 스페인 사람들이 무표정한 얼굴로 거의 벌거벗다시피 한 인디언들과 정체가 불분명한 선물을 교환하고 있는데, 인디언 한 명은 활과 화살을 들고 이파리가 삐죽삐죽한 정글의 덤불 뒤에 웅크리고 있다. 그의 얼굴이 사악하게 일그러져 있는 것으로 보아 스페인에서 온 탐험가는 목숨을 잃을 것이다.

중앙 접수대에서 깡마르고 엄격해 보이는 여자가 컴퓨터 출력물을 살펴보더니 일행에게 해리의 병실이 있는 층과 그리로 올라가는 엘리베이터를 가르쳐준다. 다섯 식구는 엘리베이터에 오른다. 꽃다발을 들고 계속 목을 가다듬는 남자, 작은 유리병들이 찰랑찰랑 소리를 내는 쟁반을 든 히스패닉 청년, 턱이 크고 머리가 텁수룩한 중년 여자와 휠체어에 탄 나이 많은 여자가 함께 엘리베이터에 타고 있다. 나이 많은 여자는 중년 여자의 나이 먹은 모습 같은데, 다만 머리카락이 중년 여자만큼 굵지 않고 밝은색으로 염색돼 있지도 않을 뿐이다. 중년 여자는 다른 사람들이 내릴 수 있게 자기 어머니를 밀고 나갔다가 다시 타더니 휠체어로 사람들을 밀어내며 억지로 안쪽 깊숙이 들어온다. 주디는 어른들이 정말 불쾌하고 꼴사납다는 듯이 그 맑은 초록색 눈동자를 굴려 천장을 바라본다.

그들이 가야 하는 곳은 가장 꼭대기에 있는 사층이다. 재니스는 이곳의 간호사 대기석이 심장병동 집중치료실에 비해 훨씬 덜 복잡한 것을 보고 깜짝 놀란다. 집중치료실에서는 간호사복을 입은 여자들이 각각의 병실에서 나오는 불완전한 심장박동을 움찔거리는 오렌지색 선으로 표시해주는 심장 모니터들을 바리케이드처럼 삼면에 두르고 앉아 있었으며, 앞쪽에는 유리벽이 있었다. 군데군데 문이 열린 방에서는 갖가지 튜브들을 스파게티 가락처럼 매달고 멍하니 앉아 있는 환자들이 보였다. 닫혀 있는 문도 있지만 커튼이 쳐지지 않은 방에서는 의식을 잃고 누워서 죽어가는 환자의 검은 콧구멍 두 개와 삼각형 입이 보였다. 또한 불길하게 커튼이 드리워진 방들은 의료진이 필사적으로 조치를 취하는 모습을 감추고 있었다. 재니스는 아이를 둘 낳고 양친의 죽음을 모두 지켜보았기 때문에 병원이 그리 낯설지 않다. 여기 사층에는 높은 접수대 하나와 책상 몇 개, 그리고 단단한 나무로 만든 긴 대기 의자와 커피 탁자가 있을 뿐이다. 탁자 위에는 〈현대의 건강〉, 〈여성시대〉, 〈파수대〉, 〈월간 구원자〉 같은 잡지들이 놓여 있다. 덩치가 커다랗고, 하얀 캡 밑에 옥수수 모양으로 단단히 땋아서 왁스를 바른 머리를 둥글게 말아놓은 흑인 여자가 불안한 표정의 앵스트롬 일가 사람들을 미소로 멈춰 세운다. "문병객은 한 번에 두 분만 들어가실 수 있습니다. 앵스트롬 씨는 오늘 아침에 집중치료실에서 옮겨왔기 때문에 아직 지나친 소란을 감당하실 수 없어요."

널찍하고 반짝이는 얼굴과 정교하게 땋은 머리카락이 로이를 사로잡았는지, 로이는 낯선 환경을 참다못해 갑자기 울음을 터뜨린다. 잉크처럼 새까만 눈이 커졌다가 꾹 감긴다. 탄력 있는 입술은 맛이 끔찍한 음식을 먹기라도 한 것처럼 아래로 처진다. 아이가 처음 터뜨린 울음소리에 복도에 있던 여러 사람이 고개를 돌려 바라본다. 병원 직원들과 의사들이 이른 오후의 일상을 바삐 수행하고 있는 중이다.

프루가 넬슨의 품에서 로이를 받아 자신의 목에 아이의 얼굴이 오게 안는다. 그리고 남편에게 말한다. "당신이 주디를 데리고 들어갈래?"

넬슨의 얼굴도 불쾌하고 불편하다는 듯 일그러진다. "난 먼저 들어가고 싶지 않아. 아버지가 헛것을 보거나 그러면 어쩌라고. 엄마, 엄마가 먼저 들어가세요."

"정말이지," 죽지 않은 유일한 자식에 대해 해리가 항상 짊어지고 있던 분노가 재니스에게 옮겨온 것 같다. "두 시간 전에 나랑 통화할 때는 네 아버지가 완전히 정상이었어." 하지만 재니스는 주디의 손을 잡고 반짝이는 잔물결이 이는 것 같은 복도를 걸어가며 326호를 찾는다. 이 번호가 왠지 익숙하다. 어디서 봤더라? 언제?

프루가 단단한 긴 의자에 앉는다. 쓸데없이 어슬렁거리는 사람들을 막으려는 건지 의자에는 방석 하나 없다. 프루는 로이를 달래려고 뭐라고 중얼거리기도 하고 아이를 가볍게 흔들기도 한다. 오 분 만에 아이는 딸꾹질을 하듯이 흐느끼며 잠이 든다. 무겁고 뜨거운 아이의 몸이 프루의 몸에 닿자, 북부의 겨울 날씨를 고려해서 입은 격자무늬 정장이 구겨지면서 훨씬 더 갑갑하게 느껴진다. 에어컨을 꺼둔 것 같다. 기온이 평년 이맘때보다 5도쯤 높은 20도대 후반으로 다시 올라갔는데도. 그들은 해리에게 줄 선물로 오늘 아침에 나온 〈뉴스 프레스〉를 가져왔기 때문에 긴 의자에서 기다리는 동안 넬슨이 그 신문을 읽기 시작한다. 레이건과 부시에게 소환장 발부. 프루도 그의 어깨 너머로 신문을 읽는다. 1988년에 지역 살인사건 감소. 구단주가 앰버의 장례비를 대기로. 브루어의 〈스탠더드〉와 달리 이 신문에는 항상 컬러사진이나 그림이 실리는데, 오늘은 로커비의 위치를 표시하고 여행가방과 폭발하는 비행기 그림을 삽입한 영국 지도가 초록색으로 실려 있다. 보고서에 따르면 정교한 폭탄이 사용됐다고. "넬슨." 프루가 로이를 깨우지 않으려고 그러는 건지, 아니면 간호사들한테 대화가 들리지 않게 하려고 그러는 건지 하여튼 작은 소리로 말한다. "좀 마음에 걸리는 게 있어."

"응? 누구는 안 그래?"

"당신이랑 내 얘기가 아냐, 이번에는. 혹시 말이야…… 차마 말을 못하겠어."

"무슨 말인데?"

"쉿. 큰 소리 내지 마."

"젠장, 신문 좀 읽자. 팬암기를 터뜨린 폭탄이 정확히 뭔지 이제 알 것 같다잖아."

"생각한 건 좀 됐는데, 설마설마했어. 그런데 어젯밤에는 이야기할 새도 없이 당신이 잠들어버렸잖아."

"완전 녹초가 됐으니까. 그렇게 푹 잔 건 몇 주 만에 처음이야."

"그 이유는 당신도 알잖아. 어제는 당신이 몇 주 만에 처음으로 코카인을 하지 않은 날이야."

"그건 아무 상관 없는 일이야. 내 몸은 아무렇지도 않아. 내가 그렇게 곯아떨어진 건 아버지가 갑자기 돌아가실 뻔하는 바람에 기운이 빠졌기 때문이야. 아버지가 돌아가시면 그 뒤를 이어야 할 사람이 누구야? 아버지를 잃기엔 난 아직 너무 젊어."

"당신이 곯아떨어진 건 오랜만에 마약 기운이 몸에서 빠져나갔기 때문이야. 당신이 항상 엄청나게 긴장해서 신경질을 부리는 건 전부 마약 때문이라고."

"마약이 아니라 내 생활 자체가 신경질적이기 때문이야. 당신이랑 결혼한 뒤부터 계속 그랬어. 원하던 아이들을 다 얻고 나서는 거룩한 사람으로 돌변해서 섹스에 대해 냉동요구르트처럼 구는 당신 때문이라고."

프루가 화를 낼 때면 입에 힘을 주기 때문에 윗입술이 뻣뻣해지면서 콧수염과 비슷한 수직 주름살이 생긴다. 지금도 아주 흐릿한 콧수염이 난 것처럼 보인다. 점점 수염이 자라고 있다. 프루가 화를 내면 얼굴이 일종의 방패처럼 변해서 그를 압박한다. 눈 밑의 처진 피부는 머리 가르마처럼 죽은 하얀색이고, 숨죽여 말하는 목소리에는 분노가 가득하다. 이미 많이 해본 솜씨인 듯하다. 프루가 넬슨에게 이런 말을 하는 건 이번이 처음이 아니다. "내가 왜 당신이랑 자면서 위험을 무릅써야 하는데, 이 중독자야? 당신이 스피드볼을 하면서 더러운 주삿바늘을 썼을지도 모르고, 새벽 두시까지 집에 안 들어오면서 싸구려 코카인 창녀랑 뒹굴었을지도 모르는데, 내가 그것 때문에 에이즈에 걸려야겠어?"

로이가 프루의 목에 기댄 채 칭얼거리고, 접수대 뒤의 책상 근처에 있는 젊은 간호사 두 명이 두 사람의 말을 듣지 않으려는 듯이 일부러 소리 나게 서류를 뒤적거린다.

"이 멍청한 년." 넬슨이 부드러운 목소리로 말한다. 기분좋은 소리를 하는 사람처럼 가벼운 미소를 띠고 있다. "난 바늘은 안 써. 코카인 창녀랑 뒹굴지도 않고. 도대체 코카인 창녀가 뭔지 모르겠네. 당신도 모르잖아."

"이름이야 뭐라고 부르든 상관없어. 그냥 그 인간들의 병을 나한테 옮기지만 마."

넬슨은 계속 낮은 목소리로 말한다. 거의 다정하게 달래는 것 같은 목소리다. "어쩌다 이렇게 고귀하고 위대한 분이 되셨나. 그걸 좀 알았으면 좋겠네. 왜 이렇게 순수한 척하는 거야, 젠장. 필요한 순간에 자기를 자빠뜨리는 남자한테 넘어갈 때는 순수하지 않았잖아. 그러고는 나랑 멜러니를 브루어의 집으로 같이 보내서 계속 엉덩이를 대주게 했지. 내가 도망치지 못하게. 그거 진짜 냉혹했어. 자기 친구를 포주처럼 내돌리다니."

넬슨은 세월이 흐르면서 넓적해진 아내의 하얀 얼굴에서 일종의 습관적인 위안을 얻는다. 분노 때문에 생긴 주름살이 콧수염처럼 보이고, 이마 역시 분노 때문에 삼각형으로 휘어서 그를 압박하며 그의 시야를 제한한다. 주변의 모든 위협적인 것들이 시야에서 사라진다. 프루가 말한다. 넬슨이 지금 자신에게 따끔한 맛을 보여주려고 한다는 것을 알기라도 하듯이 더듬거리는 목소리다. "이건 이미 수백 번이나 한 이야기야, 넬슨 앵스트롬. 난 당신이 멜러니랑 같이 침대에 뛰어들 줄은 정말 몰랐어. 당신이 날 사랑해서 부모님과 잘 이야기해보려 한다고 멍청하게 믿고 있었으니까." 이런 불평도 진부하고 지겹지만 왠지 친숙해서 아늑하게 파고들어갈 수 있을 것 같다. 밤에 둘 다 잠들었을 때, 프루는 솜털이 난 긴 팔을 둥글게 구부려서 식은땀을 흘리는 그의 가슴을 안아주고, 그는 태아처럼 몸을 웅크리고 그녀에게 가까이 다가가 솜털이 난 그녀의 무릎에 등을 바싹 붙인다.

"난 정말로 노력했어." 넬슨이 말한다. 이제 놀리는 기색이 역력하다. "정말로 부모님을 설득했잖아. 그건 그렇고 아까 하려던 말은 뭐야?"

"무슨 말?"

"당신이 나한테 말하려고 했는데, 내가 평소와 달리 약에 취하지 않아서 금방 잠들어버리는 바람에 말을 못했다며." 넬슨은 긴 의자의 머리받침대에 머리를 기대고, 마약 기운이 떨어져 피가 깨끗해진 뒤에 찾아온 피로감을 느끼며 한숨을 내쉰다. 이렇게 기분이 곤두박질칠 때면 평소 자신이 얼마나 높은 곳에 올라가 있었는지 알게 된다. "젠장."

그가 말한다. "진짜 세상으로 빨리 돌아가면 좋겠네. 어제 일에 대해서는 당신 말에도 일리가 있어. 난 발이 묶여 있었잖아. 당신이 돌아오자마자 엄마가 차를 냉큼 가져갔으니까. 발할라 빌리지에서 구할 수 있는 건 영양제뿐이야."

아내로서 연민을 느낀 프루의 목소리가 부드러워진다. "난 당신이 이런 모습일 때가 좋아. 당신 본연의 모습. 첨가물은 전혀 없는 모습." 피곤에 지친 머리를 봉인하듯 둘러싸고 있는 단정한 옆모습, 숱이 점점 줄어드는 관자놀이와 조그맣게 삐죽 튀어나온 콧수염이 균형을 이루고 있는 모습 때문에 넬슨이 거의 미남처럼 보인다. 쥐꼬리처럼 묶은 머리카락 속에 여기저기 흩어져 있는 흰머리가 프루의 가슴을 울린다. 그것이 그녀의 잘못인 것만 같다.

지친 듯한 용서가 담긴 프루의 목소리에서 넬슨은 프루가 아직 이 결혼생활을 그만둘 생각이 없음을 깨닫는다. 아직 그에게는 여유가 많이 남아 있다. "난 언제나 똑같아." 그가 프루의 말을 반박한다. "약을 그만두는 건 언제든 할 수 있어. 어제 일은 당신 말이 옳을지도 모르지. 아버지 때문이든, 다른 일 때문이든 그냥 그걸 안 하기로 했으니까. 그런데 말이야, 그게 중독성이 없다는 걸 아무도 이해하지 못하는 것 같아."

"훌륭하기도 하시지." 프루의 목소리에서 부드러움이 빠져나가고 있다. "내 남편은 예외의 원칙을 증명하는 사람이야."

"다른 할 얘기는 없어?"

"이건 어때?" 프루는 이야기를 시작하기로 마음먹는다. "주디가 돛 밑에 갇혔어. 돛은 진짜 작지 않아? 게다가 주디가 얼마나 수영을 잘하는데. 그런데 어떻게……"

"그게 뭐?"

"혹시 주디가 그냥 그런 척한 게 아닐까? 장난으로 당신 아버지한테서 숨었는데, 일이 꼬인 거라면?"

"그런데 그것 때문에 아버지가 하마터면 죽을 뻔했다? 그거 굉장한 상상이네. 가엾은 아버지." 넬슨의 옆모습이 빙긋 웃는다. 콧수염이 작고 곧게 뻗어 있지만 짜증스러워 보이는 코 아래쪽으로 가까이 들린다. "그건 아닐 거야." 넬슨이 말한다. "주디는 그렇게 침착한 애가 아냐. 그때 주디는 마치 망망대해에 나와 있는 것 같은 기분이었을걸. 머릿속으로는 상어에 둘러싸인 상상을 하고 있었겠지. 그런 상황에서 장난은 못 쳐."

"당시 상황이 어땠는지, 아버님이 주디를 찾아낼 때까지 시간이 얼마나 걸렸는지 우리는 잘 모르잖아. 아이들의 생각이라는 건 어른들과는 다르게 돌아가기 마련이고, 아버님은 주디를 워낙 놀려대시니까. 애랑 이야기하실 때 보면 그렇잖아. 아이 머리로는, 할아버지한테 잔인한 짓을 하려는 게 아니라 그냥 놀림당한 걸 갚아주겠다는 생각으로 그런 짓을 할 수도 있어."

그의 미소 때문에 이제는 끝이 안쪽으로 휘어져 있는 작은 치아가 드러나 있다. 넬슨이 이도 열심히 닦고, 치실도 쓰고, 잠옷으로 갈아입은 뒤에는 끝에 고무가 달린 손잡이 같은 것도 사용하는데도 그의 이는 항상 조금 회색으로 보인다. "처음부터 마음에 안 들었어. 아버지가 배에 대해서는 쥐뿔도 모르는 주제에 주디를 데리고 나가는 것 말이야." 넬슨이 말한다. "아버지가 주디 목숨을 구해줬다며 우쭐거렸다고?"

"바닷가에서 구급요원들이 오기 전에. 엄청 긴 시간이 흐른 것 같았는데, 그 사람들 말로는 칠 분밖에 안 걸렸대. 어쨌든 아버님은 엄청난 고통에 시달리면서 숨도 제대로 못 쉬고 있었는데도, 왠지 기뻐하면서 안도감을 느끼는 것 같았어. 계속 농담을 던져서 우리를 웃게 만들려고 애쓰시더라고. 나더러는 발톱에 매니큐어를 새로 칠하라고 하시던데."

넬슨이 눈을 뜨고 한곳을 빤히 바라본다. 하지만 이미 세상을 떠난 이 병원 후원자가 유화로 그린 초상화 속에서 우쭐거리고 있는 반대편 벽이 아니라 과거 속을 멍하니 바라보고 있는 것 같다. "나한테 여동생이 있었던 건 알지?" 넬슨이 말한다. "물에 빠져 죽은 애 말이야."

"알아. 그런 일을 어떻게 잊겠어?"

넬슨은 허공을 조금 더 빤히 바라보다가 말한다. "어쩌면 아버지는 이번에는 아이를 구할 수 있었다는 생각에 기뻐한 건지도 몰라."

실제로 해리는 약에 취한 채 갖가지 튜브와 줄들을 주렁주렁 매달고 무한하게만 보이는 하얀 벌판에 누워서 어린 주디의 모습을 보고 있다. 불그스름한 갈색 머리카락 한 가닥, 한 가닥이 모두 완벽하고, 주근깨가 있고, 긴 속눈썹은 라이노타이프 기계로 정확히 간격을 맞춰놓은 것처럼 가지런한 주디가 살아 있는 모습은 그에게 순수한 기쁨이다. 주디는 저주에 얽혔지만 살아남았다. 이제 사신死神이 가장 좋아하는 주州인 플로리다를 살아서 떠날 것이다.

스물여섯 시간 전 그가 쓰러진 데에 황홀할 만큼 좋은 점이 하나 있기는 했다. 빨간 하늘 밑에 해파리처럼 축 늘어져서 무기력하게 쓰러져 있을 때, 자신이 눈도 안 보이고 고통에 시달리는 상태로 다른 사람들의 전문적인 손길에 맡겨져 걱정과 관심의 중심이 되었다는 느낌을 받기 시작한 것이 그에게는 마치 떠나지 말았어야 하는 여행을 끝내고 고향으로 돌아오는 것과 같았다. 밑으로 점점 가라앉으면서 그는 자신을 둘러싼 세상이 기체처럼 차오르고 있다는 느낌이 들었다. 응급상황에 처한 그를 보고 애정과 진지함이 어린 표정을 짓고 있는 구급요원들과 의사들과 간호사들의 얼굴은 휴일에 구름처럼 잔뜩 떠 있는 풍선 같았다. 빛에 흠뻑 젖어 있는 이 병원에서는 그가 지고 있던 많은 짐들이 사라졌다. 병원은 기적이 비록 값싸지는 않을망정 흔하게 이루어지는, 기업체 같은 느낌의 백화점이었다. 카테터에서 해방된 지금 그의 유일한 문제는 자꾸만 요의가 느껴진다는 것이다. 튜브를 타고 계속 그의 몸속으로 흘러들고 있는 저 갖가지 약들 때문인데, 몸에 달린 주삿줄과 심장 모니터에 연결된 전선과 코에 낀 산소호흡기 줄을 잡아당기지 않으려면 옆으로 누워서 침대용 변기에 볼일을 보아야 한다.

또다른 사소한 문제는 바로 안개다. 그가 그토록 고대하던, 이글스와 베어스의 NFC 플레이오프 게임이 시카고의 솔저 필드에서 벌어지고 있고, 그의 얼굴에서 채 60센티미터도 떨어지지 않은 갈색 금속판 위의 텔레비전에서 그 경기가 중계되고 있는데, 열두시 삼십분에 시작된 그 경기가 시간이 갈수록 점점 흐릿해지더니 미시간호에서 바람에 실려온 유례없는 안개에 잡아먹혀버렸다. 텔레비전 화면에 나오는 것은 사이드라인에 설치된 카메라로 잡은 장면들뿐이고, 관중석의 관중들과 중계석의 아나운서들은 심지어 약에 취해 침대에 누워 있는 래빗보다도 더 볼 수 있는 것이 없다. "누군가가 대단한 솜씨로 공을 잡았군요." 유색인 해설위원, 그러니까 테리 브래드쇼가 말했다. 그는 1980년대 초에 슈퍼볼에서 저 운좋고 뻣뻣한 스틸워스가 서커스 묘기 같은 솜씨로 공을 잡아낸 덕분에 곤경을 벗어난 적이 있다. 안개 속에서 높은 관중석에 앉아 있는 군중이 텔레비전 화면의 움직임과는 많이 어긋나는 박자로 고함을 지르거나 앓는 소리를 내며 전자 스코어보드를 통해 경기 상황을 파악하려고 애쓰고 있다. 아나운서들, 그러니까 드라마에서 빌 코스비의 아내로 나오는 여자의 남편인 것 같은, 개구리처럼 눈이 툭 튀어나온 흑인 아나운서와 불만스러운 표정의 백인 아나운서는 신이 이런 짓을 저질러서 광고주들이 분당 100만 달러나 되는 돈을 지불했을 뿐만 아니라 수백만 명의 시청자들도 보고 있는 텔레비전 화면을 막아 CBS의 중계를 망쳤다는 사실에 분노하고 있는 듯하다. 그들은 관계자들이 왜 경기를 중단시키지 않는지 모르겠다고 계속 말하고 있다. 해리는 안개가 오히려 자비를 베풀고 있는 것 같다는 생각이 든다. 안개가 끼기 전에 이글스의 상황이 안 좋아 보였기 때문이다. 커닝햄이 완벽한 터치다운 패스를 두 번이나 했는데도 앤서니 토니가 얼간이 같은 행동으로 페널티를 받는 바람에 무위로 돌아갔고, 그다음에는 신인인 잭슨이 엔드존에서 앞이 훤히 뚫려 있는 상황에서 패스를 떨어뜨리고 말았다. 안개 속에서 언뜻언뜻 보이는 장면들을 보니 보호구를 착용한 선수들이 무無 속에서 거대하게 불쑥 튀어나왔다가 다시 사라지는 모습이 독특한 아름다움을 지니고 있다. 해리는 새로운 세상의 고요한 중심을 차지하고 있는 자신의 위치와 그 아름다움이 관련되어 있다는 느낌이 든다. 아나운서들은 지금까지 이런 일은 본 적이 없다는 말을 계속 되풀이하고 있다.

처음에 해리는 문병객들을 위해 자신이 연극을 해야 한다는 사실을 잘 깨닫지 못한다. 가만히 누워서 텔레비전 채널을 돌렸을 때처럼 모습을 드러내는 문병객들을 받아들이는 것만으로는 충분하지 않다. 덩치 큰 흑인 남자가 나와서 당구대를 들어올리자 당구공들이 모두 당구대 구멍으로 저절로 굴러들어가는 내용의 밀러 맥주 광고가 방송되는 동안 해리는 시선을 내려 주디의 열성적인 얼굴을 바라본다. 녹도 먼지도 끼지 않은 톱니바퀴처럼 밝고 정밀한 그 얼굴을 향해 그가 말한다. "좋은 경험이었다, 그렇지, 주디? 배의 방향을 바꾸는 법을 배웠으니까."

"가위처럼 하는 거예요." 아이가 손으로 방향을 바꾸는 흉내를 내면서 말한다. "돛을 향해 밀면 돼요."

"그래." 해리가 말한다. 아니, 혹시 돛의 반대 방향이었던가? 그의 머릿속이 안개처럼 흐릿하다. 콧소리가 섞이고 약간 쉬어 있는 자신의 목소리가 낯설다. 병원에 실려왔을 때 의사들이 취한 조치 때문에 목구멍이 쓰라리다. 뭔가 산소와 관련된 조치였는데, 혼란 속에서 의사들이 그의 몸에 스르륵 넣어준 어떤 것 덕분에 반쯤 정신을 차렸다가 나중에는 완전히 깨어날 수 있었다.

"해리, 의사들이 뭐래?" 재니스가 묻는다. "이제 어떻게 될 거래?" 재니스는 그의 침대 가까이에 있는 의자에 앉아 있다. 비닐쿠션이 있는 새로운 종류의 휠체어인데, 프레드 스프링어가 좋아하던 바칼라운저를 발전시킨 물건 같다. 재니스는 걱정스러운 듯이 이마를 찡그리고 있다. 1센티미터 남짓 벌어진 입은 어둡고 멍청한 구멍이다. 두 가지 색의 운동복과 커다란 아디다스 신발 차림의 재니스는 노인 리그의 볼링 챔피언 같다. 얼굴은 햇볕을 너무 많이 쪼여서 딱딱해 보이고, 광대뼈 위에는 회초리 자국 같은 작은 혹 두 개가 자라나고 있다. 눈썹 밑의 섬세한 피부도 쭈글쭈글하게 변하는 중이다. 나이를 먹을수록 사람은 구불구불해진다.

그가 재니스에게 말한다. "어떤 의사가 나더러 심장이 운동선수 같대. 너무 크다는 거지. 그러니까, 겉은 너무 크고 안은 너무 작다는 거야. 근육이 너무 두껍대. 심장은 당신 생각처럼 예쁜 밸런타인데이 상징이 아니라, 확실히 그냥 근육덩어리인 모양이야. 이렇게 비틀리는 것같이 움직이면서 피를 펌프질한다는군." 해리는 자신의 이야기를 듣고 있는 사람들 앞에서 주먹을 비틀어 심장의 움직임을 흉내낸다. 펄떡, 정지, 펄떡, 정지. 주디의 얼굴은 심장 모니터의 화면에 고정돼 있다. 그는 볼 수 없는 화면이다. 하지만 자신이 방금 주먹을 움직여 살짝 시범을 보인 것의 결과가 그 화면에 나타나 있을 것 같다. 재니스도 화면을 바라본다. 두 사람의 눈에 화면의 변화가 반짝반짝 비치고, 두 사람의 입은 모두 똑같은 어둠의 구멍처럼 벌어져 있다. 해리는 지금까지는 두 사람 사이에서 닮은 점을 하나도 보지 못했었다. 그가 말을 잇는다. "내 심장에 무슨 염색약 같은 걸 넣겠대. 저기 다리 윗부분에 있는 동맥으로 긴 튜브 같은 걸 넣어서 말이야. 그러면 내 심장이 어떻게 된 건지 정확히 파악할 수 있다는군. 하지만 일단은 관상동맥 중 적어도 한 군데가 막혔을 거라고 보고 있어. 어렸을 때 농구장에서 거칠게 날뛴데다가 포크촙을 너무 많이 먹은 탓이지. 하지만 걱정할 것 없어. 어떤 상황에서든 우회술이 가능하니까. 의사들이 매일 하는 수술이잖아. 플라스틱 파이프로 수도관을 잇는 것 같은 간단한 수술이야. 의사들 말로는 지난 십 년 동안 터득한 기술과 지식이 정말 놀라울 정도라던데."

"가슴을 열고 심장수술을 받아야 한다고?" 재니스가 놀란 표정으로 묻는다.

심장을 흉내내느라 쥐었던 주먹이 몽롱하고 무겁게 느껴진다. 해리는 조심스레 주먹을 내려 옆구리 옆에 놓고, 아내의 걱정스러운 얼굴을 보지 않으려고 살짝 눈을 감았다가 뜬다. "아직은 모르는 일이야. 결국 그걸 받게 될지도 모르지. 우리가 선택할 수 있는 방안 중 하나일 뿐이야. 또다른 방안은, 카테터로 막힌 동맥까지 풍선을 넣어서 부풀리는 거야. 그러면 침착물plaque이 깨지지. 의사들이 그걸 침착물이라고 했어. 나는 선수권대회에서 이겼을 때 받는 게 그건 줄 알았는데 말이지*." 래빗은 웃고 싶은 충동을 계속 억누른다. 약물 덕분에 갈비뼈 안쪽이 평화로워진 느낌, 마침내 고요한 중심부에 서게 되었다는 느낌을 재니스와 나눌 수 없다는 사실에 웃음이 나오려고 한다. 진통제, 혈전용해제, 진정제, 혈관확장제, 이뇨제 등이 모두 저 위에서부터 그의 몸속으로 똑똑 떨어져 들어와서 병원이라는 세계를 선의와 즐거움이라는 장밋빛으로 색칠한다. 그는 항상 부산한 분위기, 간호사들이 피를 뽑고 혈압을 재고 기기와 주사제를 점검하러 드나드는 것, 아무런 냄새를 풍기지 않는 단단한 몸매의 젊은 여자들이 풀을 빳빳이 먹인 면으로 된 옷을 입고 줄지어 나타나는 것이 무척 마음에 든다. 모든 대륙의 다양한 피부색을 보여주는 그들은 은혜를 베푼다고 생색을 내는 듯한 가차없는 행동과 상대를 존중하는 행동이 섞인 섹시한 태도로 그의 무기력한 몸을 돌보며, 예쁜 얼굴에 여배우나 게이샤처럼 훈련된 표

---

* plaque에는 '기념명판'이라는 뜻도 있다. 여기서는 상패를 가리킴.

정을 짓는다. 사방의 벽이 하얀색인 그의 작은 입원실이 약에 취한 그의 눈에는 무대처럼 보이고, 거기에 수없이 드나드는 사람들의 등장과 퇴장을 그는 예측할 수 없다. 반쯤 개인적인 공간이기도 한 이곳에는 심지어 커튼까지 있어서 같이 입원하고 있는 다른 환자의 모습을 가려준다. 그 환자는 오전에 골골, 끙끙거리며 구토를 해댔지만, 지금은 어쩌면 죽음을 뜻하는 것일 수도 있는 침묵 속에 빠져 있다. 하지만 해리의 연극은 아직도 진행중이라서 신호를 받은 또다른 배우가 무대에 등장한다. "이제 의사 선생이 오시는군." 해리가 재니스에게 말한다. "뭐든 궁금한 게 있으면 물어봐. 난 경기를 볼 테니. 주디는 내 심장 모니터를 봐줄 테고. 모니터가 멈추거든 말해라, 주디."

"할아버지, 그런 농담 마세요." 사랑스러운 아이가 그를 꾸짖는다.

의사는 덩치가 크고 피부가 붉은 오스트레일리아 이민자로, 올먼이라는 이름을 갖고 있다. 분홍색 코는 매부리코처럼 휘어졌고, 이는 눈부시게 하얗고, 탈색한 머리카락은 부드럽다. 플로리다에서 오랫동안 쾌적한 생활을 즐긴 덕분에 남부 말씨가 그의 고향 말씨를 덮어버렸다. 그는 붉고 두툼한 손으로 재니스의 작고 홀쭉한 갈색 손을 잡는다. 래빗이 보기에는 두 사람이 심장병에 걸린 자식을 걱정하는 부모가 된 것 같다. 몸집이 작고 견과류 열매처럼 가무잡잡한 어머니는 걱정스러운 표정을 짓고 있고, 아버지는 침착한 겉모습을 유지하고 있다. "몸이 많이 안 좋은 청년이십니다." 올먼 박사가 재니스에게 말한다. "그러니 자기 몸을 돌보는 법을 가르쳐드려야죠."

"남편 심장이 정확히 어떤 상태인가요?" 재니스가 묻는다.

"뭐, 흔한 증상입니다. 지쳐서 뻣뻣해졌고, 침전물이 잔뜩 붙어 있죠. 전형적인 미국인의 심장입니다. 연세와 경제적 지위 등을 감안하면 말이죠."

묘하게 강렬하고 조금 민망한 갤로 포도주 광고, 그러니까 어떤 남자와 여자가 블라인드데이트를 하는데 알고 보니 여자가 남자에게 데이트 선물로 좋다며 권해준 바로 그 포도주 회사의 영업사원이었다는 내용의 광고가 시작된다.

"카테터로 살펴보지 않은 상태에서 저희가 최대한 말씀드릴 수 있는 것은……" 올먼 박사가 말하고 있다. "협착 정도가 일반적인 수준이고, 좌측 전방이 내려앉고 있다는 겁니다. 묵묵히 일하는 말과 같은 부위죠. 다행히 부행혈관이 상당히 잘 발달된 덕분에 지금까지 버틸 수 있었던 것 같습니다. 심장은 산소가 부족해질 때마다 근육에 혈액을 공급해줄 다른 루트를 만들어내려고 하니까요. 그리고 심잡음으로 판단하건대, 대동맥판막 주위도 상당히 협착되어 있을 가능성이 있습니다. 그리 좋은 상황은 아니지만, 그렇다고 최악의 상황도 아닙니다."

재니스는 거의 자랑스러워하는 것 같은 표정으로 남편을 바라본다. "세상에, 해리! 당신이 여기저기가 조금 아프고, 숨쉬기도 힘들다고 자주 말했는데도 내가 그 말을 그냥 흘려버렸네. 아프면 아프다고 당신이 확실히 말했어야지."

"완벽했어요." 광고 속의 여자가 한숨을 내쉬듯이 말한다. 데이트를 마치고 헤어지기 직전인 그녀의 눈이 별처럼 반짝이고, 화면 전체가 부드럽게 표현되어 있다. 오늘이 아니라면 다음 데이트에서라도 두 사람이 씹을 할 것이고, 이내 결혼해서 영원히 행복하게 살 것임을 알 수 있다. 이 모든 것이 갤로의 은총이다.

올먼 박사는 재니스가 자기 말에 잘 넘어올 것 같다는 결론을 내리고 더욱 강하게 나간다. "다행히 병변 부위가 분기점이 아니고, 석회화가 많이 진행되지 않았다면 많은 의사들이 먼저 혈관확장술이라는 온건한 방법을 쓴 뒤 경과를 두고 보자는 식으로 말할 겁니다. 하지만 제 생각에는 외상이 비교적 덜하고 비용도 적게 든다는 점…… 비용을 무시할 수는 없지 않습니까? 메디케어가 몸을 움츠리고 있고, 저 새로 나타난 녀석이 증세增稅는 안 하겠다고 약속하고 있으니까 말이죠. 그러니까 그런 심리적 장점들과 부정적인 점들, 즉 협착이 재발해서 처음부터 다시 치료를 받게 될 가능성을 잘 비교해보아야 합니다. 솔직히 병이 재발할 가능성은 50퍼센트가 넘을 정도니까요. 제 생각에는, 괜히 변죽만 울리지 말고 동맥우회술을 받는 게 최곱니다. 여기 미국 사람들이 하는 말이 있죠? 어른 대신 아이를 보내면 안 된다는 속담 말입니다. 자, 부인, 심장에 대해 또 무엇이 알고 싶으십니까?"

"뭐든지요." 재니스가 말한다. 자신을 위해 기꺼이 설명을 해주려는 이 남자에게 감탄하며 집중할 준비를 하는 그녀의 입에서 혀가 살짝 삐져나온다.

"좋습니다." 올먼 박사가 장난스럽게 말하고는, 한 손으로 큼직한 주먹을 쥐고 다른 손의 손가락으로는 심장 표면에 있는 관상동맥들을 설명하기 시작한다. 관상동맥의 가지들이 열심히 일하고 있는 심장근육 속으로 파고들어간다. 해리는 오전에 이 설명을 이미 보았기 때문에 주디에게 침대 가까이 오라고 신호를 보낸다. 아이는 비행기에서 내릴 때 입었던 분홍색 원피스를 입고 있다. 땋아서 돼지꼬리처럼 묶은 머리에도 빳빳한 하얀 리본이 매어져 있다. 어제 바다에 나갔다 온 덕분에 주디의 양쪽 콧방울과 맑은 초록색 눈 아래쪽이 햇볕에 타서 화상을 입었다. 눈 아래쪽은 주근깨가 가장 흐릿한 부분이기도 하다. 주디는 해리의 심장 모니터만 계속 바라본다.

"그게 그렇게 재미있어?" 해리가 잠긴 목소리로 묻는다.

"움찔거리는 작은 벌레가 계속 기어가는 것 같아요."

"그건 생명이야." 해리가 말한다. "이 할애비 자체지."

주디는 충동에 굴복해서 침대에 몸을 기대고 노인을 끌어안으려고 한다. 그런데 그 바람에 해리의 상체에 부착된 갖가지 튜브와 전선이 헝클어진다. "할아버지, 잘못했어요!"

목에 닿는 아이의 숨결이 뜨겁다. 해리는 최대한 힘을 내서 주삿바늘에 꿰뚫리지 않은 팔로 아이를 안아준다. "그게 무슨 바보 같은 소리니? 뭘 잘못했다는 거야?"

"어제요. 저 때문에 놀라셨잖아요."

"너 때문에 놀란 게 아냐. 바다 때문에 놀란 거지. 넌 무섭지 않던?"

주디는 눈물을 글썽거리며 고개를 가로젓는다.

해리의 눈에는 이것도 경이롭게 보인다. "왜?" 그가 묻는다.

매끈하고 작은 아이의 얼굴이 까치발로 살금살금 걷는 것 같은 표정을 짓는다. 성인 여자라면 이제부터 거짓말을 할 것이라는 신호다. 아이가 조금 점잔을 빼며 말한다. "할아버지도 저랑 같이 계셨으니까 알잖아요. 주위에 배가 많았는데요, 뭐."

해리는 또 아이를 꼼짝 못하게 붙들어두려는 듯이 끌어안는다. 아이의 가느다란 몸은 저항하지 않는다. 그 몸에서 뭔가가 빠져나간 것 같다. 해리는 목구멍이 따끔거린다. 어쩌면 어제 바닷물을 꿀꺽꿀꺽 마셨기 때문인지도 모른다. 뜨거운 안도의 눈물이 그의 눈을 얇은 막처럼 덮는다. 텔레비전에서는 어깨가 넓고 엉덩이가 날씬한 남자들이 구름 속의 올림포스 신들처럼 움직이고 있다. 이제는 백인과 흑인도 구별할 수 없을 정도다. 아나운서들도 역시 장님처럼 아무것도 보이지 않는 상태에서, 긴장과 흥분이 넘치는 목소리로 고함을 질러대고 있다. 스바루 자동차가 죽은 차들의 차대로 이루어진 산을 덜컹거리며 올라가는 내용의 광고가 나온다.

"채널을 바꿀까?" 해리가 주디에게 묻고는, 반창고를 붙인 손목에 있던 아이의 손을 베이지색 금속판 위에 있는 텔레비전의 조절판으로 옮긴다. 아이의 손 때문에 손목이 아프다. 하얀 벽들이 바로 어제의 바다처럼 사방으로 뻗어 있고, 자신의 침대는 뗏목이 된 것 같은 기분이 든다. 주디가 채널을 바꾸자 레슬링 경기, 퍼레이드, 칼 몰던이 아메리칸익스프레스 여행자수표만 있으면 강도를 걱정하지 않아도 된다고 고함을 질러대는 무서운 광고, 검은 옷을 입고 반짝이는 얼음 위에서 스케이트를 타는 남녀, 런던에 사는 십대 늑대인간의 이야기를 그린 어설픈 공포영화, 방송국측이 자체 광고 시간을 이용해서 〈브루스 리의 주먹〉이라고 제목을 알려준 또다른 영화 등이 깜박깜박 지나간다. 쿵후 무술이 재미있는지 주디가 몇 분 동안 주의를 기울인다. 올먼 박사가 오스트레일리아인 특유의 원기왕성하고 꽤 큰 목소리로 자신감 넘치게 재니스에게 하고 있는 말의 조각들이 무술 동작 사이로 끼어든다. 감독이 슬로모션으로 표현한 살인적인 발차기, 우아하게 번진 동양적인 색채. "……예비 검사…… 심근경색 이후에 폐출혈은 흔한 증상…… 혈류가 막혀서 폐조직으로 새어들어가면…… 히드랄라진*…… 심막염…… 다일랜틴**…… 피부 발진, 설사, 탈모…… 연세를 감안하면 페이스메이커는 정말 쓰고 싶지 않은……"

브루스 리가 발차기를 한 번, 두 번, 세 번 내지른다. 그러자 멋진 옷을 차려입은 악당 세 명이 방의 구석을 향해 서서히 날아가고, 가구들이 포춘쿠키처럼 박살난다. 그때 갑자기 주디가 또 채널을 바꾸자 해리가 무척 좋아하는 광고가 나온다. 도무지 이름을 기억할 수 없는 로션 광고다. 하지만 해리는 모델의 표정만은 결코 잊어버릴 수 없다. 욕실 문 뒤로 살며시 들어가며 벗은 어깨 위에서 미소를 지어 보이는 모습, 그리고 욕실에서 나왔을 때 만족스러움과 짓궂음이 뒤섞인 표정을 짓는 것, 두툼하고 부드러운 수건을 젖은 머리에 터번처럼 두른 모습, 젖가슴의 골은 보이지만 젖꼭지는 아슬아슬하게 화면을 벗어난 것. 화면이 조금만 컸더라면, 그가 쿵후 영화처럼 저 동작들을 조금만 느리게 돌릴 수 있다면, 삼십 분의 일 초 동안 젖꼭지가 화면에 나타나 있을지도 모르는데. 모델은 정말 깊이깊이 만족했다는 듯 파란색 벨벳 소파에 편안히 앉는다. 매끄러운 눈꺼풀이 사랑스러운 눈을 덮고, 눈썹은 신디 머킷처럼 조금 굵은 편이다. 이제 여자가 저녁 외출을 위해 옷을 갈아입는 장면이 나온다. 저 황금색 천 밑에는 수분을 잔뜩 머금은 몸이…… "이런, 잠깐만. 얘야." 그는 주디가 또 채널을 바꾸려는 것을 알아차리고 손을 뻗어 아이를 막아보지만 소용이 없다. 화면은 다시 늑대인간 얘기로 돌아가 있다. 공중전화부스 안에 웅크리고 있는 소년의 얼굴에 털이 자라난다. 그다음은 스케이트를 타는 남녀다. 여

---

* 혈관확장제.
** 항경련약.

자가 엉덩이를 화면 쪽으로 향한 채 얼음 위를 미끄러지자 짧은 치마가 위쪽으로 뒤집혀 올라간다. 그다음에는 해리의 손목이 또 따끔거린다. 그가 주삿줄을 잡아당겼기 때문이다. 어제의 통증이 추파를 던지는 유령처럼 그의 가슴을 노닌다. 진통제의 효과가 사라지고 있는 모양이다. 협탁의 전화기 옆에 니트로글리세린이 담긴 작은 갈색 병과 따라놓은 지 오래된 물잔이 놓여 있다. 해리는 떨리는 손으로 병을 흔들어 알약을 하나 꺼낸 다음, 병원에서 가르쳐준 대로 그것을 혀 밑에 넣는다. 혀 밑이 타는 듯하더니, 일이 분 뒤에는 우습게도 똥구멍이 따끔거린다.

"정크푸드를 얼마나 드시는 편이죠?" 올먼 박사가 묻는다.

"아." 재니스가 열성적으로 대답한다. "진짜 중독자예요." 아내는 바꿀 수 없는 채널과 같다는 생각이 해리의 머리에 떠오른다. 언제나 그렇듯이 조금 지나치게 넓은 듯한 이마, 언제나 그렇듯이 멍청하고 고집스럽게 벌어진 입, 날이 가고 달이 가도 채널을 바꾸지 못해 항상 같은 것만 보아야 한다. 재니스가 크고 붉은 박사의 얼굴을 바라본다. 교훈적이고 아름다운 석양을 바라보는 것 같다. 두 사람은 짝이 돼서 해리를 나눠 갖고 있다. 한 명은 몸 안쪽을 차지하고, 다른 한 명은 바깥쪽을 차지한다.

이제 청록색 스바루가 가파르고 뾰족뾰족한 서부의 풍경 속에서 빙글빙글 돌고 있다. 자동차 광고를 만드는 사람들은 그런 풍경을 아주 좋아한다. 막대기처럼 비쩍 마른 모델이 차에서 내린다. 〈티파니에서 아침을〉 시절의 오드리 헵번처럼 보조개가 있고 턱이 사각형이지만 키가 좀더 큰 그 모델은 은은히 반짝이는 모습으로 은밀한 미소를 지으며 레이싱선수 같은 달걀형 헬멧을 쓰고 있다. 하지만 옷은 은은히 빛나는 빛의 밧줄로 만든 것 같다. 어쩌면 넬슨의 말이 맞는 건지도 모른다. 도요타는 재미없는 회사다. 도요타의 광고에서는 사람들이 5센트를 절약했다며 폴짝폴짝 뛴다. 채널이 다시 피에스타볼 퍼레이드로 훌쩍 넘어간다. 청춘, 꽃, 거대한 고양이 가필드가 위풍당당하게 흔들리며 지나간다. 갖가지 약물과 그 후폭풍 때문에 해리의 몸속은 아주 먼 곳에서 발생한 폭풍을 겪고 있는 것 같다. 그러니까 태양흑점이나 목성에서 발생한 아주 멀고 희미한 허리케인 같은 것. 해리는 역사와 더불어 천문학에도 미신과 비슷한 관심을 갖고 있다. 하늘에 계신 우리 아버지……

"……엄청난 양의 지방이 몸속에 있습니다." 올먼 박사가 말하고 있다. "그것이 강처럼 흘러다니다가 일부는 어딘가에 붙어버리죠. 마블링이 있는 고기, 돼지고기소시지, 간肝소시지, 볼로냐소시지, 핫도그, 땅콩버터, 소금이 가미된 견과류……"

"남편은 그런 음식들을 전부 좋아해요. 얼마나 군것질을 좋아하는데요." 재니스가 장단을 맞춘다. 남편을 배신하고, 의사에게 구애하며 그를 기쁘게 해주려고 열심이다. "견과류도 아주 좋아해요."

"부군께 가장 안 좋은 음식들입니다. 절대로 최악이에요." 올먼 박사가 맞장구를 친다. 느릿한 남부 말씨가 점점 사라지고, 그의 말에 속도가 붙는다. "지방덩어리니까요. 나트륨은 말할 것도 없죠. 캐슈너트, 마카다미아, 이것들은 최악이에요. 마카다미아, 아니, 모두 나빠요. 아주 나쁩니다." 열성적으로 말을 하느라 그는 점점 재니스를 향해 몸을 기울이기 시작한다. 마치 미끄러운 곳에서 퍼팅을 하려는 것 같다. "수소를 첨가한 쇼트닝이 들어간 모든 음식, 코코넛오일, 야자유, 버터, 라드, 달걀노른자, 전유全乳, 아이스크림, 크림치즈, 코티지치즈, 동물의 장기, 냉동식품, 구워서 파는 식품, 우리가 포장 상태로 살 수 있는 거의 모든 음식은, 전부 독입니다. 망할 놈의 독이에요. 제가 목록을 드릴 테니 집에 가서 보세요."

"그건 고맙지만 제 며느리도 영양학을 공부하고 있어서 벌써 목록을 아주 많이 갖고 있어요." 이것이 신호인 것처럼 프루가 나타나 여성스럽고 널찍한 몸으로 머뭇거리며 문간을 채운다. 삼차원 체크무늬가 그려지고 솜털이 있는 여행용 옷을 입고 있다. 재니스는 프루가 나타난 것을 모르고 계속 울면 박사에게 아부를 한다. "방금 선생님이 하신 말씀을 벌써 몇 년 전부터 며느리가 남편한테 얘기했어요. 그런데 저이가 도무지 듣질 않아요. 자기랑은 상관없는 문제인 줄 알아요. 자기가 아직 십대인 줄 안다니까요."

의사가 코웃음을 친다. "신진대사가 초스피드로 이루어지는 십대 청소년들도 이 나라의 식품업계가 쏟아내는 지방과 당분을 모두 연소시키지 못합니다. 요즘은 사방에서 청소년들도 심장발작을 일으키고 있어요." 그의 목소리가 다시 남부 사람처럼 부드러워진다. "하느님의 풋풋한 피조물들인데 말이죠."

프루가 삼차원 옷을 입고 앞으로 나선다. "재니스, 죄송한데요……" 프루는 아직도 시어머니를 이름으로 부르는 것을 수줍어한다. "문병객이 한꺼번에 너무 많으면 안 될 것 같은데, 넬슨이 난리를 치고 있어요. 자칫하면 비행기를 놓칠지도 모른다고요."

재니스가 일어선다. 어찌나 힘있는 움직임인지 휠체어가 몸을 움츠릴 정도다. 재니스는 잠깐 휘청거리지만 넘어지지는 않는다. "내가 나 가마. 너희는 아버지한테 인사하고 주디를 데려가. 해리, 애들이 비행 기에 타는 걸 보고 돌아오는 길에 잠시 들를게. 하지만 오늘밤에 빌리 지에서 오리가미 시범이 있는데, 그걸 놓치고 싶지 않아. 멀리 일본에 서 날아온 사람이 시범을 보이기로 했거든." 재니스가 밖으로 나가고, 주디 역시 마이더스 머플러의 아주 재미있는 슬랩스틱코미디 광고를 중간에서 꺼버리고는 할머니와 함께 나간다.

올먼 박사가 프루의 손을 잡고 맹렬히 흔들어대며 말한다. 상어처럼 하얀 이가 드러난다. "부인, 이 고집스러운 양반에게 잘 먹는 법을 좀 가르쳐드리세요." 그는 몸을 돌려 느슨하게 말아 쥔 주먹으로 해리의 어깨를 때린다. "선생님은 반세기 동안 뱃속에 갖가지 불순물을 쏟아 부으셨어요." 이렇게 말하고는 그도 밖으로 나가버린다.

갑자기 둘만 남게 된 해리와 프루는 수줍어한다. "저 의사는 계속 미 국을 헐뜯고 있어." 해리가 말한다. "여기 음식이 그렇게 싫으면 자기 고향으로 가서 캥거루나 먹을 일이지."

키가 큰 며느리는 길고 빨간 손을 꼼지락거리고, 결혼반지를 비틀면 서도 침대 발치까지 다가온다. "아버님. 저기, 아버님이 이렇게 되셔서 저희는 정말 놀랐어요."

"저희라니, 너 말고 또 누굴 말하는 거냐?" 해리가 묻는다. 그는 반 드시 멋진 모습을 보여줄 생각이다. 카사블랑카공항의 보기,* 리틀빅 혼의 플린, 무너져가는 다곤의 신전에 서 있던 조지 샌더스, 기둥들을

---

* 영화 〈카사블랑카〉에 출연한 험프리 보가트의 애칭.

밀어버린 빅터 머추어처럼.

"그거야 넬슨이죠. 아마 어젯밤에 한숨도 못 잤을 거예요. 아버님을 생각하느라고요. 차마 말로 하지는 못해도, 그이는 아버님을 사랑해요."

해리는 웃음을 터뜨린다. 부드럽게. 그의 안에 어쩌면 찢어질지도 모르는 밸런타인의 마음이 있기 때문이다. "그 녀석과 나 사이에 뭔가가 있기는 있지. 하지만 그걸 사랑이라고 해도 될지는 모르겠구나." 프루가 초록색 비슷한 바탕에 진흙 색깔 점이 찍힌 것 같은 눈, 그걸 좀 희석해서 주디의 맑고 연한 눈을 만든 것 같은 그 눈으로 그를 바라보며 대답을 망설이자 그는 말을 잇는다. "그래, 내가 녀석을 사랑하는 건 맞지. 하지만 어쩌면 그 녀석은 이미 오래전에 마음이 떠나버린 건지도 모르겠다. 작고 귀여운 녀석이 자기를 자꾸 실망시키기만 하는 사람을 올려다보던 모습, 그런 건 절대로 잊을 수가 없지."

"그 모습은 아직도 남아 있어요. 그 모든 것 속에." 프루가 단언한다. 하지만 '그 모든 것'이 무엇인지는 말하지 않는다. 스핑크스 같은 프루의 머리 모양이 병원의 밝은 불빛 속에서 조금 야성적으로 보인다. 아무 색깔이 없는 필라멘트 같은 머리카락들이 프루의 머리 주위에 온통 흩어져 있다. 프루는 할말이 아주 많은데도 감히 말하지 못하고 있는 것 같다. 해리는 자신이 바닷가에 누워 있을 때, 사타구니가 스판덱스로 되어 있는 하얀 수영복 차림의 프루가 여자다운 모습으로 근심에 싸여 그를 내려다보며 주위를 어른거리던 것을 기억한다. 프루의 얼굴은 그림자에 가려져서 보이지 않았고, 바로 그 옆에는 에드 실버스틴의 아들 얼굴이 소나기구름처럼 보였다. 소금물 때문에 뻣뻣해진 그의 검은 곱슬머리, 엷은 갈색 피부, 몸에 꼭 끼는 검은색 사각팬티 모양의 수영복에서 오각형 옴니 로고 옆에 불룩 튀어나온 그의 물건…… 그는 여자에게 곰살궂게 구는 법을 한창 갈고닦고 있는 신성이다. 유후, 실버스.

"네 얘기를 해봐라, 프루." 래빗이 말한다. 약에 취한 채 침대에 누워 긴장을 풀고 있는 덕분에 프루와의 친밀감이 한 차원 높아지기라도 한 것처럼 갈라진 목구멍에서 이 말이 매끄럽게 튀어나온다. "잘 지내고 있는 거냐? 그 녀석하고? 넬슨하고?"

사람들은 직접적인 질문에 놀라운 반응을 보인다. 마치 모든 사람이 굴속에 숨어 있지만, 사실은 누군가가 자신을 찾아주기를 기다리는 것 같다. 프루가 주저 없이 대답한다. "넬슨이 아이들한테 얼마나 잘하는데요. 그것만은 진심으로 말씀드릴 수 있어요. 언제나 애들을 걱정하면서 지켜주려고 하고, 관심을 보여줘요. 정신을 집중할 수 있을 때는."

"그럼 집중하지 못할 때가 있다는 건데, 왜?"

이번에는 프루가 머뭇거리며 자기도 모르게 반지를 빙빙 돌린다.

플로리다 전체가 교환이 가능한 부품들로 만들어져 있기라도 한 것처럼, 노픽소나무 한 그루가 그의 병실 창밖에 서서 눈에 보이지 않는 새 한 마리를 품고 있다. 새는 젖은 나무가 삐걱거리는 것 같은 소리를 낸다. 오늘 아침에도 그 소리가 들리더니, 지금도 들리고 있다. 해리의 가슴이 그 소리에 반응하듯 찌르르 아프다. 혹시 모른다는 생각에 그는 니트로글리세린을 한 알 더 먹는다.

프루가 불쑥 말한다. "부지를 걱정하느라고 그런 것 같아요. 몇 년 전부터 달러 약세니 뭐니 하는 것들 때문에 판매실적이 떨어지고 있거든요. 넬슨은 도요타 차들이 재미없게 생겼다고 말하는데, 도요타 쪽에서 대리점 권리를 회수해갈까봐 걱정하는 것 같아요."

"폭탄이라도 터지지 않는 한 그쪽에서 그럴 일은 없을 거다. 오랫동안 도요타랑 잘해왔으니까. 장인어른이 그 대리점을 시작했을 때만 해도 일본 제품은 우스갯거리였어."

"하지만 그건 옛날 일이잖아요. 세상이 변하지 않고 가만히 있는 건 아니니까요." 프루가 말한다. "넬슨은 참을성이 별로 없어요. 솔직히 제가 보기에는 이제 주위에 옛날 분들이 하나도 없어서 좀 겁에 질린 것 같기도 해요. 처음엔 찰리, 그다음에는 매니, 이제는 밀드레드 아줌마까지 안 계시니까요. 넬슨이 아줌마를 내보낸 거지만. 그리고 아버님은 일 년 중 절반은 여기 내려와 계시고, 제이크는 오리올에 새로 생긴 쇼핑몰 근처의 볼보-올즈 대리점으로 옮겨갔고, 루디는 422번 도로변에 도요타-마쓰다 대리점을 직접 열 예정이에요. 그래서 넬슨은 외로워하고 있어요. 지금 넬슨 옆에 있는 사람은 브루어 북쪽의 그 수상쩍은 인간들뿐이에요."

그 '수상쩍은 인간들'을 머리에 떠올리며 프루가 흥분하자, 플로리다의 형광등 불빛 아래에서 필라멘트처럼 빛나는 프루의 머리카락들이 벌떡 일어선다. 프루는 해리에게 뭔가를 전달하려 하고 있다. 뭔가가 잘못되고 있다고. 하지만 무기력하게 침대에 묶여 있는 사람이 그것이 무엇인지 어떻게 알아낼 수 있겠는가? 래빗은 우선 자신의 심장부터 보살펴야 한다. 이건 생사가 걸린 문제다. 틀림없이 약기운이 떨어져가고 있는 것 같다. 지금 자신이 무시무시한 상황에 처해 있다는 깨달음이 목구멍 속에서 솟아오르며 위에서 신물이 올라올 때처럼 타는 듯한 고통을 안겨준다. 똥구멍도 따끔거린다. 당연히 그러시겠지.

그의 내면에 사악하고 약한 뭔가가 도사리고 있어서 언제든 그를 배신하고 버니가 말했던 그 얼음처럼 차가운 암흑 속으로 그를 던져버릴 것 같다.

프루가 잘 지내고 있느냐는 그의 질문에 뒤늦은 대답 대신 넓적한 어깨를 으쓱한다. "인생이란 어떤 거죠? 한 번밖에 살 수 없으니 비교 대상이 없잖아요. 저는 지금 살고 있는 큰 집과 펜실베이니아를 사랑해요. 애크런에서는 항상 아파트에 살았고, 집세는 항상 뒤로 밀렸고, 변기는 매번 물이 새는 것 같았어요."

래빗은 내심 어둠이 무섭고, 신물이 넘어오는 것 같은 느낌이 싫어서 프루와 같은 높이로 몸을 일으키려고 애쓴다. "네 말이 맞다." 그가 말한다. "모두 감사할 줄 알아야 하지. 하지만 그게 어려워. 감사하는 것 말이다. 처음부터 누가 우리를 이런 상황 속에 놓아둔 것처럼 보이지. 굶주리고 겁에 질린 상태로. 게다가 유일한 탈출구도 별로 좋지 않고. 애야, 내 말 잘 들어라. 넌 아직 젊어. 얼굴도 예쁘고. 그러니 웃어라. 날 위해 웃어, 테레사."

프루가 미소를 지으며 침대 발치를 돌아 다가와서 허리를 숙여 그에게 입을 맞춘다. 공항에서와 달리 이번에는 입이 아니라 뺨에 하는 입맞춤이다. 그의 코로 산소를 공급해주는 줄들을 피해서 하는 입맞춤. 가까이 다가온 프루의 존재가 체크무늬가 새겨진 거대한 천처럼 느껴진다. 저멀리 바다 위에서 모로 누워 있던 배의 그림자처럼 구름이 그를 덮는다. 바다는 차가운 동시에 뜨거웠다. 해리는 속이 메스꺼워진다. 지금 자신의 상태에 대한 깨달음이 계속 목구멍으로 솟아오르며, 금방이라도 구역질이 나올 것 같은 그에게 타는 듯한 고통을 안겨준다. "아버님은 정말 자상한 분이세요."

"그래, 물론이지. 봄에 그쪽에서 보자."

"저희가 이렇게 떠나는 게 정말 못할 짓인 것 같지만, 오늘밤 브루어에서 넬슨이 꼭 가야 하는 파티가 있어요. 어차피 비행기 예약을 바꾸는 것도 불가능하고요. 이맘때에는 어디든 예약이 꼭 차 있잖아요. 심지어 뉴어크도 그래요."

"그래, 어쩌겠니?" 해리가 말한다. "난 괜찮을 거다. 어쩌면 이게 오히려 잘된 일인지도 모르지. 내 이 늙은 머리에 조금 분별력이 생겨날지도 몰라. 이제 나도 산책도 하고, 안 좋은 음식은 좀 덜 먹으면서 살을 빼게 될지 누가 알겠니? 의사가 나더러 새사람이 되어야 한다고 하더라."

"그럼 저는 발톱 매니큐어를 새로 칠할게요." 프루가 다시 똑바로 몸을 세우고 말한다. 전에 들어본 적이 없는, 평소보다 한 단계 낮은 목소리가 남자인 그를 똑바로 겨냥하고 있다. "너무 많이 변하지는 마세요." 프루가 말을 덧붙인다. "이제 넬슨을 들여보낼게요."

"그 녀석이 빨리 가고 싶어서 안달하거든 그냥 가라고 해. 나중에 너희들 집에서 보면 되니까."

프루의 한쪽 입꼬리가 기울어지고, 얼굴이 조금 뻣뻣해진다. 그가 잘못된 말을 했다는 생각 때문이다. "아들이라면 당연히 아버지를 보고 가야죠."

프루가 밖으로 나가자, 해리를 에워싼 하얗고 깨끗한 세상이 넓어진다. 모두들 떠나고 나면 그는 벨을 눌러 간호사를 불러서 진통제를 더 달라고 요구하는 사치를 누릴 것이다. 그러고 나서 안개 속에서 이글스가 어떤 경기를 하는지 지켜봐야지. 그다음에는 일 분 동안 눈을 감고 행복에 잠길 것이다.

넬슨이 어린 로이를 품에 안고 들어온다. 원래 6세 이하의 아이들은 병실에 들어올 수 없는데도. 넬슨 녀석은 아이를 갑옷처럼 두르고 있다. 녀석이 제 아들을 안고 있는 상황에서 녀석을 비난하는 말을 얼마나 할 수 있겠는가? 로이가 분노에 차서 해리를 노려본다. 마치 제 할아버지가 수많은 기계와 연결된 채 침대에 누워 있는 것이 무서운 장난이라고 생각하는 것 같다. 해리는 아이를 향해 환하게 웃으며 윙크를 하려고 하지만, 로이는 고개를 홱 돌려서 제 아버지의 목에 얼굴을 숨긴다. 넬슨도 충격을 받은 표정이다. 그의 눈이 계속 이어지고 있는 생명을 움찔거리는 오렌지색 선으로 보여주고 있는 모니터로 향하더니 조심스레 다시 아버지의 얼굴을 바라본다. 할아버지를 노려보는 무거운 아이를 귀찮게 안은 채로 넬슨이 침대를 향해 다가와 가장자리가 크롬으로 된 탁자 위에 〈뉴스 프레스〉를 올려놓는다. 이미 물잔과 전화기와 니트로글리세린이 든 작은 갈색 약병이 있는 탁자다. "신문을 가져왔으니까 마음이 내키면 읽으세요. 아버지가 그렇게 궁금해하던 팬암 사고에 관해 많은 기사가 실려 있어요. 이제 폭탄 종류가 무엇이었는지 정확하게 알아낸 모양이에요. 비행기가 일정한 고도에 도달하면 바로미터 같은 장치가 타이머를 작동시키게 되어 있었대요."

위로, 위로, 점점 공기가 희박해지자 바로미터가 그것을 알아차리고 타이머가 똑딱거리기 시작한다. 비행기는 편안하게 어둠을 뚫고 나아가고 조종사는 무전기로 수다를 떠는 동안 그 주위에서는 조종실 불빛들이 타오르며 깜박거리고 승객들은 파스텔색의 플라스틱으로 만들어진 자기 자리에서 음료수를 앞에 놓고 고개를 끄덕거린다. 이 이미지가 촉촉한 땅에서 마침내 껍질을 터뜨리는 씨앗처럼 해리의 내면을 일깨워, 소독약 냄새가 나는 이 하얀 안개 속에 갖가지 튜브와 혈연과 결혼의 끈에 묶여 누워 있는 지금의 자신이 줄곧 불쌍해하던 그 사람들, 폭발로 찢어진 비행기에서 떨어져내리던 그 사람들과 다를 바 없음을 깨닫게 한다. 그도 떨어지고 있다. 무기력하게, 죽음을 향해서. 의학적 관심이라는 이 베일 뒤에서 그를 기다리고 있는 운명은 늪이 많은 스코틀랜드의 땅 위에 물이 가득 든 쓰레기봉투처럼 철썩 떨어진 그 시체들의 운명만큼이나 절대적이다. 철썩, 철벅. 밤에 흠뻑 젖은 로커비의 골프장과 히스가 자라는 길 사방에서 시체들이 터진다. 그들이 마주친 운명은 지금 그를 기다리는 것과 다르지 않았다. 그 승객들이 식기의 포장을 벗기고 기내식으로 나온 닭고기를 자르거나 기내 이어폰을 꽂고 배리 매닐로의 노래를 들으며 꾸벅꾸벅 조는 동안 현실이 그들을 향해 터져나온 것처럼, 바로 그 얼음처럼 차갑고 검은 현실이 해리에게도 터져나왔다. 죽음은 얌전히 길들여진 가축이 아니라, 비행기에 타고 있던 아기 앰버와 베키와 시러큐스의 모든 대학생들과 귀환중이던 병사들을 집어삼킨 야수다. 앞으로 그 역시 집어삼키게 될 이 야수는 지금 분명히 그의 아래에 있다. 밤의 행성처럼 광대하고 거대하며 전적으로 그의 것이다. 그의 죽음. 순전히 그만의 것. 타는 듯한 목구멍의 통증이 한층 더 강렬해지자 그는 공포로 거의 숨이 막힐 것 같다.

"고맙다." 그가 갈라진 목소리로 아들에게 말한다. "너희가 간 다음에 읽어보마. 망할 아랍 놈들 같으니. 그나저나 네가 비행기를 놓칠까 봐 걱정이다."

"걱정 마세요. 아직 시간이 한참 남았어요. 아무리 어머니라도 공항 가는 길 정도는 아시겠죠, 안 그래요?"

"여기서부터 동쪽으로 75번 도로까지 가서 남쪽으로 달리다가 21번 출구로 나가. 그 길을 달리다보면 가도 가도 끝이 없을 것처럼 보이겠지만, 한 5킬로미터만 가면 공항이 나온다." 해리는 자신이 그 괴상한 고속도로에서 운전하던 기억을 떠올린다. 광고판도 없고, 야자수들은 흘러내린 페인트 자국처럼 빼빼 말랐다. 빨간 카마로 컨버터블을 몰던 코코아색 계집, 그의 차 뒤에 바싹 붙어서 추월하더니 그에게 눈길 한 번 주지 않고 가버린 그 스튜어디스도 생각난다. 끝이 살짝 올라간 코와 쑥 내밀어진 입술도. 그런데 그 풍경들이 에나멜 같은 가짜 햇빛, 텔레비전 드라마에서 스튜디오 조명으로 만들어내는 노란색 햇빛 같은 그 가짜 빛에 둘러싸여 현실이 아닌 것처럼 보인다. 그때만 해도 그는 아무런 걱정이 없었다. 자신이 낙원에 있는데도 그걸 모르고 있었다. 무서워서 몸에 식은땀이 나는 것이 느껴지고, 자신이 흘린 땀 냄새가 코로 들어온다. 우물 밑바닥처럼 축축한 느낌. 넬슨이 아직 죽음을 향해 터져나가지 않은 세상의 인공적인 불빛에 흠뻑 잠긴 채 서 있는 것이 보인다. 유리접합제 같은 색깔의 양복을 깔끔하고 단정하게 입고 있다. 비행기에서 내릴 때 입었던 데님 재킷이 아니다. 하지만 셔츠 칼라가 열려 있어서 밤새 도박을 하면서 넥타이를 풀어버린 사람 같다. 여기에 거의 일주일 동안 있으면서 햇빛을 본 적이 거의 없으니······ 작은 얼룩 같은 콧수염이 해리의 눈에 거슬리는데 녀석은 아버지의 축축한 공포를 감지하기라도 한 것처럼 계속 코를 킁킁거리고 코밑을 만지며 그 콧수염으로 시선을 끈다.

그가 말한다. "그러고 보니, 아버지, 디온 샌더스 사건이 스포츠면으로 밀려나 있던데요. 그리고 섹션 B 어딘가에 군살과 싸우는 법에 관한 기사가 있는데, 그걸 보면 웃음이 나올 거예요."

"그래, 군살이란 말이지. 나야 창자에도 군살이 붙은 사람이니까."

아들은 이 말을 신호 삼아 진지한 표정을 지으며 묻는다. "그나저나 몸 상태는 어때요?" 녀석의 얼굴이 조금 아가미가 하얗게 된 표정을 짓는다. 아버지가 정말로 대답을 해줄까봐 두려워하는 것 같다. 녀석의 머리 모양도 거슬린다. 정수리는 짧고, 뒤통수는 너무 길다. 저 한심한 쥐꼬리를 보라지. 자그마한 귀걸이도 싫다.

"아주 좋아, 지금 상황을 감안하면."

"다행이네요. 말씨가 웃긴 그 덩치 큰 의사가 병실에서 나와서 우리한테 하는 말이, 이런 경우 목숨을 건지는 사람이 많지 않다고 그랬거든요. 아버지 경우에는, 적어도 한동안은, 생활방식을 조금 바꾸는 게 중요해요."

"그 의사는 틀림없이 감자칩이랑 핫도그에 감정이 있는 거야. 우리가 소금과 지방을 먹는 걸 하느님이 원하지 않으셨다면, 왜 그것들을 그렇게 맛있게 만들었겠니?"

넬슨의 눈이 어둡게 일렁거린다. 아버지가 하느님을 입에 담을 때마다 항상 그렇다. 대화가 자꾸 막혀서 제대로 흘러가지 않는다. 해리는 계속 자신이 떨어지고 있다는 생각만 하고, 아들은 그의 가슴에 얹어진 무거운 짐 같다. '이러지 말고 노력을 해봐야지. 인생은 한 번뿐이잖아.' 그는 자신을 타이른다.

"네가 걱정하느라 밤새 잠을 못 잤다고 프루한테서 들었다."

"네, 뭐, 과장이긴 해도 그런 셈이죠. 이쪽에 온 뒤로 왜 잠을 잘 못 자는지 모르겠어요. 모든 게 가짜처럼 느껴지고, 게다가 브루어에는 제가 신경써야 하는 일들도 있으니까요."

"부지 말이냐? 연휴 뒤에는 대개 판매가 줄지. 크리스마스가 지나면 다들 빈털터리가 된 것 같은 기분이 드니까."

"네, 뭐, 그것 말고 다른 일들도 있고요. 계속 쫓기는 느낌이에요."

"사는 게 그런 거다, 넬슨. 들볶이며 사는 거야."

"그러게요."

해리가 말한다. "일전에 우리가 했던 이야기에 대해 좀 생각해봤다. 도요타 자동차가 재미없다는 얘기 말이야. 그래도 인정할 건 인정해줘라. 그쪽도 자기네 물건을 야하게 꾸며보려고 애쓰는 중이잖니. 내년 가을에 렉서스 럭셔리 세단을 내놓을 예정이라더라. 엔진조차 V-8이라지."

"그렇기야 하지만, 우리 같은 평범한 대리점이 그걸 취급하게 해주지는 않을걸요. 완전히 새로운 판매망을 짜고 있으니까요. 그러라죠. 어차피 다 홱 날아가버릴 거예요. 일본인은 이탈리아인과 달라요. 럭셔리는 그 사람들 전문이 아니라고요."

"그렇지, 렉서스 판매망이 별도로 있다는 걸 잊어버리고 있었네. 아무래도 말이다, 넬슨, 요즘은 제대로 따라가기가 힘든 것 같다. 내가 안개 속에 있는 것 같아."

"누군 안 그런가요." 넬슨이 말한다.

"그리고, 맞아, 그렇지, 현황보고서. 그것도 생각해봤다. 너, 중고차를 파는 데 어려움을 겪고 있는 거냐? 너무 욕심내지 마라. 마진 10퍼센트면 최선이야. 물건이 계속 움직이게 하려면, 이윤 폭을 깎을 가치가 있다."

"알았어요, 아버지. 그렇게 말씀하신다면야. 제가 확인해볼게요."

대화가 또 막힌다. 로이가 제 아버지의 품에서 몸을 꼼지락거린다. 해리는 추락하고 있다. 불빛은 어둠을 둘러싼 피복일 뿐이다. 비행기 외피보다 더 얇고, 알루미늄 맥주 캔보다 더 얇은 피복. 뭐든 붙잡아야 한다, 뭐라도. "아주 굉장한 여자가 됐더구나, 프루는." 해리가 아들에게 말을 건다.

녀석이 놀란 표정을 짓는다. "네, 뭐, 나쁘진 않죠." 그리고 넬슨도 이쪽이 묻지도 않은 말을 자진해서 한다. "제가 프루한테 좀 더 잘해줘야 하는데……"

"그래?"

"네, 뭐, 아시잖아요. 제 일을 스스로 깔끔하게 처리하는 거나, 좀 더 어른스럽게 구는 거요."

"내가 보기에 넌 항상 상당히 어른스러웠는데. 아마 어렸을 때부터 그랬을걸. 어쩌면 내가 어른의 모범을 제대로 보이지 못한 건지도 모르겠다."

"그럼 더욱더 어른스러워질 필요가 있겠네요. 적어도 제 생각은 그래요."

해리가 상상한 것인지 진짜인지 몰라도, 커튼 뒤의 보이지 않는 침대에서 뭔가가 움직이는 것 같다. 저 작은 소리는 건조한 기침 소리인가? 유령 같던 동료 환자가 살아 있다. 해리가 말한다. "이러다 너 정말로 비행기 시간에 늦겠다."

"어쨌든 정말 죄송해요. 이렇게 떠나는 게 영 찜찜해요. 프루하고도 어젯밤에 이야기를 했어요. 며칠 더 여기 있어야 하는 게 아닌가 하고. 하지만 글쎄요, 계획을 이미 잡아버리고 나면 어쩔 수 없잖아요."

"나라고 그걸 모르겠니. 네가 여기 남아서 할 수 있는 일도 없고. 네 아버지는 괜찮다. 훌륭한 의사 선생님이 잘 봐주실 거야. 이제부터는 그다지 건강하지 않은 심장으로 살아가는 방법만 배우면 돼. 불량 심장이지. 찰리는 이십 년 동안 그런 심장을 안고 살아왔으니, 나도 해낼 수 있어." 하지만 래빗은 이내 말을 덧붙인다. 금방이라도 감상적이고 청승맞은 기분 속으로 빠져들 것만 같다. "하지만 찰리는 강단 있고 몸집 작은 그리스인이고, 나는 덩치 크고 뚱뚱한 스웨덴인이지."

넬슨은 상당히 긴장하고 있다. 빨리 여기를 떠나고 싶어 안달하는 분위기를 사방으로 내뿜는 중이다. "알았어요, 아버지. 아버지 말씀대로 우린 그만 가봐야겠어요. 자, 할아버지한테 뽀뽀해드려야지." 그가 로이에게 말한다.

넬슨이 할아버지의 뺨에 입을 맞출 수 있게 아이를 기울인다. 꿈틀거리며 움직이는 미식축구공을 획 잡아내는 것 같은 자세다. 하지만 로이는 입을 맞추는 대신 해리의 코에 산소를 공급해주는 하늘색 튜브를 쥐고 획 뽑아버린다.

"세상에!" 넬슨이 이제야 비로소 감정을 드러내며 말한다. "괜찮으세요? 다치지 않았어요?" 그는 아들의 엉덩이를 철썩 때리고는 아이를 바닥에 내려놓는다.

조금 아프기는 하다. 갑작스레 벌어진 일이니까. 하지만 해리는 웃을 수밖에 없다. "괜찮아. 그냥 컵을 뒤집어놓은 것 같은 모양으로 코에 꽂아놓기만 했을 뿐인데 뭐. 나한테 꼭 산소가 필요한 것도 아니고. 그냥 괜히 티를 내느라고 꽂아놓은 거다."

로이는 분노로 다리가 흐물흐물해져서 침대 옆의 반짝이는 바닥에 쓰러져 있다. 녀석이 몸부림을 치며 숨이 막힌 것 같은 괴상한 소리를 내자 넬슨은 허리를 숙여 아이를 또 때린다.

"애를 때리지 마." 해리가 말하지만, 그다지 강한 목소리는 아니다. "녀석은 그저 날 편하게 해주고 싶어서 그런 거야." 해리는 자유로운 손을 최대한 움직여서 뒤쪽 벽에 걸려 있는 산소 상자에서 나온 하늘색 튜브 두 줄을 양쪽 귀에 다시 걸고 양쪽 콧구멍 사이의 벽에 클립을 고정시킨다. 부드럽고 기름지게 속삭이는 것 같은 소리가 난다. "녀석은 아마 내가 코를 풀 수 있게 해줄 속셈이었겠지."

"이 나쁜 자식, 그러다 할아버지가 돌아가시기라도 하면 어쩔 거야?" 넬슨이 몸부림치는 아이에게 설명해준다. 아이가 침대 밑으로 들어가서 발길질을 해대고 있기 때문에 아이를 억지로 끌어내는 수밖에 없다.

"너도 과장이 심하구나." 해리가 말한다. "난 그런 걸로는 안 죽는다." 이 말을 하고 나니 정말인 것 같다. 제 아빠처럼 아가미가 하얗게 질린 것 같은 표정인 로이가 이제야 목소리를 되찾아서 고함을 질러대며 넬슨의 손에서 벗어나려고 버둥거린다. 간호사들이 고무 굽이 붙어 있는 신발을 신고 서둘러 복도를 걸어오는 소리가 들린다. 모습을 볼 수 없는 동료 환자가 하얀 커튼 뒤에서 갑자기 신음소리를 낸다. 심한 폐렴환자처럼 가래 끓는 소리가 섞인 신음소리다. 로이는 육지에 올라온 물고기처럼 발길질을 해대다가 틀림없이 넬슨의 배를 걷어찬 모양이다. 해리는 쿡쿡 웃을 수밖에 없다. 아이가 그런 짓을 하다니. 단번에. 솜씨가 좋다. 네 살짜리 아이의 눈에는 튜브가 뱀처럼 제 할아버지의 얼굴을 먹고 있는 것같이 보였는지도 모른다. 아니면 그저 튜브가 너무 보기 싫었던 것일 수도 있고.

넬슨은 양손을 쓸 수 없는 상태에서도 마구 헝클어져 있는 갖가지 주삿줄과 전선들 옆을 지나 다가오더니 해리의 뺨에 원래 로이에게 시키려고 했던 뽀뽀를 해준다. 뺨에 닿는 콧수염이 따뜻하다. 성게처럼 따끔거리는 느낌도 있다. 커튼 뒤에서 맥없이 꼼지락거리고 있는 괴물이 또 가래 끓는 소리와 저 깊은 곳에서부터 올라온 괴로운 신음소리를 낸다. 긴장한 표정의 간호사들이 방으로 들어온다. 뺨이 상기돼 있다. 수간호사가 땋아서 왁스를 바른 것 같은 머리 모양을 하고 불쑥 나타난다. 머리가 마치 검은 국수 다발 같기도 하고, 작은 폭죽 다발 같기도 하다.

"아, 그렇지." 해리는 고함을 지르며 버둥거리는 짐덩이를 안고 펜실베이니아를 향해 서둘러 복도를 걸어가는 넬슨에게 말한다. "1989년 새해에는 복 많이 받아라!"

II. PA*

해와 달이 뜨고 진다. 플로리다의 해변과 바다가 만나는 곳에서 서로 충돌하던, 닳고 닳은 자연의 수레바퀴가 펜실베이니아에서는 기세가 한풀 꺾여 부드럽다. 그 위에는 침전물이 덮여 있고, 익숙하기 짝이 없는 옷이 입혀져 있다. 재니스와 해리가 십 년 전에 구입한 펜파크의 땅 4분의 1에이커에는, 클링커 벽돌로 지어진 옆집을 향해 가지를 늘어뜨린 벚나무가 한 그루 있는데 해리는 거기에 꽃이 필 무렵, 그러니까 4월 10일경에 그곳에 와보는 것을 좋아한다. 그때쯤이면 야구 시즌도 시작된 뒤다. 올해 슈밋은 처음 두 경기에서 홈런 두 개를 쳐서 그가 이미 끝장났다고 떠들어대던 사람들의 입을 막아버렸다. 잔디밭에서

---

* 펜실베이니아의 약칭.

는 잡초들이 자라고 있다. 목련과 마르멜로도 꽃을 피웠고, 개나리도 피어 있다. 그 멋진 노란색 꽃은 모든 사람의 삶 속에 흐르는 비밀스러운 수액의 존재를 갑자기 선언하기라도 하듯이 사방에서 반가운 얼굴로 외쳐댄다. 길가의 단풍나무들은 빨간 안개 같은 꽃봉오리들로 가득하고, 그 안개는 옛날에 개발된 지역과 새로 개발된 지역의 가장자리에서 점점 듬성듬성해지고 있는 숲을 지나간다.

펜실베이니아로 돌아온 직후 며칠 동안 래빗은 차를 몰고 여기저기 돌아다니며 추억을 새로이 떠올리고, 브루어의 거의 모든 길모퉁이마다 남아 있는 옛날 자신의 조각들로 스스로 상처를 입곤 한다. 그가 어렸을 때 있던 거리들이 지금도 남아 있다. 다만 이제는 전차가 다니지 않을 뿐이다. 철교도 남아 있고, 도시를 올가미처럼 에워싼 우회로 안쪽에서 녹슬어가는 철도 기지창도 있다. 자동차 번호판들 한가운데에는 아직도 오렌지색 쐐기돌이 있지만, 이제 거기 새겨진 문구는 펜실베이니아에 당신의 친구가 있어요다. 해리는 이 문구가 항상 감상적이라고 생각했다. 하지만 예수님 안에 당신의 친구가 있어요라는 말을 새긴 가짜 번호판을 앞쪽 범퍼에 붙이고 다니는 건 더욱더 감상적이다. 전화번호부 표지에는 펜실베이니아 비非연방이라는 말이 자랑스럽게 적혀 있다. 해리는 자동차 운전대를 잡고 중력에 이끌리듯 마운트저지로 향한다. 그가 태어나고 자란 곳, 펜파크에서 보면 브루어의 반대편에 있는 마을이다. 사암으로 지은 요새 같은 건물에 어울리지 않는 새 건물을 덧붙인 마운트저지 복음주의 루터교회에서 그는 잿물로 풀을 먹인 것처럼 목의 피부를 긁어대던 셔츠를 입고 세례와 견진성사를 받았다. 여기서 센트럴 애비뉴를 따라 더 내려간 곳, 이제 복사점이 된 사탕가게 앞은 그가 처음으로 사랑을 느낀 곳이다. 머리를 땋아 늘이고 하이탑 신발을 신은 마거릿 숄코프에게. 그때 그는 심장의 감각이 모두 사라지고, 심장이 예전에 하늘에 떠 있던 비행선처럼 인도 상공에 부풀어 있는 것 같았다. 그리고 인도에 깔린 사각형 시멘트블록은 하늘에 떠 있는 그의 어린애다운 심장 저 밑에서 도시의 건물들처럼 보였다. 이 소박한 동네에는 예전에 그와 아는 사이였지만 지금은 세상을 떠난 사람들의 유령이 살고 있는 집들이 한 집 건너 하나쯤 된다. 그의 눈에 수집가의 수납장에 놓인 조개껍데기처럼 텅 비어 보이는 이 평범한 주택가는 그리 변한 것이 없어서 지금도 벽돌로 쌓은 기둥이 있는 포치와 어둑한 앞쪽 거실 등이 있다. 그와 재니스가 신혼 때 살았던 윌버 스트리트의 그 집처럼 더 가난한 동네의 연립주택들도 옛날과 똑같이 계단 모양으로 언덕을 기어오르고 있다. 하지만 멍과 똥 색깔이던 칙칙한 아스팔트 벽은 대충 자른 석재나 나무 미늘벽 판자를 흉내낸 밝은 소재에 자리를 내주었다. 개중에는 그런 소재들을 집 앞쪽에 좀더 넉넉하게 사용한 곳도 있어서, 눈으로 집들을 훑어보다보면 가장자리가 조금 들쭉날쭉하게 보인다. 해리는 단조로운 플로리다에서는 상상하기 어려운 이곳의 분위기, 얼룩덜룩 그림자가 진 거리의 분주함이라든가 기괴한 것들을 잔뜩 쑤셔넣은 건물이라든가 전면의 박공집들을 높은 쪽으로 밀어붙이는 저멀리의 푸르른 구릉이라든가 매발톱나무 울타리나 튤립 꽃밭을 왕관처럼 이고 있는 가파른 비탈길과 도둑을 막으려고 뾰족한 것들을 꽂아놓은 담장 같은 것들을 항상 잊어버린다. 날이 갈수록 비탈길에는 잔디밭이 적어지고, 구식 기계로 일주일에 한 번씩 깎아줄 필요가 없는 담쟁이덩굴이나 노간주나무가 땅을 덮고 있다. 예전에 어떤 사람들은 잔디 깎는 기계 손잡이에 밧줄을 묶어 털털거리며 아래로 미끄러지게 했다가 다시 끌어올리는 방법을 쓰기도 했다. 래빗은 나무 손잡이가 달린 그 구식 기계들과 이미 오래전에 세상을 떠난 잭슨 로드의 이웃을 떠올리며 차 안에서 빙긋 웃는다. 어머니는 자기 집과 이웃집의 담장을 따라 뻗어 있는 시멘트 통행로 한가운데의 60센티미터 너비 잔디밭을 누가 깎느냐는 문제를 두고 감리교인이던 그 이웃과 사이가 나빠졌다. 그 감리교인 노부부는 클리블랜드로 이사를 가는 짐 일가에게 그 집을 사서 들어온 사람들이었다. 캐럴린 짐은 어찌나 예뻤는지, 보조개가 없는 셜리 템플 같았다. 그 작은 소녀의 몸에 디애나 더빈 같은 관능이 가득했다. 그래서 짐 부부가 항상 싸운다고 어머니가 말해주었다. 짐 부인이 딸을 질투한다는 것이었다. 래빗은 온화한 저녁에 자기 방 창가에서 좁은 길 건너편의 캐럴린이 잠자리에 들려고 옷을 벗는 순간을 엿보려고 기다리곤 했다. 그의 방이라. 그는 그 방의 벽지를 지금도 기억할 수 있을 것 같다. 라디에이터 위쪽의 벽지가 특별히 더 누렇게 변색돼 있던 것, 니스를 칠한 선반과 거기에 놓여 있던 그의 테디베어 인형들, 장난감 바퀴들과 고무 병정들과 납 비행기들이 살고 있던 광주리…… 그 방에는 독특한 맛 같은 것이 있었다. 기름 먹인 천으로 만든 식탁보나 창틀에 바르는 뜨거운 페인트나 어머니가 케이크를 구울 때 나던 바닐라와 육두구 맛 같은 것. 지금도 그 맛을 느끼려면 느낄 수 있을 것 같은데 사실은 그렇지 않다. 그 맛은 이제 그림자 속으로 들어가 있다. 흐릿한 부조로 된 무늬가 칸마다 나지막하게 새겨져 있는 은색 라디에이터 뒤로 미끄러져들어간다.

브루어도 마찬가지다. 이 둔한 벌집 같은 도시도 그에게 그 자신의 모습을 보여준다. 놀라울 정도로 깊어져버린 그의 과거. 그래서 그가 개인적으로 기억하는 일들, 그러니까 유럽전승기념일이나 트루먼이 북한에 전쟁을 선포했던 일요일 같은 것들은 이제 역사가 되었고, 대부분의 세상 사람들은 그 사건들을 책을 통해서만 알고 있을 뿐이다. 브루어는 그가 유년 시절을 보낸 도시이자, 그가 알던 유일한 도시였다. 지금도 화분 색깔의 풍경, 그러니까 벽돌공장, 연립주택, 크고 엄숙한 교회 등이 모두 한데 뒤섞여 있는 그 풍경 속에 서면 가슴이 설렌다. 모든 것이 무겁고 단단하며, 시대에 뒤떨어진 지나친 장식이 되어 있다. 거의 인적이 끊기다시피 한 시내. 그의 기억 속에서는 환한 불이 켜지고 크리스마스 무렵의 축제장처럼 사람이 북적거리던 널찍한 와이저 스트리트는 이제 폐허와 주차장과 곁에 유리를 두른 새 건물 몇 채가 조각보처럼 늘어선 곳이 되었다. 재개발의 일환으로 지어진 새 건물들은 주로 은행과 정부기관 차지고, 브루어 외곽의 쇼핑몰로 옮겨간 상점들은 이곳으로 돌아오려 하지 않는다. 와이저 스트리트에 늘어선 여섯 곳의 영화 개봉관 중 하나였던 바그다드극장의 양옆은 이제 공터가 되었고, 아랍 스타일의 타일들은 모조리 떨어져나가버렸고, XXX등급의 영화 두 편을 동시상영한다는 광고가 마지막으로 걸렸던 간판은 페인트가 벗겨지고 녹이 슨 모습으로 ELP라는 글자와 그 아래 줄의 SAV ME라는 글자만 붙들어두고 있다. 역사적인 건물을 복원하게 해달라는 호소문 중 일부만 남아 그렇게 글자가 헝클어져버린 것이다. 달콤한 냄새와 짙은 색 벨벳, 웅성거리는 소리와 키득거리는 소리, 맞잡은 손 등이 가득했던 어린 시절의 영화관들은 이제 역사가 되었다. **저를 구해주세요.** 옛날 이 극장 로비에는 무어식 분수 같은 것이 있었고, 색색의 불빛이 움직이는 물위를 노닐었다. 이십 년 전 바그다드에서 몇 집 떨어진 곳에서 올리 포스나트가 운영하던 음반가게 코즈&레코즈는 나중에 피델리티 오디오가 되었다가, 지금은 라이트 팬태스틱이라는 이름의 운동화상점으로 변해서 진열창 두 개를 모두 차지하고 있다. 틀림없이 소수집단의 인간들이 이 가게를 찾을 것이다. 강도짓을 한 뒤 뛰어서 도망칠 수 있게 신발을 사려고.

래빗의 한정된 경험에 비추어볼 때, 운동화의 성능을 향상시키면 시킬수록 충격방지패드나 힘을 주는 쐐기꼴 디자인이나 과학적으로 설계된 6중 밑창 등이 더 많이 부착되면서 신발이 뻣뻣해져서 더 불편해진다. 거의 구두와 비슷할 정도로. 게다가 요즘 젊은 여자들은 달리기를 할 때 타이츠를 입기 때문에 마치 여자 우주비행사처럼 보인다. 나무딸기 같은 빨간색이나 현란한 초록색을 띤 그 타이츠들은 몸에 어찌나 꼭 끼는지 모든 근육의 움직임은 물론 심지어 엉덩이 골의 움직임까지도 죄다 보여준다. 그러니 그런 옷을 입는 목적이 무엇이겠는가? 보여주는 것이다. 젊은 동물들은 자기 몸을 보여줄 필요가 있다. 올리 포스나트의 아내지만 부부 사이가 별로 좋지 않았던 페기는 팔 년쯤 전에 이미 다른 곳으로 전이될 만큼 진행된 유방암으로 세상을 떠났다. 래빗은 자신이 잠자리를 한 여자들 중 세상을 떠난 여자는 페기가 처음이라는 생각을 한다. 하지만 이내 그렇지 않다는 것을 깨닫는다. 질이 있었다. 그 혼란스럽던 여름에 그는 질과 썹을 하곤 했다. 질이 그것을 별로 좋아하지 않는다는 걸 확실히 알 수 있었는데도. 질은 그것을 좋아하기에는 아직 너무 어렸다. 그리고 그의 동정을 가져간

텍사스의 그 매춘부, 묘하게 느릿느릿 움직이며 친절하게 그를 대해준 그 매춘부도 어쩌면 이미 이 세상 사람이 아닐지 모른다. 매춘부들은 오래 살지 못한다. 일하는 시간이 그렇고, 술도 많이 마시고, 매도 많이 맞기 때문에.

게다가 대부분의 매춘부들이 마약에 빠져 있는 것도 문제다. 거기에 에이즈까지. 하기야 어차피 영원히 사는 사람은 없지 않은가. 사람은 누구나 이런저런 상처를 입고 고생하기 마련이다. 그러니 매춘부들은 어차피 조만간 그렇게 될 걸 조심할 필요가 없다고 생각할 것이다. 그들은 우리와 똑같다. 다만 우리보다 더 심할 뿐이다. 요즘 감옥의 죄수들은 교도관을 물어뜯어서 침으로 에이즈를 옮긴다지. 우리는 미친개로 변해가고 있다. 인류는 바이러스가 우글거리는 거대한 늪이 되었다.

브루어의 황량한 중심가 뒤편, 그러니까 지금은 원래 주인에게 버림을 받고 공장도가 아울렛으로 변한 커다란 공장 건물들이 아직 연기를 뿜어내며 부산히 움직여 천을 뽑아내고 강철을 가공하던 한 세기 전에 빽빽하게 지어진 벽돌 연립주택에서는 지금도 그 어느 때와 마찬가지로 삶이 활발하게 이어지고 있다. 비록 그림자의 색은 좀더 짙을지라도. 래빗은 이런 거리들을 돌아다니는 것을 좋아한다. 적어도 4월에는 이런 거리들에도 순수한 에너지가 찰랑거린다. 다리가 긴 젊은 흑인 네 명이 수리중인 자전거 옆에 모여 있다. 늦은 오후라 기울어진 햇빛 속에서 히스패닉 여자가 얇게 자른 조각 같은 집에서 걸어나온다. 실크로 된 하이힐과 라일락 색깔의 화려한 원피스에 자주색 띠를 대각선으로 두르고 허리에는 천으로 만든 커다란 장미를 매단 모습이다. 저여자는 꽃이라는 속삭임이 들리는 듯하다. 사내 녀석들이 떼를 지어 모여들어서 밀치락달치락하며 시끄럽게 윙윙거리고 있다. 모두들 강철 색깔의 잠바와 초록색 군복바지 차림이다. 아마 저것이 갱들의 제복 같은 옷인 모양이라고 해리는 짐작한다. 브루어에서는 아직 거리가 사람들 차지다. 사람들이 뭔가를 기대하는 것 같은 표정으로 자기 집앞 계단이나 작은 포치에 나와 앉아 있는 모습은 딜리언에서는 결코 볼수 없다. 펜실베이니아의 연립주택들은 주거라는 개념을 아주 단순하고 명확하게 해석한다. 학교에서 선생님의 지시에 따라 초등학교 1학년 아이들이 시리얼 상자를 잘라 문을 만들고 창문에 크레용을 칠해서 꾸며놓은 마을 모형과 크게 다르지 않다. 골프장이 사이사이 섞여 있고, 서로 같은 시간을 공유하는 아파트들이 타일로 장식된 지붕을 얹고 탑처럼 우뚝 솟아 있는 플로리다의 아파트 단지에서 겨울을 보낸 뒤라 해리는 이런 풍경이 반갑다. 플로리다의 마을은 마을이 아니고, 모든 것이 부동산업자의 시각에 맞춰져 있으며, 조잡하고 엉성한 것들이 그저 예쁘게 꾸며져 있을 뿐이다.

그는 가을에 재니스와 함께 진줏빛이 도는 회색 캠리 왜건을 몰고 남쪽으로 출발하면서 차고에 넣어두었던, 슬레이트 같은 회색의 문 두 개짜리 셀리카를 다시 몰고 달리면서 마음이 편해진다. 그를 빤히 바라보는 시선이 별로 없다. 하지만 기찻길 옆의 거친 동네, 문이 판자로 막힌 주점 구석의 둥근 계단에 작고 동글동글하고 가무잡잡한 여자가 티셔츠 차림으로 남자의 무릎에 앉아 있다. 봄날씨가 아직 쌀쌀한데도 남자는 이미 가슴의 맨살을 드러내고 있고, 여자는 늘쩍지근하고 단호하게 벌린 입술로 남자에게 키스를 하거나 휙휙 지나가는 차들을 거만한 표정으로 바라본다. 반쯤 옷을 벗은 남자는 너무 약에 취해서 뭘 바라볼 수도 없는 것 같지만, 여자는 셀리카의 창문을 통해서 상대를 한 방에 휙 휩쓸어버릴 수도 있을 것 같은 표정으로 해리를 바라본다. 나랑 씹을 해. 이 남자랑 씹을 해. 여자의 눈은 이렇게 말하고 있다. 여자는 해리가 그냥 차를 타고 지나가면서 브루어 남쪽 풍경에서 자신을 위해 작은 삶의 한 조각을 훔쳐갈 생각이었음을 알아차린 것 같다. 해리는 이제 늙어서 가라앉고 있지만, 이곳에서는 젊은 생명들이 수액처럼 솟아오르고 있다.

이 피곤한 동네에는 지금까지 많은 사람이 살았다. 낡은 연립주택들은 페인트를 새로 칠하고, 벽널을 새것으로 바꾸고, 알루미늄 차양과 철세공 난간도 새로 달았지만 또 나이를 먹었다. 이곳에는 아직 빈집들이 남아 있고, 건축업자들은 문 위쪽의 스테인드글라스 채광창 위에 번지를 뜻하는 숫자를 붙여두었다. 이곳의 집들은 단단하게 지어졌으므로, 번지를 바꾸는 일은 결코 일어나지 않을 것이다. 해리도 한때는 이런 집에서 살았다. 326번지. 병원에 입원했을 때 병실 번호 덕분에 떠올린 숫자다. 그는 루스와 함께 그 집에 살면서 지금은 로사의 식품점(티엔다 데 코메스티블레스)이라고 불리는 길모퉁이 가게에서 금방 필요한 것들을 사곤 했다. 그리고 창문을 통해 이제는 PAL 커뮤니티 센터/센트로 코무니다드가 된 석회암 교회의 장밋빛 창문을 바라보았다. 이 도시는 그가 기억하는 것보다 더 빠르게 움직인다. 차창 밖으로 휙 휙 지나가는 동네들이 빠르게 바뀌고 있다. 그리고 그가 어렸을 때 널찍한 간격을 두고 서 있다고 생각했던 건물들은 이제 인접해 있는 것처럼 보인다. 목캔디 공장, 하늘 높이 솟은 법원 건물, 그가 수영을 배우러 갔다가 머리가 젖은 채 겨울바람을 맞은 탓에 대신 폐렴만 달고 온 YMCA 건물 등이 모두 가까운 곳에 모여 있고, 길고 이상하고 텅 빈 로비가 있는 우체국도 근처에 있다. 우체국 로비는 창구 한두 개가 열려 있는 한쪽 끝에만 불이 켜진 채 분주하다. 이제는 라마다 모터 인이 된, 자랑스러운 고급 호텔 벤 프랭클린도 근처에 있다. 그의 동급생들, 그러니까 마운트저지 51년 졸업생들은 그 호텔에서 졸업 무도회를 열었다. 해리는 여름용 턱시도를 입었고 메리 앤은 라벤더색의 어깨끈이 없는 새틴 드레스를 입었는데, 치마폭을 크게 부풀려주는 페티코트 때문에 무도회가 끝난 뒤 차 안에서 몸을 마음대로 움직일 수 없어서 결국 두 사람은 웃을 수밖에 없었다. 메리 앤의 하얗고 둥근 허벅지는 바스락거리는 주름들과 치맛단 속 어딘가로 사라져버려서 종이 같은 느낌의 둥지에 들어 있는 부활절 달걀 같았고, 팬티는 춤을 워낙 많이 춘 탓에 축축하게 젖어서 스펀지를 넣은 면 베개 같았지만 그 안을 가득 채운 것은 메리 앤의 수풀이었다. 그 강렬하고 습기 찬 사향 냄새. 메리 앤은 그가 체취를 자기만의 것으로 만든 최초의 여자였다. 그는 그녀의 모든 것, 모든 갈라진 틈, 모든 기분을 자기만의 것으로 만들었다. 2년간의 군복무를 위해 고향을 떠날 때까지. 그러고 나서 메리 앤은 느닷없이 다른 남자와 결혼해버렸다. 어쩌면 메리 앤이 그에게서 뭔가를 느낀 건지도 모른다. 그가 실패자라는 사실을. 열여덟 살 때는 그래도 승리자처럼 보였는데. 메리 앤과 데이트를 할 때마다, 그녀가 가족의 차인 파란색 플리머스의 따뜻한 공간 안에서 언제든 따먹어도 되는 자기 것임을 느끼며 그는 승리자가 된 기분이었다. 이렇다 할 준비를 하지 않아도 되는 침착한 승리자. 그의 인생은 거부할 수 없이 앞으로 나아가는 비탈길에 고정되어 있었다.

벤 프랭클린에서 산 쪽으로 두 블록을 가면 나무 난간이 달린 흑처럼 솟아 있는 아이젠하워 애비뉴가 있고, 그 밑에서 늙은 인부들이 기찻길을 시내로 끌어들일 커다란 참호를 손으로 팠다. 하지만 그 철로는 이제 사용되지 않고, 벽에 석회암을 붙인 그 구덩이는 맥주 캔과 음료수병을 던지는 구덩이가 되었다. 심지어 쓰레기봉투와 매트리스까지 던져져 있다. 브루어는 언제나 거친 동네였다. 기찻길 동네. 철로를 따라 늘어선 동네에는 거친 남자들이 가득했고, 눈이 빨갛게 충혈된 부랑자들은 25센트를 주면 입으로 거기를 빨아주겠다고 했다. 거무스름하게 더러워진 호텔들에서는 카드 게임이 며칠씩이나 계속됐고, 술집들의 창문은 지나가는 기차의 진동 때문에 금이 가 있었으며, 엄청나게 긴 석탄 기차는 모든 차량을 멈춰 세운 채 와이저 스트리트를 건너갔다. 그와 루스도 기찻길을 건너려고 기다리다가 그 모습을 보았다. 이미 오래전에 사라진 중국식당의 네온 불빛들이 다채로운 색깔을 띤 루스의 머리카락을 비추며 깜박이고 있었다.

빨간색을 칠한 벽돌들, 가짜 회색 돌들은 가슴이 무너지는 장면들을 보았지만 그 사실을 모르고 있다. 옛날 루스가 살던 거리, 그 거리의 이름은 서머였지만 두 사람이 그곳에 산 것은 봄이었고 여름은 두 사람에게 종말을 가져다주었다. 그 거리에서 산 쪽으로 한두 블록을 더 가자 래빗의 차가 갑자기 하얀 터널 안으로 들어간다. 거리 양편의 나무들에 하얀 꽃이 피어 있는 탓이다. 나무들은 젊고 모양이 달걀형이며 구름처럼 서로 뒤섞여 있다. 하늘은 대낮의 달처럼 가장 높은 곳의 꽃들을 물들이지 못하고 푸른색으로 높이 떠 있다. 빛이 가장 많이 쏟아지는 꼭대기의 이파리들은 작고 반짝이는 하트 모양으로 펼쳐지는 중이다. 해리가 그 사실을 알아차린 것은 그 광경에 감동을 받아서 셀리카를 길가에 세우고 차에서 내려 나뭇잎을 하나 따서 유심히 살펴보았기 때문이다. 마치 그 나뭇잎이 이 찬란한 풍경의 열쇠이기라도 한 것처럼. 인도를 따라 길게 늘어서 있는 이 눈부신 나무들 옆에서 유령 같은 사람들이 유모차를 밀거나 자기 집 앞 계단에 서서 대화를 나누고 있다. 머리 위에서 그들을 감싸고 있는 아름다운 풍경을 전혀 모르고 있는 것 같다. 벌써 꽃잎들이 축제 때의 색종이 조각들처럼 떨어지고 있는데. 그들은 천국에 있다. 해리는 사람들에게 나무의 이름을 묻고 싶다. 단단한 벽돌집이 늘어선 브루어의 이 동네에 어떻게 이 나무들이 심어지게 됐는지도 궁금하다. 저 아래 플로리다의 네이플스 애비뉴에 늘어선 피커스나무처럼 호화로운 나무들이다. 하지만 해리는 자신을 바라보는 사람들의 눈길에 수줍음을 느낀다. 꽃을 통해 햇빛이 들어오는 이 터널 안에서 그는 외부인이자 그림자, 과거에서 온 침략자다. 게다가 여기 사람들이 답을 알 것 같지도 않고, 설사 안다 해도 그가 그런 질문을 던지는 것을 몹시 이상하게 생각할 것이다.

하지만 재니스는 답을 알고 있다. 그가 자신이 본 것을 설명해주자 재니스가 말한다. "그건 시 당국이 옛날에 있던 느릅나무나 아메리카 플라타너스가 죽은 자리에 계속 심고 있는 브래드퍼드배나무야. 꽃은 피지만 열매는 안 열리고, 도시의 환경 속에서도 아주 잘 자라. 이산화탄소든 뭐든 전혀 문제가 안 돼."

"그럼 왜 내가 전에는 그 나무를 한 번도 못 봤지?"

"못 보기는. 틀림없이 봤어, 해리. 그 나무들을 심기 시작한 지 적어도 십 년은 됐으니까. 신문에 기사도 몇 번 실렸고. 클럽에 같이 다니는 여자들 중에 남편이 도시개선위원회에 있는 사람도 있어."

"난 그런 풍경을 본 적이 없어. 내가 얼마나 감동을 받았는데."

재니스는 펜파크의 집을 다시 살 만하게 정리하느라고 바쁘다. 겨우내 쌓인 거미줄도 걷어내고, 장모가 물려준 커너 집안의 은식기에도 광을 내고 있기 때문에 더이상 말상대를 해줄 수 없다는 듯 그에게서 멀어진다. "봤어, 이제 와서 새삼스레 다시 보게 된 것뿐이야."

심장발작을 겪었기 때문에 시각이 달라졌다는 뜻이다. 거의 죽을 뻔했기 때문에. 요즘 재니스와 함께 있을 때면 예전에 사람들이 저승에서 돌아와 산 사람들을 지켜보며 벽 속의 생쥐처럼 눈에 보이지 않는 존재로 함께 살아간다고들 하던 망자가 된 것 같은 기분이다. 재니스가 그의 말을 듣지 못하거나 그의 말을 진지하게 받아들이지 않을 때가 많기 때문이다. 재니스는 브루어를 가로질러 마운트저지에 사는 넬슨과 프루와 손주들을 만나러 가거나, 플라잉이글 컨트리클럽의 옛친구들을 다시 만나러 간다. 클레이 테니스코트는 개장을 위해 바닥을 롤러로 다지는 중이고, 골프장은 이미 파란 잔디로 단장되어 손님을 받고 있다. 그리고 재니스는 일자리를 찾고 있다. 〈워킹걸〉을 보고 나서 재니스가 처음 그 소리를 했을 때는 농담인 줄 알았지만, 요즘은 재니스 또래의 여자들이 거의 모두 뭔가를 하고 있다. 옛날에 재니스와 테니스를 같이 치던 친구 중 하나는 팔과 어깨가 믿을 수 없을 만큼 근육질인 물리치료사가 되었고, 또다른 친구인 도리스 에버하트, 예전 이름이 도리스 카우프만이었던 그녀는 다이아몬드 전문가가 되어 거의 매주 버스를 타고 뉴욕으로 가서 수십만 달러 상당의 보석을 운반하는 일을 하고 있으며, 재니스가 아는 또다른 여자는 한창 인기를 끌고 있는 새로운 분야인, 공장, 학교, 주택 등에서 석면을 제거하는 일을 하고 있다. 끄집어내서 제거해야 할 석면은 한이 없는 듯하다. 재니스는 부동산 쪽을 생각하고 있다. 친구의 친구가 주로 주말에만 일하면서 중개수수료로 일 년에 5만 달러 이상을 벌고 있기 때문이다.

해리가 재니스에게 묻는다. "그러지 말고 부지에 가서 넬슨이나 도와주지 그래? 그쪽 일이 요상하게 돌아가는 것 같던데."

"거긴 재미가 없어. 내가 나를 고용하는 꼴이잖아. 게다가 넬슨이 간섭받는 걸 얼마나 싫어하는지 알면서 그래."

"그거야 그렇지만…… 이유가 뭐야?"

재니스는 모르는 것이 없다. 플라잉이글에서 모르는 것이 없는 여자친구들과 다시 뭉쳤기 때문이다. "지배적인 아버지의 그늘 밑에 있는 성인 아들이니까 그렇지."

"내가 무슨 지배적이야? 슬쩍 건드리기만 해도 넘어질 만큼 약해빠졌구먼."

"넬슨한테는 아니야. 당신은 넬슨을 심리적으로 지배하고 있다고. 확실히 키는 당신이 훨씬 크잖아. 게다가 옛날에는 굉장한 운동선수였지."

"옛날얘기야. 골프장에서도 반드시 골프카트를 타고, 격렬하고 씩씩하게 걷는 것 이상 몸을 움직이면 안 된다는 말을 의사한테서 들은 사람이 굉장한 운동선수는 무슨."

"그런데 당신은 의사 말도 안 듣고 있잖아, 해리. 당신이 차가 있는 곳까지 걸어갈 때 말고는 걷는 걸 못 봤어."

"그동안 정원을 돌보느라고 그런 거잖아."

"정원 돌보는 거 좋아하시네."

해리는 해가 질 무렵 마당으로 나가서 작년에 꽃을 피우고 죽어버린 줄기와 하얗고 오래된 미국자리공을 꺾어 그날자 〈스탠더드〉로 붙인 불에 태우는 것을 좋아한다. 두 사람이 이곳에 도착했을 때 잔디밭은 잔디깎이를 해주지 않아 엉망이었고, 3월에 캐냈어야 하는 구근들도 그대로 있었다. 두 사람이 플로리다에 있는 동안 스노드롭과 크로커스가 피었다 졌고, 지금은 히아신스가 절정이다. 튤립도 자랐지만 아직 끝부분이 뾰족하고 초록색이다. 래빗은 햇빛이 점점 희미해지고 그 어스름 속에서 수양벚나무가 은은히 빛날 때 평화를 느낀다. 작은 분홍색 벚꽃들은 수레국화 같고, 가지가 늘어져서 마음씨 착한 여자 같은 분위기를 풍기는 나무는 그림자가 길게 늘어지는 동안 창백한 네온 빛을 제 몸으로 끌어모은다. 지구의 공전이 조금 더 진행되어, 제트기가 남기고 간 연기구름과 얼음같이 차가운 말꼬리구름이 떠 있는 4월 하늘 아래에서 햇빛 조각들이 좀더 머뭇거린다. 얄팍한 노란색 벽돌로 지은 이웃 저택 쪽의 텁수룩한 개나리밭에 황금빛 조각들이 몇 개 걸려 있고, 독미나리는 어떻게든 살아남으려고 애를 쓰고 있으며, 부엌 창문에서 내다보이는 울타리 옆에는 진달래 중에서도 아주 키가 큰 녀석들이 자라고 있다. 재니스는 몇 해 전 가을에 독미나리밭에 새 모이 그릇을 놓아두었다. 도리스 카우프만인지 누군지 하여튼 참견하기 좋아하는 사람이 겨울에 이곳에 있지도 않을 거면서 모이 그릇을 놓아두는 것은 새들에게 잔인한 일이라고 말했지만 소용없었다. 모이 그릇은 토성처럼 한쪽으로 기울어진 플라스틱 공 모양이었다. 해리는 생각날 때면 그 안에 해바라기씨를 채워넣는다. 새모이를 놓아두는 것은 장모가 예전에 하던 일이었지만, 장모가 아직 살아 있고 두 사람이 지금보다 젊던 시절에는 재니스가 그런 생각을 한 적이 한 번도 없었다. 우리의 유전자는 우리가 살아 있는 동안 계속 새로운 것들을 펼쳐보인다. 해리는 예전에 아버지에게서 느꼈던 불쾌한 입냄새와 똑같은 시큼한 맛을 자신의 치아에서 느낀다. 가엾은 아버지. 돌아가시기 직전에 아버지는 얼굴이 말린 살구처럼 노랗게 변해버렸다. 장모는 조지프 스트리트의 집 뒤뜰에 새모이를 놓아둘 때 다람쥐들이 손대지 못하게 모이 그릇을 죄다 전선과 기둥 위에 올려놓았다. 해리와 재니스가 옛날에 쓰던 침실 옆의 너도밤나무는 밤새 멋대로 열매를 펑펑 터뜨리곤 했는데, 장모는 무릎을 세우고 그 위에 양손을 올려놓은 자세로 그 나무가 다람쥐들을 끌어들인다고 말하곤 했다. 마치 하느님이 장모를 괴롭히려고 다람쥐를 만들어내기라도 한 것 같았다. 해리는 장모를 좋아했지만, 장모는 유언장에서 그를 골탕 먹였다. 1959년의 그 일을 결코 용서하지 않은 것이다. 장모는 다이애나 왕세자비가 윌리엄 왕자를 낳은 다음날 당뇨병과 순환계합병증으로 죽었다. 장모가 살아 있는 동안 마지막으로 관심을 가졌던 문제는, 영국 왕에게 과연 미래가 있을 것인가 하는 점이었다. 힝클리* 재판에도 관심이 있었다. 장모는 백주 대낮에 그 녀석을 의사당 계단에서 목매달아 죽여야 한다고 생각했다. 정신이상을 이유로 벌을 주지 않는 건 터무니없는 일이라는 것이었다. 장모는 자기 어머니가 그랬던 것처럼 마지막에 자기도 다리를 자르게 될까봐 겁을 냈다. 해리는 심지어 장모의 어머니 이름까지도 기억하고 있다. 해나. 해나 커너. 자신도 언젠가 해나 커너처럼 죽은 사람이 될

---

* 여배우 조디 포스터의 환심을 사려고 1981년에 레이건 대통령을 저격해 암살하려 한 인물.

것이라는 사실을 믿기가 힘들다.

4월의 저녁이 내리기 전에 모이 그릇에 이끌려온 크고 작은 새들이 날개를 퍼덕이며 이 작은 집의 예전 주인이 만들어둔, 바닥에 파란 시멘트가 칠해진 연못으로 깡충깡충 뛰어가 물을 마시거나 깃털에 물을 끼얹는다. 석회암으로 지은 이 작은 집은 펜파크의 큰 집들 사이에 아늑하게 자리잡고 있다. 시멘트 연못은 여기저기 금이 갔지만 여전히 물을 담아두고 있다. 나와 비슷하군. 래빗은 자신의 집을 향해 차를 꺾으며 이런 생각을 한다. 창문에 불이 환하게 밝혀진 그의 집은 그가 잭슨 로드에 있는 좁고 긴 마당 뒤의 골목에서 차고에 붙여놓은 백보드로 동네 아이들이나 밈과 함께 트웬티원이나 호스를 하던 어린 시절에 부모님의 집이 그랬던 것처럼 아주 멀리 있는가 하면 또 이상하게 가까워 보인다. 지금과 마찬가지로 그때도 황혼녘에 몽상에서 깨어나보면 뭔가 반짝이는 것이 생각보다 가까이 있었다. 그것이 마당을 가로지르는 그의 걸음보다 앞서 황금빛 그림자를 던져줄 수 있을 정도였다. 그때는 그것이 그의 미래였고, 지금은 그것이 그의 과거다.

루스와 서머 스트리트에 살던 그 봄에 그는 저 앞에 시선이 닿는 곳까지 똑바로 뻗어 있는 길을 끝까지 달려가보면 어떨까 생각하곤 했다. 그뒤로 30년 동안 그는 차를 몰고 자주 그 길을 달려 브루어 북서쪽 변두리와 그 너머까지 가곤 했다. 그곳에서는 모텔들(이코노미 로지, 코로넷, 세이프 헤이븐)이 늘어선 고속도로가 농경지 속으로 녹아들어가고, 해리스버그와 피츠버그 방향을 가리키는 표지판들이 나타나기 시작한다. 농장과 거기에 딸린 석조건물, 못과 들보로 비탈길에 세워진 2층짜리 헛간, 벽 두께가 60센티미터나 되는 농가 등이 하나씩 차례로 부동산개발 대상이 되고 있다. 머킷 부부가 이혼하기 전에 살았던 메이든 스프링스로 나가는 톨게이트를 지나 3킬로미터쯤 더 가면 애로데일이라는, 꽤 최근에 개발된 지역이 있다. 이 이름은 애로헤드 농장에서 따온 것인데, 예전에 이곳에서 오랫동안 살아온 노처녀는 텔레비전 설교자에게 이 농장을 기부해서 일종의 구원 공원, 열광적인 신자들을 위한 기도원 같은 것을 만들고 싶어했지만 변호사들이 계속 그녀를 만류했고, 나중에 그녀의 조카들이 농장을 팔아버리고 말았다. 최근 몇 년 동안 래빗은 불도저가 농장을 밀어버린 뒤 시간이 흐르면서 그 땅에서 금방 땅을 갈아엎은 것 같은 느낌이 사라지고 나무와 덤불이 자라나 마치 예전부터 그 땅에 주택들이 들어서 있었던 것처럼 보이게 되는 것을 지켜보았다. 머킷이 살던 주택단지와 마찬가지로 이곳의 거리들도 둥글게 휘어져 있지만, 집들은 좀더 평범하다. 지붕의 경사가 완만한 단층집들이 있는가 하면, 측면에는 알루미늄 미늘벽 판자를 붙이고 벽돌로 지은 앞쪽에는 판석을 깐 작은 포치와 석공이 마무리를 제대로 하지 못한 것처럼 보이는 부분들이 섞여 있고 같은 층 방들의 바닥 높이를 일부러 다르게 한 집들도 있다. 시멘트를 바른 보도는 전망창 밑에서 아직 이렇다 할 꽃을 피우지 못한 진달래가 자라는 자그마한 앞뜰을 가로지른다. 나무껍질이 뿌리들 위에 수북이 쌓여 있고, 포치에는 짝을 맞춘 가구들이 놓여 있고, 마운트저지나 웨스트브루어 같은 오래된 블루칼라 동네에서는 볼 수 없는 전제적인 깔끔함이 있다.

로니 해리슨과 셀마 해리슨은 아들 셋이 모두 자라서 집을 떠난 뒤 이런 소박한 신축 주택가로 이사했다. 장남인 알렉스는 샌프란시스코 남쪽 어딘가에서 전기기사로 일하고 있고, 둘째인 조지는 학교에 다닐 때 글을 잘 읽지 못해 애를 먹었는데 지금은 뉴욕에서 댄서 겸 음악가가 되기 위해 애쓰고 있다. 막내인 론 주니어는 이 동네에 남아 시간제 건축 인부로 일하고 있다. 리하이에서 이 년 동안 대학을 다닌 녀석인데도. 셀마는 아들들이나 집에 대해 불평하지 않지만, 해리가 보기에는 모두 실망스럽다. 셀마는 머리가 좋고, 해리 자신이 직접 경험했듯이 정열적인 여자인데 그런 여자에게 이런 상황은 실망스러울 정도로 평범하다.

전신성 홍반성 낭창, 즉 루푸스라는 셀마의 병 때문에 지난 세월 동안 거액의 돈이 들어갔다. 로니가 다니는 보험사의 건강보험이 있었는데도 그랬다. 셀마가 이렇게 아프다는 건, 아들들이 집을 떠난 뒤 셀마가 바라던 대로 다시 초등학교 교사가 될 수 없었다는 뜻이다. 셀마의 건강상태는 그동안 너무 변덕스러웠기 때문에 셀마는 집에만 틀어박혀 있었고, 해리도 대개 집에서 셀마를 만났다. 오늘 정오에 브루어의 공중전화로 전화를 걸 때도 그는 셀마가 직접 전화를 받을 거라고 예상했고, 실제로도 그랬다. 그가 차를 몰고 찾아가도 되겠느냐고 묻자 그녀는 괜찮다고 대답했다. 그가 전화를 건 것이 그리 반갑지 않은 듯한 목소리였지만, 그렇다고 괴로워하는 것 같지도 않았다. 그저 체념한 목소리였을 뿐이다. 그는 셀리카를 둥글게 휘어진 길가에 그냥 세워둔다. 지금까지는 대개 셀마가 부엌에서 스위치로 그를 위해 차고

문을 여닫아주었는데. 증거를 숨기기 위해서. 하지만 지금은 그도 셀마보다 더 아프지는 않을망정 적어도 셀마만큼은 아픈 처지가 됐기 때문에 더이상 숨길 것이 뭐가 있겠나 싶은 생각이 든다. 이 동네는 한낮에는 텅 비어 있다. 아이들이 학교가 끝난 뒤 버스를 타고 집으로 돌아온 뒤에야 조금 분위기가 달라진다. 눈에는 보이지 않지만 애로데일 어딘가에서 엔진 하나가 횡횡 돌아가는 소리가 들린다. 그리고 메이든 스프링스 톨게이트에서부터 사방으로 스며드는 자동차들의 진동과 소음을 공기가 붙들어둔다. 역시나 눈에 보이지 않는 어딘가에서 새들이 지저귀고 있다. 이 단지 안에는 나무가 별로 없는데도, 새들은 알을 품느라 잔뜩 흥분해서 시끄럽게 떠들어댄다. 울새 한 마리가 셀마의 집 앞 시멘트 보도 옆의 작은 잔디밭에 폴짝 올라가더니, 해리가 다가가자 마구 버둥거리며 날아오른다. 이렇게 덩치 크고 사나운 울새는 본 기억이 없는데. 이 녀석은 까마귀만한 크기다. 해리는 판석이 깔린 계단 두 칸을 올라가 작은 포치를 가로지른다. 그가 미처 초인종을 누르기도 전에 셀마가 문을 열어준다.

셀마는 몸집이 더 작아지고, 머리는 더 하얗게 센 것 같다. 고지식하고 다소 평범한 셀마의 얼굴은 옛날부터 항상 누리끼리했지만, 지금은 그 색이 더 짙어졌다. 셀마가 나비 모양의 발진을 숨기려고 화장을 했는데도 해리는 색을 알아차릴 수 있다. 병 때문에 셀마의 콧등과 눈 밑에 염증이 생긴 것 같은 빨간 발진이 돋아 있다. 그런데도 속속들이 친숙한 셀마의 존재가 그를 휘젓는다. 두 사람은 가볍게 입을 맞춘다. 셀마가 이미 문을 닫은 뒤다. 빛을 차단하는 긴 초록색 블라인드가 비스듬한 모양으로 유리를 붙인 가운데 유리창을 덮고 있다. 셀마의 입술은 서늘하고, 살짝 기름기가 묻어 있다. 셸마는 뭔가를 좀더 기대하듯이 그의 품안에 잠시 머물러 있다. 그의 품에서 긴장을 풀고 있는 그녀의 몸이 말로 할 수 없는 고백을 하는 듯하다.

"말랐네." 셸마가 마침내 그에게서 떨어지며 말한다.

"지방이 조금 줄었지." 그가 말한다. "그래도 의사들이랑 재니스가 만족하려면 아직 멀었어." 재니스의 이름을 입에 올리는 것이 지극히 자연스러운 일인 것 같지만, 사실은 그 이름을 말하기 위해 억지로 혀를 놀려야 했다. 셸마는 자기들 관계의 기본 조건을 알고 있다. 처음부터 그랬다. 이렇게 만나는 것 자체가 셸마의 생각이었고, 조건을 정한 것도 그녀였다. 비록 세월이 흐르면서 그도 이런 관계에 익숙해지기는 했지만. 그에게서 멀어져 거실로 들어가는 셸마의 걸음걸이가 뻣뻣해 보인다. 조금 뒤뚱거리는 것 같기도 하다. 관절염도 루푸스의 증상인 탓이다.

"재니스라." 셸마가 말한다. "그 원더우먼은 잘 지내?" 예전에 그가 자신이 재니스를 그렇게 부른다고 고백한 적이 있는데, 셸마는 그뒤로 그 말을 잊어버린 적이 없다. 여자들은 뭘 잊어버리는 법이 없다. 특히 상대방이 잊어주기를 바라는 것일수록 잊지 않는다.

"아, 똑같지, 뭐. 플로리다에서 이런저런 모임에 나가느라고 바빠. 우리 아파트 단지에서는 재니스가 아기라고 해도 좋을 정도로 젊은 편이거든. 게다가 유대인도 아니니까. 지금 보면 당신은 재니스를 알아보지도 못할 거야. 어찌나 아는 게 많은지. 테니스도 아주 잘 치지. 같이 테니스를 치는 사람들한테서 들었어." 그는 자신이 너무 열성적으로 떠들어대고 있음을 깨닫는다. "하지만 거길 떠나게 된 것이 기뻤어.

310

날이 추워졌거든. 3월은 비참했어. 적어도 여기 북쪽에서는 당연히 추우려니 하잖아. 날씨에 맞는 옷도 있고."

"심장발작을 일으켰다는 얘기를 왜 우리한테 안 한 거야?" '우리'라는 말은 그가 재니스의 이름을 바로 입에 담은 것에 대한 작은 복수다. 사람들은 심지어 잠자리에 들 때도 자기 배우자를 그림자처럼 끌고 다닌다. 그래서 배우자들이 침대에 구름을 드리운다.

"뭐 여기저기 자랑할 일도 아니잖아."

"우린 론 주니어한테서 그 소식을 들었어. 그 녀석이 아는 친구가 넬슨하고도 아는 사이라서. 애들끼리 서로 연결돼 있는 거지. 내가 그런 식으로 그 소식을 듣고 심정이 어땠겠어? 애인이 하마터면 죽을 뻔했는데, 그 애인은 나한테 아무런 소식이 없으니 말이야."

"우리가, 아니 내가, 아니 누구든, 어떻게 당신한테 말을 해? 잡화점에 가서 카드 같은 걸 사서 알릴 수 있는 소식도 아닌데."

최근 몇 년 동안 그와 재니스는 해리슨 부부와 점점 덜 만나게 되었다. 래빗과 론은 마운트저지에서 함께 자란 사이로 고등학교 농구팀에서도 함께 뛰었고, 마티 토세로가 감독으로 있던 그 농구팀은 두 사람의 고교 시절 삼 년 동안 두 번 리그 선수권대회에서 우승했다. 하지만 래빗은 결코 로니를 좋아한 적이 없다. 그가 말이 많고, 남의 사정은 생각지도 않고 무조건 밀어붙이기만 하고, 상스럽고, 항상 라커룸에서 자위를 하고, 수건을 휘둘러대고, 대학 2군 선수들에게 겁을 주곤 했기 때문이다. 여자들은 그런 놈을 해리만큼 싫어하지 않는다. 그가 셀마에게 반한 이유 중 하나는 그녀가 론을 견뎌낼 수 있다는 것, 그의 성적인 술수들을 감당해내면서도 겉으로는 그토록 단정하고 평범한 교사 같은 모습을 유지할 수 있다는 점이었다. 아니, 정확히 말해서 평범하지는 않다. 옷을 벗었을 때 그녀의 몸은 사람들이 옷을 입은 그녀를 보고 기대하는 것보다 왠지 좀더 훌륭하다. 두 사람이 처음으로 잠자리를 했을 때, 셀마의 가슴은 〈플레이보이〉에 실린 여자들의 가슴 같았다. 젖꼭지가 자그마한 초인종처럼 완벽한 모양이었다.

"뭘 좀 마실래?" 셀마가 묻는다. "커피? 맥주?"

"둘 다 안 돼. 난 새사람이 됐으니까 말이지. 다이어트콜라나 펩시 같은 건 없어?" 그는 배를 타고 해변까지 한참 동안 헤매며 돌아가는 동안 주디가 가늘게 떨리는 목소리로 코카콜라, 바로 그것이라고 노래하던 목소리를 떠올린다.

"물론 있지. 우리도 이제 술은 많이 안 마시거든. 플라잉이글을 그만 뒀으니까."

"다시 다닐 생각은 없어?"

"아마 안 돌아갈 거야. 회비가 또 올랐다고 들었어. 당신은 부자라서 미처 알아차리지 못했는지도 모르지만. 게다가 길가에 가까이 있어서 항상 외부 사람들 손에 망가지는 그린 두 개를 정비하는 비용도 필요하대. 삼 년 전에 로니가 플라잉이글에 들어가는 돈을 계산했을 때도 한 라운드에 80달러가 넘었어. 그래서 그런 돈을 낼 가치가 없다 싶었지. 이제 플라잉이글은 완전히 젊은 사람들 차지야. 그래서 분위기가 싹 바뀌었다고. 여피 분위기가 너무 강해."

"유감이네. 옛날에 로니랑 같이 골프를 치던 때가 그리워."

"왜? 당신은 로니랑 같이 있는 걸 못 견디잖아."

"로니한테 이기는 건 좋거든."

셀마가 고개를 끄덕인다. 해리가 로니를 이기는 데 자신도 어느 정도 기여했음을 인정하는 듯하다. 하지만 그건 셀마도 어쩔 수 없는 일이다. 이 남자를 사랑하니까. 그가 부드럽고 하얀 얼굴로 멍한 표정을 짓는 것, 차갑고 딱딱한 마음, 포경수술을 하지 않은 성기, 아무렇게나 되는대로 행동하는 것이 좋다. 그래서 그녀는 서서히 죽어가면서 그 사랑을 표현하는 기쁨을 거부하지 않았다. 적어도 해리가 감당할 수 있을 만큼은 표현하고 있다. 하지만 가장 강렬한 감정은 감춰두었다. 해리와의 관계로 인해 하느님 앞에서 죄인의 심정을 느끼며 상의할 것이 생겼기 때문에 그녀와 하느님의 관계도 풍요로워졌다. 자신이 루푸스에 걸린 것도 간통 때문이라고 생각하면 이해할 수 있을 것 같다. 자신이 벌을 받아 마땅한 인간이라면, 하느님을 좀더 너그럽게 대할 수 있다.

그녀는 음료수를 가져오려고 부엌으로 들어간다. 래빗은 조용히 거실 안을 돌아다닌다. 래빗의 방문을 대비해서 셀마는 앞문의 좁은 블라인드뿐만 아니라 전망창의 널찍한 블라인드도 내려두었다. 래빗은 거실의 모습을 보고 안쓰러움을 느낀다. 창문을 통해 들어오는 희미한 빛조차 셀마의 피부를 뚫고 들어가 세포의 파괴를 촉진해서 조용히 공들여 장례식을 준비해야 하는 날을 앞당길 수 있다는 듯 집을 이렇게 어둡게 해두다니. 셀마는 자신을 지옥에 떨어뜨릴 테면 어디 한번 해보라는 듯이 도전적이고 거친 태도를 취하곤 하지만, 집안의 실내장식은 이 지역의 전통적인 양식을 고수하고 있다. 꽃무늬 좌판에 패딩이 들어가고 널찍한 나무 팔걸이가 있는 의자, 화려한 초콜릿 색깔의 소파, 자수가 놓아진 쿠션, 색이 누렇게 변해가는 레이스 소파덮개, 니스를 칠한 장식품 진열대와 나지막한 받침대, 낡은 풍차가 그려져 있는 발받침, 금박을 입힌 달걀형 도자기 받침대에 영국의 사냥개들이 그려진 좌우대칭의 램프, 위압적인 느낌의 무늬가 새겨진 진흙색의 신식민지 양식 벽지, 그리고 평평한 표면이라면 어디든 깔려 있는 술 달린 러너, 보석 같은 유리제품, 도자기로 만든 엘프와 앵무새, 아들들의 아기적 모습과 졸업식 등을 찍은 사진, 구리와 백랍을 망치로 두드려서 만든 작은 접시와 주전자, 셸마는 이 모든 물건들의 먼지를 떨어주기는 하지만 배치를 바꾸는 법은 결코 없다. 이 앞쪽 거실은, 가루를 뿌려놓은 것 같은 느낌의 회녹색 전면에 장식용 냅킨과 작은 장식품들을 가발처럼 쓰고 있는 호두색 케이스 안에 큼직하게 앉아 있는 텔레비전만 아니라면, 해리의 사춘기 시절 풍경이라고 해도 될 것 같다. 그 시절 그가 조심조심 여자애들의 집을 찾아가면, 그 어머니들이 앞치마에 손을 닦으며 부엌에서 나와 바로 이 거실처럼 꼼짝도 하지 않는 물건들로 가득 채워진 곳에서 그를 맞이했다. 그가 지금까지 재니스와 함께 살았던 집들은 여기에 비하면 어지럽게 헝클어지고 결함이 있는 편이었지만, 그럼에도 그는 그곳에서 숨쉴 여유를 가질 수 있었다. 이 방은 너무 완벽해서 그는 자신이 죽어야만 할 것 같은 기분이 든다. 이 방에서는 론이 이런 가구를 사들일 돈을 벌기 위해 팔고 있는 보험의 냄새가 난다.

"자, 이제 말 좀 해봐." 셸마가 색이 칠해진 둥근 쟁반을 들고 부엌에서 돌아오며 말한다. 쟁반에는 거품이 뽀글뽀글 올라오는 짙은 색의 음료수를 담은 홀쭉한 컵 두 개, 그리고 견과류가 담긴 같은 색 그릇 두 개가 놓여 있다. 셸마는 아무것도 들어 있지 않은 긴 사진 액자처럼 상판이 유리로 된 커피 탁자 위에 쟁반을 내려놓는다.

해리가 말한다. "우선, 나는 이런 걸 먹으면 안 돼. 소금이 들어간 견과류 말이야. 게다가 마카다미아라니! 나한테는 최악의 음식인데다가, 엄청 비싼 거잖아. 셸, 당신 못됐어."

그의 말에 그녀가 당황한다. 누렇게 뜬 안색이 붉게 달아오르려고 애쓰는 듯하다. 기본적으로 홀쭉한 편인 그녀의 얼굴이 오늘은 부어 보이는 것이, 아마도 그녀가 먹고 있는 치료약 코르티손 때문인 것 같다. "로니가 사온 거야. 우연히 근처에 있기에 여기 담은 거고. 먹을 수 없다면 먹지 마, 해리. 난 몰랐어. 당신 앞에서 어떻게 행동해야 할지 모르겠어. 워낙 오랜만이라."

"두어 개 먹는다고 죽지는 않을 거야." 해리가 그녀를 안심시키고는, 예의상 마카다미아 몇 개를 손가락으로 집는다. 소금을 모피처럼 둘러쓴, 작고 가벼운 알갱이들 같다. 그는 특히 하나를 입안에 잠시 담고 있다가 크라운을 씌운 어금니로 부드럽게 힘을 주면 그것이 두 쪽으로 깨지는 것이 마음에 든다. 갈라진 쪽의 표면이 유리나 아기 피부처럼 혀에 매끈하게 닿는다. "캐슈너트도 마찬가지야." 그가 말한다. "나한테 두번째로 나쁜 거거든. 게다가 기름 없이 구운 거라니."

"당신이 옛날에 기름 없이 구운 걸 좋아했던 것 같아서."

"그래, 당신이 그런 식으로 기억하고 있는 게 아주 많겠지." 그는 맛없는 다이어트콜라를 한 모금 마시며 말한다. 처음에 사람들은 코카콜라에서 코카인을 빼더니, 그다음에는 카페인을 뺐고, 이제는 설탕을 뺐다. 그는 캐슈너트를 손에 조금 쥐고 뒤로 물러나 앉는다. 기름 없이 구운 것이라서 약간 아릿한 맛이 난다. 이렇게 독처럼 알싸한 맛을 그는 좋아한다. 그는 흔들의자를 차지하고 있다. 검은 바탕에 스텐실로 빨간 무늬를 그려넣고, 앉는 자리에는 빨간색과 노란색의 납작한 쿠션을 묶어둔 의자다. 셀마는 갈색 플러시 천으로 된 소파에 앉아 있는데, 푹 파묻힌 것이 아니라 가장자리에 걸터앉은 모양새라서 한데 모은 무릎이 살짝 높은 커피 탁자 가장자리에 닿아 있다. 두 사람은 그 소파에서 사랑을 나눈 적이 있다. 소파의 길이는 몸을 쭉 펴고 눕기에는 부족하지만 둘 다 무릎을 구부린다면 충분했다. 어떤 의미에서 래빗은 침대보다 소파가 더 좋았다. 셀마가 진짜 침대에서는 더 커다란 죄책감을 느끼며 자유로워지지 못하는 것 같았기 때문이다. 가족이 사용하는 침대이기 때문이었을 것이다. 그럴 때면 해리도 덩달아 불편해졌다. 탁자를 옮기면 해리가 소파 옆에 무릎을 꿇고 앉아서 셀마의 보지에 입을 맞출 수 있는 완벽한 각도를 잡을 수 있었다. 그렇게 계속 나아가 그녀의 어둠 속으로 더욱 깊이 들어가서 그곳이 점점 부들거리며 반응하기 시작하는 것, 그것 자체가 목적이었다. 그는 호두까기기계로 호두를 꽉 잡은 것처럼 셀마가 축축하게 젖은 허벅지로 그의 얼굴을 꽉 붙들고 절정에 오르는 것을 좋아했다. 혹시 이러다가 목이 부러진 남자는 없는지 궁금하다는 생각이 들었다.

셀마의 얼굴에 그림자가 스쳐지나갔다. 그가 그녀를 단순한 기억으로, 침묵을 지키고 있는 텔레비전 위의 사진들처럼 봉인된 채 다시는 되풀이할 수 없는 과거로 치부해버렸다고 생각했는지 그녀가 몸을 움찔했다. 하지만 그의 말은 그렇게 불편한 뜻이 아니었다. 지난 십 년 동안 그에게 꼭 필요한 것만 준 사람의 맞은편에서 흔들의자에 편안히 앉아 한 말이니까. 그에게 꼭 필요한 것은 바로 섹스, 영혼의 양식이었다.

"당신도 마찬가지야." 셀마가 말한다. 그녀 자신은 손도 대지 않은 쟁반 위의 물건들을 향해 시선을 내리깔고 있다. "당신도 기억하는 것들이 있겠지, 내 희망사항이지만."

"난 그냥 기억을 떠올린 것뿐이야. 당신 슬픈 얼굴인데." 그가 비난하듯 말한다. 어떤 상황이든 그녀는 그와 함께 있는 것을 기뻐해야 마땅하니까.

"아직 원래의 당신으로 돌아오지 못한 것 같아. 좀더…… 조심스러워 보여."

"세상에, 당신이라도 그럴걸. 그래, 원한다면 내가 마카다미아를 몇 개 더 먹을게." 그는 마카다미아를 하나씩 차례로 먹는다. 열매를 씹어서 입속에서 그 덩어리가 아주 매끈하게 갈라지는 것을 느끼는 사이사이에 그는 그녀에게 심장발작에 대해 말해준다. 배를 타고 나갔던 것, 바다, 주디, 해파리가 된 것 같은 기분으로 바닷가에 누워 있었던 것, 병원, 의사들, 그들의 충고, 지금 그 충고를 따르려고 애쓰고 있는 것. "의사들은 내 몸을 째고 우회술을 하고 싶어서 안달이야. 하지만 그보다 덜 과격한 방법을 먼저 시도해볼 수도 있다고 하더군. 그러니까 올봄에 여기 세인트조지프병원에 가서 의사를 만나 상의해야 해. 혈관성형술이라는 건데, 길이가 적어도 1미터쯤 되는 카테터 끝에 풍선을 달고, 사타구니 바로 아래를 절개해서 그리로 그걸 밀어넣어 심장까지 보내는 거야. 거기 있는 동맥으로. 플로리다에서도 비슷한 치료를 받긴 했지만, 그때는 풍선 대신 염색약을 넣어서 내 늙은 심장이 실제로 어떤 상황인지 살펴보기만 했지. 이상한 경험이었어. 그다지 아프지는 않지만, 아주 이상한 기분이 들거든. 치료를 받는 도중에는 기가 죽고,

끝난 뒤에도 며칠 동안 기분이 끔찍해. 염색약을 넣으면, 가슴이 오븐에 들어간 것처럼 뜨거워져. 그게 어찌나 깊은지, 정말로 깊숙해. 아이를 낳았는데 아이가 없어진 것처럼, 그저 내 관상동맥에 관해 컴퓨터가 쏟아낸 나쁜 소식들만 수두룩하더라고. 그래도 가슴을 열고 수술하는 것보다는 나아. 수술을 하면 우선 흉골 너머를 들여다보아야 하고……" 그는 자기 가슴 한가운데를 손으로 만지면서 셸마의 젖가슴을 생각한다. 입으로 빨기에 아주 완벽한 그녀의 젖꼭지가 저 블라우스 뒤에서 그를 기다리고 있다. 그가 먼저 움직이기를 기다리고 있다. "그다음에는 몇 시간 동안이나 피를 전부 기계로 돌려야 돼. 그동안은 그 기계가 바로 나야. 기계가 멈추면 나도 죽는 거야. 남쪽에서 나랑 같이 골프를 치는 친구가 4중우회술을 받았거든. 의사들이 기왕 치료를 시작한 김에 판막도 교체하고 페이스메이커도 달아줬는데, 그 친구 말이 그래도 몸이 전혀 예전 같지 않대. 트럭이 자기를 치고 넘어갔다가 후진하면서 한번 더 친 것 같은 기분이라더군. 골프 스윙도 형편없어져서 전혀 예전 같지 않아. 그래도 그 정도면 충분하지? 당신은 어때? 몸은 좀 괜찮아?"

"어때 보여?" 셸마는 콜라를 홀짝거릴 뿐 두 개의 쌍둥이 그릇에 들어 있는 견과류는 모두 해리 몫으로 남겨둔다. 그릇의 무늬는 견본 바느질을 흉내내서 파란색과 분홍색으로 사각형 꽃들을 그린 것이다.

"좋아 보이는데." 해리는 거짓말을 한다. "안색이 좀 창백하고 부은 것 같지만 겨울이 끝날 무렵에는 누구나 그렇잖아."

"난 이제 가망이 없어, 해리." 셸마가 눈을 들어 그가 자신의 눈을 마주보게 하면서 말한다. 프루의 눈보다 더 짙은 진흙색이지만, 사람들이 개암나무 빛깔이라고 부르는 색이기도 하다. 지금까지 그의 몸을 살살이 훑어본 그 눈은 그 어느 여자 못지않게 그를 잘 알고 있다. 아내하고는 어둠 속에서 더듬거리고, 애인과는 백주대낮에 소파에서 만난다니. 예전에 셀마는 그의 물건이 모자를 쓰고 있는 것 같다고 놀리곤 했다. 포피가 아직 그대로 남아 있기 때문이다. "콩팥도 더 나빠졌고, 스테로이드 복용량을 지금보다 더 늘릴 수는 없어. 빈혈이 너무 심해서 집안일도 할 수 없을 정도고 매일 오후에는 낮잠을 자야 해. 사실 지금은 내가 한창 낮잠을 자야 하는 시간이야." 해리는 본능적으로 팔걸이를 움켜쥐며 일어서려고 하지만, 그녀의 목소리가 성난 것처럼 높아진다. "아냐. 가지 마. 그러기만 해봐. 진짜야. 거의 육 개월 동안 당신을 한 번도 못 봤는데, 당신은 여기로 온 지 일주일이나 지나서야 겨우 나한테 연락했잖아."

"셀마, 그 사람이 옆에 있어서 그냥 아무렇지도 않은 것처럼 자리를 뜰 수가 없어. 난 새로운 상황에 적응하는 중이었다고. 이제는 절대로 무리하지 말아야 돼."

"당신은 한 번도 날 사랑한 적이 없어, 해리. 그저 내가 당신을 사랑한다는 그 사실을 사랑했을 뿐이지. 불평하려는 게 아냐. 나야 그래도 싸니까. 사람은 살아가면서 스스로 벌을 받아. 하느님 앞에서 솔직히 말하는데, 정말로 그렇게 생각해. 사람은 자기가 마땅히 받아야 할 벌을 받아. 하느님이 반드시 그렇게 만드니까. 내 손을 봐. 옛날에는 예쁜 손이었어. 적어도 나는 예쁘다고 생각했지. 그런데 지금은 손가락 절반이…… 한번 봐! 모양이 일그러져버렸어. 이제는 결혼반지를 빼고 싶어도 뺄 수가 없어."

그가 셀마가 내민 손을 살펴보려고 몸을 앞으로 기울이자 흔들의자도 앞으로 기울어진다. 셀마의 손 관절들은 부어올라서 번들거리고 있고, 손톱이 있는 끝부분이 살짝 휘어 있다. 하지만 셀마가 그걸 보라고 말하지 않았다면 그는 손이 변했다는 걸 알아차리지 못했을 것이다. "결혼반지를 왜 빼려고 해?" 그가 셀마에게 말한다. "내가 기억하는 한, 당신과 로니는 아교처럼 서로 찰싹 붙어 있는데. 심지어 당신은 가끔 그 아교를 먹기까지 하지. 당신한테서 그런 말을 들은 기억이 나."

셀마는 자기 손 때문에 화가 났고, 해리는 지금 셀마가 손이 그렇게 된 것을 자기 탓으로 돌리기라도 한 것처럼 그녀에게 반격을 가하는 중이다. 셀마가 말한다. "당신은 항상 그걸 신경썼지. 내가 로니의 아내라는 것, 그러면서 언제든 적절한 기회만 생기면 당신한테 봉사하는 것. 하지만 당신이 그런 걸 신경쓸 자격이나 있어? 재니스랑 재니스가 가진 돈에 단단히 붙들려 있는 주제에. 난 한 번도 당신을 재니스한테서 빼앗으려고 한 적 없어. 가끔 쉽게 그렇게 할 수 있을 것처럼 보일 때에도."

"쉽다고?" 해리가 쏘아붙인다. "잘은 모르겠지만 말이야, 그 얼간이 같은 여자한테는 아직 내 마음을 붙드는 뭔가가 있어. 그 여자도 절대 포기 안 할 거야. 세상이 어떻게 돌아가는지도 잘 모르는 여자지만, 그래도 여전히 이해해보려고 애쓰고 있으니까. 그런데 이제는 직장을 구하고 싶대. 부동산중개인 자격증을 따는 데 필요한 수업을 들으려고 파인 스트리트에 있는 펜실베이니아주립대학 사회교육원에 등록까지 했을 정도야. 마운트저지고등학교에 다닐 때도 그 여자는 절대 C학점 이상 받은 적이 없을걸. 심지어 가정경제학 과목도 그랬을 거야. 이제 생각해보니, 틀림없이 가정경제학에서는 펑크가 났을 거야. 학교 역사 상 그 과목에 낙제한 최초의 여학생이었을걸."

셸마는 마지못해 웃는 표정을 짓는다. 누렇게 뜬 얼굴이 어둑한 거 실 안에서 반짝 환해진다. "재니스가 좋은 생각을 했네." 셸마가 말한 다. "나도 건강하다면 나가서 일할 거야. 이 전업주부라는 거…… 가 정경제학 수업시간에 들은 말은 전부 사기야."

"그건 그렇고 로니는 어때?"

"똑같지, 뭐." 셸마가 말한다. 이 동네 여자들이 자신의 금욕적인 생 활에 대해 무용담을 늘어놓을 때 곁들이는, 늘쩍지근하고 애조를 띤 곡조가 살짝 묻어 있는 목소리다. "이제는 새로운 고객을 확보하려고 너무 열심히 뛰는 대신에 그냥 옛날 고객들만 관리하면서 느긋하게 지 내고 있어. 아이들 교육비 걱정에서도 벗어났으니까, 로니한테 경제적 부담을 지우는 건 나쁘지. 뭐, 론 주니어가 리하이에서 공부를 마치 는 비용을 로니가 내주기 싫어했다는 뜻은 아니야. 하지만 론 주니어 가 그렇게 히피가 돼버린 게 조금은 실망이라서…… 웃기는 건 셋 중 에 그애가 학교 때 성적이 제일 좋았다는 거야. 아마 그애한테는 뭐든 너무 쉬운 게 문제였나봐."

이건 해리가 전에도 들은 적이 있는 이야기다. 셸마는 일부러 차분 함을 유지하며 의무적으로 자기 가족들에 관한 잡담을 늘어놓고 있지 만, 그녀가 진심으로 이야기하고 싶은 건 옛날부터 고민하던 문제, 그 러니까 바로 조금 전에 또 확 터져나온, 그가 그녀를 사랑하는지 사랑 하지 않는지든가 적어도 자기가 그를 필요로 하는 만큼 그가 자신을 필 요로 하지 않는 이유가 무엇인가 같은 문제들이라는 점을 두 사람 모두 잘 알고 있다. 하지만 두 사람의 관계는 처음부터, 카리브해에서 처음으로 잠자리를 한 그날 밤부터, 그녀가 그를 원한다는 사실을 바탕으로 성립된 것이었고, 그뒤로 지금까지 오랜 세월 동안 두 사람은 비밀스러운 만남을 지속하다가 그만 만나기로 현명한 결정을 내려놓고는 섹스의 유혹에 다시 굴복하여 짜릿함과 비참함을 느끼면서도 그녀는 주는 쪽이고 그는 받는 쪽이라는 기본적인 틀만은 망가뜨리지 않았다. 그보다 그녀가 더 관계가 끝나는 것을 두려워했고, 그래서 그에게 매달리면서도 그녀는 바로 그 때문에 자신을 싫어하며 자신을 그렇게 만든 그에게 벌을 내리고 싶어했다. 그리고 그는 대수롭지 않다는 듯 어깨를 으쓱하며 그냥 그녀의 사랑이라는 햇살을 듬뿍 받기만 했다. 그 사랑의 태양은 그가 있든 없든 매일 떠오르고 있으니까. 그래도 그는 그 사실을 확실히 믿지 못해서 지금도 계속 그녀를 시험하고 있다.

"당신 아이들 말인데……" 그는 애로데일의 집에서 블라인드를 내려놓고 몰래 친밀함을 즐기고 있는 것이 아니라 공공장소에서 가벼운 잡담을 나누고 있기라도 한 것처럼 허세를 부리며 말한다. "걔들이 당신 속을 썩인다지만, 넬슨이 플로리다에 와서 나랑 잠시 같이 지내는 동안 어땠는지 봤으면 생각이 달라졌을 거야. 녀석이 얼마나 예민하게 굴었는지 몰라."

셀마는 짜증스럽다는 듯이 손을 움직인다. "해리, 당신은 신이 아니야. 그냥 당신이 그렇게 느낀 거지. 넬슨이 정말로 당신 때문에 예민하게 굴었을 것 같아?"

"그럼 뭐겠어?"

셀마는 뭔가를 알고 있다. 그러면서도 잠시 머뭇거리지만, 그가 자신을 항상 당연한 존재로 받아들이는 것에 대해, 그가 펜실베이니아에 온 지 일주일이 지난 뒤에야 자신에게 연락했다는 사실에 대해 살짝 복수할 수 있다는 유혹에 저항하지 못한다. "당신도 넬슨에 대해 알 건 알아야 해. 우리 애 말로는 넬슨이 코카인 중독자래. 걔들 세대 중에 그걸 안 하는 녀석은 없지만, 넬슨은 정말로 중독돼 있다는 거야. 녀석들 말로는, 넬슨이 약을 이용하는 게 아니라 약이 넬슨을 휘두르고 있대."

해리는 신발을 바닥에서 떼지 않은 상태에서 흔들의자를 최대한 뒤로 젖힌 채 아주 오랫동안 그 자세를 유지한다. 셀마는 이 남자의 정신이 그다지 튼튼하지 않다는 것을 알기 때문에 또 심장발작을 일으킨 건가 하고 걱정이 된다. 마침내 그가 다시 앞으로 몸을 기울여 생각에 잠긴 시선으로 그녀를 바라보며 말한다. "이제야 많은 것이 이해가 가는군." 그는 트위드 천의 분위기가 나는 회색 재킷의 주머니에서 작은 갈색 병을 꺼내 익숙한 솜씨로 자그마한 알약 하나를 손바닥에 쏟은 뒤 그것을 혀 밑에 넣는다. 완전히 몸에 익은 듯 어딘가 우아해 보이는 동작이다. "코카인에는 돈이 들지, 안 그래?" 그가 셀마에게 묻는다. "수백, 수천까지 돈이 들 수 있어."

셀마는 그에게 말하지 말 걸 그랬다고 후회한다. 이제 만족감은 지나가고, 그에게 충격을 주었다는 생각, 그에게 자신의 존재를 다시 한 번 알렸다는 생각이 앞서기 때문이다. 그녀는 아직도 교사의 기질이 너무 강하게 남아 있어서 남에게 뭔가를 가르치는 것을 좋아한다. "재니스가 그걸 몰라서 당신에게 말하지 않았을 리가 없어. 넬슨의 아내가 당신들 두 사람한테 그 얘기를 털어놓지 않은 것도 말이 안 되고."

"프루는 상당히 입이 무거운 아이니까." 해리가 말한다. "내가 그애들을 그렇게 자주 보는 것도 아니고. 지금 여기에 와 있어도, 우린 각자 브루어의 반대편 끝에 살고 있잖아. 그래도 재니스는 옛날에 자기 어머니가 살던 그 집에 자주 가는 편이지만 난 아냐. 재니스는 그 집의 주인이지만, 나는 아니니까."

"해리, 그렇게 충격받은 얼굴 하지 마. 전부 그냥 소문일 뿐이고, 어쨌거나 넬슨이 알아서 할 일이잖아. 넬슨이 제 가족들하고 알아서 하겠지. 사람은 누구나 자기 부모가 싫어하는 일을 하면서 살아. 그리고 부모는 그걸 알면서 알고 싶어하지 않아. 무슨 뜻인지 알겠어? 아, 해리, 젠장! 당신을 행복하게 해줘도 모자랄 판에, 내가 당신을 슬프게 만들어버렸어. 내가 당신을 행복하게 만들어주는 걸 당신은 왜 좋아하지 않아? 왜 항상 그렇게 저항하는 거야?"

"난 그런 적 없어. 저항한 적 없어, 셀. 우린 즐겁게 잘 지냈잖아. 그저, 우린 처음부터 행복을 많이 느낄 수 있는 처지가 아니었을 뿐이야. 그리고 이제는……"

"이제는?"

"이제는 당신이 그동안 줄곧 어떤 기분이었는지 알겠어."

셀마는 해리가 설명해주기를 바라지만, 그는 갑자기 눈치가 생기기라도 한 것처럼 설명하려 하지 않는다. 그래서 셀마가 그를 재촉한다. "내가 죽음을 생각하고 있었을 거라고?"

"응, 비슷해. 그러니까, 상황이 점점 힘들어지면서 당신은 핵심을 꿰뚫어볼 수 있게 됐겠지."

"나 자신까지도."

"아냐, 당신 자신은 아냐. 나한테 자꾸 어려운 걸 요구하는 건 그만 뒤. 내가 왜 여길 왔을 것 같아?"

"사랑을 나누려고. 나랑 그걸 하려고. 얼른 해. 내가 왜 문을 열어줬을 것 같아?" 셀마는 탁자 위로 몸을 기울이고 있다. 그 바람에 탁자 가장자리에 눌린 무릎이 하얗게 변했고, 얼굴에는 여자들이 뭐가 어떻게 되든 그냥 섹스를 해치우겠다고 결심했을 때 나타나는, 애잔하고 열광적인 표정이 떠올라 있다. 하지만 그녀가 죽음을 향해 기꺼이 미끄러지려 하는 것을 그 표정이 암시하는 것 같아서 해리는 겁이 난다.

"잠깐, 셀. 생각 좀 해보자." 이것이 신호가 되기라도 한 것처럼 니트로글리세린이 효과를 발휘하면서 그는 그 따끔거리는 감각을 느낀다. 그래서 그 느낌을 억누르며 의자에 등을 기댄다. "나한테 흥분은 금물이야."

셀마가 묻는다. 그와 협상을 해야 한다는 사실을 왠지 재미있어하는 것 같다. "재니스하고도 사랑을 나누지 않았어?"

"아마 한두 번쯤? 잘 기억이 안 나. 저기, 그건 밤에 이를 닦는 거랑 같아. 닦았는지 안 닦았는지 잘 기억이 안 나잖아."

셀마는 이 말을 받아들이고는 그를 놀려주기로 한다. "우리 둘을 위해서 옛날에 알렉스가 쓰던 침대를 정리해두었는데."

"당신은 진짜 침대를 사용하는 건 별로 안 좋아했잖아."

"그동안 생각이 많이 자유로워졌어." 셀마가 미소를 지으며 말한다. 자신을 회피하려는 그의 태도에서 최대한 재미를 뽑아내고 싶다.

그는 유혹을 느낀다. 셀마가 알몸으로 침대에 누워 있는 모습, 기꺼이 그의 요구에 따르는 그녀의 창백한 몸, 세 아들과 적어도 두 남자에게 젖을 먹였는데도 여전히 처녀 같고 아기의 엄지손가락 끝처럼 장밋빛이며 재니스의 것처럼 울퉁불퉁하거나 늘어지거나 검지 않은 젖가슴, 재니스의 것처럼 섬세한 모래 느낌이 아니라 감촉이 유리 같은 엉덩이, 재니스의 무성한 덤불과 달리 깊은 곳의 갈라진 틈새가 보일 만큼 성글고 불그스름한 음모, 수치를 모르고 솔직한 입. 솔직하고 유머러스한 굶주림을 지닌 셸마는 지금까지 오랜 세월 동안 그와 만났다 헤어지기를 반복하며 욕망의 덫에 자꾸만 걸려드는 것을 재미있어하면서 그것을 그의 탓으로 돌리지 않았다. 하지만 그는 이내 로니를 떠올린다. 그 기분 나쁜 녀석이 자기 거시기를 어디서 휘둘러댔는지 누가 알겠는가. 래빗은 그가 셸마의 생각처럼 충실한 남편일 거라고는 믿을 수 없다. 예전에 그가 라커룸에서 하던 짓이나, 해리보다 먼저 루스와 놀아났던 것이나, 카리브해의 그날 밤 신디를 차지한 것을 생각해보면 그렇다. 그리고 에이즈의 문제도 있다. 그 바이러스는 워낙 작아서 우리 몸의 체액 속을 돌아다니는 모습을 상상하기 힘들 정도지만, 침이나 보지 분비물 한두 방울만으로도 우리 몸의 항체들을 해제시키기 때문에 몸 내부의 균형이 깨져서 우리는 폐렴에 쓰러지거나 굶주림에 쓰러지게 된다. 사랑과 죽음, 이 두 가지를 억지로 떼어놓는 것은 이제 불가능한 일이다. 하지만 셸마에게 그런 말을 할 수는 없다. 그건 활짝 열려 있는 그녀의 얼굴에 침을 뱉는 것이나 마찬가지다.

셸마는 그의 마음이 내키지 않는다는 걸 스스로 알아차리고 그에게 묻는다. "콜라 더 줄까?" 그는 자신이 콜라를 다 마셔버렸음을 깨닫는다. 기름기 많고 소금 범벅인 견과류도 아무 생각 없이 두 그릇 모두 먹어버렸다.

"아니, 달리기를 해야겠어. 하지만 여기 조금만 더 앉아 있다가 갈게. 당신이랑 같이 있으면 마음이 푹 놓이거든."

"왜? 나도 다른 사람들처럼 당신한테 이것저것 요구하는 것 같은데."

통증이 가벼운 번개처럼 그의 가슴을 스치고 지나가는 바람에 숨구멍이 죄어든다. 갖가지 요구들이 그의 주위에 무겁게 드리워져서 그를 쥐어짜고 있다. 성적으로 만족하지 못한 애인도 또하나의 짐덩어리다. 하지만 그는 거짓말을 한다. "아니, 당신은 안 그래. 당신은 항상 훌륭했어, 셀. 그게 당신한테 힘든 일이었다는 걸 이제는 나도 알지만, 어쨌든 당신은 정말 대단했어."

"해리, 이러지 마. 그렇게 감상적인 소리는 그만둬. 당신은 아직 젊어. 몇 살이지? 쉰다섯? 도로의 제한속도도 넘기지 못한 나이잖아."

"두 달 전에 쉰여섯이 됐어. 어떤 사람한테는 그게 늙은 나이가 아니겠지. 로니처럼 땅딸막하고 자그마한 건달들한테는 말이야. 로니는 절대 안 죽을 거야. 하지만 나처럼 키가 크고 또 그만큼 비만이 심하면 심장이 그 몸을 끌고 다니느라고 완전히 지쳐버리거든." 그는 자신이 자신의 심장을 가슴속에 억지로 붙들려 있는 포로처럼 상상하고 있음을 깨닫는다. 갤리선의 노예나 눈을 가린 채 물레방아의 바퀴를 돌리는 말 같은 이미지다. 셀마가 새로운 시선으로 그를 바라보는 것이 느껴진다. 조금 전의 애잔하고 열광적인 표정과는 한참 거리가 먼, 의사처럼 상대를 냉정하게 평가하는 표정이다. 그는 그녀와 섹스를 하지 않음으로써 뭔가를 박탈당했다. 그는 자신의 지위를 잃어버렸고, 그녀는 자기도 모르는 사이에 그를 밀어내고 있다. 당연한 일이다. 루푸스 때문에 그는 이미 오래전에 그녀를 밀어내버렸다. 만약 셀마가 건강했다면, 그가 왜 지난 십 년 동안 재니스를 버리고 그녀에게 오지 않았겠는가? 하지만 그는 그녀가 갖고 있는 모든 구멍을 이용하기만 하고는 자신의 도요타 자동차로 서둘러 돌아와 고집스럽고 멍청하고 건강한 재니스에게 돌아갔다. 재니스의 무엇이 그를 그렇게 만든 걸까? 두 사람의 관계에는 종교적인 성격이 있음이 분명하다. 그렇지 않고는 말이 안 된다.

병에 걸린 두 오랜 친구, 그와 셸마는 삼십 분 동안 앉아서 자신의 증상과 아이들에 대해 이야기하고, 공통적인 지인들의 근황에 대해 소식을 주고받는다. 페기 포스나트는 죽었고, 올리는 뉴올리언스에 가 있다는 소식을 셸마가 들었다. 신디 머킷은 뚱뚱해져서 오리올 근처에 새로 들어선 쇼핑몰의 부티크에서 일하며 불행하게 살고 있다. 웹은 20대 여자와 네번째 결혼을 해서 브루어 하이츠에 있던 그 화려한 현대식 주택을 떠나 카운티 남쪽의 오래된 석조 농장주택으로 집을 옮겼다. 자신이 직접 만든 목공 작품들까지 모두 갈릴리 근처의 그 집으로 옮겼고, 그 집 또한 대대적으로 개조했다.

"웹은 정말, 뭐든 하고 싶은 일이 있으면 반드시 해내지. 제대로 사는 법을 아는 친구야."

"꼭 그렇지는 않아. 난 당신이나 재니스처럼 웹한테 감탄한 적이 없어. 내가 보기에는 항상 뭐든지 다 안다는 듯이 우쭐거리는 것 같았거든."

"재니스도 웹한테 감탄했다고?"

셸마는 조금 당황해서 그의 시선을 피한다. "뭐, 적어도 그날 하룻밤을 함께 보냈잖아. 재니스가 그 일로 불평한 적도 없고."

"불평은 나도 안 했어." 그가 신사답게 말한다. 하지만 그가 주로 기억하는 것은 다음날 아침에 몹시 피곤했다는 점, 골프 게임이 아주 이상하게 느껴졌다는 점이다. 페어웨이 바로 옆에 난공불락의 정글과 깊은 산호 동굴들이 있었기 때문이다. 재니스는 웹을 잡았고, 로니는 예쁜 신디를 잡았다. 셸마는 그날 밤 자신이 해리를 오래전부터 사랑하고 있었다고 그에게 말했다.

셸마는 해리의 찬사에 냉소적인 표정으로 고개를 끄덕이더니 조금 전에 하던 이야기로 돌아가 말을 잇는다. "죽음에 관한 이야기 말인데…… 내가 보기에는 사람마다 반응이 다른 것 같아. 하지만 내 경우에는 상황이 점점 힘들어진다는 생각이 없었어. 아무리 몸이 아파도 살아 있다는 것 자체가 절대적으로 느껴졌으니까. 산 사람은 언제나 절대적으로 살아 있어. 그리고 그 상태를 벗어나는 것 역시 절대적이야. 당신이랑 재니스는 가끔 교회에 가?"

그리 놀라운 질문은 아니다. 셸마는 언제나 나름대로 신앙심이 있었고, 그것이 이 집의 전통적인 실내장식이나 그녀의 은밀한 섹시함과도 잘 어울린다. 해리는 셸마의 질문에 대답한다. "아주 가끔. 남쪽 교회에는 서민적인 남부 분위기가 있거든. 게다가 거기서 사귄 친구들이 우연히도 대부분 유대인이고."

"로니랑 나는 요즘 매주 일요일에 교회에 나가. 근본주의와 맥이 닿아 있는 신흥 교파야. 있지, 우리는 길을 잃고 헤매다가 구원받았어."

"아, 그래?" 이런 변방의 작은 교파들 얘기를 들으면 해리는 기운이 빠진다. 곰팡내가 나는 오래된 교파들은 그나마 역사라도 있지.

"가끔 이런 생각이 들어." 셸마가 말한다. "종교 덕분에 당황해서 겁에 질리지 않게 되는 것 같아. 언젠가 하게 될 거라고 항상 막연히 생각하던 일들을 이제 결코 할 수 없게 될 거라고 생각하면 겁이 나잖아. 포르투갈 여행이라든가, 석사학위를 따겠다는 포부 같은 것 말이야."

"하지만 당신이 이룩한 것들도 있잖아. 로니를 돌봐주고, 나도 아주 훌륭하게 돌봐줬어. 아들 셋도 키웠고. 그리고 아직 포르투갈에 다녀올 수 있을지도 몰라. 거긴 물가가 싸다니까, 비교적. 내가 가보고 싶다고 생각한 나라는 티베트밖에 없어. 그런데 거길 절대 갈 수 없다니, 믿을 수가 없어. 테스트파일럿이 되는 것도 불가능하지. 열 살 때 꿈이 그거였는데. 그래, 당신 말처럼 난 아직도 내가 신인 줄 아나봐."

"그렇게 나쁜 뜻으로 한 말이 아닌데. 매력적이라는 뜻이야, 해리."

"넬슨은 그렇게 생각 안 할걸."

"넬슨도 그렇게 생각할 거야. 지금과 다른 당신은 원하지 않을걸."

"그럼 하나 물어볼게, 셸. 당신은 머리가 좋으니까. 달라이라마는 어떻게 된 거야?"

의사처럼 모든 것을 평가하는 자세를 취하고 있는 셀마는 어떤 질문에도 놀라지 않아야 마땅하지만, 해리의 말을 듣고 웃음을 터뜨린다. "달라이라마는 아직 살아 있잖아, 안 그래? 그러고 보니 요즘 뉴스에 좀 나오지 않았나? 티베트 사람들이 또 폭동을 일으키고 있으니까 말이야. 그런데 그건 왜, 해리? 갑자기 달라이라마를 믿는 신도라도 된 거야? 그래서 교회에 안 나가는 거야?"

해리는 일어선다. 이런 식으로 놀림을 당하는 것이 마음에 들지 않는다. "난 옛날부터 항상 그 사람이랑 내가 비슷하다고 생각했어. 나이도 비슷하고 그러니까 그 사람이 뭘 하고 있나 살펴보곤 했지. 왠지 올해가 그 사람의 해가 될 것 같은 느낌이 들어." 그가 일어서자 흔들의

자가 흔들거리며 그의 종아리를 두드리고, 약 때문에 현기증이 난다. "견과류 잘 먹었어." 그가 말한다. "아직도 할말이 많은데."

셀마도 뻣뻣한 몸으로 소파의 팔걸이를 밀치며 일어서서 관절염에 걸린 다리로 비틀거리며 탁자 옆을 돌아와 그의 옆에 서서 그의 옷깃에 얼굴을 댄다. 그리고 방금 씹을 한 여자처럼 뻔뻔하고 엄숙한 얼굴로 그를 올려다보며 말한다. "하느님을 믿어, 달링. 도움이 될 거야."

그는 속으로 움찔한다. "나도 안 믿는 건 아냐."

"그걸로는 안 돼. 해리, 달링." 셀마는 '달링'이라는 말의 소리를 좋아한다. "가기 전에 적어도 그 사람은 나한테 보여줘."

"그 사람이라니, 누구?"

"그 사람, 해리. 당신. 모자 쓴 그거."

셀마가 무릎을 꿇는다. 프릴로 장식된 채 결코 변하지 않는 어둑한 자신의 거실에서. 그리고 그의 바지 앞섶 지퍼를 연다. 그는 의사의 손처럼 서늘한 그녀의 손가락을 느끼고, 정수리의 가르마에서부터 사방으로 퍼져나간 흰머리를 본다. 옛날처럼 그녀의 따스한 입을 기대하며 그의 심장이 마구 날뛴다.

하지만 셀마는 "역시 예쁘네"라고 말하더니 반쯤 딱딱해진 그것을 그냥 팬티 속에 집어넣고 앞섶의 지퍼를 잠근 뒤 힘겹게 일어선다. 조금 숨이 찬 모습이다. 마치 힘든 집안일을 하고 난 것처럼. 그가 그녀를 끌어안는다. 이번에 매달리는 사람은 바로 그다.

"내가 지금까지 재니스를 떠나지 않은 이유, 그리고 이제 결코 떠날 수 없게 된 이유는……" 그는 갑자기 눈물이 날 것 같은 기분으로 고백한다. 셀마의 표현을 따르자면, 감상적인 기분이다. "재니스가 없으면 난 아무것도 아니야. 날 고용해줄 곳도 없고, 나이도 너무 많아. 이제부터 내가 할 수 있는 건 재니스의 남편 노릇뿐이야."

그는 동정을 기대하지만, 재니스의 이름을 너무 많이 입에 담은 건지도 모르겠다. 셀마는 그의 품에서 왠지 죽은 듯 무기력해진다. "모르겠어." 그녀가 말한다.

"뭘?"

"당신이 여길 다시 찾아오는 게 좋을지."

"아, 다시 오게 해줘." 그는 애원한다. 이제야 비로소 이 만남에 동조해서 그녀에게 흥분을 느끼고 있다. "당신이 없으면, 나는 인생도 없어."

"어쩌면 자연이 우리에게 뭔가 말하려는 건지도 모르지. 바보짓을 계속하기엔 우린 나이가 너무 많아."

"천만에, 셀마. 당신과 나는 아니야."

"당신은 날 원하지 않는 것 같아."

"당신을 원해. 그저 로니 몸의 병균이 옮는 게 싫을 뿐이야."

셀마는 그에게서 풀려나려고 그의 가슴을 민다. "로니한테는 아무 문제도 없어. 나랑 똑같이 안전하고 깨끗해."

"그래, 뭐, 그건 말할 필요도 없지. 당신의 생활을 보면 말이야. 그래서 내가 걱정하는 거야. 분명히 말하지만, 셀마, 당신은 로니를 잘 몰라. 녀석은 미친놈이야. 당신은 충실한 아내라서 그걸 못 보는 거야."

"해리, 이제 우리는 말을 하면 할수록 상황이 더 나빠지는 상태인 것 같아. 섹스도 예전 같지 않고, 당신 말이 옳아. 우리 모두 좀더 조심해야지. 특히 당신이 조심해야 해. 계속 이를 닦아, 나도 열심히 닦을 테니까."

그는 셀마의 집 앞, 휘어진 인도로 나온 뒤, 커튼이 드리워지고 비스듬한 모양의 유리창이 있는 문이 등뒤에서 닫힌 뒤에야 비로소 셀마가 말한 이 닭기의 숨은 뜻을 알아차린다. 그와 재니스가 또 한 방을 먹은 것이다. 여자들에게는 절대 무엇이든 정직하게 말하면 안 된다. 여자들이 FBI처럼 물고늘어지기 때문이다. 울새는 여전히 자그마한 잔디밭 위에 있다. 어쩌면 어디가 아픈 건지도 모른다. 주위의 모든 동물들도 각자 질병을 지니고 있고, 전염병의 역사가 있다. 녀석은 의심스러운 눈으로 래빗을 바라보더니, 셀마의 집 앞에서 왁스를 바른 것처럼 반짝이는 4월의 잔디밭에서 폴짝 뛰어 그에게서 멀어진다. 날개를 펼치는 건 싫은 모양이다. 울새야, 폴짝 뛰어봐. 선명한 노란색 민들레가 이번주에 새로 피어나 수선화, 개나리의 노란색에 합류했다. 아주 선명하다. 사람들이 서로를 끌어당기듯이 벌들을 끌어당기는 꽃. 우리가 보내는 신호. 냄새. 지금 그녀의 집안에 다시 들어갈 수만 있다면, 그는 모든 위험을 무릅쓰고 그녀와 씹을 할 것이다. 하지만 그는 자신의 회색 셀리카 안에서 안전을 느낀다. 그가 미끄러지듯 차를 움직이는 순간, 커다란 노란색 스쿨버스가 나타나 애로데일의 적막을 깨뜨린다. 버스는 둥글게 휘어진 거리 모퉁이마다 새된 소리로 고함을 질러대는 아이들을 내려놓는다.

도요타 터치. 111번 도로변의 스프링어 모터스 진열창에 붙어 있는 커다란 파란색 플래카드에는 이렇게 써 있다. 36개월/58,000킬로미터. 모든 신차에 대해 일정 기간 품질보증. 그보다 조금 작은 포스터에는 이렇게 써 있다. 또다른 포스터도 있다. 최신형 크레시다. 강력한 신형 3.0리터 엔진. 190마력. 전자제어 4단 오버드라이브 트랜스미션. 신형 안전 변속 잠금장치. 넬슨은 자리에 없다. 해리에게는 몹시 다행한 일이다. 오늘은 정신이 산만해지는 화요일이고, 전시장의 두 판매원은 모두 그가 모르는 청년들이다. 그들도 그를 모른다. 지난 11월 이후로 여러 가지가 바뀌었다. 넬슨이 사무실 구역을 더 밝은색인 분홍색과 초록색으로 칠해서 중국식 다방 같은 분위기가 나고, 해리가 농구선수로 찬란한 영광을 누리던 시절의 사진을 크게 확대해서 '래빗'이라는 제목을 붙여둔 낡은 사진도 사라졌다.

"앵스트롬 씨는 한시쯤 점심식사를 하려고 나가시면서 오늘은 다시 돌아오지 않을지도 모른다고 말씀하셨습니다." 땅딸막한 판매원이 말한다. 예전에 제이크와 루디는 벽 앞의 탁 트인 공간에 책상을 두고 일했다. 망한 디스코클럽이 있던 방향이었는데, 70년대가 끝날 무렵에는 그곳에 설비 대여업체가 들어섰다. 넬슨이 낸 훌륭한 아이디어 중 하나는 그 책상들을 없애고, 식당의 칸막이 좌석 같은 부스를 반대편 벽에 설치한 것이다. 계약서에 서명하는 섬세한 순간에 그 편이 판매원과 고객 사이에 더 친밀한 분위기를 만들어줄지도 모르지만, 그런 식의 사무실 배열은 전체적인 매장 분위기와는 동떨어진 것 같았고, 정비소의 소음도 더 많이 들려왔다. 강과 브루어 쪽의 이 방향에는 해리가 옛날부터 무슨 이유 때문인지 파라과이라고 생각했던, 부지 소유의 추레한 비포장 땅이 있다. 해리가 최근 신문에서 읽은 바에 따르면, 실제

파라과이는 독일식 이름의 늙은 독재자를 얼마 전에 쫓아냈다고 한다.

"그래, 그렇군." 그가 뚱뚱하고 낯선 젊은이에게 말한다. "나도 앵스트롬일세. 그럼 여기 누가 있나? 사정을 아는 사람이 누구지?" 무례하게 굴 생각은 없지만, 셀마에게서 들은 이야기 때문에 동요하고 있다. 자신의 심장이 마구 날뛰는 것, 위장이 두 그릇의 견과류를 소화하느라고 고생하는 것이 느껴진다.

또다른 젊은 판매원, 몸매가 날씬한 편인 그가 파라과이 쪽 방향의 부스에서 나와 두 사람에게 다가온다. 이제 보니 그는 남자가 아니다. 그녀가 머리를 귀 뒤로 넘겨 단단히 묶었고, 손님을 만나러 나가려고 황갈색 트렌치코트를 입고 있기 때문에 해리가 깜박 속은 것이다. 자동차를 파는 여자 판매원이라니. 백인만 등장하는 도요타 광고가 생각난다. 그는 자신의 남성우월주의가 드러나지 않게 표정을 관리한다.

"저는 엘비라 올렌배치입니다, 앵스트롬 씨." 여자가 그의 손을 단단히 잡고 악수한다. 삼십 분 전에 셀마의 기운 없고 차가운 손길을 느낀 탓인지, 그녀의 손이 뜨겁게 느껴진다. "벽에 붙여둔 사진이 아니라도 넬슨 씨의 아버님이라는 걸 금방 알아보겠어요. 정말 두 분이 꼭 닮으셨네요, 특히 입 주위가."

이 계집애가 장난하는 건가? 그녀는 날씬하고 단정한 젊은 여자다. 요즘 수많은 젊은이들이 그렇듯이 운동을 지나치게 많이 하고, 깊이 움푹 들어간 눈 주위에는 골격이 그대로 드러나 있고, 묵직한 목소리에는 굴곡이 없고, 얄팍한 입술에는 반사테이프 같은 연한 분홍색이 반짝반짝 칠해져 있고, 목은 어찌나 가는지 턱이 널찍해 보일 정도고, 그 목에서 이어진 선 끝에는 겉으로 드러나 도드라져 보이는 하얀 귓불이 있다. 그녀는 달팽이 껍질 모양의 금귀걸이를 하고 있다. 해리가 그녀에게 말한다. "내가 지난번에 여길 다녀간 뒤로 새로 들어온 직원 인 모양이군."

"1월부터 일을 시작했습니다." 여자가 말한다. "그전에는 819번 도 로의 닷선 대리점에 삼 년 동안 있었고요."

"자동차를 파는 일은 마음에 드나?"

"아주 마음에 듭니다." 엘비라 올렌배치는 간단히 이렇게만 말한다. 자주 미소를 짓는 편도 아니고, 눈빛은 조금 고집스럽다.

해리는 솔직하게 말한다. "이 일이 대개는 여자들의 분야가 아니라 고들 생각하지."

여자가 조금 활기를 띤다. "저도 압니다. 이상하지 않나요? 사실은 이게 아주 자연스러운 일인데요. 이곳에 들어오는 여자분들은 그다지 위축되지 않고, 남자분들은 다른 남자들과 함께 있을 때처럼 자신의 무지가 드러나는 걸 두려워하지 않습니다. 저는 그게 좋아요. 제 아버 지도 차를 좋아하셨는데, 아마 제가 그걸 닮은 모양이에요."

"그건 말이 되는 소리군." 해리가 인정한다. "왜 이렇게 세월이 오래 걸렸는지 모르겠어. 여성 판매사원이 등장하는 것 말이야. 요즘 장사 는 어떤가?"

"아직까지는 좋아요. 캠리의 인기가 좋고, 코롤라 또한 당연히 잘 나 가고요. 하지만 다른 대리점들에 비하면, 저희는 럭셔리 모델 쪽에서 놀라울 정도로 운이 좋았어요. 브루어의 경기가 오랜만에 좋아지고 있 으니까요. 그동안 죽어 있던 산업들이 깨어났고, 새로운 산업들, 그러 니까 소규모 전문분야나 첨단기술공장 같은 것들도 들어오고 있습니다. 물론 공장형 아울렛들도 환상적인 반응을 얻고 있고요. 그게 바로 경제회복의 열쇠죠."

"훌륭하군. 그럼 중고차 쪽은 어때? 좀 굼뜬 편인가?"

여자의 깊숙한 눈, 넬슨처럼 그림자가 졌지만 뚱하고 상처받은 표정은 없는 그 눈이 조금 당혹스럽다는 듯 흘깃 그를 올려다본다. "어머, 그럴 리가요. 넬슨 씨가 새로 판매원을 고용한 데에는 넬슨 씨가 직접 중고차 쪽에 좀더 신경을 쓰고 싶다는 이유도 있는걸요. 도매가로 팔아넘길 생각도 없고요. 전에 그 일을 하던 분이 있었는데, 그리스식 이름……"

"스태브로스. 찰리 스태브로스."

"맞아요. 그분이 퇴직하신 뒤로 넬슨 씨는 중고차가 자동으로 굴러가고 있다고 생각하고 계세요. 소득이 낮은 젊은 층과 소수집단 구매자들에게 저렴한 가격의 물건을 내놓지 못한다면, 오 년이나 십 년 뒤에 고급 신형차의 잠재고객을 잃게 된다는 게 넬슨 씨의 철학입니다."

"맞는 소리 같군." 이 아가씨는 지독히 넬슨을 신봉하는 것 같다. 그래, 아가씨. 모르긴 몰라도 이 여자는 아마 서른 살이 넘었을 테지만, 그의 눈에는 마흔 살 아래의 사람들이 모두 아이로만 보인다.

땅딸막한 판매원, 그러니까 남자 판매원은 착하고 친숙한 이탈리아인 타입으로, 아직 브루어에서 이런 친구들을 몇 명 볼 수 있다. 그의 목소리는 허스키하고, 손목에는 털이 무성하고, 머리 모양은 귀를 덮지 않는 구식 스타일이다. 그런 그가 한마디해야 할 것 같다는 생각을 한 것 같다. "넬슨 씨 덕분에 중고차 판매량이 정말로 확 뛰었어요. 〈스탠더드〉에 광고도 내고, 이삼 일마다 한 번씩 차창에 붙여둔 가격을 내리고, 현금을 내는 고객에게는 할인도 해주거든요. 그래서 매일 뭐가 나와 있나 보려고 한 번씩 들르는 손님들도 있어요." 그가 지나치게 가까이 서서 너무 허겁지겁 말을 하는 바람에 불안해 보인다. 빳은 면도를 한번 해줘야 할 것 같고, 입에서는 서트* 냄새가 난다. 요즘은 어디에나 마늘이 쓰이기 때문이다.

"현금을 내면 할인을 해준다고?" 해리가 말한다. "그런데 넬슨은 어디 있나?"

"기분전환이 좀 필요하다고 하셨어요." 엘비라가 말한다. "귀찮은 전화를 피하고 싶다는 말씀도 하셨고요."

"전화?"

"넬슨 씨한테 계속 전화를 거는 남자가 있어요." 엘비라가 목소리를 확 낮춰서 말을 잇는다. "외국인 같은 말씨를 쓰는 사람이에요." 해리는 이 여자가 첫인상만큼 똑똑하지 않을 것 같다는 생각이 든다. 그녀의 고집스러운 눈이 해리의 생각을 눈치챘는지, 그녀가 변명처럼 말을 덧붙인다. "원래 이런 얘기는 하면 안 되는 거지만, 선생님이 넬슨 씨 아버님이시니까……"

"뭔가 불만이 있는 고객인가보지?" 래빗이 엘비라를 도우려는 듯이 말한다.

"도요타에 불만을 품는 사람은 많지 않습니다." 남자 판매사원이 끼어든다. "매년 유지비가 가장 싼 제품들을 내놓고 있으니까요. 차를 수리하지 않고 버틸 수 있는 기간은 정말이지 믿을 수 없을 정도예요."

---

* 박하향을 첨가해서 입냄새를 없애주는 사탕 상표명.

"나한테 물건을 팔려고 애쓸 필요는 없네. 난 이미 다 아는 얘기니까." 해리가 말한다.

"제가 좀 흥분했네요. 그건 그렇고, 제 이름은 베니 리온입니다, 앵스트롬 씨. 베니딕트를 줄여서 베니라고 부르죠. 이렇게 뵙게 돼서 기쁩니다. 넬슨 씨 말씀으로는, 선생님이 자동차 판매업에서 손을 씻은 걸 기뻐하고 계신다고 하던데요."

"완전히 은퇴한 건 아냐." 재니스가 이 대리점의 법적인 소유주라는 사실을 이 친구들도 알고 있는지 궁금하다. 아마 대충은 짐작하고 있을 것이다. 대부분의 사람들이 그렇다. 인생에 대해서도. 사람들은 겉으로 내색하는 것보다 더 많은 것을 알고 있다.

베니가 말한다. "이런 일을 하다보면 온갖 괴짜들의 전화를 받게 돼요. 넬슨 씨가 그런 전화에 너무 신경을 쓸 필요는 없는데……"

"넬슨 씨는 뭐든 너무 진지하게 받아들이세요." 엘비라가 말을 덧붙인다. "너무 휘둘리지 말라고 말씀드리기는 하지만, 넬슨 씨도 어쩔 수 없는 모양이에요. 자신을 너무 몰아붙이다가 비명을 지르고 마는 성격이라서요."

"넬슨은 어려서부터 아주 세심한 아이였지." 해리가 말한다. "그럼 자네들 두 사람 말고 또 누가 있나? 아까 자동으로 굴러간다는 얘기는……"

"제러미가 있습니다." 베니가 말한다. "보통 수요일부터 토요일까지 근무하는 친구죠."

"라일도 있어요." 엘비라는 이렇게 말하고 나서 흘깃 곁눈질을 한다. 색을 뺀 청바지 차림의 남녀가 반짝이는 바다처럼 늘어서 있는 도요타 자동차들 사이를 어슬렁거리고 있다.

"라일은 몸이 아프다고 들었는데." 해리가 말한다.

"이제 많이 나아졌답니다." 베니가 말한다. 그의 조심스러운 표정을 보니, 해리가 엘비라의 눈에 남성우월주의자처럼 보이지 않으려고 애쓸 때의 표정도 그랬을 것 같다. 한편 엘비라는 봄 트렌치코트를 입은 채로 햇빛 밝은 바깥을 향해 갑자기 움직이고 있다. 잠재적인 고객일 수도 있는 남녀가 밖에서 차를 둘러보고 있기 때문이다.

"그거 반가운 소리군." 해리는 베니와 단둘이 남게 되자 예의에 대한 부담을 좀 덜어내고 긴장을 푼다. "그런 병도 나아질 수 있는지 몰랐는데."

"장기적으로 보면 그렇죠." 베니의 목소리가 더욱 허스키하게 변해서 조폭 같은 느낌이 살짝 난다. 그도 여자가 있는 자리에서는 조금 긴장했던 것 같다.

해리가 짤막한 고갯짓으로 바깥을 가리킨다. "저 여자 실력은 솔직히 어떤가?"

베니가 몇 센티미터쯤 더 가까이 다가서서 속내를 털어놓는다. "손님들을 어느 지점까지 유도하기는 하는데, 그다음부터는 딱딱하게 변해서 거래를 성사시키지 못합니다. 마치 남들이 자기더러 너무 말랑말랑하게 군다고 말할까봐 걱정하는 사람 같아요."

해리는 고개를 끄덕인다. "여자들이 팁을 줄 때 항상 인색하게 구는 거랑 같군. 여자들은 돈에 겁을 집어먹으니까. 그래도……" 해리는 시대의 변화와 아들의 혁신에 의리를 지키기로 한다. "좋은 생각인 것 같아. 여자 목사처럼 말이지. 여자들은 사람을 잘 대하니까."

"그렇죠." 몸집은 작지만 턱은 두 겹인 베니가 조심스레 수긍한다. "매장에 활기를 좀 불어넣어줍니다. 뭔가 색다른 느낌 같은 거죠."

"그런데 라일이 어디 있다고 했지?" 이 두 사람이 넬슨을 보호하느라 그에게 무엇을 어디까지 숨기고 있는지 궁금하다. 두 사람이 이야기를 하면서 서로 눈짓을 주고받는 것은 이미 알아차리고 있었다. 스프링어 노인이 어느 여름날에 과열된 온도계처럼 갑자기 빵하고 터져버린 1975년부터 그가 자신의 뜻대로 가꿔온 이 대리점이 이제는 비밀의 미로가 되었다. 자동차업계에도 숨은 스트레스가 많다. 불확실한 부분들이 많은데도, 꾸준히 나가야 하는 비용이 한아름이다.

"십 분 전에 넬슨 씨 사무실에 있었어요."

"그 친구는 밀드레드의 사무실을 쓰지 않나?" 해리가 말한다. "밀드레드 크루스트는 자네들이 어린애일 때부터 오랫동안 이곳의 경리를 맡고 있었네." 스프링어 모터스에 관한 한 그는 역사가와 같다. 지금 설비 대여점이 있는 자리에 D I S C O라고 적힌 커다란 간판이 걸려 있던 시절도 그는 기억하고 있다. 그 간판은 각반을 매고 실크해트를 쓴 차림으로 지팡이를 휘두르는 모습의 미스터 땅콩을 표현한 네온 간판을 고쳐서 새로 만든 것이었다.

하지만 베니는 그가 알고 싶어하는 것을 모두 알고 있는 듯하다. 그가 말한다. "거긴 이제 회의실 비슷하게 쓰입니다. 긴 소파도 하나 있어서 갑자기 졸음이 몰려오면 낮잠도 잘 수 있어요. 옛날에 라일이 거길 이용하긴 했지만, 지금은 주로 집에서 일합니다. 몸이 아프니까요."

"언제부터 아팠지?"

베니는 또 조심스러운 표정을 지으며 말한다. "적어도 일 년은 됐어요. 그 HIV 바이러스라는 게 몸에 들어온 지 오 년이나 십 년쯤 지나야 우리가 알아차릴 수 있는 거지만요." 그의 목소리가 더 허스키해지고, 그의 몸이 더 가까이 다가온다. "넬슨 씨가 그런 병에 걸린 라일을 회계 담당자로 데려왔을 때 정비공 두어 명이 그만뒀습니다. 하지만 당시 넬슨 씨의 행동은 정말 훌륭했죠. 정비공들한테 미신에 빠져 살고 싶다면 마음대로 그만두라고 했거든요. 그러면서 일상적인 접촉으로는 전염되지 않는다고 자세히 설명한 뒤 그래도 싫으면 그만두라고 했습니다."

"매니의 반응은 어땠지?"

"매니요? 아, 정비소의 미스터 매닝 말씀이군요. 제가 알기로는, 그분이 마침내 이곳을 떠난 이유가 바로 그거였습니다. 그전부터 다른 대리점을 알아보고 있었다고 듣긴 했지만, 아무래도 나이가 있으니 직장을 옮기기는 쉽지 않죠."

"그렇긴 하지." 해리가 말한다. "이런, 손님이 또 온 모양이군. 자네도 나가서 엘비라를 도와줘야겠어."

"손님이 구경하게 그냥 내버려두자는 게 제 좌우명입니다. 정말로 차를 살 생각이 있는 사람이라면 안으로 들어오겠죠. 엘비라가 너무 애를 쓰는 겁니다."

래빗은 전시장을 가로질러 걸어간다. 영업실적 게시판을 지나고, 부품실 창문을 지나고, 가로대 모양의 손잡이가 달린 정비소 문을 지나서 예전에 자신의 사무실이었던 방의 초록색 문간을 향해 걸어간다. 불규칙하게 홈이 파인 구식 합판으로 된 문은 이제 먼지가 쌓인 것 같은 장밋빛으로 칠해져 있다. 엘비라가 옳았다. 그가 농구를 하던 시절 신문에 실린 것을 확대한 사진들은 버려진 것이 아니라 넬슨의 사무실 벽에 걸려 있다. 녀석이 매일 볼 수밖에 없는 위치다. 벽에는 또한 키와니스클럽과 로터리클럽의 명판, 그레이터 브루어 상공회의소의 감사장, 도요타 사장이 몇 년 전 이 대리점에 수여한 터치상, 〈플레이보이〉 달력도 걸려 있다. 이번 달 달력에 실린 아가씨는 엉덩이가 훤히 드러난 토끼 의상을 입고 있는데, 이 대리점에 어울리는 사진은 아닌 것 같지만 적어도 여기 전체가 동성애에 빠지진 않은 모양이다.

해리가 사무실 안으로 들어가기도 전에 넬슨의 책상에 앉아 있던 라일이 일어선다. 몹시 여윈 모습이다. 회색 양복 밑에 두툼한 빨간색 스웨터를 받쳐 입은 그가 푸르스름한 해골 같은 손을 뻗으며 예상 밖의 환한 미소를 짓는다. 얼굴이 홀쭉해진 탓에 이가 엄청나게 커 보인다. "안녕하세요, 앵스트롬 씨. 절 기억 못하시죠?"

하지만 어디서 한 번 본 것 같은 얼굴이기는 하다. 사십 년 전 농구를 할 때 상대팀 선수였던 것 같은 느낌? 그의 두개골은 아주 좁고, 선원처럼 바짝 깎은 상고머리는 어찌나 균일한 금발인지 염색한 것처럼 보일 정도고, 콧잔등에 걸친 반쪽짜리 안경은 얇은 금테 안경이다. 안색이 워낙 창백해서 빛이 피부를 그대로 통과하는 것 같다. 해리는 눈을 가늘게 뜬 채 그가 내민 손을 잡고 짤막한 악수를 나누며 그 자그마한 에이즈바이러스들을 생각하지 않으려고 애쓴다. 작은 우주선처럼 복잡한 그것들이 꿈틀꿈틀 그의 손바닥으로 옮겨와 손목과 팔을 타고 올라와서 겨드랑이의 땀구멍으로 들어가 혈관 속으로 파고들지는 않을까? 그는 재킷 옆구리에 손바닥을 닦으며 뭘 찾으려고 주머니를 두드리는 것처럼 보였으면 좋겠다고 생각한다.

라일이 말한다. "전에 선생님이 부인과 함께 금이나 은을 거래하러 오시던 와이저 스트리트의 '재정적 대안'에서 일한 적이 있습니다."

해리는 기억을 떠올리며 웃음을 터뜨린다. "그때 달러 은화를 그 망할 놈의 은행까지 옮기느라고 우리 둘 다 허리가 부러질 뻔했지."

"그때 현명하셨어요." 라일이 말한다. "딱 맞는 시기에 발을 빼셨으니까요. 감탄스러웠습니다."

이 마지막 말이 조금 건방지게 들리지만 해리는 사근사근하게 말한다. "눈먼 행운이었지. 그 집은 아직도 장사하나?"

"아주 제한적인 일만 합니다." 라일이 아주라는 말을 지나치게 강조하는 것 같다. 동성애를 하는 변태들은 모든 것을 과장해야만 정상적인 표현을 할 수 있는 모양이다. "귀금속의 인기 자체가 전부 일시적인 유행이었거든요. 그래서 그쪽은 아주 풀이 죽어 있습니다."

"작지만 멋진 곳이었는데. 실제로 매매를 담당하던 아가씨도 예뻤고. 그 긴 손톱으로 어떻게 컴퓨터를 다루는지는 끝내 알아낼 수 없었지만 말이야."

"아, 마샤 말이군요. 자살했습니다."

래빗은 경악한다. 나름대로 아주 천사 같아 보이는 여자였는데. "자살? 왜?"

"아, 뭐, 평범한 이유죠. 개인적인 문제 말입니다." 라일이 대수롭지 않다는 듯 그 투명한 손등으로 손사래를 치며 말한다. 래빗의 눈에는 흐릿한 빛 덩어리들이 라일의 주위에 둥둥 떠서 돌아다니는 것처럼 보인다. 영화 속 이티의 모습과 비슷하다. "귀금속 경기침체와는 아무런 상관이 없는 일이었습니다. 마샤는 그냥 가게를 지킬 뿐이었고, 돈은 필라델피아에서 왔으니까요."

라일이 가벼운 말투로 이야기하는 동안 해리의 귀에 그가 숨을 들이쉬는 소리가 들린다. 약간 가쁜 듯한 숨소리와 관자놀이의 푸르스름한 그림자 때문에 그가 우주에서 왔다가 이제 곧 우주로 되돌아갈 사람인 것 같은 느낌이 든다. '이 친구는 나보다 더 심각한 상황이야.' 래빗은 이런 생각을 하며, 바로 이 점 때문에 그에게 호감을 느낀다. 하지만 라일에게서 카포지육종 특유의 반점은 보이지 않는다. 생명에 저항하고, 생명 유지를 거부하고, 체내 시스템과 어울리기를 거부하는 몸이 내뿜는 일반적인 분위기 같은 것이 있을 뿐이다. 달착지근한 것이 썩어가는 듯한 냄새도 난다. 휴가지에서 오랫동안 사용된 적이 없는 냉장고를 열었을 때 나는 냄새와 비슷하다. 아니, 어쩌면 래빗이 그냥 상상한 건지도 모른다. 라일이 서 있기가 너무 힘들다는 듯 절룩거리며 갑자기 주저앉는다.

해리는 책상 맞은편의 의자에 앉는다. 대개 손님들이 앉아서 계약조건을 유리하게 해달라고 간청하는 자리다. "라일," 해리가 입을 연다. "장부를 좀 보고 싶네. 은행 입출금내역서, 영수증, 지출내역, 대출내역, 재고 목록, 전부."

"무슨 일입니까?" 얼굴 전체가 점점 쇠약해지고 있기 때문에 라일의 눈이 건강한 사람의 눈보다 더 도드라져 보인다. 그는 허리를 꼿꼿이 세우고 앉아서 살이 전혀 없고 회색 옷을 입은 팔을 넬슨의 책상 가장자리와 평행으로 놓아 몸을 지탱한다. 힘을 아끼려는 건지 아니면 진실을 말하지 않으려는 건지는 모르겠지만, 그는 최소한의 대답만 하기로 마음을 정한 것 같다.

"아, 그냥 궁금해서 말이야. 솔직히 플로리다에서 받아보는 내역서에 좀 수상쩍은 구석이 있기도 하고." 해리는 잠시 망설이지만, 이제는 구체적인 이야기를 털어놓더라도 손해날 것이 없다는 생각이 든다. 그는 지금도 모든 일에 합리적인 이유가 있을 것이고, 자신은 부지에 대해 생각하지 않아도 되는 생활로 다시 돌아갈 수 있을 것이라는 희망을 버리지 않고 있다. "중고차 판매량이 충분하지 않은 것 같던데, 비례적으로."

"그런가요?"

"뭐, 변수가 있다고 주장할 수도 있겠지. 레이건 정부 치하에서 경제가 워낙 좋기 때문에 사람들이 새 차를 살 여유가 있다고 말이야. 하지만 내가 여기서 일하는 동안에는 항상 일정한 비율이 유지됐네. 두어 달 정도를 기준으로 평균치가 유지되는 거지. 그런데 11월부터는 현황 보고서에 그런 것이 보이지 않더란 말이야. 아니, 날이 갈수록 이상해지고 있지."

"이상하다고요?"

"터무니없다고 해도 되고, 엉터리 같다고 해도 되네. 그래, 장부는 언제 보여줄 건가? 난 회계사가 아니니까 밀드레드 크루스트랑 같이 장부를 훑어볼 걸세."

라일은 책상에 올려놓았던 팔을 힘들게 내려서 양손을 눈에 보이지 않는 무릎 위에 올려놓는다. 그가 움직이는 모습을 보니 제2차세계대전 이후 뉴스 화면에서 부헨발트의 늘어진 시체들이 유령처럼 천천히 옮겨지던 모습이 떠오른다. 알몸에 팔다리가 덜렁거리고, 무릎이 훤히 드러나 있던 모습. 사람들은 기가 막힌다는 말들을 하지만, 그 광경은 직접 보여주지 않으면 믿을 수 없을 만큼 기가 막히는 것이었다. 라일이 해리에게 말한다. "저는 많은 데이터를 집에 보관하고 있습니다. 제 컴퓨터에요."

"여기에도 컴퓨터가 있어. 최고의 제품이지, IBM이니까. 분명히 컴퓨터를 여기에 설치했던 기억이 있는데."

"제 것은 호환이 가능해요. 작은 애플 컴퓨터인데, 못하는 게 없습니다."

"당연히 그렇겠지. 솔직히 말할까? 자네가 아파서 집에 있는 시간이 많다는 이유만으로 스프링어 모터스의 회계 자료를 다이아몬드 카운티 사방에 흩어놓을 수는 없네. 이리로 가져와. 내일."

둘 중 누구라도 라일이 지금 환자이며, 죽음을 앞두고 있다는 사실을 입에 담은 것은 이번이 처음이다. 청년의 몸이 뻣뻣하게 굳더니, 입술이 조금 삐죽 튀어나온다. 그가 미소를 짓는다. 해골이 너그러운 미소를 짓는 것 같다. "장부는 권한이 있는 사람께만 보여드릴 수 있습니다." 그가 말한다.

"나도 권한이 있어. 나보다 더 권한이 있는 사람이 어디 있다고 그래? 난 옛날에 여길 경영하던 사람이야. 저기 벽에 내 사진이 잔뜩 붙어 있잖아."

머리카락보다 더 검은 속눈썹이 달려 있는 라일의 눈꺼풀이 툭 튀어나온 눈 위로 내려온다. 그는 여러 번 눈을 깜박이더니 예의에 어긋나지 않게 조심스레 말을 고르려고 애쓴다. "넬슨 씨에게 듣기로는 어머님이 이 회사의 소유주라고 하시던데요."

"맞아, 난 그 여자 남편이고. 아내의 소유물 중 절반은 내 것이지."

"어떤 경우에는 그럴 수도 있겠죠. 그런 걸 인정하는 주도 있을 수 있고요. 하지만 펜실베이니아는 아닌 것 같은데요. 혹시 변호사와 상의하고 싶으시다면······" 그의 호흡이 가빠지기 시작한다. 해리가 중간에 말을 끊고 끼어든 것이 거의 자비로운 행동처럼 보일 정도다.

"변호사랑 상의할 필요는 없네. 아내를 시켜서 자네한테 전화를 걸어 장부를 보여주라고 명령하게 하면 되니까. 나랑 밀드레드한테 보여주라고. 밀드레드도 참여시켜야 하네."

"제가 알기로 크루스트 씨는 지금 양로원에 계십니다. 펜파크에 있는 뎅글러양로원에요."

"잘됐군. 우리집에서 오 분 거리니까. 내일 내가 밀드레드를 데리고 다시 오겠네. 시간을 정해."

라일의 눈꺼풀이 다시 내려가고, 그는 어색한 동작으로 팔을 책상 위에 다시 올려놓는다. "부인께서 승인하시고 넬슨 씨도 좋다고 말씀하신다면······"

"넬슨은 안 될 거야. 지금 그 녀석이 문제인 거니까."

"제 말씀은 혹시 그렇게 된다 해도, 필요한 데이터를 전부 꺼내는 데 며칠이 걸린다는 겁니다."

"왜? 장부는 항상 정리해두어야 하잖아. 자네들 도대체 일을 어떻게 하는 건가?"

놀랍게도 라일은 아무 말도 하지 않는다. 어쩌면 숨쉬기가 너무 힘든 탓일 수도 있다. 모든 일에 힘이 너무 많이 든다. 움푹 꺼진 관자놀이가 더 푸르스름하게 변한 것 같다. 해리는 심장이 날뛰고 가슴이 찌르듯이 아프지만 니트로글리세린을 한 알 더 먹고 싶은 충동에 저항한다. 중독자가 되고 싶지는 않다. 그는 고객용 의자에서 더 깊숙이 몸을 늘어뜨린다. 오늘의 협상은 여기까지라는 듯이. 그는 다른 화제를 시도해본다. "말해보게, 라일. 기분이 어떤가?"

"무슨 기분요?"

"그러니까, 그때를 그렇게 눈앞에 둔 기분 말일세. 내가 이걸 묻는 건, 플로리다에서 심장에 조금 문제가 생겼는데 아직도 익숙해지지가 않았거든. 내가 얼마나 아슬아슬한 지경이었는지. 대개는 현실이 아닌 것처럼 느껴지네. 나는 나고, 주위의 모든 것들도 평소와 똑같이 어영부영 흘러가는데 어느 날 갑자기 밤에 화장실에 가려고 일어나거나 말도 안 되는 텔레비전 프로그램을 한창 보다가 갑자기 그게 찾아오는 거지. 그러면 진짜…… 바닥이 그대로 사라지는 것 같아. 부모님한테 기어가고 싶어도, 두 분은 이미 돌아가신 분들이고."

라일의 튀어나온 입술이 가늘게 떨린다. 아니, 그런 것처럼 보인다. 갑자기 바뀐 대화의 의미를 알아차렸기 때문이다. "나중에는 받아들이게 돼요." 그가 말한다. "누구나 죽으니까요."

"하지만 남들보다 더 빨리 죽는 사람들도 있지, 응?"

분노의 경련이 라일에게 활기를 준다. "지금 신약들이 개발되고 있어요. 항상 연구가 진행중이라고요. 프랑스에서도, 중국에서도. 트리코산틴, TIBO 유도체. 결국은 FDA도 그 약들을 받아들일 수밖에 없을 거예요. 거기서 일하는 사람들이 우리가 전부 죽든지 말든지 신경도 안 쓰는 레이건주의 파쇼 호모 혐오증 환자들이라 해도 말입니다. 그러니까 잘 버티기만 하면 돼요. 아직 희망이 있습니다."

"그래, 훌륭하군. 자네한테 힘이 더 생길 테니. 하지만 약이 해줄 수 있는 일에는 한계가 있어. 나도 지금 그 점을 배우고 있는 중일세, 힘들게. 이보게, 라일, 내가 죽음에 대해 한 번도 생각해보지 않은 건 아냐. 가까운 사람이 죽는 걸 한 번도 못 본 것도 아니고. 하지만 뭐랄까, 진짜 죽음의 맛을 내 입안에서 느껴본 적은 한 번도 없네. 이건 진짜 장난이 아냐. 죽음은 모든 것을 가져가고 싶어해." 그는 약을 먹고 싶다. 넬슨이 옛날의 자신처럼 책상에 라이프 세이버스 사탕을 넣어두고 있는지 궁금하다. 불안할 때는 뭐든 입에 넣을 것이 있으면 좋다. 해리는 자신의 죽음을 생각할 때마다 뭔가를 먹고 싶어진다는 사실을 깨닫는다. 그래서 살이 더 빠지지 않은 것이다.

해리가 자신의 속을 내보이려고 애쓴 덕분에 책상에 앉은 라일은 몸을 더 꼿꼿이 세우고, 더 적대적인 표정을 짓고 있다. 그는 주위가 푹 꺼진 눈으로 해리를 노려본다. 그의 눈썹은 머리카락과 똑같이 금속성 금발이다. "이 병에 좋은 점이 하나 있다면……" 그가 입을 연다. "웬만한 일에는 겁을 먹지 않게 된다는 겁니다. 사소한 일로는 겁이 안 나요. 예를 들어, 지금 선생님의 위협 같은 것 말입니다."

"난 위협하는 게 아닐세, 라일. 그저 뭐가 어떻게 돌아가고 있는 건지 알고 싶을 뿐이야. 이 회사가 약탈을 당하고 있다는 생각이 슬슬 드는군. 만약 내 생각이 틀렸고 모든 것이 그저 승승장구하는 중이라면 자네가 겁을 낼 이유가 없지." 가엾은 녀석. 그는 지금 이를 악물고 버티고 있다. 아직 해리 나이의 절반도 안 되는데. 그 나이 때 해리는 무엇을 했더라? 구식 식자기를 만지면서 여자의 엉덩이를 꿈꾸고 있었다. 엉덩이는 이렇게든 저렇게든 사람을 죽인다. 막이 너무 얇아서 그 자그마한 에이즈바이러스가 곧바로 숨어들어온다. 아무것도 없는 블랙

박스. 셀마의 엉덩이의 느낌이 그랬다. 그런 걸 항상 하다니, 괴상한 취향이다. 동성애자로 살아가는 것이 온통 장밋빛이기만 한 것은 아니다.

라일이 금방이라도 깨지는 물건을 다루듯이 조심스러운 동작으로 다시 팔을 움직인다. 그의 몸은 죽어버린 막대기의 집합체 같다. "자칫 법정에 끌려나갈 수도 있는 주장은 하지 마세요, 앵스트롬 씨."

"자네가 나와 공평무사한 회계원에게 장부의 조사를 허락하지 않았다고 말하는 것은 주장인가, 사실인가?"

"밀드레드 씨는 공평무사하지 않습니다. 제가 자신의 자리를 대신 차지한 것에 분노하고 있어요. 자기는 일주일 내내 걸리던 일을 저와 제 컴퓨터가 몇 시간 만에 해낸다는 이유로 화를 내고 있단 말입니다."

"밀드레드는 정직한 노인이야."

"노망난 사람입니다."

"지금 중요한 건 밀드레드가 아니야. 자네가 내 아들을 보호하려고 나한테 반항하고 있다는 게 중요한 거지."

"앵스트롬 씨한테 반항하는 게 아닙니다……"

"해리라고 부르게."

"반항하는 게 아닙니다, 선생님. 단지 선생님의 지시를 받아들일 수 없다고 말하는 겁니다. 넬슨 씨나 앵스트롬 부인의 지시가 있어야 합니다."

"그럼 그 지시를 얻어주지, 선생." 미소를 지으며 상대를 도발하는 듯한 표정이 라일의 얼굴에 어른거리며 해리를 자극하는 바람에, 해리는 질문을 던진다. "안 될 것 같은가?"

"소식을 기다리고 있겠습니다." 라일이 말한다.

"잘 들어. 내가 모르는 많은 일들을 자네가 알고 있는지는 몰라도, 결혼에 대해서는 쥐뿔도 모르고 있어. 내 아내는 내가 시키는 대로 할걸세. 내 부탁을 들어줄 거야. 이런 일에서 우리는 완전히 하나니까."

"두고 보면 알겠죠." 라일이 말한다. "사실 제 부모님도 결혼생활을 하셨습니다. 저는 그 두 분 손에 자랐고요. 저도 결혼생활에 대해 많이 압니다."

"그게 자네한테는 별로 소용이 없었군."

"뭘 피해야 하는지는 가르쳐주었습니다." 라일은 이렇게 말하고는, 해리가 처음 들어왔을 때처럼 정직하고 환한 미소를 짓는다. 이가 하얗게 드러난다. 이제야 해리는 옛날 '재정적 대안'에서 본 그의 모습이 기억난다. 금과 은화 더미, 흠잡을 데 없이 멋진 마샤와 길고 빨간 손톱. 그런 미인이 자살하다니 가엾어라. 메릴린 먼로와 같다. 래빗은 동성애자들의 독특한 매력을 인정한다. 생명을 잉태하는 여자들의 너절함 위로 소년 같은 경쾌함이 떠오르고 있다.

"슬림은 어떤가?" 해리가 의자에서 일어나며 묻는다. "옛날에 넬슨은 슬림 이야기를 많이 했는데."

"슬림은······" 라일이 말한다. 너무 기운이 없어서인지, 무례한 탓인지 자리에서 일어나지도 않는다. "죽었습니다. 크리스마스 전에."

"그거 유감이군." 해리는 거짓말을 한다. 그가 악수를 하려고 책상 위로 손을 내밀자 라일이 잠시 머뭇거린다. 병이 옮을까봐 두려워하는 사람처럼. 열에 들든 뼈들이 덜렁거린다. 래빗은 그 손을 꼭 쥐어주고 말한다. "혹시 넬슨을 만나거든 내가 새 실내장식을 좋아하더라고 전해주게. 부티크 같은 분위기가 난다고 하더라고 해. 귀여운 분위기야.

새 판매사원과도 잘 어울리고. 자네도 기운 내게, 라일. 중국이 자네를 위해 성과를 내주면 좋겠군. 또 연락하지."

집으로 돌아오는 길에 틀어놓은 라디오에서 정확히 이 년 전인 1987년 4월 18일에 스리리버스 스타디움에서 피츠버그 파이리츠를 상대로 500번째 홈런을 친 마이크 슈밋이 필리스의 최고 타자 자리를 놓고 리치 애슈번의 총 안타 수 2217개에 근접하고 있다는 소식이 흘러나온다. 래빗은 애슈번을 기억하고 있다. 래빗이 고등학교 3학년이 되던 해에 그는 리그 우승이 걸린 게임에서 다저스를 물리친 야구 신동 중 하나였다. 커트 시먼스, 델 에니스, 중견수 딕 시슬러, 그리고 홈플레이트 뒤에는 앤디 세미닉. 그들은 시즌 마지막 게임에서 다저스를 물리쳤지만, 그뒤로 양키스에게 네 번을 내리 졌다. 1950년에 래빗은 열일곱 살이었고, 817점의 득점을 올려 카운티 B 리그의 수위를 차지했다. 이런 숫자들을 떠올리는 것이 흥분을 가라앉히는 데, 셀마와 라일을 보고 동요한 마음을 가라앉히는 데 도움이 된다. 충족되지 못한 욕망을 누가 휘저어놓은 것 같은 기분의 가장자리에서, 중요한 것은 아무것도 없고 우리 모두 곧 죽을 거라는 우울한 생각이 넘실거린다.

재니스가 그를 위해 생각해낸 저염식 식단이라는 건 바로 '저칼로리'라는 이름의 냉동식품이다. 이미 조리되어 나온 닭고기와 쇠고기로 이루어진 이 식품은 대부분 화학물질투성이라서 오래 진열해두어도 상하지 않는다. 이 음식을 소화하려면 그는 대개 맥주를 한 캔 더 가져다 마셔야 한다. 재니스는 요즘 다른 곳에 정신이 팔려 있다. 펜실베이니아주립대학 사회교육원에서 부동산 강의를 들을 생각에 잔뜩 들떠 어쩔 줄 모른다. "내가 내용을 다 이해한 것 같지는 않지만, 파인 스트리트에 있는 사무실의 여자가, 당신이 아버님이랑 같이 베리티에서 일하던 시절에 비하면 그 동네는 정말 후진 곳이 됐어! 하여튼 그 여자가 내 질문에 아주 참을성 있게 대답해줬어. 수업은 일주일에 세 시간씩, 십 주 동안 계속되고, 수료증을 얻으려면 필수과목 두 개랑 선택과목 네 개를 들어야 한대. 하지만 자격시험을 치르는 데 수료증이 필요할 것 같지는 않아. 부동산 영업을 하려는 사람, 내가 되고 싶은 게 바로 그건데, 그런 사람들을 대상으로는 한 달에 한 번씩 시험이 있고, 중개인 시험, 이건 내가 나중에 시도해볼지도 몰라, 어쨌든 이건 삼 개월에 한 번씩밖에 없어. 하지만 중요한 건, 내가 이번 4월에 우선 강의 두 개를 신청하고, 7월부터 9월까지 다른 강의 두 개를 더 들으면 된다는 거야. 일이 잘 풀리면 9월에 자격증을 따서 영업을 시작할 수 있어. 처음에는 순전히 수수료만 받는 거지. 도리스 에버하트의 새 시동생이 파트너로 있는 부동산회사에서 말이야. 도리스가 시동생한테 내 얘기를 했는데, 그쪽에서 관심을 보이더래. 중년이라는 나이가 확실히 이로워. 고객들이 나를 경험 많은 사람으로 볼 테니까."

"여보, 왜 이걸 하려고 해? 부지를 갖고 있으면서."

"부지의 주인은 내가 아냐. 넬슨이지."

"넬슨? 내가 오늘 거기 들렀는데, 그 녀석은 자리에 있지도 않았어. 녀석이 고용한 젊은 놈들만 있고. 한 놈은 동성애 변태, 한 놈은 이탈리아 놈, 그리고 치마 하나."

"해리. 그런 소리를 하면서 편견이 어쩌고저쩌고해?"

해리는 자신의 이야기를 밀고 나가지 않는다. 두 사람이 모두 정신을 집중할 수 있을 때를 위해 이 이야기를 아껴두고 싶다. 재니스는 저녁을 먹은 뒤 〈제퍼디!〉를 보는 걸 좋아한다. 문제의 정답은 하나도 모르는 주제에. 그 프로그램이 끝나고 나니 11번 채널에서 필리스와 메츠의 경기를 중계하고 있다. 번지에 분수分數가 들어간 프랭클린 드라이브의 이 작은 석조 주택이 두 사람 주위로 어두운 것들을 끌어온다. 두 사람 주위에만. 느리게 찾아오는 북부의 어스름(플로리다에서는 해가 순식간에 져버리고, 달이 그 자리를 차지한다)이 아직 벌거벗은 나무들 속으로 스며들어 새들의 노랫소리를 쫓아낸다. 클링커 벽돌로 지은 큰 집의 울퉁불퉁한 굴뚝들 너머 서쪽 하늘을 물들인 연한 레몬색이 점점 짙어져 타는 듯한 오렌지색으로 변하더니, 곧 마지막 깜부기불 같은 진홍색으로 변한다. 몇 주만 더 지나면, 나무에 이파리가 날 것이고 그가 자신의 방에서 텔레비전을 보다가 마름모꼴 창문들로 눈을 돌려도 더이상 석양을 볼 수 없게 될 것이다.

3회에 주자가 두 명 나가 있는 상태에서 슈밋이 홈런을 친다. 이제 초입인 이번 시즌 들어 그가 친 네번째 홈런이자 그의 통산 546번째 홈런이다. 이 홈런 덕분에 필라델피아가 5 대 0으로 게임을 앞서가고, 래빗은 이리저리 채널을 돌려보지만 농구 플레이오프 경기를 중계해주는 채널은 없다. 〈매틀록〉과 〈원더 이어스〉 드라마뿐이다. 재니스는 옆에 있을 때도, 옆에 있지 않을 때도, 부엌이나 2층에서 요란하게 돌아다니는 소리가 들리지 않을 때도 짜증스러운 존재지만, 그는 점점 마음이 불편해진다. 그래서 텔레비전을 끄고 재니스를 찾아나선다. 예전에는 크루거란드를 잔뜩 사들이고서 그녀에게 말하고 싶어서 안달했지만, 지금은 고민거리들로 머리가 가득하다.

재니스는 이층에서 벌써 잠옷으로 갈아입고 있다. 그가 아침에 계속 잠을 자려고 애쓰고 있을 때 그녀가 돌아다니며 '탁탁' 소리를 내게 만드는, 그 짜증스러운 플로리다 샌들도 신고 있다. 물론 요즘은 젊었을 때처럼 아침에 늦잠을 잘 수 없다. 사십대 때와도 다르다. 그는 여섯시쯤에 화들짝 놀라듯이 잠에서 깨어난다. 심장발작을 일으킨 뒤로는 누군가가 뱃속을 갉아먹고 있는 것 같은 느낌이 든다. 처음에는 그 원인을 몰랐지만, 자신이 시들어가는 몸속에 갇혀 있다는 두려움 때문임을 깨달았다. 언제 그를 죽이겠다고 달려들지 모르는 미친놈과 함께 감방에 갇혀 있는 기분이다. 재니스는 뒷계단을 통해 가져온 빨래를 접어서 여러 개의 작은 더미들로 나눠들고 '탁탁' 소리를 내며 이리저리 걸어다니고 있다. 정사각형으로 접어서 포개둔 천들은 손수건이고, 그보다 덜 깔끔한 또다른 천더미는 허리 고무줄이 서서히 느슨해지고 있는 그의 팬티이며, 또다른 천더미는 재니스의 속옷이다. 그는 재니스의 속옷을 보면 여전히 흥분하기는 하지만, 재니스가 그것을 입고 있을 때는 깨끗하게 빨아둔 속옷을 보았을 때만큼 흥분하지 않는다. 어디서부터 이야기를 시작해야 할지 생각이 나지 않는다. 그가 커다란 몸을 침대 위에 던져 대각선으로 눕자 울퉁불퉁하게 주름이 진 이불이 그의 얼굴을 문지른다. 텔레비전 화면에서 끊임없이 튀어나오는 불꽃들을 열심히 본 뒤라서 감은 눈꺼풀 뒤로 보이는 불그스름한 허공이 편안하다. "해리, 무슨 일 있어?" 재니스가 걱정스러운 목소리로 말한다. 해리는 약해진 몸 덕분에 재니스를 좌우할 수 있는 새로운 수단을 얻었다.

그는 돌아눕는다. 잠옷을 입은 재니스의 땅딸막한 모습을 보니 웃음이 나오는 것을 막을 수 없다. 잠옷을 입은 주디의 모습과 크게 다르지 않다. 주디와 몸집 차이가 많이 나는 것도 아니다. 숱이 적은 앞머리는 넓은 이마를 제대로 가려주지 못한다. 플로리다에서 구릿빛으로 태운 피부가 점점 원래 색으로 돌아오고 있고, 피곤해 보이는 눈은 어딘가 다른 곳을 열심히 바라보고 있다. 해리가 입을 연다. "부지에 뭔가 문제가 있어. 오늘 거기 가서 장부를 보여달라고 했더니, 넬슨이 밀드레드 대신에 경리 담당자로 앉혀둔 그 변태 에이즈 환자가 당신이 승인하지 않으면 나한테 장부를 보여줄 수 없다는 거야. 당신이 사장이라나."

재니스의 작은 혀끝이 슬그머니 삐져나와 윗입술을 지그시 누른다. "웃기지도 않네." 재니스가 말한다.

"나도 그런 생각을 했지만, 그래도 이성을 잃지 않았어. 가엾은 녀석이지. 그냥 넬슨을 위해서 말을 둘러댄 것뿐이니까."

"넬슨을 위해 둘러대다니, 왜?"

"뭐……" 해리는 무겁게 한숨을 내쉬고는 침대 위에서 히피처럼 몸을 비틀어 하렘의 첩 같은 자세를 취한다. "정말로 궁금한 거야?"

"당연하지." 하지만 재니스는 빨랫더미를 들고 계속 방안을 돌아다니고 있다.

"내가 생각을 좀 해봤는데 말이야, 넬슨은 코카인을 하는 것 같아. 그래서 그렇게 예민하게 굴면서 거짓말만 늘어놓는 거야. 게다가 편집증도 좀 있는 것 같고."

재니스는 천천히 조심스레 서랍장으로 다가간다. '탁, 탁.' 지금 재니스가 들고 있는 빨랫더미를 보니 소매는 파란색이고 몸통은 분홍색 바탕에 파란색 줄무늬가 있는 재니스의 운동복이다. 재니스는 이 동네에서는 그 옷을 입는 법이 없다. 이곳의 중년들은 자신이 우스꽝스럽게 보일까봐 더 주의를 기울이기 때문이다. "그런 소리를 누구한테서 들은 거야?" 재니스가 묻는다.

해리는 침대 위에서 몸을 꼬물꼬물 움직여 다리를 들어서 스웨이드 신발을 벗어버린다. 물방울무늬가 있는 얇은 흰색 면으로 된 이불을 더럽히지 않기 위해서다. "듣긴 누구한테 들어?" 해리가 말한다. "내가 아는 것들을 꿰맞춘 거야. 코카인이야 사방에 퍼져 있고, 그걸 하는 녀석들은 바로 넬슨과 같은 또래인 베이비붐 세대의 여피들이잖아. 코카인에는 돈이 들지. 아주 많은 돈이. 진짜 습관적으로 그걸 한다면. 그런데 프루가 생활비가 부족하다고 항상 투덜거리지 않아?"

재니스가 침대로 다가와 선다. 면으로 된 잠옷에서 젖꼭지와 음모가 비쳐 보인다. 그가 누워 있는 각도에서 본 그녀가 묘하게 거대하다. 대각선으로 누워 있기 때문인지 너무 빨리 벌떡 일어섰을 때처럼 현기증이 확 밀려온다. 지금 서 있는 사람이 누구고, 누워 있는 사람이 누군지 잘 모르겠다. 재니스의 몸은 옛날 둘이서 함께 크롤스에서 일하던 시절처럼 여전히 탄탄하고 균형이 잡혀 있지만, 턱밑에는 보기 싫은 주름이 잡혀서 목까지 그물처럼 퍼져 있다. 재니스는 자기 어머니처럼 뚱뚱해지지 않으려고 열심히 애썼지만, 그래도 세월 앞에서는 어쩔 도리가 없는 법이다. 재니스가 조심스레 말한다. "대부분의 젊은 부부들은 생활비가 모자라서 고생해."

그는 머리에서 어지러움을 털어버리려고 일어나 앉는다. 그리고 재니스의 몸이 거기 있다는 이유로, 그녀의 엉덩이에 양팔을 두른다. 그러다보니 생각이 나서 그는 재니스의 잠옷 속으로 손을 뻗어 단단하고 살짝 모래 알갱이를 뿌려둔 것 같은 느낌이 나는 엉덩이를 오목하게 쥔다. 그는 젖가슴을 지나 그녀의 얼굴을 올려다보며 말한다. "제일 심각한 건 말이야, 녀석이 회사 돈을 빼내가고 있는 것 같다는 점이야. 녀석이 회사 돈을 훔치고 있고, 라일은 그걸 돕고 있는 것 같아. 그래서 밀드레드를 내보냈을 거야."

그의 손에 잡힌 재니스의 엉덩이가 긴장한다. 양쪽 엉덩이가 단단하게 오므라져서 더 둥글어지는 것이 느껴진다. 공인公認 농구공보다 조금 덜 탄탄한 듯한 감촉이다. 그의 허리 아래에서 성적인 흥분이 일어나며 촉촉한 빛이 반짝인다. 재니스는 뭔가에 생각을 집중하고 있는 듯한 어두운 표정과 흐릿한 눈으로 그를 내려다본다. 얼굴 피부가 뼈에서 떨어져 아래로 처져 있다. 그는 한쪽 젖가슴에 코를 비비며 다시 눈을 감고, 땀냄새가 흐릿하게 밴 잠옷 냄새를 맡으며 자신을 내려다보는 재니스의 강렬한 눈을 피해 숨는다. 재니스의 목소리가 묻는다. "무슨 증거라도 있어?"

그는 짜증이 난다. 이 여자는 정말로 멍청하다. "그래서 내가 말했잖아. 오늘 장부랑 입출금내역을 보여달라고 했는데 녀석들이 안 보여줬다고. 당신이 승인해야 한다면서. 그러니까 당신은 그 라일이라는 녀석한테 전화만 한 통 해주면 돼."

그녀의 가슴이 묘하게 적막하다. 그녀의 몸에서도 뭔가를 참는 긴장이 느껴진다. 잠옷은 투명하지만, 재니스는 불투명하다. "당신이 장부를 보면 무슨 내용인지 알 수 있겠어?" 재니스가 묻는다.

그는 잠옷의 천을 통해서 재니스의 젖꼭지를 혀로 핥는다. 허리 아래의 흐릿한 빛이 이제 꾸준히 빛나면서 따뜻하게 부풀어 있다. "다는 이해할 수 없을지도 모르지." 그가 말한다. "하지만 우리가 플로리다에서 매달 받아보는 현황표도 내 눈에는 이상했어. 이번에는 밀드레드를 데려갈 거야. 만약 밀드레드가 그 일을 할 수 없는 상황이라면, 녀석 말로는 노망이 나서 뎅글러양로원에 가 있다니까, 누구 다른 사람을 구해봐야지. 브루어의 전문 회계사로. 우리 변호사한테 전화해서 추천을 받아도 되고. 궁극적으로는 경찰에 신고해야 하는 일이 될지도 몰라." 4월의 기분좋은 소나기가 밖에서 내리기 시작했다. 서서히 지는 해가 빗줄기에 불을 지펴놓은 것 같다.

재니스의 몸이 뻣뻣하게 굳더니 움찔하면서 몇 센티미터쯤 뒤로 물러난다. "해리! 당신 아들이야!"

"뭐……" 그는 또 짜증이 난다. "당신은 그 녀석 엄마지. 녀석이 제 엄마 돈을 훔치고 있는 거라고."

"아직 확실하지는 않잖아." 재니스가 말한다. "그냥 당신 생각일 뿐이잖아."

"그게 아니면, 라일이 오늘 나한테 숨긴 게 뭐겠어? 이제 녀석들이 겁을 집어먹었으니 우리가 빨리 움직여야 해. 안 그러면 올리 노스처럼 녀석들이 모든 증거를 없애버릴 거야."

이제 재니스는 점점 더 동요하면서 그의 품에서 뒷걸음질을 치더니 카펫 한가운데에 서서 한 손으로 다른 손 손등을 문지르고 있다. 그는 이제 섹스가 불가능해졌다는 것을 깨닫는다. 몇 주 만에 처음으로 그가 진정한 욕망을 느꼈는데. 망할 놈의 넬슨 녀석. 재니스가 말한다. "내가 먼저 넬슨하고 얘기해볼게."

"당신이? 우리가 아니고?"

"라일에 따르면, 내 말이 중요한 거잖아."

이건 아프다. "당신은 넬슨한테 너무 물러. 녀석이 하자는 대로 다 해주잖아."

"해리, 옛날에 내가 너무 끔찍한 짓을 했어. 찰리랑 같이 집을 나간 것 말이야! 겨우 열두 살밖에 안 된 넬슨이 자전거로 아이젠하워 애비뉴까지 그 먼 길을 와서 길 건너편에 한 시간 동안 서서 내가 사는 집 창문을 올려다보곤 했다고. 나는 두어 번 그애를 봤는데도 숨어버렸어. 커튼 뒤에 숨어서 애가 기다리다 지쳐서 자전거를 타고 돌아가는 걸 그냥 보기만 했단 말이야." 길 건너편에 서 있던 어린 아들의 모습, 당혹스러워하면서도 희망을 잃지 않고 참을성 있게 서 있던 아들의 모습을 해리의 머리 위 허공에 떠올리면서 그녀의 검은 눈에 눈물이 가득 찬다.

"아, 젠장." 래빗이 말한다. "누가 그 녀석더러 거기 가서 당신을 염탐하라고 한 것도 아니잖아. 내가 녀석을 잘 돌보고 있었어."

"그 정신 나간 여자랑 끔찍하기 짝이 없는 흑인이 같이 살고 있었는데 잘도 그랬겠네. 넬슨이 집이랑 같이 타버리지 않은 것만도 천만다행이야."

"내가 꺼내왔을 거야. 내가 그 자리에 있었다면 녀석들을 다 꺼내왔을 거라고."

"그기야 모르는 일이지." 새니스가 말한다. "당신이 어떻게 했을지는 아무도 몰라. 지금도 진짜로 일이 어떻게 된 건지는 알 수 없어. 그냥 당신이 혼자 의심하고 있는 것뿐이잖아. 누군가가 당신 머릿속에 넬슨에 관한 안 좋은 생각들을 집어넣었겠지. 틀림없이 셀마일 거야."

"셀마? 요즘은 셀마랑 만나지도 않잖아. 안 그래도 언제 해리슨 부부를 집으로 초대해야겠어."

"하!" 재니스가 뱉듯이 거부의 뜻을 드러낸다. 그녀의 분노가 감탄스럽다. 분노한 동물처럼 머리카락이 푸스스 일어난 모습이라니. "내가 죽기 전에는 안 돼."

"그냥 생각해본 거야." 이건 좋은 화제가 아니다. 그는 원래 하던 이야기로 돌아간다. "그래, 진짜로 일이 어떻게 된 건지 내가 모른다고 치자. 그러는 당신은 알아? 넬슨한테서 무슨 얘기를 들었어?"

재니스가 입을 꾹 다물어버렸기 때문에 아예 입술이 없는 것처럼 보인다. 옛날 장모와 같은 표정이다. "뭐, 별로." 재니스가 거짓말을 한다.

"뭐, 별로? 좋아, 그럼. 그래도 나보다는 많이 아는 거네. 다행이야. 녀석은 지금 당신 돈을 훔치고 있어. 녀석이랑 녀석의 변태 친구들이 당신 아버지의 회사를 망가뜨리고 있다고."

"넬슨은 회사 돈을 훔칠 애가 아냐."

"여보, 당신이 마약의 힘을 몰라서 그래. 신문을 좀 읽어봐. 〈피플〉도 읽어보고. 리처드 프라이어가 전부 말했어. 며칠 전에도 요기 베라의 자식이 잡혀들어갔다고. 코카인에 중독된 사람들은 코카인 한 방을 위해서라면 제 할머니도 죽여. 전에는 헤로인이 최악이었지만, 크랙에 비하면 헤로인은 순하게 보일 정도야."

"넬슨은 크랙을 안 해. 많이는."

"아, 누가 그래?"

재니스는 하마터면 사실대로 털어놓을 뻔하지만, 이내 겁을 집어먹는다. "아무도. 난 그저 내 아들이 어떤 앤지 잘 알아. 프루한테서 들은 이야기도 있고."

"프루가 말을 했다고? 뭐라고 했는데?"

"프루는 지금 비참한 상태야. 애들도 마찬가지고. 로이가 아주 이상한 행동을 한다는 걸 당신도 알아차렸을 거야. 주디는 악몽을 꿔. 애들만 아니라면 이미 오래전에 넬슨이랑 헤어졌을 거라고 프루가 말하더라고."

재니스가 교묘히 말을 얼버무린다는 느낌이 든다. "하던 얘기에서 벗어나지 마. 프루의 문제는 프루 것이니까, 당신은 당신 문제나 신경 써. 당신의 그 어린애 같은 아들 녀석을 스프링어 모터스에서 빨리 내보내는 게 좋을 거야."

"내가 넬슨이랑 얘기해볼게, 해리. 당신은 아무 말도 하지 마."

"젠장, 왜? 내가 말하면 뭐가 잘못되기라도 해?"

"당신이 너무 강하게 나갈 것 같으니까 그렇지. 당신이 그러면 애는 더 깊이 숨어버릴 거야. 넬슨은…… 넬슨은 당신 말을 너무 진지하게 받아들이니까."

"당신 말은 아니고?"

"나에 대해서는 마음을 놓고 있거든. 내가 자기를 사랑하는 걸 아니까."

"그럼 난 사랑 안 해?" 이 생각을 하니 그의 눈에 물기가 어린다. 소나기는 이미 그쳤고, 홈통에서 물방울이 똑똑 떨어질 뿐이다.

"당신도 애를 사랑하기야 하지만, 해리, 그것 말고 뭔가가 더 있어. 당신도 남자잖아. 남자들 사이에는 영역이라는 게 있고. 당신은 부지를 당신 것으로 생각하고, 넬슨은 그걸 자기 것으로 생각해."

"언젠가 그 녀석 것이 될 거야. 녀석이 감옥에 가지만 않으면. 플로리다에서도 그 녀석을 죽 지켜봤는데, 갑자기 범죄라는 단어가 머리에 떠올랐어. 녀석의 머리 모양을 보니까 왠지 그런 생각이 들더라고. 녀석이 점점 대머리가 되는 것도 마음에 안 들어. 앞으로 로니 해리슨이랑 비슷한 얼굴이 될걸."

"내가 넬슨이랑 먼저 이야기를 해볼 테니 당신은 아무것도 안 하고 가만히 있겠다고 약속할 거지?"

"당신이 나서면 녀석이 그냥 얼버무리고 빠져나가게 해주는 꼴일걸." 하지만 사실 그는 넬슨과 직접 맞서고 싶은 생각이 전혀 없다.

재니스도 그것을 알고 있다. "아냐, 안 그럴게. 약속해." 재니스가 말한다. 그녀는 손가락으로 손등을 문지르는 것을 그만두고 '탁탁' 신발 소리를 내며 다시 그에게 다가온다. 그는 침대에 앉아 있다. 그녀는 그의 귀 위에 손가락을 대고 짧은 머리카락을 가볍게 잡아 그를 자신에게로 끌어당긴다. "당신이 날 보호하려고 하는 건 정말 마음에 들어." 재니스가 말한다.

그는 자신을 고집스럽게 잡아당기는 재니스의 손길에 굴복해서 다시 그녀의 가슴에 얼굴을 기댄다. 아까 그가 혀로 젖꼭지를 만지작거렸던 부분의 잠옷이 축축하게 젖어 있다. 재니스의 젖꼭지는 누가 씹다 만 것 같은 모양이라서 셀마의 것에 비해 덜 완벽하고 더 현실적이다. 작은 크기 덕분에 가슴의 각도는 상당히 보존되어 있다. 1940년대에 고등학교 복도에서 앙고라 스웨터 속에서 건방지게 우뚝 서 있던 그 모습. 면으로 된 잠옷을 통해 그녀의 채취가 풍겨온다. 연기를 휘저어놓은 것 같은 냄새다. "내가 당신 말대로 하면 나한테는 뭐가 생기는 데?" 그가 묻는다. 그의 입이 다시 천이 젖은 부분에 닿아 있다.

"아, 선물이 있지." 재니스가 말한다.

"언제 줄 거야?"

"곧."

"입으로?"

"그건 두고 봐야지." 그녀는 연기 냄새가 나는 자신의 따뜻한 몸에서 그의 얼굴을 밀어낸 뒤 손가락으로 그의 턱밑을 찔러 그가 시선을 들게 한다. "하지만 당신이 넬슨에 대해 한마디라도 더 하면, 난 여기서 그만둘 거고 선물도 없어."

그의 얼굴이 뜨겁게 느껴지고 심장이 빠르게 뛰지만 리듬은 꾸준하고 기분좋게 유지된다. 심장이 갈비뼈 속에 갇혀 있듯 딱딱하게 일어선 그의 성기도 바지 속에 갇혀 있다. 기분좋게 피가 가득해진 모습으로. 그는 약 때문에 현기증이 나기는 해도 그 약이 가끔 한 번씩 이렇게 예정에 없던 일을 할 수 있을 만큼 혈압을 유지해준다는 점이 마음에 든다. "알았어, 한마디도 안 할게." 래빗은 점점 부지런히 움직이면서 재니스에게 약속한다. "욕실에 가서 금방 이만 닦고 나올 테니까 당신은 불을 끄고 있어. 그리고 수화기도 내려놔. 아래층 전화 말이야. 그래야 그 꽥꽥거리는 소리를 안 듣지."

이상한 전화들이 걸려오고 있다. 흑인 남자 특유의 풍부한 음색을 지닌 거친 목소리가 넬슨 앵스트롬이 여기 있느냐고 묻는다. 해리와 재니스는 넬슨이 여기 살지 않는다고, 여기는 넬슨의 부모가 사는 집이라고 대답한다. "넬슨이 집 전화번호라고 알려준 쪽에서도 넬슨과 통화를 못했고, 직장에서는 비서가 항상 넬슨이 외출중이라고 말해서요."

"메모라도 전해줄까요?"

잠시 침묵. "그냥 줄리어스가 전화했더라고만 전해주세요." 이름이 루서일 때도 있다.

"줄리어스요?"

"맞아요."

"그런데 무슨 일이죠, 줄리어스? 하실 말씀은?"

"넬슨이 알 거예요. 그냥 줄리어스가 전화했더라고만 전해주세요." 페리나 데이브의 전화일 때도 있다.

아니면 전화를 걸어온 사람이 이름을 남기지 않고 그냥 끊어버릴 때도 있다. 외국 말씨가 살짝 섞인 가느다란 목소리로 아주 또박또박 말하는 사람이 전화를 걸어올 때도 있다. 한번은 넬슨이 아니라 해리를 찾는 전화가 걸려온 적도 있다. "이렇게 귀찮게 해드려서 정말 죄송합니다만, 선생님, 댁의 아드님이 선생님한테 제가 직접 알려드리는 방법 외에는 다른 선택의 여지를 주지 않는군요."

"나한테 알리다니 뭘요?"

"댁의 아드님이 무시 못할 액수의 빚을 졌고, 제가 열심히 말리고 있는데도 저와 함께 일하는 신사분들은 댁의 아드님에게 신체적 위해를 가하겠다는 이야기를 하고 있습니다."

"넬슨한테 신체적 위해를 가한다고요?"

"아니면 넬슨의 아주 소중한 분들이라도 그렇게 하겠다는군요. 정말 유감스러운 말씀이라 사과드립니다만, 그분들이 어쩌면 그다지 신사답게 굴지 않을 수도 있어서요. 저야 그저 나쁜 소식을 전하는 사람에 불과합니다만. 그러니 저를 탓하지는 말아주십시오." 목소리가 수화기에 점점 가까워지는 것 같았다. 해리의 귀를 향해 더 가까이 다가오며 점점 간청하듯 진지해졌고, 해리의 친구이자 동맹이 되어 음모를 꾸미려고 시도했다. 친숙한 그의 방에는 성에처럼 먼지가 낀 텔레비전과 은빛이 도는 분홍색 안락의자 두 개가 있고, 책꽂이에는 주로 역사책들이 꽂혀 있지만 위쪽 칸에는 도자기로 만든 자질구레한 장식품들(독버섯 밑의 요정, 천사 같은 대머리 수도사, 도자기 지푸라기로 만든 둥지 속의 아기 울새)이 놓여 있다. 옛날에 장모의 장식장에 있던 것들이다. 그 간청하는 듯하면서도 위협적인 목소리가 그의 귀에 들어오는 순간 이 모든 점잖은 가구들의 분위기가 바뀌어서 음산하고 불안정하고 쓸모없게 느껴진다. 그 목소리에는 일종의 심장 같은 것이 있는 것 같다. 충분히 이해가 갈 만한 인간적인 임무, 불쾌하지만 해야 하는 일을 맡은 그 목소리가 미끌거리는 지하에 길게 뻗어 있는 전화선 속에서 외친다. 선피시가 옆으로 쓰러졌을 때 누가 그의 눈에 필터를 씌우기라도 한 것처럼 멕시코만의 향기롭고 푸르른 공기가 변했던, 그때와 똑같다.

래빗이 조심스레 묻는다. "넬슨이 어쩌다 그런 빚을 지게 된 겁니까?"

그 목소리는 자신이 썼던 표현을 해리가 그대로 쓴 것이 마음에 든 모양이다. "그가 빚을 진 것은 원하는 것을 얻기 위해서였습니다. 그거야 넬슨의 권리지만, 돈은 넬슨 본인이든 아니면 다른 대리인이든 반드시 갚아야죠. 저의 동료들은 선생님이 아주 훌륭한 아버지라는 말을 들었습니다."

"뭐, 그 정도는 아니오, 솔직히. 그런데 성함이 뭐라고 했죠?"

"이름은 말하지 않았습니다, 세뇨르. 내 이름을 밝히지 않았어요. 중요한 건 앵스트롬이라는 이름이죠. 제 동료들은 그 훌륭한 이름을 지닌 사람 중 누구하고라도 빨리 이 문제를 해결하고 싶어합니다." 해리는 이 남자가 영어라는 언어를 사랑한다는 생각이 든다. 그에게 영어는 대단히 유망한 도구, 아직 살펴보지 못한 자원이 가득한 도구다.

"내 아들은 성인이니까 그 녀석의 경제적 문제는 나와 아무런 상관이 없어요." 해리가 말한다.

"정말로 그렇게 생각하십니까? 그것이 최종 판단인가요?"

"그렇소. 이봐요, 난 일 년 중 절반은 플로리다에 살다가 이리로 돌아오는데……"

하지만 상대는 이미 전화를 끊었다. 해리는 단단하고 작은 이 석회암 주택의 벽들이 다이어트 크래커처럼 얇고, 바닥을 완전히 덮은 카펫은 물에 흠뻑 젖어 있는 것 같은 기분이 든다. 배관이 터졌는데 전화를 걸어 도움을 청할 배관공이 하나도 없는 것 같다.

그는 오랜 친구이자 동료인 찰리 스태브로스에게 도움을 청한다. 그는 스프링어 모터스의 수석 판매원을 그만두고, 아이젠하워 애비뉴의 옛집에서 도시 북쪽 끝에 새로 개발된 아파트 단지로 이사를 갔다. 철도회사가 화물기차 기지창 20에이커를 소유하고 있던 자리다. 철도회사들이 전성기에 얼마나 많은 것을 소유하고 있었는지 생각하면 놀라울 따름이다. 해리는 찰리의 집을 제대로 찾을 자신이 없어서 그에게 시내의 조니 프라이스에서 점심을 먹자고 제안한다. 조니 프라이스 촙하우스는 와이저광장에 있는 식당의 옛날 이름이다. 이 식당은 1970년대에 카페 바르셀로나로 이름이 바뀌었고, 70년대 말에는 크레페하우스로 다시 바뀌었다가 주인이 또 바뀌면서 이름도 샐러드 빈지가 되었다. 그리고 크롤스 맞은편에 솟아오른, 유리에 둘러싸인 건물들에서 일하며 건강에 신경쓰는 여피들을 끌어들이려고 간판에 저칼로리 음식, 창의적인 수프와 신선한 유기농 재료로 만든 건강식이라는 설명을 써놓았다. 크롤스는 지금도 빈 건물만 남아서 커다란 진열창에는 안에서 하얀 막을 붙여두었고, 산을 향한 쪽의 아무 장식도 창문도 없는 벽에는 벽돌에 모르타르를 아무렇게나 바른 흔적이 그대로 노출되어 있으며, 잡석이 흩어져 있는 그 아래의 주차장은 옛 바그다드극장까지 뻗어 있다. **저를 구해주세**까지.

이제 시내는 대부분 주차공간으로 변했지만, 그 공간이 모두 차 있다는 점이 묘하다. 이제는 시내에 할인잡화점 몇 군데와 1942년 이후로 옷을 갈아입은 적이 없는 노인들을 상대로 잉꼬 모이와 플라스틱 핀 등을 파는 매크로리 염가잡화점을 빼면 쇼핑할 곳이 거의 없는데도 날씬한 몸에 가벼운 양복이나 꼭 끼는 리넨 치마를 입은 젊은 직장인들의 숫자는 풍선처럼 늘어났다. 그들은 은행, 보험사, 주정부와 연방정부의 기관 등에서 일하는데, 그런 사람들이 끊임없이 생겨나고 있는 것 같다. 햇빛이 화창한 날이면 그들은 도시계획가들, 그러니까 이 근처 건축가들이 아니라 설계 공모전에서 우승한 뒤 다시 애틀랜타로 날아가버린 화려한 건축회사들이 와이저광장 자리에 만들어놓은 숲 같은 공원을 가득 채운다. 예전에는 시내 전차들이 불꽃을 튕기고 끽끽 소리를 내가며 승객들을 기다리던 곳이다. 젊은 사무직 회사원들은 추상적인 모양의 시멘트 분수 옆에서 햇볕을 쬐며 〈월스트리트 저널〉을 읽는다. 겉옷은 벗어서 불량배들이 파손하지 못하게 처리해둔 벤치 위에 깔끔하게 접어두었다. 이 종족 중 특히 여자들이 해리를 매혹시킨다. 그들은 하이힐 대신 운동화를 신지만, 다리는 얇은 스타킹에 감싸여 있으며, 얼굴에는 크고 둥근 안경이 장식되어 있어서 코믹하면서도 섹시하게 보인다. 마치 그들의 젖가슴이 그 딱딱한 뿔테와 코팅된 안경알 속에 그대로 옮겨져 있는 것 같다. 그들은 제인 폰다에게 세뇌된 골디 혼 같다. 요즘 유행 때문에 다들 남자처럼 어깨가 넓은 옷을 입었고, 엉덩이는 자전거를 타며 운동한 덕분에 지방이 빠지고 단단해졌다. 엉덩이를 단단히 감싸주는 바지들은 형광페인트처럼 모든 근육의 형태를 보여준다. 이 여자들은 섹스 또한 운동에 지나지 않는, 날씬한 미래에서 온 방문객들 같다. 그 미래에서 사람들은 모두 사방이 닫힌 작은 방에 살면서 컴퓨터로만 이야기를 나눈다.

지금쯤 찰리가 이미 죽었을 거라고 생각한 사람들도 있을 것이다. 하지만 이 지중해 출신들은 심지어 흰머리가 생기거나 배가 불룩 나오지도 않는 것 같다. 그들은 쉰 살 무렵에 정적인 상태에 도달한 뒤, 줄곧 그 상태를 유지하다가 팔십대에 들어 어느 날 갑자기 확 늙어버린다. 그들은 빵으로 접시의 소스를 깨끗이 닦아 먹듯이 자기 몸을 깨끗하게 사용한다. 찰리는 어렸을 때 류머티즘열을 앓았고, 심잡음이 있고, 협심증을 앓고 있는데도 해리처럼 심각하게 쓰러져본 적이 한 번도 없다. "도대체 어떻게 그럴 수가 있는 거야, 찰리?" 래빗이 묻는다.

"살다보면 병을 악화시키는 짓을 피하는 법을 배우게 돼." 찰리가 말한다. "뭐든 몸에 안 좋을 것 같으면 피하는 거지. 부지의 일도 몸에 안 좋을 것 같아서 거길 나온 거야. 아, 도요타를 떠나게 돼서 얼마나 좋은지! 내가 맨 먼저 한 일은 구식 미국 자동차를 산 거였어. 올즈 토로나도. 부드러운 완충기, 손가락 하나로 움직일 수 있는 핸들, 기름을 마구 먹어대는 것, 진짜 얼마나 좋은데. 5리터 V-8이 달려 있고, 차체는 토마토처럼 빨갛지만 패딩이 들어간 반+천장은 하얀색이야."

"근사하겠군. 근처에 세워뒀나?"

"그러려고 했는데 잘 안 됐어. 스프링 스트리트를 두 바퀴나 돈 뒤에 결국 포기하고 바그다드극장 뒤의 주차장에 세운 뒤 버스를 타고 세 블록을 왔지. 그러니까 돈이 좀 들어. 병이 악화되는 걸 피하려면, 챔프."

"난 지금도 이해가 안 가. 브루어 시내는 이미 죽어버렸다는데, 주차할 공간이 없다니. 이 많은 차들이 다 어디서 나온 거지?"

"얘들이 번식을 하거든." 찰리가 설명한다. "이 차들은 십대 때 임신을 해서 영세민 수당을 받으며 살아. 자기가 그렇게 되든 말든 신경도 안 쓰고."

해리가 찰리와 함께 있는 것을 즐거워하는 이유 중 하나는 그가 큰 그림을 알아보는 감각을 갖고 있다는 점이다. 예전에 두 사람은 손님이 별로 없는 날 오전에 부지의 진열창 앞에 서서 그날의 뉴스들을 조목조목 되돌아보곤 했다. 래빗은 언론에 보도되는 뉴스들이 자신에게도 모종의 영향을 미칠 것이라는 생각을 지금도 갖고 있다. 이 식당이 카페 바르셀로나이던 시절의 잔재인, 상판이 타일로 된 탁자에 자리를 잡고 앉은 뒤 그가 말한다. "어젯밤의 슈밋은 어땠어?" 스리리버스 스타디움에서 파이리츠를 상대한 경기에서 필리스의 베테랑 3루수인 슈밋은 2루타를 두 번 쳐서 리치 애슈번이 세운 팀내 통산 최다 안타 기록을 뛰어넘었다.

"아직 봄이잖아." 찰리가 말한다. "투수들 팔이 좀 달아오른 다음에 보라고. 슈밋도 시들시들해질 거야. 나이를 먹었잖아. 자네나 나에 비하면 젊지만, 야구선수로는 늙은 편이야. 그러니 긴 시즌을 치르면서 젊은 투수들을 당해낼 재간이 없지."

해리는 이 말이 자신에게는 이롭다고 생각한다. 슈밋에게 감탄하는 자신의 마음을 자제할 수 있게 해주었으니까. 운동선수들을 자신의 대용품으로 삼을 수는 없다. 그들은 그가 존재한다는 사실조차 모른다. 그들의 세상에 존재하는 것은 다른 선수들뿐이다. 경기장에 가면 삼만 명의 관중이 모여 선수들의 이름이 호명될 때마다 벌떼처럼 커다란 소리로 함성을 질러댄다. 그리고 운동선수들이 평범한 사람들을 필요로 하는 것은 딱 거기까지다. "자네가 보기에는 말이야," 그가 찰리에게 묻는다. "요즘 큰 사고들이 너무 많지 않아? 팬암기가 폭발했지, 얼마 전에는 영국에서 축구팬들이 압사하는 사고가 있었지, 이번에는 전함에서 겉으로 보기에는 아무 이유 없이 총이 폭발했잖아."

"'겉으로 보기에는'이라는 말이 중요하지." 찰리가 말한다. "모든 일에는 사소한 것이라도 이유가 있어. 우리가 그걸 보지 못할 뿐이지.

어딘가에서 작은 불똥이 튀었거나, 금속판에 작은 금이 가 있었다거나. 그리고 말이야, 챔프, 확률을 생각해봐. 지금 세계 인구가 얼마지? 50억인가? 세상이 이렇게 북적거리고 있으니, 발에 밟혀 죽는 사람이 지금보다 더 많지 않은 게 오히려 놀라울 지경이라고. 세상은 만원滿員이고, 앞으로도 더 나아질 것 같지 않아."

래빗의 심장이 덜컹 내려앉는다. 넬슨의 시각에서 보면 자신도 인구 밀도를 높이는 데 커다란 비중을 차지하고 있을 것이라는 생각 때문이다. 비스타 크레센트 26번지의 그 집이 불타고 있을 때, 넬슨은 집밖에서 비명처럼 고함을 질렀다. "당신을 죽여버리겠어." 정말로 그러겠다는 뜻은 아니었다. 작은 불똥이나 금속판에 난 금 같은 것이었을 뿐이다. 아주 자그마한 결함. 당신이 죽는 게 세상을 위하는 길이야.

찰리는 찌푸린 표정으로 메뉴판을 내려다보고 있다. 메뉴판의 크기가 거대하다. 질감이 거칠고 자잘한 점 같은 것들이 있는 중성지에 복사된 초록색 글자들이 찍혀 있다. 요즘에는 복사기로 정말 많은 일을 해낼 수 있다. 이런 세상에서 누가 베리티인쇄소 같은 곳에 일을 맡기겠는가? 가장 먼저 활판인쇄기가 사라지더니, 그다음에는 오프셋인쇄기도 사라졌다. 찰리는 눈썹과 눈썹 사이에 검은 가로대처럼 걸쳐 있던 두꺼운 사각형 뿔테안경 대신 금테의 공군 조종사 안경을 쓰고 있다. 와인잔을 손가락으로 잡을 때처럼 코에 걸쳐진 그 안경 덕분에 라벤더 색깔이 살짝 들어간 두꺼운 렌즈가 제자리에 매달려 있다. 찰리는 원래 땅딸막한 편이었지만, 세월이 그의 몸을 조금씩 깎아낸 덕분에 이제는 그리스인다운 골격이 드러나 있다. 코는 누가 꼬집어놓은 것처럼 높은 아치를 그리고 있고, 검은 머리 아래의 널찍한 눈썹은 살짝 기울어진 모습이다. 구레나룻은 하얗게 셌지만, 찰리는 구레나룻을 예전보다 짧게 깎아두었다. 그가 메뉴판을 살펴보면서 킥킥 웃는다. "비프스테이크샐러드." 그가 메뉴판을 읽는다. "돼지고기케밥샐러드. 이런 건 도대체 어떤 샐러드인 거야?"

종업원이 오자 찰리는 그녀에게 이 메뉴에 관해 농담을 던진다. "이 고칼로리 고지방 고기는 여기 왜 들어간 거죠? 비프스테이크 옆에 양 상추를 조금 곁들인 요리인가?"

"고기를 채 썰어서 섞은 거예요." 종업원이 말한다. 키가 크고, 거의 예쁘다고 해도 될 만한 얼굴이다. 머리카락은 탈색을 해서 솜털이 보송보송한 모호크 스타일*로 다듬어놓았고, 한쪽 귀 가장자리에는 온통 작은 귀걸이들이 줄줄이 걸려 있으며, 눈 뒤쪽에는 탁한 장밋빛의 짙은 점들이 찍혀 있다. 발음은 혀가 잘 돌아가지 않는 것 같고, 입술이 움직이는 모양이 신중하고 진지해서 귀엽다. "이런 음식을 좋아하는 손님들이 계셔서요. 그러니까 양념이 푸짐하게 들어간 음식요."

그렇다면 겉모습은 달라졌어도, 그 속은 여전히 조니 프라이스 촙하우스 그대로라는 생각이 든다. "그럼 마카다미아와 베이컨 샐러드는 뭔지 설명해봐요." 그가 말한다.

"아주 인기 있는 메뉴 중 하나인데요," 종업원이 말한다. "바삭한 베이컨이 시리얼 같은 얇은 조각으로 나와요. 기름은 대부분 짜낸 거예요. 자주개자리 싹이랑 무랑 진짜 얇게 저민 오이도 같이 나오고, 양상추도 두어 종류 있는데 이름은 잊어버렸어요. 그 밖에 또 뭐가 있는지

---

* 머리 한가운데에만 띠 모양으로 머리카락을 남겨두는 것.

는 잘 모르지만 아마 추바도 조금 있을 거예요. 그건 말린 정어리예요."

"맛있겠는걸." 래빗이 말한다. 또 메뉴를 보며 음식을 고르고 싶은 생각이 없기 때문이다.

찰리가 지적한다. "견과류랑 베이컨은 의사가 먹으라고 한 음식이 아니잖아."

"금방 설명 들었잖아. 기름을 다 짜냈다고. 그런 것이 아니라 해도, 조금 먹는다고 죽지는 않겠지. 내적인 균형이 더 중요하니까 말이야. 너무 그러지 마, 찰리. 느긋하게 가자고."

"해초 스페셜에는 뭐가 들어가죠?" 찰리가 종업원에게 묻는다. 두 남자 모두 그녀가 말하는 것을 듣는 게 좋기 때문이다.

"아, 물론 톳이 들어가죠. 미역이랑 덜스,* 한천, 그리고 병아리콩과 렌즈콩이 아주 많이 들어가요. 진심으로 미생물에 신경을 쓰시고, 약간 씁쓸한 맛도 상관없는 분에게는 정말 훌륭한 음식이에요. 아시죠? 해초는 원래 좀 씁쓸한 맛이 나잖아요."

"그 말을 들으니 주문하고 싶은 생각이 사라지네요, 제니퍼." 찰리가 이곳 샐러드 빈지의 제복인 연두색 잠바에 바느질로 붙여놓은 명찰의 이름을 부른다. "난 시금치와 게를 주문하죠."

"샐러드드레싱으로는 러시안, 로크포르, 이탈리안, 크리미이탈리안, 양귀비씨, 사우전드아일랜드, 오일과 식초, 일본식이 있습니다."

"일본식 드레싱에는 뭐가 들어가지?" 해리가 묻는다. 순전히 종업원의 입술이 조금 힘들게 휘어지기도 하고 뾰로통하게 튀어나오기도

---

* 홍조류의 일종.

하는 모습을 보기 위해서만은 아니고, 일본이라는 말에 직업적인 흥미가 동했기 때문이다. 미국은 내리막길을 걷고 있는데, 일본과 독일은 어떻게 저리 잘해나갈 수가 있을까?

"아, 궁금하시면 제가 주방에 물어볼게요. 하지만 아마 매실장아찌가 들어갈 거예요. 물론 타마리*도 들어가고요. 저희는 상업적으로 판매되는 간장은 쓰지 않아요. 그리고 참기름이랑 쌀식초가 들어갈 거예요." 이 두 남자가 자신에게 수작을 거느라고 일부러 시간낭비를 하고 있음을 깨달은 종업원의 눈빛이 굳어진다. 미안해진 두 사람은 크리미이탈리안드레싱을 주문하고는 서로 이야기를 나누기 시작한다.

워낙 오랜만이라 그동안 두 사람의 관계에 녹이 슬었다. 찰리는 확실히 예전보다 더 늙고 건조해 보인다. 이십 년 전 재니스는 틀림없이 그의 얼굴에 드러난 남성적 자신감에 매력을 느꼈겠지만 얇은 금테의 공군 조종사 안경이 그 확신에 찬 분위기를 많이 없애버리고 있다. "귀여운 아가씨군." 찰리가 접시 옆의 식기를 좀더 깔끔하게 정리해서 종이로 된 식탁 매트 가장자리와 가지런하게 놓으면서 말한다.

"멜러니는 어떻게 됐지?" 래빗이 묻는다. 십 년 전 두 사람은 바로 이 식당에 앉아 있었고, 넬슨과 프루의 친구로 당시 장모의 집에 머무르고 있던 멜러니는 이곳 종업원으로 두 사람을 담당했었다. 그러다나중에 그녀는 찰리의 여자친구가 되었다. 그의 나이가, 그러니까 비교적, 많았는데도 불구하고. 적어도 두 사람이 함께 플로리다 여행을 한 것은 사실이다. 어쩌면 그것이 해리가 플로리다를 매력적으로 느끼

---

* 일본식 간장의 일종.

게 된 이유 중 하나인지도 모른다. 하지만 그곳에서 해리에게 자신을 바친, 머리 비고 섹시한 여자는 없었다. 그에게 눈길을 보내는 사람이라고 해봤자 같은 또래의 여자들뿐인데, 그의 눈에는 그들이 골동품처럼 보인다.

"멜러니는 의사가 됐어." 찰리가 말한다. "정확히 말하자면 소화기 전문의. 오리건의 포틀랜드에 살지. 멜러니 아버지가 거기 살았잖아. 기억나?"

"어렴풋이. 뒤늦게 바람이 든 히피 같은 사람 아니었나?"

"세번째 아내한테 정착해서 멜러니를 많이 밀어줬어. 사실 문제를 일으킨 건 밀밸리에 사는 멜러니의 어머니였지. 술, 남자, 마약."

마지막 단어에 해리의 위장이 아파온다. "어떻게 그렇게 잘 알아?"

찰리는 살짝 어깨를 으쓱하지만, 자랑스러운 미소가 떠오르는 것을 참지 못한다. "계속 연락하고 있거든. 누군가 멜러니를 격려해줘야 하는 시기에 내가 옆에 있어주기도 했고. 내가 걱정 말고 한번 해보라고 말해줬어. 멜러니는 여전히 '난 아직 어린 소녀일 뿐이에요'라는 식의 생각을 조금 갖고 있었으니까. 그런 멜러니한테 힘을 줘야 할 것 같아서 아버지가 다른 여자랑 살든 말든 신경쓰지 말고 일단 가보라고 내가 말해줬지."

"나보고는 병이 악화되는 걸 피하라면서 멜러니한테는 용기 있게 나아가라고 했다고?"

"경우가 다르잖아. 나이도 다르고. 자네가 멜러니의 나이라면 자네한테도 한번 해보라고 했을 거야. 지금도 마찬가지야. 자네가 병이 악화되는 행동을 피하기만 한다면."

"찰리, 고민이 있어."

"언제는 없었고?"

"사실 고민이 두 가지야. 먼저 내 심장을 어떻게든 해야 돼. 다음 MI가 언제일지 마음을 졸이면서 이렇게 하릴없이 시간을 보낼 수는 없어."

"그게 무슨 소리야, 챔프?"

"그거, 심근경색. 심장발작. 이번에 살아난 건 운이 좋았어. 의사들 말이 가슴을 열고 다중우회술을 받아야 한대."

"그럼 받아."

"자네야 쉽게 말할 수 있겠지. 그런 수술을 받다가 죽는 사람도 있어. 자네는 그런 수술 받은 적 없지?"

"있어. 1987년에. 12월. 자네는 플로리다에 있을 때야. 판막 두 개를 교체했어. 대동맥판막이랑 승모판. 어렸을 때 류머티즘열을 앓으면 판막이 망가져. 판막이 제대로 닫히질 않는다고. 그래서 심잡음이 들리고, 피가 엉뚱한 방향으로 흐르는 거야."

래빗은 이 말을 들으면서 떠오르는 이미지들을 견딜 수가 없다. 자기 몸속의 세세한 모습들, 판막이니 헛돌기니 더께가 진 혈관이니 하는 것들. "뭘로 교체한 거야?"

"돼지 판막으로. 그거 아니면 기계 판막인데, 공이 들어 있는 덫 같은 거야. 기계 판막을 달면 항상 딸깍거리는 소리가 나. 나는 되도록 그 소리를 피하고 싶었어. 그 소리 때문에 잠을 못 자게 된다고 해서 말이야."

"돼지 판막이라." 래빗은 혐오감을 감추려고 애쓴다. "수술은 힘들었나? 가슴을 열고 기계로 피를 돌리는 거잖아."

"식은 죽 먹기지, 뭐. 정신을 잃고 그냥 뻗어 있으면 되니까. 기계로 피를 돌리는 게 뭐가 어때서 그래? 그러는 자네는 기계가 아닌 것 같아, 챔프?"

신이 만든 세상에 하나뿐인 존재이며 불멸의 영혼을 지니고 있다는 생각이 스며든다. 은총의 도구. 선과 악의 전쟁터. 견습 천사. 주일학교에서는 언제나 이런 것들을 가르치려고 했다. 아니, 사실 그렇게 열심히 애쓴 것은 아니고 소책자에 이런 내용을 적어 그냥 떠돌아다니게 했을 뿐이다. 이런 것들을 배우던 그 옛날 교회 지하실은 그의 머릿속에 방공호보다 더 깊숙이 파묻혀 있다.

"우린 그저 부드러운 기계일 뿐이야." 찰리가 이렇게 주장하며 각진 양손을 들어올린다. 제니퍼가 샐러드를 내려놓을 수 있게. 하얀 소매 끝동에 금색의 직사각형 커프스단추가 달려 있다. 뒤통수에도 눈이 달려서 제니퍼가 다가오는 것을 알아차린 모양이다. 제니퍼는 조심스레 탁자 옆을 돌아서(이 두 남자가 자기한테 뭔가 수작을 부리고 있는 것 같기는 한데 그것이 무엇인지 모르겠다는 표정이다) 해리 앞에 베이컨이 점점이 뿌려진 초록색 둔덕을 내려놓는다. 커다란 젖가슴보다도 더 커다란 둔덕이다. 영양가가 넘칠 뿐만 아니라, 양도 지나치게 많다. 키가 크고 서투르며 하얗게 탈색한 닭볏 같은 머리가 가늘게 떨리고 있는 이 아가씨는 아직도 탁자 옆에서 어른거리고 있다. 초록색 제복에 둘러싸인 둥그런 몸이 타일이 덮인 사각 탁자에 앉아 자신의 고민을 정리해보려고 애쓰는 래빗의 의식을 눌러댄다.

"더 필요하신 것 있어요?" 제니퍼가 묻는다. 입술이 정확한 발음을 위해 부드럽게 애쓰고 있다. 그녀가 딱히 혀 짧은 소리를 하는 것은 아니다. 오히려 혀가 너무 큰 것 같은 느낌이다. "음료수는요?"

찰리가 라임을 넣은 페리에 생수를 주문한다. 제니퍼는 산펠레그리노 생수밖에 없다고 말한다. 찰리는 어떤 생수든 자기 입에는 똑같다고 말한다. 화려하고 비싼 물은 화려하고 비싼 물일 뿐이다.

해리는 속으로 고민을 하다가 어떤 맥주가 있느냐고 묻는다. 제니퍼는 두 사람이 자기를 놀리고 있다는 생각에 한숨을 내쉬며 맥주 이름을 주워섬긴다. "슐리츠, 밀러, 밀러 라이트, 버드, 버드 라이트, 미켈롭, 뢰벤브로이, 코로나, 쿠어스, 쿠어스 라이트, 밸런타인 에일 생맥주가 있어요." 이 모든 이름들이 제니퍼의 입안에서 한 번씩 구르면서 마술 같은 분위기를 얻는다. 해리는 찰리의 눈을 피한 채 미켈롭을 선택한다. 제니퍼는 무표정한 얼굴로 고개를 끄덕이고는 자리를 뜬다. 중년 남자들을 공연히 흥분시키고 싶지 않다면, 그렇게 귀걸이를 줄줄이 걸지도 말고 화장을 그렇게 진하게 하지도 말았어야지.

"식은 죽 먹기라고?" 그가 찰리에게 말한다.

"마취 때문에 완전 나가떨어진다니까. 의사들이 뭘 하든 아무것도 몰라."

"플로리다에 내가 아는 사람이 있는데, 우리보다 나이가 그렇게 많지도 않아. 그 사람이 심장수술을 받았는데, 지옥 같았다고 했어. 회복 기간도 영원처럼 길었다는 거야. 게다가 지금도 그리 좋아 보이지 않아. 골프채를 돌릴 때 보면 몸이 불편한 사람 같다고."

찰리는 또 아주 살짝 어깨를 으쓱한다. "하긴 환자의 기본적인 상태가 중요하니까. 그 사람은 아마 상태가 너무 심각했나보지. 하지만 자네는 상태가 좋잖아. 살이 몇 킬로그램쯤 빠지면 좋겠지만, 아직 나이가 젊으니까…… 몇 살이지? 쉰다섯?"

"그러면 좋게. 2월에 쉰여섯 살이 됐어."

"그럼 젊은 거지, 챔프. 나도 멀지 않았어." 찰리는 재니스와 동갑
이다.

"지금 상태를 보면, 예순 살까지만 살 수 있어도 다행일 것 같아. 플
로리다는 아무짝에도 쓸모없는 늙은이들 천지인데 말이지, 완전히 쪼
그라든 미라 같은 사람들이 반바지에 관절에 좋다는 운동화를 신고 아
장거리며 아흔 살이 넘을 때까지 사는 거야. 얼마나 기운들이 넘치는
지. 어떻게 그 나이까지 그렇게 훌륭하게 살 수 있느냐고 물어보고 싶
을 정도라니까."

"그냥 지금 어떻게 할 건지만 생각해." 찰리가 말한다. "한 번에 한
걸음씩, 너무 멀리까지 생각하지 말고." 찰리가 위로의 말을 건네는
데 질려가고 있음을 해리는 깨닫는다. 하지만 지금 그에게는 찰리뿐이
다. 셀마와의 관계가 보류상태에 걸려 있으니까. 그는 이제 셀마를 만
족시킬 수 없을 것 같아서 그녀에게 전화를 걸기가 당혹스럽다. 그가
말한다.

"새로운 치료 방법도 있어. 혈관성형술이라는 건데, 사타구니의 동
맥을 절개해서……"

"챔프, 난 지금 식사중이야."

"……심장까지 쭉 밀어올리는 거야. 굉장하지? 그다음에 관상동맥
이 좁아진 부분에서 풍선을 부풀려서 뻥하고 뚫어버리는 거지. 공기가
아니라, 식염수로 부풀리는 거래. 그러면 혈관에 침착된 것들이 깨져
버린다는 거야. 동맥도 원래 크기로 돌아가고."

"엄청 운이 좋으면 그렇게 되겠지." 찰리가 말한다. "그러고 일 년 뒤에 자네는 또 똑같은 신세가 될 거고. 마카다미아랑 맥주로 혈관을 잔뜩 막아놓을 테니까."

제니퍼의 날씬한 팔 끝에 맥주가 들려 있다. 성에가 긴 유리잔에 담긴 황금색 맥주 위에 거품이 덮여 있고, 흥분한 거품들이 칙칙 소리를 내며 올라온다. "가끔 맥주를 한 잔씩 마시는 것도 할 수 없다면, 차라리 죽는 게 나아." 해리는 거짓말을 한다. 그러고는 맥주를 한 모금 마신 뒤, 집게손가락을 구부려 코밑의 거품을 닦아낸다. 넬슨과 똑같은 동작이다. 그는 제니퍼가 썹을 할 때 어떻게 해야 저 흔들리는 모호크 머리를 보호할 수 있을지 궁금해진다. 어떤 펑크족 아가씨들은 젖꼭지에 옷핀을 꽂기도 한다고 어디선가 읽은 적이 있다.

"관상동맥우회술을 하는 게 좋을 거야." 찰리가 말하고 있다. "그 풍선이라는 건 한 번에 동맥 하나밖에 처리할 수 없어. 우회술로 일단 가슴을 연 다음에는 네 개, 다섯 개, 여섯 개도 처리할 수 있고. 갈비뼈를 열어젖히는 게 무슨 대수야? 자네는 어차피 아무것도 모를 텐데. 저기 어디 먼 나라에서 꿈이나 꾸고 있을 거잖아. 아니, 꿈은 안 꾸지. 그러기에는 마취가 너무 깊으니까. 완전히 무無야, 죽은 것처럼."

"난 그런 거 싫어." 해리가 자기도 모르게 날카로운 목소리로 말한다. 그러고는 이내 목소리를 누그러뜨려 말을 잇는다. "어쨌든 아직은 싫어." 찰리의 말이 그를 동요시켰다. 말을 잘 듣지 않는 뼈를 열어젖히려고 힘을 쓰는 수술 과정이 너무나 생생하게 느껴진다. 그의 정신은 어딘가로 훨훨 날아가버린 뒤일 것이고, 연한 녹색 마스크를 쓴 남자들이 걸쭉한 빨간색 웅덩이 속에서 갈고리와 겸자와 반짝이는 칼로 낚시를 할 것이다. 언젠가 재니스의 어깨 너머로 텔레비전을 보다가 실수로 공영방송에서 출산에 관한 프로그램을 보았다. 지상파 방송국에서 그렇게 외설적인 프로그램을 내보내다니. 그는 거기서 의사들이 제왕절개수술을 위해 여자의 배를 여는 광경을 보았다. 고무장갑을 낀 손에 들린 칼이 직선을 그리더니, 노란색 지방층이 발포고무처럼 양쪽으로 젖혀졌다. 안에 아기가 들어 있는 그 여자의 복부 내벽에도 발포고무 같은 물질이 둘러져 있었다. "플로리다에서 카테터 치료를 받았어." 그가 말한다. 그가 제니퍼를 닮아버리기라도 했는지, 그 단어가 제대로 발음되지 않는다. "별로 힘들진 않던데, 굳이 말한다면 지루한 편이었어. 나는 정신이 멀쩡한데, 의사들이 내 가슴 안쪽을 보겠다고 가슴 위에 커다란 그릇 같을 걸 씌우는 거야. 그걸 통해서 염색약이 주입되는데, 그게 어찌나 뜨거운지 견딜 수가 없었어." 그는 찰리가 자신에게 점점 실망하고 있음을 느낀다. 겁쟁이처럼 우회술을 이렇게 무서워하다니. 그래서 인상을 찌푸린 채 음식을 씹고 있는 그의 마음에 더 다가가려고 자신의 심정을 털어놓는다. "그런데 무엇보다 나쁜 건 말이야, 찰리, 난 이미 반쯤 죽은 것 같은 기분이야. 아까 그 종업원을 보고 씹을 하고 싶다는 생각이 들었는데, 이건 몇 달 만에 처음 있는 일이야."

"가슴," 찰리가 말한다. "커다란 가슴. 비쩍 마른 몸. 그런 게 섹시하지. 가슴 성형을 한 뒤의 보 데릭처럼."

"난 머리카락에 반했는데. 원래 키가 큰데도 그 머리 모양 때문에 키가 15센티미터는 더 커 보이잖아."

"키가 큰 것도 나쁘지 않지. 키 큰 여자들은 작고 귀여운 여자들만큼 상대를 쉽게 만날 수 없기 때문에 상대를 위해 더 많은 걸 해주거든. 그리고 비쩍 마른 몸매에도 이점이 있어. 남자와 클리토리스 사이를 막는 지방이 없으니까 말이지."

래빗은 남자와 이렇게까지 동지애를 느낄 생각은 아니었던 것 같다. 그가 말한다. "하지만 귀걸이가 저렇게 많으니, 아프지 않을까? 그런데 말이지 어떤 펑크족 여자들은……"

찰리가 짜증스러운 목소리로 말을 자른다. "펑크족들이 원하는 게 바로 고통이야. 신체 훼손, 자기혐오, 슬램 댄스.* 요즘 애들한테는 추한 게 아름다운 거야. 우리가 물려준 세상이 진짜 형편없다는 얘기를 그런 식으로 하는 거라고. 열대우림이 사라졌다는 둥, 유독성 폐기물이 어쨌다는 둥, 자네도 알잖아."

"올봄에 여기로 돌아온 뒤에 나는 차를 몰고 시내를 돌아다녔어. 안 가본 데가 없어. 그런데 어떤 히스패닉들은 정말로 길거리에서 그 짓을 하고 있던걸."

"마약 때문이야." 찰리가 말한다. "자기가 뭘 하는지도 모를 때가 80퍼센트야."

"〈스탠더드〉 기사 봤어? 웨스트마이애미 출신의 스페인 놈 트럭 운전수가 7500만 달러어치로 추정되는 코카인을 갖고 있다가 메이든 스프링스 근처에서 잡혔다잖아. 코카인 500킬로그램이 '파손 주의' 표시가 적힌 오렌지색 상자에 포장되어 있더라지?"

"마약은 막을 수 없어." 찰리가 빈 접시 가장자리에 나이프와 포크

---

* 록 콘서트에서 군중들 속으로 자꾸만 몸을 던지는 행동.

를 가지런히 놓으며 말한다. "그걸 사려고 기꺼이 거액을 내놓는 사람들이 있는 한."

"그 트럭 운전수는 쿠바 난민이었다는 것 같아. 우리가 받아들여준 놈들 말이야."

"공산주의가 된 나라들이 자기네 악당들과 미친놈들을 전부 우리한테 보내고 있어." 찰리의 어조는 평탄하고 권위적이다. 하지만 해리는 찰리의 관심이 멀어져가고 있음을 느낀다. 옛날에 대리점 전시장에서 하루종일 시간을 죽일 때와는 상당히 다르다. 찰리는 시금치와 게를 다 먹었고, 래빗은 잔뜩 쌓여 있는 샐러드에 흠집도 거의 내지 못했다. 그는 찰리의 조언을 듣고 싶어서 안달이 나 있다. 포크로 미끄러지는 샐러드를 한입 먹자 기름이 묻은 양상추와 자주개자리 싹 사이에 깨지지 않은 마카다미아가 느껴진다. 그는 이로 섬세하게 그것을 쪼개 그 쪼개진 면의 질감을 혀로 느낀다. 기적처럼 매끄러워서 젊은 여자의 몸이나 탁자의 대리석 상판을 만질 때와 비슷하다.

그는 음식을 삼킨 뒤 또 말을 시작한다. "그것 말고도 고민이 하나 더 있어. 넬슨이 코카인에 빠진 것 같아."

찰리가 고개를 끄덕이며 말한다. "나도 들었어." 그는 방금 정리해둔 포크를 들어서 베이컨으로 장식된 해리의 커다란 채소 젖무덤을 향해 손을 뻗는다. "내가 좀 도와줄게, 챔프."

"녀석이 코카인에 빠졌다는 말을 들었다고?"

"음. 응. 그 녀석은 제 할아버지처럼 예민하잖아. 지탱해줄 것이 필요해. 난 항상 그 녀석을 대하는 게 불편했어."

"나도 마찬가지야." 해리가 열렬히 맞장구를 친다. 그러고는 말이 저절로 쏟아져나온다. "지난주에 녀석하고 코카인 얘기를 직접 해보려고 내가 거길 찾아갔어. 그때 막 그 이야기를 들은 참이었거든. 그런데 녀석이 자리에 없더라고. 그럴 때가 많지. 그런데 녀석이 앉혀놓은 회계직원이, 에이즈에 걸린 녀석이야, 말도 안 되지? 어쨌든 그 녀석이 자리에 있기에 장부를 보여달라고 했더니, 대충 '염병하네'쯤 되는 태도를 보이면서 나더러 재니스의 허락을 얻어오라는 거야. 그런데 얼간이 재니스는 허락해줄 수 없대. 내 생각에는 재니스가 어떤 사실을 알게 될지 미리 겁을 먹은 것 같아. 자기 아들이 자기 돈을 마구잡이로 훔치고 있으니까 말이지. 중고차 판매량이 줄어들었고, 월간 현황표도 몇 달 전부터 이상했어."

"그래, 보면 알지. 그거 심각한데." 찰리가 또 포크를 뻗으면서 동의한다. 마카다미아 한 개(요즘 가격으로 25센트)가 해리 쪽으로 탈출하자 그는 재빠른 반사신경으로 그것이 무릎으로 굴러떨어지는 것을 막는다. 세탁소에서 찾아온 뒤 오늘 처음으로 입은 적갈색 바지에 샐러드 기름이 얼룩을 만들면 안 되기 때문이다. 오늘은 올봄 들어 처음으로 제법 따뜻하게 느껴지는 날이다. 그런데 마카다미아를 막느라고 급작스럽게 몸을 움직였기 때문에 갈비뼈 안쪽에서 타는 듯한 통증이 느껴진다. 그 안의 못된 아이가 지금도 성냥으로 장난을 치고 있는 모양이다.

그는 통증을 무시하려고 애쓰며 말을 잇는다. "게다가 요새는 얼토당토않은 시간에 전화가 걸려와. 이상한 목소리의 남자들이 넬슨을 바꿔달라고 하기도 하고, 심지어 나한테 돈을 내놓으라고 할 때도 있어."

"거칠게 나오시는군." 찰리가 말한다. "마약 사업은 규모가 크니까." 그가 또 손을 뻗는다.

"이봐, 내 것도 좀 남겨둬. 이렇게 먹으면서 어떻게 그리 날씬해? 이제 난 어쩌면 좋지?"

"재니스더러 넬슨이랑 얘기해보라고 하면 어때?"

"나도 그렇게 말했어."

"그럼 됐네."

"그런데 그녀이 이야기를 안 하는 거야. 적어도 내가 아는 한은 아직까지 안 했어."

"이거 좋은데." 찰리가 말한다. "이 건강 음식이라는 거 말이야. 그런데 전부 중국음식 같아. 먹어도 배가 꽉 차지 않아."

"그러니까 자네 생각에는 어떻게 했으면 좋겠다고?"

"가끔은 말이야, 남편과 아내 사이에 지금까지 쌓인 역사가 방해가 될 때가 있어. 내가 우리 잰잰의 생각을 좀 떠볼까? 무슨 생각을 하고 있는지?"

해리는 거의 주저 없이 대답한다. "찰리, 자네가 그래줄 수만 있다면 최고지."

"디저트를 드시겠어요?"

제니퍼가 홀연히 나타나 있다. 해리는 발음이 좀 이상하고 상냥한 그녀의 목소리를 듣고 깜짝 놀라서 고개를 돌리다가 자기 눈에서 겨우 10센티미터쯤 떨어진 곳에 커다란 젖가슴이 있는 것을 알아차린다. 그녀의 다른 부위들과 마찬가지로 얼빠진 표정으로 자기혐오에 빠져 있는 것 같은 젖가슴이다. 대개 그렇듯이 찰리의 말이 옳다. 그녀의 부모가 저 젖가슴을 위해 아주 많은 양의 단백질과 시리얼과 비타민 첨가

빵을 먹였음이 틀림없다. 약해진 몸으로 부담에 짓눌리고 있는 지금 상황 때문에 그 젖가슴 또한 그의 뇌를 누르는 짐덩어리로 보인다. 제니퍼가 입고 있는 초록색 잠바의 잔뜩 늘어난 가슴 부위가 위로 올라가면서 제니퍼가 숨을 한 번 들이쉬고 말한다. "오늘 저희 스페셜 디저트는 저칼로리 염소젖으로 만든 치즈케이크에 맛있는 크림을 뿌린 구스베리를 얹은 것입니다."

래빗은 종업원의 젖가슴 때문에 여전히 눈썹을 치뜬 채로 찰리를 바라본다. "자네 생각은 어때?"

찰리는 무심하게 어깨를 으쓱한다. "골치 아픈 건 자네잖아."

전화벨이 울리고 또 울린다. 부드럽고 따스한 틈새 같은 그의 꿈속으로 누가 찬물을 쏟아붓고 있는 것 같다. 그는 뭔가에 코를 부비며 파고드는 꿈, 자신에게 딱 맞는 구멍을 찾아낸 꿈을 꾸고 있었다. 전화기는 재니스 쪽에 있다. 그는 고집스레 잠들어 있는 재니스의 몸 너머로 손을 뻗어 전화기를 찾으려고 더듬거린다. 그리고 입을 벌리고 잔 탓에 말라붙은 목구멍으로 갈라진 목소리를 낸다. "여보세요?" 침대 옆의 시계가 바늘이 하나밖에 없는 것처럼 보여서 자세히 살펴보니 두시 십분이다. 그는 요즘 전화를 걸어오는 남자들이 또 전화를 걸어온 모양이라고 생각하면서 잠자리에 들 때마다 아래층 전화기의 선을 뽑아놓아야겠다고 혼잣말을 한다. 심장이 두근거리는 소리가 어두운 방을 구석까지 가득 채운 것 같아서 숨이 막힌다.

젊은 여자의 떨리는 목소리가 수화기에서 들려온다. "아버님? 프루예요. 주무시는데 죄송해요. 하지만 저는⋯⋯" 참담함과 두려움이 그녀의 목소리를 침묵시킨다. 그녀는 알몸이 드러난 것 같은 기분이다.

"그래, 계속 말해봐라." 그가 부드럽게 말을 재촉한다.

"어떻게 해야 좋을지 모르겠어요. 넬슨은 제정신이 아니에요. 이미 전부터 저를 때리고 있는데, 이제는 아이들까지 때릴까봐 무서워요!"

"정말이냐?" 그가 멍청하게 말한다. "넬슨은 그럴 애가 아냐." 하지만 그런 짓을 하는 사람들은 언제나 있다. 신문에서 봤다.

"도대체 누구야?" 재니스가 짜증스러운 목소리로 말한다. 꿈속에서 끌려나온 것이 싫은 모양이다. "그냥 돈이 없다고 말하고 끊어."

수화기 속에서 프루가 흐느끼고 있다. "⋯⋯더이상은 못 참겠어요⋯⋯ 정말 지옥 같았어요⋯⋯ 오래전부터."

"그래, 그래." 해리가 말한다. 아직도 머리가 잘 돌아가지 않는다. "재니스를 바꿔주마." 그는 이렇게 말하고는 뜨거운 감자 같은 수화기를 재니스에게 넘겨준다. 그녀의 손은 이미 이불 밑에서 빠져나와 수화기를 찾으려고 허공을 더듬거리고 있다. 그가 이렇게 갑자기 프루의 속내를 들여다보게 된 것, 뜨겁고 밝게 타오르는 프루의 불행한 심장을 보게 된 것이 부정한 짓처럼 느껴진다. 그는 협탁의 불을 켠다. 그러면 모든 것이 깨끗하게 정리되기라도 할 것처럼. 그가 여전히 읽어보려고 애쓰는 중인 역사책의 하얀 표지, 달걀형 테두리 속에 구름과 바다와 쾌속 돛단배가 그려진 그 하얀 표지가 주름 잡힌 램프 갓 아래에서 갑자기 반짝이는 자태를 드러낸다. 지난 크리스마스 오후에 그가 이 책을 읽기 시작한 뒤로 책의 저자가 세상을 떠나면서 이 책에도 어두운 그림자 같은 것이 드리워졌다. 그래도 책을 끝까지 읽지 않으면 불운이 닥칠 것 같은 느낌이 든다.

"그래." 재니스가 한참 만에 한 번씩 수화기를 향해 말하고 있다. "그래. 걔가 정말로? 그래. 우리가 금방 가마. 넬슨한테 가까이 가지 마. 주디 방으로 가서 문을 잠그고 아이랑 같이 있는 게 어떻겠니? 우리 어머니가 그 방에 걸쇠를 달아놓았는데. 틀림없이 아직도 있을 거야."

그래도 프루의 목소리가 잡음과 함께 계속 이어진다. 이 밤의 침묵이 산酸에 먹혀 들어가고 있는 것 같다. 십 분 전만 해도 이 방은 평화로웠는데. 중간에 깨어버린 꿈의 조각들이 다시 떠오른다. 기대하던 곳을 찾아간 것, 시내 전차와 비슷한 차, 그래, 구식 시내 전차였다. 등나무나 대나무 같은 것을 단단하게 짜서 만든 좌석, 그는 그런 좌석의 모양이 어떤지, 햇볕에 따뜻하게 달궈졌을 때 어떤 냄새가 나는지 잊고 있었다. 도자기로 된 손잡이, 도자기로 된 버튼, 먼지 낀 격자 모양의 창살, 그 창문을 통해 들어오는 바람과 빛, 구식 밀짚모자, 모자에 종이꽃을 꽂은 여자들, 모두들 어딘가 즐거운 곳을 향해 가고 있었다. 놀이공원이나 축제장 같은 곳. 그런데 그와 함께 있던 사람이 누구더라? 그의 옆 좌석에 일행이 앉아 있었다. 데이트 상대. 하지만 그 여자의 얼굴이 떠오르지 않는다. 사랑의 터널.* 시내 전차가 두 사람을, 그를 아늑한 사랑의 터널로 데려가는 뭔가 다른 것으로 바뀌었다. 딱 맞는 전개였다.

"이웃에 도움을 청할 수 있겠니?"

---

* 애인끼리 자동차나 배를 타고 캄캄한 터널로 들어가게 돼 있는 유원지의 놀이시설.

잡음과 흐느끼는 소리가 또 들려온다. 래빗은 텔레비전에 출연한 사람들이 하는 것처럼 손가락으로 목을 긋는 시늉을 하며 '그만 끊으라'는 신호를 보낸 뒤 침대를 빠져나온다. 그가 카펫에 맨발을 내려놓자 그의 늙은 몸에서 나는 냄새가 그를 향해 올라온다. 퀴퀴한 냄새와 고기 냄새와 치즈 냄새가 섞인 냄새다. 이 석회암 주택에서 두 사람이 침실로 쓰고 있는 방에는 앤트론사에서 만든 연한 베이지색의 폭 넓은 카펫이 깔려 있다. 처음 이 카펫을 주문했을 때는 온 집안에 무늬가 없는 카펫을 벽에서 벽까지 빈틈없이 까는 것이 아늑하고 현대적으로 보였지만, 이곳에서 십 년을 살다보니 몇몇 부위, 그러니까 출입문 안쪽이나 지하실로 내려가는 문 앞의 복도나 침실의 침대 양편 같은 곳에 맨발의 땀이나 신발로 인해 먼지가 모여들어서 색이 회색으로 변해버렸다. 카펫 세제를 아무리 써도 결코 지워지지 않는 그 얼룩들은 그들의 삶이 남긴 크고 더러운 지문과도 같다. 그가 어렸을 때 사람들은 그가 눈으로 좇다가 결국 정글 속에서 길을 잃은 느낌이 들게 만들었던 미로나 각진 꽃이나 덩굴무늬가 그려진 카펫을 깔았는데, 그런 카펫은 먼지를 집어삼켜버리곤 했고 잭슨 로드의 주부들은 매년 이맘때쯤이면 뒤뜰 빨랫줄에 카펫을 걸어놓고 팡팡 두드려 먼지를 떨어내곤 했다. 그러면 서늘한 4월의 공기 속에 작게 소용돌이치는 먼지구름이 생겨났다가 세상의 먼지 속으로 사라졌다. 해리는 서랍장에서 깨끗한 속옷과 양말을 꺼낸 뒤 조금 망연해진다. 폭력 현장에는 무슨 옷을 입고 가야 하나. 정장? 아니면 언제든 달려들 수 있는 거친 옷? 해리의 머리가 파도타기 선수처럼 심장박동을 타고 미끄러지고 있다.

"얘야." 재니스가 조금 전과는 다른 목소리로 말하고 있다. 음역이 높고 할머니 같은 목소리다. "겁먹지 마라. 우리 모두 널 사랑해. 네 아빠도 널 사랑하시고. 물론이지. 얼마나 사랑하시는데. 할아버지랑 내가 금방 갈게. 그전에 우리가 옷을 좀 입어야 되니까 이제 그만 끊자. 이십 분만 기다리면 돼. 우리가 서둘러 갈 테니까. 그때까지 엄마 말씀 잘 듣고 착하게 있어야 한다?" 재니스가 전화를 끊고 해리를 빤히 바라본다. 숱이 적은 앞머리가 헝클어져 있다. "세상에." 재니스가 말한다. "넬슨이 프루의 얼굴을 때리고, 욕실에 있는 물건을 죄다 부쉈대. 욕실에 코카인을 숨겨둔 줄 알았는데, 그걸 찾을 수 없다는 이유로."

"항상 제가 원하는 것만 생각하는군." 해리가 말한다.

"우리가 전부 자기 걸 훔쳐가고 있다고 말하더래."

"하." 해리가 말한다. 사실은 거꾸로라는 뜻이다.

재니스가 말한다. "당신 아들 일인데 어떻게 그렇게 웃을 수가 있어?"

이 여자가 뭐라고 그를 나무라는가? 이 작고 고집 센 여자 같으니. 그래도 어쨌든 꾸중을 들은 것 같은 기분이 든다. 그는 재니스의 말에 대답하는 대신, 신중하고 어른스럽게 말한다. "곪은 것이 이렇게 터져버린 것이 차라리 다행인지도 모르지. 우리가 목숨을 부지할 수만 있다면. 적어도 그동안 숨기고 있던 문제가 훤히 드러나게 됐잖아."

재니스는 이곳 북부에서 백주대낮에는 절대 입지 않는 옷을 걸친다. 연한 파란색 소매와 줄무늬가 있는 연어색 운동복이다. 해리는 다림질을 해서 서랍에 넣어두었다가 방금 꺼낸 치노 바지와 카키색 셔츠를 선택한다. 마당에서 가벼운 일을 할 때 입는 옷이다. 셔츠 위에는 갖고 있는 재킷 중에서 가장 오래된 초록색 코듀로이 재킷을 입는다. 골의 폭이 넓고, 단추는 가죽으로 된 옷이다. 전체적으로 보면 토요일 오후의 편안한 옷차림 같은 느낌이다. 일을 그만둔 뒤 두 사람 모두 전보다 옷에 신경을 쓰게 되었다. 플로리다에 살고 있는 퇴직자들은 매일 옷을 제대로 갖춰 입는다. 자기들이 스스로 인형이 되어 인형놀이를 하고 있는 것 같다.

두 사람은 한밤중에 수행해야 하는 이 절망적인 임무를 위해 회색 셸리카를 선택한다. 배트맨의 차와 비슷하고 강철 같은 느낌이 나는 차다. 펜파크의 적막한 곡선 도로를 따라 늘어선 떡갈나무들은 이제 막 싹을 틔우고 있지만 단풍나무들은 점점 풍성해지고 있다. 붉은 이파리들 대신 투명하고 부드러운 새 이파리들이 무성하다. 이층에 야간등을 켜놓은 집들이 여기저기 보인다. 고양이와 너구리가 쓰레기를 뒤지지 못하게 뒤쪽 포치에 불을 켜놓은 집도 있다. 하지만 달빛과 자웅을 겨룰 수 있는 것은 가로등뿐이다. 잘 손질된 뜰의 잘 다듬어진 커다란 덤불들, 주목나무와 측백나무와 진달래 등이 밤이라 정신을 바짝 차리고 있는 것 같다. 물을 마시러 왔다가 카메라 플래시에 잡힌 정글 동물들과 비슷하다. 사람들이 자는 동안 이 덤불들은 깨어서 산소를 내뿜으며 자라고 있다고 생각하면 기분이 이상해진다. 이 덤불들은 자지 않는다. 별들도 자지 않고 지붕과 나무 위에서 차가운 아치형 하늘에 먼지처럼 흩뿌려져 반짝인다. 사람은 왜 잠을 자는가? 어디로 돌아가는가? 그의 꿈은 어느 모로 보나 그에게 잘 들어맞는다. 어떤 각도에서 보면 불빛을 받은 아스팔트가 언뜻 눈처럼 보인다. 펜파크가 웨스트브루어로 바뀌고, 자동차 한두 대가 아직 깨어서 인적이 끊기고 창백해진 펜 불러바드를 움직이고 있다. 와이저 스트리트에서 뻗어나온 이 길 한편에는 슈퍼마켓 주차장이 있고, 반대편에는 1930년대에 벽돌로 나지막하게 지어진 가게들이 줄지어 늘어서 있다. 단추와 웨딩드레스와 패스트리와 지프 초콜릿과 소니 텔레비전과 비행기 모형 조립을 위한 도구 세트 등을 파는 작은 가게들이다. 요즘은 모든 아이들이 소파에 가만히 앉아서 텔레비전만 볼 뿐이고 비행기들은 그 옛날 제로나 메서슈미트나 스핏파이어나 머스탱같이 매끈한 살상기계가 아니라 판다처럼 검은 코에 커다란 몸을 지닌 제트기인데도 여전히 저런 물건들을 만들어서 팔고 있다니. 세계대전 때 군수업체들이 그토록 많은 군수품을 생산하면서도 저런 장난감 세트를 만들어 사기를 북돋는 일 또한 허락받았다는 사실을 생각하면 우습다. 상점들은 모두 잠들어 있다. 꽃집에는 식물의 성장을 도와주는 보라색 등이 켜 있고, 반려동물가게에는 희미한 조명이 켜진 수족관이 있다. 길가에 줄줄이 주차된 자동차들은 지상의 것 같지 않은 다양한 색을 보여준다. 그들은 빨간색이나 파란색이나 크림색이 아니라 달빛에 물든 잿빛이다. 대낮에는 눈으로 보기는커녕 상상조차 할 수 없는 색들이다.

해리는 니트로글리세린 한 알을 입에 던져넣고 재니스에게 비난하듯 말한다. "의사가 나더러 병이 악화될 일은 피하라고 했어."

"새벽 두시에 잠을 깨운 사람은 내가 아냐, 당신 며느리라고."

"그렇지, 당신의 귀한 아들이 며느리를 팼으니까."

"그거야 그애 말이지." 재니스가 단언한다. "아직 넬슨 얘기는 들어보지 않았잖아."

해리의 혀 아래쪽이 타는 듯 뜨겁다. "그 녀석한테 할 얘기가 뭐가 있어? 프루가 거짓말을 했다는 거야? 걔가 왜 거짓말을 해? 새벽 두시에 전화를 해서 우리한테 거짓말을 늘어놓을 이유가 어디 있어?"

"프루한테도 나름대로 의도가 있겠지. 결혼도 안 하고 임신부터 했을 때는 넬슨을 잡는 게 좋은 일처럼 보였겠지만, 이제 넬슨이 조금 곤란해지니까 봉을 잡은 게 아니다 싶은 거야. 그러니 다른 남자를 찾을 생각이라면 빨리 움직이는 게 낫지. 지금의 외모가 영원히 가는 건 아니니까."

해리는 웃음을 터뜨린다. 박수갈채를 보내고 싶은 심정이다. "당신이 그런 속셈을 다 알아차렸단 말이지?" 약 때문에 조심스럽게, 어렴풋이 똥구멍이 따끔거린다. "프루가 예쁘긴 하지, 안 그래? 그래도 그렇지."

"어떤 남자들 눈에는 예쁘게 보이겠지. 덩치 크고 강한 여자라도 괜찮다는 남자들한테는 말이야. 하지만 나는 걔 때문에 넬슨이 작아 보이는 게 항상 마음에 안 들었어."

"넬슨은 실제로 작아." 해리가 말한다. "그 녀석이 왜 작은지 이해를 못하겠어. 우리 부모님은 두 분 다 키가 컸는데. 우리 집안에는 키 작은 사람이 하나도 없어."

재니스는 아무 말 없이 넬슨의 키가 자신의 책임인지 생각해본다.

브루어를 지나 마운트저지로 가는 길은 여러 개 있지만, 거리에 인적이 거의 없고 신호등도 노란색으로 깜박이고 있는 오늘밤에 해리는 가장 직선으로 뻗은 코스를 택하기로 한다. 러닝호스 다리를 넘어 곧장 뻗어 있는 길이다. 예전에 그는 이렇게 늦은 시각은 아니었지만 하여튼 밤에 달빛을 받으며 질과 함께 그 다리를 걸어서 건넌 적이 있다. 다리를 건너서 예전에 짐보의 프렌들리 라운지가 있었지만 경찰과 문제가 생기는 바람에 문을 닫고 지금은 아파트처럼 파스텔색으로 바뀌어 여피 변호사와 재정자문들이 일하는 사무실 건물이 된 모퉁이 건물을 지나고, 슌봄 장의사를 지나면 곧바로 와이저 스트리트가 나온다. 슌봄 왼편에는 하얀 벽돌로 지은 위풍당당한 건물이 있고 뉴욕 신문들과 뜨겁게 구운 땅콩을 파는 구두닦이가게도 있다. 그가 지금의 주디와 몇 살 차이 나지 않는 아이였던 시절에도 땅콩을 팔던 그 집은 지금도 이 도시에서 가장 맛있는 땅콩을 팔고 있다. 어렸을 때 그에게 근사하고 재미있게 노는 것이란 곧 토요일 오전에 전차를 타고 산을 빙 돌아내려가서 브루어 시내로 들어가 아직도 따뜻한 땅콩 한 봉지를 10센트에 산 뒤 오도독오도독 깨물어 먹으며 와이저광장 주위의 인도를 걸어다니는 것이었다. 땅콩 껍데기는 걸으면서 그냥 길에 버렸다. 그러다 어느 날 늙은 부랑자에게 쓰레기를 버린다고 혼난 적도 있다. 그때는 부랑자들조차 시민적인 양심을 지니고 있었다. 지금은 구시가지가 유령 마을처럼 변해서 텅 비어 있고, 색도 달빛을 받아 변색되어 있다. 차량 통행을 막아놓은 5번가에는 애틀랜타에서 온 도시계획가들이 보행자용 쇼핑몰을 만들려고 심어놓은 작은 숲이 나무 밑 으슥한 곳에서 이루어지는 강도짓이나 성적인 거래나 마약 거래를 막으려고 세워둔 가로등의 강렬한 파란색 불빛 속에 유령처럼 보이는 가지를 매단 채 우뚝 서 있다. 매년 쑥쑥 자라는 이 나무들 때문에 시내는 더욱 어둑한 곳이 되어간다. 래빗은 5번가에서 왼쪽으로 방향을 꺾어 우체국과 라마다인을 지난다. 지금의 라마다인은 예전에 커다란 볼룸이 있는 벤 프랭클린이었는데, 그곳을 볼 때마다 그는 항상 메리 앤과 그녀의 크리놀린과 다리 사이에서 나던 냄새를 떠올린다. 이제 아이젠하워 애비뉴로 향하며 재니스가 찰리와 함께 숨어 있던 1204번지를 지나서 완만한 각도로 우회전을 한 뒤 히스패닉 구역을 통과한다. 전에는 독일계 노동자들이 살던 곳이다. 가로등이 눈부시게 켜 있고 가끔 그림자들이 움직이는 윈터, 스프링, 서머 스트리트에는 히스패닉 놈들이 무슨 거래 같은 것을 하려고 나와 있다. 밤에는 아직 날씨가 쌀쌀해서 거리의 쓰레기들이 모두 밖에 나와 있지는 않다. 이제 로커스트 불러바드와 브루어고등학교가 나온다. 라틴어가 새겨진 대공황 기념물에는 공산주의자들이 내세울 법한 공동선﹡에 대한 야망이 새겨져 있다. 1930년대에는 온 나라가 공산주의에 가까이 다가가 있었고, 사람들은 이기적이지 않았다. 해리가 태어나던 해인 1933년에 세워진 이 기념물은 그보다 훨씬 더 오랫동안 서 있을 것 같다. 외벽이 연한 노란색 벽돌과 화강암으로 되어 있는 이 건축물은 점점 푸르게 변해가고 있는 산허리에 커다란 유령처럼 매달려 있다.

"넬슨이 '제정신이 아니라고' 프루가 말하던데, 그게 무슨 뜻일 것 같아?" 그가 재니스에게 묻는다. "코카인 때문에 미친다면 어느 정도까지 미칠 수 있지?"

"도리스 카우프만, 그러니까 에버하트의 시동생 아내가 첫번째 결혼에서 낳은 의붓아들이 우리 주 중앙에 있는 해독센터에 들어간 적이 있어. 편집증 환자가 돼서 히틀러가 아직 살아 있다고 주장했거든. 히틀러가 자기를 잡으려고 사방에 요원들을 풀어놓았다고 주장했대. 유대인이라서 그런 주장을 한 거겠지."

"그 친구도 아내랑 애들을 팼나?"

"아마 아내가 없었을걸. 넬슨이 정말로 애들을 위협했는지는 아직 잘 모르잖아."

"프루가 그랬다고 했잖아."

"프루는 굉장히 흥분한 상태였어. 아마 돈 때문에 흥분했을 거야. 다른 무엇보다도."

"당신은 돈 때문에 흥분 안 해?"

"당신이나 프루만큼은 아냐. 내가 걱정하는 건 돈이 아냐, 해리. 아버지가 항상 말씀하셨어. '동전 두 개를 서로 비비고 싶은데 5센트 동전 두 개가 없다면, 1센트 동전 두 개로 하면 된다.' 아버지는 언제나 사는 데 충분한 돈을 벌 수 있을 거라는 믿음을 갖고 계셨고, 실제로도 그만큼 버셨어. 아마 나도 아버지의 철학을 닮았나봐."

"그래서 넬슨이 무슨 잘못을 해도 그냥 내버려두는 거야?"

재니스는 한숨을 내쉰다. 그 소리가 그 어느 때보다 자기 어머니와 닮았다. 재니스의 어머니 베시 커너 스프링어는 평생 과체중으로 살았으며, 집안일을 빼고는 운동의 운자도 해본 적 없이 집안에 앉아 커튼과 천으로 된 장식품들을 햇볕에서 보호하기 위해 블라인드를 내린 채 다리가 아프다고 한숨만 내쉬곤 했다. "해리, 솔직히 내가 뭘 어쩌겠어? 넬슨이 아직 어린 것도 아니고, 서른두 살이나 됐는데."

"우선 부지에서 녀석을 해고하는 방법이 있지."

"그럼 내 아들 자리에서도 쫓아낼까? 미안하지만 네가 아들 노릇을 제대로 못했다고 말하면서? 넬슨은 내 아버지의 손자야. 그걸 잊지 마. 아버지는 맨손으로 시작해서 부지를 일으켜세우셨고, 넬슨이 그걸 경영하기를 바라셨을 거야. 그러다 망하는 한이 있어도."

"정말로?" 너무 파괴적인 생각이라 해리는 깜짝 놀란다. 돈이 있으면 사람은 무모해진다. 그래서 100만 달러를 내기에 걸기도 하고, 쓰레기 채권을 사들이기도 한다. "일시적으로 녀석을 해고하면 안 돼? 녀석이 정신을 차릴 때까지."

재니스의 목소리에 짜증과 피로가 조금 배어 있다. "당신이야 그런 말을 쉽게 할 수 있겠지. 라일한테서 내가 진짜 사장이라는 얘기를 듣고 속이 상해서 나한테 화풀이를 하고 싶을 뿐일 테니까. 해고하려거든 당신이 해. 뭐든 당신 원하는 대로 하고, 부지의 직원들한테는 내가 그러라고 했다고 해. 나도 이젠 지쳤어. 당신이랑 넬슨이 날 가운데 두고 싸워대는 것에는 신물이 나."

가로등 불빛들이 그의 손 위를 더욱 빨리 스쳐지나간다. 셀리카가 더 빠른 속도로 공원을 통과하고 있기 때문이다. 공원 아래쪽에는 테니스장과 제2차세계대전 때의 탱크가 있는데 탱크에는 녹이 스는 것을 막으려고 초록색 페인트를 두텁게 칠해놓았다. 하지만 워낙 자주 페인트를 칠하다보니 해리가 기억하는 정확한 군대 색깔이 사라져버리고 말았다. 사람들이 그 색을 뭐라고 부르더라? 칙칙한 올리브색. 해리는 가로등 포탄이 자신을 공습하고 있는 듯한 기분을 느낀다. 브루어는 공습 때문에 인적이 끊긴 전후戰後 독일의 도시들처럼 생명이 사라져 텅 비어 보인다. "부지의 직원들은 내 말을 안 믿을 거야." 그가 분해 죽겠다는 듯이 재니스에게 말한다. "여전히 당신을 찾아오겠지. 나도 당신이랑 같아." 그의 목소리가 조금 누그러진다. "공연히 평지풍파를 일으킬까봐 무서워."

공원을 지난 뒤 빨간 신호등이 켜진다. 신호등 다음에는 이 일대에서 유명한, 뾰족탑이 있는 고택이 나온다. 지붕에 둥근 물고기 비늘 같은 슬레이트널이 덮여 있는 집이다. 그다음에 나온 쇼핑몰에서는 복합

상영관의 간판에 **다시 만나요 드림팀 무엇이든 말해 통제불능***이라고 적혀 있다. 그곳을 지나자 422번 도로가 나오고, 두 사람의 뼛속 깊이 스며들어 있는 지역이 나온다. 어렸을 때 눈이 오나 비가 오나 몇 번이고 돌아다녔던 거리들. 센트럴, 잭슨, 조지프. 그리고 그들의 삶, 진짜 삶을 고정시킨 단추처럼 서 있는 마운트저지의 우편함과 소화전. 밤이 절정에 이른 시각이라 모든 것이 색채를 잃어버렸고, 파랗게 타오르는 불꽃 같은 수은등 불빛을 받은 거리들은 둥근 빵 위에 눈이 껍질처럼 덮여 있는 것 같다. 벽돌 기둥이 있는 포치들은 작고 평평한 잔디밭과 튤립 꽃밭 뒤에 위태롭게 서 있다. 조지프 스트리트 89번지. 스프링어 집안의 커다란 치장벽토 주택. 이곳은 래빗이 낡은 내시 자동차를 타고 재니스에게 구애하던 시절에 지독히도 오기 싫었던 곳이기도 하다. 이 집을 보면 잭슨 로드의 연립주택인 자기 집이 가난해 보였기 때문이다. 지금은 그 집에 모든 전등이 휘황찬란하게 켜 있어서 어둠 속에 고요히 서 있는 나무들과 지붕들 사이로 가라앉는 배처럼 보인다. 해리와 재니스가 침실로 쓰던 방의 왼편에서 엄청나게 멀리까지 가지를 뻗고 있는 너도밤나무, 어찌나 가지가 울창한지 햇빛도 뚫지 못했고 열매가 펑펑 터지는 소리에 가을 내내 해리를 잠 못 이루게 했던 그 나무가 사라져버려서 벽이 벌거벗은 것처럼 보인다. 나무에 가려졌던 창문도 훤히 드러나 있다. 사람을 사서 나무를 자른 건 넬슨이다. 아버지, 이 나무가 집 전체를 먹어치우고 있어요. 나무가 있는 쪽의 목재 부분에는 페인트칠도 남아나지 않아요. 습기가 너무 많아서. 잔디도 못 자라고요. 해리

---

* 구두점이 없어서 여러 영화 제목이 섞여버린 것.

는 뭐라고 반박할 수 없었다. 그 커다란 나무에 떨어지는 빗소리를 듣는 것이 그의 일생에서 가장 종교적인 경험이었다는 말도 하지 못했다. 그 소리와 더불어, 순수한 골프 샷 소리도 마찬가지다.

두 사람은 매년 이맘때쯤이면 연두색 솜털과 끈적이는 물질을 떨어뜨리는 단풍나무 밑에 차를 세운다. 해리는 이곳에 차를 세우는 것이 항상 싫다. 월요일에 세차를 해야 할 것이다.

프루는 두 사람이 언제 도착하는지 지켜보고 있었는지 두 사람이 포치에 발을 내딛자마자 문을 열어준다. 어딘가에 전기 장치라도 달려 있는 것 같다. 지난번 셀마와 같다. 주디가 프루와 함께 있는데, 이제는 너무 작아진, 솜털이 폭신폭신한 오시코시 브고시 잠옷을 입고 있다. 아이의 발이 깜짝 놀랄 만큼 길고 하얗고 앙상해 보인다. 발목도 10센티미터쯤 드러나 있다.

"로이는 어디 있니?" 해리가 곧바로 묻는다.

"넬슨이 재우고 있어요." 프루가 말한다. 한쪽 입꼬리를 아래쪽으로 내린 것이 미안해하는 표정이다.

"재운다고?" 해리가 말한다. "넬슨한테 아이를 맡겼단 말이냐?"

프루가 말한다. "아, 네. 제가 전화한 뒤로 넬슨이 좀 차분해졌거든요. 저를 그렇게 세게 때리고 나서 넬슨 자신이 깜짝 놀란 모양이에요. 그게 효과가 있었어요." 현관홀의 불빛 속에서 광대뼈가 분홍색으로 부풀어오른 것이 보인다. 윗입술도 부어서 뒤집힌 것처럼 보이고, 눈가는 사포로 문지르고 또 문지른 것처럼 빨갛게 돼 있다. 나팔꽃이 그려진 그 짧은 목욕가운을 입고 있지만, 플로리다에 있을 때처럼 맨다리가 드러나 있지는 않다. 그 안에 파란색의 긴 나이트가운을 입고 있기 때문이다. 하지만 얇은 천을 통해 다리의 윤곽이 보이는 것이, 흐린 물속에서 움직이는 물고기 같다. 가짜 모피가 둘러진 침실 슬리퍼가 발을 감싸고 있어서 해리는 발톱 매니큐어를 확인할 수 없다.

"그럼 별일도 아닌데 난리를 친 거야?" 해리가 묻는다.

"넬슨을 직접 보시면 생각이 달라지실 거예요." 프루가 이렇게 말하고는 시어머니에게 시선을 돌린다. "어머님, 저도 이젠 지쳤어요. 그만둘래요. 최대한 비밀을 지켰지만, 이젠 지쳤어요!" 눈물로 빨개진 눈에 또 물기가 차오르더니, 재니스가 주디에게 입을 맞추며 인사를 하느라 숙인 허리를 미처 제대로 펴기도 전에 그녀를 끌어안는다.

해리는 프루가 단번에 공감을 끌어내려고 시도하고 있음을 직감적으로 알아차린다. 아내가 저항하는 것이 느껴진다. 프루는 가톨릭 집안에서 자랐으며, 현란하고 큰 몸짓을 쓰기 일쑤지만 재니스는 엄격한 개신교도다. 금방 포옹이 풀어진다.

주디가 해리의 손끝을 잡는다. 그가 허리를 구부려 아이의 뺨에 뽀뽀를 할 때 아이의 머리카락이 눈을 찌른다. 아이가 키득거리며 그에게 귓속말을 한다. "아빠는 온몸에 개미가 기어다니는 것 같대요."

"그래서 항상 가려워해요." 프루가 말한다. 자신의 탈주 계획에 재니스를 끌어들이려는 시도가 실패했음을 감지하고, 지금 상황을 두 사람에게 더 실감나게 알려야 한다는 생각이 든 모양이다. "코카인 때문이에요. 그런 증상을 의주감蟻走感이라고 해요. 넬슨의 신경전달체계가 망가져버린 거예요. 뭐든 물어보세요. 제가 다 아는 것들이니까요. 브루어의 '익명의 마약치료 모임'에 나간 지 이제 일 년이 됐거든요."

"허." 래빗이 말한다. 프루의 강한 말투가 별로 마음에 들지 않는다.

"그럼 그것 말고 또 뭘 배웠니?"

프루가 그를 똑바로 바라본다. 눈물과 충격으로 초록색 눈이 이글거린다. 프루는 입꼬리를 아래쪽으로 끌어내리는 특유의 미소를 간신히 짓는다. 프루의 윗입술이 부어 있기 때문에 오늘밤에는 그 미소가 슬프고 낯설게 보인다. "거기서는 남의 탓으로 돌릴 수 있는 문제가 아니라고 말해요. 중독자들 자신이 문제인 거니까요. 그래도 주위 사람들의 문제이긴 해요."

"오늘밤에 정확히 무슨 일이 있었던 거냐?" 해리가 묻는다. 그가 계속 말을 하는 수밖에 없다. 재니스가 기분 나쁘다는 듯 뒤로 물러나 거리를 두는 것이 느껴진다. 아이들을 캠리에 태우고 정글가든에 갔을 때와 비슷하다.

주디는 할아버지 할머니가 평소처럼 재미있지 않다는 것을 깨닫고 해리의 곁을 떠나 제 엄마에게 몸을 기대며 당근색 머리로 프루의 배를 누른다. 프루는 솜털과 주근깨가 있는 팔로 아이를 보호하려는 듯 목을 감싼다. 이제 두 쌍의 초록색 눈이 빤히 바라보고 있다. 해리와 재니스가 구조대가 아니라 적대적인 침입자라도 되는 것 같다.

프루의 목소리가 거칠고 피곤하게 들린다. "항상 있는 쓰레기 같은 일들이죠. 넬슨이 한시 넘어서 집에 왔기에 제가 어디서 오는 거냐고 물었더니 넬슨이 저더러 그런 건 네가 간섭할 일이 아니라고 말했는데 아마 제가 그걸 다른 때처럼 얌전히 받아들이지 않았는지 넬슨이 그런 식으로 굴 거면 자기 신경을 진정시키기 위해서 그걸 한 방 해야겠다고 말했지만 욕실 아스피린 병에 숨긴 줄 알았던 코카인이 없다는 걸 알고는 물건들을 때려부수기에 제가 싫은 표정을 했더니 넬슨이 제 뒤를 쫓아나와서 두들겨패기 시작했어요."

주디가 말한다. "그래서 제가 자다가 깼어요. 엄마가 아빠한테서 도
망치려고 제 방으로 들어왔는데, 아빠 얼굴이 완전히 이상했어요. 정
말로 환상을 보는 것 같았어요."

해리가 묻는다. "넬슨이 칼 같은 걸 들고 있었니?"

이 말에 프루의 눈썹이 가운데로 모인다. "넬슨은 칼 같은 걸 들 사
람이 아니에요. 피를 못 견디는데다가 부엌일을 도와준 적도 없어요.
부엌칼의 어느 쪽을 잡아야 하는지도 모를걸요."

주디가 말한다. "나중에 아빠가 정말로 미안하다고 했어요."

프루는 얼굴로 흘러내린 주디의 길고 빨간 머리를 걷어내서 가지런
히 정리해주고 있다가 지금은 가운뎃손가락만으로 자기 이마와 뺨을
만지면서 머리카락을 뒤로 넘기고 있다. 스핑크스 머리가 많이 자라서
머리카락이 어깨에 힘없이 늘어져 있다. "제가 두 분께 전화한 뒤에 넬
슨이 좀 차분해졌어요. 그러면서 저더러 '거기에 전화를 했다고? 믿을
수가 없네. 아버지 어머니한테 전화를 했다고?'라고 말했어요. 너무 기
가 막혀서 화도 안 난다는 표정이었죠. 넬슨은 이제 끝이라며 전부 다
미안하다고 계속 말했어요. 말이 앞뒤가 안 맞아요." 프루는 인상을 찡
그리며 주디를 가볍게 밀고 몸을 부르르 떨면서 목욕가운의 허리께를
단단히 여민다. 잠시 모두들 할말을 잃은 듯이 보인다. 위기가 닥치면
본능적으로 상황을 깎아내리려는 힘이 작용해서 무시할 수 없는 사건
을 무시해도 되는 정상적인 일로 만들려고 한다. "커피를 한 잔 마시고
싶어요." 프루가 말한다.

재니스가 묻는다. "먼저 이층에 가서 넬슨을 만나봐야 하지 않겠니?"

주디는 그 말이 마음에 들었는지 앞장서서 이층으로 올라간다. 아이의 우윳빛 맨발을 따라 계단을 오르면서 해리는 손녀가 벌써 작아져버린 잠옷을 입고 있는 것에 죄책감을 느낀다. 플로리다의 지인들은 모두 매일 다른 색의 바지를 입고, 스무 벌이나 되는 재킷이 세탁소 비닐덮개 안에 그냥 들어 있는데. 그 옛날 스프링어 부부가 살아 있던 시절, 그 두 사람이 지금의 그보다 젊었던 시절 이 집의 모습을 기억하고 있는 그에게는 지금 이 집의 가구들이 안쓰러워 보인다. 이제 보니 프레드 스프링어의 옥좌였던 낡아빠진 갈색 바칼라운저를 포함해서 아직까지 남아 있는 옛날 물건들 사이에 이렇다 할 특징이 없는 새 가구들이 섞여 있다. 시내를 빠져나가는 고속도로변에 자동차 대리점이나 패스트푸드점과 뒤섞여 생겨난 초라한 가구점이나 섀치너 가구점에서 사온 것들이다. 계단에는 사십 년 전 스프링어 부부가 깔아둔 터키식 러너가 해진 채 지금도 깔려 있다. 넬슨과 프루는 여러 단계를 거쳐 조금씩 이 집을 물려받았지만, 완전히 자기 것으로 만들지는 않았다. 사람들은 아이들에게 좋은 일을 해주려고 인생의 지름길이나 편안한 길을 알려주지만, 나중에 나타난 결과를 보면 그것이 아이들을 무너뜨리는 잘못된 일이었음을 알 수 있다. 이 집은 결코 젊은 부부에게 맞는 집이 아니다.

집안의 전등이 모조리 켜져 있기 때문에 집이 당황해서 지나치게 흥분하고 있는 것 같은 분위기가 풍긴다. 그들은 주디, 해리, 재니스, 프루 순서로 계단을 올라간다. 지금쯤 프루는 해리와 재니스에게 전화한 것을 후회하고 있는지도 모른다. 혼자 얼굴의 상처를 돌보며 다음 계획을 짜는 편이 나았을 거라고 생각하는지도 모른다. 넬슨이 로이를 품에 안은 채 복도에서 그들을 맞이한다. "아," 그가 아버지를 보고 말한다. "거물께서 오셨네."

"나한테 투덜거리지 마." 해리가 말한다. "나도 집에서 그냥 자고 싶었어."

"아버지한테 전화한 건 제가 아니에요."

"하지만 마누라를 패고, 애들한테 죽도록 겁을 주고, 그 밖에도 아주 못된 놈처럼 군건 너지." 해리는 심장약이 있는지 확인하려고 바지 주머니에 손을 넣고 더듬어본다. 넬슨은 외출할 때 입었던 검은 바지와 하얀 셔츠를 여전히 입은 채 아이를 품에 안고서 차분한 척하려고 애쓰고 있다. 하지만 점점 숱이 줄어들고 있는 머리카락이 곤두서 있고, 지나치게 강렬한 복도의 불빛 속에 드러난 눈은 광적이다. 눈동자에 반사된 빛이 온통 불꽃처럼 반짝이는 것이 그 옛날 불타던 비스타 크레센트 26번지의 집 앞에 서 있던 그때 같다. 불빛이 아주 밝은데도 확장되어 있는 듯한 동공이 검게 반짝이고, 몸은 가늘게 떨리고 있다. 거의 5월이 다 된 이 밤이 얼어붙을 듯이 추운 날씨도 아닌데 가끔 몸이 부르르 떨린다. 플로리다에 왔을 때보다도 몸이 더 마른 것 같고, 어중간한 콧수염 위에서 불쾌한 표정을 짓고 있는 코는 그때와 똑같다. 귀걸이도 마찬가지다.

"아버지가 뭔데 저더러 못되게 군다느니 어쩐다느니 하는 거예요?" 그는 해리에게 이렇게 묻고는 말을 덧붙인다. "아, 엄마. 집에 잘 오셨어요."

"넬슨, 이런 짓을 하면 안 돼."

"로이는 나한테 줘." 프루가 냉정하고 중립적인 목소리로 말하고는,

시부모를 밀치듯이 지나가 남편의 얼굴은 보지도 않은 채 자고 있는 아이를 덥석 빼앗는다. 그러면서 아이의 무게 때문에 자기도 모르게 끙하는 소리를 낸다. 사탕 접시처럼 여러 개의 면으로 깎인 유리갓 속의 전등이 그 아래를 지나 로이의 방으로 들어가는 프루의 머리에 왕관 같은 광채를 던진다. 로이의 방은 넬슨이 옛날에 쓰던 방으로, 당시 래빗은 밤에 말똥말똥한 정신으로 누워서 멜러니가 마네킹이 있는 집 앞쪽의 자기 방을 나와 이 넬슨의 방으로 살금살금 복도를 걸어가는 소리를 듣곤 했다. 그런 그녀가 지금은 소화기전문의라고 한다. 지나치게 강렬한 머리 위의 불빛 속에서, 아가미가 하얗게 변한 것 같은 넬슨의 얼굴에 지나치게 강렬한 비참함과 적대적이고 건방진 표정이 드러난다. 재니스는 어둡고 혼란스러운 표정, 자기 마음속의 그림자 속으로 후퇴해버린 것 같은 표정을 짓고 있다. 해리는 재니스가 혼란에 빠지는 것이 언제나 두렵다. 그는 아직도 자신이 이 자리의 책임자임을 깨닫는다. 어린 주디가 밝은 표정으로 그를 올려다보며, 이 시간에 잠을 자지 않고 깨어서 어른들의 거래를 목격하게 된 것을 즐거워하고 있다. "이렇게 계속 복도에 서 있기만 할 수는 없으니까 중앙 침실로 가자." 해리가 말한다.

예전에 해리와 재니스가 쓰던 침실이 지금은 넬슨과 프루의 침실이 되었다. 그때와는 다른 이불(옛날에 두 사람이 쓰던, 작은 삼각형 조각들을 이어 붙인 펜실베이니아 더치식 이불 대신 노란 장미가 그려진 깃털 이불이 깔려 있다. 프루는 꽃무늬를 정말로 좋아한다)이 깔려 있지만 침대는 삐걱삐걱 소리가 나는 옛날 그 침대다. 옹이가 있는 나무에 니스를 칠한 머리판은 글을 읽으려고 등을 기댔을 때 등을 제대로 받쳐준 적이 한 번도 없었다. 협탁에도 다른 잡지들이 놓여 있지만(〈타임〉과 〈컨슈머 리포트〉 대신 〈레이싱 카스〉와 〈롤링 스톤〉)옛날에 해리가 자던 쪽에는 서랍이 뻑뻑한 체리목 협탁이 그대로 남아 있다. 서랍장에 세워놓은 사진 액자들 중에는 그와 재니스가 살짝 얼굴을 붉힌 채 몽롱한 눈으로 찍은 사진이 한 장 섞여 있다. 1981년 3월에 결혼 이십오 주년을 기념해서 찍은 사진이다. 래빗은 엷은 색조를 띤 시간의 거품 속에 떠 있는 그 사진 속 두 사람이 방부제를 넣어 인공적으로 보존된 것처럼 보인다고 생각한다. 이 방의 천장에 달려 있는 전등은 복도의 전등과 마찬가지로 유리에 둘러싸인 채 강렬히 타오르고 있다. 해리가 묻는다. "저 불 좀 꺼도 되겠니? 불을 전부 켜놔서 머리가 다 아파오는구나."

넬슨이 심술궂은 표정으로 말한다. "아버지는 거물이잖아요. 알아서 하세요."

주디가 설명한다. "아빠가 엄마를 쫓아다니는 동안 엄마가 불을 전부 켜라고 했어요. 그리고 저한테 안 되겠다 싶으면 의자를 앞쪽 창문에 던져서 깨고 도와달라고 소리를 지르면 경찰관 아저씨가 그 소리를 들을 거라고 했어요."

불을 끄자 래빗은 너도밤나무가 있던 자리의 어두운 구멍을 볼 수 있다. 그가 십 년 동안 이곳에 살면서 생각했던 것보다 이웃집과의 거리가 더 가깝다. 그 집 이층의 불이 켜 있다. 벽의 일부와 가구는 보이지만 사람은 하나도 보이지 않는다. 어쩌면 그 사람들이 경찰을 부를까 고민했던 건지도 모른다. 이미 경찰을 불렀는지도 모른다. 그는 체리목 협탁의 램프를 켠다. 이웃사람들이 이쪽 방안을 보고 상황이 정리되었음을 알 수 있게.

"프루가 과민반응을 한 거예요." 넬슨이 발작적인 몸짓을 하며 설명한다. "제가 단단히 얘기할 것이 있었는데 프루가 도무지 가만히 있질 않는 거예요. 요즘 프루는 제 말을 전혀 안 들어요."

"프루가 듣고 싶어하는 말을 네가 충분히 안 해주는 거겠지." 해리가 아들에게 말한다. 하얀 셔츠와 검은 바지 차림의 이 녀석은 마술사 조수처럼 보인다. 이제 곧 마술을 부릴 것처럼 하얀 천에 감싸인 양팔을 문지르고 가슴과 목덜미를 계속 두드린다. 이 녀석은 당혹감과 두려움에 휩싸여 있으면서도 계속 생각의 초점을 잃어버리고 있다는 느낌이 든다. 이 방안에 침대와 다른 가구들, 부모와 딸 외에 다른 존재가 있다고 느끼는 모양이다. 넬슨만이 볼 수 있는 유령들인 셈이다. 그에게서 냄새가 난다. 전기 불꽃이 튄 뒤의 타는 듯한 냄새와 술냄새. 넬슨은 식은땀을 흘리고 있고, 입가가 젖어 있다.

"알았어요, 알았어요." 넬슨이 말한다. "내가 오늘밤에 약을 진탕 했어요, 인정한다고요. 일주일 동안 부지가 장난이 아니었단 말이에요. 캘리포니아주가 대대적인 텔레비전 광고와 함께 전국적으로 도요타 대회를 하려고 하는데, 회사에서는 차 가격을 할인해주는 만큼 판매량을 20퍼센트 늘리라고 요구하고 있어요. 최근 우리 매출 현황이 별로 마음에 안 든다는 얘기도 들었고요."

"회사 얘기뿐이야?" 해리가 말한다. "라일이라는 녀석이 내가 거기 들렀다는 얘기는 안 하던?"

"지난주에 아버지가 기웃거린 거요? 당연히 들었죠. 라일은 그뒤로 출근을 못하고 있어요. 정말 고맙네요, 아버지. 아버지 때문에 엘비라도 이상해졌어요. 아버지가 여자를 차별하면서 괜히 수작이나 걸었으니까요."

"내가 언제 여자를 차별했다고 그래? 수작도 안 걸었어. 여자가 차를 파는 게 놀라워서 일이 잘되냐고 물었을 뿐이야. 그 망할 년, 나는 최대한 기분좋게 굴었다고."

"엘비라 생각은 다르던데요."

"그 계집 멋대로 생각하라고 해, 그럼. 내가 보기에는 혼자 알아서 잘해나갈 여자 같던데. 너는 왜 그렇게 씩씩대면서…… 너 혹시 그 계집이랑 자냐?"

"아버지, 도대체 언제가 돼야 여자랑 자는 생각을 안 하실 거예요? 아버지 지금 나이가…… 쉰일곱 살인가요?"

"쉰여섯이야."

"……그런데도 망할 사춘기 애처럼 굴잖아요. 누가 누구랑 자네 마네 하는 것보다 더 중요한 일들이 세상에는 많아요."

"그럼 네가 한번 말해봐라. 자기만 아는 네 세대 녀석들이 왜 흥청망청 마약을 해대는지 말해봐. 계속 약에 취해 있고 싶어서 삼십 분마다 한 번씩 킁킁거리며 마약을 빨아들일 수는 없어. 그랬다간 코가 남아나지 않을 거다. 하긴 네 코는 이미 총에 맞은 것 같은 몰골이다만. 도대체 코카인을 왜 하는 거야? 그걸 어떻게 하는 거냐? 그냥 작은 알갱이일 뿐이잖아, 안 그래? 텔레비전에 나오는 것처럼 너도 불을 피우는 멋진 도구들이랑 튜브로 마약을 하는 거냐? 그럼 어디서 그걸 하지? 레이드백인지 뭔지 하여튼 그 술집 안으로 그 도구들을 끌고 들어갈 수도 없잖아, 안 그래?"

"해리, 이러지 마." 재니스가 말한다.

주디가 한마디 거든다. 새벽 세시인데도 눈을 반짝이고 있다. "아빠한테는 재미있게 생긴 작은 파이프들이 많아요."

"시끄러, 입 좀 다물어라." 넬슨이 말한다. "엄마한테 가서 재워달라고 해."

해리는 재니스에게 화살을 돌린다. "내가 저 녀석한테 물어볼 테니까 가만히 있어. 왜 우리 모두가 저 녀석이 마약을 안 하는 척하면서 살얼음판을 걸어야 하는 건데? 인정해라, 넬리, 넌 지금 엉망이야. 엉망일 뿐만 아니라, 식구들한테 위험한 존재야. 치료가 필요해."

자기연민 때문에 아들의 얼굴에 순간적으로 분명한 표정이 돌아온다. "다들 나더러 치료가 필요하다고 하는데, 그런 말은 전혀 도움이 안 돼요. 마누라는 내 말에 콧방귀도 안 뀌지, 아버지는 처음부터 아버지 같지도 않은 인간이었지, 어머니는⋯⋯" 그는 하나뿐인 자기편의 심기를 감히 거스르지 못하고 말을 흐린다.

"어머니는," 해리가 대신 말을 잇는다. "네가 자기 돈을 대놓고 훔쳐가는데도 모르는 척하고 있지."

이 말이 조금 효과가 있어서, 불안하고 초조하게 눈동자를 굴리던 그의 마음을 태울 듯이 뚫고 들어간다. "내가 누구 돈을 훔친다고 그래요?" 그가 멍한 표정으로 말한다. 마치 머릿속에서 들려오는 목소리가 시키는 대로 말하는 것 같다. "다 해결됐어요. 아, 속이 안 좋아요. 토할 것 같아요."

해리는 거만하게 축복을 내리려는 듯이 한 손을 들어올린다. "가봐. 욕실이 어딘지는 알지?"

욕실 문은 서랍장 오른쪽에 있다. 아이들이 자라는 모습을 쭉 찍은 컬러사진들과 해리와 재니스가 몽롱한 눈으로 같은 곳을 바라보는 모습을 방부제로 보존한 사진이 있는 바로 그 서랍장이다. 해리가 화장실을 들여다보니 바닥이 쓰레기투성이다. 샴푸, 치약, 알약들. 다행히 요즘은 대부분의 물건들이 플라스틱 용기에 담겨 있기 때문에 깨진 것이 많지는 않다. 문이 닫힌다.

재니스가 그에게 말한다. "해리, 애한테 너무 강하게 나가지 마."

"아, 젠장, 다른 사람들이 아무 말도 안 하니까 그렇지. 당신은 문제가 저절로 사라지기만 바라고 있잖아. 그런 일은 절대 없어. 저 녀석은 중독자라고."

"돈 얘기만은 하지 말자." 재니스가 애원한다.

"왜? 다들 왜 그렇게 돈 얘기를 싫어하는데? 뭐가 그렇게 무서워?"

재니스의 혀끝이 걱정스러운 표정을 짓고 있는 입술 사이로 삐죽 나온다. "돈 문제가 걸리면 법적인 문제가 돼버리잖아."

주디는 아직도 옆에 남아서 두 사람의 이야기를 듣고 있다. 아이의 맑고 어린 눈의 흰자위는 살짝 푸르스름한 기운이 감돌고, 불그스름한 금발 눈썹은 소가 핥아놓은 것처럼 살짝 소용돌이무늬를 그리고 있고, 작은 얼굴은 시계 문자판처럼 창백할 뿐만 아니라, 해리의 분노를 정확히 깎아내는 역할도 하고 있다. 지금 그에게는 분노가 반드시 필요한데도. 욕실 문 뒤에서 구역질하는 소리가 나자 아이가 겁에 질린다. 해리는 아이에게 설명한다. "토하고 나면 아빠 몸이 좀 편안해질 거다. 지금 독을 빼내고 있는 거야." 하지만 넬슨이 토하고 있다는 생각에 그도 동요한다. 가슴이 죄어드는 느낌, 가슴속 깊은 곳에서 성냥을 가지고 장난치는 못된 아이의 존재가 다시 위협적으로 느껴진다. 그는 소중한 갈색 약병을 찾으려고 바지 주머니에 손을 집어넣는다. 이걸 챙겨올 생각을 한 것이 얼마나 다행인지. 그는 약병 뚜껑을 열고 병을 흔들어서 작고 하얀 니트로글리세린 한 알을 꺼내 옛날 담뱃불을 붙일 때처럼 활기차게 혀 밑에 넣는다.

주디가 위를 바라보며 빙긋 웃는다. "저 때문에 나빠진 할아버지 심장을 고쳐주는 약이죠?"

"내 심장은 너 때문에 망가진 게 아냐. 그런 생각은 하지 마라." 그는 재니스가 돈과 법적인 문제를 언급한 것이 마음에 걸린다. 지금 자기들 힘으로는 감당할 수 없는 일이 벌어지고 있는 것 같다는 암시가 거기 들어 있다. **앵스트롬의 아들 투옥되다.** 사기꾼들의 음모로 가업이 무너지다. 이웃집 이층 창문에 켜 있던 불이 꺼진 것을 보니 마음이 조금 편안해진다. 장모가 자기가 살던 집이 이웃들에게 골칫거리가 될지도 모른다는 생각에 무덤에서 돌아눕고 있을 것 같다. 넬슨이 눈을 크게 뜨고 기운이 쭉 빠진 표정으로 욕실에서 나온다. 저 가엾은 아들 녀석은 어렸을 때 끔찍한 일들을 겪었다. 질의 시체가 고무백에 담겨 타버린 집에서 운반돼 나오는 것을 보았고, 제 엄마가 갓난아기였던 동생의 시체를 끌어안고 있는 것도 보았다. 그러니 저 녀석이 무슨 짓을 저지르든 사실 저 녀석을 탓할 수는 없다. 넬슨이 욕실에서 얼굴을 씻고 머리도 빗었기 때문에 창백한 안색이 조금 번들거린다. 그는 머리부터 시작해서 몸을 부르르 떤다. 도랑에 빠졌다가 올라온 개가 몸을 흔들어 물기를 말리는 것 같다.

해리는 아들이 가엾다는 생각을 했으면서도 다시 공격을 시작한다.

"내가 싫어하는 게 또 있지." 아들이 욕실 문을 채 닫기도 전에 그는 입을 연다. "네가 고용한 그 뚱보 이탈리아인 말이다. 그 마피아 녀석을 왜 부지에 끌어들인 거냐?"

"아버지, 어쩜 그렇게 편견 덩어리처럼 굴 수가 있어요?"

"편견이 아냐, 그냥 사실을 말하는 거지. 마피아가 존재하는 건 사실이잖아. 마약 거래가 너무 폭력적이라서 겁을 먹고 점점 손을 떼면서 차츰 합법적인 사업을 시도하고 있지. 〈60분〉에서 다 봤어."

"엄마, 아버지 좀 데리고 가세요."

재니스가 용기를 내서 말한다. "넬슨, 네 아버지 말이 옳아. 넌 치료를 받아야 돼."

"난 괜찮아요." 그가 징징거린다. "그냥 잠만 좀 자면 돼요. 지금이 몇시인 줄이나 아세요? 세시가 넘었다고요. 주디, 너도 빨리 가서 자."

"기분이 하이해서 잠이 안 와요." 아이가 완벽한 달걀형 치아를 드러내며 빙긋 웃는다.

해리가 아이에게 묻는다. "너 어디서 그런 말을 배웠어?"

"애들이 다 쓰는 말이에요. 뿅간다는 말도 있어요." 주디가 말한다.

해리는 넬슨에게 묻는다. "우리집에 시도 때도 없이 전화해서 돈을 내놓으라는 그 녀석들은 또 누구냐?"

"내가 자기들한테 빚을 졌다고 생각하는 녀석들이에요." 넬슨이 대답한다. "뭐, 빚을 진 것 같기도 해요. 하지만 그냥 일시적인 거예요. 다 해결할 수 있어요. 가자, 주디. 내가 재워주마."

"그렇게는 안 되지." 해리가 말한다. "빚진 돈이 얼마냐? 그걸 어떻게 갚을 생각이야?"

"다 해결할 수 있다고 했잖아요. 원래는 아버지 집에 전화하면 안 되는 건데, 놈들이 좀 유치해요. 융자라는 단어를 이해하지 못해서 그래요. 전화 오는 게 싫으면 플로리다로 돌아가세요. 전화번호를 바꾸시든지요. 저는 그렇게 했어요."

"넬슨, 이런 일이 언제쯤에나 끝나는 거야?" 재니스가 묻는다. 눈물 때문에 목소리가 갈라진다. 그냥 넬슨만 보고 있는데도 그렇게 됐다. 하얀 셔츠 차림으로 발작적으로 움직이고 있는 넬슨은 궁지에 몰린 짐승처럼 약해 보이고, 파멸을 짐작한 듯 긴장한 분위기가 난다. "그걸 끊어야지."

"끊었어요, 엄마. 끊었다고요. 오늘밤부터."

"하." 해리가 말한다.

넬슨이 재니스에게 고집스레 말한다. "내가 알아서 할게요. 난 중독자가 아니에요. 그냥 재미삼아 마약을 할 뿐이에요."

"그렇겠지." 해리가 말한다. "히틀러가 재미삼아 사람을 죽인 것처럼." 그가 히틀러를 떠올린 것은 틀림없이 저 콧수염 때문일 것이다. 저 녀석이 수염을 밀어버리기만 한다면, 귀걸이를 빼버리기만 한다면, 그가 녀석에게 조금 연민을 느낄 수 있을지도 모른다. 그래서 둘의 관계를 새로 시작할 수 있을지도 모른다.

하지만 다시 생각해보니 자신에게 새로운 시작이라는 게 앞으로 몇 번이나 남아 있을지 궁금하다. 이 방에서 그는 십 년 동안 재니스와 나란히 잠을 자며 그녀가 코고는 소리를 듣고, 여자답게 기분좋은 땀냄새를 맡고, 그녀가 무의식중에 방출하는 가스 냄새를 맡고, 크루거란드를 사왔을 때처럼 가끔 굉장한 정사를 나누기도 하고, 또 가끔은 그녀가 아래층에서 셰리주나 캄파리를 홀짝거린 탓에 취해서 휘청거리는 걸 지켜보며 혐오감을 느끼기도 했다. 이 방 창밖의 너도밤나무 이파리 사이로 빛이 새어들어오며 이런저런 모양으로 바뀌다가 이파리가 다 떨어지면 빛이 원래 모양으로 돌아가고 열매가 폭죽처럼 펑펑 터지고 장모의 텔레비전이 웅얼거리는 소리가 계속 들려오다가 프로그램이 끝날 때 음악소리가 갑자기 커지면 협탁의 램프가 진동하고 장모는 곤히 잠든 나머지 그 소리를 한 번도 듣지 못했다. 이 방은 그만큼 그의 인생을 흠뻑 머금고 있다. 이제 앞으로 그가 이 방을 몇 번이나 더 보게 될까? 오늘밤에도 이 방을 보게 될 줄은 몰랐다. 나이 탓인지 몸안에 홍수가 난 것처럼 갑자기 한꺼번에 피로가 몰려와서 몸이 찌무룩하고, 더럽고, 정신이 산만해진 것 같은 기분이 든다. 시야 가장자리에서 작은 불꽃들이 꺼졌다 켜졌다 한다. 병을 악화시킬 일은 피해라. 그러니 이제 그만 앉는 게 좋겠다. 재니스는 옛날에 두 사람이 쓰던 침대에 이미 앉아 있고, 넬슨은 노란 장미 무늬가 있고 두툼한 패딩이 들어간 등받이 없는 의자를 끌어와 앉아 있다. 프루가 그와 함께 레이드백이나 아니면 브루어 북동쪽의 여피 친구들 파티에 가려고 화장대 거울 앞에 앉아 화장을 할 때 틀림없이 속옷 차림으로 저 의자에 앉아 있을 것이다. 아들에게 저렇게 덩치 크고, 키 크고, 히피 같은 예쁜 섹스 상대가 있는데 그는 아들을 안쓰러워해야 하는 걸까?

넬슨은 이제 전술을 바꿨다. 그는 손가락이 떨리지 않게 깍지를 긴 채 제 엄마를 향해 몸을 기울인다. 구역질이 올라오는 걸 막으려고 입술에는 힘이 잔뜩 들어갔고, 검은 눈에서는 제 엄마처럼 혼란이 흘러넘칠 것 같다. 그는 애원하듯이, 횡설수설하면서 자기 행동을 설명하

고 있다. "······내가 인간다운 기분을 느끼는 건 그때뿐이에요. 다른 사
람들은 항상 그런 기분을 느끼겠지만요. 하지만 오늘밤에 그런 식으로
프루 뒤를 쫓아다닌 건 괴물 같은 짓이었어요. 뭔가 다른 존재가 내 몸
을 차지해버린 것 같아요. 나는 밖에 서서 그걸 지켜보며 나 자신과 동
떨어져 있었고요. 전부 텔레비전에 나오는 이야기 같아요. 엄마 말씀
이 맞아요. 그걸 서서히 끊어야 돼요. 이제는 그게······ 없으면 하루를
시작할 수 없게 됐거든요······ 그리고 하루종일 그것만 생각해요······
그것도 인간답지 못하죠."

"아유, 가엾은 것." 재니스가 말한다. "그래, 안다. 무슨 말인지 다
알아. 네가 자신감이 부족해서 그래. 나도 아주 오랫동안 그랬어. 기억
해, 해리? 젊었을 때 내가 술을 얼마나 마셨는지?"

그를 대화에 끌어들여 부모다운 행동을 하게 만들려는 시도다. 하지
만 그는 장단을 맞춰주지 않을 것이다. 그녀의 시도를 받아들이지 않
을 것이다. "젊었을 때? 그럼 중년이 되었을 때는? 지금은? 이봐, 이게
무슨 정신과 상담치료인 줄 알아? 저 녀석은 방금 제 아내를 사정없이
패고 우리한테 아주 사기를 치려고 드는데, 당신은 지금 거기에 장단
을 맞추고 있는 거야!"

할머니 뒤의 침대에 대각선으로 누워서 거꾸로 뒤집어진 시선으로
어른들을 지켜보고 있던 주디가 끼어든다. "할아버지는 화가 나면 엄
마랑 똑같이 윗입술이 완전히 뻣뻣해져요."

넬슨이 자기연민의 안개 속에서 간신히 조금 빠져나와 주디에게 말
한다. "주디, 이런 얘기는 애들이 듣는 거 아냐."

"내가 가서 재우고 오마." 재니스는 이렇게 말하면서도 움직이지 않

는다.

해리는 넬슨과 단둘이 남고 싶지 않아서 이렇게 말한다. "아냐, 내가 가서 재울게. 둘이 계속 얘기해. 그래서 결론을 보라고. 나는 감옥이 코앞에 있는 이 녀석한테 하고 싶은 말을 다 했으니까."

주디가 날카로운 소리로 까르르 웃음을 터뜨린다. 아직도 침대에 거꾸로 누워 있기 때문에 위로 치뜬 눈꺼풀이 괴물 같다. "그거 진짜 웃겨요." 이 말을 하는 아이의 입에서 치아도 거꾸로 보인다. 아랫니가 크고, 윗니가 작다. "'감옥이 코앞에 있다'니. '악당'이란 말을 잘못 하신 거죠?"

"아니다, 주디." 해리는 아이의 손을 잡고 일으켜세우려고 애쓰며 말한다. "감옥이 코앞에 올 만한 짓을 저지른 사람이 악당이 돼서 감옥에 가는 거야."

"도대체 애엄마는 어디로 간 거야?" 넬슨이 허공을 향해 묻는다. "망할 프루. 나더러 항상 형편없다고 말하면서, 자기는 하루걸러 한 번씩 밖에서 점심을 먹지. 프루가 얼마나 살이 쪘는지 아시죠? 술 때문이에요. 애들이 학교 끝나고 집에 와보면 그 여자는 곤히 자고 있다고요." 넬슨은 재니스에게 이렇게 아내의 흉을 보면서 어머니의 비위를 맞춘다. 그러고는 갑자기 해리에게 시선을 돌린다.

"아버지," 그가 말한다. "맥주 캔 하나를 나눠 마실래요?"

"너 진짜로 미쳤구나."

"술을 마시면 흥분이 좀 가라앉을 거예요." 아들이 감언이설을 늘어놓는다. "그러면 잠도 잘 수 있을 거고요."

"난 지금 열심히 잠을 쫓고 있어. 약에 취한 건 내가 아니라 너잖

아. 가자, 주디. 할아버지 애먹이지 말고. 할아버지는 지금 온몸이 아파요." 손에 쥐고 있는 아이의 손이 축축하고 끈적끈적한 것 같다. 아이는 자신을 침대에서 끌어내리려는 할아버지에게 저항하며 장난을 치고 있다. 하지만 그는 애를 쓰다가 가슴이 또 죄어드는 느낌을 받는다. 마침내 그가 주디를 침대 옆에 세우는 데 성공한 뒤, 주디가 갑자기 몸에 힘을 빼며 카펫 위로 픽 쓰러지려고 한다. 해리는 아이를 후려치고 싶은 것을 간신히 참는다. 그리고 재니스에게 날카로운 목소리로 말한다. "십 분이야. 그동안 저 녀석하고 얘기해. 저 녀석 사기에 넘어가지 말고. 뭔가 계획다운 걸 좀 세워보라고. 이 미친 집안에 질서를 회복해야 하니까."

그가 침실 문을 반쯤 닫았을 때 넬슨의 목소리가 들려온다. "엄마는 어때요? 맥주 반 캔을 마시면 좋겠죠? 집에 미켈롭이 있어요, 밀러도 있고요."

옛날에 장모가 꾸벅꾸벅 졸면서 텔레비전을 보는 척했던 방이 지금은 주디의 방이다. 이 방 앞쪽 창밖으로 툰드라처럼 인적이 끊기고, 가로등 불빛에 하얗게 탈색되고, 끈적거리는 노르웨이 단풍나무가 서 있는 조지프 스트리트의 일부가 보인다. 방에는 봉제인형이 잔뜩 있다. 테디베어, 기린, 가필드…… 하지만 해리의 눈에는 전부 낡아 보인다. 누군가가 이 아이에게 선물을 사준 지 조금 된 것 같다. 이 아이의 유년기가 다 끝나기도 전에 저절로 닳아져서 사라지고 있는 것이다. 주디는 1월에 아홉 살이 되었지만, 그걸 알아준 사람이 누가 있는가? 재니스가 플로리다에서 닥터 수스의 책과 꽃무늬 수영모자를 보내주었을 뿐이다. 주디는 더이상 시간을 끌지 않고 주저 없이 침대로 기어들어간다. 땅콩 캐릭터들로 뒤덮인 빨간색 깃털 이불이 다 해져 있다. 그는 먼저 쉬를 하고 싶지 않냐고 아이에게 묻는다. 아이는 고개를 젓고는 베개에 누운 채 그를 빤히 올려다본다. 그가 자신의 속내를 너무 모르는 것을 재미있어하는 표정이다. 가로등 불빛이 커튼 주위로 비스듬히 새어들어온다. 해리는 커튼을 닫아주는 게 좋겠냐고 아이에게 묻는다. 주디는 방이 완전히 어두워지는 게 싫으니까 그냥 두라고 말한다. 해리는 지나가는 차 소리가 거슬리냐고 묻고, 아이는 가끔 집 전체를 뒤흔들어놓는 커다란 트럭들만 신경이 쓰일 뿐이라면서 원래는 그 트럭들이 이 길로 오면 안 된다는 법이 있지만 경찰이 게을러서 신경을 안 쓴다고 말한다. "어쩌면 너무 바빠서 신경을 못 쓰는지도 모르지." 해리가 지적한다. 그는 언제나 당국을 옹호해주는 사람이다. 그가 본능적으로 이런 행동을 하는 것이 이상하기는 하다. 평생 특별히 성실하게 살아온 것도 아니면서. 그도 두어 번 감옥을 코앞에 둔 적이 있었다. 하지만 요즘의 당국은 너무나 무기력하고, 이렇다 할 수단이 없는 것처럼 보인다. 그는 주디에게 기도를 하고 싶냐고 묻는다. 주디는 괜찮다고 말한다. 주디는 팔과 다리가 없어서 해리가 보기에는 어떤 모양인지 알 수 없는 봉제인형을 부여잡고 있다. 괴물 같은 인형이다. 그가 주디에게 인형에 대해 물어보자, 주디는 그것이 돌고래 봉제인형이라고 가르쳐준다. 등은 회색이고 배는 흰색이다. 그는 합성섬유로 만든 인형의 털을 톡톡 두드려준 뒤 주디가 누워 있는 이불 밑에 다시 넣어준다. 주디의 턱이 조종사 안경을 쓰고 있는 스누피의 하얀 옆모습 위에 닿아 있다. 라이너스는 여전히 담요를 움켜쥐고 있고, 피그펜의 머리 주위에는 먼지가 작은 별들처럼 떠 있다. 찰리 브라운은 투수 마운드에 서 있다가 로켓처럼 날아온 공에 맞아 우당탕 쿵쾅 쓰러진다. 해리는 침대 가장자리에 앉아 혹시 주디가 옛날이야기 같은 걸 기대하고 있는 건 아닌지 궁금해하면서 아주 절망적이고 피곤한 한숨을 내쉰다. 그 바람에 둘 다 깜짝 놀라서 어색하게 웃음을 터뜨린다. 주디가 앞으로 다 잘될 것 같냐고 갑자기 묻는다.

"그게 무슨 소리니?"

"엄마랑 아빠 말이에요."

"물론이지. 엄마 아빠는 너랑 로이를 사랑해. 두 분도 서로를 사랑하시고."

"사랑하지 않는댔어요. 만날 싸워요."

"원래 부부들은 싸우는 거야."

"친구들 부모님은 안 싸워요."

"틀림없이 싸울걸. 네가 못 보는 것뿐이지. 네가 그 집에 놀러와 있으니까 사이좋은 것처럼 구는 거야."

"싸움을 많이 하는 사람들은 이혼해요."

"그래, 그러기도 하지. 하지만 그건 싸움을 아주 많이 한 다음이야. 네 아빠가 전에도 오늘처럼 엄마를 때린 적이 있니?"

"가끔 엄마가 아빠를 때려요. 아빠가 우리 돈을 전부 낭비하고 있대요."

해리는 이 말에 어떤 대답을 해야 할지 미처 준비가 되어 있지 않다. "다 잘 해결될 거다." 그가 말한다. 넬슨이 한 말과 똑같다. "대개는 일이 잘 풀리게 돼 있어. 그렇게 안 될 것처럼 보일 때가 있긴 하지만, 대개는 그렇게 돼."

"할아버지가 모래사장에 쓰러져서 못 일어난 그때 같이요?"

"그거 재미있었지? 그런데 봐라. 할아버지는 이렇게 다시 건강해졌잖아. 그 일도 잘 해결됐거든."

어둠 속에서 아이의 얼굴이 넓어진다. 아이가 웃고 있다. 은은히 빛나는 베개 위에 머리카락이 검은 빛살처럼 퍼져 있다. "할아버지는 물속에서 아주 재미있었어요. 제가 할아버지를 놀렸잖아요."

"날 놀렸다고? 어떻게?"

"돛 밑에 숨어서요."

해리는 피곤한 머리로 기억을 떠올려본 뒤 아이에게 말한다. "장난이라니. 내가 널 꺼냈을 때 넌 얼굴이 파랗게 돼서 숨도 잘 못 쉬었어. 내가 네 목숨을 구한 거다. 그다음에 네가 내 목숨을 구했고."

아이는 아무 말도 하지 않는다. 검은 구덩이 같은 아이의 눈이 그의 설명, 어른스럽게 각색된 기억을 받아들인다. 그는 몸을 기울여 따스하고 건조한 아이의 이마에 입을 맞춘다. "이제 아무것도 걱정 마라, 주디. 할머니랑 내가 아빠랑 너희 식구 모두를 잘 보살펴줄게."

"알아요." 주디가 잠시 가만히 있다가 마음이 놓인다는 듯이 말한다. 사람들은 모두 이 작고 푸른 행성처럼 검은 공간 속에 떠 있다. 우리를 지탱해주는 것은 서로를 안심시켜주는 말, 애정에서 우러나온 거짓말뿐이다.

밖으로 나오니 맞은편에 옛날에 멜러니가 자던 재봉실의 닫힌 문이 있다. 래빗은 반쯤 닫힌 그 문을 지나 중앙 침실로 살금살금 돌아간다. 재니스와 넬슨의 목소리가 하나로 엮여서 들려온다. 그는 그 방을 지나 옛날에 그가 가꾸던 작은 텃밭과 뒤뜰이 내다보이는 뒷방으로 간다. 아주 먼 옛날, 넬슨이 고등학생일 때 이 방을 썼다. 머리를 길게 기르고 인디언처럼 머리띠를 한 녀석은 원래 질의 것이었던 기타로 연습을 하며 록 음반을 수집하는 데 적잖은 돈을 썼다. 레코드는 이제 시대에 뒤떨어진 물건이 되었고, 모든 것이 테이프에 담겨 있다. 그런데 테이프도 점점 시대에 뒤진 물건이 되어가고 있기 때문에, 모든 것이 CD에 담기게 될 것이다. 지금 이 방은 로이가 쓰고 있다. 문이 살짝 열려 있어서 해리는 손가락 세 개의 끝으로 그 서늘한 흰색 나무문을 밀어 연다. 조지프 스트리트의 가로등 불빛처럼 날카롭게 베어진 빛이 아니라 여기저기 흩어진 도시의 불빛에서 나온 흐릿한 빛이 방으로 들어온다. 단풍나무와 박공과 전신주의 실루엣에서 노란 별을 집어삼키는 빛이 안개처럼 일어난다. 그 흐릿한 불빛에 프루의 긴 몸이 로이의 작은 침대 위에 애처롭게 엎어져 자고 있는 것이 보인다. 한쪽 발은 가짜 털이 달린 슬리퍼를 차버렸기 때문에 나이트가운 밑으로 맨발이 나와 있다. 나이트가운이 어찌나 얇은지 허벅지가 튼튼한 다리의 윤곽이 그대로 드러나 있고, 짧은 목욕가운은 허리까지 말려올라가 있다. 구겨진 목욕가운의 주름들이 희미한 불빛 속에서 바닥을 알 수 없는 계곡처럼 보인다. 길고 하얀 손 하나가 구겨진 이불 위에 놓여 있고, 다른 손은 살짝 주먹을 쥐듯이 구부러져서 입술과 턱 사이의 움푹한 곳에 꼭 맞게 들어가 있다. 광대뼈의 멍은 거기에 달라붙어 있는 거머리처럼 보이고, 어둠 속에서 검게 보이는 당근색 머리카락은 헝클어져 있다. 숨을 들이쉬고 내쉴 때마다 지친 듯한 얇은 숨소리와 함께 살짝 긁히는 소리가 난다. 해리는 코로 숨을 들이쉰다. 그녀의 냄새를 맡으려고. 아주 희미한 향수 냄새가 상처 입은 그녀의 주위에 떠 있다.

래빗은 좀더 자세히 살펴보려고 허리를 굽히다가 강렬하게 반짝이는 한 쌍의 눈을 보고 화들짝 놀란다. 로이가 깨어 있다. 제 엄마가 아이를 재우려고 노래를 부르다가 제풀에 잠들어버린 뒤 엄마 품에 안기듯이 침대에 누워 있는 이 이상한 아이가 어둠 속으로 손을 뻗어 허공에 불쑥 나타난 할아버지의 얼굴에 늘어진 피부를 잡아서 꼬집는다. 작고 날카로운 손톱이 살갗을 파고들어서 해리는 비명이 나오는 것을 간신히 참는다. 그리고 작고 사나운 게 같은 이 손을 손가락을 하나씩, 하나씩 떼어내서 뺨에서 떨어뜨린 뒤 복수라도 하듯이 꽉 잡고 아이의 가슴에 올려놓는다. 해리는 상처 입은 짐승처럼 크게 위협적인 소리를 내다가 프루가 깨어날 것처럼 몸을 움직이며 동요한 듯 헝클어진 머리를 향해 손을 움직이는 것을 보고 재빨리 방에서 물러난다.

재니스와 넬슨은 밝은 복도에서 그를 찾고 있다. 똑같이 숱이 줄어들고 있는 머리카락과 흐리멍텅하게 찡그린 표정 때문에 두 사람이 남매처럼 보인다. 해리는 속삭이듯 낮은 목소리로 두 사람에게 말한다. "프루가 로이의 침대에서 잠들었어."

넬슨이 말한다. "불쌍하기도 하지. 프루는 내 일에서 손을 뗄 수만 있다면 괜찮아질 거예요."

재니스가 해리에게 말한다. "넬슨이 이제 정신을 차렸다면서 우리더러 그만 가보래."

두 사람의 목소리가 크게 들린다. 로이의 방에서 안개가 낀 것 같은 침묵을 맛본 탓이다. 그래서 해리는 일부러 계속 조용히 말한다. "둘이 어떤 결론을 내렸어? 이런 일이 또 생기면 안 되잖아."

옛날에 넬슨이 쓰던 방에서 로이가 울기 시작한다. 울어야 할 사람은 따로 있는데. 아픈 건 해리의 뺨이다.

"이런 일은 이제 없을 거야, 해리." 재니스가 말한다. "넬슨이 상담사를 만나보겠다고 했어."

해리는 이것이 무슨 뜻인지 이해해보려고 아들을 바라본다. 아들은 여자들을 달래줘야 할 필요가 있지 않느냐는 듯, 아버지를 향해 공모자 같은 미소를 참고 있는 기색이 역력하다. 해리가 재니스에게 말한다. "저 녀석한테 속아넘어가면 안 된다고 내가 말했지?"

앞머리가 다 가려주지 못하는 재니스의 이마에 짜증스러운 주름이 잡힌다. "해리, 이제 그만 가봐야지." 라일이 말한 것처럼, 재니스가 대장이다.

차를 몰고 집으로 돌아가는 길에 그는 분노를 터뜨린다. "녀석이 뭐래? 돈에 대해서는 뭐라고 했어?" 422번 도로가 높은 트럭들 때문에 부르르 몸을 떤다. 대륙을 횡단하는 대형 트럭들이다. 그런 차들은 한밤중에 더 쌩쌩 달릴 수 있다.

재니스가 말한다. "지금 부지를 맡은 건 넬슨이야. 그러니 그걸 빼앗는 건 넬슨의 힘을 모두 빼앗는 것과 같아. 나는 부지를 경영할 수 없고, 당신은 혈관 어쩌고 하는 것 때문에 병원에 입원할 거잖아. 혈관 성형술."

"입원은 다다음주야." 해리가 말한다. "게다가 그 수술은 언제든 연기할 수 있어."

"당신이 그러고 싶어하는 건 아는데, 당신 몸에 아무 이상이 없는 척하는 건 이제 그만둬야 해. 해가 바뀐 지 거의 넉 달이 됐잖아. 플로리다 의사들은 당신이 석 달이면 충분히 회복될 거라고 했어. 브리트 박사는 당신이 지시대로 체중을 줄이지도 않고 염분을 줄이지도 않는다면서, 선피시를 타고 나갔다가 겪은 일이 언제든 다시 일어날 수 있다고 말했어."

브리트 박사는 브루어의 세인트조지프병원에서 그를 맡고 있는 심장전문의다. 주근깨가 있는 풋내기 같은 얼굴의 청년인 그는 살색 플라스틱 테의 커다란 안경을 쓰고 있다. 재니스가 자기 어머니와 똑같이 건조하고 결의에 찬 목소리로 이런 말을 하는 것에 해리의 마음속이 무섭게 공허해진다. 시티뷰 드라이브를 달리는 동안 비탈길의 공원이 종이로 만든 것처럼 약해 보이고, 불빛을 받은 나무들은 현실이 아닌 것 같다. 여기 이 바위들, 가파른 잔디밭, 자부심 높은 주택단지 밑에는 아무것도 없다. 원자들과 무無가 그를 기다리고 있을 뿐이다. 그가 자기들 사이에서 비좁은 자리를 차지하게 될 날을. '친애하는 주님, 도와주세요. 저의 병든 심장을 뽑아가주십시오.' 셀마는 기도가 도움이 된다고 말했다. 기도와는 거리가 먼 재니스의 생각은 계속 앞으로 나아가고 있다. 단호하고 조금 도전적인 재니스의 목소리가 들려온다. "돈에 대해서는 넬슨이 재정적인 구조조정이 필요하다는 걸 인정했어."

"구조조정! 그건 곤경에 처한 사람들이 항상 하는 말이지. 남미 나라들, 텍사스의 S&L.* 그 녀석이 정말로 구조조정이라는 말을 했어?"

"그건 내가 생각해낼 만한 단어가 아니잖아. 물론 강의를 듣기 시작하면 나도 그런 걸 배우게 되겠지만."

---

* 저축대출조합. 인플레이션과 규제완화 조치 등이 복합적으로 작용해서 1980년대에 미국의 저축대출조합들이 위기를 겪으며 스캔들로 발전했다. 특히 부시 가문이 이 스캔들과 관련된 것으로 알려져 있다.

"강의라니, 젠장." 그가 말한다. 엉뚱한 녹색이 칠해진 탱크, 그것이 거기 있는 이유, 식량배급표, 공습 대피훈련, 매일 아침 신문에서 대문짝만하게 비명을 질러대는 헤드라인들, 신과 악마의 대결이 매일 아헨*까지 진격한 거리의 문제로 간단히 표현되던 시절은 앞으로 시간이 얼마나 흐르면 사람들의 기억에서 깡그리 사라질까? "프루하고의 문제에 대해서는 뭐래?"

"프루한테 다른 남자가 생긴 것 같지는 않대." 재니스가 말한다. "그러니까 프루가 정말로 넬슨이랑 헤어질 것 같지는 않아."

"두 사람 모두 참 친절하고 무정하네. 그럼 프루는? 프루의 행복은? 오늘밤에 얼굴을 얻어맞은 걸 봤잖아. 프루가 앞으로 얼마나 더 참아야 하는데? 이제 그만 인정해. 그 녀석은 완전히 미쳤어. 녀석이 계속 움찔거리는 거 봤어? 그다음엔 토하기까지 했지? 그러고는 나한테 맥주를 마시자고 했잖아. 맥주라니, 젠장. 벌써 경찰을 불렀어도 할말이 없는 마당에. 이웃들이 경찰에 신고를 안 한 것만도 다행이야."

"넬슨이 맥주를 권한 건 호의에서 한 말이야. 당신이 그렇게 냉정하게 구는 게 넬슨한테는 엄청난 시련이니까."

"냉정하다고! 도대체 뭘 동정해주라는 거야? 녀석은 거짓말을 하고, 코를 홀쩍거리고, 코를 쿵쿵거리며 마약을 할 뿐만 아니라 주정뱅이이기까지 해. 녀석이 부지에 고용한 놈들은 조폭 아니면 에이즈 환자에……"

"정말이지, 그런 말을 하고 싶어? 녹음기가 있으면 좋겠네."

---

* 제2차세계대전 당시 연합군이 최초로 점령한 독일 도시.

"나도 마찬가지야. 내 말을 녹음해보시지. 난 지금 진실을 말하고 있으니까. 그래서 넬슨 녀석은 마약 문제를 어떻게 하겠다는 거야?" 네 시가 가까운 이 시각에도 운동화와 청바지 차림으로 공원에 나와 있는 남자들이 몇 명 눈에 띈다. 그들은 나무 뒤에서 서로 의논을 하거나, 벤치에 앉아서 기다리고 있다. "약을 끊겠다고 약속했어?"

"상담사를 만나보겠다고 약속했어." 재니스가 말한다. "자기한테 문제가 있을 수 있다는 것도 인정했고. 하룻밤에 그 정도면 괜찮아. 프루가 익명의 마약치료 모임에 다닌 덕분에 관련기관이나 사람들 이름을 다 알고 있으니까."

"관련기관이나 사람들이라니. 사회가 우리 인생을 대신 경영해주고, 요람에서 무덤까지 아기처럼 돌봐줄 거라고 기대할 수는 없어. 그런 건 공산주의자들이 하는 짓이라고. 사람이란 모름지기 책임을 져야할 때가 있는 법이야." 그는 작고 단단한 원통형의 약병이 잘 들어 있는지 확인하려고 손가락으로 바지 주머니를 만지작거린다. 지금은 약을 먹을 생각이 없다. 집에 도착할 때까지 아껴둘 것이다. 부엌에서 작은 잔에 우유를 따라서 약과 함께 먹을 것이다. 너터버터 쿠키도 우유에 찍어 먹을 것이다. 커다란 땅콩 모양의 너터버터는 우유에 담그면 아주 맛있어진다. 해리는 첫입에 땅콩 모양의 허리까지 먹을 것이고, 두 입에 나머지 조각을 먹을 것이다.

재니스가 말한다. "우리 부모님이 지금 살아 계셔서 당신이 책임 운운하는 걸 듣고 계셨으면 좋겠네. 어머니는 당신만큼 무책임한 사람은 평생 본 적이 없다고 하셨어."

이건 아프다, 조금. 그는 장모가 돌아가실 무렵에는 장모를 좋아했다. 장모도 그를 좋아한 줄 알았다. 더운 날 밤에 방충망 문이 달린 포치에서 함께 시간을 보내기도 했고, 포코노스에서 피노클 게임을 함께하기도 했다. 그리고 둘 다 재니스가 조금 둔하다고 생각했다.

공원을 빠져나온 뒤 해리는 회색 셀리카를 몰고 와이저 스트리트를 달려서 브루어 중심가를 통과한다. 인적이 끊긴 시내 중심부 허공에서 선플라워 맥주 시계가 세시 오십분을 가리키고 있다. 이 고독한 시간에 깨어 있는 것이 왠지 마음을 깨끗이 해주는 효과가 있는 듯하다. 이건 새로운 세상이다. 웅크린 채 살아 움직이는 그림자(고양이인가? 설마 너구리?) 하나가 그의 헤드라이트 불빛에 원형 반사기처럼 드러난 눈으로 그를 빤히 바라본다. 녀석은 도시계획가들이 만들어놓은 작은 숲 가장자리의 말라붙은 분수로 이어진 시멘트계단에 앉아 있다. 와이저 스트리트와 6번가 교차로에서 래빗은 오른쪽으로 방향을 꺾어야 한다. 예전에는 다리까지 직진할 수 있었다. 고등학교 시절 제멋대로 날뛰는 아이들은 시내 전차 철로를 따라 차를 몰면서 즐거워하곤 했다. 철로는 승객들이 전차에 올라탈 수 있게 마련된, 섬처럼 고립된 땅과 땅 사이로 뻗어 있었다.

그의 침묵이 길어지자 재니스가 달래듯이 말한다. "애들 참 귀엽지? 해리, 그애들이 부모가 한 사람밖에 없는 슬픈 환경에서 자라는 건 당신도 싫잖아."

래빗은 자기 몸속에 뭔가가 들어오는 것에 대해 항상 신경질적인 반응을 보인다. 치과 드릴, 혀를 누르는 기구, 귀지를 청소해주는 긴 칼처럼 생긴 도구, 좌약, 일 년에 한 번씩 전립선을 진찰하는 의사의 손가락. 그래서 오른쪽 다리 꼭대기를 통해 카테터를 삽입한 뒤, 끝부분이 작고 유연하게 돼 있는 그것을 사과를 깨물었을 때 거기서 꼬물꼬물 기어나오는 눈 없는 벌레처럼 밀어올리는 것을 생각만 해도 혐오스럽기 짝이 없다. 하지만 그가 반쯤 죽은 사람처럼 정신을 잃고 누워 있는 사이 의사들이 톱으로 뼈를 갈라 열고, 복잡한 기계로 피를 돌리면서 다리에서 잘라낸 미끌미끌하고 따뜻한 혈관 조각을 잔뜩 움츠러들어서 떨고 있는 심장 표면에 꿰매 붙이는 일만큼 혐오스럽지는 않다.

딜리언의 병원 의료진은 그에게 읽어보라면서 자료를 몇 가지 챙겨주었고, 심지어 짧막한 비디오도 보여주었다. 거기에는 심장을 보호해주는 심낭을 절개해서 여는 장면이 들어 있었다. 비디오에서는 무슨 재봉 수업이라도 하는 것처럼 명랑한 목소리로 그것을 재단이라고 표현했다. 차갑고 폭이 좁은 메스가 가슴 안의 뜨거운 웅덩이 속에서 살아 움직이는 핏덩어리를 공격한다. 걸쭉한 스튜가 끓고 있는 솥 같은 그것이 주기적으로 흐느끼듯 경련하고 부르르 떨면서 칼질을 피하려 애쓰지만, 하느님인지 뭔지 하여튼 조물주가 원래 인간의 손이 닿으면 안 된다고 정해놓은 보호막이 벗겨져나간다. 그러고 나서 보리스 칼로프가 나오는 그 옛날 무시무시한 프랑켄슈타인 영화에 나온 것처럼 반짝이는 펌프 같은 기계로 혈류가 돌려진 뒤 심장이 박동을 멈춘다. 그 장면들을 실제로 볼 수 있다. 수프 같은 웅덩이 속에 자신의 심장이 죽어 있는 모습을. 그 심장의 주인, 자연인으로서의 그는 엄밀히 말하면 죽은 사람이다. 기계가 사람 대신 살아서 움직이고 있고, 의사들은 콘돔과 비슷한 라텍스 장갑을 낀 손으로 몸속을 만지작거리고, 자르고, 꿰맨다. 해리는 그런 기계적인 과정에 자신의 목숨이 달려 있다는 것을 믿기 힘들다. 안에서 항상 떠들어대던 자신이 체액과 미끌거리는 체액의 통로 위에서 소금쟁이처럼 허둥거리는 모습을 믿을 수가 없다. 자신을 지탱하는 생명의 불꽃이 저렇게 축축한 지푸라기에서 시작됐다니.

혈관성형술은 관상동맥우회술만큼 침입자의 손길이 깊게 들어오지 않는 방법 같았다. 수술은 금요일로 예정되어 있었다. 젊은 것 같기도 하고 나이가 있는 것 같기도 한 브리트 박사는 애처로울 정도로 하얀 피부에 단추처럼 작은 코에 너무 큰 플라스틱 테의 안경을 쓰고 수술에 대해 설명해주었다. 그는 수술이라는 말보다 시술이라는 말을 더 많이 썼다. 같은 노래를 너무 자주 불러서 노래하는 동안 머릿속 생각은 자유로이 다른 곳을 헤매고 있는 나이트클럽 가수처럼 사람 마음을 가라앉히는 목소리였다. 브리트 박사가 사실 우회술을 선호한다는 건 해리도 알 수 있었다. 박사에게 혈관성형술은 겁쟁이나 하는 짓, 아이들 장난 같은 짓이었다. 몸에 칼을 내는 것이 진짜였다. "삼 개월 만에 협착이 재발할 가능성이 30퍼센트입니다." 브리트 박사가 햄스터들이 서로를 닮은 것처럼 자신을 닮은 작고 창백한 여자의 사진들이 놓여 있는 진찰실에서 해리에게 경고했다. 작은 사다리처럼 부모 앞에 아이들이 서 있는 사진도 있었다. 곱슬머리와 가늘게 뜬 눈과 아주 작은 분홍색 코가 모두 똑같았다. "그리고 PTCA 환자들이 결국 CABG를 하게 될 가능성은 20퍼센트입니다. 죄송합니다. PTCA는 경피경관혈관성형술이고, CABG는 관상동맥우회술을 말하는 겁니다."

"나도 짐작은 했어요." 해리가 말했다. "그래도 일단 풍선부터 해봅시다. 칼을 대는 건 나중으로 미루고." 한참 나중이 되었으면 좋겠다고 그는 속으로 생각한다.

"좋습니다." 브리트 박사가 반쯤 노래를 부르는 것 같은 말투로 말했다. 또박또박하고, 엄격하고, 차분하고, 체념한 것 같은 말투였다. 골프를 치는 사람들과 비슷했다. 그들은 오늘 게임에 져도 다음주에는 또 필드에 나선다. "심장병 환자의 90퍼센트가 선생님처럼 생각하죠. PTCA를 아주 좋아하십니다. 그 어떤 심장전문의도 환자분들의 생각을 돌릴 수 없을 정도예요. 비합리적인 일이지만, 인간이라는 종이 원래 그렇죠. 그거 아십니까, 해럴드 씨?" 해럴드가 정식 이름인데도, 해리가 단 한 번도 해럴드라는 이름으로 불린 적이 없다는 사실을 아무도 그에게 알려주지 않았다. 래빗은 그냥 문제삼지 않기로 한다. 마치 다시 아이가 된 것 같은 기분이 든다. 어머니는 그를 해시라고 부르곤 했다. "저희가 훌륭한 선물을 하나 해드리죠. 시술 과정 전체를 텔레비전 화면으로 직접 보실 수 있을 겁니다. 국소마취를 할 테니, 그걸 보면 시간을 보내는 데 도움이 될 거예요."

"꼭 봐야 합니까?"

브리트 박사는 순간적으로 귀찮은 표정을 지었다. 피부가 그렇게 하얀데도 땀을 워낙 많이 흘리는 편이라 그의 윗입술에는 항상 이슬이 맺혀 있다. "지나치게 흥분할 우려가 있거나 마음이 약할 것 같은 환자분들의 경우에는 대개 화면을 꺼놓습니다. 관상동맥폐색이 일어날 가능성이 항상 조금은 존재하니까요. 그런 분에게는 시술 과정을 직접 보는 것이 별로 좋지 않겠죠. 하지만 해럴드 씨는 약하지 않습니다. 불안에 떠는 약골이 아니에요. 제가 보기에 해럴드 씨는 상당히 강인한 정신의 소유자 같습니다. 지적인 호기심도 상당하고요. 제가 틀렸습니까?"

이건 이미 30달러를 잃은 그에게 10달러를 강제로 내미는 것과 같았다. 도무지 거절할 수 없는 유혹이다. "아뇨," 그는 젊은 의사에게 말했다. "날 아주 제대로 보셨네요."

브리트 박사가 실제로 시술을 맡는 것은 아니다. 그 일에는 전문가가 필요하다. 덩치가 크고 위협적이며 갈색 팔뚝이 두꺼운 레이먼드 박사라는 사람이다. 하지만 브리트도 그 자리에 있다. 그의 얼굴이 달처럼 그를 엿본다. 커다란 안경이 반짝이고, 긴장해서 땀을 흘린 탓에 윗입술에 이슬이 맺혀 있다. 그 얼굴이 라임색 산山 같은 레이먼드 박사의 어깨와 간호사들의 수술용 모자 너머로 빼꼼 나와 있다. 수술에는 간호사가 두 명 필요하다. 이건 결코 간단한 '시술'이 아니다. 해리가 허를 찔린 것이다. 게다가 방도 두 개나 필요하다. 실제로 수술이 이루어지는 방, 그리고 해리라는 인간을 움찔거리는 선, 즉 생명징후로 옮겨놓는 텔레비전 화면 여러 개가 있는 모니터실. 이건 래빗 앵스트롬 쇼다. 간호사와 브리트 박사와 이름을 결코 들은 적이 없는 또다른 몇몇 사람들, 라임색 옷을 입은 엑스트라들이 와서 한동안 보다가 나가버리는 쇼. 그들은 심지어 응급 우회술이 필요해질 경우를 대비해서 수술팀이 대기하고 있다는 이야기까지 별일 아니라는 듯이 해주었다.

또 한번의 배신. 그들이 그의 털을 깎는다. 국부의 털을 예고도 없이. 카테터가 들어갈 곳이 거기다. 그들이 준 알약을 먹었더니 머리가 몽롱해지고, 그가 불이 환하게 켜진 수술대 위에 무기력하게 누워 있는 동안 그들이 오른쪽 사타구니 부위와 음모의 숲을 박박 깎는다. 그는 원래 몸에 털이 많은 편이 아닌데, 지금 나이를 생각하면 깎아버린 털이 다시 자라기나 할지 궁금하다. 그다음에 다가온 바늘은 치과의사들이 쓰는 마취주사 바늘보다 더 크고 비열하게 느껴진다. 그 '따끔'한 느낌(레이먼드 박사가 "이제 좀 따끔할 겁니다"라고 중얼거린다)은 치과에서 주사를 맞았을 때만큼 빨리 사라지지 않는다. 하지만 그러고 나니 통증이 느껴지지 않는다. 그저 몸속에 염색약이 차오르면서 요의가 점점 강해지는 고통이 있을 뿐이다. 염색약이 거듭 주입될 때마다 뜨거운 느낌이 왈칵 들어서 마치 그의 가슴이 전자레인지 속에서 요리되고 있는 것 같다. 세상에. 그는 기도를 하려고 몇 번 눈을 감아 보지만 지금은 그럴 때가 아닌 것 같다. 현실세계가 그의 머릿속에서 지나치게 북적거리고 있다. 나이 많고 머리 숱 적은 성경 속 하느님은 감히 간섭하려 들지 않을 것이다. 그가 세 시간 반 동안 시련을 견디면서 매달린 종교적 위안은 사막 같은 황갈색 피부와 길고 우울한 코와 어깨에 곰같이 두툼한 살을 지닌 레이먼드 박사가 유대인이라는 믿음이다. 해리는 유대인들이 다른 민족에 비해 무엇이든 조금씩 더 잘한다는 이교도의 편견을 갖고 있다. 수많은 세대를 거치는 동안 몸을 웅크리고 앉아서 토라를 읽거나 시계를 수리한 그들은 다른 종족만큼 정신이 산만하지 않다. 그들은 애당초 재미를 그다지 기대하지 않는다. 그들은 술과 마약을 멀리하며, 오로지 계집들 앞에서만 약해진다(그가 예전에 읽은 할리우드 역사책의 내용을 믿어도 된다면 그렇다).

의사들과 그 주위를 위성처럼 맴도는 사람들이 시트에 덮인 채 전략적인 부위만 노출된 해리의 몸 위에 웅크려 뭐라고 중얼거린다. 그가 눈부신 빛 속에 누워 있는 이 방은 러시아 샐러드드레싱 색깔의 타일이 붙어 있고, 위치는 세인트조지프병원 사층이다. 이 병원은 수십 년 전에 그의 두 아이가 태어난 곳이기도 하다. 넬슨은 살았고 레베카는 죽었다. 그때는 수녀들이 이 병원을 운영했는데, 창백한 얼굴을 컵케이크 기름종이 같은 주름이 둘러싸고 있고 옷은 검은색과 흰색뿐이었다. 하지만 지금은 수녀들이 다른 사람들 속에 섞여 있거나 아예 희미하게 사라져버렸다. 사명감이 점점 고갈되면서 이제는 이타적인 행동을 하려는 사람이 하나도 없다. 다들 즐기려고만 한다. 수녀도 없고, 랍비도 없다. 내세에서 즐거움을 맛보려는 선한 사람들도 없다. 내세는 요컨대 이생을 일정한 범위 안에 어느 정도 붙잡아두는 역할을 했다. 소련인들처럼. 하지만 지금은 그저 일본과 기술과 이윤 동기가 있을 뿐이다. 다들 할 수 있을 때 모든 걸 손에 넣으려고 한다.

래빗이 고개를 왼쪽으로 돌리자 초록색 면으로 된 둔덕처럼 그의 몸 주위에 몰려 있는 사람들의 어깨 너머로 X레이 모니터 화면에 그의 심장 그림자가 보인다. 연한 회색의 유령 같은 그림자가 움찔거리고 있는데, 여러 개의 방으로 나뉜 구조 때문에 희미한 거미줄이 끼어 있는 것처럼 보이고 주입된 염색약 때문에 뱀처럼 구불구불한 줄무늬와 불룩한 타원 모양으로 어두워진 곳들이 있다. 철사처럼 가느다란 카테터의 끝부분이 얌전히 레이먼드 박사의 조종을 따라 탐색하듯이 코를 앞으로 내밀더니 조심스레 움찔거리며 천천히 대각선으로 움직여 흐릿하고 반점이 있는 통로로 들어간다. 그의 몸안에 있는 강江 또는 촉수 같다고나 할까. 모양이 모호한 유기체처럼 생긴 그 통로에서 카테터가 검은색으로 분명히 보인다. 총처럼 윤곽이 선명하다. 해리는 자기 심장이 숨이 막혀 켁켁거리며 침입자를 뱉어내려고 할지 궁금해서 계속 지켜본다. 목구멍에 손가락을 집어넣은 것처럼 구역질이 몰려오지만 한편으로는 테스트파일럿처럼 화면에 나타난 그림을 초연히 바라보고 있다. 항공지도의 일부처럼 읽기가 어렵고 색이 없는 화면이다. 그의 주위에서 서로 의견을 나누는 목소리들이 들려온다. "들어갔어." 브리트 박사가 뭔가를 깨우지 않으려고 조심하는 사람처럼 중얼거린다. "그게 LAD예요, 좌전하행동맥. 과부 제조기라고들 하죠. 지금까지는 병변이 가장 흔하게 발생하는 곳입니다. 그럼 여기 이 벽들은 얼마나 협착이 되어 있을까요? 침착물이 얼마나 두껍게 끼어 있을까요? 저기 작게 들러붙어 있는 점들, 저게 침착물입니다. 혈관이 85퍼센트 가까이 좁아져 있는 것 같은데요."

"라이스크리스피." 해리는 말을 하려고 하지만 입안이 너무 건조해서 목소리가 갈라진다. 그는 단지 자기 눈에도 모두 보인다고 말하고 싶을 뿐이다. 헝클어진 그림자 같은 자신이 다이어그램으로 표시되어 있는 것도 보이고, 기분 나쁜 침착물이 X레이로 찍은 라이스크리스피 같이 생긴 것도 보인다고 말하고 싶다. 그는 고개를 살짝 끄덕인다. 머리를 자를 때나 전립선 진찰을 받을 때보다 훨씬 더 조심스러운 기분이 든다. 너무 힘차게 고개를 끄덕이면 심장이 숨이 막혀서 켁켁거릴지 모른다. 아이를 임신한 느낌이 이런 건가? 레이먼드 박사가 몸안에 들어와 있는 지금 이 느낌이? 여자들은 이런 걸 구 개월이나 어떻게 참지? 애당초 섹스를 하는 것도 그렇지. 여자들이 정말로 그걸 좋아하는 건가? 동성애 변태들이 비역질을 하는 건 또 어떻고? 이런 문제를 놓고 사람들이 토의하는 모습을 보는 건 좀처럼 힘들다. 심지어 오프라

쇼에서도 볼 수 없다.

"이제부터 힘든 부분입니다." 브리트 박사가 숨을 몰아쉬며 말한다. 중요한 퍼팅이 이루어지는 순간에 골프 해설자가 마이크에 대고 떠들어대는 것 같다. 해리는 자신의 심장박동이 더 빨라진 것을 먼저 느낌으로, 그다음에는 모니터에 나타난 화면으로 알아차린다. 심장이 도망치려는 것처럼 뒤틀려 있다. 플로리다의 올먼 박사가 주먹을 쥐고 보여주었던 것처럼 발작적으로 나선형을 그리고 있다. 그림자 주먹 같은 심장이 화를 낸다. 자꾸만, 자꾸만, 일 분에 일흔 번이나. 그 분노가 그의 생명이고, 영혼이다. 물질보다 앞서는 정신이고, 근육을 움직이는 전기다. 기계적이고 정확한 검은 유령 같은 카테터는 그의 몸안에 들어온 죽음의 벌레다. 신을 모르는 기술이 우리가 바다의 뼈 없는 보지인 오징어에게서 물려받은, 박동하는 젖은 튜브를 범하고 있다. 또 토기吐氣가 깃털처럼 살짝 그를 건드린다. 그냥 토해버려도 될까? 그러면 이 작업이 방해를 받을 것이고, 자신을 산처럼 뒤덮고 있는 이 초록색 인간들이 정신을 집중하지 못할 것이다. 절대로 토하면 안 된다. 절대로 몸을 움직이면 안 된다.

모니터에서 탐험하듯 움직이는 카테터 끝부분 뒤에 매달린 벌레의 몸이 점점 부풀어서 굵어지더니 필름처럼 얇고 구불구불한 모양으로 그의 심장을 타고 내려가는 강줄기를 향해 창백한 라이스크리스피를 밀어붙인다. 그렇게 부푼 모습을 유지하면서 계속 밀어대고, 밀어낸다. 해리는 LAD에 방계혈관이 만들어져 있지 않다면 혈류가 멈춰서 당장 심장발작이 일어날 것이라는 설명을 이미 들었다. 모두가 모니터로 보고 있는 순간에 그런 일이 일어날 것이라고 했다. 지금이 바로 그 순간이다.

"삼십 초." 브리트 박사가 숨을 몰아쉬며 말하자, 레이먼드 박사가 풍선의 바람을 뺀다. "괜찮은 것 같아요, 레이." 해리는 방광을 칼처럼 찔러대는 기분좋은 압박감과 바다에 빠졌을 때 소금물을 너무 많이 마신 탓인지 목구멍 저 뒤쪽이 따끔거리는 느낌을 제외하고는 전혀 통증이 느껴지지 않는다. "한 번만 더요, 해럴드 씨. 이번이 마지막입니다."

"괜찮으세요?" 레이먼드 박사가 그에게 묻는다. 근육질 남자들, 특히 펜실베이니아 남자들에게서 가끔 볼 수 있는, 입속에 공깃돌이 들어 있는 것 같은 목소리다.

"아직 정신은 잃지 않았소." 해리가 말한다. 용감한 목소리를 내려고 했지만, 자신이 듣기에도 여자처럼 높은 목소리다.

풍선을 부풀리는 긴장된 작업이 되풀이되고, 텔레비전 화면에도 역시 같은 모습이 되풀이된다. 자연과학 프로그램에서 분자들이 서로 충돌하는 모습을 현미경으로 보여줄 때나 보험 광고의 컴퓨터그래픽에서 여러 조각들이 깜박거리며 회사 로고를 만들어갈 때처럼 침묵 속에서 화면이 움직인다. 천사들이 그의 죄를 기록하고 있는 장부처럼, 화면 속의 움직임 또한 그의 몸과는 아주 동떨어진 일처럼 보인다. 그의 심장이 멈추더라도, 그저 그림자연극처럼 보일 것이다. 부풀어올랐던 카테터가 다시 줄어들자 라이스크리스피가 LAD의 벽 쪽으로 밀려나 있는 것이 보인다. 가연성 산소가 풍부한 피가 심장으로 더 자유로이 흘러드는 것 같은 느낌이 든다. 감사와 황홀감으로 정신이 흐릿해진다.

"괜찮은 것 같아요." 브리트 박사가 말한다. 긴장한 목소리다.

"무슨 소리야?" 레이먼드 박사가 대꾸한다. "끝내주게 좋은데." 밀러 라이트가 얼마나 좋은지 텔레비전에서 열심히 주장해대는 그 목소리 같다.

그날 저녁 그의 병실(하루에 160달러가 넘는 개인실이지만, 그에게는 그만한 돈을 낼 가치가 있다. 플로리다에서 그와 같은 방에 나란히 입원하고 있던 환자는 하루종일 골골거리고 끙끙거리다가 마지막 성명이라도 발표하듯이 똥을 잔뜩 싸고는 결국 숨을 거뒀다)에 들어와 체온과 혈압을 재고 작은 종이컵에 든 처방약을 가져다준 간호사는 얼굴이 둥글고 친절해 보인다. 약간 살이 찐 편이지만 탄탄하다. 느낌도 친숙하다. 눈은 연한 파란색이고, 광대뼈 위로 얼굴의 4분의 3쯤 되는 곳에 위치해 있다. 윗입술은 그가 좋아하는, 약간 부푼 듯한 모양이다. 미셸 파이퍼와 비슷하다. 간호사 모자 밑으로 보이는 머리카락은 갈색이 감도는 붉은색 외에 여러 색깔이 섞여 있다. 해리의 딸이라고 해도 될 만큼 젊은데도 심지어 흰머리도 조금 섞여 있을 정도다.

간호사가 로켓처럼 생긴 이상한 플라스틱 체온계를 그의 입에서 빼내서 빨간 숫자로 표시된 체온을 읽고는 해리의 왼팔에 벨크로로 고정하게 되어 있는 혈압 측정용 압박대를 두른다. 그리고 거기에 바람을 넣으면서 그녀가 묻는다. "도요타는 잘 팔려요?"

"나쁘진 않아요. 달러가 약세라 힘들긴 하지만. 지금은 사실 아들이 대리점을 경영하고 있는 셈이고. 내가 도요타를 파는 일을 했다는 걸 어떻게 알았어요?"

"옛날에 남자친구랑 같이 아저씨 대리점에서 차를 산 적이 있어요. 십 년쯤 전에." 그녀가 놀리듯이 그 연한 파란 눈을 들어올린다. "기억 안 나세요?"

"아가씨였군! 그래. 물론이지. 기억하고말고. 오렌지색 코롤라." 이 여자는 그의 딸이다. 아니, 적어도 그는 그렇게 생각하고 있다. 루스는 오기를 부리느라 절대 그에게 그 사실을 인정하지 않겠지만. 해리는 침대에 가까이 서 있는 간호사의 명찰을 읽는다. **애너벨 바이어 간호사.** 아직 성이 바뀌지 않았다.

애너벨이 인상을 찌푸리더니 경찰관의 손처럼 그의 팔을 단단히 움켜쥐고 있던 압박대의 바람을 뺀다. "일 분쯤 뒤에 다시 재봐야겠어요. 저랑 이야기를 하는 동안에 갑자기 확 치솟았거든요."

해리가 그녀에게 물었다. "그래, 코롤라는 괜찮았어요? 그러고 보니 남자친구하고는 어떻게 됐지? 그 청년 이름이 뭐더라? 귀가 빨갛고 덩치가 큰 시골 청년이었는데."

"아무 말씀 마세요, 혈압을 다 잴 때까지는. 저도 조용히 있을게요. 뭔가 마음을 가라앉혀주는 생각을 해보세요."

해리는 루스의 시골집, 바이어의 집을 생각한다. 그가 숨어서 엿보던 덤불에서 과수원을 지나 이어져 있던 비탈길, 작고 네모난 석조 주택, 노란 껍데기만 남아 있던 스쿨버스, 그를 아래로 데려가려고 했던 검은 콜리종 개. 그 녀석은 해리가 그 집 식구들과 마찬가지로 마땅히 그 집에 있어야 한다는 것을 알고 있는 듯했다. 프리치, 그것이 개의 이름이었다. 날카로운 이빨, 검은 잇몸. '아이고, 무서워라.' 진정하자. 텍사스의 너른 하늘을 생각하는 거야. 포트라슨의 뜨겁고 나지막한 막

사 위에 떠 있던 하늘. 그는 새 군복 차림으로 저녁 외출증을 갖고 있었다. 자유, 부드러운 산들바람, 나지막한 지평선에 걸린 초록색 석양. 오리올고등학교를 상대로 농구를 하던 때를 생각하자. 자그마한 시골 체육관, 벽 앞에 정면으로 매달려 있던 백보드. 그때는 모든 고등학교들이 아무런 색채도 없는 커다란 지역 단위로 묶이기 전이고, 쇼핑몰들이 농지를 먹어치우기 전이었다. 마운트저지의 모자공장 뒤에서 털 달린 후드를 쓴 밈과 함께 썰매를 타던 생각을 하자. 겨울 해가 어찌나 짧은지 집에서 저녁을 먹으라는 외침이 들려오기 한 시간 전에 벌써 가로등에 불이 들어올 정도였다.

"이제 좀 낫네요." 간호사가 말한다. "140에 95예요. 좋지는 않지만, 나쁘지도 않아요. 이제 아까 물어보신 걸 대답하자면, 남자친구보다 차가 더 오래갔어요. 팔 년 뒤에 차를 바꿨거든요. 거의 20만 킬로미터를 뛰었죠. 제이미는 시내로 와서 동거를 시작한 지 일 년쯤 뒤에 갈릴리로 돌아갔어요. 브루어가 제이미한테는 너무 힘들었나봐요."

"그럼 아가씨는? 아가씨한테도 브루어가 너무 힘들어요?"

"아뇨, 저는 좋아요. 활기가 있잖아요."

옛날에 이 아가씨의 어머니가 즐기던 것 같은 활기? 당신 진짜 매춘부였어? 5월이 되어 이제 이파리가 완전히 무성해진 나무들의 느낌과 어스름이 그의 개인 병실 분위기를 부드럽게 만들어준다. 지금은 환자들의 저녁식사도 끝나고 하루 일을 마친 문병객들이 몰려올 시간도 지나서 병동이 조용한 편이다. 해리가 용기를 내서 묻는다. "아가씨 결혼은 했어요? 아니면 동거중?"

간호사가 미소를 짓는다. 타고난 상냥함이 그의 호기심과 주제넘은 질문에 대한 순간적인 놀라움과 잠시 힘을 겨루지만, 이내 표정이 풀어지며 다시 차분해진다. 어스름이 점점 짙어지며 가까이 다가오고 있는지, 하얗고 둥근 그녀의 얼굴이 은은히 빛난다. 하지만 그녀의 목소리에는 도시인 특유의 건조함과 경계심이 배어 있다. "아뇨, 어머니랑 같이 살고 있어요. 제이미와 제가 헤어진 뒤 어머니가 아버지가 남겨주신 농장을 팔고 제 집으로 들어오셨거든요."

"그 농장은 나도 알 것 같아요. 차를 타고 지나간 적이 있거든." 외부인의 침입을 받아 지쳐버린 해리의 심장이 너무 많은 정보에 무겁게 짓눌린다. 아까 그의 사타구니에 짓눌린 듯한 느낌이 들었던 것과 비슷하다. 혈관성형술이 끝난 뒤 몇 시간 동안 그는 문자 그대로 허를 찔린 기분이었다. 루스가 살던 곳은 다른 세상 같다. 덤불들, 계속 흘러가는 계절, 초록색이었다가 갈색으로 변하는 이파리들, 그가 없는 그곳에서 이 아이의 삶은 계속 흘러갔을 것이다. "루스는……" 그는 입을 열다가 말을 고친다. "어머니는 뭘 하세요?"

간호사는 해리를 이상하다는 듯 한 번 바라보지만, 그래도 기다렸다는 듯 질문에 대답해준다. 그가 그 질문을 던짐으로써 무슨 테스트에 합격하기라도 한 것 같다. "다른 주에 본부가 있는 투자회사에서 일하세요. 금융시장이니, 뮤추얼펀드니 하는 것들 때문에 옛날 크롤스가 있던 자리 맞은편의 새 유리 건물에 지사를 낸 투자회사들 아시죠?"

"속기사." 래빗은 기억을 떠올린다. "말을 받아 적어서 타자로 칠 수 있었지."

간호사는 정말로 웃음을 터뜨린다. 그가 더듬더듬 사실을 기억해내는 것이 놀라운 모양이다. 그녀는 간호사의 태도를 버리고 젊은 여자다운 태도를 취하기 시작한다. 침대에서 한 걸음 물러서 있는 그녀의 탄탄한 허벅지가 하얀 제복의 깨끗한 앞부분을 밀어대고 있기 때문에 서 있는데도 허벅지부터 무릎까지가 잘 보인다. 루스는 왜 이 아이를 노처녀로 만들고 있는 걸까? 그녀가 말한다. "어머니가 원래 속기사로 고용된 건 맞지만, 다른 여직원들보다 나이가 워낙 많아서 조금 책임 있는 자리를 맡게 됐어요. 지금은 하급 중역 비슷한 일을 하고 계세요. 그런데 저희 어머니랑 아는 사이세요?"

"글쎄, 확실히 기억이 안 나는걸." 그는 거짓말을 한다.

"틀림없이 아는 사이셨을 거예요. 엄마가 결혼하시기 전에요. 아버지를 만나기 전에 남자를 적잖이 만났다고 엄마가 말씀하셨거든요." 그녀가 빙긋 웃으며 해리와 자기 어머니가 아는 사이였을 것이라고 인정해버린다.

"그랬을 거야." 해리는 슬픈 생각이 든다. 그는 항상 모든 여자의 유일한 남자가 되기를 바랐다. 옛날 어머니의 유일한 아들이었던 것처럼. "아가씨 어머니를 한두 번 만난 적이 있어."

"지금 어머니를 보면 놀라실 거예요." 애너벨이 젊은 아가씨다운 말투로 말한다. "살도 많이 빠졌고, 옷도 진짜 멋지게 입거든요. 그래서 엄마가 저보다 애인이 더 많다고 제가 농담을 하고 그래요."

래빗은 눈을 감고 지금 이 나이의 루스 모습을 상상해본다. 어서. 일해야지. 멋지게 옷을 입는다. 도시 여자는 언제나 도시 여자다. 처음 만났을 때 루스의 머리에는 빨간 네온 빛이 만든 테두리가 둘러져 있어서 마름병에 걸린 식물 같았다.

해리가 자신의 딸이라고 생각하는 아가씨가 계속 말을 잇는다. "앵스트롬 씨가 여기 입원해 계신다고 엄마한테 말씀드릴게요." 이제 그는 저녁이면 찾아오는 멍한 상태로 물러나려고 애쓰고 있지만, 두 사람 사이에서 깨어난 친근감 때문에 그녀의 행동이 좀더 스스럼없게 변했다. "어쩌면 엄마는 아저씨보다 더 많은 걸 기억하고 있을지도 모르죠."

열 수 없게 봉해진 병실 창문 밖, 서서히 짙어지는 어스름 속에서 수액이 올라오고 있다. 병실 안의 공기조차 꽃가루 때문에 늘쩍지근하게 느껴진다. 해리의 눈이 또 저절로 감긴다. "안 돼." 그가 말한다. "괜찮으니까 어머니한테는 아무 말 하지 마. 어머니는 아마 전혀 기억 못할 거야." 그는 갑자기 피곤해진다. 너무 피곤해서 루스를 생각할 수 없다. 이 아이가 그의 딸이라 해도, 그건 오래전 일이다. 아무도 듣지 않는 라디오처럼 계속 혼자 돌아가고 있을 뿐이다.

의사들은 해리를 병원에 5박 6일 동안 붙잡아둔다. 재니스가 토요일에 문병을 온다. 재니스는 밖에서 아주 바쁘게 살고 있다. 부동산 영업사원이 되기 위해 들어야 하는 강의들이 시작되었기 때문이다. '부동산법과 부동산양도법' 강의, '담보대출 절차와 융자' 강의가 각각 야간에 세 시간씩이다. 재니스는 또한 프루, 손주들과 낮에 많은 시간을 보내고 있으며, 찰리 스태브로스도 전화를 걸어와 그녀와 함께 밖에서 점심을 먹었다.

래빗이 투덜거린다. "그 나쁜 자식이 그랬어? 난 아직 안 죽었어."

"당연하지, 여보. 당신이 죽기를 바라는 사람은 아무도 없어. 찰리 말로는 당신이 권했다던데, 찰리랑 같이 점심을 먹으면서. 찰리는 우리가 걱정스러워서 그런 것뿐이야. 나더러 일이 흘러가는 대로 그냥 내버려두지 말고 외부 회계사와 우리 고문 변호사를 시켜서 부지의 장부를 살펴보라고 했어, 당신이 하고 싶어했던 것처럼."

"찰리의 말은 들으면서, 내 말은 안 들으시겠다?"

"여보, 당신은 내 남편이잖아. 아내들은 원래 남편 말에 온통 혼란해지는 법이야. 찰리는 그냥 오랜 친구니까, 아무런 이해관계가 없는 외부인이지. 게다가 우리 아버지를 좋아했으니까 회사를 지키려는 마음도 있고."

해리는 쿡쿡 터져나오는 웃음을 막을 수 없다. 웃음이든 뭐든 심장을 흔들어댈 만한 일은 하고 싶지 않은데도. 수술중에 모니터로 보았던, 섬세한 거미줄 같은 모습으로 펄떡펄떡 뛰던 그림자가 생각난다. 가끔 〈코스비 가족〉이나 〈완전한 타인〉이나 〈골든 걸스〉 같은 프로그램을 보다가 웃음이 너무 나올 때는 웃음 때문에 심장에 스트레스를 주느니 차라리 텔레비전을 꺼버린다. 그런 프로그램들은 모두 바보 같은 내용이지만, 요즘 모든 사람이 떠들어대는 새 프로그램 〈로잰〉만큼 완전히 얼토당토않지는 않다. 〈로잰〉의 주인공인 뚱뚱한 여자는, 적어도 그의 눈에는, 입을 움직이지 않고 빨리 말하는 재능밖에 없는 것 같다. "재니스," 그가 진지한 목소리로 말한다. "내가 보기에 당신 아버지를 사랑했던 사람은 당신뿐이야. 당신 어머니도 사랑했을지 모르지, 처음에는. 비록 상상은 잘 안 가지만."

"돌아가신 분들을 모욕하지 마." 재니스가 냉정한 표정으로 말한다.

조금 살이 찐 것 같다. 발할라 빌리지가 제공해주는, 테니스와 수영이라는 꾸준한 다이어트가 없기 때문에 정말로 살이 붙고 있는지도 모르겠다. 두 사람은 지금도 플라잉이글의 회원이지만, 예전에 봄을 맞아 이곳에 왔을 때만큼 자주 나가보지 않았다. 옛날에 그곳에서 친구들과 즐거운 시간을 보낼 때는 그런 시절이 언젠가 끝나리라는 것을 알지 못했다. 그리고 지금은 심장 때문에 그가 다시 골프를 칠 수 있을지 알 수 없다. 카트를 타고 돌아다니더라도 7번 홀에서 쓰러지기라도 한다면, 골프를 함께 치던 친구들이 그를 병원으로 데려갈 때까지 십 분 동안 뇌가 산소를 공급받지 못할 것이다. 사람이 식물인간이 되는 데는 오 분이면 충분하다.

"그래서 그렇게 할 거야? 다른 회계사를 불러들이는 것 말이야."

"벌써 했지!" 재니스가 선언한다. 지금까지 대화를 이끌면서 이 자랑스러운 비밀을 발표할 기회만 기다리고 있었을 것이다. "찰리가 벌써 밀드레드한테 연락을 해놓았더라고. 그래서 나랑 찰리가 같이 바로 근처에 있는 그 훌륭한 양로원으로 갔지. 밀드레드는 정신이 또렷하고 능력도 그대로야. 다리만 좀 부실할 뿐이지. 우리가 다 같이 부지로 갔을 때, 당신한테 그렇게 못되게 굴었던 라일이라는 녀석은 자리에 없었지만, 내가 그 녀석 집으로 전화를 걸었어. 그리고 10월 이후의 장부를 보고 싶다고 말했더니, 자기 집에 있는 컴퓨터 디스크에 장부가 대부분 저장돼 있는데 몸이 너무 아파서 오늘은 우리를 만나러 나올 수가 없다는 거야. 그래서 내가 그렇게 아프면 회계 일도 제대로 못하겠다고 말했어."

"당신이?"

"응. 부동산양도법 강의에서 가장 먼저 배운 게 우유부단하게 굴지 말라는 거야. 생각하는 걸 똑바로 말하는 것보다 두루뭉술하게 구는 편이 사람과 판매에 더 손해를 입힌다는 거지. 처음에는 듣기 싫은 소리일지라도 그렇게 해야 돼. 내가 라일한테 해고하겠다고 했더니, 그녀석이 에이즈 환자는 해고할 수 없다는 거야, 그건 차별이라면서. 그래서 내가 내일 장부랑 디스크를 가지고 나오지 않으면 경찰관이 가지러 갈 거라고 했어."

"당신이 정말로 그렇게 말했어?" 재니스의 눈이 반짝이고, 머리카락이 작은 열매 같은 얼굴을 둘러싸고 있다. 다시 햇볕에 그을기 시작한 얼굴에는 살이 찌는 바람에 살짝 이중턱이 생겨나 있다. 해리는 자기가 키운 자식이 성공해서 부모에게서 멀어져 자기 직업의 세계로 가버렸을 때 자식을 칭찬하듯이 재니스를 칭찬한다.

"지금 당신한테 말하는 것처럼 매끈하게 말하지는 못했던 것 같기도 해. 하지만 어쨌든 전부 그렇게 말했어. 찰리한테 물어봐, 그 자리에 있었으니까. 난 그 변태들이 넬슨한테 저지른 짓이 마음에 안 들어. 걔들이 넬슨을 못된 길로 이끈 거야."

"동성애자라고 해야지." 해리가 지친 표정으로 말한다. "요새는 동성애자라고 해야 돼." 그는 지금도 미국의 속도를 따라가려고 애쓰고 있다. 미국이 스타일과 의상과 어휘를 계속 바꾸면서 자꾸만 젊은 쪽을 향해 앞장서서 춤추듯 달려가고 있기 때문이다. "그랬더니 라일이 뭐래?"

"두고 보자고 했어. 나더러 넬슨이랑 미리 상의했느냐고 묻기에 내가 상의는 안 했지만 요즘 넬슨은 상의할 만한 상태가 아닌 것 같다고 말했지. 라일이 친구들이랑 같이 넬슨을 잔뜩 쥐어짜서 단물을 다 빨아먹고는 마약에 중독된 폐인으로 만들어버린 것 같다고 말했어. 그랬더니 찰리가 메모지에다가 '진정해'라고 써서 나한테 보여주더라고. 엘비라랑 베니가 전시장에서 잔뜩 귀를 기울이고 있었거든. 사무실 문을 닫아놓았는데도. 아, 그 계집애 같은 변태 때문에 얼마나 화가 나던지. 전화 목소리가 나랑 대화하는 게 지루해 죽겠다는 듯이 건방지기 짝이 없었어. 자신의 섬세한 몸과 정신으로는 나 같은 여자를 상대하는 걸 견딜 수 없다는 것처럼 굴더라니까."

래빗은 라일의 기분이 어땠을지 알 것 같다. "아마 피곤했을 거야." 그가 라일을 변호한다. "라일이 앓고 있는 그 병이 사람을 아주 힘들게 만들거든. 허파가 부풀어오른다고."

"그럼 남자의 엉덩이에 그 물건을 집어넣지 말았어야지." 재니스가 말한다. 하지만 복도에 있는 간호사와 남자 조무사들이 들을 수 없게 목소리를 낮추기는 한다.

엉덩이라. 셸마. 그 무의 공간. 허공을 탐색하는 기분. "글쎄, 난 잘 모르겠어." 래빗이 피곤한 목소리로 계속 말을 잇는다. "넬슨의 경우 누가 누굴 못된 길로 이끈 건지. 어쩌면 내가 그 가엾은 녀석을 망가뜨린 건지도 모르지, 이십 년 전에."

"아, 해리, 자신을 너무 책망하지 마. 당신이 이러는 걸 보면 나도 기운이 빠져. 당신은 너무 변해버렸어. 의사들이 당신한테 도대체 무슨 짓을 한 거야?"

재니스가 이걸 물어준 것이 그는 반갑다. 그가 그녀에게 말한다. "의사들이 길고 가느다란 걸 내 몸안에 넣었는데, 모니터에 그게 내 심장

안에 들어가 있는 게 보였어. 바로 그 스크린 위에 내 가엾은 심장이 내 목숨을 부지해주려고 펌프질을 하는 게 보였다니까. 사람 심장에 그런 식으로 뭘 집어넣는 걸 허용해주다니. 그냥 죽게 내버려두는 게 나아."

"여보, 바보 같은 소리는 하지 마. 현대 과학 덕분이니 고맙게 생각해야지. 당신은 이제 괜찮아질 거야. 밈이 잔뜩 걱정을 하면서 전화를 했길래, 내가 별것 아니라고 말해주고, 여기 입원실 번호를 가르쳐줬어."

"밈." 이 단 한 음절이 그를 빙긋 웃게 만든다. 여동생. 잭슨 로드의 그 집에 살던 식구들 중에서 그를 빼면 유일하게 아직 살아 있는 사람. 그 집에서 어머니와 아버지는 싸우기도 하고, 열기를 내뿜기도 하고, 코미디 같은 짓을 하기도 하면서 나날을 보냈다. 밈은 열아홉 살 때 비쩍 말랐지만 예쁜 외모를 믿고 서부의 라스베이거스로 갔다. 그 외모가 시들기 시작하자 밈의 친구 중에 감상적인 부분이 있는 조폭이 미용실을 차려주었고, 현재 밈은 미용실 외에 빨래방도 소유하고 있다. 라스베이거스는 빨래방을 차리기에 아주 좋은 도시임이 틀림없다. 그곳에 사는 사람은 아무도 없고, 다들 그곳을 스쳐지나가기만 하면서 프랭클린 드라이브 14½번지의 연한 색 앤트론 카펫에 먼지가 쌓인 것처럼 먼지만 조금씩 떨어뜨려놓기 때문이다. 해리와 재니스는 한번 밈을 만나러 간 적이 있다. 칠팔 년쯤 전이었다. 반짝이는 슬롯머신들이 늘어선 동굴 같은 곳에 시계는 하나도 보이지 않고, 영원히 새벽 두시만이 이어질 뿐이었다. 그러다 밖으로 나와보면 해가 이글거리는 것을 깨닫고 깜짝 놀라게 된다. 인도가 어찌나 뜨거운지 개도 걸을 수 없을 정도다. 해리는 시나트라와 웨인 뉴턴*을 생각하며 휘황찬란한 풍경을 기대했지만, 사실 이곳의 도박중독자들에게도 애틀랜틱시티에서 슬롯머신을 잡아당기는 사람들보다 더 멋들어진 일면 같은 건 하나도 없었다. 라스베이거스에는 다만 서부 분위기가 있어서, 사람들의 목소리와 얼굴에 아주 미세한 주름이 새겨져 있다는 점이 다를 뿐이었다. 밈의 목소리와 얼굴에도 그런 주름들이 있었다. 그녀가 이른바 '목살'을 잡아당기려고 주름제거수술을 받았는데도 소용이 없었다. 인생은 올라가면 올라갈수록 가팔라지는 산과 같다.

"해리." 재니스가 계속 그를 부르고 있었던 것 같다. "내가 방금 뭐라고 했는지 알아?"

"전혀 모르겠는걸." 해리는 짜증스러운 목소리로 말을 덧붙인다. "그렇게 뒤에서 조언을 잘해주는 찰리가 있는데 뭣하러 귀찮게 나한테 말을 걸어? 게다가 그것뿐만이 아니잖아."

재니스가 조금 발끈한다. 입술이 안으로 말려들어가고, 얼굴이 앞으로 쑥 나온다. "찰리는 나한테 그냥 조언만 해줄 뿐이야. 그것도 당신이 그렇게 해달라고 부탁했기 때문에 해주는 거고. 찰리는 당신을 사랑하니까."

플로리다에서 여성 모임 같은 것에 나가기 전이라면 재니스는 이런 식으로 말하지 않았을 것이다. '사랑'이 어디에나 있는 것처럼, 빠르게 달리는 자동차에서 뚝뚝 떨어지는 기름방울이라도 되는 것처럼 말하다니. 재니스가 해리를 자극해서 다시 삶 속으로, 시끄러운 소동 속으로 끌어들이려 하고 있음을 해리는 어렴풋이 깨닫는다. 그래서 장단을

---

* 라스베이거스를 기반으로 활동하던 가수.

맞춰주려고 시도한다. "나를?"

"그래, 당신, 해리 앵스트롬."

"찰리가 도대체 왜?"

"나야 모르지." 재니스가 말한다. "남자들이 서로에게서 뭘 보는지 난 도무지 이해할 수가 없어." 재니스는 농담을 시도한다. "어쩌면 찰리가 늘그막에 동성애자가 됐는지도 모르지."

"찰리는 결혼한 적이 없으니까." 해리는 수긍한다. "다시 스프링어 모터스에 나오라고 하면 찰리가 관심을 보일 것 같아?"

재니스는 자기 소지품을 챙기고 있다. 우선 구식 둥근 폭탄처럼 단단하게 안이 꽉 차 있는 검은 가죽 핸드백. 테러리스트들이 여행가방에 담아 비행기 안에 몰래 들여놓는, 납작한 셈텍스와는 다르다. 그 밖에 부동산 교과서와 복사해서 스테이플러로 묶어둔 서류 견본은 오늘 밤 수업을 위한 자료이고, 재니스가 혼자 가서 산 봄 코트는 연한 노란색의 개버딘 같은 천으로 만든 것으로 널찍한 허리띠가 달려 있고 어깨도 널찍하다. 머리카락이 솜털 같은 그녀가 그 옷을 입으니 소녀처럼 보인다. "안 그래도 내가 물어봤어." 재니스가 말한다. "그랬더니 절대로 싫대. 자기 사촌들하고 동업으로 시내 북쪽의 옛날 박람회장 근처에서 임대업을 할 생각이라는 거야. 자기 조카가 다른 청년하고 같이 카펫 청소 사업을 시작했는데, 그것도 자기가 돕고 있다고 했어. 그걸로 충분하다면서 다시 월급쟁이로 돌아가는 건 참을 수가 없대. 세금을 원천징수당하고, 매일 출근해야 하는 생활은 건강에도 안 좋으니까. 지금 누리는 자유가 좋대."

"그거야 누구나 그렇지." 래빗은 한숨을 내쉰다. "재니스, 얼마 전에 문득 생각한 건데, 우리집 카펫도 청소를 맡겨야겠어. 당신 잘못은 아니지만, 카펫이 더럽잖아."

브리트 박사가 일요일 아침에 해리를 찾아와 말한다. "해럴드 씨, A-1인 것 같습니다. 레이의 솜씨가 정말 좋아요. 수술실 사람들은 '레이먼드 박사는 카테터로 턱밑의 촌충도 간질일 수 있을 것'이라고 말할 정도예요." 브리트는 해리가 웃음을 터뜨릴 것을 기대하며 솜털 같은 속눈썹 사이로 시선을 들지만 예상했던 반응은 나오지 않는다. 그러자 그는 좀더 친밀한 분위기를 조성하기 위해 침대 가장자리에 걸터앉는다. "그동안 저희가 찍은 필름을 살펴보았습니다. 딜리언커뮤니티의 그 멍청이들이 이제야 간신히 보내준 사진도 봤고요. 해럴드 씨의 LAD 관강管腔이 정상치의 15퍼센트에서 60퍼센트로 넓어졌어요. 하지만 RCA, 그러니까 우측관상동맥에 대해서는 그다지 좋은 말을 할수 없습니다. 대략 80퍼센트 정도 막혀 있는 것 같아요. 방계혈관이 잘 발달해서 외측혈관에서 심실로 피를 제대로 공급해주기만 하면 문제될 것이 없습니다만. 그런데 외측혈관과 LAD의 분기점에 병변이 발달하고 있어요. 분기점의 병변은 혈관성형술로 치료하기가 더 어렵습니다. 아마 해럴드 씨도 관심이 있는 문제일 것 같은데, 병변이 너무 길거나 지나치게 활동적인 AV 홈에 위치하는 경우에도 마찬가지예요. 시술중에 환자가 방계혈관에서 충분한 혈액을 공급받지 못하는 상태로 이럴 수도 저럴 수도 없게 되는 경우도 마찬가지고요. 그런 경우에는 아주 위험해질 수 있습니다."

침대에 편안히 앉기에는 다리가 조금 짧은 편인 그는 궁둥이를 꼼지락거려서 해리의 다리에 좀더 가까이 다가앉는다. 해리는 자신의 무기력한 몸안의 피가 흔들리는 것을 느낀다. 브리트가 미소를 지으며 점점 더 은밀한 이야기를 하는 듯한 목소리로 말한다. 레이먼드 박사의 어깨 너머로 중얼거릴 때와 비슷하다. "사실 말입니다, 해럴드 씨, PTCA는 상당히 시시한 치료법이에요. 제가 지금 이 시술의 결과가 좋고 그것이 한동안 유지될 것 같다고 말씀드리기는 했지만, 여기 며칠 누워 계시는 동안에 좀 진지하게 생각해보실 필요가 있습니다. 이제 한번 간을 보셨으니까, CABG로 넘어가는 게 어떨까 하고요. 당장은 아닙니다. 넉 달이나 여섯 달 정도는 시간이 있을 거예요. 그다음에 RCA와 CFX에 대해 모두 우회술을 실시하고, LAD는 재협착 여부에 따라 결정하게 될 겁니다. 그러고 나면 해럴드 씨는 거의 새 것과 다름없는 심장을 지니고 거의 새로 태어나다시피 하게 될 거예요. 수술중에 저희가 대동맥의 고장난 판막을 살펴보고 페이스메이커를 다는 문제를 고려하게 될지도 모르겠습니다. 솔직히 수술 후 MI가 좀 있었던 건지도 모르겠습니다. 심전도 검사에 Q파가 새로 나타났고, 확실한 MB 밴드와 더불어 CPK 동위효소가 증가했거든요."

"그 말은," 해리가 말한다. 의사가 늘어놓는 어려운 말에 완전히 넘어가지는 않았다. "여기 이렇게 누워 있는 동안에 심장발작이 일어났다는 거요?"

브리트 박사는 우아하게 어깨를 으쓱한다. 그의 몸짓에는 항상 우윳빛이 도는 분홍색 피부와 어울리는 우아함이 있다. 물집이 잡힌 것 같은 입술을 통해 나오는 목소리는 조금 새된 편이다. 그가 말한다. "PTCA는 공격적인 시술입니다. 그렇지 않다고 말한 사람은 아무도 없어요. 약간의 외상을 각오해야죠. 해럴드 씨의 심장근육에는 아주 오래전에 생긴 흉터가 있습니다. 심장발작이란 결국 심장근육 일부가 죽어가는 거예요. 근육이 조금 죽어도 환자 본인은 모르고 지나갈 수 있습니다. 누구나 겪는 일이죠. 일정 연령이 넘은 분이라면 누구나 폐기종 증세가 조금 있는 것과 똑같아요. 그런 노화 과정에서 도망칠 길은 없으니까요. 적어도 이번 생에서는 없습니다."

해리는 다음 생은 어떨까 생각해보다가 브리트 박사에게 묻지 않기로 한다. 브리트가 〈내셔널 인콰이어러〉보다 더 많은 걸 알고 있을 것 같지 않다. "몇천 달러나 될 수도 있는 입원비를 들여가며 내가 이렇게 입원해서 고작 시시한 수술을 받았다는 거요?"

"로마는 하루아침에 세워지지 않았습니다. 해럴드 씨. 그러니 해럴드 씨의 심장도 일주일 만에 재건될 수는 없죠. 혈관성형술이 어느 정도 효과가 있는 건 사실입니다. 적어도 한동안은요. 환자의 80퍼센트가량이 효과를 봐요. 하지만 우회술의 초기 성공률은 최대 99퍼센트가량 됩니다. 생각해보세요. 이건 변기를 긴 솔로 닦을 것이냐, 아니면 아예 배관을 바꿀 것이냐 하는 문제와 같습니다. 솔로는 닿을 수 없는 곳이 있고, 화학적으로 결합된 침전물이 쌓이는 경우도 있어요. 해럴드 씨의 연령대에 전체적으로 건강이 좋은 편이라면 두 번 생각할 필요도 없습니다. 해럴드 씨 본인뿐만 아니라 부인과 아드님을 위해서라도 그렇게 해야 해요. 게다가 영리하고 귀여운 손주들도 있다고 들었습니다."

브리트의 말이 빨라질수록 해리의 가슴이 더욱 죄어드는 것 같다. 그가 불쑥 말한다. "내가 제대로 이해했는지 한번 봅시다. 우선 다리의 정맥을 뜯어내서 물병 손잡이를 달듯이 심장에 꿰매 붙이는 거죠?"

젊은 의사의 얼굴에 구름이 낀다. 래빗은 그가 정해진 면담 시간을 넘기고 있는 것 같다는 생각이 든다. 참을성을 발휘하고 있음을 노골적으로 드러내면서 그는 아파 보이는 입술을 핥더니 설명을 시작한다. "보통 다리 표면의 정맥을 채취하지만, 어떤 경우에는 가슴동맥을 채취하기도 합니다. 정맥보다는 동맥이 동맥압을 더 잘 견디니까요. 하지만 해럴드 씨는 그런 문제를 걱정하실 필요가 없습니다. 의사가 아니시잖아요. 그건 저희의 전문분야입니다. 이 수술은 미국에서 매년 수만 건씩 시행되고 있어요. 걱정 마십시오, 해럴드 씨, 식은 죽 먹기입니다."

"당신이라면 이 병원에서 그 수술을 받겠소?"

살색 테 안경 뒤의 눈이 솜털로 둘러싸인 이상한 틈새처럼 보인다. 눈꺼풀은 분홍색으로 부어 있는 듯하다. "여기엔 아직 장비가 없습니다." 그가 인정한다. "필라델피아로 가셔야 할 겁니다. 저희가 랭커스터 쪽에 예약을 잡아드리기는 힘들 겁니다. 몇 달 치 예약이 다 차 있으니까요."

"그럼 그게 그렇게 간단한 일일 리가 없잖소. 그렇게 대단한 시설이 필요하다면." 어렸을 때부터 래빗은 필라델피아에 대해 편견을 갖고 있었다. 그곳은 세상에서 제일 더러운 도시이고, 그곳 사람들이 먹는 물에는 독이 섞여 있다는 편견이었다. 그런데 랭커스터는 그보다 더하다. 아미시 농부들은 가축을 죽을 때까지 혹사시키고, 근친혼을 너무 많이

해서 인구 중 절반이 꼽추와 난쟁이로 태어난다. 영화 〈위트니스〉를 보면서 그는 아미시 사람들이 아주 이상하다고 생각했다. 영화 속에서 켈리 맥길리스는 자신의 맨 젖가슴을 스펀지로 닦고, 헛간을 짓는 데 모든 사람이 나서서 협력하지만 해리는 그런 것에 속지 않았다. "어쩌면 플로리다가 나을지도 모르겠군요." 그가 브리트 박사에게 제안한다. 여기 북쪽에 와 있을 때는 항상 플로리다가 현실처럼 느껴지지 않는다. 그러니 거기서 수술을 받는 것도 수술을 받지 않는 것과 똑같이 느껴질지도 모른다.

브리트 박사의 아파 보이는 입술이 엄격해진다. 윗입술에는 땀이 맺혀 있다. 이 사람은 왜 이토록 열심히 그 수술을 주장하는가? 매달 채워야 하는 할당량이라도 있는 건가? 경찰관들에게 속도위반 딱지 할당량이 있는 것처럼? "저는 딜리언의 일처리에 그다지 좋은 인상을 받지 못했습니다만……" 그가 말한다. "한번 생각해보실 수는 있겠죠, 해럴드 씨. 제가 해럴드 씨 입장이라면 그 수술을 받았을 겁니다. 아무런 주저 없이. 그 방법이 아니라면 자신의 생명을 가지고 장난을 치는 거나 같아요."

'그러셔?' 래빗은 박사가 방을 나간 뒤 속으로 생각한다. '하지만 당신은 지금 나와 같은 처지가 아니잖아. 게다가 인생이라는 게 갖고 노는 것 말고 또 무슨 소용이 있어?'

밈에게서 전화가 왔다. 해리는 그녀의 목소리를 금방 알아듣지 못한다. 너무 건조하고 콧소리가 나는 목소리다. 위스키와 담배 때문에 목소리가 많이 갈라져 있다. "그 사람들이 이번에는 오빠한테 무슨 짓을 하고 있어?" 밈이 묻는다. 그녀는 옛날부터 항상 해리를 다이아몬드 카운티의 늑대들 사이에 끼어 있는 양으로 취급하며 그도 자신처럼 그곳을 빠져나와야 한다는 태도를 취했다.

"날 병원에 입원시켰어." 그가 말한다. 아이처럼 울음이라도 터뜨릴 것 같다. "다리를 통해서 심장까지 풍선을 집어넣어서 식염수로 부풀려가지고 내가 먹은 기름기로 막혀 있던 동맥을 넓혔어. 그러고는 허벅지의 절개 부위에 모래주머니를 올려놓더니 여섯 시간 동안 다리를 움직이지 말라는 거야. 안 그러면 피를 흘려서 죽게 될 거라고. 병원이라는 데가 다 그렇지. 처음에는 미장원에서 머리를 자르는 것처럼 간단한 일이니까 걱정 말라고 말해놓고는, 시술이 중간쯤 끝나면 피를 너무 흘려서 죽을 수도 있다고 말하는 자들이니까. 그런데 오늘 아침에 의사가 와서 나더러 그게 시시한 수술이라 굳이 고생할 가치가 없었다는 거야. 그러면서 나더러 전부를 걸고 다중우회술을 받으라고 했어. 밈, 의사들이 내 몸을 코코넛처럼 쪼개서 다리의 혈관을 뜯어내는 거야."

"응, 나도 알아." 밈이 말한다. "그래서 그 수술 받을 거야?"

래빗이 말한다. "아마 결국은 의사들이 그걸 받게 만들걸. 의사들이 내 약점을 쥐고 있잖아. 어차피 환자는 겁을 먹고 있고, 달리 방법도 없으니까."

"여기 내가 아는 사람들이 심장수술을 받았는데, 그 효과를 철저히 믿고 있어. 내 눈에는 크게 달라진 것도 없는 것 같은데. 그 사람들은 지금도 그 뚱뚱한 엉덩이를 깔고 하루종일 앉아서 손톱 손질을 맡기거나 전화로 수다를 떨 뿐이거든. 하기야 수술 전에도 그다지 에너지가 넘치는 사람들은 아니었으니까. 우리 나이쯤 되면 죽지 않고 목숨을 부지하는 것도 일이야, 오빠."

"무슨 소리야, 밈? 넌 겨우 쉰 살이잖아."

"여기 여자들은 그 나이면 이미 골동품이야. 완전히 한물간 나이, 여자라면 다 체념해야 하는 나이라고. 이젠 나한테 눈길을 주는 사람도 없어. 마치 투명인간이 된 기분이야."

"세상에, 옛날에는 널 쳐다보는 사람이 많았잖아." 해리가 자랑스럽게 말한다. 그는 열아홉 살 때의 동생을 떠올린다. 금발 줄무늬로 염색한 머리, 꽉 조인 빨간색의 커다란 벨트, 섹시하고 부드러운 스웨터, 날씬하게 마른 팔과 그 끝에서 딸랑거리는 뱅글들, 미소를 지을 때면 어쩔 수 없이 드러나는 뻐드렁니, 립스틱이 번져서 방금 잼샌드위치를 먹은 것처럼 보이는 입술. 그녀는 브루어에서 탈출하고 싶어서 안달하는 미끈한 망아지 같았다. 울타리를 발로 차든지 아니면 몸을 팔아서라도 탈출할 기세였다. 게다가 성공하기까지 했다. 래빗이라면 결코 거기서 성공하지 못했을 것이다. 그는 사람이 너무 물렀다. 심지어 플로리다도 따뜻한 햇볕으로 그의 의욕을 빼앗고 있다. 그는 사람들이 자신을 기억해주는 곳에 머물러야 하는 사람이었다. "그래, 이쪽에는 언제 올 거야?" 그가 밈에게 묻는다.

"몸이 얼마나 안 좋은 건데, 오빠?"

"심하진 않아. 그냥 내가 투덜거리는 거지. 동물성 지방이랑 염분을 피하고, 성질만 안 내면 돼."

"지금 누가 오빠 성질을 건드리겠어?"

"옛날부터 건드리던 사람들이지." 그가 말한다. "넬리한테 좀 문제가 있어. 게다가 내가 드러누워 있는 동안 누가 멋지게 재니스를 상대해 주고 있는지 넌 짐작도 못할 거다. 네 옛날 애인 찰리 스태브로스야."

"채스는 내 애인이었던 적이 없어. 옛날에 내가 채스를 받아들인 건 올케한테서 떼어내려고 그런 거지. 이 동네에서는 여자한테 적어도 아파트 한 채라도 사주지 않는 한 애인 행세를 못해."

해리는 동생이 흥미를 가질 만한 이야기를 계속 풀어내려고 애쓰고 있다. 밈처럼 성공한 사람들은 쉽게 싫증을 느낀다. "그런데 라스베이거스는 어때?" 그가 묻는다. "벌써 날씨가 더워졌나? 네가 더위를 피해서 이 주쯤 여기 와 있는 건 어떻겠니? 서재 위의 손님방을 내줄게. 이참에 조카 손주들하고도 좀 친해져봐. 주디가 이제는 아가씨가 다 됐어. 나중에 아주 예뻐질 거다. 너랑은 다르지만, 그래도 예뻐질 거야."

"오빠, 지난번에 펜실베이니아에 갔을 때 난 습기 때문에 거의 죽을 뻔했어. 오빠는 거기서 어떻게 버티나 몰라. 날이면 날마다. 따뜻한 행주를 몸에 두른 것 같던데. 오빠가 아픈 것도 그 무거운 날씨 때문일 거야. 꽃가루도 엄청 많잖아."

"그렇지." 해리는 힘없이 동의한다. 손에 쥔 수화기가 축축하게 느껴진다. 남의 관심을 끄는 능력이 원래 이렇게 형편없지 않았는데. 이제 그는 자유로이 복도를 돌아다닐 수 있다. 그러다보면 놀라운 일들이 눈에 띈다. 한 시간이 채 안 된 조금 전에 아주 놀라운 문병객, 어린 브루어 소녀를 보았다. 기껏해야 열다섯 살 정도로 보이는 그녀는 검은 재킷, 꼭 끼는 검은 바지, 끝이 뾰족한 검은 부츠 등 온통 검은색 일색이었다. 짧은 머리는 노란빛이 도는 흰색으로 염색해서 온통 무스를 발라두었기 때문에 마치 물에 젖은 부활절 병아리 같았고, 눈 바로 옆에는 작은 꽃들로 장식된 십자 문신도 있었다. 하지만 그의 심장은 거기에 적절한 반응을 보이지 못했다. 여자아이들이 자기가 무슨 짓을 해도 젊음이 반짝일 것이고 모든 상처가 치유될 것이라 믿고 이렇게 자신에게 못된 짓을 하는 것을 전에도 본 적이 있는 것 같다는 느낌만 들었다.

"오빠가 잘 버티고 있으면 내가 가을쯤 가게 될지도 몰라." 밈이 말한다.

"아, 당연히 버틸 수 있지." 그가 말한다. "이 오빠가 그렇게 쉽게 없어질 줄 알면 오산이야." 하지만 두 사람 사이의 유대감이 삐걱거리는 것이 느껴지고, 밈이 짧게 짧게 침묵하면서 다음 할말을 고르고 있는 것도 느껴진다. "어이, 밈." 그가 말한다. "아버지가 가슴이 아프다고 투덜거리던 거 기억나?"

"아버지는 폐기종이셨잖아, 오빠. 담배를 못 끊으셔서. 오빠는 끊었고. 오빠가 똑똑했어. 난 하루에 한 갑까지 줄였지만, 연기를 진짜 속까지 빨아들인 적은 없는 것 같아."

"내 기억으로는 아버지가 가슴에 뭐가 꽉 찬 것 같다고 투덜거리셨던 것 같아. 그래서 손을 셔츠 밑으로 넣어서 가슴을 문지르곤 하셨어."

"아마 가려운 데가 있어서 그러셨겠지. 아버지는 숨을 못 쉬게 돼서 돌아가셨어. 어머니는 파킨슨병 때문에 돌아가셨고. 마지막에는 두 분 모두 심장이 멈췄겠지만, 그거야 누구나 그러는 거잖아. 생명이라는 게 원래 심장에 짐을 지우는 거니까."

그의 누이동생은 아주 독단적인 사람이 되어서 모든 것에 대해 이미 준비된 답을 갖고 있다. 뭔가에 화가 나 있는 것 같기도 하다. 어린 로이와 똑같다. "밈." 해리가 말한다. 그냥 이대로 손을 놓아버리고 싶지 않다. "궁금한 게 하나 더 있는데 말이야, 너 옛날에 〈슈플라이 파이와 사과파이〉 노래를 노상 부르던 거 기억나?"

"응, 뭐."

"그럼 '눈이 반짝 떠지네, 배에서는 "안녕!"이라고 말하지' 다음 가사가 뭐지?"

침묵 속에서 배경 소음이 들려온다. 미용실에서 사람들이 수다를 떠는 소리, 헤어드라이어가 윙윙 돌아가는 소리. "그걸 내가 어떻게 알아?" 마침내 밈이 말한다. "내가 정말로 그 노래를 불렀어?"

"확실히 그랬던 것 같은데, 뭐, 됐어. 네 인생은 어때?" 해리가 묻는다. "무슨 새로운 일 같은 건 없어? 언제쯤이나 돼야 널 시집보낼 수 있을까?"

"오빠, 적당히 해둬. 이 동네에서 누가 나같이 늙은 여자랑 결혼한다면, 그건 순전히 뭔가 숨길 게 있기 때문이야. 아니면 세금을 피하고 싶거나. 회계사가 그런 세금 회피방법을 알아낸다면 그렇다는 말이지만."

"회계사라니까 생각나는데," 해리가 입을 연다. 넬슨과 라일과 재니스에 대해서, 그리고 전화를 걸어오는 사람들에 대해서 동생에게 모든 이야기를 털어놓을 수도 있을 것이다. 하지만 밈은 그의 이야기가 듣기 싫은지 목소리를 낮춰서 다급히 말한다. "오빠, 진짜로 특별한 손님이 방금 들어왔어. 오빠 같은 사람도 이름을 들어본 적이 있을 만큼 유명한 사람이야. 이만 끊을게. 몸조리 잘해. 목소리를 들어보니 점점 회복중인 것 같기는 하네. 언제든 견디기 힘들어지면 여기 와서 햇빛을 즐기면서 좀 놀아도 돼."

놀다니, 뭘 하면서? 그는 이렇게 물어보고 싶다. 옛날에 밈은 그가 혼자 있을 때면 항상 그에게 여자애를 소개시켜주겠다고 하곤 했다. 물론 그가 혼자 있었던 적은 한 번도 없지만. 밈에게 회복중인 것 같다는 이야기를 한 이유가 무엇이냐고도 물어보고 싶다. 하지만 밈은 이미 전화를 끊어버렸다. 밈에게는 자기만의 인생이 있다. 수화기를 계속 들고 있었기 때문에 팔오금이 아프다. 의사들이 염색약과 풍선으로 그의 동맥을 침범한 뒤로, 그는 여기저기 관절이 쑤시고 아프다. 마치 그의 피가 이제는 순전히 그만의 것이 아닌 듯하다. 진저에일 병의 뚜껑을 한 번 따고 나면, 다시는 쉿 하고 거품이 일지 않는 법이다.

둥글고 창백한 얼굴, 그러니까 조금 촌스러운 얼굴의 간호사가 월요일 저녁에 병실로 들어와 해리에게 말한다. "어머니가 오늘밤에 저한테 뭘 갖다주러 오실 거예요. 어머니한테 여기 병실에 잠깐 들르라고 할까요?"

"어머니가 그러고 싶다고 하시던가?" 당신이 그애를 자기 딸로 생각한다는 생각을 하면, 애 몸에 똥을 잔뜩 바르는 것 같은 기분이야. 마지막으로 만났을 때 루스는 이렇게 말했다.

간호사 모자를 쓴 아가씨가 미소를 짓는다. "며칠 전 밤에 그냥 가볍게 이야기했어요. 아저씨가 여기 계시다고요. 제 생각이지만, 어머니도 만나보고 싶어하시는 것 같아요. 못된 소리 같은 건 하시지 않았으니까요." 간호사가 살짝 얼굴을 붉히며 억지웃음을 짓는다. 뭔가 비밀이 있다. 조만간 이 아가씨한테 뭔가 변화가 일어나지 않으면, 이 얼굴은 멍청하고 공허하게 변할 것이다. 순수함은 멍청함의 초기 단계일 뿐이다.

오늘 해리는 기분이 좋지 않다. 거리의 자동차 소리와 사람들이 다시 일을 시작하는 소리를 들으며 그는 자신이 아직도 거기서 밀려나 있음을 새삼 느꼈다. 재니스는 그를 찾아오지 않았고, 지금쯤이면 이미 야간강의를 듣고 있을 것이다. 하루종일 잿빛 구름이 하늘에 가득했다. 길고 구불구불한 비구름이 벽돌 굴뚝 위에서 검은 연기의 뒤를 쫓았지만 실제로 비가 떨어지지는 않았다. 그의 병실 창문에서 보이는 것은 좁은 건물들의 삼층 꼭대기에 띠처럼 둘러진, 벽돌에 복잡한 홈을 새겨 만든 장식이다. 이 건물들의 일층에는 커피숍, 세탁소, 사무용품점 등이 있다. 귀퉁이 건물은 회색, 가운데 건물은 파란색, 그리고 창틀에 가장 화려한 장식이 붙어 있는 세번째 건물은 베이지색이다. 브루어 사람들은 벽돌을 그냥 빨간색 그대로 둘 것이 아니라 그 위에 무슨 색이든 원하는 대로 칠할 수 있다는 사실을 이제야 서서히 깨닫는 중이다. 길 건너편 건물들의 상층부 창문 뒤에는 사람들이 살고 있지만, 해리가 아무리 열심히 바라보아도 여자가 옷을 벗는 장면 같은 보상은 아직 받은 적이 없다. 하다못해 누가 창가에서 밖을 내다보는 모습조차 보지 못했다. 우울한 일은 그것뿐만이 아니다. 그는 사흘 전 세인트조지프병원에 입원한 뒤로 대변을 보지 못했다. 첫날은 환자용 변기가 불편하고, 자기가 내놓은 것을 간호사들이 치워야 한다는 사실이 걱정스럽기 때문이라고 생각했다. 둘째 날은 평소와는 다른 음식 때문이라고 생각했다. 병원 영양사들이 생각해낸 음식은 보기에는 아주 좋지만 맛은 젖은 마분지 같고 씹는 느낌은 소여물 같다. 어찌나 밍밍한지 침샘을 아예 닫아버릴 정도다. 셋째 날에는 복도를 마음대로 걸어다닐 수도 있고 자기 방에 딸린 화장실의 문을 닫고 이용할 수도 있게 되었기 때문에 대변을 보지 못하는 것을 자기 탓으로 돌리고 있다. 자신이 늙어서 말라가고 있기 때문이라고, 내부 장기들이 낡아버렸기 때문이라고. 그래서 심지어 방귀조차 다 떨어져버렸다고.

이 여자애(사실 여자애라고 하기는 힘들다. 넬슨보다 겨우 세 살 아래일 테니까)가 어머니를 데려오겠다고 말하는 것을 들으니 기분이 이상하다. 바로 어젯밤에 그가 루스의 꿈을 꾸었기 때문이다. 주위의 세상은 점점 잿빛으로 변해가는 반면, 그의 꿈은 강렬한 색채를 얻었다. 루스. 그 옛날 두 사람이 함께 살고 함께 자던 그 봄의 루스. 그때 두 사람의 나이는 스물여섯 살이었고, 루스는 풍만하고 도도했다. 거칠고, 뚱뚱하고, 무심한 그 모습이 나름대로 예쁘기도 했다. 그 젊은 루스가 꿈속에서 바다처럼 파란 바탕에 작은 하얀색 물방울무늬가 있는 원피스를 입고 있었다. 그는 그 원피스와 그 안에 들어 있는 그녀의 몸에 자신의 몸을 밀어붙이며, 파란색 옷을 입은 그녀가 너무나 사랑스러워 보인다고 말했다. 빨간색, 갈색, 황금색으로 빛나는 루스의 머리카락이 그의 눈 가까이에 있었다. 루스는 고개를 돌리고 있었지만, 그는 자기가 싫어서 그런 것이 아니라 이런 상황에서 당연히 느끼기 마련인 당황스러움 때문일 것이라고 생각했다. 루스는 그와 함께 살면서 재니스까지도 끌어안고 있는 것 같았고, 재니스도 근처 어딘가, 아마 이층쯤에 있었다. 하지만 두 사람을 둘러싼 가구들은 플로리다 아파트의 것처럼 햇빛을 잔뜩 받은 꽃무늬 고리버들 가구였다. 그런데 플로리다 아파트에는 이층이 없다. 그는 루스를 끌어안은 자신의 행동이 절반밖에 허락받지 못한 것 같은 기분이었다. 법적인 친척을 끌어안은 것 같은 기분. 그가 생생한 색깔의 원피스를 칭찬한 것은 루스를 자극해서 자신처럼 행복한 생각을 하게 되기를, 두 사람의 사랑이 마침내 옳은 것이 되었다고 생각하게 되기를 원하기 때문이었다. 그는 루스의 목 옆에 얼굴을 묻었다. 다채로운 색을 띤 루스의 머리카락이 드리운 커튼 속에. 자신이 그녀와 영원히, 자꾸만 자꾸만 씹을 하면서 그녀의 단단한 아름다움 속에 자신을 한없이 흘려넣을 수 있다는 확신이 들었다. 꿈에서 깨었을 때 그는 완전히 발기한 상태였다. 요즘 깨어 있는 동안 그렇게까지 발기하는 경우는 거의 없는 것이나 마찬가지다. 고혈압약과 전체적으로 잿빛으로 가라앉은 기분 때문에. 꿈의 기억이 하늘처럼 파란 조각들 속에 담겨 아직 신선하게 그에게 달라붙어 있는 동안, 그는 하얀 물방울무늬가 그와 루스가 함께 살았던 서머 스트리트 근처에서 배나무들을 따라 걷다보면 나오는 브래드퍼드 거리에 한 달 전에 뿌려져 인도에 흩어졌던 색종이 조각들 같은 꽃이라는 것을 깨달았다. 꿈속에서 쏟아지던 햇빛은 우울한 거실에서 현관홀을 가로지르면 나오는 작은 일광욕실에서 고사리 종류와 아프리카제비꽃이 자라는 장모의 철제 탁자에 쏟아지던 바로 그 햇빛이라는 것도 알 수 있었다. 꿈속의 가구들은 플로리다의 것이었지만, 그들이 모두 함께 살고 있던 그 집은 옛날 스프링어의 집이었다.

해리가 둥근 얼굴의 간호사에게 묻는다. "나와 어머니에 대해 얼마나 알고 있지?"

살짝 달아올랐던 얼굴이 더욱 붉어진다. "어머, 아무것도 몰라요. 어머니는 아버지를 만나서 정착하기 전의 일들은 절대 내색하지 않으세요." 지금은 루스가 독신 여성으로 살던 시절이라는 것이 다소 평범한 일처럼 들리지만, 그때 그녀는 사회적인 울타리를 뛰어넘은 존재였으며, 마운트저지의 협소한 세계에 스캔들을 일으킨 길 잃은 영혼이었다. "두 분이 특별한 친구셨나봐요."

"그다지 특별하지 않았을 수도 있지." 해리가 말한다.

그는 기분이 좋지 않다. 자신이 방금 한 거짓말에 대해 할말이 별로 없는 간호사가 그냥 예의바르게 서 있기 때문이다. 윗입술이 통통한 간호사가 참을성 있게 환자를 대하고 있을 뿐이다. 그는 이 아가씨를 힘들게 만들고 있다. 그는 그녀를 사랑한다. 사랑이 그에게서 무작정 터져나온다. 마취제 같다. 그는 자신의 딸일 수도 있는 이 아가씨에게 말한다. "어머니를 모셔오겠다는 생각은 좋지만, 만약 어머니가 이리로 오신다 해도 그건 스스로 원해서가 아니라 아가씨가 부탁했기 때문이 될 거야. 솔직히, 애너벨," 해리는 지금까지 그녀를 이름으로 불러본 적이 없다. "이런 식으로는 차라리 만나지 않는 편이 나을 것 같군. 어머니가 살이 빠져서 멋지게 변했다고 했지? 그런데 나는 뚱뚱하고 건강도 엉망이야. 아무래도 내가 어머니를 감당하지 못할 것 같은데."

간호사의 얼굴이 다시 창백하고 새침하게 변한다. 둘 사이의 경계선이 회복되었다. 그는 막 아버지 같은 기분을 느끼기 시작한 참이건만. "좋아요." 애너벨이 말한다. "혹시 어머니가 물어보면, 아저씨가 이미 퇴원하셨다고 말할게요."

"어머니가 물어보실까? 잠깐, 화를 내지는 마. 왜 우리 둘을 만나게 하려고 한 거지?"

"아저씨가 저희 엄마한테 관심이 많은 것 같아서요. 제가 엄마 얘기를 하면 아저씨 얼굴이 반짝 살아나거든요."

"그래? 간호사 아가씨를 봐서 밝아진 것일 수도 있잖아." 그는 대담하게 말을 잇는다. "하지만 아가씨가 지금도 어머니랑 같이 살고 있는 게 좋은 건지 모르겠다고 생각하기는 했어. 이제 그만 어머니의 날개 밑에서 나와야 하는 것 아닌가?"

"전에 그런 적도 있어요, 한동안. 그런데 별로 좋지 않더라고요. 혼자 사는 건 힘들어요. 남자들이 고약하게 굴 수도 있고."

"남자들이 그래? 그거 유감인걸."

애너벨의 표정이 부드럽게 풀어지며 예쁜 미소를 짓는다. 윗입술의 양쪽 가장자리가 구부러지면서 가운데의 도톰한 부분도 함께 휘어진다. "어쨌든, 엄마도 아저씨랑 똑같은 말씀을 하세요. 하지만 저는 지금이 좋아요, 당분간은. 이젠 엄마라기보다 룸메이트랑 같이 사는 기분이에요. 이 도시에서 혼자 사는 여자들은 정말로 나쁜 일을 당할 수도 있어요, 정말이에요. 브루어가 뉴욕은 아니지만, 그렇다고 펜파크도 아니잖아요."

그렇겠지. 애너벨은 침대 발치의 차트에서 언제든 그의 주소를 볼 수 있다. 그녀의 눈에 그는 그 자신이 항상 분개하며 싫어했던 펜파크 속물 중 하나다. "브루어가 거친 곳이기는 하지." 그는 다시 베개를 향해 털썩 몸을 눕히며 말한다. "옛날에도 그랬어. 석탄이랑 강철 사업이며, 기찻길을 따라 시내 중심부까지 쭉 주점이랑 아가씨가 나오는 술집이 늘어서 있는 것이며, 내가 어렸을 때도 그랬어." 그는 벽돌로 만든 건물 장식, 서둘러 지나가는 검고 건조한 구름을 흘깃 바라본다. 그리고 간호사에게 말한다. "아가씨 본인이 자기 인생을 어떻게 살아야 할지 가장 잘 알고 있겠지. 혹시 어머니가 물어보시거든, 우리가 나중에 만나는 게 더 낫겠다고 전해줘." 배나무 아래의 낙원에서 만나면 좋을 거야.

침대에 누워 지내면서 해리는 건너편 건물들의 죽어버린 벽돌 장식을 생각하며 흐뭇해한다. 세 건물의 꼭대기에서 움푹 파이기도 하고 불쑥 튀어나오기도 하고, 대각선을 그리기도 하고 수직선을 그리기도 하며 굳이 다양한 모습을 보이는 그 즐거운 무늬는 시간이 바뀔 때마다 다른 모양의 그림자를 던진다. 이전 세기에 비계에 올라서서 그 무늬를 만든 인부들은 자기들끼리 펜실베이니아 더치로 이야기를 나눴을 것이다. 아니, 그때도 이탈리아인들이 이 일대의 석공 작업을 도맡아 했을까? 마운트저지를 향해 올라가는 이 아담한 바둑판 길에 사람들이 지금까지 쌓았다가 부수고 다시 쌓아올린 그 수많은 벽돌들을 침대에 누워 생각하면서 그는 자신의 인생 또한 일종의 벽돌처럼 생각해 본다. 1933년에 철썩하는 소리와 함께 자리에 놓인 그 벽돌은 지금까지 줄곧 단단히 굳어지고 있다. 수많은 인생들로 이루어진 벽돌담과 동네에서 그의 인생은 그저 하나의 벽돌일 뿐이다. 이렇게 전체적인 그림을 그려보니 만족감이 느껴진다. 수많은 인생들의 공동체에서 아주 희미하고 먼 짜릿함이 느껴진다고나 할까. 하지만 브루어와 그 너머의 세상 전체가 자신에게 달린 주름장식일 뿐이라는 생각을 그가 처음부터 줄곧 갖고 있기 때문에 그 만족감이 잘 유지되지 않는다. 이 세상이 화려한 새틴으로 만든 밸런타인데이 카드에 두른 레이스 같은 거라면 그는 우주의 중심이다. 요즘 뉴스에 나오는 달라이라마와 같다. 거의 사십 년 동안 중국의 지배를 받고 있는 티베트는 지금도 불안한 지역인데, 보도에 따르면 달라이라마가 사임하겠다는 말을 꺼냈다고 한다. 하지만 그의 추종자들의 반응은 경악 그 자체였다. 그들에게 있어 달라이라마가 신의 자리에서 물러나는 것은, 해리가 자아를 포기하는 것과 같다.

그는 텔레비전을 상당히 많이 본다. 텔레비전이 바로 그의 앞에 있기 때문이다. 텔레비전과 연결된 전선은 산소 줄처럼 그의 뒤쪽 벽에서 나와 있다. 그는 자신이 원하는 것은 환상이 아니라 사실임을 깨닫는다. 케이블 채널 AMC에서 방영하는 옛날 영화들은 강렬한 조명이 켜진 흑백 화면이라 뻣뻣한 나무껍질처럼 보이고, NIK에서 방영하는 옛날 텔레비전 드라마들은 중간중간 효과음으로 삽입되는 웃음소리와 스프레이를 잔뜩 뿌려서 고정시킨 50년대식 머리 모양 때문에 이루 말할 수 없을 만큼 알맹이가 없어 보인다. 심지어 끊이지 않는 스포츠 중계(아일랜드에서 치러지는 럭비 경기, 캐나다에서 치러지는 컬링 경기)도 시간낭비. 이런 것들은 시간을 죽여야 하는 사람들을 위한 것이지만, 그에게는 진실을 위해 할애할 수 있는 시간밖에 남아 있지 않다. DSC나 채널 12의 진실. 맥닐레러는 아주 진지한 얼굴로 뉴욕과 워싱턴 사이에서 뉴스를 주거니 받거니 하고, 〈스미스소니언 월드〉에 나온 파충류들은 사막의 이글거리는 햇빛 속에서 끝이 갈라진 혀를 날름거리고, 〈생존의 세계〉에 나온 갈라파고스의 거대 거북들은 목숨을 건 싸움을 벌이고, 화면이 몹시 흔들리는 제2차세계대전 때의 영상 자료에 로런스 올리비에 경이 해설을 맡은 프로그램에서는 러시아와 나치가 싸움을 벌인다("사망자 2천만 명." 프로그램 마지막에 올리비에는 이렇게 읊조린다. 화면이 멈췄다가 컴퓨터 효과로 흐릿해지더니 골수를 얼려버릴 듯한 주제가가 나오는 바람에 해리는 깜짝 놀라서 자신이 북반구 반대편의 그곳에서 깡통들을 밟고 뛰어다니거나 호일을 둥글게 뭉쳐 자기 나름의 반反히틀러 작전을 펼치고 있는 것 같은 기분을 느낀다. 열 살짜리가 실제 역사에 참여한 셈이다). 〈핵 시대의 전쟁과 평화〉, 〈자연의 길〉, 〈권력의 초상〉, 〈세계의 불가사의〉, 〈야생 연대기〉, 〈살아 있는 몸〉, 〈행성 지구〉, 생존 투쟁과 죽음, 영양을 물어뜯는 치타, 전갈과 싸우는 타란툴라, 자연 사진작가의 강렬한 조명 밑에서 어미의 젖꼭지를 찾아 허둥지둥 움직이는 작은 주머니쥐, 순전히 까다로운 암컷의 마음을 끌기 위해 엄청나게 복잡한 둥지를 짓는 멋쟁이새, 믿을 수 없을 만큼 영리한 술수, 다양성, 에너지, 이 모든 것의 낭비, 이 세상 속에서 그가 자신에게 부여하고 있는 일종의 충돌 코스. 도무지 끝이 없다. 정보에는 끝이 없다.

밤 뉴스에는 중국 얘기가 많다. 고르바초프의 방문, 톈안먼광장에서 벌어진 학생 시위. 하지만 고르바초프에게 반대하는 시위는 아니다. 사실 학생들은 그를 좋아한다. 온 세상이 그를 좋아한다. 그의 머리에 일본처럼 생긴 웃기는 반점이 있는데도. 중국 학생들은 자유를 원하는 듯하다. 그들은 미국처럼 되고 싶어하지만, 이미 미국인처럼 보인다. 청바지와 티셔츠 차림이니까. 한편 미국 안에서 뉴스가 되는 것은 조지 부시 대통령뿐만 아니라 영부인인 부시 여사까지도 반려견 밀리와 함께 샤워를 한다는 이야기다. 만약 중국인들이 원하는 게 이런 것뿐이라면 그들에게 주어야 할 것이다. 아니면 뭔가 비슷한 거라도. 하지만 해리는 레이건이 조금 그립다는 생각이 든다. 적어도 그는 품위가 있었고, 꿈같은 거리감이 있었다. 대통령으로서 그가 강렬했던 것은, 그가 무엇을 어디까지 알고 있는지 아무도 모른다는 점 때문이었다. 그런 의미에서 그는 신과 같았다. 사람들도 그런 행동을 많이 해야 했다. 새 대통령을 보면 그가 뭔가 알고 있다는 걸 알 수 있지만, 그 뭔가가 작은 일 같다. 래빗은 대통령과 중년의 아내가 개와 함께 알몸으로 샤워하는 모습을 그려보고 싶지 않다. 레이건과 낸시는 품위가 있었다. 컴퓨터로 흐릿하게 만든 화면처럼. 수십억이 지켜보는 가운데 대장 용종과 가슴 수술을 받을 때도 마찬가지였다.

재니스가 화요일 여섯시에 온다. 그는 밍밍한 마지막 저녁식사를 하는 중이다. 내일 퇴원할 예정이기 때문이다. 재니스는 새 외투와 회색 치마와 목이 깊이 파인 자홍색 블라우스 차림이다. 꿈에서 루스가 입었던 물방울무늬 원피스와 거의 맞먹을 만큼 강렬한 색깔이다. 해리의 아내는 활력이 넘치는 사업가 같다. 희끗희끗한 머리는 헤어드레서가 깔끔하게 다듬어서 적당히 부풀려놓았다. 그는 앞머리를 없애고, 머리에 젤을 발라 머리가 부드럽게 일어선 것 같은 모양을 만들었으며, 한쪽 옆의 나지막한 곳에 가르마를 탔다. 재니스를 보니 텔레비전에서 높은 자리에 앉아 빠른 말씨로 뉴스를 전달하는 여자들이 생각난다. 실제로 재니스의 머리는 뉴스로 가득차 있다. 언뜻 눈에 부자연스러울 정도로 반짝이는 콘택트렌즈를 낀 것처럼 보이지만, 해리는 그것이 눈물임을 깨닫는다. 광고가 나가는 동안 그를 위해 준비한 눈물이다.

"아, 해리." 재니스가 말을 시작한다. "우리 생각보다 훨씬 심각해! 수천, 수만이야!"

"뭐가 수천, 수만이야?"

"넬슨이 훔친 돈! 찰리랑 나랑 찰리의 조카랑 아는 사이라는 회계사가…… 밀드레드는 그런 감사를 하기에는 나이가 너무 많고 양로원에서 너무 분주히 살고 있기 때문에 안 된다고 말했거든…… 어쨌든 우리 셋이 오늘 그쪽으로 갔어. 찰리가 나더러 꼭 같이 가야 된다고 해서. 찰리랑 회계사만으로는 안 되니까. 그래서 내가 장부를 보자고 했지. 이번에는 모처럼 넬슨도 자리에 있더라고. 그런데 걔가 어찌나 가슴 아프고 절망적인 눈으로 나를 보는지, 난 아마 평생 그 표정을 못 잊을 거야. 그러면서 걔가 이러는 거야. 물론이죠, 엄마. 뭘 알고 싶으세요? 넬슨이 우리한테 전부 얘기해줬어. 처음에는 그, 알지? 그 코카인 때문에 필사적으로 돈이 필요했대. 그래서 그냥 '경비'나 '운영비' 명목으로 직접 수표를 썼는데, 밀드레드가, 그때는 아직 밀드레드가 있을 때거든, 밀드레드가 그게 어떻게 된 거냐고 물으니까 애가 겁에 질린 거야. 어쨌든 처음에는 액수가 작았어. 한 번에 100달러나 200달러쯤. 하지만 그걸로는 계속 약을 구하는 데 충분하지 않으니까 이 녀석이 중고차를 사면서 현찰을 내거나 직접 넬슨 앞으로 수표를 써주는 사람들한테는 할인을 해주자는 꾀를 생각해낸 거야."

"그러게 내가 현황표에 중고차 판매량이 부족하다고 말했지?" 해리가 말한다. 승리감이 느껴지기는 하지만, 생각보다 시시하다. 의사들이 카테터를 집어넣은 뒤로, 그의 정서적 반응에서 뭔가가 빠져나가버린 것 같다. "그 녀석이 그런 술책으로 빼돌린 차가 몇 대나 돼?"

"걔도 정확히 기억은 못해. 하지만 찰리가 기록을 보고 역추적할 수는 있다고 했어. NV-1 같은 서류들 말이야. 시간이 좀 걸릴 뿐이지. 물론 넬슨이 모든 손님한테 이런 수상쩍은 거래를 제안한 건 아니야. 손님을 고를 필요가 있었지. 공짜 선물을 자세히 살펴볼 여유가 없을 만큼 가난해 보이는 손님들 말이야. 넬슨이 그런 면에서는 영리했어. 걔는 당신이 생각하는 것보다 훨씬 더 영리한 애야."

"난 걔가 영리하지 않다고 말한 적 없어."

"아, 하지만 해리." 눈물이 새로 보충되어 갈색 눈에서 흘러내린다. 뭉뚝하고 작은 혹 같은 코 옆으로 반짝이는 길이 생겨난다. 서랍 손잡이보다도 더 특징이 없는 코다. 재니스는 해리의 협탁에 병원측이 놓아둔 상자에서 티슈를 뽑는다. 재니스가 몸을 앞으로 숙였을 때 그는 본 기억이 없는 시골풍 자홍색 블라우스의 헐렁한 목선을 통해 단정한 가슴 위쪽이 언뜻 들여다보인다. 이 블라우스는 재니스가 부동산 강의와 찰리와의 만남과 세상으로 내딛는 발걸음을 위해 혼자 산 옷인 것 같다. 카테터가 꽂혀 있을 때처럼, 불쾌한 열기가 순간적으로 그를 스치고 지나간다. 아내의 젖꼭지에 그가 그렇게 놀라다니. 재니스는 티슈로 눈물을 톡톡 찍어낸다. 그래 봤자 흐리멍텅한 얼간이 얼굴이건만. 그러고 나서 재니스가 훨씬 깊이 앞으로 몸을 숙이는 바람에 해리의 얼굴에 재니스의 숨결이 닿고, 목캔디의 박하 냄새가 희미하게 난다. 입에서 나는 담배 냄새를 숨기기 위한 사탕이다. 눈 밑에서 눈물이 반짝이고 있다. 재니스가 오로지 해리만이 들을 수 있게 떨리는 목소리를 낮춘다. "……넬슨이 그것만 한 게 아냐. 그때는 이미 크랙을 하고 있었기 때문에, 엄청난 거액이 필요했어. 그래서 넬슨과 라일이 수작을 부린 거야. 지금부터는 얘기가 아주 전문적인데……"

"잠깐." 해리가 말한다. 주방보조가 식기를 치우려고 들어와 있다. 긴 손톱에 빨간색을 칠하고, 코밑에는 확실히 콧수염이 보이는 통통한 히스패닉 여자다.

"충분히 안 먹어." 그 여자가 해리를 나무란다. 수줍은 미소와 함께 진주알 크기의 이가 드러난다.

"충분해요," 해리가 말한다. "지금은. 좋아요. 부에노.*"

여자는 수첩에 그가 먹은 음식 양을 적는다. 지나치게 익힌데다 물기가 너무 많은 깍지콩 3분의 1, 아무 맛도 없고 색도 창백한 타원형 송아지고기 절반, 오렌지기름에 푹 잠기다시피 한 거친 채소 샐러드는 거의 이파리 하나도 안 먹었음, 타피오카 푸딩 한 입. 해리는 푸딩을 입에 넣은 뒤 그 흐물흐물한 느낌에 몸을 부르르 떨었다. "아침식사는," 여자가 클립보드에 적힌 내용을 읽는다. "파인애플 조각, 크림오브위트 시리얼, 통밀토스트, 디카페인 커피."

"그거 정말 빨리 먹고 싶네요." 그가 말한다.

"지금 더 먹어요." 여자가 말한다.

그는 뜻을 굽히지 않는다. "됐어요, 이미 너무 식었어요. 아내도 와 있고."

여자가 차트를 읽는다. "내일이 마지막날이라고 돼 있어요."

---

*스페인어로 '좋다'는 뜻.

"그렇죠?" 해리가 말한다. "넓은 세상으로 나가는 거예요. 당신이 보고 싶을 거예요. 당신이 주는 건강한 음식도. 이 먹을 수 있는 음식들도."

플라스틱 식판을 치우는 동안 여자의 길고 빨간 손톱이 식판 아래쪽을 긁으면서 소름 끼치는 소리가 난다. '재정적 대안'에서 컴퓨터 자판을 긁어대던, 그 백금발 계집이 생각난다. 그 여자의 손톱도 지나치게 길었다. 라일은 그녀가 죽었다고 말했다. 만약 내세라는 게 정말로 있어서 죽은 사람들이 모두 그곳에 모인다면, 해리가 그 여자와 친분을 좀더 다질 기회가 생길까? 하지만 돈이 없는 곳에서 두 사람이 무슨 이야기를 할까?

여자가 나가자 재니스가 다시 이야기를 시작한다. 그녀가 생각을 정리하는 동안 혀끝이 입술 사이로 일이 초쯤 살짝 튀어나온다. "내가 전부 제대로 이해한 것 같지는 않지만, 우리 물건들이 계속 들어오고 나가는 건 당신도 알지? 메릴랜드에 있는 미드애틀랜틱 도요타에서 매달 보내는 트럭이랑 승합차랑 승용차가 워낙 많으니까."

"옛날에는 매달 스무 대에서 스물다섯 대였어." 해리가 말한다. 비록 이렇게 누워 있어도 사업에 대해서는 잘 안다는 것을 재니스에게 보여주기 위해서다. "넬슨이 처음 가게를 맡은 뒤로 86년 딱 한 해를 제외하고는 일 년에 신차 300대를 소화한 적이 없지. 엔화 강세가 우릴 죽이고 있어. 혼다랑 닛산의 몫도 커졌고. 작년에는 우리 1톤짜리 픽업트럭 매출에 포드 레인저가 진짜 타격을 줬어."

"해리, 집중 좀 해. 내가 설명을 듣기로는, 캘리포니아에 도요타 자동차 크레디트라는 회사가 있어서 우리 물건 대금을 미드애틀랜틱이랑 직접 거래한다고 했어. 우리가 차를 한 대 팔면 그 회사가 돈을 받고, 우리가 차를 한 대 주문하면 우리 신용 계좌에 그걸 합산하는 식이야. 그런데 넬슨은 매달 판매량을 한두 대쯤 줄여서 보고하는 식으로 수작을 부렸어. 그러면 누락된 차의 대금을 도요타에 당장 지불하지 않아도 되니까 넬슨이랑 라일이 회사 이름으로 개설한 별도 계좌에 그 돈을 넣은 거지. 요즘은 은행들이 온갖 종류의 예금을 만들어서 손님들한테 항상 권하는 거 알지? 저축예금, 저축 기능이 있는 가계수표예금, 제한적인 가계수표 기능이 있는 자본금 계좌…… 넬슨이 그런 수작을 부린 덕분에 우리가 매달 실제로 부지에 재고로 남아 있는 자동차 대수에 속하지 않는 자동차 한두 대 값을 그 도요타 자동차 크레디트에 빚지게 된 거야. 그런 식으로 빚이 계속 늘어나는 동안 실제 재고는 계속 줄어들었지. 아무 일 없이 계속 그런 식으로 이삼 년이 흘렀다면 부지에는 신차 재고가 하나도 남지 않고, 미드애틀랜틱 도요타에 지불해야 하는 빚은 엄청난 액수가 됐을 거야!"

"그래서 지금 우리가 빚진 액수가 얼만데?" 그는 지금 들은 사실들을 아직 진지하게 받아들이기 힘들다. 유령 도요타 자동차들이라니. 그는 지금도 환자 같은 생각만 하고 있다. 아침식사 때 나올 것이라고 히스패닉 여자가 말했던 파인애플이라든가, 저녁때 먹을 강심제를 이미 받았는지 잘 모르겠다는 생각 같은 것들.

"그건 아무도 몰라, 해리. 넬슨도 정확한 기억이 없고, 라일은 자기가 장부를 보관해뒀던 컴퓨터 디스크들이 실수로 많이 지워져버렸다고 했어."

"고의로 저지른 실수겠지." 해리가 말한다. "젠장. 둘이서 잘도 해먹었구먼."

"나도 알아. 끔찍한 일이야." 재니스가 말한다. "게다가 라일은 나랑 통화할 때도 끔찍하게 굴었어. 자기는 곧 죽을 몸이니까 우리가 자기한테 무슨 짓을 하든 상관없대! 머리가 좀 돈 녀석 같았다니까. 그것도 그 병의 증상 아냐?" 재니스는 자신이 알아낸 사실들의 무게에 강타당해 갑자기 히스테리로 빠져든다. 눈물과 더불어 흑흑 흐느끼는 소리가 들려오고, 재니스는 담요를 덮은 해리의 가슴에 젖은 얼굴을 눕히려고 하지만 높은 침대 옆의 의자에 앉은 채 그렇게 하기에는 키가 너무 작다. 그래서 그 대신 눈과 입을 딱딱한 매트리스 가장자리에 대고 그가 자신에게 이런 짓을 하다니 믿을 수 없다고 정신없이 지껄여댄다.

여기서 '그'는 넬슨이다. 이번만은 해리에게 책임을 돌리지 않는다. 슬픔에 잠긴 재니스의 머리 전체가 뜨겁다. 심지어 정수리조차 막 끓어오르는 주전자처럼 뜨겁다. 해리는 새로운 모양으로 다듬어진 재니스의 머리카락들 사이로 위로하듯이 그 머리를 문질러주며 배시시 웃지 않으려고 애쓴다. '둘 다 쌤통이다.' 그는 속으로 생각한다. 스프링어 집안이란. 재니스의 검은 머리가 어찌나 가늘고 섬세한지 거미줄처럼 그의 손가락에 달라붙는다. 족히 오 분 동안 그는 손끝으로 재니스의 따끈하고 불행한 머리를 문질러주며 텅 빈 텔레비전 화면을 물끄러미 바라본다. 여섯시 뉴스를 놓쳤다는 생각이 든다. 그 뉴스가 끝나면 여섯시 삼십분부터는 전국 뉴스가 시작된다. 재니스가 지금 그에게 말해준 사실들이 전국 뉴스만큼 현실로 느껴지지 않는다. 재니스가 그의 아내인지는 몰라도, 코니 정과는 비교가 안 된다. 간격이 넓은 푸른 눈과 녹아내리는 입술과 아름다운 금발 암소처럼 깜짝 놀란 것 같은 표정을 지닌 다이앤 소여는 말할 것도 없다.* "그럼 이제 어떻게 되는 거지?" 마침내 그가 재니스에게 묻는다.

재니스가 눈물로 얼룩진 얼굴을 든다. 그리고 놀랍게도 그의 질문에 답을 내놓는다. 틀림없이 찰리가 가르쳐준 대답일 것이다. "일단 우리가 도요타 자동차 크레디트에 빚진 돈이 얼마나 되는지 알아본 다음에 빚을 해결해야겠지. 재고에 대한 이자는 계속 지불했으니까 그쪽에서도 지나치게 신경을 쓰지는 않을 거야. 이건 담보대출이랑 비슷해. 넬슨이 그쪽에 말도 안 하고 집을 팔아버렸다는 게 문제지."

"넬슨이 서명 같은 걸 위조했다면, 그건 문서위조가 돼." 해리가 말한다. 이제야 절망이 검은 염색약처럼 그의 심장으로 들어오기 시작한다. 자기 아들이 이제 구제불능의 인간이 돼버렸다는 사실을 알게 되었기 때문이다. 인간쓰레기. 옛날에 해리가 아들에게 했던 이 말이 그대로 실현된 셈이다. 그가 묻는다. "녀석은 어떻게 되는 거지?"

재니스가 젖은 속눈썹을 깜박거린다. 지금부터 너무나 엄청난 말을 해야 한다는 듯이 재니스는 잠시 주저한다. 활기차고 또박또박한 목소리가, 장모가 자신의 결심을 말할 때의 목소리와 비슷하다. "재활원에 들어가겠다고 약속했어. 당장."

"잘된 것 같군. 녀석을 어떻게 설득했어?"

"재활원에 가지 않으면 내가 해고해버리겠다고 했거든. 그러고 나서 고발하겠다고 했어."

"와우. 당신이 그런 말을 했다고? 고발?"

"그랬어, 해리. 내 뜻을 분명히 밝혔어."

---

* 코니 정과 다이앤 소여는 모두 유명한 여성 앵커.

"당신 아들한테?"

"그럴 수밖에 없었어. 넬슨이 계속 바닥으로 가라앉고 있었잖아. 걔도 그걸 알아. 오히려 나한테 고마워할 정도였으니까. 우리 둘이서 부지에서 곧바로 이야기를 했어. 전시장 바깥의 잡초가 자라는 곳에서. 찰리랑 회계사는 안에 있었고. 이야기를 마친 다음에는 옛날에 당신이 쓰던 사무실에서 몇 군데 전화를 걸었지."

"그 재활원이라는 데는 어디야?"

"노스필라델피아에 있어. 넬슨을 맡은 상담사가 추천해준 곳이야. 넬슨을 거기에 보내고 싶다고 하더라고. 재활원들이 전부 가득차서 자리가 별로 없어. 세상이 추세를 따라잡기 힘들 정도야. 브루어에 외래로 치료해주는 곳도 몇 군데 있는데, 상담사 말이 마약이 포함되어 있는 환경 자체에서 멀어지는 것이 중요하다고 했어."

"그러니까 녀석이 프루랑 그 난리를 친 뒤에 정말로 상담을 받으러 갔단 말이야?"

"그래, 다들 놀랐지. 그런데 그보다 더 놀라운 건, 넬슨이 그 상담사를 좋아하는 것 같다는 점이야. 존경하는 것 같아. 흑인 상담사인데."

해리는 질투와 분노로 가슴이 지끈거린다. 그의 아들을 다른 사람이 채가고 있다. 그의 아버지 노릇이 충분하지 않았던 모양이다. 전문가들이 나서고 있다. "재활 기간은 얼마야?"

"전체 프로그램은 구십 일이야. 첫 달은 해독과 집중치료고, 그다음에는 육십 일 동안 사회적응 훈련용 집에 살면서 무슨 일 같은 걸 하게 돼. 아마 사회봉사 같은 걸 거야. 사회복귀 훈련을 위한 거니까."

"그럼 여름 내내 거기 있겠군. 그동안 부지는 누가 맡지?"

재니스가 그의 손 위에 자신의 손을 포갠다. 아무래도 누군가에게서 미리 배운 동작인 것 같다. "당신이 맡을 거야, 해리."

"여보, 난 못해. 난 환자라고."

"환자로서 당신 태도가 아주 엉망이라고 찰리가 그랬어. 당신은 지금 심장한테 지고 있는 거야. 찰리 말로는 긍정적인 마음가짐과 활발한 활동이 최고래."

"그래? 그럼 그렇게 활동적인 찰리더러 다시 와서 맡으라고 해."

"찰리는 요즘 그것 말고 할일이 많아."

"그래, 당신을 만나는 것도 그 일 중 하나겠지. 아주 지글지글 타오르고 있구먼."

재니스가 키득거린다. 얼굴에서는 꼴보기 싫은 눈물이 말라가고 있다. "바보 같은 소리. 찰리는 그냥 오랜 친구일 뿐이야. 이번에 내가 힘들 때 얼마나 도움이 됐는데."

"난 아무 쓸모가 없었고? 그렇지?"

"당신은 병원에 있었잖아. 당신도 당신 나름대로 용감하게 싸웠어. 게다가 당신이 나 대신 해줄 수 없는 일도 있다는 걸 다들 알고 있잖아. 그런 건 오로지 내가 직접 해야 하는 일이야."

그는 이 말을 반박하고 싶다. 그가 불신하는 신식 유행을 따라 공연히 훌륭한 사람인 척하는 말처럼 들린다. 하지만 다시 세상으로 돌아가려면 이런 건 그냥 넘겨버리고 병이 악화될 만한 행동을 피해야 한다. 그가 묻는다. "당신이 강하게 나오는 걸 보고 넬슨이 뭐래?"

"말했잖아, 좋아하더라고. 넬슨이 그동안 했던 행동은 우리더러 대신 맡아달라는 애원이었어. 개도 자기가 걷잡을 수 없는 상태라는 걸 알고 있었으니까. 프루는 넬슨이 치료받기로 했다니까 좋아서 어쩔 줄 모르고 있어. 주디도 마찬가지고."

"로이도 그래?"

"걔야 너무 어려서 뭐가 뭔지 모르지. 하지만 당신 말대로 그 집 주변의 공기가 좀 안 좋았던 것 같아."

"내가 그런 말을 했어?"

재니스는 귀찮은지 대답하지 않는다. 이제 그녀는 허리를 똑바로 세우고 침을 묻힌 티슈로 얼굴을 닦고 있다.

"녀석이 가기 전에 내가 녀석을 만나봐야 하나?"

"그렇지는 않아, 여보. 내일 아침에 재활원에 들어갈 거거든. 당신이 퇴원해서 집에 가기 전이야."

"잘됐네. 내가 녀석이랑 얼굴을 마주할 수 있을지 나도 잘 모르겠으니까. 녀석이 한 짓을 생각하면 말이야. 당신이랑 나뿐만 아니라 애들까지 포함해서 모든 사람을 아주 시궁창에 집어넣어버렸잖아. 그 마약인지 뭔지 하는 물건에 식구들을 전부 팔아넘겼어."

"이런, 세상에, 해리…… 당신도 이기적으로 군 적이 있으면서 뭘 그래?"

"그거야 그렇지만, 그 하얀 가루 때문에 그러지는 않았어."

"요즘 젊은 애들은 스스로도 어쩔 수가 없어. 그게 걔들 생활의 일부가 됐으니까. 어쨌든 거기서 라일의 약값도 나가고 있었던 모양이야. 치료약 말이야. 아직은 이 나라에서 에이즈 약을 살 수 없기 때문에 약값이 엄청나게 비싸. 밀수를 해야 하니까."

"그거 슬픈 이야기네." 래빗이 잠시 가만히 있다가 말한다. 어둡고 우울한 기분이 그의 혈관을 타고 돌아다닌다. 병원에 너무 오래 있었던 것 같다. 삶이 어떤 건지 잊어버렸다. 그가 재니스에게 묻는다. "당신은 지금 어딜 가는 길이야? 그 멋진 블라우스를 입고?"

재니스가 가방 속의 거울을 보며 화장을 고치다가 그를 향해 눈을 흘긴다. 그러고는 딱딱하고 고집스러운 표정을 지으며 허세를 부린다. "찰리가 밖에서 저녁을 같이 먹자고 했어. 내가 심리적으로 쓰러질까 봐 걱정이 되나봐. 이번에 상처를 많이 받았으니까. 그래서 그걸 처리할 필요가 있어."

"처리?"

"이야기를 해서 푼다는 거야."

"그럼 나랑 이야기해서 풀 수도 있잖아. 난 아무 할일도 없이 그냥 누워 있는 사람이니까. 안 그래도 벌써 당신 때문에 스포츠 뉴스를 놓쳤다고."

재니스는 여자들이 립스틱을 바를 때 짓는, 입술을 음 하고 내미는 모양을 짓더니 만족스럽고 진지한 표정으로 양쪽 입술을 한데 겹친다. 그러고 나서 그에게 말한다. "당신은 공평하게 얘기를 들어줄 수 없잖아. 넬슨하고도 문제가 있고, 나한테도 할말이 있는 사람이니까."

"그럼 찰리는 얼마나 공평한데? 그 자식은 당신 바지 속에 다시 손을 넣고 싶은 것뿐이야. 아니, 벌써 넣으셨나?"

재니스는 폭탄 모양의 가방 안에 립스틱을 통 던져넣고는 새로 단장한 머리를 손가락으로 만지며 여러 각도에서 거울에 자신을 비춰본 뒤 거울의 뚜껑을 닫는다. 그러고 나서 이렇게 말한다. "고마워, 해리. 아직도 내가 사람들한테 그런 식으로 매력 있게 보인다고 생각해주는 척하다니. 하지만 사실 나는 매력이 없어. 가끔 한 번씩 내 남편한테는 그렇게 보일지 몰라도. 내 희망사항이지만."

해리는 당황한다. 요즘 자신이 그 방면에서 재니스를 실망시키고 있다는 걸 알기 때문이다. "그거야 그렇지만, 남자한테는 말이야, 그게 전부 혈압이랑 관련돼 있어서……"

"그 얘기는 당신이 퇴원한 뒤에 해. 찰리한테 일곱시에 만나자고 했으니까……"

"어디서? 조니 프라이스가 있던 자리에 들어선 샐러드바? 거긴 여기서 겨우 두 블록 거리잖아. 걸어가면 돼."

"거기가 아냐. 찰리가 메이든 스프링스 근처에 베트남 식당이 새로 들어섰다면서 한번 가보고 싶다고 했어. 차를 몰고 꽤 가야 되는 거리야. 게다가 당신도 알잖아. 내가 길을 잃고 헤매기 일쑤라는 걸. 설상가상으로 영국 부동산법에 관한 책 오십 쪽도 읽어야 돼. 시대에 뒤떨어진 이상한 단어들이 가득한 그 책을 내일 저녁 수업 전까지 읽어야 한다고."

"그럼 내일 밤에 당신은 집에 없어? 내가 퇴원한 첫날인데?" 해리는 이렇게 불평을 늘어놓으며 점수를 올리고 있다. 하지만 사실은 자신이 혼자 텔레비전을 볼 수 있게 재니스가 외출해주기를 오히려 바라고 있다.

"그건 두고 봐서." 재니스가 일어서며 말한다. "내가 생각해둔 게 있거든." 그러고 나서 질문을 던진다. "당신은 내가 자랑스럽지 않아?" 재니스는 허리를 숙여 바빠 보이는 그 뜨거운 얼굴을 그의 얼굴에 댄다. "내가 이렇게 모든 걸 관리하고 있잖아."

"맞아." 그는 거짓말을 한다. 그는 무능력한 재니스가 더 좋았다. 재니스는 연한 노란색의 새 겉옷을 팔에 걸치고 방을 나간다. 그는 재니스가 등에도 살이 찌고 있는 것 같다고 생각한다. 이 동네 여자들이 나름대로 능력을 발휘하게 되면 나타나는, 펑퍼짐한 모습이 재니스에게서도 보인다.

해리는 톰 브로코가 진행하는 뉴스의 남은 부분을 보고 남극의 생물들을 다룬 일곱시 프로그램에 안착한다. 그런데 그때 다른 누구도 아닌 해리슨 부부가 문병을 온다. 셀마만 온 것이 아니다. 론도 데려왔다. 아니면 론이 셀마를 데려온 것이거나. 셀마가 그 어느 때보다 더 몸이 마르고 안색이 나빠 보이기 때문이다. 발을 내디딜 때마다 뼈가 부러질 것 같다. 셀마가 안타까운 미소를 짓는다. 그녀의 눈은 자신의 상태에 대해 사과하는 듯하다. 로니가 함께 있는 것에 대해서도, 그녀 자신이 해리를 모른 체할 수 없는 것에 대해서도. "내가 진찰을 받아야 해서 이 병원에 왔어요." 셀마가 설명한다. "그런데 론 주니어가 당신이 입원했다는 소식을 들었다고 하더라고요."

"여기 사람들 말로 간단한 시술을 받으려고 들어왔죠." 해리는 이렇게 말하고서 아까 재니스가 침대 가까이 끌어다놓은 의자를 가리킨다. 재니스의 펑퍼짐한 몸의 체온이 그 의자에 십중팔구 아직 남아 있을 것이다. "론, 저기 구석에 패딩이 들어간 큰 의자가 있으니까 끌어다 앉아도 돼. 바퀴가 달려 있거든."

"난 그냥 서 있지, 뭐." 론이 말한다. "금방 가봐야 돼."

론은 뚱한 표정이다. 하지만 래빗이 해리슨 부부에게 문병을 오라고 요구한 것도 아니고, 론이 이렇게 억지로 끌려와야 하는 이유도 잘 모르겠다. "그럼 좋을 대로 해." 해리는 셸마에게 인사를 건넨다. "당신은 좀 어때요?"

셸마가 공들인 한숨을 내쉰다. "의사들이 어떤지 알잖아요. 자기들이 답을 모르는 문제가 있다는 사실을 절대 인정하지 않죠. 저는 집에서 일주일에 두 번씩 투석을 해요. 이런 나를 참아주는 로니는 정말 성자 같은 사람이에요. 투석기 다루는 법을 배우려고 강의까지 들었으니까요."

"로니는 옛날부터 성자 같았어요." 해리가 말한다. 그와 로니는 유치원 때부터 아는 사이지만, 그에게 로니는 세상에서 가장 싫은 사람이라는 사실을 이 자리에 있는 모든 사람이 알고 있다. 로니는 다섯 살 때도 입이 더러운 건달 같더니, 지금은 벗어진 머리가 거시기 끝부분을 연상시킨다. 축 늘어진 커다란 귀 위쪽에는 가느다란 머리카락이 조금 남아 있다. 고등학교 때도 그뒤에도 로니는 조금 땅딸막한 편이었지만 노인이 되어가면서 살덩어리들이 늘어져 얼굴은 움푹해지고 목 주위에는 힘줄이 솟은 것이 아파 보일 정도다. 해리가 셸마에게 마치 모르는 사실을 들려주듯이 말한다. "재니스도 강의를 듣고 있어요, 부동산 파는 법을 배우려고. 혹시라도 내가 죽어버리면 직업이 필요할 것 같아서 그러는 모양이에요."

셸마의 눈꺼풀이 퍼덕거리고, 결혼반지를 낀 앙상한 손이 그럴 리가 없다는 듯 손사래를 친다. 병이 깊어질수록 바싹 마른 듯한 느낌과 학교 선생님 같은 느낌이 더욱 강해진다. 불륜을 저지르고 있는 그녀에게 그런 느낌이 나다니. 이렇게 새침해 보이는 여자가 침대에서는 어찌나 야성적인지 모른다. 하지만 어쩌면 학교 선생님이 그녀의 진짜 모습이고, 야성적인 모습은 순전히 해리만을 위해서 그녀가 만들어낸 것일 수도 있다. "해리, 죽다니 무슨 말이에요." 셀마가 다급히 말한다. 걱정스러운 표정이다. 여자들이 자기 자신보다 더 마음을 쓰는 사람에게 보여주는 그 묘한 태도라니. "요즘 심장병을 치료하는 기술이 아주 좋아졌어요. 찢어진 인형을 수선하듯이 잘 꿰매서 고쳐준다니까요." 셀마가 힘들게 엷은 미소를 짓는다. "내 것을 보여줄까요?"

해리는 셀마의 몸을 모두 알고 있다고 생각한다. 하지만 셀마는 소매 단추를 풀고, 그녀 특유의 무심한 태도로 팔 아랫부분을 그에게 보여준다. 가느다란 손목에 자주색 멍자국 두 개가 누렇게 변한 피부에 테이프로 납작하게 붙여둔, U자 모양의 투명한 플라스틱 튜브로 연결되어 있다. "이건 션트라고 해요." 셀마가 '션트'라는 단어를 조심스레 발음한다. "동맥이랑 정맥을 연결해주는 건데, 투석을 할 때 이걸 떼어내고 내 몸을 기계에 연결하죠."

"예쁘네요." 그가 할 수 있는 말은 이것뿐인 것 같다. 그는 두 사람에게 혈관성형술 이야기를 하지만, 그 과정을 설명하는 일에 벌써 싫증이 난다. 검은 그림자로 보이는 카테터가 그보다 연한 색으로 바들바들 떨고 있는 심장 안쪽을 향해 뱀 모양의 손가락처럼 조금씩 조금씩 내밀하게 들어가는 모습을 지켜보는 그 소름 끼치는 느낌을 전하려고 애쓰는 것도 마찬가지다. "그때 내 관상동맥이 폐색될 수도 있었어요. 그랬다면 난 CA가 됐겠죠. 심장정지 상태 말이에요."

"하지만 그렇게 되지 않았잖아, 이 멍청이." 로니가 똑바로 서서 벽에 자신의 그림자를 내팽개치며 말한다. "대선수Old Master." 이건 농구를 하던 시절에 그가 빈정거리면서 해리를 놀리려고 하던 말이다. 생각해보면 우스운 일이다. 해리슨이 평생 동안 그 꼴 보기 싫은 육체로 해리에게 그림자를 드리웠다니. 그는 래빗이 살면서 미끄러지듯 슥 지나가서 피하고 싶었던 모든 것, 땀과 노력을 들여야 하는 모든 것을 일깨워주는 존재다. "대선수한테 뭐라는 사람은 아무도 없어. 대선수가 하면 무슨 일이든 다 쉬워 보이거든." 로니는 예전에 상대 팀의 덩치 큰 선수들이 해리한테 거칠게 굴면 마티 토세로가 그걸 복수해주려고 자신을 게임에 집어넣는다며 화를 내곤 했다. 요즘은 그런 선수를 인포서라고 부른다.

"겉으로는 쉬워 보여도 정말로 쉬웠던 적은 한 번도 없어." 래빗이 그에게 말한다. 그러고는 부드러운 감정을 느끼고 싶어서 셀마에게 시선을 돌린다. 남편이 화를 낼 위험이 있다는 것을 알면서도 셀마는 남편을 데려왔다. 그녀는 해리에게 사랑의 선물을 주기 위해서라면 로니를 모욕하는 일조차 한 번도 주저한 적이 없다. 두 연인이 이제는 모두 환자인데도, 그녀가 가까이 있다는 사실에 해리는 안정감을 느낀다. 무슨 짓을 해도 절대로 실수를 저지를 것 같지 않은 행복한 느낌. 남에게 이런 느낌을 갖게 해주는 여자들이 있다. "당신은 어때요, 셀? 의사들이 병을 고칠 수 있다고 하던가요?"

"아, 죽을 거라는 말은 절대 안 해요. 그저 몸이 피곤해질 뿐이죠. 사람이 병과 싸우는 데에는 한계가 있어요. 내가 견딜 수 있는 고통, 항상 몸에 기운이 없는 것, 하지만 콩팥이 망가지니까 정말 기가 꺾여요.

그런 일조차 당연하지 않은 게 되어버리면, 인생의 즐거움이 사라지잖아요. 해리, 하원에서 성경 읽기가 법으로 금지되기 전에 거기서 사람들이 읽곤 하던 성경 구절 알죠? 모든 것에는 때가 있다는 구절 말이에요. 돌을 모을 때가 있으면, 버릴 때도 있다는 내용이었던가? 요즘은 포기해야 할 때도 있다는 생각이 들어요."

"셀, 그런 소리는 하지 마." 로니가 말한다. 그 나름의 절박함이 깃든 목소리다. 그도 이 여자를 사랑하고, 그녀를 셀이라고 부른다. 해리는 문득 여자 하나에 남자 둘, 또는 그 반대의 경우가 옳은 게 아닌가 하는 생각이 든다. 사람들에게 평일과 휴일이라는 두 종류의 날이 필요한 것처럼, 밤과 낮이 필요한 것처럼. 로니는 셀마가 포기 운운하는 것에 화가 난 목소리지만, 5월 저녁의 분위기가 그를 녹여 어두운 벽 속으로 서서히 밀어넣고 있어서 지금까지 수없이 몰래 만났던 것처럼 지금도 이 방에 해리와 셀마만 있는 것 같은 느낌이 든다. 두 사람의 심장이 함께 뛰던 그 은밀한 시간들. 바깥의 구부러진 길에서 스쿨버스가 브레이크를 밟는 소리가 들리면 해리가 그만 가야 한다는 신호였다. 두 사람이 처음으로 함께 시간을 보낸 카리브해의 그 방에서도 그랬다. 두 사람은 동이 틀 때까지 잠들지 못하다가, 창문 블라인드 사이로 보이는 열대의 푸른 공기가 엷어지고 밤에 들려오던 야자수들의 부스럭거림이 멈췄을 때 한몸처럼 잠이 들었다. 몸이 사라진 로니의 목소리가 셀마에게 화를 내며 말한다. "당신이 점점 나이를 먹어 늙어가는 모습을 보고 싶어하는 세 아들이 있다는 걸 잊지 마."

셀마가 해리를 향해 몰래 미소를 짓는다. 창을 통해 보이는 화려한 벽돌 장식과 굴뚝 위에서 점점 희미해지는 5월의 햇빛 속에서 셀마의 얼굴이 아무 색깔 없는 밀랍처럼 보인다. "그 녀석들은 왜 그런 걸 보고 싶어할까, 론?" 그녀가 해리의 얼굴에서 시선을 떼지 않은 채 심술궂게 묻는다. "녀석들도 이제 다 자랐잖아. 난 녀석들을 위해 할 수 있는 걸 다 해줬는데."

가엾은 론은 대답하지 못한다. 어쩌면 목이 멘 건지도 모른다. 래빗은 그것이 안쓰러워서 그에게 말한다. "요즘 보험 일은 잘돼, 론?"

"그럭저럭 유지는 하고 있어." 퉁명스러운 목소리다. "나쁘지도 않고, 좋지도 않아. 저축대출조합 사건 때문에 타격을 받은 회사들도 있지만 우리는 아냐. 적어도 이제는 사람들이 이자 5퍼센트의 약관대출을 받아서 이자 10퍼센트의 투자를 하는 짓은 안 하니까. 그것 때문에 우리 실적이 확 죽어버렸거든."

"우리처럼 점점 괴짜 노인이 되어가는 게 좋은 점 하나는," 해리가 말한다. "자네 같은 사람들이 나한테 보험을 팔려고 들지 않는다는 거야." 복도에서 발소리와 그릇 부딪치는 소리가 들려온다. 복도의 불빛도 갑자기 확 밝아진 것 같다. 밤이 온 것이다.

"꼭 그렇지만도 않아." 론이 말한다. "자네랑 재니스가 혹시 관심이 있다면, 내가 상당히 조건이 좋은 이십 회 납입 종신생명보험을 소개해줄 수도 있어. 가입자 병력을 그다지 자세히 살피지 않는 의사를 알고 있거든. 자네가 관상동맥 질환을 한 번 겪고 살아난 것도 이로운 점이야. 내가 계산을 좀 뽑아볼게."

해리는 그를 무시하고 셀마에게 말한다. "아들들은 잘 지내요?"

"그럴 거예요. 잘 지내는 것 같아요. 알렉스는 버지니아의 워싱턴 근처에 있는 첨단기술회사에서 일자리를 제의받았어요. 조지는 올여름에 캣스킬스에서 뮤지컬 코미디 공연단에 자리를 얻을 수 있을 거라고 기대하고 있고요."

"나도 재니스한테서 방금 들은 얘기가 있어요. 넬슨한테서 마약 재활원에 가겠다는 약속을 받아냈대요."

"잘됐네요." 셸마가 말한다. 어둠 속에서 들려오는 그 목소리가 어찌나 부드럽고 진지한지 허공에 떠 있는 것이 아니라 벌써 주삿바늘을 타고 그의 혈관 속으로 들어와 있는 것 같다. 두 사람이 오후에 만나 한데 얽혀서 체액을 주고받던 시절은 사라진 것이 아니라 그의 몸속에 안전하게 보관되어 있다. 그의 세포들이 기억하고 있기 때문이다.

"친절한 말을 하네요." 해리는 감히 용기를 내서 셸마의 서늘한 손을 꼭 쥔다. 션트가 달려 있지 않은 손이다. 그는 무릎에 놓여 있던 그 손을 움직이는 척하면서 자신의 손등이 셸마의 가슴 한쪽을 스치게 한다.

로니의 목소리가 벽에서 들려온다. "이제 그만 가야지, 셸."

"론, 셸마를 데리고 와줘서 고마워."

"대선수를 위해서라면 못할 일이 없지. 어차피 여기 온 길에 들른 거니까."

"지금은 나도 잘하는 게 하나도 없어."

로니가 끙하는 소리를 낸다. "그거야 모르지." 그도 그렇게 형편없는 사람은 아니다.

셸마가 뻣뻣하게 일어서 있다가 침대 옆에서 허리를 숙이며 로니가 빤히 보는 앞에서 대담하게 묻는다. "달링, 살짝 입을 맞춰줄 수 있어요?"

어쩌면 해리가 상상한 것인가 싶지만, 서늘하고 창백한 셸마의 얼굴이 그의 얼굴에 재빨리 닿고 두 사람의 입술이 조금 비스듬히 닿으면서 희미하게 알싸한 오줌 냄새가 난다. 병실에 다시 혼자만 남게 되자 그는 옛날에 셀마의 집에서 작별인사로 키스를 할 때 자신의 물건을 빨았던 그녀의 입에서 상한 우유 같은 맛이 날 때가 있었던 것을 떠올린다. 그의 포피 밑에서 분비된 치즈 같은 피지의 맛이었다. 셀마는 정사의 여운으로 아직 부드럽고 멍하게 풀어져 있을 때라 그런 것을 알아차리지 못했고, 해리는 혐오감을 감추려고 애썼다. 그녀의 입술에 남아 있는 자신의 냄새에 대해 느껴지는 혐오감. 그건 마치, 슬픈 기억을 하나 더 떠올리자면, 워터게이트사건이 사방에서 새는 바람에 곤경에 처해 있던 닉슨이 석유 위기중에 텔레비전에 나와서 난방 온도를 낮추라고, 그러면 석유를 절약할 수 있을 뿐만 아니라 주택의 난방 온도를 낮추는 편이 건강에도 좋다는 과학적인 연구 결과가 있다고 열심히 말할 때와 같았다. 겁에 질려서 찡그린 표정을 한 채 텔레비전에 크게 비친 그 얼굴에서 젖은 입술이 더듬거렸다. 사기꾼이든 아니든 이 나라의 대통령이 불명예 속에서 추락하면서도 반드시 해야 하는 말을 하려고 애쓰고 있었다. 그리고 충성스러운 미국인인 해리는 정말로 자리에서 일어나 난방 온도를 낮췄다.

재니스는 불안감에 일찍 깨어난다. 오늘은 길고 복잡한 하루가 될 것이다. 아홉시에는 넬슨을 배웅하고, 정오에는 해리를 데리러 가고, 일곱시에는 영국 부동산법에 관한 쪽지시험을 봐야 한다. 펜실베이니

아주립대학의 브루어사회교육원은 사우스파인 스트리트에 있는, 폐교된 초등학교 건물을 개조해서 사용하고 있는데, 재니스는 그 일대에서 밤에 주차하기가 쉽지 않다. 5월 중순에 펜파크의 하루는 플로리다에 있을 때와 같이 서늘한 키스처럼 시작된다. 이 석회암 주택을 둘러싼 나무들에 이제는 이파리가 무성하기 때문에 집이 더 아늑하게 느껴진다. 재니스는 해리가 병원에 있고 자신은 이러쿵저러쿵 설명할 필요 없이 자유로이 돌아다니고, 늦은 시간이든 이른 시간이든 마음이 내킬 때 잠자리에 들고, 자신이 보고 싶은 텔레비전 프로그램을 보는 생활이 즐거웠기 때문에 죄책감이 더해졌다. 수요일 밤에 재니스는 〈언솔브드 미스터리스〉를 보고 싶지만, 해리는 서재에서든 침대에서든 항상 그녀 옆에 붙어앉아서 그 프로그램에 나오는 이른바 미스터리라는 것들이 우스꽝스럽기 짝이 없으며, 잘 생각해보면 정신적으로 문제가 있거나 그 문제에 경제적 이득이 걸려 있는 사람들의 증언만이 그 미스터리의 바탕이라고 떠들어대곤 한다. 해리는 나이를 먹을수록 냉소적으로 변하고 있다. 전에는 좀 이상하기는 해도 종교를 믿었는데. 방송에 나오는 미스터리에 일말의 진실이 들어 있지 않다면 텔레비전에 나오지도 않았을 것이고, 진행자인 로버트 스택은 언제나 아주 분별 있는 사람처럼 보인다. 어젯밤 찰리와 함께 메이든 스프링스 파이크에 있는 베트남 식당(좋은 곳이었지만, 재니스는 뒤틀어진 팬케이크처럼 생긴, 쌀로 만든 거품 모양의 바삭한 것을 어떻게 하라는 건지 도무지 알 수가 없었다. 그게 너무 맛이 없어서 반드시 무슨 소스 같은 것에 찍어 먹어야 할 것 같았다)에 다녀오느라고 〈서티섬싱〉을 마지막 십 분밖에 볼 수 없었다. 그녀가 화요일에 즐겨 보는 이 프로그램의 내용은 그녀 자신이 삼십대였을 때와 아주 다르다. 엄마이자 아내이자 딸로서 해내야 했던 그 많은 일들, 그다음에는 한동안 찰리의 애인으로 지내면서 자신이 한심한 인간이라는 기분과 죄책감에 시달렸던 것, 여자친구라고는 페기 포스나트 정도밖에 없었는데 그녀가 해리하고 잠을 자더니 지금은 죽어버린 것, 완전히 썩어서 미라처럼 바싹 마른 모습으로 관 속에 누워 있을 것을 생각하면 끔찍하다. 너무 지독해서 머리로 받아들이기 힘들 정도인데도 그런 일은 언제나 일어난다. 같은 또래 사람들도 마찬가지다. 해리가 없으면 그녀는 캠벨의 치킨누들수프를 깡통째로 차갑게 먹을 수도 있고, 거기에 리츠 크래커 몇 개를 부숴서 넣어 먹을 수도 있다. 그러면서 해리가 맛이 없다고 불평하는, 건강하고 균형 잡힌 저지방 저염식을 해줘야 한다는 부담을 느끼지 않아도 된다. 어쩌면 미망인이 되는 것이 그리 나쁜 일이 아닐지도 모른다는 생각을 재니스는 자꾸만 밀어내려고 애쓰고 있다.

어젯밤에는 한 시간 동안 심한 비가 내려서 빗줄기가 에어컨을 두드리는 소리에 재니스는 잠을 이루지 못했다. 오늘 저녁에도 소나기가 온다는데, 지금은 이웃집의 높은 나무들을 통해 비스듬히 들어온 황갈색 안개 같은 햇빛이 마당을 가로질러 해리의 작은 텃밭이 있는 곳을 비추고 있다. 해리는 옛날 잭슨 로드의 집에 살 때 자기 부모님이 뒷마당에 텃밭을 가꿨던 것을 흉내내서 그 텃밭을 만들었지만, 거기서 기르는 것은 양상추와 당근과 콜라비뿐이다. 그는 정말이지 주전부리를 좋아한다. 재니스는 커피를 마시면서 〈투데이 쇼〉를 본다. 이 프로그램의 진행자인 브라이언트가 윌러드에 대해 쓴 개인 메모가 모든 신문에 공개되는 불행한 일이 있었지만 지금은 두 사람의 사이가 나아진 것 같다. 요즘은 도무지 개인적인 비밀이라는 것이 존재하지 않는다. 스캔들을 쫓아다니는 사람들은 좀처럼 쉴 줄 모르고 항상 워터게이트사건 같은 것을 건지고 싶어한다. 재니스는 아버지가 돌아가신 것이 워터게이트 때문이라고 옛날부터 항상 생각하고 있다. 뉴스에서는 주로 중국과 고르바초프 이야기를 다루고 있다. 공산주의자들은 언제 이쪽을 공격하고 나설지 모르기 때문에 절대 믿으면 안 된다. 곰보 자국이 있는 사악한 노리에가가 절대로 물러나지 않겠다고 버티고 있는 파나마 얘기도 있고, 어제 펜실베이니아 유권자들이 케이시 주지사의 세제 개혁안을 거부했다는 얘기도 있다. 사람들은 그 개혁안이 실행되면 세금이 오를 것이라고 생각하고 있다. 지난 십 년 동안 미국인들에 관해 확실히 말할 수 있는 것이 있다면, 그것은 바로 그들이 이기적이라는 점이다.

재니스는 마약중독 치료소에 들어가는 아들을 배웅하는 데 알맞은 옷이 무엇일지 생각해본다. 넬슨이 프루가 모는 차를 타고 노스필라델피아의 재활원으로 가는 동안 재니스는 오전 내내 로이를 돌봐야 한다. 하지만 프루와 넬슨이 제대로 도착할 수 있을지 불안하다. 왜 아니겠는가. 워낙 끔찍한 일들이 많이 일어나는 세상이라 사람들이 일부러 남의 차를 뒤에서 들이받고는 차에서 운전자가 내리면 그 차를 몰고 도망쳐버리기도 한다. 이제 필라델피아에 인정 같은 것은 존재하지 않는다. 게다가 프루처럼 예쁘고 젊은 여자에게는 한층 더 위험한 상황이다. 프루는 재니스가 병원으로 해리를 데리러 갈 수 있게 정오까지는 돌아올 생각이다. 간호사는 재니스에게 늦어도 열두시 삼십분까지는 와야 한다면서, 퇴원하는 환자에게 점심식사를 주는 것도 좀 그렇고 침대를 정리하는 여자들도 퇴원할 환자가 침대를 더럽히는 걸 좋아하지 않는다고 말했다. 해리와 심장병에 대해 생각하다보면 불안해져서 속이 쓰릴 정도다. 알고 보면 남자들은 아주 약한 존재다. 젊고 지적이고 친절한 브리트 박사는 풍선의 치료 효과에 만족하고 있는 것 같지만, 해리는 이제 자신을 다른 눈으로 바라보고 있다. 그가 자신에 대해 말하는 것을 들으면, 마치 아주 오래전에 알고 지내던 다른 사람 이야기를 하는 것 같고, 행동은 그 어느 때보다 더 아기 같아서 재니스에게 모든 결정을 맡겨버린다. 퇴원한 첫날밤에 해리를 집에 혼자 남겨두고 나가는 것이 못내 마음에 걸리지만 그렇다고 시험을 빼먹을 수도 없다. 이렇게 학교를 오가는 생활과 넬슨이 재활원에 가는 것 때문에 아이들이 불안해하는 것을 생각하면 어머니의 집에서 생활하는 것이 훨씬 이치에 맞다. 오늘은 옛날 마을 축제장에 세워진 쇼핑몰의 워너메이커 상점에서 2년 전에 산 가볍고 세련된 모직 옷을 입는 것이 좋을 것 같다(옛날 학창시절에는 학교를 하루 빼먹고 그 축제장에 가서 온갖 놀이기구를 타며 즐거워하곤 했다. 네 명이서 함께 원통 모양의 놀이기구에 오르면, 맞은편에 앉은 남자아이가 순식간에 머리 위로 올라왔다가 아래로 내려갔다가 다시 하늘로 올라가는 등 사방으로 움직이고, 치맛자락도 뭐가 뭔지 모를 만큼 제멋대로 휘날리고, 톱밥과 솜사탕 냄새가 나고, 괴물들과 동물들이 나오는 서커스와 실제보다 더 커 보이는 말뚝에 작은 고리를 던져서 걸면 상품을 주는 상점도 있었다). 세련된 파란색 주름치마와 아이보리색 새틴 셔츠와 단추가 없고 어깨가 널찍한 파란색 재킷으로 구성된 옷이다. 그런데 재킷은 세탁소에 한 번 맡겼다가 찾아올 때마다 어깨 패딩이 비뚤어지거나 구부러지

거나 헐거워져 있다. 세탁소 입장에서는 그런 옷의 유행이 끔찍하다. 재니스가 처음 그 옷을 입고 해리 앞에서 포즈를 취했을 때, 해리는 자그마한 경찰관처럼 보인다고 말했다. 널찍한 어깨와 주머니의 가두리 장식 때문에 제복 같은 느낌이 나는 것 같지만, 그래도 평정을 잃지 않고 넬슨에게 작별인사를 하는 일에서부터 대지, 가옥, 차지권 부여, 무조건부 토지 상속권, 정사 상속 재산권, 공공 부동산 관리인, 등본 보유권, 관습적인 자유 보유권, 영구 양도, 부동산 유증, 소재지법 등 이상하고 오래된 용어들이 잔뜩 등장하는 시험을 치르는 일에 이르기까지 하루종일 그 옷이 그럭저럭 잘 통할 것 같다. 사람들은 강의실로 쓰이는 그 오래된 초등학교 교실에서 원래 있던 책상들을 치우고 알루미늄 관과 오렌지색 플라스틱으로 만든, 한쪽에만 팔걸이가 있는 의자를 들여놓았지만 오랜 세월 분필가루를 뒤집어쓴 탓에 회색으로 변한 옛날 칠판은 아직 그대로 남아 있다. 창문은 워낙 높아서 열고 닫을 때 막대기를 동원해야 하고, 높은 천장에는 납작해진 달처럼 생긴 조명들이 둥둥 떠 있다. 가느다란 줄기에 매달린 크고 움푹한 꽃들을 거꾸로 뒤집어놓은 것 같은 모양이다. 재니스는 다시 수업에 들어와서 강사의 말을 따라가려고 애쓰며 새로운 것을 배우게 된 것이 기쁘지만, 다른 학생들의 존재도 의식하고 있다. 그들은 숨을 몰아쉬고 발을 꼼지락거리며 열심히 머리를 쥐어짜고 있다. 수업을 듣는 학생들 중에는 여자가 네 명 중 세 명꼴로 많고, 대부분 재니스보다 젊지만 모두 그런 것은 아니라서 다행이라는 생각이 든다. 재니스는 학생들 중 가장 나이가 많은 사람도, 가장 멍청한 사람도 아니다. 지금까지 살아오면서 가슴 아픈 일들을 겪고, 부지에서 띄엄띄엄 일도 한 덕분에 재니스도 몇 가지 배운 것이 있다. 스물다섯 명의 학생과 함께 이렇게 앉아서 자격증을 따려고 애쓰는 지금의 모습을 부모님이 살아서 보셨으면 좋겠다는 생각이 든다. 높은 창문 너머의 파인 스트리트에서는 도시의 소음과 히스패닉 음악과 주인에게 맞게 개조된 히스패닉 자동차들의 엔진 소리가 들려온다. 재니스는 공책과 연필과 노란색 하이라이트펜을 앞에 놓고 앉아 있다(재니스가 고등학교에 다닐 때는 이런 물건이 없었다). 하지만 물론 부모님이 살아 있었다면 재니스가 이렇게 수업에 나오지 못했을 것이다. 그럴 만한 정신적 여유가 없었을 테니까. 부모님은 훌륭한 분들이었지만, 재니스가 스스로 알아서 할 수 있게 내버려두는 법이 없었다. 게다가 그녀가 해리와 결혼한 것이 그녀를 못미더워하는 부모님의 마음을 확인해준 꼴이 되었다. 재니스는 지금까지 몇번이나 잘못된 결정을 내린 적이 있다.

강사인 리스터 씨는 우울하고 헝클어진 느낌의 키 큰 남자로, 늘어진 턱 때문에 마치 개처럼 보인다. 그는 지난번 시험에서 재니스에게 B학점을 주었고, 틀림없이 재니스에게 호감을 갖고 있는 것 같다. 다른 학생들, 심지어 젊은 학생들조차도 역시 재니스에게 호감을 갖고 있어서 여덟시 삼십분의 쉬는 시간에 그녀에게 담배를 빌려주기도 하고 열시에 수업이 끝난 뒤에는 함께 맥주를 마시러 가자고 권하기도 한다. 아직은 그런 권유를 받아들인 적이 없지만, 해리의 상태가 조금 정상으로 돌아오면 자신이 공연히 튕기는 것이 아니라는 사실을 보여주기 위해서라도 언젠가 그 권유를 받아들이게 될 것 같다. 적어도 그녀는 함께 수업을 듣는 같은 또래의 다른 여자들처럼 뚱뚱해지도록 자신을 방치하지 않았다. 살덩어리가 그렇게 층층이 쌓여 있는데도 그걸 줄이려는 노력을 전혀 하지 않고 몇십 킬로그램이나 되는 살을 매단 채 돌아다니며 간신히 책상에 끼여 앉는 모습을 보는 것은 솔직히 충격적인 일이다. 저런 상태로 과연 얼마나 살 수 있을지 궁금해질 정도다. 하느님이 재니스에게 내려준 천연의 축복은 몇 개 되지 않지만, 그나마 적당한 몸매가 그 축복 중 하나이므로 재니스는 그 몸매를 지키려고 노력하고 있다. 자신뿐만 아니라 해리를 위해서도. 실제로 해리는 나이를 먹을수록 재니스를 자랑스러워하는 것 같다. 가끔 그는 마치 달에서 뚝 떨어진 사람을 보듯이 그녀를 바라본다.

오늘 오전에는 아주 바쁘게 움직여야 하는데도 브루어의 러시아워가 최고조에 달한 시각이라 재니스는 교통체증에 걸려 천천히 움직인다. 이 수많은 차들은 어디로 가는 걸까? 산을 끼고 돌아가는 고속도로 길가에 어젯밤의 폭우로 파인 자국이 보인다. 시뻘건 진흙이 고인 채 비뚤비뚤 뻗어 있던 커다란 도랑들이 잡초와 함께 빗물에 깨끗이 씻겼다. 조지프 스트리트에서 재니스는 차를 세우고 과연 어떤 혼돈이 자신을 맞이할지 두려워하면서 인도를 걸어간다. 하지만 넬슨은 유리창에 바르는 접합제와 같은 색깔의 양복을 차려입었고, 프루는 갈색 바지에 남자 같은 느낌이 나는 카키색 셔츠를 입고 그 위에 빨간 카디건을 걸쳐 양쪽 소매를 어깨 근처에서 헐겁게 묶었다. 운전하기에 적합한 차림이다. 그녀와 넬슨 모두 안색이 창백하고 핼쑥해 보인다. 해리가 〈언솔브드 미스터리스〉를 보면서 코웃음을 치곤 하는 장면들처럼, 두 사람의 머리 주위로 흥분상태의 영적인 에너지가 보이는 듯하다.

프루는 부엌에서 땅콩버터와 꿀이 들어간, 로이가 좋아하는 특별한 샌드위치를 재니스에게 보여주면서(이 샌드위치가 아니면 로이는 심지어 디저트까지 모든 것을 바닥에 던져버린다) 시어머니가 자신의 태도에서 뭔가 못마땅한 점을 보았다고 생각했는지 낮은 목소리로 서둘러 해명한다. "넬슨이 집안에 코카인을 좀 숨겨둔 게 있어서 재활원으로 떠나기 전에 다 해치워버리자고 생각했어요. 그런데 넬슨이 혼자하기에는 너무 많은 양이라 저도 몇 줄 했거든요. 정말이지 넬슨이 왜그걸 좋아하는지 모르겠어요. 코가 타는 것 같고, 재채기가 나오고, 잠도 잘 안 올 뿐 아무런 느낌이 없는데 말이에요. 정말 아무 느낌도 없었어요. 그래서 넬슨한테 '고작 이게 전부라면 이걸 끊기가 그리 어려울 것 같지 않다'고 말했어요. 저라면 그것보다는 허시 초코바를 끊기가 더 어려울 거예요."

하지만 프루가 너무 많은 말을 지껄이고 있다는 것, 너무 쉽사리 자백하고 있다는 것, 손끝을 덜덜 떨면서 양손으로 이마에 흘러내린 빨간색 생머리를 쓰다듬고 있다는 것이 재니스가 보기에는 바로 그녀의 몸속에서 화학반응이 일어나고 있다는 증거다. 그녀의 아들은 독을 내뿜는다. 그가 손대는 모든 것이 독에 물든다. 재니스가 애지중지 키운 아들이 세상을 파괴하는 존재가 된 것이다.

넬슨은 앞쪽 거실에 남아 로이를 품에 안은 채 바칼라운저에 앉아서 아이에게 뭐라고 중얼거리며 부드럽게 입김을 불어 아이의 귀를 간질이고 있다. 고개를 들어 어머니를 바라보는 얼굴은 온통 불만투성이다. 그가 재니스에게 말한다. "내가 왜 거길 가려는 건지 알죠?"

"네 목숨을 구하기 위해서지." 재니스가 아들의 무릎에서 로이를 들어올리며 말한다. 그리고 날이 갈수록 무거워지는 로이를 바닥에 세워놓는다. "이제 이 녀석도 스스로 걸을 때야." 재니스가 넬슨에게 설명하듯이 말한다.

"엄마가 나를 아무짝에도 쓸모없는 재활원이라는 곳으로 보내는 것처럼 말이죠." 넬슨이 말한다. "분명히 말하는데요, 내가 재활원에 가는 건 엄마가 그러라고 했기 때문이지, 나한테 문제가 있다는 걸 인정해서가 아니에요."

피로감이 무겁게 밀려온다. 지금이 하루를 시작하는 아침이 아니라 하루의 끝인 것 같다. "네가 돈을 그렇게 축낸 걸 보면, 지금 우리 모두에게 문제가 있어."

아들은 꿈쩍도 하지 않지만, 순간적으로 눈꺼풀을 아래로 내리깔기는 한다. 남자의 속눈썹치고는 조금 긴 편인 속눈썹이 아름답다. 재니스는 그 속눈썹을 볼 때마다 항상 가슴이 아프다. "그냥 빚을 진 것뿐이잖아요." 넬슨이 말한다. "라일이 그렇게 아프지 않았다면 엄마한테 좀더 분명하게 설명할 수 있었을 거예요. 우린 그저 미래에 들어올 수입을 바탕으로 돈을 빌렸을 뿐이에요. 조만간 다 해결됐을 거라고요."

재니스는 오늘밤 치러야 하는 시험과 벌레 모양의 금속을 가슴에 집어넣고 있는 가엾은 해리를 생각하며 아들에게 말한다. "애, 넌 돈을 훔쳤어. 그것도 동전을 모아둔 병에서 푼돈을 훔친 수준이 아냐. 넌 중독자야. 지금 제정신이 아니라고. 언제부터 이런 상태였는지는 모르겠지만, 우리가 원하는 건 네가 다시 원래 모습으로 돌아오는 것뿐이야."

재니스를 닮아 얄팍한 넬슨의 입술에 힘이 들어가서 입술이 콧수염 밑에서 거의 사라지는 게 아닐까 싶을 만큼 가늘어진다. 콧수염은 자랄수록 점점 축 처지고 있는 것 같다. "엄마가 사교적인 의미로 술을 마시는 것처럼 나도 재미삼아 마약을 하는 것뿐이에요. 우리한테는 그런 게 필요해요. 우리 같은 실패자들한테는 기분을 올려주는 게 필요하다고요."

"난 실패자가 아니야, 넬슨. 너도 아니기를 바란다." 속이 점점 갑갑해지지만 재니스는 계속 낮고 차분한 목소리를 유지하려고 애쓴다. 찰리라면 그렇게 했을 것이다. "플로리다에서도 똑같은 얘기를 했는데, 넌 그때 나랑 약속을 하고도 지키지 않았어. 이제 네 문제는 내가 감당할 수 없는 수준이다. 네 아내도 감당할 수 없고, 네 아버지도 감당할 수 없어. 아버지한테는 너무 힘든 일이지."

"아버지는 신경도 안 쓰잖아요."

"신경을 왜 안 써? 중간에 내 말 끊지 마라. 그리고 네 문제는 이제 너 자신도 감당할 수 없는 수준이야. 그러니까 경험을 바탕으로 치료법이 마련돼 있는 재활원에 가야 돼. 네 상담가도 네가 거기 가는 게 좋다고 하더라."

"아이크는 그게 전부 사기라고 했어요. 모든 게 사기라고."

"그거야 흑인들이 늘 하는 소리지. 녀석이 널 끌어들였으니 네가 그렇게 되길 바라는 거야."

"만약 내가 거길 참을 수 없다면요?" 재니스와 해리는 넬슨을 여름 캠프에 보낸 적이 없다. 넬슨이 캠프를 견디지 못할까봐 걱정스러웠기 때문이다.

"반드시 참아내야지. 아니면……"

"그래요? 아니면요?"

"아니면 안 되지."

넬슨은 재니스를 놀리려고 든다. "어련하시겠어요. 내가 못 견디면 엄마랑 찰리 아저씨랑 해리 영감이 날 어떻게 하실까요? 감옥에라도 넣으시려고요?" 이건 진심으로 던지는 질문이다. 넬슨은 불안한 표정으로 큰 소리가 나도록 코를 쿵쿵거리더니 분홍색 콧구멍을 문지른다.

재니스는 차분하고 부드러운 목소리로 넬슨에게 진심으로 대답하려고 애쓴다. "우리가 그렇게 하는 일은 없을 거야. 도요타랑 경찰이 그렇게 하겠지, 그쪽에 연락이 간다면."

넬슨은 믿을 수 없다는 듯이 또 코를 쿵쿵거린다. "왜 굳이 그쪽에 연락하려고 그래요? 내가 돈을 다시 갚으면 되잖아요. 처음부터 돈을 돌려놓을 작정이었다고요. 엄마는 나보다 그놈의 부지에 더 신경을 쓰는 거죠?"

넬슨은 가볍게 놀리는 듯한 목소리를 내려고 애쓰지만, 재니스의 마음은 이미 딱딱하게 굳어버렸다. 자신이 옳다는 생각과 분노가 그녀를 사로잡는다. "넌 내 돈을 훔쳤지만 중요한 건 그게 아냐. 네 할아버지의 것을 훔쳤다는 게 문제지. 넌 할아버지가 세우신 곳에서 도둑질을 했어."

경계심이 깃든 넬슨의 눈이 커진다. 어두운 거실 불빛 속에서 안색이 죄수처럼 창백하게 보인다. "할아버지는 처음부터 나한테 부지를 물려줄 생각이었어요. 우리 애들은 어쩌고요? 엄마가 지금 이 협박을 정말로 실행하면 주디랑 로이가 어떻게 되겠어요?" 로이는 칭얼거리다가 바닥에 주저앉아 재니스의 발목에 몸을 기대고 있다. 두 사람의 대화 소리가 싫어서 재니스가 다른 곳에 신경을 쏟았으면 하는 눈치다.

"그런 생각은 일을 저지르기 전에 했어야지." 재니스가 냉정하게 말한다. "넌 네 아이들의 것도 훔친 셈이야." 자신의 냉정함이 자랑스러우면서도 진저리가 난다. 머리가 멍하지만 생각은 분명하다. 자신의 자궁이 낳은 아이가 지금 그녀의 앞에서 몸부림치며 애원하고 있다. 지금 머리가 멍한 것은 플로리다의 여성 모임에서 이야기하던 바로 그 힘 때문일 것이다. 남자들은 처음부터 항상 갖고 있던 힘.

넬슨이 자신의 분노를 토로해본다. "아, 젠장. 이딴 식으로 굴지 마요. 네가 엄마, 아빠한테 어떻게 이럴 수가 있냐는 거죠? 그럼 엄마는 나한테 어떻게 했는데요? 모든 게 엉망이 돼서 베키가 죽어버리는 바람에 난 누이동생을 가져보지 못했어요. 엄마가 그 느끼한 그리스 남자랑 도망치고, 정신 나간 아버지는 질이랑 스키터를 차례로 데려왔을 때는 또 어떻고요? 난 그때 아직 아이였는데, 그 사람들은 나한테 대마초를 주려고 했어요."

재니스는 마음이 단단하게 굳어서 냉정한 모습을 유지하고 있지만 사실은 자신이 계속 울고 있었음을 깨닫는다. 목구멍이 쓰라리고, 얼굴에는 눈물이 엉망으로 줄줄 흘러내린다. 재니스는 손등으로 눈물을 닦은 뒤 떨리는 목소리로 묻는다. "그래서 그때 대마초를 얼마나 했는데?"

넬슨은 움찔하며 조금 물러선다. "몰라요. 가끔 한 모금씩 빨게 해줬어요. 하지만 그 사람들은 그보다 더 심한 짓들을 하면서 나한테 숨길 생각도 안 했어요."

재니스는 둥글게 뭉친 티슈로 얼굴과 눈의 물기를 닦으며 오늘 하루가 시작부터 엉망이 되었다고 생각한다. 어머니, 할머니, 남편을 돌보는 아내, 열심히 공부하는 학생, 그리고 전도가 유망한 직장 여성의 역할에 다 맞을 것 같은 옷을 골라 입고 나왔는데. "네가 이상적인 어린 시절을 보냈다고 할 수는 없겠지." 재니스는 눈 밑을 두드리며 사실을 인정한다. 정신이 산만하고, 곧 다음 역할로 넘어갈 준비가 되어 있다. "하지만 솔직히 이상적인 어린 시절을 보내는 사람이 어디 있어? 그런 걸로 부모한테 불평을 하면 안 되지. 우리도 나름대로는 최선을 다했어."

넬슨이 반발한다. "나름대로?"

재니스가 말한다. "넬슨, 아이들이 어릴 때는 부모를 신으로 생각하는 법이야. 하지만 이젠 너도 부모가 신이 아니라는 걸 받아들일 수 있는 나이가 됐어. 네 아버지는 지금 건강이 안 좋고 나는 힘들지만 어떻게든 정상적인 생활을 이어가려고 애쓰는 중이다. 그러니까 네가 원하는 만큼 너한테만 신경을 써줄 수가 없어. 너도 이제 성인이니 네 인생에 책임을 져야지. 널 아는 사람들이라면 누구나 네가 필라델피아의 그 재활원을 충실히 마치는 것밖에는 달리 방법이 없다는 걸 분명히 알 거다. 앞으로 삼 개월 동안은 우리가 모두 네 자리를 메워주겠지만, 8월에 거기서 돌아온 다음에는 네가 혼자 알아서 해야 돼. 적어도 내가 널 봐주는 일은 없을 거다."

넬슨이 이죽거린다. "엄마는 무슨 일이 있어도 자식을 사랑해야 하는 것 아니에요?" 그러고는 신체적으로 위협을 가하기라도 하려는 것처럼 제 할아버지의 바칼라운저에서 벌떡 일어나 가까이 다가선다. 넬슨은 재니스보다 8센티미터쯤 키가 더 크다.

재니스는 다시 목구멍이 아파오면서 눈시울이 뜨거워지는 것을 느낀다. "내가 널 사랑하지 않았다면, 네가 자신을 망가뜨리든 말든 내버려뒀겠지." 이제 그녀가 할 수 있는 말이 모두 떨어졌다. 재니스는 비틀린 웃음을 짓고 있는 그 하얀 얼굴을 향해 몸을 던지다시피 다가가서 아들을 끌어안는다. 넬슨은 잠시 꿈틀거리며 반항하더니 마지못해 재니스의 등을 양팔로 끌어안고 어깨뼈를 토닥거린다. 해리의 어머니가 "스프링어 집안의 작은 손"이라고 불렀던 그 손으로. 그래, 시어머니야말로 지긋지긋한 어머니였지. 재니스는 속으로 생각한다. 시어머니는 평생 동안 아들에게 안 된다는 소리를 한 적이 없었다.

넬슨이 다 괜찮을 거라고, 자신이 좀 지나치게 일을 벌인 것뿐이라고 귓가에서 속삭이고 있다.

프루가 커다란 여행가방 두 개를 들고 아래층으로 내려온다. "양복을 몇 번이나 입게 될지 모르겠어." 프루가 말한다. "하지만 몸을 움직이는 치료는 아주 많이 할 테니까 반바지랑 운동용 양말을 눈에 띄는 대로 전부 집어넣었어. 청바지도 넣었으니까, 거기서 바닥 청소를 시키거든 그때 입으면 돼."

"바이 바이, 아빠." 로이가 어른들의 다리 사이에서 말한다. 프루는 손에 여유가 없으므로 재니스가 아이를 안아든다. 아이가 점점 키도 크고 몸무게도 무거워지고 있지만, 아빠에게 작별인사로 뽀뽀를 해야 하기 때문이다. 아이는 넬슨의 귀에 매달려 작별인사를 한다. 이 녀석이 애정의 표현으로 고통을 주는 이런 짓을 어디서 배웠는지 모르겠다는 생각이 든다.

넬슨이 모는 와인색 셀리카 수프라를 타고 넬슨과 프루가 떠난 뒤로이는 제 할머니를 데리고 뒷마당으로 나간다. 옛날에 뒷마당에는 닭장처럼 생긴 나지막한 울타리가 있는 해리의 텃밭이 있었지만, 지금은 5년 전 주디를 위해 사주었으나 그동안 사용하지 않아서 녹이 잔뜩

슨 그네와 미끄럼틀 세트가 서 있다. 아직 초여름인데도 금속 발판 주위에 잡초들이 무성하게 자라 있다. 재니스는 질경이와 민들레 사이에서 고사리처럼 생긴 당근 이파리와 콜라비를 언뜻 본 것 같다. 노란 민들레꽃에는 씨앗을 품은 하얀 깃털 같은 것들이 매달려 있다가 로이가 손잡이에 테이프를 감아놓은, 부러진 하키스틱을 사무라이의 검처럼 휘두르자 허공으로 날아간다. 스프링어 일가가 이 집으로 이사온 것은 재니스가 여덟 살 때인데, 너도밤나무가 없어져버린 커다란 집을 뒷마당에서 보니 벌거벗은 것처럼 보인다. 하늘에서는 비를 불러오는 자줏빛 어두운 구름을 한가운데에 품은 두툼한 구름들이 빠르게 흘러가고 있다. 오늘 아침에 일기예보에서는 어젯밤처럼 심하지는 않지만 하여튼 비가 더 올 것이라고 했다. 재니스는 로이를 데리고 사각형 시멘트 판들이 깔린 조지프 스트리트의 인도를 조금 걷는다. 여기저기 판석들을 새로 교체하긴 했지만, 금간 곳이 그대로 남아 있는 곳도 있고, 플라타너스 뿌리 때문에 시멘트판 두 개가 기울어진 곳도 있다. 전에 어떤 여자애가 롤러스케이트를 타고 지나가다가 깜짝 놀란 적이 있는 곳이다. 재니스는 로이에게 이런 얘기들과 함께 옛날에 이웃에 살던 사람들의 이야기를 해준다. 하지만 아이는 한 블록을 다 가기도 전에 지쳐서 짜증을 낸다. 요즘 아이들은 여자애든 남자애든 옛날과 달리 활기도 없고 탐구심도 없는 것 같다. 재니스는 어렸을 때 무릎이 항상 까지고 흙이 묻어 있었을 뿐만 아니라, 옷도 잘 더러워져서 어머니가 항상 투덜거리곤 했다. 로이는 길을 걷다가 바닥에 난 두 개의 금 사이에 커피 찌꺼기처럼 줄지어 늘어선 자그마한 개미탑이 나왔을 때만 반짝 관심을 보인다. 녀석은 개미탑을 발로 차서 무너뜨리더니 여왕을 보호하기 위해 한꺼번에 허둥지둥 쏟아져나온 개미군대를 짓밟는다. 하지만 개미들이 끊임없이 줄줄 나오는 것을 보고 아이가 살육에 지쳐가자, 재니스는 결국 그 얼간이를 안아들고 집으로 돌아온다. 아이의 운동화가 재니스의 배와 주름치마를 나른하게 두드려댄다.

케이블 채널 중에 오전 내내 만화를 방영해주는 곳이 있다. 한 번에 몸을 한 곳만 움직이며 말할 때는 아랫입술만 움직이는 만화 속 영웅들이 다른 은하에서 찾아와 기분 나쁘게 웃어대는 악당들과 우주에서 싸움을 벌인다. 로이는 그것을 보다가 잠이 든다. 프루가 설탕을 조금만 넣고 귀리시리얼로 만든 쿠키 하나가 아이의 손에서 부서진 채 축축하게 젖어 있다. 재니스가 아주 오래 살았던 이 집, 제비꽃 화분, 자질구레한 장식품들, 아버지가 두통이 가라앉기를 기다리며 눈을 감고 편안히 앉아 있곤 했던 낡은 갈색 바칼라운저, 게으른 가정부가 청소할 때마다 세제를 뿌리고 왁스를 바르는 바람에 칠이 망가졌다고 어머니가 불평하던 식탁, 이런 것들을 보고 있으니 넬슨을 향한 죄책감이 더 깊어진다. 겁에 질린 넬슨의 창백한 얼굴이 어두운 거실에서 지금도 빛나고 있는 것 같다. 재니스가 커튼을 걷자 관절염에 걸린 노인처럼 창틀을 기면서 졸고 있던 말벌들이 깜짝 놀란다. 예전에 슈멜링 씨의 집이 있던 길 건너편에는 말채나무가 포치 지붕보다 더 높게 자라 있다. 꽃이 핀 나무가 옆으로 흔들리는 모습이, 사람들이 아직도 소련을 두려워하던 시절 원자폭탄 실험으로 생겨난 구름을 찍은 옛날 사진처럼 보인다. 순전히 돈 때문에 넬슨에게 그토록 잔인하게 굴었다니. 자신의 냉혹한 말을 떠올리며 재니스는 몸을 떤다. 뼛속에 아직 남아 있는 부드러운 부분이 서늘해지고, 토하고 난 뒤처럼 자기혐오로 몸이 움찔거린다.

하지만 이 감정에 공감해줄 사람은 아무도 없을 것이다. 해리도, 프루도 아니다. 프루는 정오가 아니라 한시가 지나서 돌아온다. 교통체증이 상상도 할 수 없을 만큼 심했다고 말한다. 톨게이트 근처의 도로가 몇 킬로미터나 1차선으로 줄어든데다가 노스필라델피아에 거대한 연합주택 단지들이 있기 때문이라는 것이다. 게다가 재활원에서도 넬슨의 입원 수속에 실컷 늑장을 부렸다. 프루가 항의하자 그들은 자기들이 받아들이는 환자보다 거절하는 환자가 세 배나 된다고 말했다. 프루는 시어머니인 재니스가 기억하고 있는 모습보다 더 커진 듯한 키와 더 사나워진 표정 때문에 잘 모르는 사람처럼 보인다. 두 사람 사이의 유대감은 사라져버렸다.

"넬슨은 어땠니?" 재니스가 묻는다.

"화를 내고 있지만 이성을 잃지는 않았어요. 부지에 대해서 아버님한테 전해달라며 아주 구체적인 지시들을 어찌나 많이 늘어놓았는지 몰라요. 저더러 그걸 다 받아적으라고 했어요. 이젠 자기가 대장이 아니라는 걸 아직 모르는 것 같아요."

"난 너무 속이 상해서 점심도 못 먹었다. 로이는 텔레비전을 보다가 잠이 들었는데, 깨워야 할지 말아야 할지 몰라서 그냥 뒀어."

프루는 지친 표정으로 머리카락을 뒤로 넘긴다. "넬슨이 어제 밤늦게까지 애들을 붙들고 늘어져서 뽀뽀를 하면서 카드 게임을 같이 하자고 했어요. 그걸 하면 기분이 너무 들떠서 다른 사람을 그냥 가만히 내버려두질 못하거든요. 로이가 한시에 놀이방에 가야 하니까 빨리 깨워야겠어요."

"미안하구나, 놀이방에 가야 한다는 건 알았는데 그게 어디 있는지, 수요일에도 가는 건지는 몰랐어."

"제가 미처 말씀을 못 드린 건데요. 게다가 필라델피아까지 차를 몰고 갔다 오는 게 이렇게 힘들 줄 누가 알았겠어요? 오하이오에서는 클리블랜드까지 아무 문제 없이 횡하니 갔다 올 수 있거든요." 로이가 놀이방 시간을 놓친 것 때문에 프루가 재니스를 탓하고 있는 것은 아니지만, 삼각형 모양의 눈썹에는 어쨌든 짜증이 배어 있다.

재니스는 그래도 며느리에게서 괜찮다는 말을 듣고 싶어서 이렇게 묻는다. "내가 아주 몹쓸 짓을 했다고 생각하니?"

어쨌든 지금 이곳에 살고 있다는 점에서 지금 이 집의 주인인 프루는 눈으로 집안을 구석구석 살펴보다가 차갑고 선명한 눈빛으로 잠시 재니스를 바라본다. "그럴 리가 있나요. 넬슨한테는 이게 유일한 기회인데요. 넬슨이 이걸 받아들이게 만들 수 있는 사람은 어머님뿐이고요. 얼마나 다행인지 몰라요. 어머님은 지금 옳은 일을 하고 계세요."

하지만 말투가 너무나 냉혹해서 재니스는 마음이 놓이지 않는다. 윗입술 한가운데가 건조하게 느껴져서 그녀는 그곳을 혀로 핥는다. 그곳의 피부가 조금 갈라진 채 좀처럼 낫지 않는다. "하지만 마치 내가…… 그걸 뭐라고 하더라…… 너무 돈만 밝히는 것 같은 기분이 들어서 말이다. 내가 아들보다 회사를 더 생각하는 것 같아."

프루는 어깨를 으쓱한다. "지금 상황이 어쩔 수 없잖아요. 어머님은 힘을 갖고 계세요. 저랑, 아버님이랑, 아이들한테. 넬슨은 그냥 우리를 우습게 볼 뿐이고요. 넬슨한테 우리는 무시해도 되는 사람들이에요. 넬슨은 지금 정상이 아니에요. 어머님의 아들이 아니라, 괴물 사기꾼으로 변해버렸다고요."

이 말이 너무 냉혹하게 들려서 재니스는 울음을 터뜨린다. 하지만 며느리는 손을 내밀어 위로해주는 대신 짜증을 내면서도 척척 일을 처리하는 사람 같은 분위기를 풍기며 몸을 돌려 로이를 깨워서 놀이방에 보내려고 깨끗한 코듀로이 바지로 갈아입힌다.

"나도 늦었어. 다녀오마." 재니스는 마치 내쳐진 듯한 기분을 느끼며 이렇게 말한다. 전에 그녀와 프루는 그녀가 강의를 듣는 세 시간 동안 해리를 펜파크의 집에 위험하게 혼자 내버려두느니 병원에서 곧바로 이 집으로 데려오기로 했었다. 재니스는 차를 몰고 브루어로 들어가면서 해리가 자기 발로 다시 서는 모습을 보게 되기를, 넬슨에 대한 죄책감에 공감해주기를 고대한다.

하지만 프루가 그랬던 것처럼 해리도 그녀를 실망시킨다. 세인트조지프병원에서 다섯 밤을 보낸 그는 자기밖에 모르는 게으름뱅이가 되어버렸다. 금방이라도 어디가 잘못될 것 같은 뚱보처럼, 갑자기 그렇게 보인다. 아직 탁한 금발 색깔을 유지하고 있는 머리카락은 그가 직접 올백으로 빗어 넘겼다. 빗이 지나간 자국이 그대로 남아 있는 머리 모양은 그가 고등학교 시절 라커룸에서 나올 때 하고 있던 바로 그 머리 모양이다. 하얗게 센 머리는 거의 없지만 관자놀이의 머리선이 옛날보다 위로 올라갔고, 눈썹 끝의 움푹한 피부는 주름지고 건조해 보인다. 그는 서서히 공기가 빠지고 있는 풍선 같다. 여러 날에 걸쳐 조금씩 쭈글쭈글하게 변하면서 바닥으로 가라앉은 풍선. 그의 적갈색 바지와 파란색 면 재킷이 몸에 헐렁해 보인다. 병원 음식이 그의 몸에서 몇 킬로그램의 물을 짜낸 것이다. 살뿐만 아니라 기운마저 잃어버린 그는 재니스의 아버지가 인생의 마지막 오 년 동안 그랬던 것처럼 움직임이 불안정하고 눈도 자주 깜박거린다. 바칼라운저에 눈을 감고 앉아서 두통이 사라지기를 기다릴 때의 아버지가 그랬다. 뭔가가 잘못된 것 같은 느낌이다. 지금까지 결혼생활을 하면서 해리는 항상 활기로 그녀를 압도했다. 그의 충동적인 욕구, 주위 사람들이 대체로 자신을 소중히 여긴다는 생각, 아무렇지도 않게 그녀에게 상처를 주는 태도, 입 밖에 내지는 않았지만 언제든 그녀를 버리고 떠날 수 있다고 위협하는 듯한 태도. 그런데 지금은 그녀가 그를 데려가려고 차를 몰고 왔고, 그는 데이트를 하러 나가려는 소년처럼 옷을 차려입고 머리도 촉촉하게 빗어 넘겼다. 그는 침대 옆의 의자에 얌전히 앉아 있었다. 약과 더러운 속옷을 넣은 낡은 운동 가방은 커다란 스웨이드 허시퍼피 신발을 신은 양발 사이에 놓여 있었다. 재니스가 그의 팔을 잡아 부축해주자 그는 엘리베이터를 향해 조심스레 걸음을 떼었다. 간호사들이 작별 인사를 건넸다. 통통하고 젊은 간호사 한 명이 유난히 아쉬운 표정을 지었고, 주방보조로 일하는 히스패닉 여자는 눈을 반짝이며 재니스에게 말했다. "제대로 된 음식을 드시게 하세요!"

재니스는 해리가 더 고마워할 줄 알았다. 하지만 남자들은 아주 가벼운 병에 걸렸을 때도 여자들이 자기를 받쳐줄 거라고 생각해버린다. 그리고 그런 경우 남자가 여자에게 보내는 감사의 마음은 결코 대단하지 않다. 차 안에서 그가 가장 먼저 입에 담은 것은 모욕적인 말이다. "그 경찰관 제복 같은 옷을 입었군."

"오늘밤 시험에 맞는 옷을 고른 거야. 그런데 시험에 집중할 수 없을 것 같아. 넬슨 생각이 머리에서 떠나질 않으니."

해리는 조수석에 늘어져 있다. 무릎이 대시보드를 밀어대고, 머리는 머리받침에 기대고 있다. 아주 거만하게 보이는 자세다. "생각할 게 뭐 있어?" 해리가 묻는다. "녀석이 꿈틀꿈틀 빠져나가기라도 했어? 어쩐지, 도망칠 줄 알았지."

"도망치지 않았어. 그래서 내 마음이 이렇게 슬픈 거야. 넬슨이 옛날에 학교에 갈 때처럼 그리로 갔으니까. 해리, 이게 정말 잘하는 짓인지 잘 모르겠어."

해리는 눈을 감고 있다. 차창 밖으로 보이는 풍경들의 공격을 막으려는 듯이. 페인트를 칠한 벽돌 건물들, 사암으로 지은 묵직한 교회들, 위풍당당한 법원, 초록색 유리를 두른 신축 고층건물, 와이저광장이 있던 자리의 공원. 풀들이 웃자란 그 공원은 훔친 쇼핑카트에 옷가지를 넣어두고 마분지상자에서 잠을 자는 노숙자와 마약중독자의 본거지가 되었다. "달리 우리가 할 수 있는 일이 없잖아?" 해리가 나른하게 말한다. "프루는 뭐래?"

"아, 걔야 찬성이지. 이제 자기가 넬슨을 돌보지 않아도 되니까. 아마 한동안 넬슨 때문에 애를 먹었을걸. 프루가 속으로는 벌써 독신이라도 된 것처럼 생각하고 있다는 게 눈에 보일 정도야. 아주 독립적이고 씩씩하고 나한테도 조금 무례했어. 그랬던 것 같아."

"너무 예민하게 굴지 마. 찰리는 뭐래? 어젯밤 베트남 식당은 어땠어?"

"글쎄, 베트남 음식이 어떤 건지는 아직 잘 모르겠지만 맛은 있었어. 양은 좀 부족해도 맛은 좋더라고. 게다가 너무 늦게까지 있지도 않아서 집에 돌아온 뒤에 〈서티섬싱〉의 끝부분도 조금 볼 수 있었고. 시즌 마지막회였는데, 호프가 잡지에 폭로기사를 쓰려고 하고, 게리는 그 기사에서 수재나를 보호하려고 애쓰는 얘기였어. 수재나가 사회복지센터의 공금을 횡령하고 있다는 걸 호프가 알아내서 기사로 쓰려고 했거든." 이런 얘기를 자세히 늘어놓는 건 혹시라도 자신이 찰리와 잤다고 해리가 생각할까봐 그럴 만한 시간이 없었다는 것을 증명하기 위해서다. 가엾은 해리. 그는 시간이 흐르면 사람이 성장할 수 있다는 걸 믿지 않는다.

해리는 여전히 눈을 꼭 감은 채 끙하는 소리를 낸다. "그거 끔찍한 스토리네. 현실이랑 똑같잖아."

"찰리는 이번에 내가 아주 잘했다고 생각해." 재니스가 말한다. "넬슨한테 맞선 거 말이야. 오늘 아침에 넬슨이랑 조금 이야기를 나눴는데, 분위기가 안 좋았어. 넬슨이 나더러 자기보다 회사를 더 사랑한다고 했거든. 듣고 보니 걔 말이 옳은 게 아닌가 하는 생각이 들어. 우리가 처음 만났을 때에 비해서 너무 물질주의적인 사람으로 변해버린 게 아닌가. 오늘 아침에 넬슨은 아주 작아 보였어, 해리. 상처를 입고 반항하는 어린애 같았다고. 내가 찰리랑 같이 살려고 집을 나갔을 때처럼. 열두 살짜리 아이를 그렇게 버리고 나가다니, 감옥에 갈 사람은 나야. 내가 도대체 무슨 생각으로 그랬을까? 넬슨 말이 맞아. 내가 무슨 자격으로 넬슨한테 잔소리를 하고, 넬슨을 그런 끔찍한 곳으로 보내겠어? 나도 그 짓을 저질렀을 때 지금의 넬슨과 비슷한 나이였는데. 정말이지 너무 어렸어." 재니스는 또 울고 있다. 다른 것과 마찬가지로 눈물에도 중독되는 것이 가능한지 모르겠다고 재니스는 생각한다. 그녀가 지금까지 지나온 모든 어둠과 실수와 생각조차 할 수 없는 부끄러운 일들이 도저히 멈출 줄 모르고 쏟아져내리는 이 짭짤한 눈물 속에서 역류하고 있는 느낌이다. 눈물 때문에 앞이 잘 보이지 않아서 운전하기가 어려울 지경이고, 코를 훌쩍거리는 소리에 어이없는 웃음이 터져나온다.

해리의 머리가 머리받침에 느슨하게 걸린 채 돌아가 있다. 눈에 보이지 않는 햇볕을 마음껏 쬐고 있는 것 같은 모습이다. 안개가 낀 것처럼 흐릿한 하늘에 구름이 잔뜩 끼어 있고, 두 사람의 어두운 마음도 그 어두운 구름 속에 섞여들어간다. "당신은 그때 새로운 걸 시도하고 있었어." 해리가 말한다. "아직 살아 있는 동안 제대로 살아보려고 애쓰고 있었던 거야."

"하지만 난 그럴 권리가 없었어. 당신도 마찬가지고. 우리에게는 그런 짓을 할 권리가 없었단 말이야!"

"아, 젠장, 소리 좀 지르지 마. 그 시대가 그랬잖아." 해리가 말한다. "60년대였다고. 그때는 이 나라 전체가 미쳐 날뛰고 있었어. 우리 정도면 그렇게 나빴던 것도 아냐. 결국 다시 합쳤잖아."

"그랬지, 그런데 가끔은 그것도 결국 제멋대로 저지른 짓이 아닌가 하는 생각이 들어. 우린 서로를 행복하게 해주지 못했어, 해리."

재니스는 이 문제에 대해 해리와 정면으로 이야기를 해보고 싶지만, 해리는 마치 잠결인 듯 빙긋 웃는다. "난 당신 덕분에 행복했어." 해리가 말한다. "그런데 당신은 아니었다니 유감이네."

"그러지 마." 재니스가 말한다. "그런 식으로 점수나 올리려고 하지 말라고. 난 지금 진지하게 이야기하는 거야. 내가 항상 당신을 사랑했던 건, 아니 당신을 사랑하고 싶어했던 건 당신도 알 거야. 당신이 협

조만 해줬다면 그렇게 됐겠지. 고등학교 시절부터, 적어도 크롤스 시절부터는 쭉 그랬어. 어젯밤에 찰리도 그런 말을 했어. 내가 옛날부터 당신한테 미친듯이 반해 있었다고." 재니스의 얼굴이 뜨겁게 달아오른다. 해리가 아무 반응도 보이지 않기 때문에 당황스럽다. 재니스는 아이젠하워 애비뉴로 좌회전을 하면서 서둘러 말을 잇는다. 구름 사이의 틈으로 빠져나온 햇살 때문에 자동차 엔진덮개가 눈부시게 반짝거린다. 하지만 차는 이내 구름의 그림자 속으로 더욱 깊이 빠져든다. "어제 그 식당은 정말 예뻤어." 재니스가 말한다. "실내장식도 예쁘고, 베트남 여자들은 몸집이 얼마나 작은지 거기에 비하면 나는 말처럼 덩치가 큰 것 같더라고. 하지만 그 여자들의 영어는 완벽했어. 펜실베이니아 말씨의 영어였는데, 혹시 이민 2세였을까? 전쟁이 끝난 뒤로 세월이 그렇게 많이 흐른 거야? 우리도 언제 한번 그 식당에 가자."

"난 침범하고 싶지 않아. 거긴 찰리랑 당신의 장소야." 해리는 눈을 뜨고 자세를 고쳐 앉는다. "이봐, 어디 가는 거야? 이건 마운트저지로 가는 길이잖아."

재니스가 말한다. "해리, 화내지 말고 잘 들어. 오늘밤에 내가 학교에 가서 시험을 쳐야 하는 건 알지? 그런데 방금 병원에서 퇴원한 사람을 세 시간 동안이나 혼자 내버려두는 게 영 신경이 쓰여서 프루랑 의논한 끝에 우리가 어머니 집으로 가서 옛날에 어머니가 쓰시던 침대를 쓰기로 했어. 애들이 어머니 방을 주디의 방으로 바꾸면서 그 침대를 복도 맞은편의 옛날 재봉실로 옮겨놓았거든. 어머니 집에서는 내가 자리를 비우더라도 당신을 돌봐줄 사람이 있으니까 걱정 없어."

"그냥 내 집으로 가면 왜 안 된다는 거야? 내가 얼마나 기대하고 있었는데. 난 당신 어머니의 그 망할 창고 같은 집에서 십 년을 살았어. 그거면 충분해."

"딱 하룻밤이야, 여보. 제발. 안 그러면 내가 당신을 걱정하느라고 시험에서 낙제할 거야. 시험에는 보기에도 이상한 옛날 영어 단어들이랑 라틴어가 나온단 말이야."

"내 심장은 멀쩡해. 그 어느 때보다 좋아. 배수구에 걸려 있던 머리카락과 오래된 치약 찌꺼기를 전부 청소한 뒤의 세면대 같다고. 의사놈들이 시술하는 걸 내가 직접 봤어. 그러니까 내가 혼자 있어도 아무 일도 없을 거야, 틀림없어."

"그 친절한 브리트 박사가 시술하기 전에 나한테 관상동맥폐색이 일어날 수도 있다고 했어."

"그거야 시술중에 그럴지도 모른다는 거지. 카테터가 들어가 있을 때. 지금은 카테터를 빼낸 뒤잖아. 빼낸 지 거의 일주일이 됐다고. 이러지 마, 여보. 집으로 가."

"딱 하룻밤이야, 해리. 제발. 식구들한테 친절을 베푸는 셈 쳐. 당신이 있으면 넬슨이 없어진 것 때문에 애들이 시무룩해지는 것도 막을 수 있을 거야. 프루도 나랑 같은 생각이고."

해리는 체념한 듯 다시 늘어진 자세로 변한다. "그럼 내 잠옷은? 칫솔은?"

"다 거기 있어. 내가 오늘 아침에 갖다뒀거든. 오늘만이야. 이럴 수밖에 없었어. 일단 당신을 데려다놓은 뒤에는 시험공부를 해야 돼, 반드시."

"난 로이랑 한집에 있기 싫어." 그가 장난스럽게 샐쭉한 표정을 지으며 말한다. 다시 마운트저지로 돌아가 하룻밤을 보내는 것쯤 어차피 별것 아닌 모험에 불과하니까 그냥 체념한 것이다. "녀석 때문에 내가 더 아플 거야. 플로리다에서도 녀석이 내 코에서 산소 튜브를 빼버렸 잖아."

재니스는 로이가 개미들을 마구 짓밟던 것을 떠올리면서도 이렇게 말한다. "오전 내내 같이 있었는데 로이가 얼마나 착하게 굴었는지 몰라."

프루와 로이는 집에 없다. 재니스는 래빗을 이층으로 데리고 올라가서 좀 눕는 것이 어떻겠느냐고 말한다. 장모가 옛날에 쓰던 침대가 새로 정리돼 있다. 그리고 베개 위에는 해리의 아이보리색 파자마가 깔끔하게 개켜져 있다. 저멀리 흐릿하게 보이는 구석에 나무로 틀을 짠 낡은 싱거 재봉틀과 재봉용 마네킹이 있는 것이 보인다. 먼지 색깔의 그 마네킹은 항상 머리가 없는 채로 허리를 꼿꼿이 펴고 있다. 장모의 커다란 침대가 방을 꽉 채워서 침대와 창문 사이의 공간이 겨우 10센티미터 정도밖에 되지 않는다. 웨인스코팅이 있는 반대편 벽과의 간격도 마찬가지다. 이 재봉실 벽에는 니스칠이 거품 모양으로 굳어 있는 웨인스코팅이 몰딩과 함께 대략 가슴 높이로 깔끔하게 붙어 있다. 구석에 있는 작은 옷장 문도 같은 모양으로 되어 있다. 그 문을 열자 문이 장모의 침대 기둥에 부딪혀서 짜증이 난다. 이 기둥은 꼭대기에 단단한 버섯처럼 붙어 있는 납작한 손잡이로 돌리게 되어 있는데, 손잡이에 칠한 갈색 페인트에 금이 가서 작은 직사각형 모양이 많이 만들어져 있다. 말라붙은 진흙 웅덩이 같다. 해리는 옷장 문을 열고 파란 겉옷을 건다. 거미줄이 붙어 있는 낡은 다리미와 토스터, 잘 접어서 누렇게 변해가는 셀로판 방충백에 보관해둔 이불, 프레드 스프링어의 넥타이들이 죽은 듯이 걸려 있는 선반 등이 제멋대로 복잡하게 옷장을 가득 메우고 있다. 해리는 셔츠 소매를 걷어올린 뒤에야 비로소 평소의 모습으로 돌아온 것 같은 기분이 든다. 그러고 보니 마운트저지에서 하루를 보내는 것도 재미있을 것 같다. "조금 산책이나 하고 올까?"

"그래도 돼?" 재니스가 묻는다.

"당연하지. 산책이 얼마나 건강에 좋은데. 병원 사람들이 다 그랬어. 병원에 있을 때도 나한테 복도를 걸으라고 했다고."

"난 당신이 누워서 쉬고 싶어할 줄 알았는데."

"나중에. 당신은 가서 공부해. 얼른. 당신이 시험을 본다니까 나까지 걱정이 되잖아."

해리는 복사한 자료와 책을 가지고 부엌 식탁에 앉아 공부하는 재니스를 내버려두고 밖으로 나와 포터 애비뉴를 향해 조지프 스트리트를 걷는다. 옛날에 포터 애비뉴에서는 얼음 공장에서 흘러나온 물이 배수로로 흘러내리곤 했다. 배수로는 이미 오래전에 말라버렸지만, 초록색으로 변한 시멘트 바닥은 언제까지나 그대로였다. 래빗은 세탁소, 터키힐미닛 마켓, 피자헛, 수노코 등이 늘어선 중심가에서 점점 멀어진다. 그가 어렸을 때는 지금 음반과 비디오를 파는 할인점이 들어선 곳에 신발가게와 에어로빅 학원이 있었고, 그 아래층에는 빵집이 있었다. 어린 그는 빵집에서 흘러나오는 따스한 반죽 냄새와 달콤한 설탕 장식 냄새에 침을 흘리곤 했다. 그는 포터 애비뉴와 윌버 스트리트가 만나는 지점을 향해 오르막길을 걷는다. 옛날에 이곳의 콘크리트 기둥에는 초록색 우편함이 기대어져 있었지만, 지금은 그 대신 꼭대기가 둥근 상자 모양인 큰 우편함이 서 있다. 색은 파란색이다. 1970년대에 독립 이백 주년을 맞아 빨간색, 하얀색, 파란색으로 단장되었던 소화전은 구명조끼나 조깅하는 사람들이 입는 조끼나 사냥꾼들의 옷처럼 화려한 오렌지색으로 바뀌었다. 마치 사람들의 생활 속으로 안개가 슬금슬금 밀려와서 모든 것이 잘 안 보이게 되었다는 듯이. 가파른 윌버 스트리트가 심장을 탁탁 잡아당기는 것 같다. 이 거리의 저지대에는 스프링어의 집처럼 허세를 부리는 듯한 커다란 집들이 있다. 치장벽토와 벽돌과 슬레이트와 박공과 드넓은 지붕으로 치장하고 요새처럼 서 있는 이 집들 중 일부는 초라해 보이는 외부 나무계단으로 드나드는 여러 아파트로 쪼개져 있다. 오래전 백보드가 매달린 전신주가 있던 골목을 지나자 래빗은 가슴에 뭔가가 가득 들어찬 것 같고, 갈비뼈가 가슴을 눌러대는 것 같은 기분을 다시 느낀다. 그는 니트로글리세린 한 알을 혀 밑에 넣고 통증이 물러가면서 따끔거리는 느낌이 들 때까지 기다린다. 구름이 드리운 서늘한 그림자가 숲이 우거진 산 가장자리를 빠르게 미끄러진다. 해리는 이렇게 약을 자주 먹을 필요는 없을 거라고 생각했지만, 수술 효과가 나는 데에는 시간이 걸리는 것인지도 모른다.

해리는 가파른 길을 계속 걸어서 재니스와 결혼한 직후에 살던 동네로 들어간다. 모두 1930년대에 세워진 똑같은 연립주택들이 비탈길을 따라 계단처럼 늘어서 있다. 소화전과 마찬가지로 그들도 동화책에 나오는 밝고 화려한 색으로 바뀌었다. 연한 자주색과 카나리아의 노란색, 물색과 오렌지색, 해리가 젊었을 시절에는 펜실베이니아의 점잖은 주택 소유자라면 절대 칠하지 않았을 색깔들이다. 그때는 삶이 더 거창했을 뿐만 아니라 더 진지하기도 했다. 색깔이라고 해봐야 손끝에 거칠게 만져지는 판자벽의 똥색이나 녕색뿐이었고, 그 밑에는 타르가 있었다.

단지의 일곱번째 집이었던 그의 집 447번지에는 낡은 나무계단이 있었지만, 지금은 색색의 깨진 타일들이 불규칙하게 박혀 있는 콘크리트계단으로 바뀌었다. 계단 중앙에는 야외에 까는 녹색 카펫이 깔려 있다. 현관으로 통하는 출입문은 광택이 나는 황토색이고, 문설주는 밤색이다. 그토록 대담한 배색이 도드라지는 가운데, 여우 머리 모양의 황동 노커가 문을 장식하고 있다. 집 앞에는 카마로나 BMW 같은 자동차들이 서 있다. 창문은 유리 커튼과 물감을 뿌려놓은 것 같은 추상적인 그림들로 장식돼 있다. 해리와 재니스와 두 살짜리 넬슨이 살던 시절에는 일종의 빈민가였던 이곳이 말쑥하게 변신한 것이다. 즐거운 여피들의 돈이 이곳을 점령한 덕분이다. 이곳의 아파트들은 최신 유행을 따른 세련된 모습으로 도시 위에 높이 서 있다. 삼십 년 전에는 삼층에서 밖을 내다보면 아스팔트를 바른 지붕들 저편에 높이 솟아 있는 집과 그 아래에 주차된 차가 보이는 것이 이곳 사람들의 불만과 패배감을 더욱 키워주는 것 같았다. 그런데 해리는 지금 그 패배감을 다시 느끼고 있다. 한동안은 의기양양했던 것 같은데. 이곳에 와보니 기억나는 것은, 창문에 달려 있던 싸구려 방충망들, 현관에서 나던 녹슨 화로 냄새, 아이들이 포치 계단 밑의 흙속에 버려두고 간 플라스틱 광대 인형 등이다. 그런데 그 계단이 지금은 저 남쪽 발할라 빌리지의 교통섬처럼 녹색 카펫이 깔린 콘크리트로 변했다.

예전에 이 단지는 윌버 스트리트에서 끝났다. 자갈이 깔려 있는 공터에서 개발의 손길이 멈췄고, 버려진 채석장은 산의 지저분한 엉덩이가 되었다. 그런데 지금은 그리 신축건물은 아니지만 지붕널로 위를 덮은 아파트들이 두 줄로 늘어서서 고지대를 차지하고 있다. 동화책에 나오는 집처럼 굴뚝과 박공이 묘하게 과장된 모습이다. 창문과 문과 장식용 널에는 장난스러운 파스텔색이 칠해져 있다. 나무들과 잔디밭은 여전히 보잘것없다. 어젯밤의 폭우 때문에, 나무가 없는 지역이 넓게 퍼져 있는 산에서 빨간 진흙이 씻겨내려와 새로 단장한 길가에 쌓여 단단히 굳어가고 있다. 검푸른 아스팔트 위까지 흘러내린 것도 있다. 우리가 모든 걸 다 써버리고 있어, 해리는 속으로 생각한다. 이 지구를 거덜내고 있어.

그는 몸을 돌려 비탈길을 내려간다. 포터 애비뉴에 이른 뒤에도 계속 걸음을 멈추지 않고 조지프 스트리트를 지나 터키힐미닛 마켓으로 들어가 우울한 마음을 달래려고 99센트짜리 콘칩 한 봉지를 산다. 순純중량 6¼온스, 177그램. 제조원 키스톤 식품, 미국 펜실베이니아주 이스턴 18042. 성분: 옥수수, 식물성기름(땅콩유, 면실유, 옥수수유, 부분적으로 경화시킨 콩기름 중 한 종류 이상 함유하고 있음), 소금. 그리 나빠 보이지 않는다. **계속 바삭바삭 씹어보세요.** 바스락거리는 호박색 포장지에는 이렇게 써 있다. 그는 옥수수의 짭짤한 뒷맛을 좋아한다. 대략 사방 2.5센티미터 크기의 정사각형 모양인 두툼한 칩. 감자칩보다 단단하고 프리토보다 납작하고 고추맛을 첨가한 삼각형 도리토보다 혀에 자극을 덜 주는 그 칩들 하나하나가 그의 입안에서 안절부절못하고 앉아 있다가 부서져서 이 사이에서 해체될 때의 느낌도 마음에 든다. 사람들이 좋아하는 주전부리도 있다. 닙스, 굿 & 플렌티스, 볶은 땅콩, 너무 무르지 않게 익힌 리마콩 등. 나머지는 대체로 마음에 들지 않는 옥수수죽이나 씹기가 너무 힘들어서 생각만 해도 숨이 막힐 것 같은 고기뿐이다. 어렸을 때부터 래빗은 먹는 것에 대해 엇갈린 감정을 품고 있었다. 특히 바로 얼마 전까지만 해도 자신처럼 살아 있던 생물로 만든 음식에 대해서는 더했다. 때로는 칠면조고기나 닭고기 조각에서 도끼에 맞을 때의 두려움을 느끼거나, 돼지고기에서 코를 킁킁거리며 행복하게 진흙 속에 뒹굴던 기분을 느끼거나, 쇠고기에서 단조롭고 지겨운 소의 삶을 느끼거나, 양고기에서 오줌 냄새를 느낄 수 있을 것 같은 기분이 들었다. 병원에서 셀마의 얼굴이 가까이 왔을 때 언뜻 느껴졌던 바로 그 오줌 냄새. 지금 셀마는 투석을 받고 있고, 카리브해의 오두막에서 함께 밤을 보냈을 때는 서로의 체액이 뒤섞였다. 하지만 몸이 할 수 있는 일에는 한계가 있는 법이다. 재니스와 론과 아이들과 다이아몬드 카운티 전역의 호들갑스러운 거실들을 생각하면 관계를 이어가는 데도 한계가 있고, 그의 내면에도 한계가 있다. 자기 것이 아닌 다른 것은 사랑하지 못하거나, 사랑을 거부한다는 한계. 그녀 역시, 그녀도 정사가 끝난 뒤에는 해리에게 묘하게 모질게 구는 경향이 있었다. 다 먹고 나니 그가 역겨운 음식으로 변해버렸다는 듯이. 그의 시큼한 우유 냄새가 만족감을 느끼는 그녀의 입을 더럽히고 있다는 듯이. 그의 고기를 먹은 그녀가 이제는 온갖 미세한 걱정에 안에서부터 씹히고 있었다. 루푸스라는 단어는 늑대를 뜻한다고 셀마가 말해주었다. 이건 몸이 스스로를 공격하고, 항체들이 주인 몸의 조직을 공격하는 자가면역질환이다. 일종의 자기혐오라고나 할까. 셀마를 생각하다보니 해리는 무기력감을 느끼게 되고, 그 무기력감 때문에 마음이 딱딱하게 굳어진다. 그가 포장된 인도를 걷는 동안 콘칩이 그의 뱃속에 쌓이기 시작해서 커다란 덩어리처럼 뭉친다. 산酸덩어리가 작은 공처럼 뭉쳐 있는 것 같다. 그런데도 그는 칩을 딱 한 개만 더 입에 넣고 그 구불구불하고 짭짤한 가장자리의 맛과 처녀 같은 바삭함을 혀로, 이로, 침을 분비하고 있는 점막으로 느끼고 싶다는 충동에 저항하지 못한다. 그가 이파리가 다 떨어진 노르웨이 단풍나무가 벽처럼 늘어선 조지프 스트리트 89번지로 돌아왔을 때, 콘칩 봉지는 이미 텅 비어 있다. 개미가 인도 아래의 미로 같은 개미집 안에서 잔뜩 부풀어오른 몸으로 누워 있는 갈색 여왕개미에게 가져다줄 만큼 작은 부스러기와 소금조차도 모두 사라져버렸다. 그는 자신의 몸으로 177그램의 독을 둘러쌌다. 동맥에 온전히 진창처럼 쌓이게 될 독. 목구멍과 이 사이에는 기름진 맛이 남았다. 그는 자신을 증오하면서 그것을 음미한다.

재니스는 식탁에서 암기할 것들의 목록을 만들며 공부하고 있다. 시선을 든 그녀의 눈은 손으로 비비기라도 한 것처럼 찡그려져 있고, 입은 검은 틈처럼 벌어져 있다. 그는 그녀의 이런 모습을 보기 싫다. 그녀가 멍청해지지 않으려고 이렇게 몸부림치는 모습이 보기 싫다. 오랜 산책으로 피곤해진 그는 이층으로 올라가서 바지에 주름이 지지 않도록 옷을 벗은 뒤 장모의 침대에 눕는다. 이불을 젖히지 않고 그 위에 그냥 누웠지만, 아미시 조각보를 덮기는 했다. 이 조각보에서 코로 올라오는 냄새가 말년에 장모의 몸에서 나던 냄새에 대한 기억을 불러낸다. 살이 많은 부위를 구석구석 씻지 않았을 때 나는 퀴퀴한 냄새. 그는 온통 하얀 것으로 둘러싸인 병원을 벗어난 것이 갑자기 무서워진다. 소독제 냄새, 복도에서 조용히 이야기를 나누는 사람들이 모두 그에게 관심을 보여주던 것…… 그들이 관심을 보여준 것은 환자인 그다.

스르르 잠이 든 모양이다. 눈을 떠보니 이 방에 하나뿐인 창문을 통해 들어오는 빛의 색조가 달라져 있다. 아까보다 서늘하고 그늘이 진 위협적인 빛이다. 비가 점점 다가온다. 구름과 나무 꼭대기가 하나로 합쳐지고 있다. 아래층에서 나는 소리를 들어보니 프루와 아이들 둘이 모두 집에 와 있는 것 같다. 복도에서는 오래전 멜러니와 넬슨이 밤에 몰래 서로의 방을 오갈 때처럼 이리저리 돌아다니는 발소리가 들린다. 아직 밤은 아니고, 늦은 오후다. 학교에서 돌아온 아이들은 할아버지가 주무시니까 조용히 해야 한다는 주의를 들었겠지만, 갑자기 소란을 피우거나 환성을 지르고 싶은 충동을 이기지 못한다. 인생은 소음이다. 래빗은 배가 아프지만, 이유는 잊어버렸다.

그가 복도를 걸어 화장실에 다녀오는 소리를 듣고 아이들이 그를 보러 온다. 반쯤은 고아가 되어버린 가엾은 녀석들. 두 쌍의 눈, 한 쌍은 초록색이고 다른 한 쌍은 갈색인 그 눈이 침대 가장자리에서 그를 마음껏 바라본다. 주디의 얼굴은 플로리다에서 보았을 때보다 더 길고 엄숙해진 것 같다. 저 아이는 나중에 앵스트롬 집안의 홀쭉한 느낌, 쫓기는 것 같은 표정을 지니게 될 것이다. 주디는 라일락색 바탕에 하얀 장식 주름이 잡힌 원피스를 입고 있다. 저 아이의 입술이 평소보다 조금 더 붉게 보이는 건 해리의 상상인 걸까? 프루가 저런 걸 허락했을까? 아이의 머리카락이 인위적으로 구불구불해진 건 사실이다. 당근색의 파마머리. 주디가 묻는다. "할아버지, 병원에서 많이 아팠어요?"

"아니, 별로. 병원에 입원하게 돼서 마음이 아픈 게 더 컸지."

"그럼 병은 다 고친 거예요?"

"그럼, 물론이지. 이젠 아무 걱정 하지 마라. 의사 선생님들이 나더러 전보다 훨씬 더 건강해졌다고 했어."

"그럼 왜 침대에 누워 있어요?"

"할머니가 시험공부를 하시는 데 방해하지 않으려고 그런 거지."

"오늘 여기서 주무실 거라고 할머니한테 들었어요."

"그렇게 될 것 같지? 밤새 재미있게 놀아볼까? 주디, 네가 태어나기 전에 할머니랑 내가 여기서 몇 년이나 살았단다. 스프링어 증조할머니랑 같이. 증조할머니 기억나니?"

아이의 눈이 그를 빤히 바라본다. 창가의 단풍나무 때문에 초록색 눈이 한층 더 강렬하게 보인다. "조금요. 증조할머니는 다리가 뚱뚱하고, 두꺼운 오렌지색 스타킹을 신었어요."

"그래, 맞다." 이 아이의 기억 속에 남은 장모의 모습은 그것뿐인가? 사람이 죽고 나면 이토록 빨리 아예 존재하지 않았던 것처럼 사라지는 걸까?

"저는 그 스타킹이 싫었어요." 주디가 말을 잇는다. 더 많은 이야기를 원하는 그의 심정을 알아차리고 응답하려는 것 같다.

"그건 의료용 고탄력 스타킹이야." 해리가 설명한다.

"증조할머니는 또 작고 동그란 안경을 쓰고 있었는데, 그걸 한 번도 안 벗었어요. 안경집은 저한테 갖고 놀라고 주셨는데, 부러져버렸고요."

로이는 한 번도 본 적이 없는 증조할머니 이야기에 지루해져서 저도 입을 열고 말을 시작한다. 위로 쳐든 아이의 둥근 얼굴에 뭔가 거친 것을 삼킬 때처럼 힘이 잔뜩 들어가 있고, 아치 모양의 눈썹이 검게 빛나는 두 눈을 고통스러울 만큼 넓게 벌려놓는 것 같다. "아빠는…… 아빠는……" 아빠가 어디로 갔다는 얘기를 하려는 것인지도 모른다. 하지만 로이는 생각을 제대로 정리하지 못하고 다시 한껏 힘이 들어간 목소리로 "아빠는"을 되풀이한다.

주디가 짜증스러운 표정으로 동생을 밀자 로이가 넘어지면서 침대 기둥에 부딪힌다. 그리고 매트리스 가장자리와 웨인스코팅 벽 사이의 좁은 공간으로 쓰러진다. "말도 제대로 못하면서, 조용히 해." 주디가 말한다. "아빠는 재활원에서 건강해질 거야."

머리를 부딪힌 로이가 어떻게 하면 좋겠느냐는 듯이 할아버지를 빤히 바라본다. "아야." 해리가 아이 대신 이렇게 말해주고는 장모의 낡은 갈색 침대 머리판에 등을 기대고 일어나 앉아 아이를 향해 양팔을 벌린다. 로이가 그 품으로 뛰어들어 앙하고 울음을 터뜨린다. 침대 기둥에 부딪힌 머리가 아픈 탓이다. 해리가 아이의 머리를 쓰다듬는데, 고운 머리카락이 손가락에 달라붙는다. 어제 재니스가 울었을 때와 똑같다. 침대에 무기력하게 누워 있는 사람을 보면, 사람들은 동정과 연민을 재촉한다. 그것이 바로 그들이 원하는 모습이다.

로이의 울음소리에도 아랑곳하지 않고 주디가 계속 말한다. "할아버지, 저랑 비디오 같이 보실래요? 저한테 〈덤보〉랑 〈사운드 오브 뮤직〉이랑 〈더티 댄싱〉이 있어요."

"언젠가 〈더티 댄싱〉을 한번 보면 좋겠구나. 나머지 두 개는 이미 봤거든. 하지만 너 저녁 먹기 전에 숙제해야 되는 거 아니냐?"

주디가 빙긋 웃는다. "아빠도 만날 그런 말을 해요. 저랑 같이 비디오를 보는 게 싫어서요." 주디는 해리의 가슴에 안겨 있는 로이를 보고 동생의 팔을 잡아당긴다. "일어나, 멍청아. 할아버지 가슴에 그렇게 기대면 할아버지가 아프시잖아."

아이들이 나간다. 주디가 침대 옆에 서 있던 그 아련한 순간에 그는 질을 떠올린다. 그가 아는 많은 사람 중 세상을 떠난 또 한 사람. 그런 사람의 수가 점점 늘어나고 있다. 인생은 초등학교 때 운동장에서 하던 놀이 '아침의 여우'와 비슷하다. 이 놀이를 하려면 우선 아이들이 모두 아스팔트 한편에 늘어선다. 그리고 그중 한 명이 '그것'이 되어 '아침의 여우'라고 외친다. 그 말을 듣고 아이들이 모두 반대편으로 도망치면 '그것'이 그중 한 명을 잡아서 아스팔트 위에 그려진 원 안으로 끌고 들어간다. 이렇게 해서 둘로 늘어난 '그것'이 또 떼를 지어 이리저리 도망치는 아이들을 한 명씩 잡아들이면 두 명이 네 명이 되고, 네 명은 다시 여덟 명이 된다. 그러다보면 곧 많은 아이들이 원 근처에 모여 있게 되면서 '그것'과 '그것'이 아닌 아이들의 비율이 뒤집힌다. 마지막에 붙잡히지 않은 아이가 한 명 남으면, 그 아이가 다음 게임에서 '그것'이 된다.

유리창에 빗물 자국이 드문드문 찍혀 있다. 해리의 눈꺼풀이 다시 무거워진다. 속에서 안개가 솟아올라 그의 뇌를 집어삼킨다. 졸음이 몰려올 때면 속에서 햇볕을 받은 씨앗보다 더 작은 내면세계가 저항할 수 없는 속도로 점점 커져서 의식이라는 껍질을 깨고 나온다. 정말 이상하다. 이렇게 먹고 자는 것, 타는 듯 뜨거웠다가 얼어붙을 듯이 차가워지는 것, 해와 달이 번갈아 뜨는 것 말고도 살아가는 방법이 틀림없이 있을 텐데. 밤과 낮이 하나로 녹아들어가지만, 그렇다고 그 둘이 똑같지는 않다.

저녁식사가 준비됐다고 부르는 소리가 아주 멀리서 들려온다. 두껍게 몇 겹이나 겹쳐져 있는 나무와 회반죽과 허공을 뚫고 들려오는 소리다. 어조가 날카로운 것을 보니 벌써 여러 번 그를 부른 모양이다. 해리는 자신이 자고 있었다는 것을 믿을 수 없다. 시간이 전혀 흐른 것 같지 않은데. 그저 한두 가지 생각이 이상할 정도로 유연하게 쭉 늘어나서 모퉁이를 돌아갔을 뿐이다. 입안에 설태가 낀 것 같다. 유리창의 빗물 자국은 아직도 몇 개 되지 않는다. 일일이 헤아릴 수 있을 정도도. 옛날 윌버 스트리트의 아파트 창문에 달려 있던 방충망을 아까 떠올렸던 것이 기억난다. 옛날에는 가정용 설비점에서 그런 방충망을 살 수 있었지만, 지금은 시대에 뒤떨어진 물건이 되었다. 그런 방충망은 결코 창문 크기와 정확히 일치하는 법이 없기 때문에 가느다란 틈이 생겼고, 그 틈새로 모기와 그 밖의 벌레들이 들어왔다. 하지만 방충망의 비극적인 점은 그런 것이 아니었다. 방충망을 통과해서 들어오는 여름의 숨결이 바로 비극이었다. 방충망에서 반짝이는 햇빛, 아주 작은 부분까지 나름대로 열심히 만들었지만 아무도 인정해주지 않는 것, 구부러진 모습, 미닫이처럼 밀어서 조정할 수 있는 틀에 찍힌 제조사 이름. 그리고 공사를 맡은 석공들은 이미 오래전에 죽어버렸지만 브루어 전역에서 처음의 모습을 충실히 지켜가고 있는 벽돌 건물처럼 움직이지 않는 창문의 몰딩. 물질 그 자체가 비극적이다. 우리가 아무리 비참한 지경에 처하더라도 주위의 물질들은 항상 우리를 지켜보고 있다. 해리는 베키가 죽은 그날 아파트에 가보았지만 변한 것은 하나도 없었다. 욕조에 담긴 물도 그대로고, 프라이팬 안의 음식도 그대로였다. 저녁을 먹으라고 부르는 소리가 또 들려온다. 이번에는 재니스의 날카로운 목소리가 좀더 가까이, 그러니까 계단 발치에서 들려온다. "해리. 저녁."

"간다고, 가." 해리가 말한다.

부른 건 재니스지만, 식사를 준비한 사람은 프루다. 가볍고, 맛있고, 건강한 음식이다. 구운 혀가자미에 파슬리와 골파를 장식으로 올리고, 후추와 레몬으로 향을 냈다. 직사각형 전자레인지 접시에 놓인 아스파라거스찜도 있고, 커다란 나무그릇에는 얇게 자른 당근, 셀러리, 대추야자, 청포도가 들어간 샐러드가 있다. 샐러드 그릇과 전자레인지는 장모가 세상을 떠난 뒤 새로 등장한 것이다.

모두들 음식을 먹지만, 재니스를 제외하고는 별로 이야기를 하지 않는다. 재니스는 오늘의 시험, 수업, 같이 수업을 듣는 사람들에 대해 자랑스럽게 수다를 떨어댄다. 수강생 중 일부는 재니스처럼 중년의 나이에 직업을 찾으려 하는 여자들이고, 나머지는 50년대의 해리와 재니스처럼 겁에 질려서 돈을 아껴가며 무슨 일에서든 안전을 추구하는 젊은이들이다. 재니스가 강사인 리스터 씨에 대해 말하자, 주디는 그 이름을 되풀이하며 큰 소리로 웃음을 터뜨린다. '미스터 리스터'라고 운이 맞아떨어지는 것이 재미있는 모양이다. "웃지 마라, 주디. 선생님 얼굴이 얼마나 슬픈 표정인데." 재니스가 말한다.

주디는 오늘 학교에서 어떤 남자애가 한 행동과 관련된 복잡한 이야기를 들려준다. 학생들이 모두 힘을 합쳐서 바닥 전체에 그리고 있던 포스터에 그 남자애가 실수로 페인트를 엎질렀다. 그런데 선생님이 야단을 치자 그 아이가 페인트통을 들고 선생님을 향해 흔들어대는 바람에 선생님의 원피스에 페인트가 조금 묻었다. 한편 주디의 반에 흑인 남자아이가 한 명 있는데, 볼티모어에서 마운트저지로 막 이사온 아이라고 한다. 그 아이는 얼굴에 이상한 무늬들을 잔뜩 그리면서 거기에 비밀스러운 의미가 있다고 말했다. 주디의 이야기는 정신없이 채널을 바꾸는 주디의 행동과 조금 닮았다. 해리는 문득 주디가 이야기를 지어내고 있거나, 아니면 실제로 교실에서 일어난 일과 학교를 무대로 한 텔레비전 드라마에서 본 이야기를 헷갈리고 있는 것 같다는 생각이 든다.

프루가 해리에게 몸은 좀 어떠시냐고 묻는다. 해리는 좋다고 말한다. 수술 이후로 확실히 숨쉬기가 편해진 것 같기는 하다. 의사들은 수술이 아니라 "시술"이라고 했지만. 게다가 기억력도 좋아졌다. 자기 머리가 그렇게나 나빠졌다는 걸 예전에는 왜 깨닫지 못했는지 모르겠다. 해리는 정말로 몸이 좋아졌다면서 프루에게 공연히 귀찮게 해서 미안하다고, 몸에 좋고 맛있는 음식을 만들어줘서 고맙다고 말한다. 그는 속에서 덩어리로 뭉쳐서 발효하고 있는 콘칩 때문에 저녁식사를 간신히 삼켰다. 해리는 오늘밤 집에 혼자 있었어도 전혀 아무 일 없었을 거라고 말한다.

재니스는 자기가 지나친 걱정을 한다는 걸 알고 있지만, 만약 자기가 수업을 들으러 나가 있는 동안 그의 상태가 나빠지기라도 한다면 결코 자신을 용서할 수 없을 것이라고 말한다. 집에서 해리가 혼자 욕조에 빠져 죽을지도 모른다는 걱정을 하면서 어떻게 담보권이니 대지니 소재지법이니 하는 것에 정신을 집중할 수 있겠어?

무의식적으로 튀어나온 이 말에 식탁에 앉아 있는 어른들은 숨을 죽인다. 침묵을 더이상 참을 수 없게 되자 해리가 부드럽게 말한다. "욕조에 빠져 죽는다는 말은 그냥 한 거지?" 재니스가 묻는다. "내가 욕조에 빠져 죽는다고 했어?" 이제는 재니스도 자신이 그 말을 했다는 기억이 떠오르는 모양이다. 해리는 재니스가 레베카를 잊어버린 것처럼 보이는 것이 겉모습에 불과하다는 것을 깨닫는다. 마음속에서 그녀는 지금까지도, 앞으로도 언제나 자신이 아이를 욕조에 빠뜨려 죽인 여자라는 생각을 떨쳐버리지 못할 것이다. 이맘 때였다. 늦봄. 아이가 죽은 날이 다가오고 있다. 6월에. 재니스가 당황해서 붉어진 얼굴로 허둥지둥 일어선다.

"나 말고 커피 마시고 싶은 사람?" 재니스가 묻는다. 모두가 그녀를 바라보고 있다. 어떻게든 대사를 꾸며내서 말해야 하는 여배우를 바라보듯이.

"디저트로 버터피칸아이스크림을 준비했으니까 드시고 싶은 분은 말씀하세요." 프루가 말한다. 단조로운 오하이오 말씨가 이제는 많이 사라지고, 이 동네 말씨로 변했다. 감각을 마비시키는 안개 속에서 모든 것을 명확히 하려는 듯 신중하게 말하는 펜실베이니아 말씨다. 프루는 입고 있던 카디건을 벗고, 남자 같은 느낌이 나는 카키색 셔츠의 소맷단을 접어올린 모습이다. 그래서 솜털과 주근깨가 나 있는 아래팔이 절반쯤 드러난 채 식탁 위에 놓여 있다. 그리고 머리 위에는 다면체처럼 세공된 유리 전등이 매달려 있다.

"그거 내가 아주 좋아하는 아이스크림인걸." 해리가 말한다. 아내가 안쓰러워서, 밝은 조명이 비치는 무대중앙에서 벗어나게 그녀를 도와주고 싶다. 어린 로이조차도 잉크처럼 새까만 눈으로 재니스를 바라보고 있다. 아무도 말하지는 않지만 뭔가 이상한 것, 뭔가 저주 같은 것이 있음을 감지한 모양이다.

"해리, 지금 당신한테는 그게 최악의 음식이야." 재니스가 말한다.

해리가 자신에게 말다툼의 빌미를 준 것이 고맙다. "아이스크림뿐만 아니라 견과류도 그래."

프루가 말한다. "제가 아버님을 위해서 냉동요구르트를 준비해뒀어요. 아마 복숭아랑 바나나 맛일 거예요."

"그래도 아이스크림이랑은 다르지." 해리가 말한다. 두 여자의 주의를 끌기 위해 일부러 광대짓을 하는 것이다. "난 버터피칸이 좋아. 거기에 곁들여 먹을 것도 필요하고. 옛날식의 사과슈트루델*은 어떠냐? 벽지에 바르는 풀 같은 게 잔뜩 들어간 걸로 말이야. 아니면 끈적거리는 롤빵은? 슈플라이 파이는? 음, 맛있겠지, 로이?"

"아, 해리, 그런 것만 먹다간 죽을 거야!" 재니스가 지나치다 싶을 정도로 소리를 지른다. 그녀의 슬픔이 이제 다른 곳에 집중되고 있다.

"아이스밀크라는 것도 있어요." 프루가 말한다. 해리는 프루의 생각 또한 다른 곳에 가 있음을 느낀다. 식사를 하는 동안 내내 프루는 넬슨이 있던 자리에 난 구멍을 피하려고 애썼다. 다른 사람들도, 심지어 눈을 휘둥그렇게 뜬 아이들조차도 그 구멍을 덮어버리려고 넬슨의 이름을 입 밖에 내지 않았다.

"슈플라이 파이." 로이가 이상하게 묵직하고 남자 같은 목소리로 말한다. 그런데 어른들이 실제로 슈플라이 파이가 있는 게 아니라 그냥 할아버지가 농담한 것이라고 설명해주자 로이는 실수를 저질렀다는 생각이 드는 모양이다. 게다가 하루종일 좀더 씩씩한 아이가 되는 법을 배운 탓에 지쳐버렸는지 칭얼거리기 시작한다.

---

* 사과 등의 과일을 얇은 밀가루 반죽으로 싸서 구운 파이.

"눈이 반짝 떠지네, 배에서는 '안녕!'이라고 말하지." 래빗이 아이에게 노래를 불러준다.

프루가 로이를 데리고 이층으로 올라가고, 재니스는 주디에게 버터 피칸아이스크림을 준 뒤 식기세척기에 접시를 쌓는다. 해리는 숟가락을 포기하지 않고 쥐고 있다가 재니스가 등을 돌린 사이에 주디의 아이스크림에 숟가락을 댄다. 그는 혀가 입천장을 향해 아이스크림을 밀어올려 아이스크림이 납작하게 녹아내리고 피칸 조각들이 저녁 하늘의 별처럼 나타나는 순간을 좋아한다. "할아버지, 그러시면 안 돼요." 주디가 진심으로 놀란 표정으로 그를 바라보며 말한다. 하지만 입술에는 웃음기가 매달려 있다.

해리는 손가락 하나를 입술에 대며 아이에게 약속한다. "딱 한입만." 그러면서 또 숟가락을 대고 있다.

아이가 도움을 청한다. "할머니!"

"할아버지가 널 놀리시는 거야." 재니스는 이렇게 말하면서도 해리에게 묻는다. "따로 한 접시 덜어줄까?"

이 말에 해리는 식탁에서 일어선다. "난 아이스크림을 먹으면 안 돼. 나한테는 최악의 음식이니까." 해리는 이렇게 말하고 나서, 재니스가 식기세척기에 접시를 엉망으로 쌓아놓은 것을 보고 잔소리를 한다. "세상에, 너무 엉망이잖아. 공간을 그렇게 낭비하다니!"

"그럼 당신이 쌓아봐." 재니스가 현대여성답게 말한다. 그가 접시들 사이의 공간을 좁혀 써레질 자국처럼 나란히 쌓는 동안 그녀는 식탁에서 복사한 자료와 책과 가방을 챙긴다. "젠장." 재니스는 이렇게 중얼거리고는 부엌으로 가서 해리에게 소리친다. "아침에 무슨 옷을 입을까 그렇게 고민했는데, 정작 비옷을 가져오는 걸 잊어버렸어." 밖에서는 비가 제대로 내리기 시작해서 시끄러운 빗소리가 집을 에워싸고 있다.

"프루한테 빌리면 되잖아."

"옷이 줄줄 흘러내릴걸." 재니스가 말한다. 하지만 프루가 로이를 재우고 있는 이층으로 올라가 해리에게는 들리지 않는 대화를 나눈 뒤 방수처리가 된 체리 색깔 비옷을 입고 내려온다. 칼라가 널찍하고, 허리띠는 너무 길고, 빛을 받은 천에서는 지그재그무늬가 반짝인다. "내 모습이 이상해?"

"꼭 그렇지는 않아." 해리가 말한다. 옷의 주인이 바뀐 것이 그를 흥분시킨다. 지그재그 모양의 주름을 따라 시선을 위로 향하면서 빨간 머리의 프루를 보게 될 것이라고 기대했는데, 중년에 이른 재니스의 얼굴이 나타나다니. 그녀가 머리에 두르고 있는 화려한 머리띠도 역시 그녀의 것이 아니다.

"아, 젠장, 난 왜 이렇게 멍청한지 모르겠네. 내 행운의 펜을 집의 이층 탁자에 두고 왔잖아. 지금 집에 갔다 올 시간은 없는데. 비가 이렇게 내리니까."

"시험에 지나치게 신경을 쓰는 거 아냐?" 해리가 말한다. "강사한테 뭘 좀 보여주고 싶은 거야?"

"나 자신한테 뭘 좀 보여주고 싶은 거야." 재니스가 말한다. "프루한테 내가 열시 삼십분쯤에 올 거라고 말해줘. 시험을 본 뒤에 맥주라도 한잔하게 되면 열한시에 올지도 몰라. 당신은 먼저 자. 피곤해 보여." 나가기 전에 재니스는 뾰족하게 내민 입술로 조금 길게 입을 맞춰

준다. 뭔가 고마운 기분이 드는 모양이다. 여기서 나가게 된 것이 기쁜 것 같기도 하다. 갑자기 옆에 생겨난 남자 조언자들, 즉 찰리, 강사 리스터, 새로 구한 회계사 등이 모니터 화면 속에서 거미줄에 둘러싸인 그림자처럼 보이는 심장을 향해 슬금슬금 나아가던 카테터처럼 교활한 침략자 같다.

재니스가 현관 베란다를 걸어가는 소리, 캠리에 시동이 걸리는 소리가 난 뒤 집을 둘러싼 빗소리가 더 크게 들린다. 재니스는 기어를 넣기 전에 정신없이 엔진을 돌리는 습관이 있다. 그러고는 자동차경주선수처럼 갑자기 차를 출발시킨다. 재니스는 프루의 체리 색깔 비옷으로 몸을 감쌌고, 해리는 프루의 집에서 가장 노릇을 하고 있다.

거실 소파에서 그와 주디는 6번 채널의 ABC 뉴스를 끝까지 본다(피터 제닝스는 미국인들에게 미국에 관한 소식을 전하면서도 여전히 지극히 캐나다인 같은 발음을 유지하고 있다). 그뒤에는 주디가 리모컨을 마구 눌러대며 〈제퍼디!〉와 〈사이먼 앤드 사이먼〉과 일곱시에 재방송되는 〈코스비 가족〉과 〈치어스〉 사이를 획획 오간다. 프루는 로이를 재운 뒤 한들한들 아래층으로 내려와서 부엌으로 들어가 재니스가 치우다 만 부엌을 깨끗이 치우고는 식당을 통과하며 비가 들이치지 않게 창문이 다 닫혔는지 확인하고 일광욕실로 들어가 장모의 철제 탁자에 놓인 화분들에서 죽은 이파리를 따준다. 마침내 그녀가 거실로 들어와 해리 옆의 낡은 소파에 앉는다. 주디는 바칼라운저에서 채널 서핑을 하고 있다. 〈코스비 가족〉 재방송에서 헉스터블 가족이 자녀 양육과 관련된 문제를 겪는 내용이 나오지만, 그들의 갈등은 따스하고 기분좋은 유머와 서로에 대한 사랑 속에서 각설탕처럼 녹아버린다. 헉스터블 부부의 딸인 버네사와 친구들은 동네에서 열리는 춤 경연대회에 립싱크로 출전할 생각에 마음이 들떠서 나이트클럽의 피아니스트인 흑인 노인에게서 지도를 받는다. 그런데 거실에 부모를 불러놓고 아이들이 그동안 배운 춤을 시범으로 추어 보이자 부모는 나이에 걸맞지 않게 섹시한 모습으로 허리를 돌려대는 춤에 깜짝 놀라고 만다. 끝내주게 예쁘고 개구리눈의 흑인 스포츠 해설가와 결혼한 필리샤 라샤드가 연기한 클레어 헉스터블 부인은 음악을 멈추고 아이들을 이층으로 돌려보내 집안의 품위를 회복한다. 하지만 그 특유의 미소, 약간 두툼한 입술 사이로 하얀 이가 드러나는 흑인 여자들 특유의 그 웃음은 품위 없는 행동이라도 적절한 때에 적절한 곳에서 하는 것은 괜찮다고 암시하는 듯하다. 헉스터블 부부가 서로에게 의미심장한 시선을 던지며 서로의 품으로 파고드는 장면 같은 것 말이다. 〈코스비 가족〉은 이런 장면으로 끝날 때가 많다. 소파에 앉아 있는 해리의 옆에서는 프루가 화면을 뚫어져라 바라보고 있고, 그와 가까운 쪽의 눈꼬리에 반짝이는 눈물이 보석처럼 매달려 있다. 바칼라운저에 앉아 있는 주디가 채널을 바꾸자 열대의 하늘과 거대한 점박이 거북이가 천천히 고개를 돌리는 모습을 배경으로 하느님 같은 목소리가 단조로이 읊조리는 소리가 들려온다.

"……번식 장소를 반드시 지키겠다는 결심으로……"

"젠장, 주디, 당장 〈코스비 가족〉으로 다시 돌려." 해리가 말한다. 자신이 아니라 프루가 그 프로그램을 못 보게 된 것이 더 화가 난다. 프루는 그 시트콤에서 이제는 잃어버린 과거의 꿈들을 보고 있는 것 같다.

주디는 시트콤에 나왔던 아이들처럼 깜짝 놀라서 채널을 다시 돌리지만 지금은 광고가 나오고 있다. 주디는 할아버지의 심한 말을 이제야 실감하고서 고함을 지른다. "아빠 보고 싶어! 다른 사람들은 전부 못됐어!"

주디가 울기 시작하자 프루가 일어나서 아이를 달래고, 래빗은 무색해져서 뒤로 물러난다. 그는 집안을 한 바퀴 돌며 빗소리에 귀를 기울이고, 자신이 한때 이곳에 살았다는 사실에 감탄하고, 이미 세상을 떠난 사람들과 여기서 그와 함께 살았던 사람들의 죽은 모습을 떠올린다. 그러다가 부엌의 선반 높은 곳에서 통에 반쯤 차 있는 구운 캐슈너트를 찾아낸다. 그리고 부엌의 텔레비전을 켜서 어젯밤 닉스와 불스 사이의 플레이오프 경기가 재방송되고 있는 것도 알아낸다. 해리는 마이클 조던이 덩크슛을 하려고 뛰어오르면서 분홍색 혀로 입 주위를 핥는 모습을 몹시 싫어한다. 조던의 인터뷰를 본 적이 있는데, 그는 머리가 좋은 사람이다. 그런 그가 왜 저능아처럼 혀를 그렇게 돌리는 걸까? 몇 명 안 되는 백인 선수들은 마치 벌거벗은 것 같아서 불쌍해 보인다. 끈적거리는 땀, 솜털 같은 겨드랑이털. 해리 자신이 저 벌거벗은 게임에 들어가 뛴 적이 있다는 사실을 믿을 수 없을 정도다. 하지만 그 시절에는 농구선수들의 바지 길이가 지금보다 조금 더 길었고, 상의의 겨드랑이 선도 그렇게 깊이 파이지 않았다. 해리는 자기도 모르는 사이에 캐슈너트를 죄다 먹어치운다. 조던은 허공에서 한 번도 아니고 두 번씩이나 몸의 방향을 틀어 어색한 자세로 점프슛을 던지고, 그 순간 유잉의 거대한 손이 그의 얼굴을 정면으로 친다. 이 농구선수들의 탄력적인 움직임이 갑자기 해리에게 고통스럽게 느껴진다. 저렇게 극단적인 동작을 그의 신경은 기억하고 있지만, 근육은 기억하지 못한다. 이층의 작은 벽장에 걸어둔 겉옷 주머니의 니트로글리세린이 필요하다. 아래층의 흉흉한 분위기가 그를 괴롭힌다. 그는 부엌 불을 끄고 숨을 죽인 채 어두운 식당에서 옛날에 장모가 쓰던 장식장 앞을 지나간다. 창문을 흘러내리는 빗물의 그림자가 가로등 불빛에 벽에 비쳐 벽지 위를 기어간다.

이층 복도로 올라오니 옛날에는 장모의 방이었지만 지금은 주디의 방이 된 곳에서 텔레비전 소리가 들려온다. 그는 용기를 내서 그 방의 문을 두드리고 밀어 연다. 아이는 민소매 잠옷으로 갈아입고 봉제 돌고래 인형을 껴안은 채 베개 두 개를 등에 받치고 앉아 있고, 아이 엄마는 그 옆 침대 위에 앉아 있다. 침대 발치에서 빛을 발하고 있는 텔레비전이 색이 연한 부분들을 도드라지게 만든다. 주디의 흰자위, 드러난 어깨, 돌고래 인형의 배, 아이의 평평한 가슴 위에 놓여 있는 프루의 긴 팔. 해리는 목을 가다듬고 말한다. "주디…… 아까 할아버지가 나쁜 말을 해서 미안하다."

주디는 됐으니까 조용히 하라고 말하는 듯한 동작으로 할아버지를 이미 용서했으니 방으로 들어와서 함께 텔레비전을 봐도 된다는 뜻을 전달한다. 텔레비전의 푸른빛 속에서 해리는 아이가 쓰는 의자를 찾아내 침대 가까이로 끌고 와서 앉는다. 의자가 낮아서 사실상 쭈그리고 앉은 거나 마찬가지다. 조지프 스트리트의 불빛 때문에 유리창에서 빗방울들이 반짝인다. 해리는 프루의 옆얼굴을 보며 또 눈물이 매달려 있는지 살펴보지만 지금은 차분한 표정이다. 프루의 코끝은 뾰족하고, 입술은 꾹 다물어져 있다. 두 사람은 〈언솔브드 미스터리스〉를 보고 있다. 안색이 창백하고 몸이 뚱뚱한 미국인들의 얼굴이 카메라 앞에 둥둥 떠서 진지한 표정으로 사탕무밭이나 쇼핑몰 상공이나 나바호 인디언보호구역에서 UFO를 봤다고 말한다. 그동안 눈부신 조명과 카메라 앞에 노출된 그들의 보잘것없는 방과 가구들은 현미경으로 들여다본 규조류처럼 그 이상한 모습을 아주 자세히 드러내고 있다. 해리는 작은 마을의 보안관이나 트레일러 촌의 주부들이나 아니면 심지어 소풍이 허락된 사막지역으로 놀러 나갔다가 UFO가 천재적인 지휘관들의 명령으로 지상에 착륙해 동물들의 샘플을 채취하는 광경을 우연히 목격한 떠돌이와 고교 중퇴자들조차도 말을 너무나 잘한다는 사실에 충격을 받는다. 공연하듯 매끈한 말솜씨를 자랑하는 사람들이 그 조명 불빛 아래에서 쑥쑥 생겨난다. 모두들 삼십 초 동안 전국적인 주목을 받기 위해 연습을 거쳤다. 광고가 나오는 동안 주디는 다른 채널로 넘어간다. 잠수복을 입은 자크 쿠스토, 커다란 단추의 파란색 조끼를 입은 포키 피그(옛날 만화에 등장하는 이런 동물들이 모두 엉덩이를 내놓고 돌아다니는 것이 이상하다), 머리를 가늘게 땋은 록가수가 남자에게 입으로 해주려고 다가가는 포르노 여배우처럼 잔뜩 흥분해서 괴로운 듯한 표정으로 마이크를 향해 입을 뻐끔거리는 장면, 판사가 자꾸만 눈동자를 움직이는 것으로 봐서 그가 모종의 거래와 연루되어 있음을 알 수 있는 법정 장면, 벌새가 놀라울 정도로 유연한 날개를 퍼덕이는 모습을 슬로모션으로 찍은 장면, 충격을 받은 표정의 앤절라 랜스베리, 흑백 화면 속에서 흐릿한 초점 덕분에 부드럽게 보이는 그리어 가슨, 그리고 다시 〈언솔브드 미스터리스〉가 차례로 나온다. 〈언솔브드 미스터리스〉에서는 이제 뉴욕의 한 병원에서 사라진 아기 이야기를 다루고 있다. 신비스러운 분위기의 비옷을 입은 진행자 로버트 스택이 한층 더 의아하다는 표정을 짓는다. 래빗은 이미 한 번 못되게 군

전적이 있으므로, 이번에는 말을 삼간다. 자신이 약해진 것 같다. 화면 속의 이미지들이 심장박동처럼 가차없이 그를 압박한다. 사라진 아기의 수수께끼가 아직 풀리지도 않았는데, 해리는 의자에서 일어나 주디에게 잘 자라고 뽀뽀를 해준다. 그러는 동안 그의 얼굴이 주디 옆의 더 큰 얼굴을 스친다. "사랑해요, 할아버지." 아이가 기계적으로 말한다. 화가 난 것을 용서한 건지, 잊어버린 건지 모르겠다.

"아래층 불은 내가 껐다." 그가 프루에게 중얼거리듯 말한다.

"어차피 제가 한번 내려가봐야 돼요." 프루가 부드럽게 말한다. 두 사람 모두 아이와 텔레비전 사이에 존재하는 마법 같은 분위기를 깰까 봐 조심하고 있다.

아이의 뺨에 뽀뽀를 하면서 잠깐 스친 프루의 얼굴에서는 샴푸와 파우더 냄새가 나는 아우라 같은 것이 새어나왔다. 밖에 서 있는 나무들이 비를 맞아 신선한 나무 냄새를 내뿜는 것처럼.

그 촉촉한 초록의 향내는 그의 방에서도 맡을 수 있다. 머리가 없는 재봉용 마네킹이 서 있는 옛날 재봉실. 해리는 재니스가 평소와 달리 미리 생각해서 가져다놓은 깨끗한 잠옷으로 갈아입는다. 활짝 핀 목화솜 같은 나른함이 그를 사로잡아 비처럼 그를 감싼다. 방이 작기 때문에 빗소리가 다른 곳보다 더 또렷하고 복잡하다. 포치 지붕, 낙수 홈통, 거기에 호응해서 소리를 내는 세로 홈통, 단풍나무에서 떨어지는 이파리들, 획 하고 자동차 지나가는 소리가 섞인 대화 같다. 그와 가장 가까이 있는 덧창과 나무 새시 사이로 일정하게 물 떨어지는 소리가 나는 것을 보니 벽에 새는 곳이 있는 것 같다. 결국은 벽이 썩어서 골치가 아프게 될 것이다. 하지만 해리가 걱정할 문제가 아니다. 그가 걱정할 문제들이 점점 줄어간다. 환기를 위해 창문을 조금 열어두었기 때문에 잠시 창가에 서서 밖을 내다보는 그의 손을 작은 빗방울들이 찔러댄다. 마운트저지는 그리 변화가 많은 곳이 아니다. 적어도 개발된 지 오래된 이 동네에서는 그렇다. 하지만 마운트저지는 허공으로 떠오르는 비행기 아래로 사라지는 마을들처럼 그의 삶 아래로 떨어져나가버렸다. 그의 삶은 이 빛나는 아스팔트를 따라 흐르면서 경사진 잔디밭과 벽돌 기둥이 있는 포치를 지나가며 아무런 흔적도 남기지 않았다. 이 마을은 결코 그를 알아주지 않았다. 어렸을 때는 길가의 자갈 하나, 우유함 하나, 튤립 화단 하나도 모두 지나가는 그를 지켜보고 있는 것 같았는데. 집들은 모두 밖이 아니라 안만 바라보고 있었다. 길 건너편에 조명이 빗물에 번져 보이는 창문에 빈 안락의자가 보인다. 황동 손잡이가 달린 벽난로용 도구들, 언뜻 눈에 띄지 않는 양초 두 개가 놓여 있는 벽돌 벽난로 선반도 보인다.

래빗은 맨발로 서둘러 복도를 걸어 화장실에 들렀다가 돌아와 아홉시가 되기 전에 침대로 들어간다. 병원에 있을 때는 지금쯤이면 마지막 문병객이 떠난 지 이미 한참 지난 시각이고, 그뒤로 환자들이 화장실을 다녀오거나 알약을 먹느라 웅성거리던 소리도 잦아든 뒤다. 복도의 불과 간호사들의 목소리도 잦아들었다. 그의 방에는 독서용 램프가 없다. 종이 갓을 씌운 천장 전등밖에 없는데, 선뜻 그 불을 켜고 싶은 생각이 들지 않는다. 벽장에 쌓여 있는 〈컨슈머스 다이제스트〉 과월호들을 발견했지만, 그 잡지에 평가된 상품들은 이미 모두 시장에서 물러난 뒤일 것 같았다. 재니스가 그에게 준 역사책, 절반 넘게 읽었지만 아직 다 끝내지는 못한 그 책은 펜파크의 서재에 있다. 가로등 불빛도 책을 읽기에는 부족하다. 가로등 불빛에 창문 그림자가 길게 늘어진 마름모꼴 유령처럼 보이고, 빗방울이 가늘게 떨면서 한데 모였다가 갑자기 줄무늬를 그리며 아래로 흘러내릴 때마다 그 그림자가 살아나 발작적으로 움직인다. 그가 즐겨 보는 텔레비전의 교육용 프로그램에서 생명의 기원에 대해 설명하던 장면이 생각난다. 분자들이 이렇다 할 법칙 없이 계속 모이고 모이다가 번개를 맞고 움찔하며 생명체로 변하던 장면. 그의 머리 뒤쪽, 그러니까 실톱으로 만든 소용돌이무늬와 버섯 모양 손잡이가 달려 있는 침대 기둥과 갈색 침대 머리판 뒤로 죽은 장모가 쓰던 재봉틀이 발판을 밟아 자신을 되살려줄 장모의 부어오른 작은 발을 기다리고 있다. 짧고 통통한 장모의 손가락이 침으로 적신 실을 녹슨 바늘에 꿰어주기를 기다리고 있다. 그런 일이 일어날 확률과 분자가 모여서 생명이 생길 확률이 거의 비슷할 것이다. 억눌린 듯한 진동, 멀리서 들려오는 천둥소리가 브루어 방향에서 들려오고 나무 이파리들이 흔들린다. 해리는 가슴의 답답한 느낌을 좀 덜어보려고 베개 두 개를 겹쳐서 베고 있다. 심장이 아픈 것은 아니다. 다만 상처를 입은 채 썰물을 타고 떠가고 있을 뿐이다. 시간이 흐른다. 얼마나 흘렀는지는 모른다. 문손잡이가 돌아가더니 딸깍하는 소리가 나고 복도의 불빛이 가느다란 막대기처럼 비집고 들어온다. 오늘 하룻밤 동안 빌린 이 작은 방이 양막처럼 그를 고립시키고 있는 곳으로.

정수리 부분이 구릿빛으로 반짝이는 프루의 머리가 살짝 안을 들여다본다. "주무세요?" 거의 속삭이는 것 같은 목소리다. 평소보다 거친 것 같다. 프루의 얼굴은 우윳빛 하트 모양의 그림자처럼 보인다.

"아니." 래빗이 말한다. "그냥 누워서 빗소리를 듣고 있었다. 주디는 자니?"

"겨우 잠들었어요." 프루가 말한다. 그리고 정말 속이 상한다는 듯이 과장된 동작을 취하며 안으로 완전히 들어와 꼿꼿이 선다. 프루는 전의 그 짧은 목욕가운을 입고 있고, 다리는 발목까지 내려가는 하얀 그림자 같은 것에 감싸여 있다. "아이가 넬슨 때문에 많이 속이 상했나봐요. 당연한 일이죠."

"당연하지. 내가 아까 아이한테 소리를 질러서 미안하구나." 해리가 말한다. "가엾은 아이한테 그러면 안 되는데." 해리는 팔꿈치로 몸을 지탱하며 일어나 앉는다. 왠지 자신이 주인이 된 것 같고, 그의 심장은 이상한 느낌에 천둥처럼 뛴다. 병원에 며칠 입원해 있었으니, 침대에 누운 모습을 남들에게 보이는 것에 익숙해질 만도 한데.

"저는 잘 모르겠어요." 프루가 말한다. "어쩌면 주디한테는 누가 그렇게 해줘야 할 필요가 있었던 것 같기도 해요. 조금 틀을 잡아주는 것 말이에요. 그애는 이 세상 모든 텔레비전이 자기 것인 줄 알아요. 담배 좀 피워도 될까요?"

"물론이지."

"창문이 조금 열려 있는 것 같아서 말씀드린 건데, 만약 안 되면……"

"그렇지 않아." 해리가 말한다. "난 다른 사람들이 담배 피우는 걸 좋아한다. 자기가 직접 피우는 것 못지않거든. 삼십 년이나 지났는데도 여전히 담배가 그리워. 그런데 넌 건강을 그렇게 생각하면서 왜 안 끊었니?"

"끊었어요." 프루가 말한다. 파란색과 초록색이 섞인 라이터 불빛에 그녀의 얼굴이 드러난다. 라이터는 립스틱처럼 작은 원통형이다. 아주

기본적인 윤곽만 보이는 프루의 얼굴이 완고하고 단호해 보이고, 긴 그림자가 프루의 코에서 뺨으로 건너뛴다. 불꽃이 꺼진다. 프루가 큰 소리로 연기를 내뱉는다. 그리고 다시 어두워진 방안에서 프루가 말을 잇는다. "먹는 걸 자제하려고 밤에 한두 개비쯤 피울 뿐이에요. 하지만 지금은 넬슨 때문에⋯⋯ 피워서 안 될 것 뭐 있나 싶어요. 뭐가 그렇게 중요하겠어요?" 프루의 옆얼굴이 다른 쪽 옆얼굴로 바뀐다. "여긴 앉을 곳이 없네요. 형편없는 방이에요."

담배 냄새뿐만 아니라 여자들 특유의 냄새도 난다. 여자들은 로션이나 샴푸 때문에 백화점을 연상시키는 달콤한 냄새가 항상 몸에 흐릿하게 배어 있다. "여긴 아늑해." 해리는 이렇게 말하고 나서 프루가 침대 위에 앉을 수 있게 다리를 움직인다.

"틀림없이 주무시고 계실 줄 알았어요." 프루가 말한다. "이 담배만 피우고 나갈게요. 그냥 아이가 아닌 어른이랑 잠시 이야기를 나누고 싶어서요." 프루가 남자처럼 깊이 숨을 들이쉰다. 그러고는 몇 번 숨을 더 쉴 동안 연기가 그녀의 입과 콧구멍에서 두 줄기로 가늘게 새어나온다. "이제 넬슨이 없으니까 매일 밤 아이들을 재우는 게 그리 힘들지 않을 거예요. 애들이 불안해해서 아주 많이 달래줘야 했거든요."

"넬슨이 밤에 집을 비우는 일이 많은 줄 알았는데."

"이 시간쯤이면 대개는 집에 있어요. 레이드백이 본격적으로 활기를 띠는 건 열시경부터니까요. 넬슨은 퇴근해서 돌아온 뒤에 식사를 하고 아이들과 같이 놀아주다가 곧 안절부절못하게 돼요. 솔직히 넬슨도 그렇게 자주 나가서 그걸 할 생각은 없었을 거예요. 그저 집에 있다 보면 생각이 나서 자기도 어쩔 수 없었던 것뿐이죠." 프루가 다시 담배를 빨아들인다. 그 소리가 마치 여러 단계로 나뉜 한숨처럼 들린다. 해리는 그 소리를 들으며 담배를 피울 때의 기분이 어땠는지 기억해낸다. 담배를 피우면 허공까지 자신이 이어져 있는 것 같았다. "아이들을 돌보는 일은 넬슨이 잘 도와줬어요. 다른 사람들한테는 아무리 못되게 굴었어도, 아이들한테는 나쁜 아버지가 아니었어요. 지금도 그렇고요. 자꾸 과거형으로 이야기하니까 넬슨을 죽은 사람 취급하는 것 같네요."

해리가 묻는다. "그런데 지금 몇시지?"

"아홉시 십오분쯤 됐어요."

재니스는 빨라야 열시 삼십분에나 돌아올 것이다. 아직 시간은 많다. 해리는 몸의 긴장을 풀고 침대에 등을 기댄다. 오후에 낮잠을 자둔 것이 다행이다. "그렇게 생각하는 거니?" 그가 묻는다. "넬슨이 너한테 못되게 굴었다고?"

"당연하죠. 끔찍했어요. 밤새 밖에서 멋대로 하고 싶은 일을 다 하고는 나중에 홀쩍홀쩍 울면서 용서해달라고 빌곤 했으니까요. 저는 바람을 피우는 것보다 그런 게 더 싫어요. 제 아버지는 주정뱅이에 바람둥이였지만, 엄마한테 징징거리지는 않았어요. 적어도 징징거리는 것만은 엄마 몫으로 남겨줬다고요. 철없는 아이처럼 남한테 의존하려 드는 넬슨의 태도는 정말이지 제 경험 밖이에요."

프루가 피우고 있는 담배 끝이 환하게 빛난다. 멀리서 우르릉거리는 천둥소리가 한 걸음 더 다가온다. 이 방에 프루가 있다는 사실에 해리의 마음이 뜨거워진다. 그의 머릿속에서 프루는 곤란하다 싶을 정도로 덩치가 크고 온통 날카로운 구석뿐이다. 말투도 날카롭고 거칠게 들린다. 애크런에서 배운 거친 말투에 직업적인 해결사들에게서 배운, 남을 깔보는 말투가 섞여 있다. 해리는 자기 아들을 철없는 아이 같다고 말하는 것이 듣기 싫다. "넌 켄트에서도 한동안 넬슨과 알고 지냈잖아." 해리가 거의 적대적으로 들리는 목소리로 지적한다. "그러니 네가 결혼하려는 상대가 어떤 사람인지 알고 있었을 텐데."

"아버님, 전 몰랐어요." 프루가 말한다. 담배의 불빛이 어지럽게 호를 그린다. "시간이 지나면 넬슨도 철이 들 줄 알았죠. 넬슨이 그렇게까지 두 분에게 얽매여 있는 줄은 꿈에도 몰랐어요. 넬슨은 지금도 아버님과 어머님에게서 받은 상처 때문에 고생하고 있어요. 세상 부모들이 아이가 서른 살이 될 때까지 똥을 닦아주며 키워야 하는 것도 아닌데. 그래서 제가 이제 그만 현실을 보라고 넬슨에게 말했죠. 형편없는 부모가 이 세상에서는 평균이라고요. 세상에 이상대로 실현되는 게 어디 있어요? 그런데 제가 이런 말을 하면 넬슨은 뿔이 나서 저더러 차갑다고 해요. 섹스를 할 때 그렇다는 뜻이에요. 코카인을 하면서 빠르게 사라지는 게 하나 있다면, 바로 수치심이에요. 약에 중독된 여자들은 무슨 짓이든 기꺼이 하거든요. 그래서 제가 넬슨한테 그 마약쟁이 매춘부들한테서 에이즈를 옮겨올 생각은 하지도 말라고 했어요. 그러면 넬슨은 또 집을 나가죠. 악순환이에요. 이런 일이 벌써 몇 년째 계속되고 있었어요."

"몇 년째라면 언제부터?"

프루가 어깨를 으쓱하자 장모의 낡은 침대가 흔들린다. "아버님이 짐작하시는 것보다 더 오래됐어요. 슬럼과 어울리는 사람들은 옛날부터 항상 대마초랑 각성제를 했어요. 동성애자들은 그까짓 게 무슨 대수냐는 식이에요. 버는 돈을 몽땅 자기들한테만 쓸 수 있으니까요. 넬슨이 돈을 훔쳐야 할 만큼 심하게 중독된 건 아마 이 년 전쯤일 거예요. 처음에는 그냥 집에서 돈을 슬쩍했어요. 생활비로 써야 하는 돈 말이에요. 그러다가 아버님의 돈, 그러니까 회사 돈에 손을 대기 시작했죠. 저는 아버님이 넬슨을 감옥에 보내버렸으면 좋겠어요, 진심이에요." 프루는 재가 바닥으로 떨어지지 않게 손을 오목하게 구부려서 담배 밑에 대고 있었다. 그런데 이제는 재떨이가 필요하다 싶었는지 주위를 둘러보다가 재떨이가 보이지 않자 결국 꽁초를 창문에 대고 턴다. 담배는 방충망에 부딪혀 불꽃을 튀기더니 젖은 창턱에서 치익 하는 소리를 내며 꺼진다. 프루의 목소리가 점점 갈라지면서 힘을 얻는다. 감정이 복받치는 모양이다. "저는 이제 넬슨이 정말 싫어요. 넬슨이랑 썹을 하는 것도 무섭고, 법적으로 넬슨과 연관되는 것도 무서워요. 지금까지 저는 제 인생을 허비한 거예요. 아버님은 제 말이 무슨 뜻인지 모르실 거예요. 남자라서 자유롭고, 원하는 대로 할 수 있으니까요. 적어도 예순 살이 될 때까지는 우월한 입장이잖아요. 여자들은 남자에게 기대야 하는 입장이고요. 어쩔 수 없어요. 남자와 조건을 흥정하느라고 너무 오랫동안 옥신각신하는 것도 별로 안 좋아요. 저는 이제 서른세 살이에요. 저한테도 기회가 있었지만, 저는 그걸 넬슨에게 낭비했어요. 제 손에 들어온 카드로 게임을 했지만, 이젠 포기했어요. 지쳤어요. 남편은 저를 미워하고, 저도 남편을 미워해요. 게다가 우린 이제 서로 나눠 가질 돈도 없어요! 무서워요. 무서워 죽겠어요. 아이들도 무서워하고 있어요. 저도 아이들도 쓰레기 같은 존재가 됐다는 걸 아이들도 알고 있어요."

"이런, 이런." 해리는 이렇게 말할 수밖에 없다. "그게 무슨 소리야? 누가 쓰레기라는 거야?" 하지만 이 말을 하면서도 그는 자신이 스스로 생각해도 별로 믿음이 안 가는 시대에 뒤떨어진 이야기를 하고 있음을 알고 있다. 사실 세상 사람들은 모두 쓰레기다. 신이 사람들을 하늘로 들어올려 천사로 만들어주지 않는 한, 모두 쓰레기다.

프루가 흐느끼는 바람에 침대가 심하게 흔들리자 수술 직후라 아직 조심해야 하는 해리는 속이 메스꺼워진다. 그는 커다란 덩치의 프루를 진정시키려고 손을 뻗어 프루를 끌어당긴다. 프루는 기다렸다는 듯이 꼭 안겨든다. 비록 담요와 이불이 두 사람 사이에 끼어 있지만, 프루는 어쨌든 소리를 죽여 계속 서럽게 운다. 프루의 숨결이 그의 가슴에 뜨겁게 닿는다. 잠옷 단추가 풀어져 있는 자리다. 그의 가슴. 의사들은 그 가슴에 칼을 대고 싶어한다. "적어도 너는 아직 건강하잖니." 해리가 말한다. "나는 이제 관뚜껑에 못이 박힐 날만 기다리는 신세가 됐다. 뛰지도 못하고, 씹도 못하고, 좋아하는 음식도 못 먹어. 틀림없이 의사들 설득에 넘어가서 혈관우회술을 받게 되겠지. 무섭다고? 넌 아직 젊어. 네 손에는 아직도 카드가 많이 남아 있지. 그러니 내가 지금 얼마나 무서워하고 있을지 한번 생각해봐라."

그의 품에서 프루가 다시 차분해진 목소리로 말한다. "요즘은 혈관우회술이 그리 드문 게 아니에요."

"그래, 너야 쉽게 말할 수 있겠지. 내가 너한테 어차피 사람들은 항상 형편없는 인간들과 결혼하기 마련이라고 쉽게 말할 수 있는 것처럼. 아니면 네가 나한테 자식이 마약에 중독돼서 부모의 돈을 훔치는 거야 흔히 있는 일이라고 쉽게 말할 수 있는 것처럼."

작은 웃음소리가 들린다. 밖에서 번개가 번쩍하더니 몇 초 뒤에 천둥소리가 들린다. 두 사람 모두 가만히 귀를 기울인다. 프루가 말한다. "썹을 하면 안 된다고 어머님이 말씀하셨어요?"

"우린 그런 얘긴 안 해. 요새는 그걸 많이 안 하는 편이니까. 그것 말고도 다른 일들이 워낙 많아서."

"의사들은 뭐래요?"

"잊어버렸다. 내 담당 의사는 넬슨 또래인데, 우리 둘 다 겸연쩍어서 그 이야기는 못했어."

프루가 코를 훌쩍이며 말한다. "저는 제 인생이 싫어요." 해리가 느끼기에 프루는 부자연스러울 정도로 움직임이 없다. 자동차 헤드라이트가 다가오는 것을 보고 굳어버린 토끼 같다.

해리는 프루의 널찍한 등을 감싼 팔의 손을 위로 움직여 천을 이어 붙여서 울퉁불퉁한 느낌이 나는 목욕가운을 거슬러올라가 비단처럼 매끈한 목덜미의 움푹한 곳으로 들어가서 따스한 머리카락을 만지작거린다. "나도 그게 어떤 기분인지 안다." 그가 말한다. 프루의 머리카락을 만지작거리는 느낌이 좋다. 포근한 솜 같은 졸음이 그의 몸을 차지하려고 기다리고 있는 것도 느껴진다.

프루가 말한다. "제가 넬슨을 좋아한 이유 중에는 아버님도 포함돼 있어요. 아마 저는 넬슨이 나이를 먹으면 아버님처럼 될 거라고 생각했나봐요."

"네 생각이 옳았는지도 모르지. 넌 내가 얼마나 못된 놈인지 아직 모르니까 말이다."

"설마요." 프루가 말한다. "남들이 아버님을 찔러대는 거잖아요."

해리는 말을 잇는다. "넬슨은 나를 많이 닮았어." 손가락으로 만지고 있는 프루의 목덜미가 술렁거리고, 부드러운 머리카락이 그의 정전기에 반응하듯 일어선다. "네가 머리를 길게 기르고 있는 것이 좋구나." 해리가 말한다.

"지금은 너무 길어요." 프루의 손이 그의 맨가슴에 올려져 있다. 단추가 풀려 있는 곳이다. 해리는 분홍색 손마디가 금방이라도 상처를 입을 것처럼 보이는 그녀의 손을 상상한다. 프루가 왼손잡이라는 사실이 생각난다. 그것이 드문 일이라는 생각에 그는 한층 더 짜릿해진다. 공연히 생각을 해보느라 시간을 질질 끌지 않고 그는 자유로운 손으로 가슴에 얹혀 있는 프루의 손을 들어 더 아래쪽으로 옮겨놓는다. 털을 반쯤 깎은 사타구니에서 발기한 성기가 깜짝 놀랄 만큼 불쑥 튀어나와 있다. 그의 행동에서는 아직 성을 모르는 아이가 다른 아이에게 새로 발견한 흥미로운 일, 그러니까 움직이는 돌이나 몸이 엄청 두툼한 나비 같은 것을 보여줄 때와 같은 느낌이 난다. 베개 위에서 그의 얼굴과 10센티미터 정도 떨어져 있는 흐릿한 얼굴에서 눈이 커진다. 그녀의 속눈썹에 붙들린 빛이 작은 점처럼 빛난다. 그는 몸속에서 솟아오른 피의 흐름을 타고 얼굴을 움직여 그 얼굴과의 거리를 좁혀 조심스레 각도를 재가며 입술을 포갠다. 그동안 프루의 손가락은 쿵쾅거리는 그의 심장보다 느린 리듬으로 그를 쓰다듬는다. 둘 사이의 거리가 사라지자 해리는 이 죄의 공범자가 된 자신의 심장을 조심스레 살핀다. 프루와의 키스에서는 그녀가 레몬과 골파를 곁들여 맛있게 내놓았던 생선의 맛과 아스파라거스의 맛이 난다.

비가 방충망을 두드린다. 창턱으로 비가 새어들어오면서 빗줄기가 창문을 두드리는 소리가 더 빨라진다. 아주 가까이에서 번쩍 번개가 치자 사방의 공기가 깜짝 놀라고, 일 초도 안 돼서 심장이 멈출 것 같은 천둥소리가 저 위에서 집을 후려친다. 제멋대로 구는 자연의 이런 모습이 전염된 듯 프루가 "젠장"이라고 말하며 침대에서 벌떡 일어나 창문을 쾅 닫고, 커튼을 치고, 자신의 목욕가운을 찢듯이 벗어던지고, 손을 뻗어 잠옷을 머리 위로 벗는다. 어둑한 방안에서 키가 크고 창백하고 엉덩이가 널찍한 프루의 알몸이 지난달 브루어의 길가에서 꽃을 피우고 있던 배나무들처럼 아름답다. 그 배나무들은 모두 그의 것처럼, 우연히 찾아온 낙원의 한 조각처럼 보였다. 믿을 수가 없었다.

III. MI*

6월 중순이 되자 사방이 잡초투성이가 되었다. 111번 도로의 돌이 많고 건조한 갓길을 따라 우엉과 치커리가 거의 1미터 높이로 서 있고, 스프링어 모터스 건물 진열창의 아랫부분을 장식하려고 심어놓은 주목나무 울타리는 점점 퍼지고 있는 바랭이와 쇠비름 때문에 힘겹게 투쟁을 벌이고 있다. 뿌리덮개로 깔아준 나무껍질들은 이 년 동안 갈아준 적이 없어서 썩어가는 중이다. 해리는 머리로는 항상 뿌리덮개를 갈아줘야겠다고 생각하고 있다. 조경업체에 연락해서 뿌리덮개를 갈아주고, 약 3분의 1쯤 되는 죽은 나무들도 새것으로 바꿔야겠다고. 죽은 나무들이 서 있는 곳은 마치 이가 빠진 것 같아서 아주 보기가 싫

---

* 심근경색(Myocardial Infarction)의 약칭.

다. 주정부가 지금도 제한속도를 시속 88킬로미터로 고수하고 있는데도 훨씬 늘어난 차들이 그 어느 때보다 빠른 속도로 달리고 있는 4차선 고속도로 건너편에는 척 왜건이라는 포장음식 식당이 있던 자리에 피자헛이 들어서 있다. 브루어 일대에 여섯 곳쯤 되는 피자헛 중 하나다. 사람들은 그곳에서 무엇을 보는 걸까? 치즈가 쭉쭉 늘어나는 부채꼴 모양의 피자. 사람들이 피자를 한입 베어 물면 치즈가 얼굴 앞에서 끈처럼 길게 늘어난다. 하지만 주말 기분에 젖은 베니가 직접 가서 주문한 피자를 받아오는 토요일이면 해리는 고추와 양파를 얹은 페퍼로니 피자를 스스로에게 허락한다. 안초비는 빼달라고 말한다. 진흙 속에 작은 달팽이들이 빠져 있는 것 같으니까.

오늘은 토요일이 아니라 월요일이다. 아버지날 다음날. 해리에게 카드를 보내준 사람은 하나도 없었다. 그와 재니스는 두 번 넬슨을 만나러 갔다. 노스필라델피아의 크고 우울한 재활원에서 이루어지는 가족치료를 위해서였다. 그곳에는 난간과 게시판이 가득하고, 그가 어렸을 때 다닌 교회 지하의 주일학교 수업을 생각나게 하는 축축한 등사잉크 냄새가 났다. 두 번의 가족치료 상담은 모두 집에서 식탁에 둘러앉아 말싸움을 벌일 때와 똑같았다. 다만 심판이 있다는 점이 다를 뿐이었다. 유색인종이지만 연한 색 피부에 멋진 안경을 쓴 날씬한 여자 상담사는 교회에 다니는 사람들 특유의 친절한 미소를 짓곤 했다. 해리는 그런 미소를 보면 필라델피아의 흑인들 중에서도 형편이 좋은 사람들이 떠오른다. 상담중에 그들은 옛날 일들을 더듬어보았다. 아기가 죽은 것, 60년대에 재니스가 집을 나가고 질과 스키터가 집으로 들어오는 등 정신없는 일들이 이어졌던 것, 넬슨이 자기보다 키가 2센티미터쯤 더 크고 나이도 한 살 더 많은데다가 가톨릭신자이기까지 한 켄트 주립대 비서와 터무니없이 결혼해버린 것. 그 신혼부부가 스프링어 집 안의 집에 들어와 살고 그곳에 살던 해리 부부는 그 집에서 나가게 된 것. 그리고 아들 녀석이 자동차 대리점을 멋대로 운영할 수 있게 해주려고 지금은 사실상 플로리다에서 일 년 중 반을 지내고 있다는 사실 등. 해리는 자신이 보기에는 넬슨의 엄마가 죄책감 때문에 아이의 버릇을 잡지 못해서 아이를 망쳤고, 그래서 아이가 동성애 변태나 약쟁이들이랑 어울려 철없는 짓을 해대면서 아내와 아이들은 넝마를 입고 살든 말든 신경도 안 쓰는 게 당연한 일인 것처럼 생각하게 된 것 같다고 설명한다. 그가 이야기하는 동안 모카빛 피부의 상담사는 훨씬 더 경건하고 참을성 있는 미소를 짓는다. 그러고는 그 자리에 있는 다른 사람, 그러니까 넬슨이나 재니스나 프루 중 한 명에게 시선을 돌려 방금 들은 이야기를 어떻게 생각하느냐고 묻는다. 그의 이야기가 사실을 묘사한 것이 아니라 단순한 소음에 지나지 않아서 다른 이야기들의 잡탕 속에 넣어버려도 된다고 생각하는 듯이. 상담사가 좋아하는 이 '속내를 다 털어놓기'와 그뒤의 '가공 과정'이 이 세상의 사실들을 모두 싸구려로 만들고, 당시 사람들이 최선을 다해 결정했던 일들을 몽롱한 행동으로, 이미 수많은 사례들을 다루면서 시리얼처럼 '가공'된 일상다반사로 만들어버린다. 그는 자신이 무슨 말을 하든 상대가 기대를 보였다가 무시해버릴 것이라는 기분을 미리 느끼고 점점 화가 나서 결국 재니스와 프루에게 다음에는 둘이서만 다녀오라고 말해버린다.

창가에 서서 밖을 내다보고 있는 해리에게 베니가 다가와 묻는다. "아버지의 날에는 뭘 하셨어요?"

해리는 이 질문에 대답할 수 있는 것이 기쁘다. "넬슨의 안사람이 오후에 손주들을 데리고 왔지. 그래서 내가 밖에서 그릴로 식구들한테 요리를 해줬어." 아주 이상적인 미국 가정의 모습처럼 들리지만 그 밑에는 위태로운 일면이 숨겨져 있다. 우선 그가 말한 그릴은 오래전 〈컨슈머 리포트〉에 고전적인 제품이라고 소개된 둥근 금속 제품이지만 해리는 이 도구로 음식을 요리할 만한 인내심이 전혀 없었다. 석탄이 회색 재처럼 변할 때까지 기다려야 하는데도, 그는 너무 오래 기다린 건가 싶어서 음식을 빨리 꺼내버렸다. 그래서 식구들은 날것이나 다름없는 햄버그스테이크 패티를 빤히 바라보기만 했고, 재니스가 아이들이 모기에게 산 채로 먹히고 있으니 부엌에서 음식을 요리하자고 말한 것도 그의 화를 돋웠다. 그리고 또 한 가지. 손주들이 할아버지를 위해 귀여운 카드를 가져온 것은 좋았다. 두 아이 모두 게리 라슨이라는 젊은 미술가가 그린 카드를 가져왔는데, 다들 그림이 아주 재미있다고 생각했지만 두 카드가 너무 똑같다는 것, 심지어 두 아이의 이름조차 똑같은 빨간 펜으로 서명되어 있다는 것(주디의 서명에서는 'y'자가 소녀답게 꽤 화려하게 그려져 있었고, 로이의 이름은 아직 글자를 깨치지 못한 아이가 아무 의미 없이 꾹꾹 눌러서 그린 선으로 이루어져 있었다)은 아이들이 미리 카드를 준비한 것이 아니라 플라잉이글에서 집으로 오는 길에 잠깐 잡화점에 들러 카드를 사왔음을 의미했다. 집에 도착했을 때 프루와 아이들의 머리에는 수영장의 물이 아직 축축하게 남아 있었다. 프루는 집에서 만든 샐러드를 가져왔다.

"정말 멋진데요." 베니가 허스키한 목소리로 작게 말한다.

"그렇지." 해리는 물에 젖은 긴 머리를 늘어뜨리고 양상추와 얇게 저민 무가 들어 있는 커다란 나무그릇을 엉덩이 근처에 들고 있는 프루의 모습을 지금 베니도 함께 보고 있는 것처럼 그 광경을 설명한다. "넬슨의 안사람이 컨트리클럽에 드나들 수 있게 우리가 임시 회원증을 얻어줬거든. 그래서 거의 매일 아이들하고 거기서 수영을 하고 있어."

"좋네요." 베니가 말한다. "테레사는 좋은 분인 것 같아요. 여기 부지에 온 적은 많지 않지만, 그 가족이 힘든 일을 겪고 있으니 안타깝네요."

"그래도 그럭저럭 해나가고 있어." 해리는 이렇게 말하고 나서 화제를 바꾼다. "어제 경기는 봤나?" 피자헛에서 날아와 안 그래도 힘든 주목나무 울타리에 걸려 있는 포장지들을 누가 나가서 좀 치워야 할 것 같다. 하지만 해리는 허리를 수그리기가 내키지 않고, 베니에게 선뜻 명령을 내리기도 힘들다.

"아뇨, 저는 운동경기를 별로 좋아하는 편이 아니라서요." 땅딸막한 베니가 필요 이상 공격적인 말투로 말한다. "야구도 한두 경기를 보면 지루해져요. 그걸 본다고 저한테 뭐가 생기는 것도 아니잖아요? 그럼 뭣하러 보겠어요?"

111번 도로 건너편에 예전에는 위풍당당한 늙은 단풍나무가 한 그루 있었지만 피자헛이 빨간 지붕을 인 가게를 확장하려고 그 나무를 잘라버렸다. 지붕은 양쪽이 경사면으로 된 모자 모양이다. 어떻게든 장사를 해보려고 애쓰고 있는 이 작은 상점가에서 이 대리점이 활기 있게 운영되고 있는 것에 감사해야 한다는 생각이 든다. "뭐……" 그는 베니의 말에 굳이 토를 달기 싫다. "어차피 필리스가 꼴찌를 하고 있으니 경기를 안 봐도 아쉬울 것이 없지. 야구 역사상 최악의 성적인데, 옛날 올스타 선수 두 명을 트레이드해버렸어. 베드로시언과 새뮤

얼 말이야. 이젠 의리 같은 건 찾아볼 수가 없는 세상이 된 거지."

베니는 쓸데없이 자기 말에 대한 설명을 계속 늘어놓는다. "저라면 차라리 날씨 좋은 일요일에 직접 운동을 하겠어요. 소파에 앉아서 감자칩이나 먹으며 텔레비전을 보는 대신에요. 무슨 뜻인지 아시죠? 딸을 데리고 옆집 풀장에서 놀든지, 식구들이랑 같이 가볍게 산을 오르든지. 그러니까 날이 심하게 덥지 않으면요."

요즘 사람들은 "아시죠?"라는 말을 남발한다. 그렇게 상대의 주의를 붙들어두지 않으면 상대의 관심이 사라져버리기라도 하는 것 같다. "옛날엔 나도 그랬지." 해리가 말한다. 엉덩이 근처에 큰 그릇을 들고 있는 프루의 모습이 자꾸 어른거려서 신경이 쓰였는데 그 모습이 희미해지고 있어서 마음이 놓인다. 그리고 이 커다란 진열창을 내다볼 때 자주 그렇듯이 기분좋게 우울하고 철학적인 기분이 든다. 그의 머리 위에는 **도요타라마**라고 적혀 있는 커다란 파란색 종이 플래카드가 걸려 있고, 그 플래카드를 통해 햇빛이 비쳐든다. 그런데 플래카드가 유리에서 조금 떨어지기 시작했다. "어렸을 때는 항상 이런저런 운동을 했지. 최근까지도 골프장에서 공을 쳤어."

"지금도 얼마든지 하실 수 있어요." 베니가 이탈리아인 특유의 허스키한 목소리로 살짝 숨을 몰아쉬며 말한다. "솔직히 의사들도 그렇게 하라고 권유할걸요. 제 담당 의사도 그러니까요, 운동하라고. 아시죠? 체중 때문에요."

"아마 나도 뭔가 하긴 해야 할 거야." 해리가 동의한다. "혈액순환이 잘되게. 하지만, 글쎄, 갑자기 골프를 치는 게 멍청하다는 생각이 들어서 말이지. 이제 와서 내 골프 실력이 좋아질 리가 전혀 없다는 걸 깨달았거든. 나랑 같이 골프를 치던 친구들은 한참 앞으로 나아가버렸는데 말이야. 클럽에는 건장한 금발의 여피들밖에 없어. 그리고 그 친구들은 전부 카트를 타고 다니지. 빨리 돈을 벌러 돌아가야 하기 때문에 카트를 타고 돌아다니면서 골프장 잔디를 망가뜨리는 거야. 옛날에 나는 골프채를 들고 직접 걸어다니는 걸 좋아했어. 그러면 다리가 튼튼해지니까. 자네가 믿든 안 믿든, 골프 스윙의 힘은 다리에서 나오는 거야. 난 주로 팔을 사용하는 편이었지만. 어떻게 하면 되는지는 나도 알아. 같이 골프를 치는 친구들이나 텔레비전에 나오는 프로선수들이 어떻게 치는지 눈에 보이니까. 그런데 아무리 해도 내 몸으로는 그게 안 되더란 말이야."

해리가 마치 혼잣말을 하듯이 이렇게 긴 이야기를 늘어놓았기 때문에 베니는 조금 불편해진다. "운동을 좀 하셔야 돼요. 과거를 생각해서라도." 그가 말한다.

래빗은 그가 말한 과거가 얼마 전 병원에 입원한 것을 뜻하는지 아니면 먼 옛날 고등학교 선수 시절의 일을 뜻하는 건지 알 수 없다. 그가 농구선수로 뛰던 시절의 사진을 확대해서 걸어둔 액자는 넬슨의 사무실에서 다시 전시장 뒤쪽 벽으로 나와서 실적표 위에 걸려 있다. 비록 벽이 장미 색깔로 바뀌기는 했지만. 농구선수 시절은 그가 확실히 지금까지 간직하고 있는 추억이다. 밖에서 썩어가고 있는 뿌리덮개와는 다르다. **앵스트롬 42득점.** "슈밋이 그만뒀을 때 나도 좀 놀랐지." 그가 베니에게 말한다. 자기는 스포츠 열성팬이 아니라고 베니가 계속 말하는데도 상관하지 않는다. 어쩌면 베니에게 억지로 지루한 이야기를 밀어붙이면서 즐거워하고 있는 건지도 모른다. 베니가 넬슨의 사기극에 어디까지 끼어들었는지 궁금하지만, 부지의 경영에 복귀하면서 차마 그를 해고할 수는 없었다. 그럴 의욕도 힘도 없었다. 어찌어찌 버티다보면 차들은 저절로 팔려나간다. 특히 캠리와 코롤라가 그렇다. 어찌 이보다 더 많은 걸 바랄 수 있을까?

"슈밋은 8월 15일까지만 선수 자격을 유지하고 있으면 50만 달러를 더 벌 수 있었어." 해리가 베니에게 설명한다. "올 시즌 초반에는 불길 같은 기세였지. 회선건판수술을 받았으면서 처음 두 게임에서 홈런 두 개를 쳤으니까. 하지만 슈밋 본인이 말했듯이, 몸한테 아무리 명령을 내려도 몸이 따라주지 않게 된 거야. 자신이 뭘 해야 하는지 아는데 할 수 없는 상황이 됐다는 걸 알고 현실을 직시한 점만은 인정해줘야 해. 요즘 시대에 슈밋은 돈보다 명예를 중시했으니까."

"실책이 여덟 개였어요." 엘비라 올렌배치가 자신의 칸막이 좌석에서 그 묵직한 목소리로 크게 말한다. 파라과이 쪽 벽에 가까운 그 자리에서 그녀는 어제 전시장에 나타나서 엘비라를 지명한 계집에게 판 상아색 코롤라 LE의 판매 서류와 NV-1 서류를 작성중이다. 요즘 여자들은 직장과 돈을 갖고 있다. 옛날 같으면 집에서 아이를 만들고 있었을 젊은 계집들까지도 그렇다. 잘 보면 버스를 운전하거나 배달 트럭을 운전하는 여자들도 점점 늘어나고 있다. 소련처럼 상황이 심해지는 중이다. 이러다보면 언젠가 여자 광부도 나올 것이다. 아니, 이미 생겼는지도 모른다. 오래전부터 세계를 양분하고 있는 이 두 초강대국 사이의 차이점이라면, 각자 다른 방향에서 일본에 나무를 팔고 있다는 점 뿐이다. "자이언츠를 상대로 한 마지막 두 경기에서 각각 한 번씩 실책을 저질렀죠." 엘비라가 냉정하게 말을 계속한다. "타율은 2할 3리. 마지막 41타석에서 겨우 안타 두 개였어요." 주전자 손잡이처럼 불쑥 튀어나온 두 귀 사이의 뇌에 그녀는 갖가지 숫자들을 잔뜩 담아두고 있다. 엘비라는 자신의 아버지가 스포츠 중독자였기 때문에 아버지와 대화를 하기 위해서 스포츠와 관련된 갖가지 숫자에 계속 관심을 가지고 있었고, 지금은 그것이 습관이 되어 벗어나기 힘들다고 설명한 적이 있다.

"맞아." 래빗이 말한다. 엘비라의 책상을 향해 몇 걸음 다가서면서 자신이 병약자가 된 것 같은 기분이 든다. "그래도 그건 아주 멋있는 행동이었어. 겨우 일주일 전만 해도 필라델피아의 어떤 신문과 인터뷰를 하면서 몸 상태는 아주 좋다며 지나치게 의욕이 넘치는 젊은 선수처럼 슬럼프를 겪고 있을 뿐이라고 말했잖아. 그래놓고도 남자답게 생각을 바꾼 거야. 조금만 더 버티면 총 150만 달러를 받을 수 있었는데 말이지. 그렇게 물러난 것이 마음에 들어. 재빨리 당당하게 물러난 것이."

엘비라는 서류에서 눈을 들지 않은 채 말을 잇는다. 글자를 쓰는 그녀의 동작에 따라 금색 귀걸이가 추처럼 흔들린다. "성적이 안 좋았기 때문에 어차피 8월쯤이면 팀에서 잘렸을 거예요. 그러니 굴욕을 피한 셈이죠."

"내 말이 그 말이야." 해리가 말한다. 여전히 병약자가 된 것 같은 기분으로 이 여자와 동맹을 맺고 싶다는 욕망과 이 여자를 정복해서 자기 분수를 알게 해주고 싶다는 충동 사이에서 갈등하고 있다. 엘비라와 베니를 상대하기가 힘든 것은 아니다. 두 사람은 라일이나 넬슨과 함께 여기서 밀려날까봐 불안한지 얌전히 구는 편이다. 해리의 입장에서는 이 두 사람이 횡령과는 관련이 없는 것으로 간주하고 지금

이상으로 대리점 체제를 뒤흔들지 않는 것이 가장 편한 방법이다. 두 사람 모두 브루어에 인맥이 있어서 자동차를 팔 수 있는 능력이 있다. 한가한 시간에 이 두 사람과 나누는 대화가 옛날 찰리 스태브로스와 나눈 대화만큼 만족스럽거나 명확하지는 않다 해도, 어쩌면 지금 시대 자체가 명확히 정의하기 힘든 것인지도 모른다. 레이건은 모든 사람이 놀라서 말을 잃게 만들었고, 이제는 공산주의자들도 혼란에 빠진 것처럼 굴고 있다. "폴란드의 선거에 대해서는 어떻게 생각해?" 그가 말한다. "투표로 당을 몰아내다니. 우리가 살아서 그런 일을 보게 될 거라고 누가 상상이나 했겠어? 게다가 고르비는 아르메니아에 모래성을 세운 건축업자들이 사기꾼이었다고 전 세계에 밝혀버렸잖아. 그리고 중국에서 벌어진 일이 놀라운 건 그런 시위가 벌어졌다는 사실이 아니라 학생들이 한 달 동안 그런 시위를 벌일 수 있었다는 점과 어떻게 대처해야 할지 아는 사람이 아무도 없었다는 점이야! 이제는 그쪽에서 상황을 장악하고 일을 처리하는 사람이 없는 것 같을 정도니, 원. 난 냉전이 그리워. 그때는 아침에 기운을 내서 눈을 뜨고 일어날 이유가 있었는데."

그가 이런 말을 하는 것은 베니나 엘비라를 자극하고 약올리기 위해서다. 하지만 그의 말은 어렸을 때 포치에서 일장 연설을 늘어놓던 노인들의 말처럼 그냥 사라져버린다. 부지로 돌아온 뒤로 벌써 몇 번이나 느낀 거지만, 자신이 이곳에 실제로 존재하는 것이 아니라 유령에 지나지 않는데도 남들이 장단을 맞춰주고 있는 것 같은 기분이 또 든다. 그가 하는 말은 소음에 지나지 않는다. 넬슨이 쓰던 사무실, 그리고 밀드레드가 쓰던 그 옆의 사무실에서 재니스가 찰리의 조언으로 고용한 회계사가 장부를 조사하고 있다. 워낙 광범위한 작업이라 그는 정식으로 자신을 도와줄 조수를 데려왔다. 회색 양복을 입고 나타나서 재킷을 옷걸이에 걸어두었다가 퇴근할 때 다시 입고 나가는 이 두 젊은 남자가 이 대리점의 진짜 경영자 같다.

"엘비라." 해리가 말한다. 그녀의 이름을 발음하는 것은 언제나 즐겁다. "오늘 아침 신문 봤어? 남자 네 명이 낙태 병원 앞에서 자동차에 자신의 몸을 사슬로 묶고 시위를 했다고 중범죄로 기소되었잖아. 게다가 열일곱 살짜리 남자애도 하나 데려왔기 때문에 청소년 범죄율까지 높이게 됐지." 해리는 낙태에 대해 엘비라가 어떤 의견을 갖고 있는지 알고 있다. 엘비라는 낙태 찬성파다. 독립을 외치는 계집들은 다 그렇다. 해리는 엘비라의 화를 돋우려고 일부러 낙태에 반대하는 듯한 말을 해보지만, 사실은 열성적으로 낙태에 반대하는 편이 아니다. 엘비라도 그것을 알고 있다. 그녀가 책상에서 일어나 그를 향해 성큼성큼 걸어온다. 짜릿할 정도로 날씬한 그녀가 완성된 NV-1 서류를 들고 있다. 턱이 넓은 작은 머리가 날씬한 목 위에서 균형을 잡고 있고, 뒤로 넘겨 묶은 갈색 머리가 반짝거린다. 귀에 대롱거리는 커다란 금색 귀걸이는 브라질너트처럼 생겼다. 해리가 한 발 뒤로 물러서자 세 사람이 함께 진열창 앞에 서 있는 모양이 된다. 둘 사이에 서 있는 해리가 두 사람보다 머리 하나쯤 더 크다.

"그런 짓을 하는 건 남자들뿐이라는 걸 모르시겠어요?" 엘비라가 말한다. "남자들은 왜 그 문제에 그렇게 신경을 쓸까요? 생면부지의 여자들이 스스로 자기 몸에 하는 짓에 그 남자들은 왜 그토록 열렬히 관심을 보이는 걸까요?"

"그걸 살인이라고 생각하니까 그렇지." 해리가 말한다. "밤에 그 일을 한 다음날 아침부터 바로 태아가 작지만 모체와는 별개의 사람이라고 생각하니까 그러는 거야."

그의 표현에 엘비라는 웃기지도 않는다는 듯이 코웃음을 친다. "쳇, 뭐가 뭔지 알지도 못하면서." 그녀가 말한다. "만약 임신하는 게 남자라면 이런 건 논란거리도 되지 않을걸요. 안 그래요, 베니?"

엘비라는 이 도발적인 주제로 해리가 자신을 어떻게 자극하든, 그 뜻을 희석시키기 위해서 베니를 끌어들이고 있다. 베니가 허스키한 목소리로 조심스레 말한다. "내가 다니는 교회에서는 낙태가 죄라고 해요."

"그러니까, 교회의 말을 믿기는 하지만 그걸 하고 싶어지면 마음이 달라진다는 거죠? 당신이랑 마리아도 피임을 하잖아요. 젊은 가톨릭 부부 중 70퍼센트가 피임을 한다는 거 알아요?"

돌이켜 생각해보면, 프루와의 접촉에서 이상했던 것은 그녀가 짧은 목욕가운 주머니에서 콘돔을 꺼냈다는 점이다. 프루가 항상 거기에 콘돔을 하나씩 넣어가지고 다니는 것이거나, 아니면 방으로 해리를 찾아오기 전에 이미 썹을 하게 될 거라고 예상한 것이거나 둘 중 하나다. 해리는 콘돔에 익숙지 않았다. 군에서 제대한 뒤로는 써본 적이 없었으니까. 그래도 반발하지 않고 프루가 하자는 대로 따라주었다. 그날 그 일의 주도자는 프루였기 때문이다. 콘돔이 꽉 조여서 그는 힘을 제대로 유지할 수 있을지 걱정스러웠다. 게다가 혈관성형술을 위해 깎아버리는 바람에 얼마 남지 않은 음모가 둥그렇게 말린 콘돔 끝부분에 끼어서 프루가 어둠 속에서 그를 도와 그걸 정리하느라고 조금 소란이 벌어졌다. 어쩌면 그것 때문에 그가 늦게 절정에 도달했던 건지도 모른다. 나쁜 일은 아니다. 프루가 두 번 절정에 도달했으니까. 그의 아래에서 한 번, 그의 몸에 올라타고 한 번. 빗줄기가 커튼이 드리워진 유리창을 후려쳤고, 그가 손에 쥔 프루의 엉덩이가 워낙 크고 넓어서 그는 자신이 뚱뚱하다는 생각이 들지 않았다. 두번째 오르가슴을 위해 몸을 흔들어대는 그녀의 젖꼭지가 흥분한 것이 보이고, 그는 고장난 심장을 이렇게 흔들어대도 되는지 걱정스러워서 거의 기절할 지경이었다. 프루가 왠지 부끄러운 기색 없이 건조한 태도였기 때문에 가로수가 꽃을 피운 거리처럼 하얀 그녀의 알몸을 처음 보았을 때의 시적인 감흥이 조금 누그러졌다. 그녀는 할 건 다 하면서도 무뚝뚝했다. 어렴풋이 나무인형 같은 느낌이 났다. 마치 그의 뒤쪽 어둠 속에 잠겨 있는 재봉용 마네킹에 머리와 팔다리가 생겨나고, 당근색 머리카락까지 생겨나 흔들리고 있는 것 같았다. 그는 자신의 물건이 죽어버리지 않게 하려고 계속 속으로 되뇌었다. '내가 왼손잡이 여자랑 자는 건 이번이 처음이야.'

베니가 얼굴을 붉히고 있다. 그는 여자와 이런 이야기를 하는 것에 익숙지 않다. "그럴지도 모르죠." 그가 시인한다. "그래도 용서받을 수 없는 대죄가 아니라면, 고해 때 반드시 고백할 필요는 없어요."

"덕분에 사제들이 당혹스러운 이야기를 많이 안 들어도 되겠네요." 엘비라가 그에게 말한다. "하지만 만약 무슨 짓을 해도 계속 마리아가 임신한다면 어떻게 할 거예요? 소중하고 사랑스러운 아내가 불편해하는 것이 싫다면 지금 찾아낼 수 있는 최선의 방법을 마련해줄 수 있는 거잖아요. 두 사람이 이미 누리고 있는 가정생활의 질을 유지하는 게 중요해요, 아니면 흰개미만한 크기의 단백질덩어리가 더 중요해요?"

베니는 여자들이 꺅하고 비명을 지르는 것과 비슷한 소리를 낸다. "그만해요, 엘리. 난 그런 거 생각하기 싫어요. 그건 내 종교를 모욕하는 말이잖아요. 난 아이가 둘쯤 더 생겨도 상관없다고요. 아직 젊으니까."

해리가 그를 도와주려고 나선다. "어느 편이 삶의 질에 더 좋은지도 모르잖아?" 그가 엘비라에게 묻는다. "새로 태어난 아이가 나중에 축음기 같은 굉장한 걸 발명할 수도 있고."

"빈민가에서 자란다면 그렇게 될 수 없어요. 십육 년 뒤에 마약을 할 돈을 구하려고 강도짓을 하는 아이가 되겠죠."

"그건 인종차별적인 발언이야." 해리가 말한다. 백인 아이, 그러니까 자기 아들한테 어떤 의미에서 강도를 당한 거나 마찬가지인 처지이기 때문이다.

"인종차별이라니요, 현실적인 거예요." 엘비라가 말한다. "근본주의에 물든 그 정신 나간 자식들은 지금 가난한 흑인 십대 엄마들의 낙태 권리를 빼앗으려는 거라고요."

"그렇지만……" 해리가 대답한다. "그 가난한 흑인 십대 엄마들은 아이를 낳고 싶어하잖아. 어렸을 때 돈이 없어서 인형을 가져본 적이 없고, 사회복지로 키워줘야 하는 녀석을 성실한 납세자들 앞에 한 명 더 불쑥 내놓는 걸 좋아하니까 말이지. 손들어, 백인들…… 출산율 통계에 따르면 이런 식이야."

"어머, 아까는 저더러 인종차별을 한다면서요?"

"현실적이라고 대답했잖아."

그는 정사를 나눈 뒤의 나른함과 아직 살아 있다는 사실에 대한 고마움을 느끼면서 프루에게 물었다. 라일이나 슬림과 어울리는 넬슨이 동성애에 빠진 것 같으냐고. 창문에서 들어오는 물기 섞인 빛에 프루의 숨결이 섬세한 담배 연기로 모습을 드러냈다. 프루는 해리의 질문에 그리 당황하지 않은 기색으로 신중하게 대답했다. "아뇨, 넬슨은 여자를 좋아해요. 마마보이지만 그 점에서는 아버님을 닮았어요. 그저 아버님보다는 여자들을 더 크게 볼 뿐이에요." 그로부터 한 시간도 채안 돼서 그 방에 들어온 재니스는 담배 냄새를 맡고 코를 킁킁거렸지만 그는 졸려서 정신이 없는 척하며 이야기를 피했다. 프루는 두번째 꽁초를 콘돔과 함께 가져갔지만, 창틀에 고인 물에 익사한 첫번째 꽁초는 다음날 아침 완전히 물에 푹 젖어 납작해져서 마치 아주 오래전부터 있었던 물건, 그러니까 넬슨과 멜러니가 남긴 역사적 유물 같았다. 래빗은 한숨을 내쉬며 말한다. "엘비라 말이 옳아. 낙태든 뭐든 선택할 권리가 있어야지. 설사 나쁜 선택을 하게 된다 해도." 프루와 함께 있던 방에서 루스와 함께 살았던 방으로 그의 생각이 옮겨간다. 서머 스트리트 이층에 있던 그 방. 그가 마지막으로 그 방을 보았을 때, 그녀는 자신이 임신했다며 그를 미스터 죽음이라고 불렀다. 그리고 그는 그녀에게 제발 아이를 낳아달라고 애원했다. 낳아, 낳아, 너는 그렇게 말하지. 하지만 어떻게? 나하고 결혼할래? 그녀는 그를 조롱하면서도 애원했다. 그리고 결국은, 그래, 현실적으로 생각했을 때 십중팔구 낙태했을 것이다. 그걸 네가 해결 못하면 나는 너한테 죽은 거야. 나는 너한테 죽은 거고, 이 아기, 네 아기도 너한테 죽은 거야. 얼굴이 둥글고 성격이 상냥하던 세인트조지프병원의 그 간호사는 그와 아무런 관계가 없었다. 마지막으로 만났을 때, 그러니까 십 년 전 그 농가에서 루스가 그에게 말한 그대로였다. 그에게는 딸이 하나 있었지만 그 아이는 죽었다. 신은 그를 믿지 못해서 딸을 더이상 맡겨주지 않았다. 그가 큰 소리로 말한다. "로즈가 멍청해서 못한 일을 슈밋은 해냈어. 이제 됐다 싶을 때 그만두는 것 말이야. 이제 약을 먹어, 공연히 시간을 질질 끌면서 변호사들한테 시달리지 마."

베니와 엘비라는 그의 엉뚱한 소리에 깜짝 놀라 그를 바라본다. 하지만 그는 머릿속으로 이리저리 방랑하는 느낌이 즐겁다. 프레드 스프링어가 세상을 떠난 후 수석 판매원으로 처음 여기 부지에 왔을 때, 그는 스프링어의 자리를 메우지 못할까봐 걱정했다. 하지만 이제 나이를 먹어서 머리에 온갖 기억들이 가득찬 그는 굳이 애쓰지 않아도 자연스레 그 자리를 채우고 있다.

유리창을 통해 삼십대 부부, 아니 어쩌면 사십대 초반인 것 같기도 한 부부가 보인다. 요새는 사람들이 죄다 젊어 보인다. 그 부부는 전시된 자동차들 사이에 서서 허리를 숙여 차 내부를 살피기도 하고, 공장에서 유리창에 붙여놓은 스티커를 보기도 한다. 여자는 통통한 백인인데 홀터넥 셔츠를 입어서 기름진 팔이 드러나 있고, 남자는 그보다 피부가 검다. 한참 검다. 히스패닉은 피부색이 다양하기 때문에 잘 모르겠다. 비쩍 마른 그는 아랫단이 깡뚱하게 잘린 포도색 탱크탑을 입고 있다. 그들의 수그린 고개가 조심스레 움직인다. 반짝이는 자동차 지붕들로 이루어진 초원에서 인디언들의 매복을 걱정하며 움직이는 개척자 부부 같다. 적어도 이곳에서는 다른 인종 사이의 결합이 그리 많지 않으므로, 그들이 나름대로 개척자이긴 하다.

베니가 엘비라에게 묻는다. "엘비라 씨가 맡을래요? 아니면 내가 나갈까요?"

엘비라가 말한다. "베니 씨가 해요. 여자가 추가로 뭔가 바라는 것 같으면 데리고 들어오세요. 내가 얘기를 해볼 테니까. 하지만 저 여자가 백인이라는 이유만으로 전적으로 여자만 겨냥하지 마세요. 남자를 무시하면 두 사람 다 발끈할 거예요."

"아니, 날 그렇게 편협한 인간으로 본단 말이에요?" 베니가 일부러 우스꽝스러운 말투로 말한다. 하지만 에어컨이 들어오는 실내에서 6월의 습기와 열기 속으로 걸어나가는 그의 태도는 슬프고 단호하다.

"남의 종교를 갖고 그렇게 괴롭히면 안 되지." 해리가 엘비라에게 말한다.

"괴롭힌 적 없어요. 그저 그 망할 놈의 교황이 여자들한테 무슨 짓을 하고 있는지 생각하면, 그 작자를 감옥에 처넣어야 한다는 생각이 들었을 뿐이에요."

유방암에 걸려 한쪽 가슴을 잘라낸 뒤 성형수술을 받았지만 결국 죽어버린 페기 포스나트가 교황을 향해 격렬히 분노하던 것이 기억난다. 분노가 암을 만들어낸다고 어디선가 읽은 적이 있다. 어느 정도 나이를 먹으면, 주위에서 들리는 소리는 모두 언젠가 들어본 적이 있는 것뿐이다. 뉴스도 해설도 비워지는 법이 없는 쓰레기처리장에서 쓰레기처럼 휘휘 가공된다. 매일 밤 언론은 사람들을 광기로 끌어들여, 그들이 뛰쳐나가서 광고에 나온 온갖 우울한 물건들을 사들이게 만든다. 변비약, 틀니접착크림, 치약, 수면제, 두통약, 치질약, 아침의 입냄새를 없애주는 구강세정제…… 저녁 뉴스는 왜 시청자들이 쇠약하고 꽉막힌 사람들이라고 생각하는 걸까? 정말이지 채널을 돌리고 싶을 정도다. 그는 광고에 혐오감을 느낀다. 소박하고 서민적으로 생긴 사람들이 나와서 그토록 친근감 가는 표정으로 항문의 가려움증이나 화끈거림에 대해 지껄여대는 꼴이라니. 아름다운 젊은 여자와 나이를 먹었지만 아름다운 여자가 일부러 초점을 부드럽게 잡은 화면 속에서 방금 똥을 쌌다며 하얀 목욕가운을 입고 아주 호사스럽게 기지개를 켜는 광고도 있다. 이 변비약 광고에 나오는 사람들이 전부 "좋은 아침"이라고 인사를 건네는 장면을 보면, 미국인들의 배설물이 미소를 지으며 세상을 가득 채우는 상상이 저절로 머리에 떠오른다. 이제 곧 이 유독한 쓰레기를 버리기 위해 가난한 제3세계 국가에 돈을 주어야 하는 처지가 될 것이다. "교황은 왜?" 해리가 묻는다. "부시도 교황 못지않게 낙태에 반대하는 나쁜 놈인데."

"그거야 그렇지만, 여자들이 공화당에 반대표를 던지기 시작하면 부시는 변할 거예요. 하지만 투표로 교황을 몰아낼 방법은 없잖아요."

"혹시 이런 생각은 안 해봤어?" 해리가 묻는다. "이제 부시가 정권을 잡았으니까, 우리도 사이드라인으로 밀려난 것이나 마찬가지가 됐다는 생각 말이야. 우리가 덩치 큰 캐나다처럼 변해서, 무슨 짓을 하든 다른 나라들에 그다지 영향을 미치지 못한다는 생각 안 들어? 어쩌면 이게 옳은 건지도 모르지. 우리가 이제 거물이 아니라는 것에 난 조금 마음이 놓이는 것 같은데."

엘비라는 이 상황을 즐기기로 마음을 정했다. 그녀는 브라질너트처럼 생긴 귀걸이 한쪽을 만지작거리며 그를 비스듬히 올려다본다. "사장님은 모든 사람에게 영향을 미치고 계세요. 지금 그걸 암시하신 거죠?"

지금까지 엘비라가 그에게 한 말 중에서 이건 가장 딸 같은 말이다.

그는 얼굴이 붉어지는 것을 느낀다. "내 얘기를 한 게 아냐. 이 나라를 얘기한 거지. 내가 지금 상황을 누구 탓으로 생각하는지 알아? 아야톨라 영감이야. 우리를 악마라고 불렀다고. 그자가 그 사악한 눈으로 우릴 바라보는 바람에 우리가 움츠러든 것 같잖아. 진심으로 하는 말이야. 그자가 정말로 우릴 그렇게 만들었어."

"그만 꿈에서 깨어나세요. 아직 여기 현실에 필요한 분이니까요."

엘비라는 밖으로 나간다. 워싱 데님으로 된 재킷을 입은 십대 소녀 네 명이 나타나 있다. 누가 알겠는가. 요즘은 십대들도 도요타를 살 수 있는 돈을 갖고 있다. 어쩌면 여자들로만 이루어진 록밴드가 순회공연을 위해 승합차를 사러 온 건지도 모른다. 해리는 회계사들이 매일 서류 더미 속에 파묻혀 있는 사무실로 들어간다. 둘 중 책임자는 지쳐서 축 처진 얼굴이고, 눈 밑에는 검은 고리들이 겹쳐져 있다. 그리고 조수는 좀 얼간이 같다. 어쨌든 말하는 모습을 보면, 머리에 든 것이 없는 바보 같다. 그는 그런 부족함을 메우려는 듯 항상 깨끗한 흰색 와이셔츠에 넥타이를 바짝 매고 타이핀으로 가슴에 고정해둔다.

"아," 책임자가 말한다. "마침 잘 오셨습니다. 앵거스 바필드라는 사람 혹시 아세요?" 눈 밑의 검은 고리들이 워낙 깊어서 눈 주위가 온통 깊이 멍든 것처럼 보인다. 너구리 같다. 얼굴은 많이 삭아 보이는데도, 머리는 구두약처럼 새까맣고 페인트로 고정해놓은 것처럼 머리통에 납작하게 붙어 있다. 회계사들은 반드시 깔끔해야 한다. 수천이나 수백만 단위의 숫자를 쓸 때 5자를 3자 비슷하게 쓰거나 7자를 1자 비슷하게 쓰면 절대 안 된다. 회계사가 검은 고리로 둘러싸인 눈으로 해리를 바라보며 그의 대답을 기다린다. 지쳐서 처진 입이 잘난 척하는 남자가 안절부절못할 때처럼 이리저리 움직인다.

"아뇨." 해리가 말한다. "하지만, 잠깐. 어디서 들은 것 같기도 한데. 바필드라."

"이런 사람이라면 알아두시면 좋을 겁니다." 회계사가 입술을 비틀고 음흉하게 얼굴을 찌푸리며 말한다. "11월부터 4월까지 한 달에 한 대씩 자동차를 샀으니까요." 그는 셔츠만 입은 팔 밑의 서류를 확인한다. 손목에 난 털이 아주 길고 검다. "코롤라 4도어, 터셀 5단 기어 해치백, 캠리 왜건, 2인용 딜럭스 4-러너, 그리고 4월에는 진짜 통 크게 쓰기로 했는지 스포츠 루프가 있는 수프라 터보를 가져갔습니다. 가격이 무려 2만 5700달러예요. 이걸 다 합치면 7만 5000이 조금 안 됩니다. 전부 같은 이름이고, 윌로 스트리트의 주소도 똑같아요."

"윌로 스트리트는 어디요?"

"로커스트 위쪽의 골목들 중 하납니다, 아시죠? 조금 유행의 중심지가 된 지역이죠."

"로커스트라." 해리는 이 이름을 중얼거리며 기억을 더듬는다. '앵거스'라는 이상한 이름을 전에 넬슨의 입에서 들은 적이 있다. 그때 넬슨은 브루어 북쪽의 어딘가에서 열리는 파티에 가는 길이었다.

"독신 백인 남자입니다. 신용도도 아주 좋고요. 옥신각신 값을 깎으려 들지도 않고, 매번 가격표대로 돈을 다 지불했어요. 고객으로서 이 사람의 유일한 문제라면……" 회계사가 말한다. "시청 기록에 이미 육 개월 전에 죽은 사람으로 돼 있다는 점뿐입니다. 크리스마스 전에 죽었어요." 그가 입술을 오므려 한쪽 콧구멍 아래로 몰리게 하고는 양쪽 눈썹을 치뜬다. 눈썹이 어찌나 높이 올라갔는지, 양쪽 콧구멍이 거기에 공감해서 평소보다 넓어져 있다.

"아, 알았다." 해리가 말한다. 심장이 덜컹 내려앉는 것이 신경에 거슬린다. "그건 슬림이오. 다들 슬림이라고 부르는 녀석의 본명이 바로 앵거스 바필드지. 내 아들 녀석 또래인데, 아마 게이일 거요. 브루어 시내에 직장이 있었는데…… 고등학교 중퇴자들을 대상으로 한 주택도시개발부의 직업훈련 프로그램을 관리하고 있었소. 심리학을 공부했거든. 넬슨한테서 그런 말을 들었던 것 같아요."

얼간이 같은 회계사가 키득거린다. 그는 한 번에 하나씩밖에 담을 수 없는 그 머리로 두 사람의 이야기를 이해하려고 두 사람을 빤히 바라보며 열심히 귀를 기울이고 있었다. 그러다가 심리학이라는 말에 광기가 발동한 모양이다. 해리와 이야기하던 회계사는 마치 군살을 보여주려는 듯이 처음 보는 방식으로 얼굴 아랫부분을 비틀어올린다. "은행대출 담당자들은 공무원을 좋아하죠." 그가 말한다. "안정적이고 확실한 직업이니까요."

그가 반응을 기대하는 것 같아서 해리는 고개를 끄덕인다. 회계사는 혼란스러운 것 같지만 깔끔하게 책상에 펼쳐져 있는 서류들을 과장되게 찰싹 친다. "12월부터 4월까지 브루어 트러스트가 이 앵거스 바필드라는 사람에게 자동차 다섯 대의 구입 자금을 대출해주었고, 그 돈이 스프링어 모터스로 넘겨졌습니다."

"어떻게 그럴 수가? 똑같은 사람한테. 상식적으로……"

"컴퓨터가 등장한 뒤로 상식은 저멀리 사라져버린 지 오랩니다, 선생. 옛날 숙모님들이 쓰시던 타조 깃털 모자처럼 구식이 돼버렸어요. 은행의 자동차대출 부서는 그냥 간판에 불과해요. 컴퓨터가 대출 신청자의 신용을 확인한 뒤 적합하다는 판정을 내리면, 대출이 승인됩니다. 바필드가 은행에서 받은 수표는 현금으로 교환되었지만, 여기 회사 장부에는 그 돈이 유입된 흔적이 없어요. 아마 그 라일이라는 친구가 어딘가에 가짜 계좌를 열었을 겁니다." 그는 은행 입출금내역서 더미를 손가락으로 쿡 찌른다. 마디 사이에 검은 털이 나 있는 그 손가락이 뒤로 한참이나 휘어져서 해리는 움찔하며 시선을 피한다. 이 피곤에 지친 남자는 래빗이 평생 동안 본능적으로 피해다닌, 천부적인 교사의 기질을 갖고 있다. "이렇게 말씀드리죠. 컴퓨터는 프랑스인과 비슷합니다. 겉으로는 정말로 멋있어 보이지만, 그건 이쪽에서 프랑스어를 모를 때의 얘기예요. 일단 그쪽 언어를 배우고 나면, 컴퓨터가 멍청하기 짝이 없는 물건이라는 걸 알게 됩니다. 확실히 빠르기야 하죠. 하지만 빠르다는 게 멋있고 똑똑하다는 뜻은 아니니까요."

"하지만," 해리는 생각을 정리하려고 애쓴다. "라일과 넬슨, 특히 라일이 이런 사기극에 바로 얼마 전 세상을 떠난 가엾은 슬림의 이름을 이용하다니, 슬림은 이제 막 땅에 묻혔는데, 두 녀석이 정말로 그렇게 무정한 짓을 했겠소?"

회계사는 해리의 순진함이 버겁다는 듯 조금 어깨를 늘어뜨린다. "그 두 사람은 굶주린 상태였습니다. 죽은 사람은 아무것도 느끼지 못한다죠? 그 친구의 신용정보가 아직 컴퓨터에서 지워지지 않았기 때문에, 두 사람은 브루어 트러스트에서 대출을 받은 뒤 미드애틀랜틱 도요타에 조작된 재고 목록을 알려주는 식으로 대략 20만 달러를 빼내갈 수 있었습니다. 지금까지 확인한 게 그 정도예요. 그야말로 먹음직한 과자가 눈앞에 있었던 겁니다."

회계사의 조수가 또 키득거린다. 래빗은 액수를 듣고 나서 이 빚이 자신을 집어삼킬 것이라는 예감에 오싹해진다. 옛날에 그가 사용하던 이 책상, 왼쪽 중간 서랍에 항상 라이프 세이버스 사탕을 넣어두었던 이 책상 위에 펼쳐져 있는 이 모든 서류 가운데에 치명적인 구멍이 뚫려 있다. 그는 마음의 안정을 얻으려고 니트로글리세린 병이 들어 있는 재킷 주머니를 톡톡 두드린다. 여기서 나가자마자 이 약을 한 알 먹을 것이다. 프루와 씹을 했던 그날 밤, 두 사람 모두 자신의 처지에 지쳐서 반쯤 제정신이 아니었다. 두 사람의 몸 아래에서 삐걱거리는 낡은 침대는 또다른 종류의 둥지, 이 집안의 재산이 남긴 흔적 같았다. 두 사람의 갑작스러운 움직임 때문에 장모의 몸에서 나던 노인 특유의 퀴퀴한 냄새가 매트리스에서 새어나왔다. 오랫동안 장모 혼자서 잠을 자던 이 매트리스에서 나는 그 냄새는 벨벳으로 제본된 가족 앨범과 망가진 등나무 흔들의자와 둥근 모자 상자에 든 베일 달린 모자 등과 함께 상자에 담겨 다락방에 보관돼 있던 낡은 담요의 방충제 냄새와 같았다. 그 냄새는 두 사람이 못살게 굴고 있는 이 침대뿐만이 아니라, 이 방에 보관된 낡은 재봉용품, 벽장에 잊힌 채 걸려 있는 프레드의 넥타이, 네 귀퉁이에 기둥이 있는 고색창연한 침대 밑의 먼지 덩어리에도 배어 있었다. 이 집안의 모든 흔적이 결국 이런 것, 천둥과 번개 속에서 결합한 이 두 사람에게로 귀결되다니. 지금은 그런 일이 전혀 일어나지 않았던 것 같다. 그와 프루는 서로에게 심하다 싶을 정도로 예의를 지키고, 점점 더 일하는 여자로 변해가는 재니스는 넬슨의 식구들과 만나는 자리를 예전처럼 자주 마련하지 않는다. 아버지날에 식구들이 모여 요리를 해먹기로 한 것은 예외적인 경우였다. 게다가 그날 햄버그스테이크가 마침내 완성되었을 때 아이들은 이미 벌레에 잔뜩 물린데다 지쳐서 짜증을 부리고 있었다.

해리는 웃음을 터뜨린다. 보조 회계사처럼 바보스러운 웃음이다. "슬림 녀석도 불쌍하군." 그는 책임 회계사의 말투에 보조를 맞추려고 애쓴다. "라일 녀석도 참 대단한 친구야. 친구한테 필요하지도 않은 자동차를 그렇게 잔뜩 사주다니."

7월 4일에 해리는 주디를 위해 마운트저지 퍼레이드에 참가한다. 주디가 속한 걸스카우트단이 거기에 참가했고, 단장의 남편인 클래런스 아이퍼트는 조직위의 일원이다. 그들이 엉클샘 역할을 할 키 큰 남자가 필요하다고 말하자, 주디는 자기 할아버지가 키 크고 멋진 사람이라고 아이퍼트 부인에게 말했다. 사실 요즘 기준으로 190센티미터는 그리 큰 키가 아니다. 그 키로 NBA 경기에 나간다면 난쟁이처럼 보일 것이다. 하지만 조직위의 여러 위원들, 아이퍼트보다 한 세대 위인 그 위원들이 고등학교 시절에 한창 이름을 날리던 래빗 앵스트롬을 기억해내고는 열광적인 반응을 보였다. 해리가 지금은 브루어의 반대편에 있는 펜파크에 살고 있는데도 개의치 않았다. 그는 마운트저지의 아이였고, 한때 영웅 대접을 받던 소년이었다. 그는 미국의 상징인 엉클샘 역할을 하기에는 너무 뚱뚱하지만, 하얀 피부와 연한 파란색 눈과 훌륭한 군인 같은 자세는 그 역할에 딱 맞다. 한국전쟁중에 군대에 복무한 전력도 있다. 자신의 몫을 수행한 사람인 것이다.

그는 널찍한 붉은색 줄무늬가 있는 나팔바지의 단추를 잠글 수 없었다. 하지만 삼색 멜빵이 바지에 달려 있고, 연한 파란색 바탕에 별무늬가 있는 조끼가 허리 아래까지 내려오기 때문에 단추를 열어둔 것은 그다지 문제가 되지 않는다. 해리와 재니스는 독립기념일 전주에 이 의상 때문에 꽤나 법석을 떤다. 실제로 펄럭이는 빨간색 타이와 어울리는, 프렌치커프스와 윙칼라가 달린 예식용 셔츠를 사러 가기까지 한다. 그의 신발 중에서는 그가 결혼식이나 장례식에 갈 때 신는 검은색 정장구두보다 좀더 부츠에 가까운 허시퍼피의 스웨이드 신발이 왠지 빨간 줄무늬 바지와 더 잘 어울릴 것 같다. 조끼보다 더 진한 파란색 모직으로 돼 있고, 양편에 원래부터 잠글 수 없게 돼 있는 황동 단추 세 개가 달려 있는 연미복 상의는 그의 몸에 그럭저럭 잘 맞는다. 하지만 커다란 은색 별들이 그려진 띠가 둘러져 있고, 챙이 나팔꽃 꽃잎처럼 벌어져 있으며, 솜털이 달려 있는 실크해트는 높이 솟은 그의 머리 위에 불안하게 얹혀 있다. 나일론으로 된 하얀색 가발 때문에 모자가 조금 꼭 끼어서 금방이라도 기우뚱거리다가 떨어져버릴 것 같다.

재니스는 생각에 잠겨 혀끝을 잘근거린다. "가발이 꼭 필요해? 어차피 당신 머리색도 연한 편이잖아."

"하지만 엉클샘 역할을 하기에는 너무 짧아. 미리 알았으면 안 자르고 놔뒀을 텐데."

"뭐, 엉클샘이라고 현대적인 머리 모양을 하지 말라는 법은 없잖아. 죽은 사람도 아닌데."

해리는 가발을 벗고 모자를 써본 뒤 말한다. "훨씬 편안하긴 하네."

"솔직히, 해리, 가발을 쓴 모습이 조금 무섭기는 해. 덩치가 아주 크고, 얼굴이 시뻘건 여자처럼 보이거든."

"이봐, 난 지금 손녀를 위해서 이런 짓을 하고 있는 거야. 그렇게 헐뜯을 필요는 없잖아."

"헐뜯은 게 아냐, 그냥 재미있어서 그러지. 당신의 여성적인 모습을 한 번도 본 적이 없으니까. 당신이 여자였다면 당신 어머니나 밈보다 훨씬 나은 여자가 됐을걸. 두 사람은 남자로 태어났어야 하는 사람들이고."

어머니는 그가 크롤스에서 만난 재니스를 처음 집으로 데려왔을 때부터 재니스에게 못되게 굴었다. 밈은 그녀에게서 찰리 스태브로스를 훔쳐간 적이 있다. 적어도 재니스는 그렇게 생각했다. "이 의상 때문에 덥고 가려워." 해리가 말한다. "염소수염을 한번 붙여보자고."

염소수염을 붙인 뒤 재니스가 말한다. "와, 좋았어. 얼굴이 훨씬 갸름해 보여. 그러고 보니 당신이 왜 수염을 안 길렀는지 궁금하네." 요즘 들어 재니스가 그에 대해 말할 때는 이렇게 미묘한 과거시제가 계속 슬금슬금 나타나고 있다. "리스터 선생님은 지금 수염을 기르고 있는데, 그 덕분에 훨씬 덜 우울해 보여. 턱살이 좀 늘어져 있거든."

"그 자식 얘기는 듣기 싫어." 해리가 말한다. "말을 해보니까, 접착제가 좀 부족한 것 같아."

"당연히 그럴 거야. 벌써 퍼레이드에 몇 번이나 쓰였으니까."

"그러니까 그게 문제라는 거잖아, 이 바보야. 접착제를 보강할 방법이 없을까?"

"그냥 턱을 많이 움직이지 않으면 되지. 내가 도리스 에버하트한테 연락해볼까? 카우프만이랑 결혼해서 사는 동안 아마추어 연극에 꽤 심취했으니까."

"그 뻔뻔스러운 여편네는 끌어들이지 마. 퍼레이드에 참가하는 사
람 중에 접착제를 가진 사람이 있을지도 몰라."

하지만 퍼레이드를 조직하는 작업은 여기저기 흩어져서 혼란스럽게
이루어지고 있다. 퍼레이드 장소는 이제 중학교로 변한 옛 마운트저지
고등학교의 운동장인데, 이 건물은 사방에 석면이 들어 있고 나무 바
닥 때문에 화재보험료가 비싸져서 철거될 예정이다. 해리가 그 학교에
다닐 때에는 모두들 석면이 섞인 공기를 마셨고, 나무 바닥에 불이 붙
을 위험을 그냥 감수했다. 고적대, 골동품 자동차, 4-H 꽃수레, 옛날
군복을 입은 퇴역군인 등이 모두 아스팔트가 깔린 주차장과 잔디가 갈
색으로 변한 야구장 외야에서 북적거리고 있고, 이 사람들을 조직해서
움직이는 것은 **마운트저지 독립기념일 위원회**라고 찍힌 초록색 티셔
츠를 입고 뒤편이 망사로 돼 있는 플라스틱 트럭 운전수 모자를 쓴 사
람들뿐이다. 래빗은 어디로 가야 할지 지시를 내려줄 사람을 찾으려고
두리번거리면서 오래전 자신이 머리를 오리 꼬리처럼 다듬어서 촉촉하
게 빗어넘기고, 등판이 꼭 끼는 코듀로이 셔츠를 입고, 셔츠 소매를 접
어올리고, 농구 시즌이 아닐 때는 셔츠 주머니에 사각형 담뱃갑을 넣
은 채로 돌아다녔던 이곳을 정처 없이 돌아다닌다. 옛날처럼 새들슈즈
와 하얀 양말과 치어리더들이 입는 짧은 주름치마를 입은 옛 여자친구
메리 앤과 우연히 마주칠 것 같은 기분이 든다. 그녀의 종아리는 곧고
매끈했고, 치마와 양말 사이에서 둥글게 근육이 잡혀 있었다. 그리고
한쪽 뺨에는 보조개가, 이마에는 살짝 여드름 자국이 있는 얼굴은 그
를 보면 금방 기쁜 표정을 짓곤 했다. 하지만 그런 메리 앤 대신 80년

대풍 얼굴에 어리둥절한 표정을 짓고 있는 낯선 사람들이 계속 그에게 길을 묻는다. 그가 엉클샘 의상을 입고 있기 때문에 틀림없이 답을 알 것처럼 보이는 모양이다. 그래서 그는 사람들에게 자기도 아는 것이 하나도 없다고 계속 대답하는 수밖에 없다.

20년대에 오렌지색 벽돌로 지어진 이 고등학교 건물의 뒤편에는 창문 하나 없는 벽이 높이 솟아 있었다. 그 맞은편에는 판자와 루핑으로 지은 장비 창고가 있었지만 이미 오래전에 철거되었다. 그 창고가 서 있던 자리가 검게 변해서 자갈이 깔려 있는 것을 보니 마음속 깊은 곳에서 여러 가지 것들이 떠오른다. 이 외진 공간과 말없는 벽돌에는 힘이 있다. 이 도시의 호기심 많고 자유분방한 아이들이 남녀를 막론하고 방과후부터 어스름이 내려 집에 돌아가기 전까지 주로 여기에 모여 놀곤 했기 때문이다. 그들은 아무것도 없이 벽돌을 쌓아 지어놓은 구조물에 붙어 있는 농구 골대(오리올의 체육관처럼 벽에 납작하게 붙어 있었다)에 슛을 쏘기도 하고, 찢어진 루핑이 덮여 있는 장비 창고의 판자벽에 기대서서 서로의 몸을 더듬기도 하고, 이야기를 나누기도 하고 (여자애들은 부드러운 새장 같은 남자아이들의 양팔에 안겨 있었다), 서로를 놀리기도 하고, 비밀을 주고받기도 하고, 여기저기 더듬거리며 돌아다니기도 하면서 집에 돌아가지 않으려고 했다. 그래서 학교 뒤의 자갈밭 공터에는 엄숙한 흥분, 호기심 많은 사춘기 아이들의 에너지가 가득했다. 지금 이곳은 창고도 농구 골대도 사라지고 포장도 새로 해서 깨끗이 정리된 모습이다. 래빗은 이곳에서 주디의 걸스카우트 단원들과 마주친다. 제복을 입은 아이들도 있고, 자유의 여신이 그려진 행사용 차 위에서 의상을 입고 포즈를 취한 아이들도 있다. 키가 가장 크고 얼굴도 가장 예쁜 아이가 하얀 침대보를 몸에 두르고 뾰족뾰족한 왕관을 쓴 차림으로 커다란 청동색 책과 금박 입힌 횃불을 들고 있고, 다른 아이들은 다양한 인종을 표현하기 위해 얼굴에 각각 빨간색, 갈색, 검은색, 노란색을 칠한 모습으로 여신이 서 있는 마분지 대 주위에 모여 있다. 아이들이 얼굴에 색을 칠한 것은 마운트저지에 인디언이나 흑인이나 아시아인 소녀가 하나도 없기 때문이다. 적어도 걸스카우트 단원 중에는 없다.

주디는 배지와 장식끈이 달린 카키색 제복을 입고 트럭 주위에 서 있는 아이들 중 하나다. 주디는 의상 때문에 탑처럼 우뚝해 보이는 할아버지를 보고 놀란 나머지 그를 이곳 지상에, 현실에 붙들어두려는 듯이 그의 손을 잡는다. 그는 자칫 모자가 떨어질 것 같아서 고개를 숙여 아이를 보기가 쉽지 않다. 그래서 야구장의 저 뒤편 백네트를 향해 말을 걸듯이 주디에게 묻는다. "이 염소수염이 어떠냐? 작은 수염 말이야, 주디."

"좋아요, 할아버지. 처음에는 무서웠지만요. 할아버지인 줄 몰랐거든요."

"이게 금방이라도 떨어질 것 같아서 불안해."

"그렇게 보이지 않는데요. 이 커다란 줄무늬 바지도 좋아요. 조끼가 배에 너무 꼭 끼는 것 아니에요?"

"지금은 그게 문제가 아니야, 주디. 내 부탁 하나 들어주겠니? 방금 생각난 건데 말이다. 요즘은 양면이 다 끈적거리는 스카치테이프가 있거든. 내가 돈을 좀 줄 테니까, 저기 센트럴 애비뉴 건너편의 가게로 가서 그걸 좀 사다줘." 세월이 흐르면서 이름과 주인은 계속 바뀌었지만, 학교 맞은편에는 풍선껌, 사탕, 장난감총, 모자, 약, 담배, 야한 잡지 등 무엇이든 아이들이 꼭 갖고 싶다고 생각하는 물건들을 파는 가게가 항상 있었다. 래빗은 고개를 뻣뻣하게 든 채로 겹겹이 겹쳐진 의상 속으로 힘들게 손을 넣어 줄무늬 바지의 축 늘어진 주머니 속에서 지갑을 꺼내서 얼굴 높이로 들어올려 1달러 지폐 두 장을 꺼낸다. 하지만 혹시나 싶어서 지폐 한 장을 더 꺼낸다. 요즘은 무엇이든 생각보다 비싸기 때문이다.

"오늘이 휴일이라 가게가 문을 안 열었을지도 몰라요!"

"열었을 거야. 옛날에는 항상 열려 있었어."

"그사이에 행렬이 시작되면 어떻게 해요? 저도 퍼레이드 차에 타야 한단 말이에요!"

"괜찮아, 내가 없이 행렬이 시작될 리가 없지. 어서 다녀와라, 주디. 그동안 할아버지가 너한테 잘해줬잖아. 지난번에 배를 타고 나갔을 때도 널 구해줬지? 게다가 내가 이 망할 퍼레이드에 나오게 된 게 애당초 누구 때문이었더라? 너 때문이잖아!"

그는 모자가 떨어질까봐 감히 아래를 내려다보지 못하지만 아이의 목소리로 아이가 울기 직전임을 알 수 있다. 그의 시야 맨 아래쪽에서 아이의 머리가 불그스름하고 흐릿한 궤적을 그린다. "알았어요, 일단 가볼게요, 하지만……"

"꼭 양면테이프를 사와야 한다." 래빗이 이 말을 하면서 턱에 힘이 들어가자 염소수염이 느슨해지는 것이 느껴진다. "요샌 그런 스카치테이프가 나와 있어. 얼른 뛰어가라!" 그의 심장이 마구 질주한다. 그는 작은 병에 든 니트로글리세린을 확실히 가져왔는지 확인하려고 옷 속을 더듬는다. 축 늘어진 주머니 속 깊숙한 곳에서 생명을 살려주는 약병이 만져진다. 염소수염을 꼭꼭 눌러두려고 손가락을 얼굴로 들어올리자 손가락이 가늘게 떨리는 것이 보인다. 염소수염이 제대로 붙어 있지 않으면 그는 엉클샘으로 보이지 않을 것이고, 그러면 퍼레이드 전체가 실패로 돌아갈 것이다. 여기 학교 운동장에 영원히 발이 묶이게 될 것이다. 그는 다른 사람들을 모두 무시한 채 심장을 진정시키려고 잔걸음으로 주위를 돌아다닌다. 하지만 상태가 점점 악화된다.

마침내 숨을 헐떡이며 돌아온 주디가 그에게 말한다. "그 가게는 후졌어요. 지금은 거의 먹을 것밖에 안 팔아요. 치즈 두들스 같은 불량식품 말이에요. 스카치테이프는 한쪽만 끈적거리는 것밖에 없었어요. 그래도 일단 그걸 사왔는데 괜찮아요?"

주차장에서 북소리가 들려온다. 처음에는 아이들 몇 명이 성급하게 광대짓을 하고 돌아다니며 산발적으로 북을 쳤지만 이내 북소리가 하나로 모이면서 거역할 수 없는 힘처럼 사람들을 한자리에 모은다. 골동품 자동차들과 퍼레이드를 위해 꾸며진 트럭들에 시동이 걸리고, 푸르스름한 배기가스가 휴일의 허공을 채운다. "그래." 해리가 말한다. 모자가 떨어질까봐 손녀를 내려다보지 못한 채 그는 아이가 밑에서 내민 테이프와 거스름돈을 받아 주머니에 넣는다. 의상을 입은 몸이 낯설게 느껴지고, 죽마를 탄 것 같은 자신의 발이 말도 안 되게 작게 느껴진다.

"죄송해요, 할아버지. 그래도 저는 최선을 다했어요." 그의 눈에 보이지 않는 저 아래쪽에서 들려오는 주디의 작고 가벼운 목소리가 눈물 때문에 흔들리며 갈라진다. 마치 태양 속에서 물이 철벅거리는 것 같다.

"그래, 잘했다." 그가 아이에게 말한다.

위원회의 초록색 티셔츠를 입고 트럭 운전수 모자를 쓴 땅딸막한 여자가 정신없이 바쁜 사람 같은 표정으로 다가와 행렬 맨 앞으로 그를 몰아간다. 행렬 차량, 고적대, 포드의 모델 A 자동차들, 넥타이를 맨 지역유지들, 하얀 리무진이 그의 옆을 지나간다. 파란색 등은 빙빙 돌아가고 있지만 사이렌은 울리지 않는 마운트저지의 순찰차 한 대가 행렬의 맨 앞에 설 것이고, 그다음에 조금 거리를 두고 해리가 설 것이다. 설마하니 그가 길을 모를까봐서. 어렸을 때도 그는 이런 행렬에 참가해서 다른 아이들과 함께 빨간색, 하얀색, 파란색의 오글오글한 종이를 바큇살에 붙인 자전거를 타고 달리곤 했었다. 센트럴 애비뉴를 따라 마켓 스트리트의 422번지에 한 블록 못 미치는 곳까지 간다. 그렇게 약간 대각선으로 기울어져 있는 시내를 가로지른 뒤 왼쪽으로 꺾어져서 포터 애비뉴를 따라 오르막길을 걸으며 옹벽 뒤의 계단식 잔디밭 위에 서 있는 벽돌 연립주택 단지를 통과한 다음 예전에 케거라이즈 앨리라고 부르던 내리막길을 내려간다. 이제 케거라이즈 스트리트가 된 그 길에는 리넥스, 데이터 디벨롭먼트, 비즈니스 물류시스템 등으로 이름이 바뀐 기계공장들과 작은 메리야스공장들이 있다. 그 길을 따라 옛날 그가 살던 집에서 한 블록 떨어진 곳, 지금은 고급스러운 거리가 된 잭슨 로드까지 가서 조지프 스트리트로 내려간 뒤 커다란 침례교회를 지나 머틀 애비뉴에서 오른쪽으로 홱 꺾어진 다음 우체국과 황량하고 낡은 오드펠로홀을 지나 버러홀 앞에 마련된 단상에 도착하는 것이 끝이다. 단상이 세워져 있는 작은 공원은 60년대에 마리화나를 피우고 기타를 치는 젊은이들이 가득하던 곳이지만 지금은 대개 늙어서 퇴직한 사람들 몇 명과 화려하게 살갗을 태운 노숙자들만이 찾아올 뿐이다. 초록색 티셔츠를 입은 여자, 그리고 커다란 마분지 배지를 단 진행요원, 그러니까 히멀라이크라는 사팔눈의 구부정한 보석상(그의 아버지가 래빗보다 몇 년 앞선 학교 선배였는데, 다들 그를 유대인으로 알고 있었다)이 래빗과 선도차 사이에 일정한 거리가 생기도록 그의 출발을 늦춘다. 그래야 엉클샘이 경찰과 지나치게 친한 것처럼 보이지 않기 때문이다. 래빗 바로 뒤에는 마운트저지의 시의원들과 포코노스나 저지쇼어로 휴가를 가지 않은 군의원들을 태운 하얀 리무진이 있다. 저기 뒤편에서 체스터 카운티가 고용한 백파이프 연주자들과 고적대의 음악소리, 자유의 여신과 1776년의 정신과 **하나의 세계/UN MUNDO**와 4H 정신을 표현하기 위해 행렬 차량 위에 틀어놓은 잡음 섞인 팝송 소리가 들려온다. 행렬 맨 끝에서는 이 지역 록가수가 엘비스 프레슬리, 로이 오비슨, 존 레넌을 흉내내며 황홀경에 빠져 있고, 그가 타고 있는 트럭 위의 앰프를 향해 메가와트급의 선풍기가 시끄럽게 돌아가고 있다. 하지만 맨 앞, 행렬 앞머리는 숨을 죽인 듯 묘하게 조용하다. 스웨이드 부츠를 신은 발로 이 도시 중앙로의 노란색 중앙선을 딛고 마침내 걷기 시작한 해리는 정말이지 위태롭고 기묘한 기분이다. 어지럽고, 엉뚱하고, 거대해진 기분. 그의 뒤에서 하얀 리무진이 낮은 기어로 부릉거리며 따라오고 있기 때문에 그는 걸음을 멈출 수 없다. 저 앞, 저멀리 앞에서는 경찰차가 모퉁이를 돌아 반짝 하고 시야에서 사라진다. 그의 바로 앞에는 아무것도 없다. 평소에는 분주한 곳인 센트럴 애비뉴가 전선 위의 눈부신 파란색 7월 하늘 아래에서 으스스하게 텅 비어 있을 뿐이다. 이 도로를 채운 오늘의 차량은 바로 그다. 혼자 허리를 꼿꼿이 세우고 있는 그. 적막한 거리에 난 달 표면 같은 흉터 자국들, 옛날 옛적의 금속 뚜껑들이 적나라하게 보인다. 그의 가슴과 손의 떨림은 그가 이 텅 빈 아스팔트 위를 몇 걸음 걷는 동안 마치 자기희생을 하는 것 같은 고양된 감정으로 바뀐다. 행렬의 초입인 여기에는 겨우 몇 명밖에 안 되는 구경꾼들뿐이다. 반바지와 운동화와 색색의 셔츠 차림의 사람들 몇 명이 길가에 서 있을 뿐이다.

그들이 그를 향해 외친다. 놀리듯이 손을 흔들며 엉클샘을 향해 "야이"라고 소리를 지른다. 그는 걸어다니는 국기 같은 존재, 국민들에게서 세금을 걷어가는 구제불능의 존재, 까불기 잘하는 국제적인 말썽꾸러기다. 그는 마주 손을 흔들어주는 것 외에 달리 할 일이 없다. 그는 모자가 벗겨지거나 염소수염이 흔들려서 떨어지지 않게 조심스레 고개를 끄덕이며 손을 흔든다. 점점 불어난 사람들이 자꾸만 그의 이름을 부른다. "해리"라거나 "래빗"이라거나. "어이, 래빗! 어이, 선수!" 그들은 그를 기억하고 있다. 오래전부터 그는 자신의 옛 별명을 그다지 듣지 못했다. 플로리다에서는 아무도 그 별명을 부르지 않고, 손주들은 그 별명을 들으면 어리둥절할 것이다. 그런데 갑자기 이곳 길가에서 그 이름이 사랑스럽게 살아난다. 그 옛날 한겨울에 농구 경기가 열리던 화요일과 금요일 밤에 체육관에 모여들었던 군중을 누가 재활용해서 이곳 길가에 세워둔 것 같다. 그때 체육관에 모인 사람들이 서로의 열기로 여름처럼 뜨거운 공기를 만들어냈기 때문에 경기장에서는 땀이 자꾸만 눈으로 흘러들어가 눈을 태우고, 머리카락 아래로, 귀 뒤로, 목을 타고 쇄골 사이의 움푹한 곳으로 계속 흘러내렸다. 지금은 모직으로 된 연미복 속에서 그의 등과 배에 땀이 고이고 있다. 주디의 말처럼 옷이 몸을 조인다. 가발을 쓰지 않았는데도 모자 밑에도 땀이 흐른다. 재니스가 가발을 벗겨준 것이 얼마나 고마운지. 재니스가 항상 멍청한 얼간이처럼 구는 것은 아니다.

길모퉁이에, 노르웨이 단풍나무의 그늘 밑에, 사암으로 만든 옹벽과 계단식 잔디밭 위에 있는 포치의 서늘한 그늘 속에 모여 있는 사람들을 향해 그가 점점 편안하고 열성적으로 손을 흔들어주는 동안 땀이 접착제에 스며들어 염소수염이 느슨해진다. 수염 한쪽이 턱에서 살짝 떨어지는 것이 느껴지자 그는 걸음을 멈추지 않은 채로(무릎을 구부리며 흔들흔들 걷는 엉클샘의 걸음걸이는 성큼성큼 걷는 해리의 걸음걸이와는 좀 다르다) 주머니에서 스카치테이프를 꺼내 빨간색 탭이 붙어 있는 끝부분을 2센티미터쯤 잘라낸다. 그 테이프 조각이 자꾸만 손가락에 달라붙으려고 해서 그는 점점 짜증을 내며 여러 번 손을 흔들어 길바닥으로 펄럭펄럭 날려보낸다. 그러고는 테이프를 다시 잘라서 하얀 가짜 수염 가장자리를 자기 얼굴에 붙인다. 비록 얼굴에 반짝이는 직사각형이 붙어 있는 것처럼 보이겠지만, 그래도 테이프가 제자리에 붙어 있기는 한다. 그의 임기응변을 지켜본 관중들이 환호를 보낸다. 그는 높고 무거운 모자를 들고 양편을 향해 조심스레 허리를 숙여 인사한다. 그러자 더 많은 박수갈채와 호의적인 인사말이 날아온다.

얼굴에 반짝이는 스카치테이프를 붙인 채로 손을 흔들고 미소를 짓는 그의 눈에 보이는 사람들의 모습이 놀랍다. 마운트저지 주민들은 지금 여름옷 차림이다. 해리가 어렸을 때는 아이들만 그렇게 몸이 드러나는 옷을 입었는데, 지금은 노인들도 마찬가지다. 백발의 여자들이 뚱뚱한 아기처럼 체크무늬와 프릴이 있는 옷을 입고 길가의 알루미뉴 간이의자에 앉아 있다. 혈관이 툭툭 튀어나오고 이렇다 할 형태를 잃어버린 다리들이 유쾌하게 뻗어나와 있다. 중년 남자들은 작은 드럼통 같은 허벅지를 원래 청년들이나 입게 돼 있는 자전거용 반바지 안에 쑤셔넣었다. 젊은 어머니들은 뒷마당의 수영장에서 입었던 비키니와 옆구리가 깊이 파인 스판덱스 슬립 차림으로 나왔기 때문에 엉덩이와 젖가슴이 절반쯤 드러나 있다. 그들은 위로 올라붙은 엉덩이 위로 더위 때문에 벌겋게 달아오른 아이들을 안고 있다. 아이들은 기저귀와 샘 방지 팬티만을 입고 있을 뿐이다. 아기들과 꼬마들이 아주 많은 것 같다. 그가 태어난 뒤로 세대를 거치며 사람이 점점 불어나고 있다. 옛날에는 온통 나이 많은 사람뿐이었다. 아침에 걸어서 학교에 가다 보면 무서운 표정의 여자들이 앞섶에 단추가 가득한 실내복과 두꺼운 검은색 스타킹 차림으로 빗자루를 흔들며 집에서 나와 잔소리를 퍼부어 댔다. 하지만 지금은 기분좋고 순수한 거품 같은 육체들이 잭슨 로드에 늘어서 있다. 벌거벗은 무릎이 포도알처럼 모여 있고, 벌거벗은 갈색 어깨가 나무 이파리 때문에 얼룩무늬가 생긴 길가 그늘 밑에서 불쑥 나타난다. 금박을 입힌 깃대에 매단 미국 국기도 있고, 색색의 풍선도 있다. 심지어 금속성 색깔을 띤 하트나 베개 모양의 풍선도 있다. 사람들의 손에 들린 풍선, 덤불에 묶여 있는 풍선, 아기들이 누워 있는 유모차 손잡이에 매달아둔 풍선. 기꺼이 즐거움을 느끼려 하고 웬만한 것은 너그러이 봐주는 분위기가 주위를 감싸며 그의 행렬을 떠받치고 있다. 그는 놀랍게 텅 비어 있는 친숙한 거리들의 중앙선을 걸으며 행렬을 이끈다.

해리는 염소수염의 반대편에도 스카치테이프를 붙인 뒤 주머니에서 약병을 꺼내 약 한 알을 입에 넣는다. 오르막길이 그에게는 시련이었다. 그리고 지금의 내리막길에서는 발꿈치와 무릎이 삐걱거린다. 그가 앞쪽 경찰차에 너무 가까이 다가가자 일산화탄소가 그의 허파 속으로 훅 들어온다. 여러 가지가 뒤섞인 채 뒤에서 들려오는 음악소리가 그를 앞으로 밀어댄다. 〈아메리칸 패트롤〉의 곡조가 잠깐씩 끊기는 틈을 〈예스터데이〉의 선율이 메운다. 해리는 노랗게 칠해진 중앙선에 정신을 집중한다. 여기저기 스키드마크로 변색되어 있고, 차선 변경이 허용된 구간은 점선으로 되어 있지만, 대부분은 결코 변하지 않는 옛날 전차 궤도처럼 두 줄로 뻗어 있다. 이미 오래전에 땅에 묻히거나 해체되어 고철로 팔린 전차 궤도. 카메라들이 그를 향해 찰칵거린다. 사람들의 목소리가 그의 여러 이름들을 부른다. 그들은 그를 알지만, 그의 눈에 아는 얼굴은 보이지 않는다. 하나도. 심지어 빨간 머리에 둘러싸인 채 찡그린 표정을 짓고 있는 프루의 하트 모양 얼굴도, 검은 눈으로 빤히 바라보는 로이의 얼굴도, 갈색의 작고 고집스러운 견과류 같은 재니스의 얼굴도 없다. 식구들은 조지프 스트리트와 머틀 애비뉴가 교차하는 모퉁이에서 기다리겠다고 했지만, 버러홀 근처의 이곳에 사람이 가장 많아서 여름 더위에 익은 몸들이 네 겹, 다섯 겹으로 늘어서 있기 때문에 그가 사랑하는 가족들은 그 틈에 파묻혀버렸다.

그가 아는 이 도시의 모습 전체가 수십 년의 세월에 파묻혀버리고, 또다른 도시가 그 자리를 대신 차지했다. 더 젊고, 더 벌거벗었고, 겁을 덜 내고, 더 나은 모습이다. 그런데 그 도시가 아직도 그를 사랑한다. 그가 홈경기에서 그들을 위해 한 경기에 42득점을 기록하던 그때처럼. 그는 전설이며, 걸어다니는 구름이다. 폭약의 재료인 니트로글리세린 한 방울이 그의 안에 들어가 햇볕을 받아 벌어지는 꽃잎처럼 그의 혈관을 벌려놓았다. 땀 때문인지 무슨 알레르기 때문인지 눈이 따끔거리고, 압력솥처럼 눌러대는 높은 모자 때문에 머리가 아프다. 온실효과 때문이라는 생각이 든다. 오존층에 뚫린 구멍. 남극대륙의 얼음이 사라지면 모든 사람이 물에 빠져 죽을 것이다. 해리는 친숙한 얼굴이 조금이라도 보일까 하고 하나로 녹아 있는 사람들을 훑어보지만 사람들이 천연덕스럽게 주고받고 있는 맥주 캔, 진지한 표정의 아이가 쓰고 있는 근시 안경에 빛이 반사돼서 반짝이는 것, 히스패닉처럼 보이는 아가씨의 귓불에 달려 있는 은색 고리 모양의 커다란 귀걸이뿐이다. 행진을 하면서 그는 군중 속에 흑인의 얼굴이 몇 개 섞여 있는 것을 보았다. 그들도 다른 사람들과 마찬가지로 유쾌하게 행렬을 응원한다. 동양인도 조금 있었다. 입양된 베트남인 고아, 땅딸막한 필리핀인 아내. 아직 출발하지 못한 행렬 저 뒤편에서 백파이프 연주자들이 하이랜드의 끝내주는 노래를 통곡처럼 연주하고 록가수를 흉내내는 친구는 "……사람들을 상상해보아요."*라고 징징거리고, 그보다 앞쪽의 지직거리는 스피커에서 울려나오는 테이프에서는 케이트 스미스가 힘차게 노래한다. 그녀는 살이 썩을 것 같은 그 엄청난 몸무게 때문에 이미 무덤으로 끌려가버렸지만. "신이여 미국을 축복하소서." "……거품이 하얗게 이는 바다로." 해리는 눈이 따끔거리고, 마치 자신이 인류의 모든 역사를 조사하려고 그렇게 높이 자리잡기라도 한 것처럼, 전체적으로 봤을 때 여기야말로 세상에 일찍이 없었던 끝내주게

---

* 존 레넌의 〈이매진〉 가사.

행복한 나라라는 생각에 점점 젖어들어 기분이 붕 뜬다. 그 바람에 심장이 더욱 위험하게 쿵쾅거린다.

예전 같았으면 이런 바보 같은 생각을 셀마에게 털어놓았을지도 모른다. 정사를 나눈 뒤 무엇을 해도 부끄럽지 않은 그 분위기에서 부드러운 목소리로 조곤조곤. 셀마는 갑자기 죽어버렸다. 신부전, 혈소판 감소증, 심장내막염으로 7월 말에. 청회색 하늘 아래에서 또 더운 하루가 이어질 어느 날 브루어의 세인트조지프병원 맞은편에 지붕 높이로 서 있는 벽돌 장식 위로 아직은 서늘한 동이 터올 무렵이었다. 가엾은 셀마. 그녀의 몸은 오랜 투병생활로 완전히 지쳐 있었다. 로니는 마지막까지 셀마를 집에서 간호하려고 했지만, 마지막 일주일 동안은 도저히 그녀를 감당할 수 없었다. 그녀가 환각을 보고 헛소리를 하고 미쳐 날뛰면서 신랄한 소리를 퍼부어댔기 때문이다. 정말이지 대단한 분노였다. 그것도 하필이면 론을 향한 분노. 결혼 전 젊은 시절에 그토록 망나니짓을 하다가 결혼 뒤에는 정말이지 헌신적인 남편이었는데. 셀마는 겨우 쉰다섯 살이었다. 해리보다는 한 살 어리고, 재니스보다는 두 살 많다. 셀마가 죽은 주에는 덴버에서 시카고를 거쳐 필라델피아로 사람들을 싣고 오던 DC-10기가 아이오와주 수시티에서 전혀 조종이 안 되는 상태에서 남은 엔진 두 개의 추진력만으로 시속 320킬로미터의 속도로 착륙을 시도하다가 활주로에서 뱅글뱅글 돌면서 폭발해 거대한 불덩이로 화하는 일이 있었다. 그런데도 백 명이 넘는 사람들이 살아남았다. 어떤 사람들은 동체 안에서 안전벨트 덕분에 거꾸로 대롱대롱 매달려 있었고, 어떤 사람들은 스스로 걸어서 활주로 옆의 옥수수밭으로 사라졌다. 래빗이 보기에는 올여름 뭔가의 이십 주년 어쩌고 하는 내용이 아닌 뉴스는 그 사고가 처음이었던 것 같다. 우드스톡 이십 주년, 찰스 맨슨의 살인사건 이십 주년, 채퍼퀴딕 이십 주년, 달 착륙 이십 주년…… 텔레비전 뉴스에는 되살려낸 옛날 화면들이 가득했다.

셀마의 장례식은 애로데일에서 1.5킬로미터쯤 떨어진, 그리 유명하지 않은 교회에서 치러졌다. 해리와 재니스는 그 교회를 찾아 헤매다가 길을 잃고 결국 메이든 스프링스의 쇼핑몰에 가게 되었다. 6개관으로 되어 있는 영화관의 광고판에 영화 제목들이 허니 I 슈링크 배트맨 고스트버스트 II 가라테 키드 III 죽은 시인 그레이트볼이라고 빽빽하게 적혀 있었다. 매표소의 게으른 아가씨는 교회가 어디 있는지 몰랐다. 극장 안에 있던 여드름쟁이 안내원도 마찬가지였다. 크고 텅 빈 진홍색 로비에서는 버터를 바른 팝콘 냄새와 M&M 초콜릿이 녹는 냄새가 났다. 해리는 자신에게 화를 내고 있었다. 셀마를 만나려고 몰래 애로데일을 드나든 게 몇 번인데 그 망할 놈의 교회를 못 찾다니. 더운 날씨에 창피하기도 하고 서로의 무능력에 화가 나기도 한 상태로 앵스트롬 부부가 마침내 찾아낸 교회는 아무런 장식도 없는 평범한 건물이다. 창문이 있고 알루미늄으로 만든 뭉툭한 탑이 있는 창고 같은 건물이 나무 한 그루 없이 풀만 간간이 나 있고 자동차 바큇자국이 얼기설기 난 빨간 땅에 서 있다. 안에 들어가보니 벽은 콘크리트블록이고, 높고 깨끗한 창문을 통해 들어오는 햇빛은 가차없고 무자비하다. 신도석에는 접의자가 놓여 있고, 펠트 천으로 만든 유치한 플래카드가 머리 위의 금속 들보에 걸려 있다. 십자가, 나팔, 가시면류관 그림에 마가복음 15장 32절, 계시록 1장 10절, 요한복음 19장 2절이라는 표시가 섞여 있다. 목사는 갈색 양복에 넥타이를 매고, 평범한 칼라가 달린 셔츠를 받쳐 입었는데, 조금 엉망으로 헝클어지고 숨이 찬 것처럼 보여서 가끔 상점에서 무거운 짐을 나르는 일을 도와야 하는 젊고 통통한 지배인 같다. 떡갈나무 설교대에 거의 보이지 않게 설치된 자그마한 마이크를 통해 그의 목소리가 증폭된다. 그는 셀마가 모범적인 주부, 어머니, 신자, 고행자였다고 말한다. 이런 설명은 딱히 누구를 지칭하는 것이 아니다. 사람의 몸이 들어 있지 않은 옷 같은 것이다. 목사도 이 점을 느꼈는지 곧이어 셀마의 "특별한" 유머감각, 오랜 투병생활에도 용기를 잃지 않게 해준 그녀만의 특별한 시각을 언급한다. 셀마가 병원에서 보낸 그 비극적인 마지막 주에 목사는 목사로서 문병을 간 자리에서 그녀와 함께 주님이 왜 몇몇 사람에게만 고통을 내려주시는지, 어떤 사람은 치료해주면서 그보다 훨씬 많은 사람은 왜 치료해주시지 않는지에 관한 영원한 수수께끼를 감히 생각해보았다고 했다. 잊지 말아야 할 것은 신성한 복음서에도 이런 상황이 묘사되어 있다는 점이다. 우연으로라도 예수를 만나지 못한 수많은 나병환자들과 귀신 들린 영혼들, 들판과 산에서, 가버나움과 갈릴리에서 예수 주위에 몰려든 엄청난 군중을 뚫고 적극적으로 앞으로 나서지 못한 사람들이 어떻게 되었겠는가? 그럼 이 수수께끼에 대한 셀마의 대답은? 셀마는 병원 침대에서 고통을 받으며 자신은 누구 못지않게 이런 고통을 당해 마땅한 사람인 것 같다고 말했다. 셀마는 정말로 겸손하고, 정말로 불평을 모르는 분이었습니다. 목사는 또다른 기억을 떠올리며 말이 빨라진다. 그보다 앞서서 셀마의 몸이 조금 덜 괴로울 때, 그가 흠잡을 데 하나 없는 그녀의 집을 방문했을 때의 일이다. 셀마는 자신의 몸 상태를 사소한 오해, 그저 자기 몸속의 작은 전선이 잘못 연결된 것이라고 설명했다고 한다. 그러고는 그녀를 사랑했던 우리 모두가 기억하는 그 부드럽고 유머러스한 표정으로(하지만 진지함과 심각함 또한 존재했습니다) 어쩌면 하느님은 우리가 직접 경험하고 볼 수 있는 것들에만 책임이 있을 뿐 현미경으로만 보이는 것들에는 아무런 책임이 없는 건지도 모른다고 말했다.

목사는 이 이야기가 어떤 효과를 냈는지 확신하지 못한 채 고개를 든다. 몇 명 되지 않는 문상객들은 그 괴상한 말 속에서 셀마의 목소리를 듣고 그녀의 교사 같고 냉소적이고 엄격한 생활 태도를 생각해냈는지, 아니면 목사가 도저히 이유를 설명할 수 없는 고통이라는 망령으로부터 구원받고 싶어한다는 것을 느꼈는지, 하여튼 예의바르게 킥킥 웃는다. 갈색 양복을 입은 목사는 안도한 표정으로 프로그램을 마무리하는 토크쇼 사회자처럼 사람들을 안심시키는 진부한 말들을 늘어놓는다. 푸른 풀밭을 이야기한 시편 구절, 모든 것에 때가 있다는 전도서 구절, 이제 하루가 끝났다는 찬송가 구절.

해리는 경찰관 같은 옷을 입고 코를 훌쩍거리는 재니스 옆에 앉아서 자신이 알고 있는 셀마, 알몸의 음탕한 셀마를 떠올린다. 방금 목사가 설명한 여자와는 얼마나 거리가 먼지. 하지만 목사의 셀마도 해리의 셀마만큼 진짜였는지도 모른다. 여자들은 배우 같아서 청중이 달라질 때마다 역할에 자신을 맞춘다. 해리와 있을 때 셀마가 맡은 역할은 그에게 찬탄하며, 마치 자기 몸을 처분해버리듯 몸으로 그에게 봉사하는 것이었다. 그녀의 병든 몸은 창백했고, 매끄러운 블랙박스처럼 그 안에 죽음을 담고 있었다. 그 어색한 사랑의 충동에 무기력하게 붙들려 있는 그녀의 태도 속에서는 일종의 모욕 또는 거부가 희미하게 느껴졌다. 그는 그녀가 자기를 사랑해주듯 그녀를 사랑할 수 없었다. 셀마에 비해 거리를 두는 그의 태도는 만족스러운 자기 처벌이었고, 셀마는 그 아이러니를 기쁘게 음미했다. 하지만 그가 몇 번이나 그녀 곁을 떠나도 그녀는 그가 떠나는 것을 결코 원하지 않았다. 그가 축복의 기도를 위해 일어설 때 그녀의 생기 없는 유령이 그에게 몸을 기대고 그의 가슴에 바짝 붙어 서서 시큼하게 상한 우유 냄새가 나는 입으로 그에게 가지 말라고 애원한다. 재니스는 다시 코를 훌쩍이지만 해리는 셀마를 위한 자신의 슬픔을 가슴 안에 꼭 가둬놓는다. 재니스가 그것을 보고 싶어하지 않는다는 것을 알기 때문이다.

밖으로 나오자 당황스러울 정도로 강렬한 햇빛 속에 웹 머킷이 서 있다. 마치 웃고 있는 것 같은 모양의 주름이 그 어느 때보다 깊어진 그는 낙타의 입술처럼 긴 윗입술에 여전히 담배 한 개비를 매단 채 사람들 사이를 돌아다니며 새로 맞이한 아내를 소개하는 중이다. 수줍음 많은 이십대의 금발 아내는 넬슨보다 어리고, 애너벨보다도 어리다. 작고 폭신폭신한 몸에 러플이 달린 검은 옷을 입은 모습이 물개 같기도 하고, 십대 수영 챔피언 같기도 하다. 이렇다 할 굴곡이 확실히 눈에 띄지 않기 때문이다. 웹은 정말이지 풍만한 여자를 좋아한다. 해리는 남편과 옛날에 골프를 같이 치던 사람의 아내를 땅에 묻기 위해 이 창고 같은 교회에 끌려온 그 여자가 안쓰럽다는 생각이 든다. 웹의 지난번 아내인 신디, 그리 멀지 않은 과거에 해리가 넋을 잃었던 신디도 혼자 여기 와 있다. 샌들처럼 트인 곳이 많은 검은 하이힐 때문에 조금 불안하게 휘청거리며 교회 주차장 구실을 하는 빨간 공터의 두툼한 풀밭 위에서 포즈를 취한 그녀는 볼품없게 변한 모습으로 짜증을 내고 있다. 재니스가 웹과 새 신부 옆에 붙어 있는 동안 해리는 뜨거운 아지랑이를 피워올리는 햇빛 속에서 눈을 가늘게 뜨고 멍청이처럼 서 있는 신디에게 용감하게 다가간다.

"안녕하세요." 어쩌다가 저런 꼴로 변해버렸는지 모르겠다는 생각을 하며 그가 말한다. 신디는 다이아몬드 카운티의 평범한 여자들과 같은 모습이 되었다. 가슴은 선반 같고, 엉덩이는 자기가 앉을 벤치를 아예 지참하고 다니는 것 같다. 이목구비가 뚜렷하던 작고 사랑스러운 얼굴이 옛날에 사자코와 미간이 넓은 눈으로 소년처럼 팔팔한 표정을 지으면 속을 알 수 없는 수수께끼 같은 느낌이 들었지만, 지금은 두툼한 살과 이중턱에 둘러싸여 있다. 목도 사라져서 계속해서 차곡차곡 겹쳐지는 그 러시아 인형들 같다. 예전에는 짧은 커트 모양이던 머리도 파마를 해서 요즘 젊은 여자들이 좋아하는, 커다랗게 부푼 모양이 되었다. 그것 때문에 덩치가 더 커 보인다.

"해리, 안녕하세요?" 신디는 장례식답게 조심스러운 목소리를 내며 부드러운 손을 내민다. 곰의 앞발처럼 널찍한 손이다. 해리는 그 손을 잡고, 장례식을 핑계로 몸을 숙여 그녀의 축축하고 통통한 뺨에 입을 맞춘다. 그녀의 통통한 얼굴에서 짜증스러운 표정이 조금 사라진다. "셀마는 정말 안됐어요." 그녀가 말한다.

"맞아요." 해리가 맞장구를 친다. "하지만 오래전부터 이렇게 될 줄 알았죠. 셸마는 알고 있었어요." 그는 자신이 셸마의 생각을 알고 있었다고 암시해도 괜찮을 것 같다고 생각한다. 카리브해에서 그들이 서로 짝을 바꿔 잤을 때 신디도 함께 있었으니까. 그는 신디를 원했지만 그의 짝이 된 것은 셸마였다. 그리고 이제는 두 사람 모두 욕망의 대상이 될 수 없다.

"그렇죠, 그런 건 알게 되죠?" 신디가 말한다. "그렇게 몸이 아픈 사람은 때가 가까워지면 느낌이 올 거예요. 뭐든 느낄 수 있으니까요." 래빗은 신디가 수영복을 입었을 때 쇄골 사이의 움푹한 부분에 작은 십자가가 걸려 있던 것을 기억한다. 그리고 같은 세대의 사람들이 흔히 그렇듯이 신디 또한 점성술이니 징조니 하는 것들에 빠져 있었던 것도 기억난다. 하지만 키가 180센티미터나 되고, 땀을 줄줄 흘려대던 진짜 구식 히피, 그러니까 버디 잉글펑거의 애인이던 밸러리만큼 심하지는 않았다.

"어쩌면 여자들이 남자들보다 더 잘 느끼는 건지도 모르죠." 그가 신디에게 요령 있게 말한다. 그러고는 불쑥 좀더 솔직한 말을 내뱉는다. "나도 요즘 몸이 좀 안 좋은데, 그러다보니 내가 평생 멍한 상태로 살아온 것 같은 느낌이 들어요."

하지만 이 고백이 신디에게는 너무 묵직하다. 그와 신디 사이에는 항상 벽이 있었다. 버터캔디 같은 그녀의 밝은 갈색 눈 바로 뒤에 모든 신호를 저지하는 장벽이 있었다. 어리석은 신디, 셸마는 이렇게 말하곤 했다.

"누구한테 들었는데……" 그가 말한다. "저기 오리올 근처에 새로 생긴 쇼핑몰의 부티크에서 일한다면서요?"

"솔직히 그만둘까 생각중이에요. 내가 돈을 버는 만큼 웹이 나한테 줘야 하는 이혼 수당이 줄어드는데, 내가 그럴 필요가 없잖아요. 영세민 지원금에 기대서 살아가는 여자들이 왜 그렇게 됐는지 이해가 가요."

"뭐……" 그가 말한다. "직장이 있으면 세상과 섞여 살면서 사람들을 만날 수 있잖아요." 남자를 만나서 재혼할 수도 있다는 생각은 말하지 않는다. 어느 누가 이런 고깃덩어리와 얽히고 싶어하겠는가? 지금의 신디를 태우고 요트를 탔다가는 배가 가라앉아버릴 것이다.

"물리치료사가 되는 게 어떨까 생각중이에요. 부티크에서 같이 일하는 여자가 지금 안마를 배우고 있거든요."

"괜찮을 것 같네요." 해리가 말한다. "그런데 무슨 안마죠?"

이 형편없는 반응에 신디가 감히 이야기를 꺼낸다. "해리 씨와 셀마는……" 하지만 여기서 말을 끊고 바닥으로 시선을 떨군다.

"네?" 옛날부터 존재하던 그 장벽 때문에 해리는 신디의 말을 부추기지 못한다. 신디 앞에서 셀마를 잃고 슬퍼하는 애인의 역할을 하고 싶지는 않다.

"셀마가 보고 싶으시겠네요." 신디가 힘없이 말한다.

해리는 아무것도 모르는 척한다. "솔직히 재니스와 나는 최근 해리슨 부부와 그리 자주 만난 편이 아니에요. 로니가 클럽을 그만뒀거든요. 돈이 너무 많이 든다면서. 그리고 나도 올여름에는 그쪽에 가볼 기회가 거의 없었고요. 옛날 같지 않아요. 옛날 친구들이 모두 사라져버렸어요. 젊은 녀석들만 우글거리죠. 그놈들이 한번 공을 치면 엄청난 거리를 날아가기 때문에 주말의 상금은 다 그놈들 차지예요. 하지만 우리 며느리가 아이들과 함께 거기 수영장을 이용하고 있어요."

"대리점에 다시 복귀했다는 얘기를 들었어요."

"맞아요." 해리는 어차피 신디가 이미 알고 있을지도 모른다는 생각에 사실을 털어놓는다. "넬슨이 사고를 쳤거든요. 그래서 지금 대신 일을 봐주고 있을 뿐이에요."

혹시 말을 너무 많이 한 것이 아닌가 싶지만, 신디는 그의 뒤편을 바라보고 있다. "이제 그만 가봐야겠어요. 웹이 억지웃음을 흘려대는 저웃기지도 않는 여자랑 신나게 돌아다니는 모습은 일 초도 더 보고 싶지 않아요. 저 사람은 지금 예순 살이 넘었다고요!"

행운아 같으니. 웹은 예순 살까지 살아남았다. 분노에 찬 신디의 말때문에 잠시 침묵이 흐르는 동안 비행기 한 대가 머리 위를 지나가면서 둔탁한 굉음을 뒤에 남긴다. 해리는 전적으로 호의적이라고만은 할수 없는 미소를 지으며 말한다. "아내들 덕분에 지금껏 젊음을 유지한거겠죠." 한때 가슴이 아플 만큼 욕망을 불태웠던 여자에게 조금 앙심을 품는 것은 어쩔 수 없는 일이다. 그 가슴의 통증이 사라진 뒤에는.

여러 사람들이 슬슬 자리를 뜨고 있어서 해리도 로니에게 인사를 건네고 그만 가봐야겠다고 생각한다. 한때 그가 원수처럼 싫어했던 로니는 세 아들과 며느리들에게 둘러싸여 서 있다. 컴퓨터 전문가인 알렉스는 머리를 짧게 깎고, 시력이 나쁜 공부벌레 같은 표정을 하고 있다. 조지는 배우 지망생답게 긴 머리를 잘 다듬은 모습이며, 어머니의 장례식을 위해 차려입은 겉옷과 넥타이도 마치 의상처럼 보인다. 론 주니어는 셋 중에 가장 보기 좋은 얼굴(웃는 모습이 셀마와 똑같다)을 갖고 있으며, 야외에서 일하는 사람답게 잘 그을린 몸에 근육이 발달되어 있다. 해리가 그들과 악수를 나누며 각자의 이름을 불러주자 그들이 깜짝 놀란다. 어떤 여자랑 성적인 관계를 맺고 있다면, 그 여자의 자식들에게도 마법의 일부가 이어지는 법이다. 그 여자가 그를 위해 다리를 벌린 것처럼, 이 아이들을 낳을 때도 다리를 벌렸으니까.

"넬슨은 어떻게 지내요?" 론 주니어가 묻는다. 표정을 보니 일부러 심술을 부리려는 속셈은 아닌 것 같다. 셀마에게 넬슨의 일을 말한 것이 틀림없이 이 녀석이었을 것이다.

해리는 남자 대 남자로서 그에게 대답한다. "잘 지내지, 론. 한 달 동안 해독치료를 받았고, 지금은 다른 사람들 스무 명과 함께 살고 있다. 거기서는 그 사람들을 약물 남용자라고 부르더군. 녀석들이 살고 있는 집은 '콘셉트 하우스'라고 하는데, 노스필라델피아에 있는 사회적응 훈련용 주택이야. 도시 빈민가 아이들과 운동장에서 같이 놀아주는 자원봉사도 하고 있지."

"정말 잘됐네요, 앵스트롬 아저씨. 넬슨은 기본적으로 좋은 녀석이에요."

"난 이제 그 녀석 문병을 가지 않아. 거기서는 자꾸 우리한테 가족치료를 받으라고 하는데, 그걸 참을 수가 없거든. 하지만 우리 집사람이랑 프루 말로는 넬슨이 그 거친 흑인 애들이랑 같이 노는 걸 아주 좋아한다더구나."

아들들 중 가장 예쁜 녀석이자 셀마가 가장 사랑하던 녀석인 조지가 옆에서 이 이야기를 듣고 자진해서 입을 연다. "넬슨한테 문제가 있다면, 너무 예민하다는 것뿐이죠. 주위에서 벌어지는 일에 잘 휘둘려요. 연예계에서 일하다보면, 그런 걸 뒤로 흘려버리는 법을 배우게 되는데 말이죠. 에라 모르겠다, 그러든지 말든지, 하는 식으로요. 안 그러면 지레 죽을 수밖에 없거든요." 그는 잘 다듬은 머리의 뒤통수를 툭 툭 친다.

장남인 알렉스가 공부벌레답게 새침을 떨며 말을 덧붙인다. "분명 히 말하지만, 저기 캘리포니아에 있을 때는 심지어 나한테까지도 마약 의 손길이 미쳤어. 그래서 페어팩스에 지금 일자리가 생겼을 때 아주 반가웠지. 누구나 마약을 한다는 얘기야. 주말 내내 해변에서, 고속도 로에서 그걸 하면서 모두들 약에 취해 있어. 그래가지고 어떻게 가정을 일구겠어? 돈은 또 어떻게 모으고?"

셀마의 아들들은 이제 어른이 되었다. 희끗희끗한 머리카락이 가끔 보이고, 입 주위에는 현명해 보이는 잔주름이 있고, 아내와 어린 자식 들이 있다. 셀마의 손주들인 그 아이들은 뒤엉킨 잡초밭 같은 세상에 서 피난처를 찾아줄 제 아버지들을 의지하고 있다. 해리가 보기에는 셀마의 아들들이 로니보다 훨씬 더 철이 든 것 같다. 로니는 그에게 영 원히 웬리치 앨리 출신의 밉살스러운 녀석, 고등학교 시절에 라커룸에 서 잘난 척 수다를 떨던 녀석으로만 보일 것이다. 한때 그가 사랑한 사 람들은 그의 곁에서 스르르 사라져갔지만, 로니는 항상 그 자리에 있 다. 그의 몸의 냄새나는 이면처럼, 매일 더러워지는 팬티처럼.

로니는 아내를 잃고 슬픔에 잠긴 남편의 모습을 정확히 연기하고 있 다. 세탁기에 들어갔다 나온 사람처럼 후줄근한 모습. 눈물로 붉어진 눈꺼풀에서 속눈썹이 하얗게 고개를 내밀고 있고, 황동색이던 곱슬머 리는 성기고 가느다란 회색으로 변했고, 귀는 축 늘어져 있다. 래빗은 오랜 옛날부터 품고 있던 반감, 경쟁의식 등을 극복하려고 애쓰며 로 니의 손을 꼭 쥐고 이렇게 말한다. "정말 유감이야."

하지만 옛날부터 존재하던 적대적인 악마가 해리슨의 얼굴에서 반짝 눈을 뜬다. 한때는 두툼하게 살집이 있던 얼굴이 지금은 속이 텅 빈 껍데기처럼 변해버렸다. 그는 아들들을 흘깃 바라보고는 저쪽으로 가자는 듯이 고개를 살짝 움직이더니 해리의 팔을 일부러 지나치게 세게 움켜쥐고 바큇자국이 난 채로 말라버린 진흙 위를 몇 걸음 걸어 아들들에게 소리가 들리지 않는 곳으로 간다. 그리고 경기 전 선수들이 한데 머리를 맞댔을 때처럼 내밀하고 다급한 목소리로 해리에게 말한다. "네가 오랫동안 셀마와 그런 관계였다는 걸 내가 모를 줄 알아?"

"나는…… 나는 네가 아는지 모르는지 그다지 생각해본 적이 없어, 로니."

"이 개자식. 그날 밤 우리가 섬에서 상대를 바꿔 잤을 때가 시작이었지, 안 그래? 여기로 돌아와서도 너는 셀마랑 계속 만났어."

"론, 방금 다 안다며? 그렇게 궁금했으면 셀마한테 물어봤어야지."

"난 셀마를 들볶기 싫었어. 셀마는 목숨을 걸고 병과 싸우고 있었고, 난 셀마를 사랑했으니까. 하지만 마지막에 서로 그런 이야기를 나누긴 했지."

"그러니까 결국 들볶긴 한 거네?"

"셀마가 깨끗이 고백하고 싶어했어. 이 개자식. 대선수? 너처럼 차갑고 이기적인 자식은 본 적이 없어."

"왜? 내가 왜 그렇게 나쁜 사람이 되는 건데? 셀마가 나를 원했던 것일 수도 있고, 우리 둘이 서로에게 호감을 품었던 것일 수도 있잖아." 로니의 어깨 너머로 문상객들이 작별인사를 하려고 기다리는 것이 보인다. 사람들은 두 사람이 열띤 표정으로 급박하게 나누고 있는 대화의 내용을 궁금해하며 머뭇거리고 있다. 해리슨의 얼굴이 분홍색으로 달아올라 있다. 어쩌면 래빗의 얼굴도 마찬가지인지 모른다. 그가 말한다. "로니, 사람들이 보고 있어. 지금은 때가 좋지 않아."

"다음 기회는 없어. 앞으로 다시는 네놈 얼굴을 보고 싶지 않으니까. 이 역겨운 자식아."

"그래, 나도 널 보면 역겨워. 옛날부터 항상 그랬어. 머리가 있어야 할 자리에 거시기만 있는 놈 같으니. 셀마가 똥 같은 네놈 뒤치다꺼리를 하다가 가끔 휴가를 좀 즐겼기로서니 누가 셀마한테 뭐랄 수 있겠어?"

로니의 얼굴이 상당히 붉어지고 눈에 눈물이 차오른다. 지금까지도 그는 해리의 팔을 놓지 않고 있다. 마치 죽은 아내의 온기를 마지막으로 느낄 수 있는 길이 이것뿐이라는 듯이. 그가 목소리를 한층 더 낮추는 바람에 해리는 그 소리를 들으려고 하는 수 없이 고개를 숙인다. "네놈이 셀마랑 잔 건 아무렇지도 않아. 내가 미치겠는 건 네놈이 그걸 아무렇지도 않게 생각했다는 거야. 셀마는 네놈한테 미쳐 있었는데, 네놈은 그걸 그냥 덥석 받아들이기만 했지. 이 비열한 자아도취증 환자 같으니. 셀마는 네놈한테 모든 걸 바쳤어. 자신의 신념을 모조리 깨버렸는데도 네놈은 그걸 제대로 알아주지도 않았어. 네놈이 셀마를 사랑하지 않는다는 걸 셀마도 알고 있었어. 나한테 직접 그렇게 말했으니까. 병원에서 나한테 용서해달라면서 그렇게 말했다고." 로니는 말을 계속하려고 숨을 들이쉬지만 눈물 때문에 목이 멘다.

래빗도 목구멍이 아파온다. 그 마지막 순간의 셀마와 로니, 몸에 이미 사랑이 남지 않은 셀마가 애인의 정체를 밝히는 모습을 생각하고 있기 때문이다. "로니," 그가 속삭이듯 말한다. "난 셸마를 인정하고 있었어. 정말이야. 셸마는 정말 굉장한 섹스 상대였어."

"이 비열한 놈." 로니가 할 수 있는 말은 이것뿐이다. 그가 몇 번이나 이 말을 되풀이한 뒤 두 사람은 인사를 하려고 기다리던 문상객들을 향해 함께 고개를 돌린다. 문상객들은 인사를 마친 뒤 자기들 차에 올라 아지랑이가 이는 이 더운 토요일의 남은 시간을 어떻게든 제대로 보내보려고 할 것이다. 각자 다이아몬드 카운티 전역으로 흩어져 잔디를 깎거나 아니면 텃밭의 잡초를 뽑겠지. 재니스와 웹도 다른 사람들과 함께 두 사람을 빤히 바라보고 있다. 그 두 사람은 틀림없이 대화 내용을 짐작하고 있을 것이다. 아니, 사실 이 자리의 사람들 대부분이 짐작하고 있을 것이다. 심지어 세 아들까지도. 해리는 애로데일에 올 때 항상 신중을 기하기 위해 셸마의 차고에 자신의 도요타를 숨기고 혹시 몸이 아파서 조퇴한 아이나 열린 문으로 들어온 수리공 등에게 셸마와 함께 있는 모습을 들키지 않으려고 신경을 썼지만 원래 이런 일은 밖으로 퍼져나가기 마련이다. 타이어처럼 바늘 끝만한 구멍만 생겨도 새어나간다. 사람들은 감각으로 사실을 알아차린다. 그러니 소문이 돌았을 것이다. 아니면 이제부터 돌게 되거나. 뭐, 그럴 테면 그러라지. 조지의 말 그대로다. 에라 모르겠다. 기다리고 있는 사람들 중에는 모습을 보아하니 임신한 것 같은 웹의 어린 신부도 있다. 웹은 정말이지 대단한 사람이다.

좋은 일이 벌어진다. 로니와 해리, 해리슨과 앵스트롬이 옛날 농구할 때 패스를 주고받듯이, 마치 연습한 것처럼 정확하게 서로 짝을 맞춰 움직인다. 목구멍이 따끔거리고 눈이 붉게 달아오른 채로 두 사람은 지켜보는 사람들에게 미소를 지은 뒤 서로 깔끔하게 엇갈려서 각자 자기 가족들에게로 향한다. 해리는 군청색 바탕에 하얀 테두리가 있고 어깨가 널찍한 정장을 입은 재니스에게로, 로니는 세 아들에게로. 그리고 오늘 이 슬픈 행사의 중심이라는 자신의 자리로. 한 번 팀 동료는 영원한 팀 동료다. 래빗은 예전에 로니가 애틀랜틱시티에서 루스와 주말 내내 뒹굴고는 자신에게 자랑을 해대던 것을 떠올린다. 그랬더니 그가 안됐다는 생각이 전혀 들지 않는다.

당신이 나를 위해 해준 것들이 정말 좋아요, 도요타. 커다란 진열창에 걸어두라며 회사에서 내려보낸 새 플래카드에 적힌 문구다. 가끔 습기를 가득 머금은 구름 때문에 하늘이 어두워지거나 커다란 트럭이 정비 때문에 주목나무 울타리 저 위편에 멈춰 설 때 진열창 앞에 서 있으면 유리에 갑작스레 자신의 모습이 나타나서 해리는 깜짝 놀란다. 자신의 몸이 이렇게 크다니. 이 지상에서 이렇게나 커다란 공간을 차지하고 있다니. 지난달 엉클샘 분장을 하고 텅 빈 도로를 걸을 때 그는 자신이 으스스할 정도로 키가 크다고 느꼈다. 마치 자신의 머리가 행진곡이 울려퍼지는 행렬의 상공에 떠 있는 거대한 풍선이 된 것 같았다. 그가 속으로 느끼는 자신의 모습은 누구에게도 해를 끼치지 않고 수동적인 사람, 남에게 해를 끼치거나 어딘가에 발목이 잡히거나 죽고 싶어하지 않으면서 작고 꾸준하게 목소리를 내는 사람이지만 밖에서 보는 그의 모습은 다르다. 키가 190센티미터에 몸무게는 적어도 104킬로그램이

나 나가는 전직 운동선수. 왁스를 바른 것처럼 온통 번쩍거리는 매끈한 회색 여름 정장을 입고, 커다란 머리에 그림자처럼 부풀어 있는 머리카락을 시어조이 미용실(남녀공용, 최소비용 15달러)에서 다듬어 정확히 귀 위에 가라앉게 한 모습. 그 눈을 피할 길이 없고, 그 손에 금방 잡힐 것 같고, 그 이에 물어뜯길 것 같은, 무시무시한 덩치를 자랑하는 사람. 한끼에 에티오피아인 세 명의 하루 치 식량을 너끈히 먹어치울 것 같은 몸으로 휘발유, 전기, 신문, 탄화수소, 탄수화물을 염치없이 마구 소비하는 사람. 번쩍이는 양복을 입은 보스. 그가 최근에 겪은 심장병은 고통과 값비싼 비용을 치르고 크라운을 씌운 치아처럼 그가 존경을 받기 위해 완전히 갖춰야 하는 세트 중의 일부가 되었다.

해리는 오늘 자신감을 조금 부추겨둘 필요가 있다. 열한시에 도요타사에서 시마다 나쓰메 씨라는 사람이 나올 예정이기 때문이다. 지금까지는 캘리포니아주 토런스에 있는 도요타 자동차 미국판매본부에서 크림색의 빳빳한 종이에 그때그때 별도의 형식으로 쓴 편지에 정성들여 서명한 이름밖에는 모르는 사람이다. 재니스가 찰리의 조언을 얻어 고용한 두 회계사가 부지의 재정적 이상 상태를 샅샅이 해부했다는 소식이 점점 위로, 위로 올라감에 따라 처음에는 메릴랜드주의 글렌버니에 있는 미드애틀랜틱 도요타에서 편지가 오더니 그 뒤를 이어 볼티모어의 도요타 자동차 크레디트에서 편지가 날아왔고, 그다음에는 토런스에서 정중하지만 가차없는 편지들이 날아왔다. 그리고 거기에 촉이 뭉툭한 구식 만년필로 쓴 것 같은 필체로 시마다 씨의 이름이 서명되어 있었다. 잉크는 하늘색이었다.

"걱정되세요?" 엘비라가 날씬한 여름용 정장 차림으로 가만가만 옆으로 다가와 서며 묻는다. 날이 더워서 엘비라가 머리를 짧게 잘랐기 때문에 목덜미의 거무스름한 잔털이 섹시하게 드러나 있다. 넬슨이 이 여자하고 잤을까? 만약 프루가 넬슨의 요구에 제대로 응해주지 않았다면, 넬슨은 누군가 다른 사람과 자는 수밖에 없었을 것이다. 마약 때문에 몸을 파는 여자들만으로도 충분했거나, 넬슨이 게이라는 사실을 몰래 숨기고 있었다면 또 몰라도. 해리가 아들의 성생활에 대해 시시콜콜 생각해볼 수는 없지만, 엘비라는 아들과 어울리기에는 조금 지나치게 세련되고 중성적인 것 같다. 하지만 어쩌면 해리가 세상의 에너지를 과소평가하고 있는 건지도 모른다. 그는 이제 힘이 쪼그라드는 나이이기 때문에 자꾸 그렇게 생각하는 경향이 있다.

"별로." 그가 대답한다. "엘비라가 보기에는 어때?"

"아주 훌륭하세요. 새 양복 좋은데요."

"금속성 느낌이 나는 회색이지. 달 탐사선을 발사하려고 애쓰는 동안에 이런 천도 개발됐어."

베니는 주차장에서 어떤 커플을 위해 자동차 문도 열어주고 엔진덮개도 휙 열어서 보여주는 쇼를 하고 있다. 하지만 그 커플은 너무 어려서 계속 서로를 바라보며 자신의 생각이 맞는지 확인을 구하다가 한꺼번에 입을 열어 뭐라고 말하고는 또 동시에 입을 다물어버리곤 한다. 단 1달러도 판매원에게 속아서 빼앗기지 않겠다는 생각 때문에 굳어 있는 것이다. 8월의 판촉행사가 진행중이라 도요타는 천 달러 할인을 제공하고 있다. 과거에는 딱 정가대로 차를 팔았기 때문에 옥신각신 흥정하는 법이 없었다. 이건 훌륭한 물건이니까 사든지 말든지 알아서 결정하시라는 식이었다. 이런 과거의 순수성은 미국식 방법 때문에 타락해버렸다. 도요타는 경쟁 앞에서 무릎을 꿇었다. "그런데 말이지……" 그가 엘비라에게 말한다. "여기서 이 차들을 판 지 한참 됐어도 진짜 일본인이 여기에 온 적은 한 번도 없었던 것 같아. 일본인들은 전부 도요타시 같은 데 살면서 다도나 즐기는 줄 알았는데 말이지."

"게이샤도 즐기고 있겠죠." 엘비라가 짓궂게 말한다. "우노 씨처럼요."

해리는 이 말에 암시되어 있는 의미를 생각하고 빙긋 웃는다. 이 아가씨, 아니 여자는 계속 실력이 좋아지고 있다. "맞아, 그 사람은 누메로 우노*의 자리를 오래 지키지 못했지."

오늘 엘비라의 귀걸이는 교회 종처럼 생겼다. 둥글게 휘어진 무광 은편들이 나비의 고치만한 크기의 직사각형 모양으로 함께 연결되어 가늘게 떨리고 있다. 엘비라가 약간 분노한 기색을 띠고 말하는 동안 귀걸이의 은조각들이 부르르 떨린다. "사실 시마다 씨 앞에 서야 하는 사람은 넬슨과 라일이에요."

그는 어깨를 으쓱한다. "하지만 어쩌겠어? 변호사가 간신히 라일과 통화가 됐는데, 녀석이 그냥 비웃더라잖아. 침대에서 일어나 화장실만 다녀오려 해도 산소를 따로 마셔야 할 정도니까 언제 죽을지 모른다고. 게다가 병이 뇌까지 번져서 변호사가 도대체 무슨 말을 하는 건지 모르겠다고 하더라는군. 하는 수 없이 컴퓨터를 팔아버린데다가 디스크도 전혀 갖고 있지 않다고도 했대. 다시 말해서, 변호사한테 시끄러우니까 꺼지라고 한 거지." 그가 좀더 심한 '육두문자'를 섞지 않은

---

* 스페인어로 '넘버원'이라는 뜻.

것이 어쩌면 엘비라에게 구애하는 나름의 방법인지도 모른다. 이미 게임이 거의 끝나가는 마당이라 해도 사람들은 노력을 그만두지 않는다. 해리는 엘비라가 날씬한 것이 마음에 든다. 엘비라에 비하면 프루는 물론 재니스도 뚱뚱해 보인다. 엘비라에게는 또한 냉정하고 조용한 구석이 있어서 해리는 거기에서 위안을 느낀다. 소리가 들리지 않는 상태에서 깜박이는 텔레비전 화면을 볼 때와 같다. "웃음이 나더군." 그가 라일의 마지막 말에 대해 말한다. "죽는 것에도 나름대로 좋은 점이 있구나 싶어서."

엘비라가 옆에서 묻는다. "일주일쯤 지나면 넬슨이 돌아오지 않아요?"

"예정은 그렇지." 해리가 말한다. "여름이 날듯이 지나갔어, 그렇지? 요즘 저녁이 되면 벌써 달라. 아직 따뜻하기는 해도 어두워지는 시간이 점점 빨라지고 있잖아. 사람들은 매년 이걸 잊어버리지. 늦여름의 어둠. 매미. 햇볕에 익어버린 잔디밭의 냄새. 하지만 올여름은 망할 비가 너무 많이 왔어. 우리집 텃밭에서는 어떻게 해도 잡초가 계속 자라서 양상추랑 브로콜리가 휘청휘청 쓰러지고 있다고. 완두콩 덩굴은 담쟁이덩굴처럼 울타리를 타고 올라가서 이웃집 마당까지 퍼져나갔고."

"적어도 작년 여름처럼 지독하게 덥지는 않았잖아요." 엘비라가 말한다. "그때는 다들 온실효과가 어쩌고저쩌고했죠. 하지만 온실효과는 없는 건지도 몰라요."

"무슨 소리, 확실히 있어." 래빗이 말한다. 자기가 이 문제에 이토록 확신을 갖고 있었다는 건 그 자신도 모르고 있었다. 111번 도로 맞은편, 피자헛의 빨간색 모자 모양 지붕 위에서 벌써 남쪽으로 이주중인 찌르레기떼가 악보의 세로줄처럼 전선 위에 점점이 앉아 있다. "나야 그 효과를 실제로 볼 수 있을 만큼 살지는 못하겠지." 그가 말한다. "하지만 엘비라는 볼 수 있을 거야, 내 손주들도. 뉴욕, 필라델피아, 이런 곳의 부두가 물에 잠길 거라고, 남극이 녹기 시작하면. 저지쇼어도 전부 잠기겠지." 로니 해리슨과 루스가 갔던 곳. 망할 자식.

"잘 지내고 있나요? 소식은 자주 들으세요? 넬슨 말이에요."

"자유의 종이 그려진 카드를 두어 장 보냈지. 유쾌하게 잘 지내는 것 같더군. 어떤 의미에서 그 녀석은 우리가 줄 수 있는 것보다 더 규율이 잡힌 생활을 원했는데, 재활 프로그램이 바로 그걸 해주고 있는 것 같아. 프루하고는 통화를 하는 모양이지만, 재활원측에서는 지금 이 시점에 외부인과 접촉하는 걸 그다지 권장하지 않아."

"프루는 지금 상황에 대해 어떻게 생각해요?" 이건 해리의 상상일까? 엘비라가 한층 더 흥미를 느끼고 있다고 생각하는 건? 갑자기 텔레비전의 볼륨을 켠 것 같았다.

"프루가 무슨 생각을 하는지는 잘 모르지." 그가 말한다. "넬슨이 재활원에 들어가기 전에는 프루가 보따리를 쌀 생각이었던 것 같아. 지금은 재니스랑 애들이랑 같이 포코노스에 가 있어."

"그럼 외로우시겠네요." 엘비라 올렌배치가 말한다.

이건 슬쩍 떠보는 말인가? 엘비라에게 어서 집으로 가자고 말해야 하는 건가? 자신의 방에서 칵테일을 두어 잔 마시고, 그녀의 가무잡잡한 목덜미를 쓰다듬고, 처음 이사해왔을 때 벽장 속에 지나간 〈플레이보이〉가 잔뜩 숨겨져 있던, 천장이 비스듬한 여분의 침실로 올라가 그녀의 보지가 자신과 잘 맞는지 살펴본다면…… 이 호리호리하고 젊은 여자의 육체가 그의 몸으로 욕망을 채우려 할 거라고 생각하는 것만으로도 마치 눈사태를 생각할 때와 똑같은 효과가 느껴진다. 그랬다가는 그의 일상이 엉망이 될 것이다. "이 나이쯤 되면 괜찮아." 그가 말한다. "텔레비전에서 원하는 프로그램을 마음껏 볼 수 있으니 좋지. 〈내셔널 지오그래픽〉, 〈디즈니〉, 〈자연의 세계〉 등등. 재니스가 있을 때는 사람들이 죄다 거실에 모여서 광대짓을 하는 가족 시트콤을 억지로 봐야 돼. 그 〈로잰〉이라는 프로그램을 보면서 재니스한테 도대체 이 프로그램에 뭐가 있는 거냐고 물었더니 이러더군. '난 저 여자가 마음에 들어. 뚱뚱하고 칠칠치 못하고 성격도 나쁘잖아. 대부분의 미국 여자들과 닮았어.' 그래서 난 텔레비전을 점점 덜 보게 됐지. 그냥 맥주나 한 잔 마시고 일찌감치 잠자리에 들려고 해."

젊은 여자가 소리 없이 그의 옆에서 멀어져 파라과이 쪽에 있는 자신의 자리로 돌아가려고 한다. 하지만 그는 그녀가 가까이 있는 것이 좋기 때문에 불쑥 질문을 던진다. "내가 지긋지긋하게 생각하는 사람이 누군지 아나?"

"누군데요?"

"피트 로즈야. 일전에 〈스탠더드〉에 실린 기사 봤나? 그 친구가 1980년에도 곤란을 겪었다는 얘기 말이야. 그때는 피트 로즈 외에 필라델피아의 다른 선수들도 암페타민을 사용하다가 많이 걸려서 결국 랜디 리치가 트레이드됐다더군. 그 친구만 사실을 인정했으니까 말이야. 다른 선수들은 뻔뻔하게 끝까지 버텼고."

"언뜻 봤어요. 브루어의 의사가 처방전을 써줬다고 하던데요."

"맞아, 우리 마을 사람이 그런 짓을 한 거야. 그러니까 그 친구도 거짓말로 빠져나갈 수 있을 거라는 생각을 아직까지 하고 있는 거고. 다들 아무런 대가도 치르지 않고 무사히 빠져나가니까. 올리버 노스도, 마약상들도 전부. 감옥이 가득찼다거나 누구든 동정의 여지가 있다면서. 법을 어기고 국기를 태워도 누가 신경이나 써?"

"너무 흥분하지 마세요." 엘비라가 뒤로 물러나는 듯한 분위기로 엄마처럼 말한다. "세상은 속임수를 쓰는 사람들투성이예요."

"맞아, 그거야 우리도 잘 알지."

엘비라는 아무런 대답도 하지 않는다. 이미 등을 돌린 상태다. 어쩌면 정말로 넬슨과 같이 자는 사이였는지도 모르겠다.

"어쨌든 나는 항상 그 친구가 선수로서 형편없다고 생각했어." 해리는 로즈에 관해 반드시 이렇게 말해야 할 것 같은 기분을 느낀다. "그렇게 억지로 힘을 내야만 할 수 있는 사람이라면 아예 선수로 나서질 말아야지."

찌는 듯한 더위 속에서 구름이 걷혔다가 다시 끼기를 반복하며 빛과 그림자가 번갈아 깜박거리는 바람에 유리창에 그의 흉한 모습이 다시 나타난다. 해리는 새로 손을 본 주목나무 울타리(그가 잔디밭 관리회사 사람을 불러서 죽은 덤불을 새것으로 바꾸고 뿌리덮개도 새로 깔게 했다)에 밀랍을 입힌 피자 포장지와 스티로폼 커피 컵 여러 개가 111번 도로에서 바람에 날려와 얹혀 있는 것을 발견한다. 일본인 방문자에게 저렇게 어질러진 모습을 보일 수는 없다. 그가 밖으로 나가자 뜨겁고 오염된 공기가 아스팔트에 닿았다가 튕겨져 올라오며 훅 그의 숨통을 막는다. 갈비뼈 왼쪽이 순간적으로 죄어든다. 그는 니트로글리세린을 혀 밑에 넣은 다음에야 덤불을 향해 몸을 숙인다. 쓰레기를 주우면 주울수록 더 많은 쓰레기가 눈에 띈다. 사탕 포장지, 담뱃갑 겉의 셀로판지, 광고전단, 비에 젖어 쭈글쭈글해지고 햇빛에 갈색으로 변한 신문지, 플라스틱 뚜껑이 아직도 덮여 있고 빨대도 꽂혀 있고 안에서 얼음이 녹아 생긴 더러운 물이 여전히 철벅거리는 커다란 음료수 잔. 이 세상의 지겨운 일들은 끝이 없다. 쓰레기봉투를 가지고 나오는 건데. 양손에 쓰레기가 가득한 상태에서 부챗살처럼 펼쳐진 손가락으로 끈적끈적한 것이 묻은 채 구겨진 마분지 조각을 하나 더 집으려고 하다보니 얼굴이 빨갛게 달아오르는 것이 느껴진다. 해리가 계속 쓰레기를 줍는 동안 리무진 한 대가 타이어에 흙이 밟히는 소리를 내며 주차장으로 들어온다. 해리는 사무실 안으로 달려가 쓰레기통에 쓰레기를 쏴셔넣을 수밖에 없다. 숨이 가쁘고, 심장은 쿵쿵거리고, 금속성 회색 양복의 상의 단추가 꼭 끼는 상태로 그는 다시 전시장을 가로질러 뛰어가서 입구에서 시마다 씨를 맞이해 악수한다. 흙과 말라붙은 설탕과 아직도 끈적거리는 피자 토핑을 손에서 씻어내지도 못한 채로.

시마다 씨는 약 170센티미터의 아담한 체격으로 흠잡을 데 없이 깔끔한 모습이다. 손에 든 서류가방은 어둡고 진한 빨강색으로 놀라울 정도로 얄팍하고, 연한 파란색 바탕에 거의 잘 안 보이는 줄무늬가 있는 양복은 황금 커프스단추가 달려 있는 셔츠의 소매 끝동과 하얗고 높은 칼라가 깔끔하게 드러나도록 재단되어 있다. 셔츠의 몸판은 연한 파란색이다. 알맹이를 구석까지 가득 채워넣은 빈백 소파처럼 단단하고, 비록 땅딸막하지만 몸매도 단정하다. 그다지 차갑지만은 않은 얼굴은 캘리포니아에서 살갗을 잘 태운 사람처럼 반짝이고 있다. "만나서 반갑스므니다." 그가 말한다. "아주 좋은 곳이군요." 그는 편안하게 영어를 구사하지만 발음은 확실히 외국인다운 구석이 있어서 해리는 일 초쯤 머뭇거리다가 대답하게 된다.

"뭐 딱히 이 일대만 보자면 그렇지는 않죠." 그는 이 대답을 하면서 즉시 요령 없는 대답이라는 생각이 든다. 도요타가 형편없는 곳에 자기네 대리점이 있는 걸 좋아할 리가 없지 않은가. "그러니까 내 말은, 우리 지역이 농촌으로 유명하다는 겁니다. 액막이용 부적 같은 게 그려진 헛간 풍경이나 뭐 그런 것 말이죠." 그는 '액막이 부적'이 뭔지 설명해줘야 하나 생각해보다가 굳이 그럴 필요가 없다는 결론을 내린다. "우선 저희 대리점을 둘러보시겠습니까? 어떻게 생겼는지?" 뒤의 말은 '대리점'이라는 말이 혹시 통하지 않았을까봐 덧붙인 것이다. 외국인과 이야기할 때는 언어에 대해 정말로 많은 생각을 하게 된다.

시마다 씨가 천천히, 뻣뻣하게 고개와 어깨를 함께 돌려 이쪽저쪽을 바라보며 전시장 안을 살핀다. "그렇군요." 그가 빙긋 웃는다. "토런스에서도 많은 사진과 평면도를 보므니다. 아! 아름단 아가시!"

엘비라는 자기 책상에서 일어나 손님을 향해 미끄러지듯 움직이며 자신이 더 근사해 보이게 양쪽 뺨을 홀쭉하게 빨아들이고 있다. "올시마, 아니 시마다 씨." 해리는 라마다 앞의 R가 젠장shit의 S로 바뀐 이름이라며 이 이름을 말하는 법을 줄곧 연습하고 있었지만, 결국 중요한 때에 이런 실수를 저질러버렸다. "이쪽은 올렌배치 양입니다. 최고의 판매원 중 한 명이죠. 아, 영업사원 말입니다."

시마다 씨는 먼저 양손을 옆구리에 붙이고 본능적으로 허리를 숙여 엘비라에게 인사한다. 두 사람이 막상 악수를 나눌 때는 마치 미소 띤 얼굴로 서로를 항복시키려고 애쓰는 사람들 같다. 그런 생각이 들 만큼 오랫동안 손을 잡고 놓지 않는다. "좋은 생각이므니다. 남녀가 모두 함께 하는 건." 그가 해리에게 말한다. "점점 흔해지고 있죠."

"사람들이 그런 방법을 생각해내는 데 왜 그토록 오랜 세월이 걸렸는지 모르겠어요." 해리도 수긍한다.

"좋은 생각에는 시간이 걸리죠." 상대가 미소를 조금 억제해서 도톰하면서도 납작한 입술을 아래로 끌어내려 훈계할 때처럼 엄격한 표정을 지으며 말한다. 해리는 어렸을 때 일어난 제2차세계대전에서 일본인들이 바탄반도*에서 포로들에게 얼마나 잔인하게 굴었는지를 기억해낸다. 진주만공격 이후 일본인들에 대해 가장 먼저 들려온 이야기는 그들이 우스꽝스러울 정도로 작은 몸집으로 제로라고 불리는 비행기와 아주 작은 잠수함을 몬다는 것이었다. 그뒤로 태평양에서 계속 패배 소식이 들려오면서 일본인들이 황제에게 광적으로 충성을 바치는 로봇 같은 원숭이들이며, 동굴에 모여 있는 놈들을 끌어내려고 화염방사기를 사용하는 수밖에 없었다는 이야기가 들려왔다. 그때를 생각하면 세상이 얼마나 달라진 건지. 해리는 갑자기 호의가 샘솟는 것을 느낀다. 세상이 바라는 것도 아닌데, 이 세상을 인정해주고 싶다. 시마다 씨가 엘비라에게 질문을 던진다. 기도pray를 하느냐고 묻는 것 같다.

"테니스를 치느냐고요play?" 엘비라가 되묻는다. "뭐, 그런 셈이죠. 언제든 시간이 나면 치니까요. 그걸 어떻게 아셨어요?"

시마다 씨의 평면적인 얼굴에 순간적으로 주름이 잡히더니 그가 원숭이처럼 재빨리 엘비라의 손목을 톡톡 두드린다. 햇볕에 갈색으로 그

---

* 필리핀 루손섬 서남부에 있는 반도.

을린 살갗 중에 비교적 밝은 부분이 띠처럼 자리잡고 있는 곳이다. "팔목 띠죠." 그가 자랑스레 말한다.

"날카로우시네요." 엘비라가 말한다. "시마다 씨도 캘리포니아에서 테니스하시죠? 다들 하잖아요."

"한가할 때는 항상. 5급이므니다. 4급을 바라고 있어요."

"그거 굉장한데요." 엘비라가 대꾸한다. 하지만 곁눈질로 해리를 슬쩍 보는 것이, 자기가 언제까지 이렇게 게이샤 노릇을 해야 하느냐고 묻는 듯하다.

"리치가 길어요. 백핸드는 안 되고요." 시마다 씨가 동작을 보여주며 엘비라에게 말한다.

"네트를 등지고 서서 라켓을 뒤쪽으로 낮게 휘두르세요." 엘비라도 동작을 보여주며 말한다. "공을 앞쪽으로 치면 돼요. 공한테 휘둘리면 안 돼요."

"프로처럼 말씀하시네요." 시마다 씨가 환하게 웃으며 말한다.

확실히 엘비라는 인상적이다. 그녀가 코트에서 얼마나 빠를지 쉽게 짐작이 간다. 해리는 차츰 긴장이 풀린다. 실물 없이 동작만으로 주고받는 테니스 레슨이 끝나자 해리는 손님을 이어받아서 선반들이 터널처럼 붙어 있는 부품실과 사무실을 재빨리 보여준다. 부품실 차장인 로디가 부품실에서 흰자위를 드러내며 못된 표정으로 두 사람을 바라본다. 무서울 정도로 얼굴이 예쁘고, 얼굴로 흘러내린 긴 곱슬머리를 항상 뒤로 휙 넘기는 버릇이 있는 그의 얼굴과 손에는 회색 기름이 막처럼 묻어 있다. 해리는 시마다 씨의 손에 기름이 묻을까봐 일부러 로디를 그에게 소개하지 않는다. 해리는 황동색 가로대가 달려 있는 문

으로 시마다 씨를 이끈다. 그 문 뒤의 소란스럽고 넓은 정비소는 해리
가 십오 년 전 프레드 스프링어에게서 물려받은 정비부장 매니가 일하
던 곳이지만 지금은 직업학교에서 학위를 받은 통통한 젊은이인 아널
드가 그 자리를 차지하고 있다. 그는 학교에서 배운 대로 세척이 가능
한 작업복을 입고 있는데, 위아래가 붙은 작업복 때문에 통통한 아기
천사 인형이나 눈사람처럼 보인다. 시마다 씨는 소리가 울리는 정비소
문턱에서 머뭇거리더니(금속을 내려치는 망치질 소리 사이로 남자들
의 거친 말이 끼어든다) 뒤로 한 걸음 물러나며 묻는다. "직원들 모라
루 좋아요?"

이건 틀림없이 '사기'를 뜻하는 'morale'일 것이다. 해리는 정비공
들에 대해 생각해본다. 언제나 만족할 줄 모르고 불평을 늘어놓는 것,
수시로 커피를 마시며 멋대로 쉬는 것, 복지 혜택을 늘려줘도 계속 더
많은 것을 요구하는 것, 월요일에는 숙취를 핑계로 결근하는 일이 잦
은 것, 금요일에는 수상쩍을 만큼 일찍 퇴근해버리는 것. 그가 말한다.
"아주 좋지요. 시급 22달러에 보너스와 복지 혜택이 있으니까요. 내가
열다섯 살 때 처음 일을 시작했을 때는 시급이 35센트였습니다."

시마다 씨는 별로 흥미가 없다는 얼굴이다. "흑인 직원은 없나요?
한 명도 안 보이므니다."

"예, 뭐. 흑인 직원을 고용하고 싶어도 자격을 갖춘 사람을 찾기가
힘들어요. 이 년쯤 전에 한 명 있었는데, 솜씨도 좋고 다른 직원들과
사이도 좋았죠. 하지만 지각이나 결근이 너무 잦아서 결국 내보냈어
요. 지각과 결근을 나무랐더니 자기는 '아프리카계 미국인'의 시간대
로 움직인다고 하더군요." 해리는 그 직원의 별명이 블래키였다고 말

하기가 민망하다. 하지만 적어도 미국에서는 이제 두툼한 깜둥이 입술을 한 블랙 삼보 인형을 팔지 않는다. 도쿄에서는 아직도 그 인형이 팔리고 있다고 올여름 〈60분〉에서 본 적이 있다.

"도요타는 공정한 고용주가 되려고 노력하므니다." 시마다 씨가 말한다. "여기 다원주이 사회의 홀륭한 시민이 되고 싶어요. 켄터키주 조지타운의 곤장에서는 많은 흑인들이 일하므니다. 조립라인뿐만 아니라 고위직에도 있어요."

"저희도 노력하겠습니다." 래빗이 약속한다. "여긴 좀 보수적인 지역이지만 그래도 변하고 있어요."

"아주 아름다운 곳이므니다."

"그렇죠."

다시 전시장으로 돌아온 해리는 반드시 설명해야 할 것 같은 마음이 들어서 입을 연다. "우리 아들이 여기 벽과 나무 장식품의 색깔을 골랐습니다. 우리 아들 넬슨요. 나라면 조금 덜한 색으로 갔겠지만, 어, 그러니까, 골랐겠지만, 그래도 아들 녀석은 실력 있는 점장이었어요. 제가 일 년 중 절반을 플로리다에서 보내며 사는 동안 말이죠. 아내는 플로리다의 햇빛을 사랑합니다. 그러고 보니, 아내도 테니스를 칩니다. 테니스를 아주 좋아해요."

시마다 씨가 환하게 웃는다. 그의 입술은 유리에 눌린 것처럼 납작해 보이고, 사각형 금테 안경은 유난히 눈에 밀착해 있는 것 같다. "우리도 넬슨 앵스트롬을 아므니다." 그가 말한다. 그는 자음이 많이 들어간 '앵스트롬'이라는 이름을 잘 발음하지 못해서 '앵카스톰'이라고 발음한다. "도요타사에서 가장 유명한 사람이죠."

해리의 가슴이 죄어들고 허리띠 안쪽이 물처럼 흐물거리는 것을 보니 예의를 차리기 위한 길고 긴 대화를 거쳐 이제 이번 방문의 용건에 도달했음을 알 것 같다. "내 사무실에 앉아서 이야기할까요?"

"좋스므니다."

"뭐 마실 거라도? 커피 아니면 차? 물론 일본 차는 아닙니다만. 그냥 립톤 티백이에요……"

"차는 없어도 되므니다." 시마다 씨는 다소 갑작스럽게 해리의 사무실로 들어가 손님용 비닐의자에 앉는다. 크롬 팔걸이에 패딩이 들어간 그 의자는 책상을 마주보고 있다. 시마다 씨는 놀라울 정도로 얄팍한 서류가방을 무릎에 놓고 그 위에 양손을 가볍게 포갠다. 그러자 눈부시게 하얀 소매 끝동이 드러난다. 그는 해리가 책상 뒤에 앉기를 기다렸다가 미리 준비한 듯 싶은 말을 시작한다. "일본의 우리들은 항상 미국에 감탄하고 있스므니다. 점령 기간중 어렸던 저는 커다란 GI 병사들을 존경했스므니다. 그 행복하고 태평한 모습 말이죠. 적군 병사들이지만 나쁜 사람은 아니었스므니다. 강한 사람들이었어요. 우리 천황의 자문들이 불행한 길로 천황을 이끌었고, 맥아더 장군은 우리 눈에 옛날의 천황처럼 거리는 멀지만 아주 뛰어난 사람으로 보였죠. 우리는 장군이 권하는 일을 하려고 열심히 노력했스므니다. 불에 탄 도시를 재건하고, 민주주의를 배우고. 처음에 일본은 미국 앞에서 겸손했스므니다. 도요타의 역사를 아시죠? 처음에는 아주 소박했다가 점점 커져서 작은 사람들도 살 수 있는 좋은 물건을 만들었스므니다. 그렇죠? 여러분이 원하는 것이 우리에게 있스므니다. 그렇죠?"

"그건 좋은 슬로건입니다." 해리가 말한다. "최근에 위에서 내려보낸 슬로건들 중에서 그게 마음에 들어요."

하지만 시마다 씨는 조금이라도 방해받기를 원하지 않는다. 반짝반짝 잘 다듬어진 손을 어둡고 진한 빨강색의 얄팍한 서류가방 위에 단단히 붙인 채 그는 자기 목소리가 똑똑히 들리도록 상체를 앞으로 기울인다. "어쨌든 전쟁이 끝난 뒤 일본인들은 남자나 여자나 모두 미국을 크게 존경하게 됐스므니다. 큰형님처럼. 하지만 최근에는 큰형님이 동생처럼 굴면서 항상 징징거리며 불평하므니다. 일본이 불공정한 무역을 하고 있다면서 많은 것을 요구하므니다. 뭐가 불공정하므니까? 관세와 수송비가 붙어도 더 싼 제품을 만들면 사람들이 좋아하면서 사므니다. 옛날에 미국도 그랬스므니다. 하지만 새 시대에 미국은 아무것도 안 만들고 합병이나 하고, 인수나 하고, 세금을 내리고, 국가부채를 늘리므니다. 나오는 건 없고 들어가는 것만 있스므니다. 외국 물건, 외국 자본. 미국은 모든 걸 가져가면서 아무것도 안 내놓스므니다. 커다란 블랙홀처럼."

시마다 씨는 블랙홀이라는 최신 단어를 비유로 사용한 것에, 그리고 상대의 말문을 막아버린 자신의 유창한 영어 실력에 자부심을 느끼고 있다. 그는 혼자 미소를 지으며 서류가방을 연다. 두 개의 버클을 여는 소리가 총소리처럼 들려서 해리는 화들짝 놀란다. 시마다 씨는 가방 안에서 빳빳한 크림색 종이 한 장을 꺼낸다. 타자로 친 숫자들이 띄엄띄엄 종이를 장식하고 있다. "여기의 숫자에 따르면, 88년 11월부터 89년 5월까지 스프링어 모터스는 공장도가로 총 13만 7400달러에 달하는 도요타 자동차 아홉 대의 판매실적을 보고하지 않았스므니다. 이 금액에 이자가 쌓여 오늘 현재 14만 5800달러이므니다." 시마다 씨는 습관 때문에 반사적으로 허리를 숙여 인사하려는 것을 반쯤 억제한 것 같은 동작을 하면서 서류를 책상 너머로 넘겨준다.

해리는 자신의 커다란 손으로 서류를 덮고 말한다. "예, 뭐, 그렇지만 이런 사실을 모두 그쪽에 알린 건 우리가 고용한 회계사들입니다. 스프링어 모터스가 누굴 속이려 한 게 아니라는 말씀입니다. 조금 이례적이고 이상한 일이 여기서 벌어진 건 사실이지만, 지금은 그 상황을 바로잡는 중입니다. 내 아들은 마약 문제가 있어서 못된 놈을 경리담당으로 고용했고, 둘이서 같이 회사 돈을 빼돌렸습니다. 브루어 트러스트에도 사기를 쳤고요. 둘이 함께 알던 사이인, 이미 죽은 친구가 차를 산 것처럼 꾸민 겁니다. 말이 됩니까? 하지만 말입니다, 아내랑나는, 엄밀히 말하면 아내가 여기 주인이니까 하는 말입니다만, 우리는 미드애틀랜틱 도요타에 지불해야 하는 돈을 한푼도 남김없이 지불할 생각입니다. 그러니 나중에 이자를 어떻게 계산했는지 나한테도 보여주시기 바랍니다."

시마다 씨는 몸을 조금 뒤로 기울이며 지금까지 한 말 중에서 가장 짧은 말을 한다. "언제쯤?"

해리는 과감하게 모험을 한다. "8월 말." 삼 주 뒤다. 어쩌면 은행에서 대출을 받아야 할지도 모르지만, 브루어 트러스트도 이미 이 사건을 조사중이다. 뭐, 재니스가 고용한 회계사들이 그렇게 똑똑하다면 이것도 해결해주겠지.

시마다 씨가 평면적인 얼굴에 찰싹 붙은 안경 뒤에서 놀란 듯 눈을 깜박이더니 알겠다는 듯이 고개를 끄덕이는 것 같다. "8월 말. 이자는 TMCC 표준대출규정에 따라 매달 12퍼센트 복리이자로 계산했스므니다." 그는 서류가방을 탁 닫고 가느다란 측면으로 균형을 맞춰 의자 옆에 세워놓는다. 그리고 해리의 책상 위에 놓인 사진을 비스듬히 바라본다. 삼사 년 전 아직 앞머리가 짧을 때의 재니스가 스팽글이 붙은 긴 드레스를 입고 발할라 빌리지의 신년 전야 파티에 가려는 모습을 펀 드렉셀이 플래시를 터뜨려 찍은 컬러사진이다. 그녀가 사용한 니코맷 카메라는 버니가 바로 얼마 전 하누카 선물로 준 것인데, 사진이 놀라울 정도로 잘 나와서 파티를 기대하고 있는 재니스의 얼굴이 실제보다 젊어 보인다. 노출시간이 조금 길고 초점이 잘 맞지 않아서 눈도 별처럼 반짝인다. 넬슨이 재킷에 넥타이 차림으로 찍은 고등학교 졸업사진도 있다. 머리카락을 여자처럼 길게 길러서 어깨로 늘어뜨린 사진이다. 그리고 넬슨이 이 책상에서 일하면서 남기고 간 흑백사진도 있다. 해리가 학창시절에 농구 유니폼을 입고 마치 슛을 하려는 것처럼 반짝이는 오른쪽 어깨 너머로 공을 들어올린 포즈를 취한 흑백사진이다. 사진 속 그의 머리는 짧고, 눈은 졸린 듯하고, 유니폼 상의에는 MJ라는 글자가 찍혀 있다.

시마다 씨가 꼿꼿이 세우고 있던 허리를 조금 허물어뜨린 것은 이제부터 조금 덜 공식적인 새로운 대화를 하겠다는 신호다. "요즘 젊은이들은 정말로 흥미롭스므니다." 마침내 그가 마음을 정하고 입을 연다. "인류 역사상 대부분의 기간과는 달리 굶주림을 두려워하지 않고, 최근까지는 원자탄도 두려워하지 않았죠. 하지만 무서워하는 게 있기는 하므니다. 행복해지지 못하는 것. 일본도 그렇스므니다. 청바지와 록음악만으로는 충분히 행복해지지 않아요. 옛날에 일본 사람들은 아주 소박한 것만으로도 행복해졌스므니다. 어느 순간에 물고기가 사는 연못에 비친 달빛. 대숲에서 우는 귀뚜라미 소리. 아주 작은 것들이 아주 커다란 감정을 일으켰죠. 작은 섬나라인 일본은 거의 아무것도 없는 상태에서 어떻게든 해나가야 하므니다. 한없이 넓은 중국과도 다르고, 미국과도 달라요. 유전도 없고 넓은 땅도 없스므니다. 있는 건 사람뿐이고, 기율뿐이에요. 카리포니아에서 오 년째 살고 있는데 실망스럽스므니다. 미국인들은 기율이 부족해요. 물론 좋은 자질을 많이 갖고 있스므니다. 테니스도 잘하고, 마음씨도 착하고, 재미있는 것도 많고. 나한테도 소중한 미국인 친구들이 많스므니다. 그 친구들은 프랭크린 루스벨트 시절에 일본인들이 수용소에 갇혔던 것에 대해 항상 내게 사과를 해요. 그때마다 나는 깜짝 놀라서 말하므니다. '전쟁이었잖아요!' 전쟁 때는 기율이 필요하므니다. 전쟁뿐만이 아니므니다. 평화도 일종의 전쟁이므니다. 이제 우리의 전쟁 상대는 미국이나 영국이 아니라 닛산, 혼다, 포드이므니다. 도요타 대리점이라면 반드시 기율과 질서가 있어야 하므니다."

해리는 반드시 방해해야 할 것 같은 기분이 든다. 이 독백이 향하는 방향이 마음에 들지 않는다. "우리는 이 대리점이 그렇다고 생각하므니다. 올여름 전체적인 추세와는 반대로 판매가 8퍼센트 증가했으니까요. 나는 항상 사람들에게 말합니다. 도요타도 우리에게 잘해줬고, 우리도 도요타에게 잘해줬다고요."

"죄송하므니다만, 그만." 시마다 씨가 간단히 말하고는 다시 말을 잇는다. "미국에서는 질서와 자유 사이의 투쟁이 굉장하므니다. 다들 자유를 이야기하므니다. 신문, 테레비 앵커, 사람들 전부. 자유에 대한 이야기가 아주 많스므니다. 스케이트보드를 타는 사람들은 가난한 노인들과 부딪칠 위험이 있는데도 해변 산책로를 이용할 자유를 원하므니다. 라디오를 들고 있는 흑인들은 엄청엄청 큰 소음으로 자신을 표현할 자유를 원하므니다. 남자들은 총을 갖고 다니며 고속도로에서 장난삼아 마음대로 총을 쏠 자유를 원하므니다. 카리포니아에서 나는 개똥을 보고 엄청 놀랐스므니다. 개똥이 어디나 있스므니다. 개들한테 어디서나 똥을 쌀 수 있는 중요한 자유가 있는 것 같스므니다. 개끗한 잔디밭이나 시멘트 포장보다 개들의 자유가 더 중요하므니다. 미국에서 도요타는 자유의 바다에 떠 있는 질서의 섬을 만들기를 바라고 있스므니다. 세상의 요구와 내면의 요구, 그러니까 일본어로 각각 기리義理와 닌조人情라고 부르는 것 사이에 적절한 균형을 이루고 싶스므니다." 그는 몸을 앞으로 기울이더니 하얀 소매 끝동을 번개같이 휙 움직여 해리의 책상 위에 놓여 있는 종이 위의 숫자들을 톡톡 두드린다. "너무 무질서하므니다. 개똥이 너무 많스므니다. 8월 말까지 지불한다면, 형사고발은 안 하겠스므니다. 하지만 싱어 모터스는 이제 도요타 대리점이 아니므니다."

"스프링어입니다." 해리가 아무 생각 없이 자동적으로 말한다. "저……" 그는 간청한다. "내 아들이 그렇게 된 것에 대해 나만큼 힘들어하는 사람은 없어요."

이번에는 시마다 씨가 그의 말을 방해하고 나선다. 일본어의 아름다운 그림자가 깃든 말들이 그를 휘두르고 있다. "아들만이 아니므니다. 그런 아들의 아버지와 어머니는 누구이므니까? 어디에 있으므니까? 프로리다에서 햇빛과 테니스를 즐겼스므니다. 아들이 자동차로 장난을 치는 동안. 넬슨 앵카스톰은 도요타 대리점을 운영하기에는 아직 너무 어린 아이였스므니다. 그 사람 때문에 도요타는 체면을 잃었스므니다." 이 말을 할 때 그의 납작한 입술이 더욱 아래로 처지고, 그는 눈을 크게 뜨며 찡그린 표정을 짓는다.

해리는 절망적인 심정으로 주장한다. "젊은 소비자들을 끌려면 젊은 판매원이 필요합니다. 넬슨은 두어 달 뒤면 서른세 살입니다." 말해봐야 소용없다는 생각이 든다. 넬슨과 같은 나이에 예수는 십자가에 못박혀 인류를 구원했다는 이야기를 시마다 씨에게 해봤자 오히려 반감을 살지도 모른다. 해리는 마지막 호소를 한다. "이곳 사람들의 호의를 모두 잃게 될 겁니다. 브루어 사람들은 삼십 년 동안 도요타를 사려면 어디로 가야 하는지 알고 있었습니다. 여기 111번 도로변에 있는 이 대리점으로 와야 한다는 걸."

"이젠 아니므니다." 시마다 씨가 단언한다. "개똥이 너무 많아요, 앵크스트롬 씨." 이 이름을 그가 말한 것이 세번째인데, 이번에는 거의 비슷했다. 그것만은 인정해주어야 한다. "도요타는 제품으로 나쁜 짓을 하는 것을 좋아하지 않스므니다." 그는 날씬한 서류가방을 들고 일어선다. "그 명세서를 보관해두세요. 더 많은 서류가 올 거므니다. 비록 유감스러운 일로 왔지만 즐거웠스므니다. 일반적인 주제에 관한 이야기도 좋았고요. 리무진 운전기사한테 422번 도로로 가는 가장 가까운 길을 알려주시겠스므니까? 크라우스 씨 사무실이 거기 있어요."

"루디를 만나러 가는 겁니까? 원래 여기서 일했습니다. 처음부터 전부 내가 일을 가르쳤어요."

희미한 줄무늬가 들어간 연한 파란색 양복을 입은 시마다 씨의 몸이 조금 굳는다. "좋은 스승이 항상 좋은 부모인 건 아니죠."

"만약 루디가 이 도시 유일의 도요타 대리점이 되려면 먼저 마쓰다를 포기해야 할 겁니다. 그쪽의 방켈 엔진은 정말이지 쓸모가 없어요. 다람쥐 우리랑 너무 비슷해요."

해리는 이미 도끼가 떨어졌다고 생각하니 머리가 어지럽다. 조마조마하게 기다릴 때가 최악이다. 반면 포기하고 손을 놓아버리는 데에는 나름대로 기분좋은 측면이 있다. "그건 그렇고 렉서스가 잘되길 바랍니다." 그가 말한다. "도요타 하면 고급차를 생각하는 사람이 별로 없지만, 무엇이든 바뀔 수 있는 거니까요."

"무엇이든 변합니다." 시마다 씨가 말한다. "그것이 세상의 슬픈 비밀이죠." 다시 전시장으로 나온 그가 묻는다. "아름단 아가시는?" 엘비라가 또각또각 소리를 내며 씩씩하게 전시장을 가로질러 걸어온다. 귀걸이가 턱끝에서 춤을 춘다. 방문객이 묻는다. "혹시 나중에 필요할지도 모르니까 명함을 주시겠스므니까?" 엘비라가 정장 주머니에서 명함을 꺼내주자 시마다 씨는 그것을 받아 진지하게 살펴보더니 양손을 옆구리에 붙이고 허리를 숙여 인사한 뒤 미국식 농담을 하려는 듯 테니스의 백핸드를 흉내낸다.

"제대로 익히셨네요." 엘비라가 말한다. "뒤로 갈 때 낮게 유지하세요."

그는 다시 허리를 숙여 인사하고는 해리에게 시선을 돌려 환한 미소를 짓는다. 얼굴근육이 움직이면서 안경테가 밀려올라갈 정도로 환한 미소다. "여러 문제들이 잘 풀리길 바라겠스므니다. 너무 늦기 전에 직원 가격으로 렉서스를 사두는 것도 괜찮겠죠." 이것은 일본식의 가벼운 농담인 것 같다.

해리는 잘 다듬어진 그 손을 세게 쥔다. "이젠 코롤라조차도 살 수 없을 것 같군요." 그는 이렇게 말하고 나서 정말이지 호의에서 우러나온 반사적인 행동으로 허리를 살짝 숙여 인사한다. 그리고 방문객을 바깥의 리무진까지 배웅한다. 흑인 운전기사가 펜더에 기대어 피자를 먹고 있고, 해를 가렸던 구름이 물러나고 있다. 아무 색깔도 없고 자비도 없는 한여름의 눈부신 햇빛에 해리는 움찔한다. 가벼운 기분은 모두 사라지고 그는 갑자기 잃어버린 것을 생각하며 연약한 환자가 된 것 같은 기분이 든다. 파란색의 커다란 **도요타** 간판, 살짝 이상한 동양적 색깔이긴 해도 잘 만들어진 자동차들이 햇빛을 받아 반짝이며 잔잔한 호수처럼 늘어서 있는 광경이 없는 부지를 상상하기 힘들다. 가여운 재니스, 큰 충격을 받을 것이다. 자신이 아버지를 실망시켰다고 생각할 테니까.

하지만 재니스의 반응은 그렇게 강렬하지 않다. 재니스는 요즘 부동산 강의에 더 관심이 쏠려 있다. 재니스는 십 주짜리 코스 한 쌍을 수료했고, 지금 새로운 코스를 듣고 있다. 그리고 함께 강의를 듣는 동료들과 한참 동안 전화로 이야기를 나누곤 한다. 다음 시험에 대해 이야기할 때도 있고, 강사인 리스터 씨가 새로 기른 멋진 수염과 그의 매력적인 성격에 대해 이야기할 때도 있다. "넬슨한테 뭔가 계획이 있겠지." 재니스가 말한다. "계획이 없다 해도, 다 같이 앉아서 의논하면 돼."

"의논? 20만 달러가 사라지게 생겼는데! 게다가 이젠 도요타 대리점도 못하게 됐잖아."

"도요타가 그렇게 대단해, 해리? 넬슨은 아주 싫어하던데. 미국 차 대리점을 하면 안 되나? 디트로이트가 크게 살아나고 있지 않아?"

"넬슨 앵스트롬을 감당할 수 있을 만큼은 아냐."

재니스는 해리의 말을 농담으로 생각하는 척하면서 말한다. "너무하잖아." 그러고는 그의 얼굴을 보더니 그의 표정에 화들짝 놀랐다가 슬픈 표정을 지으며 부엌을 가로질러와서 그의 얼굴을 어루만진다. "해리, 너무 심각하게 생각하지 마. 그러지 마. 옛날에 아버지가 자주 하신 말씀이 있어. '한 가지 일이 잘되면 반드시 안 되는 일이 있고, 한 가지 일이 안 되면 반드시 잘되는 일이 있다.' 일주일만 지나면 넬슨이 돌아올 거야. 사실 그때까지 우리가 할 수 있는 일은 없잖아." 부엌 창문의 방충망 밖에서는 나방들이 계속 창에 부딪히고, 8월 초의 저녁 특유의 색채가 공기 중에 섞여 있다. 아직 여름의 온기는 남아 있지만, 빛은 점점 뒤로 물러날 때의 색깔이다. 낮이 점점 짧아지면서 죽은 풀의 건조함과 귀뚤귀뚤 울어대는 벌레들이 슬금슬금 다가오고 있다. 올여름에는 심하게 비가 내렸는데도 그렇다. 해리가 기억하는 한 다이아몬드 카운티에 올해만큼 뇌우와 돌발적인 폭우가 잦았던 적은 없다. 마당에 수양벚나무에서 떨어진 갈색 이파리 몇 개가 보인다. 보라색 비비추의 꽃자루는 죽어가고 있다. 해리는 소외감과 피로감 속에서 땅과 점점 가까워지고 있다. 덤불 밑의 그림자 속에 숨어 있는 땅은 그의 유아 시절을 아직도 치마폭 속에 간직하고 있는 친숙한 어머니와 같다.

"젠장." 그가 말한다. 프루가 석 달 전 그를 찾아와 그와 함께 자기로 했다는 절망적인 결정을 알리며 이 말을 한 이후로 그에게 마법 같은 힘을 지닌 단어다. "넬슨한테 도대체 무슨 계획이 있겠어? 감옥에나 안 가면 다행일 텐데."

"자기 집 돈을 훔친 죄로 감옥에 가는 사람은 없어. 넬슨은 병을 앓고 있었어. 당신과 마찬가지로 환자였다고. 당신의 병은 협심증이지만, 넬슨의 병은 약물중독이었다는 게 다를 뿐이야. 지금은 두 사람 모두 많이 회복됐잖아."

해리는 재니스가 하는 말 속에서 다른 사람들의 목소리, 그가 아닌 다른 곳에서 들은 의견과 지혜를 점점 더 많이 듣는다. "도대체 누구랑 무슨 이야기를 한 거야?" 그가 말한다. "모르는 게 없는 도리스 카우프만 같은 소리잖아."

"카우프만이 아니라 에버하트야. 도리스랑 이야기한 지는 몇 주나 됐어. 하지만 부동산 강의를 같이 듣는 여자들 몇 명이랑 수업이 끝난 뒤에 파인 스트리트에 있는 아담한 집에 가기는 해. 적어도 아주 늦은 시간이 되기 전에는 분위기가 그리 거칠어지지 않는 곳이거든. 그런 모임에서 프랜시 앨버레즈가 모든 종류의 중독을 인플루엔자 같은 의학적 문제로 봐야 한다고 말했어. 그렇지 않으면 다들 미친듯이 화를 내면서 중독자들을 마구 비난하게 될 거래. 중독자들이 그러고 싶어서 그런 것도 아닌데."

"그건 그렇다 치고 넬슨이 제대로 치료가 돼서 나올 거라고 생각하는 근거는 뭔데? 6천 달러가 들었어도 그 녀석은 그까짓 것이라고 생각할걸. 녀석이 거기 들어간 건 그저 바람을 피하려는 거였으니까. 당신도 당신 입으로 말했잖아. 녀석이 세상의 그 무엇보다 코카인을 사랑한다고 말했다며. 당신보다도, 나보다도, 제 자식들보다도 사랑한다고."

"뭐, 살다보면 자기가 사랑하는 걸 포기해야 할 때도 있는 법이야."

찰리. 지금 재니스는 찰리를 생각하며 저토록 진지하고, 슬프게 현명하고, 현명하게 단호한 목소리를 내는 건가? 사라져가는 8월의 빛 속에서 재니스의 눈에 깃든 어둠이 그를 부른다. 여자로서 살아온 일생에서 배운 지혜를 함께 나누자. 재니스의 손가락이 다시 해리의 뺨을 건드린다. 잠자리에 누웠을 때 자꾸만 얼굴에 내려앉는 파리와도 같은 감촉. 얇은 피부 여기저기가 간질거린다. 짜증스럽다. 해리는 머리를 홱 움직여서 재니스의 손을 떨쳐버리려고 한다. 재니스는 손을 거둬들였지만 엄숙하게 그를 바라보는 표정은 바뀌지 않는다. "내가 넬슨보다 더 걱정하는 건 당신이야. 혹시 협심증이 재발하는 것 아냐? 숨이 차진 않아?"

"가끔 쑤시듯이 아프긴 해." 그가 인정한다. "하지만 약만 한 알 먹으면 괜찮아져. 그냥 견디면서 살아야지, 뭐."

"혹시 우회술을 받았어야 하는 게 아닌가 싶어."

"풍선을 넣은 것도 끔찍했어. 의사들이 내 몸속에 풍선을 남겨둔 것 같은 기분이 가끔 들어."

"해리, 적어도 운동이라도 좀 해. 부지에서 돌아오면 당신 방에서 텔레비전을 보다가 침대로 가잖아. 이젠 골프도 안 치고."

"옛날 친구들이 다 사라져서 재미가 없어. 요즘 플라잉이글에 다니는 젊은 녀석들은 늙은이랑 같이 치고 싶어하지 않는다고. 플로리다에 가면 다시 시작할 거야."

"그것도 우리가 의논해야 하는 일이야. 우리가 곧장 플로리다로 가서 육 개월 동안 지낼 거라면 내가 여기서 부동산 자격증을 따는 의미가 없잖아. 여기 업계에서 내 자리를 굳힐 수가 없으니까."

"자리라, 그건 이미 많이 갖고 있잖아. 프레드 스프링어의 딸이고 해리 앵스트롬의 아내라는 자리. 게다가 지금은 유명한 코카인 중독자의 엄마이기도 하지."

"난 직업적인 걸 말한 거야. 리스터 씨가 자주 쓰는 말이라고. 그건 주위 사람들이 내가 항상 그 자리에 있다는 걸 알게 된다는 뜻이야. 일이야 어찌되든 플로리다로 떠나버리는 사람이 아니라."

"그래, 내가 스프링어 모터스의 점장일 때는 넬슨한테 방해가 안 되게 숨겨버리기에 플로리다가 알맞은 곳이었겠지. 그런데 이제 당신이 일하는 여자가 될 생각이니까 플로리다는 그냥 잊어버려라?"

"뭐……" 재니스가 인정한다. "내가 회사 빚을 갚는 데 도움이 되려고 플로리다의 아파트를 파는 방법을 생각해보긴 했어."

"팔아? 내가 죽기 전에는 안 돼." 그가 말한다. 반드시 진심이 담겨 있다기보다는 그저 텔레비전 시트콤에서 항상 화를 내는 아버지들처럼 분노하고 있는 자신의 목소리가 듣기 좋기 때문이다. 재니스의 부동산 강의 동료가 재미있다고 권해주었다는 이유로 며칠 전 밤에 함께 본 영화 〈부모〉에 나온 은발의 스티브 마틴 목소리 같기도 하다. "난 말이야 피가 너무 묽어져서 북부의 겨울을 견딜 수 없어."

재니스는 금방이라도 울 것 같은 표정을 짓는다. 어두운 갈색 눈이 울부짖으며 난동을 피우기 전의 로이처럼 따스하고 생기 없어 보인다. "해리, 난 안 그래도 머리가 복잡해." 재니스가 간청한다. "자격증 시험은 10월이나 돼야 볼 수 있는데, 당신이 곧장 날 데리고 자격증 따윈 아무 소용도 없는 플로리다로 가서 당신보다 나이도 많고 더 형편없는 사람들과 골프나 치겠다니 믿을 수가 없어. 당신은 만날 그 사람들한테 져서 20달러를 잃잖아."

"그럼 당신이 그렇게 으쓱거리며 돌아다니는 동안 난 여기서 뭘 하라고? 부지는 끝났어, 끝장이야. 일본어로는 뭐라고 하는지 몰라도 하여튼 끝이야 끝. 아니 설사 그렇지 않다고 해도, 넬슨 녀석 몸이 절반만 나아도 당신은 녀석을 다시 그 자리에 앉힐 거고 녀석은 내가 옆에 있는 걸 참지 못해. 서로 귀찮아하면서 신경을 긁어댄다고."

"이젠 그러지 않을지도 모르잖아. 넬슨도 당신도 그냥 서로를 참아줄 수 있을지도 몰라."

해리는 얌전히 말한다. "그럴 수만 있으면 좋지." 아버지와 아들이 힘을 합쳐 세상과 맞서며 바닥에서부터 시작해 부지를 재건한다는 상상이 순간적으로 그의 마음을 들뜨게 한다. 자신이 베니, 엘비라와 수다를 떠는 동안 넬슨은 밖에서 호수처럼 반짝이는 자동차 지붕들 사이를 돌아다니며 핫케이크처럼 중고차를 팔아댄다면…… 스프링어 모터스는 프레드가 도요타 대리점 권리를 따내기 전의 상태로 돌아갔다. 수십만 달러의 빚도 있다. 정부는 수조 달러의 빚을 지고 있어도 아무도 신경쓰지 않는데.

재니스는 그의 얼굴에서 희망을 보고 세번째로 그의 얼굴을 만진다. 해리는 요즘 밤마다 적어도 한 번은 일어나야 한다. 텔레비전을 보며 맥주를 한 병 이상 마신 날은 두 번이나 일어나야 할 때도 있다. 그래서 칠흑같이 어두운 침실에서 손으로 사방을 더듬어가며 움직이는 법을 터득했다. 먼저 협탁의 유리 상판을 손으로 만지며 아무것도 보이지 않는 상태에서 몇 걸음 걸은 뒤 내민 팔에 높은 서랍장의 매끈한 모서리가 닿으면 거기서 다시 화장실 문고리를 향해 움직인다. 매일 밤 방안의 사물이 손에 닿을 때마다 그는 손끝의 피부에 묻어 있던 땀과 기름기가 조금 그곳에 남는다는 생각을 한다. 오랜 세월 동안 골프를 칠 때마다 티와 공 표식을 넣었다 꺼냈다 하는 그의 손 때문에 묵은 때가 생긴 골프바지 주머니 가장자리처럼 니스를 바른 서랍장 모서리도 세월이 흐르면 어둡게 변할 것이다. 안전하게 화장실에 도착해서 어둠 속에서 빛을 내는 전등 스위치를 올리고 나면 자신이 죽은 뒤에도 자신이 어둠 속을 더듬으며 남긴 그 땀과 기름기 얼룩이 니스 위에 그림자처럼 남아 있을 것이라는 생각이 가끔 든다. 그의 몸에서 분비된 기름기가 남긴, 현미경적인 구름이다.

"너무 그러지 마, 여보." 재니스가 말한다. 그녀가 이렇게 직접적으로 호소하듯 말하는 경우는 워낙 드문 일이라서 되살아난 남편의 정이 늙어서 단단해진 그의 심장에 박차를 가한다. "넬슨의 일은 너무 끔찍해서 정말 스트레스야. 비록 내가 겉으로 잘 드러내지는 않지만. 난 걔 엄마니까 속도 상하고 창피해 죽겠어. 앞으로 어떻게 될지도 잘 모르겠고. 모든 게 계속 변하고 있으니까."

그의 가슴이 갑갑해진다. 왼쪽 갈비뼈가 찌르듯이 아프다. 넬슨과 나란히 일하는 상상은 날아가버렸다. 그건 몽상이었다. 그는 평소와 다르게 우울하고 직선적이어서 무서울 정도인 재니스를 웃기려고 진부한 농담을 던진다. "나 같은 늙은이한테 그런 말을 하면 안 되지."

넬슨이 재활원에서 돌아오기로 예정된 날, 미국 하원의원이 비행기 사고로 목숨을 잃는다. 이 주일 만에 똑같은 일이 두번째 벌어졌는데, 이번에는 공화당의 백인 의원이다. 지난번 사고는 에티오피아에서, 이번 사고는 루이지애나에서. 지난번에 죽은 사람은 전직 블랙팬서,* 이번에 죽은 사람은 전직 보안관. 정치가가 그렇게 위험한 직업일 줄이야. 하지만 정치가는 비행기를 자주 탄다. 프루는 노스필라델피아에 있는 사회적응 훈련용 주택에서 남편을 데려오려고 차를 몰고 떠났고, 재니스는 그동안 아이들을 봐준다. 그리고 프루와 넬슨이 도착하자마자 재니스는 펜파크의 집으로 돌아온다. "그쪽 네 식구끼리만 있는 게 좋을 것 같아서." 재니스가 해리에게 설명한다.

"넬슨은 어떤 것 같아?"

재니스는 혀끝으로 윗입술을 건드리며 생각에 잠긴다. "뭐랄까…… 진지해 보였어. 생각을 제대로 하고 있는 차분한 느낌. 전처럼 예민하고 신경질적인 모습은 전혀 없어. 도요타가 대리점 권리를 빼앗아가는 거랑 당신이 곧 14만 5천 달러를 갚겠다고 한 것에 대해 프루가 얼마나 얘기해줬는지는 나도 몰라. 난 넬슨한테 다짜고짜 그런 말부터 하고 싶지 않았어."

"그럼 당신은 무슨 말을 했는데?"

"아주 좋아 보인다고 했지. 사실 살이 조금 찐 것 같더라고. 그리고 재활 프로그램을 끝까지 마친 것에 대해 당신과 내가 대견해하고 있다고 말했어."

---

* 미국의 흑인 좌익과격단체 당원.

"허. 녀석이 나에 대해 묻기는 해? 내 건강에 대해서?"

"꼭 그렇지는 않았어, 해리. 하지만 당신한테 무슨 일이 있었다면 우리가 벌써 얘기했을 거라는 걸 녀석도 아니까 그런 거지. 넬슨은 아이들한테 아주 관심을 보였어. 얼마나 감동적이었는데. 넬슨이 애들 둘을 데리고 옛날에 어머니의 화분들이 있던 방으로 들어갔어. 우리가 일광욕실이라고 부르던 방 말이야. 그러고는 그동안 아빠 노릇을 잘못해서 미안하다며 약을 먹었던 것에 대해 설명해주고, 다시는 마약을 사용하지 않는 법을 가르쳐주는 곳에 다녀왔다고 말했어."

"당신한테는 아들 노릇을 잘못해서 미안하다고 사과 안 했어? 프루한테 남편 노릇을 엉망으로 해서 미안하다는 말은?"

"넬슨과 프루가 서로 무슨 얘기를 나눴는지는 나도 전혀 몰라. 차를 타고 오는 동안 몇 시간이나 둘이 같이 있었으니까. 필라델피아의 도로 사정이 점점 나빠지고 있잖아. 고속도로에서 벌어지는 공사가 워낙 많아서. 도로며 다리가 전부 한꺼번에 엉망이 되고 있어."

"녀석이 나에 대해서는 한마디도 안 했어?"

"했어. 당연히 했지, 여보. 우리더러 내일 저녁을 먹으러 오래."

"아. 그래서 마약을 끊게 돼서 놀랍다며 감탄해달라고? 그거 아주 훌륭하군."

"그렇게 말하지 좀 마. 넬슨한테는 지금 우리 모두의 힘이 필요해. 원래 자신이 있던 환경으로 돌아가는 게 회복 과정중에서도 제일 힘든 부분이라고."

"환경이란 말이지? 우리가 그 환경이라고?"

"요즘은 그렇게들 말하잖아. 넬슨은 레이드백에 모여서 마약을 하는 그 젊은 애들하고 이제 어울리지 말아야 돼. 그러니까 가족들이 열심히 그 빈틈을 메워줘야지."

"아이고, 세상에. 훌륭한 어머니 한 분 나셨네." 해리가 말한다. 울화가 속에서 부글거린다. 넬슨이 돌아온 탕아처럼 이렇게 모든 관심을 받는 것에 화가 난다. 재니스가 어려운 단어들을 새로 배우면서 그에게서 멀어져 새로운 곳을 향해 밀고 나아가는 것에 화가 난다. 온 세상이 빚 천지인데 아무도 갚지 않는다는 사실에 화가 난다. 멕시코도 브라질도, 허울만 그럴듯한 은행들도, 넬슨도. 구식 윤리가 래빗에게 뭘 해준 적은 없지만, 그 윤리가 무너졌다고 생각하니 속이 상한다.

그날 밤과 다음날 낮이 지나간다. 밤에는 침대에서, 낮에는 부지에서. 그는 베니와 엘비라에게 넬슨이 돌아왔는데 제 어머니 말로는 살이 조금 쪘고 아직 아무런 계획도 말하지 않았다고 알린다. 엘비라는 루디 크라우스에게서 422번 도로변의 자기 가게로 와서 일하지 않겠느냐는 전화를 받았다. 시마다 씨라는 사람이 그녀를 몹시 칭찬했다는 것이다. 엘비라는 또한 제이크가 오리올의 볼보-올즈 대리점을 떠나 포츠타운 근처의 렉서스 대리점으로 옮길 예정이라는 소식을 듣는다. 하지만 지금은 그냥 차분히 이곳에 남아서 넬슨이 무슨 계획을 갖고 있는지 두고 볼 생각이다. 베니는 다른 대리점으로 옮기려고 자리를 알아보고 있지만 그다지 걱정하는 눈치는 아니다. "어차피 일어날 일은 일어나게 돼 있어요. 무슨 뜻인지 아시겠어요? 저한테 건강과 가족만 있으면 됩니다. 저한테는 그게 가장 중요해요." 해리는 시마다 씨의 기습공격에 대해 정비부에는 절대 말하지 말라고 두 사람에게 부탁했다. 그는 점점 이곳에서 마음이 멀어진다. 플라스틱 타일을 붙인 전시장 바닥을 걸을 때도 그의 머리는 그 위에 둥둥 떠 있는 것 같다. 퍼레이드 날 여기저기가 파이고 노란 줄무늬가 있던 아스팔트 위에 그의 모자가 아찔할 정도로 높이 떠 있었던 것처럼. 그는 점점 자라고 있다. 그는 차를 몰고 집으로 돌아가서 역시 뉴스의 시작을 알리는 브로코의 목소리를 듣는다(입술이 언청이처럼 생겼는지는 몰라도 최소한 발음이 이상하지는 않다). 하지만 재니스가 그에게 자신과 함께 다시 셀리카를 몰고 브루어를 가로질러 마운트저지로 가야 한다고 종용한다. 평생 그 길을 몇 번이나 다녔는지 모르겠다.

넬슨은 콧수염을 깎고 귀걸이도 떼어냈다. 운동장에서 아이들과 어울린 덕분에 얼굴이 그을렸고, 정말로 조금 통통해 보인다. 콧수염이 사라져서 다시 모습을 드러낸 윗입술은 옛날 장모의 입술처럼 길고 도톰해서 앞으로 불쑥 튀어나온 것 같다. 결국 넬슨은 장모를 닮은 것이다. 속을 잔뜩 채워넣은 소시지 같던 장모의 모습이 넬슨에게서도 조금씩 나타나는 것이 보인다. 녀석은 마치 할머니처럼 뻣뻣하게 움직인다. 재활원이 그에게서 약기운과 예민함뿐만 아니라 신경이 자연스러운 속도로 빠르게 반응하는 능력까지 짜내버린 것 같다. 아버지인 해리의 눈에 넬슨이 중년처럼 보이는 것은 이번이 처음이다. 점점 숱이 줄어가는 머리와 여기저기 두피가 드러나 있는 모습도 그의 일부다. 이것만은 치료로 해결할 수 있는 일이 아니다. 해리는 넬슨의 모습에서 목사를 떠올린다. 셀마의 장례식에서 본 그 얼간이 목사처럼 조금은 말쑥하고, 풍채가 좋고, 별로 이름도 없는 종파를 대표하는 사람. 넬슨은 그동안 터득한 딱딱한 예의를 옷차림에도 적용했다. 계절에 맞게 습하고 따뜻한 저녁인데도 넬슨은 하얀 와이셔츠에 줄무늬 넥타이를 매고 있어서 해리는 플라잉이글의 로고가 새겨진 연한 색 폴로셔츠를 입은 자신이 젊은이가 된 것 같은 기분을 느낀다.

넬슨은 문간에서 부모를 맞이하며 제 엄마와 포옹한 뒤 아버지와도 같은 인사를 시도하기 위해 자기보다 훨씬 키가 큰 아버지의 몸에 어색하게 양팔을 두르고 잡아당겨 따끔거리는 뺨을 맞대고 비빈다. 해리는 깜짝 놀랐다. 기분도 좋지 않다. 넬슨의 포옹은 과시용 같고, 변태 동성애자 같고, 억지로 하는 것 같았다. 텔레비전 설교자들이 청중들에게 권하는 포옹. 그들은 그런 말을 하고 나서 화면에서 사라져 자기 비서랑 자러 간다. 넬슨의 나이가 두 자리 수가 된 뒤로 해리와 넬슨은 서로의 몸에 손을 댄 적이 거의 없다. 넬슨은 틀림없이 모종의 화해를 시도한 것이겠지만 해리에게는 이것이 아들이 어딘가 다른 곳에서 배워왔을 뿐 앵스트롬 집안과는 아무 상관이 없는 행동처럼 보였다.

프루도 남편이 갑자기 목사처럼 구는 것에 당황한 표정이다. 해리는 자신의 입술에 닿는 그녀의 부드럽고 따스한 입술을 기대하며 몸을 숙이지만, 그에게 돌아온 것은 건조한 뺨뿐이다. 프루가 무서울 정도로 빠르게 얼굴을 돌리며 피한 것이다. 해리는 상처를 받았지만 자기가 뭔가 잘못을 저질렀다고는 생각할 수 없다. 바람이 거칠게 불던 그날 밤 그 일이 있은 뒤로 프루가 침묵하고 있다는 것은 그것을 없었던 일로 하고 싶다는 표시였다. 그래서 그는 기꺼이 그렇게 하겠다는 뜻을 역시 침묵으로 표현했다. 이제 그는 불륜을 저지를 힘, 남아도는 생기가 없다. 거기에 얽힌 위험, 자신이 뭔가를 보여주어야 한다는 사실, 평범한 삶에 섬세한 장식물처럼 덧붙여진 비밀주의, 자신이 불륜을 저지르고 있다는 사실에 항상 집착하며 속을 끓여야 하는 것, 언제 이 사실이 발각돼서 끝장날지 모른다는 불안감. 그는 넬슨이 사실을 알게 되는 것을 생각조차 할 수 없다. 로니가 알게 되는 것은 그다지 신경쓰지 않았지만. 심지어 그때는 옛날 골대 밑에서 팔꿈치로 그를 날카롭게 쿡 찔러줄 때처럼 그런 상황을 즐기기까지 했다. 셀마와 그는 비슷한 사람들이어서 각자 위험과 이점을 가늠해보고, 한 시간 동안 서로 외에는 모든 것으로부터 자유로워질 수 있는 공간을 몰래 만들 수 있었다. 같은 세대 사람들은 같은 노래, 같은 전쟁, 그 전쟁들에 대한 같은 태도, 같은 규칙, 같은 라디오 프로그램을 공유하고 있기 때문에 가능한 일과 불가능한 일을 가늠할 수 있다. 하지만 세대가 다른 사람을 상대할 때는 불장난을 하면서 물위를 걷는 것과 같다. 그래서 그는 프루의 이 작은 변화, 이 냉정함조차도 비난으로 느껴지는 것이 마음에 들지 않는다.

아이들도 함께 식탁에 앉는다. 주디와 해리는 명절 때처럼 음식이 차려진 스프링어 집안의 마호가니 식탁 한쪽 편에 앉고, 맞은편에는 재니스와 로이가 앉고, 양쪽 끝에는 프루와 넬슨이 앉는다. 넬슨이 감사기도를 제안하더니 모두들 손을 맞잡고 눈을 감게 만든다. 그러고는 다들 당황스러워서 소리를 지르고 싶은 지경이 됐을 때 선언하듯 말한다. "평화. 건강. 맑은 정신. 사랑."

"아멘." 프루가 겁먹은 목소리로 말한다.

주디는 해리가 어떤 반응을 보이는지 궁금해서 참을 수 없다는 듯 계속 그를 빤히 바라본다. "좋구나." 그가 아들에게 말한다. "그것도 그 해독센터에서 배운 거냐?"

"해독센터가 아니에요, 아버지. 재활원이에요."

"이름이야 어찌됐든, 거기도 종교 얘기뿐이던?"

"우리가 전능한 힘을 지닌 존재에게 의존하는 무력한 존재라는 걸 인정해야 해요. 그것이 AA*과 NA**의 첫번째 원칙이에요."

"내 기억으로는 네가 전능한 힘 어쩌고 하는 얘기를 별로 좋아하지 않았던 것 같은데."

"맞아요, 지금도 그렇고요. 정통 종교가 말하는 방식은 지금도 싫어요. 그저 우리보다 더 커다란 힘을 지닌 존재가 있다고 믿기만 하면 돼요. 우리가 알고 이해하는 신의 존재 말이에요."

모든 것이 너무나 깔끔하고 분명하게 정리되어 있는 것 같은 느낌이 싫어서 해리는 반박하고 싶은 것을 간신히 참는다. "그래, 좋지." 그가 말한다. "시나트라의 말처럼, 밤을 무사히 보내게 해주는 거라면 뭐든지." 예전에 밈이 이 말을 그에게 해준 적이 있다. 오늘밤 이 스프링어의 집에서 해리는 밈과 어머니와 아버지, 그리고 1930년대와 1940년대에 하느님을 두려워하는 사람들이 살던 잭슨 로드의 그 초라한 집에서 너무 멀리 떨어져버린 것 같아 후회스럽다.

"아버지는 그런 걸 잘 믿었죠." 넬슨이 말한다.

"그랬지. 지금도 그래." 래빗은 자신이 온화한 표정으로 이런 말을 하는 것이 아들의 신경을 건드린다는 것을 알고 있다. 하지만 참지 못하고 말을 덧붙인다. "할렐루야. 의사들이 카테터를 내 심장에 꽂아넣었을 때 난 빛을 봤다."

넬슨이 선언한다. "재활원에서 밖에 나가면 약을 끊은 것을 놀리는

---

* 알코올중독자 재활 모임.
** 마약중독자 재활 모임.

사람들이 있을 거라고 했어요. 하지만 그런 사람 중에 아버지가 있을 거라는 말은 미처 못 들었네요."

"난 놀리는 게 아냐. 세상에. 평화든 사랑이든 맑은 정신이든 원하는 대로 가지면 되지. 난 전적으로 찬성이다. 우리 모두 그래. 그렇지, 로이?"

아이가 갑자기 이름이 불린 것이 싫은 듯 화난 표정으로 노려본다. 헐렁하게 아래로 벌어져 있는 젖은 아랫입술이 가늘게 떨리기 시작하더니 아이는 제 엄마가 있는 쪽으로 고개를 돌린다. 프루가 부드러운 목소리로 해리에게 말한다. 그의 말을 인정하는 듯한 분위기가 마치 안개처럼, 덧창을 내린 창문에 부딪히는 빗줄기처럼 그 목소리에서 느껴진다. "로이는 다시 돌아온 넬슨에게 적응하느라고 아주 힘들어하고 있어요."

"그 기분은 나도 안다." 해리가 말한다. "우리 모두 넬슨이 집에 없는 것에 익숙해졌으니까 말이야."

넬슨이 이럴 수가 있느냐는 듯이 재니스를 바라보자 재니스가 말한다. "넬슨, 네가 상담 일을 했던 걸 얘기해줘." 이미 그 얘기를 들었으면서 안 들은 척 꾸미는 목소리다.

넬슨은 묘하게 고요하고 차분한 자세로 앉아서 입을 연다. 해리는 넬슨이 어렸을 때부터 항상 불안해하면서 움찔거리던 모습에 익숙하다. 그래도 그런 모습 속에는 상냥함과 희망이 조금 남아 있었다. "대개는 그냥 듣기만 하는 거예요." 넬슨이 말한다. "상대가 스스로 말하게 내버려두는 거죠. 이쪽은 말을 많이 할 필요가 없어요. 그냥 기꺼이 귀를 기울이며 기다려주겠다는 뜻만 보여주면 돼요. 그러면 아무리 거리에서 잔뼈가 굵은 아이도 결국 마음을 열어요. 나도 그런 경험을 한 적이 있기 때문에 녀석들의 전쟁 이야기 같은 건 별로 대단하지 않다는 걸 가끔 일깨워줄 필요가 있어요. 마약상으로 일한 아이들이 많았어요. 그 녀석들이 자기가 돈을 얼마나 많이 벌었는지 아느냐고 자랑해대기 시작하면 딱 한마디만 하면 돼요. '그 돈은 지금 어디 있지?' 아이들 수중에는 돈이 없거든요." 넬슨은 귀를 기울이고 있는 사람들을 향해, 자신을 빤히 바라보는 두 아이를 향해 말한다. "돈을 날려버렸으니까."

"돈을 날렸다는 말이 나왔으니 말인데……" 해리가 입을 연다.

넬슨은 흔들리지 않는 목소리로 설교를 하듯 해리의 말을 무시해버린다. "녀석들이 중독자이고, 약삭빠르게 잘 살고 있는 게 아니라는 사실을 스스로 깨닫게 해줘야 해요. 녀석들이 속에서부터 그 사실을 깨달아야 하니까요. 남이 강요한다고 해서 녀석들이 받아들일 수 있는 게 아니에요. 상담사가 할일은 들어주는 거예요. 이쪽이 말없이 가만히 있어주는 게 녀석들을 내면의 덫에서 끌어내는 가장 큰 요인이라고요. 이쪽에서 말을 하기 시작하면 녀석들은 저항하기 시작해요. 이 일에는 인내심이 필요해요, 믿음도요. 이 방법이 효과가 있을 거라는 믿음. 실제로도 효과가 있어요. 언제나. 이 방법이 몇 번이나 효과를 발휘하는 걸 지켜보는 기분은 정말 짜릿해요. 사람들은 도움을 받고 싶어해요. 뭔가가 잘못돼 있다는 걸 아니까."

해리는 여전히 말하고 싶은 것이 있지만, 재니스가 끼어들어서 식탁에 앉아 있는 사람들에게 들으라는 듯이 큰 소리로 말한다. "넬슨이 부지에 대해 내놓은 아이디어 중 하나는 그곳을 치료센터로 만들자는 거야. 브루어에는 그런 문제를 해결하는 데 필요한 시설 같은 게 하나도 없으니까. 마약 문제 말이야."

"내 평생 그렇게 멍청한 소리는 처음 듣네." 해리가 즉시 말한다. "그걸로 무슨 돈을 벌겠어? 그건 한푼도 없는 사람들을 상대하는 일이잖아. 마약 때문에 돈을 죄다 날린 놈들이니까."

넬슨은 더이상 참지 못하고 옛날과 조금 비슷한 모습으로 돌아와 우는소리를 한다. "보조금이 있어요, 아버지. 연방정부에서 주는 돈. 주정부에서도 나오고요. 아무리 아무것도 안 하는 부시조차 우리가 뭔가 조치를 취해야 한다는 사실을 인정하고 있으니까요."

"부지에는 너 때문에 인생을 망친 직원이 스무 명이나 있어. 그중 대부분은 가정이 있고. 정비부의 정비공들은 어쩌라고? 판매원들은 어쩌라고? 가여운 엘비라는 어쩌라고?"

"다른 직장을 구하면 돼요. 세상이 끝난 것도 아니니까. 아버지의 겁쟁이 세대와는 달리 요즘은 사람들이 한 직장에 오래 붙어 있지 않아요."

"그래, 겁쟁이지. 너희 세대가 제멋대로 날뛰고 있으니 우리가 겁을 낼 수밖에. 시멘트블록으로 지은 그 창고 같은 건물을 어떻게 병원으로 만들 건데?"

"그건 병원이 아니라……"

"넌 이미 도요타에 15만 달러의 빚을 지고 있어. 그것도 이 주 만에 그걸 갚아야 한단 말이다. 게다가 브루어 트러스트에도 7만 5천의 빚이 있지."

"슬림의 이름으로 산 차들은 주차장에 그대로 있어요. 그러니까 별로⋯⋯"

"현금을 받고 팔아서 네놈이 돈을 착복해버린 중고차들도 있잖아."

"해리." 재니스가 열심히 듣고 있는 아이들을 가리키며 말한다. "지금은 그런 얘기를 할 자리가 아냐."

"자리든 뭐든 난 이 형편없는 놈이 한 짓을 도무지 이해할 수가 없어! 무려 20만 달러가 넘는다고, 젠장. 그 돈을 어디서 구할 거야?" 그의 가슴근육 밑에서 통증이 불꽃처럼 튀고, 현기증이 일면서 식탁에 앉은 얼굴들이 역겨운 수프 속에 둥둥 떠 있는 것처럼 보인다. 요즘 불안감이 점점 커지고 있다. 혈관성형술로 LAD의 막힌 곳을 뚫은 지 석 달 넘게 지났다. 브리트 박사는 삼 개월 뒤에 혈관이 다시 협착되는 경우가 흔하다고 경고했다.

재니스가 말하고 있다. "하지만 넬슨도 많은 교훈을 얻었어, 해리. 전보다 훨씬 더 현명해졌다고. 우리가 그 돈으로 넬슨을 대학원에 보낸 거나 마찬가지야."

"학교, 학교! 왜 갑자기 그렇게 학교 타령을 하는 건데? 학교도 우리한테 바가지를 씌울 뿐이잖아. 학교에서 배우는 거라고는 아직 학교에 다니지 않은 멍청이들을 벗겨먹는 방법뿐이잖아!"

"난 학교에 다니고 싶지 않아요." 주디가 입을 연다. "학교에서는 다들 잘난 척만 해요. 다들 4학년이 힘들다고 말해요."

"난 네가 다니는 학교를 말한 게 아냐, 얘야." 래빗은 숨을 쉬기가 힘들다. 가슴속에 어떻게 해도 녹지 않는 스티로폼 조각이 가득 들어찬 것 같다. 마음을 가라앉혀야 한다.

식탁 한쪽 끝에 앉은 넬슨은 차분함과 견실함의 화신 같다. "아버지, 내가 중독자였다는 건 인정해요." 그가 말한다. "크랙을 사용하고 있었고, 그걸 한 번 하는 데 많은 돈이 들었어요. 갑자기 효과가 사라질까봐 무서우니까 이십 분마다 한 번씩 약을 해야 되죠. 밤새 그러다 보면 수천 달러나 될 수도 있어요. 하지만 내가 훔친 돈이 전부 거기에 들어간 건 아니에요. 라일도 FDA 놈들이 깔고 앉아서 허가를 안 해주기 때문에 유럽이나 멕시코에서 몰래 들여와야 하는 실험적인 약 때문에 큰돈이 필요했어요."

"라일이라." 해리가 만족스러운 표정으로 말한다. "그 컴퓨터 전문가 녀석은 어떠냐?"

"지금은 그럭저럭 버티고 있는 것 같아요."

"그놈은 나보다 오래 살 거다." 해리가 농담처럼 말한다. 하지만 정말로 그렇게 될지도 모른다는 생각이 얼음조각처럼 그를 찌른다. "그러니까 스프링어 모터스가……" 해리는 상황을 정리한다. "코카인이랑 변태 자식 약값으로 날아간 거로군." 그는 재활원을 마치고 살이 조금 쪄서 돌아온 중년의 아들을 빤히 바라보며 저 녀석은 얼마나 변태인 건지 모르겠다는 생각을 한다. 이 의문에 대한 프루의 대답은 결코 그를 만족시켜주지 못했다. 만약 넬슨이 변태가 아니라면, 프루는 왜 해리와 그런 짓을 한 걸까? 두 번이나 절정에 오르는 그녀의 모습 속에는 오랫동안 쌓인 굶주림 같은 것이 들어 있었다.

넬슨이 그에게 말한다. 그 무엇도 나를 건드릴 수 없다는 듯이 차분하기 그지없는 그 태도가 짜증스럽다. "너무 흥분하지 마세요, 아버지. 요즘 세상에 그 정도는 그리 큰돈도 아닌데. 아버지는 아직도 대공황 때의 생각으로 돈을 보고 있어요. 돈은 신성하지 않아요. 그냥 거래의 단위일 뿐이라고요."

"그래, 설명해줘서 고맙구나. 그거 아주 반가운 소리인걸."

"도요타를 잃는 것도 그리 큰일이 아니에요. 내가 보기에 그 회사는 오래전부터 정체돼 있어요. 렉서스의 텔레비전 광고와 닛산의 인피니티 광고를 비교해보세요. 아예 비교가 안 돼요. 인피니티 광고는 환상적이에요. 차는 등장하지 않고, 새들과 나무만 보여주잖아요. 차가 아니라 콘셉트를 팔고 있다고요. 도요타는 그냥 쇳덩어리를 팔고 있을 뿐이고요. 도요타에 그렇게 집착하지 마세요. 스프링어 모터스는 아직 그대로 있어요." 넬슨이 단언한다. "자산이 남아 있잖아요. 어머니와 내가 그걸 어떻게 배치할 건지 지금 의논중이에요."

"그래, 행운을 빌어주마." 해리는 이렇게 말하면서 자신의 냅킨을 다시 둘둘 말아 고리에 집어넣는다. 아이의 반지만한 크기의 맑은 고리 속에 다양한 색깔의 작은 바늘이 가득 들어 있다. "나랑 결혼해서 33년 동안 살면서 네 엄마는 식탁 위에 그럴듯한 끼니라고 할 만한 음식조차 배치할 줄 모르는 여자였다. 하지만 네 엄마도 앞으로 그런 걸 배우게 될지 모르지. 리스터 씨가 배치하는 법을 가르쳐줄지도 모르니까. 프루, 오늘 아주 맛있었다. 이런 대화를 하게 돼서 미안하구나. 넌 생선요리를 정말 잘해. 맨 위에 완두콩 같은 고명을 살짝 뿌린 게 좋더라." 그는 어딜 가든 가지고 다니는 작은 약병을 흔들어 니트로글리세린을 한 알 꺼내면서 자기 손이 전과는 다른 모습으로 떨리고 있는 것을 본다. 잔떨림이 아니라 흠칫흠칫하는 떨림이다. 마치 손이 자기 나름의 생각을 갖고 있으면서 그에게는 알려주지 않고 있는 것 같다.

"케이퍼예요." 프루가 부드럽게 말한다.

"해리, 넬슨이 내일부터 부지에 다시 나갈 거야." 재니스가 말한다.

"그거 잘됐군. 아주 반가운 소리야."

"제 빈자리를 메워주셔서 고맙다고 말하고 싶었어요, 아버지. 상황을 감안하면, 여름 실적표는 상당히 좋은 편이던데요."

"감안하면? 우린 기적을 일궈냈어. 그 엘비라라는 아이는 정말 대단하지. 너도 알고 있겠지만. 우리한테 도끼를 휘두른 그 일본인도 422번 도로변의 루디 가게에 엘비라를 보내고 싶어해. 우리 재고품이 그쪽으로 옮겨질 거다." 해리는 재니스에게 시선을 돌린다. "이 한심한 놈을 다시 그 자리에 앉힐 생각이라니 정말 믿을 수가 없군."

재니스가 차분한 목소리로 말한다. 이 식탁에 앉은 모든 사람이 그런 목소리를 내는 것 같다. 마치 미친 사람의 비위를 맞추려는 것처럼. "저애는 한심하지 않아. 당신 아들이고, 이제 새 사람이 됐어. 그러니까 우린 저애한테 기회를 줘야 해."

재니스보다 더 아내다운 목소리로 프루가 말을 덧붙인다. "이이는 정말로 변했어요, 아버님."

"전능하신 분의 도움으로 한 번에 한 걸음씩." 넬슨이 외운 것을 말하듯이 읊조린다. "일단 그 도움을 받아들이고 나면, 그 어떤 일에도 흔들리지 않게 되는 게 얼마나 놀라운지 몰라요, 아버지. 몇 년 전부터 나는 심한 우울증을 앓고 있었던 것 같아요. 모든 게 힘들게만 보였으니까요. 하지만 이제는 모든 걸 신의 손에 맡기고 누워서 편안히 잠들면 돼요. 물론 재활 프로그램에는 계속 나가야죠. 지역 모임이 있어요. 일주일에 한 번씩 차를 몰고 필라델피아로 가서 내 치료사를 만나고, 내가 담당하고 있던 아이들을 확인해보는 일도 해야 하고요. 난 상담

일이 정말 좋아요." 넬슨은 제 엄마를 바라보며 미소를 짓는다. "정말 좋아요, 그 일에 아주 잘 맞는 것 같아요."

해리가 그에게 묻는다. "네가 담당한다는 그 중독자 녀석들 말인데, 전부 흑인이냐?"

"전부는 아니에요. 게다가 어느 정도 시간이 흐르면 그런 건 보이지도 않아요. 백인이든 흑인이든 기본적으로 같은 문제를 갖고 있으니까요. 자부심이 낮다는 것."

이렇게 모든 걸 다 아는 것같이 굴다니. 차분하고 건실하고 품행이 뛰어난 사람처럼 굴게 되다니. 래빗은 폐소공포증 환자처럼 갑갑해진다. 그는 조금이라도 숨쉴 틈을 찾으려고, 순수한 빛이 한줄기라도 반짝이는 것을 보려고 손녀에게 시선을 돌려 묻는다. "네 생각엔 어떠냐, 주디?"

아이의 얼굴에 완벽함이라는 유리가면이 씌워져 있는 것 같다. 완벽하고 곧은 이, 완벽한 간격을 자랑하는 속눈썹, 초록색 눈과 머리의 반짝임. 자연은 또다른 승자를 만들어내려 하고 있다. "저는 아빠가 돌아오신 게 좋아요." 주디가 말한다. "이상하게 굴지 않는 것도 좋고요. 전보다 더 어른 같아요." 이번에도 해리는 아이가 외운 것을 암송하고 있다는 느낌이 든다. 아이는 그가 초대받지 못한 리허설에서 배운 것을 그대로 읊조리고 있다. 하지만 이 아이에게 아빠가 필요하다는 것을 알면서 그가 다른 것을 원할 수는 없지 않은가?

나중에 밖으로 나온 뒤 그는 재니스에게 셀리카를 운전하라고 말한다. 그러려면 좌석과 백미러를 다시 손봐야 하지만 상관없다. 다시 산을 끼고 돌아오는 길에 그가 재니스에게 묻는다. "당신은 내가 부지로 돌아가는 게 정말로 싫어?" 그는 자신의 손을 내려다본다. 움찔거리는 떨림은 조금 가라앉았지만, 여전히 눈을 뗄 수 없다.

"지금은 그래, 해리. 넬슨한테 한번 기회를 주자. 정말 열심히 노력하고 있으니까."

"재활원에서 들은 헛소리들만 머리에 가득하잖아."

"정상적인 생활을 하는 데 그것이 필요한 사람한테는 헛소리가 아냐."

"그 녀석답지 않아."

"지금 모습에 당신이 익숙해지면 괜찮아질 거야."

"그 녀석을 보고 있으면 당신 어머니가 생각나. 장모도 항상 멋대로 집안의 법을 정했잖아."

"넬슨이 당신이랑 똑같다는 건 모르는 사람이 없어. 단지 키가 당신만큼 크지 않고, 눈이 나를 닮았을 뿐이야."

공원, 어두운 그림자에 잠긴 보행로, 낡아빠진 테니스장, 앞으로 다시는 포를 쏘지 못할 탱크 전시물. 운전할 때는 이런 것들을 똑똑히 볼 수 없다. 마치 이름표가 죄다 떨어져나가버린 박물관 전시물처럼 그냥 스쳐지나갈 뿐이다. 해리는 덫에 갇힌 것 같은 답답함과 분노에서 벗어나려고 애쓴다. "아까 내가 흉하게 굴었다면 미안해, 아이들도 있었는데."

"우린 그보다 더 심한 일도 각오하고 있었어." 재니스가 조용히 말한다.

"돈이나 뭐 그런 얘기를 꺼낼 생각은 없었어. 하지만 누군가는 해야 하는 이야기잖아. 당신이랑 넬슨은 지금 진짜 심각한 상황이라고."

"나도 알아." 재니스가 말한다. 와이저 스트리트의 가로등 불빛이 재니스를 훑고 지나가면서 고집스럽고 뭉툭한 코의 옆모습, 운전대를 꽉 잡고 있는 작은 손, 장모에게서 물려받은 다이아몬드와 사파이어 반지가 드러난다. "하지만 당신도 믿음을 좀 가져. 당신이 나한테 가르쳐준 거잖아."

"내가?" 해리는 놀라면서도 기분이 좋다. 지난 33년 동안 그래도 자신이 재니스에게 뭔가 가르친 것이 있다니. "무엇을 믿으라고 했는데?"

"우리. 인생." 재니스가 말한다. "내가 이번에 당신이 부지에서 손을 떼는 게 좋다고 생각하는 이유는 그것만이 아냐. 당신 요즘 피곤해 보여. 혹시 체중이 빠지지 않았어?"

"1킬로그램쯤. 그건 좋은 것 아냐? 어차피 내가 살을 빼야 하는 것 아냐?"

"어떻게 살을 빼느냐에 달렸지." 재니스가 말한다. 그녀가 이렇게 새로운 정보, 새로운 추측으로 가득하다는 사실이 너무나 짜증스럽다. 재니스가 손을 뻗어 그의 허벅지 안쪽, 그러니까 카테터를 삽입했던 바로 그 자리를 꼭 쥔다. 자칫했으면 그가 출혈과다로 죽을 수도 있었다. "우린 잘해나갈 거야." 재니스가 거짓말을 한다.

중반에 접어들어 숨이 턱턱 막힐 만큼 무더운 8월 날씨가 여름의 불꽃, 최후의 정수를 뽑아내고 있다. 플라잉이글의 페어웨이는 매년 이맘때쯤이면 대개 완전히 햇볕에 익어서 카트가 다니는 길처럼 딱딱하지만 올해는 비가 많이 와서 아직 초록색이다. 간간이 불그스름한 갈색을 띤 거친 풀과 껑충한 모습으로 노랗게 변하기 시작한 어린 단풍나무들이 끼어 있을 뿐이다. 가장 먼저 색이 변하는 것은 어린 나무들이다. 계절 변화에 더 약하기 때문이다. 겁도 더 많고.

로니 해리슨은 지금도 대장장이처럼 골프채를 휘두른다. 백스윙이 짧고, 폴로스루도 중간에 뚝 끊겨서 볼품이 없고, 가끔 중간에 끙하는 소리까지 낸다. 이제 부지에 나갈 필요가 없어진 래빗이 다시 골프를 치려면 파트너가 필요했다. 그런데 전에 셀마가 자신의 치료비 때문에 클럽을 탈퇴할 수밖에 없었다고 말했던 것이 생각났다. 전화를 걸었을 때 로니는 놀란 목소리였다. 해리도 이미 죽어버린 애인의 친숙한 번호를 손가락으로 능숙하게 돌리면서 스스로 깜짝 놀랐다. 로니가 그의 제의를 받아들인 것도 놀라웠다. 셀마가 이미 죽어버렸으니, 둘이서 화해를 하게 된 것인지도 몰랐다. 아니면 짧은 바지와 목이 높은 운동화 차림으로 마운트저지의 자갈 깔린 골목길을 뛰어다니던 어린 시절부터 존재해온 우정, 아니 우정이 아니라 어쩌다보니 서로 얽히게 된 관계가 되살아나는 것 같기도 했다. 해리는 아주 오랜 세월을 거슬러올라가 눈빛은 멍청하고 입술은 두툼한 로니가 싸움을 좋아하는 아이 같은 표정으로 초등학교 운동장에 우뚝 서 있던 모습, 라커룸에서 크고 창백한 오이 같은 거시기(포경수술을 했고, 위쪽이 조금 평평한 편이었다)를 혼자 만지작거리며 시끄러운 신음소리를 내던 모습, 총각 시절 브루어 일대에서 한창 잘나가던 모습 등을 떠올려본다. 나중에 알았지만 당시 로니는 래빗보다 먼저 루스와 사귄 남자들 중 한 명이었고, 잔뜩 우쭐거리며 음담패설을 늘어놓곤 했다. 치사한 구석도 있었다. 그러다가 셀마와 결혼해서 스쿨킬 뮤추얼에서 일할 때는 마댓

자루처럼 불쌍하게 축 처진 모습이었지만 "사랑하는 사람들"이나 당신이 "세상에 없을 때"를 들먹이며 집요하게 고객들을 설득하곤 했다. 그러면서 셀마의 화장대 위에 놓인 사진 속의 그 모습, 힘없이 웃고 있는 대머리 남자의 모습으로 서서히 변해갔다. 셀마를 만나러 갔을 때 해리는 그 사진이 자신의 엉덩이를 올려다보는 것 같아서 한번은 침대에서 일어나 사진을 엎어놓았다. 셀마는 아주 재미있어했지만 그뒤로는 그가 도착하기 전에 항상 그 사진의 방향을 돌려놓았다. 아내를 잃은 뒤 로니는 색 빠진 서양자두 같은 얼굴이 되었다. 눈 밑에는 마치 누가 잡아당긴 것 같은 주름이 생겼고, 광대뼈 부위에서는 노인의 얇은 피부가 분홍색을 띠었다. 해리는 이런 모습들을 떠올리면서 로니가 항상 자기와 있었다는 것, 그의 존재를 자신이 피할 수 없었다는 것, 전에는 인정하고 싶지 않았지만 지금은 인정하고 있는 자신의 일부라는 것을 느낀다. 곤봉 같은 거시기, 저질 농담, 그의 엉덩이를 올려다보는 파란 눈, 젠장, 우리는 모두 그저 인간일 뿐이다. 한쪽 끝에 뇌가 있기는 하지만, 몸의 나머지 부분은 그저 배수관일 뿐이다.

두 사람은 처음 한 라운드를 치면서 꽤 즐거웠기 때문에 두번째, 세번째 약속을 계속 잡는다. 로니는 아직 옛날 고객들을 관리하고 있지만 젊은 남편들 사이에서 새로운 계약을 따오는 일은 이제 하지 않는다. 그래서 가벼운 통보만으로도 오후에 일을 쉴 수 있다. 두 사람의 게임은 서투르고 별나게 진행된다. 그리고 대개는 마지막 한두 홀에서 승부가 결정된다. 골프채를 크고 자유롭게 휘두르는 해리의 훌륭한 스윙이 공을 페어웨이로 보낼까, 아니면 숲속으로 보낼까? 로니가 쉬운 칩샷을 너무 멀리 쳐서 그린을 넘어 모래 구덩이로 보낼까? 아니면 고개를 너무 들지 않고 양손을 앞으로 뻗어 공을 홀 가까이 날려보내 파를 기록할까? 두 사람은 별로 이야기를 하지 않는다. 두 사람 사이의 악감정이 다시 표면으로 드러날 수도 있기 때문이다. 상대가 서투른 짓으로 경기를 마치는 모습을 보면 어찌나 우습고 즐거운지 마치 상대에게 애정을 품고 있는 것 같은 기분이 들 정도다. 두 사람은 결코 셀마의 이름을 입에 올리지 않는다.

17번 홀, 약 190야드 지점에 개울이 흐르는 긴 파4 홀에서 로니가 4번 아이언으로 친 공이 목표에 못 미치는 곳에 떨어진다. "그렇게 치다니 새가슴이잖아." 해리는 이렇게 말하고 나서 드라이버를 고른다. 오른쪽 팔꿈치가 몸에서 너무 떨어지지 않게 하는 데 정신을 집중하면서 그는 공을 기분좋게 쳐서 개울에서 30야드 떨어진 지점으로 보낸다. 로니는 실수를 만회하려고 다음 샷에서 힘을 너무 준다. 그래서 3번 우드를 크게 휘둘러 친 공이 아주 많이 휘어서 페어웨이의 페마쿼드 산 쪽에 있는 소나무숲으로 들어간다. 압박에서 벗어난 래빗은 6번 아이언을 잡고 편안히 가자고 생각하며 멋지게 공을 쳐서 그린의 중심부로 공을 떨어뜨린다. 마치 공이 하수관으로 곧장 빨려들어가는 것 같다. 여기서 파를 기록한 덕분에 한 점 앞선 그는 이제 무슨 일이 있어도 질 리가 없다. 다음 홀에서 로니와 동점만 돼도 해리가 이기는 것이다. 그는 카트를 타고 18번 티로 가면서 대범한 척하며 로니에게 말한다. "보이저 2호는 어떤 것 같아? 내가 보기에는 달에 사람을 보낸 것보다 더 대단한 물건인 것 같던데. 어제 〈스탠더드〉에서 읽었는데 말이야, 어떤 과학자들은 보이저 2호를 성공시킨 게 뉴욕에서 로스앤젤레스까지 퍼팅을 해서 공을 홀에 집어넣은 것과 같다고 말한다더군."

로니는 끙하는 소리를 내며 게임에 지고 있는 사람답게 자기혐오 속으로 가라앉는다.

"해왕성의 구름." 래빗이 말한다. "트리톤*의 화산. 이게 무슨 의미인 것 같아?"

플로리다에서 함께 골프를 치던 유대인 친구 중에는 이런 사실들에 대해 자기 나름의 시각을 이야기하는 사람이 있었을지도 모르지만, 네덜란드계 사람들이 사는 이 시골의 로니는 둔한 표정으로 수상쩍다는 듯 그를 바라본다. "그게 뭔가 의미가 있어야 하는 겁니까, 선생?"

래빗은 엉뚱하게 당한 것 같은 기분이다. 이 친구는 자기한테 잘해주려는 사람을 타박한다. 예나 지금이나 못된 놈이다. 태양계 외행성들을 생각해보라고 했더니 그까짓 게 뭐냐는 식으로 밀어내버린다. 그 조악한 머리로 짓눌러버린다. 해리는 껑충하게 생긴 우주선 보이저 2호가 수백만 킬로미터나 떨어진 곳에서 보내오는 약하지만 틀림없는 신호 속에서 엄청난 섬세함을 느낀다. 이 수정 같은 늦여름 날씨의 지나친 아름다움과 잘 어울리는 은총이다. 그는 찬양을 하고 싶다. 로니도 그런 욕구를 틀림없이 알고 있을 것이다. 그렇지 않다면 셀마와 함께 이름도 없고 창고처럼 생긴 그 교회에 나가지 않았을 것이다. "전에 아무도 보지 못했던 그 고리 세 개는⋯⋯" 해리는 고집스럽게 말을 잇는다. "마치 연필로 그린 것 같아." 홍학의 얇은 다리를 보고 버니 드렉셀이 감탄하며 했던 말이 생각난다.

하지만 로니는 그의 말을 안 듣는 척하면서 이미 공 세척기 쪽으로

---

* 해왕성의 제1위성.

가버렸다. 옛날에 미식축구를 하면서 부상을 당한 무릎이 좋지 않아서 라운드가 끝날 무렵에는 다리를 절기 시작한다. 그는 빨리 18번 홀을 시작해서 조금 전의 한심한 모습을 만회하고 싶은지 사납게 몇 번 연습 스윙을 한다. 그의 반응에 실망하고 용감한 보이저에 대한 생각 때문에 정신이 산만해진 래빗은 백스윙 정점에서 오른쪽 팔꿈치를 너무 띄우는 바람에 공을 깎아 치고 만다. 그래서 공이 마치 컴퓨터로 설정한 것처럼 괴상한 곡선을 그리며 페어웨이 오른쪽의 불그스름한 풀밭에 있는 벙커로 떨어진다. 18번 홀은 파5 홀인데, 휘돌아 흐르는 개울과 닿아 있지만 파를 기록하기가 어렵지 않다. 해리가 한창 골프를 칠 때는 몇 번 버디를 기록한 적도 있다. 하지만 오늘은 웨지를 이용해서 옆으로 벙커에서 탈출한 뒤 3번 아이언(최고의 골프채는 아니지만 거리를 벌릴 필요가 있다)으로 공을 치지만 지난번 홀에서 로니가 그랬던 것처럼 힘을 너무 주는 바람에 공이 개울 속으로 떨어져버린다. 그의 노란색 피너클 골프공은 결국 무리 지어 자라는 물냉이 밑에서 발견된다. 드롭으로 인해 한 타를 잃은 그는 9번 아이언으로 공을 바로 핀에 붙이려고 안달한 나머지 스윙을 잘못하는 바람에 다섯번째 샷이 그린 왼쪽의 가장자리에 떨어져버린다. 로니는 대장장이 같은 스윙으로 볼품없이 낮게 공을 치면서도 이렇다 할 문제를 일으키지 않아서 아직 4타밖에 치지 않았다. 따라서 래빗의 유일한 희망은 칩인*뿐이다. 공이 떨어진 곳은 풀이 많은 곳인데 그는 여기서도 실수를 저지른다. 멍청하고 겁이 많은 최악의 골퍼처럼 공 아랫부분을 밀듯이 치는 걸

---

* 그린 주위에서 홀을 향하여 낮게 굴린 공이 그대로 컵에 들어가는 것.

깜박해서 공이 여섯번째 샷에서 겨우 60센티미터 정도밖에 움직이지 않았기 때문에 그런에 미치지 못한다. 로니는 여섯번째 샷까지는 아직 두 번의 퍼팅이 남아 있으므로 아무리 엉망으로 쳐도 이길 수 있다. 해리가 아주 싫어하는 것이 하나 있다면, 보기를 기록한 사람에게 지는 것이다. 그는 자신의 골프채를 들고 힘껏 휘둘러 공을 소나무숲 속으로 보내버린다. 가슴속 어딘가에서는 그 커다란 스윙이 마음에 들지 않지만, 자신을 괴롭히던 공이 저멀리 휙 날아가서 땅에 떨어지는 모습을 보니 살 것 같다. 경기는 동점으로 끝난다.

"뭐, 무승부군." 12피트짜리 퍼팅을 김미* 안에 굴려넣은 로니가 말한다.

"좋은 경기였어." 해리가 앓는 소리를 내며 말한다. 악수는 하지 않기로 마음을 정했다. 자신이 그렇게 무너진 것이 부끄러워서 견딜 수가 없다. 온 세상이 창피한 일로만 흠뻑 젖어 있는 게 아니라고 누가 그랬던가?

공과 티와 땀에 젖은 장갑을 골프백 주머니에 넣으며 로니가 자진해서 입을 연다. 이제는 그가 대범한 척할 차례다. "어제저녁에 피터 제닝스 뉴스 봤어? 마지막에 그 고리랑 멀어지는 위성을 찍은 사진을 보여줬잖아. 그러고는 여러 각도에서 찍은 해왕성 사진을 합성해서 행성 전체 모습을 보여줬는데, 빙글빙글 도는 게 마치 장난감 같더군. 굉장했어." 로니가 인정한다. "컴퓨터그래픽으로 그런 것까지 할 수 있다니."

그 모습을 상상하니 해리는 아주 살짝 속이 메스꺼워진다. 보이저호

---

* 홀과의 거리가 너무 가까워서 굳이 공을 치지 않아도 인정해주는 퍼트.

가 마지막으로 해왕성의 그 사진들을 찍은 뒤 아무것도 없는 허공 속으로 영원히 사라지는 모습. 그 허공이 얼마나 되는지 믿을 수가 없다.

이곳 상점의 선반에 전시된 골프백들이 긴 장대 같은 그림자를 드리운다. 낮이 점점 짧아지고 있다. 해리는 목이 말라서 클럽 안뜰의 야외 탁자에서 맥주를 마시는 것을 고대하고 있다. 초록색과 하얀색의 커다란 파라솔 밑, 무릎을 껴안고 다이빙을 하는 꼬마들과 이제 한창 꽃을 피우기 시작한 계집들이 있는 수영장 옆. 그동안 붉은 해는 페마퀴드 산의 높은 지평선 뒤로 가라앉았을 것이다. 두 사람은 맥주를 마시러 가기 전에 실수로 서로를 똑바로 바라본다. 그때 유감스러운 충동으로 인해 래빗이 묻는다. "그녀가 그리워?"

로니는 눈을 가늘게 뜨고 그를 비스듬히 바라본다. 하얀 속눈썹 때문에 눈꺼풀이 아파 보인다. "자네는?"

기습을 당한 래빗은 그런 척하기가 힘들다. 그는 셀마를 이용했고, 이제 셀마의 용도는 끝났다. "물론이지." 그가 말한다.

로니는 가래가 낀 것 같은 목을 가다듬고는 자기 가방의 지퍼가 잘 잠겼는지 확인한 뒤 가방을 어깨에 메고 차로 향한다. "어련하시겠어." 그가 말한다. "최소한 진심인 척이라도 하지 그래? 자네는 단 한 번도 진심이었던 적이 없어. 그저 그 짓만 했을 뿐."

해리는 도저히 불가능한 대안들 사이에서 어쩔 줄 모른다. (미소 짓는 로니의 사진이 지켜보는 가운데) 셀마와 함께 자는 것이 얼마나 즐거웠는지 모른다고 그에게 말하는 방법이 하나, 그렇지 않았다고 주장하는 방법이 하나. 하지만 그는 간단히 대답한다. "셀마는 사랑스러운 여자였어."

"나한테는 그랬지." 로니는 이렇게 말하면서 싸움꾼 같은 태도를 버리고 아내를 잃은 남자의 슬픈 표정을 짓는다. "세상의 바닥이 꺼져버린 것 같아. 셸이 없는 지금 나는 뭘 하든 그저 그런 척 흉내만 내고 있을 뿐이야." 그의 목메인 목소리가 역겹다. 해리가 안뜰로 가서 맥주를 마시자고 권하자 그가 말한다. "아니, 난 그만 가보는 게 낫겠어. 론 주니어가 가장 최근에 사귄 소중한 친구와 같이 나를 저녁식사에 초대했거든." 해리가 다음 시합의 약속을 잡으려고 하자 그가 말한다. "고맙네, 오랜 친구. 하지만 자넨 여기 회원이잖아. 부자 아내가 있으니까. 플라잉이글의 규칙은 자네도 알지? 같은 손님을 계속 초대할 수 없다는 것. 어차피 노동절도 다가오고 있으니, 나도 다시 정신을 차려야지. 안 그러면 스쿨킬 쪽에서 셸마가 아닌 나를 죽은 사람으로 취급해버릴 거야."

그는 슬레이트 같은 회색 셀리카를 몰고 펜파크의 집으로 돌아온다. 재니스의 캠리가 진입로에 보이지 않아서 그는 집안에서 울리는 전화벨 소리가 재니스의 전화인지도 모른다고 생각한다. 이제 재니스는 여기 집에 있는 경우가 거의 없다. 수업을 들으러 가거나, 마운트저지에 가서 손주들을 봐주거나, 부지에 가서 넬슨에게 조언을 해주거나, 브루어에 가서 찰리가 권유한 회계사나 변호사를 만난다. 해리는 열쇠를 구멍에 넣고 돌린다. 그런데 열쇠가 구멍에 쑥 들어가지 않고 애를 먹이는 바람에 화가 난다. 오래전의 어떤 일, 뱃속을 도려낼 것처럼 불쾌한 어떤 일이 떠오르지만 정확히 뭔지는 알 수가 없다. 그는 어깨로 문을 쾅 밀어서 열고 복도의 전화기로 손을 뻗는다. 전화기에서는 이제 막 마지막 벨이 울리는 참이다. "여보세요." 그가 이 말을 제대로 끝내기도 전에 상대의 말이 들려온다.

"아버지? 무슨 일이에요?"

"아무 일도 없는데, 왜?"

"굉장히 숨이 찬 것 같아서요."

"방금 들어와서 그래. 난 네 엄마 전화인 줄 알았다."

"엄마는 여기 다녀가셨어요. 나는 아직 부지에 있는데, 엄마가 아버지한테 전화를 해보라고 해서요. 아주 좋은 아이디어가 떠올랐거든요."

"전에 이미 말했잖아. 마약 치료센터를 열겠다고."

"언젠가 그렇게 될지도 모르죠. 하지만 당분간은 지금의 부지를 유지하려고 애써야 해요. 그건 그렇고, 웃기는 색깔의 작은 도요타 자동차들이 전부 사라지고 나니 정말 보기가 좋아요. 아직도 중고차를 사러 오는 사람들이 있는데, 우리가 틀림없이 바겐세일을 하는 줄 알아요. 이 자리를 탐내는 회사도 두어 군데 있고요. 예를 들어 현대는 저쪽 헤이스빌 너머에 크게 새 대리점을 냈지만, 입체교차로 뒤편에 붙어 있어서 아무도 거기까지 가는 법을 몰라요. 조경용 화단이 너무 많거든요. 그래서 여기 111번 도로변에 대리점을 내고 싶어해요. 하지만 내가 전화를 건 건 어젯밤에 떠오른 아이디어 때문이에요. 엄마한테 말했더니, 엄마가 아버지한테 말해보라고 했어요."

"알았다, 알았다. 나한테까지 얘길 해주다니 착하구나." 해리가 말한다.

"어젯밤에 강가에 나갔어요. 저기 작은 강변 오두막들이 있는 곳 아시죠? 포치도 있고, 강으로 직접 이어지는 계단도 있는 오두막에 색색의 불이 켜진 곳 말이에요."

"아니, 몰라. 가본 적이 없어서. 하지만 일단 계속해봐라."

"뭐, 프루랑 같이 어젯밤에 거기에 갔어요. 제이슨이랑 팸도 같이 있었고요. 아마 제가 두 사람 얘길 하는 걸 들으신 적이 있을 거예요."

"어렴풋이 그런 것 같기도……" 그에게 확인을 받으려고 넬슨이 자꾸 말을 끊는 것에 지치는 기분이다. 이 아이는 왜 그냥 하고 싶은 말을 해버리지 못하는 건가? 제 아버지를 무슨 괴물로 아는 건가?

"어쨌든 그 두 사람이 아는 사람 하나가 거기 오두막을 갖고 있어요. 좋더라고요. 색색의 불빛이며 라디오에서 흘러나오는 음악이며 강을 오르락내리락하는 배들이며 수상스키를 타는 사람들이며 또……"

"그거 정말 근사하구나. 제이슨과 팸은 그 라일-슬림 패거리가 아니겠지?"

"서로 아는 사이이긴 해도 그 두 사람은 똑바르게 살고 있어요, 아버지. 심지어 아이를 가질 계획도 세우고 있으니까요."

"코카인을 계속 멀리할 생각이라면 옛날에 코카인을 같이 하던 녀석들도 멀리해야 돼."

"그 둘은 진짜로 똑바르게 살고 있다니까요. 론 해리슨 주니어하고도 아주 친해요. 목수로 일하는 녀석 말이에요."

이건 도대체 무슨 뜻인가? 넬슨이 그와 셀마의 관계를 알고 있는 건가? "알았다, 알았다." 해리가 말한다.

"그래서 다 같이 포치에 앉아 있는데 아주 멋진 게 지나가는 거예요.

물 위를 달리는 오토바이요. 그걸 부르는 이름이 여러 갠데, 수상바이크, 서프제트, 제트스키……"

"그래, 나도 플로리다에서 본 적이 있어, 바다에서 말이지. 안전해 보이지 않더구나."

"아버지, 나는 그렇게 멋진 걸 본 적이 없어요. 로켓처럼 부앙 하고 휙 지나가는데…… 제이슨이 그러는데, 그걸 야마하 웨이브러너라고 한대요. 완전히 새로운 방식으로 움직이는 물건이라는데, 잘은 모르겠지만, 물을 압축했다가 뒤로 분출한다는 것 같아요. 그런데 제이슨 말이, 슈메이커스빌 쪽에 있는 작은 가게에서 그걸 팔고 있는 노인이 재고를 계속 쌓아둘 능력이 없대요. 어차피 그 일에 그다지 관심이 있는 것도 아니고, 농사를 짓다 늙어서 그만둔 뒤 그냥 취미 삼아 하고 있는 일이니까요. 그래서 내가 오늘 아침에 뉴욕에 있는 야마하 영업소에 전화를 걸어서 거기 사람이랑 얘기를 해봤어요. 물론 우리가 웨이브러너만 파는 건 아니고, 오토바이도 같이 팔게 될 거예요. 스노모빌이랑 트레일러도요. 그 회사에서는 작은 회사들이 많이 사용하는 발전기랑 3륜, 4륜 오토바이도 만들고 있어요. 요새 농부들이 많이 쓰는 ATV*도요. 전기로 가는 골프카트보다 훨씬 더 효율적이라서……"

"넬슨, 잠깐. 말이 너무 빠르다. 매니랑 정비부 녀석들은 어떻게 할 건데?"

"이젠 매니가 아니라 아널드예요, 아버지."

"그래, 아널드. 잠옷을 입고 점잔을 빼며 돌아다니는 돼지처럼 생긴

---

* 험한 지형에서도 잘 달릴 수 있는 차량.

녀석. 나도 아널드가 누군지 알아. 그 녀석이 어떤 사람이든, 남자든 여자든 상관없어. 단지 그 망할 정비부를 이끄는 녀석은 자동차에 익숙하다는 얘길 하려는 거야. 차체가 크고, 바퀴가 네 개고, 압축된 물이 아니라 휘발유로 달리는 것들 말이야."

"정비공들도 적응할 거예요. 사람은 적응 능력이 있으니까요. 일정한 나이만 넘지 않았다면. 어쨌든 엄마와 저는 이미 정비부를 손봤어요. 정비공 세 명을 내보내고, 검사 서비스 관련 광고를 내고 있어요. 우린 중고차 판매에 힘을 싣고 싶어요. 그러니까 한동안은 할아버지가 처음 이 일을 시작하셨을 때처럼 중고차만 팔 거예요. 옛날에 할아버지는 처음에 도요타 자동차들이 눈에 안 보이게 뒤쪽에 세워뒀다는 얘기를 나한테 해주셨어요. 그때 사람들은 일본 제품을 믿지 못했으니까요. 어떻게 보면 이미 전보다 상황이 나아진 것일 수도 있어요. 수중에 돈이 별로 없는 사람들도 신차 전시장이나 엔화 환율 같은 것에 겁을 먹지 않거든요. 그래서……"

"그래서?"

"야마하 물건을 파는 것에 대해 어떻게 생각하세요?"

"그래, 잘 기억해둬라. 내 의견을 물은 건 너야. 네가 물어본 건 고맙게 생각한다. 감개무량해. 네가 나한테 일부러 물어볼 필요가 없다는 건 나도 아니까. 너랑 네 엄마가 부지를 단단히 틀어쥐고 있잖아. 하지만 네 질문에 대답하자면, 나는 그렇게 멍청한 소리를 들어본 적이 없다. 제트스키는 일시적인 유행일 뿐이야. 내년이 되면 아마 제트 롤러스케이트가 나올 거다. 오토바이나 스노모빌 같은 장난감을 팔아서 거둬들이는 이윤은 튼튼한 가족용 자동차를 팔 때의 10분의 1쯤 될까?

그럼 너는 그 물건을 자동차의 열 배쯤 팔 수 있는 거냐? 잊지 마라, 대공황이 다가오고 있어."

"누가 그래요?"

"내가. 모든 사람이! 다들 부시가 후버랑 똑같다고들 하고 있어. 넌 너무 젊어서 후버를 기억하지 못하겠지만."

"그건 주식시장이 부풀려졌기 때문이었잖아요. 지금 시장은 오히려 저평가된 편이라고요. 그런데 왜 대공황이 오겠어요?"

"우리한테 기율이라는 게 전혀 없으니까! 빚에 눌려서 질식하고 있으니까! 심지어 이 나라조차 이젠 우리 것이 아니니까! 네놈은 술인지 약인지에 취한 상태로 색색의 불이 켜진 그 오두막 포치에 앉아 있다가 그 물건이 붕 하고 지나가니까 '와! 저거다!' 하고 외쳤겠지. 서른세 살이 다 된 녀석이 아직도 장난감이나 일시적인 유행에 빠져 있다니. 그 해독센터에서 좋은 말만 잔뜩 담고 돌아오더니 이젠 머리에 다시 돌이 들어찬 것 같은 소리만 하고 있잖아."

잠시 침묵이 흐른다. 옛날 같으면 넬슨이 아이처럼 징징거리는 소리로 변명을 늘어놓으며 그와 싸웠을 것이다. 하지만 수화기 속에서 마침내 들려온 목소리는 목사처럼 진지하고, 래빗이 지난주 저녁식사 때 느꼈던 것처럼 완전히 자동적으로 차분함이 배어 있다. "아버지는 소비사회에 대해 잘 모르고 있어요. 어떤 의미에서는 모든 게 일시적인 유행이에요. 사람들이 물건을 사는 건 그 물건이 필요하기 때문이 아니에요. 사실 우리한테 필요한 건 별로 많지 않아요. 사람들이 물건을 사는 건 그것이 필요를 초월한 곳에 있기 때문에, 그럭저럭 잘 지내게 해주는 데서 그치지 않고 인생을 향상시켜주기 때문이에요."

"아무래도 그 해독센터에서 신비주의 명상을 너무 많이 한 모양이 구나."

"아버지는 내 신경을 긁으려고 계속 해독센터라고 하시는 거죠? 거 긴 치료센터예요. 그다음에는 재활을 위한 적응 훈련용 집을 거쳤고 요. 해독 절차를 거친 건 겨우 이틀뿐이에요. 그보다는 인간관계의 독 을 빼내는 데 시간이 더 오래 걸려요."

"내가 너한테 독이라는 거냐?" 론 해리슨에게 무시당했다는 사실이 지금 이 대화의 표면 밑에서 부글부글 끓고 있다. 그가 세상을 떠난 남 의 아내와 같이 잤다고 해서, 그 여자의 남편이 그렇게 앙심을 품으면 안 되는 법이다. 로니와는 평생을 알고 지낸 사이인데.

넬슨이 또 침묵하더니 입을 연다. "그럴지도 모르죠. 하지만 그것만 이 아니에요. 난 아버지를 사랑하려고 계속 애쓰고 있지만, 아버지는 그걸 원치 않아요. 그것에 발목이 잡힐까봐 겁을 내고 있죠. 아버지는 발목이 잡히는 걸 평생 두려워하면서 살았어요."

래빗은 뭐라고 말을 할 수 없다. 니트로글리세린을 혀 밑에서 녹이 고 있기 때문이다. 알약이 빨간 알사탕처럼 뜨겁게 녹으면서 허공에 둥둥 뜬 것 같은 느낌이 들자 해리는 자신이 10센티미터쯤 높아진 것 같은 기분이 된다. 아들 녀석의 말을 계속 생각하다보면 눈물이 날 것 이다. 래빗이 말한다. "심리학 얘기는 그만하고 현실적인 얘기나 하자. 너랑 네 엄마는 이달 말까지 도요타에 갚아야 하는 15만 달러에 대해 도대체 어떻게 할 생각이냐? 그걸 안 갚으면 고발당할 텐데."

"아," 넬슨이 가볍게 말한다. "엄마한테서 못 들으셨어요? 그건 해 결됐어요. 이미 지불했다고요. 대출을 받았거든요."

"대출? 널 믿고 대출해줄 사람이 어디 있다고?"

"브루어 트러스트요. 부지의 자산을 담보로 두번째로 대출을 받았어요. 적어도 50만 달러의 가치는 있으니까요. 14만 5천 달러 외에, 슬림이 산 자동차 다섯 대의 값 7만 5천 달러도 거기에 포함됐어요. 우리가 미드애틀랜틱 모터스와 거래하면서 실적이 꽤 좋았으니까 그 돈은 대부분 우리 수입으로 돌아올 거예요. 저쪽에서 우리 재고품을 루디의 대리점으로 옮기는 순간부터 오히려 그쪽이 우리한테 돈을 줘야 하는 처지가 됐다는 걸 잊지 마세요."

"그래서 수상스쿠터를 팔아서 브루어 트러스트에 대출금을 갚겠다고?"

"대출금을 갚을 필요는 없어요. 은행측도 그걸 바라지 않고요. 그냥 이자만 제때 내면 돼요. 그동안에 달러 가치는 내려가고, 이자에 대해서는 모두 세금공제를 받을 수 있죠. 사실 전에 우리가 융자를 충분히 받지 않았던 거예요."

"네가 다시 고삐를 쥐었으니 얼마나 다행인지 모르겠구나. 네 엄마는 야마하 얘기를 어떻게 생각하던?"

"좋아하세요. 엄마는 아버지랑 달라요. 생각이 열려 있고, 기꺼이 창의적인 일을 하려고 해요. 아버지, 언젠가 아버지랑 반드시 얘기해봐야지 하는 게 하나 있어요. 아버지는 엄마랑 내가 세상으로 나가서 새로운 걸 배우려고 노력하는 걸 왜 그렇게 싫어하세요?"

"싫어하지 않아. 오히려 존중하지."

"싫어하시잖아요. 질투와 시기를 느끼는 사람처럼 행동하면서. 내가 이런 얘기를 하는 건 아버지를 사랑하기 때문이에요. 아버지는 자

664

신이 발목을 붙들린 것 같으니까 다른 사람들도 똑같이 움직이지 못하게 되기를 바라는 거예요."

해리는 재활센터에서 치료를 받으며 침묵을 배워온 아들 녀석에게 자기 나름의 침묵을 되돌려주려고 애쓴다. 니트로글리세린이 바지 속에서 작은 벨을 울리고, 확장된 혈관이 주위를 둘러싼 세상의 무게를 덜어주어서 세상이 해왕성의 고리처럼 멀고 섬세하게 느껴진다. "스프링어 모터스를 바닥에 처박은 건 내가 아냐." 마침내 그가 말한다. "하지만 너 하고 싶은 대로 해봐라. 스프링어의 피를 이은 건 너지 내가 아니니까."

수화기 속에서 여자의 목소리가 멀리 들리더니 수화기를 손으로 가렸을 때 나는, 조개껍질을 귀에 댔을 때와 같은 소리가 들린다. 그러다가 다시 돌아온 넬슨의 목소리는 조금 달라져 있다. 그와 엘비라 사이에 오간 모종의 이야기에 그 목소리가 살짝 적셔졌다가 나온 것 같다. 사랑의 주스가 둘 사이에 흘렀을 것이다. 어쩌면 이 아이가 정말로 변태가 아닌지도 모른다. "엘비라가 아버지한테 물어보고 싶은 게 있대요. 피트 로즈 합의안에 대해 어떻게 생각하시느냐는데요."

"양측 모두 그게 최선이었다고 전해. 그리고 내 생각에 피트 로즈는 무조건 명예의 전당에 들어가야 하는 사람이다. 그동안의 성적만으로도. 하지만 멋진 선수를 묻는다면 슈밋을 꼽겠다고 엘비라에게 전해 줘. 내가 보고 싶어한다는 말도 전하고."

전화를 끊으면서 해리는 전시장의 모습을 그려본다. 진열창에 내려앉은 먼지에 늦은 오후의 햇빛이 쏟아지는 모습. 이제 플래카드를 모두 떼어냈으니 유리창이 하늘까지 높게 뻗어 있을 것이다. 그리고 그

가 없는 그곳에서는 놀랍게도 여전히 즐거운 일들이 벌어지고 있을 것
이다.

프랭클린 드라이브 14½번지에 있는 이 작은 석회암 주택 뒤편의 빈
약한 잔디밭은 가을의 건조한 입맞춤을 받은 것 같은 모습이다. 여기
저기 풀잎들이 갈색으로 변해 있고, 수양벚나무, 이웃집의 검은호두나
무, 집 쪽으로 아주 가깝게 기울어져 있기 때문에 다람쥐들이 가지 위
를 쪼르르 달려가는 것이 보일 정도인 앵두나무, 시멘트 바닥에 파란
페인트를 칠하고 진짜 조개껍질로 가장자리를 장식한 빈 연못 위의 버
드나무에서 처음으로 떨어진 낙엽들이 몇 개 보인다. 이 나무들은 아
직도 초록색을 유지하며 자라고 있는 것처럼 보이지만, 풀밭에는 거기
서 떨어진 갈색 이파리들이 쌓이고 있다. 심지어 얄팍한 노란색 벽돌
로 지어진 이웃집 쪽으로 기울어진 북미산 솔송나무, 앵스트롬의 마
당과 클링커 벽돌로 튜더양식을 흉내낸 커다란 이웃집의 영역을 구분
해주는 말뚝 울타리를 따라 나 있는 철쭉, 바늘 같은 이파리들이 떨어
져 시멘트 연못 바닥에 흩어져 있는 텁수룩한 오스트리아소나무, 상록
수인 이 나무들조차 끝나가는 여름의 색에 물들어 먼지를 뒤집어쓴 것
같은 색으로 예쁘게 말라 있다. 옛날에 어머니가 추수감사절과 크리스
마스에 쓸 좋은 자수 식탁보와 여분의 담요, 그리고 레닌저 집안에서
물려받은 낡고 이상한 퀼트 두 장을 보관해두던 삼나무 혼수함의 냄새
가 기억난다. 가족들은 그 퀼트가 엄청나게 귀한 물건이라는 전설 같

은 얘기를 믿었지만, 해리가 십대 초반일 때 살림이 궁해져서 그것을 팔려고 내놓았더니 값을 가장 높게 쳐준 사람이 부른 가격은 한 장당 60달러였다. 식구들은 사기 식탁에 둘러앉아 한참 동안 이야기를 나눈 뒤 그 값을 받아들였지만, 요즘 그런 전통 퀼트들은 보관 상태만 좋다면 수천 달러를 받을 수 있다. 그 옛날의 일들과 당시 크게 보였던 액수를 생각해보니 마치 사기를 당한 것 같은 기분이다. 노예처럼 싼 임금을 받고 간신히 살아가면서, 한 덩이에 11센트인 빵을 먹는 생활. 잭슨 로드에서 살 때 해리의 가족들은 경제적으로 지하감옥에 갇힌 것 같은 상태였다. 게다가 그때는 다른 사람들도 모두 마찬가지였다는 사실에 기분이 더욱 슬퍼진다. 요즘은 그때를 생각하기만 해도 우울해진다. 삶이 항상 자신을 얕보았다는 사실을 인정할 수밖에 없게 된다. 밤에 잠들지 못하고 누워서 다시는 잠들지 못할까봐 아니면 영원히 잠들게 될까봐 두려워하면서 그는 모든 것이 쓸모없다는 생각에 숨이 막힐 것 같다. 초침이 똑딱똑딱 움직일 때마다 일종의 원자붕괴 같은 것이 일어나서 밝게 빛나는 소중한 현재가 무거운 납빛 과거로 변해버릴 것 같다.

개나리와 인동덩굴 모두 비가 많이 온 올여름에 제멋대로 자라버렸기 때문에 해리는 노동절 주말이 오기 전에 구름이 끼고 선선한 날씨인 오늘 목요일을 골라 겨울을 위해 덤불의 모양을 다듬어주려고 애쓰고 있다. 개나리의 경우에는 가장 오래된 줄기를 떼어내 덤불 자체가 더 젊고 날씬해 보이게 만들었더니 갑자기 소녀 같은 분위기가 난다. 그다음에는 하늘을 향해 제멋대로 뻗은 어린 가지들과 땅으로 축 처져서 옥잠화 꽃들 사이로 다시 뿌리를 내리려 하는 가지들을 자른다. 마음이 약해지면 안 된다. 지금 모질게 잘라낼수록 봄에 이 뭉툭한 가지들에 예쁜 노란색 꽃이 더 흐드러지게 피어난다. 인동덩굴은 다루기가 더 힘들다. 훨씬 더 단단하게 엉켜 있기 때문이다. 가장 높이 자란 줄기들의 근원을 더듬어 내려가보려고 해도 서로 그물처럼 엉켜 있는 가지들 사이에서 길을 잃고 만다. 그리고 작은 몸통들이 모여 있는 아래쪽은 어쩌나 틈이 없는지 전지가위나 톱이 들어가지 않는다. 칼 하나가 들어갈 만한 틈도 없다. 사람들이 덤불을 잘 돌보지 않기 일쑤인 이 계절에는 덤불이 워낙 크게 자라기 때문에 결국은 차고에 가서 알루미늄 사다리를 꺼내오는 수밖에 없다. 하지만 래빗은 차고에 어지럽게 버려진 타이어, 뻣뻣한 호스, 깨진 화분, 예전 주인이 쓰던 녹슨 도구 등을 마주하는 것이 내키지 않는다. 이 집의 전 주인은 이층 벽장에 〈플레이보이〉를 그대로 쌓아두고 간 것처럼 차고도 치우지 않았다. 그리고 그와 재니스가 이곳에 십 년 동안 살면서 두 사람의 물건도 차고의 잡동사니에 덧붙여졌다. 그래서 이곳에는 자동차 두 대는 고사하고 한 대가 들어갈 수 있는 공간조차 남지 않게 되었다. 미적미적 결정을 내리지 못하고 그냥 놓아둔 물건들, 감상적인 마음에 보관해둔 잡동사니들이 빽빽이 들어찬 동굴 같은 곳이 되어버렸기 때문에, 사다리를 꺼내려 하면 옛날에 넣어둔 페인트통 여러 개와 똬리쇠가 사라진 잔디밭 스프링클러가 와장창 쏟아져내릴 것이다. 그래서 몸을 쭉 뻗어 인동덩굴 속으로 손을 뻗었더니 가슴이 아파온다. 피부 안쪽에 신축성이 없는 천을 꿰매놓은 것 같다. 니트로글리세린 약병은 어제 로니와의 게임이 아주 재미없게 끝난 뒤 혼자 맥주와 콘칩을 먹고 나서 혼자 일찍 잠자리에 들면서 격자무늬 골프바지의 때묻은 주머니 속에 그대로 남겨두었다.

  그는 통증을 달래기 위해 인동덩굴을 내버려두고 옥잠화 사이의 잡초를 뽑기 시작한다. 조금이라도 빛이 들어갈 만한 틈이 있는 곳이라면, 별꽃이나 바랭이 같은 잡초가 자란다. 그리고 속이 빈 빨간 줄기의 쇠비름은 복잡하게 이리저리 뻗은 둥근 이파리들로 땅을 뒤덮는다. 잡초들도 나름의 스타일이 있어서 정원을 다듬는 엄청난 일에 질려서 멍해진 사람에게 말대꾸를 한다. 별꽃은 착한 잡초라서 엉겅퀴나 우엉처럼 손을 괴롭히지 않고 쉽게 뽑힌다. 상황이 이미 글렀다는 것을 깨닫고 기꺼이 뽑혀 나오는 것이다. 하지만 야생 오이는 분절이 많아서 뚝뚝 잘 부러지며, 잔디와 애기수영과 덩굴옻나무는 땅속에서 점점 퍼져나가기 때문에 불치병이 슬금슬금 다가오는 것 같다. 잡초들은 제가 잡초라는 것을 모른다. 수양벚나무 줄기 옆에서 안전하게 자란 청상추 줄기는 키가 2미터 40센티미터나 돼서 해리보다 더 크다. 오래전 그가 스미스 부인의 정원사가 되어 그녀의 철쭉을 돌보며 시간을 보내던 시절, 그가 일을 하면서 일에 뿌리를 내린 느낌을 받은 것은 오로지 그때뿐이었다. 훌륭하고 강한 젊은이. 나중에 스미스 부인은 메마른 손으로 그를 붙잡고 이렇게 말했다.

  한 블록 반 떨어진 곳에서 펜 불러바드를 달리는 차들이 웅얼거린다. 가르랑거리는 엔진소리 틈틈이 커다란 트럭이 기어를 바꾸면서 갑자기 끙하고 힘을 쓰는 소리가 끼어든다. 성난 경적소리나 누군지 불쌍한 인간을 병원으로 데려가려고 서두르는 구급차의 웽웽거리는 사이렌소리가 끼어들기도 한다. 구급차가 갓길을 달려가는 모습은 누구나 종종 볼 수 있다. 시들어버린 노파가 들것에 실려 느릿느릿 움직이는 썰매를 탄 것처럼 포치 계단을 내려오는 모습도 마찬가지다. 노파의 머리에 꽂았던 핀은 사라져버렸고, 입안의 틀니도 없고, 눈은 마치 자기 몸과 관계를 끊으려는 것처럼 하늘을 빤히 바라본다. 얼굴이 붉게 변한 시신이 구급차의 금속문 안에 실릴 때도 있다. 버림받은 아내는 목욕가운 차림으로 길가에서 훌쩍거리고 구급요원들은 먹이를 먹는 독수리떼처럼 시신 주위에 모여든다. 래빗은 거리에서 볼 수 있는 그런 인간의 마지막 모습 속에서 모종의 얼어붙은 평화를 느낀 적이 있다. 이미 죽음을 선고받은 사람에게서 보이는 위엄. 자신에게도 마침내 그때가 왔다는 깨달음. 그 돌이킬 수 없는 결말이 주위에 모여든 사람들을 분리시켜 환한 조명이 비치는 어린이 놀이방처럼 보이게 만든다. 언뜻 생각하기에는 사람들이 마지막을 잘 받아들이지 못할 것 같지만, 그들은 비명을 지르지도 않고 신을 비난하지도 않는다. 래빗이 생각하기에는 사람들이 몸을 둥글게 말아 자기 안으로 들어가는 것 같다. 이미 다 써서 무뎌진 신경덩어리가 되는 것이다. 고리에 걸린 지렁이처럼.

강 건너 저편 브루어 중심부에서 사이렌이 울린다. 내일 비를 내리려고 물고기 비늘 같은 구름을 모으고 있는 하늘에서는 옛날 축제장 너머의 공항을 향해 날아가는 작은 비행기가 거친 소리를 낸다. 해리가 이 집을 보자마자 마음에 들었던 것은 바로 숨어 있는 것처럼 보인다는 점이었다. 도로에서 그리 멀지 않은데도 찾기가 쉽지 않다. 펜파크 부자들의 눈에 잘 띄는 집들 사이에서 분수로 된 번지를 달고 머캐덤 포장이 된 막다른 길 끝에 서 있기 때문이다. 그는 항상 돈 많은 속물들에게 분개했지만 지금은 그들 사이에서 안전을 보장받고 있다. 막

다른 길 끝의 진입로로 차를 몰고 들어갈 때, 집 뒤의 정원에 나와 일할 때, 마름모꼴 물결무늬의 창문이 있는 자기 방에서 텔레비전을 볼 때 래빗은 마치 굴을 파고 안전하게 숨어 있는 것처럼 마음이 놓인다. 이 세상의 굶주린 세력들은 결코 이곳에 숨어 있는 그를 찾아내지 못할 것이다.

재니스가 진줏빛 회색 캠리를 몰고 들어온다. 파인 스트리트에서 펜실베이니아주립대학 사회교육원의 오후 수업을 듣고 지금 막 돌아오는 길이다. '부동산 수학—기초와 응용'이라는 강의다. 샌들과 밀 색깔 여름 원피스를 입고 성글게 짠 흰색 카디건을 어깨에 걸친 학생다운 차림의 그녀의 이마에 메이미 아이젠하워를 흉내낸 앞머리는 보이지 않는다. 머리를 반짝반짝 빗질한 그녀는 멋있고 나이보다 젊어 보인다. 요즘 재니스가 입는 옷은 모두 어깨가 강조돼 있다. 심지어 카디건조차 그렇다. 재니스가 4분의 1에이커 넓이의 작은 마당에서 아주 먼 거리를 걷듯이 그에게 다가온다. 두 사람 사이의 서먹함 때문에 마당이 더욱 넓게 느껴진다. 평소와 달리 재니스는 입맞춤을 바라듯이 얼굴을 내민다. 코가 건강한 강아지처럼 차다. "수업은 어땠어?" 그가 의무처럼 묻는다.

"요즘 리스터 선생이 아주 슬픈 표정으로 다른 곳에 정신을 팔고 있는 것 같아서 안됐어." 재니스가 말한다. "수염도 완전히 하얗게 세어 버렸고. 아마 부인이 헤어지자고 하는 모양이야. 한 번 수업에 온 적이 있는데, 우리가 보기에 아주 오만하게 굴었거든."

"다들 점점 못된 사람으로 변해가고 있는 것 같은데. 이제 수업이 거의 끝날 때가 되지 않았어? 노동절이 금방인데."

"이런, 해리, 여름 내내 나한테 버림받은 것 같아서 그러는 거야? 이렇게 많이 가지를 잘라내서 어쩌려고? 인동덩굴은 완전히 황폐해져버렸잖아."

해리도 인정한다. "좀 피곤해져서 실수를 했어. 그래서 중간에 멈춘 거야."

"잘했어." 재니스가 말한다. "자칫했으면 그루터기만 남았을 거야. 그러면 아주 볼품없어졌을걸."

"이봐, 당신은 여기 나와서 일을 도운 적이 한 번도 없잖아."

"밖에서 하는 일은 당신 책임이잖아. 안에서 하는 일은 내 책임이고. 그렇게 하기로 한 것 아냐?"

"우리가 뭘 어떻게 하기로 했는지 이젠 나도 잘 모르겠어. 당신이 이집에 있을 때가 없으니까. 어쨌든 당신 질문에 대답하자면, 난 잘라낸 가지를 연못 뒤에 쌓아두고 말려서 내년 봄에 플로리다에서 돌아온 뒤 태울 작정이었어."

"벌써 1990년의 일을 미리 계획하는 거야? 굉장하네. 난 아직 1990년이라는 해가 실감이 안 나는데. 하지만 그러면 겨울 내내 마당이 볼품없는 모습일 텐데."

"볼품없지 않아. 자연스럽게 보일 거야. 어차피 우리가 여기 없으니 마당을 볼 일도 없고."

재니스의 혀가 윗입술을 건드린다. 재니스는 이미 생각에 잠겨서 입을 살짝 벌리고 있었다. 하지만 재니스는 "그렇겠지, 평소와 같다면"이라고만 말할 뿐이다.

"평소와 같다면?"

재니스는 해리의 말을 듣지 못했는지 울타리 높이만큼 쌓여 있는 가지들을 응시한다.

해리가 말한다. "집안의 일에 그토록 책임을 느낀다면, 오늘 저녁식사는 뭐야?"

"이런." 재니스가 말한다. "오는 길에 다리 끝에 있는 노점에 들러서 사탕옥수수를 좀 사올 생각이었는데 생각할 게 너무 많아서 그냥 와버렸네. 화요일에 먹고 남은 미트로프랑 사탕옥수수를 같이 먹을 생각이었어. 빵도 곰팡이가 피기 전에 먹어야 하고. 오래된 빵을 전자레인지에 돌려서 신선하게 만드는 법에 대해 〈스탠더드〉에서 아주 좋은 기사를 봤는데 정확한 내용을 잊어버렸어. 물을 가지고 어떻게 하라는 것 같았는데. 냉동실에 얼려둔 야채가 있을 테니까 사탕옥수수 대신 그걸 먹으면 돼."

"아니면 냉동실 얼음에 소금이랑 설탕을 뿌려 먹어도 되겠군." 해리가 말한다. "냉동실에 얼음이 있다는 건 나도 확실히 아니까."

"해리, 나도 장을 볼 생각이었어. 하지만 IGA는 너무 멀리 있고 터키힐은 값이 터무니없이 비싸. 그리고 펜 불러바드의 편의점 카운터에는 무뚝뚝한 애들이 일하고 있어서 계산할 때 숫자를 하나 더 입력할 것 같단 말이야."

"그래, 워낙 빈틈없이 장을 보시는 분이니까." 해리가 말한다. 고등어 빛깔의 하늘 남서쪽에 회색 선반 모양의 구름이 확실히 모이고 있다. 두 사람은 다가오는 어스름을 피해 집을 향해 걷는다.

재니스가 말한다. "자……" 이렇게 뭔가 거래를 이끌어내기 위해 말을 시작할 때 "자……"라고 말문을 여는 것은 최근에 생긴 재니스의 버릇이었다. 아마 같이 강의를 듣는 학생이나 강사에게서 배웠을 것이다. "지난번 시험 성적이 어땠냐고 안 물어봐? 성적이 나왔는데."

"시험 잘 봤어?"

"엄청 잘 봤어. 리스터 선생이 준 점수는 B 마이너스지만 내가 생각을 좀더 정리하고 철자법에 신경을 썼다면 B 플러스를 줬을 거라고 말했어. 철자법에서 'i'랑 'e'의 순서가 가끔 헷갈리는데 도무지 알 수가 없어."

해리는 자신에게 이런 이야기를 할 때의 재니스를 사랑한다. 마치 그가 모든 답을 알고 있는 것처럼 보이기 때문이다. 그는 차고에 들어가 조금 쭈그러진 금속 쓰레기통 뒤의 벽에 자루가 긴 전지가위를 기대어 세워두고, 톱은 못에 건다. 여름 원피스 차림의 환영 같은 재니스는 그보다 먼저 뒤쪽 계단을 올라가서 부엌 불을 켠다. 그러고는 그 특유의 당황스러운 표정으로 인상을 찌푸리고 혀끝을 깨물며 냉장고 안에 먹을 만한 음식이 있는지 뒤진다. 해리는 그녀에게 다가가 밀 색깔 원피스를 입은 그녀의 허리를 만지고, 냉장고를 향해 허리를 숙인 그녀의 엉덩이를 가볍게 쥔다. 그리고 부드럽게 투덜거린다. "어젯밤에 아주 늦게야 집에 왔지?"

"당신은 자고 있던데, 가엾게도. 혹시 당신이 깰까봐 그냥 손님방에서 잤어."

"맞아, 갑자기 기운이 쭉 빠져서 말이야. 미국독립전쟁을 다룬 그 책을 끝까지 읽고 싶은데 매번 나가떨어지고 있어."

"크리스마스 선물로 그 책을 주는 게 아닌데. 당신이 재미있게 읽을 줄 알았더니만."

"재미있어. 정말로. 어제는 힘들어서 그런 거야. 로니한테 거의 다 이긴 게임이었는데 마지막 홀에서 동점이 돼버리더니, 로니한테 나중에 또 게임을 하자고 말했다가 무시를 당하기까지 했거든. 나중에는 넬슨이 전화를 해서 수상스쿠터니 야마하니 하는 것들에 관해 말도 안 되는 계획을 잔뜩 신이 나서 늘어놓았고."

"로니가 그런 데는 이유가 있겠지." 재니스가 말한다. "나는 로니가 당신이랑 골프를 쳤다는 사실 자체가 놀라운데. 당신, 싹양배추는 어때?"

"괜찮아."

"난 언제 먹어도 항상 상한 것 같던데. 하지만 지금 있는 게 그것밖에 없어. 내일은 꼭 IGA에 들러서 주말 내내 먹을 음식을 채워놓을게."

"넬슨네 식구들을 부를 건가?"

"다 같이 클럽에서 만나면 어떨까 해. 올여름에 클럽에 거의 안 갔잖아."

"전화했을 때 넬슨이 꽤나 들떠 있던데. 혹시 다시 그걸 하는 것 같지는 않아?"

"해리, 이제 넬슨은 아주 똑바로 살고 있어. 그 재활원에서 정말로 종교를 믿게 됐다고. 하지만 야마하가 해결책이 아니라는 건 나도 같은 생각이야. 다른 곳의 대리점 권리를 얻으려고 하기 전에 우선 자본을 좀 확보해둬야지. 지금 자격증 공부를 하고 있는 여자들하고 얘기를 좀 해봤는데……"

"우리 재정문제를 다른 사람들하고 의논했다고?"

"우리 문제가 아니라, 사례연구로 이야기한 거야. 순전히 그런 사례가 있다고 가정하자는 식으로. 부동산 수업에서는 그런 사례연구를 많이 다루니까. 그런데 다들 우리가 다른 자산이 있으면서 부지를 담보로 매달 2500달러가 넘게 갚아나가야 하는 대출을 유지하고 있는 게 말도 안 된다고 했어."

래빗은 이야기의 방향이 마음에 들지 않는다. "하지만 이 집에도 이미 담보대출이 있잖아. 우리가 매달 갚아야 하는 돈이 얼마지? 700달러?"

"그건 나도 알아, 바보. 잊지 마. 이젠 이게 내 일이야." 재니스는 밀랍을 입힌 종이로 된 상자에서 싹양배추를 모두 꺼내서 플라스틱 접시에 담은 뒤 전자레인지에 넣고 시간을 설정한다. 땡 하는 소리가 세 번, 삐 소리가 한 번 나더니 윙윙 기계 돌아가는 소리가 점점 커진다. "우리가 이 집을 산 건 10년 전이야." 재니스가 말한다. "집값이 7만 8천 달러인데 1만 5천 달러를 먼저 냈고, 대출금을 빼면 지금쯤 우리 몫의 재산은 거기서 1만 내지 1만 5천이 더 늘었을 거야. 대출원금이 처음에는 빨리 줄어들지 않으니까. 대출원금 감소 속도가 기하학적인 곡선을 그린다고들 하지. 그러니까 아직 5만 달러가 빚으로 남아 있다고 쳐. 어쨌든 이 지역 집값은 1980년 이후로 크게 올랐다가 지금은 소강 상태지만 아직 내려가지는 않았어. 하지만 올겨울부터 내려갈지도 몰라. 지금 집값을 매긴다면 22만이나 23만 정도. 펜파크라는 위치도 좋고, 한갓지게 골목 안에 들어와 있는 것도 그렇고, 앞부분뿐만 아니라 모든 벽이 진짜 석회암으로 되어 있다는 점도 있으니까. 이른바 역사적 가치가 있는 건물이라는 거지. 아무리 에누리를 해주더라도 20만 달러는 받을 수 있을 거야. 거기서 5만 달러를 빼면 우리한테 15만 달러가 남지. 그러면 우리가 브루어 트러스트에서 빌린 돈 중 3분의 2를 갚을 수 있어!"

래빗은 재니스가 이렇게 길게 얘기하는 것을 거의 들어본 적이 없다. 그래서 재니스의 말을 이해하는 데 몇 초가 걸린다. "이 집을 팔겠다고?"

"해리, 어차피 여름에만 쓰는 집인데 이걸 계속 가지고 있는 건 너무 낭비야. 안 그래도 어머니 집에 남는 방이 있는데."

"난 이 집이 좋아." 래빗이 말한다. "여긴 지금까지 내 집이라고 느낀 유일한 집이야. 적어도 잭슨 로드의 그 집 이후로는 그랬어. 이 집에는 품격이 있어. 우리 자신이라고."

"여보, 나도 이 집이 좋아. 하지만 현실을 생각해야지. 당신도 나한테 항상 그렇게 말하잖아. 집을 네 채나 갖고 있을 필요는 없어. 게다가 부지도 있는데."

"그럼 아파트를 파는 게 어때?"

"나도 생각은 해봤는데, 거기서는 우리가 살 때 낸 돈을 건지기만 해도 다행일 거야. 플로리다에서 집은 자동차와 같아. 다들 새 집을 좋아한다고. 동부 사람들이 새로운 쇼핑몰 같은 걸 좋아하는 것처럼."

"그럼 포코노스의 집은?"

"거기도 건질 돈이 별로 없어. 난방시설이 없는 오두막이잖아. 우리한테 필요한 돈은 20만 달러야, 여보."

"도요타에 그 빚을 진 건 우리가 아니야. 넬슨이 진 거잖아, 넬슨이랑 그 변태 친구 녀석들이 진 거라고."

"그거야 그렇지. 하지만 지금 넬슨이 그 빚을 갚을 수 없는 처지잖

아. 게다가 그 일을 벌일 때 넬슨은 우리 대리점에 속해 있었어."

"그럼 부지는? 왜 부지를 팔면 안 돼? 111번 도로에 그렇게 인접해 있으니 엄청난 가치가 있을 거 아냐. 진짜 시내나 마찬가지라고. 요즘은 사람들이 히스패닉 자식들 때문에 옛날 중심가로 들어가는 걸 무서워하고 있으니까."

고통스러운 표정이 재니스의 얼굴을 스치고 지나가며 드러난 이마에 잔물결을 만든다. 해리는 이번만은 자신의 머리가 재니스만큼 빨리 돌아가지 않는다는 것을 깨닫는다. "절대 안 돼." 재니스가 단호하게 말한다. "부지는 우리의 가장 중요한 자산이야. 넬슨의 장래를 위한 기반, 당신 손주들의 장래를 위한 기반으로 반드시 필요해. 아버지라면 그렇게 생각하셨을 거야. 전쟁이 끝난 뒤에 시골 주유소가 서 있던 그 땅을 아버지가 사셨을 때가 지금도 기억나. 옆에는 옥수수밭이 있었고, 주유소는 전쟁중에 문을 닫았지. 차가 없었으니까. 아버지는 엄마랑 나를 데리고 그 땅을 보러 가셨어. 그때 주유소 뒤는 쓰레기장이었어. 당신이 파라과이라고 부르는, 그 가시덤불이 자라는 땅이 거기야. 낡은 자동차 부품이며 초록색과 갈색의 음료수병이 거기 있었지. 내 눈에는 그게 아주 귀한 물건처럼 보여서 마치 숨겨진 보물을 찾아낸 것 같은 기분이었어. 그래서 거기서 놀다가 학교에 갈 때 입는 옷을 전부 더럽히는 바람에 엄마한테 혼날 뻔했지. 아버지가 웃어넘기면서 엄마한테 내가 자동차업계 쪽 일에 소질이 있는 것 같다고 말하지 않았으면 그렇게 됐을 거야. 내가 살아 있는 한 스프링어 모터스는 안 팔아, 해리. 어쨌든……" 재니스는 좀더 밝은 목소리를 내려고 애쓴다. "난 산업용 부동산에 대해서는 아무것도 몰라. 그러니까 이 집을 파는 이점 중 하나는 내가 직접 집을 팔 수 있기 때문에 중개수수료 중 절반을 영업사원 명목으로 가져올 수 있다는 거지. 내 집을 내가 파는데도 수수료 절반을 내놓아야 한다니. 20만 달러에 대한 수수료 6퍼센트 중 절반이라면 6천 달러야. 그게 전부 내 돈이라고!"

해리는 여전히 재니스의 이야기를 따라잡느라 애쓰고 있다. "당신이 판다는 건…… 그러니까, 당신이 직접 판다고?"

"물론이지, 이 멍청한 양반아. 부동산중개인 자격증을 딸 거니까. 업계 쪽 표현으로는, 내가 이걸로 개시를 하는 거야. 내가 곧바로 이만한 거래를 물어올 수 있다는데 피어슨앤드슈략이나 선플라워 부동산 같은 회사들이 날 영업사원으로 끌어가려고 하지 않겠어?"

"잠깐만. 우리는 플로리다에서 대부분의 시간을 보낼 거고……"

"일 년 중 일부만 보내는 거야, 여보. 애당초 내가 여기를 뜨기가 힘들다고. 여기서 자리를 잡아야 하니까. 그리고 솔직히 말해서 플로리다는 좀 지루하지 않아? 너무 단조롭고, 주위에는 전부 노인들뿐이잖아."

"그럼 그 나머지 기간에는 장모의 집에서 산다고? 넬슨이랑 프루는 어쩌고?"

"당연히 거기 같이 사는 거지. 해리, 왜 이렇게 못 알아들어? 약을 너무 많이 먹어서 그런가? 옛날에 우리랑 넬슨이 아버지 어머니랑 같이 살 때처럼 사는 거야. 그때도 그리 나쁘지 않았잖아, 안 그래? 아니, 사실은 좋았지. 넬슨과 프루는 언제든 아이들을 봐줄 사람이 생기는 셈이고, 나도 혼자서 살림을 다 하지 않아도 돼."

"살림이라니 무슨 살림?"

"당신은 모르지? 남자들은 정말 모른다니까. 두 집을 유지하려면 지겨운 단순노동이 얼마나 끔찍하게 많은데. 당신도 우리가 한쪽 집에 머무르는 동안 나머지 한쪽 집에 도둑이라도 들까봐 항상 걱정하잖아. 하지만 이렇게 하면 어머니 집, 아니 넬슨의 집에서 우리가 방 하나를 쓰게 돼. 틀림없이 우리가 옛날에 쓰던 방을 애들이 돌려줄 거야. 그러면 다른 집이 어떻게 될까봐 걱정할 필요가 없어!"

단단한 띠들이 해리의 가슴을 압박하며 쿡쿡 찔러대는 것 같다. 그는 힘겹게 목소리를 낸다. "우리가 그 집에 들어가는 것에 대해 넬슨과 프루는 뭐래?"

"아직 안 물어봤어. 먼저 당신한테 이야기한 뒤에 오늘 저녁에 물어볼까 했지. 하지만 걔들은 싫다고 할 입장이 아냐. 거긴 법적으로 내 집이니까. 그래서 말인데, 당신 생각은 어때?" 흐릿하고 조심스러운 눈빛, 셰리주나 캄파리 때문에 자주 흐려지는 눈빛이 해리에게 익숙한 재니스의 모습이건만, 지금은 첫번째 거래를 성사시킬 수 있다는 생각에 그녀의 눈이 반짝이고 있다.

그는 판단을 내릴 수 없다. 젊었을 때는 뭔가 변화가 일어날 거라는 생각만 해도, 설사 그 변화가 재난이라 해도, 모든 것을 뒤흔들어 자신의 세계를 새로이 꾸밀 수 있을지도 모른다는 생각에 그의 심장이 기뻐하던 때가 있었다. 하지만 지금은 뿌리가 뽑힐지도 모른다는 생각에 심장이 벌렁거리면서 그의 몸안에서부터 실질적인 저항이 그를 옭아매는 것이 느껴진다. "난 싫어, 생각할 것도 없어." 그가 말한다. "난 남의 집에 세든 사람처럼 사는 생활로 돌아가고 싶지 않아. 십 년 동안 그렇게 살다가 겨우 벗어났는데. 요즘은 여러 세대가 떼를 지어 한집에 살지 않는다고."

"아냐, 그런 사람이 왜 없어? 요즘은 오히려 그런 게 유행인데. 집값이 너무 비싸고 인구가 너무 많으니까."

"넬슨네가 애들을 더 낳으면 어쩔 거야?"

"안 낳아."

"당신이 어떻게 알아?"

"그냥 알아. 프루랑 얘기한 적이 있어."

"프루도 시어머니랑 같이 사는 게 불편할걸."

"불편하긴 뭐가? 우리 둘 다 원하는 게 같은데. 넬슨이 행복하고 건강해지는 것."

래빗은 어깨를 으쓱한다. 저 여자 나중에 고생 좀 해보라지, 우쭐거리는 얼간이 같으니. 학교에 다니면서 자기가 다른 사람들 일을 죄다 알게 됐다고 생각하는 모양이지? "저녁 먹고 그쪽으로 가서 아이들이 당신의 정신 나간 계획에 어떤 반응을 보이는지 봐. 난 절대 반대야, 내 의견이 중요하기나 한지는 모르겠지만. 부지를 팔고 넬슨 녀석한테 건실한 일을 하라고 해. 그게 내 의견이야."

재니스는 전자레인지의 숫자가 점점 줄어드는 것을 지켜보던 것을 그만두고 그에게 다가와 유령처럼 허공을 더듬는 특유의 몸짓으로 갑자기 그의 얼굴을 다시 만지며 자신의 몸을 밀착시킨다. 그래서 처음 만났을 때나 지금이나 그녀의 몸이 아주 작다는 것, 그녀의 작은 몸과 그의 큰 몸이 잘 맞는다는 성적인 감각이 되살아난다. 그는 뒤로 빗어 넘긴 그녀의 희끗희끗한 머리카락 냄새를 맡아보고, 살짝 충혈된 흰자위를 본다. "물론 당신 의견이 중요하지. 어느 누구의 의견보다도 중요해, 여보." 재니스가 언제부터 그를 여보라고 부르기 시작했을까? 플로리다로 이주해서 거기 남부 사람들이나 유대인들과 어울리기 시작했을 때부터다. 남쪽의 유대인 부부들은 오래된 신발 한 켤레처럼 서로 편안히 잘 들어맞는 듯한 분위기를 지니고 있다. 남자들은 지금의 삶 외에 다른 삶은 바랄 수 없다는 사실을 받아들이고, 그것으로 충분히 만족한다. 일단 할례라는 난관만 극복하고 나면, 유대교는 정말이지 훌륭한 종교인 것 같다고 래빗은 생각한다.

그와 재니스는 집 문제가 아직 해결되지 않았지만 식사를 하는 동안에는 일단 덮어둔 채 침묵한다. 그는 그녀를 도와 식탁을 치우고, 이미 접시가 쌓여 있는 식기세척기에 방금 쓴 접시를 또 넣는다. 겨우 두 사람만 사는 집에서 재니스가 자주 집을 비우기 때문에 식기세척기를 돌릴 수 있을 만큼 선반이 차는 데는 며칠이 걸린다. 재니스는 넬슨에게 전화를 걸어 집에 있을 거냐고 물은 뒤 하얀 카디건을 다시 걸치고 캠리에 올라 마운트저지로 향한다. 슈퍼우먼이다. 래빗은 제닝스의 뉴스 끝부분을 간신히 본다. 오십 년 전 내일 폴란드 침공으로 시작된 제2차 세계대전에 관한 낡은 흑백필름들이 나온다. 탱크와 기갑부대의 대결, 악을 써대는 히틀러, 걱정스러운 표정의 체임벌린. 뉴스를 다 본 뒤 그는 어스름이 깔리고 모기들이 날아다니는 밖으로 나가 이미 시들어버린 가지들을 시멘트 연못 뒤의 구석에 좀더 깔끔하게 쌓는다. 연못 바닥의 파란색 페인트는 점점 색이 바래는 중이고, 시멘트에 난 금도 점점 넓어지고 있다. 그는 다시 집으로 돌아와 마침 방송중이던 〈휠 오브 포천〉*의 마지막 십 분을 본다. 대단한 배나! 자신을 과시하는 법을 제

---

* 미국의 게임 프로그램. 뒤에 나오는 배나는 이 프로그램의 사회자.

대로 아는 여자다! 바퀴가 돌아갈 때 박수를 치는 모습이라니! 저 커다란 글자들을 뒤집는 모습이라니! 그녀를 보고 있으면 자신이 두 다리로 걷는 포유동물이라는 사실이 자랑스러워진다.

〈코스비 가족〉여름 재방송 중 테오가 너무 많이 나오는 에피소드가 끝나자 해리는 졸음이 온다. 재니스가 이 집을 팔려고 한다는 생각을 하니 우울하지만, 그 계획이 결코 실현되지 않을 것이라는 생각이 위안을 준다. 재니스는 머리가 너무 산만하다. 재니스와 넬슨은 요즘 온 세상 사람들과 마찬가지로 빚 속으로 점점 더 깊이 빠져들어갈 것이다. 은행은 부지가 가치를 잃지 않는 한 계속 돈을 빌려줄 것이다. 필리스는 샌디에이고에서 게임을 하고 있지만, 어차피 6위에 머무르고 있다. 그는 텔레비전 소리를 확 줄이고는 조용히 움직이는 영상에서 위안을 얻으며 장모의 집에서 나올 때 가져온 터키식 무릎방석 위에 발을 쭉 뻗고 십 년 전 재니스와 함께 새치너 가구점에서 산 은빛 도는 분홍색 윙체어에 더욱 깊숙이 늘어진다. 가지치기를 많이 한 탓에 어깨가 아프다. 역사책을 읽을까 하는 생각이 들지만, 그 책은 이층의 침대 옆에 있다. 마름모꼴 창틀의 유리창에 뭔가가 부드럽게 부딪히는 소리가 들린다. 여름이 시작되던 날, 그가 막 병원에서 퇴원한 그날 저녁처럼 비가 내리는 모양이다. 머리가 없는 재봉용 마네킹이 있던 그 좁은 방은 또다른 세계, 꿈의 세계였다. 전화벨 소리가 그를 깨운다. 복도의 전화기를 향해 가면서 그는 온도계 겸 시계를 본다. 9:20. 재니스가 저쪽으로 간 지 꽤 오랜 시간이 흘렀다. 지금도 가끔 전화를 걸어 빚을 갚으라거나 방금 들어온 새 물건이 있다고 말하는 마약상들의 전화가 아니어야 할 텐데. 그 마약상들이 어떻게 그리 부자가 될 수 있는

지 궁금하다. 이렇다 할 체계도 없이 되는대로 움직이는 것 같은데. 그는 휠체어에서 자면서 꿈을 꿨다. 눈에 보이지 않는 상대와 심하게 싸우는 내용이었는데, 자세한 기억은 벌써 희미하게 사라져서 잘 알 수 없지만 보이지 않는 적과 격하게 싸우는 내용이었다. 천장이 둥글고 번잡한 곳이었다는 사실은 확실히 기억난다. 옛날 기차역 같은 분위기였는데, 다만 천장이 더 낮고 환한 색이라서 어딘가의 예배당 같기도 했다. 그 갑갑한 공간이 끈질기게 머릿속에 남아 있어서 자신의 손이 아주 늙고 낯설게 보인다. 손등은 울퉁불퉁하게 부풀고, 손가락은 고목처럼 시든 손이 벽에 걸린 수화기를 향해 뻗어나간다.

"해리." 재니스가 이런 목소리를 내는 건 한 번도 들은 적이 없다. 돌처럼 딱딱하게 죽어버린 목소리.

"응. 어디야? 안 그래도 어디서 사고라도 당했나 걱정하던 중인데."

"해리, 나는……" 뭔가가 재니스의 목구멍을 잡고서 말을 막는 것 같다.

"응?"

재니스가 히끅히끅 흐느낌을 참아가며 메인 목으로 더듬더듬 말을 하기 시작한다. "내가 넬슨이랑 프루한테 내 생각을 설명했어. 그랬는데 우리 모두 너무 성급하게 결정하면 안 된다는 결론을 내렸어. 더 철저하게 의논해봐야 한다고 말이야. 넬슨은 프루보다 더 적극적이었던 것 같아. 아마 재정적으로 어떤 상황인지 알기 때문……"

"그래, 그래. 아직까지는 그리 실망할 필요 없을 것 같구면, 뭐. 프루는 그 집을 자기 집으로 생각하는 데 익숙해져 있어. 다른 사람과 부엌을 같이 쓰는 걸 좋아하는 여자는 없는 법이잖아."

"프루가 애들을 재운 다음에 이상한 표정으로 아래층으로 내려와서 나랑 넬슨한테 우리가 다 같이 함께 살려면 반드시 알아야 하는 게 있다고 말했어."

"그래?" 해리의 목소리는 아직 태평하지만 졸음은 다 달아났다. 우주 영화에서 저멀리 아주 작은 점 하나가 점점 커져서 우주선이 되듯이 앞으로 무엇이 다가올지 알 것 같다.

재니스의 목소리가 단호해진다. 감각이 죽어버린 듯 평탄하고 낮은 목소리다. 마치 문밖에서 누가 듣고 있을까봐 조심하는 것 같다. 재니스는 아마 지금 옛날에 두 사람이 쓰던 방에서 침대 가장자리에 앉아 있을 것이다. 옆방에서는 주디가 자고 있고, 반대편 방에서는 로이가 자고 있다. "당신이 퇴원한 첫날 여기에 머물렀을 때 자기랑 같이 잤다고 프루가 말했어."

우주선이 그를 덮친다. 우주선에 박힌 수많은 못들과 번쩍이는 불빛이 보인다. "그런 말을 했어?"

"응, 했어. 어쩌다 일이 그렇게 됐는지는 잘 모르겠지만, 당신이랑 자기 사이에 예전부터 항상 조금 끌리는 마음이 있었는데 그날 밤에는 모든 게 너무 절망적으로 느껴졌던 것 같대."

조금 끌리는 마음이라. 해리는 그 정도면 공정하다고 생각한다. 조금 심하다는 생각이 들기는 하지만. 그의 감정은 그 이상이었다. 팔다리가 껑충하고 머리가 길고 왼손잡이인 젊은 여자에게 자신의 모습이 거울처럼 반영되어 있다는 느낌이었다.

"그래서? 그 말이 사실이야?"

"글쎄, 여보, 뭐랄까, 그게 어떤 의미로는 그런……"

크게 흐느끼는 소리. 지금 재니스의 표정이 어떨지 그는 정확히 그려볼 수 있다. 일그러지고 무기력하고 추하겠지. 나이의 무게가 그녀를 짓누르고 있을 것이다.

"……하지만 그때는……" 래빗이 말을 잇는다. "그게 자연스러운 일 같았어. 게다가 그뒤로는 아무 일도 없었어. 심지어 서로 말 한마디도 나눈 적이 없다고. 그건 없었던 일로 치부하고 있었어."

"세상에, 해리. 어떻게 그럴 수가 있어? 당신 며느리야. 넬슨의 아내라고."

재니스가 대본을 읽듯 일반적인 대사를 말하기 시작했다는 느낌이 든다. 그리고 충격과 수치심에 물든 그의 의식 속으로 지루함이 한줄기 들어온다.

"이건 지금까지 당신이 한 짓 중에서도 최악이야, 최악." 재니스가 말한다. "절대로 최악이야. 당신이 도망쳤을 때도, 그다음에 나랑 가장 친한 친구인 페기랑 그랬을 때도, 그 가엾은 히피 아가씨랑 그랬을 때도, 셀마랑 그랬을 때도…… 설마 내가 셀마의 일에 대해 몰랐을 것 같아? 하지만 이 일은 정말로 용서할 수 없어."

"진심이야?" 이 말에 뜻하지 않게 희망에 들뜬 것 같은 기색이 실린다.

"절대 당신을 용서하지 않을 거야. 절대." 재니스의 목소리가 다시 무감각하고 평탄하다.

"그런 말은 하지 마." 해리가 애원한다. "그냥 한순간 정신이 나가서 저지른 일이고, 그걸로 인해 누가 다치지도 않았잖아. 그러는 당신은 왜 나랑 프루가 한집에서 하룻밤을 보내게 만든 건데? 내가 벌써 죽은 줄 알았어?"

"난 그날 수업에 나갈 수밖에 없었어, 시험이 있었으니까. 평소 같으면 안 갔겠지. 그래서 너무 미안했어. 진짜 웃기네. 내가 미안해했다니. 총을 규제하는 법이 왜 만들어졌는지 이제 알겠어. 지금 나한테 총이 있었다면 당신을 쐈을 거야. 둘 다 쏴버렸을 거야."

"프루가 또 무슨 소리를 했어?" 해리는 이 질문에 대답하다보면 살기를 띤 재니스의 분노도 조금 수그러질 거라고 생각한다.

재니스가 대답한다. "별로 이렇다 할 얘기는 하지 않았어. 그냥 있었던 일만 얘기하고 무릎에 양손을 포갠 채 그 반항적인 눈으로 나랑 넬슨을 노려보기만 했지. 뉘우치는 기색도 없었어. 그냥 강하게 버티기만 했지. 내가 이 집에 와서 함께 사는 걸 싫어하는 기색도 노골적이었고. 그래서 그 얘기를 했을 거야."

해리는 자신이 다른 사람들과 맞서서 재니스의 편이 되어 같은 시각으로 눈을 가늘게 뜨고 프루를 노려보는 것 같은 기분이 든다. 벌써 용서를 받을 가망이 보이는 것 같아서 안도감을 느끼면서도 희미하게 실망감이 든다.

"그애는 강해." 해리가 달래듯이 재니스의 말에 맞장구를 친다. "프루 말이야. 당신은 도대체 뭘 기대했던 거야? 애크런의 보일러공 딸한테서." 해리는 적어도 지금만은 정사중에 프루가 두 번 절정에 도달했고, 자신은 노련한 솜씨로 이용당한 것 같다는 느낌이 어렴풋이 들었다는 얘기를 재니스에게 하지 않기로 한다.

그의 집행유예는 이제 막 시작됐을 뿐이다. 거기에 적응해나가는 데는 몇 주, 몇 달, 몇 년이 걸릴 것이다. 바깥일에 대해 새로운 감각을 갖추게 된 재니스는 그 무엇도 값싸게 내버리지 않을 것이다. "당신이 이리로 와줬으면 해, 해리." 재니스가 말한다.

"내가? 왜? 시간이 벌써 늦었는데." 해리가 말한다. "낮에 덤불 손질을 해서 녹초가 됐어."

"그렇게 귀여운 척하면서 벗어날 수 있을 거라고 생각하지 마. 그런 끔찍한 일을 저지른 주제에. 앞으로 우리 모두 절대 예전으로 돌아갈 수 없을 거야."

"그건 전에도 마찬가지였어." 그가 감히 말한다.

"넬슨 기분이 어떨지 생각해봐."

이건 좀 아프다. 이건 그가 생각하고 싶지 않던 주제였다.

재니스가 말한다. "넬슨은 지금 치료센터에서 받은 심리치료의 좋은 점들을 모두 이용해서 아주 차분한 상태를 유지하고 있어. 이 일을 소화해내려면 많은 작업이 필요하기 때문에 지금 당장 시작해야 한대. 지금 당장 시작하지 않으면, 우리 모두 지금 이 상태로 굳어져버릴 거라고 했어."

래빗은 다시 재니스에게서 아내다운 태도를 이끌어내기 위해 시도한다. "그래…… 그 녀석이 처음에는 어떻게 받아들였어?"

하지만 재니스의 대답은 간단하다. "충격을 받은 것 같아. 넬슨도 아직 자신의 진짜 기분이 뭔지 짐작도 못하겠대."

해리가 말한다. "몇 년 동안 제가 한 짓이 있으니 이제 와서 잘난 척할 수 없겠지. 브루어 전역에서 코카인 때문에 몸을 파는 계집들하고 어울렸으니 말이야. 게다가 말이 나왔으니 말인데, 부지에서 일하는 엘비라도 그냥 여직원이라는 상징적인 존재 이상이야. 엘비라가 옆에 있을 때는 녀석이 꼭 술이라도 한잔한 것 같은 목소리를 낸다고."

하지만 재니스는 물러나지 않는다. "당신이 넬슨한테 입힌 상처는 믿을 수 없을 정도야. 앞으로는 넬슨이 무슨 짓을 하든 당신이 뭐라고 할 수 없어. 해리, 당신이 저지른 짓은 신문에 실려도 될 만큼 더러운 짓이라고. 끔찍해."

"여보……"

"여보라는 말 하지 마."

"더러운 짓이라니? 프루랑 내가 혈연관계도 아니잖아. 그냥 평범한 하룻밤의 관계였을 뿐이야. 프루는 궁지에 몰려 있었고, 나도 죽음의 문턱에 있었어. 그건 프루 나름대로 날 간호해준 거야."

또 흐느끼는 소리가 들린다. 도대체 자신의 어떤 말이 재니스를 또 울린 건지 그는 결코 알 수가 없다. "해리, 지금은 농담할 때가 아냐."

"나도 농담한 거 아냐." 하지만 그는 야단을 맞고, 엉덩이를 얻어맞은 것 같은 기분이다.

"당장 이리로 와서 이번만이라도 당신이 저지른 짓을 수습하는 시늉이라도 해봐." 재니스가 전화를 끊는다. "이번만이라도"라는 말을 기운차게 외치는 목소리가 우스울 정도로 장모와 비슷하다.

살면서 계시를 받는 경우는 별로 없기 때문에, 계시가 나타나면 반드시 거기에 따라야 한다. 래빗은 자신이 무엇을 해야 하는지 분명히 깨닫는다. 그래서 단호하게 서둘러 움직이기 시작한다. 그는 이층으로 가서 짐을 싼다. 갈색 캔버스 정장가방. 크고 딱딱하지만 비행기 화물칸에 실릴 때 한쪽 귀퉁이가 우그러진 노란색 투어리스터 가방. 자키 팬티, 티셔츠, 양말, 파스텔색 폴로셔츠, 비닐 포장지에 들어 있는 와이셔츠, 골프바지, 반바지. 넥타이를 좋아한 적은 한 번도 없지만 넥타이도 몇 개. 요즘 그가 입는 옷들은 전부 여름옷뿐이다. 모직 정장과 스웨터는 좀을 방지해주는 가방 안에서 가을을 기다리고 있다. 하지만 올해 그에게 10월과 11월은 오지 않을 것이다. 그는 가벼운 재킷 네 벌과 정장 두 벌을 꺼낸다. 하나는 유리접합제 색이고 다른 하나는 갑옷처럼 광택이 나는 회색이다. 결혼식과 장례식에 대비한 옷이다. 레인코트 한 벌, 스웨터 두어 벌. 끈을 매게 되어 있는 검은 구두 한 켤레는 접이식 정장가방의 두 주머니에 넣고, 파란색과 하얀색의 나이키 운동화는 여행가방 양편에 넣는다. 다시 달리기를 시작해야 할 것이다. 칫솔과 면도용품. 약도 몇 통이나 넣는다. 또 뭐가 있지? 아, 그렇지. 그는 협탁에서 『첫번째 경례』를 집어 가방에 넣는다. 죽는 한이 있어도 반드시 이 책을 다 읽을 것이다. 그는 도둑이 들지 않게 이층 복도의 불을 켜두고, 14½이라는 숫자가 붙어 있는 출입문 옆의 전등도 켜둔다. 그리고 집안을 두 번 왔다갔다하며 차에 짐을 싣는다. 가방의 무게가 가슴에 느껴진다. 그는 텅 빈 복도를 둘러본다. 그리고 자신의 방으로 들어간다. 바닥에 빈틈없이 깔린 앤트론 카펫 덕분에 발소리가 나지 않는다. 마름모꼴 유리창을 내다보니 수양벚나무의 윤곽이 가로등 불빛을 받아 빛나고 있다. 그는 베개를 두드려 볼록하게 만들고, 조금 전 완전히 다른 세상에서 잠들었던 윙체어의 팔걸이도 똑바로 돌려놓는다. 아까 이곳에서 잠들었던 사람은 지금과는 다른 사람, 한심한 사람이었다. 다시 출입문으로 나온 그의 얼굴에 밤의 산들바람이 느껴지고, 펜 불러바드를 씽씽 달리는 자동차들의 소리가 작게 들려온다. 그는 부드럽게 문을 닫고 잠근다. 재니스가 열쇠를 갖고 있다. 그는 항상 거대하지만 버려진 아이스크림 판매대를 연상시키던 스프링어 집안의 그 커다란 치장벽토 집에 있는 재니스를 생각해본다. 날 용서해줘.

래빗은 셀리카에 오른다. 멋진 실내에서 운전을 즐기세요. 이건 그동안 계속 밀어붙이려고 애쓰던 새로운 자동차 선전 문구 중 하나다. 선전 문구가 너무 많아지면, 서로 효과를 깎아먹기 시작한다. 엔진에 시동이 걸리고, 후진기어를 넣자 차가 부드럽게 후진한다. 날 자유롭게 해주는 당신을 사랑해요, 도요타. 디지털시계에는 10:07이라는 숫자가 떠 있다. 펜 불러바드의 교통량이 줄어들기 시작한다. 식당과 주유소에도 불이 꺼지기 시작한다. 그는 빨간 신호가 깜박일 때 우회전을 한 뒤 러닝호스강을 따라 뻗어 있는 브루어 우회로에서 다시 우회전을 한다. 코끼리 같은 회색 기름탱크들 근처의 어느 지점에서 도로가 나무들 머리 위로 쑥 올라가고, 그가 우회한 오래된 도시가 조금은 찬란한 모습을 내보인다. 대공황 초기에 지어진 이십 층짜리 법원은 지금도 이 도시에서 가장 높은 건물이다. 귀퉁이마다 날개를 활짝 펼치고 있는 콘크리트 독수리들을 조명이 비추고, 별들이 흩뿌려진 것 같은 피너클호텔을 왕관처럼 쓰고 크게 드리워진 마운트저지의 그림자는 꿈쩍도 않는 해일처럼 모든 것 뒤에 버티고 있다. 가로등 불빛에 드러난 브루어의 벽돌색 풍경이 불그스름한 손에 오목하게 쥐어진 성냥 같다. 그런데 순식간에 도시의 모습 전체가 시야에서 확 사라진다. 잡목숲이 강을 따라 서 있는 빈 공장들을 절반쯤 가리고 있다. 미국의 4차선 고속도로 중 어디라고 해도 될 것 같은 풍경이다.

그는 재니스와 함께 이렇게 남쪽으로 달리는 드라이브를 아주 자주 했기 때문에 앞으로 어떤 길을 택할 수 있는지 잘 알고 있다. 222번 도로에서 벗어나 똑바로 뻗은 길을 따라 빨간 후미등들이 줄줄이 늘어선 브루어 교외를 통과해 천천히 랭커스터로 가는 방법도 있고, 422번 도로를 따라 176번 도로까지 몇 킬로미터쯤 달리다가 똑바로 남쪽으로 방향을 꺾은 뒤 다시 서쪽의 랭커스터와 요크로 향하는 방법도 있다. 그가 처음 이 여행을 시도했을 때, 그러고 보니 지난봄에 삼십 주년이 된 그때에는 그가 너무 일찍 남쪽으로 방향을 틀어 듀폰가 여자들의 맨발을 생각하며 윌밍턴으로 향한 것이 실수였다. 하지만 이스트강이 서쪽으로 기울어져 있으므로, 그 시절에는 존재하지 않았던 83번 도로까지 쭉 서쪽으로 향하다가 남쪽으로 방향을 꺾어 두 머리의 괴물인 볼티모어─워싱턴의 아가리 속으로 곧장 들어가는 것이 요령이다. 끔찍해. 재니스는 이렇게 말했다. 뭐, 어떤 의미에서는 살아 있는 것 자체가 끔찍한 일이라고 할 수 있다. 이 정신 나간 인간들이 전부 혼자 살아갈 수 있을까? 절대로 그럴 리가.

그는 라디오를 켜서 록음악과 토크쇼들의 시끄러운 재잘거림 속에서 달콤한 옛 노래를 찾는다. 그가 어릴 때 듣던 노래들. 손으로 다이얼을 돌리게 돼 있는 옛날 라디오로는 원하는 방송을 찾기가 더 쉬웠다. 숫자가 획획 바뀌는 이 디지털 버튼과는 달랐다. 자신이 나아가는 방향을 느낄 수 있었으니까. 라디오에서 갑자기 다이나 쇼어와 버디 클라크의 매끄러운 목소리가 나온다. 〈베이비, 밖은 추워요〉를 듀엣으로 부르고 있다. 전율이 일어서 누가 등에 얼음물을 쏟은 것 같다. 짓까부는 멜로디를 듣다보니 가사를 모두 알아듣기가 힘들다는 걸 깨달았기 때문이다. 두 가수는 머뭇거리면서 코러스와 화음을 이룬다. 밖은 추우우우워요. 지하도로 들어가자 노랫소리가 점점 희미해지더니, 도로가 전선 쪽으로 너무 가까이 휘어 있는 곳에서는 직직거리는 소리가 난다. 그런 와중에도 옛 노래를 틀어주는 이 방송국은 그가 완전히 잊어버렸던 히트곡 하나를 들려준다. 이걸 어떻게 잊어버릴 수 있었을까? 고등학교 무도회, 화려하게 차려입고 나른한 왈츠 박자에 맞춰 발을 움직이는 커플들, 농구 골대에서 늘어져 있는 종이 장식 리본, 계기판의 빛만이 밝혀주던 아버지의 플리머스 자동차 안 낡은 히터의 온기, 살아 있는 몸의 따스하고 은밀한 체취, 처음에는 그 향이 너무 강해서 구역질이 나는 것을 억지로 참으며 삼켜야 하는 음식의 냄새처럼 여겨졌던 그 냄새는 메리 앤의 허벅지 사이에서 올라오고 있었다. 바야 콘 디오스,* 달링. 축축한 삼각팬티, 당시 여자애들이 입던 가터벨트. 땀이 이슬처럼 맺혀 있던 매끄럽고 풋풋한 몸. 여자애들 모두가 장식용 주름종이 밑에서 땀에 젖어 돌아갔다. 색색의 불빛들. 바야 콘 디오스, 내 사랑. 아 이런. 가슴이 아프다. 총알 속의 충전물로 집어넣는 솜처럼 어떤 DJ의 먼지 낀 78년도 선반 속에 묻혀 있던 이 구절들 속에는 감정이 잔뜩 묻어 있다. 피라미드 안에 천 년 동안 묻혀 있다가 살아나는 씨앗처럼. 별들은 스스로를 재활용해서 창조에 필요한 무거운 원소들을 다시 만들어내지만, 해리는 다시는 그 시절로 돌아갈 수 없을 것이다. 그때 여자아이의 부드러운 허벅지 안쪽을 손끝으로 어루만지며 원자 몇

---

* 스페인어로 '잘 가요'라는 뜻.

개, 분자 몇 개가 떨어지게 만들던 그 소년으로는 돌아갈 수 없다.

다음 노래는 프랭키 레인의 〈노새 기차〉다. 레인의 걸작 중 하나는 아니지만 그래도 좋은 곡이다. 그다음은 도리스 데이의 〈그건 마법〉이다. 옛날에는 그건 마 법이라고 중간을 길게 띄워서 말하곤 했다. 프로야구가 여덟 개의 팀으로 구성된 두 개 리그로 운영되었기 때문에 사람들이 선수들의 이름을 모두 기억할 수 있었던 그 시절에는 상처받기도 쉬웠다. 옛날 사람들이 지금보다 딱히 더 물렀던 것은 아니다. 사실은 지금보다 더 강했다. 그래도 더 쉽게 상처를 받았다. 비록 상처받는 원인은 더 적었지만.

그는 176번 도로에서 23번 도로로 빠져나가서 아미시 마을을 가로질러야 한다. 그 길은 완전히 지방도로지만 이렇게 늦은 시간에는 그의 발목을 잡을 만큼 느린 고물차는 나와 있지 않을 것이다. 래빗은 모건타운의 그곳을 한번 더 보고 싶다. 밖에 펌프 두 개가 나와 있던 철물점. 콧구멍에는 털이 가득하고 몸에는 셔츠 두 장을 껴입은 땅딸막한 농부가 그에게 어딘가에 가기 전에 자기가 가는 곳이 어딘지 알고 있어야 한다고 조언해주었던 곳. 뭐, 지금은 알고 있다. 이 일대의 지리를 익혀서 목적지를 알아두었다. 하지만 전에는 시골 철물점이었던 곳이 지금은 멋들어진 부동산중개소로 바뀌었다. 주유 펌프가 있던 자리에서는 새로 깐 검은 아스팔트가 달빛을 받아 주차구획을 표시하느라 비스듬히 그어놓은 황량한 노란 선들을 드러내고 있다.

아니, 이제 보니 달빛이 아니다. 아스팔트로 포장된 분주한 곳들을 밤새 괴롭히는 유황빛 조명이다. 열한시 가까운 시각이지만 거대 트럭들이 쿵쿵, 쿵쿵 소리를 내며 졸음에 겨운 돌 마을을 가로지른다. 부동산중개소의 커다란 창문에는 매물로 나온 부동산들을 폴라로이드로 찍은 스냅사진들이 가득하다. 그리고 예전에는 밤에 거름처럼 새까맣게 변하는 두 농경지 계곡 사이 능선에 난 좁은 도로였던 23번 도로가 지금은 어디에나 있는 간판들로 휘황하다. **피자헛. 버거킹. 비디오 대여. 터키힐미닛 마켓. 퀼트월드. 셰이디메이플 스모가스보드. 빌리지 허브숍. 컨트리나이브스.** 부동산중개소를 보니 재니스가 생각나고, 그녀가 스프링어의 집에서 넬슨, 프루와 함께 그를 기다리다가 지금쯤 당황해서 그가 교통사고라도 당한 것이 아닌가 걱정하며 열쇠를 들고 허겁지겁 뜨거운 숨을 내쉬면서 텅 빈 집으로 돌아갈 것을 상상하니 심장이 조금 덜컹한다. 전에 재니스가 그랬던 것처럼 그도 메모를 남겨놓고 왔으면 좋았을 텐데. 여보 해리. 생각할 게 있어서 며칠 나가 있어야겠어. 하지만 재니스는 결코 그를 용서하지 않겠다고, 두 사람을 모두 총으로 쏴버리겠다고 말했다. 일을 크게 만든 건 그녀니까 자업자득이다. 학교를 다시 다니더니 갑자기 자기가 엄청 똑똑해진 줄 알고 있다. 넬슨도 마찬가지다. 덩치 큰 빨간 머리 며느리와 잤다는 이유로 아들이 주도하는 가족치료 프로그램에 얌전히 앉아 있을까보냐. 지금 돌아보면, 지난 일 년 동안 그가 잘한 일은 바로 그것밖에 없었다. 그런데 지금 아들 앞에 서서 이 새로운 불만으로 아가미가 하얗게 된 아들에게 만족감을 줄 수는 없다. 래빗은 상담을 원하지 않는다.

라디오에서 열한시 뉴스가 나온다. 스캔들로 가득한 PTL 텔레비전 설교와 관련된 24건의 사기 혐의로 노스캐롤라이나주 샬럿에서 재판에 회부된 짐 베이커가 오늘 법정에서 쓰러져 연방 교도소에서 육십 일간 정신감정을 받게 되었다고 한다. 구 개월 전부터 베이커를 치료하고 있는 정신과의사 배질 잭슨 박사는 한때 카리스마를 자랑하며 설교를 하던 그가 환각을 경험하고 있다고 말했다. 베이커는 수요일에 PTL의 전前 중역이던 스티브 넬슨이 증인석에서 쓰러진 뒤 법정을 나서면서 자신을 공격해서 부상을 입히려고 혈안이 된 동물들처럼 사람들이 밖에 모여 있는 것을 보았다. 베이커의 아내 태미는 플로리다주 올랜도에 있는 호화로운 집에서 베이커와 통화할 때 극심한 감정적 외상을 경험하고 있는 것 같았다면서 자신이 그와 함께 기도를 드리며 주님께 모든 것을 맡기기로 했다고 말했다. 로스앤젤레스에서는 전직 PTL 비서였으며 1980년에 베이커와 성적인 관계를 맺음으로써 그의 몰락에 단초를 제공했던 제시카 한이 기자들에게 자기는 의사가 아니지만 짐 베이커에 대해서는 잘 안다고 말했다. 그녀는 이어서 짐 베이커는 사람의 마음을 조종하는 재주가 뛰어나다, 태미가 텔레비전에 나와 울음을 터뜨리며 자기들이 얼마나 괴로움을 당하고 있는지 모른다고 말하는 것과 마찬가지로 이번 일도 동정심을 사기 위한 연극이다 하고 말했다. 워싱턴에서는 에너지부가 트리튬 일부가 원인불명으로 사라져버린 사건을 조사중이다. 트리튬은 중수소 동위원소로 수소폭탄 제조에 반드시 필요한 물질이다. 워싱턴에서는 또한 〈사이언스〉가 새로운 폭탄 감지기, 즉 열중성자분석thermal neutron analysis을 줄여서 TNA라고 부르는 기계가 오늘 뉴욕의 JFK공항에 설치되었으며, 플라스틱 폭약 1킬로그램을 탐지하게 설정되어 있기 때문에 셈텍스 폭약이 겨우 450그램밖에 들어 있지 않았을 것으로 추정되는, 스코틀랜드 로커비 상공에서 팬암 103기를 폭파시킨 폭탄은 감지해내지 못했을 것이라고 보도했다. 토론토에서는 영화계의 슈퍼스타인 말런 브랜도가 기자들에게 자신의 최신 영화에 대해 말했다. 그는 〈프레시먼〉이라는 제목의 이 영화에 대해 "끔찍하다"면서 "이건 실패작이지만 나는 이 영화를 끝으로 은퇴할 것이다. 내가 지금 얼마나 행복한지 여러분은 짐작도 못할 것"이라고 말했다. 서독의 본에서는 헬무트 콜 총리가 신임 폴란드 총리 타데우시 마조비에츠키에게 전화를 걸어 두 나라의 우호를 다지자고 호소했다. 오십 년 전 내일, 그러고 보니 시차를 감안했을 때 거의 지금 이 시각에 아돌프 히틀러가 이끄는 독일군이 폴란드를 침공해 제2차세계대전을 촉발했고, 그 전쟁에서 오천만 명으로 추산되는 사람들이 목숨을 잃었다. 와! 스포츠 뉴스로는 필리스가 샌디에이고에서 지고 있고, 피츠버그는 경기가 없다는 소식이 있다. 날씨는 더 좋아질 수도 있고 더 나빠질 수도 있다고 한다. 메조, 메조*. 번잡스러운 날씨가 되지는 않겠지만, 천둥을 동반한 소나기에 주의하세요, 랭커스터 카운티의 올빼미족 여러분. 아, 그렇지, 브랜도는 자신의 마지막 작품이 될 새 영화에 대해 '저질'이라는 표현도 썼다. 찢어진 러닝셔츠 차림으로 경력을 쌓기 시작한 사람이니 그런 것쯤이야 식은 죽먹기일 것이다.

래빗은 속삭이는 것 같은 소리를 내며 돌진하는 동굴 같은 차 안에서 혼자 빙긋 웃는다. 이 라디오 진행자가 이런 말을 하는 것을 보니 아무도 듣지 않는다고 생각하는 모양이다. 일회용 커피 컵과 구멍이 숭숭 뚫린 방음 타일들에 둘러싸여 라디오 스튜디오에 외롭게 혼자 앉아 있으니 자신의 말이 어떤 효과를 내는지 잘 알 수 없을 것이다. 하

---

* 이탈리아어로 '알맞다'는 뜻.

느님이 항상 귀를 기울이시며 결코 지루해하시는 법이 없다는 말도 믿기 힘들 것이다. 셀리카의 계기판 불빛이 그의 시야 아래에서 공습을 당하기 직전의 도시 불빛들처럼 빛난다.

주간 고속도로가 서스쿼해나를 가로질러 요크에서 83번을 따라잡는다. 해리가 남쪽으로 계속 차를 몰자 방송국 신호가 점점 희미해진다. 루이스 프리마의 〈그저 지골로〉가 거의 끝나가는 참이다. 코러스가 쌕쌕거리는 것 같은 멋진 목소리를 애정을 담아 놀리듯이 "그저 지골로"를 반복하는 환상적인 부분. 이 부분을 듣다보면 너무 즐거워서 두피가 따끔거린다. 래빗은 디지털 버튼으로 서투르게 방송국을 찾아보지만 옛날 노래를 틀어주는 또다른 방송국을 찾을 수가 없다. 그저 토크쇼들뿐인데, 전화를 걸어온 청취자는 주정뱅이고 사회자는 머릿속이 뱅글뱅글 돌고 있는 것 같다. 그의 입이 저절로 움직이며 낙태, 핵폐기물, 흑인 젊은 남성들의 실업문제, 에이즈를 퍼뜨리는 데 CIA가 공모했다는 이야기, 보스키, 밀컨, 부시와 노스, 노리에가 등등을 떠들어댄다. 그런 말씀을 하시면 안 되죠. 래빗은 인간의 목소리가 듣기 싫어서 라디오를 끈다. 해충 같으니. 우리는 시끄러운 해충이며, 심지어 허공에도 우글거리고 있다. 타이어의 중얼거림이 더 좋다. 초록색 도로 표지판이 불빛에 드러나서 포물선을 그리며 커졌다가 마술사의 손수건처럼 획 시야에서 사라진다. 자정이 가깝지만 그는 이 주를 벗어나기 전에는 차를 멈추고 싶지 않다. 오래전 실패로 끝난 그때에도 그는 웨스트버지니아까지 갔다. 펜실베이니아를 벗어나려면 헝거퍼드 너머의 이름 없는 산을 올라야 한다. 표지판과 가로등 불빛이 줄어든다. 고독한 고속도로가 산을 오른다. 높은 곳의 호수들이 구름의 틈새로 이제 진짜로 드러난 달빛을 받아 반짝인다. 해리는 메릴랜드로 내려간다. 느낌이 다르다. 잘 정돈된 중앙분리대, 통근자들을 위한 차량과 주차 광고. 문명이다. 시골을 벗어났다. 눈꺼풀이 깔깔하고, 심장은 만족한 듯 가볍게 펄럭인다. 그는 83번 도로를 벗어나 볼티모어에서 한참 북쪽에 있는 베스트웨스턴으로 들어간다. 세상 어느 누구도, 지금 이곳에서 무관심한 표정으로 프런트데스크를 지키고 있는 땅딸막한 아시아계 직원을 제외하고는 어느 누구도 자신의 위치를 모른다고 생각하니 기분이 좋다. 아, 그리고 보니 사라진 트리튬은 어디 있는 걸까?

그는 모텔방을 좋아한다. 잠시 빌린 길쭉하고 습한 방. 더블베드 두 개, 성인영화를 보라고 권유하는 광고판과 함께 놓여 있는 텔레비전, 텁수룩한 카펫, 커다란 새들을 그린 그림, 소독한 수건, 익명성의 침묵, 벽장에 갇힌 것처럼 남아 있는 오래전 섹스의 메아리. 그는 편하게 잘 잔다. 문제가 가득한 자신의 몸을 옆 침대에 두고 빠져나와버린 것 같다. 꿈에서 그는 다시 부지에 돌아가 있는데, 젊은 여자가 이곳을 책임진 상사인 것 같다. 그녀는 하얀 모자를 쓰고 대롱거리는 귀걸이를 했지만 그가 가까이 허리를 숙여 그녀에게 자신에 대해 설명하며 그녀가 아마도 재니스에게 들었을 말과는 반대로 자신이 이곳에 없어서는 안 될 만큼 유용한 인물이라는 사실을 알려주려고 애쓰자 입술을 비틀더니 그녀의 얼굴이 그의 눈앞에서 시각적인 비명처럼 녹아내린다.

이침식사 때 그는 유혹에 굴복해서 노른자가 동맥에 아주 안 좋은데도 달걀프라이 두 개에 베이컨을 곁들여 먹는다. 래빗은 잠이 덜 깬 얼굴로 아무 말도 하지 않는 다른 모텔 손님들에게 동지의식을 느끼며 자신의 차에 짐을 싣는, 몹시 미국적인 순간이 마음에 든다. 노부부들과 짓궂은 일가족인 다른 손님들은 식당에서 아침식사를 마친 뒤 아침 특유의 긴 우윳빛 그림자가 드리워진 주차장을 한들한들 가로지른다. 다시 도로로 나온 해리는 다시 라디오를 켠다. 어젯밤과 똑같은 뉴스에 최종 야구 전적(필리스가 5 대 1로 졌다)과 이미 오후가 된 아시아의 뉴스가 덧붙여졌다. 바삐 움직이며 환율을 추측하는 일본인들, 반항적인 중국 학생들, 인형처럼 생긴 필리핀 창녀들, 승리했지만 행복하지 않은 베트남인들, 장래가 유망하지만 나라가 시끄러운 한국인들, 위태롭게 흔들리는 버마의 사회주의자들, 히틀러와 스탈린 이래로 가장 잔혹한 국가원수로 악명 높은 폴 포트의 정신 나간 크메르루주를 포함해서 여러 파벌로 나뉘어 싸우고 있는 캄보디아인들. 와! 일어나, 새들아! DJ는 어젯밤 그 친구가 아니지만 그 친구 못지않게 정신이 없고 고독하다. 그가 래빗이 좋아하는 로커빌리* 노래를 틀어준다. '오늘 밤 사랑을 나눌 것'이라는 내용의 노래다. 그러고 보니 어젯밤 심지어 자위조차 하지 않았다는 생각이 든다. 대개 모텔방에서는 흥분하는 편인데. 이런, 정말로 나이가 든 모양이다.

볼티모어가 가까워지자 아파트들이 확 늘어나서 산과 계곡이 온통 아파트 천지다. 눈에 보이지 않는 사람들을 품은 연한 생강빵 색깔의 계단 같다. 83번 도로가 끝나면서 매끄럽게 695번 도로와 이어진다. 해리는 넥타이를 매고 출근하는 사람들과 섞여서 단조롭게 순환도로를 달리며 마치 아직은 이 세상에서 자리를 차지할 자격이 있다는 듯이 남들을 밀어내가면서 자리를 확보한다. 그러다가 95번 도로로 들어

---

* 로큰롤과 컨트리음악이 혼합된 미국 음악.

간다. 플로리다의 집까지 쭉 뻗어 있는 길이다. 워싱턴 근처에 길이 두 개 있는데, 그와 재니스는 두 길을 모두 시도해보았다. 저 아래쪽 아파트에 사는 실버스틴 부부처럼 지루할 정도로 노련한 여행자들은 처음에는 북쪽으로 갔다가 서쪽으로 방향이 바뀌는 495번 도로가 사실 더 빠르다고 말하지만 그는 95번 도로를 타고 계속 동쪽으로 달리면서 언뜻언뜻 보이는 기념물들을 감상하다가 널찍한 다리로 포토맥강을 건너 알렉산드리아로 들어서는 길이 더 마음에 든다. 웅장하고 유구한 공화국의 얼어붙은 심장, 아이스크림처럼 하얀 건물이 멀리 보인다.

거대도시들을 지나온 탓에 버지니아는 한가한 전원마을처럼 보인다. 들판은 펜실베이니아의 들판보다 더 커 보이고, 산들은 더 완만하며 전망이 더 트여 있다. 산속 풀밭에는 말들이 있고, 공기 중에는 은은한 안개가 끼어 있고, 가끔 연한 초록색 능선에 서 있는, 기둥들이 늘어선 대저택은 노예를 부리던 농장주의 노처녀 딸이 연습 삼아 놓은 자수 같다. 군대 느낌도 살짝 난다. 벨부아 요새 기계시험장, 콴티코 해병대 기지. 해리는 자신의 군복무 시절을 떠올린다. 군복무 시절은 햇볕에 그을린 서정적인 광경, 얼굴 없는 남자들이 줄지어 늘어선 광경이 투명하게 반짝이는 느낌, 자신이 결정을 내릴 필요 없이 전적으로 지시만 따르면 된다는 사실에서 느껴지는 묘한 평화로 다가온다. 전쟁은 여러 면에서 다행한 일이다. 냉전이 없다면 미국인으로 살아가는 의미가 무엇인가? 게다가 우리가 그들을 물리쳤다. 우리가 그 얼간이들을 완벽히 무찔렀다. 히틀러, 스탈린, 그리고 지금은 고르비. 역사는 그런 사실들을 기억할 것이다. 우리에게 감사를 하지는 못할망정. 역사에 감사의 말은 거의 없다. 서로가 서로를 잡아먹는다. 이제 컨트리음악이나 종교 방송이 나오지 않는 주파수를 라디오에서 찾아내기가 힘들다. "힘든 결혼생활을 하는 분들을 위해 기도합시다." 한 설교자가 말한다. 당밀을 잔뜩 바른 것 같은 그의 거친 목소리가 해리의 마음속으로 어찌나 깊이 파고드는지 그의 감은 눈, 관자놀이에 맺힌 땀방울이 눈앞에 선히 떠오른다. "스트레스를 받고 있는 기독교인 남편들, 남편을 걱정하는 기독교인 아내들, 모든 인질들, 감옥의 죄수들, 게토의 희생자들, 모든 에이즈 환자들을 위해 기도합시다." 래빗은 주파수를 바꾸고는 점심때 집에 전화를 걸기로 마음을 정한다.

세상에, 강이 얼마나 많은지! 포토맥강을 건넌 뒤 애코팅크강, 포힉강, 오코콴강, 래퍼해녹강, 파문키강, 니강, 포강, 매타강, 사우스애나강이 나온다. 이런 이름이 표시된 다리들은 고속도로에서 순간적으로 휙휙 지나갈 뿐이다. 눈에 보이지 않는 마을들에도 이름이 있다. 매사포넉스, 레이디스미스, 시더포크스. 리치먼드 북쪽, 드문드문 보이는 오두막들이 진짜 남부, 흑인들의 시골의 시작을 알린다. 해리는 리치먼드 외곽에서 하워드존슨스 안으로 들어간다. 귀가 울리고, 가속 페달을 밟고 있던 발의 발목이 아프고, 목이 뻣뻣하다. 오늘 아침 모텔 주차장을 떠나온 뒤로 더위가 몇 단계나 심해졌다. 에어컨이 돌아가는 식당 안에서는 서류가방을 든 영업사원들이 공중전화를 모두 차지하고 있다. 해리는 아무 맛도 없는 햄버거와 함께 나온 프렌치프라이를 마지막 하나까지 먹어치운다. 과식이다. 그는 손자 로이처럼 마지막 프렌치프라이로 손가락에 묻은 소금까지 닦아내서 먹은 다음 애플파이를 주문한다. 버지니아에서는 맛이 다른지 궁금하기 때문이다. 더 달고 더 끈적거린다. 펜실베이니아에서는 계핏가루를 위에 뿌리는데 이곳에는 그런 것이 없다. 그가 계산을 치른 뒤 공중전화 한 대가 빈다. 그는 25센트 동전으로 3달러를 꺼내들고 프랭클린 드라이브의 회색 석회암 집이 아니라 자신이 예전에 살던 집, 그러니까 마운트저지의 스프링어 집으로 전화를 건다.

어린 여자아이가 전화를 받는다. 그때 교환원이 끼어들자 래빗은 삼 분간 통화할 수 있는 액수만큼 25센트 동전을 넣는다. 그가 말한다. "주디구나. 할아버지다."

"안녕하세요, 할아버지." 아이가 아주 차분하게 말한다. 어쩌면 어젯밤에 밝혀진 사실들이 아직 주디에게까지는 알려지지 않았을 수도 있다. 아니면 아직 아이들이 어려서 어른들의 일에 무지하기 때문에 놀라지 않는 것인지도 모른다.

"잘 지내니?" 그가 묻는다.

"괜찮아요."

"다음주면 개학인데 좋아?"

"그럭저럭요. 여름이 좀 지루해서요."

"로이는 어떠니? 그 녀석도 여름에 질린 것 같아?"

"걔는 너무 멍청해서 지루한 게 뭔지도 몰라요. 지금 낮잠을 자라고 눕혀놓았는데도 계속 소리를 질러대고 있어요. 엄마가 걔 때문에 난리도 아니에요." 해리가 뭐라고 대답해야 할지 몰라서 당황하는 듯하자 주디가 자진해서 말을 잇는다. "아빠는 안 계세요, 부지에 가셨어요."

"상관없다, 차라리 네 엄마랑 얘기하는 게 나을 것 같으니까. 엄마 좀 바꿔줄래? 주디." 그는 아이가 수화기를 내려놓고 가버리기 전에 충동적으로 아이의 이름을 부른다.

"네?"

"공부 열심히 해라. 제가 엄청 잘난 줄 알고 우쭐거리는 녀석들하고는 상관하지 마. 넌 아주 예쁜 아이니까 네가 진득하게 기다리면 모든 게 잘 풀릴 거다. 억지로 하려고 하지 마. 억지로 어른이 되려고 애쓸 필요도 없어. 모든 게 잘 풀릴 테니까."

아이 머리에 한꺼번에 집어넣기에는 벅찬 말이다. 주디는 이제 겨우 아홉 살이다. 이 아이가 밈처럼 서부로 달아날 수 있는 나이가 되려면 아직 십 년이 남았다. "알아요." 주디가 한숨을 내쉬며 말한다. 어쩌면 이 아이는 정말로 알고 있는지도 모른다. 수화기를 나무탁자에 내려놓는 소리, 멀리서 들리는 목소리, 급히 다가오며 점점 커지는 발소리가 난 뒤 프루가 숨을 몰아쉬며 전화를 받는다.

"아버님!"

"그래, 잘 있었니, 테레사. 그쪽은 어떠냐?" 아무 일도 없었다는 듯 태연하고 유혹적인 이 말투는 전적으로 잘못된 것이지만, 그냥 저절로 입에서 흘러나왔다.

"그리 좋지 않아요." 프루가 말한다. "도대체 어디 계세요?"

"먼 곳에, 모두들 나를 원하는 곳에. 그런데 말이다. 그 얘기는 왜 했니?"

"아, 아버님, 어쩔 수 없었어요." 프루가 울기 시작한다. "넬슨한테 감출 수가 없었어요. 똑바로 살려고 그렇게 애쓰고 있으니까요. 가엾잖아요. 자기가 저지른 온갖 못된 짓들을 저한테 고백했는데…… 아버님이나 다른 사람들한테는 그 얘기들 중 절반도 차마 밝힐 수 없을 정도예요. 밤이 되면 저희는 함께 소리 내서 기도해요. 침대 옆에 무릎을 꿇고 앉아서요. 넬슨은 약을 끊고 훌륭한 아버지이자 남편이 되고 싶어서, 정상적인 사람이 되고 싶어서 필사적이에요."

"그 녀석이? 뭐, 잘됐구나. 그래도 그렇게 자수할 필요는 없었잖니. 딱 한 번만 있었던 일이고, 그뒤로 뭐가 이어진 것도 아닌데. 사실 난 네가 그 일을 완전히 잊은 줄 알았다."

"제가 그걸 어떻게 잊어요? 제가 그렇게 헤픈 년인 줄 아세요?"

"그건 아냐. 하지만 그게, 네가 그동안 고민이 많았잖니. 나는 그게 혹시 꿈이었나 싶더라." 이건 칭찬으로 하는 말이다.

하지만 프루의 목소리가 굳어진다. "글쎄요, 저한테는 그 이상의 의미가 있는 일이었는데요." 여자들이란. 도대체 어느 장단에 맞춰서 춤을 춰야 할지 결코 알 수가 없다. "그건 제 남편을 배신한 지독한 짓이었어요." 프루가 엄숙하게 선언한다.

"뭐……" 래빗이 말한다. "그 녀석도 그다지 훌륭한 남편이 아니었는데 말이지. 적어도 내가 보는 한은. 혹시 주디가 지금 이 얘기를 듣고 있니?"

"저는 지금 이층에 있어요. 주디한테는 아래층 전화를 끊으라고 했고요."

"시키는 대로 했을까? 주디!" 해리가 고함을 지른다. "다 보인다!"

더듬더듬 수화기를 내려놓는 소리가 작게 들리더니 수화기에서 들려오는 소리가 한결 깨끗해진다. 프루가 말한다. "젠장."

래빗이 프루를 달랜다. "우리가 정확히 무슨 말을 했는지는 잊어버렸지만, 주디가 우리 말을 제대로 알아듣지는 못했을 거다."

"주디는 겉보기보다 더 많은 걸 알아들을 수 있어요. 여자애들은 다 그래요."

"뭐, 어쨌든." 래빗이 말한다. "녀석이 여자들뿐만 아니라 남자들하고도 놀았다고 고백하던? 넬슨 말이다."

"그 질문에는 도저히 대답할 수 없네요." 프루가 말한다. 그를 향해 영원히 문을 닫아버린, 단조롭고 건조한 목소리다. 또다른 여자의 목소리, 그보다 따뜻하고 예의바르고 살짝 나른하고 십중팔구 흑인 같은 목소리가 끼어든다. "선생님, 삼 분의 통화시간이 끝났습니다. 통화를 계속하고 싶으시면 1달러 10센트를 넣어주세요."

"뭐, 얘기는 끝난 것 같군." 래빗은 두 여자 모두에게 말한다.

이제 끊어지기 직전인 전화를 붙들고 프루가 고함을 지른다. "아버님, 지금 어디예요?"

"길이야!" 해리도 마주 고함을 지른다. 그의 앞에 아직 동전이 조금 쌓여 있기 때문에 그는 25센트 네 개와 10센트 한 개를 넣는다. 찰칵하고 동전이 들어가자 그는 조금 전 라디오에서 들은 노래 한 소절을 부른다. 윌리 넬슨의 대표곡이다. "다시 길을 나서서……"

이것이 프루를 울게 만든다. 재니스와 이야기할 때만큼이나 모든 게 엉망이다. "제발 그러지 마세요." 프루가 외친다. "우리들 전부를 그렇게 놀리지 마세요. 우린 모두 여기에 발이 묶여 있기 때문에 어쩔 수 없어요."

연민의 감정이 일어난다. 그날 밤 빗줄기가 점점 강해지는 가운데 좁고 퀴퀴한 방에서 꽃처럼 아름답던 그녀의 알몸이 떠오른다. 프루는 그곳의 생활에 묶여 있다고 말하고 있다. "나도 묶여 있어." 그가 말한다. "나는 내 시체에 묶여 있지."

"어머님한테는 뭐라고 말해요?"

"내가 아파트로 가고 있다고 해. 언제든 마음이 내키면 이리로 와도 좋다고. 난 그저 어젯밤 너희들이 모두 날 쥐어짜려고 하는 게 싫었을 뿐이야. 나이를 먹으니까 갑갑한 걸 견딜 수가 없어."

"절대 아버님이랑 자면 안 되는 거였는데. 그때 상황이……"

"그래." 그가 말한다. "그때는 아주 좋은 방법이었지. 하나 물어보자. 지금 돌이켜보면 내 실력이 어떤 것 같던? 노인치고는 말이다."

프루가 머뭇거리다가 말한다. "그거예요, 그게 바로 문제라고요. 저는 아버님을 노인으로 보지 않아요. 한 번도 그런 적이 없어요."

됐다. 그는 프루에게서 이 말을 받아냈다. 여자가 남자를 대하는 목소리로. 이 이상 무엇을 더 바라겠는가? 그녀를 놓아주자. 해리가 말한다. "안절부절못할 것 없다, 프루. 넌 아주 매력적인 여자야. 넬슨한테 긴장을 좀 풀라고 해라. 마약을 극복했다는 이유만으로 빌리 그레이엄이 될 필요는 없어." 짐 베이커가 될 필요도 없다. 해리는 전화를 끊는다. 그런데 챙그랑챙그랑 소리를 내면서 10센트와 25센트 네 개가 다시 나오는 바람에 그는 깜짝 놀란다. 남부 말씨의 그 교환원이 두 사람의 대화를 듣고 있다가 그에게 호감을 느꼈음이 틀림없다.

오후는 노스캐롤라이나의 페이엣빌을 향해 저물어간다. 그곳에는 그와 재니스가 몇 년 전에 묵었던 컴퍼트인이 있다. 자동차 라디오에서 놀라운 소식이 들려온다. 40년대의 고전적인 스윙 음악을 연달아 틀어주던 방송국에서 방송을 끊고 프로야구 사무총장이자 전직 예일대 총장인 바틀릿 지어마티가 오후 늦게 매사추세츠주 마서스비니어드섬에서 심장발작으로 죽었다고 발표한다. '피트 로즈가 반격을 했군.' 래빗은 속으로 생각한다. 이제 겨우 쉰한 살인 지어마티 교수는 에드거타운의 여름별장에서 점심식사를 마친 뒤 쉬러 들어갔는데, 오후 세시에 그의 아내와 아들이 완전한 심정지 상태인 그를 발견했다. '겨우 쉰한 살이라.' 래빗은 속으로 생각한다. 경찰은 지어마티를 마서 스비니어드병원으로 이송했고, 그는 그곳에서 한 시간 반 동안 치료를 받았다. 응급실 의료진이 심장박동의 전기적 메커니즘을 되살리는 데 여러 번 성공했지만, 결국은 지어마티의 사망을 확인하는 수밖에 없었다. 그 작은 전기신호, 그것이 없으면 우리는 그저 썩어가는 고깃덩이일 뿐이다. 플로리다에 가서 그가 가장 먼저 해야 하는 일은 모리스 박사와 약속을 잡는 것이다.. 매 같은 얼굴의 오스트레일리아인인 올먼 박사의 손에서 벗어나야 한다. '그 인간은 나한테 칼을 박고 싶어서 안달이 나 있어.' 뉴스에 따르면 지어마티는 예일에서 영어를 가르쳤으며, 그 대학 역사상 최연소 총장이 되었고, 십일 년 만에 학교를 적자 상태로 만들고 학문적으로는 그저 그런 수준으로 떨어뜨렸다. 프로야구 내셔널리그의 회장이 된 뒤에는 스트라이크존과 보크 규정에 손을 대는 바람에 몇몇 선수들의 분노를 샀다. 그의 짧은 사무총장 시절은 고통스러운 로즈 사건에 파묻혔다. 하지만 일주일 전 그 사건을 해결하면서 지어마티는 우세를 점하게 된 것으로 보였다. 그는 덩치가 큰 애연가였다. '적어도 난 담배는 안 피워.' 자, 이제 청취자들이 언제나 지치지 않고 신청해주시는 곡을 보내드리겠습니다. 〈인 더 무드〉.

예전에 페이엣빌은 브래그 요새의 군인들이 들르는 유흥도시였다. 래빗은 언젠가 〈60분〉에서 이런 내용의 보도를 본 적이 있다. 시내에는 XXX급 성인영화를 상영하는 영화관과 싸구려 호텔이 몇 블록이나 늘어서 있었지만, 참다못한 유지들이 결국 그 일대를 완전히 철거하고 공원으로 만들었다. 바싹 튀긴 새우와 양파링과 한쪽 면만 튀긴 흰 빵, 그러니까 남부의 별미로 추정되는 이 메뉴로 컴퍼트인에서 저녁식사를 마친 뒤(작은 카페테리아만큼이나 커다란 샐러드바가 식당 안에 있기 때문에 종업원을 기다리며 앉아 있다보니 뭔가 실수를 저지르는 것 같은 기분이 들었다) 해리는 슬레이트 같은 회색 셀리카, 자기만의 배트맨 자동차를 타고 페이엣빌의 사악한 지역 중심부로 천천히 향한다. 하지만 이제 유흥가라고는 어둑한 대로 한 곳뿐이다. 여기저기 문간에서 흑인들이 빈둥거리며 어딘가에서 뭔가 일이 벌어지고 있다는 연락을 기다리고 있다. 핫팬츠나 운동용 스판덱스 타이츠를 신은 창녀들은 없고, 커다란 빨간색 수염을 기르고 징을 박은 가죽옷을 입은 백인 남자들이 오토바이 엔진을 계속 켜둔 채 스로틀을 돌려서 엄청난 소음을 만들어내고 있다. 흑인들은 눈 하나 깜짝하지 않는다. 계속 기다릴 뿐이다. 저녁인데도 어둠에 물든 공기가 뜨겁고, 흑인들은 병든 물고기처럼 나른하게 그 속을 움직인다. 흑인들 특유의 각도로 손목을 움직여 손을 펄럭거리면서.

카펫 밑에서 습한 시멘트 냄새가 올라오고 벽은 완전히 노란색으로 칠해져 있어서 몰딩과 파이프와 에어컨 환기구와 전등 스위치마저 롤러나 스프레이로 바른 노란색인 길쭉한 방으로 돌아온 래빗은 5달러 50센트를 추가로 지불하고 〈발정난 유부녀들〉이라는 영화를 볼까 생각해보다가 그 대신 공짜로 볼 수 있는 〈완전한 타인〉(두 남자가 함께 사는 모습을 보니 마음이 불편해진다. 둘 중 한 명이 웃기게 생긴 러시아인인데도 그렇다)과 시호크스와 포티나이너스의 미식축구 시범경기를 보기로 한다. 호텔에서 틀어주는 가벼운 포르노 영화들은, 혹시 변호사를 부모로 둔 네 살짜리 아이가 우연히 버튼을 눌렀다가 이런 영화를 보게 될 경우를 대비해서 젖꼭지와 엉덩이와 음모 일부까지 보여주면서도 진짜 보지와 거시기는 보여주지 않는 것이 문제다. 딱딱한 것이든 말랑말랑한 것이든 거시기는 보이지 않는다. 갑갑해 죽을 지경이다. 결국 사람들이 원하는 것은 거시기다. 다들 그것을 보아야만 직성이 풀린다. 어쩌면 사람들은 모두 변태인지도 모른다. 어쩌면 해리가 평생 로니 해리슨을 사랑했던 건지도 모른다. 오늘 프루가 젠장이라는 말을 불쑥 내뱉은 것, 그리고 그다음에 놀리지 마세요라고 말한 것은 좋았다. 여자가 남자를 대하는 그 차분한 목소리. 마치 그가 그녀를 품에 안고 있는 듯한 기분이었다. 프루의 목소리가 긴장이 풀어지면서 기본적인 관계, 거시기와 보지의 관계로 돌아가 넬슨을 배신하고 있었다. 어둠 속에서 침대에 누운 그는 옛날의 페이엣빌에서 온 커피 색깔 매춘부 두 명과 함께 있는 자신을 상상하며 마침내 자위를 한다. 자신이 아직 살아 있다는 것을 자신에게 보여주고 싶어서.

아침의 라디오 뉴스는 지루하다. 지어마티의 죽음이 재탕된다. 야구계가 슬퍼하고 있다. 경제는 그럭저럭 성장하고 있다. 베이루트에서는 기독교도와 이슬람교도 사이의 폭격이 그 어느 때보다 심각하다. 전직 HUD* 보좌관이 서류들의 폐기 사실을 밝혔다는 뉴스도 있다. 대법원이 미식축구 경기를 시작하기 전에 기도를 하는 규정에 반대하는 결정을 내리자 남부 전역이 분노로 들끓고 있다. 몽고메리에서는 에머리

---

* 주택도시개발부.

폴마 시장이 50야드 선까지 행진하듯 걸어가서 기도를 이끌었다. 장내 방송을 통해 울려퍼진 그의 말은 미식축구와 기도를 연결시켜 미국적 전통이라고 규정했다. 앨라배마주 실라코가에서는 목사들이 관중석에 있다가 일어나서 삼천 명의 관중을 이끌며 주기도문을 외웠다. 플로리다주 펜서콜라에서는 확성기로 무장한 목사들이 관중들을 대표해서 기도를 했다. '광신도들 같으니.' 래빗은 혼잣말을 한다. 남부 사람들은 아미시만큼이나 무섭다.

여기서부터 95번 도로를 타고 플로리다로 내려가는 길은 높이 자란 소나무들 사이로 길게 뻗은 초록색 터널 같다. 작은 오두막들이 틈틈이 빼꼼 고개를 내민다. 피칸롤 세 개 1달러라고 적힌 광고판이 있다. 검은색이나 라임그린색 바탕에 오렌지색과 노란색으로 글자를 쓴 히스패닉 색깔의 더 커다란 광고판들도 있다. 화려하고 시끄러운 그 광고판들이 몇 킬로미터나 이어지며 '경계선의 남쪽'이라는 것[*]을 광고하기 시작한다. 조금만 더 버텨요. 이런 소시지는 어디에도 없어! 커다란 농구공이 둥글게 휘어지며 바로 튀어나올 것 같은 광고판에는 신나게 즐겨요라고 써 있다. 몇 킬로미터나 되는 이 소나무 터널을 통과해서 마침내 목적지에 도착하면 사우스캐롤라이나 경계선 바로 너머에 싸구려 놀이동산이 있다. 기념품가게들이 늘어서 있고, 멕시코 모자를 쓴 스페이스니들[**] 같은 것도 있다. 타코는 볼품없다. 사우스캐롤라이나는 야생의 주다. 가장 먼저 탈퇴한 곳[***]. 소나무들이 더욱 높아지면서

---

[*] 미국의 95번 도로에서 노스캐롤라이나와 사우스캐롤라이나의 경계선 바로 남쪽에 위치한 관광지.

[**] 전망대에서 시애틀의 전경을 감상할 수 있는 고층빌딩.

비극적인 느낌이 든다. 어디서나 **불꽃놀이**를 판다는 광고를 볼 수 있다. 지형은 점점 산악지대로 변해간다. 커다란 통나무들을 실은 트럭들이 내리막길에서는 누구도 멈출 수 없을 것 같은 속도로 땅을 울리며 내려가다가 오르막길에서는 힘이 없어서 거의 서 있다시피 한다. 래빗은 자신의 차에 북부인 펜실베이니아 번호판이 붙어 있다는 사실을 의식하고 마음이 불편해진다. 조금만 이상한 행동을 해도 여기 사람들은 그를 피디강에 던져버릴 것이다. 린치스강. 포커톨리고강. 이곳 고속도로를 달리는 차들이 동물을 치는 경우에는 그 기세가 워낙 강렬해서 동물들의 몸이 눌리는 게 아니라 폭발해버리기 때문에 원래 어떤 동물이었는지 도저히 알 수가 없다. 주머니쥐. 호저. 남부의 친절한 노부인이 귀여워하던 야옹이. 이 모든 것이 터져버린 트럭 타이어의 초승달 모양 조각들 속에 털이 묻은 얼룩으로만 남는다. 생각해보라, 점심식사를 위해 잠깐 멈췄는데 그걸로 끝이라니.

지금쯤이면 재니스가 프루에게서 이야기를 들었을 것이다. 어쩌면 필라델피아에서 비행기를 타고 날아와 공항에서 렌터카를 빌려 타고 벌써 아파트에 도착해 기다리고 있을지도 모른다. 그러니 아직 자유가 있는 동안 즐기는 편이 나을 것이다. 그는 흑인들의 가스펠을 들려주는 방송국을 찾아냈다. 탄력 있고 기름진 목소리가 외친다. "그분이 오실 거야. 하지만 우리가 그분의 이름을 불러야 해." 이 말이 뜻밖의 다양한 리듬으로 한없이 반복된다. "돌을 굴려버려라. 그 이야기를 아는가?" 마침내 광고가 나오는데, 세상에, 도요타 광고다. 이 일본인들이

*** 사우스캐롤라이나는 노예제도를 지지하던 남부 주들 중 가장 먼저 1860년에 미합중국에서 탈퇴하여 남북전쟁의 도화선이 되었다.

절대 기회를 놓치지 않는다는 점만은 인정해주어야 한다. 노예들의 본거지에서 차를 팔고 있으니. 시마다 씨는 이곳이 **다원주의 사회**라고 말했다. 고개를 오랫동안 같은 자세로 유지하고 있었더니 목이 아프다. 이제 라디오와 여행이 지긋지긋해진다. 신의 나라. 신이 이 나라를 조금 더 작게 만들었어도 자신의 뜻을 전달하는 데는 아무 문제 없었을 텐데.

그분이 오실 거야. 해리 자신과 종교를 생각하니 우습다. 이 세상에 신의 친구가 하나도 없던 60년대에 그는 신을 놓아 보낼 수 없었는데, 지금은 목사들이 확성기를 들고 기도해도 마음이 동하지 않는다. 신은 사귄 지가 너무 오래돼서 애당초 어떤 점이 마음에 들었던 건지 잊어버린 친구와 같다. 심장 때문에 호되게 고생했으니 다르지 않을까 하겠지만, 어떻게 보면 그 순간이 가까워질수록 그 순간에 대해 생각을 덜 하게 된다. 마치 자신이 벌써 신의 손안에 있는 것 같기 때문이다. 벤치에 앉아서 불안을 억누르며 자신의 플레이를 기억해내려고 애쓰는 것이 아니라 벌써 코트에 나가 있는 것 같은 기분이 들기 때문이다.

페리 코모의 〈그렇기 때문에〉가 흘러나온다. 노래가 마지막 부분에 이르자 래빗의 두피가 쿡쿡 쑤시고, 눈가 피부가 따끔거린다. 다이앙신이 나아의 것이니까! 코모가 최고다, 십중팔구. 크로스비는 음흉한 아일랜드인 같은 분위기를 풍기며 사랑과 희망을 가지고 광대짓을 한다. 그리고 시나트라는, 만약 래빗 앵스트롬이 인류와 스텝이 어긋난 부분이 있다면 시나트라가 바로 그것이다. 그는 그의 노래를 좋아하지 않는다. 패러마운트의 무대에 선 이 깡마르고 뺨이 홀쭉한 청년을 향해 십대 소녀들이 펄쩍펄쩍 뛰면서 속옷을 벗어 던질 때도 마음에 들지 않았고, 시나트라가 나중에 라스베이거스의 통통한 고양이처럼 말랑말랑하게 변해서 온 나라 사람들이 밤일을 할 때 틀어놓아야 할 것 같은 몽롱한 노래들을 만들어낼 때도 마음에 들지 않았다. 정액의 대양. 하얗게 거품이 이는 바다. 시나트라의 노래는 래빗의 귀에 항상 단조롭게 들렸다. 마치 기계로 찍어낸 노래들 같았다. 하지만 밈에게 시나트라는 신이다. 그건 생활방식이 다르기 때문일 것이다. 낮과 밤이 바뀌고, 조폭들이나 대통령들과 친구처럼 지내는 생활. 조폭들처럼 어깨에 힘을 주고 돌아다니는 것(찰리 스태브로스가 그렇다). 새미 데이비스 주니어나 딘 마틴 등이 비쩍 말라비틀어지기 전에 그들과 친구로 지내는 생활. 이 두 남자는 건강이 몹시 안 좋다고 어디선가 읽은 기억이 난다. 재니스가 미닛 마켓에서 가져오는 웃기지도 않는 스캔들 신문에서 봤던 것 같다. 가끔 해리는 밈이 화려하고 위험한 삶을 사는 것같아서 부럽다는 생각이 든다. 동생이 그런 삶을 살게 된 것이 기쁘다. 밈은 항상 목숨을 잃는 한이 있어도, 그의 낡은 자전거 핸들에서 떨어지는 한이 있어도 속도를 내며 씽씽 달리고 싶어하는 분위기가 있었다. 하지만 빠른 차선에도 바큇자국이 생기기 마련이다. 그는 자신이 살아온 삶을 후회하지 않는다. 비록 브루어는 시나트라가 기계로 찍어내놓은 노래에 나오는 뉴욕뉴욕이나 시카고 같은 도시가 아니지만 말이다. 그때는 몰랐지만 지금 돌이켜 생각해보니 가장 즐거웠던 것은 플래카드들이 붙어 있는 전시장의 먼지 긴 진열창 뒤에 서 있을 때였다. 그곳에 서서 그는 다리근육을 단련하려고 발을 꼼지락거리며 움직이기도 했고, 손님을 기다리기도 했고, 찰리든 누구든 함께 있는 사람과 헛소리를 지껄이며 잡담을 했고, 자신의 힘으로 돈을 벌고, 세상에 존재하는 자신의 자리를 채우고, 자신의 책임을 다하고, 조금 인정을 받았다. 우리가 서로에게서 원하는 것은 그것뿐이다. 인정을 받는 것. 이 경쟁사회에서 자신의 자리를 할당받는 것. 군대에서도 마찬가지다. 자신의 군번, 자신의 침상, 자신의 보직, 줄을 설 때 자신의 자리, 토요일 밤의 외출 허가증, 맥주 네 잔을 마시고 농장에서 매춘부와 썹을 하는 것. 자기야, 그 돈으로는 두 번 할 수 없어. 인생에서는 자기 뜻대로 사는 것만이 중요한 게 아니다. 사실 이 나이가 돼서야 래빗이 깨달은 것은, 다른 사람들이 말하는 것과 동떨어진 방식으로는 살아갈 수 없다는 것이다. 처음에는 어머니와 가엾은 아버지의 말, 그다음에는 루터파 목사였던 저 강인하고 가증스러운 프리츠 크루펜바크의 말. 그래도 그를 존경할 수밖에 없었다. 그는 자신이 믿는 것을 말했으니까. 그다음에는 학교 선생들, 마티 토세로와 나머지 인물들, 그에게 살아가는 데 필요한 기초를 알려주려고 애쓰던 사람들, 그리고 지금은 온갖 토크쇼 진행자들. 우리의 삶은 거기에서부터 파생되고, 남들의 말에 양보할 수밖에 없다. 만약 어머니가 애너벨의 어머니처럼 빠른 차선을 달리는 사람이라면, 그 자식들은 당연히 이성異性을 의심스러운 눈으로 바라볼 것이다. 부모는 자식들에게 그다지 모범적인 모습을 보여주지 못한다.

이제 소나무들 사이에 틈새가 나타난다. 넓은 습지가 하늘 아래 펼쳐져 있고, 죽마처럼 받침대를 세운 오두막들이 보인다. 나무 위에는 덤불이 얽혀 있는 열매가 달려 있고, 빨랫줄에는 색색의 빨래가 걸려 있다. 손으로 쓴 소박한 광고판들. 아빠의 진짜 남부 요리. 바이로 슈퍼마켓. 매리언호수 위의 긴 다리. 이렇게 생각지도 못한 곳에 엄청나게 큰

호수가 있다니. 고속도로가 여러 갈래로 갈라져서 수도인 콜럼비아로 이어진다. 그는 가본 적이 없다. 재니스와 함께 그곳을 우회해서 찰스턴으로 갔다가 17번 도로를 타고 돌아온 적이 있을 뿐이다. 또 한번은 서배너로 방향을 바꿔서 농장을 개조한 집에서 하룻밤을 보내기도 했다. 그곳의 천장은 높고 둥글었으며, 창문은 미늘창이었다. 그와 재니스가 재미있는 시간을 보낸 것은 사실이다. 하지만 재니스는 아내이고 그 역시 남편이므로 넓게 보면 그건 거의 모든 사람이 하는 일이다. 그런데도 사람들은 죽음이 서로를 갈라놓을 때까지 서로를 사랑해야 한다. 종말이 올 때까지. 아셰푸강. 오래전에 이런 만화가 있지 않았나?

그는 엄청나게 큰 휴게소로 들어간다. 이런 황야에서는 휴게소가 오아시스다. 주유소, 식당, 그리고 식료품, 맥주, 불꽃놀이, 선탠로션을 파는 작은 상점. 카운터에 흑인 청년 두 명이 있다. 더위 때문에 검은 피부가 반짝이고, 팔은 어깨까지 드러나 있고, 한 명은 맬컴 X의 비열한 염소수염을 기르고 있다. 이곳 남부에서 그들은 골칫거리다. 그들의 피부색이 고함을 질러대고, 그들은 하나의 인종이다. 그들은 어디에나 있다. 하지만 나이 지긋한 백인 종업원은 스스럼없이 이 두 명의 흑인 청년을 대한다. 세 사람은 똑같이 느릿느릿한 사투리로 잡담을 나누고 미소를 짓는다. 그들의 입이 작은 산들바람을 만들어내는 것 같다. 보기에 좋은 광경이다. 이런 것을 위해 남북전쟁이 일어난 거다.

래빗은 아직 목소리가 제대로 나오는지 시험해보려고 카운터에서 빈 의자 하나를 사이에 두고 앉아 있는 뚱뚱한 백인 남자에게 묻는다. 그 남자는 샐러드바에서 양상추, 순무, 콜슬로, 코티지치즈, 강낭콩, 병아리콩을 가져와 산처럼 쌓아놓았다. "플로리다 라인까지는 대략 몇 시간이나 걸리죠?" 그는 펜실베이니아 말씨를 조금 길게 늘이면서 이걸로 무사히 통과할 수 있기를 바란다.

"네 시간요." 남자가 빙긋 웃으며 대답한다. "내가 방금 거기서 왔어요. 플로리다 어디로 가시는 길입니까?"

"아주 반대편 끝까지요. 딜리언. 아내랑 거기 아파트에 사는데, 지금 혼자 가는 길이오. 아내는 나중에 올 거고."

남자는 계속 미소를 짓는다. 미소를 지으며 뭔가를 씹는다. "나도 딜리언을 알아요. 오래되고 좋은 곳이죠."

래빗은 그곳이 오래됐다는 생각을 한 적이 없다. "옛날에는 우리집 발코니에서 바다를 볼 수 있었는데, 지금은 건물이 들어서버렸어요."

"요즘은 만 쪽에 건물들을 많이 짓고 있어요. 대서양 쪽은 거의 다 차다시피 했고요. 난 오늘 아침에 새러소타에서 출발했습니다."

"그래요? 먼길을 오셨네요."

"그래서 이렇게 돼지처럼 먹고 있는 거죠. 아침 다섯시부터 초코바 하나밖에 먹은 게 없거든요. 너무 오래 달리면 헛것이 보이기 때문에 차를 멈출 수밖에 없어요."

"헛것이라니요?"

"내가 방금 온 길 주변에는 안개가 깔려 있어서 그게 영향을 미치거든요. 커피가 위장에 영향을 미치는 것처럼." 이 남자는 미소를 짓고 음식을 씹으며 동시에 말까지 하는 훌륭한 재주를 지니고 있다. 그는 입이 큰 편이지만 입술이 얇아서 거의 없는 것 같다. 머핏 인형과 똑같다. 그의 접시 옆에는 앞에 챙이 달리고 뒤에는 그물망이 있는 트럭 운전수들의 모자가 놓여 있다. 부자들처럼 살짝 구불거리는 그의 멋진

은발에 모자 자국이 찍혀 있다.

"저기 있는 큰 트럭을 운전하는 겁니까? 정말 대단하시네요. 어디까지 갑니까?"

접시 위의 샐러드는 모두 사라졌고, 남자의 미소는 더욱 환해졌다. "보스턴까지요."

"보스턴! 그렇게 멀리까지요?" 래빗은 보스턴에 가본 적이 없다. 그에게 보스턴은 메인주 밑에 자리잡고 있는, 세상의 끝이다. 그렇게나 멀리 북쪽에 사는 사람들은 그에게 에스키모만큼이나 환상적인 존재다.

"오늘, 아니 내일인가, 하여튼 이십사 시간 뒤, 그러니까 일요일 오후까지 저 장비를 보스턴에 가져가야 합니다."

"그럼 잠은 언제 자고요?"

"아, 갓길에 차를 세우고 한 시간씩 눈을 붙이죠. 여기저기서요."

"굉장하네요."

"십오 년째 하고 있는 일입니다. 한 번 은퇴했다가 다시 시작했어요. 집에만 있는 걸 견딜 수가 없어서요. 텔레비전에도 재미있는 것이 없고. 댁은 어떻습니까?"

"나요?" 지금은 도망치는 중. LAD도 상태가 나쁨. 하지만 그는 상대의 질문이 무슨 뜻인지 깨닫고 대답한다. "나도 은퇴했다고 보면 될 것 같네요."

"힘내세요. 난 견딜 수가 없었어요." 트럭 운전수가 말한다. "일을 그만두고 쉬다보니 머리가 피곤해졌어요." 흑인 청년 두 명과 아주 친하게 이야기를 나누던 나이 지긋한 종업원이 배고픈 트럭 운전수에게 기름과 피가 섞인 분홍색 액체로 흠뻑 젖은 스테이크가 무겁게 담긴 달걀형 접시와 채소가 담긴 작고 둥근 접시 세 개를 가져온다. 황금빛이 도는 갈색의 옥수수빵이 담긴 접시가 하나 더 있다.

해리는 조금은 내키지 않는 마음으로(이 사람과 친구가 됐는데) 자리에서 일어선다. "뭐, 그쪽도 힘내요." 그가 말한다.

뚱뚱하고 창백한 이 기적의 남자, 총알보다도 빨리 보스턴으로 향할 남자, 토머스 앨바 에디슨처럼 가끔 쪽잠만 자도 되는 이 남자는 머펫 인형을 닮은 그 큰 입에 음식이 가득차서 말을 하지 못하고 그저 미소만 지으며 고개를 끄덕인다. 달걀을 닮은 자그마한 턱 한 편으로 스테이크 즙 방울이 뱀처럼 흘러내린다. 완벽한 사람은 하나도 없다. 우린 그저 인간일 뿐이다. 짐 베이커를 보라. 바트 지어마티를 보라.

셀리카에 다시 오른 해리는 터글리피니강을 건넌다. 살케해치강. 리틀 컴바히강. 쿠사워치강. 터틀강. 키카푸강. 아셰푸강이 아니군. 그는 속으로 생각한다. 릴 애브너에서 키카푸 조이 주스*를. 널빤지로 바닥을 두드리는 것 같은 새롭고 독특한 소리로 사람들을 흥분시키는 흑인 음악이 잔뜩 쏟아져나오는 틈틈이 업처치 음악회사의 광고가 들린다("앞으로도 오랫동안 음악적 기쁨을 가져다줄 악기"). 타이니캣이라는 체취제거제 광고도 있다. 탈취제 이름을 왜 타이니캣이라고 붙였을까? 그는 서배너를 가로질러 불꽃놀이가 많은 사우스캐롤라이나를 마침내 벗어난다. 몇백 킬로미터나 계속 차를 몬 탓에 완전히 지쳐버린 그는 도시로 이어진 출구에서 고속도로를 벗어나 시내로 들어간 뒤 웅장함과 유구한 역사를 자랑하는 법원 옆에 차를 세우고 그곳의 중앙로

---

* 미국의 연재만화 〈릴 애브너〉에 등장하며 출시된 음료수 상표명.

에 있는 작은 샌드위치가게에서 따뜻한 파스트라미* 샌드위치를 산다. 그리고 앉아서 그것을 먹으며 고기즙이 포장지 밖으로 새어나와 바지에 얼룩을 만들지 않게 주의한다. 몇 시간 전 점심을 먹은 곳에서 트럭 운전수의 입가로 육즙이 흘러내리는 모습은 역겨웠다. 강에서 한 블록 떨어진 서배너의 이 지역은 마치 야외의 방 같다. 높은 계단이 있는 연립주택들은 벽이고, 먼지를 뒤집어쓴 나무들은 커튼이다. 그림자가 짙어지고 있는데도 엄청난 열기가 아직 남아 있다. 하지만 오래된 건물의 부드러운 앞모습을 점점 더 짙게 물들이고 있는 그림자는 브루어의 그림자보다 더 슬프고 더 장밋빛이다. 비둘기 한 무리가 그의 벤치 주위에 모여들어 그가 빵이나 바비큐 감자칩을 조금 남겨줄지 기다리고 있다. 조지 커스터**처럼 노란 머리를 길게 기르고 노숙자 생활을 오래한 탓에 얼굴이 갈색으로 변한 젊은 부랑자가 나무 뒤의 벤치, 그러니까 말하자면 옆방 같은 곳에서 번득이는 눈으로 그를 바라본다. 뭔가를 기념하기 위해 세운 오벨리스크가 높이 솟아 있는데, 틀림없이 영광스럽게 죽은 사람을 기리는 물건일 것이다. 갈색 새들이 하루가 끝났는지 보려고 나무를 들락거리며 재잘거린다. 해리도 이제 다시 출발해야 할 것이다. 그는 샌드위치를 담아온 봉투에 쓰레기와 빈 우유팩을 모아 쓰레기통에 버린다. 이건 그가 서배너에 주는 선물, 그가 남기고 가는 흔적이다. 집에 있는 서랍장 모서리에 그의 손가락이 남긴 묵은 때 자국처럼. 비둘기들은 실망해서 화를 내며 푸르르 날아오른다. 부랑자가 소리 없이 그의 뒤로 다가와 이렇다 할 특징이 없는 말씨

---

* 훈제 쇠고기의 일종.
** 남북전쟁 때 활약한 군인.

로 담배가 있느냐고 묻는다. 마약에 취한 사람들 특유의, 흐느적거리며 고함을 치는 것 같은 목소리다. "아니." 래빗이 말한다. "삼십 년 전에 담배를 끊었거든." 그는 갑작스러운 결심으로 반쯤 남은 필립모리스 담뱃갑, 갈색의 정겨운 모양이던 그 담뱃갑을 마운트저지의 골목에서 누군가의 드럼통 속에 던져넣은 순간을 떠올린다. 그것도 그가 남긴 흔적이었다.

래빗은 벌렁거리는 가슴을 안고 자신의 차로 향한다. 부랑자가 그를 따라오며 뒤에서 남는 동전 없냐고 중얼거리고 있기 때문이다. 래빗은 열쇠로 문을 열고 차에 올라 문을 쾅 닫는다. 그렇게 먼 거리를 달려왔는데도 엔진이 과열되지 않아서 곧장 시동이 걸린 것이 천만다행이다. 잠긴 문에 가로막힌 조지 커스터는 놀란 표정을 지으며 아무 일도 없었다는 듯 몸을 돌린다. 해리는 높이 솟은 오벨리스크 옆을 돌아 야외의 방 같은 이곳을 조심스레 통과하지만 서배너를 빠져나가는 길을 찾지 못하고 헤맨다. 가도가도 나오는 것은 흑인 동네뿐이다. 미늘벽 판자로 지은 집들이 서서히 무너지고 있는 것처럼 서 있다. 이 집들이 마지막으로 페인트 구경을 한 것은 마틴 루서 킹 시절일 것이다. 사람들은 그의 암살이 음모였다고 하고, 해리도 그 말에 일리가 있다고 생각한다. 하지만 그를 죽인 혐의로 감옥에 갇힌 사람의 이름은 기억나지 않는다. 세 개의 이름으로 구성된 이름이었는데. 그는 한 번 탈옥했지만 다시 붙잡혔다. 제임스 얼 어쩌고라는 이름이었다. 역사 얘기는 그만하자. 길을 찾지 못해 당황한 해리는 식품점 앞에서 차를 세운다. 그가 어렸을 때 마운트저지에 있던 가게들과 비슷하게, 깊이 파인 나무 바닥에 반짝이는 못이 박혀 있는 곳이다. 다만 이 가게 안에는 온통 흑인뿐이다. 말린 콩꼬투리 색깔의 홀쭉한 남자가 아주 재미있어하는 얼굴로 손목에서 느슨하게 펄럭거리는 긴 손을 움직여가며 그에게 고속도로로 돌아가는 길을 알려준다.

다시 95번 도로로 돌아온 래빗은 조지아를 달린다. 어둠이 다가오자 비가 내리기 시작하고, 그의 늙은 눈으로는 이제 밤에 불빛들을 제대로 구분할 수 없어서 비가 무서워진다. 그는 심지어 라디오도 꺼버린다. 갖가지 기억들이 총알처럼 그를 두들기는 것 같다. 너무 오랫동안 같은 자세를 유지한 탓에 모래주머니로 잔뜩 얻어맞은 것 같은 기분이다. 차를 세우고 쉬어야 할 것 같다. 그는 브런즈윅을 지난 곳에서 라마다인을 발견한다. 특별 메뉴라는 튀긴 메기를 먹지만 파스트라미를 먹은 뱃속이 편안히 받아들이지 못한다. 특히 참마설탕조림과 피칸파이가 문제다. 하지만 피칸파이를 못 먹는다면 조지아에 온 보람이 없지 않은가? 머리 위로 쭉 이어진 발코니 밑에서 시멘트 복도를 걸어 여러 방문들 앞을 지나쳐서 자신의 방으로 걸어가는 길은 조용하고 행복하다. 비를 맞지 않아도 된다. 현명한 결정이었다. 저들은 나를 잡지 못한다. 하지만 이 안락하고 행복한 순간에 그는 다이아몬드 카운티에서 불행에 잠겨 있을 사랑하는 사람들을 떠올린다. 그다지 예민하지 않은 눈을 엄지로 눌러댈 때처럼 죄책감이 그의 심장을 후벼판다.

〈골든 걸스〉를 절반쯤 봤을 때 갑자기 지루해진다. 노인들의 섹시함이니 뭐니 하는 것, 입이 거친 할머니. 사람이란 모름지기 포기할 때를 알아야 한다. 그는 교육방송으로 채널을 돌려 〈살아 있는 행성〉의 일부를 본다. 극지의 가혹한 환경 속에서 살아가는 생물들의 이야기다. 전에도 본 것이지만 그래도 여전히 놀랍다. 데이비드 애튼버러가 남극대류의 가장 황량한 곳에서 바위를 뒤집자 그 밑에 지의류가 자라고 있다. 햇볕이 전혀 없는 심연 같은 겨울에도 수컷 펭귄들은 물갈퀴가 달린 발 위에 알을 얹은 채 잠시도 그치지 않는 눈보라 속을 기우뚱기우뚱 걸어다닌다. 생명은 믿을 수 없을 만큼 굉장해서 이 지구를 지치게 만들고 있다. 같은 채널에서 방송된 열시 뉴스에서는 하루종일 라디오로 들은 소식들이 다시 나온다. 가엾은 지어마티. 워싱턴의 국립동물원에서 암컷 판다가 태어났다. 레이건은 록 허드슨이 죽기 전까지는 에이즈를 홍역처럼 가벼운 병으로 생각했다고 그의 예전 주치의였던 존 허턴 준장이 밝혔다. 또다른 고자질쟁이. 해군의 데이비드 R. 윌슨 중령은 이번 달에 발행된 〈미국해군연구소 기록〉이라는 잡지에서 페르시아만에 파견된 USS 빈센스호가 이백칠십 명 이상의 남녀노소 승객들이 탄 이란 민항기를 격추시키는 사건을 일으키기 전에 적어도 한 달 전부터 공격적이고 무분별한 행동을 하기로 유명했다고 주장한다. 이란인이든 아니든 가엾은 사람들이다. 어린아이들, 숄을 쓴 여자들이 허공에서 뱅글뱅글 돌면서 어둡고 단단한 수면에 떨어졌을 것이다. 일본의 신임 총리가 워싱턴을 방문했고, 파나마에는 임시정부가 들어섰고, 헝가리에서는 동독인들 무리가 국경을 넘어 자유세계로 가게 될 순간을 기다리고 있다. 가엾기도 하지, 그들은 자유세계가 지쳐가고 있다는 것을 모른다.

래빗은 낮에 입었던 속옷 차림으로 잠자리에 든다. 여기가 어디고, 자신이 누구인지 생각하려고 애쓴다. 어딘지도 알 수 없는 낯선 곳에서 보내는 밤은 이것이 마지막이다. 내일이면 자신의 삶을 되찾게 될 것이다. 재니스와 통화하고, 옆집에는 골드 부부가 있는 생활. 브루어를 탈출하면서 생각했던 것만큼 마음이 가볍지 않다. 그는 여전히 그다. 미국도 여전히 미국이다. 신용카드와 인디언식 이름들이 지탱하고 있는 나라. 해리는 트윈베드에 무겁게 축 늘어진다. 지도 위에 그물처럼 그어진 선들 속에서 길을 잃은 그는 어머니의 자궁 속에 있을 때처럼 잔다. 이것 역시 임시 피난처일 뿐이다.

아침이다. 비가 내렸던 기억은 햇빛이 쨍쨍 비치는 아스팔트 위의 물웅덩이로 남아 있다. 일요일. 그는 프렌치토스트와 링크소시지를 고른다. 내일 아침이면 다시 오래된 귀리시리얼을 먹게 될 것이다. 재니스는 집을 비울 때 찬장을 청소하는 법이 없다. 개미와 바퀴벌레에게 먹이를 주는 꼴이라는 사실에 개의치 않는다면 어떤 의미에서 효율적인 방법이기는 하다. 그는 자꾸만 느껴지는 메이플시럽과 달걀맛이 마음에 들지 않는다. 옛날에 어머니가 주일학교에 가는 그를 위해 만들어주었던 프렌치토스트만큼 맛있는 것은 어디에도 없다. 황금색으로 구워진 납작한 삼각형 빵, 통나무 오두막 모양의 깡통에 들어 있던 시럽. 심지어 굴뚝에서 올라오는 연기도 그려져 있었다. 해리는 트렁크에 여행가방을 넣다가 뒤에서 보면 셀리카의 꼬리등이 눈꼬리를 치켜뜬 눈처럼 보인다는 사실에 또 깜짝 놀란다.

한 시간도 안 돼서 세인트메리스강을 건너자 **플로리다에 오신 것을 환영합니다**라고 적힌 고속도로 표지판이 보이고, 라디오에서는 블루크로스,* 틀니접착제, 폐질환 전문병원 광고가 나온다. 길가에는 모래가 많이 보이고, 늘어난 차량들은 햇빛을 받아 반짝인다. 잭슨빌이 갑

---

* 특히 피고용자 및 그 가족을 대상으로 한 건강보험조합.

자기 불쑥 나타난다. 청록색 고층건물들이 있는 오즈 같은 곳. 소나무 터널 끝에 자리잡은 꿈의 도시에서 가장 높은 건물인 뱁티스트병원 주위의 유리상자 같은 건물들이 반짝인다. 저멀리 아래쪽에서 세인트존스강이 흐르는 다리들 위로 올라서면 잭슨빌이 보석을 손에 쥐고 이리 저리 돌릴 때처럼 여러 각도에서 빛을 발한다. 이제는 톨게이트에서 돈을 지불하고 그린코브 스프링스나 탤러해시로 길을 잘못 들지 않게 정신을 바짝 차려야 한다. 95번 도로는 이제 수많은 고속도로 중 하나일 뿐이다. 넓고 뚱뚱한 차들이 늘어나고, 트럭들은 소나무를 자른 통나무가 아니라 신선한 뗏장 두루마리를 싣고 달린다. 커다란 흰색 캠핑카와 승합차, 위네바고, 스타크래프트, 패스파인더, 돌핀 같은 차들이 엉뚱한 곳에 떠 있는 배처럼 그의 주위를 둘러싸고 있다. 바퀴 달린 집인 그 차량들 안에서 남편은 창밖으로 팔꿈치를 내놓은 채 운전대를 잡고 있고, 아내는 그의 뒤에서 침대를 정리하며 가사를 한다. 미국의 모든 주에서 이런 행렬들이 플로리다로 몰려온다. 심지어 콜로라도의 초록색 산 모양 프로필이나 메인의 빨간 바닷가재 모양이 그려진 차도 있다. 얼룩이 묻은 넥타이처럼 한가운데에 플로리다 모양의 초록색 얼룩이 있는 수많은 기존 번호판들 사이에서 새로운 플로리다 번호판이 눈에 들어온다. 안개가 낀 것 같은 세 가지 색으로 이루어진 그 번호판은 챌린저호에 바치는 기념물이다. 뉴햄프셔 출신의 그 가엾은 교사와 곱슬머리의 유대인 아가씨, 그리고 말할 것도 없이 남자들, 흑인과 동양인이 한 명씩 섞여 있어서 마치 할리우드판 미국 단면도 같던 그 사람들을 우주로 쏘아 보낸 지 일 분 만에 폭발해서 산산조각이 나버린 것은 1980년대의 수치가 아니었던가? 요즘은 그들이 물을 향해 떨어질 때 이삼 분 동안은 십중팔구 의식이 있었을 것이라는 추정이 나오고 있다. 해리는 플로리다 속으로 더 깊이 내려간다. 야자수와 하얀 지붕과 열대의 빈약함 속으로 돌아온 것이 기쁘다. 푸른색 위에 하얀색 위에 회색 위에 푸른색이 겹겹이 쌓여 있는 구름을 보니 하늘을 만든 위대한 존재가 여기서는 더 밝은색으로 작업하고 있는 것 같다.

95번 도로를 타고 동쪽 해안선을 따라 달리다가 4번 도로로 접어든 뒤 주디가 그토록 가고 싶어했던 디즈니월드를 비스듬히 스쳐지나간다. 다음에 아이들이 오면 반드시 디즈니월드를 스케줄에 넣어야겠다. 여행 전문가를 자처하는 아파트 주민들(그는 실버스틴의 아들이 프루를 유혹하기 전부터 에드 실버스틴이라면 모르는 것이 없는 사람이라고 항상 생각했다)은 그에게 계속 4번 도로를 타고 달리다가 75번 도로로 접어들면 거리는 늘어나지만 시간은 몇 분 절약할 수 있다고 조언한다. 아니면 적어도 17번 도로를 타고 포트샬럿까지 가는 방법도 있다. 해리는 27번 도로를 타고 남쪽으로 달리면서 뜨겁고 평평한 플로리다주의 중심부를 지나 헤인스시티와 웨일스호수를 통과해 세미놀 보호구역과 오키초비호수 서쪽의 텅 빈 풍경 속으로 들어갔다가 80번 도로를 타고 딜리언으로 가는 길을 좋아한다.

플로리다에서는 자동차 라디오로 골든 올디스 방송을 문제없이 찾아낸다. 여기 남쪽에서는 모두 옛날 노래만 듣기 때문이다. 추억의 노래. 몇몇 사회자들은 이 말을 즐겨한다. 노래들이 계속 흘러나온다. 패티 페이지가 "절대 날 놓지 말아요오오오, 난 당신을 정말로 사랑해요오오오"라고 간청하더니 그다음에는 쾌활하게 바뀌어서 라틴아메리카풍으로 "아이 이 이"라며 스페인어로 노래하다가 "평생 기다렸어요. 당신에게 내 모든 사랑을 주려고. 내 마음은 당신 것"이라고 노래를 끝맺는다. 그다음에는 토니 베넷인지 누군지 하여튼 능글거리는 이 탈리아인 가수가 〈내 사랑이 되어줘〉를 노래하고, 그다음에는 고기 그랜트의 노래 〈고집스러운 바람〉이 한참 동안 이어진다. 그는 정말 오랫동안 고기 그랜트를 잊고 있었다. 들어도 추억이 떠오르지 않는 드문 노래다. 에어컨 돌아가는 소리 속에서 차창 밖으로 보이는 풍경은 점점 싸구려로 변해간다. 벼룩세계, 성인 라이브. 뒤 창문에 오렌지색 가필드를 붙여놓은 차들이 연달아 지나간다. 가필드의 앞발이 흡착판이다. "왜 허둥거리나요, 아무도 모르는데." 냇 킹 콜이 〈램블링 로즈〉를 부른다. "내가 왜 당신을 원하는지 아무도 몰라요"로 부드럽게 끝나는 노래다. 느긋하고 현명한 냇 킹 콜의 미소가 눈에 보이는 듯하다. 그다음으로 이어진 〈체나, 체나〉도 몇 년 동안 들어본 적이 없는 노래다. 이 제는 민속풍 음악이 나오지 않는다. 이런 생각을 하는데 마침 〈오 마이 파파〉*가 흘러나온다. 케이 스타는 〈운명의 수레바퀴〉를 부르며 본연의 모습을 십분 발휘하고 있다. 그 딸꾹질 같은 소리, 정력적인 목소리, "제에발 그렇게 해줘요"와 "어-티스킷, 어-태스킷"이라는 가사가 이어진다. 이건 정말로 시간을 과거로 돌려놓는다. 해리가 로티 빙거먼과 함께 걸어서 등교하고 마거릿 숄코프를 좋아하던 초등학교 시절. 그다음에는 프레슬리의 〈러브 미 텐더〉가 그를 실컷 두드려댄다. 나이를 먹어서 뚱뚱해지고 약에 취하고 불안에 떨게 됐지만 젊었을 때 프레슬리는 진짜 목소리, 아름다운 목소리를 갖고 있었다. 안개 속의

---

* 독일 노래의 번안곡으로 에디 피셔가 1953년에 발표.

경적소리 같은 시나트라의 목소리와는 달랐다. 그다음에 나온 레이 찰스의 목소리도 진짜다. 〈난 당신에 대한 사랑을 멈출 수 없어〉. "어제를 꿈꾸며어어어"라는 식으로 여운이 길게 이어진다. 웃기게 생긴 맹인 가수 레이 찰스가 고개를 내젓는 모습이 생각난다. 그다음은 코니 프랜시스의 〈소년들은 어디에〉. 두피가 쭈뼛거리게 만드는 목소리인 건 틀림없지만, 이 노래들은 누구의 추억의 노래일까? 그때는 해변 파티의 시대였다. 그는 결혼했다가 별거했다가 화해한 뒤 베리티인쇄소에서 일하고 있었으므로 더이상 파티를 즐길 수 없었다. 로니 해리슨과 루스는 저지쇼어에서 주말 내내 그 짓만 해댔다. 그걸 생각하면 지금도 속이 아프다.

방송국 신호가 서서히 사라져가자 또다른 방송국을 찾으려고 애쓰던 중에 예배 방송이 지나간다. 어떤 남자가 "예수님은 아십니다! 예수님은 여러분의 가슴속을 들여다보십니다! 예수님은 여러분의 가슴속에서 죽음을 보십니다!"라고 외치고 있다. 그 방송을 넘기자 조니 레이의 〈크라이〉와 맞닥뜨린다. 너무 뒷부분이라 흐느끼는 소리를 들을 수는 없지만 "당신의 애인이 작별의 편지를 보내거든"이라는 가사가 흘러나온다. 이건 그가 군대에 가느라 메리 앤과 헤어지던 무렵의 노래였다. 그는 그것이 그녀와의 영원한 이별이라는 것을 몰랐고, 두 사람은 조니 레이에 관해 말다툼을 벌였다. 래빗은 노래하는 꼴을 보아하니 그가 틀림없이 동성애자일 것이라고 주장했지만, 텍사스의 부대로 내려간 뒤 그 노래가 자신을 위한 것임을 깨달았다. 애인이 편지를 보내왔기 때문이다. 그다음 가수인 딘 마틴이 건들거리며 〈그것은 아모레〉를 부른다. 이건 해리가 집으로 돌아와 재니스와 사귀던 무렵에 나온 노래였다. 크롤스의 견과류 판매대를 지키고 있던 조용한 아가씨. 그녀의 몸은 작고 단단했고, 당혹스러운 표정을 짓는 검은 눈은 그에게 도전장을 던졌다. 그가 이런 것들을 기억하는 것은 린다 해머처가 빌려준 방에서 썹을 한 뒤 그가 "그것은 아모레"라고 농담을 하곤 했기 때문이다. 강가의 비둘기색 가스탱크가 보이는 방이었다. "오로지 외로운 사람들만." 세상을 떠난 로이 오비슨이 떨리는 소리로 노래한다. "저기 내 연인이 간다, 저기 내 사랑이 간다." 그 놀라운 목소리가 점점 높아져서 나중에는 수정처럼 깨져버릴 것 같은 느낌이 든다. 어떤 의미에서는 실제로 그렇게 된 것이나 마찬가지다. 래빗은 로이 오비슨이 죽었기 때문에 이 노래가 골든 올디스의 한 자리를 차지하게 됐을 것이라고 짐작한다.

노래들이 계속 흘러나오고, 삼십 분마다 한 번씩 짤막한 뉴스가 그 흐름을 끊는다. 콜롬비아에서 일어난 폭발로 여든네 명이 부상당했다. 콜롬비아의 고통은 커피 가격의 하락으로 더욱 악화되고 있다. 부시 대통령이 이 나라의 마약 문제에 관해 하기로 되어 있는 연설 내용을 두고 워싱턴에서 갖가지 추측이 나오고 있다. 그가 레이건처럼 할 수 있을까? 워싱턴에서는 관리들이 또한 인큐베이터에서 목숨을 걸고 싸우고 있는 새끼 판다가 살아남을 것이라는 희망을 아직 버리지 않았다. 지역뉴스로는 컬루사해치강 유역에서 바다소들이 계속 활발히 생활하고 있다는 것, 마이애미에서는 어제 필라델피아 이글스가 돌핀스를 20 대 10으로 물리쳤다는 것이 있다. 래빗은 이렇게 경기 스코어를 듣는 걸 좋아하지만, 옛날 노래들 그러니까 사랑, 사랑만 외치는 달달함, 다정함, 귀여움, 강아지, 산타클로스에게 키스하는 엄마, 셰이디레인의 못된 여자 등이 등장하는 가사, 현악기 반주와 피치카토, 점점 강해지는 관악기 소리는 모두 사람이 짜릿한 흥분에 빠져 바지를 벗게 하려고 만들어진 것이라 그는 점점 지쳐간다. 그는 요즘 뇌가 없는 것처럼 보이는 젊은 녀석들이 듣는 록음악이나 넬슨이 게걸스레 집어삼켰던 60년대와 70년대 노래처럼 자신의 추억의 노래들도 멍청하기 짝이 없었다는 사실을 이 나이에 억지로 깨닫게 된 것에 화가 난다. 이 노래들은 모두 텅 빈 머리와 호르몬 과열 상태에 맞게 만들어졌다. 하얀 거품이 이는 바다를 위해. 그래서 지금 이런 노래를 듣는 것은 옛날처럼 바나나스플릿* 두 개를 한꺼번에 먹어치우려고 하는 것과 같다. 모든 것은 빨리 이윤을 거둬들이기 위해 만들어진 일회용이다. 음악 제작자들은 우리를 정원의 오솔길로 데려가다가 돌아서서 조금 다른 감상을 섞은 음악으로 다시 다음 세대를 오솔길로 이끈다.

래빗은 배신감을 느낀다. 그는 전쟁이 아니라 변화가 이상한 것이던 세상에서 자랐다. 사람들이 자라날 수 있게 세상은 변하지 않고 언제나 제자리에 그대로 서 있었다. 그는 자신이 딛고 있던 바닥이 언제 꺼졌는지 알고 있다. 크롤스가 문을 닫았을 때다. 오랫동안 브루어 중심부에 서 있던 크롤스는 교회보다 크고, 법원보다 오래된 건물이었으며, 바로 와이저광장 첫머리에 서 있었다. 매년 크리스마스 때면 둥근 기찻길을 달리는 기차들과 고개를 끄덕이는 인형들과 반짝이는 별들로 이루어진 별세계가 진열창에 펼쳐졌다. 마치 하느님이 일 년 중 가장 어두운 이 시기를 밝혀주기 위해 직접 그것들을 거기에 놓아두신

---

* 바나나에 아이스크림, 견과류 등을 채워넣은 디저트.

것 같았다. 아직 어린아이였던 그는 하느님이 하신 것과 사람이 한 일을 구분할 수 없었다. 그에게는 어쨌든 모든 것이 어딘가 위에서 내려온 것이었다. 어렸을 때 추위 속에서 어머니와 함께 서서 반짝반짝 금박을 입힌 장난감들의 별세계를 바라보던 것이 기억난다. 그 세계는 그에게 다른 어느 것 못지않은 현실이었다. 차가운 공기에 뺨이 에일 듯하고, 구세군 자선냄비 종소리가 간청하고, 당시 와이저광장에서 팔리던 뜨겁고 부드러운 프레즐 냄새가 풍겨왔다. 주위에서는 어른들이 분주하게 움직이고 있었다. 커튼에서부터 침대에 이르기까지, 장난감에서부터 냄비에 이르기까지, 도자기에서 은제품에 이르기까지 최고의 제품이라면 무엇이든 살 수 있었던 크롤스 안으로 몸을 단단히 감싼 사람들이 밀고 들어갔다. 그가 그곳의 운송부에서 일하던 시절에는 직원들의 이직이 잦았고, 상품이 단종되기도 했고, 패션이 갑자기 바뀌기도 했다. 상점 전체가 당황해서 마치 도박을 하는 것 같은 분위기였다. 하지만 그는 그곳의 힘과 성실함을 믿었다. 그래서 어느 해 여름에 사람들이 마침내 포기하고 크롤스를 닫기로 했을 때, 시내가 백인들에게 무서운 곳이 된 탓에 더이상 손님들이 오지 않는다는 이유만으로 그런 결정을 내렸을 때, 래빗은 세상이 단단하지도 호의적이지도 않다는 사실을 깨달았다. 세상은 당분간만 견디기 위해 임시변통으로 얼기설기 설치해둔 초라한 세트장이었다. 그리고 그 모든 것이 돈을 위해서였다. 그냥 그곳을 지나가기만 해도 사람들은 우리에게서 있는 것을 모두 짜냈다. 특히 젊고 귀가 얇은 사람들이 그런 일을 당하기 쉬웠다. 만약 크롤스가 그렇게 사라질 수 있다면, 법원도 사라질 수 있고 은행도 사라질 수 있을 것이다. 돈이 더이상 들어오지 않게 된다면, 사람들은 하느님까지도 없애버릴 수 있을 것이다.

디즈니월드 일대 수킬로미터 이내에는 그보다 규모가 작은 관광지들이 넘쳐흐르는 관광객들에게 손을 내밀고 있다. 밀랍박물관, 웨트앤드와일드, 워터슬라이드, 바닷속 세계, 서커스월드. 이 서커스월드는 새러소타에서 되살아난 서커스와는 다른 것이다. 이 얼마나 멍청한 말들인지. 멍청할 뿐만 아니라 가짜이기도 하다. 갑자기 어디서나 그 말이 눈에 들어온다. 인조모피, 인조보석. 이건 가짜라는 뜻이다. 오래된 인형과 장난감 박물관. 오래된 것, 오래된 것. 사람들은 이제 해리 자신만큼 나이를 먹지 않은 물건까지도 골동품이라며 팔고 있다. 이것도 사기극이다. 27번 도로에서 정남쪽을 향해 달리다보면 완만한 구릉지대에 자리잡은 건조하고 연한 색의 농촌이 나온다. 바짝 마른 벌판에는 연한 색 소들이 있고, 오렌지나무들은 관개수로 덕분에 짙은 초록색 이파리를 매달고 있고, 거대한 수조들은 거대한 버섯이나 우주 너머에서 온 우주선 같은 모습을 하고 있다. 길가에 조금 흔들리는 글씨로 **삶은 땅콩**을 판다고 적어놓은 표지판이 있고, 자그마한 멕시코인 아가씨들이 노점을 지키고 있다. 북쪽의 광대한 놀이공원을 희미하게 연상시키려는 듯, 먼지를 뒤집어쓴 애잔한 놀이공원도 있다. 껑충해 보이는 기계들이 저녁을 맞아 입장할 손님들에게 한순간의 현기증을 선사해주려고 가만히 기다리고 있다.

이제 해가 높이 떠 있고, 아침 하늘에 넝마처럼 떠 있던 회색 구름은 녹아서 사라졌다. 더위가 어찌나 심한지 해리는 화장실에 가려고 텍사코 주유소에 차를 세우고 내렸다가 더위에 짜부라질 것 같아 무서운 기분이 든다. 도망칠 길이 없기 때문이다. 남극의 눈처럼 더위는 심지어 남자화장실 안까지 살랑살랑 들어온다. 더위에 습기가 배어 있는 것은 펜실베이니아의 여름과 같지만, 이곳의 더위는 그보다 더 이글 거리는 분노에 차 있다. 길은 넓지만 신호등이 있고, 탈색된 농경지로 이어진 길들이 여기저기서 갈라져나간다. 작은 도시들이 휙휙 지나간 다. 웨일스호수, 프로스트프루프, 에이번공원, 세브링. 해안과 아파트 와 낚싯배들과 한참 떨어진 이곳 사람들이 어떻게 생활하는지 궁금해 진다. 그들은 브루어 사람들과 마찬가지로 아침에 일어나 일터로 나간 다. 다만 모든 것이 태양 때문에 납작하게 짜부라져 있는 것이 다를 뿐 이다. 이들은 어쩌다 여기까지 왔을까. 세상의 끝과 이토록 가까운 이 모래 구덩이까지. 공기 중의 이산화탄소 때문에 남극의 얼음이 녹으면 서 해수면이 조금만 높아지면 이곳은 그냥 쓸려나갈 것이다. 굵은 연 기기둥이 그의 왼편에 나타난다. 세미놀 보호구역 쪽인데, 굵고 유독 하다. 재난이다. 원자폭탄이다. 그가 음악에 얽힌 추억에 빠져 허우적 거리는 동안 선전포고가 이루어졌다. 그는 산불을 만날지도 모른다고 각오하지만 아무 일도 벌어지지 않는다. 연기기둥은 그의 왼편에서 서 서히 뒤로 물러난다. 그것이 무엇이었는지 그는 결코 알 수 없을 것이 다. 쓰레기 투기장이었을 가능성이 높다. 오랫동안 앉아 있었기 때문 에 해리는 온몸이 쑤셔서 니트로글리세린을 한 알 먹는다. 그 약이 긴 장한 속을 느슨하게 풀어주고, 간지러운 느낌과 함께 조금 원기를 주 기 때문이다.

집들이 점점 줄어들면서 땅도 빈약해진다. 마을들은 플래시드호수 니 비너스니 올드비너스니 팜데일이니 하는 웃기는 이름을 달고 있다. 팜데일을 막 지나서 다른 곳도 아니고 이곳의 주도이지만 사실은 아무것도 없는 해리스버그에서 피시이팅개울을 건너면 곧바로 29번 도로가 나온다. 이 좁은 길이 어쩌나 평탄하고 똑바르게 뻗어 있는지 몇 킬로미터 앞까지 훤히 보일 지경이다. 트럭들은 바퀴가 아지랑이에 잠긴 채 달려들고, 픽업트럭을 모는 시골 농부들은 이렇다 할 신호도 없이 추월하려고 백미러 속으로 밀고 들어온다. 수렁 같은 느낌, 라디오방송 신호조차 사라질 만큼 문명과 동떨어져 있다는 느낌이 주위에 가득하다. 신호가 완전히 사라지기 전에 마지막으로 들려온 추억의 노래는 코니 보스웰이라는 사람의 것이었다. 래빗의 시대보다 한참 이전 세대인 그는 발음이 완전치 않은 슬픈 목소리로 〈그렇지 않다고 말해요〉를 불렀다. 마치 노래를 듣고 있는 사람에게 직접 말을 걸듯이 조용한 목소리였다. "당신에게 새로운 사람이 생겼군요오오오." 밴드의 반주는 옛날에 야자수 화분이 가득한 호텔 로비에서 흘러나오던 음악처럼 부드럽고 이렇다 할 알맹이가 없었다. 20년대 분위기. 그때는 사람들의 삶이 힘들었지만 흡연이나 음주나 콜레스테롤을 걱정할 필요가 없었다. 그냥 하고 싶은 대로 하면 되었다. "그렇지 않다고 말해요오오." 그는 눈물이 날 것 같다. 여가수의 목소리가 너무나 진실하고, 정말로 상처 입은 것 같기 때문에. 그건 그렇고, 재니스는 무슨 꿍꿍이인 걸까? 이제 곧 알게 될 것이다.

29번 도로는 영원히 끝나지 않을 것 같다. 늪지의 물이 차 있는 도랑과 뻣뻣한 회색 식물들 사이로 뻗어 있는 이 길은 마침내 러벨에서 80번 도로와 만나 컬루사해치 바로 남쪽에서 서쪽으로 흐른다. 그러면 이제 집에 거의 다 온 것이다. 사우스웨스트 플로리다 지역공항이라는 표지판이 보이고, 머리 위에서 비행기들의 나직한 굉음이 들린다. 만약 그가 USS 빈센스호라면 앞유리창을 통해 그 비행기들을 격추시킬 수도 있을 것 같다. 향수 때문에, 플로리다의 분위기에 다시 젖고 싶어서, 그는 75번 주간 고속도로를 지나 41번 도로로 계속 달린다. 스타빙 마빈. 유니버설 의수. 슈퍼 행원. 스타라이트모텔. 그와 재니스는 결혼한 지 십삼 년이나 된 부부인데도 불륜 커플처럼 모텔에 묵은 적이 있다. 13은 불길한 숫자지만 두 사람은 그것을 이겨냈다. 올해는 결혼 삼십삼 년째다. 처음 썹을 한 지 삼십사 년이 흐른 것이다. 옛날 크롤스에 다닐 때 그는 재니스가 결국 돈주머니가 될 것이라고는 전혀 생각지 못했다. 그때 재니스는 견과류 카운터를 지키는 한심한 얼간이로만 보였다. 갈색 작업복에 '잰'이라는 이름이 자수로 찍혀 있고, 약간 섹시하고 불안한 분위기를 풍기는 여자. 엘비라처럼 안정감 있고 독립적인 여자는 십중팔구 섹스에 별로 흥미가 없겠지만 잰은 달랐다. 그녀는 그가 예전에 차 안에서 메리 앤에게 했던 것처럼 그녀를 공략하자 깜짝 놀랐다. 다만 이번에는 침대 위라는 점이 다를 뿐이었다. 어머니는 잰을 마음에 들어하지 않았다. 부엌에서 손에 세제를 묻힌 채로 어머니는 프레드 스프링어가 중고차를 팔면서 사기를 치는 인간이라고 말하곤 했다. 그런데 이제 스프링어 모터스는 완전히 결딴이 났다. 크롤스와 똑같이 버려지는 신세가 된 것이다. 세상에 신성한 것은 하나도 없다.

해리는 41번 도로를 벗어나야 하는 지점에 다다른다. 팜파스그래스의 깃털 같은 이파리들, 휘어진 도로를 따라 꽃을 피우고 있는 덤불들이 이맘때쯤에는 평소와 달리 화려하게 보인다. 전에는 이 시기에 여기 남쪽에 내려와본 적이 없었다. 집집마다 진입로에 서 있는 자동차

수가 줄어 있고, 커튼이 내려진 집도 많아서 빈 마을처럼 보인다. 인도
도 여느 때보다 인적이 드문 것 같고, 러시아워인데도 차량이 그리 많
지 않다. 주위에 막처럼 드리워진 늦은 오후의 분위기는 은제품에 생
긴 얼룩 같다. 핀도팜 불러바드에 차에 치여 납작해진 아르마딜로의
사체가 하나도 보이지 않는다. 발할라 빌리지 출입구를 지키는 경비원
은 호리호리한 몸매에 안경을 낀 흑인으로 해리가 처음 보는 친구다.
그도 해리의 얼굴을 모르지만 입주민 명단에서 그의 이름을 확인하고
는 웃음기 하나 없는 얼굴로 손을 흔들어 그를 통과시킨다. 아주 유능
하게 일하는 모습을 보니 십중팔구 대졸인 것 같다. 이 일을 하기에 지
나치게 차고 넘치는 자격을 갖춘 것이다.

　B동 안쪽 출입구에서 암호를 눌렀지만 문이 열리지 않는다. 평생 외
워야 하는 숫자가 워낙 많았기 때문에 그가 착각한 것인지도 모른다.
하지만 세 번이나 시도했어도 문이 열리지 않자 그는 자신의 실수가
아니라 암호가 바뀐 것 같다는 생각이 든다. 그래서 사흘이 넘게 가속
페달을 밟은 탓에 뻣뻣해진 오른쪽 다리를 절룩거리며 눈부신 더위 속
에서 잔디가 카펫처럼 깔린 교통섬과 아스팔트를 가로지른다. 반쯤은
잊고 있던 열대의 향기들, 히비스커스, 부겐빌레아, 마른 야자잎, 이파
리가 널찍하고 퍼석퍼석한 세인트오거스틴 풀 등의 냄새가 확 몰려온
다. 그는 새 암호를 물어보려고 C동에 있는 관리실로 향한다.

　사무실에서는 북쪽에 있는 여름 주소지로 통보했다고 말한다. 그래
서 그가 그들에게 말한다. "아내가 그 편지를 찢어버렸거나 잃어버린
모양이에요." 사람들에게 이야기하는 자신의 목소리가 또 이상하게 갈
라진 것처럼 들린다. 자기 몸에서 1미터 남짓 떨어진 곳에서 들려오

는 것 같다. 자동차로 음악을 들을 때 가끔 사람을 놀라게 하는, 한쪽 스피커에서만 나오는 에코나 코러스 소리 같다. 해리는 자동차 밖으로 나온 자신이 서투르고 약해진 것 같다. 껍데기를 잃어버린 바다우렁이. 돌아오는 길에 클럽 나인틴을 들여다보니 안팎의 모든 테이블에 손님이 하나도 없어서 그는 깜짝 놀란다. 하지만 첫번째 티의 점점 길어지는 그림자 속에서 포섬을 치려고 기다리는 팀이 두 개쯤 있다. 이 시기에는 한낮에 골프를 치는 사람이 없는 모양이다.

엘리베이터의 식별기에 꽂혀 있는 카드 색도 전과 다르다. 복숭아색 복도에서 나는 방향제 냄새도 달라져서 향수를 불러일으키는 레모네이드 냄새가 희미하게 배어 있다. 413호의 문은 쉽게 열린다. 그가 가진 열쇠 두 개가 물결 모양의 구멍에 긁히는 소리를 내며 들어가 자물쇠를 돌린다. 얼굴에 거미줄이 걸려서 치워야 하는 상황도 아니고, 카펫 위에서 털 많고 커다란 갈색 거미들이 허둥지둥 도망치는 것도 아니다. 그는 요즘 온갖 오싹한 것들을 곧잘 상상하게 되었다. 아파트는 여느 때의 모습 그대로지만 원래 모습을 재현해놓은 것처럼 절대적인 정적에 묻혀 있다. 뒤편이 훤히 들여다보이는 선반, 재니스가 작고 하얀 조개껍질로 만든 새들과 꽃들, 장모의 거실에 있던 커다란 초록색 유리 달걀, 아마 빛깔의 사각 소파, 가짜 대나무 책상, 회녹색으로 꺼져 있는 텔레비전 화면. 굳이 이곳을 어지럽히거나 강도짓을 하려고 들어온 사람이 없었던 모양이다. 일종의 냉대를 당한 것이다. 해리는 여행가방 두 개를 침실에 옮겨놓고 발코니로 통하는 미닫이문을 연다. 자신의 발소리가 침묵 속에 깊은 자국을 낸다. 비난의 기운이 전기처럼 탁한 공기 속에 배어 있다. 이 아파트는 아직 그를 기다리고 있지 않았다. 그가 일찍 온 것이다. 그렇게 먼 거리를 달려와서 마침내 도착한 탓인지 모든 것이 원래 모습보다 더 커 보인다. 핀의 머리를 현미경으로 보면 구멍이 숭숭 뚫린 것처럼 보이는데 지금 느낌이 바로 그렇다. 아파트 전체, 이 안의 가구들, 물색 캐비닛, 포마이카 조리대 상판, 문틀과 굽도리널의 각도 등 모든 것이 래빗의 눈에는 찰랑찰랑 넘칠 것 같은 공포를 가둬두기 위해 공들여 망치질을 해서 단단히 붙여둔 구조물 같다.

하얀 전화기가 벨을 울려댈 때를 기다리며 앉아 있다. 수화기를 들어보지만 신호음이 들리지 않는다. 하느님이 통화중이다. 집을 비우면서 전화를 끊어놓은 것이다. 오늘은 일요일이고 내일은 노동절이다. 옛날부터 잘 알고 있는 수수께끼 하나. 전화기 없이 전화회사에 어떻게 전화를 걸지?

하지만 전화를 연결했는데도 벨이 울리지 않는다. 하루하루가 아무것도 없이 지나간다. 옆집 골드 부부는 프레이밍햄에 돌아가 있다. 버니 드렉셀과 펀 드렉셀 부부는 저기 북쪽에서 두 딸의 집을 오가고 있다. 딸 하나는 웨스트체스터 카운티에 살고 다른 딸은 아직 퀸스에 산다. 프린스턴에 좋은 집을 갖고 있는 아들도 있고, 매너호킨에는 그들 부부의 오두막도 있다. 실버스틴 부부는 4월부터 11월까지 노스캐롤라이나에 있는 집에서 보낸다. 언젠가 해리가 왜 틸리도로 돌아가지 않느냐고 에드에게 물었더니, 그는 그 잘난 척하는 표정으로 눈을 가늘게 뜨고 그를 바라보며 이렇게 물었다. "털리도에 가봤어?" 발할라의 식당도 으스스하다. 테이블들은 비어 있고, 은식기가 도자기 그릇에 부딪히는 소리가 울린다. 빙고 게임은 일주일에 한 번뿐이다. 골프장에는 아침 일찍 포섬을 치는 사람들이 나와서 소란스럽게 굴며 해리를 깨운다. 달이 아직 환히 떠 있는 시각인데도. 젊은 남자들, 그러니까 여기 딜리언의 회사원들이 오프시즌의 할인 회원권을 사서 골프를 치러 오는 것이다. 열시부터 대략 네시까지는 페어웨이가 섭씨 30도를 넘는 더위에 달궈져서 인적이 끊긴다. 길 잃은 개들이 페어웨이를 가로질러 뛰어가거나 고양이들이 모래 구덩이에서 바닥을 긁어댈 뿐이다. 어느 날 아침 해리는 카트를 타고 움직이면 되겠다는 생각에 용기를 내서 골프를 쳐볼까 하고 나가봤지만 프로숍에 있던 그의 골프화가 사라지고 없다. 프로와 프로의 조수가 모두 10월 말에야 문을 닫는 북부의 컨트리클럽에 가 있기 때문에 카운터를 지키고 있는 어린 녀석은 골프화가 어디 있기는 할 텐데 이 시기에는 물건을 정리하는 체계가 달라져서 찾을 수가 없다고 말한다.

사층에서 어딘가로 떠나지 않은 사람은 402호의 미친 여자 재브리츠키 부인밖에 없는 것 같다. 과부인 그녀는 제멋대로 뻗친 흰머리를 낡은 거북 껍데기 빗 두 개로 고정시켜두었지만 오히려 혼란만 가중시켰을 뿐이다. 골드 부부에게서 들은 이야기에 따르면, 그녀는 어렸을 때 강제수용소에 갇혔다가 살아남았다고 한다. 그녀는 아직 여기 있는 당신도 미친 것 아니냐고 말하듯이 해리를 바라본다.

어느 날 해리는 그녀에게 사정을 설명한다. 엘리베이터에서 마주친 그녀가 자신을 이상한 표정으로 바라보고 있기 때문이다. "올해는 일

찍 이리로 돌아오고 싶다는 충동이 갑자기 들었어요. 아내는 부동산중
개업을 막 시작하는 참이라 나는 집에 있는 게 심심해졌거든요."

재브리츠키 부인은 목이 사라진 작은 머리를 돌려 자신의 어깨를 비
스듬히 바라본다. 마치 눈에 보이지 않는 전화기를 어깨와 귀 사이에
끼워놓은 것 같은 자세다. 부인은 분노에 찬 표정으로 그를 노려보며
단정한 타원형 모양의 긴 의치를 드러낸다. 그 모습을 보니 올여름 사
방에 붙어 있는 배트맨 로고가 생각난다. 눈은 혈관이 드러나서 벌겋
게 충혈돼 있고, 앙상한 눈 뼈 속에 뜨겁고 둥글게 파묻혀 있다. 라일
처럼 점점 시들어가는 모습이다. "지옥 같아요." 이 자그마한 노부인
이 선언하듯 말한다. 입술이 뻣뻣하게 움직이는 것은 이가 드러나지
않게 하기 위해서다.

"뭐라고요?"

"날씨가." 부인이 말한다. "댁의 부인은……" 그녀는 말을 멈추고
입술만 오물거린다.

"제 아내요?" 래빗은 고함을 지르고 싶은 것을 참느라고 애쓴다. 비
록 힘들게 고개를 외로 꼬고 있지만, 부인의 청력에 문제가 있는 것 같
지는 않다.

"자그맣고 귀엽죠." 부인이 말을 끝맺는다. 하지만 화난 표정이다. 무
스를 바른 채 그대로 내버려둔 것처럼 머리카락이 부스스하게 서 있다.

"아내도 곧 내려올 거예요." 그는 하마터면 소리를 지를 뻔한다. 이
난쟁이 여자의 뒤틀리고 정신 나간 행동 못지않게 자신의 비밀과 희망
섞인 거짓말도 당황스럽다. 메리 앤과 재니스와 루스의 통통하고 비
단결 같은 몸과 페기 포스나트의 사팔뜨기 눈과 질의 사춘기 소녀 같

은 가슴과 약에 취한 유순함과 검은 관에 들어간 셸마와 어둠 속에서 꽃을 피운 거친 거리처럼 흐릿하게 빛나던 프루를 거쳐 결국 그가 맞닥뜨린 것이 바로 이런 여자다. 가래가 낀 것 같은 목소리의 지친 텍사스 창녀, 그리고 그가 평생 두번째로 돈을 주고 안은 또다른 여자는 말할 것도 없다. 그가 아주 가끔 한 번씩 떠올리는 그 여자는 베리티인쇄소에 다닐 때 브루어 폴리시아메리칸 클럽에서 놀다가 만났는데, 비쩍 말랐고, 감기에 걸려 있었으며, 브래지어와 스웨터를 끝내 벗지 않았다. 구석진 방의 매트리스 위에서 죄수처럼 기다리고 있던 그녀는 나이가 어렸으며, 감기 기운 때문에 배와 허벅지에 땀이 배어 있었지만 피부가 순수하고 하얘서 골반뼈 주위에 연한 하늘색 혈관이 드러나 있었다. 그녀의 보지에서는 검은 고사리 같은 털들이 구식의 자연스러운 삼각형을 이룬 채 꽃을 피우고 있었다. 요즘 야한 잡지에 실리는 여자들처럼 수영복을 입기 위해 양쪽 가장자리 털을 깎아내지 않은 모습이었다. 그 여자를 만나려면 문 앞에 서 있는 남자에게 돈을 지불해야 했다. 십 분에 10달러. 면도를 한 지 조금 된 것처럼 보이는 그 남자는 아마도 그 여자의 오빠인 것 같았다. 아니면 아버지일 수도 있었다. 클럽 이름 때문에 그는 여자가 폴란드계일 것이라고 짐작했다. 나이는 열여덟 살쯤이었을 것이다. 재브리츠키 부인도 강제수용소에서 나왔을 때 그 나이쯤이었을 것이다. 피부가 매끄럽고 몸이 나긋나긋한 어린 생존자. 세월이 사람을 이렇게 바꿔놓다니. 부인의 얼굴에는 얼기설기 고랑이 파여서 피부가 체커판 같다.

"부인은 좀 있다가 와야죠." 재브리츠키 부인이 말한다.

"아내에게 그 말씀을 전해줄게요." 해리는 부인이 여자고 자신은 남자며 지금 둘 다 제정신이 아니고 고독한 상태이고 올록볼록한 벽지에서 은색 선이 반짝이는 긴 복숭아색 길 같은 복도에서 문 몇 개를 사이에 두고 살고 있다는 무언의 사실이 발휘하는 자력에서 벗어나려고 애쓰며 큰 소리로 말한다. 그의 인생은 처음부터 끝까지 여자들의 몸을 향한 여행이었던 것 같다. 그러니 지금 그 여행이 끝나야 할 이유가 없지 않은가? 전쟁이 끝났을 때 부인의 나이가 열여덟 살이었다면, 그는 열두 살이었다. 부인이 여섯 살 연상인 것이다. 예순두 살. 나쁘지 않다. 아직 조금은 기분을 낼 수 있다. 뷰 골드는 이보다 나이가 많은데도 섹시하다.

그는 텔레비전을 보려고 애쓰지만 진정할 수가 없다. 끝물에 다다른 여름 재방송 프로그램들이 그다지 새로워 보이지 않는 새 프로그램들의 프리뷰와 뒤섞여 있다. 가족 이야기, 인위적으로 삽입된 웃음소리, 어릿광대 같은 인물의 등장, 〈코스비 가족〉처럼 뒤쪽에 계단이 있고 삼면에 벽이 있는 거실 세트, 오른쪽에 있는 출입문을 통해 사람 좋고 코믹한 조부모들이 선물과 문제를 안고 등장한다. 〈코스비 가족〉에서는 문이 오른쪽에 있고, 〈로잰〉에서는 왼쪽에 있다. 뚱뚱한 남편도 심혈관 질환을 앓게 될 것이다. 텔레비전 속의 가족들과 자신의 가족들은 서로 구분하기 힘들 만큼 흡사하다. 다만 자신의 가족들은 육 분마다 한 번씩 광고의 방해를 받지 않고 텔레비전 속의 가족들은 아무 일도 일어나지 않는 허무함이라는 수렁 속으로 끌려들어가지 않는다는 점이 다를 뿐이다. 우스운 일도 없고, 어릿광대 같은 손님도 없고, 거짓 웃음소리가 빵 터지지도 않는다. 지루함과 길을 잃은 느낌 외에는 아무것도 없다. 특히 아침에 눈을 떴는데 달이 아직 빛나고 있고 골프장 첫번째 티에서 남자들이 시끄럽게 내기를 걸고 있을 때는 더욱 그렇다.

처음에 그는 재니스가 목요일에 전화가 연결될 때까지 나흘 동안 그와 연락하려고 너무 애쓴 나머지 전화번호에 대한 신뢰를 잃어버린 것 같다고 생각한다. 그다음에는 재니스의 침묵을 확실한 선언으로 받아들이기 시작한다. 난 당신을 절대 용서하지 않을 거야. 좋다. 그런다고 그가 먼저 전화하는 것은 말도 안 되는 일이다. 얼간이 같으니. 돈만 많은 년. 게다가 일하는 여자라니. 찰리가 소개해준 회계사나 변호사들과 함께 다른 사람들의 삶을 주무르다보니 자기가 아주 끝내주게 대단한 사람이라도 된 줄 아는 모양이지만 해리는 그녀가 너무 취해서 소변을 보러 욕실까지 가는 것도 못하던 모습을 알고 있다. 몇 번은 해리가 마음이 약해져서 충동적으로, 대개 네시나 다섯시쯤, 그러니까 골프 게임이 다시 시작되는 소리를 견딜 수가 없고 저녁식사까지는 아직 몇 시간이나 남아 있는 시각에 펜파크에 있는 석회암 주택의 전화벨을 울리고 또 울리지만 아무도 전화를 받지 않는다. 그는 어떤 의미에서는 안도감을 느끼며 전화를 끊는다. 아무것도 없는 허무에는 순수함이 있다. 달리기와 같다. 그는 재니스에게 자신에게 아직 힘이 좀 남아 있음을 보여주었고, 재니스는 그에게 자기도 고집을 부릴 수 있음을 보여주고 있다. 그는 재니스의 침묵에 겁을 먹는다. 혹시 재니스가 넬슨의 집이나 아니면 찰리와 함께 간 베트남 식당에서 술을 너무 많이 마셔서 욕조에 빠지거나 캠리를 몰다가 도로를 벗어나는 사고를 당했는데 자신은 모르고 있는 것이 아닌가 하는 생각들을 애써 몰아낸다. 이십 년 전 윌크스배러 출신의 그 여자처럼 자동차 뒷좌석에 탄 채로 물에 빠져 죽은 재니스를 경찰 잠수부들이 찾아내는 모습도 떠오른다.

아니, 그랬다면 그에게 연락이 왔을 것이다. 무슨 일이 있었다면 누군 가가 그에게 전화를 했을 것이다. 넬슨이든 찰리든 부지의 베니든. 아 직도 부지가 그대로 있는지는 모르겠지만. 이곳 남쪽에서 하루하루가 지날수록 펜실베이니아의 일들이 더욱 멀게 느껴진다. 텅 빈 아파트에 서 나란히 뻗어 있는 페어웨이들 너머 스페인식 기와를 올린 지붕들이 황야처럼 뻗어 있는 풍경이 하나같이 내다보이는 방들을 돌아다니고 있으려니 그는 자신의 삶 전체가 현실이 아니었던 것처럼 느껴진다. 텔레비전 드라마 속의 삶과 같다. 이제는 그 삶을 진지한 현실로 만들 기에, 이 땅의 중심부를 향해 손을 뻗어 진정한 삶을 끌어내기에 너무 늦어버렸다.

이맘때 이곳의 분위기에는 폭력이 가득하다. 마치 원주민들이 겨울 에는 얌전히 숨을 죽이고 있었던 것 같다. 허리케인 경고(허리케인 개브 리엘이 강한 펀치를 날리고 있습니다), 자동차 정면 충돌사고, 퍼블릭스에 복면을 하고 들어온 강도들. 노동절 다음날, 연습을 마치고 운동장을 나서던 젊은 미식축구선수가 번개에 맞아 죽는다. 보도에 따르면, 플 로리다는 낙뢰로 인한 사망자 수가 그 어떤 주보다 많다. 케이프코럴 에서는 히스패닉 경찰관이 기르던 코커스패니얼을 쇠지레로 때려죽인 혐의로 기소된다. 바다거북들이 새우잡이 그물에 걸려 수천 마리씩 죽 어나간다. 어머니 입에서조차 찰스 맨슨과 닮았다는 말을 듣는 페티라 는 살인범이 정신감정 결과 정상이라는 판정을 받는다. 디온 샌더스는 여전히 포트마이어스 〈뉴스 프레스〉의 1면을 장식하고 있다. 어느 날 은 그가 양키스 팀을 위해 4타점 1홈런을 기록했다는 기사가 실리고, 그다음날은 그가 애틀랜타 팰컨스에서 미식축구선수로 뛰는 조건으로 수백만 달러 계약에 서명했다는 기사가 실리고, 또 다음날은 그가 지난 크리스마스 때 쇼핑몰에서 구타한 순경 보조가 그에게 소송을 제기했다는 기사가 실린다. 일요일에는 팰컨스 경기에서 그가 펀트리턴에 실패했지만 그래도 터치다운을 성공시켰다는 소식이 실린다. 같은 주에 프로경기에서 홈런과 터치다운을 모두 기록한 사람은 인류역사상 그가 유일하다.

디온의
재능은 최고

즐길 수 있을 때 그 재능을 즐겨야겠지. 그는 자신을 '황금시간대'라고 부르며, 언제나 선글라스와 금목걸이를 걸친 모습으로 텔레비전 뉴스에 나온다. 래빗은 US 테니스 오픈 결승전에서 대형 선수 베커가 렌들을 물리치는 것을 지켜보고 우울해진다. 렌들은 이제 겨우 스물여덟 살인데도 늙고 지치고 앙상해 보였다.

그는 아무와도 이야기를 나누지 않는다. 가끔 복도에서 만나는 재브리츠키 부인이나 식료품과 면도칼과 화장지를 사러 나갔을 때 만나는 십대 플로리다크래커 판매원이나 발할라의 식당에서 반드시 다른 사람들과 가벼운 잡담을 나눠야 한다는 의무감을 느끼는 다른 은퇴자들만이 예외다. 그들은 언제나 재니스에 대해 묻기 때문에 점점 난처해져서 그는 아파트에서 나가지 않고 냉동식품을 데워 먹으며 뭔가 시간을 보낼 만한 것을 찾으려고 케이블 채널을 샅샅이 뒤지는 시간이 늘어난다. 고독 속에서 그의 심장이 말동무가 되어준다. 그는 심장소리에 귀를 기울이며 그 메시지를 해독하려고 애쓴다. 시간에 따라 심장의 리듬이 다르다. 아침에는 마치 물속에 잠겨 있는 것처럼 느릿느릿 뛰고, 저녁이 가까워져서 심장이 피로와 흥분을 동시에 느낄 때는 첫 번째 박자에 강세가 있고 그뒤에 꾸밈음이 덧붙여지며 간혹 박자를 건너뛰거나 잠시 침묵하는 등 까불어대는 느낌이 난다. 아침에 침대에서 일어날 때는 쑤시듯이 아프고, 잠자리에 다시 누울 때도 역시 쑤시듯이 아프다. 그가 이렇게 이도저도 아닌 상황을 자초한 자신을 심하게 몰아세울 때도 마찬가지다. 그는 그날 밤 스프링어의 집으로 가서 당당히 비난을 받을 수도 있었다. 하지만 남자가 받아들일 수 있는 비판은 과연 어느 정도인가? 그와 프루가 같이 잔 건 사실이다. 딱 한 번. 우리가 애당초 이 세상에 태어난 이유가 무엇인가? 여자들은 남자들이 여자의 가슴과 엉덩이밖에 보지 않는다고 불평하지만 그럼 그것 말고 무엇을 보란 말인가? 우리는 가슴과 엉덩이에 끌리게 프로그램되어 있다. 비록 슬림이나 라일 같은 남자들의 프로그램에서는 가슴이 빠져 있지만. 그가 아는 것이 하나 있다면, 만약 자신의 삶 중 일부를 포기해야 하는 상황이 되더라도 섹만은 절대로 포기하지 않을 것이라는 점이다. 콧물을 훌쩍거리던 폴리시아메리칸 클럽의 그 여자라도. 그녀는 그와 함께 있는 동안 채 두 마디도 하지 않았으며, 그가 그녀의 몸 위에 올라타 있는 중에도 손수건으로 콧물을 닦았다. 그래도 그녀는 그에게 뭔가를, 한창 꽃을 피우는 수풀을 보여주고 그를 받아들였다. 그 중요한 부분으로. 사람들이 우리에게 감사하라고 말하는 다른 것들 중에는 중요하지 않은 것이 많다. 그는 깊숙한 고리버들 의자에서 분노하며 일어선다. 셸리 롱이 사라진 〈치어스〉는 이제 참고 봐줄 수가 없다. 등장인물들 중 눈썹이 크로마뇽인처럼 생긴 남자는 처음부터 마음에 들지 않았다. 그는 키스톤 콘칩을 더 가져오려고 부엌으로 들어간다. 여기 남쪽에서는 이 콘칩을 구하기가 쉽지 않지만, 핀도팜 불러바드의 윈딕시에 가면 살 수 있다. 해리의 심장이 우아하게 살짝 달리며 그에게 속내를 털어놓는다. 옛날 스윙 음악의 섬세한 드럼 연주 부분과 비슷하다. 드러머들은 드럼 중심부는 물론 테도 두드려가며 연주하다가 마무리로 실크해트를 휙 벗어서 사람들을 열광시켰다. 그의 추억의 음악이다. 심장이 이런 상태가 되면 그는 흥분해서 가슴에 뭔가가 가득찬 것 같은 느낌으로 서두른다. 아프지는 않다. 그냥 그런 느낌이 막연히 느껴질 뿐이다. 그가 별로 생각하고 싶지 않은 몸속의 문제 덩어리가 그 느낌을 둘러싸고 있는 것 같다. 예전에 레어로 구운 로스트비프가 도무지 마음에 들지 않았듯이 이 덩어리도 생각하고 싶지 않다. 지금은 피자헛으로 변한 111번 도로의 척 왜건에서 예전에 포장 판매용 서브머린 샌드위치에 그런 고기를 끼워 팔았다. 조금이라도 갑작스레 몸을 움직이면 갑자기 피가 확 쏠리면서 놀란 머리가 한쪽으로 기울어지는 느낌이 나고, 그러면 순간적으로 한쪽 다리가 짧아진 것 같은 기분이 든다. 통증은 그의 상상일 수도 있지만, 갈비뼈를 둘러싼 띠들이 몸을 조이는 것 같은 느낌, 누가 몸안에서 띠를 꿰매 붙인 것 같은 느낌은 점점 더 화끈거리며 깊어지는 것 같다. 마치 그 띠를 꿰맨 실이 점점 더 굵어지면서 빨갛고 뜨겁게 달아오르는 듯하다. 밤에 불을 끄면 하나뿐인 베개에 머리가 푹 잠기는 것 같은 느낌이 싫다. 머리가 베개에 난 구멍 속으로 가라앉는 것 같다. 그렇다고 숨쉬기가 힘들어지는 것은 아니지만, 베개 두 개를 겹쳐 베고 천장을 바라보며 누워 있으면 몸이 조금 더 편해지고, 가슴이 갑갑한 느낌도 덜하다. 옆으로 돌아눕는 것은 가능하지만, 침대 가장자리 너머로 발을 내밀고 엎드려 자던 옛날 버릇은 불가능해졌다. 반쯤 죽은 보라색 생각들이 꿈틀거리며 둥지를 틀어서 그는 얼굴을 파묻는 것을 참을 수 없다. 알고 보니 세상에는 수많은 괴물이 있다. 재니스의 따뜻하고 작고 탄탄한 몸이, 비록 가끔은 코를 골고 방귀를 뀔지라도, 그동안 그런 괴물들로부터 그를 보호해주고 있었다. 지금은 그녀가 없으니 그는 심장과 함께 잠든다. 자다가 깼을 때, 또는 아이들이 골프장 울타리를 기어올라 달빛을 받고 있는 텅 빈 골프장을 향해 고함을 질러댈 때, 딜리언 시내 어딘가에서 사이렌이 윙윙거릴 때, 북쪽에서 날아온 커다란 제트기가 사우스웨스트 플로리다 지역공항을 향해 특별히 낮게 날면서 공기를 뒤흔들 때 그는 심장이 박자를 가끔 놓치면서 빠르게 뛰는 소리에 귀를 기울인다. 라벤더 색깔의 빛 속에서 잠이 깬 그는 심장의 느린 박동에 이끌려 다시 무의식의 세계로 들어간다.

그의 꿈은 금지된 사탕처럼 맛있다. 그의 뇌세포 안에 보관되어 있는 옛날 일들이 강렬한 색깔과 사람들이 북적거리는 모습으로 재구성되어 나타난다. 한 번도 사용한 적이 없는 벽난로와 유목流木으로 받침대를 만든 램프가 있던 비스타 크레센트 26번지의 작은 거실 같은 방들, 나무로 만든 아이스박스가 있고 가스스토브의 푸른 불꽃이 젖꼭지 같고 도자기 식탁에는 오랫동안 닳은 자국이 있던 잭슨 로드 303호의 오래된 부엌. 새롭게 변형된 그 부엌에 북적거리는 사람들은 모두 나이가 이상하다. 눈두덩이에 초록색을 잔뜩 칠한 밈은 해리 남매가 어렸을 때의 어머니 나이고, 넬슨은 아주 작은 아이가 되어 스프링어 모터스의 기름때 긴 정비부에서 자동차 밑에 들어가 놀다가 미끄러지듯 빠져나온다. 얼룩이 묻은 얼굴 때문에 슬프고 아파 보인다. 마티 토세로와 루스도 보이고, 심지어 바보 마거릿 코스코도 있다. 삼십 년 동안 생각조차 해보지 않은 이름인데도 그의 뇌세포 속에 그녀의 이름이 들어 있었던 모양이다. 루스가 그의 옆에 앉고 마거릿이 토세로 옆에 앉았던 그날 밤 중국식당에서 그녀가 제대로 먹지 못한 도시인처럼 창백한 안색이었던 것도 분명히 기억에 남아 있다. 꿈속에서 토세로는 죽어가는 코뿔소처럼 하얗게 센 머리가 한쪽으로 기울어진 듯하고, 네 사람은 멋대로 왜곡된 바이킹 부조와 호화로운 샐러드바가 있는 발할라의 식당에서 식사를 하고 있다. 플라스틱 보호막 밑에 들어 있는 샐러드바의 접시들은 보석처럼 밝고 다양한 모습이며, 옛날 2월에 있는 그의 생일에 항상 선물로 받았던 크레욜라 크레용처럼 무지개색 순서로 배열되어 있다. 크레욜라의 크레용 상자는 이제 한 살을 더 먹었다는 멍한 느낌과 고드름을 뚫고 창문을 통해 들어오는 2월의 밝은 햇빛 속에서 왁스 냄새를 풍기는 뾰족한 머리들이 나란히 누워 있는 작은 스타디움이었다. 해리는 이런 꿈에서 마지못해 깨어난다. 축소된 모형 같은 꿈속의 모습들이 그에게 반드시 필요한 영양분이거나, 아니면 그가 다시 자신의 몸을 끼워넣어야 하는 훌륭한 기계라도 되는 것 같다. 투석기계에 몸을 맡겼던 가엾은 셀마가 생각난다. 그는 항상 엎드린 자세로 깨어난다. 머리가 맑아져서 현재를 재창조함에 따라 베니션블라인드의 휘어진 틈 사이로 평행선처럼 보이는 부드러운 회색의 새벽빛과 끈질기게 얼굴을 눌러대는 압력과 그가 살짝 열어둔 미닫이문의 틈새로 들어오는 서늘한 바닷바람이 확실히 느껴진 뒤에야 비로소 그의 고독이 다시 그를 갉아먹기 시작하고 심장이 그에게 말을 건다. 가끔은 심장이 그의 몸안에서 관심과 구조를 호소하는 아주 작은 생물, 아기처럼 보인다. 하지만 불길한 침입자, 암호를 중얼거리는 배신자, 그 무엇으로도 쫓아낼 수 없는 낯선 기생충처럼 보일 때도 있다. 통증도 점점 강해지는 적이 휘두르는 칼처럼 고의적이고 적대적으로 느껴진다.

그는 모리스 박사와 약속을 잡는다. 놀라울 정도로 빨리, 그러니까 이틀 뒤로 예약이 잡힌다. 이곳의 의사들은 서로 바삐 경쟁을 벌이고 있다. 의사가 너무 많기 때문이다. 골드러시로 광부들이 너무 많이 몰려든 것과 같다. 이맘때쯤에는 늙은 이주민들이 아직 북쪽에 머무르고 있기 때문이다. 41번 도로를 따라 서 있는 나직한 치장벽토 건물 안의 작은 병원들 중 한 곳이 모리스 박사의 병원이다. 대기실에서 끊이지 않고 흐르는 편안한 음악소리가 파도 소리처럼 들리는 바깥의 차량 소리와 섞인다. 의사는 지난번에 봤을 때보다 나이가 든 모습이다. 허리가 굽었고, 걸을 때도 발을 질질 끌며, 손가락 관절은 관절염에 걸렸다. 쪼그라든 턱도 깔끔하게 면도가 되지 않은 것 같다. 콧구멍 안에는 검은 털이 빽빽하다. 그의 아들인 젊은 톰은 매끈한 분홍색 피부의 사십대 중반으로 주근깨가 있는 두툼한 손을 해리에게 내민다. 그는 진한 황록색 골프바지 위에 하얀 가운을 입은 모습이다. 그는 바로 옆 사무실에 자기 병원을 갖고 있으며, 아버지의 병원을 물려받을 준비가 되어 있다. 하지만 아직은 늙은 아버지 의사가 환자들을 놓아주지 않는다. 해리는 자신의 복잡한 증상들을 애써 설명한다. 모리스 박사는 관절염에 걸린 손을 짜증스럽게 휙 움직여 그에게 진찰실을 가리킨다. 그리고 자기 팬티만 남기고 옷을 모두 벗게 하더니 몸무게를 재고는 쯧쯧 혀를 찬다. 그다음에는 그를 진찰대에 앉히고 청진기로 심장소리를 듣고 관절이 불거진 손으로 달래듯이 그의 벌거벗은 등을 톡톡 두드리더니 엄숙한 표정으로 말없이 해리의 양손을 잡는다. 그는 먼저 손톱을 살핀 다음 손을 뒤집어 손바닥을 살피고는 끙하는 소리를 낸다. 이렇게 가까이 있으니 그에게서 노인 특유의 슬프고 퀴퀴한 냄새가 난다.

"어떤가요?" 해리가 묻는다.

"운동은 얼마나 해요?"

"별로 안 해요. 여기로 내려온 뒤로는 안 했어요. 북쪽에서는 정원일을 조금 했고요. 골프를 치면 되지만 같이 칠 사람이 없어서요."

모리스 박사는 테 없는 안경 너머에서 그를 지그시 바라본다. 한때는 선명한 파란색이었을 그의 눈이 지금은 홍채에 빨려들어가버리기라도 했는지 아무 색이 없는 것처럼 보인다. 흰색과 불그스름한 갈색이 섞인 눈썹은 텁수룩하게 헝클어져 있고, 이마와 뺨에는 작은 검버섯과 혹이 흩어져 있다. 튀어나온 눈썹이 상대를 겨냥하는 포탑처럼 위로 올라간다. "걸으세요."

"걸어요?"

"기운차게. 하루에 몇 킬로미터씩. 요즘 어떤 음식을 먹죠?"

"아, 간단히 데워서 먹을 수 있는 음식이에요. 인스턴트식품이라고나 할까. 아내가 아직 북쪽에 있거든요. 여기 있을 때도 요리를 많이하는 편은 아니지만. 하지만 며느리는……"

"소금기 많은 과자 같은 걸 먹은 적 있어요?"

"뭐, 아주 가끔 한 번씩요."

"나트륨 섭취량을 조심해요. 간식이 먹고 싶다면 신선한 채소를 드세요. 식품 설명서를 잘 읽어보고요. 염분과 동물성 지방은 멀리해요. 전에도 다 했던 얘기 같은데." 그는 팔을 들어 기록을 확인한다. "구 개월 전 병원에 입원해 계실 때."

"한동안은 그대로 했어요. 지금도 그렇고요. 하지만 하루하루 더 편하게……"

"그래서 스스로 독을 먹고 있군요. 그러지 마세요. 게을러지면 안 됩니다. 그리고 몸무게도 18킬로그램쯤 줄이세요. 염분을 줄이면 그동안 빠져나가지 못한 수분이 줄어서 이 주 만에 4~5킬로그램이 빠질 겁니다. 혹시 전에 드린 식단표를 잃어버리셨다면 새 걸 하나 더 드리죠. 이제 옷을 입으셔도 됩니다."

의사는 해리가 지난번에 만났을 때보다 몸이 줄어들었다. 아니, 책상이 더 커진 건가. 그는 옷을 입고 책상 앞에 앉아 입을 연다. "통증은……"

"환경이 나아지면 통증도 완화될 겁니다. 선생의 심장은 지금 선생이 먹여주는 음식을 좋아하지 않아요. 최근 특별히 스트레스를 받은 적이 있습니까?"

"그렇지는 않은데요. 그냥 평범한 일들이죠. 집안 문제 두어 가지. 하지만 조금씩 해결되고 있는 것 같아요."

의사는 처방전을 쓰고 있다. "커뮤니티종합병원에 가서 혈액검사와 심전도검사를 받으세요. 그러고 나서 내가 올먼 박사와 상의하겠습니다. 검사 결과에 따라 카테터 시술을 다시 해야 할지도 몰라요."

"이런, 세상에. 또 하는 건 싫어요."

텁수룩한 눈썹이 또 위로 올라가고, 새침하고 건조한 입술이 안으로 말려들어간다. 영리하고 너그러워 보이는 유대인의 입술은 아니다. 그의 생각과 말에는 까다로운 스코틀랜드인다운 효율성이 엿보인다. 평생 어떻게 손쓸 도리도 없이 악화되어가는 환자들을 너무 많이 보았기 때문에 짜증을 내기 직전인 것 같기도 하다. "뭐가 싫다는 겁니까? 열감熱感이 고통스럽던가요?"

"그냥 느낌이 싫어서 그래요." 해리가 말한다. "그 망할 물건이 내 몸속에 들어와 있는 게. 생각만 해도 싫어요."

"그럼 관상동맥이 다시 좁아져서 목숨이 위험해지는 편이 더 좋은가요? 선생이 혈관성형술을 받은 지, 어디 보자, 거의 육 개월이 됐습니다." 모리스 박사는 힘겹게 그의 기록을 읽는다. "펜실베이니아주 브루어의 세인트조지프병원에서 받았군요."

"그 사람들이 나더러 지켜보라고 했어요." 해리가 말한다. "내 망할 놈의 심장을 텔레비전 화면으로 봤단 말입니다. 라이스크리스피 같은 게 가득 들어 있는 모습을."

스코틀랜드인다운 희미한 미소. 엉경퀴처럼 건조하다. "그게 그렇게 싫던가요?"

"그건······" 해리는 단어를 고른다. "모욕적이었어요." 사실 생각해보면 지금부터 그의 삶 전체가 모욕적으로 변할 가능성이 높다. 페이스메이커, 목발, 휠체어, 발기불능. 해리는 예전에 발할라의 라커룸에서 아주 나이가 많고 키가 큰 남자가, 누군가의 초대로 온 사람이었는지 그뒤로 다시는 보이지 않았는데, 어쨌든 그 남자가 샤워를 하고 나온 것을 본 적이 있다. 근육이 어찌나 쪼그라들었던지 뒤에서 보니 허벅지와 엉덩이가 구분되지 않아서 똥구멍이 다리 사이의 그 긴 공간 속으로 그냥 흘러내리는 것처럼 보였다. 양쪽 엉덩이의 살집도 사라져서 해리는 그 사이의 커다란 구멍에서 눈을 돌릴 수가 없었다.

모리스 박사가 떨리는 손으로 신중하게 서류철에 메모를 추가하고 있다. 그대로 시선을 들지 않은 채 그가 말한다. "요즘은 카테터 없이도 검사하는 방법이 많습니다. 정맥주사로 테크네튬 99를 주입해서 조사하는 방법은 심장근육의 급성 손상을 찾아낼 수 있죠. 심장초음파검사도 있습니다. 뭐가 됐든 무작정 서두르지는 않을 겁니다. 선생이 건강한 식이요법을 실천해서 어디까지 할 수 있는지 한번 보죠."

"좋습니다."

"사 주 뒤에 다시 오세요. 여기 혈액검사와 심전도 요청서가 있습니다. 밤에 드실 이완제와 이뇨제 처방전도 있고요. 다이어트 식단표도 잊지 말고 받아가세요. 걷기도. 격렬하게 걷지 마시고, 활기차게 걸으세요. 하루에 3~4킬로미터씩."

"그러죠." 래빗은 의자에서 일어서면서 말한다. 교장실에 불려갔다가 가벼운 꾸중만 듣고 물러나는 소년처럼 마음이 가볍다.

하지만 모리스 박사는 빨려나온 것 같은 그 늙은 푸른 눈을 그에게 고정시킨 채 이렇게 말한다. "혹시 직업이 있습니까? 여기 적혀 있는 정보에 따르면, 자동차 대리점을 운영하신다고 되어 있는데요."

"그건 없어졌습니다. 아들이 이어받았고, 아내는 내가 아들한테 방해가 되는 걸 싫어해요. 그 대리점은 장인이 세운 것이거든요. 아마 결국은 그 대리점을 처분하게 될 겁니다."

"그럼 취미는요?"

"글쎄요, 역사책을 많이 읽습니다. 일종의 팬이라고 해도 될 겁니다."

"그걸로는 부족해요. 사람은 직업이 필요합니다. 뭔가 할일이 필요해요. 몸에 가장 좋은 건 삶에 대한 건전한 흥미입니다. 무엇이든 흥미가 가는 걸 찾으세요. 그러면 심장이 말을 거는 일도 사라질 겁니다."

좋은 충고의 냄새만 맡고도 래빗은 반대편으로 도망치고 싶다는 생각이 든다. 그는 의자에서 마저 일어나 모리스 박사가 내민 여러 장의 서류를 받아 맹렬한 더위 속으로 나온다. 주차장에 나와 있는 소수의 사람들은 자기 그림자에서 올라오는 연기에 물들어 간신히 살아 있는 것 같은 모습이다. 셀리카에 올라탄 뒤 라디오를 틀었더니 디온 샌더스 이야기, 코크가 뉴욕 민주당의 예비선거에서 흑인에게 진 이야기, 리 카운티의 SAT 점수가 떨어진 이야기, 부시 대통령이 어제 텔레비전에 출연해서 미국 어린이들에게 호소한 이야기가 가득하다. "대통령은 하는 일이 없어요!" 전화를 걸어온 청취자가 고함을 지른다.

그렇지, 하는 일 없이 빈둥거리는 게 부시에게 효과가 있다면 그에게도 효과가 없으란 법이 없지 않은가. 조수석에서는 모리스 박사의 처방전과 검사 신청서, 복사한 다이어트 식단표 등이 차 안의 에어컨에서 나오는 산들바람에 허공으로 들려서 흩어지고 있다. 다른 방송국으로 주파수를 돌리자 필리스가 어젯밤에 2 대 1로 메츠를 이겼다는 소식이 나온다. 디키 손이 9회에 주자가 한 명 있는 상태에서 홈런을 치는 바람에 시즌 전에 상위권으로 예상되던 팀들이 예전의 하위팀인 시카고 컵스보다 다섯 경기 반 뒤지게 되었다. 해리는 관심을 가져보려고 애쓰지만 잘되지 않는다. 슈밋이 은퇴한 뒤부터 그렇다. 뭔가에 흥미를 가져보라는 충고가 있었지만, 사실 사람은 날이 갈수록 흥밋거리가 줄어든다. 그것이 자연의 법칙이다.

하지만 걷기를 시작하기는 한다. 심지어 팰메토팜 몰까지 차를 몰고 가서 나이키 워킹화도 한 켤레 산다. 첨단기술로 만든 특별한 에어쿠션이 발꿈치의 충격을 완화해주는 신발이다. 그는 아침식사를 하고 〈뉴스 프레스〉도 소화한 뒤 오전 아홉시에서 열시 사이에 집을 나선다. 그리고 네시에서 다섯시 사이에 한번 더 나갔다 온 뒤 낮잠을 좀 자고 저녁식사를 하고 텔레비전을 보고 책을 한두 쪽 읽고 걷기 덕분에 곤히 잠든다. 그는 딜리언을 탐험한다. 처음에는 발할라 빌리지에서 1.5킬로미터 이내에 있는, 나지막한 치장벽토 주택들이 있는 곡선 거리들을 걷는다. 울타리가 없는 앞마당에는 약간 키가 큰 강인한 풀들 뒤로 말라버린 야자수 이파리가 반쯤 숨겨져 있다. 플로리다의 느낌이 나는 이 광경 속에 아늑하고 말라빠진 플로리다의 냄새가 배어 있다. 소포를 배달하는 UPS 직원이나 짖어대는 작은 개(납작한 얼굴의 페키니즈로 길고 비단 같은 털에 리본이 묶여 있다)를 만나는 것은 화성에서 생명체를 찾아내는 것과 같은 일이다. 그렇게 걸으면서 새로 산 나이키 신발을 더욱 좋아하게 된 해리는(발꿈치의 에어쿠션이 처음에는 그냥 속임수라고 생각했지만 정말로 푹신한 느낌이 드는 것 같다) 시내와 강까지 거리를 넓힌다. 강가는 이 도시가 세미놀전쟁 때의 요새이자 가축과 면화를 배에 실어 보내는 곳으로서 처음 세워진 지점이기도 하다.

그는 해변과 초록색 유리의 호텔들에서 뒤편으로 몇 블록 떨어진 곳에 오래된 주택가가 있음을 알게 된다. 그림자를 늘어뜨린 크고 멋지고 부드러운 나무들, 떡갈나무와 고무나무와 버팀목에 몸을 지탱한 채 점점 번져나가고 있는 바니안나무 몇 그루가 목조주택들 위로 고개를 내밀고 있다. 집집마다 예전에는 하얀 페인트가 칠해져 있었겠지만 지금은 페인트가 벗겨져 회색 맨살이 드러나 있고, 창문은 미늘창이고, 지붕은 골함석이다. 이 주택들 안에서 음악소리가 흘러나온다. 직직거리는 소음이 섞인 라디오 음악이다. 언성을 높여 말다툼을 하는 사람들도 있고, 기뻐서 알아듣기 힘든 소리로 떠들어대는 사람들도 있다. 언뜻언뜻 들려오는 삶의 밝은 단면들이다. 인도는 포장이 되어 있지 않다. 고양이들이 다니면서 만들어놓은 것 같은 작은 통로 여러 개가 나무 사이로 비스듬히 사유지를 드나든다. 바싹 마른 풀이 여기저기에 무더기를 이루어 자라고, 단단히 다져진 흙바닥 위에는 꼬투리와 견과류가 어지럽게 흩어져 있다. 그 모습을 보니 그가 서배너를 벗어나려다가 실수로 들어가게 된 동네가 생각난다. 그가 어렸을 때 살았던 동네, 그러니까 대공황과 멀리서 벌어진 전쟁 시기의 마운트저지도 생각난다. 그때만 해도 사람들은 아직 포치에 나와서 앉아 있곤 했다. 빈 땅과 이상하게 생긴 옥수수밭도 있었다. 공장에서 일을 마치고 돌아온 남자들은 저녁에 마당 잔디밭에 물을 주었고, 농장을 떠나온 지 얼마 되지 않은 사람들은 뒷마당에 닭장을 만들고 닭을 키워서 푼돈을 받고 달걀을 팔았다. 닭들이 꼬꼬거리며 먹이를 쪼다가 갑자기 비명을 질러 댄다. 해리가 그 소리를 들어본 지도 사십 년이 흘렀다. 자신이 무엇을 그리워하고 있었는지 이제야 비로소 알 것 같다. 이 졸음에 겨운 동네, 그가 새로 발견한 이곳에 닭장들이 점점이 흩어져 있다.

늦여름의 햇볕이 강렬하게 내리쬐는 낮시간에는 돌아다니는 사람이 거의 없다. 유치원 아이들을 데리고 차에 오르거나 차에서 내리는 여자들이 보일 뿐이다. 그들이 자동차 문을 쾅하고 닫는 소리가 흙먼지 이는 곧은길을 따라 떡갈나무 아래로 멀리까지 퍼져나간다. 몇몇 길모퉁이에는 느슨한 남부 마을답게 맥주와 포도주까지 파는 식료품점들이 있다. 파스텔색 술집의 문을 밀고 들어가면 어두운 실내가 나오고, 비디오 대여점 창문에는 공포영화와 쿵후 영화 광고가 붙어 있다. 비디오 케이스의 색깔이 햇빛에 점점 탈색되고 있다. 어느 날 그는 구식 잡화점 앞을 지나간다. 미늘벽 판자로 된 일층짜리 건물 안의 그 상점은 순수하던 시절의 물건들, 그러니까 조립 완구, 비행기 조립 세트, 장기판, 공깃돌 등을 전시해놓았다. 이런 물건을 파는 곳이 아직도 있을 줄은 몰랐다. 그는 하마터면 안으로 들어갈 뻔했지만 감히 용기를 내지 못한다. 그의 피부가 너무 하얀 탓이다.

　늦은 오후가 다가와 그가 두번째 걷기에 나설 때쯤이면 동네가 숨을 쉬기 시작하고, 빠릿빠릿한 분위기가 만들어진다. 남자들과 소년들이 집으로 돌아오고, 래빗의 걸음도 더 활기차게 변해 그가 운동을 하러 나왔을 뿐 누구 집을 염탐하려는 게 아님을 걸음걸이로 보여준다. 이곳은 흑인 동네다. 이런 동네가 몇 킬로미터나 뻗어 있다. 과거 딜리언이 남부이던 시절의 유산으로 남은, 정체되어 있는 거대한 경제적 수렁. 흑인들은 호텔과 아파트에서 웨이터, 경비원, 청소부로 일하며 노동력을 제공한다. 해리에게 딜리언은 나이를 먹어 이곳으로 피난온 사람들이 모여 사는 화려한 마을이다. 이 동네가 거대한 비밀처럼 느껴진다. 나무 밑의 그림자가 점점 길어지고 하루종일 꼬꼬거리던 닭들도 점점 조용해지자 그의 감각이 더 넓어져 이 비밀을 제대로 포착하려고 한다. 키가 쥐똥나무 울타리와 비슷하던 때도 그는 속삭이는 것 같은 소리를 내는 반바지 차림으로 마운트저지에서 남의 눈에 띄지 않은 채 돌아다니며 정글처럼 신비하고 습한 마당을 가로질러 들려오는 부엌의 소음과 불 켜진 창문 뒤 입에 담기 힘든 어른의 비밀을 알아내려고 했다. 그러다 어디에 있는지 보이지 않는 아이의 울음소리, 개 짖는 소리가 들리면 그는 자신이 지금 이곳에서 이 세계를 알아가며 영원히 살아갈 해럴드 C. 앵스트롬이라는 사실만으로 마음이 들떠서 몸이 근질거렸다. 이제 다시는 돌아갈 수 없는 그 시절 그의 애칭은 해시였다. 그는 걷는 시간을 점점 늘리면서 더 튼튼해진 느낌이 들고, 이제야 비로소 일시적인 방문객 이상의 감정을 갖기 시작한 이 낯선 도시가 좀 더 편안하게 느껴진다. 하지만 어둠이 다가오고 불 켜진 미늘창 뒤에서 들려오는 음악소리가 강해짐에 따라 그가 이곳에서 눈에 띄는 존재라는 사실이 새삼 인식되고 하얀 피부가 어둠 속에서 드러나기 시작하면 그는 점점 영역을 넓혀가는 탐험의 기지로서 주차장이나 시내 미터기 옆에 세워둔 자동차로 향한다.

어느 날 여섯시 삼십분쯤에 돌아와 샤워를 마치고 냉동식품을 데우며 뉴스를 보던 그는 전화벨 소리에 깜짝 놀란다. 이곳에 돌아온 뒤 처음 일주일 동안은 열심히 전화벨 소리를 기다렸지만 지금은 그렇지 않다. 전화벨이 울린다 해도 건강보험이나 실비 장례 서비스나 수수료가 할인된 투자 서비스 등을 파는 자동전화 메시지가 들려올 뿐이다. 컴퓨터가 읊어대는 숫자들을 듣다보면 이런 것이 무슨 효과가 있나 싶어서 해리는 항상 전화를 끊어버린다. 실제로 이런 전화에 귀를 기울이고 그런 서비스를 사들이는 사람이 있을 거라고는 상상하기도 힘들다.

하지만 이번에 전화를 걸어온 것은 그의 아들 넬슨이다.

"아버지?"

"그래." 해리는 그동안 잘 사용하지 않던 목소리를 가다듬어 대답하며, 며느리와 잠을 잔 자신이 아들에게 할 수 있는 말이 무엇인지 생각해보려고 한다. "넬리, 다들 어떻게 지내고 있니?"

멀리서 들려오는 목소리는 조심스럽고 소심하다. 어떤 말이 적절한지 잘 몰라서 머뭇거리는 목소리다. "잘 지내요, 아주."

"약은 확실히 끊었고?" 그는 이렇게 날카롭게 공세를 취할 생각이 아니었다. 저멀리서 약하게 들리던 상대의 목소리가 말문이 막힌 듯 잠시 침묵한다.

"약이라고요? 그럼요. NA에 나갈 때가 아니면 코카인에 대해서는 아예 생각도 안 해요. 사람들 말처럼 전능한 분에게 인생을 맡겼으니까요. 아버지도 한번 해보세요."

"나도 노력중이다. 농담이 아니라 정말이야. 네가 대견하다, 넬슨. 하루에 한 걸음씩 꾸준히 나아가는 것, 그것이 최선이지."

아들은 또 순간적으로 말문이 막힌 모양이다. 어쩌면 너무 설교조로 들렸는지도 모르겠다. 그가 뭐라고 아들에게 설교를 하겠는가? 젠장, 그는 그저 아들에게 공감하려고 애썼을 뿐이다. 그래야 하니까. 해리는 입을 다문다.

"여기 일이 워낙 정신없이 돌아가고 있어서 나 자신에 대해 그다지 생각해본 적이 없어요." 넬슨이 말한다. "나의 가장 커다란 문제는 게으름이었던 것 같아요. 하루종일 부지에서 빈둥거리면서 뭔가 움직임이 생기기를, 손님이 나타나기를 기다리기만 하다보면 정말로 자신감이 떨어지기 마련이죠. 자기가 어떻게 할 수 없는 일이잖아요. 자존심이 상하는 일이었어요."

"하지만 난 그 일을 십오 년 동안 했다, 매일."

"알아요. 그래도 아버지는 나랑 기질이 다르잖아요. 아버지는 나보다 낙천적이니까."

"멍청하다는 뜻이겠지."

"아버지, 싸우려고 전화한 거 아니에요. 나도 별로 즐거운 얘기가 아니라서 그동안 미루고 있었는데, 마침 할 얘기가 생겨서요."

"그래, 말해봐라." '이거 잘 안 풀릴 것 같은데.' 그는 이런 식으로 굴고 싶지 않다. 지금 그는 재니스를 향한 분노를 아들에게 쏟아내고 있다. 재니스의 침묵에 그는 상처를 받았다. 그래서 자신을 멈추지 못하고 말을 덧붙인다. "너는 뭐든 말을 할 때 아주 느긋하게 시간을 들이는구나. 내가 여기서 혼자 생활한 지 이 주가 지났어. 늙은 의사 모리스 박사한테 진찰을 받았는데 상태가 너무 나빠서 먹는 걸 그만둬야 한다고 하더구나."

"뭐, 그렇게 얘기가 하고 싶었으면 그날 밤 차에 올라서 그냥 사라지지 말고 집으로 오지 그러셨어요." 넬슨이 대꾸한다. "우리가 아버지를 죽이려고 든 것도 아니고, 그냥 차분히 얘기를 하면서 뭐가 어떻게 된 건지 이해해보려고 했을 뿐인데. 그러니까, 가족역학적 차원에서 말이에요. 프루는 그것이 자기 아버지에게 다가가고 싶은 마음에서 나온 행동이었다고 거의 인정했어요."

"그 입술만 두툼한 루벨 말이냐? 그거 참 고맙다고 하더라고 프루한테 전해라." 하지만 넬슨이 자신에게 좀더 단호한 태도를 취하는 것이 그는 싫지 않다. 남자는 자기 아버지를 극복해야만 비로소 남자가 된다. 해리의 경우에는 사회가 이미 아버지를 납작하게 눌러버렸기 때문에 쉬운 편이었다. "그날 밤 그쪽으로 가는 건 함정에 빠지는 것 같았어." 그가 넬슨에게 설명하듯이 말한다.

"뭐, 엄마는 만약 아버지가 그런 식으로 비겁하게 나온다면 우리도 아버지한테 연락하지 말아야 한다고 생각하셨어요. 아버지가 엄마 대신 프루랑 통화한 것도 별로 좋게 생각하지 않으셨고요."

"계속 우리집에 전화를 걸었는데 네 엄마가 집에 없어서 통화가 안 된 거야."

"뭐, 어쨌든요. 엄마가 아버지한테 알려드리라고 한 게 두어 가지 있어요. 첫째, 집을 사겠다는 사람이 나섰어요. 엄마가 원하던 가격은 아니고 18만 5천을 저쪽에서 불렀지만 지금은 시장 상황이 그리 좋지 않아서 엄마는 그냥 그 가격을 받아들일 생각이에요. 그러면 브루어 트러스트에 갚아야 할 빚이 우리가 감당할 수 있는 수준으로 줄어들 거예요."

"그러니까 그 말은, 지금 펜파크의 그 집을 얘기하는 거지? 내가 항상 그렇게 마음에 들어하던 그 작은 회색 석조건물?"

"그럼 다른 집이 어디 있어요? 설마 마운트저지의 집을 팔 리가 없잖아요. 그걸 팔면 우린 어디서 살라고요."

"그냥 궁금해서 묻는 건데 말이다, 넬슨, 네 부모의 집을 크랙으로 날려버린 기분이 어떠냐?"

아들은 좀더 예전과 비슷해져서 징징거리기 시작한다. "그러니까 계속 말했잖아요. 난 그렇게까지 크랙에 빠진 게 아니라니까요. 크랙에 손을 댄 건 나중에 끝 무렵이었어요. 코카인을 흡입하는 것보다 훨씬 더 편리했으니까요. 그래요, 죄송해요. 그래서 재활원에도 다녀오고, 서약도 하고, 그 사람들 말대로 잘못을 만회하려고 애쓰고 있어요. 아버지가 뭔데 계속 나를 비난하는 거예요?"

그래, 내가 뭐라고. "알았다." 래빗이 말한다. "그런 말을 해서 미안하다. 네 엄마가 나한테 전하라는 또 한 가지는 뭐냐?"

"현대가 부지에 관심이 있어요. 딱 그쪽에서 원하는 위치거든요. 내가 옛날부터 말했던 것처럼, 뒤쪽으로 건물을 더 넓히겠대요.' '안녕, 파라과이.' 래빗은 속으로 생각한다. "정비부 사람들은 약간의 재훈련을 거쳐서 그대로 승계될 거예요. 영업사원들 중 일부도 마찬가지고요. 엘비라는 422번 도로에 있는 루디한테로 가게 될지도 몰라요. 현대도 엘비라한테 나름대로 연봉을 제시했으니 어찌될지 모르죠. 그쪽에서 나를 받아줄 생각은 없어요. 전혀. 이 동양 회사들 사이에 이미 소문이 퍼져 있나봐요."

"그런 모양이지." 해리가 말한다. 닌조가 너무 많고 기리는 충분하지 않다. "유감이구나."

"별로 유감으로 생각하실 필요 없어요, 아버지. 덕분에 내가 자유로워졌으니까요. 난 사회복지사가 될까 생각중이에요."

"사회복지사!"

"안 될 것 없잖아요? 모처럼 나 자신이 아니라 다른 사람들을 도우며 살아가는 거예요. 펜실베이니아주립대학 사회교육원에 이 년짜리 코스가 있어요. 지금이라면 올 10월에 거기 들어갈 수 있어요."

"그래, 생각해보니 안 될 것도 없구나." 래빗이 동의한다. 조금씩 자신이 싫어지기 시작한다. 이렇게 살갑게 굴면서 어떻게든 식구들의 호감을 다시 얻으려고 하다니.

"변호사들도 나도 잘만 된다면 부지를 파느니 현대에 빌려주는 게 낫다고 생각해요. 펜파크의 집을 팔면 돈을 더 마련할 필요가 없으니까 부지는 투자 삼아 갖고 있는 편이 낫죠. 엄마 말로는 2000년쯤이면 그 땅이 수백만 달러로 오를 거래요."

"와." 해리는 건성으로 말한다. "너랑 엄마가 아주 환상의 팀이구나. 또 나를 후려칠 얘기는 더 없냐?"

"글쎄요, 아마 아버지하고는 상관없는 일일 수도 있는데, 프루는 생각이 달라서요. 우린 셋째를 가질 생각이에요."

"우리?"

"우린 셋째 아이를 원해요. 이번 일을 겪고 나서 우리는 그동안 결혼생활을 잘해나가는 데 신경을 쏟지 않고 방치해두었다는 걸 깨달았어요. 주디와 로이뿐만 아니라 우리 자신의 일도 마찬가지예요. 우린 서로를 사랑해요, 아버지."

아마 이건 그의 질투심을 자극하려고 한 말일 것이다. 우심실 바로 아래가 갑자기 심하게 아프다. 그래도 래빗은 일단 기본적으로 안도감을 느낀다. 프루의 일로 속죄해야 한다는 부담에서 벗어났으니까. 프루를 위해 행운을 빌어주자. 슬럼가 출신다운 프루의 감정적 굶주림에 대해서도. "잘됐구나." 그는 아들에게 이렇게 말한 뒤, 충동을 이기지 못하고 말을 덧붙인다. "하지만 사회복지사가 버는 돈으로 세 아이를 기를 수 있을지는 잘 모르겠다." 그러고는 아들이 자신을 쥐어짜려고 드는 것 같아서 점점 분노를 느끼며 말을 잇는다. "그리고 네 엄마한테 말해라. 내가 집을 파는 계약서에 서명을 하게 될지 어떨지 잘 모르겠다고. 그 집은 부지랑 달라. 네 엄마랑 나의 공동소유니까. 그러니까 그 집을 팔려면 내 서명이 필요할 거다. 만약 우리가 갈라선다면, 내 서명의 가치가 상당할걸. 그렇게 전해."

"갈라서요?" 아들이 겁먹은 목소리를 낸다. "갈라선다니 누가 그래요?"

"글쎄." 해리가 말한다. "지금도 벌써 갈라선 것 같잖아. 네 엄마가 지금 여기에 와 있지 않으니까 말이다. 혹시 침대 밑에 숨어 있다면 모를까. 하지만 넌 걱정 마라, 넬슨. 전에도 이런 일을 겪으면서 힘들어했지? 이젠 그냥 네 나름대로 살아. 들어보니 잘살고 있는 것 같구나. 대견하다. 아, 이 말은 이미 했던가?"

"하지만 모든 게 펜파크의 그 집을 파는 일에 달려 있어요."

"내가 생각해보겠다고 하더라고 엄마한테 전해. 주디랑 로이한테는 내가 조만간 전화하겠다고 전하고."

"하지만 아버지……"

"넬슨, 오븐에 저칼로리 냉동식품을 넣어놨는데 벌써 오 분 전에 타이머가 울렸다. 네 엄마한테 그 일에 대해 상의하고 싶으면 언제 나한테 전화하라고 해라. 빨리 오븐으로 가봐야겠다. 너랑 얘기해서 반가웠다. 정말로." 그는 전화를 끊는다.

그는 요즘 저칼로리 냉동식품을 사서 먹고 있다. 양배추나 당근 같은 채소는 날것으로 먹고, 염분이 가득한 과자류는 먹지 않는다. 욕실 저울로 재보면 몸무게가 1.4킬로그램쯤 줄었다. 아침에 똥을 싸고 나서 알몸으로 재면 그렇다. 밤에는 부엌 서랍 속에 있는 빵 상자와 냉장고 속의 맥주와 텔레비전 근처에 가지 않으려고 침대에 앉아서 재니스가 지난 크리스마스 때 준 책을 읽는다. 이 책의 저자는 로이 오비슨과 바트 지어마티처럼 벌써 저승으로 갔다. 엘비스나 매릴린 같은 유명인들이 그곳에 가면 풍선처럼 점점 커져서 신적인 존재가 되지만 대부분의 사람들은 줄어들고 쪼그라들어서 노랗게 변해가는 신문의 아주 작은 부고가 되어버리고 만다. 해리의 부고도 브루어의 〈스탠더드〉에 그만한 크기로 실릴 것이다. 〈뉴스 프레스〉는 그에게 2.5센티미터짜리 지면도 허락해줄 것 같지 않다. 그는 이 책의 저자에 관한 부음 기사를 읽었기 때문에 그녀가 루스벨트 시절 재무장관이었던 헨리 모건도 주니어의 조카라는 사실을 알고 있다. 해리는 모건도를 기억하고 있다. 코끝이 뾰족한 그는 당시 학생이던 해리와 친구들에게도 푼돈으로 전쟁우표를 사라고 채근했다. 세상은 좁고 인생은 어떤 의미에서 길다.

그는 지금 아주 재미있는 부분을 읽고 있다. 워싱턴이 오랫동안 좌절과 굶주림과 나중에 미국인이 될 동료들의 형편없는 지원으로 고생하다가 프랑스 함대의 도움으로 희망을 품게 되었다는 내용이다. 카리브해에서 출발한 프랑스 함대는 요크의 체서피크만에서 콘월리스가 이끄는 군대를 궁지로 몰 것이다. 하지만 이 계획이 성공할 가망은 없어 보인다. 이 작전에는 타이밍이 매우 중요한데, 당시 배와 육지 사이에 통신이 오가는 데는 몇 주가 걸렸다. 게다가 이 작전으로 프랑스가 얻는 것이 무엇인가? 공격적인 동맹 대신 자신에게 의존하는 고객에게 발이 묶였다. 이 고객은 강한 정부를 세울 능력이 없었고, 전쟁을 지속하기 위해 병사와 돈을 수혈받아야 했다. 모든 전쟁이 그렇듯이 이 전쟁도 부르봉 왕가에게 계획보다 더 많은 돈을 요구했다. 병사들은 또 여기서 얻을 것이 무엇인가? 마차를 다고 다니며 잘 차려진 식탁에서 식사를 하는 의원들과 달리 오랫동안 전쟁터의 고아 신세로 복장도 엉망이고, 제대로 먹지도 못하고, 봉급도 받지 못한 미국 군인들은 돈을 주지 않으면 움직이려 하지 않았다. 그럼 워싱턴이 얻을 것은 무엇인가? 그는 나중에 자신의 얼굴이 지폐에 실릴 것이라는 사실을 아직 알지도 못하는 상태였다. 그래도 그는 의견을 조율하고, 간청하고, 바삐 움직이며 버텼다. 그의 유일한 자산은 영국군 지휘관들의 어리석음뿐이었다. 죄다 통풍에 걸린 귀족들인 영국 지휘관들은 빨리 자기 성으로 돌아가고 싶어했다. 베트남전쟁 때와 마찬가지로, 이곳 주민들이 영국군에게 기본적으로 우호적이지 않다는 것도 워싱턴의 또다른 자산이었다. 워싱턴이 병사들을 이끌고 허드슨강을 건너는 동안 영국군 지휘관인 클린턴은 뉴욕에 웅크리고 앉아서 방어만 생각했다. 프랑스 군대의 드 그라스는 로드니 제독이 적을 추격하기보다 바베이도스를 지키는 신중한 방안을 선택했기 때문에 함대를 이끌고 북쪽으로 향했다. 그래도 병사들과 배가 동시에 체서피크에 도착하고 콘월리스가 요크타운에서 얌전히 손쉬운 과녁이 되어줄 것이라고 기대하는 건 터무니없는 일이었다. 이 모든 수송 작업, 수많은 병사와 말이 곰과 늑대와 얼룩다람쥐와 인디언과 비둘기가 사는 이 신세계의 숲 사이로 구불구불 이어진 모랫길을 걸어 고독한 공터를 터덜터덜, 다가다각 지나가는 모습을 생각하니 해리는 졸음이 몰려온다. 그렇게 복잡하고 골치 아픈 일이라니. 그는 하룻밤에 열 쪽을 읽는다. 행군 속도가 느리다.

건강을 위해 걸을 때 그가 항상 딜리언의 흑인 동네로만 가는 것은 아니다. 그런 곳이 있을 것이라고는 상상도 못했던 화려한 거리들도 새로이 찾아내서 탐험한다. 바닷가와 나란히 길게 뻗어 있는 길을 걷다 보면 바다와 면한 집들의 뒷모습을 볼 수 있다. 나무로 만든 뒤쪽 계단과 일광욕을 할 수 있는 테라스, 잘게 부순 조개껍질을 깐 진입로 끝에 자동차 세 대가 들어갈 수 있는 차고, 히비스커스와 자카란다나무, 울타리 안의 수영장에서 들려오는 물장구 소리, 밀려갔다 밀려오는 파도 소리에 섞여 사라지는 에어컨 모터 소리. 철썩, 처얼썩. 이 사람들은 성공한 사람들이다. 발코니에서 만의 풍경을 훔쳐보듯 보아야 하는 아파트는 그들 몫이 아니다. 아무리 열심히 올라가도 머리 위에는 항상 부자들이 있다. 아무런 노력도 하지 않고 손쉽게 그 자리에 이른 사람들. 그 운좋은 녀석들이 우리의 앞길을 막아 불만에 차게 만들고, 그래서 우리는 텔레비전에서 광고하는 형편없는 물건들을 더 많이 사들인다.

잘 개발된 바닷가의 건물들 사이로 가끔 빈틈이 있어서 바다를 바라볼 수 있다. 줄무늬가 있는 돛, 쌩하고 지나가는 제트스키, 모터보트의 힘으로 펼쳐지는 낙하산, 저멀리 꼼짝도 않고 떠 있는 회색 화물선. 수영복 차림으로 자전거를 타는 사람들이 촤르륵 소리를 내며 그의 옆을 지나간다. 파란색과 회색의 반바지와 같은 색 양말 차림의 뚱뚱하고 젊은 집배원이 요즘 집배원들에게 지급되는 수레에 우편물 배낭을 싣고 지나간다. 유모차와 비슷하게 생겼다. 사람들이 점점 물러지고 있다는 생각이 든다. 아무것도 안 하고 텔레비전만 보며 지내는 사람들의 나라. 잭슨 로드에 편지를 배달하던 집배원의 이름은 잊어버렸지만, 잘생긴 얼굴에 불행한 표정을 짓던 사람이었다. 머리카락은 강철과 같은 색깔이었다. 어머니는 그 사람의 아내가 그의 곁을 떠났다고 말했다. 그는 낡은 가죽가방에 우편물을 넣어서 들고 다녔는데, 특히 〈라이프〉나 〈포스트〉 같은 잡지들이 배달되는 금요일에는 가방의 무게 때문에 몸이 한쪽으로 기울어져 있었다. 아벤드로스 씨. 그것이 그의 이름이었다. 아내에게 버림받은 사람. 어렸을 때 해리는 그 사람한테 얼마나 큰 문제가 있기에 인생에서 그런 불명예를 안게 된 건지 열심히 생각해보곤 했다.

발꿈치에 에어쿠션이 있는 나이키 운동화를 신고 그는 부서진 조개껍질이 깔린 인도를 걷는다. 바닥이 너무 하얘서 해가 높이 떠 있을 때는 눈이 아프다. 그는 산호를 깎아서 만든 요트 계류장들이 있는 곳을 걷는다. 물을 깔끔하고 곧게 잘라놓은 길 같은 부두들이 이어져 있고, 텅 빈 채로 얌전히 묶여 있는 모터보트들이 잔뜩 보인다. 배의 보호용 난간이 잘린 산호를 톡톡 두드리고, 곡선을 그리는 뱃전은 가볍게 철썩거리는 고요한 물위에 까딱거리는 줄무늬처럼 반사된 햇빛 속에서 가늘게 떨며 움찔거리는 것 같다. 탁, 철썩. 사유지 출입금지 표지판이 사방에 있지만 중년을 넘긴 나이에 품위 있어 보이는 백인인 해리에게는 그다지 의미가 없다. 각각의 배에는 옛날 같으면 집 한 채 값만 한 금액이 묶여 있고, 그중 많은 배가 틀림없이 코카인 밀수와 관련되어 있을 것이다. 달도 없는 한밤중에 통통거리며 움직이겠지. 범죄와 바다는 항상 뒤섞여 있다. 배가 만들어진 이래로 항상 해적이 있었고, 법은 육지에서 끝난다. 물위에서 인간은 아무것도 아니다. 거품 몇 개만을 남긴 채 무정한 물결 아래로 사라지는 존재일 뿐이다. 해리가 옛날부터 항상 물을 무서워한 것은 틀림없이 그 이유 때문이었을 것이다. 그는 자유를 사랑하지만, 잔디밭에서 누리는 자유만으로도 충분하다. 여기 남쪽 사람들은 배라면 사족을 못 쓰지만 그는 다르다. 단단한 땅이 좋다. 그는 물에서 멀어져 평범한 동네를 몇 킬로미터나 걷는다. 전쟁이 끝난 뒤 돈은 별로 없지만 워싱턴이 쟁취해준 햇빛을 한 조각이라도 원하는 사람들이나 여기서 태어난 사람들을 위해 세워진, 그 럴듯하게 꾸며진 오두막들이 서 있다. 이 기묘하고 변변찮은 휴양지에서 태어나 이곳이 고향인 사람들이 살고 있는 이 오두막들의 벽에서는 일광욕을 위해 옷을 벗는 사람처럼 페인트가 조각조각 떨어지고 있고, 매발톱나무와 주목나무가 아니라 뜨거운 열기 속에서 살을 찌우는 뾰족뾰족한 선인장이 이 집들을 에워싸고 있다. 유럽 문명이 깊이 뿌리를 내리기에는 너무 뜨겁고 건조한 아메리카의 모습이다.

하지만 자꾸만 그의 발길을 잡아당기는 것은 바로 넓게 퍼져 있는 흑인 구역이다. 그도 이유는 잘 모른다. 원하는 곳이라면 어디든 갈 수 있다는 국민의 권리를 행사하려는 것인지, 딜리언의 소외된 지역인 이곳이 왠지 친숙하게 느껴지기 때문인지 잘 모르겠다. 그도 이런 생활을 겪은 적이 있기는 하다. 그의 인생이 너무 무르게 변하기 전에. 흑인들에게는 상당히 유쾌했던 주말(흑인이 미스아메리카로 선발되었고, 랜들 커닝햄이 순위가 추락하던 이글스를 추슬러서 레드스킨스에게 20 대 0으로 승리를 거뒀다)이 지난 뒤 월요일에 래빗은 지금까지 감히 걸어갔던 곳보다 몇 블록을 더 가보다가 브루어고등학교와 비슷한 시기에 지어졌지만 지금은 폐교가 된 고등학교 건물을 지난 곳에서 황토색 벽돌로 지은 건물과 우연히 마주친다. 길쭉하고 높은 창문에는 격자 모양의 창살이 붙어 있고, 중앙 출입구 위의 시멘트에는 라틴어 문구가 새겨져 있으며, 여가시설이 갖춰진 넓은 황갈색 운동장은 텅 빈 채로 햇빛을 받고 있다. 운동장 한쪽 끝에는 백스톱까지 갖춘 야구장이 있고, 야구장 외야에는 축구 골대 두 개가 있으며, 길과 가까운 곳에는 바닥이 여기저기 파이고 네트가 자꾸만 공에 맞아서 늘어지고 구부러진 클레이 테니스코트 두 개가 있다. 연한 색을 띤 땅바닥을 단단하게 다져서 만든 농구장도 있다. 백보드와 그물망이 없는 골대가 양편에 서서 농구장을 관장한다. 흑인 사내아이들 몇 명이 한쪽 골대 주위에서 드잡이를 하고 있다. 발길질, 고함. 아이들이 발을 격렬히 움직이며 몸싸움을 하는 통에 흙먼지가 풀썩풀썩 일어난다. 잡초를 깎지 않아서 햇볕에 색이 바랜 채 씨앗을 매단 잡초들이 시멘트 인도 옆에서 자라는 곳에 벤치 몇 개가 놓여 있다. 등받이가 없는 벤치라서 거리 쪽으로 앉을 수도 있고 운동장 쪽으로 앉을 수도 있다. 래빗은 어느 쪽도 향하지 않게 벤치 한쪽 끝에 앉는다. 그래야 뭔가 다른 일을 하는 것처럼, 그러니까 이 길을 지나가다 잠시 쉬면서 딱히 어느 것도 바라보지 않고 자기 볼일만 보는 척하면서 농구를 구경할 수 있기 때문이다.

모두 합해 여섯 명인 아이들은 반바지와 탱크톱 차림이고, 키와 단정함이 제각각이다. 하지만 모두들 급할 것 없다는 표정이 마음에 든다. 아이들은 슛을 넣기도 하고 못 넣기도 하고, 공을 뒤로 패스했다가 차폐 전법으로 공격해 들어간다. 마치 드라이브인슛을 할 것처럼 드리블을 하다가 갑자기 멈춰 서서 등뒤로 툭 던지듯이 익살맞은 패스를 하며 텔레비전에서 본 화려한 플레이를 흉내내기도 한다. 모두가 하나의 흐름을 이루면서 아무도 지나치게 열심히 애쓰지 않는다. 인생도 길고 오후도 길다. 바삐 움직이는 아이들의 다리는 흙바닥에서 안개처럼 끊임없이 올라오는 분홍색 흙먼지에 무릎까지 잠겨 있고, 종아리는 땀이 검은 개울을 이루며 흘러내려간 곳을 제외하면 흙이 묻어 탁한 색으로 변했다. 운동화도 장밋빛 흙 색깔로 완전히 뒤덮여 있다. 야구장 백스톱까지 공간이 탁 트여 있기 때문에 산들바람이 불어온다. 래빗의 시계는 네시를 가리킨다. 학교가 끝난 시간이다. 하지만 벽돌로 지은 고등학교는 폐교가 되었으므로, 진짜로 학생들이 다니는 곳은 어딘가 다른 데에 있을 것이다. 불도저로 밀어버린 도시 가장자리에 유리로 지은 나지막하고 현대적인 고등학교 건물로 아이들이 버스를 타고 갈 것이다. 래빗은 이용하는 사람이 많지 않은 이런 공터가 몇 개남아 있을 만큼 아직 세상이 지나치게 붐비지 않는 모양이라는 생각에 기분이 좋아진다. 잔디가 흙바닥 농구장의 중심 부분까지 슬금슬금 기어가 자라고 있는 것이 눈에 띈다. 바닥을 힘차게 딛거나 제자리에서 휙 방향을 돌리는 아이들의 발이 거의 오지 않는 곳이다. 양쪽 골대 주위의 땅은 사람들의 발길에 닳아서 얕은 반원형 도랑이 파여 있다.

그가 조금 거리가 떨어진 곳에 앉아 있는데도(확실한 칩샷을 날리거나 웨지로 높이 날릴 수 있는 거리) 농구를 하는 아이들이 그를 힐끔거린다. 아이들은 그냥 좋아서 농구를 하는 것이지 어울리지도 않는 곳에 나타나 산책을 하는 뚱뚱한 흰둥이 노인한테 보여주려고 농구를 하는 것이 아니다. 차는 어디에 두고 온 걸까? 해리는 아이들의 곁눈질에서 열기를 느끼고는 이 조심스럽기 짝이 없는 관계가 어색해지는 것이싫기 때문에 일부러 보란듯이 한숨을 내쉬며 끙하고 벤치에서 일어나왔던 길을 되돌아 걸어간다. 나중에 이 평화로운 곳을 다시 찾아올 수있게 도로표지판도 눈여겨 보아둔다. 만약 그가 매일 이곳을 찾는다면이곳 사람들과 섞일 수 있을 것이다. 흑인들은 백인처럼 심하게 인종을 차별하지 않는다. 자기네 동네를 순수하게 유지해야 한다고 고집을 부리지 않는다는 뜻이다. 게다가 요즘은 벌써 세번째로 흑인 미스아메리카가 뽑혔기 때문에 흑인들이 쉽사리 화를 내지 않는다. 웃기는 것은 미스아메리카 최종심 심사위원 중에 해리도 아는 것 같은, 아니 사실은 사랑하는 유명인 두 명이 포함되어 있었다는 점이다. 필리샤 라샤드는 긴 다리와 편안하고 멋진 미소를 지닌, 〈코스비 가족〉의 진정한 스타라는 것이 해리의 생각이고, 마이크 슈밋은 더이상 작품을 만들어낼 수 없다는 것을 깨닫고는 짐을 꾸리는 멋진 모습을 보여주었다. 그러니까 일종의 죽음 이후에도 삶이 있는 셈이다. 슈밋은 심사위원이 되고, 스키터도 살아 있다. 지지난 주말에는 젊은 흑인 아가씨가 평생 마지막으로 US 오픈에 출전한 크리스 에버트를 물리쳤다. 에버트도 짐을 쌌다. 살다보면 때가 오는 법이다.

이제 〈뉴스 프레스〉에는 매일 허리케인 휴고의 궤적을 좇는 헤드라인이 크게 실린다. 치명적인 휴고가 섬으로 들이닥쳐, 휴고가 푸에르토리코를 찢어발기다. 화요일에 그는 호화로운 해변지역으로 걸어가서 허리케인의 조짐이 보이는지 하늘을 훑어본다. 하느님의 손가락이 거기에 그려놓았을지도 모르는 구름을 찾아보지만 하나도 보이지 않는다. 그날 저녁 복도에서 우연히 그와 나란히 엘리베이터 앞에 서게 된 재브리츠키 부인이 그 해골 같은 얼굴에서 툭 튀어나온 안구에 혈관이 드러나 있는 눈을 돌려 그를 바라보며 선언하듯 말한다. "끔찍한 일이에요."

"뭐가요?"

"지금 다가오고 있는 것 말이에요." 부인의 백발은 벌써 바람에 시달린 듯 머리에서 사방으로 뻗어 있다.

"아, 절대 여기까지는 안 올 거예요." 해리는 부인을 안심시킨다. "전부 언론이 괜히 크게 떠드는 거예요. 공연히 소란을 피우는 거라고요. 뭐가 됐든 매일 뉴스를 만들어내야 하니까요."

"그래요?" 재브리츠키 부인이 수줍어하며 말한다. 굽은 어깨 안으로 목이 꼬이며 들어가는 바람에 어쩌면 부인의 의도가 아니었을 수도 있지만 어쨌든 부인의 머리가 살짝 한쪽으로 기울어지며 마치 추파를 던지는 것처럼 보인다. 아니, 어쩌면 정말로 추파를 던진 것일 수도 있다. 언젠가 텔레비전에서 나치의 죽음의 수용소 안에서도 로맨스가 싹텄다는 이야기를 들은 적이 있지 않은가? 창문 하나 없는 이 복도, 복숭아색과 은색 벽지가 발라진 이 복도는 마치 으스스한 납골당 같아서 그는 언제나 빨리 벗어나고 싶어 안달한다. 대리석으로 만든 반달형 탁자, 초록색 유약이 황금색 안으로 섞여들어간 것 같은 탁자 위의 커다란 꽃병에 누군가의 재가 들어 있는지도 모른다. 그런데도 엘리베이터는 올 생각을 안 한다. 그의 옆에 서 있는 여자가 목을 가다듬더니 자진해서 말을 꺼낸다. "내일은 수요일 뷔페네요. 난 뷔페가 특히 더 좋아요."

"나도 그래요." 그가 말한다. "그런데 뭘 골라야 할지 알 수가 없어서 결국 전부 먹다보면 과식을 하게 되는 게 문제예요." 이 여자가 무슨 말을 하려는 걸까? 뷔페에 함께 가자고? 데이트를 하자고? 그는 재니스가 곧 올 것이라는 말을 얼마 전부터 하지 않는다.

"댁은 코셔*를 드시나요?"

---

* 전통적인 유대교 율법에 따라 조리된 요리.

"글쎄요, 베이컨으로 싼 가리비는 코셔인가요?"

부인은 미친 사람을 보듯이 그를 바라본다. 시선이 어찌나 강렬한지 안구가 자신을 단단히 붙들어주고 있는 핏줄을 뚝 끊어버릴 것만 같다. 하지만 부인은 해리의 말이 농담이라고 판단했는지 얼굴 아래편 전체로 조심스럽고 뻣뻣한 미소가 천천히 퍼져나간다. 주름이 얼기설기 나 있는 얼굴이 마치 아주 작은 사각형 모양의 피부를 모아서 꿰매놓은 조각보 같다. 그는 폴리시아메리칸 클럽에서 만난 그 코찔찔이 매춘부를 생각한다. 허리 아래, 스웨터 속의 비단결 같은 피부. 그러자 이 나이에 다른 여자들의 무자비한 손길에 그를 맡겨버린 재니스가 원망스럽다. 그는 자신의 자리에서 혼자 식사를 하지만 자신에게 추파를 던진 재브리츠키 부인 때문에 너무 동요한 나머지 심장을 진정시키기 위해 니트로글리세린 두 알을 먹는다.

식사를 마친 뒤 침대에 앉은 그는 1781년 9월 1일에 프랑스 군대가 필라델피아 주민들에게 눈부신 인상을 남기는 부분을 읽는다. 열광적인 박수갈채가 눈부신 장관을 이룬 프랑스 군대를 맞이했다. 그들은 밝은 하얀색 군복에 하얀 깃털을 꽂은 차림으로 열병식을 하듯 지나갔다. 각각 소속 연대를 표시하는 분홍색, 초록색, 보라색, 파란색 칼라를 단 그들은 유럽에서 가장 눈부시다고 알려진 군대였다. 펜실베이니아주의 조지프 리드 지사는 프랑스 장교들에게 만찬을 대접했는데 40킬로그램이나 나가는 거대한 거북이 요리와 거북이 등딱지에 담아 내온 수프가 메인요리였다. 콜레스테롤은 생각 안 하나. 이 사람들은 신경쓰지 않았던 것 같다. 하기야 이 인간들이 살아봤자 얼마나 살았겠는가? 대부분 쉰여섯 살도 넘기지 못했을 것이다. 군대는 말라리아에 걸릴까봐서 남쪽으로 행군하는 것을 두려워했다. 로샹보는 워싱턴을 설득해서 뉴욕 공격을 저지했으며, 이미 독립전쟁의 두뇌 역할을 하고 있었던 것 같다. 그는 체서피크만 초입에서 드 그라스와 랑데부를 하고 싶어했다. 드 그라스는 바하마와 쿠바 사이의 뒷길을 통해 배를 몰아 후드를 피하는 데 성공했다. 하지만 작전은 결코 성공하지 못할 것이다.

휴고가 미국으로 오는 중. 다음날 아침 〈뉴스 프레스〉에는 이런 헤드라인이 실려 있다. 해리는 이제 아침식사로 프로스티드 플레이크 시리얼 대신 나비스코 슈레디드 위트&브랜을 먹는다. 하지만 이렇게 바꾼 이유가 정확히 뭔지는 잊어버렸다. 섬유소와 대장 운동 어쩌고 하는 이유였는데. 그는 똥 싸는 문제로 항상 고민해야 하는 지경이 되지 않기를 진심으로 바라고 있다. 장모는 말년에 대변을 볼 때마다 귀중한 가보라도 되는 것처럼 이야기를 하는 버릇이 생겼다. 저녁 뉴스에 붙은 광고 중 절반은 변비약 광고이고, 나머지 절반은 치질약 광고다. 마치 똥구멍들만 뉴스를 보는 것 같다. 라커룸의 걸어다니는 시체들. 아침식사를 마친 뒤 해리는 핀도팜 불러바드를 따라 걸어가서 윈딕시에서 식료품을 사가지고 돌아온다. 키스톤 콘칩은 건너뛰고 저칼로리 냉동식품만 잔뜩 담았다. 그날 예보되었던 소나기는 정오쯤에 내리지만 세시쯤에는 거의 그친 것 같다. 래빗은 일종의 황홀경 속에서 차를 몰고 딜리언 시내로 들어가 두 시간짜리 미터기 옆에 차를 세운 뒤 월요일에 발견한 운동장까지 1.5킬로미터를 걸어간다. 오늘은 소년들 두 팀이 흙바닥 농구장에서 양쪽 골대를 하나씩 차지하고 있다. 한 팀은 2대 2로 격렬하게 게임을 하고 있지만, 다른 팀에서는 세 소년이 산만한 게임을 하고 있다. 예전에 그가 호스라고 부르던 경기인데, 한 선수가 슛을 던져서 들어가면 그 옆 사람도 반드시 슛에 성공해야 한다. 만약 슛을 놓친다면 그는 H 또는 H-O가 된다. 그렇게 해서 그가 호스 HORSE가 되면 아웃이다. 래빗은 이 팀에서 칩샷 거리에 있는 벤치에 앉아 노골적으로 지켜본다. 어차피 여기는 자유로운 나라가 아닌가?

세 소년은 기껏해야 열 살을 갓 넘긴 것 같은데, 갑자기 나타나 자기들을 지켜보는 이 불청객을 어떻게 해야 할지 몰라 당황한다. 마약이나 흑인 사내아이의 고추를 노리는 흰둥이 노인인가? 늘쩍지근하던 동작이 뻣뻣해지고, 아이들은 서로 어깨를 밀치며 소리 없는 메시지를 전하고는 키득거린다. 그러다가 한 명이 아마도 고의적으로 패스를 놓쳐서 공이 해리 쪽으로 굴러가게 한다. 그는 벤치에서 몸을 숙여 왼손으로 공을 멈춘다. 그가 잘 쓰는 손은 아니지만 그래도 손은 아직 기억하고 있다. 정확히 기억하고 있다. 그 팽팽하고 오톨도톨하고 둥근 감촉, 매끄러운 이음매, 공기밸브를 꽂는 작은 원. 하늘을 날고 싶어하는 크고 오톨도톨한 공. 해리는 앉은 채로 조금 어색하게 공을 튕겨 보낸다. 하지만 전에 공을 다뤄본 적이 있음을 보여줄 수 있을 만큼의 기력은 아직 남아 있다. 세 아이는 어느 정도 만족했는지 호스 게임을 다시 시작하며 스카이훅슛, 골대 밑의 레이업슛, 폴백 점퍼, 즉흥적인 언더핸드슛이나 사이드암슛 등을 시도한다. 슛은 우연이나 기적 덕분에 가끔 한 번씩 들어간다. 그런 터무니없는 슛 중 하나가 골대 가장자리를 맞고 로켓처럼 튕겨나와서 래빗 쪽으로 날아온다. 이번에는 래빗이 공을 잡고 일어서서 아이들을 향해 다가간다. 태양을 등진 자신이 아주 커진 것 같다. 그의 그림자가 가장 가까이 있는 아이의 얼굴에 드리워진다. 여러 색으로 된 털실 모자를 썼는데, 모자의 실이 풀어지고 있다. 또다른 소년은 숫자 8이 찍힌 탱크톱 차림이다. "이 게임 이름이 뭐지?" 해리가 아이들에게 묻는다. "호스라는 게임이냐?"

"스리Three예요." 털실 모자가 마지못해 대답한다. "세 번 슛을 놓치면 아웃이에요." 아이가 공을 향해 손을 뻗지만 래빗은 아이의 손이 닿지 못하게 공을 들어올린다.

"나도 한번 쏘게 해주겠니?"

아이들이 눈짓으로 의견을 나눈다. 공을 돌려받으려면 이 길밖에 없다는 결론을 내린 모양이다. "그러세요." 털실 모자가 말한다.

해리는 왼쪽으로 대략 6미터쯤 되는 거리에 비스듬히 서서 무릎을 살짝 구부리고 오른팔을 뻗는다. 마지막으로 이런 동작을 취한 이후로 쌓인 세월의 무게, 담요처럼 차곡차곡 쌓인 시간의 무게가 느껴진다. 그는 백보드의 한 지점을 겨냥하지만 공은 거기까지 미치지 못하고 골대 가장자리를 스치듯 지나서 백보드와 골 사이에 끼어 있다가 8번 아이의 손안으로 떨어진다.

"할아버지." 가장 히스패닉 같은 외모로 가장 뚱한 표정을 짓고 있는 세번째 아이가 해리를 놀린다. "할아버지는 이미 늙었잖아요!"

"그래, 녹이 슬었지." 래빗도 인정한다. "여기 남쪽은 내가 있던 곳과 공기가 다르거든."

"우리가 골 넣는 모습을 보여줄까요?" 가장 키가 큰 8번이 그에게 묻는다. 그 아이는 아까 해리가 섰던 자리에 서서 입을 벌려 마이클 조던처럼 분홍색 혀를 내민다. 그리고 자기 이마 위의 허공에서 길고 느슨한 갈색 손을 부드럽게 움직여 공을 날려보낸다. 하지만 그 녀석도 골을 넣지 못하고 골의 오른쪽 가장자리를 때릴 뿐이다. 그 덕분에 서

먹한 분위기가 조금 깨어진다. 래빗은 가만히 서서 아이들이 자신을 어떻게 대할지 기다린다.

동심원이 그려진 모자, 해리의 생각에는 아마도 흑인 이슬람교도들의 것인 듯 싶은 모자를 쓴 아이가 리바운드를 잡더니 이렇게 말한다. "골을 어떻게 넣는 건지 내가 보여주지." 정말로 슛이 들어간다. 하지만 사실은 그냥 어쩌다 들어간 골이라서 8번과 달리 결코 마이클 조던이 되지는 못할 것이다.

지금이 아니면 다시는 기회가 없다. 해리가 아이들에게 묻는다. "얘들아, 나도, 이 게임이 뭐라고 했지? 그래 스리, 나도 이걸 같이 하면 어떻겠니? 후딱 한 게임만 하고 갈 테니까. 난 그저 운동 삼아 산책을 나온 거거든."

뚱한 표정의 히스패닉 아이가 다른 아이들에게 말한다. "이 할아버지가 끼어드는 걸 왜 가만히 놔둬? 난 싫어." 그러고는 농구장을 벗어나 벤치에 앉는다. 하지만 다른 두 아이는 백인 한 사람이라면 빙산의 일각에 불과하니까 그냥 이 문제를 돌파하는 것이 가장 빠른 해결책이라고 생각했는지 침입자에게 선심을 베풀어 경기에 끼워준다. 해리는 순식간에 두 번 슛을 놓친다. 8번이 양손을 쭉 뻗어 상상 속의 수비수들을 향해 펌프질을 하듯 두 번 손을 움직인다. 털실 모자가 왼손으로 슛을 쏘아 성공시키자 8번도 곧 그 뒤를 따른다. 하지만 이때부터 래빗은 옛날 솜씨의 그림자를 찾아내서 경기를 지배하기 시작한다. 산소를 한 모금 마시고, 시선을 골 가장자리 앞쪽에 고정시키면 공이 쉽게 들어간다. 손과 골대 사이의 거리가 점점 줄어든다. 슛을 쏘는 사람과 3미터 높이의 골대뿐이다. 그는 심지어 마운트저지의 자갈 깔린 골목에서 완벽하게 다듬었던 재주까지 아이들에게 보여준다. 고개를 뒤로 한껏 젖혀 골대를 올려다보며 두 손을 뒤로 젖혔다가 슛을 쏘는 동작이다.

거꾸로 뒤집힌 상태에서 구름 낀 하늘을 보자 푸른색과 돌 같은 회색이 아주 선명하다. 심연, 위로 밀고 올라와 모든 것을 집어삼키는 땅 같다! 해리가 뒤로 젖혔다가 슛을 쏘는 동작을 성공시킨 뒤 세 사람 모두 웃음을 터뜨린다. 이 아이들은 이렇게 양손으로 슛을 쏘는 동작을 결코 하지 않는다. 흑인 스타일이 아니기 때문이다. 래빗이 다섯 걸음 밖에서 계속 그 슛만 쏘았다면 상황이 깨끗이 정리되었을지 모른다. 하지만 아이들이 착하게도 그를 끼워주었기 때문에 그는 마음이 풀어져서 어리석게도 한 손 슛을 몇 번 놓친다. 그래서 8번이 다시 경기의 주도권을 쥔다.

"이게 카림의 스카이훅이에요." 아이는 이렇게 말하고 나서 오른쪽으로 2미터 가까이 떨어진 곳에서 훅슛을 성공시킨다.

"내가 어렸을 때는," 래빗이 아이들에게 말한다. "세인트루이스에서 뛰던 밥 페팃이라는 선수가 그런 것 전문이었지." 래빗은 거의 고의적으로 슛에 실패한다. "이게 세번째구나. 난 아웃이다. 게임에 끼워줘서 고맙다, 얘들아."

아이들은 이 작별인사에 벌처럼 웅얼거리며 대꾸한다. 항의의 뜻으로 벤치에 앉아 있던 아이에게 해리가 말한다. "이제 난 물러나마, 친구." 해리는 혹시 또다시 비가 내릴까봐 가져온 골프우산을 집으려고 허리를 숙이다가 자신의 나이키 운동화가 이 흑인 소년들의 운동화와 똑같이 분홍색과 황갈색 흙먼지를 뒤집어쓰고 있는 것을 보고 빙긋 웃는다.

그는 한층 가벼워진 기분으로 미터기 옆에 세워둔 자동차로 향한다. 마그네시아유 변비약 광고에서 '규칙적'이 되었다며 기쁨에 겨워 목욕 가운 차림으로 일부러 초점을 흐리게 처리한 배경 속을 떠다니는 사람 들처럼 정화된 느낌이다. 농구 게임 덕분에 그는 우쭐한 기분이다. 발 할라 빌리지로 돌아가는 길에 그는 조이 식품점에 들러 커다란 봉지에 든 양파향 감자칩과 냉동 라자냐를 산다. 뷔페로 내려가서 재브리츠키 부인을 만날 위험을 무릅쓰느니 그냥 오븐으로 이것을 데워 먹을 생각 이다. 자신처럼 고독한 난민이 되어 그동안 말동무가 되어준 재브리츠 키 부인에게 신세를 졌다는 생각이 들기 시작한다.

아파트로 돌아왔지만 전화기는 여전히 조용하다. 저녁 뉴스는 온통 휴고 얘기, 허리케인 피해를 입은 세인트크로이섬과 세인트토머스섬 주민들의 약탈 행위, 노인들이 많이 사는 이곳에서 큰 관심을 끌었던 건강보험안이 워싱턴에서 철회된 재앙, 차드에서 파리로 오는 도중 사 라진 프랑스 여객기 등에 대한 보도로 가득하다. 비행기의 잔해는 사 하라사막에서 넓은 지역에 흩어져 있는 것이 발견되었다. 잔해가 넓게 퍼져 있는 것으로 보아 폭탄에 당한 것 같다. '로커비 상공에서 폭발한 비행기랑 똑같네.' 래빗은 속으로 생각한다. 우쭐한 기분이 썰물처럼 빠져나간다. 모든 비행기의 뱃속에는 똑딱거리는 폭탄이 있었다. 사람 도 언제 폭발할지 모른다.

그가 아파트에서 혼자 살고 있는 동안 이곳의 방과 가구들이 꼼짝 않고 살아가는 쪽을 선택한 사람의 긴장감과 위협을 닮아간다. 밤이면 방들이 숨을 쉬며 생각하는 것이 느껴진다. 그들은 그에 대해 생각하 고 있다. 꺼진 텔레비전, 아마 빛깔 소파, 작고 하얀 조개껍질로 만든 새들, 지난 신년에 넬슨과 프루가 묵었던 방에 매끈하게 깔려 있는 베드스프레드, 처음 물색을 칠했을 때나 지금이나 너무 강렬하게 보이는 부엌 수납장, 울리기를 거부하는 전화기, 이 모든 것이 모종의 힘을 가지고서 그보다 더 오래 살아남을 능력을 지니고 있다. 그는 살아 있는 육체고, 이것들은 생명이 없는 물건이다. 잘 봉인된 채로 십칠 일 전 그를 맞이했던 이 공허한 공간에 이제는 두려움, 불안한 기대가 넘실거린다. 텔레비전의 수다, 신문 헤드라인, 똑딱똑딱 타이머가 돌아가는 오븐의 온기, 타이머 계기판에서 점점 줄어드는 숫자, 심지어 그의 몸이 움직이면서 옷자락이 부드럽게 스치는 소리까지도 모두 그 두려움이 접근하는 것을 막아주지만 그것들의 작은 소리와 움직임이 멈추고 나면 침묵이 되돌아오고 부재가 느껴진다. 곧게 뻗은 줄기 속에 따스한 피가 돌며 움직일 때 옷자락 스치는 소리를 내는 그의 몸을 둘러싼, 대답할 수 없는 의문도 되돌아온다. 라자냐는 끈적끈적하고 혀에 닿는 느낌이 네이팜탄 같지만 그래도 그는 그것을 죄다 먹어치운다. 2인분이나 되는데도 허리케인 피해와 바람의 모습을 가장 잘 보여주는 화면을 찾으려고 제닝스와 브로코 사이를 오가며 먹어버린다. 거칠고 습한 바람이 비명 같은 소리를 내며 지금 이곳과 똑같은 방들 사이를 돌아다니고, 유리로 된 미닫이문을 통째로 쓰러뜨리고, 파이 그릇처럼 그 옆을 스치고 지나간다. 모든 것이 제멋대로 날아다니고, 세상이 무너진다. 인생에서 못으로 단단히 박아 고정시킬 수 있는 것은 하나도 없다. 끝내준다.

그는 갑자기, 이뇨제를 먹는 남자에게 배뇨 욕구가 찾아올 때처럼 갑작스럽게, 손주들과 이야기하고 싶은 마음이 든다. 그가 아이들의 할아버지라는 사실은 식구들도 부인할 수 없을 것이다. 그는 넬슨의 번호를 몰라서 가짜 대나무 책상에 있는 주소록을 찾아본다. 지난겨울에 바뀐 번호인데 그는 벌써 그 번호를 잊어버렸다. 해리의 나이쯤 되면 모든 것이 머리에서 깜박깜박 사라지기 마련이다. 그는 재니스가 여학생처럼 반쯤 되다 만 필체로 적어둔 주소록을 찾아낸다. 글자들이 다양한 각도로 기울어져 있다. 그는 전화를 걸다가 9번을 돌려야 하는데 8번을 돌린 것 같아서 한 번 끊고 다시 다이얼을 돌린다. 프루가 전화를 받는다. 편안하고 가볍고 강인한 목소리다. 그는 하마터면 또 전화를 끊을 뻔한다.

"잘 있었니? 나다." 그가 말한다.

"아버님, 정말이지 이러시면……"

"나도 안다. 너랑 이야기하려고 전화한 게 아냐. 손주들하고 이야기를 하고 싶구나. 로이의 생일이 다 되지 않았니?"

"다음달이에요."

"그것 참, 그 아이가 벌써 네 살이 된다니."

"로이는 지금 네 살이에요. 다음달에 다섯 살이 돼요."

"유치원에 갈 때가 됐구나." 해리가 말한다. "신기하기도 하지. 너랑 넬리가 셋째를 낳기로 했다며? 잘했다."

"뭐, 그냥 앞으로 어떻게 될지 두고 보는 거예요."

"이제 콘돔은 안 쓰는 거지? 에이즈는 걱정없니?"

"아버님, 제발요. 그건 아버님이 간섭하실 문제가 아니에요. 하지만 넬슨이 검사를 받긴 했어요. 그렇게 궁금해하시니까 말씀드리는 거지만, HIV 음성이에요."

"잘됐다. 내 걱정거리도 하나 줄었구나. 녀석이 정신을 차렸고, 병도 없다니. 프루, 난 여기서 점점 미쳐가는 것 같다. 밤에는 토막토막 잘린 만화 같은 꿈을 꿔."

프루가 이 말을 듣고 심술궂은 미소를 짓는 모습이 눈에 선하다. 입술 한쪽 끝이 아래로 내려가고, 수화기를 쥐지 않은 손으로는 손가락 두 개를 펴서 이마로 흘러내린 당근색 머리카락을 쓸어올릴 것이다. 섹시하다. 하지만 결국 지금 프루가 어떤 꼴인가? 사회복지사가 되겠다는 남편과 함께 다른 여자의 집에서 살고 있고, 앞으로는 거울 속에서 자신의 외모가 점점 빛을 잃는 모습을 지켜보며 터덜터덜 힘들게 살아가야 하는 미래가 기다리고 있다. 그의 귀에 닿는 프루의 목소리가 잠망경으로 보는 광경 같다. 소금물에 흐려진 렌즈에 언뜻 비친 물 위의 세상. 프루는 저 위에 있고, 그는 여기 아래에 있다.

프루의 말투가 변하면서 상냥해진다. 일단 한번 잠을 잔 상대의 목소리에는 항상 이렇게 따스하고 아련한 흔적이 남는다. "아버님, 거기서 뭘 하면서 지내세요?"

"아, 많이 걸어다니면서 이 도시와 친해지고 있지. 딜리언은 역사가 오랜 좋은 도시다. 혹시 재니스를 만나거든 여기서 돈 많은 유대인 과부가 나한테 눈길을 던지고 있다고 전해라."

"어머님은 사실 지금 저녁식사 때문에 바로 옆에 계세요. 집이 팔려서 축하를 하고 있거든요. 아버님의 집이 아니에요. 아버님이 동의하기 전에는 집을 팔 수 없으니까요. 어머님이 일하는 피어슨앤드슈랙 부동산회사에서 집을 판 거예요. 어머님은 자격증을 딸 때까지는 주말에 손님들에게 집을 보여주는 일을 맡고 있어요."

"그거 정말 잘됐구나! 축하해주고 싶으니까 네 어머니를 좀 바꿔라."

프루가 머뭇거린다. "아버님과 통화를 하시고 싶은지 어머님한테 먼저 여쭤볼게요."

갑자기 뱃속이 텅 비어버린 것 같은 느낌이 들면서 겁이 난다. "아니, 그럴 필요는 없어. 난 아이들하고 얘기를 하고 싶어서 전화한 거니까, 정말로."

"주디를 바꿔드릴게요. 지금 바로 제 옆에 있어요. 허리케인 때문에 잔뜩 들떠서요. 건강 조심하세요, 아버님."

"그래. 내가 어떤 사람인지 알잖니. 조심하고 있다."

"그럼요, 알죠." 프루가 말한다. "조금 제정신이 아니시죠." 네덜란드 사람 같다. 아늑하고 차분한 말투다. 동네 분위기에 적응하고 있는 것이다. 브루어의 중년 계집이 한 명 더 늘어났다.

그릇 부딪치는 소리와 속삭이는 소리가 나더니 수화기 속에서 주디가 외친다. "할아버지, 우리 모두 할아버지랑 허리케인을 무지 걱정하고 있어요!"

그가 말한다. "걱정이라니 누가? 우리 주디는 아니겠지? 주디는 고장난 요트에서 할아버지를 무사히 데리고 왔잖아. 텔레비전을 보니까 휴고가 캐롤라이나 쪽을 때릴 거라더라. 거긴 거의 천 킬로미터나 떨어진 곳이야. 오늘 여기는 대체로 맑은 날씨였다. 너하고 비슷한 또래의 아이들하고 농구도 조금 했지."

"여긴 비가 왔어요. 하루종일."

"그래, 할머니가 저녁식사를 하러 오셨다고?"

주디가 말한다. "할머니는 할아버지랑 이야기하기 싫대요. 할아버지가 무슨 잘못을 하셔서 할머니가 저렇게 화가 나신 거예요?"

"글쎄, 나도 모르겠구나. 내가 채널을 너무 자주 바꿔서 그런가? 애
주디, 내가 말이다, 차를 몰고 돌아오는 길에 디즈니월드 바로 옆을
지났거든. 다음에 네가 여기 오면 우리 다 같이 거기 가자. 내가 약속
하마."

"안 그러셔도 돼요. 학교 친구들 중에 거기 갔다 온 애들이 많은데
별로 재미없댔어요."

"학교는 어떠니?"

"선생님들이랑 다 좋은데, 애들은 참을 수가 없어요. 전부 똥구멍 같
아요."

"그런 말을 하면 안 돼. 애들이 왜? 널 무시하기라도 해?"

"그러면 차라리 낫게요? 주근깨 때문에 날 놀려요. 나더러 당근꼭지
래요." 주디의 목소리가 갈라진다.

"아, 그건 널 좋아해서 그러는 거야. 네가 멋지다고 생각하니까. 그
저 열다섯 살이 될 때까지는 립스틱을 너무 많이 바르지 마라. 지난번
에 할아버지가 한 말 기억하니?"

"억지로 하지 말라고 하셨잖아요."

"그래, 억지로 하지 마. 자연스럽게 하는 거야. 엄마 아빠 말씀 잘 듣
고. 널 아주 많이 사랑하시니까."

주디가 지친다는 듯이 한숨을 내쉰다. "알아요."

"넌 엄마 아빠의 빛이야. 이런 말 들어본 적 있지? '누군가의 빛'이
라는 표현."

"아뇨."

"그럼 오늘 새로운 표현을 배운 걸로 하자. 이제 로이 좀 바꿔줄래?"

"걔는 멍청해서 말도 못해요."

"아냐, 그렇지 않아. 로이 좀 바꿔줘라. 할아버지가 현명한 말씀을 해줄 거라고 전해."

수화기를 내려놓는 소리가 들리고, 시리얼을 나눠 먹는 가족들의 소리 같은 소음이 배경음으로 들려온다. 심지어 재니스의 목소리도 들리는 것 같다. 옛날 장모의 목소리처럼 단호한 목소리다. 그가 너무나 잘 아는 거실을 걸어오는 발소리가 들린다. 바칼라운저, 커튼이 드리워진 전망창, 가장자리가 파이 껍질을 닮은 장식 탁자. 하지만 원래 그곳에 있던, 안에 눈물 모양의 빈 공간이 있는 초록색 유리 달걀은 지금 이곳 선반에 있다. 그의 눈에서 1미터쯤 떨어진 곳에. 프루의 목소리가 말한다. "어머님은 아버님하고 얘기하고 싶지 않으시대요. 하지만 로이를 바꿔드릴게요."

"안녕, 로이." 해리가 말한다.

침묵. 또 하느님이 통화중이신가보다.

"잘 지내니? 하루종일 비가 왔다면서?"

또 침묵.

"착하게 지내고 있어?"

침묵. 하지만 작은 숨소리가 살짝 들린다.

"너는 잘 모르겠지만 지금이 너한테는 아주 중요한 시기야." 해리가 말한다.

"안녕, 할아버지." 마침내 아이의 목소리가 들려온다.

"안녕." 해리도 대답할 수밖에 없다. 그 덕분에 처음으로 돌아가게 되었지만. "할아버지는 로이가 보고 싶은데." 그가 말한다.

침묵.

"아침마다 작은 새 한 마리가 발코니로 와서 할아버지한테 묻지, '로이 어딨어요? 로이 어딨어요?'"

침묵. 사실 이건 거짓말이니 당연한 반응이다. 하지만 아이는 아마도 옆에서 누가 가르쳐주었을 말을 듣고 나온다. "사랑해요, 할아버지."

"그래, 나도 널 사랑한다, 로이. 그러고 보니, 다음달이 생일이지? 축하한다. 다섯 살이라니! 세상에."

"생일 축하." 아이의 목소리가 그의 말을 되풀이한다. 가끔 아이에게서 들을 수 있는, 묘하게 묵직하고 어른 같은 말투다.

해리는 다음 말이 있지 않을까 기다려보지만 다음 말은 없다는 것을 깨닫는다. "그래." 그가 말한다. "이제 그만 끊어야겠다, 로이. 너랑 얘기해서 기뻤다. 식구들한테도 할아버지가 사랑한다고 전해주겠니? 이제 끊는다. 너도 끊어도 돼."

침묵. 그러더니 서투르게 수화기를 내려놓는 소리가 찰칵하고 난다. 그리고 전화가 끊겼을 때 나는 윙 하는 소리. 래빗은 자신의 수화기를 내려놓으며 왜 아이에게 먼저 수화기를 내려놓게 했는지 이상한 기분이라고 생각한다. 동반자살을 결심해놓고 겁쟁이 짓을 한 꼴이다.

혼자가 된 그는 이곳의 방들 속에서 저녁을 통째로 보내야 한다는 사실에 질려버린다. 일곱시 삼십분이니 아직 얼마든지 뷔페로 내려갈 수 있지만, 뜨거운 라자냐와 양파향 감자칩 한 봉지를 다 먹은 탓에 입안이 좀 아프다. 감자칩은 가장자리가 날카롭고 소금이 잔뜩 묻어 있었다. 그는 뷔페에 내려가서 저칼로리 음식 몇 개만 간단히 먹기로 한다. 식구들과 이야기를 하고 나니 기운이 좀 난다. 가족들이 모두 자기 뒤에 안전하게 있는 것 같은 기분이다. 그는 샤워를 하지 않은 채 셔츠, 재킷, 넥타이를 갖춰 입는다. 엘리베이터에서 재브리츠키 부인을 만나지는 않는다. 반쯤 자리가 빈 미드홀에서 커다란 세라믹 벽화 속 바이킹 전사들의 이글거리는 시선을 받으며 그는 특히 베이컨으로 싼 가리비를 푸짐하게 담는다. 바삭하고 둥글게 휘어진 베이컨과 고무처럼 말랑말랑한 가리비의 조합이 그의 예민한 입안에서 너무 맛있게 느껴져서 그의 식욕은 한이 없어진다. 그는 음식을 더 담으려고 간다. 크림을 뿌린 아스파라거스와 감자팬케이크도 더 담는다. 그런데 갑자기 배가 잔뜩 불러오면서 심장이 조이는 느낌이 든다. 그는 니트로글리세린 한 알을 먹고 디저트와 커피를 건너뛴다. 디카페인이라도 마찬가지다. 그는 따스하고 둥근 하늘에 떠 있는 별빛을 받으며 낯선 질감의 플로리다 잔디밭과 교통섬을 조심스레 걸어서 돌아온다. 사실 하늘은 우리가 내려다보는 깊숙한 대야와 같다. 아까 오후에 고개를 한껏 젖힌 채 두 손으로 숏을 쏘았을 때, 그는 사람들이 천장에 달라붙은 파리처럼 땅에 단단히 붙들려 있음을 확실히 깨달았다. 뱃속이 가득찬 느낌이 나고 머리가 좀 어지럽다. 공기가 묵직하고, 은하수는 잘 보이지 않는다. 여자들의 배 한가운데에 희미한 선을 그리며 나 있는 밝은색 털 같다.

그는 아파트 안으로 들어와 마침 방송중이던 〈그로잉 페인스〉의 마지막 십오 분을 본다. 텔레비전 드라마 중에서 등장하는 가족들 모두가 혐오스러운 유일한 작품이다. 로잰의 늙고 착한 남편을 혐오스럽지 않다고 생각하는 경우에 그렇다는 말이지만. 그 드라마가 끝난 뒤 그는 채널 20번의 〈언솔브드 미스터리스〉와 36번에서 방송하는 애벗 과 코스텔로의 옛날 코미디 사이를 오간다. 두 사람의 이 코미디가 처 음 나왔을 때, 그러니까 해리가 고등학교를 졸업하던 해에는 지금보다 훨씬 더 재미있었을 것이다. 코스텔로가 새된 소리로 깽깽거리는 것이 기계적으로 보여서 짜증스럽고, 애벗은 늙어 보인다. 뚱뚱한 친구를 후려치는 모습은 잔인하기도 하다. 그때 사람들은 동물처럼 서로를 향 해 고함을 지르고 손찌검을 했다. 어쩌면 60년대의 일들이 세상에 조 금은 좋은 영향을 미친 건지도 모른다. 프로그램을 계속 방해하는 광 고들 중에 귀뚜라미와 백합 연못이 나오는 닛산 인피니티 광고가 있 다. 차는 전혀 보이지 않고 순수하고 속물 같은 자연뿐이다. 렉서스 광 고도 이것 못지않게 모호하다. 비에 젖어 반짝이는 한산한 도로. 두 광 고 모두 핵심을 비켜가고 있다. 일본인들이 럭셔리한 이미지를 확립할 수 있는가 하는 문제. 3만 5천 달러의 여유자금이 있는 사람들이 일본 차보다 유럽 차를 선택하게 될 것인가 하는 문제. 해리가 이런 일에 더 이상 신경쓸 필요가 없다는 게 얼마나 다행인지 모른다. 포츠타운 쪽 의 제이크는 신경을 써야 하지만 해리는 아니다.

그는 이를 닦고 치실도 꼼꼼히 사용한 뒤 페리덱스로 입을 헹군다. 재니스가 없으니 그는 점점 성실해지고 있다. 그도 소화기관이나 코 털 관리로 부산을 떠는, 시대에 뒤떨어진 홀아비 노인이 되어가고 있 다. 코털이라. 그는 결코 모리스 박사 같은 꼴이 되고 싶지 않다. 두 번 이나 먹은 저녁이 위장에서 타고 있지만 화장실에 가봐도 나오는 것은 없다. 필립스의 마그네시아유를 좀 사다놓아야겠다. 이 유제의 또다른 광고에는 흑인 남자가 나와서 유제에 대해 이야기하는데, 애석하게도 그의 피부색 때문에 똥 얘기가 너무나 실감이 난다. 침대에 앉아서 그는 요크타운을 향한 행군 부분을 읽는다. 동맹군은 윌리엄스버그 일대에서 영국군의 잔혹함과 마주친다. 드 그라스의 스웨덴 출신 부관인 칼 구스타프 토른키스트, 즉 바이킹의 후예인 그는 일지에 다음과 같이 적었다. 어느 아름다운 영지에서 임신한 여성이 침대에서 총검에 여러 차례 찔려 살해된 시체로 발견되었다. 그 야만인들은 그녀의 양쪽 가슴을 모두 베어서 열어놓고 침대 캐노피 위에 이렇게 적어놓았다. "반란분자를 낳으면 안 된다." 또다른 방에도 그에 못지않게 끔찍한 광경이 있었다. 잘린 머리통 다섯 개가 선반에 나란히 놓여 있고, 원래 거기에 있던 석고상들은 바닥에 산산조각으로 부서져 있었다. 어리석은 짐승들도 무사하지 못했다. 초원 곳곳이 죽은 말과 소로 뒤덮여 있었다. 해리는 이런 이미지들로 인한 동요를 뚫고 잠을 자보려고 애쓴다. 그는 독립전쟁이 베트남전쟁 때와 같은 일이 전혀 없는 신사들의 전쟁이었다고 항상 생각했었다. 환영인지 뭔지 실체가 잘 잡히지 않는 영상들이 나타나기 시작한다. 나중에 생각해보면 전혀 앞뒤가 맞지 않는 백일몽이다. 중앙에 반짝이는 솜털이 있고 매끈한 솔기도 있는 어떤 여자의 둥근 배가 갈라져서 열리더니 빨간 끈을 몇 미터나 쏟아낸다. 마치 야구공의 내부 같다. 그다음에는 그가 어떤 시체 옆에 누워 있다. 옷이 모두 검은색인 그 자그마한 남자는 근육이 하나도 없이 축 늘어진 복화술사의 인형인데 선글라스를 쓰고 있다. 해리는 어둠 속에서 깨어난다. 잔디 깎는 기계 소리나 노퍽소나무 숲속에서 탁한 갈색 새의 지저귐이나 새벽에 포섬을 치는 젊은 회사원들의 수다가 들려오기에는 너무 이른 시각이다. 해리는 꼼짝도 하지 않고 은은히 빛을 발하는 물건들과 희미하고 비스듬한 빛 속에서 욕실로 간다. 욕실 타이머의 숫자들, 골프장 울타리의 노란 유도등의 빛이다. 그는 여자처럼 앉아서 소변을 본 뒤 침대로 돌아간다. 그는 항상 침대에서 자신이 자던 자리에 누워 잔다. 아직도 재니스가 옆에 누워 있는 것처럼. 이번 꿈에는 윗부분이 둥근 문이 나타난다. 그 문을 밀어보자 아무 소리도 내지 않고 부드럽게 열린다. 그 안은 밝고 부산하다. 어찌된 영문인지 장모의 집 아래층이다. 그런데 일종의 지하실처럼 아래로 내려가야 한다. 장모의 집이 이렇게 밝았나 싶을 만큼 밝다. 지나치게 화려한 색깔들이 마치 사육제 같다. 라틴아메리카 같은 분위기, 뉴스 중간에 계속 나오는 유람선 광고 같은 분위기다. 이곳에 그가 거의 알지 못하는 사람들, 또는 거의 기억나지 않는 사람들이 잔뜩 모여 그를 환영한다. 재브리츠키 부인은 날씬한 아가씨가 되었지만 여전히 그를 유혹하듯 뭔가를 묻는 것 같은 표정으로 목을 기울이고 있으며, 60년대에 유행하던, 끝에 술이 달리고 야할 정도로 짧은 치마를 입고 있다. 마티 토세로는 기울어진 얼굴과 같은 색인 집배원의 가방을 들고 있고, 한창때의 모습으로 돌아간 어머니와 아버지는 키가 커서 껑충한 몸에 교회에 갈 때 입는 가장 좋은 옷을 입고 분홍색 담요에 싸인 여자 아기를 병원에서 데려오고 있다. 끝이 살짝 올라간 아기의 작은 코와 감은 눈 한쪽만이 보일 뿐이다. 옛날 크레믈 헤어 제품 광고처럼 래커를 칠한 것 같은 검은 머리에 침착하고 빤히 바라보는 눈을 지닌 키 큰 남자가 남자답게 해리와 악수를 한다. 그동안 옆에서는 재니스가 이 아이가 로이가 아니면 누구겠느냐고 그에게 속삭인다. 로이가 다 자라서 해리만큼 커졌다는 것이다. 잠에서 깬 래빗은 악수의 감각과 그의 얼굴에서 사라져가던 인사용 미소가 여전히 느껴진다.

허리케인 휴고는 남동쪽 해안을 노린다. 미국 공군의 제트기가 뉴욕강에 추락한다. 프랑스 DC-10기가 추락한 것은 십중팔구 폭탄 때문일 것이다.

리Lee는 바다소 영역에서 배를 타는 사람들의 속도를 늦춘다. 해리는 귀리시리얼을 먹으며 〈뉴스 프레스〉를 소화시킨다. 세인트크로이섬에서는 계속 혼란이 판치고, 경찰과 국가경비대원들이 휴고가 훑고 지나간 뒤 칼로 무장하고 광란의 약탈에 나선 폭도의 대열에 합류했다. 관광객들은 섬에 도착한 기자들에게 이곳을 떠나게 해달라고 간청했다. 이 빌어먹을 울보들 같으니. 해리는 자신의 꿈이 카리브해에 관한 이런 뉴스들과 관련되어 있을지도 모른다는 생각이 문득 든다. 새로 도착한 사람들을 환영하고 모든 사람을 용광로 안으로 즐거이 받아들이기 위한, 리조트 호텔의 주말 직전 파티도 있었다. 그는 오늘을 즐기기 위해 좁은 발코니로 나간다. 신문에서는 휴고가 다가오고 있지만 오늘 날씨는 맑을 것이라고 했는데 정말 그렇다. 저멀리 청록색 고층건물들이 등뒤의 아침 해가 보내는 빛을 받아 빛덩어리를 되쏜다. 바다는 보이지 않지만 여기서도 바다 냄새가 느껴진다. 해리는 파티에 누가 왔었는지 모조리 기억해보려고 하지만 기억이 나지 않는다. 꿈속의 사람들은 가만히 붙어 있지 않는다. 뉴욕에서 비행기가 미끄러지면서 활주로를 벗어나는 바람에 두 사람이 죽었다. 겨우 두 명. 사하라에서는 백일흔한 명이 죽었는데. 런던에서 전화를 걸어온 사람은 이 모든 것을 알라의 은혜로 돌린다. 해리는 이 사건에 로커비 팬암기 사건만큼 관심이 가지 않는다. 뉴스에 나오는 모든 일이 그렇듯이 사람들은 금방 싫증을 내고, 재난은 새로운 트릭 같은 것이 되어버린다. 텔레비전으로 미식축구를 중계할 때 중간 휴식시간이 많아진 것처럼.

밖에서는 해리보다 젊은 남자들이 소리를 질러댄다. 커튼이 드리워진 미닫이문 뒤의 골프장에 젊은 녀석들이 나와 있는 것이다. 해리는 침대를 정리하고 부엌바닥을 청소한 뒤 오렌지주스를 따라 먹은 잔과 시리얼 그릇을 식기세척기 안에 질서정연하게 늘어서서 안이 다 차기를 기다리고 있는 그릇들에 덧붙인다. 아직 다 차려면 멀었다. 마침내 재니스가 나타났을 때 그는 살림이란 이렇게 해야 한다는 것을 보여주고 싶다.

열시에 그는 아침 산책을 위해 밖으로 나간다. 북동쪽, 그러니까 플로리다를 위협하는 허리케인이 있는 방향을 바라보다가 구름의 모양에 충격을 받는다. 얼마나 복잡한 모양인지. 파란색 위에 하얀색 위에 회색이 겹쳐져서 갈래갈래 찢어져 있다. 물고기 비늘 같은 구름은 살짝 기울어져 있고, 줄줄이 늘어선 길쭉한 구름의 아래쪽은 텁수룩해 보이지만 위쪽은 마치 재빨리 물이 훑고 지나간 것처럼 둥글다. 파도가 모래에 남기고 간 규칙적인 줄무늬 같다. 유리처럼 반짝이는 바람이 햇빛 속에서 불어온다. 공기 중에 뭔가가 있는지 숨쉬기가 조금 힘들다. 오존이 부족한 건가? 아니면 너무 많은 건가? 어쩌면 그의 상상일 수도 있지만 하늘에 비행기가 한 대도 없는 것 같다. 대개는 사우스웨스트 플로리다 지역공항에 착륙하려고 원을 그리며 점점 고도를 낮추는 비행기들이 층층이 쌓여 있는 곳인데. 비행기들이 하늘에서 쫓겨난 것이다. 태양 아래에 막대 모양 안개로 만든 고속도로 같은 것이 북동쪽 수평선으로 물러나고 있다. 고요한 바다에 비친 달그림자가 차곡차곡 쌓여 있는 모습과 비슷하다.

해리는 충동적으로 셀리카를 몰고 나가기로 결정하고 시내로 가서 퍼스트페더럴은행 근처의 미터기에 차를 세운 뒤 흑인 동네 쪽으로 걸어간다. 오늘 오후에는 골프장에 나가서 몇 홀쯤 돌아보고 싶어질지도 모른다. 며칠 전 프로숍에서 그의 신발을 찾았다고 전화로 연락해주었다.

폐교가 된 황토색 고등학교 건물 뒤의 운동장에서 무릎을 잘라 올을 풀어놓은 청바지 차림의 키 큰 소년이 혼자서 농구 골대를 향해 슛을 쏘고 있다. 강렬한 청록색인 탱크톱에는 포효하는 호랑이 머리가 찍혀 있다. 털에는 오렌지색과 하얀색 줄무늬가 있고, 눈은 노란색이고, 혀와 코끝은 비현실적인 보라색이다. 하지만 이 아이의 이 옷차림은 왠지 격식 있게 보인다. 일부러 유니폼으로 선택한 옷처럼 품위가 있다. 어제의 아이들보다 나이가 많아서 적어도 열여덟 살은 되어 보이는 이 아이는 신중한 선수다. 그는 진지하고 경제적으로 훌륭하게 움직이며 드리블을 해서 들어가 바닥을 살피고 골대를 노려보면서 두 손으로 공을 잡고 골대를 가늠해보다가 마지막 순간에 왼손으로 밑을 받치며 공을 쏘아 보낸다. 아이는 발목까지 올라오는 검은 운동화를 신었다. 양말은 신지 않았다. 머리는 두개골 위에 머핀을 얹어놓은 것 같은 모양인데, 양쪽 옆과 뒤통수의 머리를 밀어버린 경계선에 X자가 연달아 그려져 있다. 이 아이가 가져왔음이 분명한 작은 빨간색 배낭의 반대편 끝에서 벤치에 앉은 래빗은 한참 동안 아이를 지켜본다. 해가 반짝이고 유리 같은 바람이 불어오고 지나가는 구름이 흙바닥 운동장과 주변을 에워싼 판잣집들에 잠깐 그림자를 던진다. 판잣집들은 햇볕에 바래서 씻겨나간 것 같은 색을 하고 있으며, 냉담하게 침묵을 지키고 있는 것처럼 보인다. 드나드는 사람이 보이지 않는다.

해리는 자세에 변화를 주기 위해 가끔 일광욕을 하듯이 하얀 얼굴을 뒤로 젖힌다. 시야가 빨갛게 물들고, 빛의 입자들이 그의 투명한 눈꺼풀을 뜨겁게 뚫고 들어온다. 그러다가 눈을 떴더니 아이가 가까이에 서 있다. 구름보다 더 어두운 모습이다. 그의 검은 피부는 왠지 윤기 없고 단단해 보인다. 튀어나온 광대뼈와 얇은 입술을 보니 인디언의 피가 섞인 모양이다.

"여서 머 하는 거예요?" 아이의 목소리는 가볍고 차분하고 웃음기가 없다. 포효하는 호랑이의 보라색 입에서 나오는 소리 같다.

"아니, 뭐." 래빗이 말한다. "내가 여기 앉아 있는 게 거슬리니?"

"스코티 때매 왔어요?" 공을 잡지 않은 손을 엉덩이께에 붙인 채 아이는 자유로운 손으로 지극히 작고 섬세하게 채찍을 휘두르는 시늉을 한다. 래빗은 재빨리 배낭을 바라본 뒤 다시 호랑이의 입으로 시선을 돌린다.

"아니, 괜찮다." 그가 말한다. "전혀 그런 게 아냐. 그냥 너랑 나랑 둘이 잠깐 게임을 하면 어떻겠니? 여긴 너 혼자뿐인 것 같으니까 말이야."

"어제 어떤 인간이 와서 어슬렁거렸다더니."

"그래, 어슬렁거리는 것, 그게 바로 내가 하는 일이야. 퇴직했으니까."

"근데 왜 여기서 어슬렁거려요? 여기 딜리언에는 당신네 동네에도 어슬렁거릴 데가 많잖아요." 아이는 이 동네 사람들이 흔히 그렇듯이 딜리언을 딜라인으로 발음한다.

"거긴 상당히 심심하지." 해리가 말한다. "난 여기가 마음에 든다. 정신없이 번잡스럽지 않으니까. 그게 거슬리는 거냐?"

아이는 조금 허를 찔린 표정으로 대답을 생각한다. 래빗은 그 틈에 번개처럼 손을 뻗어 농구공에 갖다댄다. 어제 아이들이 갖고 있던 것보다 좀더 닳았고, 가죽 색깔이 아니라 바랜 빨간색, 흰색, 파란색이다. 살짝 거친 듯 매끄러운 표면이 따뜻하다. "자," 해리가 일부러 거친 목소리를 내며 간청한다. "나한테 공을 줘봐."

호랑이의 표정은 그대로지만, 공을 잡은 손에서 힘이 빠진다. 해리는 공을 들고 단단히 다져진 흙바닥 농구장으로 성큼성큼 들어간다. 불안할 정도로 키가 커진 것 같다. 올여름 퍼레이드에서 혼자 도로에 발을 디뎠을 때와 같은 기분이다. 해리는 혹시 게임을 하게 될 때를 대비해서 아침에 반바지를 입고 나왔다. 먼지와 반사된 햇빛이 그의 드러난 종아리를 어루만진다. 분필처럼 하얗고 늙은 그의 종아리는 원래 털이 많은 편이 아니었지만, 지금은 거의 없다시피 하다. 오십 년이 넘도록 양말에 부대낀 위치에는 실제로 털이 전혀 없다.

해리가 꽤 먼 곳에서 시도한 점프슛이 운좋게 들어간다. 그와 호랑이는 서로 닿지 않게 조심하면서 패스를 주고받으며 번갈아 슛을 시도한다. "농구를 해본 적이 있죠?" 소년이 말한다.

"아주 옛날, 고등학교 때. 대학에는 안 갔지. 그때는 지금이랑 경기 스타일이 달랐어. 하지만 1 대 1 경기에서 동작을 연습하고 싶다면 내가 아주 좋은 상대지. 21점까지 넣는 걸로 하자. 서로 양심에 따라 스스로 파울을 신고하는 걸로 하고."

호랑이의 시선에 납덩이처럼 무거운 슬픔이 깃들어 있는 것 같다. 하지만 그는 고개를 끄덕이더니 해리가 튕겨준 공을 잡는다. 그리고 잘난 척 몸을 구부린 자세(어깨를 내리고 엉덩이를 내민 자세)로 운동화 발꿈치로 흙바닥에 그어놓은 코트 중앙선으로 걸어간다. 뒤에서 보니 아이의 몸은 온통 뼈와 힘줄뿐이다. 땀에 젖어 광택이 나기는 하지만 땀이 많지는 않아서 청록색 끈 아래에서 사선을 그리고 있는 어깨는 광택이 나지 않는다.

"잠깐." 해리가 말한다. "내가 미리 약을 먹어두는 게 낫겠다. 넌 신경 쓸 필요 없어."

니트로글리세린이 혀 밑에서 뜨겁게 느껴진다. 호랑이가 들어와서 레이업슛을 시도한 뒤 래빗이 공을 잡아 드리블해서 6미터짜리 슛을 놓쳤을 때쯤 약의 효과가 엉덩이까지 도달한다. 처음에는 긴장이 풀려서 아주 자유로워진 느낌이다. 호랑이는 갑작스럽게 획획 움직이는 동작이 좋아서 언제든 자기보다 무겁고 나이도 많은 상대를 누를 수 있지만 슛 기회를 몇 번이나 허비한다. 멈췄다가 갑자기 움직이는 스타일로는 과녁과 조화를 이룰 수 있는 시간이 그리 많지 않고, 호랑이의 공도 그리 높이 날아가지 않는다. 공은 그의 손에서 단조롭게 날아가 둥근 골이 작은 구멍이라도 되는 것처럼 비껴나간다. 호랑이는 또한 키도 해리보다 몇 센티미터쯤 작다. 래빗은 골대 가까이에서 아이의 손가락 위로 공을 들어올려 몇 번 점프슛을 시도한다. 부드럽고 높게. 간단한 일이다. 공은 그물망이 없는 골대를 손쉽게 획 통과한다. 슬램덩크를 할 수 있다고 뽐내면서 대릴 도킨스 흉내를 내며 골대에 매달리는 아이들이 워낙 많기 때문에 오렌지색 페인트가 조각조각 떨어지고 있는 둥근 골대가 조금 비틀어져 있다. 호랑이가 점점 단단히 압박해 들어오기 시작하자 해리는 코너에서 방향을 바꿔 골대를 향해 다가갈 수 있는 길을 찾아야 한다. 그럴 만한 기운이 있을지는 모르겠지만.

호랑이의 팔꿈치와 날카로운 무릎이 해리의 몸을 덜걱덜걱 흔들고 지나가자 그는 그 옛날의 그 감각, 상대 선수가 압박해 들어오며 거칠게 미는 그 감각에 웃음이 터져나온다. 자신이 움직일 때마다 배가 출렁거리는 것, 무릎이 지쳐서 물처럼 흐물거리기 시작하는 것은 그도 알고 있다. 하지만 흥분과 향수가 그 모든 것을 지배한다. 호랑이는 상대의 동작이 느린 것을 좀더 잔인하고 날카롭게 이용하기 시작해서 해리의 옆을 미끄러지듯 휙 스치고 지나가며 치고 나간다. 래빗은 자신의 몸에 한층 더 박차를 가하지만 좁아진 기도로 숨을 쉬기가 더 힘들어지는 것을 느낀다. 그래도 햇볕이 기분좋다. 땀구멍에서 솟아나는 땀이 수많은 씨앗들에 생명을 주는 것 같다. 지금 이렇게 몸을 움직이는 것은 본질적으로 그와 땅과 하늘이 하나로 섞이기 위한 것이다. 살짝 분홍색이 감돌고 햇빛을 받아 눈부시게 빛나는 단단한 흙바닥에 나이키 운동화 밑창의 줄무늬와 호랑이가 신고 있는 검은 운동화 밑창의 새장 같은 격자무늬가 몇 번이나 찍힌다. 드리블을 하는 동안 그렇게 무늬가 찍힌 땅이 시야의 가장자리에 잡힌다. 그리고 하늘, 그가 자신과 상대가 골대를 향해 쏘아 보낸 공을 따라 시선을 들면 보이는 하늘은 하얗고 넓다. 눈부신 태양 주위로 구름이 모여들어 관중들이 흥분한 은빛 운동장 같은 분위기를 낸다. 하늘은 파란 투우장이다. 래빗은 몸을 비틀며 점프를 하다가 우연히 해를 정면으로 바라보는 바람에 빨간 달처럼 남은 잔상이 일 분 정도 눈에서 사라지지 않는다. 가슴이 답답하고 머리가 어지럽다. 심장박동이 귓가에서 울려대고, 양쪽 견갑골 사이는 땀에 흠뻑 젖은 채 아파오기 시작한다. 호랑이가 자신이 쏜 슛의 리바운드를 잡아 공을 엉덩이께에 댄 우아한 자세로 해리를 신중하게 바라본다. 그의 피부는 고운 검은색 모래로 만든 맷돌 같다. 작은 귀가 머리에 납작하게 붙어 있고, 줄줄이 늘어선 X자 무늬 위의 머리카락은 그 이상 곱슬거릴 수 있을까 싶을 만큼 곱슬거린다. 그의 몸에 맺힌 둥근 땀방울 하나하나에서 햇빛이 반짝인다.

"이봐요, 괜찮아요?"

"괜. 찮아."

"엄청 헐떡거리잖아요."

"너도 두고 봐라. 내 나이 때까지."

"땀 좀 식히죠? 뭐 대단한 일도 아닌데."

이건 호의적인 행동이다. 래빗은 눈썹에 맺힌 땀방울과 피가 둥둥둥 박동하는 느낌 속에서도 그것을 알아차린다. 나뭇가지처럼 뻗어 있는 그의 혈관들이 커다란 분홍색 꽃으로 뒤덮인 것 같다. 뭐 대단한 일도 아닌데. 몸이 너무 망가져서 이렇게 뛸 수 없게 되었다고 해도 뭐 대단한 일은 아니다. 잠깐 1 대 1 경기조차 할 수 없게 되었다고 해도 뭐 대단한 일은 아니다. 땀이 흙과 섞여 다리에서 굳기 시작한다. 그는 리듬이라고 할지 춤이라고 할지, 하여튼 지금의 이 기운과 즐거움을 잃게 될까봐 두렵다. 그가 묻는다. "너는. 재미있지 않니?" 그는 빨갛게 달아오른 자신의 얼굴, 숨을 헐떡이는 덩치 큰 몸, 얼음처럼 차가운 푸른색이지만 번들거리는 눈을 보고 호랑이가 무서워하는 모습을 즐기고 있다.

호랑이가 말한다. "재미있어요. 중간 정도로는." 마침내 그가 미소를 짓는다. 놀라울 정도로 고른 이다. 잇몸은 라벤더 색깔이다. 요즘은 빈민가 아이들조차 치열교정을 받는다.

"처음에 정한 대로 끝까지 해보자. 21점을 먼저 넣는 사람이 이기는 거야. 18점을 더 넣어야지?"

"맞아요." 두 사람 모두 파울을 외친 적은 없다.

"가라. 네가 공을 잡을 차례야, 호랑이." 해리의 등에서 서투른 날개처럼 통증이 점점 번져나가고 있다. 흑인 청년은 해리 옆을 휙 돌아서 재빨리 골대 밑으로 다가가 레이업슛을 쏜다. 해리는 튀어나온 공을 잡고 중앙선 안쪽 한 걸음 앞에서 멈춘 뒤 상대가 미처 수비하지 못하는 틈을 타서 양손으로 공을 쏘아 보내는 구식 슛을 쏜다. 공이 손을 떠나는 순간 중간에 떨어질 것이라는 느낌이 온다. 한낮의 시간 속에 파인 틈이 공을 아래로 유도한다.

"이런." 호랑이가 감탄스럽다는 듯이 말한다. "그거 엄청나잖아요." 그러고는 긴 한 팔을 뻗어 그의 동작을 흉내낸다. 하지만 공은 골대 가장자리를 맞힌 뒤 로켓처럼 튕겨나온다. 공이 너무 낮게 날아간 탓이다. 래빗은 리바운드를 잡지만 몸무게가 1톤쯤 되는 것 같아서 움직일 수가 없다. 그의 발과 머리 사이의 연결도 끊어져버렸다. 호랑이가 그와 골대 사이를 가르듯이 들어와 그의 얼굴을 향해 다가들며 보라색 포효를 터뜨리더니 조금 뒤로 물러난다. 그 덕분에 래빗은 상대가 잠시 느슨해진 그 틈을 타서 고비를 넘긴다. 그는 쿵쿵 부딪쳐오는 석탄 자루 같은 상대방을 옆구리에 매단 채 한 번 드리블을 하고는 뛰어오른다. 골대가 그의 시야를 가득 채웠다가 아래로 내려오며 그의 입술에 입을 맞춘다. 절대로 골을 놓칠 리가 없다.

그는 뛰어오른다. 저기 찢어진 구름이 있는 곳까지 높이. 그의 상체가 엄청난 통증으로 팔꿈치부터 팔꿈치까지 찢어질 듯하다. 그는 안에서부터 폭발한다. 엄청나게 거대한 어떤 것이 끈질기게 자신을 더듬는 것 같은 느낌을 받으면서 그는 의식을 잃고 흙바닥으로 쓰러진다. 호랑이는 골대를 통과하고 떨어지는 공을 잡은 뒤 마치 고의적인 파울처럼 자신에게 부딪치는 상대의 몸을 느낀다. 하지만 덩치 큰 백인 노인이 질식할 것 같은 표정과 졸린 것 같은 표정으로 소리 없이 쓰러지는 모습이 이내 눈에 들어온다. 누가 헝겊인형을 땅에 떨어뜨린 것 같다. 호랑이는 쓰러진 사람 옆에 놀란 표정으로 서 있다. 체크무늬 반바지, 새 나이키 운동화, V자가 서로 얽혀 있는 로고가 새겨진 파란색 골프 셔츠. 고운 흙먼지가 붉게 상기된 채 의식을 잃은 얼굴의 한쪽 뺨에 그림자처럼 붙어 있다. 얼굴 반쪽만 광대 분장을 한 것 같다. 너무 놀라서 멍해진 소년은 아까 했던 말을 되풀이한다. "이거 엄청나잖아."

도망치고 싶다는 충동이 뇌리를 훑고 지나가면서 현실적인 생각들이 머리에서 싹 사라져버린다. 그는 누구와도 얽히고 싶지 않다. 그래서 벤치 끝에 놓아둔 배낭을 챙긴다. 아주 어린 보이스카우트 단원이 1박 2일 캠핑을 갈 때 가져갈 것 같은 배낭이다. 그는 그것과 농구공을 가슴에 끌어안고 조심스레 멀어져간다. 그러다가 그 블록의 중간쯤에 이르렀을 때 흥분상태인 높은 하늘 밑에서 뛰기 시작한다. 비행기 한 대가 천천히 사선을 그리며 고도를 낮춘다.

위에서 내려다본다면 구부러진 팔다리를 흉하게 벌린 채로 해리는 농구장에 혼자 있다. 하늘에서 구름의 운동장 속에 홀로 떠 있는 해처럼. 시간이 흐른다. 그리고 사회적 연결망이 움찔거린다. 이 고독한 운동장에 면한 집들 중 한 곳에 사는 누군가가 커튼을 친 창문으로 그를 지켜보다가 911에 전화를 건다. 몇 분 뒤 친구라고는 텔레비전밖에 없이 칸막이가 된 작은 방에서 혹시 모를 위험을 잔뜩 경계하며 사는 가난한 노인 여러 명이 점점 가까워지는 사이렌소리를 허리케인 경보로 오해하고 폭풍이 사우스캐롤라이나에서 자기들 쪽으로 방향을 바꿨다고 믿어버린다.

　"경벽성심근경색인 것 같습니다." 올먼 박사가 재니스에게 이렇게 말하고는 좀더 분명하게 설명한다. "심장의 벽을 그대로 통과해버렸다는 뜻입니다." 그는 주먹을 쥔 손을 들어 경벽성심근경색과 심내막하심근경색의 차이점을 설명하려고 애쓴다. 후자의 경우는 관리를 해가며 살아갈 수 있다. "부인, 좌심실 전체가 날아갔습니다." 그가 말한다. "지난 4월에 북쪽에서 시술을 받은 뒤 완전한 재협착이 일어난 것 같습니다." 매부리코는 햇볕에 그을렸고 턱은 오스트레일리아인답게 튀어나온 그의 커다란 얼굴이 수면부족과 슬픔에 겨운 재니스를 공격하며 혼란에 빠뜨린다. 의사는 그녀를 위해 해리의 속을 꺼내 보여주기라도 하려는 듯이 바삐 손을 움직이고 있지만 이제는 너무 늦었다. "우회술을 하기에는 이미 너무 늦었어요." 올먼 박사는 거의 코웃음을 치다시피 한다. 그러고는 애써 목소리를 가다듬어 후천적으로 익힌 부드러운 남부 말씨로 말을 잇는다. "설사 기적적으로 지금의 상태를 이기고 회복되신다 해도, 보통 사람 같으면 건강하고 유연한 근육이 있어야 할 자리에 흉터 조직만 남게 될 겁니다. 동맥이나 판막은 대체할 수 있어도 살아 있는 심장근육을 대체하는 방법은 아직 없어요." 그는 절제된 분노를 내뿜는다. 짧은 퍼팅을 세 번이나 연달아 실패한 사람 같다. 재니스는 지친 머리로 이 의사가 너무 젊다고 생각한다. 그는 지금 죽어가고 있다는 이유로 환자를 비난하고 있다. 자기 일을 어렵게 만들려고 환자들이 일부러 그런다는 투다.

어제저녁 펜파크경찰서의 경찰관들이 집으로 찾아온 뒤(경찰관들도 어찌나 어려 보였는지, 심각한 소식을 전하게 된 것을 어찌나 힘들어하고 있었는지 모른다. 그들은 딜리언의 병원이 경찰서로 연락을 해왔다고 말했다. 아파트의 전화도, 해리의 면허증에 적힌 주소지의 전화도 받는 사람이 없었기 때문이다. 그때 재니스는 어떤 젊은 부부에게 집을 보여주려고 나가 있었다. 바닥을 층지게 지은 브루어 하이츠의 주택과 오리올 쪽의 오래된 사암 농가였다. 경찰은 재니스가 집에 돌아온 것과 거의 동시에 진입로에 도착했는데, 뱅글뱅글 돌아가는 파란색 경광등이 석회암 벽을 핥고 있어서 이웃사람들이 모두 무슨 일이 났는지 궁금해했을 것이다) 재니스는 밈에게 전화를 걸었지만 밈 역시 전화를 받지 않았고, 그다음에는 이스턴항공의 직원들 대부분이 여전히 파업중이고 허리케인 때문에 애틀랜타를 드나드는 모든 비행기가 취소되거나 지연되고 있는 상황에서 재니스 자신과 넬슨이 플로리다까지 타고 갈 야간 비행기표를 구하려고 전화를 걸었고, 그다음에는 차를 몰고 사우스필라델피아를 거쳐 공항까지 보수작업중인 스쿨킬 고속도로를 몇 킬로미터나 달렸는데 반사 테이프가 붙은 수많은 통 때문에 혼란스러운 와중에 넬슨이 길을 잘못 드는 바람에 정신을 차려보니 시내 한가운데의 독립기념관 바로 옆에 와 있었고(순식간에 벌어진 일 같았다) 그다음에는 그냥 몇 시간 동안 기다리면서 넬슨을 위로하고 사람들이 플라스틱 의자에 버리고 간 신문을 읽고 고등학교 때 학교 복도와 농구 경기장에서 대리석으로 만든 소년처럼 금발의 찬란한 모습이던 해리를 처음으로 만난 날부터 지금까지의 일들을 회상하고, 그다음에는 해리가 좀처럼 버리려 하지 않는 지난 신문들이 쌓여 있는 것과 고리버들 안락의자에 과자 부스러기가 떨어져 있는 것을 제외하면 아주 깔끔하게 정리돼 있고 침실에는 자신이 지난 크리스마스에 사준 표지에 돛단배가 그려진 책만 있을 뿐 다른 여자의 흔적은 전혀 없는 빈 아파트에 도착했고, 바로 옆의 넬슨은 사사건건 과장된 반응을 보였기 때문에 그렇게 혼자 오고 싶다고 할 때 저애가 따라오지 않았으면 좋았을 거라는 생각을 했고(어느 정도 시간이 흐르면 심장근육처럼 마음속의 모성애도 죽어버리는 것 같다는 생각이 든다) 피로에 지쳐서 몇 시간 동안 눈을 좀 붙였다가 밖에서 청년들이 잔디밭을 깎는 소리와 남자들이 골프를 치기 시작하는 소리에 너무 일찍 깨어버렸고, 넬슨은 아침 식탁에서 프로스티드 플레이크 대신 말먹이 같은 맛이 나는 귀리시리얼밖에 없다며 황당한 불평을 늘어놓았고, 이 모든 일을 겪은 뒤 재니스는 해리가 지난 노동절 주말에 한참 동안 운전을 하고 나서 느꼈던 기분, 그러니까 누가 모래주머니로 자기 몸을 마구 두드려댄 것 같은 기분과 비슷한 것을 느꼈다. 복도에는 다른 날과 마찬가지로 신문이 배달되어 있었다.

휴고가
사우스캐롤라이나
강타

모리스 박사, 그러니까 해리의 주치의인 늙은 의사가 재니스가 병원에 와 있다는 소식을 들었는지 심장병동 집중치료실의 대기실로 들어온다. 그 자신도 깎지 않은 수염과 잡티, 다리지 않은 갈색 양복 때문에 그리 좋아 보이지 않는다. 그는 재니스의 손을 잡고 테 없는 안경 뒤에서 그녀의 눈을 똑바로 바라보며 말한다. "살다보면 때가 오기 마련이에요." 여든 살이 다 된, 아니 적어도 일흔다섯 살은 넘은 그로서는 아무 불만이 없을 것이다. "며칠 전 남편께서 우리 병원에 오셨는데, 그때 청진기 진찰 결과가 별로 안 좋았습니다. 그렇게 손상된 상태로 이 주밖에 못 사는 사람이 있는가 하면 이십 년이나 사는 사람도 있으니 뭐라고 확실히 말할 수는 없지만요. 중요한 건 환자의 태도일 겁니다. 남편분은 조금 지나치게 우울해하는 것 같았어요. 그래서 뭔가 일거리가 필요하다는 결론을 내렸습니다. 그냥 은퇴하기에는 아직 너무 젊어요."

경찰차의 파란 경광등이 나타난 뒤부터 재니스의 눈에는 잠시도 눈물이 마르지 않았지만, 지금 이 말과 노인의 현명하고 친절한 태도에 또 눈물이 고인다. 모리스 박사는 최근 들어 해리를 재니스 자신보다 더 주의깊게 살피고 있었다. 어떻게 보면 재니스는 농구장에서 반짝반짝 빛나던 그를 처음 본 날 이후로 서서히 그를 보지 않게 되었는지도 모른다. 그래서 그는 눈에 보이지 않는 사람이 되어버렸다. "남편이 제 얘기를 하던가요?" 재니스는 해리가 자신과 멀어졌다는 이야기를 의사에게 밝혔는지 궁금하다.

늙은 의사의 스코틀랜드인다운 날카로운 눈이 잠시 재니스를 꿰뚫

듯이 바라본다. "아주 다정한 표정으로요." 그가 말한다.

　오전 아홉시가 조금 넘은 이 시각에는 환자들이 먹고 내놓은 아침식사 쟁반들이 아직 복도에서 운반중이고, 집중치료실 대기실에는 다른 사람들이 전혀 없다. 넬슨은 나름대로 동요해서 프루에게 전화를 하러 가기도 하고, 화장실에 가기도 하고, 다른 병동에서 발견한 카페테리아로 커피와 프로스티드 플레이크를 사러 가기도 하는 등 계속 어디론가 사라지고 있다. 대기실은 아주 작고, 주차장 쪽으로 창문 하나가 나 있다. 주차장 가장자리는 어젯밤 잔디밭 스프링클러에서 뿌린 물 때문에 축축하게 젖어 있다. 대기실 안의 나지막한 탁자에는 주로 종교 잡지들이 놓여 있고, 새까만 응접세트와 의자와 구부린 파이프 위에 플라스틱 갓을 씌운 램프 등은 이 대기실 안의 사람들이 너무 편안해지는 것을 바라지 않는 듯하다. 환자를 오로지 자기들만의 것으로 하고 싶은 모양이다. 재니스는 이럴 수도 저럴 수도 없는 이곳에 혼자 있으면서 해리가 회복하는 기적이 일어나기를 바라며 기도해야 한다고 생각하지만 기도하려고 눈을 감았을 때 그녀가 마주친 것은 아무것도 없는 죽은 벽이다. 올먼 박사의 말대로라면 해리는 살아나더라도 결코 예전의 모습이 될 수 없을 것이고, 모리스 박사의 말대로라면 이제 때가 됐다고 생각해야 할지도 모른다. 일찌감치 꽃을 피운 해리는 그녀가 크롤스에서 그와 사귀기 시작한 무렵에는 이미 내리막길을 걷고 있었다. 하지만 부지에서 들어온 돈이 두 사람 것이 되기 시작하면서부터는 희망을 가져도 될 것 같았다. 해리가 사라지면 재니스는 펜파크의 집을 팔 수 있게 된다. '아, 하느님, 아, 하느님, 당신이 가장 좋다고 생각하시는 대로 이루어지게 해주세요.' 재니스는 이렇게 기도한다.

젊은 흑인 간호사가 열린 문간에 나타나 아주 부드러운 목소리로, 아름다운 미소를 희미하게 지은 표정으로 말한다. "환자분이 깨어나셨어요." 그러고는 재니스를 집중치료실로 안내한다. 지난 12월에 와본 적이 있어서 재니스는 이곳을 기억하고 있다. 중앙에는 공항의 관제탑처럼 둥근 책상이 있고, 거기에 놓인 수많은 텔레비전 스크린에는 환자 각각의 심장박동을 나타내는 오렌지색 선들이 펄쩍펄쩍 뛰고 있고, 삼면에는 유리로 벽을 막은 좁은 개인 병실이 줄지어 있다. 그 병실들 중 한 곳에 이불만큼이나 새하얀 얼굴로 온갖 줄을 매달고 누워 있는 해리를 보자 이러다 속을 게워낼까봐 걱정이 될 만큼 아주 강렬한 감정이 뒤에서부터 북받쳐올라와 재니스를 강타한다. 절대적인 상실감과 슬픔과 두려움이 이렇게 파도처럼 몰려와 그녀를 짓누르는 것은 그녀가 실수로 자신의 아기를 물에 빠뜨려 죽였을 때 이후로 느껴본 적이 없는 감정이었다. 재니스는 결코 해리를 용서해줄 생각이 없었다. 조만간 전화를 해야겠다고 생각하기는 했지만, 하루하루가 그냥 흘러갔다. 그렇게 침묵을 지키는 것이 그녀에게는 일종의 중독이 되었다. 제단 앞에 그녀와 나란히 서서 좋을 때나 힘들 때나 평생을 함께하겠다고 맹세한 이 남자한테 어쩌면 그토록 냉정하게 대할 수 있었을까? 사실 잘못은 해리가 한 것이 아니었다. 프루의 잘못이었다. 어떤 남자가 그것에 저항할 수 있었겠느냐고, 그녀와 프루와 넬슨은 완전히 지쳐 녹초가 될 때까지 분석했다. 재니스는 앞으로 그런 일이 다시는 일어나지 않을 것이라는 사실에 만족하며 닥친 일들을 계속 헤쳐나가야 했다. 그 결과가 이것이다. 하필이면 지금. 해리는 그녀보고 멍청하다고 했다. 그녀가 해리만큼 머리가 빨리 돌아가지 않는 것은 사실이었다. 자신의 모습을 찾는 데에도 느렸다. 하지만 그는 점점 그녀를 존중해주기 시작했다. 그에게 여자를 존중하는 건 어려운 일이었다. 그의 어머니가 그를 그렇게 만들어놓았다. 그 못된 여자 같으니. 그녀와 해리가 크롤스에서 사귀기 시작했을 때는 양쪽 부모가 모두 살아 있었지만, 그때도 두 사람은 이미 고아나 다름없었다. 특히 그녀보다 그가 더했다. 해리는 그녀에게서 한동안 자신을 단단히 붙들어줄 뭔가를 보았다. 재니스는 그를 되찾고 싶다. 지금 그가 가라앉아들어가고 있는 곳에서 되찾아오고 싶다. 그 마음이 너무 강렬해서 토할 것 같다. 그가 도망친 것과 프루와 셀마와 그 밖의 모든 것이 그토록 무기력하고 다시는 돌이킬 수 없는 모습으로 누워 있는 그의 찬란함에 씻겨나가버린다.

간호사가 미닫이문을 연다. 코에 끼워져 있는 하늘색 산소 튜브 위로 파란 눈이 떠져 있지만 그의 귀는 소리를 듣지 못하는 것 같다. 그는 그녀를 본다. 자신의 아내를 본다. 몸집이 작고 얼굴이 가무잡잡하고 이마와 입이 고집스럽게 생긴 그녀가 폭포처럼 눈물을 흘리고 엉엉 울면서 용서를 말한다. "용서해줄게." 그녀는 계속 이렇게 말하지만 그는 무엇을 용서하겠다는 건지 기억해낼 수가 없다. 그는 아주 굉장한 곳에 둥둥 떠 있다. 아무것도 느껴지지 않는 행복한 침상이다. 거기에 가끔 통증이 점처럼 비집고 들어온다. 그는 재니스가 엉엉 울면서 하는 말에 귀를 기울이며 병원측이 제공한 푹신한 휠체어에 앉아 있는 그녀의 모습이 너무 작아진 것에 감탄한다. 수정으로 만든 스노볼 안에 들어 있는 사람처럼 작아졌지만, 더 섬세하다. 얼굴의 주름살 하나하나, 여성 판매원다운 회색 정장의 구겨진 주름 하나하나가 거미줄처럼 섬세하다. 그녀는 그를 용서하고 그는 그녀에게 고맙다고 인사한다. 아니, 인사한 것 같다. 그는 그녀가 자신의 손을 잡았다고 믿는다. 그의 의식이 오락가락한다. 그렇게 깜박깜박하는 사이에도 그가 태어나기 전 수백 년 동안 그랬던 것처럼 누군가가 세상을 돌보고 있다는 사실이 감탄스럽다. 목이 끔찍하게 말라버린 것 같지만 이 감각이 곧 사라지리라는 것을 그는 알고 있다. 의사들이 뭔가 조치를 취해줄 것이다. 재니스는 꿈에 나왔던 밝은 형체들 중 하나인 것 같다. 꿈속에서 벌어졌던 파티. 그는 호랑이에 대해, 자신이 게임에서 이겼다는 사실에 대해 그녀에게 말해줄까 생각하지만 그 충동도 곧 사라진다. 그는 기분좋은 피로감을 느낀다. 그는 눈을 감는다. 그가 빨간 동굴이라고 생각했던 곳에는 정면 출입구밖에 없고, 출구에는 알고 보니 뒷문도 하나 있다.

아내의 익숙하고 사랑스러운 모습이 넬슨의 모습으로 바뀌었다. 그도 불행한 표정이다. "엄마한테 아무 말씀도 안 하셨어요, 아버지." 아들이 투덜거린다. "아버지가 엄마를 빤히 바라보기는 했는데 아무 말도 안 했다고 엄마가 그러셨어요."

'그래, 알았다.' 그는 생각한다. '내가 또 잘못한 게 뭐지?' 그는 자신이 아들에게 미안한 짓을 했다는 생각이 들지만, 지금은 그에게 호의를 베풀고 있다. 넬슨은 잘 모르는 것 같지만.

"뭐든 말 좀 해보세요. 나한테 말 좀 해보라고요, 아버지!" 아들이 고함을 지르고 있다. 아니, 고함을 지르지 않으려고 애쓰고 있다. 그것이 힘들어서 아가미가 하얗게 질린 얼굴을 하고 있다. 차마 물어볼 수 없는 질문이 한쪽 눈썹을 비틀고 있어서 눈썹 털이 이상하게 자라난다. 그는 아이의 불행을 덜어주고 싶다. '넬슨, 너한테 누이가 있어.' 이렇게 말해주고 싶다.

그가 지금 그 말을 한 건가? 불안한 표정으로 애써 감정을 억누르는 아들의 얼굴은 그대로다. 하지만 그가 다음에 한 말을 들어보니, '누이'라는 말을 들은 건지도 모른다는 생각이 든다. "밈 고모한테 전화로 연락했어요, 아버지. 최대한 빨리 이리로 오실 거예요. 캔자스시티에서 비행기를 갈아타야 한대요!"

아들의 표정과 목소리 높이를 보니 아버지 쪽에서 불어오는 사나운 바람을 향해 고함을 지르고 있는 것 같다. "죽지 마세요, 아버지, 죽지 마세요!" 아들은 이렇게 외치고는 차마 묻지 못한 질문을 아직 얼굴에 담은 채 뒤로 물러나 앉는다. 눈물에 젖은 아들의 검은 눈이 마치 별처럼 반짝인다. 해리가 그 질문을 그렇게 어정쩡하게 내버려두면 안 된다. 아들은 그에게 의지하고 있다.

"얘, 넬슨." 그가 말한다. "내가 할 수 있는 말은 이것뿐이다. 그리 나쁘지 않아." 래빗은 말을 더 해야 하는 게 아닌가 하는 생각이 든다. 아이가 너무나 기대에 차 있는 것 같다. 하지만 충분하다. 아마도. 충분하다.

래빗의 눈으로 본 세상의 동요와 불안

존 업다이크는 20세기 미국문학을 대표하는 소설가를 이야기할 때, 몇 명을 꼽더라도 빠지지 않는 작가다. 공황기인 1932년에 태어난 업다이크는 1954년 하버드를 졸업하던 해에 『뉴요커』에 첫 단편을 발표한 이후 2009년 일흔여섯 살로 사망할 때까지 거의 매년 책을 냈으며 그 분야도 장편, 단편집, 평론집, 시집을 망라한다. 그가 평생 낸 책은 장편만 따져도 스무 권이 넘고 단편집은 열 권이 넘는다. 이것은 서른 살이 되기 전에 전업작가 생활을 시작하여 이 무렵부터 일주일에 6일, 아침에 몇 시간씩 글을 쓰는 습관을 평생 유지한 결과다. 이렇게 업다이크는 다작으로 유명하기도 하지만, 그가 다작의 능력으로 20세기 미국 대표소설가 반열에 오른 것은 물론 아니다.

그는 1959년 첫 장편 『구빈원 축제』로 미국예술원 로젠탈상을 받았고, 20대 말인 1960년에 『달려라, 토끼』를 출간하여 동시대 대표작가의 자리에 올라섰다. 그리고 30대 초반인 1963년에는 『켄타우로스』로 전미도서상을 받고, 1964년에는 최연소 미국예술원 회원으로 선출되었다. 이렇게 업다이크는 화려하게 조명을 받으며 작가 생활을 시작했다. 그렇다고 업다이크가 젊은 시절에 반짝 빛을 발하고, 그 빛을 평생 우려먹는 작가였다는 뜻은 아니다(업다이크 자신은 「불가리아 여성 시인」에서 '베크'의 입을 빌려 그런 자화상을 슬쩍 그려내기도 하지만). 상이 작가의 모든 것을 말해준다고 할 수는 없지만 50대에 들어선 1981년에는 『토끼는 부자다』로 퓰리처상, 60대에 들어선 1991년에는 『토끼 잠들다』로 다시 퓰리처상을 받았다. 미국에서 소설 부문에서 퓰리처상을 두 번 이상 수상한 작가는 업다이크를 포함하여 네 명뿐이다. 『토끼는 부자다』를 발표한 직후인 1982년에 『타임』지는 업다이크를 두번째로 커버스토리로 다루었는데, 이때 표제가 '50세에 위대해지다'였다.

그가 받은 이런저런 상은 헤아릴 수 없을 정도로 많지만, 그 가운데 특이하게 눈에 띄는 것은 1997년에 예수회 잡지 『아메리카』에서 '탁월한 기독교도 문인'에게 수여하는 캠피언상을 받은 사실이다. 업다이크와 종교를 연결시키는 것이 많은 사람에게 쉬운 일이 아닐지 모르지만 실제로 그는 평생 교회에 다녔고, 기독교 신학을 연구했다. 할아버지는 장로교 목사였고, 첫 부인의 아버지도 목사였다. 젊은 시절에 신앙의 위기를 겪으면서 키르케고르나 카를 바르트를 열심히 읽기도 했으며, 이 점은 그의 작품세계에 깊은 영향을 주었다.

업다이크는 상복도 많았지만 상업적인 면에서도 꽤 성공을 거두었다. 1968년에 발표한 『커플스』는 센세이션을 일으키면서 1년 동안 베스트셀러 자리에 올랐다. 또 젊은 시절 잠깐 시민권 운동 시위에 참여하기는 했지만, 국가기구와 대체로 사이가 나쁘지 않아 젊은 시절에는 국무부에서 파견한 미소 문화교류 문화사절로 동구를 순회하기도 했고, 말년에는 부시 대통령 부자에게 각각 훈장을 받았다. 이렇듯 업다이크는 작가로서 순조롭게 출발하여 큰 위기 없이 꾸준한 작품활동으로 많은 것을 누렸다. 그를 사랑하는 독자들에게는 노벨문학상을 받지 못했다는 것 정도가 혹시 아쉬움으로 남을지 모르겠다.

작가의 이런 삶은 그의 작품들과도 관련이 있어, 업다이크의 작품이 사회 전체와 대결하는 상황을 그렸다는 평은 들어보기 힘들다. 실제로 그는 어디까지나 미국 사회의 주류라고 할 수 있는 사람들이 그 내부에서 느끼는 문제를 다루었지 외부와의 관계를 진지하게 묻지는 않았다. 여기에서 그의 주제의 한계나 깊이의 문제를 이야기할 수도 있지만, 뒤집어 생각하면 바로 이 점이 업다이크가 젊은 시절부터 말년에 이르기까지 '미국인'들로부터 폭이나 깊이에서 어떤 작가에게도 뒤지지 않는 사랑을 받은 이유다. 무엇보다도 그의 작품들은 철저하게 주류를 자처하는 미국인의 삶에 밀착해 있다. 업다이크는 스스로 자신의 주제가 '미국의 소도시, 신교도 중간계급'이라고 말한 적이 있다. 실제로 그의 작품에는 그런 소도시에 사는 중간계급 출신의 평범한 주인공이 겪는, 누구나 공감할 만한 사건과 고민들이 담겨 있다. 그의 대표작인 '토끼 4부작'은 바로 그런 주인공의 20대부터 죽음에 이르는 과정을 그려내고 있으며, 이것은 작가 자신이 나이를 먹어가는 과정과 대체로 일치한다. 자신이 가장 잘 아는 공간, 자신이 가장 잘 아는 종교와 계급을 체현한 인물을 통해 자신이 살고 있는 미국의 축도를 그려낸 셈이며 이것이 독서 대중과 평단으로부터 강렬한 공감을 끌어낼 수 있었던 이유라고 할 수 있다.

이렇게 미국 중간계급의 삶에 밀착한 업다이크의 소설은 그 줄거리나 사건만 본다면 어떤 면에서는 지극히 통속적이라고 말할 수도 있다(물론 후기로 가면 다양한 방식의 실험을 전개하기는 하지만). 게다가 그의 소설이 성적 묘사에 거리낌이 없다는 것도 널리 알려진 사실이다. 실제로 업다이크는 인간 경험 가운데 섹스, 예술, 종교가 '위대한 세 가지 비밀'이라고 말한 적이 있고, 이것이 곧 그가 평생 파고든 세 가지 주제이기도 했다. 이 가운데서도 섹스는 가장 눈에 띄는 특징이 될 수밖에 없다. 초기 소설들이 성공을 거둔 뒤 업다이크는 교외에 사는 미국인들의 불륜 등 결혼생활의 불안정성을 다루는 작가로 유명해졌으며, 사회적 관습의 붕괴에 내재한 혼란과 자유의 묘사는 많은 논란을 불러일으켰다. 『커플스』 같은 작품이 센세이션을 일으키고 오랫동안 베스트셀러 자리에 오른 데는 이런 요인이 중요한 역할을 했음을 부인할 수 없을 것이다.

그러나 지극히 통속적인 줄거리가 아름다운 음악과 노래에 실리면 빛나는 오페라가 되듯이 평범한 사람들의 속된 삶이 업다이크의 시 같은 산문에 실리는 순간 그의 소설은 시로 쓴 통속극으로 바뀐다. 독자들은 자신의 무미건조하고 때로는 지긋지긋한 삶에서 어떤 아름다움을 발견할 뿐 아니라, 통속과 등을 맞대고 있는 어떤 거룩한 세계로 진입하는 문이 잠깐 열린 듯한 느낌 또는 환각에 사로잡히게 된다. 업다이크 자신도 얄밉도록 정확하게, 자신의 문체가 '속된 것에 그것이 마땅히 누려야 할 아름다움을 부여하는 것'이라고 말한 적이 있다. 이 아름다운 '예술'을 통해 '섹스' 같은 가장 속된 것이 가장 넓은 의미에서 '종교'적인 저변과 이어지는 길이 열리고, 그 결과 서로 전혀 어울릴 것 같지 않은 통속성과 거룩한 느낌이 한 작품 안에 공존하는 느낌을 받게 되는 것이다. 이것이 독자들이 업다이크의 시적 통속극에서 매력과 깊이를 느끼는 이유인지도 모른다. 결국 업다이크에게 속된 세계란 그 자체로 완결된 것이 아니라, 종교적 믿음이 떠난 자리, 뭔가 중요하고 핵심적인 것이 부재하는 자리인 것이며, 그 핵심적인 것은 예술을 통해 언뜻언뜻 드러날 뿐이다. 이렇게 보면 업다이크의 통속극은 동시에 종교극이 될 수도 있다.

업다이크의 문학적 역량은 장편소설에만 한정된 것이 아니다. 그는 평생 꾸준히 시와 단편을 썼고, 비평가이자 에세이스트로서도 최고 수준에 이르렀다. 토니 모리슨과 더불어 생전에 가장 많은 평론이 나온 작가인 업다이크의 문학적 영향력은 20세기 미국의 대표작가를 거론할 때 늘 그와 함께 등장하는 필립 로스의 다음과 같은 찬사로 가늠해볼 수 있을 듯하다.

"존 업다이크는 우리 시대의 가장 위대한 문인이며 소설가이자 단편작가일 뿐 아니라 뛰어난 문학비평가이자 수필가다. 그는 19세기에 그와 비슷한 역할을 했던 너새니얼 호손에 비겨도 손색이 없는 미국의 국보이며, 앞으로도 영원히 그러할 것이다."

2002년 『북』이 선정한 1900년 이후 최고의 소설 속 인물 100명 가운데 5위권 안에 들어갔을 뿐 아니라, 업다이크 자신이 "나의 형제이자 나의 친한 친구"라고 부른 '래빗(토끼)'은 업다이크와 평생을 함께하는 중요한 인물—래빗 외에 또 한 명의 페르소나, 사실은 업다이크와 반대되는 면이 더 많은 페르소나는 소설가 '베크'—이다. 업다이크는 '토끼 4부작'을 대략 10년 간격을 두고 발표했다. 1960년에는 래빗의 청년기를 다룬 『달려라, 토끼』, 1971년에는 업다이크가 1960년대를 바라보는 시선을 드러내는 『돌아온 토끼』, 1981년에는 도요타 자동차 대리점 사장이 된 뚱뚱한 래빗을 그린 『토끼는 부자다』, 1990년에는 래빗이 작품 속에서 죽는 『토끼 잠들다』가 나온 것이다. 이 연작의 마지막은 단편집 『사랑의 수고』에 실린 중편 「기억 속의 토끼*Rabbit Remembered*」다. 1995년에는 『래빗 앵스트롬』이라는 제목으로 장편 네 편을 묶어냈는데, 여기에 붙인 머리말에서 업다이크는 "래빗의 눈으로 본 것이 내 눈으로 본 것보다 이야기할 가치가 더 크지만, 사실 둘 사이의 차이는 미미하다"고 말했다.

그러나 이런 대단한 인물을 마주할 기대감에 책을 펼친 독자는 이 래빗이라는 별명을 가진 해리 앵스트롬의 행적에, 또 독자에 따라서는 도무지 호감을 느끼기 힘든 면모에 당혹감을 느낄지도 모르겠다. 실제로 일반 독자만이 아니라 평론가들 사이에서도 래빗이라는 인물과 그의 행동을 어떻게 보느냐 하는 것이 업다이크에 대한 평가의 갈림길이 되기도 한다. 예를 들어 페미니즘 쪽에서는 이 소설에 드러나는 여성이나 성관계에 대한 묘사를 근거로 업다이크를 여성혐오자로 비난하기도 하며, 그의 아름다운 문장에 찬사를 보내는 비평가들조차도 래빗의 얄팍한 모험에는 그런 문장이 과분하다는 혹평을 서슴지 않는다.

반대로 래빗을 빼어난 인물로 인정하는 사람들은 그가 전후 미국의 불안이나 좌절이나 번영을 대표한다고 보기도 하고, 종교적 믿음이 빠져버린 세상의 동요와 불안—앵스트롬이라는 이름 자체에 불안을 뜻하는 세계어가 된 독일어 '앙스트angst'가 고스란히 들어 있다—을 체현한다고 보기도 한다.

그러나 아무래도 래빗은 그가 계속 달아나려는 현실과 함께 보아야만 래빗의 전모, 나아가서 작품의 전모가 어느 정도 드러날 듯하다. 하지만 전모가 드러난다는 말일 뿐이지, 전모가 한눈에 파악된다는 말은 아니다. 그만큼 래빗도, 래빗이 속한 세계도, 작품 자체도 간단히 정리가 되지 않을 만큼 넓고 복잡하고 정교하게 엮여 있기 때문이다. 그런 면에서 작가 존 치버가 한 이야기가 상당히 그럴듯하게 느껴진다.

"내가 이 책(『토끼는 부자다』)을 읽은 느낌은 다양하고 복잡하다…… 존 업다이크는 아마도 내가 아는 현대 작가 가운데 지금 우리가 살아가는 삶의 환경이, 우리 눈에는 잘 보이지 않지만, 사실은 웅장하고 숭고하다는 사실을 느끼게 해주는 유일한 사람일 것이다. 래빗은 사라진 낙원, 어쩌면 에로틱한 사랑……을 통해서만 스치듯 알게 되는 낙원에 깊이 빠져 있다…… 나는 바로 업다이크의 그 방대한 세계를 묘사하고 싶었다."

'토끼 4부작'은 앞서 말한 업다이크의 작품세계의 모든 면을 긴 세월에 걸쳐 집대성하고 개화시킨 연작이다. 그렇기 때문에 이 작품이 업다이크의 대표작이 될 수 있는 것이다. 또 단지 대표작만이 아니라 고전이 될 가능성도 높다고 보는데, 지금 읽어보아도 전혀 낡은 느낌이 들지 않기 때문이다. 그것은 우선 래빗의 독특한 모험이 오늘날에도 여전히 유효하고, 나아가 업다이크의 문장이 말 그대로 썩지 않는 생명력을 갖고 있기에 가능한 것이다.

앞서 말했듯이 1995년에 업다이크는 '토끼 4부작'을 한데 묶어 『래빗 앵스트롬』을 냈는데 이때 텍스트를 꽤 수정한 것으로 알려져 있다. 이 한국어 번역판은 밸런타인 북스의 판본(현재 시중에서 가장 쉽게 구할 수 있다)을 번역한 것이다.

정영목

1932년	3월 18일 미국 펜실베이니아주 레딩에서 태어남.
1950년	하버드대학 입학. 영문학 전공. 1학년 때부터 『하버드 램푼』에 시, 산문, 그림, 만화를 기고.
1953년	『하버드 램푼』의 편집인이 됨. 메리 페닝턴과 결혼.
1954년	하버드대학을 수석으로 졸업. 『뉴요커』에 첫 단편 「필라델피아 친구들Friends from Philadelphia」 게재.
1954~1955년	영국 옥스퍼드대학의 러스킨 미술학교에서 수학. 이때만 해도 화가를 꿈꾸고 있었음. 귀국 후 맨해튼에 정착하여 『뉴요커』의 전속작가로 일함.
1957년	매사추세츠주로 이주하여 평생 거주. 전업작가 생활 시작.
1958년	첫 시집 『손으로 만든 암탉과 다른 가축들The Carpentered Hen and Other Tame Creatures』 출간.
1959년	첫 장편 『구빈원 축제The Poorhouse Fair』(미국예술원 로젠탈상 수상), 첫 단편집 『같은 문The Same Door』 출간.
1960년	『달려라, 토끼Rabbit, Run』 출간으로 그의 세대의 대표작가 지위 확립.
1963년	펜실베이니아에서 보낸 어린 시절에서 영감을 받아 쓴 『켄타우로스The Centaur』로 전미도서상을 받음. 시민권 운동 시위에 참가.
1964년	시집 『전봇대와 기타 시편 Telephone Poles and Other Poems』 출간. 최연소 미국예술원 회원으로 선출. 미국과 소련의 문화교류 프로그램의 일환으로 동유럽 방문.

1965년	『농장에 관하여 *Of the Farm*』 출간.
1966년	단편집 『음악학교 *The Music School*』 출간. 이 단편집 가운데 「불가리아 여성 시인 *The Bulgarian Poetess*」이 오헨리상을 수상.
1967년	소련 작가들에게 소련 정부의 공격을 받는 유대인 문화 제도를 방어할 것을 촉구하는 서신에 서명.
1968년	젊은 부부들의 복잡한 관계를 그린 『커플스 *Couples*』로 센세이션을 일으킴. 『타임』이 업다이크를 커버스토리로 다룸.
1969년	시집 『중간점과 기타 시편 *Midpoint and Other Poems*』 출간.
1970년	『베크: 한 권의 책 *Bech: A Book*』 출간. 서울 펜 대회 참석.
1971년	『달려라, 토끼』의 주인공 래빗 앵스트롬이 다시 등장하는 『돌아온 토끼 *Rabbit Redux*』 출간.
1972년	시집 『70편의 시 *Seventy Poems*』, 단편집 『박물관과 여자 *Museums and Women and Other Stories*』 출간.
1974년	희곡 『죽어가는 뷰캐넌 *Buchanan Dying*』 출간. 소련을 방문하여 솔제니친 박해를 중단할 것을 촉구.
1975년	『한 달간의 일요일 *A Month of Sundays*』 출간.
1976년	『결혼해줘요: 한 편의 로맨스 *Marry Me: A Romance*』 출간. 이혼.
1977년	시집 『전전반측 *Toss and Turn*』 출간. 마사 러글스 번하드와 재혼.
1978년	『일격 *The Coup*』 출간.
1979년	단편집 『문제들 *The Problems and Other Stories*』 『너무 멀어 갈 수 없는: 메이플스 이야기들 *Too far to go: Maples Stories*』 출간.
1981년	『토끼는 부자다 *Rabbit is Rich*』를 출간하여 전미도서비평가협회상, 퓰리처상, 전미도서상을 받음.

1982년	『베크 돌아오다*Bech is Back*』 출간. 『타임』이 커버스토리로 다룸.
1983년	산문집 『해안을 따라*Hugging the Shore*』를 출간하고 전미 도서비평가협회 평론상 수상.
1984년	『이스트윅의 마녀들*The Witches of Eastwick*』 출간.
1985년	시집 『자연을 마주하고*Facing Nature*』 출간.
1986년	『로저의 판본*Roger's Version*』 출간.
1987년	단편집 『나를 믿어요*Trust Me*』 출간.
1988년	『S.』 출간. 앞서 나온 『한 달간의 일요일』 『로저의 판본』과 더불어 『주홍글씨』의 내용을 다른 시점에서 바라본 3부작을 완성함.
1989년	회고록 『자의식*Self-Consciousness*』 출간. 조지 H. W. 부시 대통령으로부터 미국예술훈장을 받음.
1990년	『토끼 잠들다*Rabbit at Rest*』를 출간하고 다시 퓰리처상과 전미도서비평가협회상 수상.
1993년	『시 전집, 1953~1993 *Collected Poems, 1953~1993*』 출간.
1994년	『브라질*Brazil*』과 단편집 『내세*The Afterlife and Other Stories*』 출간.
1996년	『백합의 아름다움 속에서*In the Beauty of Lilies*』 출간.
1997년	『시간의 끝 무렵*Toward the End of Time*』 출간. 예수회 잡지 『아메리카』가 '탁월한 기독교도 문인'에게 수여하는 캠피언상 수상.
1998년	『곤경에 처한 베크*Bech at Bay*』 출간.
2000년	『햄릿』의 앞 이야기인 『거트루드와 클로디어스*Gertrude and Claudius*』와 단편집 『사랑의 수고*Licks of Love*』 출간.
2001년	시집 『아메리카나*Americana*』 출간.
2002년	『내 얼굴을 찾아라*Seek My Face*』 출간.

2003년	조지 W. 부시 대통령으로부터 미국인문훈장을 받음.
2004년	『마을들 *Villages*』 출간.
2006년	『테러리스트 *Terrorist*』 출간.
2008년	『이스트윅의 마녀들』의 속편인 『이스트윅의 과부들 *The Widows of Eastwick*』 출간.
2009년	단편집 『아버지의 눈물 *Father's Tears*』과 시집 『끝점 *Endpoint*』 출간. 1월 27일 폐암으로 사망.

문학동네 세계문학전집 발간에 부쳐

세계문학은 국민문학 혹은 지역문학을 떠나 존재하는 문학이 아니지만 그것들의 총합도 아니다. 세계문학이라는 용어에는 그 나름의 언어와 전통을 갖고 있는 국민문학이나 지역문학의 존재를 인정하면서 그것을 넘어서는 문학의 보편적 질서에 대한 관념이 새겨져 있다. 그 용어를 처음 고안한 19세기 유럽인들은 유럽 문학을 중심으로 그 질서를 구축했지만 풍부한 국민문학의 전통을 가지고 있는 현대의 문학 강국들은 나름의 방식으로 세계문학을 이해하면서 정전(正典)의 목록을 작성하고 또 수정한다.

한국에서도 세계문학 관념은 우리 사회와 문화의 변화 속에서 거듭 수정돼왔다. 어느 시기에는 제국 일본의 교양주의를 반영한 세계문학 관념이, 어느 시기에는 제3세계 민족주의에 동조한 세계문학 관념이 출현했고, 그러한 관념을 실천한 전집물이 출판됐다. 21세기 한국에 새로운 세계문학전집이 필요하다는 것은 명백하다. 우리의 지성과 감성의 기준에 부합하는 세계문학을 다시 구상할 때가 되었다.

문학동네 세계문학전집은 범세계적으로 통용되는 고전에 대한 상식을 존중하면서도 지난 반세기 동안 해외 주요 언어권에서 창작과 연구의 진전에 따라 일어난 정전의 변동을 고려하여 편성되었다. 그래서 불멸의 명작은 물론 동시대 세계의 중요한 정치·문화적 실천에 영감을 준 새로운 작품들을 두루 포함시켰다.

창립 이후 지금까지 한국문학 및 번역문학 출판에서 가장 전문적이고 생산적인 그룹을 대표해온 문학동네가 그간 축적한 문학 출판 경험을 바탕으로 새로운 세계문학전집을 펴낸다. 인류가 무지와 몽매의 어둠 속을 방황하면서도 끝내 길을 잃지 않은 것은 세계문학사의 하늘에 떠 있는 빛나는 별들이 길잡이가 되어주었기 때문이다. 우리가 자부심과 사명감 속에서 그리게 될 이 새로운 별자리가 독자들의 관심과 애정에 힘입어 우리 모두의 뿌듯한 자산이 되기를 소망한다.

문학동네 세계문학전집 편집위원
민은경, 박유하, 변현태, 송병선, 이재룡, 홍길표, 남진우, 황종연

세계문학전집 267

토끼 잠들다

초판 인쇄 2025년 7월 16일
초판 발행 2025년 7월 23일

지은이 존 업다이크 | 옮긴이 김승욱

책임편집 손예린 | 편집 임선영 오동규
디자인 김유진 이원경 | 저작권 박지영 형소진 오서영 조경은
마케팅 정민호 서지화 한민아 이민경 왕지경 정유진 정경주 김수인 김혜원 김하연 김예진
　　　나현후 이서진
브랜딩 함유지 박민재 이송이 박다솔 조다현 김하연 이준희
제작 강신은 김동욱 이순호 | 제작처 영신사

펴낸곳 (주)문학동네 | 펴낸이 김소영
출판등록 1993년 10월 22일 제2003-000045호
주소 10881 경기도 파주시 회동길 210
전자우편 editor@munhak.com | 대표전화 031) 955-8888 | 팩스 031) 955-8855
문학동네카페 http://cafe.naver.com/mhdn
인스타그램 @munhakdongne | 트위터 @munhakdongne
북클럽문학동네 http://bookclubmunhak.com

ISBN 979-11-416-1092-0 04840
　　　978-89-546-0901-2 (세트)

잘못된 책은 구입하신 서점에서 교환해드립니다.
기타 교환 문의 031) 955-2661, 3580

www.munhak.com

● 문학동네 세계문학전집은 계속 출간됩니다